Josef Škvorecký ~ Der Seeleningenieur

Josef Škvorecký

Der Seeleningenieur

Amüsantes zu den alten Themen des Lebens – Frauen, Schicksal, Träume, Arbeiterklasse, Spitzel, Liebe und Tod

Aus dem Tschechischen
von Marcela Euler

Deuticke

Für Sidonia, meine Frau

1. BUCH

Als traurige Tage kamen, lachte ich,
als ich lachte, kam die Trauer.

Viktor Dyk

Zu generalisieren bedeutet, ein Idiot zu sein. Differenzierung ist das alleinige Merkmal der Qualität. Allgemeines Wissen sind Kenntnisse, über die Idioten verfügen.

William Blake

Laßt uns über die Generationen des Menschen nachdenken.
Aus Staub und Erde geschaffen, ohnmächtig,
sich vorwärts tastend,
seine Kraft welkt dahin wie die Blätter im Herbst,
ein Schatten ohne Flügel, ein Verlorener,
eine Chimäre, zum Tode verurteilt, ein Traum.

Aristophanes

I. POE

The skies they were ashen and sober;
The leaves they were crisped and sere –
The leaves they were withering and sere;
It was … in the lonesome October …

Edgar Allan Poe

Das ganze große Register des Denkens und der Gefühle und doch in organischer Verbindung mit einem lächerlichen Schlager.

Aldous Huxley

Lieber Dan,

am Anfang meinen Briefes möchte ich dir herzliche Grüße und liebe Erinerungen senden. Ich bin seit einer Woche in Kurort Karlsbad und es geht mir gut. Ich bin in Kur das ist eine Akzion von Reinhard Heydrich. Es ist eine Akzion für Arbeiter, wo früher nur Reiche hingefaren sind jetzt dürfen auch Arbeiter. Essen bekomen wir 4x täglich Frühstück Brot mit Ersatzhonig oder Marmelade Mittagessen wo Fleisch drin ist 3x in der Woche Vesper Tee und Brötchen am Sonntag Kuchen und Abendessen genauso ausgibig wie mittags. Es ist eine Akzion vom Reichsprotektor Reinhard Heydrich für Arbeiter. Früher hat es solche Akzionen für Arbeiter nicht gegeben. Mich hat der Herr Betriebsleiter Schiling ausgewält weil ihm Doktor Seelich hat gesagt das ich Schatten an der Lunge hab und damit ich keine Tubergulose bekomme hat man mich für die Akzion von Reinhard Heydrich für Arbeiter aufgenommen. Es geht mir gut. Arbeitest du noch bei Messerschmitt? Ich werde nach der Akzion von Reinhard Heydrich nicht mehr in die Fabrik zurückkommen weil ich mich freiwillig ins Reich gemeldet hab dort brauchen die gelernte Kräfte sie zahlen mehr wenn man macht Nachtschichten. Ich schreib dir wieder aus dem Reich machs gut schade das du nicht in die Akzion von Reinhard Heydrich reinkommst es ist ja eine Akzion für Arbeiter aber vielleicht können sie dich aufnehmen wenn du jezt in der Fabrik arbeitest es ist sehr schön hier. Am Ende meines Briefes sende ich dir herzliche Grüße schreib mir nicht mehr hierher in 6 Tagen fahre ich ins Reich ich schick dir meine Adrese dann kannst du mir schreiben. Am Ende meinen Briefes sende ich dir herzliche Grüße und liebe Erinerungen!

Dein Freund Lojza

Vor dem Fenster, das schmal und hoch ist wie eine gotische Nudel aus Glas, mischt der kanadische Sturmwind zwei verschiedene

Weißtöne zusammen: den zerbrochenen Schnee, der wie Puder aus den schwarzen Wolken fällt, und den Schneestaub, den der Wind von der Ebene, die sich von Mississauga in Richtung Süden bis zum Ontario-See erstreckt, emporhebt. Der zerbrochene Schnee wirbelt durch die weiße Einöde, wo es nichts gibt bis auf ein paar wenige kahle, schwarze Bäumchen. In dieser Wildnis steht die Uni. Man nimmt an, daß die Stadt Mississauga in wenigen Jahren anwachsen und die Universität dadurch eine lebendigere Umgebung erhalten wird. Zur Zeit liegt sie aber noch inmitten einer Einöde, zweieinhalb Meilen vom nächsten Familienhäuser-Development entfernt. Diese Häuser gleichen einander nicht mehr wie ein Ei dem andern; auch hier hat man seit den Zeiten Georg F. Babbitts was dazugelernt. Vielleicht hat sogar die Literatur etwas dazu beigetragen. Es gibt mindestens vier verschiedene Arten von Wohnhäusern, sie wechseln sich in unregelmäßigen Abständen ab, so daß das Development den Eindruck erweckt, ein von einem stilisierenden Künstler gemaltes Dorf in der Schweiz zu sein. Der Anblick ist jedenfalls recht nett.

Doch in diesem Moment vermag ich es nicht klar zu sehen, es zieht wie ein Film an meinem inneren Auge vorbei, meine Gedanken schweifen umher, während ich in Wirklichkeit das weiße, klirrend kalte, stürmische Ödland Kanadas betrachte. Wie oft stelle ich mir die vielen schönen Dinge vor, die ich in diesem Land ohne Vergangenheit auch mit eigenen Augen sehen durfte. Die Skyline der Wolkenkratzer in Toronto zum Beispiel, schwarz, weiß oder mit golden schimmernden Spiegeln bedeckt. Ihre Spitzen verlieren sich in den nebeligen Wolken, sie leuchten im abendlichen Zwielicht der Prärie wie goldene Schachbretter; dahinter geht die Sonne unter, so groß wie der Jupiter und rot wie ein Rubin aus Anilin, dies alles vor dem grünen Himmel der Abenddämmerung. Weiß Gott, warum grün. Wahrscheinlich weil es in Kanada ist. Ich vergleiche das Panorama mit dem Hradschin, der Prager Burg, dieses beeindruckt mich mehr, doch objektiv betrachtet, werden wohl beide gleich faszinierend sein. Überall auf der Welt gibt es schöne Orte. Schön ist es dort, wo es einem gut geht, und gut geht es dem Menschen dort, wo er nichts mehr auf einen späteren Zeitpunkt verschieben muß, weil es keine zwingenden Umstände dafür gibt und weil von seiner Zukunft nicht mehr viel übrigbleibt. Dort nämlich, wo er die Angst los wird, weil er sich vor nichts mehr zu fürchten braucht, weder allgemein – hier gibt es zwar auch die gewisse Partei, die jedoch nicht an der Macht ist – noch persönlich: der Einfluß der tschechischen Literaturkritiker reicht nicht bis hierher, und es werden hier auch keine Ranglisten von Schriftstellern nach ihrer Größe erstellt. Meine Romane, die in der Klitsche von Frau Santnerová erscheinen, werden lediglich gelesen, doch selten besprochen; es gibt keinen, der Rezensionen schreiben würde. Die zwei oder drei dankbaren Amateure, deren Artikel in der Exilpresse erscheinen, eingezwängt zwischen Ankündigungen von Faschingsbällen und Inseraten für Tuzex-Bons, verstehen höchstens etwas vom Lesen, nicht aber von Literatur. In Saskatchewan lebt Herr Professor Koupelna, dem das Versandhaus Passer in Chicago in seine Päckchen mit hausgemachtem Jam und Prager Schinken ab und zu auch ein Buch als besonderen Bonus einpackt. Diese Bücher wecken im Herrn Professor den Instinkt eines Wilden, er ist erfüllt von der Überzeugung, ein kritischer Geist zu sein. Dann schickt er ein Pamphlet an die vierteljährlich erscheinende Zeitschrift der Gesellschaft für Wissenschaft und Kunst, doch zum Glück reitet er seine Attacken von einem solchen intellektuellen Niveau, daß die meisten Gesellschaftsmitglieder seine Angriffe leicht abwehren können. Seine Bildung weist so viele Lücken auf, daß seine Tiraden gegen die Mitglieder, die er sich noch nicht vergrault hat, völlig ins Leere gehen.

Es geht mir gut. Es geht mir sogar verdammt gut, beängstigend gut in dieser Einöde.

Sheila Ellwood, eine Irin aus Burnham Lake Settlement mit unheimlich hübschem, rotem Haar und unzähligen Sommersprossen leiert hinter meinem Rücken ein Referat über *Pym* herunter. Sie will es endlich hinter sich bringen, ich dagegen wünsche mir, sie möge noch sehr lange sprechen, weil ich dann nicht so viel reden muß. Natürlich durchschaue ich, woher ihre Weisheiten stammen. Doch zumindest ein gewisser akademischer Standard ist vorhanden: sie hat wenigstens nicht von Coles' Spickzetteln abgeschrieben, sondern aus einem halbwegs soliden Buch von Professor Quinn, und zwar sehr gründlich, nichts hat sie ausgelassen. Jetzt gerade vergleicht sie *Pym* mit *Moby Dick* – obwohl ich es nicht verlangt habe (ist aber bei Quinn zu finden).

»Die Anfangssätze sind praktisch identisch: ›Ich heiße Arthur Gordon Pym‹ und ›Nennen Sie mich Ishmael‹. Beide sprechen über dic Stadt Nantucket. Mehrere Personen in den beiden Romanen befassen sich mit verborgenen Bedeutungen: Pym und Peters mit der Bedeutung der Hieroglyphen, die eingeritzt in die Felsen auf der Insel Ts…«

Na klar! Jetzt stolpert sie über dieses Wort, das mit einer slawisch klingenden Konsonantenanhäufung beginnt.

»… Tsalal. Die Besatzung von Pequod rätselt wiederum über die goldene Dublone, die Ahab an einem Mast befestigt hat. Pym und Augustus kommen am Anfang der Geschichte auf der See beinahe ums Leben; Ishmael besucht die Walfänger-Kapelle und betrachtet die Gedenktafeln für die Matrosen, die ihr Leben auf dem Meer ließen …«

Ich schaue in die weißen Wirbel vor dem Fenster und weiß – sicher in der Wärme aufgehoben –, wie unmenschlich kalt es draußen ist. Ein leises Pfeifen des Windes ist zu vernehmen, und in meinen Gedanken klingen die russischen Verse nach, die ich gestern den Kindern der Prärie vorgelesen habe. Poe langweilt die Studenten, fürchte ich, im Fernsehen gibt es noch grauenvollere Horrorfilme, ich strenge mich an, ihnen Poe so abwechslungsreich wie möglich näherzubringen. Also habe ich ihnen russische Verse vorgetragen. Auch deshalb, weil ich wieder einmal der dummen, aber unbezähmbaren Neigung erlegen bin, das Unerklärliche erklären zu wollen. Irene Svensson, eine junge Frau mit einem reizenden verächtlichen Gesichtsausdruck (es ist wohl ihre Art des Selbstschutzes), steht auf und erklärt, der *Rabe* sei wertloser, sentimentaler Kitsch. Das war ihre Rache: sie hatte gemerkt, wie meine Stimme stockte (ich kann mir nicht helfen, ich bin nun mal sentimental), sie stockt immer, wenn ich diese Zeilen lese *…if, within the distant Aidenn,/ It shall clasp a sainted maiden whom the angels call …*, und so dachte sie, sich vor allen anderen Studenten endlich clever dafür rächen zu können, daß ich sie im letzten Semester in der vertrauten Atmosphäre meines Arbeitszimmers beinahe zweieinhalb Stunden lang sadistisch gequält hatte. Damals hatte ich die unerbittliche Miene eines Professors aufgesetzt und wie ein Feldwebel die nicht zu beantwortende Frage gestellt: »Wie ist das möglich? Warum haben Sie abgeschrieben?« Beim Dekan hatte ich sie wegen des Plagiats selbstverständlich nicht verpetzt. Am Ende dieser unerträglichen Prozedur erlaubte ich ihr gnädigerweise, eine neue Fassung abzugeben, aber spätestens am nächsten Morgen, wodurch ich ihr einen netten Abend bescherte. Ich bringe es einfach nicht fertig, einem Mädchen, das Irene oder Irena heißt, etwas wirklich Böses anzutun. Das ist eine Blockade aus alten Zeiten. So produzierte Irene Svensson eine neue Arbeit und dachte, sie könnte mich noch einmal hinters Licht führen. Doch sie hatte Pech. Bei ihrem ersten Wisch unterschätzte sie meine Gelehrtheit als Professor, beim zweiten bedachte sie Murphys Gesetze nicht. Sie hatte ihre Unterlagen von *Term Papers, Inc.* bezogen, und diese Betrüger drehten ihr eine Arbeit an, die sie bereits zwei Jahre zuvor der hübschen Chinesin Joan Pak Wong verkauft hatten, als diese damals auf meinen indirekten Hinweis hin dort vorbeigeschaut hatte; ich brauchte von diesem Mädchen aus Trinidad wenigstens eine Arbeit, in der nicht jedes zweite Wort falsch geschrieben war und in der keine orientalischen Mysterien standen à la: »Dieser Roman ist ein Roman. Er ist ein großes Werk, weil er in Form eines Buches vorliegt.« Ansonsten hätte ich sie nicht mit gutem Gewissen durchkommen lassen können. Eigentlich weiß ich gar nicht, warum mein Gewissen so unruhig war. Es handelte sich wahrscheinlich wieder um eine Art von Sadismus, denn die Arbeiten werden nach Durchsicht der Professoren nicht noch einmal gecheckt. Sollte sie trotzdem jemand verlangen, würden wir beide, Joan Pak Wong und ich, wohl in der Patsche sitzen: das gekaufte Werk übertraf ihre bisherigen Produkte auf Kasperlniveau derart, daß man den Unterschied nur durch eine Lobotomie hätte erklären können. Kurz und gut: der Ghostwriter von *Term Papers Inc.* verhökerte den schon einmal verscherbelten Wisch an die Puppe aus den West Indies, Irene Svensson, weshalb sie nun zum zweiten Mal in meinem Büro saß, ich wieder mein Professorengesicht aufsetzte und sie diesmal fast drei Stunden lang bis aufs Blut quälte, bis sie unter Tränen alles gestand. Es war ein Genuß, die stolzen Lippen des verächtlichen Gesichts einer *sophisticated* jungen Dame zu sehen, wie es nach und nach zur sanften Miene eines unsicheren Mädchens aus Oshawa, Ontario, mutierte. Ich fragte mich aber, wo wohl ihr weiblicher Instinkt geblieben war? Merkte dieses nach Deodorant und Lavendel duftende schwedische Mädchen etwa nicht, daß ich sie nie im Leben beim Dekan verpfeifen würde?

Doch es lag wohl weniger an ihrer mangelnden Intuition als an meiner mangelnden Erfahrung. Sie konnte ja nicht wissen, daß ich – auch wenn sie nicht Irene hieße – aufgrund meiner Erfahrungen in der Vergangenheit gegen Informationsweitergaben jedweder Art von Verstößen jedweder Art an Autoritäten jedweder Art allergisch geworden war. Diese meine innere Barriere ist so unüberwindbar wie der Eiserne Vorhang. Ich hatte viel zu lange in einem Land gelebt, in dem die reinste Wahrheit, sobald sie ausgesprochen wurde, sich in eine Lüge verwandelte, und zwar aufgrund der im Westen wenig bekannten Gesetze des Marxismus-Leninismus.

Und so hatte ich Irene Svensson damals aufgefordert, einen Stift und ein Blatt Papier zur Hand zu nehmen. Sie fischte einen Silberkuli von Parker und ihren absurden kanadischen Block mit linierten Blättern heraus, und ich zwang sie, weitere zwei Stunden eine Arbeit zum Thema *Die Funktionen der Farben in Hawthornes Roman »Der scharlachrote Buchstabe«* in meiner Anwesenheit zu basteln. Sie kam dabei dermaßen ins Schwitzen, daß durch ihre Lavendelduftwolke ein leichter Geruch von Mädchensporthalle zu mir drang, und wie sie so an ihrem Parker herumknabberte, rann seine ewig haltbare Tinte aus, und zwar in ihren Mund, so daß sie in den nächsten vierzehn Tagen mit den Lippen einer toten Ligeia zu den Vorlesungen erschien.

Ich unterlag also dem naiven Drang, die Quadratur des Kreises zu versuchen. In meinem wahnwitzigen Bestreben, der vollkommen irrationalen Irene und den Präriekindern der Edenvale-Uni zeigen zu müssen, daß wenn etwas gut geschrieben ist – wie Hemingway sagte – es sehr viele Bedeutungen haben kann, brachte ich Jesenin Volpin mit in eine meiner Vorlesungen.

Der weiße Wirbelsturm vor dem Fenster läßt jetzt gerade die perfekt im Chromrahmen eingelassene Scheibe leicht erbeben, ich höre Poe, ich höre ihn russisch von meiner inneren Stimme:

Kak-to nočju w čas terrora
Ja čital vpervije Mora –
(Einst, zu Zeiten des Terrors
las ich nachts die Lehre Mores)

Die harten russischen Rs dröhnten durch den verschlafenen Hörsaal, es war ja Winter, draußen ein Sturm, eine Woche vor den Weihnachtsferien. »Billige, mechanische Binnenreime«, meinte Irene, ihr verächtlicher Mund verkrümmte sich zu haßerfüllten Kurven. »Nicht umsonst wurde er bereits von der zeitgenössischen Kritik als *jingle man* bezeichnet.« Es war offensichtlich, daß sie sich in

Form von Quellenforschung für ihren Rachefeldzug gut vorbereitet hatte. »Seine monotone Poesie ist in Wirklichkeit nur ein schwacher Abklatsch der englischen romantischen Poesie, sie kann kaum beitragen zu der modernen Sen...«, sie verhedderte sich, »Sensibilität.« Und vorbei war es mit dem Effekt! Die Studenten hatten zwar nichts bemerkt, aber sie hatte sich vor mir blamiert, und vor lauter Wut wurde sie rot.

I v somneni i v pečali
ja šeptal: »To drug jedva li,
vsech druzej davno uslali –«
(Tief betrübt und voller Zweifel
seufzte ich: »Wer klopfet dort?
Doch kaum ein Freund, die sind längst fort –«)

Mir kamen die Tränen. Ich wollte Irene eine ordentliche Abfuhr erteilen, war aber dazu nicht in der Lage. Für einen Moment mußte ich das Vorlesen unterbrechen und warten, bis der Pawlowsche Reflex auf Poesie und nationale wie internationale Erfahrungen abgeklungen war, Erfahrungen aus faschistischen und kommunistischen Reichen. Irene saß jetzt wieder auf dem hohen Roß, weil die *tabula rasa* ihres Gehirnes sich dies natürlich als einen weiteren Beweis für meine lächerliche Sentimentalität auslegte. Meine Augen wanderten über die Buchstaben:

O prorok, ne prosto ptica!
Jest li nyne zagranica,
Gde svobodnyj ob isskustve
ne opasen rozgovor?
Jesli jest', to dobegu li
ja v tot kraj ne vstretiv puli?
V Niderlandach li, v Peru li
ja rešil by staryj spor –
Romantizma s realizmom
do sich por ne končen spor!
Karknul Voron: Nevermore!
(Ein Prophet bist Du? Dann sag mir
gibt es irgendwo noch Länder,
Wo der Künstler freier atmet,
nicht gebunden seine Hände?
O Prophet, gib mir ein Zeichen,

werd' ich je dies Land erreichen?
Ist es Holland oder Frankreich?
Freier würd' ich mich dort fühlen,
und den ewigen Streit der Schulen
Könnt' ich drüben endlich lösen.
Schrie der Rabe: »Nevermore!«)

Sheila brabbelt noch immer vor sich hin, bald wird sie's hinter sich haben. »Es gibt keinen anderen Schriftsteller, der sich so ausschließlich auf die eigene Erfahrung konzentriert hätte. Er war der erste und größte Künstler in der Tradition der Psychologie des Abnormalen. Er hatte die Tendenz, sich in Probleme zu vertiefen, für deren Lösung ein fast genialer Scharfsinn erforderlich war, jedoch keine Lebenserfahrung verlangte.« Sie ist alle ihre nicht belegten Quellen durchgegangen, jetzt plappert sie gerade Krutch nach. Ich blicke in den Schneesturm hinaus, inmitten weißer Wirbel sehe ich einen großen, dicken Raben stolzieren – oder ist es nur ein einfacher schwarzer kanadischer Vogel? –, und aus den weißen Nebeln taucht das Trugbild des Schiffes von Kapitän Guy auf …

»Nikogda!« zkazala ptica …
Za morjami zagranica …
Tut vlomilis dva soldata,
sonnyj dvornik i major …
(Sprach der Rabe: »Nevermore!«
Träum nur weiter, armer Tor …
Da erschienen zwei Soldaten,
hinter ihnen ein Major.)

Binnenreime, mechanische Binnenreime eines versoffenen Hofnarren. Irene setzte sich zornig hin, immerhin halbwegs befriedigt durch ihren errungenen Pyrrhussieg, ich unterdrückte wütend die Tränen, ihre Rache für die zweifache Entlarvung und Erniedrigung – ihre Lippen trugen immer noch einen Hauch von Aquamarin – war vollendet.

Pered nimi ja ne šarknul,
odnomu v lico lišč charknul –
No zato kak prosto garknul
černyj voron: Nevermore!
I važu, važu ja tačku,

povtorjaja: Nevermore …
Ne podnjatsja … Nevermore!
(Standhaft blieb ich, ohne Reue,
spuckte an die miesen Säue,
Doch der Vogel hielt mir Treue,
krächzte einfach: »Nevermore!«
Und so schieb' ich meinen Karren,
seufze leise: »Nevermore …
Werd' ich's schaffen … Nevermore!«)

Ich mußte so tun, als würde ich mich schneuzen, lange schneuzen … die respektlosen Augen der Präriekinder ruhten mit neugierigem Interesse auf mir. Ich begann, die eigenhändige Übersetzung ins Englische vorzulesen, die alles begraben hatte: die ratternden russischen Rs, das O, den traurigsten Vokal von Poe, der im Russischen viel, viel trauriger klingt als in der Sprache des Genies aus Avon, des Hofspeichelleckers, doch in meinen Ohren hallte die russische Sprache, das trotz der absurden Entfernung eines langen Jahrhunderts und des weiten Ozeans EAP mit unvergleichlich größerem Wissen zu erklären vermochte als alle Professoren, mit einer Lebenskenntnis, über die Poe dank irgendeines Geheimnisses des Schicksals verfügt hatte, trotz Krutchs Behauptungen, Poe hätte angeblich keine gehabt, mit einem Wissen, das Joseph Wood Krutch nicht hat …

… Potomu čto s davnych por
Ja bojus drugoj pučiny
v carstve, grjaznom s davnych por …
Karknul Voron: Nevermore!
(… In der Dunkelheit der Nächte
fürcht' ich weiter wie zuvor
Finst'res Spiel ganz and'rer Mächte …
Schrie der Rabe: »Nevermore!«)

»Interpretierte man Pyms Wanderung nicht als Wanderung des Geistes, so würde es sich um nichts anderes als um eine gewöhnliche Schilderung von Seeabenteuern handeln.«

Sheila verstummt plötzlich. Ich wende mich ihr zu. Sheila sieht mich mit ihren grünen irischen Augen etwas verlegen an, nicht meinetwegen, sondern weil sie glaubt, sich vor dem ganzen Hörsaal intellektuell produzieren zu müssen; bei den Kindern aus Etobicoke ist es mit meinem vorzeitigen Zynismus nicht ganz so schlimm. Sie liest ihr Plagiat fertig, muß aber noch eine Unannehmlichkeit über sich ergehen lassen: die Beantwortung meiner Fragen, falls ich auf etwas neugierig sein sollte.

Ich blicke mich um. Ted Higgins, der Quarterback des University Blues, frühstückt, versteckt hinter Davidsons Poe-Ausgabe. Irene Svensson lackiert sich provokant (auch ein Teil ihrer Rache, dieses ostentative Desinteresse) ihre Fingernägel und meint, sie seien hübsch. Sieht aus wie Silberlack für Heizungsrohre. Vicky Heatherington, die in der Uni-Jazzband Posaune spielt (jawohl, hier gibt es sogar eine Swingband, keine bloße Rockgruppe; in dieser Band spielen wirkliche Musiker, andere Studenten machen natürlich lieber in diversen elektronischen Dröhnbands Krach), flirtet mit einem Langhaarburschen namens William Wilson Bellissimmo, der so aufgeblasen wirkt wie sein amerikanisierter Nachname mit drei Doppelkonsonanten. Er versucht eine körperliche Annäherungsvariante: er hält etwas in der rechten Hand, sie zanken sich darum, und Bellissimmos Arm umarmt Vickys vom Posaune-Spielen durchtrainierten Busen, der unter dem T-Shirt wogt, einem T-Shirt mit einem grellbunten männlichen Portrait. Als ich sie einmal fragte, wer das denn sei, und Unkenntnis ihrerseits erwartet hatte, belehrte sie mich, es sei Van Cocks Selbstbildnis. Hinter den sich neckenden Verliebten sitzt Veronika Prstová, die mich mit ihren traurigen Augen betrachtet oder auch nur durch mich hindurch sieht, ein melancholisches Mädchen aus Prag-Vinohrady, das über Kuba hierher geflohen und gleich in der ersten Woche mit Hakim aneinander geraten war, der als Freiwilliger auf Kuba gearbeitet hatte.

»Meinen Sie, daß das stimmt?« frage ich Sheila. »Daß es sich bei *Pym* tatsächlich entweder um eine Wanderung des Geistes handelt oder um einen gewöhnlichen Thriller?« Sheila schweigt beharrlich. Sie hat natürlich keine Meinung, aber zugeben kann sie es nicht. »Ja!« meint sie also trotzig. Meine unbändigen Gedanken entführen mich in die Holzkajüte, auf Kapitän Guys Holzschiff, und zurück in die alte Zeit, als ich vor dem Einschlafen mit Jules Verne auf seinem Schiff gesegelt war: durch die Fahrrinnen zwischen den riesigen Eisschollen auf dem schwarzblauen Wasser, die matte Sonne schimmerte durch das Alabastertor der Südritze am Himmel tief über dem Horizont, vor dem Schiff breitete sich das ruhige und leicht kabbelige Meer aus, dahinter in weiter Ferne das Festland und dort, sehr weit weg, die wilden, lilafarbenen Berge. Warum lilafarben, das habe ich damals noch nicht verstanden. In der Luft segelten arktische Schwalben – ich sah Poe vor mir, wie er im Winter in einem kalten Raum mit einer Gänsefeder etwas aufs Papier kritzelte, in einer Hütte in Baltimore; so wie ich in meinem Bett, meiner hölzernen Kajüte, eingeschlossen hinter dem unüberwindbaren Zaun rund um das Protektorat Böhmen und Mähren, vom Zugang zur wunderschönen Arktis abgeschnitten war, so hauchte er, isoliert durch seine Armut und nur auf dem Papier von Wilkes' Expedition träumend, zu der man Jeremias Reynolds nicht mitgenommen hatte, auf dem Sterbelager dessen Namen – warum? Weil es sein Leben sein sollte? In der wunderschönen und ungeheuren Freiheit der lilafarbenen Berge des Wahnsinns? Dem war nicht so: sein Leben floß dahin in der unvorstellbaren Unfreiheit der Armut, des Gestanks der ungelüfteten neuenglischen Hütten. Eine Wanderung des Geistes? Eine Wanderung im Geiste. Ein sehr konkretes, wunderschönes Knabenabenteuer. Nur die Reichen, die Wichtigen, die Mächtigen und Erfolgreichen hören auf, Jungs und Mädchen zu sein …

Die Tränen. Es war wahrscheinlich eine Blamage. Die Angelsachsen sind, wie eine überlieferte Weisheit besagt, nicht sentimental. Angelsachsen wie Bellissimmo, Hakim, Svensson. Doch Irene sagte nichts mehr. Sie musterte mich mit ihren grauen nordischen Augen, und die Dürftigkeit der Binnenreime eines Hofnarren erwähnte sie nicht mehr. Hoffentlich gefiel ihr wenigstens das exotische Rattern. *Kak-to nočju v čas terora, ja čital vpervije Mora* – sie schwieg und ihre nachdenklichen, forschenden Augen unter dem mit Vidal Sassoon gepflegten Haarschopf sahen mich widerspruchslos an. Zu meiner Überraschung – im Freshmen-Kurs hatte ich ihr als Endnote sadistisch eine C minus verpaßt – belegte sie in diesem Jahr einen Kurs für Sophomoren, in dem unter anderem der Stoff vom letzten Semester, in dem sie gleich drei Niederlagen hinnehmen mußte, wiederholt (theoretisch: vertieft) werden sollte. Erneut nahm ich Poe durch. Ihre Unterlagen waren diesmal einwandfrei, vielleicht hatte sie sich einen *teaching-assistant* genommen, oder sie hatte sogar was gelernt, meistens war sie aber still und beobachtete mich … *kak-to nočju v čas terrora … Morra … Morrra …*

Seit eh und je sind wir vom Schauder umgeben und von entsprechender Schönheit …

Lieber Dan,

kannst Du Dich noch an diesen wunderschönen Vers erinnern:

Sie starb, angenommen, an Schwindsucht.
Schwindsucht, ist es das, was so geschwind
dich schwinden läßt?

Ich weiß nicht, warum er mir ständig im Ohr sitzt, ob ich am Einschlafen bin oder die Wasserspritze halte, wenn wir los eilen, um Feuer zu löschen. Vielleicht muß ich mich an etwas Schönem festhalten – im Geiste. Ist das ein schöner Vers! Warum ist er so schön? Schwindsucht ist doch nichts Schönes. Ich habe einen neuen Dichter entdeckt, Erich Kästner heißt er. Unser Einsatzführer Ernst Hübel hat mir seine Sammlung »Eine kleine lyrische Hausapotheke« *geliehen. Hervorragend! Zum Beispiel:*

Ein Mathematiker hat behauptet,
daß es allmählich an der Zeit sei,
eine stabile Kiste zu bauen,
die Tausend Meter lang, hoch und breit sei.

In diesem einen Kubikkilometer
hätten, schrieb er im wichtigsten Satz,
sämtliche heute lebenden Menschen
(das sind zirka zwei Milliarden) Platz!

Man könnte also die ganze Menschheit
in eine Kiste steigen heißen
und diese, vielleicht in den Kordilleren,
in einen der tiefsten Abgründe schmeißen.

Kreischend zögen die Geier Kreise.
Die riesigen Städte stünden leer.
Die Menschheit läg in den Kordilleren.
Das wüßte dann aber keiner mehr.

Was sagst Du dazu?

Ich schreibe Dir so offen darüber, weil ein Kamerad einen Urlaubsschein hat und nach Hradec fährt; er schickt diesen Brief von dort ab. Erich Kästner lebt nämlich in der Schweiz. Er mußte aus Deutschland weg, nachdem die Hitleranhänger an die Macht gekommen waren.

Unser Einsatzleiter ist aber nicht einer von denen. Wir sind ins Gespräch gekommen, als er zufällig während einer Inspektion Eliot bei mir gefunden hatte.

Because I do not hope to turn again
Because I do not hope
Because I do not hope to turn –

Auch diese Verse wiederhole ich oft im Stillen. Der Vater von Ernst Hübel ist Schulrat, Professor an einem Gymnasium, er ist zwar in der Partei, aber nur deshalb, damit sie ihn in Ruhe lassen und damit er keine Probleme bekommt wegen einer Sache, die vor der Machtübernahme passiert ist. Ist das nicht absurd, lieber Dan? Wenn ich in der Uniform des technischen Notdienstes auf der Straße gehe, sehe ich wie ein SS-Mann aus. Und Ernst noch viel mehr – er ist blond, hat blaue Augen, sieht ein bißchen wie Heydrich aus. Wir gehen nebeneinander, rezitieren halblaut Kästners Verse, immer abwechselnd. Ich:

Und Gras könnte über die Menschheit wachsen.
Und unser Einsatzleiter:
Und Sand würde daraufgeweht.

Das Leben ist schön, lieber Dan, doch ohne Poesie …

Ich sah plötzlich im Gestank der Zeitungen ertrinkend
Schnee und ein großes Edison-Bild …

Paß auf Dich auf, liebster Dan! Wir müssen den Krieg überstehen. Dann …

Dein Jan

Vielleicht sollte ich mit Irene Svensson ein Verhältnis anfangen. Bei ihr deutet alles darauf hin, als ob sie das erwarten würde. Sie könnte zwar meine Tochter sein, aber letztendlich umgibt mich hier die Aura eines Mannes, der in Polizeidiktaturen lebte und während des Krieges im Widerstand tätig war. Wenn ich vor den Mädchen aus Chitaggoga und Yellow Pants damit angebe, dann bezeichne ich es klugerweise nicht als *resistance group*, sondern als *guerilla group*; den Ausdruck kennen sie eher und assoziieren ihn mit Bomben. Dieser interessante Mann hat außerdem den in Polizeidiktaturen so gefährlichen Beruf eines Schriftstellers ausgeübt. Sein bester Freund wurde hingerichtet … Selbstverständlich mache ich aus dem Genossen Hubert Stein meinen besten Freund, obwohl er mich nie besonders mochte. Aber das mit der Hinrichtung ist die reine Wahrheit – oder schmutzige Wahrheit, der ein bißchen Imagination nicht schadet. Und dieser Mann wurde dann von den russischen Panzern aus der Heimat vertrieben, ist mit seinen achtundvierzig Jahren körperlich noch sehr gut erhalten und hat leicht angegrautes lockiges Naturhaar, das dank *dry look* mit dem interessanten *dull shin* glänzt.

Bei Irene Svensson sollte ich also nicht allzulange zögern. Laut Meinung der Öffentlichkeit sollen die kanadischen Mädchen heutzutage ja völlig unproblematisch bereit sein, die schönste Sache der Welt zu betreiben. Aus persönlichen Erfahrungen kann ich dies allerdings nicht bestätigen, meine Bedürfnisse werden in dieser Hinsicht von Margitka zur Gänze abgedeckt. Doch seitdem ich mit Larry MacAlear darüber sprach, hege ich so meine Zweifel an der besagten Bereitwilligkeit. Larry war wohl durch ein Versehen in meinem Freshman-Kurs gelandet, wo eine Reihe junger Akademiker Probleme mit der Aussprache des Wortes *ratiocination* hatte, und Larry las zum Zeitvertreib in *Finnegans Wake.* Ständig suchte er mich dann in meinem Arbeitszimmer auf und lenkte das Gespräch auf dieses Buch. Ich konnte ihm natürlich nicht sagen, daß mich *Finnegans Wake* langweilt, und so brachte ich unser Gespräch von Joyce weg hin zu Larrys Kommilitoninnen. Larry war ein robuster Bartträger mit Jesus-Frisur, rotem Haar und modisch zerrissenen Jeans, am Hintern konnte man deshalb seine *jockey shorts* sehen, er hatte also Sex-Appeal. »Die Sache ist nicht ganz so heiß, wie man sich erzählt«, klärte er mich auf. »Doch was man so erzählt, das ist mehr *newsworthy, you know.* De facto passen die hier gut auf ihre … auf.« Mit der Selbstverständlichkeit seiner Generation, die keine Tabus kannte, benutzte er für das weibliche Geschlecht ein bestimmtes Wort mit vier Buchstaben. Was die Sprache betrifft, gibt es hier tatsächlich keine Hemmungen, ich bin mir sicher, daß auch Irene Svensson vor diesem Wort nicht zurückschrecken würde. Sollte es aber zu einer Manipulation an diesem gewissen Körperteil mit vier Buchstaben kommen … »… denn fast allen geht es um einen akademischen Titel. Wissen Sie, um welchen?« »M.A.?« schlug ich vor, weil mir sogar trotz der demokratischen Forderungen an der Edenvale-Uni kaum ein Mädchen nach einem Doktorat aussah. »M.R.S.«, sagte der Bartträger und zwinkerte listig. Einen Moment lang kapierte ich gar nichts. Aber nur für einen Moment lang. Dann begriff ich. Ich war skeptisch – es gab doch *Women's Lib* – , doch ich wußte, daß alle radikalen Bewegungen einen Wirbel machen, der in keinem Verhältnis zur Anzahl ihrer wirklichen Anhänger steht. Na klar, *Mrs.*

Also wer weiß. Trotzdem sollte ich mit ihr ein Verhältnis anfangen. Ausdauernd beobachtet sie mich mit ihren hübsch gebleichten Augen aus Kiruna, der Stadt der Mitternachtssonne, wo ihr Großvater angeblich Erzbergwerke besessen hatte. Wie wunderschön mußte sich diese Sonne in ihren Pupillen gleich sanftem Stahl, in ihrem blonden Haar spiegeln. Ihr Haar trägt sie – im Unterschied zu den Trauerweiden der uniformen Mehrheit – immer sehr sorgfältig und kostspielig frisiert. Sie meldet sich nicht. Wenn ich sie aufrufe, antwortet sie, als hätte sie die von mir aufgegebenen Bücher tatsächlich gelesen, als hätte sie für meine Vorlesungen sogar aus den Büchern der Professoren gepaukt. Ihr Mund hat immer noch einen herablassenden Ausdruck, doch über EAP lästert sie nicht mehr. Vor kurzem trug sie sogar zu der Diskussion – ausnahmsweise hatte sie sich zu Wort gemeldet – mit der Bemerkung bei, Poe solle ein hervorragender visueller Künstler gewesen sein, womit sie, wie sie sagte, nicht seine romantisierenden Beschreibungen von erträumten Interieurs meinte, sondern seinen realistischen visuellen Scharfsinn. Als Beispiel führte sie die Beschreibung von der Explosion des Schiffes Jane Guy vor der Insel Tsalal an. Ich lobte sie und überlegte mir, ob sie eventuell doch ein literarisches, beinahe schriftstellerisches Gespür haben könnte, vielleicht schreibt sie in diesem Jahr ihre Arbeiten wirklich selbst. Ich konnte mich zumindest an keine ähnliche Analyse dieser Szene in irgendeinem Buch der Profs erinnern. Es liegt wohl daran, daß ich in dieser Hinsicht nicht unbedingt so belesen bin; doch als ich dann durch das schwarzgrauweiße Ödland von Edenvale nach Hause fuhr, den glitzernden Türmen von Torontos Downtown entgegen, fiel mir plötzlich ein, daß ich letztes Jahr im Freshman-Kurs diese Szene selbst über den grünen Klee gelobt hatte. Das schmälerte zwar Irenes literarische Intelligenz, sie wurde dadurch aber noch interessanter.

Aber das ist längst nicht mehr so einfach. Früher war es leichter gewesen, mich zum Entflammen zu bringen, und ich brannte mit großem Vergnügen. Heute ist das nicht mehr so einfach. Um mein Wohlbefinden kümmert sich Margitka vorbildhaft.

Damals war es einfacher gewesen. Wegen einer vorgetäuschten Arbeitsunfähigkeit hatte man mich aus dem Schweißerkurs hinausgeworfen und mich zur Bohrmaschine versetzt. Es gab zwei davon; an der anderen stand ein Mädchen mit zerfetztem Pulli und abgewetztem Rock. Ein großes knochiges Mädchen mit einem sehr hübschen blassen Gesicht, mit einem nach Großmutterart gewickelten Kopftuch, und ihre Beine waren von Zwirnstrümpfen umspannt, über die sie noch tausendmal gewaschene Skisocken trug. Diese Socken steckten in Männerwanderlatschen. Sie sah mich an, ihre schwarzen Augen glühten, und ich brannte sofort lichterloh wie Jan Hus.

»Du wirst die Versenkungen bohren«, ordnete der Meister Vachoušek an. »Das verpatzt du hoffentlich nicht. Die muß man aber aufs Kaliber genau machen, Toleranz plus minus einen halben Millimeter. Die Norm ist zehn Minuten für ein Kreuz, die Kreuze trägst du dann zum nächsten Takt, dorthin, zu Švestka und Hetflajš. Nadja hier zeigt dir alles.«

Er nickte dem knochigen Mädchen zu. Sie grinste mich an. Buchstäblich. Das erinnerte mich an Berenice. Das Mädchen hatte wirklich wunderschöne, ebenmäßige Zähne und einen Mund von einem Ohr bis zu dem anderen. Nachdem ich später ihre Familienverhältnisse ein wenig kennengelernt hatte, konnte ich nicht begreifen, wieso sie trotz der Misere im Krieg so gesunde Zähne haben konnte. Erst hier in Toronto las ich im Wartezimmer von Herrn Doktor Zízala in einer Broschüre, daß bei hungernden Völkern die Zähne nicht kaputtgehen, weil sich diese keinen Zucker leisten können. Bei Jiroušeks hatten sie auch keinen Zucker gehabt. Sie süßten mit Saccharin. »Mhmmmm!« seufzte Nadja glückselig und verschlang mit einem Bissen die ganze Powidlgolatsche, die meine Mutter auch während des Krieges ab und an backte, denn ihr Bruder, der Direktor des Guts von Graf Czernin, ließ uns nicht nur nicht zugrunde gehen, sondern auch nicht gerade in Armut leben. »Mhmmmm, schmeckt das gut!« sagte sie. »Hast du noch welche?« So gab ich ihr alle vier Golatschen, sah ihr zu, wie sie diese gierig verschlang, und freute mich, daß es ihr so gut schmeckte. Als wir uns danach küßten, roch ihr Mund nach Marmelade statt nach gewöhnlichem Brot. Doch dann schob sie mich weg und sagte:

»Laß mich!«

»Aber Nadja!«

»Franta merkt mir das an.«

»Na und?«

»Ich hab ihn gern.«

»Mich aber auch, oder?«

»Ja, schon. Aber du wirst mich nicht heiraten.«

Damit hatte sie's mir gegeben. An eine Heirat dachte ich wirklich nicht. Ich war kein Proletarier wie Nadja. Tief in mir saß die Überzeugung, ein Mann müsse es zu etwas bringen, bevor er heiratet. In meinem Fall war das die Universität, die zur Zeit geschlossen war. Außerdem war Nadja älter als ich, ihr Franta war Weber, umgeschult zum Schweißer, und im Unterschied zu mir erfolgreich. Wir küßten uns im Ferroflux, so einer Bude, immer wenn sich Vláďa Nosek aufs Klo verdrückte. Er schloß uns im Ferroflux ein. Als er dann aufmachte – übertrieben langsam – hörten wir mit der Küsserei rasch auf, und Nadja wurde rot. Doch jedesmal ging sie wieder mit mir dorthin.

»So hältst du's fest«, erklärte sie mir und legte ihre knochige Hand mit den abgebrochenen Fingernägeln und entzündeten Abschürfungen auf das Duraluminiumkreuz. »Aber mit der Rechten darfste nicht so fest auf den Bohrer drücken. Wenn du merkst, daß es tief genug ist, legst du das Kaliber rein.« Auch das führte sie mir vor. Das Kaliber war ein kleiner Eisenkegel mit einem Griff, es paßte wie angegossen in die konische Vertiefung. »Das muß genau sitzen. Wenn du bohrst, ist es besser, wenn das Kaliber ein bißchen rausguckt«, sagte sie. »Später kann man es immer noch mit 'nem kleinen Druck richtig machen. Aber wenn du's zu tief ausbohrst, dann is' es Ausschuß. Und du kriegst 'nen Anschiß vom Meister.«

Ich blickte auf das Duraluminkreuz, und wie es das Mädchen geschickt bearbeitete.

»Wozu ist das eigentlich gut?« Es interessierte mich nicht die Bohne, ich wollte bloß mit dem Mädchen schwatzen.

»Für die Flugzeuge doch. Für die Messerschmitts. In die Vertiefungen kommen vier Schrauben rein, die die Trommel halten.«

»Was für 'ne Trommel?«

»Mit der Munition«, erklärte sie. »Für die Maschinengewehre.«

»Messerschmitt Be Eff einhundertneun Eff«, rezitierte Benda. »Ihre Schießkraft hat gegen die Spitfires nicht gereicht, und so hat man ihr noch zwei Bordkanonen mit zwanzig Millimeter Kaliber verpaßt, unter jedem Flügel eine. In die Flügel haben die nicht rein gepaßt, und so hängen sie unter den Flügeln in so 'nem Blechverdeck. Sieht aus wie eine umgekippte Badewanne.«

»Ich weiß«, sagte ich. »Das montieren die auf dem letzten Fertigungstakt.«

»Innen drin ist nur die Trommel mit den Geschossen. In dem Duraluminkreuz.«

Obwohl ich absolut kein technisches Talent war, leuchtete mir ein, warum es hier so auf absolute Genauigkeit ankam. Benda, der über Flugzeuge alles in- und auswendig wußte, bestätigte es mir. »Klar. Wäre die Versenkung zu tief, würde das Blech an der Trommel über die Kante rutschen, und wenn man anfängt zu schießen, könnte es platzen.«

»Und so könnte die Trommel abreißen«, stellte Přema fest.

»Ja«, sagte Benda. »Deshalb auch die Kaliber.«

Přema, dessen Interesse den Flugzeugen nur als Objekt potentieller Sabotage galt, schloß die Augen. Verträumt meinte er:

»Mensch, stellt euch das vor! Stellt euch den Nazi vor. Er hat 'ne Spitfire im Visier. Er drückt ab – ratatatata – beide Trommeln reißen ab, und futsch is' er!«

Wir saßen unter der bleichen Glühbirne im Tabaklager und träumten von unseren erfolgsgekrönten Kriegsheldentaten. Dort hatte ich diesen dummen Einfall. Alles nur, weil mir Nadja folgendes gesagt hatte – und ihre Augen leuchteten dabei wie glühende Kohlestückchen, nicht vor Liebe, sondern aus einem anderen Grund:

»Sollte ich einen kennen, der so was machen würde, für den würd ich alles tun! Alles, weißt du, Dan? Weil so einer is' 'n wirklicher Held!«

Angesichts der lieben Nadja und ihrer Heldenverehrung lösten sich die allerletzten Reste meines Verstandes auf.

Ich mißbrauchte Frantas Spitalsaufenthalt – er hatte eine Blinddarmentzündung bekommen – und lockte Nadja zu einer Verabredung. Meine Eltern waren am Samstag auf das Gut des Grafen Czernin gefahren, um unsere Vorräte aufzufüllen, und am Sonntag nach der Kirche wartete ich auf das Klappern von Nadjas Schuhen im Treppenhaus. Dann öffnete ich die Tür. Für so ein junges Mädchen – sie war erst neunzehn geworden – schleppte sie sich ein bißchen zu mühsam die Treppe hoch, aber dafür machte ich ihren ständigen Hunger verantwortlich. Sie trug ein Sonntagskopftuch, auf den weißen Wangen hatte sie rote Röschen. Ich führte sie ins Wohnzimmer und bot ihr zuerst etwas von Mamas Kuchen an.

»Hast du denn keine Eltern?« fragte ich sie, nachdem sie mir erzählt hatte, wie sie Onkel Venhoda, der sie in die Kirche begleitet hatte, überlistete, doch spätestens in einer halben Stunde zurück sein müsse, dem Onkel könnte es spanisch vorkommen, wo sie bliebe. Mit begierigen Augen musterte sie das Wohnzimmer, den bronzenen Luster mit den Tropfsteinchen aus Kristallglas und andere Prachtstücke; ihre Nasenlöcher bewegten sich auf entzückende Art und Weise. Nadja wollte wohl erschnuppern, was es sonst noch zu essen gab.

»Möchtest du noch was?« fragte ich. Sie nickte. Ich ging in die Küche, um nachzugucken, was es noch gab, und Nadja lief mir ohne Aufforderung hinterher. Meine Mutter hatte mir auf dem Herd das Mittagessen hergerichtet, einen Lendenbraten aus Pferdefleisch. Nadjas Nasenlöcher blähten sich auf. Ich drehte den Herd auf. »Es ist gleich fertig«, sagte ich. »Hast du keine Eltern?«

»Nur einen Vater«, entgegnete sie. »Aber der ist im KZ.« Sie sah sich um, und dann setzte sie sich auf den kleinen Schemel beim Ofen. Klasseninstinkt, doch das fällt mir erst heute auf, wenn ich mich daran erinnere. Der klassische Thron einer tschechischen Dienstmagd. Damals war mir das nicht in den Sinn gekommen. Unter ihrem schäbigen schwarzen Rock für Kirchgänge erheischte ich den Anblick ihrer hellblauen, fast bis zu den Knien reichenden Unterhose. Sie schien sich dafür nicht zu schämen. Sie streifte das Kopftuch ab, wandte sich dem Braten zu und zeigte mir ihr hübsches Profil, ihre Nasenlöcher bewegten sich wieder.

»Warum haben die ihn eingelocht?«

»Wegen des Sokol-Turnerbundes. Er war der Vereinsvorsitzende auf dem Schwarzen Berg.«

»Was war …«, schnell verbesserte ich das unheilschwangere Präteritum, »… ist dein Vater?« Aber Nadja war da nicht empfindlich. Die Eventualität des möglichen – oder gar sehr wahrscheinlichen – Todes ihres Vaters löste bei ihr weder Tränen noch Angst aus, sondern Haß der Leute in den Bergen.

»Er hat bei Mautner gearbeitet«, antwortete sie. »Auf dem Schwarzen Berg leitete er die Turnstunden, und am Geburtstag von Präsident Masaryk, da hielt er 'ne Rede. Das war noch, bevor Sokol verboten wurde. Es sind schon fast drei Jahre her.«

»Habt ihr von ihm … irgendwelche Nachrichten?«

»Schon lange nichts mehr. Er is' …, der Ärmste, was weiß ich, vielleicht is' er tot. Du, Dan …«

»Was?«

»Es ist bestimmt 'ne Sünde, aber 'nen Deutschen könnt ich durchaus umbringen. Ohne weiteres. Du nicht?«

»Na ja … doch, ich auch«, entgegnete ich, aber unsicher, weil ich das stark bezweifelte. Aber letzten Endes war ich es, der einen Deutschen umgebracht hat, nicht sie … doch wer hätte das damals wissen können? Der Lendenbraten duftete. Es war fast elf. Ich lud Nadja meine ganze Portion auf ihren Teller, eine reichliche – laut Meinung meiner Mutter befand ich mich immer noch in der Wachstumsphase – und genoß den Anblick, den das knochige Mädchen bot, wie sie wie eine ausgehungerte Katze den Braten verschlang. »Hmmmm, schmeckt das guuut«, lobte sie das Mittagessen wie schon vorher den Kuchen und wie etliche Male danach die verschiedenen Apfelstrudel, Mohnkuchen, Buchteln und den hausgemachten Hackbraten aus Pferdefleisch. Da kam mir der Gedanke, ob bei ihr der Weg zum Herzen nicht etwa durch den Magen führte, und daß wir eigentlich vertauschte Rollen spielten. Aber das glaubte ich nicht wirklich. Nadja war nicht so. Kaum war sie mit dem Essen fertig, umarmte ich sie, ohne Einwände ließ sie sich küssen und hemmungslos erwiderte sie meine Küsse, da war sie genau so unstillbar wie ihr Appetit eines Gargantua. Ihr Breitmaulfroschmund duftete nach eingelegtem Pferdefleisch. Anschließend äußerte sie ihre Bewunderung für den unbekannten Helden, der vor zwei Monaten das Benzinlager in Kostelec in die Luft gejagt hatte.

Danny,

ich grüße Dich aus Prag. Ich habe mich mit Matěj getroffen. Die Kirschbäume werden noch zweimal blühen. Ich komme am Sonntag. Mach's gut!

Dein Freund P.

Nächstes Semester soll unsere Abteilung in ein neues Gebäude umziehen. Es steht schon. Die Fenster haben honigfarbene Scheiben, die zwar das Sonnenlicht, nicht jedoch die Wärme in den Raum und auch keine optischen Signale nach außen dringen lassen. Man könnte sich wahrscheinlich nackt ausziehen, und vor der ganzen Wiese voll weiblicher Undergraduates, die auf dem sonnengewärmten Rasen ihre mittäglichen French Fries mit Ketchup essen, seine Nacktheit frontal dem Licht, nicht jedoch der Wärme der Sonnenstrahlen aussetzen. Der Architekt berücksichtigte auch Wünsche von besonders radikalen Studenten, so daß in einigen Hörsälen keine Möbel vorhanden sein werden, dafür aber unterschiedlich geformte Erhebungen auf dem Boden, alle mit einem *wall-to-wall carpet* bezogen. Auf einer dieser Beulen werde ich als Professor sitzen, auf den anderen beziehungsweise dazwischen – wie lauter Gullivers zwischen Brobdingnagians Brüsten – meine Studenten. Sie sollen dadurch ihre Aufregung verlieren und relaxed werden; ihre Aufmerksamkeit soll erhöht und nicht zuletzt die Leistungen gesteigert werden. An unserer Uni wird überhaupt sehr viel herumexperimentiert. Rocky McBeth hatte vor kurzem dem Dekan vorgeschlagen, ausgemusterte Fallschirme von der Königlich-kanadischen Luftwaffe zu kaufen. Diese Fallschirme solle man dann in den Hörsälen so an den Decken aufhängen, daß sie die Fenster verdecken. Dadurch sollte etwas wie ein Zelt entstehen, in diesem Zelt herrsche dann eine angenehme Düsterkeit, das Gefühl von Mutterschoß, Geborgenheit und Intimität. Das Ziel sei ebenfalls, die nervösen Studenten dazuzubringen, zu entspannen, sich zu verbessern und auf die wissenschaftlichen Erkenntnisse, die wir ihnen vortragen, zu konzentrieren.

Mit dem Umzug in das neue Gebäude sind aber auch Probleme verbunden. Rocky, dessen Aussehen an Dürers Selbstbildnis und somit auch an Christus erinnert, erhebt empört und beleidigt Einspruch. Warum sollte ausgerechnet ihm ein Arbeitszimmer ohne Fenster zugeteilt werden, nur mit Klimaanlage und Neonlicht, wo doch er als einziger von allen Kollegen unbedingt ein Fenster benötigt. Alle wissen doch, daß in seinem Arbeitszimmer aus experimentellen Gründen ein auseinandergefalteter Fallschirm hänge, und für die Untersuchung des psychologischen Effekts sei Neonlicht zu nichts zu gebrauchen, natürliches Tageslicht sei unabdingbar.

Es entwickelt sich ein Streit, zuerst sachlich, dann artet er rasch zu einem wilden Gezänk aus. Der Vorstand bemerkt trocken in seinem Oxford-Englisch, wem unser neues Universitätsgebäude nicht zusage, der könne ja gehen. Freddy Cohen, unser Chairman, wird rot wie eine Tomate und wirft ein, daß dies keine faire Bemerkung gewesen sei. Die Atmosphäre wird immer eisiger, verstohlen blicke ich auf meine Uhr, mir persönlich ist es egal, ob ich nun ein Fenster habe oder nicht. Ich bemühe mich immer, so wenig Zeit wie möglich in meinem Arbeitszimmer zu verbringen; Arbeitszimmer mochte ich noch nie.

Doch die Kollegen lassen sich von diesem Streit mitreißen. Sie kämpfen hart. Es sind unglaublich nette Leute, die mich trotz meines Akzents und gelegentlicher eigenartiger Formulierungen als ihresgleichen aufgenommen haben. Die Auseinandersetzung über den Raum mit oder ohne Fenster weckt in ihnen eine politische Leidenschaft. Sie streiten heftig, sind entrüstet und tragen wunderschöne, mit angelsächsischer intellektueller Ironie durchdrungene Sätze vor. Absurderweise werde ich von einem zärtlichen Gefühl ergriffen. Da merke ich erst, daß ich sie liebe, diese netten Amerikaner, die so aufrichtig empört sind über den Versuch des Vorstands, Rockys Menschenrechte zu verletzen.

Rocky ist Kanadier, der einzige in unserem Anglistik-Fachbereich. Ein Junge aus Maritimes, ein staunender Christus, Spezialist für das britische siebzehnte Jahrhundert. Vor kurzem, nicht ahnend, was ich da tat, hatte ich ihm die Tür zur prähistorischen Welt des Dadaismus, Fauvismus und Surrealismus geöffnet, und nun ist er mit ganzem Herzen dabei. Die alten europäischen -ismen wecken seine schöpferische Ader. Am Montag letzter Woche kam ich frühmorgens in die Uni, und vor dem Haupteingang hockte ein riesiger Hampelmann, zusammengeflickt aus Plastikmüllbeuteln, die wohl mit Abfall gefüllt waren. Er reichte hoch bis zum dritten Stock, seine aus Radkappen gebastelten Augen starrten stumpfsinnig über die Öde von Edenvale hin bis zum Ontario-See. Ein dadaistischer Brobdingnagian aus Plastik, geschaffen aus der schöpferischen Sehnsucht eines Jungen aus »Prinz Ruprechts Land«. Er muß das ganze Wochenende daran gearbeitet haben. Ich konnte nicht nachvollziehen, wie er den zehn Meter großen Blasemann überhaupt zusammennähen, aufrichten und mit dem Polyester-Rücken gegen die Fassade stellen hatte können. Doch die schöne Megapuppe hockte nur einen Tag dort. Dann verschwand sie auf Anordnung des Vorstands. Was sie darstellen sollte, weiß ich nicht. Wahrscheinlich nichts.

Die Versammlung geht uneinig auseinander. Rocky mit seinem stolz nach oben gereckten Vollbart verschwindet in seinem Zelt, ich in meinem leeren Arbeitszimmer, kurz darauf verlasse ich es samt Pelzmantel und Aktentasche, ich laufe die Treppe hinunter zum Hinterausgang, denn ich will mit keinem Menschen mehr über das Problem der vorhandenen oder nicht vorhandenen Fenster und auch über kein anderes Problem reden. Es dämmert, in Ontario leuchtet an diesem Abend von unten der Schnee und von oben der Himmel, illuminiert durch die Spiegelungen in den goldenen Fenstern der Wolkenkratzer in der Front Street. Ich möchte ihnen rasch entgegen fahren, von niemandem gestört werden. Ich werde wohl alt, ich will in meinen Gedanken versinken. Gedanken bedeuten meist Erinnerungen.

Die Uni hatte sich bereits geleert, die Studenten waren mit dem letzten Bus oder in ihren vergammelten Autos weggefahren. Ich gehe durch den langen, leeren, gut geheizten Korridor zum Ausgang.

Plötzlich erklingt von irgendwoher Musik. Jazz. Das, was wir Jazz nannten, als wir ihn in Kostelec spielten. Also Swing. *Eine rosa Schleife hatte ich, als ich ein Kind war* … Es klingt seltsam in dieser kanadischen Uni, die tschechische Stimme von Eva Fitzpilarová, in diesem peinlich sauberen Gang, vollgeklebt mit Plakaten, von Roman-Schnellese-Kursen über Vorlesungen, die das wahre Gesicht der Konterrevolution in Chile enthüllen, noch größere Rechte der ohnehin schon reichlich bevorzugten Frauen, über günstige Tipparbeiten, bis hin zur Möglichkeit, an Hare Krishna zu glauben. Die Musik dringt aus dem halb geöffneten *common room* der Studenten, der an das Kommunikationssystem von Radio Edenvale angeschlossen ist. Ich trete ein. Ein leerer, riesiger Raum, die Tische sind mit Resten von Lebensmitteln aus Automaten der *Canteen Canada* voll. Die bunten elektrischen Augen der Automaten an der Wand leuchten in die Dunkelheit, mechanisch bieten sie der gähnenden Leere Donuts an, Gummikuchen, trigonometrische Sandwiches mit synthetischen Hähnchen, Kaffee, extra starken Kaffee, Tee und synthetische Bouillon aus der Dose; der kanadische Futurismus … Die elektrischen Augen strahlen in das weiße Zwielicht hinter den breiten Fenstern, aus dem Lautsprecher singt Eva: … *die Schleife verschwand, meine Haare fallen mir in die Stirn, das Leben ist kein Spaß* …

Ich bleibe stehen, starre vor mich hin, höre zu, das Lied ist zu Ende. Dann kommt eine andere Stimme aus dem Lautsprecher, ebenfalls von einer Frau, englisch sprechend, mit einem leichten Akzent, charakteristisch für Veronika Prstová. Sie hat keine Zuhörer. Mich zähle ich dabei nicht. Ich brauche ihre Botschaft nicht, um die Weisheit zu erlangen.

»Wie ich so aus dem Fenster schaue, *well*, haben wir richtiges kanadisches Winterwetter, es schneit Watte, da wird man wieder keine Sterne sehen können, *well*, auch nicht den Mond. Heute soll Vollmond sein. In der Uni ist eh kein Mensch mehr, oder? Also spiele ich euch etwas Rockmusik, so was habt ihr noch nicht gehört, meine lieben Armleuchter. *Die schwarze Limousine.* Wißt ihr, was *Schwarze Limousine* ist? Damals, als sich in Prag der Junge verbrannte, ein gewisser Palach, da haben die Typen von der Geheimpolizei ein Mädchen umgebracht und es auf die Westdeutschen geschoben, auf westdeutsche Spione. Aber jeder hat natürlich gewußt, wer das Mädchen auf dem Gewissen hat, mußte aber das Maul halten. Also hier is' sie. *Die schwarze Limousine.* Es spielt die Gruppe Flamingo, es singt Božena Rotterová.«

Veronikas Stimme verstummt, man hört Rotterová:

Einen Traum hatte ich, daß ein Engel zu mir kam
und ein trauriges Lied für mich sang.
Es war nicht der Regen,
der die Spur der Flügel verwischte.
Von meiner Zeit bleibt mir nicht mehr viel.

Ich weiß nicht, ob Veronika Prstovás Textinterpretation nicht nur frommer Wunsch ist und ob Božena Rotterová und die Jungs von Flamingo andeutungsweise nicht eher die Version der Geheimpolizei verbreiten, nicht etwa, weil sie das glauben würden, sondern damit sie auch später noch Musik von Simon & Garfunkel oder irgendwelchen Amerikanern spielen durften. In dem leeren *common room* der Edenvale-Uni, die in der sich bis zum Ontario-See ausbreitenden Wildnis steht, klingt das Lied aber ziemlich gespenstisch. Wie bei dem Raben steigen mir Tränen in die Augen. Ich sehe sie in meinen Gedanken vor mir, das Waisenkind der Dubček-Ära, das traurige tschechische Mädchen, wie sie ganz allein von dort oben im sechsten Stock aus der Rundfunkkabine ihre rockige Botschaft in die menschenleeren Cafeterien sendet, die höchstens bis zu den unverständigen Ohren der italienischen Putzfrauen gelangt.

Und so höre wenigstens ich zu. Der einzige, der das hier versteht:

Warum gerade ich,
sollte ich bald die sein
vom Schicksal geköpft?

»*That's Czechoslovak?*« vernehme ich plötzlich eine Stimme hinter mir. Erschrocken blicke ich mich um. Irene Svensson in einem eleganten Mantel mit Sealskin-Futter, wohl aus einer kostspieligen Boutique in Yorkville. Sie war hier aufgetaucht wie ein Gespenst.

»Nein, tschechisch«, sage ich und füge ein wenig eingeschnappt hinzu:

»Es gibt keine tschechoslowakische Sprache.« Nach zwei Jahren meiner Erklärungen sollte das sogar eine beschränkte Kanadierin wissen.

»*Really?*« tut sie erstaunt und hört dem Lied zu. »*She's a terrific singer!*« bemerkt sie in der superlativ-durchdrungenen Terminologie ihres Landes. Ihr blondes Haar glänzt auf dem Kragen aus Fellen von Robbenbabies im Licht des Coca-Cola-Automaten. Sie hört zu. Ich ebenfalls:

Ich mag meine Zeit voller Qual,
einiger Sünden. Ich werde nicht anders sein.
Warum erschreckt mich wie ein Alptraum
Die lange schwarze Limousine?

»*Soul?*« fragt Irene. Was Rockmusik angeht, hat sie anscheinend einen überdurchschnittlichen IQ. Ich erzähle ihr den Inhalt des Liedes nach und dazu Veronikas Interpretation.

»Warum hat man sie umgebracht?«

»Das weiß ich nicht.«

»Sie müssen einen Grund gehabt haben.«

»Sicher.«

»Aber Sie wissen nicht, was für einen?«

»Nein.«

»Was konnte es sein? Ein junges Mädchen ...«

»Haben Sie nie James Bond gelesen?«

Sie wirft mir einen Blick ihrer luxuriös gebleichten Augen zu.

»Nein. Hätte ich ihn etwa lesen sollen, Herr Professor?«

»Nicht aus literaturwissenschaftlichen Gründen. Doch ein Bestandteil unserer, wenn Sie so wollen, Kultur, ist er bestimmt. Sogar ein symptomatischer.«

Eine Gruppe von Putzfrauen stürmt in den *common room.* »Kommen Sie.« Wir gehen durch den Raum zur Glastür und in die Nacht hinein. Der Sturm hat bereits nachgelassen. Die einsame Stimme von Veronika klingt draußen noch nach: »Nun ist es fast sechs Uhr. Draußen schneit es immer noch Watte. Wie wär's, wenn wir Weihnachten spielten? Es ist ja bald so weit. Und hier kommt es. *Purpura.* Von einem Herrn, der Jirži Suči heißt.«

Es schneit tatsächlich Watte. Wir gehen am Gebäude entlang in Richtung Parkplatz.

»O.K.«, meint Irene. »Dann kaufe ich mir ihn eben auf Ihre Empfehlung hin, Herr Professor, für unterwegs. Welchen soll ich denn kaufen?«

»Bond? Egal, welchen Sie wollen. Jeder ist ein vollkommenes *pars pro toto.*«

»*That's Latin, isn't it?*«

»*It is.*«

»*I took some Latin in high school. But I never learned much. What does it mean?*«

»Es bedeutet, wenn Sie einen gelesen haben, ist es so, als hätten Sie alle gelesen.«

Der Schnee knirscht unter Irenes Füßen, sie stecken in grauen Stiefeln aus weichem Leder, die eher aussehen, als seien es maßgeschneiderte Handschuhe für dünne Waden. Die Schneeflocken landen wie nordische Leuchtkäfer auf ihren gekonnt frisierten Locken.

»Ich bin froh, daß ich Sie noch getroffen habe, Sir«, sagt sie. »Ich wollte mich bei Ihnen entschuldigen, weil ich nächste Woche nicht zu den Vorlesungen kommen kann.«

»Etwas Wichtiges?«

»Ich fliege mit meiner Mutter auf Hawaii. Der Arzt hat es ihr verordnet; mein Vater hat keine Zeit, und meine Mutter hat Angst, allein zu fliegen. Ich bleibe nur ein paar Tage mit ihr dort. Sie lebt sich immer schnell ein.«

»Da beneide ich Sie. Werden Sie schön braun.«

»Sonne tut mir nicht gut.« Sie bleibt bei einem kleinen feuerroten Porsche stehen. Ihre gebleichten Augen sind auf mich gerichtet. Die erleuchteten Fenster des *common room* spiegeln sich darin.

»Waren Sie schon mal in Kiruna?« frage ich.

»Als Kind. Mein Großvater hat dort gelebt.«

»Ich weiß. Ich war auch mal dort.«

»*Really?* Und wann?« Sie fragt mit aufrichtigem Interesse.

»Ist schon fast zehn Jahre her. Vielleicht waren auch Sie zu dieser Zeit gerade dort. Vor zehn Jahren waren Sie wohl noch ein kleines Mädchen.«

»Vielleicht ...«, sagt Irene. Die gebleichten Augen mustern mich, irgend etwas macht sie unsicher. Ich fahre fort:

»Ist Ihnen die Sonne dort gut bekommen, die nordische Sonne?«

»Dort schon. Hat es Ihnen gefallen in Kiruna?«

»Sehr. Könnte ich wählen, würde ich in Kiruna leben. Oder in San Francisco.«

»Warum sind Sie dann in Toronto?«

»Ich lebe dort, wo mein Platz ist.«

Etwas Ähnliches war Irene wahrscheinlich noch nicht in den Sinn gekommen.

»*I see*«, sagt sie. »Kann ich Sie mitnehmen?«

»Mein Wagen steht da.«

Eine Weile sagen wir nichts. Die gebleichten Augen mustern mich noch immer. Dann sagt Irene, und ich höre eine leichte Ironie heraus:

»*That's too bad.*«

Das kann man nicht übersetzen, doch es ist weltweit verständlich. Als würde alles nach einer Regel ablaufen. Irene schlüpft elegant in ihren flachen Wagen mit weiß Gott wieviel Hunderten von Pferdestärken, der Sealskin-Mantel öffnet sich, der mit glänzendem Smog überzogene Himmel beleuchtet ihre Nylon-Knie und mädchenhaften Oberschenkel. Irene trägt keine hellblauen langen Unterhosen, schießt mir absurderweise durch den Kopf, ihr Auto dröhnt auf und springt wie ein Tiger auf die Autobahn.

»Gute Reise!«

»*See you in a week, Sir!*«

Die Hand der nordischen Königin im Autohandschuh winkt mir leichtfertig zu.

Ich werde wohl doch ein Verhältnis mit ihr anfangen.

Schön ist das Leben. Und furchtbar.

Hallo Daniel!

Nun bin ich in Prag an der Graphischen Schule, natürlich durch Protektion. Du wirst wohl denken – und zwar richtig –, daß mir da jemand geholfen hat. Es war der alte Balaš, der mich immer wie ein Wunderkind präsentiert hat; Vráťa, mal doch was! und ich hab die Tafel mit Szenen aus dem Leben in Kostelec vollgemalt. Balaš war so begeistert, daß er nie bemerkt hat, daß ich in das Breughelsche Durcheinander der menschlichen Körper immer einen weiblichen Akt hineinschmuggelte, und da war ich erst zwölf, was meinst du, wie das jetzt ist, wo ich fast achtzehn bin. Zum einen wollte er mir helfen, zum anderen wollte er das Reich um eine Arbeitskraft ärmer machen, weil Balaš, der liest so komische Bücher, so abgegriffene, und er trifft sich mit so komischen Leuten, die mit Kunst überhaupt nichts zu tun haben.

Ich weiß nicht, ob ich dir schon erzählt hab, wie's eigentlich dazu kam. In drei Phasen, wie Balaš sagen würde, eine dialektische Triade (davon verstehst du einen Schmarren, du tolpatschiger Saxophonspieler aus Kostelec). Zuerst ist also Herr Dašek gekommen, um Beize zu holen, die haben wir ganz oben in der Stellage liegen gehabt, gute drei Meter vom Boden. Ich hab 'ne Stehleiter genommen, die mit so 'ner Plattform oben, bin hochgestiegen und hab mich nach der Beize ausgestreckt, doch auch wenn ich mich auf die Zehenspitzen gestellt hab, konnte ich die Beize nur mit den Fingerkuppen berühren. Und so versuchte ich, sie zum Rande zu schubsen, damit ich sie dann auffangen konnte, wenn sie Übergewicht bekommen würde. Doch als das passierte, bekam auch die Leiter Übergewicht und somit – gemäß dem kausalen Nexus – auch ich. Noch hab ich nicht erwähnt, daß Herr Helebrant in den Stellagen viele Flaschen von verschiedenfarbigen Limonaden aufbewahrte, und die Flaschenhälse ragten aus dem Regal heraus, die umgekippte Beize fiel nach dem Gesetz des freien Falls immer schneller und schneller zu Boden, dabei zerschlug sie etwa zwanzig Flaschen mit den verschiedenfarbigen Limonaden, wobei ich, ein Körper schwerer als Beize, bereits auf dem Boden lag, die verschiedenfarbigen Limonaden ergoßen sich über mich, es war, als würden mich zwanzig Besoffene bepinkeln, jeder von ihnen ein anderes Medikament intus, nach dem man Regenbogenfarben pinkelt.

Das war also, damit du auch was dazulernst, die These. Ich mußte den Schaden von meinem Verdienst bezahlen, sonst hat sich Herr Helebrant nicht sonderlich aufgeregt.

Dann hat Helebrants Jana Schabernack (wie mein Vater sagte) mit mir getrieben, angeblich hätte ich Schiß und könne nicht rauchen. Und so hab ich meinem Bruder 'ne Kippe geklaut und lernte im Lager heimlich zu rauchen, auf einem Faß sitzend. Plötzlich kam Herr Helebrant ins Lager, fing an zu schreien, riß mir die Kippe aus der Hand und drückte sie zwischen Daumen und Zeigefinger aus, wobei er sich ordentlich verbrannte.

In dem Faß war nämlich Benzin. Diesmal drohte mir Herr Helebrant, wenn sich noch so ein Mißgeschick und so eine Verantwortungslosigkeit wiederholen sollte, er mich dann aus der Lehre schmeißen und mich beim Arbeitsamt melden würde, das mich wahrscheinlich ins Reich schicken würde.

Das war die Antithese.

Mißgeschick und Verantwortungslosigkeit haben sich bei mir leider wiederholt, denn er erwischte mich, noch bevor ich das ausführte, was ich ausführen wollte (Mißgeschick), und zwar nicht bei einer der käuflichen Damen in Kostelec, sondern bei seiner Tochter Jana (Verantwortungslosigkeit). Obwohl ich bei ihr nichts erreicht habe, hat er mich aus der Drogistenlehre gefeuert, das war die Synthese. Zum Glück kam am Sonntag Herr Professor Balaš aus Prag, wie ein kubistischer Engel (er trägt jetzt einen Bart, unten nach einem Lineal geschnitten, das erinnert mich an meinen Pony, den mir meine Mama immer nach einem Topf geschnitten hatte), und er sagte, er wolle mich auf der Graphischen Schule durchdrücken, wo er was zu sagen habe. Das hat er auch, er hat's geschafft, und so hab ich hoffentlich bis Kriegsende ausgesorgt. Du wirst wahrscheinlich auch nicht ins Reich gehen, wenn du jetzt für die Reichswaffenindustrie in Kostelec arbeitest, also treffen wir uns nach dem Krieg in Prag. Um sechs Uhr abends im Gasthaus »Zum Kelch«.

Dein Vráťa

P.S. Gib Jana Helebrantová einen Kuß von mir, wenn sie Dir dieses versiegelte Blatt übergibt. Das, was ich vorhatte, habe ich schon erreicht. Nämlich als sie hier war im Rahmen eines Besuchs der »Verkauften Braut«.

Ich kannte den unbekannten Helden. Ich erfuhr, wer es war, jedoch erst post factum und rein zufällig. Das war vielleicht ein Ding! Es knallte, als ich mit Irena und meinem Photoapparat gerade auf dem Rückweg aus dem Wald war, wo ich sie photographiert hatte, in verschiedenen Stellungen, von denen sie meinte, sie seien verführerisch, wobei ihre Vermutung richtig war, zumindest was mich betraf. Ich habe diese Bilder bis heute in Toronto aufgehoben. Auf diesen ist ein recht hübsches Kleinstadt-Mädchen in einem geblümten Kleid und mit O-Beinen zu sehen. Die hatten mich nicht gestört, und später erklärte ich mir dies mit Lord Verulams Worten, die ihn EAP sprechen läßt: *There is no exquisite beauty without some strangeness in the proportions.* Poe dachte dabei an Ligeias Augen; ich weiß nicht, ob er es auch im Falle von krummen Beinen hätte gelten lassen. Aber für mich zählte Verulam, und später, in meinen zahlreichen Schriften, in denen Irena zwar nicht allgegenwärtig, aber immer mit von der Partie war, bog ich ihr die krummen Beinchen zurecht. Während des ganzen Spazierganges durch den tiefen Wald, unterbrochen durch zahlreiche Pausen zum Photographieren, beschwatzte ich sie natürlich, sie solle sich doch auch mal ohne Kleider verewigen lassen, doch dazu gab sie keine Einwilligung. Alles, was ich in dieser Hinsicht erreichen konnte – und zwar erst viel später, am Jericho – war, daß sie mir erlaubte, sie im Badeanzug zu photographieren, und der war nicht mal zweiteilig. Dafür hatte er zwischen ihren Oberschenkeln direkt unterhalb ihrer Muschi ein kleines nettes Loch, und so glotzte ich durch den Sucher meiner Voigtländer und stellte durch dieses Loch dann meine Kamera auf Zdeněks Gesicht scharf, der direkt hinter Irena auf ihrem Badetuch hockte. Das war meine erste Lektion in Sachen künstlerischer Symbolismus.

Wir kehrten den Fluß entlang zurück, in die Voigtländer hatte ich hoffnungsfroh einen frischen Film eingelegt, denn ich dachte, ihr Papa sei nicht zu Hause und daß sie sich vielleicht doch noch überreden ließe. Wir liefen im grünen Schatten des Waldes den Fluß entlang, am gegenüberliegenden Ufer lag die Brauerei, da knallte es plötzlich. Rums! Oder vielmehr: BruuM! Wir zuckten zusammen, aus Velcls Lager hinter uns schlug eine riesige Stichflamme empor, Rauch quoll heraus. »Jeeh!« kreischte Irena. Der Pornograph in mir machte dem Kriegsberichterstatter rasch Platz. Mit einem Sprung, wie man das so zu schreiben pflegt – doch ich sprang buchstäblich –, stürmte ich so nah wie möglich an den Brand heran, und schon hatte ich ihn mit meiner Kamera verewigt. Immer dunklere Rauchschwaden zogen in die Höhe, immer stärker und bedrohlicher, über dem Lager bildete sich eine hohe, schwarze Rauchsäule, ich knipste und knipste, und auf einmal fing was an zu knistern und platzte wie Popcorn. Aus dem schwarzen Rauch wurde etwas herauskatapultiert, etwas Schweres und Brennendes, und flog im Nu direkt auf mich zu. Ich sprang zur Seite, neben mir landete ein brennendes Faß und explodierte, ich hechtete noch weiter zurück, doch wie ich mit den Beinen aufkam, zog es mir die Füße weg, und ich glitt mit meiner hellen Hose und dem frisch gewaschenen Leinenhemd die steile Uferböschung langsam in den Fluß hinein. Sofort stellte sich bei mir der Reflex aller Photoreporter ein: obwohl ich ganz ins kalte Wasser eintauchte, schaffte ich es, die Hand mit der Kamera über der Wasseroberfläche zu halten. Irrwitzigerweise fiel mir in diesem Moment, der später kaderpolitisch ausgeschlachtet werden konnte, ein, daß ich wie der Sohn von King Kong sei, der Fay Wray auf seiner Handfläche von der untergehenden Insel rettete. Zum Glück war der Fluß an dieser Stelle seicht, im Nu kletterte ich zurück ans Ufer und vollendete mit Schlamm bedeckt mein Werk als Photoreporter.

Ich blickte mich um. Auf dem Uferweg zerrte der Herr Rat seine Tochter nach Hause, und mir rief er dabei zu: »Herr Šmirický! Laufen Sie sofort heim! Auf der Stelle!«

Mir ging nicht gleich auf, warum er derart energisch war, doch dann erblickte ich zwei graue Laster voll deutscher Soldaten, die mit hoher Geschwindigkeit vom Bahnhof in Richtung Velcls Lager rasten, das sich inzwischen in eine gigantische Wunderkerze verwandelt hatte. Ich verstand nun die Befürchtungen des Herrn Rat, und als wäre ich ein amerikanischer Fallschirmspringer im Pazifik, hüpfte ich erneut in den Fluß, watete zum anderen Ufer und lief im Laufschritt im Schutz des Waldes an der Brauerei vorbei zur Stadt und dann nach Hause. Unterwegs schoß ich noch ein paar Bilder.

Zum Glück war niemand daheim. Ich zog mich um und schloß mich im Bad ein, das mein Vater als Dunkelkammer benutzte. Nach einer Stunde waren die Bilder fertig. Die mit dem Brand – seltsamerweise hatte ich den anderen Film mit Bildern von Irena, der in einer Plastikkapsel in meiner Hosentasche steckte, völlig vergessen. Erst später fiel er mir ein, als ich mein Werk betrachtete, das die in Kostelec noch nie dagewesene Verwüstung dokumentierte, doch die Entwicklerflüssigkeit war schon wieder in der Flasche, und so verschob ich Irena auf später. Ich brannte vor Ungeduld, die Bilder Přema zu zeigen.

Přema war der Kopf der Untergrundorganisation, der ich mich, wie man heute sagen würde, frei zugehörig fühlte. Bisher hatte sie noch keine Heldentaten vollbracht, außer gelegentlich nachts Telefondrähte im Wald durchgeschnitten, von denen wir hofften, sie seien die Verbindung der Militärkommandatur in Kostelec mit Berlin, was sich aber als Irrtum herausstellte. Wir hatten bloß das Ausflugsrestaurant von Meister Alois Jirásek auf dem Schwarzen Berg von der Post in Kostelec abgeschnitten.

Ich eilte zu Skočdopoles. In der Stadt standen bereits Menschentrauben herum, die aufgeregt diskutierten. In Rekordzeit erreichte ich das Tabaklager, sauste die Treppe rauf in den ersten Stock zu Skočdopoles Wohnung und klingelte. Nichts. Auch nicht nach dem zweiten, nicht nach dem dritten Mal. Also lief ich durch den Flur um die Ecke, wo Přema sein Zimmer mit einem eigenen Eingang hatte und klopfte an der Tür.

»Wer ist da?« hörte ich Přemas Stimme hinter der Tür.

»Ich. Danny.«

»Rein mit dir! Schnell!«

Ich schlüpfte hinein und erschrak. Přema hatte ein Hemd an, aber sein linker Arm sah aus, als wäre die Haut vom Ellbogen bis zur Schulter verschmort. Feuerrotes, aufgeplatztes Fleisch klaffte auseinander, darauf Fetzen des verbrannten Hemdes.

»Mensch!« rief ich. »Du warst auch da?«

»Ich hab's angezündet, Mann«, Přema grinste merkwürdig. »Mist – es ist … es tut verdammt weh …«

Ich bemerkte, daß er schwitzte. Es floßen ihm regelrechte Schweißbäche die Stirn hinunter. Außerdem war er ganz blaß.

»Verdammt«, sagte ich. »Hast du irgendein Mittel dafür?«

»Ich hab's mit Nivea eingeschmiert. Aber es brennt teuflisch. Jetzt hab ich keine mehr.«

»Ich kann dir noch welche besorgen. Meine Mutter hat, glaub ich, noch was da.«

»Mir scheint, Nivea …«, er verstummte, über sein Gesicht ergoß sich ein wahrlicher Wasserfall, »… nützt einen Scheißdreck. Habt ihr irgendein Öl zu Hause?«

»Öl?«

»Ja. Pflanzenöl. Oder Sonnenöl.«

»Ich glaub nicht.«

Wir verstummten beide.

Přema setzte sich aufs Bett und legte seinen Arm auf das Tischchen daneben.

»So 'ne gottverdammte Scheiße«, stöhnte Přema. »Ich wurde angespritzt, bevor ich ausweichen konnte. Nur ein Tropfen. Höchstens ein Löffel. Und guck dir nun mal die Bescherung an.«

Ich sah sie mir an. Es sah wirklich nicht besonders gut aus.

»Und was ist mit den anderen?«

»Ich hab's alleine gemacht. Ich hab' herausgekriegt, daß das Lager kaum bewacht wird. Nur von so 'nem alten Knacker, einem Österreicher. Der hat immer im Stehen gedöst – Scheiße. SCHEISSE!«

Přema heulte auf. Das alles hatte ihn ganz schön mitgenommen.

»Hör mal«, ich hatte eine Idee. »Ich hole Doktor Labský. Der ist ... zuverlässig. Mir hat er schon zweimal 'ne Bescheinigung geschrieben, als ich die Schicht verschlafen hab. Und für Benda, weißt du noch? Als er sich die Pikrin-Gelbsucht machen wollte, hat er ihm bescheinigt, daß er Gallensteine hat?«

Přema jaulte auf. Noch nie hatte ich so einen verzweifelten Schmerzenslaut gehört. Přema gab ein seltsames Geräusch von sich.

»Ich weiß, daß er in Ordnung ist. Aber hier ist es was Ernstes. Daß er ... sich nicht gleich in die Hose macht.«

Wir blickten auf seinen verschmorten Arm.

»Aber irgendetwas müssen wir unternehmen.«

»Eher schon.«

Přemas Gesicht verzog sich wieder, und noch einmal schrie er das vulgäre Wort. Da hatte ich mich schon entschlossen und sagte:

»Ich gehe ihn holen. In der Zwischenzeit kannst du dir das hier angucken.«

Ich legte ihm die Bilder hin, damit er sich wenigstens freuen konnte, wie er's ihnen gegeben hatte ... den Deutschen.

Mir war klar, daß es bei Doktor Labský wie immer voll sein würde. Damals wurde man noch nicht für einen bestimmten Tag und eine bestimmte Uhrzeit bestellt, und Ärzte hatten noch keine Sprechstundenhilfen. Man kam einfach während der Öffnungszeit, zählte nach, wie viele Leute schon da saßen und paßte auf, daß sich keiner, der später kam, vordrängte. Das war nämlich gang und gäbe. Und weil es viele im Krieg darauf abgesehen hatten, blau zu machen, rechnete ich damit, daß mindestens fünfzehn Leute im Wartezimmer sitzen würden.

Erst draußen auf der Straße wurde mir so richtig bewußt, was Přema überhaupt geleistet hatte. Unter dem Eindruck seiner Größe entschloß ich mich zu einem Trick, der auch eine gewisse Tapferkeit erforderte. Allerdings nur wenig; ein kleines Blutvergießen, aber immerhin Blut. Ich hätte dann Blut fürs Vaterland vergossen, fiel mir ein, aber gleich kam mir das dämlich vor, doch wenn man's ganz genau betrachtete, stimmte das schon. Und wenn Přema es geschafft hatte, ein ganzes Benzinlager in die Luft zu jagen, dann werde ich doch kein Scheißer sein und Angst vor diesem lächerlichen Schmerz haben. Ich holte mein Taschenmesser und ein sauberes Taschentuch heraus und schloß die Augen. Wieder sah ich die überlebensgroße Wunderkerze vor mir, die brennenden, wie Popcorn berstenden Fässer fielen in den dunkelgrünen Schatten des Waldes und knisterten im seichten Fluß ... ich schnitt mir die Daumenkuppe auf bis zum Knochen, so daß ich vor Schmerz aufjaulte. Ein mächtiger Blutstrom quoll hervor, ich fing ihn mit dem Taschentuch auf, das blutige Taschentuch drückte ich dann an die Nase und verschmierte mir damit das ganze Gesicht. So zugerichtet, stürmte ich ins Wartezimmer von Herrn Doktor Labský.

Wie ich's vermutet hatte, war es voll dort, aber mein blutverschmiertes Gesicht machte mächtig Eindruck auf die Patienten. Durch das Taschentuch murmelte ich was von einem Motorradunfall, ein Opa stand auf, und mit der Miene eines Lebensretters trommelte er gegen die Sprechzimmertür. »Was ist«, hörte man von drinnen Doktor Labskýs ziemlich unfreundliche Stimme. »Herr Dochtor, Sie ham hier 'nen Notfall. Der Junge is ganz schön zugerichtet!« Der Alte hatte meine Verletzung ein bißchen übertrieben dargestellt. Von drinnen konnte man ziemlich eingeschnappt vernehmen: »Moment!« Doch sogleich ging die Tür ein bißchen auf, und in dem Spalt erschien der Kopf von Doktor Labský. Ich sah zu ihm hoch – er war ein fast zwei Meter großer Schönling, noch ziemlich jung, etwa fünfunddreißig – und murmelte durch das Taschentuch: »Mir ist schwindlig, wahrscheinlich wegen des Blutverlusts.« »Komm rein«, sagte der Doktor mißgestimmt und taxierte mit einem Blick, wie nah ich mich dem Tode befand. »Daß du mir nur nicht auf dem Teppich verblutest!« Das Taschentuch hatte ihn nicht beeindruckt, und ich hatte das Gefühl, mit meiner Heldentat ungelegen gekommen zu sein.

Dem war auch so. Am gynäkologischen Untersuchungstisch stand Marie Dreslerová und knöpfte gerade ihre Bluse zu. Sie wurde feuerrot. Ich versuchte, mich bei ihr zu entschuldigen. »Verzeihung!« sagte ich durch die Nase. Sie hob hochmütig ihr Näschen, schätzte zynisch das Ausmaß der Gefahr ab, in der ich schwebte, und fragte etwas unangebracht: »Na, wieder was angestellt, Dannylein?« Alle S-Laute zischten wie Schlangen, und Marie wandte sich an den Doktor.

»Also die Tabletten dreimal am Tag, Fräulein«, sprach der Schönling süßlich. »Mit viel Wasser einnehmen, und in einer Woche schauen Sie wieder vorbei.«

Trotz der Situation, in der ich mich befand, durchfuhr mich ein Blitz wuterfüllter Eifersucht. Schauen Sie vorbei! Das ist ja gut! Am gynäkologischen Tisch! Marie stolzierte auf den schönsten Beinen von ganz Kostelec aus dem Sprechzimmer, und ich wandte mich an den Herrn Doktor.

Zu Skočdopoles kam er etwa eine Viertelstunde nach mir und stellte Přema genau dieselbe Frage wie ich vorhin. Nachdem er sich vergewissert hatte, daß es sich bei ihm um einen Einzeltäter handelte, packte er die Utensilien aus seinem Entbindungsköfferchen und machte sich daran, die Bescherung wieder hinzukriegen. Přema setzte währenddessen eine ganze Palette der verschiedensten Grimassen auf, und das gewisse vulgäre Wort entfuhr ihm ungefähr fünfmal.

Zum Schluß holte der Doktor den uns gut bekannten Vordruck hervor, mit dem man die Arbeitsunfähigkeit für die Fabrik bescheinigte, und hielt inne.

»Ich kann dich nur für drei Tage krank schreiben. Sonst müßtest du zur Kontrolle, und dann müßten zu viele Leute ins Vertrauen gezogen werden.«

»Verstehe«, entgegnete Přema im Tonfall eines Konspiranten. »Drei Tage reichen.«

»Sag das nicht«, widersprach ihm der Arzt. »Du wirst Fieber bekommen, ich kann aber nichts machen. Das mußt du aushalten.«

»Keine Sorge, Herr Doktor.«

Der Arzt sah ihn an. Lange. »Ich mache mir keine Sorgen«, sagte er. »Einen Arzt werden die nicht mitnehmen. Ärzte brauchen sie. Junge, hast du dir eigentlich überlegt, was du da machst?«

Přemas Gesicht verfinsterte sich.

»Klar«, sagte er, es klang aber nicht sehr überzeugend.

»Was meinst du, wie viele man jetzt deswegen einsperrt?«

Přema schwieg.

»Fünfzehn? Zwanzig? Fünfzig?«

Letztendlich verhaftete man achtundvierzig. Darunter auch meinen Vater, er kam aber mit dem Leben davon.

Přema schwieg immer noch.

»Und wie viele werden nicht mehr zurückkommen?«

Zehn. Doch das hatten wir damals natürlich auch noch nicht geahnt.

Und so erhielt ich eine Lektion in Sachen Relativität menschlicher Taten.

»Wir haben ja Krieg«, murmelte Přema endlich. »Und wenn alle so Schiß hätten, dann ... Wenigstens einer muß doch etwas tun.«

Doktor Labský warf ihm wieder seinen langen Blick zu.

»Du denkst wohl, du bist ein Held?«

»Das nicht«, warf Přema geschwind ein. »Aber es ist Krieg. Wir müssen den Deutschen ...«

»Wenn du ein Held wärst, würdest du hingehen und Selbstanzeige erstatten. Damit würdest du was weiß ich wie viele unschuldige Menschenleben retten, die dafür schwer büßen müssen.«

Doktor Labský stand auf.

»Mach das aber lieber nicht. Sonst würden sie aus dir auch noch herausquetschen, wer dich behandelt hat, das merken sie, daß das Facharbeit ist. Also alle drei Stunden einen neuen Verband. Und morgen sehe ich wieder nach dir. Bis dann.«

Er klappte seinen Entbindungskoffer zu, zog in der Tür den Kopf ein, um sich keine Beule einzuhandeln, und verschwand.

Wir saßen schweigend da, das Ganze war irgendwie peinlich.

»Verdammt«, sagte Přema nach einer Weile. »Daran hab ich nicht gedacht. Meinst du, daß er recht hat?«

»Ja. Das würde dir wirklich kein Mensch glauben, daß du die Wunde selbst so behandelt hast.«

»Das mein ich nicht«, sagte Přema gereizt. »Daß ich 'nen Blödsinn gemacht hab. Daß sich das vielleicht nicht gelohnt hat. Die Idee ist mir nicht gekommen, daß deshalb weiß Gott wie viele Menschen draufgehen könnten.«

»Du hast es doch selbst gesagt. Wir haben ja Krieg.«

»Aber die schnappen sich Unschuldige. Mehrere werden die womöglich abknallen.«

»Unschuldige, aber auch Duckmäuser. Mit Feiglingen kann man keinen Krieg gewinnen.«

Bei dieser Sentenz kam ich mir wie ein Held vor. Ich ahnte noch nicht, wie bald ich es bereuen würde, nicht unter den Feigen, aber Unschuldigen geblieben zu sein.

Přema dachte angestrengt nach. Er hatte aufgehört, zu schwitzen. Das kühle Öl wirkte anscheinend wohltuend. Aber die blassen, eingefallenen Wangen seines mongolisch wirkenden Gesichts glühten, vielleicht hatte das Fieber schon begonnen.

»Ich könnte abhauen«, meinte er, »an die Gestapo einen Brief schicken und alles gestehen.«

»Dann würde man die anderen aus Rache einsperren. Vorausgesetzt, sie schnappen dich nicht. Du weiß doch, daß man nach dem Heydrich-Attentat gedroht hat, solange jeden dritten abzuknallen, bis der Täter gefunden wird.«

»Das ist richtig«, stimmte Přema zu und meinte nach einer Weile betreten: »Ich könnte mich erschießen und dann den Brief schreiben ... äh ... ich meine umgekehrt.«

»Du hast doch nichts da.«

»Doch.«

Davon hatte er mir nie erzählt. Neid überkam mich. Mein Vater hatte vor dem Krieg eine Knarre gehabt, doch als die Deutschen kamen, versteckte er sie irgendwo, und dann, während des Aufstands gegen die Deutschen, konnte er sie nicht wiederfinden. Den ganzen Aufstand verbrachte er mit der vergeblichen Suche. Und so war ich unbewaffnet.

»Mach keinen Mist«, sagte ich. »Das würden die sowieso ausnutzen, damit sie mit denen abrechnen können, bei denen sie das schon lange vorhaben. Es ist doch Hemd wie Hose, ob du dich stellst oder nicht. Und wenn du dich meldest, wird's einen weniger geben, der wenigstens kein Scheisser ist.«

Damit hatte ich damals Přema auf intellektuelle Art und Weise eine Erklärung zum ewigen Dilemma der menschlichen Heldentaten geliefert. Oder hatte zumindest seinen Überlebensinstinkt gestärkt, mit dem auch Helden ausgestattet sind. Nach Hause ging ich erst, als es schon dunkel war, und trotz der zu erwartenden Repressalien und der Hekatomben von Unschuldigen war mir wohlig zumute, weil ich das Gefühl hatte, an einer wirksamen Verschwörung beteiligt zu sein, die alle Merkmale von Abenteuer und vielleicht auch Heroismus trug, sofern es sich nicht um jugendliche Unvernunft handelte.

Daheim angekommen, klingelte ich, meine Mutter öffnete mir mit verweinten Augen.

Die Repressalien hatten bereits begonnen.

Und ausgerechnet bei uns zu Hause.

Vor mir in meiner Richtung ein Fluß aus Blut, mir entgegenkommend ein Fluß aus Gold. Im Laufe der so kurzen und doch so langen Jahrzehnte, die mich von jenem Augenblick trennen, als ich durch den Spalt zwischen Irenas Oberschenkeln unterhalb ihres Heiligtums das scharf eingestellte Gesicht meines damaligen Nebenbuhlers Zdeněk Pivonka betrachtet hatte, gewöhnte ich mich daran, daß fast alles eine andere Bedeutung haben konnte, wobei jedoch die ursprüngliche, wirkliche Bedeutung, die konkrete Realität, letztendlich immer die beste ist. Die schönste. Die gültigste. Ich flitze in meinem roten Duster über die nach Königin Elisabeth II. benannte Autobahn, es ist dunkel und *rush hour*, der Fluß wie aus Blut sind die Rücklichter der Autokolonne vor mir, der Fluß aus Gold sind die abgeblendeten Scheinwerfer der Autos, die mir aus Toronto entgegenkommen und in die kleinen Städtchen am Ufer des Sees tuckern, nach Oakville, Clarkson, Missisauga, Etobicoke, oder weiter nach Hamilton, St. Catharines und Niagara on the Lake.

Es schneit nicht mehr; Tausende von künstlichen Lichtern beleuchten die tief über das Flachland Ontarios ziehenden Wolken, die wie *stardust* fluoreszieren. An diesem leuchtenden Abend ragen die unterschiedlich langen schwarzen und weißen Finger der Wolkenkratzer der Downtown vor mir in die Höhe, sie sind wie vertikal angeordnete goldene Schachbretter; die roten Signallichter an der Spitze des Canadian National Tower blinzeln mir zu, sie warnen die Jumbos, die den Kurs zum Flughafen einschlagen, sich auf dieser Nadel nicht aufzuspießen. Eine wunderschöne, winterliche, sichere, vorweihnachtliche Nacht in Kanada, unvorstellbar in Europa, in jenem Teil Europas, wo ich herkomme. Vor mir eine Nacht, in der mir nichts zustoßen kann, höchstens ein Infarkt könnte mich niederstrecken, als Spätfolge vieler Nächte dort, was ich einmal mein Zuhause genannt hatte, doch so bezeichne ich es nicht mehr.

Nach dieser Nacht kommt wieder ein Tag, und das Schlimmste, was mir außer einem Infarkt passieren könnte, wäre, wenn Irene Svenssons gnädige Stimmung umschlagen sollte und sie aus Boshaftigkeit was über Poe pauken würde, was ich noch nicht kenne (da wird sie sich aber ins Zeug legen müssen; sie sollte lieber abwarten, bis wir mit Joyce anfangen), und dann würde sie mich vor Bellissimmo und Ted Higgins blamieren, falls die das überhaupt mitkriegen sollten. Doch das glaube ich kaum. Irene Svensson ist ganz schön clever, zwar nicht unbedingt in den Naturwissenschaften, aber ich mit meinen fünfzig Jahren bin noch cleverer. So einer Situation bin ich locker gewachsen. Es ist trotzdem das Schlimmste, was mir je widerfahren könnte.

Es geht mir gut, immer und immer wieder kommt mir das Leben herrlich vor, und ich habe den Eindruck, als wäre mein Leben immer schon herrlich gewesen, denn ich habe alles überlebt, ohne Schäden davongetragen zu haben, und jetzt lebe ich in einem Land, wo man mir, wenn ich vorsichtig fahre, nicht einmal einen Strafzettel verpassen kann.

Ich denke nach, träume vor mich hin. Vor mir sehe ich meinen Vater, als er nicht einmal einen Monat später aus dem Knast nach Hause kam, sein Fuß stank wie ein Tilsiter-Käse – falls der überhaupt stinkt –, wenn nicht, dann eben wie Gorgonzola. Mein Vater war nämlich ein Held aus dem Ersten Weltkrieg. Das behauptet man aber von allen Schwerverletzten, auch wenn sie gerade beim gemütlichen Essen verletzt werden, aber mein Vater war in der Schlacht bei Zborov schwer verwundet worden. Allzu oft hatte er damit aber nicht angeben können, denn er war auf der falschen Seite der Front verletzt worden, und zwar durch eine Kugel, die allem Anschein nach aus dem Maschinengewehr eines Legionärs abgefeuert worden war. Manchmal versuchte er, seine Verwundung in ein besseres Licht zu rücken, indem er behauptete, er hätte sie beim Versuch erlitten, zum Feind überzulaufen, doch das nahm ihm keiner ab, am allerwenigsten ich. Mein Papa war Tscheche durch und durch. Er hatte stets gewissenhaft gedient, dabei dachte er zwar immer das Gegenteil von dem, was er eigentlich hätte denken sollen, doch gedient hatte er. Er versuchte gar nicht überzulaufen. Woher denn! Auf den Befehl eines österreichischen Offiziers schwang er sich vorsichtig aus dem Schützengraben, aber weil im Krieg Vorsicht gelegentlich herzlich wenig nützt, fiel er, kaum war er draußen, mit einem zerfetzten Bein wieder zurück. Der Kampf tobte noch tagelang, es gab weder die Zeit noch die Mittel, alle Verletzten ins Hinterland zu transportieren, und so lag mein Vater mit seinem zerschossenen Bein im Keller eines zerbombten Schlosses, von Schmerzen und Durst gequält. Der Feldarzt kümmerte sich nicht übermäßig um die Verletzten. Die ganzen Tage über versuchte er, die Mauer zu dem zugeschütteten Weinkeller zu durchbrechen; die Schrapnelle pfiffen nur so über das Schloß hinweg. Endlich gelang es dem Feldarzt, er verschwand in der Dunkelheit und erschien bald wieder mit einem Armvoll moosbewachsener Flaschen. Die Verwundeten und Sterbenden fingen an zu jammern, und der Feldarzt teilte wie einst der Heilige Nikolaus links und rechts Flaschen aus. Er war ein weiser Feldarzt, er wußte, daß er mit den Jodfläschchen und der Packung Aspirin, die er zur Verfügung hatte, den Verwundeten und Sterbenden bei weitem nicht so gut helfen hätte können wie mit dem Alkohol, der bekanntlich alle Schmerzen heilt. »Doch Pustekuchen!« erzählte Vater dann immer. »Ich schlug den Flaschenhals ab, setzte an, und aus der Flasche, Danny, kommt ein schwarzer Brei wie Pflaumenmus! Trinken konnte man's nicht, essen aber auch nicht. Der Wein hatte vielleicht dreihundert Jahre dort gelegen und war durch und durch hin!«

Und so stöhnte er weiter, klagte vor Durst und lag die ganze Nacht lang im Sterben, der Feldarzt rannte immer wieder vors Schloß hinaus und zurück, gegen Morgen stürmte er wieder ganz aus dem Häuschen hinein, der Feldprediger sei gekommen und spende die Letzte Ölung. Ich weiß nicht, inwieweit sie diese Nachricht wieder aufrichtete, in der Nacht starben auf jeden Fall mehrere Verwundete. Mein Vater wurde dadurch nicht so sehr ermutigt, denn er war nie religiös gewesen, seine Sache war vielmehr körperliche Ertüchtigung, Wandern und der Sokol-Turnverein. Auch mit Frauen konnte er nicht viel anfangen. In dem kaputtgeschossenen Eingang ging die Plane auseinander, und ein Geistlicher, wohl einer direkt vom Priesterseminar, kam hinein, ein hübscher Bursche, aber leichenblaß, wahrscheinlich hatte er in seinem ganzen Leben noch nicht so viele Leichen auf einem Haufen gesehen; wie er sich umblickte, ächzte mein Vater: »Karel!« Denn es war sein Bruder, mein Onkel Karel, der seinerzeit Maschinenbauingenieur werden wollte und eine enge Bekanntschaft mit einem Mädchen namens Josefine hatte. Doch ihre Eltern verheirateten sie mit einem Beamten von der Steuerbehörde, und nach einem knappen Jahr starb sie an Kindbettfieber; mein Onkel hielt ihr übers Grab hinaus die Treue und trat ins Priesterseminar ein.

Das Leben treibt doch seltsame Blüten. Furchtbar. Und doch wunderschön.

In dem unter Schrapnellbeschuß stehenden Schloß hatte mein Onkel damals etwas getan, was sich nicht unbedingt mit den Pflichten eines Feldgeistlichen vereinbaren läßt. Mehrere Verwundete, die noch am Leben waren, versah er zwar mit der Letzten Ölung, und von einem ließ er sich voll Demut als Pfaffe und Obskurant beschimpfen, der war nämlich Mitglied der Freidenker und regte sich dermaßen auf, daß er ohnmächtig wurde und den Abend nicht überlebte. Doch gleich darauf desertierte mein Onkel. Er bestach einen dort ansässigen Bauern, lud meinen Vater auf dessen Leiterwagen, und zusammen mit dem Bauern brachte er ihn hinter die Front. Dort beschaffte sich der Onkel eine Bescheinigung – die Feldgeistlichen hatten in der österreichischen Armee wohl eine ähnliche Stellung wie Politkommissare – und zwängte meinen Vater und sich in den Lazarettzug nach Lemberg. In Lemberg buchte er ein Abteil für den Zug nach Wien, und in Wien brachte er meinen Vater im Offizierskrankenhaus unter. Anschließend kehrte er demütig zurück an die Front.

Aber da war das Bein meines Vaters bereits in einem solchen Zustand, daß man es amputieren wollte. Schließlich tat man es aber doch nicht, und mein Vater starb fünfzig Jahre später während einer Operation am Schienbein, das zu dieser Zeit innen längst verfault war. Hätte man das Bein damals im Krieg amputiert, sagte mir der Dozent, als ich im Begräbnisanzug ins Krankenhaus kam, hätte man ihm etliche Leiden erspart, und er hätte noch viele Jahre leben können. Rein körperlich hatte er eine sehr gute Kondition, bis auf das Bein. Na ja, körperlich vielleicht. Aber ich weiß nicht recht. In Wien hatte Papa geweint. Turner mit einem Bein? Wanderer mit einem Bein? Bevor mein Onkel wegfuhr, setzte er noch alle Hebel in Bewegung, und der berühmte und vielbeschäftigte Professor Lebensold willigte zu einem Experiment ein und rettete das Bein meines Vaters. Wir leben in einer Welt voll absurder Zusammenhänge, vielleicht sind es Zufälle oder aber auch unerforschliche Kapriolen Gottes, der grausam scherzt. Man hatte einen Körperteil gerettet, der faulte, der die nächsten fünfzig Jahre vor sich hin faulte, doch immer mit meinem Vater verbunden war. Papa litt. Turnen konnte er nicht mehr, und gerade deswegen trainierte er die anderen Sportler um so härter. Auch Irena war dabei, so kam es, daß ich trotz meines Widerwillens gegen Leibesübungen mit Gymnastik anfing. Doch bevor ich mir dabei etwas antun konnte, hatten die Deutschen den Sokol-Turnverein verboten.

Ich fühle mich wohl. Die dreispurige Karawane ordnet sich bei der Auffahrt zur Jarvis Street im Reißverschlußsystem in zwei Spuren ein; die eine geht weiter den Gardiner Expressway entlang, die andere, auf der ich unterwegs bin, führt nicht weniger zügig in einer Schleife nach unten, ich überquere eine Kreuzung bei grün und sehe die makellose Leuchtreklame für *Breggfast* mit dem Kürbisgesicht eines sommersprossigen kanadischen Balgs, der sich mit Spiegeleiern vollstopft; und mit einem wohligen Gefühl beschließe ich spontan, diesen Tag mit einem Abendessen im Mourek Inn zu krönen, wo es den besten Lendenbraten nördlich der USA gibt. Ich biege also in die Richmond Street ein, dann in die Avenue Road, auf der College Road steht die Ampel auf rot, eine Gruppe chinesischer Medizinstudentinnen mit Strickmützen und Wangen wie orientalische Puppen überquert die Straße, es wird gelb, doch hinter den Chinesinnen rennt noch eine schwarze Medizinstudentin, von den Autos geblendet, zeigt sie ihr leuchtendes Augenweiß. Ich fühle mich wie im Paradies. Eigentlich bin ich ja im Paradies.

Ich freue mich. Rein gar nichts beunruhigt mich. Wenn ich mich richtig erinnere, habe ich einen ähnlichen Abend zu Hause nie erlebt. Ich denke an meinen Vater, der Lendenbraten auch so gemocht hatte. Und an die arme Nadja, die sich den Bauch immer vollgeschlagen hatte. Hätte man meinem Vater damals das Bein abgenommen, weiß Gott, wie es mit ihm weiter gegangen wäre. Vielleicht hätte ihn Richter Neuthaler wegen des amputierten Gliedes für ein nicht beachtenswertes Opfer eines Autounfalls gehalten, und mein Papa wäre direkt in Bergen-Belsen gelandet. Aber unser absurder Gott treibt manchmal so seine Spielchen mit uns.

Das Mourek Inn strahlt sein Licht in die bunte vorweihnachtliche Nacht an der Eglinton Avenue, weitaus freundlicher als alle anderen Lokale. Die großen blauen Buchstaben auf dem beigen Glas, die von innen gleichmäßig beleuchtet sind, überfluten den Besucher gleich am Eingang in den Farben blau und beige. Jemand eilt gerade hinaus, ich trete zur Seite und – sieh mal einer an, das rundliche slawische Gesicht von Milena Cabicarová, die man zu Unrecht, aber liebevoll Tussie nennt. Und schon legt sie los: »Hi, Danny! Wie kommt es, daß ich dich so lange nicht gesehen hab? Bist du zu lazy, um mich einmal anzucallen? Ich werde really angry sein, wenn du nicht irgendwann mal bei mir vorbeidropst. Anfortschnetly bin ich grade bysy, und anyway, du hast ein date da drin, rajt? Also baj baj, und kein excuse!« Sie saust an mir vorbei in ungeheuerlichen Stiefeln aus dem Laden des schwulen Schusters in der Yonge Street; sie haben etwa einen Viertelmeter hohe Sohlen und sind mit dümmlichen goldenen Worten bestickt wie LOVE, DEAR, HEART, DOVE, jetzt sehe ich aber, daß es doch nicht so doof ist, denn unter den Fragmenten aus dem Wörterfundus der romantischen Poesie versteckt sich das Wort FUCK in kleinen Buchstaben, und in noch kleineren steht da ein Stück weiter OFF, das Ganze glänzt und reicht unserer lieben Tussie bis über die Knie. Dann folgt fast ein Viertelmeter verführerischer Oberschenkel, darüber der knappste Supermini aus Kunstleder in der Farbe von rosa Staniolpapier. Der Gedanke an Weihnachtsbonbons schießt mir durch den Kopf; was Tussie von der Taille aufwärts trägt, kann ich nicht mehr ausmachen, da sie bereits vorbeigeflitzt ist. Ich sehe nur, daß sie eine goldene Schraube um den Hals trägt. Belehrt durch den Blick zwischen Irenas Oberschenkel vor einer langen Ewigkeit, begreife ich, daß die Schraube symbolische Bedeutung hat. Ich drehe mich nach der Zuckerpuppe um, der Mantel weht ihr hinterher, er reicht fast bis zum Boden und ist aus künstlichen Flicken zusammengenäht; auf ihrem Kopf schaukelt ein riesiger türkisfarbener Hut, darunter quellen beneidenswert glänzende, kastanienbraune schulterlange Haare hervor. Tussie hat sich die Haarspitzen lila gefärbt, und es sieht aus, als würde ihr um den Kopf herum ein schlecht befestigter Heiligenschein sitzen. Ich muß sagen, alles in allem sieht sie aus wie eine Schlampe, die im Kopf hohl ist. Das ist sie aber nicht. Tagsüber schuftet sie hinter einem Schalter der Royal Bank an der Kreuzung Bloor und Yonge, korrekt gekleidet, wie es in diesem Beruf verlangt wird. Nur abends holt sie das nach, was ihr im Kommunismus vorenthalten geblieben war. Davon, wie unzutreffend ihr Spitzname ist, zeugt auch die Tatsache, daß Tussie legal in Kanada lebt: im Sommer 1968, als Hippies und Marihuana-

Kiffer aus der ganzen Welt nach Prag gekommen waren, angelte sie sich einen Dussel aus Saskatchewan und befreite sich dadurch aus der klassenorientierten Staatsmacht. Sie kam mit ihm lediglich bis nach Toronto, wo dem Dussel das Geld ausging, außerdem reichte es ihr bis dorthin sowieso. Seine Ehefrau blieb sie nur so lange, bis sie den Status einer Immigrantin erhielt, danach befreite sie sich auch von ihrem Wohltäter. Weil sie zu Hause nur die Schulpflichtjahre absolviert hatte, kostete sie die Entlassung aus dem tschechoslowakischen Staatsverband nur drei Hunderter. Kaum war sie die Staatsbürgerschaft los, ging's sofort ab nach Prag, in Kreationen, die teilweise aus dem Laden der Heilsarmee stammten und teilweise aus dem proletarisch-italienischen Flohmarkt des Ehrlichen Edie (die sie mit Einkäufen bei Schwarzen in Buffalo vervollständigte), sofort ab auf den Wenzelsplatz, um von allen Mädchen (und Jungs) bestaunt zu werden! Der Höhepunkt ihrer mit Genuß zur Schau gestellten Freiheit im Polizeistaat ist es, erzählt sie, wenn sie von einem Polizisten angehalten wird und er sie mit einem dieser Sätze anspricht, die man dort so gut beherrscht: »Genossin, wir sind hier nicht auf einem Maskenball!« Das ist sein Ende. Tussies fließendes Kanadisch nimmt dem Genossen die restlichen vier Sätze aus dem Mund.

Manchmal habe ich den Eindruck, daß Tussie nur wegen dieser Heimfahrten emigriert ist. Sie kommt dann nach Kanada zurück, erfrischt und gut gelaunt, und gleich nimmt sie wieder ihre große Jagd auf, mit einem Lasso, in dessen Schlinge sich einer mit viel Kohle verfangen soll. Aus ganzem Herzen wünsche ich ihr einen Reichen, denn von all den Landsleuten hier ist Tussie meine liebste Freundin, auch wenn ihr aggressiv zur Schau gestellter Sex-Appeal keine Wirkung auf mich hat. Doch das stört weder sie noch mich. Ich hege ohnehin den Verdacht, daß Tussie im Grunde ihres Herzens eine altbackene böhmische Ehefrau ist, und ich, da nicht reich, für sie nur ein guter Freund sein kann.

In der letzten Zeit scheint sich das Lasso um den Hals eines gewissen Brian Zawynatsch verheddert zu haben, der in der Konfektionsbranche tätig war und jetzt ausschließlich vom (sehr ertragreichen) Besitz seiner Aktien und Realitäten lebt. Fast hätte ich Lust zu beten, daß der selten gütige Gott Herrn Zawynatsch für immer an der Leine baumeln ließe.

Mein Vater erzählte öfter von der Zeit, als er damals aus dem Gestapo-Gefängnis mit dem Gorgonzola-Bein zurückgekommen war. Das Bein verlangte täglich zwei Stunden intensiver Pflege: reinigen, spülen, desinfizieren, pudern, verbinden. Im Knast war das natürlich nicht möglich gewesen. Und als man ihn zum Richter brachte, atmete dieser tief durch die Nase ein und fragte drohend:

»Was ist das für ein Gestank?«

Er wandte sich an den Gefängnisaufseher und fragte streng:

»Achten Sie etwa nicht darauf, daß sich die Gefangenen nach Vorschrift waschen?«

Das Gefängnis in Hradec war kein KZ. Es herrschte aber eine eiserne Disziplin, und darunter fiel auch die strenge Hygiene.

»Doch, Herr Gerichtsrat!« Der Aufseher schlug die Hacken zusammen und herrschte meinen Vater an:

»Warum stinken Sie so?«

Die unfreundliche Schroffheit dieser Frage löste in meinem Vater den ewig in ihm sitzenden k.u.k.-Reflex aus. Er stellte sich stramm und antwortete energisch:

»Melde gehorsamst, ich stinke nicht!«

»Erzählen Sie doch nicht, daß Sie nicht stinken, wenn Sie stinken! Ich rieche das! Furzen können Sie in der Zelle, aber nicht vor dem Gerichtshof!«

»Melde gehorsamst, daß ich nicht furze!« meldete mein Vater, immer noch in Hab-Acht-Stellung, er hatte sich in die klassische tschechische Rolle eingefunden.

»Wie gibt's denn das, daß Sie so stinken?«

»Mein Bein stinkt.«

»Wenn Sie wissen, daß Ihre Beine stinken, sollten Sie sie waschen! In jeder Zelle sind Eimer, Seife und Handtuch. Oder etwa nicht?«

»Melde gehorsamst, daß ja«, fuhr mein Vater fort, schon ganz in seiner Rolle als ehemaliger Soldat, obwohl er – wie er immer betonte – dabei vor Angst die Hosen voll hatte. »Melde gehorsamst, daß nicht meine BEINE stinken, sondern nur ein BEIN!«

Diese hygienische Anomalie begann den Gerichtsrat zu interessieren. Er neigte sich über die Brüstung.

»Soll ich das so verstehen, daß Ihnen nur ein Bein stinkt und das andere nicht?«

»Melde gehorsamst, genauso ist es!«

»Welches?« fragte der Herr Gerichtsrat aus unerfindlichen Gründen.

»Melde gehorsamst, das linke. Ein Beinschuß aus dem Ersten Weltkrieg.«

Herr Gerichtsrat zuckte ein wenig zusammen.

»Sie haben im Ersten Weltkrieg gekämpft?«

»Jawohl!« bestätigte mein Vater.

»Bei welcher Armee?«

»In der k. u. k. Österreichischen Armee in Galizien.«

»Welches Regiment?«

Mit exakten militärischen Termini und mit vorbildhafter Bündigkeit und Klarheit ratterte mein Vater das Regiment, die Kompanie, die Truppe, den Schlachtort und den Tag der Verwundung herunter. Der Gerichtsrat saß ein bißchen betreten da. Dann blätterte er die Akte durch.

»Wie war der Name nochmal?«

»Smiritzki!« meldete mein Vater zum letzten Mal.

Der Gerichtsrat fuhr zusammen. Er blickte meinen Vater an, dann verkündete er: »Die Verhandlung wird vertagt.«

Und so wurde mein Vater entlassen. Die Frontkameradschaft hatte eine Brücke geschlagen abseits aller nationalen und rassischen Barrieren. Der Gerichtsrat war Österreicher. Er lud Vater in sein Büro ein, und um den Waffenstillstand mit dem guten Soldaten perfekt werden zu lassen, ließen sie sich mit Wacholderschnaps volllaufen, gegen Morgen verabschiedeten sie sich mit Tränen in den Augen und stimmten ein altes Soldatenlied aus der Zeit von Feldmarschall Windischgrätz an. Es stellte sich heraus, daß der junge Offizier, auf dessen Befehl mein Vater damals mit voller Hose, aber gehorsamst, aus dem Schützengraben zum Kampf herausgesprungen und unmittelbar darauf, bereits als Held, wieder hineingestürzt war, Gerichtsrat Neuthaler persönlich gewesen war. Deshalb kam Vater erst zwei Tage, nachdem sie ihn aus dem Gefängnis entlassen hatten, nach Hause, und vom Bein stank er wie Gorgonzola, und aus dem Mund roch er nach Alkohol.

Tussie verschwindet wie ein Komet in einem wartenden Taxi, und ich trete endlich in die behagliche Wärme des Mourek Inn. Drinnen herrscht das übliche amerikanische Dämmerlicht, aus den

Boxen hört man halblaut die Stimmen von Pilarová und Matuška mit dem Lied »Geh nicht weg«, von dem der Herr Mourek nicht ahnt, daß es eigentlich ein russisches Lied ist, denn sonst hätte er es schon längst aus dem Band herausgeschnitten. Im Moment ist das Lokal noch nicht voll. An einigen Tischen sitzen Kanadier: sie essen den Lendenbraten mit einem Knödel, obwohl Herr Mourek eine heiße Schüssel mit einem ganzen Berg von Knödeln vor sie hingestellt hat. An anderen Tischen sitzen Tschechen: die heißen Schüsseln sind leer, aus der Soße auf dem Teller ragen nur noch die Kuppen der Knödel hervor. Ich steuere auf einen Ecktisch zu. Dort sitzen Herr Pohorský, Milan und Frank, der in der tschechischen Gemeinde die äußerste Rechte repräsentiert und mit einer seltsamen Inaktualität die ehrlichste ehrliche Haut unter den Landsleuten ist. Den vierten kenne ich nicht. Er stellt sich mir vor: Magister Máslo. Seine unruhigen Augen erwecken den Eindruck, als würde er an chronischem Fieber leiden. Durch mein Kommen unterbrach ich die Ausführungen des Herrn Pohorský, doch kaum sitze ich, fährt er an der Stelle fort, wo er aufgehört hat. Ich höre gespannt zu; von ihm erfährt man immer was Neues. »Zehn Mille!« schwärmt Herr Pohorský. »Jungs, zehn Mille aufzutreiben, ist doch kein Problem! Ich hab alles ausgerechnet. Nur von den Neueinwanderern in Kanada gibt es an die fünfzehntausend. Wenn jeder von ihnen nur drei Quarter gibt, macht das dann elftausend zweihundertfünfzig! Wenn jeder einen Fünfziger gäbe, wären das siebentausend fünfhundert. Nicht viel, das stimmt – aber es leben hier fast dreißigtausend, die nach dem Februar 1948 beziehungsweise vor dem Krieg gekommen sind!« Magister Máslo notiert die Zahlen auf einer Papierserviette; vielleicht will er sie nachrechnen. Das braucht er aber nicht. Ich weiß, Herr Pohorský kalkuliert immer alles richtig. »Wenn jeder von denen, die nach dem Februar 1948 und vor dem Krieg gekommen sind, nur einen Quarter gibt, sind das noch mal siebentausend fünfhundert dazu, das macht dann fünfzehntausend! Und ich brauche bloß zehn!«

»Wofür denn?« frage ich.

»Für 'n Sender«, sagt Frank.

»Einen ethnischen Sender?«

»Einen Scheißdreck ethnisch. Amerikanisch!«

»Irgendwas Kommerzielles?«

»Nix Kommerzielles!« Herr Pohorský ist fast beleidigt. »Erstklassige Sendungen. Wissen Sie, was eine Stunde in einer *first class station*, die von dem ganzen amerikanischen *network* übernommen wird, kostet?«

»Keine Ahnung.«

»Nur zweitausend Dollar! Das sind zehn Mille für fünf Stunden, und wenn ich die in Blöcke zu fünf Minuten aufteile, bin ich in sechzig Programmen drin! Und ich sage euch, Jungs, gebt mir zwei Monate lang täglich fünf Minuten im amerikanischen *network*, und ich bewege was in Amerika!« Herrn Pohorskýs Augen leuchten. »Zwei Monate, und die amerikanische öffentliche Meinung wird die Armleuchter im Weißen Haus dazu bringen, die diplomatischen Beziehungen zur TscheEssEssErr abzubrechen!«

»Werden Sie dort selbst sprechen, Herr Pohorský?« frage ich ihn. Das Englisch des Redners ist – um es diplomatisch auszudrücken – nicht unbedingt das beste. Doch auch daran wurde gedacht: »Ich werde nur schreiben. Für die Rolle des Sprechers engagieren wir jemanden. Vielleicht Voskovec.«

»Man wird ihm nicht erlauben, umsonst zu arbeiten. Er ist in der Schauspielergewerkschaft.«

»Dann bezahlt man ihn eben«, entscheidet Herr Pohorský. »Seht mal, Jungs. Bei meiner Kalkulation gehe ich davon aus, daß die Neuen drei Quarter zahlen. Doch de facto geben sie meistens einen ganzen Dollar. Wenn nur die Hälfte von den fünfzehntausend statt drei Quarter einen Dollar gäbe ...« Magister Máslo rechnet schnell auf der Serviette, und Herr Pohorský läßt sich von den mathematischen Visionen hinreißen, in denen alles klappt. Der einer Rotunde nicht unähnliche Herr Mourek kommt zum Tisch, meint vorwurfsvoll, er hätte mich schon lange nicht mehr gesehen (ich war erst vorgestern hier) und fragt, ob ich vor dem Essen was trinken möchte. Damit meint er einen Drink. Ich bestelle ein Getränk namens Rusty Nail; nicht, daß es mir besser schmecken würde als die herkömmlichen Manhattans oder Bloody Maries, aber irgend etwas zieht mich aus alter Sympathie doch zu den Surrealisten hin. Und ich frage Milan, wie's mit den Weibern aussieht.

Meine Bekanntschaft mit Milan begann beinahe mit einem Malheur, und es ist nicht ausgeschlossen, daß sie auch mit einem solchen endet. Nach sieben Jahren im Westen gewöhnt man sich die praktischen Eigenschaften ab, für die der tschechoslowakische

Präsident Gottwald die Begriffe Wachsamkeit und Vorsicht geprägt und ins nationale Bewußtsein gebracht hatte. Als ich an jenem Tag spät nachmittags von der Uni nach Hause kam, richtete mir mein Telefonlakai eine Nachricht auf tschechisch aus. Den Mann, der diese Nachricht hinterlassen hatte, hatte die Technik des Telefonlakais anscheinend stutzig gemacht. Ich hätte das Zögern in seiner Stimme bemerken müssen, wie auch die völlige Abwesenheit von Worten aus Tussies Vokabular und schließlich diesen leichten Anflug eines ostböhmischen Akzents. Doch ich war nicht mehr wachsam und vorsichtig, und so hörte ich diese Hinweise erst im nachhinein heraus, als ich mich bereits in einer verzwickten Lage befand und den Lakaien zwang, mehrmals zu wiederholen: »Novák hier. Ich – ich wäre sehr froh, wenn ich – mit Ihnen sprechen könnte. Ich bin – hier für einige Tage und wohne im Hotel Hilton ... Ich bitte Sie – wenn Sie so nett wären – rufen Sie mich zurück ... wenn ... also ... auf Wiedersehen.«

Die Nummer des Zimmers erwähnte er nicht. Das wäre nicht weiter schlimm gewesen, hätte er aus dem Hotel »Zum weißen Löwen« in Zdice angerufen, da er aber in einem der vierhundertsiebzig Zimmer des Hotels Hilton auf meinen Rückruf wartete, hätte mir an dieser Stelle ein Licht aufgehen müssen. Doch das tat es nicht, und der Name des Klubs in Prag, den er genannt hatte, sagte mir natürlich auch nichts. Leichtsinnigerweise ordnete ich den Anrufer unter den Lesern des Verlages von Frau Santnerová ein, die mich manchmal, wenn sie dienstlich nach Toronto kamen, zu einem Drink einluden. Ein *free drink* ist nie zu verachten. Ich wählte also die Nummer des Hilton und bat den Empfangschef, mich mit Mr. Novak zu verbinden. Es dauerte eine Weile, dann hieß es: »*Room 3316, sir.*« Ich hörte das Telefon in der 33. Etage klingeln, aber es ging niemand ran. Der Empfangschef unterbrach das Läuten mit: »*I'm sorry, there's no answer, sir.*« Und ich, statt mich zu bedanken, den Hörer aufzulegen und dann in etwa einstündigen Intervallen anzurufen zu versuchen – für einen Drink hätte sich das gelohnt, denn selten bleibt es bei einem, und die Leser bestehen darauf zu zahlen –, hinterließ ich an der Rezeption meinen Namen und die Telefonnummer und ging danach ins *basement* unseres *highrises* (so nennt's Tussie) in der Wellesley Street einhundert schwimmen.

Als ich zurückkam, klingelte das Telefon.

»Hallo?«

»Ja – hier spricht Novák.«

»Guten Tag.«

Ich wartete, was Herr Novák auf dem Herzen hatte. Er wartete aber offensichtlich auch. Noch ging mir kein Licht auf. Nach einer längeren Pause fragte er verlegen:

»Sie … haben mich angerufen? Ich habe im Schlüsselfach eine Nachricht gefunden …?«

»Ja. Und ich hatte hier eine Nachricht von Ihnen.«

»Von mir?«

»Sure. Herr Novák, Hotel Hilton.«

»Aber … ich habe Sie nicht angerufen …« Dann fügte er rasch, mit dieser absurden Prager Hochachtung hinzu, während ich immer noch auf der Leitung stand: »Ich kenne Sie natürlich, Herr Smiřický. Ich habe alle Ihre Bücher gelesen, auch die, die im Exil erschienen sind. Bei uns wandern sie von einer Hand zur anderen. Die Leute tippen sie auch ab …«

Endlich fiel es mir wie Schuppen von den Augen, so plötzlich wie damals, als Velcls Lager explodierte. Und daß das ähnliche Folgen haben könnte, wenn auch nicht so drastische. Wir hatten ja schließlich nicht mehr Krieg. Mir wurde richtiggehend schlecht. Das Scharwenzeln des Herrn Novák aus Prag erfreute mich wenig. Ich schrie ihn beinahe an: »Moment mal! Sie sind aus Prag??«

»Nein, ich komme aus Litoměřice. Ich bin mit Čedok hier.«

Zu spät, aber sehr eifrig versuchte ich, alles wieder ins Lot zu bringen. Die Gedanken schossen mir mit kybernetischer Geschwindigkeit durch den Kopf, doch alle waren unbrauchbar. Mir fiel gerade nichts Besseres ein als:

»Sie haben mich also nicht angerufen?«

»Ach wo. Das hätte ich mich nie getraut … ich habe hier Ihre Nachricht gefunden. Unten beim Schlüssel …«

Herr Novák wurde stutzig und kam zum gleichen logischen Schluß wie ich.

»Warten Sie, Meister … das wird ein Irrtum sein! Mit uns ist noch ein Novák gekommen. Der ist, glaube ich, aus Prag. Ich kenne ihn nicht, kann mich aber unauffällig nach ihm erkundigen …«

»Das … das wäre sehr nett von Ihnen …«, sagte ich wie benommen, und Benzinfässer kamen auf mich zugeflogen, aus der längst nicht mehr existierenden, aber in der alten Heimat auf der anderen Seite des Atlantiks nie ganz verschwundenen Zeit. »Danke.«

»Keine Ursache.« Novák sprach dann flink und zuvorkommend, und meine in Vergessenheit geratene Wachsamkeit regte sich und wuchs zu vielfacher Größe an. Er sprach servil, mit einer unglaubwürdigen Hochachtung vor dem Meister der Feder: »Ich bin sehr froh, Meister, daß ich mit Ihnen sprechen durfte. Und … ich bitte Sie«, er machte eine Pause, seine Stimme klang dann so unerträglich schwülstig, daß ich einen Schweißausbruch bekam. »Und … nur weiter so. Bei uns zu Hause braucht man das sehr!«

Ich legte auf. Meine Hände zitterten. Ich war zurückgekehrt in die alten Zeiten und in das klassische Dilemma der Volksdemokratien.

~

Ist Novák Nummer eins (der mir die Nachricht hinterlassen hat) ein Spitzel oder Novák Nummer zwei (der aus Versehen meinen Rückruf erhalten hat)? Über die Gründe, warum und wie mich der erstere – falls er ein Spitzel ist – bespitzeln sollte, dachte ich nicht nach. Bereits vor langer Zeit war ich zu der Überzeugung gelangt, daß die Informanten des tschechoslowakischen Geheimdienstes eine gewisse Schwäche für l'art-pour-l'art hatten.

Ihre Arbeit war sogar stark formalistisch, so daß sich diese langsam in Kunst nach einem Schema verwandelt. *Formula art.* Mit einem doppelten, wenn nicht dreifachen Schotten (laut Tussie) saß ich im Sessel, meine Hände zitterten so stark, daß ich mir Alkohol aufs Hemd schüttete, bestimmt stank ich schon wie ein Saufbruder aus einer Pennergegend.

In den letzten zwei Jahren hatten mich etwa sieben von der Sorte heimgesucht, und ihre Technik wies ein deutliches *pattern* auf, wie meine liebe Tussie sagen würde, doch sie gebrauchte diesen Ausdruck nur für Damenkleiderstoffe. Das geht folgendermaßen vor sich: das Telefon klingelt. Ich höre eine Stimme: »Guten Tag, hier spricht Iks Ypsilon. Meister, ich bin Rentner und besuche hier in Toronto meine Tochter. Wäre es möglich, Sie zu treffen? Ich werde Sie nicht lange aufhalten. Ich habe eine Nachricht von Herrn Vaculík für Sie.« In diesem Punkt hat das *pattern* mehrere Möglichkeiten: manchmal ist es Vaculík, ein anderes Mal Havel, manchmal Suchý, Hrabal selten, Kohout nie. Das ist der erste Hinweis, sie wissen nämlich, daß Kohout ausgerechnet mir niemals etwas ausrichten ließe. Dieser tritt in meinen Büchern viel zu oft als Buffo auf, *thinly disguised*, wie hier die Professoren zu sagen pflegen. Nicht etwa deshalb, weil ich ihn hassen würde, ich mag ihn sogar auf gewisse Weise. Aber er hat eine solche Vergangenheit, die *difficile est* … ich bin nun mal ein zerbrechliches Gefäß; eher würde ich meine eigene Mutter töten, als dieser Versuchung zu widerstehen. Und weil ich also bereits weiß oder zu wissen glaube, worum es geht, schlage ich vor: »Dann kommen Sie doch vorbei.« Der Rentner kommt, schaut sich um, und ich gieße ihm Whisky ein. »Was läßt mir denn Herr Vaculík bestellen?« Ich weiß es natürlich schon längst. Der Rentner trinkt sich Mut an, und dann rückt er heraus: »Herr Vaculík läßt Sie grüßen.« »Vielen Dank. Und was will er von mir?« »Tja …« Der Rentner zögert, und das bedeutet: entweder führt er einen inneren Kampf, ob er sagen soll, was ihm aufgetragen wurde – wie zum Beispiel, daß Vaculík anbietet, mir aus Prag Bücher auf einem geheimen Weg zukommen zu lassen, beziehungsweise mich um eine finanzielle Unterstützung bittet –, oder er weiß nicht, was er sich aus den Fingern saugen soll. Im zweiten Fall ist er koscher. Wieder nippt er am Glas, manchmal kippt er es ex hinunter, weil er an Sliwowitz gewöhnt ist. »Tja …«, sagt er zögernd, »er läßt Sie einfach nur grüßen.«

»Sie kennen Herrn Vaculík?« »Eigentlich … nicht direkt. Ich habe ihn einmal ganz zufällig getroffen …« Nun folgt eine der drei Varianten: beim Fußball, in der Bierkneipe Pinkas oder in der Sauna (ich weiß nicht, warum ausgerechnet in der Sauna. Es hat aber den Anschein, daß die verbotenen Schriftsteller sich dort des öfteren aufhalten. Vielleicht, weil die Mikros dort feucht werden und die Aufnahmen nicht zu gebrauchen sind). Danach fährt der Gast fort: »… und dann habe ich erzählt, daß ich meine Tochter in Toronto besuchen werde, und so hat mich Herr Vaculík (Havel, Suchý, Hrabal, der aber nie in der Sauna, sondern immer bei Pinkas – sie sind eben gut informiert) gebeten, Sie von ihm grüßen zu lassen.« »Vielen Dank.« Ich gieße uns Whisky nach. Entweder ist er an den Whisky, vor allem wenn dieser *straight* ist, nicht gewöhnt, oder die aufgestaute und lang unterdrückte Lust, vulgär über die sogenannten Halbverhältnisse zu schimpfen – oder aber vielleicht doch das Trachten nach *captatio benevolentiae* –, löst dem Rentner die Zunge, und er verbringt die nächste halbe Stunde mit wütenden Schimpftiraden über das kommunistische Regime. Ein Laie könnte den Eindruck gewinnen, Genosse Štrougal habe eine lange rote

Zunge, Genosse Biľak einen Schweif in der Hose, Genosse Husák rieche nach Schwefel, und die Menschen in diesem Land lebten in etwas, das an den Gegenstand der Predigten von Arnall, des Vaters von Joyce, erinnerte. Der Rentner leidet scheinbar unter dem Bedürfnis nach intellektueller und vor allem literarischer Freiheit. Nach einer halben Stunde kompensiert er entweder diese unterdrückte Sehnsucht zu schimpfen, oder er gelangt zu der Erkenntnis, mein Vertrauen doch nicht gewinnen zu können, und torkelt beduselt von dem Whisky in die fröhliche Torontoer Nacht hinaus.

Hat er die Wahrheit gesagt? Hat er tatsächlich in der Sauna mit dem ziemlich kräftigen Vaculík abgespeckt? Oder wollte er vor seinen Saufkumpanen mit einem verbotenen Besuch prahlen? Hatte er im Gegenzug für die Ausreisegenehmigung nach Kanada eine Zusage abgeben müssen, die er eben *pro forma* lasch erledigt hatte?

Keine Ahnung, ich würde viel dafür geben, um es zu erfahren. Es quält mich.

Doch in diesem Augenblick – verschiedene Gedanken zogen an jenem Tag durch meinen Kopf, ich saß im Sessel und schaute stumpfsinnig auf das leuchtende Meer der Downtown – jetzt geht es nicht mehr nur darum, daß irgendein Rentner einen Anschiß von den Herren im Innenministerium bekommt. Wegen dieser Sache hier könnte es viel mehr Ärger geben. Und ich würde einen der beiden Nováks auf dem Gewissen haben. Sollte Novák Nr. 1 der Spitzel sein und Novák Nr. 2 sein Versprechen halten, etwas über ihn herauszufinden, so sitzt Novák Nr. 2 in der Patsche. Die einzige Hoffnung bietet nur die Variante, daß weder der eine noch der andere ein Spitzel ist. Oder – und das ist sogar die wahrscheinlichere Wahrscheinlichkeit –, daß beide Spitzel sind.

Ich werde erneut durch ein Telefonklingeln aus meinen Gedanken gerissen:

»Hallo?«

»Guten Abend. Hier spricht Novák. Ich hab Sie schon einmal angerufen, aber bei Ihnen war so ein … Tonband an …«

Novák Nr. 2 hatte es also noch nicht geschafft, etwas über Nr. 1 herauszufinden. Schnell verabrede ich mit ihm ein Treffen in der Kneipe Bill's Place in der Nähe des Hotels Hilton. Er behauptet, er würde mich erkennen. Er spricht mich aber nicht mit Meister an. Ein Spitzel? Oder doch nicht?

In Bill's Place warte ich etwa zwanzig Minuten und bin nervös. Es ist fast dunkel dort, nach amerikanischer Art, und ich setze mich an einen Ecktisch. Doch gleich darauf erschrecke ich nach Prager Art. An den aneinandergeschobenen Tischen, direkt mir gegenüber, sitzen ungefähr fünfzehn junge Männer, alle gleich behaart und bejeanst, sie trinken Bier und starren mich an. Ich werde das Gefühl nicht los, in ein absurdes Theaterstück geraten zu sein, das Václav Havel vielleicht gerade in der Trutnover Brauerei geschrieben hat. Meine Hände fingen wieder an zu zittern, ich sitze wie ein Kaninchen im Blickpunkt von fünfzehn nicht einzuordnenden, reglosen Augenpaaren. Hinter mir ein Knall – das vertraute Geräusch, wenn eine harte Faust auf etwas Hartes trifft –, ich zucke zusammen, und sogleich verwandelt sich diese Absurdität in amerikanische Realität. Auf einem Tischchen in der Ecke direkt hinter meinem Kopf, ein Stück höher, steht ein Fernsehgerät. Diese kanadische Kulturbrigade schlägt hier ihre Zeit mit dem Ansehen von Seriengewalt tot.

Mir fiel ein Stein vom Herzen, und die nächsten zwanzig Minuten glotzte ich amüsiert die ihrerseits glotzenden Jünglinge an, von denen sich einige als mit den gleichen Flicken bedeckte junge Frauen entpuppten. Dann erschien der unverwechselbare Herr Novák mit einem Kurzhaarschnitt, unter dem Arm trug er eine Papiertüte mit der Aufschrift Supraphon. Er kam aber nicht alleine, er hatte einen anderen Kurzgeschorenen im Schlepptau. Einen Augenblick lang dachte ich, die beiden Nováks hätten inzwischen Kontakt miteinander aufgenommen, doch der andere hieß Fikejz.

Sie setzten sich, ich bestellte Drinks, eine Weile schwiegen wir. Über unsere Kopfe hinweg bestaunten die jungen versteinerten Menschen, wie Scharfschützen der Mafia es aus einer Entfernung von fünf Schritten nicht schafften, den hundertfünfzig Kilo schweren Cannon zu treffen. Dann nahm Herr Novák die Supraphon-Tüte und reichte sie mir:

»Ich hab Ihnen ein Souvenir mitgebracht … hoffentlich gefällt es Ihnen.«

»Das ist aber nett von Ihnen, vielen Dank!« Aus der Tüte nahm ich eine funkelnagelneue, wahrscheinlich in einer langen Schlange erstandene (falls er kein Spitzel war) Schallplatte von Suchýs Titel *Der Blumenstrauß*. »Ich danke Ihnen. Das ist ja wunderbar!« jubelte ich und hütete mich zu erwähnen, daß ich bereits drei Exemplare mein eigen nannte. Es gibt immer noch gute Freunde in Prag, die meine Zuneigung zum Theater Semafor kennen und wissen, daß mir dort eine selten auftretende Sängerin gefällt.

»Das soll nämlich ein Ersatz sein«, erklärte Herr Novák, »für die andere Platte, die ich Ihnen ... die Sie damals meinetwegen verloren haben.«

Verloren? Eine Platte? Seinetwegen? Ich sah ihn forschend an, doch das Gesicht eines gewöhnlichen fünfzigjährigen Untertans verriet mir nichts.

»Sie werden sich wohl nicht mehr daran erinnern«, sagte er, und ein gewisser Dialekteinschlag in seiner Sprache ließ mich an meine Heimatgegend denken. »Wir haben uns eigentlich nur einmal gesehen. Ich hatte mir die Platte von Harry ausgeliehen, der hatte sie wiederum von Ihnen geliehen gehabt – *I've Got a Guy* –, ich spielte sie auf der Eislaufbahn, Ceeh kam in die Kabine gestürmt und nahm sie mir ab und ...«

Es war eine der kleineren Katastrophen, ein unbedeutendes Desaster unter den unzähligen anderen im Leben.

»Scheiße, Mann«, begrüßte mich Harry. Er paßte mich ab, als ich um sieben Uhr abends von der Fabrik nach Hause ging, noch ein bißchen wirr im Kopf nach einer besonders langen Seance im Ferroflux, mit geschwollenen Lippen (ich hatte sogar Nadjas Brüste angefaßt, doch ich ertastete bloß Rippen). »Novák, der Gipskopf, hat *I've Got a Guy* auf der Eislaufbahn aufgelegt, und Ceeh hat's ihm abgenommen.«

Ich wurde sofort hellwach.

»Warum hast du sie ihm geliehen, du Schafskopf? Ich hab sie doch dir geborgt!«

»Du Holzkopf, ich konnte doch nicht ahnen, daß er so 'n Schwachkopf ist. Er sagt, er hätte keine Ahnung gehabt, daß auch Gesinge drauf ist, und ging schlittschuhlaufen. Wie er das Singen gehört hat, is' er schnell in die Kabine gerannt, aber da war schon Ceeh drin.«

»Mist! Was meinst du, was er machen wird?«

Beide versanken wir in düstere Gedanken. Herr Ceeh hatte vor der Okkupation Cech geheißen. Eine typische Sau von einem tschechischen Kollaborateur. Amerikanischer Gesang auf einer öffentlichen tschechischen Eisbahn – das wird was geben!

»Wahrscheinlich nichts Nettes«, überlegte Harry. »Wir sollten uns lieber Gedanken darüber machen, was wir unternehmen werden.«

Was uns einfiel, war alles andere als originell: Bestechung nämlich. Natürlich nicht mit den wenig wertvollen Reichsscheinen. Alkohol mußte her, und wenn möglich, hochprozentiger. Und dabei hatten wir nicht einmal schwachen Fusel.

Eine originelle Bezugsquelle wollte uns auch nicht einfallen. Wir gingen zu Lím.

Er guckte durch den Spion. Als er sah, daß wir es waren, machte er auf. In seiner Küche betrieb er eine seltsame Manufaktur. Auch Marie Dreslerová war dort beschäftigt. Als sie mich sah, wählte sie aus dem Repertoire ihrer Gesichtsausdrücke den unnahbarsten und setzte ihn auf. Neben ihr arbeitete der Friseur Leneček, auf der anderen Seite ein Junge aus der Quinta, den ich nur vom Sehen kannte. Jeder von ihnen hielt einen Pinsel in der Hand, den sie in einen Becher mit angerührten Wasserfarben tunkten und flink irgendwelche Federzeichnungen kolorierten. Kaum war Marie mit einer fertig, reichte sie diese Leneček, der schmierte seine Farbe drauf und gab sie an den Jungen aus der Quinta weiter. Ich warf einen Blick drauf. Es war der Hradschin und sah ganz nach Rosťa aus. Leneček bepinselte die Dächer mit grellem Rot, der Junge aus der Quinta die Bäume mit Grün, Marie malte dann den Himmel mit Hellblau aus und ließ dabei zwei Wolken weiß. Sie produzierten Originale en gros.

»Was gibt's?« fragte Lím.

Wir erklärten ihm, worum es ging.

Es folgte eine Stunde Abwesenheit Líms, die wir mit dem Beobachten der Schnellmaler verbrachten. Es stellte sich heraus, daß Lím hier mit nationalem Empfinden spekulierte. Außer den Schnellmalern hatte er eine ganze Kette von Handelsvertretern angeheuert, die mit suggestiven Reden potentielle Käufer auf die Idee brachten, daß diese historische Silhouette zugrunde gehen und das handgefertigte kolorierte Fastoriginal sich in ein Objekt mit unschätzbarem Wert verwandeln würde, wenn die Amerikaner anfingen, Bomben auf Prag zu werfen. Später erfuhr ich, daß Líms Plan voll aufgegangen war. Er verkaufte etwa siebentausend davon, einen Hunderter pro Stück, Marie verdiente sich genug Geld für einen einmonatigen Aufenthalt in Prag, doch letztendlich ließen sie ihre Eltern ohnehin nicht fahren.

Nach einer Stunde war Lím zurück. Zwei Flaschen falschen französischen Cognacs machten alles wieder gut, und Ceeh rückte die Platte raus. Aus Boshaftigkeit oder vielleicht aus ideologischen Gründen, was eigentlich egal war, zerbrach er sie allerdings in sieben Stücke.

Es war spät. Die Manufaktur-Arbeiter machten sich auf den Heimweg, wir ebenfalls. Vor dem Haus verabschiedete ich mich von Harry und schloß mich Marie an, die eine andere Richtung eingeschlagen hatte als die drei anderen. Sie hatte wieder ihren blauen Lieblingswintermantel an, mit der mit weißem Pelz eingefaßten Kapuze, die auf ihrem Rücken ein V bildete, ein V für Victory, an den Beinen trug sie Filzstiefel, und ihre Knie steckten in grobmaschigen Strümpfen. Es fing an zu schneien, in dem blauen Licht der verdunkelten Straßenlaternen sah Maries goldener Haarschopf aus wie Platin, die Schneeflocken darin wie kleine Brillanten.

Doch noch bevor ich sie um eine Verabredung anbetteln konnte, sagte sie freundlich und in Kenntnis dessen, womit ich gerade anfangen wollte:

»Hör mal, bevor du anfängst ... angeblich hast du eine neue Freundin? Eine aus der Fabrik.«

»Ich?« staunte ich gewieft.

»Ja du. Ich sicher nicht.«

»Wer hat dir denn so was erzählt? Das ist doch nur Getratsche.«

»Angeblich schließt euch Vláďa Nosek in einer Werkstatt ein.«

Der Schurke! Und ich hatte gedacht, er wäre diskret. Ich konnte das alles nicht gut abstreiten, und deshalb benutzte ich mein übliches Argument, das ich bei Marie etwa zwanzigmal ausprobiert hatte:

»Ich muß mir ja eine Freundin zulegen, wenn du mir immer nur die kalte Schulter zeigst.«

»Aber eine Hilfsarbeiterin?«

»In der Fabrik gibt's eben keine anderen. Außerdem ist das nicht so wichtig. Bei einem Mädchen ist nur wichtig, ob sie hübsch ist.«

»Deiner Meinung nach«, entgegnete Marie, als würde sie die weniger Glücklichen in Schutz nehmen wollen, denn sie selbst war sehr hübsch. »Mir geht's doch nicht darum, daß sie Arbeiterin ist. Aber sie soll einen Bräutigam haben.«

»Na und. Du hast ja auch Kočandrle.«

Obwohl mir der wundgebissene Mund weh tat, hatte ich vergessen, daß Marie aus Kočandrles Existenz Schlußfolgerungen ableitete, die Nadja aus dem Dasein ihres Bräutigams nicht zog. Doch Marie verfolgte als Frau eine andere Logik.

»Aber ihrem Bräutigam wird die Faust wohl locker sitzen. So sind angeblich die Fabriksarbeiter. Also sieh dich vor, Dannylein!«

Ich wurde stutzig.

»Wie meinst du das?«

»Na ja, daß du aufpassen solltest. Oh, hallo, Franta!«

Wahrscheinlich hatte er auf sie gewartet. Er tauchte aus dem Schneegestöber auf und sah mich mit wenig Liebenswürdigkeit an.

»Abtreten!« befahl er.

»Aber Franta!« besänftigte ihn Marie.

»Was denn, du Hornochse!« meinte ich. »Ich fress sie dir schon nicht weg.«

Das wußte er auch. Er wußte, daß ich sie nicht einmal mit dem kleinen Finger berühren würde.

»Ich an deiner Stelle würd Leine ziehen, damit du dich nicht verkühlst«, empfahl er mir.

»Is' schon gut«, entgegnete ich schwach. »Also tschüß, Marie.«

»Tschüsi, tschüsi, Dannylein!« antwortete sie mit honigsüßer Stimme. Sie tat mir leid.

Ich lief durch das Schneegestöber nach Hause, von einer ohnmächtigen Wut und unangenehmen Gedanken an die von Marie beschriebenen Eigenschaften der Proletarier erfüllt. Als ich dann zu Hause meinen Mantel auszog, ertastete ich in der Tasche die Schallplattenscherben. Ich nahm sie mit in mein Zimmer und legte sie auf dem Bett wieder zusammen. Es waren tatsächlich sieben Stück. Sie zusammenzukleben ging wohl nicht. Fast hätte ich zu heulen angefangen. Ausgerechnet *I've Got a Guy*! Ausgerechnet die herrlichen Saxophoneinlagen von Chick Webb! Ich werde sie mir nie mehr vorm Schlafengehen anhören können! Vielleicht zum ersten Mal in meinem Leben hatte ich das Gefühl, daß etwas für immer verloren war. Beim Betrachten dieser Schallplatte, die das mit zwei Flaschen gestreckten Cognacs bestochene NS-Parteimitglied Ceeh aus dem Groll seiner schwarzen Seele heraus kaputtgeschlagen hatte. Alle Elemente dieses belanglosen Vorfalls sollten noch öfter in unserem Leben eine Rolle spielen: die unwiederbringlich zerstörte Schönheit, die ideologische Niedertracht der schlimmsten Reaktionäre, die hochprozentige Bestechungswährung. Drei Grunderfahrungen unseres Lebens.

~

Und nun saß der Verursacher dieses Beinahe-Malheurs in einer Kneipe auf der Queen Street in Toronto und erzählte:

»… und Sie und Lím haben ihn danach mit Cognac bestechen müssen. Ich mußte dann bald darauf ins Reich, und so erinnern Sie sich wahrscheinlich nicht mehr an mich.«

Ich spürte ganz intensiv, daß in diesem Augenblick Gott anwesend war, unser Herr war ein richtiger Spaßvogel. Nováks Erinnerungsvermögen war nur natürlich: ich war inzwischen berühmt geworden, so daß Novák immer wieder an die Zerstörung der Platte erinnert wurde, sobald er auf meinen ziemlich häufig gedruckten Namen stieß. In meinem Gedächtnis tauchte sie bloß gelegentlich auf, nur wenn ich an Kostelec dachte. Doch in Verbindung mit Kostelec gab es unzählige Erinnerungen. Trotzdem berührte mich der Gedanke an die Intervention Gottes, der scherzhaft und boshaft zugleich war. Es war ein surrealistisches Gefühl … also ein Gefühl der Wahrheit. Rührung stieg in mir auf.

»Herr Novák«, sagte ich. »Es tut mir furchtbar leid, aber möglicherweise habe jetzt zur Abwechslung ich ein Malheur angerichtet …«

Ich schilderte ihm das Debakel mit meinem Telephonlakaien.

Er wurde ein wenig bleich, beherrschte sich aber. Ich hatte jedoch Erfahrungen mit dieser Art des Sich-Beherrschens, und meine Seele wurde von unbeschreiblichem Leid, von ohnmächtigem Gram überflutet.

»Warten Sie«, sprach er mit stockender Stimme. »Wer könnte das sein …?«

»Das ist der Glatzköpfige«, fiel Fikejz ein. »Der immer davon erzählt, daß er das Training für die Spartakiade leitet. Der sich gestern den Playboy gekauft hat.«

Der Kauf des Playboys könnte eventuell die obsessiven Sprüche über die Spartakiade erklären. Doch Novák wurde noch unruhiger. Ein Leiter des Trainings für die Spartakiade … doch andererseits würde ein Full-time-Spitzel (laut Tussie) nicht eine derartige Position vortäuschen. »Ach so, der«, schluckte Novák. »Warte, der sollte aber hier in Toronto jemanden anrufen … irgendeine

Cousine, ihr Sohn arbeitet bei der *Stimme Amerikas.* Das hat er Matátko erzählt …«

»Das könnte ein Bluff sein. Kennt Matátko ihn?«

»Eben nicht. Erst jetzt von der Fahrt.«

»Ach ja. Verdammt …«

Im Colonial Tavern spielte gerade Earl Hines. Ich schlug vor, dorthin zu gehen, in der Hoffnung, daß der Blick auf diese lebende Legende den früheren Swing-Liebhaber aufmuntern würde und ihn das tschechoslowakische, von Čedok nach Kanada importierte Problem vergessen ließe … zumindest für kurze Zeit.

Er vergaß es nicht. Ich goß ihm immer wieder Soda mit Whisky ein – merkwürdig, zum Duzen gingen wir nicht über, wir waren fast fünfzig, sahen anders aus als damals, als wir (oder gar unsere Leben) von Herrn Ceeh bedroht wurden –, und obwohl seine Worte Hines' *powerhouse* bejubelten, weilten seine Gedanken woanders. Ich wußte, wo. In der lieblichen, in Dunkelheit eingehüllten tschechischen Heimat.

Vielleicht dachte auch Milan Fikejz daran. Zu Hines äußerte er sich nicht, schwieg und trank den schottischen *Gelbgespritzten.* Als wir uns so gegen Mitternacht auf den Heimweg machten, sagte er plötzlich:

»Jarda …«, sagte er zu Novák, »… ich bleibe hier!«

Damit meinte er nicht etwa, daß er im Colonial Tavern bis in die frühen Morgenstunden bleiben wollte. Noch in der selben Nacht brachte er seinen Koffer aus dem Hotel, und ich nahm diesen mit zu mir nach Hause. Am nächsten Tag folgte er dem Koffer nach und brachte die Nachricht, daß sie nicht rauskriegen konnten, ob der andere Novák ein Spitzel war. Erneut erfaßte mich unsagbare Trauer, verzweifelte Ohnmacht. Ich brachte Milan zu *manpower* und half ihm, eine Arbeitserlaubnis für ein Jahr zu ergattern. Dann kehrte ich wieder an die Uni zurück. Noch lange Zeit weckte mich nachts der traurige Gedanke an den Mann, der mir über den riesigen Teich des Meeres und der Zeit Ersatz für eine längst vergessene Schallplatte gebracht hatte und dem ich beim besten Willen nicht helfen konnte.

»Wie ist denn der Typ, der dich heiraten will?« fragte ich Nadja aus. Er lag immer noch mit Blinddarmentzündung im Krankenhaus; es hatte angeblich Komplikationen gegeben, aber nach Abkratzen sah es nicht aus. Wir saßen auf einer Kiste bei den Bohrmaschinen, und Nadja verputzte gerade mein Schmalzbrot. Das andere aß ich (ich bekam immer zwei Brote von meiner Mutter mit, da ich ja noch in der Wachstumsphase war). Zum Frühstücken hatten wir eine Viertelstunde Pause. Vor kurzem hatte man uns die Arbeitszeit auf dreizehnundeinhalb Stunden täglich verlängert und uns eine Viertelstunde um neun und eine Viertelstunde um fünf Uhr freigegeben. Mit der halben Stunde mittags waren es sechzig Minuten täglich, die ich mit Nadja verschwatzen konnte, solange derjenige, der sie heiraten wollte, im Spital lag. Sie nach der Arbeit nach Hause begleiten, ging nicht. Erstens wohnte sie auf dem Schwarzen Berg, es waren zwar nur vier Kilometer bis zu ihrem Haus, aber man mußte einen Höhenunterschied von vierhundert Metern bewältigen, so daß ich bei der verlängerten Arbeitszeit erst kurz vor Mitternacht nach Hause kommen würde (in dieser Schätzung war auch das Küssen im Wald inbegriffen), und dabei mußte ich schon um fünf aufstehen (Nadja um vier). Es war ohnehin nur eine Überlegung theoretischer Natur, denn am Fabrikstor schloß sich Nadja pflichtbewußt einer Schar der Bewohner des Schwarzen Berges an. Sie schleppten sich – vor allem im Winter, wenn starker Wind blies und ihnen die nadelspitzen Schneekristalle in die Gesichter trieb – gemeinsam den steilen Hangweg aufwärts, und die Kerle lösten sich in der Führung ab, ungefähr wie beim Peloton eines Radrennens. Außerdem wußten alle, daß Nadja jemanden hatte, der sie heiraten wollte. Mehrere liefen – statt auf ihren Kisten zu sitzen und zu frühstücken – bereits zu den Bohrmaschinen und starrten uns mißmutig an. Doch Nadja war jung und leichtsinnig, vielleicht gefiel ich ihr sogar, und ganz bestimmt waren ihr meine Lebensmittel was wert. Doch nach Marie Dreslerovás Enthüllung hatte ich alles in allem ein unangenehmes Gefühl in der Magengegend, als schwebten Ohrfeigen in der Luft. Deshalb fragte ich sie:

»Wie ist denn der Typ, der dich heiraten will?«

»Nett. Fleißig«, sagte sie mit ihrem großen, schmalzverschmierten Mund.

»Ist er stark?«

»Oh jeh – und wie! Der kann mich mit bloß einem Arm heben!«

Das mußte noch nicht viel heißen. Trotz meiner regelmäßigen Versorgung vom Gutshof der Czernins kam sie mir immer dünner vor.

»Ist er jähzornig oder so was?«

»Ist er auch, manchmal.«

»Wie?«

»Was wie?«

»Na, was macht er, wenn er wütend ist?«

»Tja – er brüllt.«

»Und – hat er dich schon mal geschlagen?«

»Nö. Auf mich war er noch nie wütend. Aber manche Jungs in der Kneipe hat er schon zusammengeschlagen, wenn er sauer war.«

Das klang nicht mehr so erfreulich. Ich kaute an meinem Brot, und die Ohrfeigen gingen mir nicht aus dem Kopf.

»Aber wenn er mal so richtig stinksauer auf dich wäre …?«

»Zu mir ist er immer lieb.«

»Sagen wir mal wenn … wenn ihm jemand über mich erzählen sollte …«

Sie dachte nach. Vielleicht war ihr diese Möglichkeit noch nie in den Sinn gekommen. Sie sah mich mit ihren glühenden Augen an, verbarg den fettigen Mund hinter der schmutzigen Hand und prustete los, so daß zwischen ihren Fingern die Schmalztröpfchen hindurch flogen:

»Der würd's mir zeigen!«

»Würdest du Schläge kriegen von ihm?«

Sie lachte immer noch in die Hand, ich wurde langsam wütend über diese heilige Einfalt. Die glühenden Augen sahen mich fröhlich durch die Finger an, und Nadja kündigte genau das an, was ich befürchtet hatte:

»Zuerst würde er aber dich zu Hackfleisch machen!«

Ihre Überzeugung wurde von der Fabrikssirene lautstark bestätigt, die das Ende der Mittagspause bekanntgab.

Lieber Daniel!

Der Herr Gendarm, der hier dienstlich zu tun hat, hat mir versprochen, daß er diesen Brief an Dich abschickt. Ich habe eine große Bitte an Dich. Geh doch bitte zu Dolfi, ich will ihm nicht schreiben, weil er wahrscheinlich beschattet wird, und richte ihm aus, wenn ich nicht zurückkommen sollte, daß die Miniatur mit Mamas Portrait nicht bei euch ist, sondern bei meiner Freundin W. Ich habe vergessen, es ihm zu sagen, und ich will nicht, daß er sie später von Deinem Vater verlangt und denkt, Dein Vater würde ihn anlügen. Meine Freundin W. wird sie ihm sicherlich geben, wenn ich nicht zurückkommen sollte.

Uns geht es sehr schlecht, immer wieder werden Leute weggebracht. Man bringt sie irgendwohin nach Polen, von dort kommt niemand zurück. Ich bin traurig und verzweifelt. Warum mußte das alles so kommen? Ich denke oft an die Zeit zurück, als wir Kinder bei euch im Hof im Sandkasten miteinander spielten, neulich fiel mir ein, wie Dein Vater uns einmal vom dritten Stock herunter angeschrien hat, es war ganz lustig, obwohl es nicht besonders angenehm war. Aber wir waren ja noch Kinder. Ich werde wohl nie mehr zurückkommen, mein lieber Daniel, warum sollte ich Dir nicht schreiben, daß ich es bereue, daß ich in der Freiheit mit niemandem was angefangen habe, auch nicht mit dem Bertie, weil ich sterben und nie mehr erfahren werde, wie das in der Freiheit so ist. Manchmal denke ich mir, ich werde den Verstand verlieren, und das wäre wohl das Beste. Doch das passiert wahrscheinlich nicht, bei mir ist nie etwas, was ich mir gewünscht habe, in Erfüllung gegangen. Und wenn doch, dann hat es nicht lange angehalten.

Ich muß jetzt Schluß machen. Der Herr Gendarm muß gleich hier sein.

Lieber Daniel, bete für mich, daß ich zurückkomme. Auch wenn ich keine Christin bin. Du warst doch immer so fromm, du hast sogar ministriert.

Deine Freundin Reba

»Aber warum? Warum ausgerechnet Sie?«

Magister Máslo sieht mich mit seinen von chronischem Fieber erfüllten Augen an.

»Sie glauben mir auch nicht?«

»Ach wo … doch, ich glaube Ihnen. Natürlich. Ich weiß, daß die so was machen. Aber aus welchem Grund haben die Sie auf dem Kieker?«

»Ich schreibe Artikel. Ich bin zu gefährlich für die. Beeinflusse die Jugend.«

»Das gibt's doch nicht. Leider habe ich keine gelesen, aber …«

»Für die Pfadfinderzeitschriften im Exil«, unterbricht er mich. »So ein Peroutka oder Tigrid, die sind nicht so gefährlich für die. Sie schreiben für die mittlere und ältere Generation, und die haben sie schon abgeschrieben. Ich aber beeinflusse die Jugend.«

Seine Hand zittert, als hätte er Parkinson, er hebt das Glas mit dem Pilsner Bier und betröpfelt seine *nondescript*-Krawatte.

»Sehen Sie? Ich bin fertig mit den Nerven. Mein Herr, versuchen Sie, sich in meine Situation zu versetzen! Um Mitternacht auf der Queen-Elisabeth, mit fünfundachtzig Meilen, und plötzlich versucht einer, Sie von der Straße abzudrängen.«

»Die werden dafür extra geschult. In Israel«, wirft Frank ein.

»Wooo?«

»In Israel«, wiederholt Frank. »In der Sowjetunion gibt es keine Autobahnen. Für solche Aktionen der Jüdischen Zentrale in Moskau benutzen sie Israel.«

»Das ist aber eigenartig, und dabei soll Moskau die Araber unterstützen?«

»Araber sind auch Juden. Sadat hat das neulich öffentlich zugegeben. Daß er auch ein Semit ist.«

»Hamit, oder?«

»Das kommt fast aufs Gleiche raus«, winkt Frank ab. »Die Moskauer Juden teilen sich die Aufgaben mit denen aus Washington. Die Moskauer sollen die Macht im Osten halten, die aus Washington im Westen. Natürlich geben sie sich nach außen wie Todfeinde. In Wirklichkeit aber geht es allen Juden nur darum, die ganze Welt zu beherrschen.«

Wie erfrischend, einer Ideologie zu lauschen, die alle quälenden Konflikte dieser Welt in einer so imposanten dialektischen Einheit verbindet. Doch Magister Máslo kann Frank nicht zustimmen:

»Darüber würde ich mich gern mit Ihnen streiten«, sagt er. »Die Juden sind Anhänger der Demokratie. Deshalb werden sie in der Sowjetunion verfolgt.«

»Nur zum Schein«, meint Frank. »Und was war mit Kaganowitsch? Und mit Berija?«

»Wichtig ist für uns, ob die Juden unsere Sache unterstützen«, schaltet sich Herr Pohorský ein. »Und das tun sie. In Vancouver habe ich einen gewissen Herrn Egon Levene kennengelernt, Fabrikant ist er, steinreich. Noch bin ich zum Schweigen verpflichtet, es ist noch nicht alles fix. Aber soviel darf ich Ihnen schon verraten: bald werde ich gute Nachrichten haben!«

Dann verstummt er, da zum Schweigen verpflichtet, und wir kommen zum Thema des nächtlichen Abenteuers zurück, das Magister Máslo auf der Autobahn der Königin Elisabeth erlebt hat.

»Eine schwarze Limousine. Ein Cadillac«, erzählt er mit seinem Pfadfinderbaß. »Er hat mich mit fünfundachtzig eingeholt und fing an, mich an den rechten Rand zu drängen, an der Stelle, wo es steil runter geht, direkt zum See.«

Ich versuche, mir rasch zu vergegenwärtigen, wo es dort auf der Autobahn einen steilen Hang zum See hinunter gibt, kann aber keinen finden. Mich hat ja dort noch nie jemand abgedrängt.

»Ich beschleunige auf neunzig«, fährt Magister Máslo fort. Ich stelle mir seinen Chevrolet, Baujahr 1956, vor, den er um neunzig Dollar von einem Arbeitslosen gekauft hat. »Der Cadillac gibt auch Gas. Ich fahre langsamer, er auch. Ohne meine Geistesgegenwart ... – das muß ein direktes Eingreifen der göttlichen Vorsehung gewesen sein – alleine hätte ich das nicht geschafft.« Er gießt den Rest aus dem Glas in seinen sehnigen Schlund. »Zuerst habe ich die Geschwindigkeit gedrosselt, der Cadillac auch, dann habe ich im richtigen Moment ganz schnell Gas gegeben, überholte den Cadillac von links, und nun war ich es, der ihn zum Abhang drängte. Die kriegten es mit der Panik zu tun, traten auf die Bremse und kamen ins Schleudern. Bis sie das Auto wieder unter Kontrolle hatten, hatte ich mich schon an eine Kolonne angehängt, die ich mit neunzig eingeholt hatte, und bei der blieb ich bis nach Toronto. Klar, sie trauten sich dann nicht mehr.« Zitternd hebt er noch einmal das Glas, doch er hat bereits alles ausgetrunken beziehungsweise verschüttet.

»Zahlen, Herr Ober!« ruft er der schwarzen Bedienung zu, sie holt Herrn Mourek, und der Magister zahlt. »Entschuldigen Sie mich, meine Herren, ich muß ins Bett. Ich bin ganz fertig mit den Nerven.«

Wir schweigen, bis Magister Máslo durch das blaubeige Licht gegangen ist und ihn die Nacht von Toronto, voll von Prager Agenten, verschluckt hat.

Danach sage ich: »Der ist ja wirklich fix und fertig.«

»Kein Wunder«, entgegnet Frank finster. »Wenn die zionistischen Halsabschneider hinter ihm her sind.«

»Er hat auch zehn Jahre Zwangsarbeit in den Uranbergwerken hinter sich«, fügt Herr Pohorský hinzu. »Ich habe ihn gekannt. Die haben ihn dort ganz schön rangenommen. Er ist schwul, und die Mörder des Geheimdienstes achten sehr auf die Sitten.«

»Für so 'nen Kerl würd ich alles tun! Alles, Dan! Der sollte auch noch den deutschen Saukerl abknallen, der da aufgepaßt hat.«

»Den werden die Deutschen selbst abknallen«, sagte ich. Nadja wurde stutzig.

»Du meinst, der wird dafür hingerichtet?«

»Klar. Er muß doch eingeschlafen sein oder so was. Sich am hellichten Tag das Lager in die Luft jagen zu lassen!«

Bei der Vorstellung einer Hinrichtung stockte Nadjas Blutrünstigkeit.

»Siehst du«, meinte sie und fuhr fort, ohne sich dabei etwas zu denken: »Er hätte ihn doch erschießen sollen. Das wäre besser für ihn gewesen.«

»Für wen?«

»Für den Wächter doch!«

»Tut er dir leid?«

»Ach wo, Dan!« wehrte sie nicht gerade überzeugend ab und sah sich in der Küche um. »Habt ihr Zichorienkaffee?«

Eifrig sprang ich auf, stellte die Kanne, in der meine Mutter immer Kaffee kochte, auf die Kochplatte, und aus einem Versteck im Küchenschrank holte ich den Vorrat von Meinl aus der Vorkriegszeit. Nadja stand von ihrem Schemel auf, trat an den Küchenschrank und betrachtete die Tassen.

»Sind die schön!« schwärmte sie. »Wir haben auch schöne, noch von der Großmutter, aber nicht so wie diese.«

Ich nahm eine Tasse in die Hand, es war eine aus dem Teeservice, und führte Nadja das Wunder der keramischen Kunst vor. Wenn man gegen das Licht in die Tasse hineinschaute, erschien auf dem Boden eine wunderschöne Geisha, wie auf einem Photo. Dieser Effekt wurde nur durch unterschiedlich dicke Schichten des weißen Porzellans erzielt, es war keine Zeichnung. Nadja reagierte, wie ich es nicht erwartet hätte.

»Wer ist das?«

Weiß Gott, warum ich antwortete:

»Reba Silbernagel.«

»Wer?«

»Ein Mädchen. Sie haben ihr Geschirr für die Zeit des Krieges bei uns versteckt.«

Sie wandte mir ihren glühenden Blick zu und wurde nachdenklich. Danach sah sie wieder in die Tiefe der Tasse.

»Sie ist hübsch. Sieht aber aus wie eine Japanerin.«

»Tja … Sie ist Jüdin. Juden sind eigentlich auch eine orientalische Rasse.«

»Ist sie … dein Mädchen?«

Ich war jung, stand unter Hochspannung, alles schien glatt zu laufen. Es schmeichelte mir, daß diese magere Schönheit vom Schwarzen Berg mich auf erotische Art und Weise mit einer Kurtisane aus Tokio in Verbindung brachte.

»Hm … ja. Besser gesagt, sie war es. Man hat sie nach Theresienstadt abtransportiert.«

Wieder sah sie mich an, mit ihren Augen, die leuchteten wie die von Gevatter Tod. Ich hatte ja keine Ahnung.

»Dan, die bringen sie dir dort um. Wie meinen Vater.«

Darauf sagte ich nichts.

»Du mußt sie rächen.«

Unheimliche, glühende schwarze Augen. Es war mir peinlich.

»Ich werde meinen Vater auch rächen. Ich weiß noch nicht wie. Bei uns sind die Jungs in einer Organisation, aber Mädchen wollen sie nicht dabei haben. Dann werd ich mir wohl alleine was ausdenken müssen.«

»Du weißt doch gar nicht, ob er überhaupt tot ist.«

»Doch. Ich weiß es. Ich spüre das, Dan. Wir haben nichts mehr von ihm gehört, ich weiß gar nicht, wann es das letzte Mal war. Er ist tot. Nachts träume ich von ihm.«

»Ach ja«, seufzte ich, und für eine Weile spielte ich mit der Idee, Přema zu überreden, daß er Nadja bei uns aufnehmen soll, wenn die Widerstandskämpfer vom Schwarzen Berg keine Mädchen wollten. Doch Přema würde sie auch nicht nehmen; er hatte grundsätzlich etwas gegen Mädchen, nicht nur, wenn es um eine konspirative Tätigkeit ging. Außerdem würde Nadja dann höchstwahrscheinlich auch erfahren, daß er derjenige war, der das Benzinlager in die Luft gejagt hatte, und hätte so ihren Helden gefunden. Wie sie selbst behauptet hatte, war sie bereit, für einen solchen alles zu tun. So verwarf ich diese Idee wieder und sagte: »Wir lassen uns schon etwas einfallen.«

Nadja starrte in ihre Tasse. Der Kaffee begann zu kochen. Ich nahm die Kanne vom Herd und goß den Duft von Vorkriegszeit über das vermeintliche Portrait von Reba Silbernagel.

In der Halle meines Appartmenthauses spricht mich der Pförtner an: »*You have a visitor, sir.*« Ich schaue mich um. Unter einer Ansammlung von Automodellen und alten Puppen von Meister Skopičák – für jede seiner Assemblagen lassen ihn die Mächtigen der Miriam Company dort einen Monat umsonst wohnen – erhebt sich aus dem Plüschsofa eine junge Frau in einem modernen Mantel, unter ihrem Arm ein Krokodil in Form einer Handtasche.

»Herr Smiřický?« fragt sie auf tschechisch.

»Ja?«

»Ich heiße Svobodová. Ich habe Sie aus Ottawa angerufen, vielleicht können Sie sich noch erinnern.«

»Ach ja, Sie sind das«, ich blicke meinem nächsten Dilemma ins Angesicht. Vielleicht sagt sie die Wahrheit, ich neige jedoch eher dazu, ihr nicht zu glauben. Wenn meine Vermutung stimmt, dann hatten sie sich nach den sieben Rentnern eine interessantere Variante einfallen lassen. »Dann kommen Sie mit hoch.«

Im Appartement legt sie ihren Mantel ab, eine Bluse für mindestens fünfzig Dollar kommt zum Vorschein wie auch das letzte Modell einer leicht glockenförmigen Hose, die an den Innenseiten der Oberschenkel weiß und an den Hüften blau ist. Leider sind die Oberschenkel für diese hübsch geschnittene Hose viel zu dünn. Automatisch gieße ich einen Schotten mit Felsenklippe (Tussies Vokabular) ein, unverdünnt, obwohl meine Mata Hari den Wunsch äußert, ihn mit möglichst viel Soda zu verdünnen, und schenke mir in der simplen Manier von erfahrenen Prostituierten einen Gelbgespritzten ein.

»Sind Sie mit Čedok hier?« Ich kann mich noch genau erinnern, daß sie mir am Telefon etwas von einem Studentenaustausch erzählt hatte. Ich habe Erfolg mit meinem Trick, meine Mata Hari hat den Studentenaustausch bereits vergessen.

»Ach wo. Da hätte ich nicht zu Ihnen kommen können. Ich besuche hier meinen Verlobten. In Ottawa.«

Ich klopfe sie weiter ab:

»Ich dachte, er sei Amerikaner … – und Prost!«

Ich nippe an meiner Whiskylimo, die ich mit einer Hand verdeckt halte, die Frau kippt ihr Glas regelrecht hinunter. Es freut mich, daß man in Prag, wo lauter »Miss Universe« herumlaufen, gerade noch in der Lage ist, einen solchen Backfisch als Mata Hari anzuheuern. Die junge Frau ist flach wie ein Brett und hat ein Gesicht, übersät von ausgedrückten und mit Make-up überpinselten Pickeln. Wen soll so eine verführen? Mich etwa? Mich, der ich von der kommunistischen Partei und in der Zwischenzeit vielleicht sogar von der tschechoslowakischen Regierung zu einem berüchtigten Pornographen erklärt wurde?

»Er ist Amerikaner«, beeilt sie sich zu sagen. »Er lebt aber in Ottawa. Als Vertreter einer amerikanischen Firma.«

»Ach so.« Ich grinse, so wie man das von mir erwartet. »Na, das ist vielleicht eine Romanze! Wo haben Sie ihn sich geangelt?«

»In Paris. Er hat mich angefleht, ihn in New ..., also in Ottawa zu besuchen. Na ja. Aber ...«

Sie schweigt, ich nippe eifrig an meinem bernsteinfarbenen Wässerchen, der Trick funktioniert. Von dem Schotten in ihrem Glas bleibt nur der Felsen übrig.

»Aber was?«

Ihr Gesicht bekommt den Ausdruck einer Frau, die dazu neigt, sich ständig selbst zu blamieren. Jetzt wird sie mir wahrscheinlich Beziehungsprobleme auftischen, um Zeit zu gewinnen und in Toronto eventuell noch ein paar Tage länger bleiben zu können.

»Aber! Es hat sich herausgestellt, daß alles nur schöne Worte waren. In Ottawa habe ich erfahren, daß er schon verheiratet ist.«

»Da sind Sie aber ganz schön reingelegt worden, liebe Frau!« Verhält sich die Gute nicht etwa – fällt mir da gerade ein – wie eine Gestalt aus meinen Romanen? Alle meine Helden sind Pechvögel. Kurz darauf wird meine Annahme bestätigt, aber vorher trinkt sie noch ihr Glas leer.

»Tja, wissen Sie, ich bin eine Frau ... auch die Herrscherin von Connington vermag uns nicht aus der Versklavung befreien, die in uns steckt, in der zarten und feinen Veranlagung des Gewebes und der Chemie ...« Die Ärmste hat sogar Zitate auswendig lernen müssen. Man hat sie gut präpariert, nur den Studentenaustausch hätte sie nicht vergessen sollen.

»Olala«, spreche ich ihr meine volle Bewunderung aus. »Eigentlich müßte ich jetzt vor Stolz platzen.« Ich stehe auf, nehme die leeren Gläser und gehe in meine Kitchenette.

»Das sollten Sie wirklich«, meint sie und steht ebenfalls auf. »Und zu Recht. Ich habe es nur für einen Tag geliehen bekommen«, und – schwupp – ist sie schon in der Kitchenette, »und habe es auf einen Sitz verschlungen. Und ich habe es sogar noch geschafft, mir einige Stellen aus dem Buch aufzuschreiben.«

Mit meinem Rücken als Deckung gelingt es mir, einen neuen großen Whisky mit einem kleinen Felsen für sie und einen Gespritzten aus Bernstein für mich zu kreieren.

»Ich soll Sie auch von Lester grüßen.«

Also das ist ja eine ganz neue Version. Ich fühle mich geschmeichelt. Vielleicht hatte man mich der Agenda von älteren, erfahreneren Mitarbeitern zugeteilt.

»Sie kennen ihn?«

»Ja. Also über Janda kenn ich ihn.« Ein Popmusiktheoretiker, etwa in ihrer Altersklasse. Das ist ja alles makellos und glaubwürdig. »Ich habe ihm erzählt, daß ich hierherfahre.«

»Also, auf Lester!« Ausgelassen hebe ich mein Glas, das ich in der hohlen Hand halte.

»Sie ahnen gar nicht, wie viele Bewunderer und vor allem -innen Sie in Prag haben.«

Jawohl, sie war gut instruiert worden. Jedoch nicht unbedingt gut ausgewählt. Sie nippt an ihrem Glas. Ein Drittel ist weg. Zum Glück hat man vergessen, ihr eine Schulung in Sachen Alkohol zu verpassen.

»Tatsächlich? Und wie geht's Susi Kajetánová? Wissen Sie, es tut mir leid, daß sie überhaupt nicht schreibt. Als ich mich in Prag von ihr verabschiedete, hat sie geschworen … aber alles nur leere Versprechungen. Vielleicht hat sie auch Angst …«

Wir kommen zurück in den *living room*, setzen uns hin, ich in einen Sessel, sie auf den Chesterfield.

»Das glaube ich auch«, meint sie. »Wenn Sie wollen …«, sie beginnt leicht zu hicksen, was ich mit Erleichterung registriere, »dann werde ich … ihr das ausrichten.«

»Was?«

»Ja, daß sie Ihnen schreiben soll.«

»Sie kennen sie?«

»Klar. Aber … nur flüchtig.«

»Wenn sie Angst hat, wird sie aber kein Vertrauen haben zu Ihnen.«

Sie überlegt.

»Doch, sie schon.«

»Also, auf Susi! Auf daß sie auch weiterhin so schön singen möge!«

Ein Schluck, und das Glas ist fast leer.

»Ach ja!« seufzt sie. »Ich kann es kaum fassen, daß ich hier mit Ihnen zusammensitze …«

»Na sehen Sie, und doch tun Sie es.« Ich gehe in die Kitchenette und überlege, ob ich es schon riskieren und eine ganze Flasche hinstellen soll. Ich tue es. Kaum gieße ich ihr nach, fängt sie auch schon an, das Zeug in sich hineinzuschütten. Ich atme auf. Nicht einmal nach Eis hat sie mehr gefragt.

»Ka … kann ich noch jemandem etwas ausrichten von Ihnen?«

»Wem denn?«

»Zum Beispiel Stein – oder Barvínek – ich ke… kenne alle …«

Ich fülle ihr Glas nach und fordere sie auf, ein wenig über ihren Bekanntenkreis zu erzählen, der, wie zu erwarten war, mit meinem seltsamerweise ziemlich identisch ist.

»Wen kennen Sie noch? Ich meine von meinen Freunden?«

Jetzt fängt sie sogar an, sie an den Fingern abzuzählen.

»Herrn Doktor Rus, Herrn Stejskal aus dem Odeon-Verlag …«

»Kennen Sie auch Plnoves?«

Der war urplötzlich meiner Phantasie entsprungen.

»Natürlich kenne ich ihn.«

»Na hören Sie mal, Sie kennen aber auch wirklich jeden.«

»Das stimmt.«

»Sie müssen ein sehr beliebtes Mädchen sein.«

»Das bin ich auch!«

Jetzt ist sie schon ziemlich blau. Noch ein kleiner Schotte, und es gibt mich in doppelter Ausführung.

»Aber erzählen Sie mir doch, wieso hat man Sie eigentlich ausreisen lassen. Das ist doch alles nicht so einfach, oder?«

»I… ich sagte es Ihnen ja. Ist aber 'n Geheimnis. Ein Bekannter von mir ist Ba… Bankdirektor, und der hat mir eine Devisenzusage verschafft. Die ist wichtiger als der Reisepaß. Die De… Devisenzusage!«

»Das muß aber ein sehr guter Bekannter sein.«

»Se… sehr guter …«

»Kennen Sie ihn?«

Sie zuckt zusammen, hat sich aber gleich wieder unter Kontrolle.

»Na… natürlich, Sie Spaßvogel!«

»Also, auf den Bankdirektor!«

Sicherheitshalber fragte ich in der nächsten Runde nach drei nicht existenten Objekten: nach Ramešová, Schneewittchen und sogar nach einem Café Komplex. Auch das kennt sie. Dort gehe sie ständig ein und aus.

Ein bißchen enttäuscht bin ich schon. Die mit der Liquidierung des Magister Máslo beauftragten Agenten sind da schon von einem anderen Kaliber. Oder etwa nicht? Sich mit einem Cadillac von einem Chevrolet aus dem Jahre 1956 überlisten lassen ... Und was für einen Auftrag hat unser liebes Fräulein Svobodová?

Zuerst wiederhole ich meine Frage:

»Aber hören Sie mal, wieso hat man Sie ausreisen lassen? Das ist doch nicht so einfach!«

»D... das habe ich Ihnen doch schon er... erzählt.«

»Ach so. Ich bin auch schon ein bißchen daneben. Wegen des Studentenaustausches. Ich weiß.«

Ich öffne eine neue Flasche.

»Aber nicht doch! Wegen meines Verlobten!«

»Sie konnten doch nicht als Grund angeben, daß Sie nach Kanada fahren, um sich einen Kerl zu angeln!«

»Natürlich nicht! Ich hab gesagt, daß ich zu einem Ko... Kongreß fahre!

»Was für einen Kokongreß?

»Machen Sie sich nicht lustig über mich. Keinen Kokongreß. Ko... Kongreß!« hickst sie. »Von der Weltfö... föderation der A... Artisten.«

»Ach, Sie sind A... Artistin?«

»Ich bitte Sie! M... mein Onkel sitzt in der Kaderabteilung und hat mich durchgedrückt als 'ne Jongleurin ...«

»Und der Kongreß ist in Ottawa?«

»J... ja. In O... Ottawa.«

»Dort findet aber keiner statt«, werde ich hart.

»Dann eben nicht!«

»Also gibt's den oder nicht?«

»I... ich weiß es nicht. Ist mir auch e..E..EGAL!«

»Ich verstehe schon. Ihr Onkel hat sich den Kongreß ausgedacht. Damit Sie wegen einer Studienreise zu Ihrem verheirateten Verlobten nach Kanada fahren können.«

»Ge... genau ...« Sie steht auf, mit der vertikalen Standfestigkeit hat sie gröbere Probleme.

»Wo ha... haben Sie ... das Örtchen?«

Ich bringe sie hin.

Hinter der Tür plätschert ein trauriger Niagarafall.

Ich warte, enttäuscht und erfreut zugleich. Mein Erfolg kam unverhofft leicht, so daß ich vor einem quälenden Dilemma stehe. Tue ich einer wirklichen, wenn auch absurden Verehrerin meiner Fiktionen nicht etwa Unrecht, die durch einen surrealistischen Trick den Klauen jenes pataphysischen Regimes entgangen war, alles riskierend, ihre schwer beschafften Devisen opfernd, um mir ihre literarische Liebe zu gestehen? Ich verwerfe diese Idee. Der weite Kreis unserer gemeinsamen Bekannten verfügt über einen viel zu großen Radius. Außerdem kam sie aus viel zu vielen Gründen auf einmal. Der Wurm des Zweifels nagt in mir aber weiter. Tue ich ihr etwa Unrecht? Bin ich etwa vom Verfolgungswahn ehemaliger Knastbrüder infiziert, weil ich mich hier mit so vielen treffe, und mit verkorksten Antikommunisten, und sogar mit dem Vertreter des tschechischen Faschismus, Frank Obnova?

Doch das alles ist ein riesengroßes Dada-Spektakel. Ich muß an den achten Rentner mit seiner Nachricht denken. Einer Nachricht von meinem Vater. Als ich dann dem Pensionisten – es war mir peinlich für ihn – mitteilte, daß er meinen Vater höchstens zu Allerheiligen mit einer Kerze besuchen könnte, erschrak er dermaßen, daß er seinen Whisky beinahe umgekippt hätte. Er fing an zu stottern, wurde rot und korrigierte sich. Die Nachricht sei eigentlich von meiner Mutter, er habe das jedoch nicht gleich sagen wollen, damit ich nicht etwa Schlechtes über sie dächte, da sie eine Witwe sei und er Witwer. Ich versicherte ihm, daß es mich nur gefreut hätte, wenn meine verwitwete Mutter einen Liebhaber gehabt hätte, so einen, wie er einer sei, doch das ginge leider nicht, denn meine Mutter war nie Witwe gewesen, weil mein Vater Witwer war und nicht wieder geheiratet hatte. Eine Weile zerbrach er sich den Kopf über meine Denkaufgabe, sprang dann auf, als wäre ihm Frankenstein höchstpersönlich erschienen und rannte davon. Dabei vergaß er sogar seine in Kanada erstandene Biberfellmütze.

Trotzdem war ich mir nicht ganz im Klaren über ihn. Hatte er tatsächlich so miserable Dienstanweisungen bekommen? Oder war der zuständige Referent besoffen und verwechselte mich mit jemand anderem. Oder litt der Pensionist etwa an Verkalkung? Gibt es das überhaupt, so einen Unfug? Wollte er vielleicht doch nur vor seinen Freunden in der Tschechoslowakei angeben?

Während Mata Haris Abwesenheit füllte ich erneut unsere Gläser. Es war aber nicht mehr nötig. Fräulein Svobodová wurde bereits von jener in allen Memoiren beschriebenen Vertrautheit zwischen dem Ermittlungsbeamten und dem Einvernommenen überwältigt, nur die Rollen wurden getauscht.

»Warum tun Sie das?«

»S… so. Warum sollte ich das nicht tun?«

»Für die Weltrevolution?«

»Wa… was?«

»Eine schöne Bluse haben Sie da an.«

»Nicht wahr? Sie… siebzig Dollar hat die gekostet.«

»Steht Ihnen gut. Auch die Panties« (Tussies Ausdruck).

»Se… setzen Sie sich hierher. Neben mich. Wa… warum sind Sie so wei… weit weg?«

»Ich hab grade meine Tage.«

Das war eine harte Bandage. Nicht einmal der Marlowe des phantastischen Chandler hätte sich das getraut. Andererseits war Marlowe sehr anständig. Und ich bin eben ein konterrevolutionärer Schweinehund.

Doch die Mata Hari fängt an zu lachen.

»Sind Sie aber vu… vulgär! Genau so, wie man das über Sie sch… schreibt.«

»Wo denn?«

»In den A… A… Artikeln.«

»Was sollen Sie eigentlich in Erfahrung bringen?«

»A… alles.«

»Was zum Beispiel? Über meine Geliebten?«

»Auch. Ge… Geliebte auch.«

»Ich darf Gegeliebte haben. Ich bin nicht verheiratet.«

»Ich meine verheiratete Ge…«, sie versucht das Wort ohne Stolpern auszusprechen, doch es gelingt ihr nicht: »… Ge… Geliebte.«

»Meine Liebe, möchten Sie einen Kaffee?«

»Das wäre g… g… g…«

»Gugut.«

Ich stehe auf, gehe in die Küche. Ich schalte den *percolator* ein und bestelle ein Taxi. Es kommt, noch bevor der Kaffee fertig ist. Sie protestiert. Sie will die ganze Nacht bei mir bleiben.

»Meine Liliebe, wenn Sie Geraldinka wären, dann wäre das was anderes …«

Ihr Instinkt eines Spitzels bäumt sich zu einem letzten schwachen Versuch auf:

»We… wer ist Ge… Geraldinka?«

»Eine Großmutter«, antworte ich wahrheitsgemäß, denn kaum entlassen, hatte Geraldinka nach ihrer fünfjährigen Enthaltsamkeit, die ihr noch zusätzlich durch Versuche mit der ihr wesensfremden lesbischen Liebe vergällt worden war, das Versäumte ganz rasch nachgeholt. Diese unersättliche Begierde hatte sie wohl an ihre Tochter weitervererbt, die bereits mit fünfzehn Mutter wurde. Geraldinka ist jetzt achtunddreißig. Mit fünfzig könnte sie schon Urgroßmutter sein.

Ich helfe meiner nächtlichen Besucherin in den Mantel, bringe sie mit dem Aufzug hinunter und setze sie ins Taxi.

»Ho… Hotel Wi… Windsor Arms«, spricht sie den Taxifahrer an.

Die Nacht voller Agenten nimmt auch diese arme Mata Hari aus Prag auf, diesen schäbigen dialektischen Gegensatz zur fröhlichen Geraldinka mit Kulleraugen, die jedoch für die britischen Dienste tätig war. Wenn man mir eine neue Geraldinka auf den Hals hetzen würde, so ließe ich mir das einreden … für Geraldinka würde ich schon was aus dem Ärmel schütteln … etwas Glaubwürdiges …

Ich fahre mit dem Aufzug hoch, trinke den schwarzen Kaffee aus, er ist schwarz wie die metaphorische Nacht, schwarz wie die unvergeßlichen Augen von Geraldinka, wie die Augen jenes Mädchens aus früheren Zeiten, die immer vor erhöhter Temperatur glühten.

Lieber Dan,

am Anfang meinen Briefes möchte ich dir herzliche Grüße und liebe Erinerungen senden. Ich sende dir Grüße aus dem Reich ich bin in der Fabrik. Der Meister ist streng Essen haben wir genug dafür das es Krieg gibt ist das Essen in Ordnung. Ich mache immer Nachtschichten bei meinem Beruf geht's nicht anders. Ich sende dir Gruß aus Oberscharau das liegt bei Berlin. Fast jede Nacht haben wir hier Bombenalarm aber in den Luftschutzraum gehen wir nicht die Ware muß fertig sein auch wenn Elefanten von Himmel fallen sollten. In Oberscharau haben die nur zweimal bombardiert meistens fliegen sie nach Berlin. Dort ist das ganz furchtbar so viele unschuldige Menschen kommen ums Leben.

Herr Meister Akerman sagt das Reich hat eine geheime Fergeltungswaffe und damit wird man das den Plutokraten heimzahlen daß die so viele Unschuldige und Frauen und Kinder umbringen. Man erzählt das wird ein Todesstrahl geben und keiner entgeht ihm nach dem Krieg gibt es dann Neues Europa. Tagsüber schlafe ich oft gehe ich ins Lichtspielhaus die spielen dort ausgezeichnete Filme gut hat mir Pandur Trenk gefallen. Auch Untergang der Titanik war schön und auch Om Krügl. Auch Jud Süs wie man ihn im Käfig hat erhängt das habe ich noch nicht gesehen und die Romanze in moll hat mir auch gut gefallen. Auch Ich vertraue dir meine Frau an darin hat die tschechische Schauspielerin A. Mandlová gespielt und Rühmann beide waren sehr gut aber sie heißt jetzt Lilaladina. Am besten gefällt mir der Star Heidemarie Hatheyer die ist die allerhübscheste, auch Ilse Werner ist hübsch. Nur meine Gesundheit macht nicht so mit ich schlafe jetzt weniger und spucke Blut, aber der Doktor sagt daß ist ein Bronchialkatar. Meine Adrese ist A. Muton bei Johann Akerman Hans-Jost Str. 5 Oberscharau bei Berlin schick mir einen Brief.

Am Ende meinen Briefes sende ich dir herzliche Grüße und liebe Erinerungen!

Dein Freund Lojza.

»Was lassen wir uns denn einfallen?« fragte Nadja. Im Küchenschrank entdeckte ich die Spezialität meiner Mutter, sie nannte sie Mohnstrudel, und so stopfte sich Nadja mit gesüßtem Mohn den Bauch voll und trank aus der Tasse von Reba Silbernagel.

Sie führte die Tasse zum Mund und betrachtete dabei wieder das Bild der Japanerin auf dem Boden.

»Die is' wirklich unheimlich schön.« Sie hielt die Tasse gegen den weißen Hang des Schwarzen Berges vor unserem Fenster. Eine Schneewolke lag wie eine Daunendecke auf dem Ausflugsrestaurant und auf dem kleinen Dorf auf der Bergspitze, der Schnee fiel dicht auf den Hang und auf Port Arthur am Fuß des Berges wie auch auf die Brauerei und den Fluß.

Nadja wandte mir ihren fiebrigen Blick zu.

»Was lassen wir uns einfallen?«

»Weiß ich noch nicht. So was muß man sich zuerst gut durch den Kopf gehen lassen.«

»Aber was?«

Und damals blitzte mir diese dumme Idee durch den Kopf. Doch geblendet vom schwarzen Licht ihrer glühenden Augen, bemerkte ich die Stupidität dieses Einfalls vorerst nicht. Přemas Heldentat war noch viel zu frisch in unserem Bewußtsein, und die Art, wie dieses in die Tasse starrende, knochige Mädchen mit dem hübschen Mund jene Heldentat verehrte, verdunkelte mein Gehirn vollkommen.

»Vorerst kann ich dir das nicht erzählen«, erklärte ich ihr. »Wie gesagt, zuerst muß man das gut durchdenken.«

»Und wann sagst du's mir?«

»Morgen vielleicht.«

»Ehrenwort?«

»Ehrenwort.«

Nadja seufzte, sah sich zum letzten Mal die Japanerin an und stand auf.

»Ich helf dir noch, das Geschirr zu spülen. Und vielen Dank. Es war seeehr gut!«

Sie band sich die Schürze meiner Mutter um, besser gesagt, sie wickelte sich diese zweimal um ihre Taille, krempelte die Ärmel ihres gestopften Pullovers hoch, legte das ganze Geschirr ins Spülbecken und fing an. Ich trocknete ab. Das in mir aufsteigende wohlige Gefühl verscheuchte die Kühle eines Sonntagnachmittages mitten im Krieg. Niemals später im Leben empfand ich ein vergleichbares Gefühl.

Warum, weiß ich nicht.

II. HAWTHORNE

Mich stören nicht die Regensäulen
Möge ich in die Totengruft fallen
Mich stört nicht blind im Nebel zu werden

Ich laufe weiter und pausenlos
Mein Wasser teile ich mit den Schlangen
In meinen Haaren klebt das Salz
Ich gehe durch die Hölle, durch Eldorados
Alle Meere habe ich überquert

Manchmal die Anmut der Kolibris
Manchmal der Weg durch Flammen
Ich bin gestorben und neu geboren
Aus Diamanten schlug ich meine Träume

Josef Kainar

Die Kunst ist eine Krankheit, und Dummheit ist nur ein anderes Wort für Gesundheit.

Colin Wilson

»Ist sie auch Schauspielerin?« fragte Wendy.

»Wer?«

»Die Frau des Schauspielers, von der Sie erzählt haben, daß Sie sie kennen.«

Soll das ein Witz sein? Einer von denen, wie das Leben sie hervorbringt. Meine gebildete Kollegin Webster, eine Britin, die Kollege Webster anstatt der ersehnten Bestätigung einer umstrittenen Datumsangabe in der Chronologie der Hoffreudenfeste von Elisabeth I. aus dem Britischen Museum mitgebracht hatte, erzählte vor kurzem auch einen Witz. Und dies mit Erstaunen, denn zum ersten Mal stieß sie in der Praxis auf den ihr nur theoretisch bekannten Unterschied der Assoziationen zwischen Großbritannien und diesem Land. Nach einer vierzigminütigen Ausführung über den schwarzen Humor in *The Loved One* von Evelyn Waugh meldete sich Wendy McFarland, diese legendäre Schottin aus Horseman's Saddle im nördlichen Ontario, und fragte:

»Ich verstehe das nicht, Frau Professor, dort gibt es doch keine Schwarzen.«

Auch meine Kollegin dachte zuerst, es sei der Versuch eines Witzes; Wendys sommersprossiges Gesicht sieht immer aus, als wäre sie zum Scherzen aufgelegt. Doch es war kein Witz. Darin besteht nämlich der Unterschied in der primären Bedeutung ein und desselben Begriffes zwischen der Cambridge University und Horseman's Saddle.

Auch das ist kein Witz. Auch hier beruht die Diskrepanz auf der Lebenserfahrung. Die von Wendy stützt sich auf die aus dem Fernsehen, meine dagegen auf die aus dem europäischen *theatrum mundi.* Wendys heutige Frage bezieht sich auf den Film *Das Geständnis* von Costa Gavras, den ich meinen Studenten empfohlen habe, und knapp die Hälfte ist auch tatsächlich hingegangen. Vor zwei Jahren hatten sie alle den Film Z von Gavras gesehen, denn alle

Rezensenten hatten darüber geschrieben, es sei der beste Film über den Nachkriegsfaschismus. Die Kinder der Prärie sind vom Faschismus fasziniert. Nicht aber vom Kommunismus, weshalb die Besucherzahl des Filmes *Das Geständnis* nicht so hoch war. Der Faschismus gehört zu den Schandtaten ihrer Welt, beim Kommunismus haben sie den Eindruck, er ginge sie nichts an. Außerdem ist Griechenland in ihrem aus Digests erworbenen Geschichtswissen unverhältnismäßig bekannter als eine Republik, deren Name für ihre Ohren etwa so wie Ruritanien klingen muß. Und so fragte mich die fröhliche Wendy:

»Ist sie auch Schauspielerin?«

Ich hatte ihnen erzählt, daß ich die Frau eines der Hingerichteten kenne, und Wendy hatte es mit ihrem Fernsehverstand so aufgefaßt. Dadurch wurde mir klar, daß *Das Geständnis* für sie nur ein Lichtspiel war. In ihrem kurzen Leben hatten sie bereits Hunderte von diesen Filmen gesehen. In gewissen wurden Barnaby Jones die Zähne ausgeschlagen, in anderen wiederum leuchtete man mit einer starken Lampe Kojak in die Augen oder schlug Cannons Kopf gegen eine Mauer.

Innerlich war ich verzweifelt über diese Studenten, die als Professor für amerikanische Literatur nicht jemanden von dort drüben haben, sondern einen aus Harvard, der in den Stunden zum Thema der Farbenfunktion in »Der scharlachrote Buchstabe« auch tatsächlich die Funktion der Farben im »Scharlachroten Buchstaben« behandelt. Für sie bleibt wohl alles immer nur Kino. Aber vielleicht doch nicht für immer; nur bis zum Niedergang der westlichen Welt.

Ich stehe wieder an dem gotischen Fenster und denke über solche Dinge nach, statt über den symmetrischen Aufbau des »Scharlachroten Buchstaben«, über den der Footballspieler Higgins sein Referat abliest. Aufgescheucht von meiner kämpferischen Rede gegen Plagiate, die ich neulich im Zusammenhang mit dem von Quinn abgeschriebenen Referat von Sheila Elwood gehalten hatte, spickt er jeden Satz mit sich-selbst-absichernden Worten »wie David Levin schreibt« (ich sah ihm über die Schultern und stellte fest, daß er diese Ergänzungen nachträglich notiert hatte; denn die Tinte hatte unterschiedliche Farben). Die Protagonisten des Romans verkörpern, wie Levin schreibt, einmal den Öffentlichen Sünder: Hester, den Heimlichen Sünder: Arthur, und den Unentschuldbaren Sünder: Chillingworth.

Der Footballspieler bringt das Wort »unentschuldbar« nicht über die Lippen und senkt seine Stimme. Sein Referat ist anscheinend zu Ende. Ich drehe mich um, Wendys Arm ragt in die Höhe. Ich nicke ihr zu, und Wendy stellt eine Frage, die mit Higgins Referat nicht das geringste zu tun hat:

»Sir, ich habe gehört, daß vor nicht allzu langer Zeit in Europa ähnliche Strafen verhängt wurden. In Deutschland mußten am Anfang unseres Jahrhunderts während des Faschismus Männer, die jüdische Frauen geheiratet hatten, angeblich ein großes aufgenähtes *JL* für *Jew Lover* auf dem Mantel tragen, ähnlich wie Hester ihr scharlachrotes *A* für *Adulteress.*«

Ach Wendy! Du heilige Einfalt! Du unverzeihliche Sünde der transatlantischen Zivilisation!

Lieber Dan,

es tut mir sehr leid, daß ich Dich nicht zu Hause erreichen konnte. Ich war nur für einen Tag in Prag, am Abend wollte ich wieder zurück sein, weil ich Inventur machen mußte. Doch der Weg war nicht ganz umsonst; in einem Antiquariat kaufte ich den Band »Künstliche Blumen« von J. Frič, den ich schon längst haben wollte. Ich kannte bereits einige Bruchstücke davon aus den Anmerkungen zu Nezval. Es ist eine sehr schöne Poesie: sozial und modern zugleich, sie erinnert ein bißchen an Wolker, allerdings in seiner frühen Phase. Und sie ist nicht so trocken wie S. K. Neumann. Die Sirene schluchzt und großartig ist das Leben/ sie kann nicht auf Bergleute Rücksicht nehmen/ wenn der Menschen zwei Milliarden Massen/ sich lieben und sich hassen. *Ich las die Gedichte unterwegs im Zug, und es war wie eine kleine Entschädigung dafür, daß ich keine Gelegenheit hatte, Dich zu treffen.*

Vor allem aber beruhigte ich mich nach all dem, was ich am Nachmittag erlebt hatte und was der eigentliche Grund meiner Fahrt nach Prag war. Wie Du weißt, redigiere ich in Kostelec die Zeitschrift der SČM Das Wort. *Deswegen, genauer gesagt, wegen gewisser Artikel, hatte man mich nach Prag in die Zentrale zitiert. Ich hatte nicht geahnt, daß es ein »Rapport« sein sollte. Der erste Aufsatz, um den es ging, war ein Leitartikel über Winston Churchill. Mir erschien es als großer Undank, daß er in diesem Jahr, gleich nach dem Krieg, die Wahlen verloren hat. Er war doch wahrscheinlich der einzige und ganz sicher der entschiedenste Gegner jeglicher Versöhnung mit Hitler gewesen, er hatte England und dadurch auch uns gerettet, und wenn man noch weiter denken würde, schließlich auch die Sowjetunion; ich kann mir nicht vorstellen, wie sich die Sowjets verteidigt hätten, wenn England den Separatfrieden geschlossen hätte und die Deutschen in Europa freien Rücken gehabt hätten. Ich hatte also einen, ich gebe es zu, etwas sentimentalen Artikel mit dem Titel* Good Bye, Mr. Churchill *geschrieben. Vielleicht hast Du ihn sogar gelesen. Und stell Dir vor: in der Zentrale sagte man mir, dieser Artikel sei reaktionär! Churchill sei Imperialist, er hätte mit seinem Drängen auf Weiterführung des Krieges gegen Hitler keineswegs humanitäre Ziele verfolgt, wie zum Beispiel Hilfe für die besetzten Länder, sondern ausschließlich nur die Interessen des britischen Imperiums und der britischen Kapitalisten.*

Ich stand bestürzt da. Versteh mich nicht falsch: ganz bestimmt bin ich nicht so naiv zu denken, Churchill habe nur ein Herz für die besetzten Staaten gehabt. Sicherlich ging es ihm auch um das britische Imperium und vielleicht sogar um die Kapitalisten. Aber ausschließlich nur darum? Der Genosse in der Zentrale wiederholte es immer und immer wieder und machte eine Miene, als wüßte er absolut alles und ich absolut nichts.

Weißt Du, Danny, woran mich das erinnerte? Wie ich einmal im Krieg an der Schokoladenfabrik Rupa vorbeigelaufen war und dort einen Schaukasten der Hitlerjugend von Kostelec sah. Da hing ein Plakat, darauf stand etwas in der Art der scholastischen Fragen und Antworten: DIE FRAGE DES IDEOLOGIELEITERS: Wer ist Winston Churchill? – DIE ANTWORT DES HITLERJUNGEN: Winston Churchill ist der größte Kriegshetzer, der im Interesse des internationalen Kapitalismus, der Reaktion und der jüdischen Plutokratie eine Fortsetzung des Krieges gegen das Neue Europa fordert und der sich in seinem Haß gegen den Nationalsozialismus sogar mit dem Bolschewismus verbündet.

Mir ist bange, lieber Danny. Du hast bereits während des Krieges über so etwas gesprochen, aber geglaubt habe ich Dir nicht so ganz. Ich habe Blok gelesen – Die Kippe zwischen den Zähnen, die Mütze zur Seite gerückt,/ das Straflager aus unseren Augen blickt … *mein lieber Freund, der Mann, der Genosse – mich nannten sie auch Genosse, obwohl ich sie darauf aufmerksam gemacht hatte, daß ich weder Mitglied der Kommunistischen noch der Sozial-Demokratischen Partei sei –, also dieser Typ hatte weder eine Zigarette zwischen den Zähnen noch eine Mütze, und aus seinen Augen blickte …*

Ich weiß nicht, Danny. Ich komme mir schuldbewußt vor, wenn ich Dir das so schreibe. Dann hat er mich noch wegen des Artikels über Rosťas Bilder zusammengestaucht. Du hast ihn vielleicht gelesen, eigentlich war es ja eine Besprechung von Rosťas Portrait von Marie Dreslerová, das mir wirklich gut gefällt, ich denke sogar, es ist im wahrsten Sinne des Wortes wunderschön (Du, als berüchtigter Frauenbewunderer, wirst damit nicht einverstanden sein, ich glaube jedoch, das Portrait ist sogar noch schöner als Marie in corpore). Die Quelle der Poesie sei aber nicht die Schönheit, wie ich geschrieben habe – so klärte mich der Genosse auf –, sondern der Klassenhaß und Klassenkampf. Er empfahl mir, Wolker zu lesen: am tiefsten gesunken, in Armut, sehe ich den Haß. *Das ist doch nur ein Gedicht von vielen, nur eine Seite von Jiří Wolker; auch dies wird erst dadurch zum Gedicht, weil es schön ist, nicht, weil man darin von Haß spricht.*

Danny, mir ist angst und bange. Vielleicht sind nur meine Nerven nicht so ganz in Ordnung, der Krieg ist praktisch erst gestern zu Ende gegangen. Aber hoffentlich – ich hoffe, Danny, daß Du nicht recht behalten wirst.

Dein Jan

Sie schwitzen, es wird ein Test geschrieben. Ich bin ein Sadist, aber mit weichem Herzen. Ich lasse zwar einen nicht angekündigten Test schreiben, doch das Thema wurde erst letzte Woche durchgenommen, und auf etlichen Spickzetteln steht jede Menge Informationen darüber: *Die Funktion der Farben im Roman »Der scharlachrote Buchstabe«*. Allerdings war gut die Hälfte nicht in der Vorlesung gewesen. Wie zum Beispiel Wendy. Statt zu schreiben, malt sie wieder irgend etwas. Ich werde wohl schöne Dinge erfahren über Hawthornes notorische Farben. Irene Svensson arbeitet mit einem strengen, beinahe akademischen Gesichtsausdruck. Seit Anfang des Semesters hatte sie keine einzige Lehrveranstaltung versäumt. Vicky knabbert an ihrem Kugelschreiber, genauso, wie es schon die Mädchen aus der Sexta in Kostelec bei den Mathearbeiten des Herrn Professor Bivoj zu tun pflegten. Und Wendy malt. Ich sehe sie an; ich weiß nicht, warum mich ihr lustiges Gesicht fasziniert, das beinahe scheckig erscheint, eine Sommersprosse neben der anderen. Ich weiß es wirklich nicht. Ihre Arbeiten ähneln mehr Collagen als

Schriftstücken. So hatte sie zum Beispiel auf das Titelblatt ihrer letzten Arbeit Andy Warhols Portrait von Marilyn Monroe aufgeklebt, und die folgende Seite ließ sie – wohl aus Pietätsgründen – frei. Ich erklärte es mir so, daß Warhols Kunst vielleicht vom Text der gelehrten Wendy dadurch distanziert werden sollte, da er einer solchen Nachbarschaft nicht würdig war. Doch auch auf der nächsten Seite stand nur ein Zitat aus *»Philosophie über die Struktur der Gedichte«: ... the death, then, of a beautiful woman is, unquestionably, the most poetical toppic in the world ...* Ich korrigierte den Fehler, blätterte um und sah auf der folgenden Seite – nur ein einziges Wort: LIGEIA. Doch in was für einer Schrift ... Wendy muß in der Bibliothek in Arcimboldi geblättert haben, noch dazu vervollständigte sie ihre Buchstaben mit Hilfe von pornographischen Phantasien der Zeichner aus dem Penthouse. Das »L« war ein sitzender Frauenakt im Profil. Das »I« die Frontalansicht einer nackten Frau mit einem roten Schoß (wohl ein Selbstportrait) und einer Melone auf dem Kopf. Das »A« bestand aus einer Frau und einem Mann, beide nackt, sich einander stützend, wobei das erigierte Glied des Mannes ... ich wandte mich ab, schockiert und gleichzeitig neugierig, ob Wendys Text genauso pikant sein würde. Doch der ließ noch auf sich warten: dem arcimboldihaften Titel folgte nur die nach Art der Professoren knappe, aus meinem Themenverzeichnis abgeschriebene Aufforderung: *Wählen Sie eine Erzählung von E. A. Poe und beschreiben Sie anhand dieser Erzählung, wie Poe seine Postulate auf den Aufbau seiner Geschichten applizierte.* Sonst nichts. Wieder blätterte ich ein wenig ungeduldig um. Doch ich bekam nur eine rote römische Eins zu sehen. Erneut blätterte ich um. Ein Zitat, diesmal meine Paraphrase über einen Grundsatz von E. A. Poe: *Gleich der erste Satz soll die Stimmung, den emotionalen Inhalt der Geschichte und ihren abschließenden Effekt zusammengefaßt darstellen. Professor Daniel Smiřický.* Darunter prangte die Federzeichnung eines Frauengesichtes, LIGEIA betitelt. Ihre Augen waren tellergroß, rund, aber leer. Hier diente wohl *Little Orphan Annie* als Inspiration, doch exakt nach meinem Rezept sollte gleich diese erste Zeichnung den Abschlußeffekt der Erzählung verdeutlichen; am Ende von Wendys Buch (Arbeit konnte man dieses Elaborat kaum nennen) entdeckte ich ein ähnliches Frauengesicht, diesmal mit der Bezeichnung »Lady Rowena« versehen, mit genauso runden Augen, wobei in einem Auge ein mit Hilfe eines Kopiergerätes verkleinertes Portrait von Ligeia vom Anfang des Buches klebte. Wendy hatte jetzt ein Problem: in der Erzählung von Poe verdoppelt sich Ligeia nicht, nur ihre Seele wandert, doch der ästhetische Geist zwang die Zeichnerin, auch in das zweite Auge ebenfalls irgend etwas einzusetzen. Sie hätte es sicherlich ganz gut geschafft, die Iris zu zeichnen, doch das wäre ihrer surrealistischen Seele zu einfallslos gewesen. Und so plazierte sie in das andere Auge einen Pinguin. Aus purer Not: in meinem Büro erklärte sie mir später, das Bild eines Raben hätte an diese Stelle kommen sollen, doch da sie kein entsprechendes Bild parat hatte und sie den Abgabetermin nicht überschreiten wollte, hätte sie einfach das genommen, was zur Hand war. Auf ihre Art und Weise bestätigte sie die Gültigkeit des Satzes, der die allerletzte Seite schmückte: FINIS CORONAT OPUS!

Neben diesem Ausdruck der Freude und meinem Zitat auf der Seite Nr. 7 gab es noch weitere zweiundvierzig Blätter, die irgendwelche Sequenzen beinhalteten. Jede von ihnen wurde von einer Seite mit den römischen Ziffern II. bis XII. eingeleitet, und dann folgten die Bilder: eine alte Burg (Rowenas Sitz), ein Frauengesicht mit widerlich verzerrtem Mund (*some strangeness in the proportion*), ein Mädchen, eine Laute spielend, welche jedoch eher an eine elektrische Baßgitarre erinnerte, vor dem Mund der Lautespielerin eine Sprechblase wie in einer Comic-Zeichnung, darin die kalligraphisch und nahezu mikroskopisch genau gezeichnete aus dem Gedicht *Conqueror Worm* abgeschriebene erste Strophe, und so weiter und so fort. Auf die Bilder folgten jeweils Seiten mit Zitaten aus Poes theoretischen Schriften, danach immer die Seiten mit den Zitaten aus Ligeia, die den dazugehörigen theoretischen Anspruch illustrierten. Das Ende jedes Zitates schmückte ein wunderschöner zackiger Stern, und unterhalb der Zierleiste stand kein Verweis auf eine Seite und die jeweilige Ausgabe, sondern ein Kommentar zu dem Zitat. Zum Beispiel: *Es ist offensichtlich, daß dieser Anfangssatz Poes Vorstellungen über die tonale Färbung in vollkommener Art verkörpert.* Oder: *Eine makabre Ästhetik, zum Ausdruck gebracht durch das berühmte »the death, then, of a beautiful woman is, unquestionably, the most poetical toppic in the world«, vermochte kein prägnanteres Objekt zu finden als dieses erträumte Portrait einer Frau, der das gelingt, was Poes Lebensgefährtin niemals glücken konnte.* Hatte sich diese intelligenten Kommentare Wendy selbst einfallen lassen? Ich verspürte ein merkwürdiges Gefühl der Enttäuschung: als würde die großartige Einheit der Zitate und Collagen durch den Eingriff Wendys eigener Gedanken zerstört werden. Dann fiel mir mein strenger Kollege Webster ein und sein Heiliger Krieg gegen das Plagiatentum, und ich verbrachte einen ganzen Tag in der Bibliothek (wozu ich ansonsten viel zu faul bin). Es war ein fruchtbarer Tag, an dessen Ende ich mein Bedürfnis nach einem einheitlichen Stil befriedigen konnte. Die Anmerkungen waren tatsächlich Zitate, allerdings nicht belegte. Auch das tat mir leid, denn es störte die ansonsten einwandfreie Ehrlichkeit von Wendys editorischer Leistung. Doch Wendy war aufrichtiger, als ich dachte. Zwei Tage nach der Abgabe der Hausarbeit wartete sie auf mich vor dem Hörsaal mit einem Gesichtsausdruck, mit dem sich die Mädchen in Kostelec bei Herrn Professor Bivoj immer entschuldigt hatten, wenn sie wegen einer »Unpäßlichkeit« die Mathearbeit nicht mitschreiben konnten. Sie reichte mir ein Blatt Papier, das sie »irrtümlicherweise vergessen hatte, ihrer Hausarbeit beizufügen«. Es war als POSTSCRIPT tituliert (mit Arcimboldi: das »P« wurde als vollbusige Frau in Seitenansicht dargestellt) und enthielt ein vollständiges Verzeichnis der literaturkritischen Quellen, mit deren Suche ich den ganzen Tag verbracht hatte, wobei ich nur teilweise erfolgreich war.

Also konnte ich ihr Produkt nicht einmal wegen eines Plagiats beanstanden. Ihre Arbeit beschäftigte mich noch einen ganzen Nachmittag, dabei gerieten in mir allerdings der gut bezahlte Professor und der Sympathisant des Surrealismus in Streit. Gewonnen hat der letztere. Für die Arbeit, die fast so dick war wie eine kleinere Dissertation, bekam sie von mir ein B; ich begründete dies mit dem deplacierten Pinguin im Rowenas Auge. Wendy war enttäuscht: für die große Mühe hätte sie sich eine bessere Note erhofft. Aus diesem Grunde befürchtete ich, daß sie für ihre nächste Arbeit eine konventionellere Form wählen würde. Die Arbeit über Hawthorne wurde jedoch auf verschiedenfarbigen Papierseiten nicht etwa geschrieben, sondern von Künstlerhand geschaffen: Seite für Seite prangte in der Kopfzeile ein scharlachroter, aus Seidenstoff ausgeschnittener Buchstabe, der aber nicht festgeklebt, sondern mit Zierstichen aufgenäht war. Alle Buchstaben zusammen bildeten den Satz ADULTERY: VOLUNTARY SEXUAL INTERCOURSE OF A MARRIED PERSON WITH SOMEONE OTHER THAN HIS OR HER LAWFUL SPOUSE. Daraus kann man sich ein Bild über die Länge der Arbeit machen. Es war allerdings der einzige Text, den ihr Faszikel enthielt. Ich gab ihr dafür ein A minus.

Oh, Wendy!

Und während Ted Higgins erörtert, daß – wie Lelland Schubert schreibt – die strenge Symmetrie im »Scharlachroten Buchstaben« auf den drei Szenen unter dem Galgen beruht (sie eröffnen den Roman, schließen ihn ab und teilen ihn in zwei Hälften, dazwischen wurden – ebenfalls streng symmetrisch – zweimal zwei beziehungsweise drei Kapitel in Spiegelstellung angeordnet, wobei das alles – wie Lelland Schubert schreibt – von Texten umrahmt wird, die mit dem Roman nur lose zusammenhängen, jedoch für die Symmetrie sorgen: nämlich »Das Zollhaus« und »Der Schluß«) –; während also Ted Higgins vorträgt, was Lelland Schubert alles dazu gemeint hatte, schweifen meine Augen über das, was Nathaniel Hawthorne geschrieben hatte:

»Hört, Weiber!« rief eine Fünfzigjährige mit harten Zügen. »Ich will euch etwas sagen. Es würde sehr zum öffentlichen Wohle gereichen, wenn wir Weiber, die wir von reifem Alter und in gutem Rufe stehende Gemeindemitglieder sind, mit der Bestrafung von Missetäterinnen wie dieser Esther Prynne beauftragt würden ...« »Was reden wir da von Zeichen und Brandmarkungen auf ihrem Mieder oder am Fleische ihrer Stirn!« rief ein anderes Frauenzimmer, die häßlichste und zugleich die unbarmherzigste unter diesen selbst eingesetzten Richterinnen. »Das Weib hat über uns alle Schande gebracht und sollte von Rechts wegen sterben.«

Ich hebe meinen Blick und sehe in die weiße Wildnis vor dem Fenster hinaus, deren Ende der Ontario-See als dicker schwarzer Strich markiert, welcher im Winter immer die kalte Ebene von dem trostlosen, aber wunderschön grauen Himmel trennt, und vor meinem inneren Auge sehe ich eine lange Prozession der häßlichsten und unbarmherzigsten Frauen; alle hatte ich gekannt, und alle traten ein oder mehrere Male im Umkreis meiner Person auf, in den Funktionen, die Hawthornes Fiktionen ähnelten. Auch sie hatten nach harten, aber gerechten Strafen gerufen, wie man es vielleicht nicht unbedingt in Salem, sondern in meinem Land zu bezeichnen pflegte. Junge und alte Frauen, einbeinige und bucklige, solche, die einhundertunddreißig oder nur dreißig Kilo wogen, mit Pferdegesicht oder mit Pferdebeinen, auch Frauen, deren Minderwertigkeit nicht von außen her sichtbar war, doch sie waren von innen gebrandmarkt, durch einen Scherz der Biochemie oder einfach nur durch Gefühlsarmut, die vielleicht ein organischer Ausdruck der seelischen Minderwertigkeit zu sein scheint.

»Da hat sie mich in Moskau am Roten Platz angequatscht ...«, hatte mir vor langer Zeit ein Mädchen erzählt, eine gewisse Honzlová, eine Sängerin, »... und mir gesagt: ›Genossin Honzlová, du wirst sofort ins Hotel gehen und dich umziehen! Mach dir klar, daß du hier die Tschechoslowakei repräsentierst! Und du läufst hier herum wie ein weiblicher Schnösel!‹ Das war eine Anspielung auf meinen Rock, den ich mir selbst genäht hab, weil ich kein Geld hab, weder für Klamotten noch für 'ne Schneiderin. An dem Rock hab ich zwei große Taschen festgeknöpft, um Platz für Marx samt seinem Kapital zu schaffen, damit ich nicht eine Tasche durch ganz Moskau schleppen muß. Mir geht das auf die Nerven, wenn ich immer einen Sack hinter mir her schleppen muß. Die Kerle wissen gar nicht, wie gut sie's haben, wenn sie überall irgendwelche Hosen- oder Jackentaschen haben. Und diese blöde schielende Kuh hat angefangen, mich auf russisch anzumotzen, obwohl sie Russisch wie der Vorsitzende der KPP – der Kommunistischen Partei der Pygmäen – beherrscht. Das hat sie nur deshalb gemacht, weil ich dort am Roten Platz mit Boris herumgestanden bin, das war ein wirklich hübscher, blonder Russe und noch dazu ein Graf. ›Hast du mich verstanden, Genossin Honzlová?‹ Das hat sie aus purem Genossenneid gesagt, die Genossin«, erzählte Honzlová giftig ...

Aus den vergangenen Zeiten vor meinem inneren Auge mache ich wieder einen Sprung zurück in die Jetztzeit, in die Welt der Edenvale-Uni. *The Blithedale Romance: »... und endlich kann der Mensch, wenn sein Herz nicht von wahrer Liebe erfüllt ist, bei dem schlimmen Zustande, in welchen sich die Welt selbst versetzt hat, seine Verachtung gegen einen sterblichen Bruder nicht wirksamer zeigen und nicht drückender eine überlegene Stellung annehmen, als indem er ihn mit dem Worte ›Freund‹ anredet. Die falsche Anwendung dieses Ausdrucks bringt besonders die schlummernde Feindseligkeit zutage, von der obskure Sekten beseelt sind und jene, die sich, wenn auch in der edelsten Absicht, von der Menge zurückgezogen haben ...«*

»Die Genossin!« Honzlová fuhr fort. »Eine Genossin, aus der man glatt drei machen könnte, und alle wären sie noch dick. Auch wenn sie bei Rosenbaum nähen lassen würde, selbst dann würde sie wie ein gut genährter Schneemann aussehen!« Honzlová tobte, fauchte, schimpfte, obwohl sich das alles bereits vor zwei Jahren zugetragen hatte, sie wurde von der gesunden irrationalen Wut von Frauen überwältigt, von einer Wut, die sich laut Hawthorne als Wahrheit des unvernünftigen Herzens dem Wesen der Wahrheit unserer Welt nähert, die immer wieder verfälscht wird durch schönfärberisches Gequassel. »Diese Kuh! So eine blöde Kuh! Soll sie mir noch einmal kommen, dann stech ich sie hier mit diesem Federmesser ab!« Honzlová holte aus ihrer Tasche (in die nicht nur Marx mit seinem Kapital hineingepaßt hätte, sondern vielleicht sogar der lebendige Genosse Breschnew) ein Taschenmesser hervor, das mit einer schönen halbnackten Dame im Badeanzug verziert war (das Messer war scheinbar ein Geschenk von einer Kollegin von einem Gastauftritt im Westen, an dem Honzlová aus politischen Gründen nicht teilnehmen hatte dürfen), und fuchtelte damit vor meinen Augen herum. »Diese dreckige Schlampe! Die sollte mal brutal vergewaltigt werden! Zwischen den Mülltonnen! Syphilis soll sie kriegen! Und alle möglichen anderen Krankheiten dieser Welt! Pfui Teufel!« rief die Interpretin sanfter Volkslieder, und ich war begeistert, denn auch ich hatte schon das Vergnügen mit Genossin Satrapová. Seinerzeit hatte sie einen anonymen Brief über mich an das Sekretariat des Schriftstellerverbandes geschickt, ich würde mit der Frau eines gewissen Gen. Kozák schlafen, von dessen Existenz ich keine Ahnung hatte (später stellte sich heraus, daß sie mich mit jemandem aus dem Parteiapparat verwechselt hatte, der es mit der Frau jenes Gen. Kozák getrieben hatte); und dabei hatte sie nicht bemerkt, daß sie dieses anonyme Schreiben auf die Rückseite eines Vordrucks mit dem Briefkopf des Staatsensembles für Lieder und Tänze namens »Tausendschönchen« geschrieben hatte; noch dazu hatte sie darauf den Entwurf einer Resolution gegen das Theaterstück *Wo ist der Referent?* von Vratislav Blažej notiert. Dieses Theaterstück wurde auf der Sitzung des »Gewerkschaftstausendschönchens« zuerst nicht genehmigt, denn das Stück war in der Presse zwar allgemein positiv besprochen worden, nicht jedoch in der parteieigenen Rudé právo, und die Satrapová hob sich diesen Entwurf für eine eventuelle Wiederverwendung auf (er war recht universal). Inzwischen wurde das Theaterstück verfilmt, Rudé právo warf ihm Titoismus vor, und das Gewerkschaftstausendschönchen verabschiedete eine neue Resolution, wiederum aus der Feder der Satrapová, doch diesmal etwas schärfer. Mit einer Nachfrage bei Honzlová bekam ich die Autorin des

Konzeptes rasch heraus, das tobende Mädchen schnappte nach meiner Hand und wollte wissen: »Hör mal! Kennst du Cincibus, den Tonmeister? Als er bei uns anfing, war er dermaßen verzweifelt, weil er beim ersten Konzert feststellte, daß die Stimme der Satrapová vom Mikro nicht übertragen wird! Mensch, der hat sich so bemüht, damit das Mikro das Gedudle der Satrapová aufnimmt, daß er es ihr fast ins Maul gestopft hat und sie es nahezu verschluckt hätte. Doch die Stimme kam und kam nicht! Uns drei hat er gehört, nur die Satrapová nicht. Und so hat er gesagt: ›Jana, komm doch mal her, entweder bin ich taub, oder wir haben es hier mit einem Mysterium der Akustik zu tun. Das Mikro – und dabei ist es ein funkelnagelneues von Braun aus Westdeutschland – nimmt Satrapovás Stimme einfach nicht! Euer Quartett klingt wie 'n Trio! Ich werd verrückt, Jana! Mir geht's um meine professionelle Qualifikation, aber über so 'n Phänomen hab ich bislang weder in unserer noch in der westlichen Fachliteratur was gelesen!‹ Verstehst du das?« Das fragte Honzlová ausgerechnet mich. »Nein, ich versteh's nicht«, antwortete ich. »Vielleicht hat sie die Stimme einer Nachtigall und gibt Töne von sich, die nur für andere Nachtigallen zu hören sind, während sie in Wirklichkeit nur den Schnabel auf und zu macht?« »Da hast du aber mitten ins Schwarze getroffen! Die doofe Schlampe hat eine Stimme, die man nur Kader-Supersopranino nennen kann!« Die sanfte Honzlová fing erneut an, mehr als unfein zu schimpfen, so daß sie selbst die Fistelstimme einer Nachtigall annahm. »Was ist dieses Kader-Supersopranino?« fragte ich sie, und sie erklärte es mir wie damals dem Tonmeister Cincibus. Das Mikro nahm die Stimme der Gen. Satrapová deshalb nicht auf, denn während einer Bühnenproduktion kam die Stimme der Gen. Satrapová gar nicht aus dem Mund der Gen. Satrapová, und zwar aus dem einfachen Grund, weil Gen. Satrapová überhaupt nicht singen konnte, doch dafür war sie die Vorsitzende der Parteiorganisation des Staatsensembles für Lieder und Tänze »Tausendschönchen« und ständige Mitarbeiterin des Innenministeriums mit der Qualifikation im Bereich Aufsicht im westlichen Ausland. »Und was war mit dem Trio? Wie konntet ihr als Trio singen, wenn eure Lieder für ein Quartett geschrieben wurden?« »Du bist vielleicht ein Ignorant ohne politische Kenntnisse, du Saxophonspieler vom Land«, entgegnete Honzlová. »Das ist doch ganz einfach. Fedor Krsiak, der für uns die Lieder schreibt, komponiert *direkt* für ein Trio. Es ist doch ein offenes Geheimnis, daß die Gen. Satrapová wie eine Waschrumpel singt!«

Ich denke an Honzlová, eine seltsame Person, deren gesprochene Folklore ursprünglicher war als jene, von der sie als Sängerin lebte (das Buch von Hawthorne erinnerte mich an sie). Über der Ontario-Ebene war nun die Sonne aufgegangen, so daß die Ebene wie Eatons Weihnachtsschaufenster glitzerte. Nein, die Menschen ändern sich nicht, und kein Regime ist wirklich ganz neu. Manche sind nur mächtiger, Gott sei mit uns! Hawthorne sagte doch:

Können Sie sich denn nicht vorstellen, daß es jemand mit der Welt gut meint und nach einer besseren Welt strebt, allerdings mit Hilfe eines anderen Gedankenguts, als exakt dem, das Sie vertreten?

Das fragte Hawthorne einen radikalen Genossen, für den wie auch für Hollingworth ... *die Menschheit ... nur ein anderes Joch Ochsen (ist) und ebenso halsstarrig, dumm und träge, ... die man mit dem Treibestock anstacheln muß. Aber sind wir seine Ochsen? Und welches Recht hat er auf das Treiberamt?*

Doch Hawthorne war kein Wissenschaftler gewesen, und ein Radikaler würde über mein Zitat, mit dem ich versuchte, der nicht besonders interessierten Jugend Lenins Prinzip über die führende Rolle der Arbeiterklasse näherzubringen, nur müde lächeln. Die wissenschaftliche Ideologie sei kein *contradictio in adiecto*, würde er sagen, falls er es schaffen sollte, ehrlich zu sein. Es ist eine Methode, auf wissenschaftliche Art vom falschen Bewußtsein Gebrauch zu machen.

~

Lieber Daniel,

nun ist er zur Welt gekommen, wiegt zwei Kilo und zweihundert Gramm und bekommt den Namen David. Wahrscheinlich kannst Du Dir gar nicht vorstellen, wie glücklich ich bin, oder doch? Du kennst ja meine Geschichte und weißt auch, wie es mir ging, nachdem ich endlich nach Hause zurückkehren konnte und Leo verschollen war, wie ich vor lauter Angst, daß man ihn vielleicht umgebracht hat, fast verrückt geworden bin. Aber jetzt liegt das alles hinter uns, hinter uns beiden, hinter uns allen! Jetzt haben wir David, und Du MUSST zur Taufe kommen! Ich mache nur Spaß; als orthodoxe Juden werden wir David natürlich nicht taufen lassen, aber auf diese Dinge, die man statt dessen mit kleinen jüdischen Jungs macht, mag ich aus angeborenem Schamgefühl nicht näher eingehen. Auch Wanda kommt, und dann eine sehr entfernte Cousine von mir, die als einzige von unserer Familie am Leben geblieben ist, und sie würde Dich bestimmt interessieren, so wie ich Dich kenne. Sie ist neunzehn und wurde gerade am Konservatorium für Dramaturgie aufgenommen. Warum gebe ich mir eigentlich solche Mühe, Dich zu überreden, daß Du kommst? Du kommst ja sowieso ganz sicher! Allein schon wegen dem kleinen David, damit Du dabei bist, wenn er getauft wird.

Deine Rebina

Daß diese Gerichtsverhandlung auf eine Katastrophe zusteuerte, wurde mir immer klarer. Milan, in sauberer Konfektion der Staatlichen Bekleidungswerke Prostějov, trat in den Zeugenstand, legte seine Handfläche auf die von ihm zuvor nie im Leben aufgeschlagene Bibel, und kaum hatte er die ersten englischen Worte gesprochen – *so help my God* –, mit einem Fehler in der so überaus einfachen Formel, verlor ich jegliche Hoffnung. Während der ganzen Anhörung kehrte sie auch nicht wieder zurück.

Die Absicht von Milans Verteidiger in diesem kanadischen Minimonsterprozeß war erstens zu beweisen, daß Milan aufgrund seiner politischen und religiösen Überzeugung in der Tschechoslowakei unter Verfolgung und Diskriminierung zu leiden gehabt hatte, und zweitens – sollte er aus Kanada in die Tschechoslowakei abgeschoben werden – wäre er erneut der Verfolgung und möglicherweise der Gefahr ausgesetzt, Freiheit oder gar sein Leben zu verlieren. Von kanadischer Seite hörte man in dieser Äußerung das Wort Freiheit zum ersten und letzten Mal, dafür wiederholte es Milan wie verrückt. Das Gericht schien davon nicht sonderlich beeindruckt zu sein. Beklommen hörte ich zu, wie dieser für eine Abschiebung vorgesehene Mann sich selbst als Opfer der Fast-Verfolgung als Christen zu schildern versuchte. Finster musterte ich die Gesichter der Senatsmitglieder. *His Honor Mr. Justice* Przitelczuk versprach ein bißchen Hoffnung. Mr. Melieux – bei dem wußte ich nicht, was ich von ihm halten sollte. Mrs. Braithwaite sah aus wie die rufende Frau aus Hawthorne; und die bescheidene Flamme des Optimismus, die sich an der Konsonantenanhäufung im Namen des Richters entzündet hatte, erstickte jedes Mal, wenn mein Blick die riesige Warze auf der Nase dieser Dame streifte. Der Staatsanwalt war kaum dreißig Jahre alt, er schwieg und war unauffällig bis auf einen großen Siegelring.

Milan gab sein Bestes. Aus den Pseudosätzen, die wie unbekannte Idiome klangen, konnte man mit viel Mühe seinen Lebenslauf rekonstruieren: Sohn eines Gewerbetreibenden, der nach dem Februar '48 in seinem Gewerbebetrieb als Direktor weiterarbeiten durfte (nachdem er der KPTsch beigetreten war); nach dem Abitur wollte Milan an der Elektrofakultät Schwachstrom studieren, doch weil die Zulassungszahl erreicht war, mußte er Starkstrom nehmen, und erst nach einem Jahr durfte er zum Schwachstrom überwechseln. Trotz des mühseligen Ringens mit der Sprache und den Fakten gelang es Milan nicht, eine Affinität zu den Christen herzustellen, die in seinem Heimatland Raubtieren zum Fraß vorgeworfen werden. Ich starrte *Mr. Justice* Przitelczuk an und dachte dabei an die aus der Ukraine flüchtenden geschlagenen Bander-Einheiten, dann betrachtete ich den Beisitzer Melieux an, und dabei dachte ich an den Besuch des großnasigen Generals in Quebec. Milan erzählte, daß man ihm nach dem Uniabschluß Arbeit in Brünn angeboten habe, doch diese habe er abgelehnt und schließlich einen Job in Prag als Chefinstallateur im Hotel Flora gefunden, was allerdings nicht seiner Hochschulbildung entsprach. Von Prag nach Brünn, fiel mir ein, ist es ungefähr so weit wie von Toronto nach Buffalo. Milan hätte aber vielleicht erwähnen sollen, daß es dort keine Autobahn gibt.

Der einzige Lichtblick war der Zeuge der Verteidigung, Herr Newton aus Ontario Centre, der in einem vertrauenserweckenden Geschäftsanzug Milan als einen Träger der ursprünglichsten kanadischen Traditionen beschrieb. Doch das Wichtigste war, die Verfolgung nachzuweisen, und nicht den Fleiß, die Ausdauer, den Optimismus und das Bestreben, Erfolge zu erzielen.

Das Ganze war ein Spiel. Mit dem Wort »Freiheit« versuchte nur der zu punkten, der ausgewiesen werden sollte. Es kam mir vor, als klänge dieses Wort innerhalb dieser Laminatwände so altmodisch wie ein Überbleibsel aus längst vergangenen Zeiten. Diese Welt war aber schon viel weiter. Es geht nicht mehr um die Freiheit, um irgendeinen absolutistischen Idealismus von ein paar Verrückten aus dem achtzehnten Jahrhundert, sondern um ein erträgliches Maß ihrer Einschränkung. Erst wenn dieses Maß überschritten wird, beginnt der Bereich der Verfolgung, der Persekution. Das Wort Persekution klingt viel moderner als Freiheit.

Aber Milan blieb hartnäckig: Frydm, frydm, frydm. Es fiel jedoch auf einen Boden, der von den vielen Ernten schon ausgelaugt war. Nun sitze ich hier über dem Rest meiner Knödel und betrachte ihn, er ist blaß und keineswegs mehr so optimistisch, wie ihn sein Chef beschrieben hatte, denn er erfährt das Ergebnis erst in vierzehn Tagen. Ich denke nach, ob Mr. Melieux aus Quebec und die Monarchistin Mrs. Braithwaite die Freiheit als ausreichenden Grund anerkennen würden. Würden sie verstehen, worum es geht? Höchstens Mr. Przitelczuk.

Nach den kapriziösen Gesetzen der Assoziation springen meine Gedanken zu Irene Svensson, aus der – zumindest in meinem Kurs – eine richtige Streberin geworden war. Sie hatte verstanden. Ich hatte meinen Studenten aufgegeben, sich für die nächste Stunde zu überlegen, was am »Scharlachroten Buchstaben« für unsere Gegenwart relevant ist. Bedingt durch meine Zwangsvorstellung, erwartete ich keineswegs, daß Bellissimmo die sexuelle Prüderie, die angeblich heute noch in Kanada herrscht, als relevant empfinden würde; daß Ted Higgins die Form des Romans als relevant erklären würde, von der Lelland Schubert behauptet, sie sei symmetrisch; daß Wendy zugeben würde, ihr sei es nicht gelungen, etwas Relevantes ausfindig zu machen, denn sie hätte nicht genau gewußt, was relevant überhaupt bedeute und hätte außerdem irgendwo ihr Lexikon verschlampt. Irene Svensson im dunkelgrünen Kostüm mit Bernsteinknöpfen, mit Vidal Sassoon im Haar, eine wahre Orchidee unter den jeanstragenden Dornenbüschen, klappte mit ihrer entzückenden Hand, auf der in hellem Gelb ein Bernsteinarmband leuchtete, ihr Buch auf und erklärte in einem beinahe perfekten Oxford-Englisch: »Seite einhundertneunzehn der Kritischen Ausgabe von Norton.« Sie fing an vorzulesen:

»Sie nahm eine Freiheit des Denkens an, die damals auf der anderen Seite des Atlantischen Ozeans gewöhnlich genug war, die aber für unsere Vorväter, wenn sie dieselbe gekannt hätten, ein tödlicheres Verbrechen gewesen wäre als das durch den Scharlachbuchstaben gebrandmarkte.«

Sie schloß das Buch, und mit der Diktion einer jungen Gelehrten sprach sie: »In der Anmerkung sagt der Herausgeber, daß Hester hier die typischen Züge einer feministischen Heldin aufweist. Doch meiner Meinung nach beinhaltet diese Stelle eine breitere Gültigkeit; sie ist relevant für die Gegenwart und für die Welt, in der wir leben. In einigen Ländern gilt intellektueller Nonkonformismus noch bis heute als schwere Straftat, schlimmer als gemeine Verbrechen, von der Sexualmoral ganz zu schweigen.«

Sie hatte verstanden. Ich hoffte, daß auch Mr. Justice Przitelczuk verstehen und seine Beisitzer einer Persekution aussetzen würde.

»Ist dir schon was eingefallen?« bestürmte mich Nadja am Montag bei der Jause.

»Ich bin grade am Überlegen. Es ist … ziemlich kompliziert …«

»So sag's mir doch!«

»Erst wenn ich mir darüber im Klaren bin, Nadja. Man muß auch eine Zeichnung anfertigen …«

Nadjas Augen glühten im Schatten der Bohrmaschine, deren geölter Stahl glänzte. In der ganzen Halle frühstückten Männer in Blaumännern und Frauen in allen möglichen Monturen, vom einfachen Beinkleid mit Gummibund bis zu Nadjas dickem, grauen Rock und geflicktem Pullover. Durch die Dachluken, die blau angepinselt waren, fiel das leichenblasse Licht eines Wintermorgens auf die Menschenansammlung. Nadja leckte sich das Schmalz von ihren Fingern. Unter dem Schmalz waren sie von der Vaseline der Bohrmaschine verdreckt.

»Ich muß auch zuerst etwas drehen lassen, bevor …«

»Bevor was?«

»Bevor ich das durchführen kann.«

»Du? Und was ist mit mir? Du weißt doch, daß du mir versprochen hast, daß du das auch für mich ausdenkst!«

»Nadja, du, ich weiß nicht. Das ist bestimmt ein Risiko …«

»So Sachen sind für dich immer ein Risiko.«

»Grade deshalb.«

»Ich hab keine Angst!«

»Aber ich hab Angst.«

»Dann laß die Finger davon!«

In ihren Augen blitzte es. Etwa verachtend? Plötzlich hatte ich eine ganz andere Nadja vor mir.

»Ich hab Angst, dich da hineinzuziehen.«

»Is' doch umgekehrt«, entgegnete sie. »Ich zieh dich doch rein. Nur, daß du das alles ausdenken mußt. Dafür biste doch 'n Mannsbild.«

»Eben. Das ist 'ne Männersache.« Dann zitierte ich Přema beinahe wortwörtlich. »Mir kommt das unverantwortlich vor, wenn wir unsere Frauen da reinziehen.«

»Bin ich etwa deine Frau? Ich hab ’nen Verlobten, und das bist nicht du.«

»Siehst du? Vielleicht solltest du zuerst Franta fragen?«

»Der würde mir das nicht erlauben.«

»Und ich soll es dir erlauben?«

»Du hast mir nichts zu erlauben!«

Die Sirene heulte auf, die Jausenzeit war zu Ende. Švestka und Hetflajš im Takt neben uns sprangen auf und fingen sofort an, mit ihren pneumatischen Hämmern das Dural zu bearbeiten. Wir beide blieben sitzen.

»Aber Nadja, ich hab dich …«, fing ich an, doch plötzlich dröhnte hinter mir die Gestapo-Stimme des Obermeisters der Kontrolle Otto Uippelt:

»Na, meine Herrschaften?«

Sanft machte er uns darauf aufmerksam, daß wir uns nicht so unverzüglich bewegt hatten wie Švestka und Hetflajš. Nadja versuchte, es sofort nachzuholen, doch sie knallte mit dem Kopf gegen den Bohrmaschinengriff und setzte sich wieder hin, ihre Beine in den grobmaschigen Strümpfen und Bergwanderschuhen auseinandergespreizt wie in einem Chaplin-Film. Ich sprang ebenfalls hoch, rammte aber gegen nichts, und bevor ich darüber nachdenken konnte, entwich mir wie beim Dixieland: »*Sorry!*«

Sofort erschrak ich, doch es war schon zu spät. Uippelts Augenbrauen schnellten hoch, sein Zwicker fiel herunter, es ging alles Schlag auf Schlag. Der Oberkontrollmeister starrte mich an mit seinen hellblauen Augen, die sich unter einer einen Zentimeter langen Igelfrisur befanden, und sein Oberlippenbärtchen à la Führer zuckte zusammen. Mir kam die absurde Idee, daß er aussah wie Herr Babbitt, den ich gerade las, und das sogar im Original.

»Was – haben – Sie – gesagt?« fragte Herr Uippelt langsam. Doch es klang mehr erstaunt als drohend.

Und ich, noch ganz blöd im Kopf, als stünde ich unter Hypnose seiner blauen Augen, gab noch zum Besten:

»I’m sorr… verzeihen Sie, Herr Obermeister!«

»War – das – Englisch?«

»Ja, bitte. Ich … ich …«

»Kommen Sie mal mit«, forderte er mich auf und drehte sich um; auf seinem dunkelblauen Clothmantel zeichnete sich der Kreideabdruck eines Hakenkreuzes ab, das ihm ein Widerstandskämpfer auf seinen Stuhl gemalt hatte. Ich warf Nadja eine Grimasse zu, doch in Wirklichkeit verspürte ich eher den Drang, das große Geschäft zu erledigen. Nadja erwiderte meine Grimasse nicht. Sie war klarerweise erschrocken. So was Dummes, dieses Dorfmädchen in eine Přema-Aktion hineinziehen zu wollen. Doch in dieser Sache lag ich selbstverständlich daneben. Ich hatte keine Ahnung, daß Nadja nicht der Gangster-Ethik folgte, die ich mir aus Přemas Buch *Das Leben von Legs Diamonds* angeeignet hatte, und daß sie nicht wußte, was *poker face* bedeutete ... Wenn sich ihre Angst um sich selbst mit meiner vergleichen ließe ...

Ich schritt dem speckigen Nacken des Herrn Uippelt hinterher. Mir kam der absurde Gedanke, daß seine Feistigkeit vor allem durch die Frisur bedingt sein könnte. Uippelt war überhaupt nicht dickleibig. Jetzt hatte ich schon das Gefühl, daß ich mir wirklich gleich in die Hose machen würde. Das war die eiskalte Panik einer in die Falle gegangenen Maus. Eigentlich war doch überhaupt noch nichts passiert! Und so einer wie ich wollte Sabotage aushecken! Mein lieber Mann!

Er brachte mich in sein Glasbüro und setzte sich an seinen Tisch, der von Zeichnungen bedeckt war. Mich ließ er stehen.

Ich stand, ohne mir dessen bewußt zu sein, ganz stramm.

Dann sah er mich an wie ein blauäugiges Schweinchen, es war jedoch nicht sein üblicher Blick eines geheimen Staatspolizisten.

»*Sorry* ...«, sprach er nachdenklich. »Warum haben Sie diesen englischen Ausdruck benutzt?«

»Ich ... ich lerne Englisch. Es rutschte mir so raus – ganz automatisch ...«

»Warum lernen Sie Englisch?«

Verdammt! Warum lernt eigentlich ein Bürger des Protektorats Englisch, wenn das Reich gegen die englischsprachige Welt einen siegreichen Krieg führt? Warum nicht Italienisch? Oder – in Anbetracht der Kriegsleistungen der Italiener – nicht Japanisch?

»Ich – wir haben es in der Schule gelernt. Ich – will – es nicht – vergessen ...«

»Warum wollen Sie's nicht vergessen?«

Mit der berüchtigten Soldatentaktik trieb er mich in eine Sackgasse.

»Ich – ich ...«

»Na?«

Und wieder rutschte mir etwas heraus. Der Autor dieser offenkundig unwahren Aussage war Herr Lehrer Katz gewesen, der wohl nicht mehr am Leben war.

»Was man weiß, kann einem niemand mehr nehmen.«

Uippelt schob die Augenbrauen hoch, setzte seinen Zwicker auf, und ich – ich schiß mir in die Hosen. Dann legte ich gegen meinen Willen wie ein Kollaborateur los:

»Ich meine – nach dem Krieg werden wir – ich meine, die Deutschen werden England besetzen – und dann werden wir – vielleicht – auch benutzen …«

Seine Augen zwinkerten, und der Herr Obermeister beugte sich über die Zeichnungen zu mir herüber. Ich erwartete einen Wutausbruch der klassischen Art, doch Herr Uippelt erklärte halblaut, vertraulich: »*Bullshit.*«

Ich mußte mich wohl verhört haben. Mechanisch suchte ich nach einem deutschen Wort, das ähnlich klingt. Der Obermeister fuhr fort:

»*Don't kid me, son. You don't believe we're goin' to win this war.*«

Doch ein ganzer englischer Satz konnte kaum Ähnlichkeit mit einem deutschen aufweisen. Vor allem dann nicht, wenn ich dabei das Gefühl hatte, als hätte Wallace Beery zu mir gesprochen.

»*You* …«, ich schluckte. »*You speak English?*«

»*Sure I do*«, sprach Mr. Babbitt. »*Ever heard about the Bund?*«

»*Su…*« Ich zögerte, doch dann fuhr ich tapfer fort: »*Sure, I have.*«

»*I was one of them*«, sagte er und nahm aus lauter Melancholie seinen Zwicker ab. »Ich bin heim ins Reich gekehrt.«

Seufzte er etwa? Er musterte mich. Doch unter welchem Gesichtspunkt? Dann seufzte er tatsächlich.

»Na gut. Das nächste Mal passen Sie auf, was Sie sagen. Sie können gehen.«

»Jawohl. Danke schön.«

Beinahe hätte ich die Hacken zusammengeschlagen, doch der Herr Obermeister sah fast angelsächsisch aus, weshalb ich mich beherrschte und aus seinem Glasbüro verschwand. Als ich mich dann bei den großen Stanzmaschinen umdrehte, saß er immer noch bewegungslos in seiner Bude und starrte vor sich hin. Ein genaues Abbild von George F. Babbitt.

Ich lief an den Maschinen vorbei und erblickte Nadja. Sie arbeitete ungewöhnlich fleißig, vielleicht deshalb, weil neben ihr Hetflajš stand, der fürchtete, keinen Schnaps zu bekommen. Die Angst hatte mich verlassen. Statt dessen fühlte ich gute Laune aufkommen.

Nadja drückte Hetflajš ein fertiges Kreuz in die Hand, Hetflajš rannte gleich los, und Nadja fing sofort mit dem nächsten Kreuz an. Ich legte auch los, ganz ungezwungen. Nadja zischte:

»Um Gottes willen, was war los, Dan?«

»Halt dich fest, meine liebe Nadja«, sagte ich. »Unser Herr Obermeister ist ein Ami.«

Bevor sie sich zur Beratung zurückzogen, ergriff der Staatsanwalt mit dem Siegelring das Schlußwort. Es war zwar kurz, aber folgenschwer: »Herr Fikejz«, sprach dieser junge Mann im maßgeschneiderten Anzug, »versuchte hier nachzuweisen, daß er, falls er in die Tschechoslowakei abgeschoben werden sollte, angeklagt und verhaftet werden würde, wobei sich der Akt der Verfolgung hiermit erfüllen würde, aufgrund dessen es angebracht wäre, ihm den Status eines politischen Flüchtlings zu gewähren, Euer Ehren. Doch als sich Herr Fikejz dafür entschied, die Tschechoslowakei zu verlassen, tat er dies mit dem Wissen, daß er damit gegen die in der Tschechoslowakei gültigen Gesetze verstößt. Nun, wir können eine eigene Meinung über jene Gesetze haben. Aber das ändert nichts an der Tatsache, daß diese Gesetze in der Heimat von Herrn Fikejz Gültigkeit besitzen, und daß er diese im vollen Bewußtsein der Strafbarkeit verletzt hat. Sollte also nach der Abschiebung in die Tschechoslowakei eine Haftstrafe gegen ihn verhängt werden, würde es sich in diesem Falle nicht um eine Verfolgung handeln, sondern bloß um eine strafrechtliche Ahndung.«

Wir alle ließen die Köpfe hängen. Auf englisch klang der Satz wie ein lettristischer *wisecrack: It will not be PERsecution, but merely PROsecution.*

Und so sitzt Milan nun über einer Schüssel mit nicht aufgegessenen Knödeln, Tussie streichelt ihn mit ihrem expressionistisch bemalten Pfötchen, und Herr Mourek fragt uns, ob wir etwas Süßes wünschten.

Als Revanche für Irene Svenssons Zitat von Hawthorne deklamierte Larry Hakim, der Vietnam-Deserteur: *»Von allen möglichen Heucheleien in unserem Leben ist es uns sicherlich gelungen, zu der inhaltslosesten zu kommen, als wir nämlich versucht haben, das einzig rich-*

tige System aufzubauen.« Er bezog dies auf Amerika. Doch mir, abgehärtet durch die mitteleuropäische Großwetterlage, braucht das kein Kopfzerbrechen bereiten. Könnte sich Mr. Melieux für Irenes Relevanz interessieren? Warum sollte er?

Meine geliebte Lída!

Seit meiner Rückkehr verging keine Stunde, in der ich nicht an Dich gedacht hätte. Ständig sehe ich Dein weißes Gesicht vor mir, so weiß, so wunderschön weiß, auch wenn DU jetzt lachst und sagst, es sei hellbraun und voller Sommersprossen. Für mich ist es weiß wie frisch gefallener Schnee. Ich kann euer wunderschönes Land nicht vergessen, wie zufrieden die Menschen dort leben und wie gut sie versorgt sind. Du weißt ja – oft und lange haben wir darüber gesprochen –, daß mir an dem Land, in dem ich lebe, einiges nicht gefällt. Doch es ist nun mal meine Heimat, und ich möchte, daß die Menschen auch hier alles haben, was es bei euch gibt. Ich habe eine kleine Überraschung für Dich – Du wirst Dich sicherlich darüber freuen. Kaum war ich zurück, suchte ich das Sekretariat der Kommunistischen Partei auf und beantragte meine Mitgliedschaft. Was sagst Du dazu? Der Genosse Slepidze, der Leiter des Sekretariats, sagte mir zu, meinen Antrag bei der nächsten Versammlung zu erörtern. Ich freue mich schon, Dir schreiben zu können, daß ich nun auch Genosse geworden bin! Eigentlich noch mehr Genosse als Du, denn Du bist ja vorerst nur Mitglied des Sozialistischen Jugendverbandes. Eine solche Organisation gibt es bei uns allerdings nicht. Das, was sich hier als Liga junger Sozialisten bezeichnet, sind nur Trotzkisten, die Hälfte von ihnen sind Juden, und mit denen will ich nichts zu tun haben. Auch vom Alter her würde ich nicht in eine Jugendorganisation passen. Doch ich bin fest davon überzeugt, daß die Genossen unsere Anträge positiv bearbeiten – den meinen in diesem Land und Deinen in Prag –; auch Du wirst Parteimitglied werden! Und mit dem Umschreiben Deines Parteibuches von der Kommunistischen Partei der Tschechoslowakei auf die Kanadas wird es sicher keine Probleme geben.

Oh, Happy Day! Wie es in dem berühmten Spiritual heißt. Ich freue mich schon so sehr auf den Tag. Oh, Happy Day! Du weißt, meine geliebte Lída, was ich mit dem glücklichen Tag meine …

Dein, nur Dein Booker

Ich versuchte, Nadja das Wenige zu erklären, was ich über den amerikanischen Bund wußte. Sie erschrak richtiggehend:

»Jesusmaria! Er ist wirklich aus Amerika zurückgekommen? Ins Reich?«

»Vielleicht haben die ihn rausgeschmissen.«

Das verschlug ihr die Sprache. Die Dural-Späne warfen einen kühlen Glanz auf ihre wachsbleichen Wangen. Die großen Augen glommen inmitten dieses Wachses wie zwei schwarze Osterkerzen.

»Das wird es sein«, meinte sie nach einer Weile. »Nicht einmal ein Deutscher könnte so 'n Trottel sein und aus Amerika nach Europa zurückkommen!«

Hallo Daniel!

Stell Dir vor, ich bin zum Reaktionär geworden, jedoch mit einer guten Genesungschance, und damit sich diese Chance auch wirklich erfüllt, erhole ich mich in einem Arbeitstrupp in den Braunkohlebergwerken in Kladno. Und das alles wegen dieser blöden Idee, ein Theaterstück zu schreiben! Ich, der realistisch schaffende Künstler und Fast-Absolvent der Graphischen Fachschule! Daß Du mir nicht eine reingehauen hast. Aber Du wußtest wahrscheinlich nichts von all dem, für Dich endet die Kultur ja mit einem Klang aus Deinem Saxophon; das Höchste der Gefühle ist vielleicht ein Theaterstück, sofern eine ansehnliche Frau dabei ist, die sich auszieht.

Mein Theaterstück war eine Art Gleichnis, so etwa, wie es uns Hochwürden Meloun immer erzählt hat; vom verlorenen Sohn und von der Hure, die Christus vor der Steinigung in Schutz nahm, weil sie ihm wohl gefiel, und so ähnliche Geschichten aus dem Leben gegriffen. Ich hatte mir die von der Arche Noah ausgesucht. Wie die Arche gebaut wird; die einen schuften, die anderen meckern, geben den Ton an und murksen die anderen ab. Du kennst das ja. Oder vielleicht doch nicht so ganz, du bist ja nicht in der Partei. Du denkst vermutlich, ich sei ein alter Idiot, weil ich nicht sofort bemerkt hab, daß alles ein bißchen anders läuft, und so staunt heutzutage das Parteimitglied, und die Parteilosen wundern sich. Aber im Gegensatz zu Dir, Du vorsichtiger Schlaumeier, war ich immer leicht und schnell zu begeistern, schon während der Krise haben mir die Arbeitslosen leid getan, wie sie dort so herumstanden, und ich ging an ihnen vorbei, um Kuttelflecksuppe bei Soucek zu holen. Du bist auch manchmal mit mir gegangen, doch du hast immer so getan, als hättest du sie nicht gesehen, weil du schon immer so ein introvertierter Schweinehund warst. Und so bin ich gleich nach dem Umsturz '48 der Partei beigetreten und denke bis heute, daß es richtig war, nur mit dem kleinen Unterschied, daß mir damals die Partei wie Greta Garbo vorgekommen ist, und heute sehe ich erst, daß sie Schönheitsfehler in ihrer Visage hat. Aber nur so selbstbezogene Jungs, wie du einer bist, hören auf zu lieben, wenn ihrer Liebsten ein Pickel auf der Nase wächst.

Zu den kosmetischen Fehlern folgendes:

Das Theaterstück bestand aus zwei Teilen, den ersten hatte der Schauspieler Stovíček geschrieben, er hieß »Xenia Latrinowna Stolitschnaja« und handelte von der Genossin Assistentin in einer öffentlichen Toilette oder – wie man das in der Ersten bourgeoisen Republik nannte – einer Klofrau. Und diese Genossin reichte einen Verbesserungsvorschlag ein, damit man die produktive Kapazität der öffentlichen Erleichterungsanstalten, die man während der Ersten bourgeoisen Republik mit dem unnötigen Fremdwort Toiletten bezeichnete (in der tschechischen Umgangssprache »hajsl«, übernommen vom Deutschen »Häusl«), besser und vielleicht noch freudvoller nützen könnte. Diesem Verbesserungsvorschlag zufolge sollten alle Werktätigen, die zwecks eines großen Geschäftes die öffentliche Erleichterungsanstalt aufsuchen, zuerst bezahlen und sich dann vor den Kabinen in einer Reihe aufstellen. Erst wenn die Anzahl der nach Erleichterung Strebenden mit der Anzahl der Kabinen übereinstimmt, löst die Genossin Stolitschnaja per Knopfdruck einen Mechanismus aus, der alle Kabinentüren gleichzeitig öffnet, woraufhin die Werktätigen eintreten, die Hosen runterlassen beziehungsweise die Röcke hochheben, sich hinsetzen und scheißen (aus dem Französischen »je serai«). Inzwischen ordnet die Genossin die nächste Schicht und kassiert wieder das Geld ab. Wenn auch dieser Trupp eine vollständige Reihe bildet, aktiviert sie mit einem anderen Knopf die Spülung, wartet zehn Sekunden ab, die für das Abwischen vorgesehen sind, weitere zehn Sekunden für das Hinaufziehen der Hosen beziehungsweise das Hinunterlassen der Röcke, und mit einem Druck auf den dritten Knopf löst sie den nächsten Mechanismus aus, mit dem sich alle Türen auf einmal öffnen. Die Genossen, die sich erleichtert haben, treten nach links, von rechts kommen die Genossen, die ihre Notdurft noch verrichten möchten, und die Genossin Stolitschnaja fängt schon an, die nächste Reihe aufzustellen. Für die Genossen, die sich infolge der etwas kurzen Zeit in der Kabine beziehungsweise der zu langen Zeit in der Schlange in die Hosen geschissen haben, hält die Genossin Stolitschnaja saubere Unterhosen parat, die sie gegen Vorlage eines Personalausweises um 100,- Kčs Einsatz verleiht.

Also eine konstruktive Satire, wie du siehst.

Kurz vor der Premiere teilte das Kultusministerium dem Theater eine Neuigkeit mit: am Vorabend der Premiere sollte es für die »Kulturreferenten der Werktätigen« gespielt werden.

Nachdem die Kulturreferenten der Werktätigen dieses Theaterstück über die Genossin Xenia Latrinowna gesehen hatten, wurde es in der Pause zum Stoff lebhafter Diskussionen am Erleichterungsort. Ebenso an der Ausschank. Nach der Pause folgte mein sozialistisch-realistisches Gleichnis über arbeitende Arbeiter und sprechende Arbeiter, die miteinander eine Arche bauen, zum Zweck, eine Exkursion ins Gelobte Land zu unternehmen.

Wie ich so aus dem Proszenium schaute, verspürte ich das Bedürfnis, den Erleichterungsort aufzusuchen. Rein wegen der Nerven. In der Abschlußszene rotteten sich die arbeitenden Arbeiter gegen die sprechenden Arbeiter zusammen und sangen folgendes Lied:

Erlaubt uns zu entwerfen
einen neuen Gegenplan:
auch der neue Adel,
sollte endlich ran!

In diesem Augenblick stand ein Genosse Kulturreferent auf. Er war wohl von stolzer Arbeiterherkunft, denn die Pfeife, die er in der Pause an der Schank geraucht hatte, erinnerte mich an etwas. Jedenfalls rief er in meinem Heimatdialekt aus:

»Da hört sich aber alles auf!«

Es hörte auch auf. Den die Arbeiter spielenden Genossen gefror das Lied auf den Lippen, der Genosse Arbeiterreferent stieg die Treppe zur Bühne hoch und schrie noch lauter:

»Das wird langsam zu einer Angelegenheit für die Genossen aus dem Innenministerium!«

Ich war ganz stolz auf mich, daß ich ein Theaterstück geschaffen hatte, das eine solche Wirkung erzielte, doch sofort nach dem Ruf des Genossen mußte ich mich in den Erleichterungsort zurückziehen, den ich allerdings nicht rechtzeitig erreichte.

Danach suchte ich die Ausschank auf.

Zum Glück wachte ich nicht in einer Besserungsanstalt auf, sondern zu Hause. Jana legte mir einen Eisbeutel auf die Stirn und den

Ratschlag ans Herz, ich solle anderen nicht ins Handwerk pfuschen, sondern weiterhin meine Erste-Mai-Bilder und auf der Wiese weidende Traktoren malen und keine Theaterstücke schreiben, auch keine konstruktiv-krydischen.

Und nun studiere ich das Leben unserer Arbeiterklasse direkt von unten, und zwar von ziemlich tief unten, in den Bergwerken. Mir fiel ein kleines Büchlein in die Hände, herausgegeben von der Sozialistischen Akademie: Das Leben der Genossen Marx und Engels. Dort erfuhr ich, daß Genosse Engels eine Arbeiterin in seiner Fabrik zur Freundin hatte und sie (die Fabrik) nur aus dem Grund behielt, um Gen. Marx bei seinen Studien zu unterstützen. So kam mir die Idee, daß mein nächstes Stück von der Liebe handeln könnte, von Gen. Engels und seiner Fabriksarbeiterin. Ich möchte ihn dadurch unserer Arbeiterklasse näherbringen, denn er kommt mir ziemlich hölzern vor.

Jana sagte mir, wenn ich das täte, würde sich alles aufhören.

Also, ich weiß nicht recht.

Ich werd wohl mit den Genossen Bergleuten in die Ausschank gehen, aber die erzählen dort immer nur staatsfeindliche Witze, und ich weiß zwar, was meine Pflicht wäre, muß aber zugeben – auch wenn es mir peinlich ist –, daß ich diese nicht erfülle.

Ich weiß also nicht, was ich tun soll.

Gib mir einen Rat, Cole Mane Haw Kins!

Aber du pfeifst ja auf mich. Du findest es blöd, daß ich trotz all dem daran glaube.

Ich bin vielleicht nicht so intelligent, aber du wirst sehen, daß ich letztendlich recht behalte, und du, du Schlawiner, wirst sehen, daß du nicht recht behältst.

Mit dieser Prophezeiung verabschiedet sich von dir, aber nicht für ewig, Dein Vráťa, Dramatiker

»Die junge Dame nimmt sicher noch etwas!« schmeichelt sich Herr Mourek in die Gunst von Tussie Cabicarová. »Damen mögen gerne Süßes!«

»*And gentlemen prefer blondes!*« ruft Herr Zawynatsch und legt seinen Arm um Tussies füllig gewordene Schultern, die in einer Bluse stecken, für die man sie in Prag eingelocht hätte. Vorne drauf ist ein nackter Mann mit dem Rücken zum Publikum zu sehen. Er liegt auf einer Frau, die von dem Körper des Mannes zwar zu einem großen Teil abgedeckt wird, doch das, was sichtbar ist, deutet ebenfalls ihre Nacktheit an. Was die zwei miteinander treiben, wäre in der Tschechoslowakei jedem Erwachsenen sonnenklar. In Kanada weiß jeder Bescheid, der älter als vier Jahre ist. Wenn sich Tussie umdreht, stellt sich heraus, daß auf ihrem Rücken eine nackte Frau abgebildet ist, ebenfalls mit dem Rücken zum Betrachter gewandt. Sie liegt auf einem Mann, den sie mit ihrem Körper zum großen Teil verdeckt, doch das, was sichtbar ist, deutet seine Nacktheit an. Tussie verwandelt sich in einen ambulanten Beischlaf. Es hatte gewirkt, die Schlinge des Lassos hat sich zugezogen, Tussie wird bald heiraten. Wir feiern, und Herr Zawynatsch bestellt Apfelstrudel und brasilianischen Kaffee mit Cointreau für die ganze Runde.

Herr Mourek, sein Köpfchen zur Seite geneigt, läuft mit der Bestellung flott in die Küche. Er bewegt sich durch das amerikanische Schummerlicht, von den bemalten, von Glühbirnen illuminierten Glasscheiben leuchtet die komplette tschechische geographisch-historische Mythologie: der Berg Rip, der Hradschin, die Burg Karlstein sowie die letzte Rast von J. A. Comenius auf dem Weg ins Exil. Im Zwielicht schwirrt auch der jüngere Sohn von Herrn Mourek emsig umher, der ältere mixt die Getränke an der Bar; von der Wand schaut das Väterchen Masaryk auf den Kneipenbetrieb herab, ebenso wie die auswechselbare Elisabeth die Zweite und Mr. Pierre Trudeau (diese unstillbare Sehnsucht nach Wandbildern von Staatsmännern hat Herr Mourek wohl aus der Tschechoslowakei nach Kanada importiert). Seine Schwiegertochter trägt die Tracht der Heimat, sie bringt das Bier und die Drinks, ihr kokettes Lächeln wechselt mit strengen Blicken, mit denen sie die Arbeit der drei kleinen chinesischen Kellner und der stattlichen schwarzen Serviererin kontrolliert. In der Küche – unsichtbar für die Gäste – kocht Frau Mourková Lendenbraten und füllt die Strudel mit Äpfeln. Das Lokal geht gut und strotzt vor Leben und exotischem Essen. Ein *Work of Art* wie von Sinclair Lewis, fällt mir ein, ist hier zur Wirklichkeit geworden. Die Kurve des unaufhaltsamen Aufstiegs des Herrn Mourek gleicht exakt der amerikanischen Legende *from rags to riches*, die nach Ansicht hiesiger Spezialisten eigentlich nie der Realität entsprochen hat. Es wird wohl daran liegen, daß Herr Mourek Emigrant ist und die amerikanischen Legenden nicht kennt.

»Man erzählt, Sie seien Schriftsteller«, reißt mich Herr Zawynatsch aus meinen philosophischen Überlegungen.

Ich gebe zu, ein solcher zu sein.

»Möchten Sie ein Buch herausbringen? Es ließe sich machen.«

Ich will Herrn Zawynatsch nicht intellektuell bloßstellen, und so verrate ich ihm nicht, daß meine Bücher bereits seit drei Jahren in der Klitsche von Frau Santnerová erscheinen.

»Ich hätte nichts dagegen«, entgegne ich. »Kennen Sie einen kanadischen Verleger?«

»Ich meine nicht hier. Sondern in Prag.«

»Das wird wohl kaum möglich sein. Ich stehe dort auf der Schwarzen Liste.«

Herr Zawynatsch fuchtelt mit den Händen, als wolle er meinen Einwand vom Tisch fegen, und fletscht dabei seine Zähne, die fast wie Perlmutt aussehen, anscheinend vom besten Zahnarzt gepflegt.

»Es ist nicht alles so, wie Sie denken!«

»Was ist nicht so?«

»Das alles ist nur ein Spiel.«

»Ein Spiel?«

Herr Zawynatsch senkt seine Stimme.

»Schauen Sie mal, Husák, wissen Sie, wer das ist?«

Ich nicke.

»Nein, das wissen Sie nicht. Er ist mein bester Freund. Ganz heimlich, *of course.* Wir sind zusammen verurteilt worden. Er lebenslänglich, ich zum Tode.«

»Wie kommt es, daß Sie noch am Leben sind?«

»*Well*, das kam so, wie es halt kam.« Herr Zawynatsch fährt mit den Fingern durch seinen *dry look*, so daß in seinem Haar Furchen von sieben massiven Ringen zurückbleiben, und rückt seine smaragdfarbene Fliege mit lila Pünktchen zurecht. Die Fliege schwebt oberhalb seiner gewölbten Brust in einem Hemd mit erbsengrünen und himmelblauen Streifen. Das Hemd blüht zwischen den breiten Revers eines Sakkos, das eigentlich aus einem rosafarbenen Stoff genäht wurde. Durch ein Wunder der Textiltechnik phosphoresziert dieser Stoff jedoch grün. Die Manschettenknöpfe Herrn Zawynatschs sind aus Gold und haben die Größe eines Sportgeräts für junge Diskuswerferinnen, von der Oberfläche heben sich die plastisch dargestellten Brüste einer vollbusigen Frau ab, vielleicht der Meduse. Seine erstaunlich kleinen Füße unter dem Tisch stecken in kanariengelben Socken und in Schuhen, die er anscheinend auf einer Op-art-Ausstellung oder bei einem Schachturnier erworben hat. Die kleinen Quadrate sind schwarz und goldfarben.

Erfreut stelle ich fest, daß die Verlobten sehr gut zueinander passen.

»Nachdem man das Urteil verlesen hatte«, erzählt er weiter, »wußte ich, daß ich nichts mehr zu verlieren hatte. Und so ergriff ich das Wort und sprach zwei volle Stunden lang. Als ich fertig war, wurde der Vorsitzende des Senats dermaßen von Zweifeln ergriffen, daß er die Todesstrafe sofort in zwei Jahre Gefängnis umwandelte. So ging ich zusammen mit Gustl Husák in den Knast, und nach einem halben Jahr konnte ich fliehen.«

Er schaut mich prüfend an, um zu sehen, ob mich das beeindruckt hatte. Ich gebe einen Seufzer der Bewunderung von mir. Herr Zawynatsch lächelt zufrieden.

»Also, Meister, wie gesagt: ich kenne Husák. Ich kenne ihn gut. Als ich zum letzten Mal in Prag war, haben wir uns getroffen, heimlich, *of course*, alles weiß ich von ihm. Er spielt so eine Art Spiel mit Moskau. Ihren Roman zu veröffentlichen, wird gar kein Problem sein.«

»Aber mein Name steht auf der Schwarzen Liste.«

»Dann geben wir Ihr Buch eben unter einem anderen Namen heraus.«

Ich versuche ihm zu erklären, daß der Inhalt meines Werkes unter keinem Namen durchgelassen werden würde.

»Wenn ich Gustl Bescheid sage ..., Gustl gibt eine Anweisung ...« Er winkt ab. »Das ist alles abgekartet. Das wird den Massen nur vorgegaukelt. Alles ist völlig olrait. Absolut in Ordnung.«

Diese Behauptung holt Magister Máslo, der bis jetzt gleichgültig seinen Apfelstrudel gegessen hatte, aus seiner Lethargie heraus.

»Was soll das heißen: alles in Ordnung?«

»Alles. Die Vereinbarung zwischen Amerika, Rußland und China. Alles läuft nur zum Schein.«

»Vereinbarung worüber?« wird Magister Máslo laut.

»Ganz einfach – eine Vereinbarung.«

»Was für eine Vereinbarung? Was ist denn mit Israel? Mit dem Mittleren Osten? Und mit Portugal?«

»Dahinter stecken die Juden«, hört man Franks finstere Stimme.

»Auch mit den Juden ist alles abgemacht«, behauptet Herr Zawynatsch. »Die Juden haben eine Vereinbarung mit den Arabern. Wegen dem Erdgas.«

Tussie sagt nichts, sondern stopft sich mit Apfelstrudel voll. Jetzt darf sie. Jetzt ist sie fast unter der Haube. Unter was für einer wohl? Azurblau mit knallgrünen Blümchen?

»Aber es gibt doch Krieg! Die Terroristen ...«

»Sie dürfen das nicht so sehen, das ist nur Schein.«

»Und wie soll ich es sonst sehen?«

»Schauen Sie mal«, Herr Zawynatsch legt seine Hand mit den sieben Ringen auf Magister Máslos nervöse Hand. »Nach außen scheinen alle miteinander zerstritten zu sein. Aber in Wirklichkeit passiert nichts. Alles ist olrait.«

Seine idyllische Weltanschauung beruhigt mich geradezu. Magister Máslo jedoch keineswegs.

»Aber die wollen mich doch umbringen! Gestern haben die mir das Fenster kaputtgeschossen!« Er deutet mit dem Finger auf eine kleine Wunde an seiner Wange. Sie sieht nach einer Schnittwunde vom Rasieren aus. »Das kommt von einem Splitter aus der kaputten Fensterscheibe!«

»Ganz ruhig, Herr Magister«, lächelt Herr Zawynatsch mit dem Lachen der Eingeweihten. »Das ist selbstverständlich notwendig ... Kleine Aktionen, Attentate, lokale Kriege, so eine – *small change.* Sonst könnte man die Vereinbarung nicht kaschieren. Die Massen müssen den Eindruck haben, daß die Weltmächte gegeneinander um die Weltherrschaft kämpfen. Doch de facto ist das alles nur ein abgekartetes Spiel. Alles ist vollkommen in Ordnung.«

Wir schweigen, verblüfft über diese schlichte Wahrheit.

»Aber – was hat das alles – für einen Sinn?« haucht nach einer Weile der entgeisterte Magister.

»Die Weltmacht der Juden.« Franks Stimme ertönt wie ein schlechtes Gewissen.

»Nicht doch«, widerspricht Herr Zawynatsch. »Alles ist ganz klar.«

»Was ist klar?« explodiert Máslo fast hysterisch.

»Alles«, spricht Herr Zawynatsch weiter. Er strahlt die Ruhe eines Besitzers von Immobilien und Privatinformationen aus, die den Massen vorenthalten bleiben. »Natürlich, die Regierungen dürfen das nicht verraten. Die Vereinbarungen sind streng geheim. Aber alles ist in Ordnung. Es passiert nichts. Seien Sie beruhigt.«

Dann stürzt er sich ebenfalls auf den Apfelstrudel.

Ein Klumpen frisch gebackener Apfelstücke fällt auf sein gestreiftes Hemd.

»Branilein! Wotsch aut! Hast du dich wieder bekleckert!« ruft Tussie. »Du lernst nie properly zu essen, you Ferkel!«

Doch sie sagt es liebevoll.

Herr Zawynatsch zieht aus seiner Sakkotasche ein Seidentaschentuch mit Motiven von Ahornblättern auf türkisfarbenem Hintergrund hervor und reibt energisch das Hemd.

Der Duft von Sandelholz umweht uns.

Das Scheißhaus war wie üblich gerammelt voll, doch keiner saß auf den Kloschüsseln. Es dauerte eine Weile, bis ich mich in dem dichten Zigarettenrauch zurechtfand, dann sah ich in einer entfernteren Ecke Ponykl. Ich strebte auf ihn zu, doch Kos angelte nach meinem Ärmel.

»Smiřický, komma her!«

An seinem verfleckten Blaumann war Kos sogar im Halbdunkel leicht zu erkennen. Er besprühte im Lackierraum die Tragflächenunterseiten der Messerschmitts mit blauer Farbe, und mit Hilfe einer Schablone machte er die Hakenkreuze darauf. In der Lackierwerkstatt sollte man Masken tragen, die wie Maulkörbe aussahen und die man sich auf die Nase setzte, doch Kos meinte, er könne darin nicht atmen, und so spritzte er ohne. Er hatte schon eine leicht bläuliche Hautfarbe, er hüstelte und spuckte blauen Sabber in die Pißrinne.

»Du bist doch 'n Student, oder? Das stimmt doch, du bist 'n Studierter?« fragte er. »Guck mal! Wir streiten hier, wie groß der Mond ist. Ich sage, daß er so groß ist wie das Fünfkronenstück vorm Krieg. Malina behauptet, der soll so groß sein wie 'n Brotleib.«

»Wenn's Vollmond gibt!« ergänzte Malina, der Gärtner, der in der Dural-Schweißwerkstatt arbeitete.

»Das versteht sich von selbst, du Blödmann«, entgegnete Kos. »Wenn er nur 'ne kleine Sichel ist, sieht er aus wie 'ne Sichel vom Fünfkronenstück.«

»Das ist relativ«, sagte ich. »Es kommt darauf an, aus welcher Entfernung ihr euch das Fünfkronenstück anseht und aus welcher den Brotleib.«

»Na ja, wenn der am Himmel ist, du Hornochse«, meinte Malina.

»Und was ist der Himmel?«

»Das weißt du doch, oder?«

»Schau mal«, versuchte ich, weiter zu erklären. »Wenn das Brot oder das Geldstück so weit entfernt wäre, wie der Mond von uns weg ist, würdest du einen Scheißdreck sehen.«

»Du hast doch keine Ahnung, du Kamel«, sagte Malina darauf.

»In Wirklichkeit ist er so groß wie ein Viertel der Erde.«

»Du Idiot! Red doch keinen Stuß!«

»Ich red keinen Stuß. Wenn ihr wissen wollt, wie groß der Mond wirklich ist, müßt ihr das an der Ausdehnung des sichtbaren Himmels berechnen. Das heißt, man muß eine imaginäre Linie über den Himmel ziehen und dann messen, was für ein Teil dieser Linie vom Mond verdeckt wird.«

Sie schauten mich argwöhnisch an. Ich sah mich nach Ponykl um. Er drückte eine fast nicht mehr existierende Kippe aus und wollte gerade abhauen.

»Wenn der Mond so groß wäre wie 'n Viertel der Erde, dann müßte der doch 'n Viertel vom Himmel zudecken«, zweifelte Kos weiter.

»Dann müßte er viermal näher sein, als er jetzt ist. Wahrscheinlich noch näher«, sagte ich. »Was weiß ich.«

»Du hast ja keinen blassen Schimmer. Klar is' er so groß wie 'n Fünfkronenstück.«

»Was für'n Mist! Wenn der so groß wäre wie 'n Fünfkronenstück, dann könntest du ihn gar nicht am Himmel sehen, du Rindvieh!« widersprach ihm Malina und näherte sich so ein wenig dem Verständnis der Relativität.

»Werkschutz!« rief jemand von der Tür her. Ich sprang schnell zur nächsten Kloschüssel, erreichte sie etwas schneller als Kos, ließ die Hose herunter, setzte mich auf die verdreckte Klobrille, und der eingeschnappte Kos mußte sich zur Tür drängeln, mit allen anderen, die es ebenfalls nicht geschafft hatten. In wenigen Sekunden leerte sich der Raum bis auf diejenigen, die nun in einer Reihe auf den Klosetts saßen. Gleich am Eingang stand Leneček, der einen Monteuroverall anhatte, sein Reißverschluß klemmte. Er kämpfte vergeblich, und weil Eisler bereits in der Tür erschien, setzte er sich im Overall aufs Klo, anstatt sich glaubwürdig weiter mit dem Reißverschluß zu beschäftigen. Doch Eisler kannte solche Tricks natürlich. Nach dem Vorbild der großen Sturmbannführer wippte er in seinen sturmbannführerisch gewichsten Stiefeln vor Leneček vor und zurück und fragte mit preußischer Ironie:

»Na, Leneček, was ist das? Scheißt er sich etwa in die Hosen?«

»Ich hab Durchfall, Herr Werkschutz.«

»Und was hat er davon, wenn er sich in die Hosen scheißt?«

Dafür konnte Leneček keine logischen Argumente finden.

»Also wird er jetzt aufstehen und zum Herrn Betriebsleiter mitkommen.«

Eisler wippte nochmals, doch die ausgeleierten Stiefel knirschten nicht. Mit schwungvollen Schritten machte er sich daran, alle in der Reihe zu kontrollieren, ob ihre Hosen heruntergelassen waren.

Er blieb neben mir stehen, dort saß Ponykl. Im Unterschied zu den anderen, die ihre Hosen bis nach unten hatten fallen lassen, so daß die winterlich anmutenden weißen Knie dem Werkschutz regelrecht entgegenleuchteten, behielt Ponykl seine Hosenbeine bis über die Knie an. Das weckte das Interesse des Herrn Werkschutz. Er trat direkt an die Kloschüssel heran und beugte sich über Ponykl. Doch hinten fiel Ponykls Hemd über den Schüsselrand, so daß wieder nichts zu sehen war. Eisler griff nach hinten, hob das Hemd hoch und steckte seine Nase beinahe ins Klosett. In diesem Moment ließ Ponykl mit pyrotechnischer Wucht einen fahren. Eisler sprang in die Höhe, als hätte ihn eine Senfgasgranate erwischt.

»Sie sind aber ein Schwein, Ponykl!«

»Ich hab hier einen schweren Fall, Herr Werkschutz.«

»Sie und ein schwerer Fall? Sie haben keinen schweren Fall! Sie halten sich hier auf, um Hetzreden gegen das Reich zu halten!«

Mit erbostem Blick überflog er die ganze Reihe.

»Sie haben zehn Sekunden Zeit. Wer binnen zehn Sekunden nicht zu scheißen anfängt, kommt mit zum Herrn Betriebsleiter!«

Mit Schwung enthüllte er seine Schweizer Armbanduhr und begann, laut zu zählen:

»Eins – zwei – drei …«

Es ertönte eine laute Explosion, mit Dünnschiß vermischte Gase kamen unter großem Druck herausgeschossen. Der Werkschutz und wir alle blickten uns um. Der ertappte Leneček hatte den Konflikt mit Ponykl ausgenutzt, den eingeklemmten Reißverschluß aufgerissen und saß nun mit nackten Knien auf dem Klo. Eisler stürmte auf ihn zu.

»Moment mal, Leneček! Das gilt nicht!« schrie er. »Das bringt ihm jetzt gar nichts mehr! Er kommt mit mir, auch wenn er hier 'nen Ochsen herausscheißen sollte!«

Hie und da folgten weitere Explosionen, einige davon mit dem Mund erzeugt. Der Werkschutz beachtete dies jedoch nicht. Er stand solange über Leneček, bis dieser die Titelseite von *Der neue Tag* mit der Bekanntmachung über die für Führer und Vaterland Gefallenen benutzt hatte, dann brachte er den Friseur zum Betriebsleiter und ließ uns in Ruhe.

Wir standen auf.

»Olda«, sprach ich Ponykl an. »Ich brauch was von dir.«

»Was denn?«

»Kannst du das für mich drehen?« Ich holte die Zeichnung hervor, die ich am Abend zuvor angefertigt hatte.

»Das würd gehen. Hast 'ne Kippe?«

Wortlos holte ich das Päckchen heraus, das ich für alle Fälle bei mir trug. Ponykl nahm bescheiden nur eine. Danach machten wir uns aus dem Staub; die nächste Schicht füllte jetzt langsam die Klos.

~

Es schneit, wie es sich für den letzten Vorlesungstag vor der Weihnachtsrezession (so würde es Tussie bezeichnen) gehört. An der Bushaltestelle entdecke ich den mir bekannten Sealskin-Mantel und den mir ebenfalls bekannten Lockenschopf von Irene Svensson, und ihre weißen, enganliegenden Stiefel aus Naturleder. Alles erscheint durch die flatternden Schneeflocken ein wenig verschwommen. Neben Irene steht eine Person mit Glockenjeans, einer Jeansjacke, einer roten Strickmütze auf dem Kopf und einem halben Kilometer langen Schal, der nach hinten und nach vorne herunterfällt. Beide halten nach kanadischer Art einen Stoß Bücher unter dem Arm.

Ich steuere auf sie zu.

»*Hi! Can I give you a lift?*«

Die andere Frau ist Veronika. Jede von ihnen bezieht mein Angebot auf sich.

»*That would be great*«, sagt Irene.

»Das wäre nett«, sagt Veronika.

»*Meet Veronika Prst, meet Irene Svensson.*«

Sie grinsen sich an, und ich führe sie zum Parkplatz. Unterwegs erfahre ich, daß Irene einen Unfall gehabt hat, doch ihr ist nichts passiert. Ihr MG wird nächste Woche wieder in Ordnung sein. Rechtzeitig zu Weihnachten.

»Wo fahren Sie denn über die Feiertage hin, Sir?« fragt sie mich.

Wohin? Nirgendwohin. Und Sie?

Es stellt sich heraus, daß sie in die Rocky Montains fahren. Die Svenssons besitzen oberhalb von Denver eine Skihütte. »*With your boyfriend?*« Durch den halbkreisförmigen Ausschnitt der Scheibenwischer sehe ich das weihnachtliche Mississauga, das dem Schaufenster bei Eaton ähnelt.

»*Haven't got a boyfriend*«, entgegnet Irene eisig.

Die beiden Mädchen hatten sich nach kanadischer Art neben mich gesetzt, so daß vorne ein angenehmes Gedränge herrscht und auf der Hinterbank die zwei Bücherpakete liegen.

»Wo fahren Sie hin, Veronika?«

»Nirgendwohin.«

»Was wirst du machen?« will Irene wissen.

»Ich werde zu Hause bleiben und heulen.«

»Sie sind auch ohne *boyfriend*?« frage ich, immer noch auf englisch.

»Deshalb nicht. Nur so.«

»Weshalb dann?« fragt Irene sie aus.

»Ich habe Heimweh. Besonders zu Weihnachten.«

»*I see*«, meint Irene dazu. Das Licht der Nacht, beinahe einer Polarnacht, schwächeres oder stärkeres, je nach dem, wie die Scheibenwischer die Flut des Eatonschnees bewältigen, beleuchtet oder verhüllt teilweise Irenes Nylonknie, die viel zu entblößt scheinen in diesem kanadischen Frost. Daneben ein anderes Paar Knie in Denim, auf einem ist die traurig anmutende tschechoslowakische Fahne drauf genäht.

»Ich kann nichts dafür«, erklärt Veronika. »Während der Weihnachtstage bin ich schrecklich sentimental. Die letzten drei Jahre, bevor ich … bevor ich hierher gekommen bin … war ich immer mit meiner Band zusammen. Die Jungs haben Weihnachtslieder gespielt, in Rockfassung, ich hab mir die Texte dazu ausgedacht …«

»Bist du Sängerin?« unterbricht sie Irene.

»Hm, ja. Beziehungsweise ich war. Jetzt studiere ich Englisch und Theologie, Chemie und was weiß ich was sonst noch.«

»Warum singst du nicht mehr?«

Veronika sieht mich an. Ich lächle. Veronika grinst.

»*My English isn't good enough for that.*«

Hinter den Ausschnitten des Scheibenwischers erscheint die Veranda eines Spießers, die mit bunten Glühlampen behängt ist. Sie gehen an und aus, auch Veronikas Gesicht geht an und aus, die roten, grünen und goldenen Glühbirnen predigen MERRY XMAS.

Ich öffnete die Tür, und hineingeplatzt kam eine niedergeschlagene Blondine.

»Entschuldigen Sie, sind Sie Tscheche?«

»*I am.* Also, das bin ich.«

»Könnte ich mich bei Ihnen ausruhen?«

Sie fiel auf die Couch, sie glitzerte, es waren Klamotten aus dem Westen, die hier vor zwei Jahren modern gewesen waren; sie hatte sie in Prag auf dem Schwarzmarkt erstanden, für ihre Grand Tour. Unlogischerweise – hinsichtlich ihrer vorherigen Frage – sagte sie: »Susi Kajetánová hat mir Ihre Adresse gegeben. Sie ...«

Und weg war sie. Wörtlich. Sie fiel in Ohnmacht. Nachdem ich sie wieder zu Bewußtsein gebracht, mit Whisky vollgefüllt und mit Librium vollgestopft hatte, zu dem sie noch ihre restlichen Sedolor geschluckt hatte (ihr tschechischer Organismus verkraftete diesen chemischen Cocktail ohne Folgen), erzählte sie mir ihre törichte Geschichte. »Susi wollte mir das ausreden.«

»Warum ist sie nicht mitgekommen?«

»Sie wußte, daß es besser ist, die erste in Krähwinkel zu sein als die zweite in Prag. Aber sie hat de facto überall furchtbares Heimweh ...«

»Das werden Sie auch haben.«

»Möglich. Aber ich konnte dort nicht länger bleiben.«

Ich grinste. Ich wußte, daß die wenigsten Farbe bekennen. Ideologie und Ideale stören kaum jemanden. Fast niemanden. Andere Sachen stören. Auch ihre Geschichte klang wie eine Emigranten-*telltale*. Ich war jedoch ein Kind meiner Heimat und der heutigen Zeit und wußte, daß dieses Märchen nicht zur Mythologie gehörte, obwohl Veronika selbst ein Kind des Mythos des zwanzigsten Jahrhunderts war. Ihr Vater war Jude, die Mutter nicht, sondern eine Arierin aus dem Kaukasus, einfach einer Rasse zugehörig, der es aufgrund der wohlwollenden Nürnberger Gesetze ermöglicht worden war, sich ohne großen bürokratischen Aufwand von einem Juden scheiden zu lassen. Die Mutter hatte dieses Wohlwollen jedoch nicht in Anspruch genommen, und Veronikas Vater war von der Endlösung verschont geblieben. Danach dachten sie, die Welt sei nun sicher genug für ihr Glück, und im Jahre einundfünfzig setzten sie die kleine Veronika in die Welt. Später, im Jahre siebzig, ließ sich die Mutter zum zweiten Mal nicht scheiden. Veronika war gerade auf dem besten Weg gewesen, berühmt zu werden, möglicherweise wegen der bezaubernden Pagenverkleidung in der Hauptrolle des Musicals *Nacht auf Burg Karlstein*. Der Theaterdirektor erklärte aber dem Regisseur, daß in ausgesprochen ideologischen Belangen, wie dies zum Beispiel beim Theater der Fall sei, Kinder aus einer Mischehe nicht an so wichtigen Stellen, wie in einer Hauptrolle, beschäftigt sein können. Der Regisseur verlor seine Beherrschung und fing an zu brüllen. Er sei kein Rassist. »Der Begriff ›Mischehe‹, wie ihn die Partei benutzt«, belehrte ihn der Direktor, »ist keineswegs rassistisch, sondern ideologisch; er bezeichnet die Ehe von zwei Kommunisten, in der einer aus der Partei ausgeschlossen wurde und der andere sich nicht scheiden ließ. Also – und das sage ich mit Nachdruck – verabschieden wir uns nicht etwa deshalb von Veronika, weil sie Jüdin ist ...« Er sprach sanft, bereits von einem anderen, höher gestellten Genossen instruiert, doch jetzt dachte er sich vielleicht gerade seinen eigenen Text aus, »... auch wenn ihre politische Zuverlässigkeit dadurch viel zu wünschen übrig läßt.« »Wieso denn?« verlor der rebellierende Regisseur die Nerven. Der Direktor war großmütig und erklärte ihm, auch diese Bemerkung habe mit Rassismus nichts zu tun. Juden seien einfach durch ihre spezifische historische Entwicklung beeinflußt, und deshalb könne man bei ihnen die unterbewußte Sympathie für den Zionismus nicht ausmerzen.

»Etwa für die eigene Volksgemeinschaft?« warf der Regisseur ein. Er ekelte sich vor Begriffen aus den vergangenen Zeiten. »Aber wie definieren Sie Volksgemeinschaft?« fragte der geschulte Direktor und trug sofort selbst die von dem höher gestellten Genossen aus der Versenkung geholte Definition Stalins vor, die Juden aus derlei menschlichen Gemeinschaften ausschloß.

»Einfach historisch gesehen«, fuhr er fort, »könnte man den Zionismus sogar nachvollziehen. Jahrhunderte voller Pogrome – später die Katastrophe des Faschismus – doch in der jetzigen Situation werden Juden zu einem objektiven Hindernis im Kampf zwischen ...« Der Regisseur weigerte sich, länger zuzuhören. »Na gut, dann schmeiße ich sie eben raus und sag ihr, daß ihr Vater ein unverbesserlicher – was – ist? Jude? Zionist?« »Nein, doch nicht so«, entgegnete der Direktor. »Aber so stand es über ihn im *Rudé právo!*« »Dort steht das so aus Propagandagründen.« Der Direktor sprach immer noch mit sanfter Stimme. »Es war mehr allgemein gedacht. Ihr Vater ist natürlich kein organisierter Zionist. Vor dem Krieg war er sogar Vorsitzender des Antizionistischen Verbandes der tschechischen Juden. Doch er ist Jude, und objektiv gesehen ...« »Oder unverbesserlicher Trotzkist?« unterbrach ihn der Regisseur. »Das ist zu stark«, meinte der Direktor. »Sagen wir mal: Revisionist.«

Veronika wurde wegen dem objektiven Judentum ihres Vaters hinausgeschmissen. Susi Kajetánová nahm sich ihrer an und brachte sie im Background ihrer Gruppe *Heidelbeeren* unter, die bis vor kurzem als *Blueberries* bekannt war.

»Dein Englisch ist doch ausgezeichnet«, meint Irene Svensson.

»Aber nicht für die Rockmusik. Das Publikum will keine Sängerin mit Akzent.«

Ich biege in Spadine ab, auf den Straßen herrscht vorweihnachtliche Hektik. Am Kensington Market staut sich alles, ich sehe einen Mann mit einem europäischen Pelzhut, der einen sich hin und her windenden Karpfen in einer Tragtüte in Richtung heimische Badewanne transportiert.

Irene fragt:

»Willst du nicht über die Feiertage mit mir in die Rockies fahren?«

Das gute Herz von Irene Svensson.

»Es sind bestimmt auch ohne mich schon genug Leute da.«

»In unserer Hütte können so an die zwanzig Leute übernachten.« Ich ahne, daß ihre Hütte ein auf den Kopf gestellter Euphemismus ist. »Wenn du einen *boyfriend* hast, kannst du ihn ruhig auch mitnehmen.«

»Ich hab keinen *boyfriend*«, antwortet Veronika. »Ich bin eine abgelegte Geliebte.«

»*What's that?*« lacht Irene.

»Ich hab einen Freund gehabt, er ist ein Jahr vor mir nach Kanada geflüchtet«, erzählt Veronika. »Aber er ist mir nicht treu geblieben.«

»Das muß noch kein Grund für eine definitive Trennung sein«, spricht die große Kennerin der Sexualpsychologie Svensson. »Und warst du ihm treu?«

»Na klar. Ich bin das Produkt meiner altböhmischen Erziehung.«

»Man muß die Sexualbeziehungen realistisch sehen. Auf einem unrealistischen Maximalismus kann man keine feste Beziehung aufbauen«, erzählt Irene weiter. Doch Veronika antwortet kurz und knapp: »Mit einem Verheirateten will ich mir nichts anfangen.«

»*I see*«, bemerkt die Expertin.

Auch damals hatte Veronika ein Problem. Sie hatte auf der Post gefragt und dort eine Adresse in High Park bekommen. Die Wirtin machte auf, musterte sie und meinte, dort wohne er nicht mehr. Wo er hingezogen sei? Fragen Sie bei der Post, Fräulein. Dort hat man keine andere Adresse, sagte Veronika. Mir hat er auch keine hinterlassen, Fräulein. Die Tür ging zu. »Ich werde ihn wohl nie wieder sehen«, sagte Veronika traurig und ließ ihre Arme zwischen den Beinen im Minirock hinunterbaumeln. Diesen Rock hatte sie sich bereits in Toronto zugelegt.

Ich hatte eine Idee, vielmehr eine Eingebung. Ich fuhr nach High Park. Die Wirtin hatte wohl genaue Instruktionen bekommen, denn mir teilte sie sehr hilfsbereit eine Adresse in Etobicote mit. Spät am Abend kam ich dort an. Ein funkelnagelneues Viertel mit hübschen Häusern. An der angegebenen Adresse machte eine junge Frau mit überdimensionaler Brille die Tür auf, so eine, wie Tussie sagen würde, die *plain* ist.

»*Does Mr. Škvárek live here?*«

»*Yes, he does.*«

»*You are …*«

»*I'm Mrs. Škvárek*«, sprach die junge Frau mit dem Stolz einer frischgebackenen, wie Tussie sagen würde, *hauswajf.*

Schonend teilte ich Veronika diese Nachricht mit. Sie biß die Zähne zusammen.

»Und du meinst …«, da waren wir schon per du, »… plejn? Meinst du unansehnlich? Und mit Brille?«

»Nicht unansehnlich. Plejn eben. Wenn ich am Tag zehn von dieser Sorte treffe, habe ich den Eindruck, heute keiner Frau begegnet zu sein.«

»Und so hat es mit dir also geendet, du Angeber«, meinte Veronika bitter. »Und das in Kanada!«

Das war ihr Nachruf auf Tomáš Škvárek, es wurde nie mehr von ihm gesprochen.

»Darf ich Sie auch einladen?« fragte Irene plötzlich. »Meine Schwester wird nämlich einen Film vorführen. Vielleicht würde er Sie interessieren.«

»Ich kann nicht«, sagte Veronika. »Morgen schreibe ich eine Arbeit über Freud.«

»Was soll denn das für ein Film sein?« frage ich.

»*Triumph of the Will. Leni Reefen … something.*«

»Oder ich komme doch mit, wenn ihr nichts dagegen habt«, überlegt es sich Veronika plötzlich doch noch anders.

»*Sure*«, sagt Irene Svensson. »Meine Schwester meint, es sei der erste künstlerische Film in der Geschichte der Kinematographie, der von einer Frau gedreht wurde.«

Jetzt wissen wir's.

Lieber Danny,

wahrscheinlich hast Du nicht mehr gehofft, noch einmal von mir zu hören, aber ich nutze jetzt die Gelegenheit, weil ein Freund nach Australien fährt und Dir den Brief von dort schicken kann. Es sind jetzt fast vier Jahre her, daß wir uns zum letzten Mal gesehen haben. Bei mir ist seitdem viel passiert. Zuerst bin ich in einem Lager gleich nach der Grenze hängengeblieben und kam und kam von da nicht weg. Weißt Du, ich hatte keine Verbindungen, ich konnte keine Sprachen und hatte auch keine Verwandten. Nachdem das alles länger als anderthalb Jahre gedauert und ich die Nase voll hatte, kam da jemand von der Fremdenlegion, und ich ging mit. Wie es dort war, möchte ich Dir gar nicht beschreiben, viel schlimmer als ich in Büchern darüber gelesen hatte. Wir waren in der Sahara und übten für den Einsatz in Indochina. Sechs Tschechen waren wir dort. Die Ausbildung dauerte sechs Monate, dann warteten wir noch eine Zeitlang, und danach wurden wir eingeschifft, nach Indochina. Unterwegs legten wir in Spanien an, und ich hab mir gesagt, mich kriegen keine zehn Pferde nach Indochina, sprang in der Nacht vom Schiff und schwamm ans Ufer. Dort tauschte ich mit einem Penner meine Schuhe und Uniform gegen Zivilklamotten, man schnappte mich aber trotzdem, ich konnte kein

Spanisch und auch keine andere Sprache, nur ein bißchen Französisch, was ich eben in der Legion gelernt hatte. Ein französischer Dolmetscher kam, aber ich tat so, als würde ich auch nicht Französisch können, und so schickte man mich nach Sizilien in ein Lager für Staatenlose. Hier wimmelt es von SS-Männern und Ustaschas, klar, prahlen tun die mit ihren Taten hier nicht unbedingt, aber als ich das erfahren und einen Streit mit denen vom Zaun gebrochen hab, schlugen die mich dermaßen zusammen, daß ich fast krepiert wäre. Zum Glück nahm mich einer aus Lettland in Schutz, der war im Krieg auch in der deutschen Armee, er sagte mir, daß ich auch zur deutschen Armee gegangen wäre, wenn ich die Wahl gehabt hätte. Er ist ein Kraftprotz, jetzt trauen die sich nicht gegen mich, es sind mehrere aus der Legion hier, auch ein paar Deutsche, die im Krieg gegen Rommel gekämpft haben. Ich stellte einen Auswanderungsantrag nach Amerika (USA), doch man nahm mich nicht wegen meiner kaputten Zähne. So wie das jetzt aussieht, gehe ich wohl zu den Gegenfüßlern, na ja, was soll's, alles wird besser als Sizilien. Ich muß Schluß machen, hab kein Papier mehr. Ich werd mich von den Gegenfüßlern melden.

Dein Freund Přema.

»Well, enywej«, erzählt Tussie, und der siebenfach beringte Herr Zawynatsch legt seine Pranke auf eines ihrer Pfötchen, ebenfalls mit einem Ring, auf dem eine in künstlichen Bernstein eingegossene Plattlaus prangt. Doch das andere, mit einem hölzernen Ring, bemalt wie ein Osterei, und mit einem Armreif, an dem Buchstaben an silbernen Kettchen hin und her baumeln, dieses andere Pfötchen gestikuliert, als wäre Tussie eine jüdische Händlerin auf dem Kensington Markt: »Das war doch meine erste Nacht in Downtown, klar? Ich mußte dort eine Woche lang mit meiner Mutter zusammenhocken, you know, sie will alles ganz genau wissen, und alltime kamen alle mögliche Arten von Tanten und Cousins und Nephews, also kein Wunder, daß ich erst am zweiten Wochenende nach Prag gekommen bin. Und deshalb hab ich den roten Miniskirt und diese Art von T-Shirt, das ich hab, mit diesem naked bosom, ihr habt's ja an mir gesehen, didnttscha?« Und ob wir's gesehen haben! Ein T-Shirt mit dem Foto entblößter Brüste, genau dort plaziert, wo Tussie unter dem T-Shirt ihre eigenen hatte, die mindestens ebenso prächtig sind. Herr Zawynatsch lacht obszön und preßt ihr von seinen Ringen gedrücktes Pfötchen gegen den Hintern des nackten Mannes.

»Well«, spricht Tussie weiter, und es ist ihr ziemlich egal. »... aber so what? Well, auf dem Kopf setzte ich mir eine wig, nicht diese. Eine andere Art mit carot-top, ich stoppte ein Taxi und drivte direkt runter in die Downtown. And would you biliv it: direktly vor dem Jalta laufe ich in Lída hinein! Lída war schon immer meine beste girlfriend, aber my God! You wouldnt belive it! Die hat ixektly das gleiche T-Shirt, nur statt den naked busom hat sie hier vorne ...«, das Pfötchen mit dem Armreif deutet auf ihre Brüste, die klirrenden Anhängsel blitzen auf, und für den Bruchteil einer Sekunde glitzern zwei Buchstaben auf: M – S. Es ergibt noch kein ganzes Wort, doch ich habe das Gefühl, daß es für Prag genauso unzüchtig sein wird wie Tussies T-Shirt. Ich erblicke noch ein D, dann ein I – um Gottes willen, hoffentlich blendet Tussie die Kanadier nicht mit einem fourletter-word! »... und hier vorne hat sie so ein Snapshot von der – der berühmten Frau – die so lacht – wie ist ihr Name? Es ist eine Art berühmtes Gemälde – Brian, help me!« Herr Zawynatsch sagt: »Gemälde? Einer lachenden Frau? Monnolissa?«

»Thats right!« Tussie tätschelt Herrn Zawynatschs dry-look. »Well, das dürft ihr euch vorstellen, so ein Meeting! Imidschetly dropten wir ins Jalta und unterhielten uns über Gott und die Welt, bis wir schwarz im Gesicht waren. Und dann schloß sich uns der Typ an!« Tussie reißt ihre Augen auf und rückt ihren blonden Afro-Look zurecht. »Wenn ich daran zurückdenke, komme ich mir vor wie Alice in Wonderland. Stil!«

»Warum?« frage ich in Tussies effektvolle Pause hinein.

»Warum? Well, bikos nachdem mich Lída introduste, sagt der Kerl: kommt mit zu mir! Ich schmeiß 'ne Party, nur für meine zwei Kollegen, und die girls sind nicht gekommen. Just like that! Mich kannte er nicht einmal! Ich wollte nein sagen, aber Lída sagte sure. Ich wollte nicht spoil the fun, und wir haben uns ein cab genommen. Im cab hab ich Lída gefragt, ob sie noch als nurse arbeitet, und sie sagte, nein, nicht mehr, jetzt arbeitet sie als Interpretin. Well, wir waren bald da. Der Kerl hatte ein house, schon von draußen sah es unheimlich luxuriös aus, aber als wir drinnen waren – I coudnt belive my eyes!«

Tussie reißt wieder ihre Augen auf und erzählt, daß im Haus wollpapers hingen, die wie Jeansstoff aussahen, latest fashion, die man in

Toronto als big novelty verkaufte. Fireplace that big! Sie spreizt die Arme, und es klimpert, doch es gelingt mir wieder nicht, etwas davon zu lesen. Und darin so 'ne Art von Logs, die mit Gas betrieben werden und mit bunten Flammen brennen. Möbel made in Skandinavien, auch highly fashionable. Telefon neyntin sentschury stile, das kann man auch in Yorkville kaufen, total expensiv. So welche mit stars und stripes; ihre Hand gestikuliert, ich konnte die glänzenden Buchstaben lesen, D, R und T und noch ein I; so welche, die in diesem Jahr … In der Ecke vom colonial stand ein TV-Set mit remotecontrol und daneben hifi-Stereo, quadrophon, well, who ever has in Toronto even? Enyvej, absolut modern gadget. Darauf spielten die Hits, die 'ne Woche vorher top-ten in den Staaten waren!« Sie blickt sich um, benetzt ihre Lippen mit dem Cocktail Pink Lady. Keiner sagt etwas, nur Frank brummelt etwas vor sich hin, Herr Zawynatsch schaut stolz in die Runde, obwohl mir nicht unbedingt scheint, daß diese Geschichte für eine Verlobungsfeier geeignet ist. Tussie balanciert aber, so scheint es mir, genau auf dem Seil, auf dem sie Herr Zawynatsch sehen will, und wenn er sie dort hat, ist er Wachs in ihren Händen. Sie also, sich zu einer ehrlichen Hure stilisierend, stellt ihre Pink Lady auf den Tisch und fährt fort:

»An der Hausbar saßen zwei Kollegen von dem Typ. Und die Bar, you shuddy seen it! Chivas Regal, Gilbys, Jack Daniels, Koantro, Tekila, nur der Wodka war aus Moskau. Well, wir setzten uns an die Bar, ich hab meine Zigaretten rausgeholt, und der eine, der uns hergebracht hat, hat mir Feuer gegeben – er hatte einen gaslighter, und wie sein Ärmel hochgerutscht ist, konnte ich sehen, daß er die neue elektronik digital Ristwatch hat. Und der eine von den zwei anderen sagte: Auf diese Uhr würd ich aufpassen, Boby, du weißt doch, daß Korytenko scharf auf solche ist. Eine hat er schon dem Pepi geklaut, und wahrscheinlich auch dem Jiří, also paß auf! Ich spürte, daß bei all dem irgend etwas funny war, so ein streinsch-feeling, und so drehe ich mich um zu Lída und frage leise: Lída, sind das irgendwelche Kerle von der West-ambassy? Und Lída fängt an zu giggeln und sagt: Du bist gut! Die sind doch vom Innenministerium!«

Wir sitzen bei Svenssons an einer opulenten Tafel, und Rosemary Svensson (geborene Rowntree aus Tennessee, aus dem Geschlecht der Bourbonen) bewundert – wie es alle Kanadier aus Höflichkeit tun – mein exzellentes Englisch. Ich erkläre, daß es das Ergebnis von fleißigem Hören des BBC während des Krieges sei. Kästrin, Irenes Schwester, will wissen warum? Ihr geht nicht in den Kopf, warum jemand in zwei so lange zurückliegenden Kriegen, nämlich dem in Korea und Vietnam, einen englischen Sender hören hätte sollen. Doch Rosemary versteht, und ich hatte sie für mich eingenommen. In unsere Konversation mischt sich eine gewisse Kriegsverbundenheit. »Wo waren Sie? In der Armee?« Nein. Leider. Ich erwähne unbestimmt den Widerstand, erzähle kurz, wie ich von Englisch so besessen war, daß ich aus Versehen einen deutschen Offizier englisch angequatscht hatte, und was daraus wurde. Ich habe Lust zu erzählen, wie meine Wenigkeit mehr oder weniger aus Dummheit im Krieg mitgemischt hatte, doch ich bemerke Irenes unverwandten Blick – er erinnert mich an ihre forschenden und zweifelnden Augen, die mich in der Edenvale-Uni verfolgen. Ich beschließe, meine heutzutage eher unglaubwürdige Heldentat zu verschweigen. Und so erzähle ich lieber, wie ich in einer Jazzband in Kostelec Tenorsaxophon spielte, wie wir nach den amerikanischen Hits swingten, die Verbundenheit wird stärker, und in Irenes Augen schwindet der mißtrauische Ausdruck. »*Oh yes!*« jubelt Mamá Rosemary. »*When the Deep Purple Falls*«, das Zitieren wird zur Melodie, ich stimme mit ein: »*Over sleepy garden walls* …« Aus unserer Kriegsverbundenheit entsteht durch die alten Lieder eine neue Harmonie.

Herr Svensson singt auch mit: »… *and the stars begin to flicker in the sky* …« Er hat eine tiefe Stimme, das ist aber auch alles, was ihn musikalisch erscheinen läßt, außer seiner Musikagentur. Die Flammen in den kostspieligen Kerzenhaltern flackern wie Sterne, es sind wirkliche Kerzen und wirkliche Flammen … auch Nadja lief mit einer Kerze durch den Wald, zusammen mit anderen Dorfbewohnern vom Schwarzen Berg, zur Mitternachtsmesse, ein Bild wie auf einer Weihnachtspostkarte … Rosemary sitzt am Klavier, von der Nostalgie, die unser Älterwerden einleitet, ganz in Beschlag genommen, und von allen möglichen Songs legt sie ausgerechnet mit Lili Marlen los … Das soll ein deutsches Lied sein? Sie weigert sich, es zu glauben. Doch unsere Verbundenheit ist stark. Ermutigt durch den Château neuf du Pape (er erinnert mich an Prag und an Esther, die ihn aus Halblitergläsern getrunken hatte), verspüre ich aufkommende Sympathie zu der schlanken, vielleicht viel zu knochigen Britin aus Tennessee … »*Every star above*«, singe ich, »*knows the one I love, oh Sue, sweet Sue* …« Rosemary stimmt mit ein. »Wissen Sie, daß das auch ein tschechisches Lied ist?« frage ich aus Spaß und unterschätze dabei Rosemarys amerikanische Leichtgläubigkeit. »*Oh really? I always thought* …« Schnell lasse ich mir eine Legende einfallen, in der sich gleich nach dem Krieg, dem Ersten Weltkrieg, ein Schwarzer nach Prag verirrt hatte, Joe Turner, und um ihn noch interessanter zu machen, spreche ich ihm die Autorenschaft des klassischen Blues zu. Er habe die tschechische Polka *Susanna* gehört, ihr einen Swingrhythmus verpaßt, einen englischen Text dazu komponiert und sie dann mit in die Staaten genommen … »Können Sie das Lied auf tschechisch singen?« fragt Kästrin neugierig. Ich nicke und lege los: »*Hvězdy nad hlavou ví, že mám jen jedinou* …«

Vor mir sehe ich Nadja im dicken Rock und in dicken Strümpfen, für die ich in der weit zurückliegenden Urzeit eines anderen Kontinents und einer prähistorischen Ära *Susanna* in das Dröhnen der Bohrmaschine gesungen hatte … Sie ging mit der Kerze durch den dunklen Wald, ich beobachtete sie vom Gebüsch am Straßenrand aus und lief dann in einiger Entfernung hinter der Schar vom Schwarzen Berg her, hin zum verdunkelten Stadtrand des finsteren Kostelec, in der letzten Weihnacht … Ein intensives sentimentales Gefühl erfaßt mich, ebenso wie vorhin Rosemary. »In Amerika singt man mehrere Lieder, die ursprünglich tschechisch waren«, erzähle ich weiter. Rosemary wundert sich, sicher wird sie es auf den nächsten Parties gleich zum Besten geben, bei Dinners und im Damenklub. Es würde eine Legende entstehen. »Die Emigranten haben sie mitgebracht. Wie zum Beispiel *Clementine.*« »*Sure*«, sagt Veronika. »Wollen wir?« frage ich, und wir legen los, Veronika singt ganz selbstverständlich die zweite Stimme. »… *einfach fein!*« Rosemary lacht ebenfalls. *No kidding!* Und das soll ein tschechisches Lied sein? Doch. Irene hat wohl verstanden, und mein Spiel scheint sie zu amüsieren. Herr Svensson zündet sich eine Zigarre an und hört zu … mir wird klar, daß er nicht mir zuhört, sondern Veronika. Seine Konzertagentur läuft gut. Schallplatten Marke Sigtone. Aber es wird nichts draus, das weiß ich schon jetzt. Ich lebe schon viel zu lange im Exil. *Oh Susanna!* … Nach all den langen Jahren kommt mir alles durcheinander, es ist schon so lange her, auch das hier, unendlich lange her, alle sind schon tot, Hochwürden Meloun hatte eine Predigt übers Christkind gehalten, als würde er eine Szene aus dem Puppentheater schildern … ich sah hinüber zu Nadja, die ihr Gesicht mit einem weißen Schal umwickelt hatte. Ihre Augen glühten wie die schwarzen Flammen einer teuflischen Osterkerze, sie richtete sie unverwandt auf das Mondgesicht des Geistlichen, der seinem Namen – er bedeutete Melone – alle Ehre machte … vielleicht war das alles nur einer von vielen Scherzen des Weltbeherrschers und Beobachters unserer Intimitäten … *Jukebox on Saturday Night … Chew Your Bubble Gum … C'est si bon …* lauter tschechische Lieder, Rosemary staunt, wundert sich, wahrscheinlich glaubt sie mir nicht mehr, doch ihre Augen lachen … Für Irene ist das offensichtlich ein Heidenspaß, Herr Svensson hüllt sich wie ein Tintenfisch in den Zigarrenrauch, und plötzlich fragt Irene:

»Veronika, warum versuchst du nicht, in Kanada zu singen?«

Der Ton erstarrt uns auf den Lippen.

»Ich habe einen Akzent«, antwortet Veronika, gegen ihren Willen klingt es doch recht unglücklich.

»Quatsch. Das kann man üben. Stimmt's Daddy?« Irene wendet sich an ihren Vater. Aus der weißen Wolke ertönt es unverbindlich:

»Manchmal schon.«

Doch Irene insistiert weiter:

»Mach doch mit Veronika eine Probeaufnahme!«

»Well«, sagt Herr Svensson noch unverbindlicher.

»*She's got as good a voice as any of your Sigtone stars. Why not give her a chance?*«

Irenes Blick bohrt sich durch den Rauch.

»*There would be problems*«, hört man von dort die distanzierte Stimme des Herrn Svensson … *Riders in the Sky* … das ist Rosemary … am Klavier …

Im Ferroflux hing ich mit Nadja unseren Träumen nach, wir küßten uns nicht einmal. Wir stellten uns vor, wie der Pilot den Abzug betätigen würde, die Schnellfeuerkanonen würden einige Schüsse in Richtung Fliegender Festung abfeuern, die Flügel würden von den Erschütterungen vibrieren, auch das Blech der Magazintrommeln, das sich über die viel zu große Vertiefung spannt, würde erzittern; dann würde das Blech bersten, die Geschosse würden nicht mehr in die Abschußkammern der Schnellfeuerkanone hineinrutschen, der Pilot würde Probleme bekommen und gegen das Heck der Fliegenden Festung steuern, direkt in die Bahn der bleiernen Striche, die das doppelte Maschinengewehr des hinteren Schützen gegen ihn abfeuert, aber seine eigenen Kanonen würden stumm bleiben, zum Schweigen gebracht durch die clevere Idee von mir und die Tapferkeit von Naděžda Jiroušková …

»Was für Probleme?« will Irene wissen.

»Es geht nicht um die Stimme. Sie können sicherlich mit vielen Sängerinnen unserer Marke Schritt halten. Aber …«

»Ich weiß, der Akzent«, wirft Veronika ein.

»Du hast doch kaum einen«, meint die nette Irene. »und ein guter Coach …«

»*Well* …«, Herr Svensson gibt einen weiteren nichtssagenden Laut von sich. Langsam beginne ich zu verstehen, wie das in diesem Geschäft so läuft. Herr Svensson streift seine Zigarre bester Qualität in den Aschenbecher in Form eines Marmorherzens ab. »Wir haben bei Sigtone auch eine tschechische Gruppe … Pro Arte Antiqua …«

»Und sie werden uns nichts nachweisen können«, führte ich weiter aus. »Der Chefkontrolleur läßt im letzten Arbeitsabschnitt die Kaliberschablonen immer in einem Kästchen liegen. Ich hab das Musterstück schon ausgetauscht. Nur Ponykl weiß Bescheid, und der wird schon das Maul halten. In seinem eigenen Interesse. Wir bohren sie einfach etwa einen halben Zentimeter tiefer aus, und wenn was wäre, dann hat uns eben ein Saboteur heimlich diese Schablonen untergeschoben. Irgendein unbekannter Saboteur.«

»Unbekannter Saboteur!« Nadja prustete los, der Terminus aus den Clifton-Krimis gefiel ihr.

»Das ist unheimlich schlau ausgeklügelt, Danny. Man merkt sofort, du bist 'n Student.«

Ich sah sie an, sie betrachtete mich bewundernd. Dann blickte ich durchs verdreckte Fenster des Ferroflux in die Werkstatt. Es war kalt dort, von den schlecht abgedichteten Schläuchen der Preßlufthämmer dampfte es. Die Weiber, in dicke Pullover eingepackt, drückten mit Metallbirnen gegen die Duraldeckel, von der anderen Seite schlugen die Männer dagegen, beinahe eine Freudsche Symbolik. Es erzeugte einen Höllenlärm. In Gedanken sah ich schon die Messerschmitt Einhundertneun Eff, von bleiernen Schnüren durchbohrt ... die Schnüre dieser bleiernen Perlen sollten meine Heldentat krönen ...

»Das merken die gar nicht«, sprach ich leichtsinnig. »Die Amis werden mit denen leichtes Spiel haben, wenn wir sie auf diese Art und Weise entwaffnet haben!«

»Sie werden die kurz und klein schlagen!« schwärmte Nadja blutrünstig. Doch dann fügte die Barmherzigkeit ihrer Seele hinzu: »Die Flieger werden wohl mit 'm Fallschirm rausspringen, aber die Kiste wird so zerfetzt, daß man nichts mehr erkennen kann!«

»Man wird nichts erkennen können, darauf kannst du Gift nehmen, Nadja!«

Nosek begann, umständlich mit dem Schlüssel im Schloß herumzumachen.

»... für eine solche Musik gibt es praktisch keine Konkurrenz auf dem Markt.«

»Wenn Sie also einer Exilantin eine Chance geben, dann schaffen die anderen eine Konkurrenz für Pro Arte Antiqua?« vermute ich.

»*Exactly*«, bestätigt Herr Svensson. »Es tut mir wirklich furchtbar leid. *But I have my responsibility. To my partners.* Das sind harte Fakten.«

Ich sehe Veronika an. Sie ist blaß, nur auf den Wangen hat sie zwei rosa Flecken, wie sie früher auch Nadja hatte. Dieser Abend macht mich mit seiner Nostalgie regelrecht fertig. Der Swing aus dem Krieg. Die verschiedenen Arten von Verantwortung. Wie unterschiedlich wir bewertet werden. Wie wir keinerlei Bedeutung besitzen. Wie die Welt ganz andere Werte schätzt ... das einzige, was übrigblieb ... Forster ... er schwebt in die Nostalgie des Swing hinein, in die der armen Nadja ... Letzte Woche hatte ich meiner Gruppe von Unschuldslämmern etwas von ihm zitiert, mit enormem Enthusiasmus und ein wenig Hoffnung, diese Unschuldslämmer würden ihn verstehen, doch als ich sie über den Rand meiner Notizblätter hinweg beobachtete, sah ich, daß Sheila hinter »Auf der Suche nach Indien« an einem gummiartigen Marsriegel knabberte ... *Das klassische Athen hat ein Durcheinander angerichtet – aber Antigone ist geblieben. Das Rom der Renaissance-Zeit hat ebenfalls Chaos verursacht – aber dafür wurden die Fresken in der Sixtinischen Kapelle geschaffen. Jakob der Erste hat ein Chaos ange-*

richtet – aber immerhin ist Macbeth *entstanden. Ludwig XIV. – und andererseits wurde* Phädra *geschrieben. Diejenigen, die genauso wie ich für den Kommunismus schon zu alt sind und denen quälend bewußt war, wieviel Blut vor seinem problematischen Sieg vergossenen werden würde, suchen Zuflucht bei der Kunst …*

Also vielleicht doch nicht die harten Fakten von Herrn Svensson, sondern die zarten Stimmen der Hard-Rock singenden jungen Frauen … Irene beginnt, mit ihrem Daddy zu streiten, sie durchbohrt ihn mit ihren wunderschön gebleichten Augen, Rosemary, nun vollkommen zu einem Hühnchen mutiert, gackert, um die beiden zu versöhnen, die schlichten Flammen der teuren Kerzenleuchter registrieren es wie die Zeiger eines Amplitudenmeßgeräts, die Kerzen … sie flackerten durch den Wald …

Nadja hatte sich da etwas Schlaues einfallen lassen: sie verschwand in der grauschwarzen Dunkelheit und sagte den anderen, sie müsse mal, ich stand in der Finsternis, wie der Schwarze Jäger, und spürte dann die außen eiskalten, rauhen, innen drin heißen Küsse des riesigen Mundes von dem knochigen Mädchen vom Schwarzen Berg … »Dan … ich liebe dich! Dafür liebe ich dich! Du bist 'n Pfundskerl!« Nicht einmal die dörfliche Ausdrucksweise störte mich, mich, der sonst auf nicht zum Swing-Code passende Wörter allergisch reagierte, mich, der überhaupt kein Pfundskerl war, sondern nur von beständigen Kräften durch die Welt getrieben wurde, Kräfte, die sonst die Welt nicht in Bewegung setzen würden, höchstens Komplikationen für die harten Fakten bedeuten … die Angst, mein ständiger Begleiter, wurde für eine Weile lahmgelegt, zumindest für diesen einen Moment, als ich mit Nadja im dunklen Wald stand, ihre schmalen Schultern drückte und diese kaum spürte unter ihrem riesengroßen Wollpullover. Diese Angst kam später in der Nacht wieder, damals zum ersten Mal und seitdem mehrmals, die Angst eines Herzens der Finsternis, nicht aus dem Kongo, einem kleinen und vielleicht nur ehemaligen Königreich aus der geographischen Mitte der asiatischen Hypophyse … die kühle Haut der glühenden Augenlider, drin im Mund war es warm, feucht und sicher … dann rief man nach ihr, sie schnappte sich die Kerze und verschwand in dem schwarzweißen Wald, nur die Flamme sprang noch eine Weile hin und her, ein Irrlicht, das für den kurzen winterlichen Flug unbarmherzig geweckt worden war … äußerst unbarmherzig …

»Jetzt ist aber genug mit dieser Diskussion«, entscheidet Rosemary. »Wir singen noch ein bißchen!« und sie fängt an zu singen, viel zu hoch, um die Wiederholung der ersten Strophe noch höher singen zu können: »*Roll out the barrells* …« Veronika schweigt. Ich singe mit, um Rosemary die Freude nicht zu verderben … »*we'll have the blues on the run* …« Das wohl kaum. Während unseres Lebens kaum. Es ist ein elendes Dasein, harte Fakten, Tag für Tag stirbt immer ein wenig mehr von uns ab. Auch Herr Svensson stimmt mit seinem entsetzlichen Baß mit ein. Wie kann ein Konzertagent bloß so unmusikalisch sein? Na ja, warum eigentlich nicht? Es gab auch Könige, die Analphabeten waren, sogar die Ersten Sekretäre meinen es manchmal ernst mit der Demokratie. Die Stimmung in mir schlägt einen Salto … *sing out a song of good cheer* … Warum nicht? *Dies illa* nähert sich ohnehin, »Das«, sage ich, »ist auch ein tschechisches Lied.«

Rosemary verstummt plötzlich. Auf einmal ist sie eingeschnappt. Wegen der Wahrheit, wie das wohl die Regel ist, nachdem sie schon mehr oder weniger eine ganze Sammlung von Lügengeschichten geschluckt hat.

»Das hier«, sagt sie steif, »ist das Lied, mit dem mein armer Daddy am D-Day in das Ausschiffungsboot gestiegen ist. Das war das letzte amerikanische Lied, das er gehört hat, bevor er an der französischen Küste gefallen ist.«

Dies irae, dies illa … Ich überlege, was für eine philosophische Lehre sich hinter diesem Kampf zwischen Unschuld und Lüge verbirgt, der im Augenblick der Wahrheit verloren war.

Es klingelt an der Tür.

Die Kinovorführung wird wahrscheinlich bald beginnen.

Wir alle fahren regelrecht zusammen, Tussie nippt an ihrer Pink Lady. »Well«, spricht sie. »Ich hab gedacht, ich müßte dead droppen auf den floor. You ken imedschin!«

Wir nicken zustimmend. Die Pink Lady ist schon ausgetrunken, die Pranke mit den sieben Ringen winkt der schwarzen waitress zu, ein türkiser Stein von der Größe einer Kugel von einem Billardspiel für Pygmäen blitzt auf. Die waitress setzt sich in Bewegung.

»Well, ich war fast starr vor Schrecken«, erzählt Tussie weiter. »Dschast imedschin! Zum ersten Mal in Prag, eine Woche nach der

Entlassung aus der Staatsbürgerschaft, und dschast ein paar Monate mit der canadyen citisenschip, und jetzt sitze ich da wie ein Mäuschen in der mousetrap unter lauter plain-clothes-Typen. Und Lída sagt noch, ganz kalmly: Ich arbeite jetzt für die als Interpreter.« Die schwarze waitress kommt, stellt vor Tussie eine neue Lady und vor jeden von uns einen Sliwowitz von Jelínek, alles auf Rechnung von Herrn Zawynatsch. »Enywej«, Tussie erzählt weiter, »da konnte man nichts machen, und so hab ich mir gesagt, daß ich mir das nou way anmerken lassen darf, daß ich aus Kanada bin; die Agenten haben mich für eine Kollegin von Lída gehalten. Aber das war ganz schön difiklt, you bet. Eine Weile hab ich mir gedacht, daß ich realy in jam bin. Der eine gay, der uns mitgenommen hat, stellte mir die Frage, ob ich im Sozialistischen Jugendverband bin! Well, was hättet ihr denn geantwortet? In dem Moment hätte ich fast alles ausgespuckt«, erzählt sie zweideutig, wir verstehen aber gleich: »Ich hab gedacht, daß alles ein dschouk ist, und so hab ich gemeint, nein, bin ich nicht, ich bin in Sophomor Es a. Lída hat so getan, als hätte sie sich am Whisky gechokt, und sagte: Die Milena hier ist doch Sekretärin bei der Gewerkschaft! Und ich hab gemerkt, daß ich rightewej einen blunder gemacht hab, aber weil die Kerle wohl schon ein bißchen high waren, hat das keiner gemerkt. Well, damit ich diese lange story kurz mache – die haben gar nicht geschnallt, daß ich aus Toronto komme!«

Herr Zawynatsch klatscht metallisch. »Splendid! Meine Milena! Ferst klas anderkavr dschob!« Er unterlag bereits vollkommen dem Zauber seiner Verlobten, und bald würde er ebenfalls anfangen, Pidgin zu sprechen. Doch ich kann mich nicht des Eindrucks erwehren, Tussie will uns einen Bären aufbinden. Selbst der typische Beamte aus den klassischen Polizistenwitzen wird nicht ernsthaft glauben, Tussie könne sich ihr Kanadisch-Tschechisch in Košíře, einem Prager Stadtteil, angeeignet haben!

Das wohl kaum.

»Ihr könnt euch denken, daß ich nach einem exkjus gesertscht hab, damit ich sobald wie möglich von da wegkomme. Ich hab gesehen, daß die beiden an der Bar schon prety tipsy waren, und der, der uns da abgeschleppt hat, arbeitete auch hart daran, bald stound zu werden. Well, und wie ich so das tajming abchecke, wann es wohl am besten wäre zu sagen, daß ich 'n dejt mit meiner Mama hab, sagt er all of a sadn dschast lajk det: Also, an die Arbeit, meine

Damen! Und fraimyforenoister! Ich traue meinen Augen nicht! Lída steht auf, zieht ihr T-Shirt über den Kopf und steht da, nur in ihrem bra!«

Herr Zawynatsch blickt uns stolz an, genau wie ich das erwartet habe. Herr Pohorskýs Mund bleibt offen stehen. Franks Gesicht verfinstert sich. Und wir alle, wie ein Mann, ohne etwas zu sagen, führen unsere Gläser zum Mund.

»Ich war schoked, and hu wudnt«, erzählt Tussie. »Aber das war noch nicht alles. Die Typen sind aufgesprungen und haben angefangen zu strippen! Ich war iwn mohr schoked! Ich wollte etwas scharpes sagen, aber wie ich so schoked war, konnte ich keine Worte finden!« Sie schweigt kurz und findet dann doch welche: »Ich mußte blanchieren, denn der Kerl, der nur mehr in Boxershorts vor mir steht, sagt mir: Was glotzt du so? Hast du noch nie grupsex gehabt?«

Jetzt unterbreche ich sie:

»Hat er gesagt: *group sex*?«

Sie sieht mich beleidigt an: »Netschrly hat er Gruppensex gesagt.«

»Warum sagst du dann grupsex, liebe Milena?«

»Well, weil wir hier in Kanada sind, oder?«

»Und in Prag hast du Gruppensex gesagt?«

»Erlaube mal! Das hat er gesagt! Ich würde so ein Wort nicht über meine Lippen bringen!«

»Verzeihe.« Tussie stärkt sich an ihrer Pink Lady und ist noch ein bißchen eingeschnappt wegen meiner Unterstellung; mit noch lauterer Stimme spricht sie weiter: »Well, wie er das gesagt hat, bin ich aufgestanden«, sie findet sich nun derart in ihre Rolle, daß sie aufsteht, Herrn Zawynatschs Pranke von ihrem Oberschenkel wirft und mit beiden Händen auf das Bild des kopulierenden Mannes auf ihren Brüsten deutet. »... und ich sage: Was glauben Sie, wer ich bin, enywej, Sie Schwein! Und alle drei Kerle stejren auf mich, wie die serpreisd sind. Für was haltet ihr mich, you pigs! Und ich drehe mich um, crosse das Zimmer zur Tür, mach die auf, laufe hinaus und slamme sie richtig hinter mir zu – und draußen fang ich an zu rennen, fortschtnely fährt ein keb vorbei.« Sie überfliegt uns mit einem bitteren Blick, wie wir stejren. »Well, ist das nicht schoking? Könnt ihr euch vorstellen, für was die Typen mich gehalten haben?«

Ihre beiden Pfötchen deuten immer noch auf die Darstellung auf ihrem T-Shirt. Heute trägt sie einen schwarzen Miniskirt, eine goldene Kette um die Taille, an der das Symbol des weiblichen

Geschlechts aus Blech baumelt, genau an der Stelle, die es symbolisieren soll. Ich frage:

»Für was?«

»Well, die haben gedacht, daß ich ej hor bin! Vudsch you bilivit?«

Lieber Dan,

ich kann nicht schlafen, deshalb schreibe ich Dir jetzt einen Brief. Ich kann nicht schlafen, weil ich so aufgewühlt bin und weil ich auf der Suche nach Antworten bin. Doch kaum habe ich eine gefunden, taucht eine neue Frage auf, ich beantworte sie, und gleich ist wieder die nächste da – könnte sich das bis in infinitum fortsetzen?

Kannst Du Dich erinnern, was ich Dir über den Schaukasten an der Rupa geschrieben habe? Er ist mir im Gedächtnis haften geblieben, obwohl ich ehrlich bemüht bin, ihn zu vergessen. Diese Erinnerung ist wie ein Krankheitsherd, der so tief im Organismus steckt, daß ihn das Messer des Chirurgen nicht erreichen kann. Weißt Du, ich habe immer mit Deiner Skepsis polemisiert, ich wollte immer mit dem Neuen, dem Besseren Schritt halten, mit dem, was den Menschen mehr Nutzen bringen sollte. Du weißt auch, daß es mir persönlich nur um die Kunst ging, denn ich denke, daß Kunst und Wissenschaft das endgültige Ziel des Menschen darstellen.

Aber die Kunst als auch die ganze Gesellschaft müssen bestrebt sein, nach Neuem und Besserem zu suchen …

Sei nicht böse, daß ich mich Dir so anvertraue. Aber gestern war ich in der Ausstellung sowjetischer Kunst, und am Abend diskutierte ich darüber mit meinen Freunden. Was heißt am Abend! Praktisch bis zum frühen Morgen ging es, letztendlich trennten wir uns, fürchte ich, im Bösen.

Fiala – Fiala! … verteidigte diese Kunst. Erinnerst Du Dich, wie er uns während des Krieges Bretons Manifeste geliehen hatte? Wie er behauptet hatte, unser Jahrhundert sei ein Jahrhundert, das das Ende des Realismus der inneren Formen bringe, und das einzige, was lebenswert wäre, sei der Surrealismus als Realismus der äußeren Formen – Štýrský, Toyen, Yves Tanguy …

Die Ausstellung … ich denke, sie war entsetzlich. Eine Ansammlung von Staatsmännern und Generälen, gemalt in einer Art, als hätte der Maler noch nie etwas von Rembrandt gehört. Wie eine Farbfotografie. Eine schlechte Farbfotografie.

Doch warum nicht, sagte ich mir dann. Schlicht und einfach offizielle Kunst. Doch danach sah ich DAS Bild, und es erinnerte mich an etwas: Es mußte irgendwann im zweiten Kriegsjahr gegen Rußland gewesen sein. Ich war auf Urlaub nach Hause gekommen, wir trafen uns bei Rosťa, er hatte dort die Zeitschrift SIGNAL herumliegen, in der wir die farbige Nachbildung des Gemäldes Die Eroberung Sevastopols *fanden. Vielleicht kannst Du Dich noch erinnern. Damals saßen wir über dem Bild und diskutierten über die nationalsozialistische Kunst. Diskutieren ist das falsche Wort: Wir machten uns darüber lustig. Tatsache ist, daß wir a priori voreingenommen waren. Aber Rosťa war doch selbst Maler, und er brachte damals rein technische Argumente. Er erklärte uns, daß auf diese Art zu malen das Bestreben bedeute, eine Fotografie zu ersetzen, also Neues durch Altes auszutauschen. Er bezeichnete es als reaktionäre Gesinnung der Kunst und zeigte uns Kopien von Kriegsbildern von Bosch – Triumph des Todes – und eine ganze Serie von Goya …*

Du wirst Dich vielleicht nicht mehr daran erinnern; auf dem Bild war eine Kampfszene, ein Mann-gegen-Mann-Kampf zwischen deutschen und sowjetischen Soldaten. Wir rechneten aus, daß es auf dem Bild dreiundsiebzig Personen gab, davon waren zweiundvierzig sowjetische Soldaten – sie waren in der Überzahl – und ähnlich, vielleicht sogar deutlicher war das Verhältnis der verwundeten und toten Soldaten! Auf einen verwundeten deutschen Soldaten kamen fünf Russen. Im Goldenen Schnitt stand ein SS-Mann und stach einem russischen Matrosen das Bajonett in den Bauch. Die Gesichter der Deutschen hatten idealisierte arische Züge, alle Russen hatten Knollennasen und Visagen wie Schwerverbrecher. Rosťa lachte vor allem über ein Detail: die Deutschen waren sauber rasiert, alle Russen hatten dagegen Stoppelbärte.

Dan! Du weißt doch, ich wehre mich gegen Mystik … »Hypochonder, Ästheten, Pfaffen … Mystik könnt ihr für euch behalten!« *Das sage ich mit Neumann. Aber weil ich aufrichtig sein möchte – nur zu mir selbst; den anderen gegenüber geht es nicht immer, wenn man nicht rücksichtslos sein möchte – doch ich kann das Gefühl nicht loswerden, daß das alles kein Zufall ist, einfach so …*

Also in der Ausstellung gestern hing das Bild Die Verteidigung Sevastopols. *Lieber Dan! Ich muß zugeben, daß meine Erinnerung an die Abbildung in der Zeitschrift wohl ein bißchen verzerrt ist. Aber trotzdem: dieses Gemälde kam mir vor, als wäre es eine Reproduktion des Bildes aus der Zeitschrift! Ich meine damit nicht ein Duplikat, sondern Reproduktion eher im Sinne der identischen Komposition, des Stils, der Technik und der Stimmung.*

Auf dem Bild war natürlich alles genau umgekehrt. In der Überzahl waren die Deutschen, und es gab auch auf der deutschen Seite mehr Verwundete und Tote. Im Goldenen Schnitt stand ein sowjetischer Matrose und stach sein Bajonett in den Bauch eines Mannes mit SS-Uniform. Die Gesichter der sowjetischen Soldaten erinnerten an Jessenins sanfte Züge, die der Deutschen waren Karikaturen nicht unähnlich. Und Dan – nicht einmal rasiert waren sie!

Bei Fiala habe ich mich dann darüber empört und ihn offen gefragt, wie er nur so einen wüst idealisierten fotografischen Realismus verteidigen kann! Er, der ... Und er holte Neumann aus dem Bücherregal: »Der Fortschritt liegt außerhalb des Guten und des Bösen; was für eine Wirkung er in der jeweiligen Epoche ausübt, hängt von der Organisation und dem Niveau der Gesellschaft ab ...« *Er erzählte, daß die gleiche Technik und die gleiche Auffassung eine absolut gegenteilige ›Tragweite‹ (hast Du schon jemals dieses Wort gehört?) haben kann, je nachdem, ob die jeweilige Gesellschaft auf einer fortschrittlichen oder reaktionären Grundlage aufgebaut sei. Das brachte mich aus der Fassung, doch dann konnte ich mich beherrschen und fragte ihn, ob er das für einen Fortschritt in der Malerei hält? Und er zitierte wieder Neumann:* »Fortschritt ... bedeutet ... alles Neue oder Veränderte oder uns Zurückgegebene, in dem es mehr positive Aspekte gibt als jene, die eventuell schädlich sein könnten.« *Die Maltechnik des neunzehnten Jahrhunderts, sagte er, kann auch heute fortschrittlich sein, nachdem sie uns zurückgegeben wurde, das heißt, benutzt wurde für einen fortschrittlichen Zweck, im Falle der Malerei, um den Menschen zu helfen, die grundlegenden Aufgaben unserer Zeit zu verstehen. Ein Ästhet würde vielleicht einwenden, das sei das gleiche wie »den Geschmack verderben«, doch auch wenn er im rein ästhetischen Sinne recht hätte, würde diese »Schädlichkeit« vollkommen ausgeglichen werden durch den gesellschaftlichen Gewinn, der aus dem positiven Einfluß der für die neuen Ziele gebrauchten alten Technik entsteht.*

Mir kam da ein Gedanke: Wie war das eigentlich mit der Entarteten Kunst? Fiala sagte mir darauf, daß in Nazideutschland das Verbot der modernen Bewegungen reaktionär gewesen sei, denn es geschah im Namen einer der reaktionärsten aller politischen Theorien ... Mir wurde ganz schwindlig. Und in Rußland ... weil im Namen ... Ich wollte ihn fragen, ob eine Kritik der modernen Bewegungen im Namen der fortschrittlichsten aller Theorien … Und was heißt dann Fortschritt? Wenn sie scheinbar alles werden könnte, je nachdem, unter welchen Gesichtspunkten der jeweiligen Theorie etwas zurückgegeben worden war?

Ich lief zu Fuß nach Hause, und – wie das so ist – kam mir erst viel zu spät das Gedicht »Der Leuchtturm« *in den Sinn:* »… ich spreche zu den schuldbewußten Dichtern/ Hört auf Verse für die Armen zu schreiben!/ Denn die führende Klasse hat kein Verständnis/ für die große Kunst, die kleiner ist als ihr.«

Vielleicht hätte das ein Argument sein können. Ich weiß nicht. Fiala hätte bestimmt wieder etwas in seinem Neumann gefunden … Es ist so furchtbar, lieber Dan, daß auf jede Antwort wieder eine Frage folgt.

Zu Hause suchte ich mir den Artikel von Neumann heraus und las: »Wenn wir fortschrittlich handeln wollen, müssen wir uns an anderen Stellen um den Fortschritt kümmern, wie zum Beispiel durch die Förderung der Demokratie.« *Was heißt das, die »Förderung der Demokratie«? Ist sie nicht etwa die Erziehung der Menschen, Neues zu begreifen – auch in der Kunst? Neumann schreibt weiter:* »Fortschritt gibt es auch in der Kunst: in der Dichtung bedeuteten Whitmans und Verhaerens Verse beispielsweise einen großen Fortschritt, denn sie wiesen der Poesie den Weg zur Entfaltung ihres formalen und inhaltlichen Reichtums wie auch zu einer Fülle neuer Ausdrücke.« *Kann dann so etwas fortschrittlich sein, was uns von den Staffeleien der SS-Maler oder aus den bürgerlichen Salons des neunzehnten Jahrhunderts zurückgegeben wurde?*

Ich kann nicht schlafen. Ich lese in Neumann:

»… noch schlägt das Herz für die Realität, Schönheit, Wahrheit, Fülle, für das Wunder und das Wohl des Lebens, für die Gerechtigkeit. Alles andere ist Literatur und Vergangenheit und Düsterheit … ein eitler und unnützer Schürfknecht im Schacht der Sprache … heult mit den Wölfen …«

Ich glaube nicht an Gott, ich prüfe mein Gewissen. »Wunder des Lebens« – hatte es eine Spur davon gegeben in der Ausstellung? Und war Whitman vielleicht doch nicht »ein eitler Schürfknecht im Schacht der Sprache«? Bezeichneten die Surrealisten nicht spöttisch gerade solche Werke als »Literatur«, die in der Schriftkunst als Äquivalent für die Salonmalerei galten?

Ach Dan, gib mir doch eine Antwort! Der Schaukasten spukt in meinem Kopf herum!
Dein Jan

Der Film wird im großen Salon im Erdgeschoß der Svensson-Villa gezeigt. Es ist ein holzgetäfeltes Zimmer mit Ausblick in den Wintergarten und einer wunderschönen Glastür zur Halle, sicher original Tiffany. Herr Svensson hat uns verlassen; Filme, die er nicht selbst finanziert, interessieren ihn nicht. Rosemary hat gesagt, sie könne sich das nicht anschauen, es erinnere sie zu sehr an ihren seligen Herrn Papa. Mich, durch eine sonderbare Perversion der Assoziation, erinnert *Triumph des Willens* an meine Jugend. Auf der Leinwand sehe ich eine marschierende Kompanie und bin im Geiste sofort wieder in Kostelec; gerade in dem Moment, als Marie mir gesagt hatte: »Sie ist ganz fesch, deine Arbeiterin.« »Sie ist nicht meine, und du bist noch fescher«, gab ich zur Antwort. »Ich bin nicht noch fescher, und außerdem bin ich auch nicht deine«, sprach Marie gefühllos und tat so, als würde sie nicht sehen, wie die Soldaten, die in die Gegenrichtung marschierten, sie anglotzten. »*Wir werden weiter marschieren, bis an das Ende der Welt*«, sangen diese ziemlich ermüdet. »Marie, du bist ein Ungeheuer!« »Aber du liebst mich trotzdem, Dannylein!« lächelte sie siegessicher, setzte eine verächtliche Miene auf und schritt an der Marschkompanie vorbei in das frostige Licht des verschneiten Marktplatzes. Ich betrachte die Marschkompanien auf der Leinwand, die ausgeruht und kampflustig aussehen, nicht wie die, die ich damals sah. Ein Schnitt zu Rudolf Hess. Ein verschwitztes Gesicht mit unrasierten Bartstoppeln, den Arm zu einem riesigen Rufzeichen emporgehoben. So verschwitzt war Izek Lewit in Kostelec immer gewesen, wenn er Kästen mit Sliwowitz aus dem Lager geschleppt hatte. Wo mag er gelandet sein? Am Ende der Welt?

Zu der Filmvorführung wurde auch eine Expertin eingeladen, sie lehrt am Hunter College, etwas, was sich »Frauenstudien« nennt. Die Expertin wies uns in ihrer Einleitung an, wie man den Film anzusehen hätte. Die SS-Männer marschieren, mit Pferdeschwänzen an den Fahnenstangen, mit Schellenbäumen, mit Stiefeln, die sich bewegen, als wären sie von unsichtbaren Schnüren gelenkt … Unlängst habe Leni Riefenstahl in einem Interview dementiert, erzählt die Expertin, jemals Nazi gewesen zu sein. *Triumph des Willens* sei kein Propaganda-, sondern ein Dokumentarfilm. Wie auch immer, es hinge davon ab, in welcher Gesellschaft er gezeigt werden würde, in einer totalitären oder einer demokratischen. In einer demokratischen sei er ein Dokumentarfilm. In einer demokratischen Gesellschaft könne man Leni also keinen Vorwurf machen. Langsam geht mir ein Licht auf, was »Frauenstudien« wohl bedeuten könne, womöglich hängt es mit einer besonderen Logik zusammen. Außerdem, spricht die Expertin weiter, habe Leni in ihrem Interview erwähnt, sie sei damals eine junge Frau gewesen, wie könne man ihr verübeln, daß sie an etwas geglaubt habe, woran sogar erfahrenere Männer und im übrigen die Mehrheit des Volkes geglaubt hätten. Vor allem aber, sprach die Expertin, sei dies der erste künstlerische Film, der von einer Frau allein gedreht wurde. Auf eine technisch außerordentlich vollkommene Art bediene sie sich Eisensteins Montage, der Film sei erfüllt von visueller Schönheit. Auf der Leinwand marschieren dicke Ärsche, in Militärhosen gestopft. Sie erinnern mich an Otto Uippelt, er hatte genau so einen gehabt. Sie erinnern mich an meine Jugend in Kostelec. Wieder fällt mir ein, daß die Assoziation das Wesen aller Dinge ist. Die Assoziation mit der Zeit, mit der Gestalt, mit der Theorie, mit dem Herzen, sie ist allmächtig und allgegenwärtig …

Vor mir rutscht jemand auf seinem Stuhl hin und her; der Lichtkegel, der die Schatten der Toten, der wahrscheinlich auf grausamste Weise Umgekommenen, bewegt, beleuchtet einen fein gebürsteten Haarschopf. Was hat wohl Veronika für Assoziationen? Und ich denke an ihre Mutter, die sich zweimal nicht hatte scheiden lassen.

Veronika steht auf, tappt durch die Dunkelheit, ein schwacher Widerschein des bunten Lichtes von Tiffany aus der Halle fällt auf ihre Wangen. Veronika folgt ihm und geht hinaus.

Es spricht der Führer und Reichskanzler. (Warum hatte er nur so stur auf den bürokratischen Beinamen bestanden? Wohl auch wegen der Assoziation. Die Vorstellung eines armen deutschen Jungen von der Wichtigkeit.) Er wurde aus einer niedrigeren Position gefilmt; seit der Ära Pudowkin wird damit Monumentalität assoziiert. Also ein Dokument, das durch die Technik von Regisseuren entstanden war, die eine andere Ideologie vertraten. Gilt ein monumentalisiertes Monument noch als Dokument? Vielleicht sollte ich die Expertin fragen.

»Du Ungeheuer!« hatte ich Marie hinterhergerufen. »Du wunderschönes Ungeheuer!«

Herr Professor Bivoj lief gerade vorbei.

»Smiřický! Wen schreien Sie hier an, als wären Sie ein Viehtreiber?«

Ich antwortete absolut klassisch:

»Niemanden, bittesehr.«

»In dem Falle sollten Sie sich von einem Spezialisten untersuchen lassen«, entgegnete Bivoj. »Laute Selbstgespräche sind ein Zeichen für hochgradige Zerstreutheit.«

»Ich habe nach einer Mitschülerin gerufen, bittesehr.«

Bivoj drehte sich um. Marie entfernte sich, immer noch sehr stolz, nun schritt sie der nächsten Marschkompanie entgegen. Diese sang *Lebe wohl, Erika.*

»Kommt sie Ihnen wie ein Ungeheuer vor, Smiřický?« fragte Bivoj.

»So kommt sie mir nicht vor, bittesehr.«

»Warum rufen Sie ihr dann ›Ungeheuer‹ nach und fügen noch das unlogische ›wunderschön‹ hinzu?«

»Das ist eine dichterische Ausschmückung, bittesehr«, erklärte ich.

»Und wissen Sie auch, wie man diese dichterische Ausschmükkung nennt?«

Jetzt hatte er mich erwischt. Ich wußte es nicht. Nicht einmal auf der Zunge lag es mir. Falls ich es jemals gewußt haben sollte, muß ich es wohl total vergessen haben. Er stand über mir; er war fast so groß wie ein Elefant, in Wirklichkeit hieß er Mužík. Eigentlich der gleiche dichterische Redeschmuck. Er hatte bei uns Mathematik unterrichtet.

»Ich kann mich nicht erinnern, bittesehr.«

»Das ist aber traurig«, meinte Bivoj. »Kaum das Abitur hinter sich, und schon sind die ganzen Grundkenntnisse aus dem Kopf verschwunden. Ob Sie noch die Formel für das Errechnen des Kreissektors kennen?«

Natürlich, die wußte ich noch weniger.

Wir standen auf dem Marktplatz, an uns vorbei zog in die eine Richtung eine endlose, graue Marschkompanie, man hörte eine Auswahl an Lieblingsweisen, in die andere Richtung liefen die Menschen aus der Kirche. Es war der erste Weihnachtsfeiertag. Obwohl ich bereits vor einem halben Jahr mein Abitur bestanden hatte, fragte mich nun Herr Professor Bivoj auf dem Marktplatz in Mathematik ab.

Nadja lief mit ihrer Wandergruppe vom Schwarzen Berg an uns vorbei und starrte mit ihren glühenden Augen neugierig den riesengroßen Herrn an, vor dem ich mich duckte. Sie war bei einem ebenfalls kräftigen Kerl untergehakt. Herr Professor Bivoj war ein Berg aus Fleisch, ein Schachspieler, mit viel Sitzfleisch. Nadjas Berg war ein Muskelberg, nach der Blinddarmoperation noch ein wenig blaß, doch ansonsten ein richtiger Holzhacker. Ein Muskelprotz.

Jetzt ist auch mit Nadja Schluß.

»Wie heißt das Integral der Zahl drei?«

Der Zahl drei?

»Alles umsonst«, rutschte mir heraus. Bivoj zog überrascht die Augenbrauen hoch. *Lebe wohl, Erika!*

Es folgt eine fürchterliche Debatte, an der ich mich nicht beteilige. Ich höre nur zu. Durch kollektive Anstrengung werden die ideellen Absichten von Leni Riefenstahl aufgedeckt, die darin bestünden, ein Lebewesen namens Mann in seiner ganzen militärischen Lächerlichkeit vorzuführen, in seiner männlichen Beschränktheit, in der Gedankenlosigkeit einer Viehherde. Leni hatte als junge Filmschönheit wohl mit dem Marxismus kokettiert, oder vielleicht war sie nur mit Béla Balász ins Bett gegangen. Wenn etwas gut gemacht werde, könne es eine Vielzahl von Bedeutungen haben. Im überdachten Eingang des Familiensitzes verabschiedet sich Irene von mir.

»Hat Ihnen der Film gefallen?«

»Und Ihnen?«

»Er war schon ziemlich interessant. Ein wenig zu lang.«

»Mir hat er sehr gut gefallen. Jede Kunst, die zum Nachdenken zwingt, ist wertvoll.«

»Zum Nachdenken?« wundert sie sich. »Worüber?«

»Über alles«, erkläre ich. »Über was sonst soll man nachdenken?«

»*Good night*«, verabschiedet sich Irene. Das Licht – eine Lampe von Tiffany – verwandelt sie in eine Erscheinung aus einem Hollywood-Film. Aus jener Zeit, als die Schauspielerinnen hübsch sein mußten und als die großen Detailaufnahmen ein bißchen verschwommen waren, damit sich um den Kopf herum eine Korona bildete.

Wir schweigen, verstehen nicht, doch unser Nicht-Verstehen bezieht sich auf etwas anderes ... Herr Pohorský lacht unpassend. Tussie wirft ihm einen eisigen Blick zu. Der siebenringige Herr Zawynatsch rückt stolz seine Krawatte zurecht.

»Ich konnte mir die Frechheit nicht expleinen. Zu denken, daß ich ej hor sei!« erzählt Tussie und setzt sich hin. »Am zweiten Tag klingelte Lída bei meiner Mutter, ob wir einander sehen können. Natscherely war ich anxsches zu wissen, wie das alles möglich war, und so hab ich gesagt schur, whaj not? Und sie ist dann gekommen, und bei mir im bed room war sie ganz breakdown. Sie hat mir gebeichtet, daß sie keinen Job hat und auch nicht als Interpreter arbeitet, sondern daß sie Prostitjuschen macht!«

Erneut sieht sie uns an mit ihrem unschuldig erstaunten Blick. Herr Pohorský lächelt wieder absolut unpassend, Tussie zieht die Augenbrauen hoch.

»Well, und das war es, finally hab ich gesehen, warum sie mich als ej hor gesehen haben! Wegen Lída!«

Sie greift nach ihrem Drink, die kleinen Glitzeranhänger ihres Armbandes breiten sich auf dem Tisch aus. Herr Zawynatsch fängt an, die Buchstaben umzudrehen, vielleicht möchte er die Botschaft dieses Schmuckes auch erfahren.

Ich sage: »Jetzt verstehe ich das! Aber eine Sache geht mir nicht in den Kopf. Milena ...«

»Was für eine Sache?« fragt Tussie mißtrauisch.

»Wieso haben sie nicht erkannt, daß du aus Kanada kommst?«

»Wie hätten die das merken sollen? Oh aj sih! Du meinst wegen dieser Art von T-Shirt. Aber solche siehst du in Prag ewrywhere. Viele Frauen haben relatives im Westen.«

»Auch die leichten Mädchen haben solche. Sie kriegen die von den Ausländern mit harter Währung«, meint Herr Pohorský.

»Ich meine nicht wegen dem T-Shirt«, werfe ich schnell ein. »*I mean by the way you talk.*«

Tussie denkt angestrengt nach.

»So? Das ist mir noch nicht durch den Kopf gekrosst. Well, you nou, ich bin dafür furchtbar sasoptibl, was ich so höre. Wie ich mich eine Woche lang mit meiner Mutter und auch mit den ganzen Tanten, kasens und frends entertaint habe, dann hab ich fast vollkommen Englisch vergessen. Well, auf dem Weg zurück hab ich im Flugzeug zwei Briten getroffen, und wudschtjubelivit? Die ganze

Zeit hab ich tschechische Wörter ins Englische gemixt! Ivn ganze Sätze!«

»Das gibts doch gar nicht! Wirklich?«

»Schur! Fortschnetly hat ein Tscheche aus Chicago einen pass auf mich gemacht, und über Neufundland hab ich wieder normrly geredet.«

Wir sind starr vor surprise. Herr Zawynatsch ordnet die Glitzerbuchstaben fertig, und das Armband gibt sein Geheimnis preis: DIE WAHRHEIT SIEGT!

Tatsächlich?

Was hatte Tussie mit ihrer besten Freundin Lída früher wohl immer unternommen? Was hatte sie wohl gemacht, bevor sie nach Kanada emigrierte? Daß Lída sie so selbstverständlich mit auf die Party genommen hatte! Sie muß doch genau gewußt haben, daß es sich dabei nicht um einen Schachzirkel handelt. Ob auch das, was Tussie mit Lída früher veranstaltet hatte, bevor sie auf die andere Seite des Ozeans heiratete, in Herrn Zawynatsch ebenfalls ein masochistisches Wonnegefühl erweckt hätte?

Doch laut sage ich nichts. Ich will Tussies Aussichten nicht verderben. Wir alle wollen sie hübsch verheiratet sehen mit dem siebenringigen Inhaber vieler Realitäten, Aktien und eines großen Familienhauses.

Ich hätte schon, bevor ich erfuhr, was Veronika getan hatte, meine Fühler in dieser Sache ausstrecken sollen. Doch ich machte keinen Gebrauch von ihnen und konnte nicht mehr rechtzeitig etwas für dieses traurige Mädchen tun.

Ich hatte nur diesen rücksichtslosen Hunger eines Schriftstellers nach Geschichten gehabt. Und so hörte ich diesem lustigen Mädchen Veronika zu, ihre Worte verwandelten sich in Bilder. Ich sah die Tür von Tiffany, von der anderen Seite, von der Halle aus, wurden wie durch einen böswilligen Trick der Technik dicke Ärsche projiziert, verschönert durch das Jugendstilmosaik. Der Realismus der siegreichen Kunst des Dritten Reichs wurde durch das Grün, das Blau und das Orange von Tiffany zu marschierenden kubistischen Fröschen. Im Hintergrund sehe ich einen jungen Mann namens Percy, so benannt zur Erinnerung an jenen Großvater, der mit dem Text der *Bierpolka* auf den Lippen gestorben war, *à la longue*, für den Kommunismus. Eine Pfeife rauchend, starrt er den Marsch der Oberschenkel an, die durch Tiffanys Optik vom Paradeschritt zum Paso Romano werden, vom Paso Romano über den Gleichschritt wieder zurück zum Paradeschritt, doch diese Begriffe kennt Percy nicht. Er sieht sich den lebendigen Totentanz an, der unter der Begleitung von Schalmei und Schellenbaum auf den Scheiben hin und her hüpft, plötzlich schieben sich die Bilder schräg zur Seite, und statt der Bilder erscheint ein Mädchen mit hübsch frisiertem Haar, mit traditionellen Tränen auf den Wangen, einer traditionell geblümten Bluse unter der Jeansjacke, einem hübschen Hintern in eng anliegenden Jeans, die sich nach unten glockenartig öffnen, gesäumt vom Streusalz der Straßen Torontos. Percy wird angesichts dieses Mélièsschen Wunders stutzig und sagt: »*Hi!*«

»*Hi!*« antwortet das Mädchen, wirft sich in den Lehnsessel neben der Tür, holt ein Kleenex aus der Tasche und tupft sich die Tränen ab. Die Schatten der großen Ärsche marschieren nun über ihr gebürstetes Haar, man hört den männliche Gesang: … *Die Fahne hoch, die Reihen dicht geschlossen* … Das Mädchen weint.

»*What's the matter?*« fragt Percy, zum Teil gerührt, zum Teil sexuell erregt. Das Mädchen schluchzt, wischt sich energisch über die Augen, ihr Kleenex ist vom Make-up verfärbt. Percy fragt: »Hat Sie der Film so aufgewühlt?«

Der gebürstete Haarschopf wird energisch geschüttelt … *SA marschiert* …

»Nein! Verärgert hat er mich!«

»Warum?« Percy hat keine Ahnung, wer dieses Mädchen überhaupt ist, und er hat noch weniger Ahnung, wer Leni Riefenstahl ist. Der nichtsahnende Percy hat von nichts eine Ahnung. Wissen tut er noch weniger. Weniger als sein Großvater aus den Reihen der Königlichen Schützen, der dafür gefallen war, daß Europa leichter dem Stalinismus in den Schoß fallen konnte. … *mit ruhig festem Schritt* …

Das Mädchen nimmt sich zusammen und stellt Percy die klassische Frage:

»Haben Sie eine Zigarette?«

Percy hat eine Pfeife. Doch in einem Kästchen auf dem Couchtisch liegen Zigaretten für die Gäste des Herrn Svensson bereit. Percy bietet ihr eine an, gibt ihr Feuer, das Mädchen pustet eine dicke Rauchwolke aus, in dem Rauch wackeln die dicken Ärsche wie Derwische. ... *Kamraden die Rotfront* ...

»*Never mind*«, spricht das Mädchen. »Nur mag ich lieber Filme, die von Männern gemacht wurden.«

»Warum?« wundert sich Percy.

»Männer drehen Filme über Frauen. Deshalb.« Sie hatte sich bereits wieder halbwegs beruhigt. ... *und Reaktion erschossen* ...

»Ich sehe, daß wir den gleichen Geschmack haben. Ich bin Percy.«

»Veronika«, sagt das Mädchen.

»Aber ...«, Percy sieht sich ihr rundliches Gesicht an, mit den Augen, die ziemlich weit auseinander liegen, mit vollen Lippen, eine kosmopolitische männliche Sympathie erfaßt ihn, »... aber der Film hat Sie doch irgendwie mitgenommen. Sie sind ja ganz aufgeregt.«

»Verzeihen Sie, aber wenn jemand nur deshalb so begeistert ist von einem Film eines Nazi, weil der besagte Nazi Röcke getragen hatte ...«

... *marschieren im Geist* ...

»*Oh! A serious girl, are you?*« fragt der nichtsahnende, nichtswissende Percy sachkundig. Das Mädchen antwortet mit einem eigenartigen Ausdruck der Wut:

»*No! I'm a funny girl!*«

Das bringt Percy zum Schweigen. Er starrt wieder auf die dicken Ärsche. Eine marschierende Reihe nach der anderen, scheinbar konnte die blonde Leni nicht genug davon bekommen. Dann schaut er auf die Tür von Tiffany, die für ihn, denkt er, noch nie so etwas wie dieses Mädchen hatte erscheinen lassen.

... *in unseren Reihen mit* ...

»Das hat wirklich eine Frau gedreht?«

Das Mädchen antwortet nicht direkt. Sie sagt:

»Ich bin so eine Idiotin; eigentlich dürfte Politik mein Adrenalin nicht mehr so hoch treiben. Zumindest nicht in Kanada. Aber mein Vater hatte sich dem Diktat jener Genossen widersetzt ...« Sie deutet mit ihrem Kopf zur Tür von Tiffany, an der sich die schwarzen Hälften hin und her schwingen, und es erklingt noch einmal ... *Kamraden, die Rotfront* ... »Falls Sie verstehen, was ich meine.«

»*I have a vague idea*«, haucht Percy.

»Und deshalb bin ich furchtbar voreingenommen, wissen Sie? Verstehen Sie das? Ich bin voller Vorurteile.«

Das balzende Männchen gewinnt bei Percy die Oberhand. ... *und Reaktion erschossen ...*

»*Why don't you tell me about your prejudices, sometimes?*«

»Ich weiß nicht, ob Sie das hören möchten«, sagt das Mädchen und sieht ihn prüfend an. Percys Kleidung kommt aus der teuersten Boutique in Yorkville. Der Blick des Mädchens bleibt an einem modischen Amulett haften, das um seinen Hals hängt. Sie ahnt nicht, daß dieses Friedenssymbol, das von den Hippies irgendwo – vielleicht in der indianischen Mythologie – ausgegraben wurde, für Percy nicht mehr als ein modisches Accessoire darstellt. Das Mädchen ist fasziniert. Ihre Wangen werden rot.

... marschieren im Geist ...

»Weil ich auch gegenüber der Revolution voreingenommen bin«, sie sieht Percys unschuldiges Gesicht scharf an. »*Sorry to hurt your political feelings, if any.*«

Percy versteht ihren Blick nicht. Er begreift nicht, daß ihre Aufgebrachtheit durch dieses Amulett hervorgerufen wurde, von dem er nicht ahnt, daß es Frieden symbolisiert, und von dem das Mädchen weiß, daß es auch Krieg bedeuten könnte, einen gerechten Krieg, denn so ist die Dialektik. Diese Zusammenhänge sind Percy fremd. Er hat eben keine Ahnung.

Aus der Tür von Tiffany dröhnt zum dritten Mal, kräftiger als vorher, der männliche Refrain:

»*Kamraden, die Rotfront und Reaktion erschossen,*
marschieren im Geist in unseren Reihen mit!«

»*I don't suppose you understand German?*« fragt ihn das Mädchen.

»Ich fürchte, nein. Französisch kann ich ein wenig. Nur ganz wenig.«

»*I thought so*«, sagt das Mädchen. »*Rotfront und Reaktion. Well.* Meine Mutter gehört so ein bißchen zu den Opfern der ersten Kategorie, mein Vater zu den Opfern der anderen. Nicht, daß man sie erschossen hätte. Sie hatten Glück. Nur das Leben haben sie ihnen vermiest. Und ich möchte gern wissen, in welche Kategorie ich gehöre, wissen Sie?«

So erzählte sie es mir, und so verstand ich es. Doch erst, als bereits alles zu Ende gewesen war.

Ich denke an Tussie. W. W. Bellissimmo trägt seine Ansichten über die Liebesbeziehung zwischen Hester und Dimmesdale vor. Er verurteilt Dimmesdale scharf, er versteht dessen Dilemma überhaupt nicht. Ich denke an die Villa mit dem Jeansstoffmuster, an die Stereoanlage mit Quadrophonie, an den Moskauer Wodka, den einzigen weltlichen Repräsentanten in der Villa, und ich lese:

»*Breite Kragen, auf das feinste gearbeitete Manschetten und prächtig gestickte Handschuhe galten als für die offizielle Erscheinung derjenigen, welche die Zügel der Macht in die Hand nahmen, notwendig, und wurden gern durch Rang oder Reichtum ausgezeichneten Individuen erlaubt, selbst während die Aufwandgesetze dem Plebejerstande diese und ähnliche Verschwendungen verboten.*«

Dann entschwinden die mit Jeansmuster beklebten Zimmerwände meinem Blick, und ich sehe eine Ausstellung ein Vierteljahrhundert davor. Über dem nächtlichen Prag schwebt ein Flugzeug, auf seinem Bauch blinken die mit rotem Neonlicht gesetzten Buchstaben JVS 70. Eine Unmenge von Dingen geht mir durch den Kopf. Die Volkskunststickereien, auf denen statt einem Täubchen STALIN lächelt. Ein Bild von einem verdienten Künstler, auf dem STALIN wie die Jungfrau Maria von Dürer in den Himmel fährt. Symbolfiguren mit Hammer, Sichel und Brille verfolgen statt den Flug der Heiligen den Flug STALINS. Ein Panzer T34 mit vergoldetem Turm, der fünfhundertste bei ČKD fabrizierte, zu Ehren von STALIN. Lebkuchenherzen, darauf aus buntem Zucker die Buchstaben STALIN. STALIN als Husar auf einem folkloristischen Pferd. Und inmitten dieses von allen guten Geistern verlassenen Volkes, das sich zum letzten Mal zur Zeit des Barock wegen des Geliebten einer Königin derart daneben benommen hatte: ein schwarzglänzender Salonwagen der Eisenbahn, angefertigt als Geschenk zu STALINS Geburtstag. Ein Konferenzsalon, darin an allen vier Wänden STALINS Konterfei als Brennpunkt von vier Gleichnissen: mit einer alten Frau, mit Pionieren, mit verwundeten Soldaten und unter Männern mit Hammer, Sichel und Brillen. STALINS Badezimmer, eine Badewanne aus Alabaster mit drei goldenen Wasserhähnen, diese wurden in der Tagespresse ausgiebig gefeiert: einer für kaltes Wasser, der zweite für Warmwasser, der dritte für PARFÜMIERTES Wasser, alles für STALIN ... Ich sehe STALIN vor mir, nackt wie eine Schwimmpuppe, wie er im LAUWARMEN PARFÜMIERTEN Wasser planscht ... Ach Hawthorne, weißt Du überhaupt, was Du da geschrieben hast?

Bellissimmo schließt mit einem strengen Urteil ab: »Der Scharlachrote Buchstabe« sei durch die Zeit seiner Entstehung total gebrandmarkt und habe uns nichts mehr zu sagen. Weder die moralische Schwäche noch das *male chauvinism*, unter der Dimmesdale Hester hatte leiden lassen, während er an seiner eigenen Karriere gearbeitet hatte, verurteilt er eindeutig – in der Hitze seiner Verliebtheit benutzt Bellissimmo diese beliebte Wendung von Resolutionen … Bellissimmo ist fertig, sanft sieht er die Posaunenspielerin an. Ich denke immer noch an die Quadrophonie, an das parfümierte Wasser, an diejenigen, die wohl nicht so sind wie ich, die auch nie so sein können, und deshalb nie das gleiche Blut in ihren Adern haben werden. Und dann an George Orwells Kühe ohne Hörner.

Ich stehe auf, ergreife das Wort und weiß nicht, wie ich das alles erklären soll.

Lieber Dan,

am Anfang meinen Briefes möchte ich Dir herzliche Grüße und liebe Erinerungen senden. Ich werde heiraten. Meine Braut ist eine entfernte Cousine eine Slowakin sie haben in der Slowakei einen Bauernhof 17 ha in Sofron in der Nähe von Košice. Ich hab sie noch nicht gesehen nur auf einem Foto sie ist keine Schönheit aber mir gefällt sie. Ich hab Pnöumotoraks und Herr Doktor Labský sagt das mir die Luftänderung gut tun wird in der Slowakei ist die Luft reiner. Mein Bruder Olda hat auch geheiratet wenn du's weißt seine Frau kommt aus der Ukraine eine Maschinenbauingeneurin er hat sie am 7. Mai 1945 geheiratet als er sie zum erste Mal gesehen hat es war Liebe auf den ersten Blick. Es hat sie auch nicht gestört das Olda schielt und nur Fabriksarbeiter ist wie auch mich nicht stört daß meine Verlobte keine Schönheit ist und auch noch Slowakin. Sie ist ein Kriegsopfer sie sagt das sie aus Brest vor den Deutschen geflüchtet sind bis sie sich am 7. Mai auf den ersten Blick in meinen Bruder Olda verliebt hat und sie haben im Revolutionsausschuß in Kostelec geheiratet. Mein Bruder wollte dich als Trauzeugen einladen aber du warst mit den Soldaten unterwegs da waren noch Deutsche in Kostelec ich hab dich gesehen wie du mit deiner Band vor der Tribühne gespielt hast am 10. Mai als die Russen begrüßt wurden aber da war mein Bruder schon verheiratet. Ich konnte nicht mit den Soldaten gehen sie haben mich nicht mitgenommen weil ich schon

Pnöumotoraks hatte und Blut gespuckt hab. Die Hochzeit ist am 1. September in Vihorek Bezirk Šulířov antworte mir postwendend ob du als alter Freund mein Trauzeuge werden willst. Meine Eltern laden dich auch ein es gibt genug zu Essen und zu Trinken sie haben dort einen Bauernhof 17 ha. Gib mir postwendend Bescheid ob du als alter Freund mein Trauzeuge sein willst.

Am Ende meinen Briefes sende ich dir herzliche Grüße und liebe Erinerungen!

Dein Freund Lojza.

Später kam mir das alles nur als Auftakt zu meinen Angstzuständen vor. Hinter dem Rednerpult, das von einem Hakenkreuz auf einem etwas zerrissenen roten Hintergrund geschmückt war, verlas der Herr Fabrikant Zimmermann die Bekanntgabe von der Ermordung des Reichsprotektors Reinhard Heydrich. Sie war kurz und drohend formuliert. Der Herr Fabrikant, gekleidet in grünem Fischgrätenmuster, trug die Nachricht so vor, daß sie weder traurig noch drohend klang, aber auch nicht so, daß es den Eindruck erwecken hätte können, ihm sei das Schicksal des stellvertretenden Reichsprotektors gleichgültig. Für die Drohgebärden hatte er Obermeister Ballon, der zu dieser Trauerfeier klassisch gekleidet erschienen war: die Hosen in der Farbe von Stuhlgang und das gebügelte Hemd der SA-Einheiten mit einem Hakenkreuz auf dem Ärmel. Der Herr Fabrikant übergab ihm das Wort, und der Obermeister fing an, auf eine Art und Weise auf uns einzureden, die alle Redner benutzten, deren Anzahl bei mir in beiden Richtungen der Zeitachse ins Endlose gehen. Da die meisten Arbeiter des Deutschen nicht mächtig waren, hatte Ballon gegenüber allen anderen Rednern in dieser Karawane den Nachteil, daß der Meister der Kontrolle Mozol seine feurigen Worte übersetzen mußte; dieser konnte zwar Deutsch, doch die Kunst des Übersetzens war ihm gänzlich fremd. Aber das tat der Sache keinen Abbruch. Die Sprache für solche Zwecke ist international verständlich. Sie bezeichnet die austauschbare Inhaltslosigkeit und die unverwechselbare Drohung; Deutsch, Tschechisch, Russisch, das Hinkelanisch des Diktators – es bleibt immer eine Drohung. Immer im Namen einer (theoretischen) Mehrheit, deren harte Faust auf den Kopf der (theoretischen) Minderheit niedersaust. Die anderen standen auf der Bühne, wie man bei solchen

Anlässen eben üblichlicherweise herumzustehen (oder zu sitzen) pflegt: im Hintergrund. Der Chefbuchhalter Kleinenherr, der einzige Deutsche aus Kostelec in der Fabrik. Seine Miene erinnerte an die einer Sphinx. Er war kein Parteimitglied, vielleicht deshalb, weil es in Kostelec vor dem Krieg nur drei Deutsche gegeben hatte, einer davon war noch dazu Jude gewesen; damit hätte man wohl kaum eine Parteizelle bilden können. Wenn Herr Kleinenherr zwanzig Kilometer weiter weg gewohnt hätte, in Rounov beispielsweise, wo die Deutschen in der Mehrheit waren, wäre er wahrscheinlich in der Partei gewesen. Nicht daß er Feuer und Flamme für den Führer gewesen wäre – er war ein vernünftiger und präziser Mensch – doch solchen Parteien kann man nur schwer widerstehen. Neben ihm stand der einhundert Kilo schwere Herr Schwarz, der wegen seines Übergewichts nicht zum Militär eingezogen worden war, aber auch deswegen, weil er ein Spezialist der Messerschmitt-Werke war. Er war ein apolitischer technischer Idiot, er runzelte die Stirn, denn er dachte aufrichtig, ein solcher Augenblick würde dies erfordern. Dr. Seelich, der einarmige Fabriksarzt, hielt die Augen geschlossen. Er döste vor sich hin. Er war ein alter Säufer. Uippelt stand breitbeinig da, ebenfalls in Militärhosen, mit einer großen Spinne am Revers, sein Zwicker sah gestreng aus. Neben ihm Květa Ceehová, die Chefin der Personalabteilung, in einer BDM-Uniform, für die sie schon ein wenig zu alt wirkte. Vor dem Krieg hatte sie das Gymnasium besucht, während der Okkupationszeit beachtete sie mich nicht mehr, weil ich Tscheche war. Als Vertreter meiner Rasse stand Ingenieur Záviš auf der Bühne, der Geschäftsleiter der Fabrik, der jedoch ausschließlich mit Deutschen Kontakte pflegte und die meiste Zeit auf Reisen im Reich verbrachte. Ein Kollaborateur, kein Fanatiker, doch nicht zu unterscheiden von den Deutschen. Weit hinten in der Ecke stand Meister Jerry Vachoušek mit dem gekünstelten Gesichtsausdruck eines Dorftrottels.

Nadja und ich sahen uns das Ganze von den Bohrmaschinen aus an, und Ballons hinkelanischer Akzent schallte über die Köpfe von Švestka und Hetflajš hinweg bis zum Takt vor uns. Diese taten so, als würden sie angestrengt zuhören, doch in Wirklichkeit täuschten sie dies nur vor, denn sie konnten kein Deutsch, und Mozol war aus dieser Entfernung ohnehin nicht zu verstehen. Von ihnen bis zur Bühne erstreckten sich Reihen von Arbeitern, in Blaumännern, in Pullovern, die meisten waren Textil-, Friseur- oder Gummiverarbeitunglehrlinge, denn vor der Okkupation hatte es in Kostelec keine Metallindustrie gegeben.

Ballon wechselte zu einem signifikanten Crescendo, hob einen Arm und brüllte: »*Sieg!*«

Der dicke Schwarz, Uippelt und Gerda riefen: »*Heil!*« Herr Kleinenherr, Zimmermann und Ingenieur Záviš murmelten es halblaut. Dr. Seelich zuckte zusammen und wachte auf. Jerry Vachoušek machte nicht einmal den Mund auf. Weil nur die drei so richtig kräftig schrien, klang diese Beschwörungsformel nicht so, wie es sich Ballon erwartet hatte. Noch eine Weile stand er so da, mit emporgehobenem Arm, aber er überlegte es sich dann doch anders. Er wurde rot, senkte rasch seinen Arm, die anderen ebenfalls, einer nach dem anderen. Meister Mozol sprach mit lauter Stimme:

»Und nun, bitte, werden wir alle die hier vorbereitete Petition unterschreiben, daß wir das Attentat auf den Herrn stellvertretenden Reichsprotektor SS-Obergruppenführer und Polizeigeneral Reinhard Heydrich aufs schärfste verurteilen. Treten Sie bitte einer nach dem anderen vor und ...«, er suchte nach einem angemessenen Schlußwort, doch ihm fehlte die Erfahrung eines Redners. Er sagte dann nur: »... und bewahren Sie Ruhe.«

Ich sah, wie die Männer am ersten Takt, direkt unter dem Rednerpult, einander Blicke zuwarfen. »Bitte«, forderte sie Mozol auf. Dann sah ich, wie der große Šiška, ein angelernter Weber, zu dem Tisch ging, auf dem die Petition auslag, sich bückte, einen Füllhalter in die Hand nahm, unterschrieb, und wie über ihm Obermeister Ballon mit seiner kackfarbenen Hose in die Höhe ragte, den Zorn der Nibelungen im Gesicht. Die Arbeiter begannen, sich mechanisch in einer Schlange anzustellen. Ich hatte keine Lust dazu, doch es war nichts zu machen. Analphabet war ich ja nicht, und daß ich das Attentat auf Heydrich befürwortete, konnte ich ja wohl auch nicht gut kundtun. Es ging praktisch um Leben oder Tod. Ich setzte mich in Bewegung, um mich der Schlange anzuschließen. Hinter mir hörte ich Nadja:

»Dan!« flüsterte sie flehentlich. »Ich werd das nicht unterschreiben!«

Ich erschrak.

»Mach keinen Quatsch! Was willst du tun?«

»Ich werd's nicht unterschreiben!«

»Mach keinen Quatsch, Nadja! Es geht doch um nichts!«

»Ich kann nicht!«

Doch sie stellte sich hinter mich. Die Schlange bewegte sich vorwärts.

»Ich kann das wirklich nicht. Mein Vater würde sich im Grab umdrehen!«

Ein klassischer Satz, doch Nadja sprach meistens in klassischen Sätzen. Absurderweise fiel mir der Vers aus Jans letztem Brief ein. *Bei ihnen ist alles fest, sie sind wie ein Baum, der aus Erde und Sonne entstanden war und blieb so, wie er schon immer war.* Das paßte ziemlich gut auf Nadja. »Ich kann nicht, kann nicht, Dan!« zischte sie mir ins Ohr. Ich warf einen Blick zu dem Tisch, von dem uns nur noch Hetflajš, Švestka, dann noch zwei Mädchen in Pullovern, von denen eines Růža hieß, und Malina mit Kos trennten. Wir saßen in der Klemme.

Mein Gott, wenn Nadja an dem Tisch vorbeigehen und nicht unterschreiben würde, was mache ich dann? Wollte sie vielleicht hinschreiben, daß sie das Attentat auf den Herrn stellvertretenden Reichsprotektor begrüße? Was würde sie wohl anstellen? Und was wäre mit mir? Sorgenvolle Gedanken zogen mir durch den Kopf, und ich wurde von jener Angst erfaßt, die uns allen befahl, diesen Wisch zu unterschreiben, Angst gemischt mit der Befürchtung, mich vor diesem mageren Mädchen zu blamieren. Dürfte ich sie ihrem Schicksal überlassen, wenn sie sich weigern sollte, diesem auszuweichen? Meine Gangsterehre sträubte sich in mir. Eben unterzeichnete Švestka, auch Hetflajš machte sich mit wichtigem Gehabe bereit zur Unterschrift. Schweiß trat mir auf die Stirn, meine Knie fingen an zu schlottern ... Plötzlich sank Nadja zu Boden, seufzte, und weg war sie. Ich konnte sie gerade noch auffangen und hielt sie in meinen Armen, ihre Augen waren geschlossen. Mir schoß die Frage durch den Kopf, ob man mit geschlossenen oder offenen Augen in Ohnmacht fiele. Nadja wurde mit geschlossenen Augen ohnmächtig. Sie hing vollkommen reglos in meinen Armen, ihr Gesicht war kreidebleich, doch so bleich war es eigentlich immer, ihr großer Mund war fest verschlossen, und ihre Arme baumelten hin und her. SA-Ballon nahm seine Hände vom Hintern und fragte, beinahe verlegen: »Was ist da los?« »Sie ... ist ohnmächtig geworden«, sagte ich. Aber da sprang schon Meister Vachoušek hinzu und packe Nadja an den Beinen. »Bringen wir sie ins Krankenzimmer, schnell!« forderte er mich auf, und schon trabten wir mit der reglosen Last davon, weit weg von den Unterschriften. Und nun begriff ich. Wie herrlich! Wie hervorragend! Die Größe der Nadězda Jiroušková!

Ich drückte das dürre Mädchen in meine Arme und rannte mit ihr und Meister Vachoušek durch den Gang auf den Hof und über den Hof zum Sanitätszimmer. Auf dem Hof öffnete sie die Augen und flüsterte mir zu:

»Ich hab nichts. Ich hab nur so getan. Damit ich nicht unterschreiben muß.«

Absolut überflüssig.

Dr. Seelich kam hinter uns ins Krankenzimmer gewankt, knöpfte Nadjas Pullover auf, auch die Bluse darunter, ein hellblaues Unterkleid kam zum Vorschein, und Dr. Seelich führte seine einzige Hand mit einem Stethoskop unter das Unterkleid.

Ein ganz wichtiges Detail. Doch das wußte ich damals nicht.

Der einarmige Arzt brauchte zwei Stunden, bis Nadja wieder zu sich kam. Zu diesem Zeitpunkt war die Sache mit den Unterschriften längst erledigt.

»Was soll denn daran relevant sein, wenn Arthur Dimmesdale einfach nur ein Feigling war?« Larry Hakim versteht nicht und will auch nicht verstehen. »Ich verstehe Sie nicht, Sir. Einerseits sagen Sie, daß wir den Roman im Kontext der puritanischen Zeit begreifen sollen, das heißt im Kontext der religiösen Ideologie, die längst tot ist, und andererseits behaupten Sie, daß Dimmesdales Dilemma relevant sei für die Gegenwart.«

Er ist glücklich, mich in eine Sackgasse getrieben zu haben. Er spürt in mir einen Menschen, der nicht aus dem gleichen Lager stammt. Den anderen bin ich schlimmstenfalls gleichgültig, denn ich habe den Ruf eines *soft maker*. Vielleicht auch etwas interessant. Ich war aus einer Diktatur gekommen, und Diktatur ist für sie ein schmutziges Wort. Der einzige, der weiß, daß es bei der Diktatur von dem Adjektiv abhängt, damit sie mit einem Schlag nach Rosen duftet, ist Hakim. Dieses Bewußtsein hatten ihm schlagfertige Indoktrinanden eingetrichtert, kaum daß er die Grenze an den Niagarafällen überschritten hatte und *draft dodger* geworden war. Von ihnen hatte er bestimmt auch erfahren, daß ich kein *freedom fighter* war, sondern ein Revisionist, vielleicht sogar Faschist, ja ganz bestimmt Faschist, weil Revisionist.

Ich werde hart. Doch ich schäme mich. Ich sollte ihn verstehen. Ein amerikanischer Araber, der keine Lust hatte, nach Vietnam zu gehen, so wie auch ich keine Lust gehabt hatte, in ein Konzentrationslager und später nach Sibirien zu wandern. Ein Jüngling, der unter philosophischem Hunger leidet; der durch Freiheit hypertrophierte Universitätsbetrieb ist nicht in der Lage, ihm eine klare Antwort zu geben. Seinen philosophischen Hunger konnten letztendlich die berüchtigten Lehrmeister befriedigen. Sie boten ihm keine dicken Wälzer an, wo man sich in einem unübersichtlichen Anmerkungsapparat verliert, sondern kristallklare Broschüren. Auch ich schleppe mein irrationales Vietnam mit mir herum. Ich verspüre eine irrationale Abneigung gegen diesen Deserteur.

»Haben Sie sich mit der marxistischen Dialektik befaßt?« frage ich ihn mit professorenhafter Ironie. Seine braunen Augen sind von Haß erfüllt.

»*Yes – a little.*«

»*A little is not enough*«, spreche ich überheblich. »Sonst hätten Sie gewußt, daß die Vergangenheit wie die Gegenwart und dadurch auch das Begreifen von *temporis acti* und *temporis praesenti* einander nicht ausschließen, sondern erklären.« Absichtlich fülle ich meinen Vortrag mit Fremdwörtern, die ich sonst nie benutze, weil ich mir meistens nicht sicher bin, ob die Form richtig ist. »Schlagen Sie das Buch auf Seite neunzig auf, falls Sie die kritische Ausgabe von Norton haben. Ansonsten einfach das Kapitel mit dem Titel ›Der Heilkünstler‹. Etwa in der Mitte des Kapitels.«

Seine arabischen Augen werfen Leninsche Blitze, doch er gehorcht. Die Klasse spürt, daß sich da ein Konflikt anbahnt, der verspricht, die Langeweile zu durchbrechen, die im Zusammenhang mit dem schon mindestens zweimal durchgenommenen Roman droht (man liest ihn nämlich in der *high school* und in allen anderen amerikanischen Kursen). Eifrig blättern sie in den verschiedensten Ausgaben, Wendy hat ihr Buch vergessen und schaut dem Quarterback über die Schulter. Irene Svensson hat die Norton-Ausgabe selbstverständlich und ist bereit – im grauen Kleid mit grünen Ahornblättern (auch dieses Kleid habe ich noch nie an ihr gesehen) –, meine nächste Botschaft zu empfangen. Ich lese diese Botschaft langsam und mit ernster Stimme:

»Dimmesdale war ein echter Priester, ein wahrer Mann der Religion, bei dem das Gefühl der Ehrfurcht vor Gott stark entwickelt war, und den seine Geistesrichtung zwang, diese mächtig in das Bett eines Glaubensbekenntnisses zu ergießen, wo sie sich im Laufe der Zeit immer tiefer einwühlte. Er würde in keinem Zustande der Gesellschaft das gewesen sein, was man einen Mann von liberalen Ansichten nennt, für seinen Frieden mußte es stets ein wesentliches Erfordernis sein, sich von dem Druck eines Glaubens, welcher ihn mit seinem Eisengerüste zugleich einschloß und aufrechterhielt, umgeben zu fühlen. Nichtsdestoweniger empfand er, wenn auch mit einem zitternden Genuß, zuweilen Erleichterung darin, die Welt durch das Mittel einer anderen Art des Geistes als jener, mit welcher er gewöhnlich umging, zu erblicken. Es war, als ob ein Fenster geöffnet würde, welches einer freieren Atmosphäre Zutritt in das enge, schwüle Studienzimmer verstattete, wo sein Leben bei Lampenlicht oder gedämpften Sonnenschein und dem den Büchern entströmenden, sinnlich wahrnehmbaren oder moralischen Modergeruch verrann. Die Luft war aber zu frisch und kühl, um sie lange mit Behaglichkeit einzuatmen, und der Geistliche – und mit ihm der Arzt – zog sich daher wieder innerhalb der Grenze dessen zurück, was seine Kirche als orthodox bezeichnete.«

Ich lese die durch den barocken Stil komplizierte, und weil komplizierte, auch wahre und exakte Passage, mich erfaßt das mystische Gefühl, mit meiner geistigen Haltung den Geist von Hawthorne zu berühren, mich mit ihm zusammen über den ernsten Genossen Hollingworth aus Brook Farm lustig zu machen. Hakim runzelt die Stirn. Er weiß nicht, daß wenn seine jugendhafte Liebe zur Gerechtigkeit *als Beruf angenommen, durch ihren energischen Impuls der Gesellschaft im allgemeinen oftmals nützlich, sie doch für das Individuum, dessen herrschende Leidenschaft in einem einzigen ausschließlichen Kanale sie auf diese Weise wird, stets gefährlich ist. Sie zerstört oder ist furchtbar geeignet, das Herz zu zerstören, dessen reiche Säfte Gott nie dazu bestimmt hat, gewaltsam ausgepreßt und durch ein unnatürliches Verfahren zu einer alkoholischen Flüssigkeit destilliert zu werden, sondern dazu, das Leben süß, mild und sanft wohltätig zu machen und unmerklich andere Herzen und andere Leben zu dem gleichen gesegneten Zwecke zu beeinflussen. Ich sehe in Hollingworth ein Beispiel für die schaurigste Wahrheit aus dem Buche der Wahrheiten von Bunyan: gerade vor dem Himmelstor führt noch ein Nebenweg zur Hölle hinab.*

Gestärkt durch die Energie Hawthornes betrachte ich Hakim siegesgewiß.

»Verstehen Sie das?«

»Was?«

Ich schaue mich in der Klasse um. Alle passen auf. Ausnahmsweise.

»Ist das etwa nicht eine zutreffende Charakteristik der Geistesrichtung, die es auch heutzutage noch gibt; jener Richtung, die durch das neue orthodoxe Denken gebildet wird?«

»Das, was Sie als das neue orthodoxe Denken bezeichnen, Sir«, spricht Hakim, »ist eine wissenschaftliche Weltanschauung, die ...«

Müdigkeit überkommt mich. Die Stimme Allahs. Sie besitzt die Kraft der großen Wahrheiten. Weil diese so groß sind, vertragen sie keine mikroskopische Betrachtung. Auch Gleichgültigkeit ermächtigt sich meiner.

»Man gewinnt keine Erfahrung, ohne Erfahrungen gesammelt zu haben«, sage ich matt. Hakim versteht das als eine plumpe Anspielung auf die Religion der einen Hälfte seiner Vorfahren. Ich betrachte meine Schüler. Das Interesse hat nachgelassen. Die erfrischende Abwechslung in der Hawthorneschen Langeweile war nicht eingetreten. Wendy hatte bei Higgins einen Kaugummi geschnorrt, und ihr sommersprossiges Gesicht verschwindet hinter einer riesigen Kaugummiblase. W.W. Bellissimmo und Vicky Heatherington stecken ihre Köpfe hinter dem hochgehaltenen »Scharlachroten Buchstaben« zusammen. Weiß Gott, vielleicht küssen sie sich.

An der Geschichte von Hester und Arthur scheint also nichts relevant zu sein.

~

Immer noch träumte ich mit Nadja von den Messerschmitts, wie sie der bleierne Regen aus den Fliegenden Festungen in der Luft auseinanderreißen würde, wie Spatzen von Habichten zerhackt werden, bis das Gefieder aus Dural zu Boden fallen würde. Nach dem neuen Kaliber bohrten wir die Versenkungen auf einen Zehntelmillimeter genau und so schnell, daß Hetflajš und Švestka ins Schwitzen kamen. Am folgenden Tag, nachdem wir mit unserer guten Tat begonnen hatten, kam Meister Vachoušek, der sonst nie zu uns kam, und stellte sich schweigend neben mich. Er stand dort und sah zu, wie ich in das Kreuz bohrte. Und plötzlich, mit einem Mal, ich wußte nicht warum, kam mir der Traum von den Messerschmitts idiotisch vor, und es stellte sich der berühmt-berüchtigte Zustand der Eingeweide ein. Als ich nach dem Kaliber griff, zitterte meine Hand. Ich maß die fertige Versenkung nach. Ganz genau, auf den Zehntelmillimeter. Mir wurde übel. Der Meister nahm das Kaliber und sah sich an.

War Angst jemals wirklich beschrieben worden? Ich jedenfalls wurde von einer unbeschreiblichen erfaßt.

»Woher hast du das?« fragte mich der Meister.

»Das … hab ich bekommen.«

»Hör auf zu lügen!«

»Ich lüge nicht.«

Trotz aller Bemühungen sagte ich das so, daß mir nicht einmal Hochwürden Meloun geglaubt hätte.

»Komma mit.«

Er drehte sich um, und ich lief hinterher. Wir schritten an den Takten vorbei, überall sah ich unsere Kreuze, sie waren bereits an die Duraldeckel montiert. Ein richtiges Golgatha. Die konnte man nicht mehr abmontieren, es sei denn, man würde Tausende von Nieten anbringen, doch was sollte man dann mit dem Ausschuß anfangen? Die Männer an den Takten kamen mir plötzlich wie römische Legionäre vor. Am letzten Takt stand der große Šiška mit einem Schraubenschlüssel in der Hand, auf dem Tisch vor ihm lag ein Deckel und darauf die Gewehrtrommel der Messerschmittkanone. Er rührte sich nicht. Er schien auf uns gewartet zu haben.

Dem war auch so.

Wir blieben stehen, und der Meister sagte zu mir:

»Also, nun guck dir das mal an!« Und zu Šiška: »Zeig's ihm, Tonda.«

Ich wußte, was ich zu sehen bekommen würde. Der angelernte Textilarbeiter legte seinen Schraubenschlüssel an und zog die Schraube in der Versenkung fest zu. Dann schraubte er sie heraus, hob die Trommel und zeigte sie mir.

»Guck mal!«

Das einzige, was man dazu sagen konnte, war, daß wir das gut ausgeklügelt hatten. Technisch einmalig.

»Also, dann komma mit«, forderte mich der Meister auf.

Wieder schritt ich hinter ihm her, wie zur Hinrichtung. Zu spät fielen mir die logischen Schlußfolgerungen ein, die mir viel früher hätten einfallen müssen, doch daran hatte ich nicht gedacht, denn ich hatte vor Nadja angeben wollen. Daß mir ein unbekannter Täter die Kaliber untergeschoben hätte? Das sollte mir die Gestapo glauben? Ich Idiot! Und selbst wenn. Als wäre das für die Gestapo von Bedeutung, ob sie statt eines nicht auffindbaren unbekannten Täters einen bekannten Idioten schnappen, der dem Unbekannten, wie er behauptete, auf den Leim gegangen war, sie würden ihn so oder so …

Ich konnte mein Zittern kaum noch unter Kontrolle bringen, doch bevor wir zum Kabäuschen des Meisters kamen, bäumte ich mich noch einmal auf.

»Aber ich hab's wirklich so bekommen!«

Der Meister musterte mich, sein Gesicht trug Spuren von Müdigkeit.

»Guck mal, du Student«, seufzte er. »Hör auf mit den Märchen. Vielleicht kannst du Latein, aber von den technischen Vorschriften hast du keine Ahnung. Wo hat denn dieses Kaliber die Punze?«

Er drehte das kleine glänzende Ding vor meinen Augen, das Ponykl für zwei Kippen (die zweite nahm er, als die Arbeit fertig abgeliefert war) und um der nationalen Solidarität willen angefertigt hatte.

»Wahrscheinlich …« Ich schluckte und erstickte beinahe an meiner eigenen Spucke. Meine Speiseröhre war so eng wie ein Trinkhalm. »… hat mir das jemand untergeschoben …«

»Und der Jiroušková auch?«

»Ihr auch?« stellte ich mich überrascht.

»Ein Arsen Lupin, was?«

»Ich …«

Ich führte den Satz, den ich sagen wollte, nicht zu Ende, wußte aber auch nicht so recht, was ich eigentlich sagen wollte. Der Meister schwieg und sah mir in die Augen. Wie – mir kam wieder eine meiner absurden Assoziationen in den Sinn – wie Herr Professor Bivoj, wenn er mir ein Ungenügend eintrug.

Doch der Gedanke war gar nicht so absurd. Plötzlich wurde mir alles klar. Ich hatte nicht begriffen, daß eine deutsche Fabrik nicht das Gymnasium von Kostelec war. Es war zu spät. Nun ging es um unser Leben.

»Paß auf, du Obergescheiter, du«, erklärte der Meister. »Alles auf der Welt muß man können. Auch Sabotage.«

Er mußte bemerkt haben, wie ich zitterte. Vielleicht bekam er Mitleid mit mir. Er sagte: »Nicht etwa, daß du das schlecht ausgedacht hättest. Rein technisch. Das hier …«, er nahm die Geschoßtrommel vom Tisch, auf dem Zeichnungen und Werkzeug lagen. »… reißt ab wie eine überreife Birne, wenn man anfängt zu schießen. Doch bevor man beginnt, aus der Kanone zu schießen, muß sie noch etliche Kontrollen durchlaufen. Die letzte sind Schußproben auf der Werkbank. Und selbst wenn dieser Ausschuß hier durch alle Werkstattkontrollen durchkommen sollte, auf der Werkbank ist dann Schluß damit. Und was für einen Effekt hätte deine ganze Sabotage, du Trottel, wenn es auf der Werkbank abreißt?«

Ich schwieg. Mir kam der Gedanke, wie das wohl sein mag, wenn einem die Zähne ausgeschlagen werden. Ich erinnerte mich, wie mir Frau Doktor Heiserová mehrere unter Betäubung gezogen hatte.

»Das weißt du nicht, was? Stell dich nicht so doof. Das würde für das Reich den Verlust von einigen Dutzend Arbeitsstunden bedeuten und verpfuschtes Material im Wert von ein paar Hundertern. Das wäre, wie wenn die Feldküche eines Marschbataillons zum Beispiel einen Volltreffer abkriegen würde. Und das, würde ich wohl meinen, kann das Reich verschmerzen.«

Ich sagte nichts. Ich war ja auch gar nicht in der Lage dazu, schon allein aus physiologischen Gründen.

»Vielleicht hätte das doch noch einen Effekt, nämlich daß man dich aufhängt«, meinte Meister Vachoušek.

Zum ersten Mal in meinem Leben wurde mir schwarz vor den Augen.

Der Meister fragte mich: »Was gedenkst du also zu machen?«

»Vielleicht … könnte ich …«, ich versuchte den Krampf in meinen Stimmbändern zu überwinden, »… abhauen … und mich verstecken … bei jemandem …«

»Und die Jiroušková läßt du alleine in dem Schlamassel?« Der Meister sah mich voller Verachtung an. »Du Pfadfinder! Wenn du verschwindest, wird die Gestapo sie einlochen. Allein schon aus purer Rache. Und mich wohl auch. Eine Heldentat, die die anderen mit in die Scheiße zieht …«, er zitierte, ohne es zu wissen, Herrn Doktor Labský, »… ist für mich keine Heldentat, sondern eine Sauerei. Und du willst dich noch jemandem an den Hals hängen, damit man nicht nur dich aufhängt, wenn sie dich schnappen, sondern auch noch den barmherzigen Samariter.«

»Was … soll ich denn tun, Herr Meister?«

Der Meister nahm die Trommel in die Hand und kratzte mit dem Fingernagel an ihren Blechnähten.

»Ich würd sagen, es gibt zwei Möglichkeiten. Beide riskant. Eine davon ist riskant für dich. Die andere für mehrere Leute. Welche nimmst du, du Held?«

Ich machte mir in die Hose. Zwar nur metaphorisch, aber immerhin.

»Herr Meister, könnte man … könnte man …«

»Was denn?«

»Na ja, ich weiß nicht … aber …«

»Du bist also dafür, daß man das Risiko auf mehrere Leute aufteilt?«

»Das nicht … aber …«

»Es gibt keine dritte Möglichkeit.«

Meine Zähne klapperten. Der Meister vernahm es.

»Eigentlich sehe ich, daß es doch nur eine einzige gibt. Ich will doch keine Kinder auf dem Gewissen haben. Auch wenn sie eine Dummheit gemacht haben, die nur Grünschnäbel anrichten können.«

Das war wie Balsam für meine Seele. In der furchtbaren Dunkelheit der Scheiße, in die ich immer tiefer und tiefer sank, erschien ein kleines Lichtlein.

»Die erste Möglichkeit wäre, es oben zu melden und es mit deiner Blödheit zu rechtfertigen. Sich einfach teilweise an die Wahrheit zu halten. Ein schlecht eingearbeiteter Idiot, mit zwei linken Händen, hat mit seinem studentischen Hirn nicht kapiert, wozu Versenkungen gut sind. Aber machen sich die Nazis etwas aus der Wahrheit? Was meinst du?«

Ich schüttelte den Kopf.

»Die andere Möglichkeit wäre«, der Meister dachte nach, und dann sprach er mehr oder weniger mit sich selbst, »alle Kreuze abzumontieren. Wegschmeißen kann man die nicht mehr alle, es sind schon zu viele. Das bedeutet, alle Versenkungen zu verschweißen und neu zu bohren.«

»Das mach ich.«

»Geh mir nicht auf den Geist, Student!« fuhr mich der Meister an. »Glücklicherweise sind die Kerle Drückeberger, und die Normen sind ziemlich locker. Wenn die aber richtig anpacken, dann schaffen die das im normalen Betrieb zusätzlich zu der Arbeit, die sie wie im Zeitlupentempo erledigen. Dabei gibt es natürlich zwei Gefahren: wie soll man es einrichten, daß Uippelt nichts merkt. Ballon ist ein Idiot, dem reicht's, wenn er sieht, daß die Leute schuften. Und zweitens: ich hab keine Ahnung, was mit den verschweißten und neu gebohrten Versenkungen passiert, wenn damit geschossen wird. Weißt du, was für eine Wucht so 'ne Kanone hat, du Holzkopf? Was das für 'ne Macht ist?«

Stumm geworden, schüttelte ich bloß den Kopf.

»Doch das ist, denke ich, ein unvermeidbares Risiko. Hier hast du zwei Kaliber, bring mir noch das falsche von der Jiroušková. Und bohrt wie die Teufel, Mann. Ihr müßt das während der normalen Arbeitszeit schaffen. Und jetzt verzieh dich!«

Er sah mich erneut mit einer Mischung von Mitleid und Verachtung an. Als ich mich bei ihm bedanken wollte, fingen meine Zähne wieder an zu klappern. »Daß du dir hier nicht in die Hosen scheißt. Hau ab!«

Ich eilte zurück zu Nadja. Sie hielt bereits Ausschau nach mir, offensichtlich ebenfalls verängstigt.

»Hat es Vachoušek rausgekriegt?«

Ihre glühenden Augen waren noch größer als sonst.

»J... Ja.«

Mit all meiner Kraft versuchte ich, eine Gangstermiene aufzusetzen. Durch das angestrengte *poker face* zuckten meine Nerven zusammen, so daß ich mich auf der Bohrmaschine abstützen mußte.

»Jesusmaria!« rief Nadja.

»E... es ist 'ne schöne Sch... Scheiße«, klapperte ich mit den Zähnen. »Hier ha... hast du das richtige Kaliber, wir müssen das danach bo... bohren.«

Sie griff nach meiner Hand und flüsterte:

»Wird er das melden?«

»N... nein. Aber er sagt, wenn man nichts macht, dann... dann kriegen die Deutschen das garantiert raus.«

Nadja hielt meine Hand, dann ließ sie mich los, griff nach der Bohrmaschine und fing an, die Versenkung zu bohren.

»Dan«, sagte sie leise, »wenn das auffliegt, dann nehm ich das auf mich.«

»Ich bitte dich!« Ich raffte mich ein wenig auf und schlüpfte wieder in meine Heldenrolle. »Erstens hab ich mir das Ganze ausgedacht, und zweitens, es ist doch so …« Wie sollte ich das sagen? Daß ein Mann es nicht ertragen kann, wenn eine Frau etwas für ihn ausbadet? Die rauhe Realität des Protektorats Böhmen und Mähren vermischte sich in meinem Kopf wieder mit den Cowboy-Geschichten.

»Ich hab dich dazu angestiftet.«

»Hast du nicht.«

»Doch. Damals bei euch in der Küche. Ich hab dir erzählt, daß ich mich an den Deutschen rächen muß. Du hast dir das dann ausgedacht, die Sache hier. Meinetwegen.«

»Du hast mir … nur die Inspiration geliefert, Nadja …«

Zwischen den Takten erschien der SA-Ballon auf seinem Kontrollgang, beide vertieften wir uns wieder in die Arbeit an den Kreuzen. Ballon trat zu uns, blieb bei Nadja stehen, nahm ein Kreuz in die Hand – gerade auf dem war die Versenkung einen halben Zentimeter tiefer –, drehte es ein paarmal hin und her und legte es wieder hin. Er hatte keine Ahnung.

»Na, wie geht's?« fragte er Nadja. »Fühlen Sie sich schon besser?«

Nadja blickte nach mir. Sie konnte kein Deutsch.

»Sie versteht kein Deutsch, Herr Obermeister.«

»Dann übersetzen Sie doch!«

Ich verriet Nadja, was er sie gefragt hatte. Sie sah zum SA-Ballon und verzog ihren großen Mund zu einem falschen Lachen.

»Ja«, antwortete sie.

»Na gut«, meinte Ballon. »Das freut mich. Was war eigentlich los mit Ihnen?«

»Was hattest du?« übersetzte ich.

»Ich habe Tuberkulose.«

Ballon zog die Augenbrauen hoch.

»Wirklich? Weiß das der Betriebsarzt? Kurieren Sie sich?«

Das verstand Nadja.

»Ja. Ich kurieren sich«, sagte sie.

SA-Ballon wußte offensichtlich nicht, ob er sich weiter um den Gesundheitszustand einer seiner Sklavinnen interessieren oder ob er sie der Obhut von Doktor Seelich überlassen sollte. Er entschied sich für das zweite.

»Es wird schon wieder. Nach dem Krieg wird man Sie in die Schweiz schicken. In ein Sanatorium.«

Er grinste wie der Schrecken des Krieges von Hieronymus Bosch, rief: »Weitermachen!« und ging davon.

Ich fragte:

»Warum hast du ihm erzählt, daß du Tuberkulose hast?«

»Ich konnte ihm doch nicht sagen, daß ich das nur gespielt hab.«

Plötzlich schoß mir durch den Kopf, ob sie mich nicht etwa anlog. Sie war wirklich nur Haut und Knochen. Ich bekam Angst um sie. Komisch. Mir fiel ein, daß ich erst jetzt so richtig Angst hatte. Vorhin bei Vachoušek hatte ich nur wegen mir selbst Schiß gehabt. An Nadja hatte ich gar nicht gedacht. Da erinnerte sie mich an vorher: »Was hast du vorhin erzählt? Daß ich dir Ins... was?«

»Daß du mir Inspiration geliefert hast. Aber ich hätte das so oder so gemacht. Du hast mich nur auf diese Idee gebracht.«

»Ohne mich hättest du nichts getan.«

Ihre Worte trafen mich wie ein elektrischer Schlag.

»Wieso glaubst du das?«

»Weil du keinen Grund hast. Deinen Vater haben die freigelassen.«

»Aber ich ... ich hasse die Deutschen.«

»Das kann sein. Aber die haben niemanden von deiner Familie umgebracht.«

Dachte Nadja etwa in der Kategorie einer rein privaten Rache? Das war eigenartig. Von meiner Familie hatte man niemanden umgebracht. Oder doch ... ich dachte an Rebinka. Genau genommen war sie nicht meine ..., ich hatte mit ihr nichts gehabt, wenn man eine einzige kindliche Erfahrung nicht rechnet, aber damals waren wir wirklich noch Kinder gewesen. Auch war ich nie mit ihr gegangen. Wir waren nur Freunde gewesen. Sie hatte mir gefallen, doch sie war bei weitem nicht die einzige gewesen. Die Erinnerungen scheinen wohl wirklich in Lichtgeschwindigkeit dahinzusausen. In Nadjas Gesicht spiegelte sich plötzlich der ruhige, friedliche Nachmittag eines heißen Sommertages wider; wir hatten im Hof auf einem Sandhaufen gespielt, Rebinka und ich. Rebinka krabbelte im Sand umher, und mir streckte sie ihren kleinen Hintern in einem rosa Höschen entgegen. Es war heiß. Und auf einmal hatte ich unheimliche Lust, ich wußte nicht worauf. »Rebinka«, sagte ich, »laß uns Zug spielen, ja?« »Zug?« »Ja, Zug!« wiederholte ich ungeduldig. »Du legst dich auf den Bauch und ziehst dein Höschen runter, und ich setze mich auf dich ...« Und dann saß ich auf Rebinkas nacktem Hintern, hüpfte hoch und runter, und gab rhythmisch von mir: »Sch-sch-sch-sch ...« Das, wonach mir war, stellte sich auch ein. Rebinka lag zuerst unbeteiligt da, doch dann fing sie ebenfalls an, ihren nackten Hintern zu bewegen und zu zischen: »Sch-sch-sch-sch ...« Ein Wohlbehagen, vermischt mit dem unterbewußten Gefühl, etwas Verbotenes zu tun. Dennoch Wohlbehagen. Und auf einmal ertönte von oben, vom Himmel, eine Donnerstimme: »WAS MACHT IHR DENN DA?« Ich erschrak! Um Gottes willen! Der Herrgott! Das Schuldgefühl von verbotenen Früchten vertrieb die Wonne. Ich fiel von Rebinka herunter auf meinen Rücken und stierte gen Himmel. Es war nicht der Herrgott gewesen, sondern nur mein Vater. Er neigte sich aus dem Fenster im dritten Stock, und sein großer Kopf zeichnete sich schwarz vor dem blauen Himmel ab. »Wir spielen Zug ...«, erklärte ich und stellte mich beinahe stramm. Mit meinem Schwänzchen war etwas geschehen. Es schien angeschwollen.

Nun war Rebinka in Theresienstadt.

Gegen meinen Willen sagte ich:

»Man hat mir Rebinka umgebracht.«

Nadja stockte.

»Das ist die schöne ... die auf der Tasse?«

Da konnte ich den Schwindel nicht mehr zurücknehmen. »Ja, die.«

Eine Weile schwieg Nadja. Und dann:

»Aber trotzdem. Wenn ich dich nicht beschwatzt hätte, ihretwegen hättest du nichts unternommen.«

Ich weiß nicht mehr, ob ich Nadja daran hatte hindern wollen, alles auf sich zu nehmen, oder ... Vielmehr war es dieses Hollywood in mir gewesen. *Machismo. Male chauvinism.* Ein Gentleman-Code in Kostelecscher Ausführung. Schlicht und einfach hatte ich ohne Absicht wieder einmal einen Helden aus mir gemacht.

»Ich hab doch schon vorher was gemacht. Kannst du dich an das Lager erinnern?«

»Das warst du ... DU, DAN?«

Ein peinliches Gefühl zu lügen, denn ich war es nicht gewesen.

»Ich hab's ... nicht direkt angezündet. Aber ich war dabei. Ich hab denen ... geholfen ...«

Das letzte war beinahe wahr.

»Dan ...!«

Sie sah mich lange an, dann senkte sie ihren Blick und wandte sich wieder ihrer Bohrmaschine zu.

»Du siehst also«, sagte ich. »Ich sitze so oder so schon in der Tinte. Wäre doch idiotisch, da auch noch dich reinzureiten.«

Sie hörte nicht auf zu bohren. Hetflajš kam zu uns und holte die Kreuze, das, das Ballon weggelegt hatte, und auch die anderen, die bereits in Ordnung waren.

»Mach mal, Junge«, sagte er verlegen, »bis Feierabend haben wir noch fünfzehn zu schaffen.«

Er trabte mit seiner Beute davon. Meister Vachoušek kam gerade zu seinem Takt. Ich sah, wie er ihm die Kreuze aus der Hand nahm, die Versenkungen nachmaß, ein Kreuz behielt und ein anderes zurückgab, und wie er ihm was sagte. Dann ging er weiter, Hetflajš sah ihm verdutzt nach. Um Gottes willen, er wird doch hoffentlich nicht diese Idioten einweihen!

Ich Trottel!

Ich schielte zu Nadja rüber. Sie stand mit gesenktem Kopf über einem Kreuz, und aus ihren Augen tropften Tränen. Sie spürte meinen Blick und wandte sich mir zu. Die großen glühenden Augen zerflossen zu zwei glänzenden Teichen.

»Dan, ich will das mit dir zusammen durchstehen! Ich bin ohnehin ...«

»Was denn, Nadja?«

»Ach nichts. Aber ich sitze mit in der Patsche. Wenn das auffliegt, werden die Deutschen alle mitnehmen, die dabei waren. Denen ist das doch egal.«

Das verschlug mir den Atem. Wohl deshalb, weil sie ganz recht hatte.

~

Vor den gotischen Fenstern schneit es trübselig. Ganz tief in Hakims Augen sehe ich Haß. Ich senke meinen Blick zum Buch von Meister Hawthorne und lasse ihn über die schwarzen Zeilen gleiten. *Wenn eine ungelehrte Menge mit eigenen Augen zu sehen versucht* (vor meinem inneren Auge erscheint Veronika in einem Frühjahrskleid in der Menge auf dem Altstädter Ring), *kommt es ungemein leicht vor, daß sie sich täuscht; wenn sie jedoch ihr Urteil, wie sie es gewöhnlich tut, nach den Eingebungen ihres großen warmen Herzens bildet* (ich sehe Veronika in der Menge, die Steine nach den Panzern wirft), *so sind die Schlüsse, zu welchen sie auf diese Weise gelangt, oft so tief und richtig, daß sie den Charakter von auf übernatürliche Weise offenbarten Wahrheiten besitzen.*

Ich hebe meinen Blick vom Buch. In Hakims Augen erscheint die Verachtung von Männern der Zukunft gegenüber den Männern von Gestern, denen das Heute eine Zeitlang Schutz bietet vor dem Verrat von Hakims Zukunft. *Den Jongleuren von Begriffen und Gefühlen weichen sie vorsichtig aus wie der Pest und dem Aussatz.* Jans Gedicht, tausendmal heruntergeleiert. Im Hörsaal macht sich Unruhe breit. Vom Gang her hört man ein Stampfen, die Kollegen haben ihre Schäfchen bereits entlassen. Elf Uhr. Nur Irene in ihrem grauen Kleid mit roten Ahornblättern sitzt regungslos da, schaut in ihr Buch hinein, sie forscht darin nach den Geheimnissen meiner Seele.

Ich spreche die Formel aus: »*Class is dismissed.*«

Alle springen auf.

Hakim legt langsam seine Bücher zusammen. Ein muskulöser, brauner, junger Soldat, der sich vor dem Krieg gedrückt hat, weil er nicht an ihn geglaubt hat. Nicht der Feigheit wegen. Ihn kann ich mir nicht vor Angst niedergeschlagen vorstellen.

Das sind alles Assoziationen. Meine Gedanken drehen sich um diesen tödlichen Sonntagnachmittag vor vielen Jahren. Ich schüttle den Kopf, meine Augen kehren wieder zu der Bibel des Nathaniel zurück. *Gibt es denn keine andere Tugend als die, die ihren Ursprung in der Angst vor dem Galgen hat?* Soll ich etwa Hakim gegenüber dieses Leninsche Bonmot zitieren? Über die Gerechtigkeit mit Gänsehaut sprechen? Er würde das nicht verstehen. Wie sollte er auch? Er ist *der strengen Gerechtigkeit derjenigen hingegeben, die sich mit dem Tod befassen, doch selbst (noch nicht) in mittelbarer Gefahr des Todes stehen.* Er lebt noch nicht in dem Reich im Osten, in Maos oder Fidels Königreich … ich habe keine Ahnung, an welches Comic-Paradies er glaubt. Er kennt keine Lösung des Gesellschaftsproblems, die nicht bereits Sinclair Lewis bekannt gewesen wäre. Es gibt keine Lösung.

Ich bin nun alleine im Hörsaal. Auch Irene ist schon weggegangen. Nach und nach kommen die Studenten zu dem Seminar des Kollegen MacMountain über die Präraffaeliten nach mir.

Wenn man so einfach sagen könnte: *Class is dismissed.*

In der jämmerlichen Schule des Lebens ohne Lehrpläne geht das nicht. Es geht einfach nicht.

Über der Prärie schneit es. Auf der weißen Ebene stolziert der allgegenwärtige Rabe von Edenvale umher.

Meine liebste Lída!

Heute Nacht träumte ich von Dir, Du lagst nackt auf der roten Decke – erinnerst Du Dich? – und ich legte mich neben Dich, doch gleichzeitig sah ich uns beide von oben, wie es nur im Traum möglich ist. Ich spürte Deinen feuchten Teint auf meiner heißen Haut. Wir waren wie ein wunderschönes Domino. Wir beide sind jung, liebe Lída, hübsch, gesund, fortschrittlich. Unsere ganze Zukunft liegt vor uns: unsere private wie auch die unserer Nation, unseres Volkes. Wird es nicht ein Symbol sein, wenn wir beide heiraten? Möge es so bald wie möglich sein! Verstehe mich nicht falsch; ich weiß genau, daß die Genossen bei euch vorsichtig sein müssen, wenn eine tschechische Frau einen Kanadier heiraten möchte. Es gibt nicht so viele Frauen wie Dich. Allerdings sind in Kanada den jungen Ehefrauen von kanadischen Bürgern Sozialismus und Gerechtigkeit häufig gleichgültig, denn in Kanada gibt es einen hohen Lebensstandard. Diesen Ehefrauen ist nicht klar, daß dieser nur deshalb so hoch ist, weil Kanada ein imperialistischer Staat ist, der die Dritte Welt ausbeutet. Aber ich weiß, daß Du anders bist, und außerdem wirst Du als meine Frau die höchste Pflicht von uns allen, der Genossen, nie vergessen. Ich, der im imperialistischen Kanada geboren wurde, kann sie niemals vergessen. Obwohl ich die Genossen bei euch verstehe, daß sie so vorsichtig sind, bevor sie jemandem erlauben, einen Ausländer zu heiraten, wäre ich doch glücklich, wenn unser Antrag so schnell wie möglich erledigt werden würde! Ich kann es kaum erwarten, mein Schatz! Deine Haare, Deine Lippen, Deine Brüste, Deine …

Letzte Woche nahm ich an einem Meeting teil, wo ein Vertreter der PLO sprach, Genosse Ataraf. Faschistisch-zionistische Kampfgruppen kamen dazu und machten so einen Krach, daß Genosse Ataraf kaum zu Wort kam! So stellen sich die hiesigen Imperialisten die Redefreiheit vor! Am Ende kam es zu einem Zusammenstoß zwischen uns, den Demokraten, und den zionistischen Unruhestiftern, und ich muß Dir gestehen, daß ich mich nicht beherrschen konnte und einem Juden die

Nase einschlug. Du weißt doch, als Student hatte ich in der Welter-Gewichtsklasse geboxt und auch Football gespielt – nicht Soccer. Amerikanischen Football. Die Raufbolde kamen einfach nicht an gegen mich! Die Öffentlichkeit war zum Glück auf unserer Seite. Sogar in Kanada beginnen die Menschen zu verstehen, wo die Wahrheit liegt; ihnen hat mißfallen, wie die zionistischen Faschisten die Redefreiheit verhindern wollten.

Ich schreibe Dir das alles deshalb, weil ich weiß, daß Dich solche Dinge immer interessieren. Ich denke ständig an Dich, im Geiste sehe ich mich schon im Altstädter Rathaus – mit Dir!

Es wird bestimmt nicht mehr lange dauern – ich glaube fest daran!

Ich küsse Deinen ganzen Körper

Dein Booker

III. TWAIN

... mein Herz wird von einer Träne berührt, sie weiß genau,
daß das Meer größer ist als die Erde,
doch plötzlich wird in meinem Herzen ein einfaches, längst vergessenes Mädchen
wieder lebendig, das vor einem halben Jahrhundert gestorben war ...

Vladimír Holan

Eine Tragödie ist einfach, eine Komödie dagegen kompliziert,
denn sie berührt das menschliche Leben an viel mehr Punkten
als die Tragödie.

Madame de Staël

Vicky protestiert. Sie nimmt den »Geheimnisvollen Fremden« wörtlich. Das Leben sei kein Traum, nicht *nur ein herumirrender Gedanke, ein unbrauchbarer Gedanke, ein Gedanke ohne ein Zuhause, verloren und durch die leere Ewigkeit pulsierend* ... Das Leben habe einen Sinn. Wir leben. Wir sind nicht nur Gedanken. Sheila fragt nach dem Sinn des Lebens. W. W. Bellissimmo springt Vicky zur Seite: *Das Leben an sich!* Wir leben für das Leben. Aber worin besteht der Sinn, für das Leben zu leben? will Sheila wissen. Die dunkelhäutige Inderin Jenny Razadharamithana, die sich nur ganz selten in meinen Kurs verirrt, erzählt etwas in einem Englisch, das ich nicht verstehen kann (und das, so vermute ich, keiner im Hörsaal versteht). Vielleicht, daß das Leben eine Nummer sei. Ich weiß es nicht. Dann folgt ein meditatives oder vielleicht auch nur verlegenes Schweigen, schließlich meldet sich Wendy und behauptet, der Sinn des Lebens sei, das zu tun, was einem gefällt. Vicky ist damit einverstanden, Bellissimmo ebenfalls. Sheila entgegnet, die meisten Menschen müßten Dinge machen, die ihnen eigentlich nicht gefielen, doch sie müßten eben von etwas leben. Wieder herrscht Stille, die vom Footballspieler Higgins unterbrochen wird. Eins verstehe er nicht, meint er. Twain sagt doch: es gibt nichts anderes als den Gedanken. Aber wer denkt diesen Gedanken? fragt er, berauscht von der eigenen Logik. Ich lasse die Zeit verstreichen, ich amüsiere mich, greife nicht in die Diskussion der Präriekinder ein, ich erlaube der Zeit, einfach so zu verrinnen, statt diese teuer abgegoltene Zeit abzuarbeiten und die Kindlein aus dem ewigen Labyrinth der Jugend hinauszuführen. Der westlichen Jugend, korrigiere ich mich im Stillen. In der östlichen Welt erlauben ihnen die scharf überwachten Pädagogen nicht, in die Irre zu gehen – wohin würde ich sie wohl führen, wenn ich ein Pädagoge im Osten wäre?

Ich forsche in meinen Erinnerungen nach den eigenen Flegeljahren. Die Intensität der Suche nach etwas, was selbstverständlich keiner jemals finden würde, weil es dieses Etwas nicht gibt, ist wahrscheinlich zu allen Zeiten und in allen Systemen gleich. Doch zum Glück schwindet bei den meisten Menschen im Laufe der Zeit das Interesse an dieser Frage. Aber wenn ich im Osten leben würde …

Hakim meldet sich und übernimmt die Rolle eines Pädagogen aus dem Osten. Man müsse das Gesellschaftssystem ändern, damit jeder das machen könne, was seinen Talenten entspricht.

Die pragmatische Sheila findet das nicht gerade atemberaubend. »O.K.«, entgegnet sie. »Und wenn jeder das machen würde, was ihm gefällt, wo ist dann der Sinn des Lebens?«

Im Hörsaal gibt es leider keine frommen Menschen.

»Das Leben an sich!« wiederholt Bellissimmo provokant. »Voll und ganz zu leben … voll und …«

»Und nützlich«, ergänzt Vicky.

Sollte ich aufstehen? Und sagen: aus aller Kraft zur rationelleren Organisation der Welt beizutragen? Damit die Welt kein pittoresker Dschungel wird wie Amerika, sondern eine Gesellschaftsordnung wie … wie … was weiß ich, wie. Wie gotische Fenster? Die zeigen ja meistens die Martyrien der Heiligen. Wie die Spartakiade? Doch wer kennt die wahren Gefühle der Nachwuchsturnerinnen mit den Reifen? Vielleicht müssen sie gerade mal. Vielleicht sollte ich es ihnen doch so erklären. Die Welt zu organisieren und einiges aus der Welt zu schaffen, falls möglich …

Warum sage ich ihnen das nicht?

Ich folge der Diskussion nicht mehr und schlage das Buch auf. Nach dem Zufallsprinzip. Ein bißchen glaube ich an Zeichen, wie Nadja Jirousková an sie geglaubt hatte. Willkürlich lege ich meinen Finger auf die folgenden Zeilen:

»Der Fremde kam her …, er fragte sie dann, ob ihr Geständnis auf Wahrheit beruhte, und sie erwiderte – nein. Sie trat noch näher ans Feuer heran und streckte die Hände aus, um sie zu wärmen, während Schneeflocken, sanft und lautlos fallend, ihrem Haupt einen immer weißeren Glanz verliehen. Immer größer wurde die Menschenmenge. Ein Ei kam geflogen, traf ihr Auge, zerbrach, und der Inhalt lief an ihrem Gesicht herab. Man lachte darüber. Ich sprach mit Satan gelegentlich über die alte Frau, aber das ließ ihn kalt.«

Marx hatte recht gehabt, wie immer. In der Theorie kann man die Grenze nicht überschreiten, über die man sich auch im richtigen Leben nicht hinwegsetzen kann. Niemals in meinem Leben war ich in der Lage, diese Grenzen zu überschreiten, sie hatten mich stets gerührt. Deshalb kann ich es den Präriekindern nicht erzählen, das soll Hakim für mich erledigen.

Ich bin kein Mensch der wissenschaftlichen Weltanschauung.

Wenn ich in jenem Land in Europa geblieben wäre, würde ich womöglich versuchen, der Frage, die von Sheila Ellwood gestellt wurde, auszuweichen. Vielleicht würde ich so feiern, wie im Rahmen der Möglichkeiten dieses Landes eben gefeiert werden kann: Wochenenden in der Datscha, Miniromanzen, unabhängig von den Maxidramen. Vielleicht würde ich auch auf diese Weise schreiben. Leben will man, ob's Sheila paßt oder nicht. Ich würde das ausblenden, was in diesem Land verlangt wird, und ebenso jene Teile der Realität, mit denen ich nicht so gut umgehen kann. Falls letzteres überhaupt möglich ist. Die Menschen würden mich lesen, vielleicht auch mögen, denn ich hatte damals, in einer anderen, weniger orthodoxen Zeit, ihre unwissenschaftlichen Gefühle formuliert. Sie würden mir, dem Gezähmten, treu bleiben. Letzten Endes hatte mir die wissenschaftliche Weltanschauung beigebracht, am Rande des Zulässigen zu balancieren, und trotz der notwendigen Eliminierungen würde vom Leben noch was übrigbleiben. Etwas von den unwissenschaftlichen Gefühlen. Eine Opfergabe an die Götter der Wissenschaft. Die Menschen in diesem Land sind imstande zu verzeihen. Ab und zu hätte ich vielleicht auch das angenehme Gefühl, gebraucht zu werden. Ein Gefühl wegen der schönen Momente, die ich den anderen bereitet habe. Ich würde Themen meiden, über die man wegen der Eliminierungen nicht zu schreiben vermag.

Doch aus dem Kopf kann man diese Dinge nicht wegeliminieren. Nur aus den Buchseiten.

Und manchmal, nach den notwendigen Büchern, mit denen man am Boden bleibt, nach den netten, hübschen Büchern für die gute Laune, müßte ich ein Buch aus dem Eliminierten zusammenstellen.

Für Schubladen bin ich aber schon ein bißchen zu alt.

Außerdem hätte ich Angst. Diese hat mich nämlich aus dem Land getrieben. Die gesunde Angst vor dem Henker. Die Angst vor noch verfälschteren, subtileren, aber weniger blutigen Derivaten.

Vor dem Fenster stapft der Rabe gewichtig dahin. Ich verfolge seine Wanderung über den weißen Schnee der Edenvale-Ebene, und meditiere über den Sinn des Lebens.

Eisler erschien in der Werkhalle und lief direkt auf mich zu, mit Schritten, die wohl zu seiner Vorstellung von der richtigen Ausübung des Werkschutz-Berufes gehörten. Mir schlug das Herz bis zum Hals. Seit gestern hatte sich Meister Vachoušek nicht mehr blicken lassen, ich wußte nicht, wie es mit der Beseitigung des von uns angerichteten Schlamassels aussah. Ich hatte nur gesehen, wie der Wagner im fünften Takt eine Weile lang Kreuze auf die Deckel montierte und sie dann wieder abmachte. In der Nacht hatte ich derart geschwitzt, daß ich einen anderen Schlafanzug anziehen mußte. Auch am Morgen wurde meine Angst nicht kleiner, eher im Gegenteil. In meiner Panik kam es mir gar nicht in den Sinn, daß die Gestapo wohl kaum den dümmlichen Eisler zu mir schicken würde.

Er blieb bei mir stehen und öffnete den Mund:

»Du sollst zum Bahnhof gehen!«

»Ich?«

»Du bist doch der Smiřický, oder?«

»Ja.«

»Der Herr Oberkontrolleur Uippelt hat angerufen. Irgendwelche Geräte kommen mit dem Zug, und du sollst sie in die Fabrik bringen.«

»Und was ... ist hier mit den Kreuzen?«

»Das ist ein Befehl!«

Nadja hörte natürlich mit. Ich lächelte ihr zu, was mich allerdings so viel Mühe kostete, als hätte ich eine ordentliche Ladung Kohle geschippt. Ich machte mich auf den Weg zum Bahnhof.

Uippelt stand auf dem Bahnsteig.

»Ich erwarte eine Bekannte«, sprach er sachlich. »Bringen Sie uns die Koffer in meine Wohnung.«

Kein Wort von irgendwelchen Geräten.

»Jawohl, Herr Obermeister.«

»Hier ist die Adresse. Ich werde mit meiner Bekannten zuerst in mein Büro in der Fabrik gehen, Sie warten solange in meiner Wohnung. Das Trinkgeld gebe ich Ihnen dort.«

»Jawohl, Herr Obermeister.«

Das Englische mischte sich nicht mehr in meine Worte. Hatte er mich etwa als seinen Kuli auserkoren, weil er mich gewissermaßen in der Hand hatte? Er lief in seiner Militärhose aus braunem Stoff auf dem Bahnsteig auf und ab, ich stand im Blaumann an der Tür zur Männertoilette. Der Zug lief fast pünktlich ein. Aus einem Fenster winkte eine Frau. Uippelt rannte zu dem Waggon. Die Frau verschwand wieder, und kurze Zeit später erschien sie auf den Stufen. Eine Brunhilde mit Tirolerhut, Dirndl, grünem Rock und Korkschuhen. Hinter ihr stieg ein Offizier aus und half, zwei gewaltige Koffer aus dem Waggon zu wuchten. Uippelt drehte sich zu mir um und deutete wortlos auf die Koffer. Dann hakte er sich bei der Brunhilde unter, und zusammen schritten sie zum Ausgang.

Ich hob die Koffer. Ein Zentner. Eher zwei. Ich stellte sie wieder ab. Wie sollte ich das anstellen, daß ich sie zur angegebenen Adresse bringe und dabei nicht vor Erschöpfung umfalle? Es gibt aber schlimmere Arten zu sterben. Hinter mir seufzte jemand. Ich drehte mich um. Leneček. Mit zwei ähnlichen Koffern. Er stellte sie auch gerade auf dem Boden ab und blickte sich – ziemlich hektisch – um.

»Hallo.« Er antwortete nicht. Mit unruhigen Augen verfolgte er etwas, was vor uns geschah. »Wirtschaftskontrolle«, zischte er dann und blieb wie angewurzelt stehen. Ich wandte mich wieder nach vorne. Ein Kerl im Ledermantel mit einem Gendarmen an seiner Seite schüttelte ein Großmütterchen, das ein kleines Bündel in der Hand hielt. Der Gendarm tat so, als würde ihn das alles nichts angehen.

»Ach, du lieber Schreck!« sagte ich leise. Doch davor hatte ich eigentlich keine Angst. Die Koffer gehörten ja nicht mir. Ich war nur der Kuli. Dafür schnappte sich aber Leneček sein Gepäck und versuchte voll Panik, damit aufs Männerklo zu flüchten. Doch die Koffer waren zu schwer, als daß er damit rennen hätte können. Als Leneček an ihnen ruckte, ruckten die Koffer mit ihm nach vor und fielen um. Sogleich hob er sie erneut an und schaffte weitere drei Schritte in die gewünschte Richtung.

Damit hatte er den Typen im Ledermantel auf sich aufmerksam gemacht. »Halt!«

Leneček ruckte mit den Koffern ganze vier Schritte, doch zum Klo reichte es nicht. Mir kam die absurde Idee, daß Leneček die Tür der öffentlichen Toilette für so etwas wie den Eingang zu einem Tempel hielt. Der Kerl im Ledermantel, ähnlich dem Brudermörder Boleslaw, stürmte hinter ihm her. Vielleicht könnte ich ein Manöver starten, um seine Aufmerksamkeit von Leneček abzulenken. Ich schnappte mir die Koffer von Uippelts Mätresse, meine Knie berührten fast den Boden, dennoch konnte ich sie in leichtem Trab zum Ausgang befördern, und ich bemühte mich dabei, den Anschein zu erwecken, als wolle ich das Interesse des Gestapo-Mannes am flüchtenden Leneček ausnutzen. Wie ich gehofft hatte, entging dies dem Gestapo-Mann nicht, er löste das Problem aber mit Bravour. Herrisch zeigte er mit seiner Rechten auf mich, und ohne stehen zu bleiben, kläffte er: »Festnehmen!« Er selbst stiefelte hinter Leneček her, der inzwischen endlich das WC erreicht hatte und nach der Türklinke griff. Exakt in diesem Moment packte ihn der Typ im Ledermantel am Kragen.

Der Gendarm trat auf mich zu und forderte mich angeödet auf: »Kommn Sie mal mit.«

Ich schleifte die Koffer in den Raum der Wirtschaftskontrolle, der Gendarm schritt neben mir her und brummte in seinen Bart:

»Müssen Sie denn so viel auf einmal mitnehmen? Wie stellen Sie sich das vor, Mann, daß hier jemand bei so 'nem Massentransport noch ein Auge zudrücken kann? Und wenn heute hier nicht zufällig Čvančara gewesen wäre?«

Also war der Gestapo-Mann ein Kollaborateur. Ehemaliger Weber. Ich vermutete, daß er sich in Zeiten wie diesen schon Tschwantschara schrieb.

»Das sind nicht meine Koffer. Die sind vom Obermeister aus der Messerschmitt.«

Der Gendarm stockte.

»So? Und wo ist der Obermeister?«

»Er ist mal kurz ins Büro. In die Messerschmitt.«

Der Gendarm blickte scharf auf die Koffer, dann zum WC. Von dort schleppte Leneček sein Gepäck, hinter ihm marschierte Tschwantschara mit festen Schritten.

»Geh rein!« Der Gendarm deutete auf die Tür der Wirtschaftskontrolle. Ich ging hinein, ließ die Koffer auf den Boden fallen und war sofort wieder an der Tür. Der Gendarm rannte zum Ausgang. Von der anderen Seite näherte sich Leneček mit heraushängender Zunge, und statt dem Heiligen Wenzel ähnelte er nun Jesus Christus am letzten Tag seines irdischen Lebens. Tschwantschara brüllte ihm nach:

»Weiter, weiter! Aber dalli!«

Die knappen Befehle auf deutsch hatte er sich bereits angeeignet. Eine Weile verfolgte ich Lenečeks Leidensweg. Auf dem Bahnsteig war keine Menschenseele mehr. Alles, was Beine hatte, war samt seinem Proviant verschwunden. Lenečeks auffällige Koffer waren wohl dafür verantwortlich, daß das Reich an diesem Tag um ein paar Töpfe Schmalz bestohlen wurde.

Ich verzog mich wieder in den Raum. Leneček kam kurz darauf, doch er schleppte nur einen Koffer an. Den anderen – wie Josef aus Arimathia – brachte Tschwantschara selbst. Dadurch wurde er zwar auch nicht freundlicher, doch der Anblick meiner zwei gleich großen Gepäckstücke stimmte ihn sofort heiter.

»Na, sieh mal einer an«, sagte er auf tschechisch, weil er sich zu einer längeren Rede anschickte. »Hier wird aber viel gereist!«

Ich ließ es dabei bewenden.

»Und ganz weit weg! Was für Schiffskoffer!«

Freudestrahlend ließ er seinen Blick von meinen Koffern zurück auf die von Leneček schweifen, und das hob seine Stimmung noch mehr.

»Also dann, aufmachen!« befahl er jetzt wieder auf deutsch.

Entgegenkommend griff ich nach dem Schloß. Versperrt. Leneček öffnete ein wenig einen seiner Koffer, doch als er sah, daß sich Tschwantscharas Interesse voll und ganz auf meinen geschlossenen Koffer konzentrierte, klappte er ihn leise wieder zu.

»Ich hab gesagt, aufmachen!« brüllte mich Tschwantschara mit fröhlich-drohendem Ton an.

»Es klemmt irgendwie.«

»Dann machen wir den auf die deutsche Art auf!«

Er kam näher, und mit seinem ziemlich schlecht gewichsten Stiefel trat er heftig gegen den Koffer Uippelts. Er traf das Schloß, und sein Schuh mitsamt dem Schloß blieb im Koffer stecken. Er versuchte, seinen Schuh aus dem Vulkanfiber zu befreien, doch es wollte ihm nicht gelingen, worauf er rasend wurde. Eine Weile strampelte er wütend mit seinem Fuß, bis es ihm endlich gelang, ihn wieder herauszuziehen; seine Laune wurde schlagartig besser, vor allem, als er erblickte, was der Koffer in sich barg. Umrahmt von einem rosa Unterkleid lagen dort drei Flaschen mit Spirituosen, auf den ersten Blick keine gewöhnliche Schankmarke. Ein stumpfer Tritt eines Schuhes gegen das Kofferschloß erklang, und auch der zweite Koffer ging auf. Darin, wie in einer exklusiven Pralinenschachtel, unterlegt mit einem Satin-Morgenmantel mit Schwanenfedern, lagen weitere fünf Flaschen und irgendwelche Lebensmitteldosen. Auf den Flaschen stand Cognac Martell.

Tschwantschara erklärte sich die Damenwäsche als Polsterung für die Schmuggelware nach seiner Art:

»Wirst du heiraten?«

Ich antwortete, absichtlich auf deutsch:

»Nein, bittesehr.«

Er ergötzte sich noch kurz an dem Überfluß an Alkohol und wandte sich dann Leneček zu. Leneček stand bedrückt über seinen Koffern, die noch geschlossen waren. Tschwantschara brüllte los, daß die Fensterscheiben fast zu klirren anfingen:

»Ich hab gesagt, aufmachen!«

Leneček bückte sich und – als würde er sich genieren – klappte den Deckel auf.

Es kam eine zerstückelte Leiche zum Vorschein. Sie war aber zum Glück keine menschliche, sondern ganz eindeutig schweinischer Natur. Aus dem Koffer ragte uns ein rosa Rüssel mit Zitrone entgegen.

»Das ist, bittschön, ein Stückchen von dem Schwein aus einer bewilligten Schlachtung von meinem Onkel aus Opočno«, erklärte Leneček ängstlich.

»Ein Stückchen?«

»Ein paar Stückchen«, räumte Leneček ein.

Tschwantschara beugte sich über das Gepäck und begutachtete die Schweinecollage lange. Dann richtete er sich wieder auf, sah sich um und deutete auf einen breiten Arbeitstisch.

»Dann legen Sie doch die paar Stückchen hier auf den Tisch!«

Leneček bückte sich, doch dabei warf er noch einen Blick aus der Froschperspektive auf Tschwantschara, als würde er um Erbarmen bitten. Der Gestapo-Mann streckte sich und blies sich noch mehr auf. Leneček griff in den Koffer, nahm eine fette Haxe und trug sie gebeugt und schüchtern mit emporgehobenen Händen nicht zum Tisch, sondern in Richtung Wirtschaftskontrolleur. Seine Absicht war klar. Tschwantschara riß jedoch die Augen auf:

»Was? Auf den Tisch hab ich gesagt!«

Der erfolglose Bestecher drehte sich schnell um und rannte mit der Haxe dorthin, wohin ihm befohlen wurde. Dann machte er sich, sichtlich ungern, an die Arbeit. In einer knappen Minute türmte sich auf dem Tisch ein Haufen von Körperteilen eines

Schweins: Schulterstücke, Lendenstücke, Haxen sowie nicht näher definierbare Bestandteile.

»Ein paar Stückchen vom Schweinchen!« Der Gestapo-Mann achtete besonders auf die Ironie in seiner Stimme. »Vom Onkelchen aus Opočnochen.«

»Mein Onkel muß, bittschön, Diät halten. Deshalb hat er mir alles von der Schlachtung gegeben.«

»Na, was hamwirda eigentlich?« Tschwantschara schnappte sich den Schweinskopf und plazierte ihn mitten auf den Tisch. Dann grübelte er, als hätte er eine Schachaufgabe zu lösen, und ordnete dem Kopf zwei Haxen zu. Wieder dachte er nach.

Leneček zog sich zu seinen Koffern zurück, und aus irgendeinem Grunde machte er sie zu. Ich schnitt eine Grimasse, doch er reagierte nicht. Er war kreidebleich. Mir war das peinlich, daß ich ihn so angegrinst hatte. Mir fiel ein Bericht von der Hinrichtung eines Metzgers ein, der unlängst in der Zeitung zu lesen war. Ich sah auf das Schwein, doch auch das erinnerte mich an etwas, woran ich nicht denken wollte. Tschwantschara beschäftigte sich mit experimenteller Anatomie.

Ein sonderbares Ding. Unter seinen Händen entstand ein Schwein mit zwei Hinterteilen. Außerdem hatte es fünf Haxen und drei Hüftteile. Tschwantschara war offensichtlich hocherfreut über das ungewöhnliche Lebewesen. Er legte die dritte Hinterhaxe zu den zwei Hinterteilen und wandte sich dann Leneček zu.

»Ein fünfbeiniges Schwein!«

Als wäre er selbst angenehm überrascht.

»Das kann nicht sein, bittschön«, sagte Leneček. »Da hat mein Onkel etwas verwechselt.«

»Wieso verwechselt?«

»Ein Schwein hat, bittschön, nur vier Beine.«

»Also gehört das fünfte Bein nicht dazu?«

»Nein, bittschön.«

»Und wohin gehört es?«

»Nicht dorthin«, meinte Leneček unglücklich.

»Nein?«

»Nein.«

Leneček machte einen Schritt über die Koffer, trat verlegen an den Tisch, nahm eine von den drei Hinterhaxen von den zwei Hinterteilen weg zum Rüssel.

Tschwantschara sah ihn fragend an. Leneček sagte:

»Das ist, bittschön, eine Vorderhaxe.«

»Ach so!« Der Gestapo-Mann schaute sich das Gebilde an, dann griff er nach einem der zwei Hinterteile und versetzte ihn ebenfalls zum Kopf. »Und das ist der Vorderhintern.«

»Nein«, flüsterte Leneček. »Das ist … das ist, bittschön, der zerlegte hintere Hintern, zwei Hälften. Ein nicht zerlegter Hintern hat, glaube ich, zwei Hälften. Wenn man ihn zerlegt, dann sind vier Stücke daraus …« Seine Stimme versagte. Tschwantschara stützte nachdenklich sein Kinn mit dem Zeigefinger und meinte:

»Merkwürdig!«

Das Ungeheuer betrachtend, verharrte er. Wir standen schweigend da. Dann griff er in den Haufen der noch nicht zugeordneten Teile und holte eine weitere Vorderhaxe heraus. Er plazierte sie unter dem Kopf, so daß das Monstrum nun drei Haxen vorne statt hinten hatte. Eine von den Vorderhaxen war eindeutig eine Hinterhaxe.

»Ist das richtig so?« fragte er.

Leneček streckte seine zitternde Hand zu dem geheimnis-vollen Schwein aus und zögerte. Dann suchte er unsicher die Hinterhaxe aus, die zwischen den zwei Vorderhaxen unter dem Kopf ruhte, und trug sie langsam zum Hintern. Dort lagen jedoch bereits zwei Hinterhaxen. Er zögerte wieder. Tschwantschara beugte sich über den Tisch und nahm eine der Hinterhaxen weg. Leneček, wie hypnotisiert, ersetzte sie durch die, die er in der Hand hielt.

»Jetzt ist es endlich in Ordnung«, sagte Tschwantschara, als hätte er ehrliche Freude. »Und diese Haxe?« Er hob die Haxe, die er in der Hand gehalten hatte und sah ihn an. »Ach so. Ich verstehe. Ah ja, das ist eigentlich der Schwanz!«

Fragend schaute er Leneček an. Leneček war am Ende seiner Weisheit. Tschwantschara rammte die Haxe in den Hintern des Schweines.

Die ganze Komödie roch nach Gaskammer.

»Na, und was werma dazu trinken?« drehte sich der Feldwebel zu mir, bückte sich zu meinen Koffern und holte zwei Flaschen heraus. Die eine war Martell, die andere war als Champagner etikettiert. Tschwantschara genoß die dramatische Pause und las die französischen Texte auf der Rückseite der Flaschen.

»Was soll das?!« dröhnte es plötzlich im Ton eines Generals von der Tür her. Wir alle zuckten zusammen, am allermeisten jedoch Tschwantschara. In der Tür stand Uippelt mit einem Zwicker auf der Nase und einer Igelfrisur wie ein Kaktus, sein Hitler-Bärtchen war gesträubt wie die Haare eines Katzenbuckels. »Was ERLAUBEN SIE SICH?«

Hinter ihm spähte Brunhilde im Tirolerhut hervor.

Tschwantschara erlitt einen Zusammenbruch, ließ den Champagner fallen, worauf eine Explosion folgte. Eine Glasscherbe traf Tschwantschara an der Nase, Blut quoll heraus. Doch Uippelt ignorierte die Verletzung und deutete ohne weitere Worte auf die Koffer. Der zitternde Tschwantschara legte flink die noch heile Flasche in den rosa Rahmen, wischte sich die Nase ab und schnitt sich mit einer Scherbe die Handfläche auf.

»Diese Dame hier«, setzte Uippelt eisig fort, »ist die Gattin des Generals der Waffen-SS von Kater! Herr General von Kater hatte die SS-Division Großdeutschland bei der Kesselschlacht von Kiew unter Befehl. Jetzt erholt er sich in Paris!«

Tschwantschara schlug die Hacken zusammen, bückte sich zu den Koffern und versuchte, sie zu schließen. Doch sie waren eingetreten. Er wandte sich an den Gendarmen, der inzwischen unauffällig den Raum betreten hatte, und bat ihn beinahe flüsternd um eine Schnur. Dann schickte er sich mit Hilfe des Gendarmen an, die Koffer zusammenzuschnüren.

Mit unerwarteter Geistesgegenwart nutzte Leneček diesen Vorfall aus. Als wäre das amorphe Schwein ebenfalls Eigentum der Frau des SS-Generals, zerlegte er es in Rekordzeit in Primfaktoren, bettete es zurück in die Koffer und verschwand mit der ein Zentner schweren Last. Scheinbar hatte er aus unbekannter Quelle übermenschliche Kräfte geschöpft.

Uippelt verfolgte finster Tschwantscharas Kampf mit der Schnur.

Mir kam in den Sinn, daß ich der Schufterei als Kuli wohl doch nicht entkommen würde. Doch gleichzeitig fiel mir ein, daß es – wenn man Angst hat, und diese schwarze Komödie rief sie in mir wieder wach – nicht schlecht ist, sich körperlich zu betätigen. Das zerstreut die Gedanken an den Tod.

Lieber Dan!

Irgendwann nach dem Krieg hast Du mir ein Manuskript von Dir geliehen. Ich habe es für einen Deiner zynischen Scherze gehalten und es nicht ernst genommen. Es hieß »Die Einführung in die Theorie des Untergangs«. Damals hast Du Dich mit Paläontologie beschäftigt und die Hypothese eines gewissen Dollo aufgestellt – ich glaube, Du hast das Überspezialisierung genannt. Es ging um das Rätsel des Aussterbens von Arten. Dollo, soweit ich mich erinnern kann, behauptete, das Aussterben gewisser Arten könne man auf paradoxe Art und Weise mit dem viel zu erfolgreichen Kampf um das Überleben des Fähigsten erklären. Bei einigen Lebewesen komme es zu einer gewaltigen Entwicklung der anatomischen Eigenschaften, von denen sie vorerst mal profitieren: die pflanzenfressenden Riesenechsen erreichen solche Größen, daß die ziemlich kleinen Fleischfresser gegen sie einfach nicht mehr ankommen. Bei den Säbelzahntigern entwickeln sich riesige Hauer, die sogar durch die Haut der Dinotherien dringen. Doch manchmal kommt es zu einer Panne, und die Entwicklung der nützlichen Eigenschaften hält nicht am optimalen Stand an. Die Brontosaurier wachsen immer weiter, die Hauer der Säbelzahntiger werden länger. Das Wachstum setzt sich ad absurdum fort, bis, laut Dollo, »sich Lebewesen entwickeln, die nicht lebensfähig sind.« Den vier Meter großen Säbelzahntigern versperren die Hauer das Maul, so daß sie sich zuletzt nur von Mäusen ernähren können. Die Brontosaurier erreichen eine gigantische Größe, und das Gehirn, so groß wie das einer Katze, kann den Körper nicht mehr steuern, es bildet sich noch ein Gehirn im Beckenbereich, doch zwischen den beiden gibt es keine Koordination. Die Brontosaurier sterben an einer Schizophrenie der Anatomie aus.

Soviel zu Dollo. Du als alter Zyniker hast das seinerzeit auf Menschen übertragen. Im Kampf um das Leben trat der Mensch in die Fußstapfen der Säbelzahntiger oder Brontosaurier. Das Gehirn ist bei den Menschen gewachsen. Das Gehirn stellte für ihn einen unbestrittenen Vorteil im Kampf ums Überleben dar. Doch die Entwicklung stoppte ebenfalls nicht an einem optimalen Punkt. Die Kapazität des Verstandes wächst, die der Emotionen und des Willens bleibt gleich. Die Realität wird dank der Hypertrophie des rationellen Teiles im Gehirn immer komplizierter, sie gerät in immer unlösbarere Konflikte mit dem Gefühl und dem Willen. So entwickeln sich Individuen – zu einer Handlung unfähig –, die ausschließlich durch die instrumentelle Intelligenz gesteuert werden, nicht jedoch durch die reflexive Intelligenz, zu lebens-

unfähigen Individuen. Es gibt immer mehr und mehr davon. Heutzutage sind es ganze Klassen oder besser gesagt Schichten. Wenn diese Art von Überzüchtung die ganze Menschheit erfaßt, wird der homo sapiens aussterben.

Ich kenne Dich, lieber Dan, ich weiß, daß Du es nicht ernst gemeint hast. Doch vielleicht hast Du dabei eine Krankheit aufgespürt, der sich auch Marx und Engels bewußt waren. Zum Glück wurde noch nicht die ganze Menschheit erfaßt. Nur die Intellektuellen, wie wir.

We are the hollow men,
We are the stuffed men …
Leaning together,
Headpiece filled with straw. Alas!
Our dried voices, when
We whisper together
Are quiet and meaningless
As wind in dry grass
Or rats' feet over broken glass …

Wie exakt formuliert das ist! Oder der alte Rilke: wachen, lesen, lange Briefe schreiben/ und … in den Alleen hin und her/ unruhig wandern, wenn die Blätter treiben …

Genau das habe ich gemacht. Mein ganzes Leben lang. Ich habe Briefe geschrieben, dem Wind gelauscht, Gedichte gelesen. Und dabei war ich – darin liegt die Ironie meines Schicksals – immer unter Menschen – einfachen, noch nicht von der pathologischen Hypertrophie des Gehirns heimgesuchten –, und zwar in Situationen, als ihre Menschlichkeit am stärksten zutage getreten war. Ich habe Dir davon weder erzählt noch geschrieben, aber kannst Du Dir vorstellen, wie das ist, wenn man am Morgen nach dem Bombenteppich durch die Straßen geht und wenn man ein Kind sieht, das durch die gewaltige Kraft der Druckwelle wie eine Karikatur an einer halb verbrannten Mauer klebt? Ein plattgedrücktes, vergrößertes, zerquetschtes Flachrelief aus verkohltem Fleisch? Wie das ist, dann die Männer zu hören, wie sie im Wohnheim reden – Du weißt doch, was –, mit Tränen in den Augen sich dieses ungeheuerliche Kunstwerk des Krieges anzuschauen und dann in Ohnmacht zu fallen?

Vor solchen Dingen habe ich mich in die Poesie geflüchtet. Als man uns durch die verbrannten Straßenzüge zum Feuer brachte, rezitierte ich still während des Heulens der Sirene Verse … Ein Kind steigt aus. Die Mutter schreit./ Die Toten stehen stumm/ am Bahnsteig der

Vergangenheit./ Der Zug fährt weiter, er jagt durch die Zeit./ Und niemand weiß, warum …

Die Poesie war meine Zuflucht. Wieder und wieder kehrte ich zu ihr zurück in diesen Tagen. Ein Gedicht von Neumann fiel mir in die Hände: Poesie/ ist keine vergebliche Flucht vor der Erde und den Menschen. *Als wäre das ein direkt gegen mich gerichteter Vorwurf. Von lebenden, leidenden, kämpfenden Menschen umgeben, flüchtete ich mich in die Poesie. In den letzten Wochen habe ich fast den ganzen Neumann durchgelesen. Ich habe dabei einen Dichter entdeckt, den ich einst gewissermaßen verachtet hatte. Er kam mir damals so trocken vor, viel zu deklarativ, propagandistisch. Doch das war nur die Oberfläche, darunter verbirgt sich eine große Weisheit.*

Ich liebe alle Dinge, deren Beziehungen schlicht sind,
auch solche Menschen mag ich am meisten.
Sie sind rein und anmutig, auch wenn ich sie zum hundertsten Mal sehe,
sie bestehen aus dem Urstoff und schmecken wie reife Bucheckern.
Man fühlt sich geborgen mit ihnen und in Sicherheit,
wie im Zimmer eines Dorfbewohners, der gesund geblieben ist.
Sie sind nicht die bunten Scherben im Kaleidoskop,
das nach jeder Umdrehung dem Stern eine Lüge verleiht.

Ich weiß, daß Du jetzt eine Grimasse schneidest und denkst, was für ein naiver Tor ich doch bin. Doch ich kann nicht weiter den Weg gehen, von dem Du geschrieben hast. Ich spüre, daß die Wahrheit hier zu finden ist. Mir muß es endlich gelingen, aus diesem Brunnen zu trinken.

Dein Jan

I been there before.

Milans Gäste, die zu seiner *housewarming party* gekommen sind, lachen über mein Erlebnis. Ich gab die Geschichte zum besten, wie ich auf die Frage in einem Fragebogen, der von den Kollegen Bill Hogarth und Sugar Schwartz ausgeteilt worden war: *Wenn an der Universität in Edenvale eine Gruppe für das Studium des Marxismus gegründet werden sollte, hätten Sie Interesse, Mitglied zu werden?* mit dem Abschlußsatz aus Sugars geliebtem Huck Finn geantwortet hatte:

I been there before.

Die Gäste – auch die, die nichts begriffen haben – lachen, und jemand erzählt einen Witz, warum die Polizisten immer zu dritt unterwegs sind.

Barbaras Augen glänzen, sie wendet sich an Milan.

»Was hat er euch erzählt? Etwas Witziges?«

»Total witzig. Aber das würdest du nicht verstehen.«

»Warum meinst du, ich würde das nicht verstehen?«

»*You never been there before!*« Milan lacht dröhnend über den Witz, den damals nicht einmal Sugar verstanden hatte, auch wenn ihr das Zitat natürlich bekannt war. Wirklich verstehen tun ihn nur wir, diejenigen, die dort gewesen waren.

»Ich verstehe dich nicht«, meint Barb, auf kanadische Art versöhnlich, »hat er etwas von Huckleberry Finn erzählt?«

»Von wem? Na, siehst du! Du hast keine Ahnung, worüber man spricht!«

Barbara läßt sich nichts anmerken. Sie sieht, daß mein Glas und das Milans leer sind, sie ergreift diese mit ihren übertrieben geschmückten Fingern und geht zu dem Tisch, auf dem Milan eine Galerie von Flaschen arrangiert hat, wie man sie sonst nur bei den Empfängen von sozialistischen Botschaften zu sehen kriegt. Niemand weiß, was das Gericht beeinflußt hat, als es seinen hoffnungslosen Fall zu entscheiden hatte. Vielleicht der Selbstmord einer Polin, die dem Freitod Vorzug gegeben hatte vor der Abschiebung in Giereks Volksrepublik. Wie auch immer, Milan ist nun *landed immigrant* und schmiedet fleißig an seinem Glück. In der Ecke vor der nagelneuen Stereoanlage sitzt Veronika auf dem Boden, mit riesigen Kopfhörern auf dem Kopf und Tränen auf den Wangen. Barbara holt aus der Thermoskanne Eiswürfel, gießt den bernsteinfarbenen Whisky drauf und kommt wieder zu uns herüber. Jemand erzählt einen Witz von einem Polizisten, der versucht, eine in die Moldau geworfene Kippe auszutreten, und dabei ertrinkt. Alle lachen ausgiebig.

Barbara reicht Milan sein Glas.

»*Does he tell jokes?*«

»*Yeah.*«

»*Well*«, spricht Barb ruhig. »Könntest du das für mich übersetzen?«

»Das sind Wortspiele. Dafür reicht mein Englisch nicht.«

»Dann versuche es doch wenigstens. Ich würde sagen, dein Englisch reicht schon für eine ganze Menge.«

Aber Milan saugt egoistisch wieder die Atmosphäre Prags ein, die er mit Hilfe einer Čedok-Reisegesellschaft freiwillig verlassen hatte.

Ich beobachte Barbara, die Schiffbrüchige einer verzweifelten Liebe, wie sie zurück zum Tisch mit der Alkoholausstellung geht, sich einen Drink mixt, sich in einen Sessel fallen läßt und vom Couchtisch tschechische Zeitschriften nimmt, *Junge Welt*, *Kino*, *Melodie*, sogar die satirische Zeitschrift *Stachelschwein* ist dabei. Barbara blättert sie durch. Die Mischung aus Gesichtern von Parteibonzen und Popmusikern sagt ihr nichts. Sie steht auf und setzt sich vor die Anlage auf den Boden. Dort leuchtet ein Paar Knie in Nylons einsam im Zigarettenrauch. Erneut bricht Heiterkeit aus, diesmal rund um Herrn Zawynatsch. Doch gleich schlägt sie wieder in Ernst um.

»Den Sender stellen wir in Abessinien auf«, höre ich die Stimme von Herrn Pohorský. »Aus gewissen meteorologischen Gründen ist der Empfang von dort bei uns zu Hause, in der Tschechoslowakei, gut. Am Anfang werden wir acht Stunden am Tag senden, später zwölf. Gebt mir zwei Monate und ...«

Ich wende mich von Herrn Pohorský in der Befürchtung ab, daß er mir einen Job anbieten könnte, ich sehe die zwei leuchtenden Knie und zwei Mädchenköpfe, umschlossen von den überdimensionalen Stereokopfhörern.

Barbara nimmt sie gerade ab, steht auf, läßt kurz ihren Blick auf Milan ruhen, doch er ist mit seinen Gedanken wohl gerade in Abessinien. Sie tritt ans Bücherregal, nimmt ein neues Puzzle heraus und setzt sich auf den Boden.

Also geselle ich mich nun zu Veronika. Ich deute auf die Kopfhörer. Veronika öffnet ein Ohr.

»Was hörst du da?«

»Milan hat neue Platten aus Prag da!« Ein Cocktail aus Glück und Traurigkeit läßt ihre Augen glänzen. »Kennst du Ulrychová?«

»Ich weiß, daß es sie gibt.«

»Ich kannte sie. So ein dickes Mädchen. Aber die Stimme! Riesig!«

Ich setze mir den Wunderhelm auf und trete in Verbindung mit Veronikas Welt. Sie war auch einmal meine gewesen. Nur zum Teil. Den anderen Teil, die Literatur, gibt es dort nicht mehr. Vielleicht war sie nicht so bedeutend, doch sie hatte was an sich von der Art eines Herren, der gerne weiße Anzüge trägt und großer Pessimist ist. Wir hatten um die Freiheit gezankt, und da sie heranwuchs, füllten wir sie mit kleinen Geschichten. Ich höre zu. Es scheint mir, daß man auch ohne Freiheit so manches anstellen könnte. Vielleicht sogar jede Menge. Besser gesagt: mit der Freiheit, die man uns solange zugesteht, bis man uns alle, genau nach Platon, aus dem Paradies verjagt.

Ich höre zu. Von der Platte hört man elektronische Musik und Streicher. Wozu also diese ganze Qual? Sie steht immer in einem Mißverhältnis zum mühsam erkämpften Gesamtergebnis. Das Bedürfnis, sich zu äußern, hat zumeist eine Intensität, die in keinem Verhältnis zum Vermögen steht. *Das Spiel ist ganz und gar verloren, und dennoch wird es weitergehen.* Armer Jan. Wenn wir nicht so sinnlos für die Freiheit aufgetreten wären – wir, die wir sie damals zu nichts Großartigem zu gebrauchen wußten –, würde vielleicht jetzt aus den Kopfhörern nicht diese große, wunderschöne Stimme erklingen, die man wohl nicht normalisieren kann, der es piepegal ist, daß ihre Philosophie mehr zum Geheimnisvollen Fremden paßt als zu den Organisationen der Sozialistischen Jugend; eine Stimme, die aus dem Bißchen Freiheit, das vorwiegend von uns erkämpft worden war, ein absolutes Maximum destilliert:

Ein Zug rast durch die Nacht,
die erste Klasse schläft.
NA UND?
Die Lichter leuchten. Der Zugführer
übersieht die Signale.
NA UND?

Ich schließe die Augen. Was hätte diese Stimme vor fünfundzwanzig Jahren gesungen, als wir zu spielen angefangen hatten? Ich stelle mir eine andere vor, eine ebenfalls starke und wunderschöne Stimme. Sie hatte einem Mädchen namens Venuše Paroubková gehört. Sie hatte gesungen:

Wir schauen kühn in die sonnendurchflutete Ferne,
über der Heimat leuchten die Siegessterne.
Unser wacher Führer, der teure Genosse Stalin
lebt mit uns hier, in Frieden, im Glück …

Nicht, daß sie das unbedingt gewollt hatte. Als dann das Estradenkonzert zu Ende war, sang sie etwas anderes. *Und aus dieser Stimmung entstand der Swing, ein Tanz ohne Makel. Als erster spielte ihn ein betrunkener Matrose* ... Auf der Bühne hatte sie aber mit einer großen Stimme gesungen, wie uns die Gesetze geheißen hatten. Doch wo ist Venuše Paroubková jetzt? Und wo ist Jan, der ewige und dennoch belanglose Dichter? Und, letzten Endes, wo bin ich, Jans leichtfertiger Erzähler zynischer Geschichten?

Von den dreien bin ich zweifelsohne am besten dran. Ich lebe, ich befinde mich in Kanada und lausche einer zwanzig Jahre jüngeren Stimme aus dem Wunderhelm, von einer anderen glücklichen Sängerin, unter glücklicheren Umständen auf die Welt gekommen, die ein Lied singt von einem mir unbekannten Texter, der auch Schwein hatte, daß ihn zwei meiner Zeitgenossen entgegengesetzten Geschlechts ein Vierteljahrhundert später gezeugt hatten als Venuše, deren Erzeuger aus der Generation meiner Eltern stammten.

Wir freuen uns, wir empfinden Traurigkeit, am Morgen schmerzt ein Zahn.
Wir sorgen uns, daß er sich aus dem Staub macht, und vergiften uns mit Pilzen.
NA UND?
Das All rast weiter und weiter
im Schnittpunkt der absoluten Wege ...

Ein intensives Unglücksgefühl hält mich plötzlich in seinen Krallen. Dabei fließen keine Tränen, wie ich sie aus den Augenwinkeln Veronikas die Wangen herabperlen sehe. Der Texter, dessen Identität mich nicht interessiert, hat das Ideal erreicht. Das Cover war verlorengegangen, kein Mensch weiß mehr, wer das verfaßt hat, aber junge Mädchen vergießen Tränen beim Zuhören, sogar in dieser unschönen Zeit schlummert in ihren Herzen – vielleicht – etwas Unwesentliches.

Nadja – ihr bleiches Gesicht an einem verregneten Tag im Sommer; Schwester Udelína schickte mich destilliertes Wasser holen, und wie ich so durch den halbdunklen, todbringenden Gang des ehemaligen Waisenhauses, das man zu einer Station für innere Medizin umfunktioniert hatte, lief, sah ich das fahle, schneeweiße Gesicht und die alt erscheinenden, glühenden Augen unterhalb des auf Großmutter-Art gebundenen Kopftuches. »Nadja! Was ist ... was machst du hier? ...« »Die haben mir einen Pneumothorax gemacht«, erklärte sie. Sie blieb stehen; auf ihren Wangen spiegelte sich das Weiß des Krankenhauses im todbringenden Licht der hoffnungslosen, grauen Fenster, es kroch an ihrem Pullover herab, der vorne nur dürftig ausgefüllt war, es kroch über den formlosen, grauen Rock, weiter über ihre dünnen Beine in den Baumwollstrümpfen bis zu ihren ewigen Männerwanderlatschen.

»Nadja, das ist gut ... daß du dich ... behandeln läßt ...«, in diesem todbringenden glänzenden Grau klang meine Stimme ungeheuer idiotisch. »Wenn man dir schon einen Pneumothorax gemacht hat, wird's dir sicher bald besser gehen ...« Es dreht mir fast den Magen um vor dieser unheimlichen Traurigkeit; durch diese Krypta, die man hier Gang nannte, hatte gestern Schwester Udelína einen Rollstuhl mit einem Mädchen wie ein Skelett mit einer blauen Nummer am Unterarm geschoben. Ich flüsterte Doktor Preisner zu: »Was ...?« »Die geht gleich ex«, antwortete er mir ebenfalls flüsternd. »Da kann man absolut nichts mehr machen.« Ich sah mich nach dem Skelett auf dem Rollstuhl um. Über die weiße Haut, die den Schädel überzog, flossen lebendige Tränen. Sie flossen aus mandelförmigen Augen, wie sie auch Rebina hatte und die auch Sugar Schwartz hat. Es war im Sommer gewesen, im Jahre des Herrn fünfundvierzig.

»Sie wurde von den Amerikanern aus Buchenwald befreit«, sagte mir Schwester Udelína. »Sie will nach Hause. Wir beten dafür zum heiligen Josef. Wir beten, sie möge glücklich sterben. Jeder möchte schließlich zu Hause sterben.« Aber das skelettähnliche Mädchen wollte ganz eindeutig leben. Die Augen in ihrem Schädel machten einen intelligenten Eindruck. Sie wußten, weder V-day noch D-day hatten mit ihrem Fall etwas zu tun. Sie bewegte sich vorwärts und wurde von den liebevollen Händen Schwester Udelínas in das weiße Grab des Bettes im alten Waisenhaus gesteckt ...

NA UND?
Das All rast weiter und weiter,
Im Schnittpunkt der absoluten Wege ...

Das singt diese große, wissende Stimme. Ihr Wissen schöpft sie natürlich nur aus dem Gefühl des Hawthorneschen Herzen, aus diesem Rätsel der Weisheit in einem dummen Menschen. Sie unterstreicht die Worte des unbekannten Texters, der das Ideal von Čapek erreicht hatte.

Im Schnittpunkt der Gefühle, der Gedanken und Sphären,
im Schnittpunkt der absoluten, absoluten Wege.
NA UND?

Ich bin traurig, von der Traurigkeit jener erfüllt, die sich – törichterweise – vom ewigen menschlichen Schicksal abgrenzen wollen. Eine Sekunde der Erinnerung umfaßt alle meine zahlreichen Schriften, doch wo bleibt diese Stimmung? Das Maximum, das aus dem Minimum tröpfchenweise zugebilligter Freiheit destilliert wurde? Mir scheint, so etwas gibt es nicht. Ich tröste mich damit, daß ich wenigstens einen kleinen Anteil an diesen Tropfen habe, aus denen andere den absoluten Weg, den Schnittpunkt der Wahrheit destillieren. Ich tröste mich trostlos. Ich bin nicht einer von denen, die sich mit dem Los der menschlichen Allgemeinheiten zufrieden geben wollen. Ein nur geringer Anteil interessiert mich nicht. Ich möchte ewig leben, vielleicht deshalb, weil ich nie genug gelebt habe, weil ich ewig leben wollte: dieser *circulus vitiosus* aller Schreiber, Verfasser und Schriftsteller. »Ich weiß nicht«, meinte Nadja. »Der Doktor sagt das auch. Aber er muß so etwas sagen. Doch ich hab keine Angst.« Hast du jemals Angst gehabt, Nadja? Ich hatte sehr wohl Angst. Eine fürchterliche Angst. »Komm mit«, sagte Meister Vachoušek unfreundlich, ich spähte nach Nadjas Augen, sie ließ den Bohrmaschinengriff los und streckte ihre Hand nach mir aus. »Hast du gehört?« fuhr mich Vachoušek an, und ich löste mich von meinem Platz, die Beine waren bleischwer, so schwer wie sie wohl nur bei einem zum Tode Verurteilten sind, wenn man ihn von seiner Zelle durch die Gänge auf den Gefängnishof bringt, wo die furchtbare Vorrichtung der Revolution steht; so schwer von der ganzen Gravitation der riesigen Erdkugel, die ihm bald das Genick brechen wird. Fast ohnmächtig lief ich hinter Meister Vachoušek her. »Setz dich mal hin«, sagte er in seinem Aufsichtsraum zu mir. »Weil du dich sowieso gleich hinsetzen wirst. Es gibt Ärger. Uippelt hat in der Schweißwerkstatt ein Kreuz mitgenommen.« Ich setzte mich in der Tat. Die Erdgravitation schmiß mich auf den Holzhocker, vergeblich versuchte ich, etwas zu sagen. Doch das erwartete der Meister gar nicht. »Jetzt geht's darum«, fuhr er fort, »ob er rauskriegt, daß es 'ne ganze Serie davon gibt. Ich denke schon. Denn wenn es nur zwei, drei Kreuze wären, hätte man sie als Ausschuß weggelegt und nicht neu geschweißt.« Er sah mich an, er war ernst, aber ob er auch Angst hatte, konnte ich nicht erkennen. Er ließ es sich nicht anmerken. »Und dann wird's darum gehen«, sprach er weiter, »ob er das Geschweißte so hinnimmt oder ob er auf Nummer Sicher gehen will. Ich denke aber, eher das zweite.« Mir war zumute, als würde man mir schon die Kapuze aufsetzen, das Gefühl drohender Ohnmacht überkam mich. Die schwarze Kapuze umhüllte mich, der Kopf des Meisters verschwand, ich hörte nur noch seine Stimme: »Und dir ist wohl klar, du Student, wie er auf Nummer Sicher gehen kann, damit er keinen Ärger bekommt? Einen Riesenärger! Weil er mangelhafte Teile für die Ausrüstung eines Kampfflugzeuges hat durchgehen lassen!« Mir war zumute, als hätte man soeben das Todesurteil über mich gesprochen. Ich torkelte aus dem Aufsichtsraum, die ganze Halle drehte sich um eine horizontale Achse. Ich lief aufs Klo, mir wurde übel, ich erbrach mich in eine der verdreckten Kloschüsseln, dann lehnte ich mich gegen die Wand. »Hör mal«, quatschte mich Kos an, »der Idiot Malina will nicht glauben, daß Schnecken Männchen und Weibchen in einem sind.« »Das glaub ich nicht«, sagte Malina, »weil ich gesehen hab, wie die vögeln.« »Na und?« entgegnete Kos. »Die vögeln doppelt, du Trottel. Die weibliche Hälfte mit der männlichen, und die männliche mit der weiblichen. Erklär ihm das, du Hornochse«, wandte er sich an mich. Ich hatte nicht die geringste Lust, diese Proletarier aufzuklären, doch was sollte ich tun? In meinem Kopf heulte ein Wirbelwind, der von dem ungeheuren Verlangen, irgendwo irgendwie irgendeine Rettung zu finden, angetrieben wurde, er drehte sich, mit Tausenden von Händen griff er nach Tausenden dünnen Halmen, doch die Halme brachen. »Das ist richtig«, bestätigte ich. »Schnecken sind Hermaphroditen. Sie haben zwei Geschlechtsteile im Körper.« »Das ist doch Quatsch, du Schwachkopf«, sagte Malina. »Warum sollte das so sein? Wozu?« »Das weiß ich nicht«, antwortete ich matt. »Es ist einfach so.« »Ihr seid Vollidioten, ihr beiden. Das ist doch vollkommen überflüssig«, regte sich Malina auf. »Wenn die 'nen Schwanz und 'ne Möse in einem Körper hätten, dann könnt ja jeder für sich allein vögeln, ihr Kamele.« »Es gibt auch solche Tiere«, sagte ich. »Zum Beispiel den Bandwurm.« Malina warf mir einen feindseligen Blick zu. »Du redest ’n Mist. Du denkst wohl, ich fresse alles, du Dromedar?« »Und was meinst du, wie Bandwürmer bumsen?« fragte Kos. »Meinst du, daß man zwei davon im Bauch hat? Ein Männchen und ein Weibchen?« »Mein lieber Mann!« mischte sich Ponykl in die Diskussion ein. »Stellt euch vor, wie so ein Bandwurm ’nen Ständer kriegt und rangeht! Ich möchte nicht in der Haut von einem stecken, bei dem die Bandwürmer im Bauch vögeln! Mann!« In meinem Kopf brauste ein Wirbelsturm, und in Gedanken griff ich nach immer neuen Halmen, ich dachte an Nadja, an Přema …

Auf die weißen Seiten schreibt Tag für Tag
die schwarzweiße Presse.
NA UND?

Was wäre damals passiert, wenn …
Das Weltall rast weiter und weiter
im Schnittpunkt der absoluten Wege …

Veronika hatte es damals noch nicht gegeben. Auch Sugar Schwartz nicht. Professor Hogarth hatte es schon gegeben, doch er war in Kanada und gerade mal zehn Jahre alt. Er hatte keine Gelegenheit gehabt, an der Küste der Normandie zu fallen, mit der *Bierpolka* auf den Lippen, für den Kommunismus, den er jetzt zu studieren beabsichtigt.

»Nadja«, fing ich an. »Dein Mann … ist er nicht mehr sauer auf mich?« »Ach wo. Er ist so lieb. Du darfst dich aber nicht wundern. Damals hat er Angst um mich gehabt.« Ich weiß, Nadja. Das hatte ich an der Wucht seines Schlages gemerkt. Er hatte Angst um dich gehabt. Ich war ausschließlich mit meiner eigenen Angst beschäftigt gewesen. Die genauso stark war wie die, die durch Frantas Schlag zum Ausdruck gekommen war. »Er …«, sprach Nadja weiter, »er wartet draußen mit der Kutsche auf mich.« Sie lächelte. »Ich bin ein richtiges Häufchen Elend, Dan. Nicht einmal auf den Schwarzen Berg schaff ich es alleine.« Sie hustete. »Wenn du willst …«, ihre Augen waren wie Kohlenstückchen in dem schneeweißen Gesicht am Hang des Berges, des Winters, der Nacht, und sie sahen mich an, zum ersten Mal, seit ich sie kannte, erfüllt mit einem egoistischen Wunsch, mit ihrem eigenen Wunsch … »kannst du uns mal besuchen. Ich würd mich freuen …« Nie mehr später hörte ich etwas Vergleichbares. Nicht aus einem Frauenmund. Sie reichte mir ihre heiße Hand. Ich sah aus dem Fenster jenes Zimmers, wo das skelettähnliche Mädchen am nächsten Morgen gestorben war. Auf dem Weg vor dem Waisenhaus stand ein Pferd, eingespannt in eine Dorfkutsche. Ein Kerl wie ein Baumstamm wartete neben dem Pferd, und als Nadja in ihren riesigen Schuhen aus dem Waisenhaus trat, half er ihr auf den Kutschbock und legte sanft einen dicken Pelz über ihre Schultern. Ich blickte wie aus der Hölle ins Paradies, eine unsägliche Traurigkeit spaltete meine Seele …

Im Schnittpunkt der Gefühle, der Gedanken und Sphären,
im Schnittpunkt der absoluten, absoluten Wege …
NA UND?
NA UND?

Ich nehme den Wunderhelm ab. Das kann nicht gesund sein. Ich brauche eine Aufmunterung von Herrn Pohorský, Brian Zawynatsch oder Tussie Cabicarová. Ich sehe mich um. Barbara sitzt anmutig auf dem Boden vor einem ausgebreiteten *jigsaw puzzle.* Über ihr hängt ein goldener Rahmen mit ihrem eigenen Gesicht, einem riesigen *blow-up*, angefertigt in einem Spezialladen auf der Yonge Street. Milan packt es also mit dem ganzen feierlichen Trara von romantisch Verliebten an. Aus dem Puzzle vor Barbara entsteht langsam Sherlock Holmes, er ist noch nicht ganz fertig. Ich gehe zu ihr und werde Zeuge eines Dialogs, denn von der anderen Seite kommt Milan auf sie zu, er ist schon ziemlich blau.

»*Well, well.* Kanadische Gewohnheiten. *Puzzles.*«

Barb blickt ernst zu ihm auf. Sie ist sogar noch in der Lage, Ironie zu versprühen.

»Das sind keine kanadischen Gewohnheiten. Ich tu es, weil es mir Spaß macht.«

Milan reicht ihr einen Drink, die Eisstückchen klirren.

»Trink mal was. Das wird dir noch viel mehr Spaß machen.«

Doch Barb nimmt das Angebot nicht an. Bewußt setzt sie ein Puzzlestück in das Knie von Holmes ein. Dann hebt sie wieder die Augen zu ihrem *boyfriend* und überführt ihn mit Hilfe eines Zitates, das Milan nicht kennt, genausowenig wie den letzten

Satz aus Huck Finn, seines Unwissens. Wie sollte er ihn auch kennen? Als *Citizen Kane* in Prag lief, war Milan noch gar nicht auf der Welt.

»*You never give me anything I really care about*«, trägt Barb vor und erwartet törichterweise, daß Milan es verstehen würde. Er würde es aber auch nicht verstehen, wenn er die Zeit hätte nachzudenken, aber die hat er jetzt sowieso nicht. Er wird gerufen. »Milan! Milan!« hallt es von den tschechischen Herren, die sich mittlerweile rund um den Tisch mit der Alkoholausstellung versammelt haben.

Eine Weile lang sieht ihm Barb nach, dann nimmt sie ein neues Stück in die Finger und überlegt, wo es hinpassen könnte.

Na und?

Ich gehe zu Veronika zurück.

Na und?

Na und?

An einem Ohr schiebe ich ihr den Kopfhörer beseite und schreie in ihr kleines Ohr: »Wo ist dein Ritter Parzival?«

Veronika zuckt mit den Schultern und nimmt den Wunderhelm ab. Mit der Hand wischt sie sich die Tränen weg.

»Ich weiß nicht.«

»Aber du bist doch mit ihm zusammen, oder?«

»So ungefähr«, meint sie. »Ich wollte ihn nicht mitschleppen. Er würde nicht zu uns passen. Dann müßten wir alle Englisch reden.«

Ich nicke in Richtung Barbara, die in das Puzzlespiel vertieft ist.

»Und sie? Sie paßt doch gut hierher.«

»Ich bin nicht so ein rücksichtsloser Rüpel wie Milan«, erklärt Veronika.

»Er hätte doch mit dir zusammen Platten hören können.«

»Tschechische? Das würde ihm bestimmt keinen Spaß machen.«

»Liebt er dich denn so wenig?«

Veronika holt aus der Tasche ihres Cordsakkos ein Kleenex und trompetet ordentlich hinein. Das Trompeten läßt sie sich nehmen. Sie vertreibt dadurch ihren Spleen. Dann sagt sie:

»Hör mal, Herr Professor, er möge einen freundlicherweise nicht so ausquetschen! Ich frage ihn auch nicht über seine Lolitas aus.«

Was für eine schöne Aufmunterung! Wie eine uralte tschechische Waffe für typisch tschechische Lebenslagen. Veronika fährt fort:

»Ich weiß es selber nicht, wie sehr er mich liebt. Wahrscheinlich ziemlich, weil es mit mir bestimmt ganz schön langweilig ist. Mich interessiert eben nur die Tschechoslowakei.«

»Und dir ist nicht langweilig mit ihm?«

»Mir nicht.«

»Liebst du ihn so sehr?«

Veronika denkt nach. Dann sagt sie:

»Er geht mir eher auf den Geist.«

In ihren Augen sehe ich konzentrierte Traurigkeit und große Selbstbeherrschung. Sie deutet auf den Tisch mit den Flaschen, deren Pegel stark gesunken war.

»Vizivizi«, sagt sie, was in ihrem Parlando bedeuten soll, daß sie etwas trinken möchte. Wahrscheinlich will sie sich betrinken.

Sie kriegt ihren Whisky, und dann pfeift sie mir was, verschwindet wieder unter ihrem Astronautenhelm und schwebt auf Laserstrahlen nach Hause, nach Prag.

Lieber Daniel,

hoffentlich wirst Du Dich nicht ärgern, nein, Du bestimmt nicht. Aber ich habe in Prag niemanden, an den ich mich wenden könnte, nur Dich. Nein, es ist nicht so schlimm, aber ich will nicht an die Lewits schreiben, ich weiß eigentlich nicht genau, warum nicht. Oder vielleicht doch. Du warst schon immer mein Freund, in guten wie in schlechten Zeiten, meistens in den schlechten, es gab wenige gute Zeiten, zumindest für mich. Vielleicht könntest Du mir behilflich sein. Mein kleiner David braucht eine Medizin, das Rezept lege ich bei. Bei uns bekommt man sie nicht, angeblich nur in Prag, es ist eine ausländische Medizin, ich weiß wirklich nicht, wo Du sie beschaffen könntest. Ich verlaß mich drauf, daß Du es irgendwie schaffst. In Prag bekommt man diese Dinge immer irgendwie, also wenn Du immer noch mein Freund bist – ich weiß, daß Du es bist, auch wenn weniger Freunde übriggeblieben sind, als ich noch vor einiger Zeit gedacht hatte –, Du machst das für mich, stimmt's? Ich schicke Dir kein Geld, und zwar aus einem einfachen Grund: ich habe nicht so viel. Ich arbeite hier in der Weberei, und Du weißt doch, für Handarbeit hatte ich schon immer zwei linke Hände – oder vielleicht sollte ich heutzutage eher sagen: rechte –, kurz und gut, Normen überschreiten tue ich sicher nicht. Ich kann es nicht. Im voraus möchte ich mich bei Dir vielmals bedanken.

David braucht die Medikamente wirklich dringend, ich habe Angst um ihn.

Jetzt geht es mir schon besser, ich weine nicht mehr – nicht mehr so oft. Und haben auch eine etwas bessere Wohnung. Es gibt einen netten Nachbarn hier, er hat das Dach bei mir repariert … besser gesagt, er hat das Dach neu gemacht, denn das, was wir über dem Kopf hatten, als man uns hier reinsteckte, war weniger ein Dach als vielmehr … was gibt es da für einen Ausdruck? Ich meine einen Fachausdruck. Eine Metapher? Nein. Etwas anderes. Du wirst das schon wissen. Der Nachbar ist Maschinenschlosser bei uns in der Fabrik, aber von Leo redet er nicht, nicht ein einziges Mal hat er ihn erwähnt. Natürlich weiß er Bescheid, alle hier wissen das. Meistens sind sie nett zu mir, aber sie sind auch neugierig. Nur ein Idiot würde meinen, es sei seine Pflicht, und ausgerechnet ein Meister dachte, mich aufklären zu müssen, wie ich durch ehrliche Arbeit … wegen meinem Mann … Du kennst das doch. Aber die Frau Bobešová, die mit mir zusammenarbeitet, hat ihn damals zurechtgewiesen, und seitdem hat er es nicht mehr versucht. Ich kann es aber immer noch nicht glauben, daß er so etwas gesagt hat. Daß auch Menschen im normalen Leben so etwas sagen, nicht nur die in dem fiktiven, wo Leo das angetan wurde. Frau Bobešová fragt mich auch nicht aus, aber es gibt hier genügend Weiber, die das für sie tun. Doch ich habe mich schon daran gewöhnt – fast. So langsam gewöhne ich mich an alles.

Daniel, mein treuer Goi, ich bin doch erst neunundzwanzig. Mein Gott, hoffentlich kommt nicht noch was Schlimmeres auf mich zu. Ich werde wohl bis zum Ende meines Lebens in der Weberei arbeiten, eigentlich will ich nichts mehr, wirklich nichts. Jetzt brauche ich nur die Medizin für David, ich weiß, daß Du sie besorgen kannst.

Und wenn Du Lust haben solltest, kannst Du mir auch schreiben. Nimm Dir ein bißchen Zeit zwischen Deinem sicherlich umfangreichen Liebesbriefwechsel (aber Du telefonierst bestimmt mehr – mich kannst Du nicht anrufen, ich habe kein Telefon) für Deine treue

Rebele

Jemand klopft heftig gegen meine Tür, und bevor ich *Come in!* sagen kann, fällt – und das wortwörtlich – Ludmila Parkinson in mein Büro.

»*Dan! It's awful! It's so frightening! Excuse me but I'm scared!*« Mit ihrem slawischen Hintern läßt sie sich in einen der Plastikstühle fallen, hergestellt für die angelsächsischen Popos der Studentinnen, die von mir ein Tutorium wünschen. Gleich springt sie wieder auf:

»*It's Rocky! They're killing him!*«

»Was? Wer will Rocky umbringen?«

»*The radicals!* Ich habe auch Hakim gesehen!«

Die Radikalen? Und ausgerechnet Rocky? Vom gesamten Professorenkollegium steht er ihnen doch am nächsten. Im letzten Semester hatte er statt schriftlicher Arbeiten Bilder entgegengenommen, und in diesem Semester akzeptiert er in seinem Kurs über die englische romantische Poesie angeblich sogar Plastilinfiguren, soweit diese die Stimmung aus der »Ode an den Westwind« zum Ausdruck bringen. Oder vielleicht sogar griechische Urnen aus Plastilin. Warum also Rocky?

Es ist wahrscheinlich Ludmilas ukrainische Imagination. Die ukrainische Imagination ist pathologisch. *Or is it?* Ludmila wünscht jedem nur Gutes, doch wenn in der Zeitung ein Artikel darüber erscheint, daß in die Krankenversicherung der Provinz Ontario auch zahnärztliche Vorsorge mit aufgenommen werden soll, packt sie ihre Koffer und ist im Begriff, mit ihren eigenen vier anglo-ukrainischen Kindern und drei Adoptivkindern indianischer Abstammung vor dem Bolschewismus in die Südstaaten der USA zu flüchten.

»Dan! Schnell! Wir müssen ihm helfen!«

Sie packt mich am Arm, wir rennen durch den Gang, wo bereits das Licht brennt und der zu dieser Tageszeit menschenleer ist. Aus der Ferne hört man tatsächlich das Gewirr vieler Stimmen, sogar Schläge kann man vernehmen.

»Ich war in der Zweihundertfünfzig bei dem angelsächsischen Seminar, und auf einmal hörte ich aus der Zweihunderteinundfünfzig das hier!« Ich horche nach dem Geschrei und renne ihr nach. »Ich hab an die Tür geklopft, aber niemand hat geöffnet. Und so drehte ich am Griff, sah hinein, und dort ...«

»Was?«

»... haben sie Rocky gewürgt!«

Wir biegen um die Ecke. An der Tür vor der Zweihunderteinundfünfzig stehen zwei Studenten aus ihrem Kurs.

»Wo sind Margie und John?« fragt Ludmila.

»Sie sind hineingegangen.«

»Was heißt das?« frage ich.

Beide Studenten zucken mit den Schultern.

»Rocky hatte dort sein Seminar«, Ludmila spricht mit beklommener Stimme. »Wahrscheinlich hat er etwas gesagt, was die Radikalen auf die Palme gebracht hat ...«

»Es gehen doch nicht nur Extremisten zu der Veranstaltung über zeitgenössisches Drama!«

»Aber Hakim geht hin. Und das schwarze Mädchen – Gwendolyn Washington.«

Ich öffne die Tür. Was sich uns darbietet, ist beängstigend und seltsam zugleich. Rocky liegt auf dem Pult, sein schwarzer Vollbart ragt zur Decke wie ein Rufzeichen. Zwei halten ihn an seinen Händen und zwei an seinen Füßen fest, zwei würgen ihn, und Wendy McFarland trommelt mit ihren kleinen Fäusten gegen seinen Bauch. Ich habe nicht geahnt, daß die sich immer über alles wundernde Wendy sich auch dem Radikalismus angeschlossen hatte. Doch Rocky hat anscheinend auch Anhänger. Jenny Razadharamithan drischt gerade mit einem dicken Paperback auf Wendys Kopf ein, auf dem Boden vor dem Fenster hockt Bellissimmo und preßt ein blutiges Kleenex auf seine Nase. Vicky und zwei nicht identifizierbare Mädchen in Jeans schlagen sich mit dem Quarterback Higgins, ein Stück weiter würgt Gwendolyn Washington Larry Hakim. Es sieht ganz nach einem Fraktionskampf aus.

Plötzlich knackst es in meinem Kopf, und es wird mir schwarz vor den Augen.

Ludmila hinter mir kreischt.

Jemand hat mir eins übergezogen, mir ist schwindlig. Ich torkle hinaus, vor meinen Augen flimmert es. Ludmila schlägt die Tür von außen zu und lehnt sich mit dem Rücken dagegen. Ich halte meinen Kiefer und teste die Zähne. Zumindest scheint keiner zu wackeln.

»*What shall we do?*« jammert Ludmila.

In der Tür des benachbarten Büros erscheint zuerst eine Pfeife, dann ein Kopf. Doug McMountain. Er nimmt seine Pfeife aus dem Mund und fragt mit typisch englischer Gelassenheit:

»Was ist denn los?«

»Das weiß ich auch nicht genau«, sage ich. »Gerade hat mir jemand eins aufs Maul gehauen. Ludmila meint, es sei ein Aufstand der Extremisten.«

»Quatsch«, meint Doug, geht zur Tür, öffnet sie und wirft einen Blick in den Raum. Auf einmal bewegt er sich rückwärts, sein Tschibuk fällt zu Boden, und ein Golfball rollt nebenher. Doug schließt die Tür, befühlt bedächtig seinen Kiefer und sagt ruhig:

»*I'm going to call the campus police.*«

»*Oh, my God!*« schreckt Ludmila auf.

Päng, päng, bumm! Von innen dröhnen Schläge, die anscheinend durch den Aufprall eines harten Gegenstands gegen die Tafel erzeugt wurden. Röcheln. Wimmern.

Doug und ich sehen einander an. Uns beiden schwillt die Backe an. Die Faust und der Ball, die uns getroffen haben, waren echt und nicht nachgestellte Gewalt wie im Fernsehen.

Durch den Gang kommen zwei Männer in der Uniform der Uni-Sicherheitseinheit angerannt.

»*In there! Hurry!*« kreischt Ludmila.

Die uniformierten Männer machen die Tür auf. Neben dem Pult stapelt sich nun ein Haufen von Körpern, Jungs und Mädchen decken einen bestimmten Körper ganz unten zu, von dem man nur die Beine in Cowboystiefeln sieht – es sind die des Herrn Professor Rocky McBeth. Diese Beine zucken wie im Koma.

Die Männer in Uniform stürzen sich fachmännisch in das Gewühl und werfen die Körper zur Seite. Wir bewegen uns mit Sicherheitsabstand vorsichtig hinter ihnen her. In dem Durcheinander von Jeans und geblümten Blusen erscheint die Spitze des Vollbarts von Rocky, danach er selbst. Er stiert den Campus-Polizisten an, wird krebsrot und setzt sich auf. Er sieht wieder ein wenig so aus wie damals, als er aus Protest gegen das Zimmer ohne Fenster demonstrativ die Sitzung verlassen hat.

»Was soll das bedeuten?« schreit er mit seiner jugendlichen Stimme.

»*Well*, Sir, und was soll *das* bedeuten?« fragt der Polizist verwundert und deutet auf das Durcheinander der Körper. Wendy steht auf, von ihrer Bluse hängen an der Hüfte nur noch Fetzen herunter, doch zum Glück trägt sie einen BH.

»Das ist ein Test in Englisch drei sieben drei«, spricht Rocky ernsthaft, aber mit drohendem Unterton. »*Contemporary Drama.*«

Das ist es auch.
Na und?

Lieber Danny,

es sind schon fast zwei Jahre her, seit ich dir aus Sizilien geschrieben habe. Ich hatte Glück, denn kurz darauf hat man meine Ausreise nach Australien bewilligt. Dort hat man sich nicht an meinen Zähnen gestoßen wie in den USA. Jetzt bin ich fast zwei Jahre hier, nur gehen mir die hiesigen Teetrinker auf die Nerven. Mit denen kann man einfach nicht reden. Sie sind prähistorisch, was die politischen Ansichten betrifft, aber der Lebensstandard ist hier hoch. Fleisch esse ich jeden Tag riesige Brocken über den ganzen Teller am Freitag habe ich sogar gefastet nicht daß ich ein Kerzenweib wäre aber ich mußte eine Pause vom Fleisch einlegen. Am Freitag esse ich Haddock, das ist irgend so ein Fisch.

Ich will dir schreiben was ich so mache. Zuerst habe ich ein halbes Jahr in einer Metallfabrik gearbeitet, darin hatte ich noch Übung aus dem Protektorat. Ich habe genug verdient aber Tschechen die in Sydney Urlaub gemacht haben, haben erzählt daß man in New Guinea auf den Ölfeldern viel mehr verdient. Ich habe mit denen einen Vertrag gemacht und bin illegal dorthin gefahren. Es war wirklich schwere Arbeit aber man konnte richtig was verdienen. Ich habe viel Geld gespart weil ich in einem Wohnheim gewohnt habe, habe mich selbst versorgt bin zu keinen Weibern gegangen und jetzt habe ich mir für das gesparte Geld ein Grundstück in Australien gekauft und dort werde ich eine eigene Farm gründen. Mir hat das schon immer gefallen ein Bauer zu sein wie der Onkel Martin, das war der Bruder meines Vaters wenn du dich noch erinnern kannst der hat den Bauernhof in Mähren vom Opa geerbt weil er kein Invalide war. Von ihm haben wir immer Sliwowitz bekommen, auch während des Krieges, von dem du dich damals mit meinem Vater so besoffen hast wenn du dich erinnerst. Aber zu Hause konnte ich kein Bauer werden, als damals der Boden im Sudetenland in Beschlag genommen wurde war ich beim Militär und danach war alles schon aufgeteilt und verstaatlicht. Aber in Australien geht das, mein Grundstück ist so groß wie das des Grafen Czernin, wo du deine Ferien verbracht hast, aber für hiesige Verhältnisse ist das eigentlich normal. Ich fahre nächste Woche hin und werde dir wieder schreiben wenn ich mich da ein wenig eingelebt habe. Angeblich holt dort ein Flieger einmal im Monat die Post ab. Bei euch soll es wohl ein bißchen mehr Freiheit geben nachdem die Kommunisten ihren Parteitag in Moskau abgehalten haben und Chruschtschow eine geheime Rede über Stalin gehalten hat, vielleicht hast du sie gelesen. Vielleicht kannst du mir auch ein paar Zeilen schreiben.

Dein alter Freund Přema

Na und?

Es war ein kollektiver Test, bei dem die Frage lautete: *Improvise a performance in the manner of Artaud's Theatre of Cruelty.* Auf einer Sondersitzung, die auf Wunsch des Polizisten einberufen wurde – er fühlte sich beleidigt, weil er von Rocky beschuldigt wurde, ein Seminar gewaltsam gestört und damit die akademischen Freiheiten verletzt zu haben –, räumte Rocky ein, daß der Test etwas außer Kontrolle geraten sei. Eine unabdingbare Komponente des Theaters der Grausamkeit sei jedoch das Element des Zufalls und der Überraschung. Das Theater der Grausamkeit sei aber auch eine eher viszerale als zerebrale Angelegenheit, und von allen Theaterformen der Gegenwart spiegle es am besten unsere gesellschaftliche Erfahrung wider.

»*Well*«, meinte der Dekan der Humanwissenschaften. »Selbstverständlich unterstützt die Universität von Edenvale die experimentellen Methoden wie auch die Erforschung von neuen Möglichkeiten wissenschaftlicher Arbeit … aber … wie wollen Sie es benoten?«

»Über die Noten jedes einzelnen entscheidet der ganze Kurs per Abstimmung«, sagte Rocky trotzig. Sein Vollbart begann wieder, sich aufzurichten.

»*Well*«, der Dekan der Humanwissenschaften blies eine duftende Rauchwolke aus seiner Pfeife. »Was gibt es denn … ehm … für Kriterien, die der Kurs als Grundlage für die Klassifikation nimmt?«

»Die gleichen wie in jedem anderen Kurs«, entgegnete Rocky unerschütterlich.

»*Well*«, meinte der Dekan, schwieg und blies dann noch einen Kringel aus. »*I see.*«

Was er sah, sagte er nicht.

Man konnte nicht behaupten, daß ich Kopfschmerzen gehabt hätte. Es war mehr so ein Druck und ein merkwürdiges Gefühl des Unrechts: daß ausgerechnet ich derjenige sein sollte, dem das Schicksal den Kopf abhackt? Und warum? Eigentlich wegen Nadja. Wegen meiner idiotischen Sehnsucht – weniger Sehnsucht, Gelüste wäre das geeignetere Wort –, Nadja zu imponieren. Vor einem Dorfmädchen anzugeben, das nicht einmal die Rechtschreibung richtig beherrschte. Ich wankte in der Menge, die sich am breitbeinig dastehenden Werkschutz Eisler vorbei aus der Fabrik ergoß, in die Winternacht hinein, und plötzlich löste sich meine Liebe zu dem Mädchen mit der hellblauen langen Unterhose in Luft auf. Eine Fabriksarbeiterin, hatte Marie gesagt, und ich Idiot … war schon immer übereifrig gewesen. Das hätte ich mir doch denken können, daß man alles wie im Ernstfall kontrollieren würde, bevor man die Kanonen in die Messerschmitts einbaut. Die blockierten Kanonen und die Messerschmitt, hübsch zerschossen vom Zwilling aus dem hinteren Teil der Fliegenden Festung, verloren für mich ihren Reiz. In meinem permanenten Alptraum sah ich mich bereits auf einem Gefängnishof, der Henker legt mir die Schlinge um den Hals, ein Knacksen, ein Knarzen … Nach der technischen Expertise Meister Vachoušeks war mir klar, daß die Vorstellung von der zerfetzten Messerschmitt aus einer Lesefibel für Kinder stammen könnte, dagegen wäre es aber gar nicht so abwegig, daß meine zweite Vision ganz leicht zur Realität werden könnte.

Die dreizehneinhalb Stunden lange Schicht war zu Ende, Viertel vor acht, eine frostige Winternacht. Das Grauen trieb mich durch die Jirásek-Straße, und plötzlich erinnerte ich mich wieder an Gott. Schon immer hatte ich eine seltsame Beziehung zu ihm gehabt. Vielleicht doch nicht so seltsam, sie war eigentlich sehr verbreitet. Ich glaubte nicht so ganz an seine Existenz, aber seiner Nicht-Existenz war ich mir auch nicht gewiß, und so ging ich auf Nummer Sicher, indem ich betete. Eigentlich nicht einmal das. Unter dem Einfluß von Hochwürden Meloun war das Gebet für mich eine natürliche Reaktion auf einen wohligen, sehnsüchtigen oder angsterfüllten Zustand geworden.

Zur Zeit dominierte jedoch Angst. Ich lief am Eingang unseres Mietshauses vorbei, und gegen den pfeifenden Wind schritt ich zügig weiter in Richtung Marktplatz. Hinter den Kirchenfenstern leuchtete ein schwaches, bläuliches Licht, die Fenster waren verdunkelt. Zu dieser Stunde wird wohl die Kirche schon geschlossen sein. Doch ich werde mich an die Tür stellen und bei Frost und Wind beten. Die Unwirtlichkeit wollte ich Gott als Opfergabe bringen, so wie uns Hochwürden dazu angehalten hatte. Beim Gebet mußte man knien! Nicht etwa stehen oder sogar sitzen. Knien! Damit die Knie weh tun und uns wenigstens entfernt das Leiden Christi am Kreuz bewußt wird, das unvergleichlich, unmeßbar, unsäglich grausamer war, so hatte Hochwürden gepredigt und dabei die Augen gerollt. Ich werde also bei Frost und bei Wind leiden ... Ich stockte. Und wenn der Vater im Himmel von mir verlangen würde, daß ich für seine unsäglichen Qualen ein größeres Opfer bringen sollte als nur angefrorene Ohren? Das Erhängen bringt zwar nicht so schlimme Qualen wie eine Kreuzigung, aber ... Mir wurde ganz flau im Magen. Das Bewußtsein, vom Willen unabhängig, strömte auf mich ein, ich konnte die häßliche Vision einfach nicht verscheuchen. Eine Schar von liederlichen, bespuckten Menschen sei gezwungen worden, das Kreuz für die eigene Hinrichtung selbst den ganzen Weg bis zu Golgatha, dem Ort der Schädel, zu tragen, hatte der hochwürdige Herr erklärt ... dort hätten sie sich, entkräftet von der Mühsal und verstört vor Angst, auf das Kreuz legen müssen ... nein, vielmehr wurden sie niedergeworfen, die Söldner halten sie auf dem Holz fest, sie zucken, obwohl es ihnen gar nichts nützt ... der Henker schlägt Nägel durch ihre Handgelenke und Fußknöchel ... der Schmerz, wenn die Legionäre die Kreuze dann aufrichten, wenn sie dann nur an ihren Sehnen an den Nägeln hängen ... ach Gott, Jesus Christus! Zum ersten Mal wurde mir klar, über was für ein Leiden Hochwürden Meloun mit seiner tragischen Stimme gesprochen hatte. Vater unser, der Du bist im Himmel! Ich griff nach der Klinke der Kirchentür ... Sie war offen! Möglicherweise gibt mir Gott ein Zeichen, daß der Weg zu ihm offen steht! Ich ging in die Kirche hinein, in einer Euphorie der Frömmigkeit. Auf dem Grund nagte dennoch die Ratte des Zweifels, eine knabbernde Maus des Unglaubens. Die Epiphanie hatte mir keine große Erleichterung gebracht. Ich schritt bis zum Altar. Dort saß Uher in einem schwarzen Wintermantel und betete.

Ich kniete mich ebenfalls hin. Nicht etwa auf den Kokosläufer, der in der Mitte des Kirchenschiffes ausgerollt war, sondern daneben, damit mein Leiden noch schlimmer wurde. Und plötzlich hatte ich eine Eingebung. Oder vielmehr einer der nächsten Halme, an die ich mich seit dem Moment klammerte, als mir Meister Vachoušek jene todbringende Nachricht mitgeteilt hatte; aber in diesem Augenblick kam es mir so vor, als sei es die Lösung, der sichere Hafen, die einzig mögliche Rettung. Viel realistischer als die Flucht zu den theoretischen Partisanen in den Wäldern rund um Kostelec.

Diese Idee kam mir, als ich Uher erblickte. Uher war auch ins Gymnasium gegangen, eine Klasse über mir. Er hatte Fußball in der Jugendmannschaft in Kostelec gespielt, war mit Dáša Šafránková zusammen, die ihn aber später sitzen ließ, weil ihr Großvater in Prag einen betuchten Bräutigam für sie aufgetrieben hatte. Nach dem Abitur, als die Leute ohne einflußreiche Onkel in der Fabrik angefangen hatten und diejenigen mit Onkeln in diversen Ämtern, war es Uher gelungen, ins Priesterseminar in Zeleny Hradec einzutreten. Ab und zu ließ er sich mit seinem Theologenkollar in Kostelec blicken.

Ich beobachtete ihn beim Beten, ich selbst betete in diesem Moment eigentlich wenig, nur gelegentlich, weil ich rasch nachdenken mußte, alles schien mir ganz einfach zu sein. Ins Priesterseminar eintreten! Das würden die Deutschen wohl erlauben. Und sollte die Sabotage auffliegen, würde man dann einen Theologen verhaften? Einem Theologen würden sie vielleicht abkaufen, daß es keine Sabotage gewesen war, sondern nur Mißgeschick. Aus den Fragmenten des Vaterunsers pickte ich mir solch dummen Trost aus der Schale des Grauens, kalter Todesschweiß rann mir den Rücken hinunter. Aber würden die Deutschen auf mich in der Fabrik, im Totaleinsatz, verzichten? Hoffentlich. Hoffentlich. Vielleicht … gibt es irgendeine Abmachung zwischen den Deutschen und dem Bischofsstuhl … ich sah wie hypnotisiert Uhers schwarzen Rücken an, den schwarzen Kopf, auf dem – vielleicht schien es mir nur so – im blassen Strahl des ewigen Lichtes eine Tonsur leuchtete.

Er bekreuzigte sich breit und stand auf. Ich machte ebenfalls ein Kreuz und erhob mich vom kalten Stein des Kirchenbodens. In der Kirche konnte man einander nicht einfach so mit einem Hallo begrüßen. Und so nickte ich ihm zu, er erwiderte in der gleichen Art meinen Gruß, und ich schloß mich ihm an. Am Ausgang wandten wir uns dem Altar zu, tauchten die Finger ins Weihwasserbecken, knieten uns hin und machten erneut majestätische Kreuze, die sich magisch über unsere Brust spannten. Dann traten wir in den Vorraum der Kirche, wo an beiden Seiten vor den Bildern oberhalb der Betstühle jeweils ein rotes Licht brannte.

»Olda«, sagte ich halblaut. »Kann ich kurz mit dir reden?«

»Sicher. Was gibt's denn?«

Im Schein der ewigen Lämpchen sah Uhers rundes, dörflich gerötetes Gesicht über dem Kollar knallrot aus. Er sah eher einem Teufel als Marionettenfigur mit gesträubter Igelfrisur ähnlich als einem künftigen Priester. Plötzlich war es mir peinlich, mit so einer unerwarteten Bitte zu kommen. Doch jetzt war es schon zu spät.

»Ich ... würde gerne ... ins Seminar ...«

Er machte ein überraschtes Gesicht. Meine Person hatte er immer vielmehr mit Jazzbands und Mädchen in Verbindung gebracht. Womit auch sonst, beide stammten wir ja aus Kostelec. Früher hatte ich allerdings sogar ministriert, zum letzten Mal in der Quarta, wenn ich die Vertretung in der Septima nicht mitrechne. Das war aber schon lange her.

»Du?« fragte er. »Und warum?«

Die unerwartete Frage half mir nicht gerade aus der blamablen Situation. Mir kam in den Sinn, daß ein peinliches Gefühl vielleicht zum Leiden gehörte, als Opfergabe für die unbeschreiblichen Qualen Christi.

»Ich glaube, daß ... ich so eine ... Berufung habe ...«

»Du?« wiederholte er erstaunt. »Wieso so plötzlich?«

»Ich weiß nicht. Vielleicht wegen der Zeit. Auf einmal habe ich ...«

»Du bist doch im Totaleinsatz?«

»Ja. In der Messerschmitt.«

»Dann wird das leider nicht gehen. Du mußt bis nach dem Krieg warten«, er sah mich immer noch an, als traute er seinen Ohren nicht. »Wenn du bei dieser Entscheidung bleiben solltest ...«

»Du bist doch reingekommen, oder?«

»Das war vor zwei Jahren. Von deinem Jahrgang wurde niemand aufgenommen. Sie sind alle im Totaleinsatz.«

»Aber wenn mich zum Beispiel jemand anfordern würde ...«

»Wer denn?«

»Na ja, das Priesterseminar. Oder der Herr Bischof ...«

Mir war schon klar, daß ich Unsinn von mir gab. Doch die Angst war stärker als der Wille und unvergleichlich stärker als der Intellekt. Uher, der einem hölzernen Teufel immer ähnlicher wurde, betrachtete mich forschend, und nach einer Weile, schien es mir, sagte er ironisch:

»Erstens«, entgegnete er, »warum sollte das der Herr Bischof tun? Nur deshalb, weil du dich so plötzlich entschieden hast? Wart damit. Wenn das bis nach dem Krieg anhalten sollte, braucht sich dann niemand für dich einsetzen …«

»Aber ich möchte so gerne …«

Er unterbrach mich: »Und zweitens: Du hast vielleicht naive Vorstellungen über die Möglichkeiten des Herrn Bischof. Hast du eine Ahnung, wie viele Priester aus seiner Diözese im Knast sitzen? Siebenunddreißig. Und für alle interveniert er, läuft zur Gestapo, schmiert, und trotzdem ist es ihm nur gelungen, Erzdechant Švehla rauszuholen, und das auch nur deshalb, weil Švehla achtzig und schwer krank ist.«

Trotz meiner Angst sah ich ein, daß man gegen solche Argumente nicht mit einer plötzlichen übersinnlichen Eingebung agieren konnte. Der Halm, an dem ich mich klammerte, knickte bald. Dennoch griff ich noch einmal danach.

»Könnte ich nicht wenigstens in ein Kloster eintreten … als Laie. In einen Orden …«

»In was für einen?« fragte Uher scharf.

Das war mir egal. Die Vorstellung von Klöstern barg auf einmal ein stärkeres Gefühl der Sicherheit als das Priesterseminar. Doch gleichzeitig bleckte die Ratte der Aufrichtigkeit ihre Zähne und beleuchtete meine nicht unbedingt frommen Absichten, die hinter meinem frommen Wunsch standen, nämlich, daß ich aus jedem beliebigen Kloster wieder austreten würde, sobald die Gefahr vorbei wäre. Ich wurde mir des lästerlichen Treubruchs bewußt und verlor jegliche Hoffnung.

»Vielleicht«, meinte ich matt, »zu den Zisterziensern …«

Die Absurdität dieses Wunsches im fünften Jahr der Okkupation wurde auch mir nun ganz klar. Uher schwieg kurz, dann sagte er:

»Du hast was ausgefressen, oder?«

Ein schöner Uppercut.

»Ich? Wie kommst du auf so etwas …?«

»Hör mal. Du wärst nicht der erste, der sich im Kloster verstecken müßte. Das macht man seit fast zweitausend Jahren.«

»Das ist doch idiotisch … dumm«, ich verbesserte mich, denn wir waren ja immer noch in der Kirche.

»Erzähl keine Märchen.«

»Echt. Ich hab nichts ausgefressen. Ich möchte einfach … ich möchte einfach Priester werden.«

»Raus mit der Wahrheit«, sagte Uher. »Wenn man da noch etwas machen kann, würden das die Brüder von den Zisterziensern tun. Nicht, daß sie viel ausrichten können. Die Gestapo geht bei ihnen im Kloster ein und aus. Die wissen ganz genau, daß die Brüder dort nicht nur beten. Aber wenn sich noch was machen läßt, dann tun sie das auch.«

Sollte ich einen Rückzieher machen? Zugeben, daß es genau so war, wie er gesagt hatte? Und daß er mich durchschaut hatte? Ich sah in sein teuflisches Gesicht. Der Kollar darunter war jedoch schneeweiß gestärkt. Die Bemerkung über die Gestapo schoß mir wie ein Blitz durch den Kopf. In diesem Blitzlicht sah ich alles ganz deutlich vor mir. Es war zu spät. Ich müßte mich sofort den Partisanen anschließen, jetzt noch, in der Nacht. Morgen würden die Kreuze schon von der Gestapo beschlagnahmt sein. Auch wenn man mich im Kloster aufnehmen würde, müßte man einen Antrag stellen und auf Erledigung warten. Ich fing wieder an zu schwitzen. Außerdem kam mir die symbolische Bedeutung des Objektes meiner verpfuschten Sabotage in den Sinn. Aber statt christlicher Demut – befinde ich mich denn etwa bereits in den Klauen des Satans? – spielte ich vor dem Theologen den Angeber, noch überzeugender als vor Nadja, ich war über mich selbst erschrocken.

»Da irrst du dich. Ich hab weder was ausgefressen noch was angestellt. Aber ich würde einfach gerne Priester werden. Wie du«, ich sah ihm in die Augen. »Bei dir hat das auch kein Mensch vermutet, nicht einmal in der Oktava. Und trotzdem bist du's geworden.«

Er wollte etwas sagen, doch dann überlegte er es sich anders. Ich fügte noch hinzu:

»Aber vielleicht hast du recht. Es wird wohl besser sein, wenn ich bis nach dem Krieg damit warte.«

Ein Hauch von Ironie überflog sein teuflisches Gesicht. Schnell sagte ich noch:

»Hab keine Angst. Ich werde es mir nicht anders überlegen. Aber du vielleicht.«

Wir starrten einander an, eigentlich wie zwei Feinde. Beinahe hätte er mich durchschaut. Doch andererseits – warum war er überhaupt ins Priesterseminar eingetreten? Aus unglücklicher

Liebe? So heiß war die Sache mit Dáša nun auch wieder nicht gewesen.

»Wenn es so ist, wie du sagst, dann ist's gut«, meinte er. »Trotzdem: Wenn du mal Hilfe brauchen solltest, kannst du ruhig zu mir kommen. Ich tue dann, was in meiner Macht steht.«

Er reichte mir die Hand.

»Gott sei mit dir.«

»Tschüs«, sagte ich. Und schnell noch: »Leb wohl.«

Uher machte das Tor auf und verschwand in der dunklen Nacht.

Ich drehte mich um zum Kirchenschiff. Über den Kokosläufer schritt der Kirchendiener mit seinem großen Schlüsselbund. Die Kirche wurde geschlossen.

Es kam mir wieder symbolisch vor. Gott schloß seine Stätte. Weil ich ihn eigentlich verleugnet hatte. Wie Petrus Jesus. Statt demütig zu Kreuze zu kriechen, Uher einzugestehen, daß ich gelogen hatte, daß ich in Schwierigkeiten steckte, in einem riesigen Malheur, wurde ich von meiner unangebrachten Eitelkeit bezwungen. Von meinem sündhaften Hochmut. Und wieder hatte ich gelogen, und was noch viel schlimmer war: den Weg zu Gott hatte ich mir selbst versperrt, und jetzt …

Der Kirchendiener schepperte bedeutungsvoll mit den Schlüsseln. Es hörte sich an wie Knochenrasseln. Schnell bekreuzigte ich mich, mit dem Kreuz berührte ich die vier Stellen am Körper, doch nicht die Wunden Christi kamen mir in den Sinn, sondern die vier zu tiefen Versenkungen. Ich stand auf und rannte wie Judas aus der Kirche.

Draußen schlug die Angst wie eine Gestapofaust auf mich ein.

Herr Senka ist aufgeregt. Er steht mit Frau Santnerová am Tischchen, auf dem die Verlegerin ihre Ware ausgelegt hat, hält ein Buch in der Hand und deutet mit einem Finger darauf. Hinter der Verlegerin duckt sich ihr dicker Gatte mit von Whisky gezeichneter Nase. Eine kleine Menschentraube hört Herrn Senka mit Interesse zu.

»Also erzählen Sie mir doch nicht so was!« sagt Herr Senka sehr laut. »Lesen Sie doch selbst, bitteschön, hier auf Seite neunzehn!« Er wedelt mit einem Buch in buntem Umschlag, darauf schwimmen Quader am blauen Himmel, aus einem wächst ein grüner Baum.

»Bitteschön! Das hier: ›Ich würde sogar der Jungfrau Maria in den Arsch schießen, um meine Haut zu retten.‹ Schämen Sie sich denn nicht, meine Dame, so etwas zu drucken?«

»Ich bin kein Zensor!« schüttelt Frau Santnerová ihren Kopf mit deutlich erkennbarer Perücke. Die Perücke trägt sie, weil sie wieder keine Zeit hatte, sich die Haare zu machen. Sie steht ihr besser als ihre eigenen Haare, denn die Verlegerin hat niemals Zeit für ihre Haare. Vor kurzem hatte sich ihr Mann nach dem fünften Whisky im Mourek Inn darüber beschwert. Und auch darüber, daß seine Frau auch für sonstige Dinge keine Zeit habe. Zeit habe sie praktisch nur für ihre Bücher.

»Der Autor hat das so geschrieben«, verteidigt die Verlegerin ihre Wahrheit, »und ich bin kein Zensor, daß ich seinen Text streichen würde!«

Die Santners waren nach dem August '68 gekommen, Herr Senka schon im Jahre '39. Die Verlegerin hat keine Ahnung, daß das Wort Zensor für den in der Zeit vor Hitler emigrierten Herrn Senka nicht so einen Beigeschmack hat wie für sie. Ich hatte sie in Prag ein wenig kennengelernt. Dort wäre sie beinahe Schriftstellerin geworden, aber nur beinahe, denn das Manuskript ihrer viel zu eindeutigen Geschichten aus ihrem Mädchenleben wurde vom Zensor als Pornographie beschlagnahmt. Das Werk hatte Santnerová erst in der Emigration herausbringen können, und weil sie darin noch andere Erzählungen veröffentlichte, die sie sich in Prag überhaupt nicht getraut hatte einzureichen, hatte ihr Buch in der ganzen Emigrantengemeinde nur die Wirtschaftsflüchtlinge aus den Zwanzigern kalt gelassen, weil die nur noch Kalender in ihrer Muttersprache lasen.

Nun empört sich der kleine, kahlköpfige Herr Senka über ein Buch, das Frau Santnerová nicht einmal selbst geschrieben, sondern nur herausgegeben hatte.

»Sie sind zwar kein Zensor, doch Sie sollten einer sein!« schreit er. »Was zuviel ist, ist zuviel!«

»Sie müssen das im Kontext sehen«, verteidigt sich die Verlegerin zu wissenschaftlich. »Das sagt doch ein antifaschistischer Widerstandskämpfer, der Angst hat, von der Gestapo geschnappt zu werden. Wenn man Angst hat, schafft man sich durch Schimpfen Luft. Das ist doch allgemein bekannt.«

»Aber das hier steht in einem Buch, meine Dame! *In einem Buch!*«

Das kann wiederum Santnerová nicht verstehen. Für sie besitzt das Wort Buch nicht den heiligen Beigeschmack jener häuslichen Einrichtung, die man ausschließlich an wichtigen Feiertagen zur Hand nimmt, es sei denn in der Schulzeit vor langen Jahren, als man die Fibel lesen mußte. Ihr Gatte neigt sich ihr über die Schulter und flüstert:

»Betty, hör auf zu streiten!« Doch dadurch bestärkt er sie nur in ihrem Bemühen nach fachmännischer Darlegung. »Im Kontext ist das hoch funktional, ich kann mir nicht helfen. In solchen Situationen sprechen Menschen einfach so.«

»Sie sprechen aber nicht in BÜCHERN so!«

Beide haben teilweise recht, jeder auf seine Art und nach seiner Erfahrung. Ein Mann mit zerknittertem Gesicht tritt an den Tisch heran. Am Ärmel trägt er eine Binde mit der Aufschrift Veranstalter. Er nimmt das Buch in die Hand und blättert darin, er sucht die Seite neunzehn. Ein junger Mann in einem Zweireiher nimmt die Verlegerin in Schutz:

«Frau Santnerová hat recht, Herr Senka. Denken Sie doch mal an den Soldaten Schwejk. Dort gibt es auch solche Ausdrücke.«

Herr Senka duckt sich und sieht den Apologeten über den Brillenrand an. Dann erhebt er einen Finger: »Na ja – das ist aber *Schwejk!*«

»Na und?« widerspricht der junge Mann. Er ist Mitglied der tief demokratischen Generation, die nach dem August '68 kam. »Wenn das Hašek durfte, warum sollte nicht auch ...« Er versucht den Namen des Autors zu lesen, »Jan Drobek. Drábek.«

Herr Senkas Finger schnellt in die Höhe, beinahe bis zum Kinn des jungen Mannes, so daß der Demokrat instinktiv zurückzuckt:

»Wie würde es Ihnen gefallen, wenn jemand schreiben würde: Ich möchte dem Herrn Präsidenten Masaryk in den Arsch schießen? Was? Wie würde Ihnen *das* gefallen?«

»Das hat damit nichts zu tun! Ich hab nur gemeint, wenn Hašek das Recht hatte, warum sollte dann Jan Drábek nicht ...«

Santnerová zittert, vielleicht vor Wut, vielleicht auch vor Kummer und Leid. Ihre Augen glänzen feucht. Als sich damals ihr Mann im Mourek Inn hatte vollaufen lassen, erzählte er auch, seine Frau sei wie Dickens: Die Bücher seien ihre Kinder, nur im Unterschied zu Dickens habe sie diese von verschiedenen Vätern. Und plötzlich unterläuft Frau Santnerová in einem Anfall von Mutterliebe ein großer Fauxpas.

»Hören Sie mal, mein Herr, wenn jemand schreiben würde, daß er dem Herrn Präsidenten Masaryk am liebsten in den Arsch schießen möchte, und wenn es im Kontext des Buches funktional wäre, dann kann man dagegen nichts, aber auch rein gar nichts einwenden!«

»Wie bitte?« Herrn Senkas Knie werden sichtbar schwach. »Also Betty!« mahnt der Ehemann leise. Herr Senka bekommt eine rosa Gesichtsfarbe, öffnet seinen Mund so weit, daß ich einen Perun-Aufschrei erwarte. Doch der schmächtige Herr spricht fast weinerlich weiter:

»Warum tun Sie uns das an? Das tschechoslowakische Exil ist ohnehin entzweit genug – und Sie drängen noch einen Keil zwischen uns! Statt sich mit uns zu verbünden, Sie … Sie …« Mir scheint, als würde er wirklich anfangen zu weinen.

»Siehst du, Betty?« flüstert ihr Mann.

»Sie haben die Frau Verlegerin mißverstanden«, sagt der junge Mann. »Sie hat das nicht so gemeint, nicht so, daß jemand den Herrn Präsidenten Masaryk beleidigen dürfte …«

»Und wie hat sie das dann gemeint?« schluchzt Herr Senka. »Herrn Präsidenten Masaryk! In den Arsch! Ich bin, mein lieber Herr, ein liberaler Mensch. Aber nie, nie, so wahr ich Petr Senka heiße …«, seine Worte werden vom Schluchzen erstickt, und sein in Tränen aufgelöster Name klingt für mich wie *Schnürsenkel*, »… daß jemand … den Herrn Präsidenten Masaryk …«

»Aber Sie haben das doch selbst als erster gesagt«, erklärt der junge Mann. »Also: Sie haben das als Beispiel genannt.«

Doch in Herrn Senkas Gedächtnis gab es einen Kurzschluß.

»Ich? Beleidigen Sie mich nicht, mein Herr! Ich würde nie im Leben so etwas über meine Lippen bringen! In den ehm … schießen … und dazu noch dem Herrn Präsidenten …«

Es folgt ein Knall. Der Mann mit der Veranstalterbinde hat das Buch kräftig zugeklappt, damit auf den Tisch geschlagen, und sagt jetzt:

»Also das da, Frau Santnerová, erlaube ich Ihnen nicht, hier zu verkaufen. So eine kommunistische Schweinerei! Bücher, bitte. Aber nur solche Bücher, die auch der Herr Präsident Masaryk, wie Bruder Senka erwähnt hat, in seine Bibliothek gestellt hätte! Packen Sie das alles wieder in Ihre Kisten und bringen es weg!«

Nun wird zur Abwechslung Frau Santnerová rosarot im Gesicht. Ihr Gatte, der bereits angefangen hat, die Bücher artig in die

Kartons zu stapeln, bekommt eins über die Finger – keineswegs symbolisch –, und die Verlegerin fängt an zu toben:

»Na erlauben Sie mal! Sie haben mir doch selbst die Bewilligung gegeben!«

»Aber ich habe angenommen, daß Sie anständige Literatur verkaufen! Keinen kommunistischen Schund!«

Santnerová nimmt den Band, den der Ordnungshüter zuvor auf den Tisch geschlagen hat, in die Hand und fuchtelt damit herum. Im ersten Moment denke ich, sie will ihm das Buch an den Kopf werfen.

»Kommunistischer Schund! Wissen Sie, wer das geschrieben hat, Herr Baur? Ein Mensch, der im Jahre achtundvierzig vor dem Kommunismus geflohen ist! Das ist ein anti-bolschewistischer Roman! Wenn Sie sich mal die Mühe machen würden, bei uns was zu kaufen und es vielleicht sogar zu lesen …«

»Ich kaufe nur solche Bücher, die man auch beim Essen lesen kann, meine Dame!«

»Das ist keine literarische … tja … das ist keine Kategorie«, eilt der junge Demokrat der Dame zur Hilfe.

Der Veranstalter lacht aber nur unbarmherzig.

»Entschuldigen Sie, wenn Kommunisten so etwas tun, bitte. Von denen sind wir solche Bücher gewohnt.« Santnerová, die in Prag wegen Pornographie verboten wurde, will ihn belehren, daß er sich im Widerspruch zur Realität befindet, doch ihre Stimme überschlägt sich. »Von denen sind wir einiges gewohnt«, fährt der Veranstalter fort. »Aber den Herrn Präsidenten Masaryk in einem Buch zu beleidigen, das im *Exil* herausgegeben wird …«

»Das hat doch mit Masaryk gar nichts zu tun!« kreischt die Verlegerin mit noch immer sich überschlagender Stimme. »Dieser Herr hier hat ihn da hineingezogen!« und sie deutet auf Herrn Senka, der seine Hand auf die Herzgegend hält. »Hier schreibt man von der Jungfrau Maria …«

»Ist das nicht das gleiche?« fragt eine Dame im Nerzmantel, die bis jetzt geschwiegen hat. »Religiöses Empfinden zu schmähen ist das gleiche, wie nationales Empfinden zu beleidigen!«

»Betty!« flüstert der Gatte.

»Hier wird niemandes Empfinden beleidigt!« faucht Santnerová. Ihr Ehemann unternimmt einen neuerlichen Versuch, der Anordnung des Veranstalters Folge zu leisten, doch er bekommt wieder eins auf die Finger. »Verstehen Sie denn nicht, liebe Dame, was in der Literatur funktional bedeutet?«

»Ich verstehe das nicht und will es auch nicht verstehen!« spricht die Dame im Nerz. »Der Name Masaryk ist für mich genauso heilig wie der Name der Jungfrau Maria.«

»Aber meine Dame«, greift nun wieder der Demokrat im Sakko ein, »in dem Buch steht über Masaryk nur Positives drin«, er blättert hektisch in einem Band. »Ich finde das jetzt nicht so auf die Schnelle, aber es ist positiv. Ich will damit sagen«, er stockt, wahrscheinlich ist er allergisch auf bestimmte Worte, »man schreibt mit Hochachtung von ihm. Der Vater des Helden ...«

»Natürlich schreibt man gut über Masaryk!« schreit Santnerová. »Aber das wissen Sie nicht, weil Sie überhaupt nichts lesen und am allerwenigsten Masaryk! Für Sie ist die tschechische Literatur doch im 19. Jahrhundert bei Božena Němcová stehengeblieben!«

Sie hat zweifellos ein Talent für Fettnäpfchen. Ihr ist nicht klar, daß Božena Němcová für die Dame im Nerz, für Herrn Schnürsenkel und den Veranstalter keine Assoziationen mit Zdeněk Nejedly weckt.

»Wir«, spricht die Dame mit damenhafter Steifheit, »schätzen unsere Klassiker, im Unterschied zu Ihnen. Entschuldigen Sie, aber Sie sind durch Ihre kommunistische Erziehung verdorben. Sie können vielleicht nichts dafür, doch das ist die traurige Wahrheit. Uns ist zum Beispiel unsere Muttersprache heilig. Doch das, was Ihre Autoren mit dem Tschechischen anstellen ... Haut retten«, spricht sie mit Widerwillen. »Das andere wage ich gar nicht auszusprechen!«

»Sie unterschätzen uns ein bißchen«, der Dame schließt sich ihr Mann im feinen Ledermantel an. »Wir lesen auch gute moderne Literatur. Meine Frau hat recht. Sehen Sie sich die Sprache zum Beispiel von Čapek oder Vančura an ...«

»Das war ein Kommunist«, brummt der junge Demokrat zornig.

»Tja ...« Der Herr im Kalbsledermantel wird unsicher, doch eine schnelle Überlegung führt ihn zurück zur Neutralität. »Und wenn schon. Darum geht es hier nicht. Letzten Endes ist er von den Deutschen hingerichtet worden.«

»Der Mann dieser Autorin«, die Verlegerin nimmt ein anderes Buch vom Tisch, »ist von den Kommunisten gehängt worden. Haben Sie das gelesen?«

»Also Betty ...«, sagt ihr Gatte.

»Na bitte«, meint der Herr. »Das werde ich gerne lesen.«

»Dann kaufen Sie es doch! Bitte! Vier Mäuse!«

»Warten Sie doch, Gnädigste«, lächelt der Herr. »Nehmen Sie mich nicht gleich beim Wort ...«

»Warum nicht? Sie haben gesagt, daß Sie es gerne lesen möchten. Jetzt haben Sie die Gelegenheit dazu!«

»Wie Sie wollen ...«

»Aber Sie leihen sich das Buch wahrscheinlich lieber von ihrem arbeitslosen Onkel, was? Oder lassen es in der öffentlichen Bibliothek mitgehen?«

»Um Gottes willen, Betty!«

»Man schreibt uns immer wieder, daß wir neue Bücher nachschicken sollen, weil die dort ununterbrochen geklaut werden. Und die Kanadier werden das wohl kaum sein!«

»Betty! Hör auf!«

Die Bitte des Ehemanns kommt zu spät. Außerdem macht er nicht den Eindruck, als hätte er in diesem Hause die Hosen an.

»Ich verbitte mir eine solche Impertinenz!« sagt der Herr im Ledermantel schroff. »Das, was ich versucht habe, Ihnen zu erklären, war, daß alle guten Schriftsteller, ob die klassischen oder die modernen, *never mind*, unsere Sprache geachtet und keine Dinge geschrieben haben, die in Büchern nichts verloren haben. Und wenn Sie Ihren Drábek mit einem ... einem ...« – er forscht in seinem Gedächtnis, doch außer dem Kommunisten Vančura hat er wohl nicht so viele tschechische Schriftsteller parat – »... mit einem Karel Hynek Mácha vergleichen, der es nie gewagt hätte, so zu schreiben, wie Sie das vorhin über die Jungfrau Maria zitiert haben ...«

»Kennen Sie das Tagebuch von Mácha?« fährt ihn Santnerová barsch an. Der Herr stockt, über das Tagebuch besitzt er anscheinend keine Informationen, er zieht sich wieder ins Neutrale zurück.

»Ja, gut. Und was ist dabei?«

»Haben Sie gehört, daß er darin schreibt, wie er ...«, sogar Santnerová wird kurz verlegen, doch sie ist schon viel zu aufgebracht, »... wie er das Dienstmädchen gevögelt hat ...«

»Betty! Ich bitte dich!«

»... von hinten?«

»*Spalten Sie nicht das tschechoslowakische Exil!*«

Der Aufschrei von Herrn Senka übertönt den hektischen Tumult der kleinen Ansammlung. Die Obszönität der Verlegerin hatte allen den Atem verschlagen und sie zur Flucht gezwungen. Bis auf den jungen Demokraten, der nun fragt:

»Echt?«

Der Gatte schmeißt jetzt die Bücher mit beiden Händen in die Kisten. Der Veranstalter holt tief Luft und brüllt:

»Jetzt reicht's! Packt euer Zeug und verschwindet dort hinaus, wo der Baumeister das Loch gelassen hat!«

»Sie werden mich nicht rausschmeißen!« kreischt Santnerová. »Ich hab eine gültige Karte!«

Der Ehemann mit den Kisten im Arm dreht sich in die Richtung, wo der Zimmermann die Wand offen ließ.

»Als Veranstalter garantiere ich, meine Dame, für einen korrekten Verlauf des Abends! Ihr Geld bekommen Sie zurück, aber herein dürfen Sie nicht mehr!«

»Komm, Betty!« ruft vom Ausgang verzweifelt der Ehemann. Erstaunlicherweise beruhigt sich die Verlegerin.

»Na gut«, sie schneidet eine Grimasse. »Immerhin: Wißt ihr, ihr Patrioten, wieviel tschechische Literatur ich hier verkauft hab? Für acht Mäuse! Also Ciao!«

Mit diesem Gruß wendet sie sich von dem Veranstalter ab und streckt ihm provokant jenen Körperteil entgegen, der, im Buch erwähnt, diese Diskussion entfacht hat, und dann schreitet sie in einem schicken, aber ungebügelten Hosenanzug aus Samt durch die Mitte davon.

Lieber Dan,

am Anfang meinen Briefes möchte ich dir herzliche Grüße und liebe Erinerungen senden. Ich schreibe dir weil meine Tochter Sulejka ihren ersten Geburtstag feiert sie ist am neunten Mai geboren am Tag der Befreiung und deshalb haben wir Schafe geschlachtet. Die ganze Verwandtschaft sogar aus Saris und aus Kostelec kam zusammen auch mein Bruder mit seiner Frau aus der Ukraine. Mein Bruder Olda ist jetzt Fabrikant seine Frau Ingenieurin sie haben von der Bank ein Darleen bekommen und eine Stickerei- und Zwirnband-werkstadt gegründet auch auf der Textilmesse in Prag haben sie ausgestellt. Sie kamen mit dem eigenen Auto Marke Doge mein Bruder hat es von der amerikanischen Armee gekauft. Sie sieht mir ähnlich unseren ersten Hochzeitstag haben wir auch gefeiert aber wir haben nur einen Truthahn geschlachtet weil das am 6. Dezember ist Nikolaustag die Ähnlichkeit war zuerst nicht so gut zu sehen wie jetzt sie hat eine Stupsnase wie ich nur ihre Augen sind weiter voneinander aber ich habe sie mehr näher aneinander und auch hat sie braune Augen während ich blaue habe aber die hat sie von der Mutter die hat schwarze Augen.

Mir gehts viel besser das macht die ländliche Ernährung und die frische Luft bis jetzt helfe ich nur ein bischen aus aber der Doktor sagt daß ich bei der Ernte schon richtig anpacken kann. Einmal in der Woche backe ich Brot mache Nachlese füttere Geflügel und streue den Pferden vier haben wir und zwölf Kühe das Geflügel rechne ich nicht mit und eine Sau sie hatte zwölf Ferkel. Am Erntedankfest schlachten wir eins das wird schon mehr als einen Zentner wiegen. In der Ehe bin ich sehr zufrieden es klappt gut auch wenn ich meine Frau vorher nicht gekannt habe und sie erst einen Tag vor der Hochzeit zum ersten Mal gesehen habe. Sie ist die einzige Tochter und wenn sich die alten Eltern zur Ruhe setzen bin ich dann der Bauer. Dan wer hätte das gedacht daß ich einmal Bauer werde wo ich vorher Arbeiter war. Sie ist meine entfernte Cusine aber der Herr Doktor sagt daß bei entfernten Verwandten das nichts ausmacht und daß die Kinder nicht degeneriert sein werden. Sulejka sieht man an daß sie gesund ist die Geburt war leicht kaum war die Hebamme da war sie schon draußen sie ist sehr hübsch sie hat Haare wie ein Zigeuner wahrscheinlich von dem Großvater weil meine Frau ist blond und ich habe rote Haare. Sie heißt Sulejka du denkst dir bestimmt was ist das für ein komischer Namen und das ist er auch. Es ist ein georgischer Name es gibt ihn auch in dem Lied das man überall hört meiner Frau hat das so gut gefallen daß die Kleine Sulejka heißen mußte. Sie soll vor allem gesund bleiben ich habe Angst daß sie eine schwache Lunge bekommt wie ich. Einmal in der Woche gehen wir in die Stadt ins Kino wir haben Die verschneite Romanze gesehen es war sehr schön mit Sonja Hynie und dann den russischen Film Iwan der Schreckliche der war nicht so schön aber interessant. Am Ende meinen Briefes sende ich dir herzliche Grüße und liebe Erinerungen!

Dein alter Freund Lojza.

Wehmütig rauschen die Niagarafälle,
wehmütig rauschen sie in der Stille …

… singt der gemischte Chor, gekleidet in Jeans und geschmückt mit Sombreros, er begleitet sich selbst auf Gitarren und Banjos. Der Veranstalter hatte seine Binde abgelegt und singt – nun wieder in Zivil – die zweite Stimme mit einem hohen Tenor. Der demokratische junge Mann, ohne Sakko, nur im karierten Hemd, zupft abwechselnd drei Akkorde, in seinem Gesicht mit geschlossenen Augen spiegelt sich ein Ausdruck von wunschlosem Glück wider.

Jenem mit Leidenschaften im Herzen,
dem ist nicht zu helfen …

Ich sitze neben Margitka am Rande der Reihe, weil Margitka pflichtbewußt die Hand ihres Mannes im Rollstuhl hält. Den Rollstuhl hatte sie mit zwei Büchern in bunten Umschlägen gestützt, damit er nicht wegrollt. Der heutige Umsatz der Frau Santnerová stammt also wohl von dem Invaliden. Ich denke daran, daß Margitka ihrem Mann laut vorlesen muß, denn die Kugel, die seinen Kopf gestreift hatte, beschädigte seinen Sehnerv, und er kann fast nichts mehr sehen. Die zweite Kugel hatte die Wirbelsäule erwischt und die Beinlähmung verursacht. Ich sehe Margitkas sanftes Profil, das an Marienplastiken aus der Zeit der Hochgotik erinnert. Ich habe Lust, meine Hand auf ihr Bein zu legen, ihr Gatte ist letztendlich sehschwach, aber auf der anderen Seite neben mir sitzt die Dame im Nerzmantel. Ich reiße mich zusammen. Von hinten höre ich Flüstern auf englisch, Veronika übersetzt für Percy die tschechischen Westernlieder:

In die Tiefe hinab
fällt der Strom,
darin sehe ich dich, mein Mädchen,
dahintreiben.
Schade, daß ich diese wunderschöne Täuschung
nicht umarmen kann …

»*What a pity I can't embrace that beautiful delusion*«, überträgt Veronika mit trauriger Stimme. Ich verfolge ihre Dolmetscherleistung nicht weiter. Mich interessiert das Geschehen auf der Bühne. Es ist die reinste Lagerfeuerromantik. Erst später, viel später, viel zu spät, erzählte sie es mir, an jenem traurigen Nachmittag, an dem ich nichts begriff und nichts tat. Damals habe sie ihrem Parzifal erzählt, er würde an dem Abend der Tramp-Kolonien Ontario moderne tschechische Folklore zu hören bekommen, und Percy kam in einem Anzug von Sax von der Fifth Avenue angetanzt in der Erwartung, elektrische Zimbeln zu hören. Er bekam aber den aus einer Krücke hergestellten Schellenbaum präsentiert, mit dessen Hilfe Herr Šesták das dynamische Finale der Songs unterstrich; mit seiner Donnerstimme hielt er ebenfalls die auseinanderdriftenden Sänger zusammen.

Und deshalb bemerkte Percy:

»Ich habe mir etwas anderes vorgestellt, als du von Folklore gesprochen hast.«

»Weil du, mein Liebster, Vorstellungen aus dem neunzehnten Jahrhundert im Kopf hast«, sagte Veronika darauf. Ihre Augen, die wie aus Glas glänzten, reflektierten wunderschöne Herbsttöne, sie schaute auf die Gruppe auf der Bühne, die von dem Army Surplus Store auf der Yonge Street ausstaffiert wurde. »Das hier ist Folklore. Wahrscheinlich die einzige, die es vor dem Eisernen Vorhang noch gibt. Niagara und Wildgänse, Lachse und Rocky Mountains.« Sie schwieg kurz.

»Hast du schon mal etwas vom Eisernen Vorhang gehört?«

»Das ist eine ziemlich bekannte Metapher«, sagte Percy. »Stammt die nicht von Churchill? Er war sicher ein Kalter Krieger.«

»Von Churchill nicht. Ich weiß nicht, wer sich das ausgedacht hat. Irgendein Ingenieur in Moskau oder vielleicht in Prag. Das ist eine Metapher, hergestellt aus Stacheldraht und Menschenfallen.«

»*No kidding!*« sprach Percy Svensson. »*I always thought it was a way of speaking* ...«

Er nahm das Mädchen an der Hand, schämte sich und beschloß, darüber nachzulesen. Wer hatte denn über solche Dinge geschrieben? Orwell? So ungefähr. Aber hatte man in den Kursen, die er während seiner chaotischen Studentenjahre manchmal besucht hatte, nicht erzählt, daß *Nineteen Eighty Four* eine Satire auf Amerika sein sollte? Etwa auf McCarthy? Er wußte es nicht genau. Percy wußte fast nichts genau. Für den Titel B. A. war das aber auch nicht unbedingt notwendig.

Der Weg in den Westen ist lang,
vergeblich, aussichtslos die Suche …

»*Ein Lied über den Weg in den Westen*«, erklärte ihm das Mädchen.

»Warum lernen sie nicht ein richtiges Country-Lied, wenn sie schon hier sind?« fragte er. Das Mädchen zuckte mit den Schultern. Mechanisch fuhr er fort. »Vielleicht hat die amerikanische Realität keine Ähnlichkeit mit ihrem Traum.«

»Die Realität ist immer anders als der Traum«, sagte das Mädchen. »Und außerdem: Der Traum ist jetzt die Tschechoslowakei.«

»Warum singen sie dann keine Lieder über die Tschechoslowakei, wenn …«

Sie befreite ihre Hand aus der Percys, holte ein Taschentuch hervor und trompetete hinein, gerade als Herr Šesták mächtig mit dem Schellenbaum schlug.

»Weil das, was sie hier vortragen, das Beste ist, was sie aus der Tschechoslowakei mitgenommen haben.«

Der wieder Mensch gewordene Veranstalter, der demokratische junge Mann im karierten Hemd, zwei Mädchen mit Sombreros und Hosenröcken, zwei Gitarrespieler, ein Mann mit einem Banjo und Herr Šesták mit dem erfindungsreich hergestellten Schellenbaum sangen:

Der Westen ruft, ich kann nicht schlafen …
doch der Weg ist weit, ich gehe ihn gern …

Ein Schlag auf die Bühnenbretter, eine wunderschöne Donnerstimme als Solo, und die anderen als Brummendo, wie der Wind über der hinreißenden Prärie:

Auf dem Weg wuchert Gras,
ich suche heute vergeblich die Richtige …

»Er ist nicht zur Schicht gekommen«, sagte Meister Vachoušek.

»Warum?«

»Da fragst du mich zu viel. Laut Ballon ist er dienstlich nach Hradec gefahren. *Dienstlich*, verstehst du?«

»Wa… was heißt das?«

Meister Vachoušek klopfte mit einem Meßschieber auf eine Blaupause auf dem Tisch.

»Entweder bedeutet es gar nichts oder ein ordentliches Malheur. In Hradec ist die Montagehalle. Das Zeug, das wir hier fabrizieren, wird dort zusammengebastelt, bis die fertige Messerschmitt einhundertneun Eff rauskommt.«

Meine Höllenangst dauerte bereits seit Tagen an, und trotzdem ließ sie nicht nach. Beim Wort Messerschmitt zuckte ein Nerv in meinem Kopf.

»Dort gibt es auch Schießbänke, verstehst du, du Student?« Er hörte auf zu klopfen und sah mir ernst in die Augen. Ich bekam Nackenschmerzen. Reichlich dumm fragte ich:

»Was ... machen wir?«

»Wir können nichts machen als unseren eleganten Flug fortsetzen. Und dabei das Gleichgewicht nicht verlieren«, meinte der Meister. »Die Jungs in der Schweißhalle werden weiter deinen Mist reparieren, als wäre nichts gewesen. Ja, und beten können wir auch noch.«

Ich schwieg. Der Meister seufzte.

»Jetzt hau ab, du Trottel.«

Nadja empfing mich mit breit aufgerissenen Augen. Ich teilte ihr mit, daß Uippelt nicht zur Schicht gekommen, sondern nach Hradec gefahren sei. »Das ist doch gut, oder?« fragte sie. Matt sagte ich ihr, daß sich das nächste Gestapokommando ebenfalls in Hradec befinde.

Danach war sie still wie ein Mäuschen. Zum ersten Mal, seit Vachoušek zu uns gekommen war, sah ich sie richtig an. In der Zwischenzeit war sie noch dünner geworden, falls das überhaupt noch möglich war. Die Sirene heulte. Ich vergaß vollkommen, daß die Schicht gleich vorbei war, obwohl ich an anderen Tagen auf die Sirene wie auf eine Erlösung wartete.

Nadja stoppte die Bohrmaschine und trat an mich heran.

»Dan, solltest du nicht ... wenn noch Zeit ist ...«

»Was?«

»Du könntest dich bei uns auf dem Dachboden verstecken. Der Krieg kann nicht mehr so lange dauern ...«

Ich schüttelte den Kopf.

»Du bist lieb, Nadja, aber bei dir kann ich mich nicht verstecken. Jemand könnte zwei und zwei zusammenzählen ...«

»Was für zwei und zwei?«

»Na ja ... so ...«

Sie stockte, dann fragte sie sachlich:

»Meinst du, daß uns jemand im Ferroflux bespitzelt hat?«

»Nosek weiß Bescheid. Er sagt zwar kein Wort, aber er könnte sich besaufen oder was weiß ich was …«

»Dann nehm ich dich mit zu meinem Onkel nach Vrchovina. Er hat 'ne Mühle da, das ist 'n gutes Versteck …«

Die Realität hatte mich noch nicht so weit eingeholt, daß ich meine Angst durch eine derart radikale Tat beseitigen hätte wollen. Außerdem erwachte in mir sofort wieder der Angeber.

»Nein, Nadja. Ich kann da doch nicht auch noch deine Verwandtschaft mit hineinziehen. Ich hab schon was, wo ich untertauchen kann.«

»Hier in der Stadt?«

»Nö. Erinnerst du dich noch an das Lager? Meine Freunde. Mit denen bringt mich niemand in Verbindung, wir treffen uns heimlich.«

Ich erwähnte die bisher großartigste Heldentat von Kostelec, die schon fünfzig Menschen die Freiheit gekostet hatte. Nadja war mit Ehrfurcht erfüllt.

»Na ja, das ist was anderes«, sie band sich das Kopftuch um. »Aber Dan, du gibst mir Bescheid, ja? Nicht wo du bist … is' besser, wenn möglichst wenige Leute davon wissen. Nur, daß du in Sicherheit bist. Machst du das, Dan?«

Sie bestand jetzt nur noch aus glühenden Augen und weißer Haut.

»Ich würd … wenn ich könnte …«, sie sah sich um. Wir waren bereits alleine in der Halle. »Aber jetzt muß ich mich beeilen. Franta wartet vorm Tor auf mich.« Auf einmal neigte sie sich zu mir herüber und küßte mich.

»Aber trotzdem bist du wer für mich, auch wenn das nicht geklappt hat!«

Sie drehte sich um und flitzte zum Ausgang. Ihre riesigen Schuhe klapperten auf dem Beton. Sie rannte wie ein Bursche oder eher wie ein Dorfmädchen.

Schnell zog ich meinen Mantel über und ging zu Skočdopoles.

Přema war nicht zu Hause. In der Küche saß Herr Skočdopole am Radio und hörte die Nachrichten des Oberkommandos der Wehrmacht. Als er sah, daß ich es war, holte er den kleinen Empfänger Marke »Churchill« aus der Hosentasche, stöpselte ihn in den Stecker und schaltete um auf BBC. Das alles machte er mit nur einer Hand, von seinem zweiten Arm war nur ein Stummel übriggeblieben, der in einer grauen Männersocke steckte.

»Setz dich hin«, sagte er und deutete mit dem Stummel auf einen freien Stuhl. Sein Gesicht blühte richtiggehend, die Nase hatte die Farbe einer Rose und die Form einer Gurke. Die Quelle dieser Färbung befand sich in der Flasche auf dem Tisch, Herr Skočdopole zeigte mit dem Stummel in der Socke darauf: »Trink was!«

Es war der hausgebrannte Sliwowitz vom mährischen Hof seines Bruders, der zwar jünger war als Herr Skočdopole, doch im Krieg keine Hand verloren hatte, und so hatte er den Bauernhof geerbt. Um Herrn Skočdopole kümmerte sich der Staat. Er hatte die Verwaltung eines Tabaklagers zugeteilt bekommen, vom Bauerntum war ihm nur der Sliwowitz geblieben. Leider war davon noch ziemlich viel da, und so blühte der einarmige Legionär weiterhin auf.

Ich sah mir seine Nase an, die nicht nur an eine Rose erinnerte, sondern auch an eine Gurke. Ich war nicht gewohnt zu trinken, und schon gar nicht fünfundneunzigprozentigen Pflaumenschnaps. Gleich von dem ersten Gläschen wurde ich ein bißchen angeheitert, und während ich versuchte, meinen unfolgsamen Blick auf den Legionär scharf zu stellen, zog eine andere Alkoholgeschichte durch meinen Kopf. Přema hatte sie mir erzählt. Laut Přema – als er mir das erzählt hatte, war er vom Apfelwein bereits beschwipst – hatte zu diesem Aufblühen seines Vaters auch der Hellseher Brych beigetragen. Auf Anweisung der Reichsämter hatte er zwar seine Konzession verloren – das Reich fürchtete den Einfluß der Prophezeiungen auf die öffentliche Moral –, doch er sagte nach wie vor die Zukunft voraus, aber eben schwarz. Er war ein wehleidiger Mensch, trank Unmengen, und nachdem ihm die Besatzungsmacht die Arbeit untersagt hatte, wahrsagte er des öfteren in stockbesoffenem Zustand. Herr Skočdopole hatte seit vielen Jahren zu seinen treuesten Kunden gehört: Angeblich hatte ihm Brych sogar seine Frau, die spätere Frau Skočdopolová, prophezeit, und zwar indem er die Antworten, die Herr Skočdopole auf seine Anzeige *Legionärsinvalide (Arm) sucht gut erhaltenes Fräulein bis 35 Jahre* bekommen hatte, gegen die Wahrsagerkugel hielt und durch die Kugel hindurch betrachtete. Frau Skočdopolová war eine von elf Töchtern. Alle waren sie hübsch, sechs von ihnen hatten nach Amerika geheiratet, eine nach England und drei nach Österreich, Frau Skočdopolová war die jüngste und hübscheste. Ihre Mutter wollte nicht auch noch ihre letzte Tochter ins Ausland gehen lassen, deshalb antwortete sie selbst auf die Anzeige, und Herr Brych beurteilte den Charakter der offerierten Braut mit Hilfe seiner Kugel als anständig. Und diesbezüglich hatte die Kugel nicht gelogen; Frau Skočdopolová war – soweit man sich erinnern konnte – nicht nur die hübscheste Braut in Kostelec, sondern auch die folgsamste Frau auf der Welt. Ohne Widerrede heiratete sie den Invaliden und wurde zu einer Ehefrau wie aus dem Bilderbuch. Herr Skočdopole, der äußerst zufrieden war mit dieser aus einer Weissagung entstandenen Ehe, ließ sich daraufhin regelmäßig einmal im Jahr seine Zukunft prophezeien, und zwar immer am Hochzeitstag. Und weil er seit seiner Hochzeit nichts Besonderes erlebte, die Voraussagen ganz allgemein gehalten waren und den Anschein erweckten, als würden sie immer in Erfüllung gehen, wuchs Herr Skočdopoles Glaube an die Kugel ins unermeßliche.

Doch als dann Herr Brych einige Tage vor Skočdopoles Hochzeitstag die Konzession verloren hatte und Herr Skočdopole zu seiner alljährlichen Voraussage kam, prophezeite ihm der stockbesoffene Herr Brych – voller Wut auf die Deutschen – einen Todesfall in der Familie. Herr Skočdopole war zutiefst erschrocken. Nach vielen Jahren so beruhigender Weissagungen war er auf so etwas Drastisches nicht gefaßt. In seinem Schrecken sprang er auf, blieb mit einem Knopf an der Tischdecke hängen und zog diese samt der Wunderkugel vom Tisch. Er erwischte die Kugel zwar mit seinem Stumpf, doch als er versuchte, sie zu fangen, flog die Kugel über Brychs Kopf hinweg und zerschellte an den Messingschnallen des höllischen Psalmenbuchs. Der rachsüchtige Kommentar des schmerzerfüllten Brych war, daß der Tod das Familienoberhaupt holen und jenen die Zwetschgenernte nicht mehr erleben lassen würde.

Dies geschah im Januar. Und weil Herr Skočdopole keinen Grund hatte, Herrn Brych nicht zu glauben, fing er an, sich auf den eigenen Tod vorzubereiten. Nicht auf die Art von Christen, sondern mit dem Beschluß, das Leben in vollen Zügen zu genießen. Nach den vielen Jahren glücklicher Ehe mit seiner hübschen und überaus hingebungsvollen Frau war er bereits so gesetzt, daß er sich dieses Auskosten nur in Form der Flasche vorstellen konnte. In jenem Jahr mußte sein Bruder zu der üblichen Lieferung auch noch alle im Dorf vorhandenen Vorräte an hausgebranntem Sliwowitz zu Wucherpreisen dazupacken, und Herr Skočdopole verschrieb sich dem

Hedonismus. Er blühte auf und verwandelte sich in eine Tomatenstaude, und als in den Gärten die Pflaumen blau wurden, brachte man ihn ins Krankenhaus, weil er auf dem Marktplatz von der Polizei aufgegriffen wurde, als er mit hoher Geschwindigkeit um die Kirche lief und schrie, ein Rudel weißer Eber verfolge ihn.

Dann lag er im Krankenhaus, die Pflaumen waren von den Bäumen gefallen, statt Alkohol verabreichte man ihm nun Spritzen, es fiel Schnee, und Herr Skočdopole stellte fest, daß sich die Prophezeiung nicht erfüllt hatte. Am Nikolaustag wurde er aus dem Krankenhaus entlassen, sicherheitshalber trank er noch bis Silvester, starb aber nicht. Im Januar, an seinem Hochzeitstag, machte er sich heimlich auf den Weg zu Brych, mit bangen Zweifeln, ob er sich letztes Jahr nicht etwa im Datum verhört hätte. Brych war jedoch nicht zu Hause, und ein neuer Mieter teilte Herrn Skočdopole mit, daß Brych im Herbst verhaftet und erschossen worden war. Die rücksichtsvolle Gattin hatte dies vor Herrn Skočdopole verheimlicht. Der Legionär beruhigte sich und kam zu dem Schluß, daß Brych nicht das Datum verwechselt hatte, sondern die Person. Seitdem trank er nur noch mäßig, damit seine strahlende Farbe erhalten bliebe.

Das Radio meldete, daß die Rote Armee eine Stadt in Polen erobert hätte und daß sich die Amerikaner vor der deutschen Offensive in den Ardennen zurückgezogen hätten.

»Diese Idioten«, meinte Herr Skočdopole dazu. »Die greifen sie mit Samthandschuhen an, und wir haben dann im Frühjahr die Bolschewiken am Hals.« Er blickte mit seinen ungeheuer triefenden Augen zu mir und winkte mit dem Stummel in der Socke: »Trink doch was!«

Früher hatte ich eigentlich nie getrunken. Nur ein paar Mal an Silvester und dann einmal in Rosťas Hütte, als ich dort versuchte, Marie zu verführen. Damals hatte ich ganz schön einen in der Krone gehabt. Doch das war auch alles. Aber jetzt lebte ich in Angst und hatte bereits einen Sliwowitz intus, und so griff ich nach dem Gläschen:

»Zum Wohle!«

Auch Herr Skočdopole sprach diese paradoxe Parole und kippte das Glas in sich hinein, ich schloß mich an. Meine Situation schien mir nun lösbar zu sein, das Heldentum als erstrebenswert, und die dürre Nadja erschien mir als die wohlproportionierteste Frau auf der Welt. Die militärstrategischen Theorien des Legionärs lösten in mir brennendes Interesse aus.

»Sie denken, daß uns die Russen befreien?« fragte ich.

»Was faselst du da? Befreien?« sprach der einarmige Held. »Wir kommen vom Regen in die Traufe. Und die amerikanischen Hosenscheißer treten auf der Stelle wie im Jahre achtzehn in Rußland.«

Das Radio meldete, daß jetzt ein Militärkommentar folgen würde, daraufhin schaltete Herr Skočdopole das Radio ab.

»Trink!« ermahnte er mich griesgrämig. »Was denkst du, was los ist, wenn die Bolschewiken kommen? Hitler, statt die Waffen niederzulegen, gibt den Amis eins aufs Dach. Wer soll jetzt deiner Meinung nach die Bolschewiken stoppen?«

»Na ja. Die sind gut. Ich meine die Soldaten.«

Herr Skočdopole winkte mit seinem Stummel ab.

»Von wegen gut, mein Junge. Es sind so viele. Also trink noch was. Das haben die Deutschen davon, daß sie mit denen im Jahre siebzehn Frieden geschlossen hamn. Und wenn's nur Frieden wäre! Die hamn mit denen sogar gegen die russische demokratische Regierung gekämpft. Ohne die Deutschen und deren Hampelmänner gäb's jetzt keine Bolschewiken. Und Nazis auch nicht. Trink doch was!«

Ich trank. Keine Spur mehr von Angst. Ich hatte das Gefühl, an der Schwelle zu großen historischen Entdeckungen zu stehen. Über Bolschewiken wußte ich nur, daß mein Vater vor ihnen Angst hatte. Und auch, daß sie polnische Staatsbürger in Katyn erschossen hatten. Aber das hatten die Deutschen behauptet, und so ganz glaubte ich das nicht.

»Haben die Deutschen wirklich gegen die gekämpft, Herr Skočdopole? Gegen Sie auch?«

»Na klar, mein Junge. Ich hab sie eigenhändig hingerichtet. Trink.«

Das sachliche Bekenntnis des Legionärs neutralisierte für einen Moment die Heilwirkung des Sliwowitz. Sofort verordnete ich mir eine neue Portion.

»Wen haben Sie … was? Die Bolschewiken?«

»Ja, die Bolschewiken. Aber nicht die russischen. Die hamn wir freigelassen. Wir hamn fair gespielt. Die Russen waren zu Hause und kämpften gegen uns. Sie waren Feinde, das schon, aber keine Verräter. Ich hab unsere Leute hingerichtet. Die warn Kriegsgefangene wie wir, zuerst, aber statt für unsere Sache zu kämpfen, hamn die sich zum Brudermord verführen lassen. Guck mal!« Er hob den Stumpf in der Socke in die Höhe. »Und trink, damit ich dir das nicht immer sagen muß!«

Ich trank. Ex.

»Haben Sie den im Kampf verloren?« fragte ich ehrfurchtsvoll.

»Als Folge eines Kampfes«, antwortete Herr Skočdopole. »Bei Pemza. Ein Deutscher hat mir mit 'nem Bajonett in die Hand reingestochen. Ein gewisser Pospíšil. Rein zufällig hab ich ihn gekannt. Wir warn zusammen bei einer Marschkompanie, noch in der k.u.k. Armee, und zusammen sind wir dann übergelaufen. Aber er war einer der ersten, die sich den Bolschewiken angeschlossen hamn. Der ist dann noch zum Agitieren zu uns ins Lager gekommen. Deshalb hat er auch wie 'n Löwe gekämpft. Der hat genau gewußt, daß er dem Tod nicht entgehen würde. Trink was.«

Aus dem Imperativ war zu diesem Zeitpunkt ein einfacher Indikativ geworden, und Herr Skočdopole sprach nun in kurzen Absätzen. Auch er fing an, in einem Nebel zu schwimmen, und mir kam er vor, als würde er hinter einem isländischen Kalkstein mit zweifacher Brechung sitzen.

»Wie die Löwen hamn die gekämpft«, erzählte er. »Die ganze Pemza hamn wir eingenommen, nur so etwa zweihundert tschechische Verräter hamn das Zentrum der Stadt besetzt gehalten. Akropolis. So hieß das. Die russischen Bolschewiken hamn nix getaugt. Die hatten zehnmal so viele Maschinengewehre wie wir, aber gegen die reichte nur 'n einfacher Trick, den schon der Hussitenführer Žižka erfunden hatte, und gleich hamn die sich in die Hose gemacht!« Herr Skočdopole lachte. »Aber es waren ja auch keine richtigen Soldaten, sondern nur Fabriksarbeiter aus Pemza; die hat das alte Schwein Liebersohn so auf die Schnelle aus der Fabrik in den Kampf gejagt. Die einzigen Soldaten waren unsere Treulosen ...« Er fing an zu husten, dann nahm er wieder Sliwowitz zu sich.

»Was für ein Trick von Žižka?«

Herr Skočdopole stierte mich mit seinen triefenden Augen an.

»Willst du das hören? Daß du ja nicht denkst, mein Junge, daß ich hier angebe.«

Ich versicherte ihm, daß ich nichts Derartiges denken würde, und wir tranken weiter.

»Es ist aber 'n Faktum, daß es meine Idee war«, erzählte der Legionär weiter. »Ich hab dem Offizier Švec dazu geraten. Bei

Pemza war er, glaub ich, erst Leutnant, aber er führte das Kommando über die Truppen. Als wir noch Kinder waren, hamn wir bei uns zu Hause in Mydlochovice immer Hussiten und Kreuzritter gespielt. Hast du davon gehört, wie Žižka die Wagen mit Steinen volladen und sie dann bergab gegen die Kreuzritter sausen ließ?«

Das war eine der bekanntesten böhmischen militärischen Leistungen gewesen, und bereits in der Prima hatte uns die Professorin Trejtnarová eingetrichtert, daß der Panzer eigentlich von den Tschechen erfunden worden sei. Ich nickte.

»'n Tag davor hamn wir auf dem Bahnhof in Pemza 'nen Panzerzug gestürmt«, erzählte also Herr Skočdopole. »Und wieder ohne einen einzigen Schuß. Die Bolschewiken sind weggelaufen, das waren diesmal Chinesen, und die hamn wir laufen lassen. Wir hamn nicht gewußt, ob die überhaupt wissen, worum's geht. Und auf dem Zug hatten sie Panzerfahrzeuge geladen. Trink was. Am nächsten Morgen hamn wir um Pemza herum Stellung genommen und gesehen, wie die ganzen Maschinengewehre auf uns gerichtet waren, und dann hab ich die Idee bekommen. Ich hab zu Švec gesagt: Bruder Leutnant ..., na ja, ich hab ihm eben von den mit Steinen beladenen Wagen erzählt. Und so hamn wir in eines der Panzerfahrzeuge Dynamit gepackt, 'ne Zündschnur dran gelegt, ich bin rein, startete, hab aus beiden Maschinengewehren geschossen und die Auslöser so verspreizt, daß sie ununterbrochen schossen, hab die Schnur angezündet und bin rausgesprungen. Und das hättest du sehen sollen! Das Fahrzeug ist geradeaus gefahren, die Bolschewiken hamn mit all ihren Maschinengewehren dagegen gefeuert, aber das Fahrzeug war noch gute Qualität, von den Deutschen erbeutet, die Kugeln sind nur so von der Panzerung weggesprungen. Und während sie ganz hin waren von dem Fahrzeug, sind wir vorgestürmt, die Bolschewiken hamn uns fast gar nicht bemerkt, wie die in einem fort gegen das Panzerauto geschossen hamn. Und als es so aussah, daß das Auto gegen die erste Brüstung prallt, hat ein Scharfschütze die Dynamitladung getroffen, oder vielleicht war die Zündschnur schon zu Ende, und RUMMMS!« Herr Skočdopole holte mit seinem Arm in der Socke aus und schmiß die Flasche um. Sie war ohnehin schon leer. Er griff unter den Tisch und holte eine neue hervor. »Rumms!« wiederholte er schon etwas ruhiger. »Es ist auseinandergeflogen, und wir sahen, wie die Bolschewiken davonlaufen, sofern sie vor Schreck nicht ganz gelähmt waren. Und den ganzen Abschnitt hamn wir eingenommen mit 'nem Verlust von nur zwei Mann.«

Ich fühlte mich wunderbar. Aus der Alkoholwolke tauchte – nun zum ersten Mal wieder nach langer Zeit – die Messerschmitt auf, wurde unmittelbar darauf kurz und klein geschossen, da der hintere Schütze der Fliegenden Festung gegen sie feuerte.

»Tja, mein Junge«, seufzte Herr Skočdopole, »das war auch mein letzter Kampf. Später hat mich Pospíšil mit dem Bajonett in den Arm gestochen, die Wunde entzündete sich, ich bekam Wundbrand, und man mußte den halben Arm amputieren. Aber ich hab's noch geschafft, Pospíšil, den Verräter, abzuknallen. Am Anfang hat's nur wie 'ne oberflächliche Verletzung ausgesehen.«

Wir trinken schon die zweite Flasche, ich schaue aus dem gotischen Fenster der Universität von Edenvale, und wie ein Flaschengeist springt aus der vor einer Ewigkeit leergetrunkenen Flasche eine weitere, ebenfalls mit Alkohol getränkte Erinnerung. Diesmal nicht aus zweiter Hand, doch wieder im Zusammenhang mit Wundbrand. Ich schaue hinaus und denke an meinen Vater. Es war dreißig Jahre nach der Schlacht bei Zborov, und sein Bein war in so einem schlechten Zustand, daß man beschloß, es zu amputieren. Doch mein Vater litt an einem schwachen Herzen und war auf dem Operationstisch gestorben.

Vicky murmelt irgend etwas vom Mississippi als einem einigenden strukturellen Prinzip in *Huck Finn*, doch meine Gedanken flüchten vor den Pflichten, für die ich bezahlt werde, zu den opulenten Erinnerungen, für die ich lebe. Zu jenem unerfreulichen Tage im Frühling des Jahres 1948. An einem nebligen Morgen sah ich Herrn Pytlík, den Genossen Pytlík, mit einem Trupp der Arbeitermiliz, wie sie meinen Vater unter dem Gesetz der Revolution in den Knast abführten, wie schon fünf Jahre zuvor die Gestapo mit dem Recht des Stärkeren. Aber das Gefängnis von Kostelec war zum Bersten voll: Sokol-Mitglieder, einige Pfadfinderanführer, zwei Kapläne; mein zwei Meter großer Papa hatte nicht mehr hineingepaßt. Wohin mit ihm? Man steckte ihn also in den Keller der alten Weberei von Mautner, schloß ihn dort ein und vergaß ihn. In dem Keller war nur ein Fenster, hoch oben unterhalb der Decke, mit einem dichten Gitter, das mit Dreck verstopft und mit toten

Fliegen in Spinnennetzen bedeckt war. Und wir wußten nicht, daß er dort war. Wir dachten, er sei im Gefängnis.

Bald darauf ging im angsterfüllten Kostelec ein Gerücht um: in Mautners Keller liege eine Leiche. Die Kommunisten hätten Bruder Smiřický hineingeworfen, den sie vorher im Parteisekretariat erschlagen hätten. Am Anfang habe man noch ein Stöhnen gehört, da lag Bruder Smiřický wohl im Sterben. Dann habe er sein Leben ausgehaucht, und nun verwese er. Ein unbeschreiblicher Gestank verbreitete sich. Und die Kommunisten machten keine Anstalten, die Leiche unter die Erde zu bringen.

Uns sagte das allerdings niemand. Meine Mutter lief Tag für Tag ins Gefängnis, wo man sie Tag für Tag hinausschmiß, mein Vater sei nicht dort. Meine Mutter hatte die fixe Idee, daß sie ihn umgebracht hätten und keinen Mut besäßen, es ihr zu sagen.

Das Gerücht machte nun in der ganzen Stadt die Runde und fand dann letztendlich doch noch den Weg zu uns. Mit einer Schar der mutigsten Frauen aus Kostelec rannte meine Mutter zu Mautners Weberei. Ich mit ihr. Meine Mutter kniete vor dem Gitterfenster nieder, und tatsächlich, von innen kam ihr ein unbeschreiblicher fauliger Gestank entgegen. »Pepi! Pepi!« jaulte sie wie in einem Film. Aber von Vater kam keine Antwort. Mutter warf sich gegen das Gitter, riß mit bloßen Händen daran, so daß sie bald Finger voller Blut hatte. Die Sokol-Frauen versuchten, sie von dem schweigenden Fenster wegzureißen, und plötzlich kam Genosse Pytlík angerannt, gefolgt von der Truppe der revolutionären Milizen. Das Gerücht hatte gerade auch das Sekretariat erreicht.

Vicky nennt eine andere Autorität und versucht den Kurs zu überzeugen, daß Huck und Jim ein homosexuelles Liebespaar waren, denn die Simplifikation ist das Schicksal aller geistreichen Theorien, und durch meinen Kopf ziehen Bilder, wie man wohl damals im Parteisekretariat eine taktische Sitzung abgehalten haben mochte. Der Märtyrertod eines Sokol-Vorsitzenden, noch dazu eines zwei Meter großen, das wäre in dieser aufgewühlten Zeit des Februar 1948 politisch äußerst unpassend gewesen. Ein Mittelsmann traf ein und meldete, daß sich vor der Fabrik nicht nur die Sokol-Frauen zusammenrotteten, sondern auch die Männer, die Situation spitzte sich zu, und Genosse Pytlík fragte: »Wer von euch, Genossen, hat ihn abgemurkst? Raus mit der Sprache! Das ist eine schöne Dummheit gewesen! Das hätte warten müssen, bis sich die

Lage *normalisiert* hat!« – falls damals dieses Wort schon gebräuchlich war. Falls nicht, dann hatten sie dafür gewiß eine andere euphemistische Bezeichnung gehabt. Doch keiner bekannte sich zu der ungeplanten Tat, man sah einander betreten an, die meisten fühlten sich nicht recht wohl in ihrer Haut, da sie ja doch keine Totschläger waren, vielleicht bis auf den Genossen Pytlík. Dieser überlegte:

»Daß er möglicherweise vor Angst krepiert ist? Ein Hosenscheißer war er, das stimmt schon«, er sprach aus eigener Erfahrung, denn er hatte meinen Vater schon einmal ordentlich erschreckt. Oder er dachte es zumindest, in Wirklichkeit hatte ihm mein Vater das Tagebuch gegeben, weil ihm die ganze Angelegenheit peinlich war, und das, was er erfahren hatte, überraschte ihn dermaßen, daß er es nicht so ganz glauben konnte. Mein Vater war nie in der Lage, jemandem etwas zu unterstellen, wozu er selbst nicht fähig gewesen wäre. Das Tagebuch hatte er in den privaten Sachen von Herrn Zillinger gefunden, dem deutschen Bankdirektor, der wenige Tage vor Kriegsende verschwunden war und nur ein großes Führer-Bild über einem riesigen Gerümpelhaufen in seinem Salon hinterlassen hatte. Und aus diesem Haufen hatte mein Vater jenes Tagebuch hervorgekramt. Er las darin wie in einer pornographischen Schrift, denn der Witwer Zillinger war ein mächtiger Schürzenjäger gewesen, noch dazu mit dem Spleen, sich in allen Einzelheiten zu ergehen. Nur manchmal, so ganz nebenbei, notierte er zwischen den Beschreibungen seiner exotischen Geschlechtsakte mit den Soldatinnen der *Luftwaffenhilfefrauenfunkerschule* ab und zu Mementos wie: *Herr Pytlík kam mit der wöchentlichen Lagemeldung. Abgeschickt an die Gestapo Grätz.* Diese Notizen übersprang mein Vater. Zum einen dachte er sich in seiner Unschuld nichts Schlimmes dabei, zum anderen war er viel zu erhitzt durch die Lektüre, denn so etwas hatte er vorher noch nicht in die Finger bekommen. Er hielt es nicht aus, diese edle Literatur nur für sich zu behalten, und so las er bald einige Passagen Samstag abends im Gasthaus *Sokolovna* halblaut den Brüdern vor. Das Gerücht über das Tagebuch breitete sich wie ein Lauffeuer aus und kam auch Herrn Pytlík zu Ohren. Der Herr – zu dieser Zeit nicht Herr, sondern eher Genosse – Pytlík kam an der Spitze seines Plündserertrupps zu uns, und im Namen des Nationalausschusses verlangte er barsch die Herausgabe des Tagebuches. Meinem Vater war es peinlich, und an die deutschen Sätze, die er übersprungen hatte, dachte er in diesem Moment gar nicht. Er genierte sich nur, daß herausgekommen war, daß er Obszönitäten gelesen hatte, und so händigte er dem Genossen Pytlík dieses Tagebuch aus. Damit war die letzte Spur von Direktor Zillinger verwischt. Hitlers Portrait wurde vom Plündererertrupp in der öffentlichen Toilette auf dem Marktplatz aufgehängt, und die Besoffenen schlossen Wetten ab, wer von ihnen es schaffen würde, dem Führer bis an den Kopf zu pissen.

Es lag also nicht daran, daß mein Vater etwa ein Feigling gewesen wäre, außerdem war er nicht abgemurkst worden. Er lag nur bewußtlos da, er wäre beinahe an Blutvergiftung gestorben, und aus seinem Bein quoll Eiter heraus. Als die Revolutionsmiliz die Tür zum Keller aufschloß, holten alle Mann wie auf Befehl Taschentücher hervor, denn sie wurden von jenem Gestank nahezu umgeworfen, der, damals jedoch noch viel schwächer, das Interesse des Gerichtsrats Neuthaler auf sich gezogen hatte. Die Milizionäre trugen meinen übelriechenden Vater auf einer improvisierten Trage aus dem Keller, die Sokol-Frauen fingen an zu schluchzen, der alte Bruder Vavruška, obwohl er einen Hut trug, salutierte, meine Mutter warf sich schreiend auf Herrn Pytlík und hinterließ in seinem revolutionären Stoppelbart drei lange Kratzer, die sich später entzündeten, wahrscheinlich deshalb, weil meine Mutter unter ihren Fingernägeln Dreck von toten Fliegen hatte. Wegen der Entzündung verlor Genosse Pytlík auf der einen Hälfte seines Gesichtes den Bart, so daß er sich den ganzen Bart abnehmen lassen mußte, und als später Barbudos modern wurden, lief Herr Pytlík glatt rasiert wie ein Engländer herum.

»Und so wurde ich für das Hinrichtungskommando ausgewählt. Mit dem Arm sah das noch nicht so schlimm aus«, hatte mir damals Herr Skočdopole erzählt. »Wir hamn sie in den Wald hinter die Stadt gebracht, und er, der Schurke, hat noch den Mut gehabt, unterwegs auf mich einzureden, dieser heuchlerische Verräter, der!«

Eine gelbliche Flüssigkeit leuchtete auf, gluckerte, dahinter erschien eine rote Gurke. Mir ging es ausgezeichnet, ich fühlte mich wie ein Kämpfer unter seinesgleichen.

»Was …«, hickste ich. »Was hat er gesagt?«

»Das würdest du nicht erraten, mein Junge. Er meinte: ›Schämst du dich nicht, Skočdopole, du als arbeitender Bauer die Waffe gegen deinen Klassenbruder zu erheben?‹ Ich! Ich sollte mich schämen? Ich, der ich für meine Heimat gekämpft hatte! Für unsere

Tschechoslowakische Republik, während die Saubande mit ihrem Gauner Lenin an einem Separatfrieden mit den Deutschen gebastelt und uns das Messer in den Rücken gejagt hat! Die Freiheit des Volkes war denen doch gleichgültig. Denen ging's nur um ihre Standesinteressen!«

»Und das haben Sie ihm gesagt?«

»Ich? Nein. Trink was. Ich hab zu ihm gesagt: ›Halt's Maul, du Volksverräter!‹ Und dann hamn wir die im Wald abgeknallt. Und die hamn sich tschechische Arbeiter genannt!«

Vicky ist fertig, ich komme wieder zu mir und schlage das Buch auf. »Ich weiß nicht«, sage ich, ein wenig benommen von dem Marihuana der unerwartet auftauchenden Erinnerungen, »was jeder einzelne von euch als die elementarste message dieses wunderschönen Romans betrachtet, jener bewundernswerten literarischen Improvisation, die von einem technischen Hilfswerkzeug namens Mississippi zusammengehalten wird wie von einem guten tonangebenden Bassisten. Öffnen Sie Ihre Bücher auf Seite zweihundertzwanzig der Bantam-Ausgabe.«

Ich warte eine Weile, bis sie die Seite gefunden haben, mein Blick schweift durch das Fenster hinaus, auf den schwarzen Raben, der der Eigentümer der Universität von Edenvale zu sein scheint. Er schreitet langsam und stolz über die glänzende Ebene und hinterläßt übernatürliche, riesige Fußstapfen. Meine Gedanken überspringen noch einmal diese dreißig Jahre meines Lebens, und ich lande wieder bei jenem feucht-fröhlichen Abend, der in Vergessenheit geraten war. Der Legionär lebte nicht mehr.

»Schöne tschechische Arbeiter!« ereiferte er sich. »In gewisser Hinsicht konnten sie sich mit den Nazis die Hand reichen. Wir hamn die hingerichtet, das stimmt schon, weil sie Verräter waren. Aber die hamn auch welche von uns umgelegt. Weil wir gegen die Verräter unseres Volkes gekämpft hanm! Und einmal sogar … trink was!« forderte er mich auf und nahm selbst noch einen ordentlichen Schluck. »Man schämt sich fast, darüber zu reden. Wenn ich nicht so blau wäre, würd ich dir das gar nicht erzählen, mein Junge. Es war ein junger Kerl, wie alt konnte er gewesen sein? Höchstens zweiundzwanzig. Auch ein Bauer. Bei Samara hatte ihn eine Granate erwischt, und er fiel den Feinden in die Hände. Am nächsten Tag hamn wir Samara angegriffen, aber wir kamen zu spät. Den Bauern hamn wir auf einem Hof gefunden, unter Abfall begraben und von

Bajonetten erstochen. Tschechische Soldaten! Ganz schöne Gauner waren das! Räudige Verräter!« Sein Arm in der Socke gestikulierte wild, dann hörte ich nichts mehr.

Meistens geben sich die Studenten nicht einmal die Mühe, die Seite aufzuschlagen. Sie wissen, daß ich ihnen nichts zuleide tue; mich interessieren ihre Noten nicht, ich bin ein Prediger, kein Lehrer. Vielleicht freuen sie sich darauf, daß sie eine weitere klassische Passage hören würden, gelesen mit einem komischen Akzent. Nur die treue Irene Svensson, wieder in einem neuen Kleid, giftgrün mit gelbem Saum, öffnet ernst ihr Buch. »Etwa in der Mitte der Seite«, sage ich und lese dann – Akzent hin, Akzent her – die Botschaft:

»Ich ahnte, daß es der König und der Herzog waren, denn sie waren über und über geteert und gefedert. Sie sahen wirklich nicht mehr aus wie Menschen, sondern wie ein paar riesige Helmbüsche. Mir wurde ganz elend bei dem Anblick, und die beiden Kerle taten mir so leid, mir schien, als hätte ich plötzlich alles, was sie mir angetan hatten, vergessen. Der Anblick war auch zu furchtbar. Ach, Menschen können doch schrecklich grausam zueinander sein.«

Ich hebe meinen Blick vom Buch, es ist mir zumute, als hätte ich gerade eine Fuhre Kohlen abgeladen. Die wunderschönen Kinder. Wendy mit nackten Knien unter ihrem Schottenrock, obwohl wir im Moment einen für Ontario typischen Dezember haben, Irene wie ein Bild aus der *Vogue*, der verliebte Tor Bellissimmo, der sich beim Friseur nach afrikanischem Vorbild aus seinem Kopf eine einen halben Meter große Kugel hatte machen lassen – ich aber sehe die rote Nase des Legionärs, den Wald hinter Pemza, Meister Vachoušek … er erscheint immer … fast in jeder Erinnerung …

Als Přema nach Hause zurückkehrte, war ich bereits wie eine Kanone: steif, gerade, schweigend. An einem grausamen winterlichen Sonntagmorgen wachte ich wieder auf. Das Heldentum verflüchtigte sich gemeinsam mit dem Alkohol, der Tod, auf einem Galgen sitzend, starrte mich an, und mir wurde bewußt, daß ich zu Hause war statt im Wald, nicht im Versteck der Partisanen von Přema und auch nicht in der Mühle bei Nadjas Onkel.

Diese Möglichkeit war mir ohnehin unrealistisch vorgekommen.

Das Telefon klingelt.

»Kann ich?«

Margitka Bočárová.

»Du kannst.«

Das war alles.

Margitka kommt in einer halben Stunde. Ich gehe ins Schlafzimmer, ordne ein bißchen das Bettlaken auf meinem *queen-size* Bett, schüttle die Kissen auf, im Bad hänge ich Margitkas hellblaues Badetuch mit dem Bild einer schwangeren Lucy und mit dem Spruch GOD DAMN YOU, CHARLIE BROWN! auf. Dann gehe ich in die Küche und hole den versteckten Jack Daniels hervor, den ich für diese Stunden der Gesundheitspflege aufbewahre, nehme zwei Gläser und wische sie mit einem frischen Geschirrtuch sauber. Margitka ist empfindlich gegen verschmierte Gläser und überhaupt gegen jeglichen Schmutz. Ich prüfe, ob im Kühlschrank genug Eis ist, stelle den Daniels und die Gläser auf den Couchtisch und gehe unter die Dusche. Danach ziehe ich meinen Schlafanzug und den Morgenmantel an, hole das Kamasutra aus dem Bücherregal und fange an, die Stellung zu studieren, die mir Margitka das letzte Mal angekreuzt hat.

Margitka ist praktische Sexologin.

Ich bekomme Lust, mir einen Whisky einzuschenken. Früher war ich fast Abstinenzler, doch das Land der Drinks hat mich verdorben. Aber Daniels ist ja Meßwein. Ich gehe zurück in die Küche und gieße mir einen *straight scotch* ein. Man sollte das im Magen nicht mischen, aber als einem ehemaligen Fast-Abstinenzler, nach den Jugendsünden bekehrt, macht mir dieser Cocktail aus Scotch und Bourbon nichts aus.

Ich trinke also Scotch und bekomme Lust auf Margitka.

Der Türöffner summt.

Ich stehe auf und gehe zur Sprechanlage an der Tür.

»Ja?«

Margitka sagt als Parole die indische Bezeichnung der vor einer Woche angekreuzten Stellung auf.

»Ja«, antworte ich und drücke den Knopf.

Ich öffne ein bißchen die Tür und sehe in Richtung Aufzug. Kurz darauf bleibt er in meinem Stockwerk stehen, doch zuerst kommt Cindy heraus, ein schwarzes Mädchen mit unklarer Beschäftigung, in deren Wohnung bis lange in die Nacht hinein getanzt wird. Sie zwinkert mir mit ihren wie aus schwarzen Drähtchen hergestellten Wimpern zu und sagt:

»*You men!*«

Sie verschwindet hinter ihrer Wohnungstür. Ihre Männer kommen meist so gegen neun.

You women!

Die strahlend weiße Margitka in ihrer gebügelten Uniform eilt schon auf meine Tür zu. Ich lasse sie herein und betrachte von hinten ihren schmalen Rücken und ihren ansprechenden Popo. Das ist ein Fortschritt! Noch in der Generation meiner Eltern hatten vierzigjährige Frauen in der Horizontalen das Dreifache gemessen.

Margitka bleibt mitten im Zimmer stehen und schnuppert ostentativ.

»Pardon!« Ich renne ins Bad.

»Du liebst mich nicht mehr!«

»Ich werde es aber gleich wieder tun!«

Ich bringe *sandalwood* und verstreue es im Zimmer.

Margitka hat Sandelholz bei Chandler kennengelernt. In mich hat sie sich während der Lektüre meiner Übersetzung von *Die Tote im See* verliebt. Behauptet sie. Daß es während der Lektüre war und daß sie sich verliebt hat. Sie lügt oder quasselt vielmehr. Zwischen uns gibt es so etwas Kindisches wie Liebe nicht.

Tatsache ist allerdings, daß sie Chandler in meiner Übersetzung gelesen hat, weil sie für das Original nicht gut genug Englisch konnte. Tatsache ist auch, daß sie mir das gleich bei unserem ersten Zusammentreffen mitgeteilt hat, doch damals war das Objekt ihrer Bewunderung Fräulein Adrianne Fromsett – oder vielmehr ihr Ideal. Tatsache ist außerdem, daß ich ihr erklärte, daß sie dem Fräulein Fromsett wie aus dem Gesicht geschnitten sei.

Was allerdings stimmt.

Der erste Eindruck, den Margitka erweckt, ist der einer platonischen Idee von Reinheit. Einer absoluten, hygienischen, aseptischen Reinheit der Kleidung und des Körpers. Als ich sie näher kennengelernt hatte, stellte ich fest, daß es auch die des Geistes war.

Doch das könnte man zweideutig auffassen.

Sie riecht nach Lysol, mit Maiglöckchen vermischt.

Im Liebesakt dunstet sie diese Gerüche aus und saugt sich mit Sandelholz voll, mit dem ich zu Ehren von Fräulein Fromsett und auf ihren Wunsch hin meine Luft durchsetze.

Margitka läßt sich in einen Sessel fallen, ihre Knie in den weißen Strumpfhosen zusammengepreßt, durch die Strümpfe leuchtet ihre weiße Haut durch.

Margitka ist ganz weiß. Von außen aufgrund ihrer Krankenschwesternuniform wie auch darunter aufgrund ihrer schneeweißen Haut.

White is wonderful.

Margitkas Haare sind natürlich blond, und ebenso natürlich halten alle Frisuren, die ihnen Margitka in ihren verschiedenen Launen verpaßt.

Sie sieht aus wie siebenundzwanzig.

Ihren an den Rollstuhl gefesselten Mann betrügt sie mit mir etwa dreimal im Monat.

Also ist sie auch wieder nicht extrem untreu.

Mich betrügt sie mit niemandem.

Behauptet sie wenigstens.

Sie meint:

»Dannylein, weißt du schon, daß dem Ruda schon wieder die Lilka weggelaufen ist?«

»Was du nicht sagst! Mit wem denn?«

»Mit irgendeinem Slowaken aus Calgary.«

»Ist das jetzt – zum dritten Mal?«

»Zum vierten Mal. Das erste Mal war es mit Honza Popelka, dann mit Cincibus, danach mit dem Schwarzen, wie hieß er noch mal, na ja, ist ja nicht so wichtig, und jetzt mit einem Slowaken. Fero Galuška.«

Damit eröffnet sie die Berichterstattung über das Geschlechtsleben der tschechoslowakischen Gemeinde der letzten zehn Tage. Wir schlürfen Jack Daniels mit Eis, und binnen einer Viertelstunde bin ich bis ins letzte Detail informiert.

In der Zwischenzeit habe ich Wahnsinnslust auf Margitka.

Sie auch auf mich.

Trotzdem denke ich, daß ich austauschbar bin.

Warum tauscht sie mich nach vier Jahren nicht aus?

Das sind eben die Rätsel des Organismus.

Sie trinkt ihr Glas leer und geht ins Schlafzimmer. Ich folge ihr. Sie zieht ihre weiße Uniform über den Kopf, legt sie sorgfältig über die Sessellehne, löst die Häkchen ihres weißen BHs, und im Licht der siebenunddreißig Stockwerke aus dem Hochhaus gegenüber –

wir machen kein Licht an, dieser ewige Weihnachtsbaum spendet uns genug Helligkeit – leuchtet weiß das Wunder der weiblichen Anatomie. Dann streift sie die weißen Strumpfhosen herunter, steigt aus ihren weißen panties, ein goldschimmerndes Dreieck kontrastiert zur Blässe des weißen Körpers. Sie hüpft ins Bett und stellt sich auf den Kopf wie in der angekreuzten Turnübung.

Wir betreiben Leibesübungen.

Anschließend gehe ich zu meinem Daniels, Margitka begibt sich inzwischen ins Bad, kehrt später nach Sandelholz duftend zurück, nippt an ihrem Glas, legt sich genüßlich aufs Bett, ich neben sie, und meint:

»Ich hätte mir nie träumen lassen, daß ich einen berühmten Schriftsteller als Liebhaber haben werde.«

»Ist der berühmte Schriftsteller auch gut genug im Bett?«

»Ich habe bessere erlebt.«

»Margitka! Du? Du Unschuldslamm?«

»Ich meine im Kino. Hast du manchmal Gewissensbisse?« fragt mich Margitka.

»Immer.«

»Ich auch. Es ist furchtbar. Aber was soll ich machen?«

»Das hier solltest du nicht machen.«

»Das geht nicht. Ich kann aber nicht anders.«

»In Lovecraft werden Keuschheitsgürtel verkauft.«

»Sei nicht geschmacklos.«

»Es wäre interessant, dich mit Keuschheitsgürtel zu sehen. Er müßte ganz weiß sein. Dann würde ich dir glauben, daß du mir treu bist.«

»Ich würde mir bei Simpson einen Ersatzschlüssel anfertigen lassen, du Schlaumeier.«

»Wie denn? Zu Keuschheitsgürteln gibt es nur einen Schlüssel, und den hätte ich.«

»Dann eben einen Nachschlüssel.«

»Du müßtest dich dort aber ausziehen, damit sie den Schlüssel ausprobieren können.«

»Dann würde ich mich halt ausziehen.«

»Der Schlosser würde dich vergewaltigen.«

»Falls er das Ding aufkriegt.«

Wir lachen.

»Du bist so obszön, Smiřický!«

»Du bekommst so schnell Gewissensbisse, Bočárová!«
Wir spielen so ein Spielchen.
Früher hatten wir es nicht gespielt.

Es schneite und schneite in einem fort. Als ich durch die Jirásek-Straße zur Kirche lief, wirbelte der pfeifende Nordwind die Schneeflocken durcheinander und warf auch mich hin und her. Nadja war nicht in der Kirche. Niemand vom Schwarzen Berg war heute in der Kirche. Sie waren nicht durchgekommen. In der Menge vor dem Altar erblickte ich nur den Blondschopf von Marie Dreslerová. Danach wartete ich auf sie vor der Kirche, doch sie kam mit einer Freundin heraus; der Wind ließ ihre Röcke flattern, sie hielten sie an den Knien fest und verschwanden kichernd im Schneegestöber.

Irena besuchte die Kirche nicht so oft. Ich hatte keine große Lust, nach Hause zu gehen. Auf der Straße kam ich mir beinahe in Sicherheit vor. Ich hatte entsetzliche Kopfschmerzen. Ich lief um den Marktplatz herum, der Sturm trieb dort immer neue Schneewehen zusammen, er schüttelte mich durch, meine Ohren froren. Schließlich begab ich mich ins Café Beran.

In der Ecke am Fenster saßen die Jungs aus der Band, Lexa, Harry mit Lucie, Benno mit Alena, Fonda, Věnca Stern, Brynych und Vláďa Nosek, der Altsaxophon in der Band Red Music in Rounov spielte. Ich ging auf sie zu. Sie lachten über etwas, doch kaum war ich erschienen, wurden sie still und beobachteten meine Schritte. Ich lief nach vor und hatte das Gefühl, als würde zwischen uns eine Mauer stehen. Eine Gefängnismauer. Und folglich hatte ich den Eindruck, als würde ich nicht zu ihnen gehören.

»Du bist einer!« hieß mich Lucie willkommen. »Komm mir bloß nicht unter die Augen!«

»Was ist?« Wahrscheinlich hatten sie wieder etwas zum Lachen für mich bereitgehalten. Ich hatte an ihrem Gequassel immer mit Freude mitgemacht, doch heute war mir nicht danach.

»Ich bin beleidigt!« sprach Lucie.

»Weshalb?«

»Du fragst noch?«

»Weil ich keine Ahnung hab.«

»Stell dich nicht so unschuldig, du Schurke«, meinte Benno.

»Oder blöd«, sagte Lexa.

Ich gab mir Mühe, hatte aber keine Lust dazu. Ich überwand meinen Unwillen. Der Druck im Kopf, schlimmer als ein Kater, ließ nicht nach. Ich sagte zu Lucie:

»Ich hab ein reines Gewissen. Wenigstens was dich angeht.«

»Hör auf zu lästern! Dein Gewissen ist schmutzig wie …«, ihr fiel nichts ein, deshalb sagte sie: »… wie nur irgendwas.«

»Wie Dings«, warf Benno ein.

»Beník!« ermahnte ihn Alena.

»Verräter!« sprach Lucie weiter.

»Worum geht's denn eigentlich?« fragte ich. Lexa sagte:

»Sagt dir der Name Nadĕžda etwas?«

Ach so! Ich blickte zu Lucie, dann zu Nosek.

»Ich hab nichts erzählt«, meinte Nosek und hob drei Finger. »Ich schwöre es beim Führer und Reichskanzler!«

»Siehst du nun, daß Lucie einen Grund hat, beleidigt zu sein?« fragte Harry.

Ich schaute wieder zu Lucie. Wie hatte sie es erfahren? Nosek hatte nichts verraten, er hat Charakter. Wahrscheinlich hatten es die Weiber in der Fabrik mitgekriegt. Die merken auch alles. Ich schloß mich dem Spielchen an.

»Ich weiß nicht, weswegen du beleidigt sein kannst. Wenn Irena …«

»Oder Marie«, unterbrach mich Fonda.

»Oder Judy Garland«, sagte Benno.

»Oder, oder … und so weiter«, sagte Lexa.

»Liebst du Lucie etwa nicht?« fragte Harry. »Das kränkt mich aber.«

»Dich?« fragte ich verwundert.

»Na klar! Wieso ist sie nicht gut genug für dich, wenn sie gut genug für mich ist? Guck dir die Haare an! Das Gesicht! Und alles unterhalb!«

»Was genau unterhalb?« fragte Benno.

»Beník!« äffte Lucie Alena nach.

»Das elegante Kleid, du Schwachkopf«, meinte Lexa.

»Oder die eleganten Beine«, sagte Harry. »Weswegen liebst du sie nicht, du Tölpel?«

Ich fragte ihn: »Solltest du nicht eher eifersüchtig sein?«

»Warum denn, wenn du sie nicht liebst?«

»Was kränkt dich denn?«

»Das kränkt Harrys männliche Eitelkeit, mein Herz, oder?« sprach Lucie und streichelte Harry über sein Haar samt Pomade. »Du Lump!« wandte sie sich an mich. »Wieso wagst du es überhaupt, mir unter die Augen zu kommen?«

Ich spielte mit großer Selbstüberwindung die tausendunderste Variante dieses Klamauks, den wir schon immer so getrieben hatten, seit es die Band gab. Plötzlich betrat Irena in ihrem grünen, mit Schnee bedeckten Wintermantel das Café, sah sich um und setzte sich dann an einen freien Tisch am anderen Ende.

»Das kränkt höchstens sein Besitzdenken«, sagte ich. »Er ist der Besitzer aller Besitzer. Er schafft sich 'n Monopol auf dich wie Bat'a auf seine Schuhe.«

»Aus Danny spricht die Erfahrung«, meinte Benno.

»Stimmt das?« fragte Lexa. »Soll ich es ausprobieren?«

»Paß nur auf!« warnte Harry.

»Darf ich dir unter den Rock greifen, Lucie?«

»Probier's doch mal«, sagte Lucie.

»Zu Diensten«, entgegnete Lexa und fuhr mit der Hand blitzschnell unter Lucies Rock. Lucie quiekte und schlug nach seiner Hand. Lexa holte seine Hand wieder hervor, hielt sich das Armgelenk und schrie:

»Aua! Du hast mich am Musikantenknochen getroffen!«

»Du kriegst ein Ungenügend«, entgegnete Lucie. »Und das steckt im Ellbogen.«

»Was? Was?« rief Harry. »Du hast ihr den Arm bis zum Ellbogen unter den Rock gesteckt? Das muß ich nachprüfen!« und in Windeseile griff diesmal er unter Lucies Rock. Lucie fing wieder an zu quietschen, und durch den Rock packte sie Harry an der Hand.

»Meine Herren, wollt ihr euch nicht mäßigen?« griff Alena ein, obwohl ihr niemand unter den Rock gegriffen hatte.

Benno holte das schnell nach, nun quietschte auch Alena. Normalerweise hätte ich mich dem allgemeinen Frohsinn angeschlossen, doch an diesem Tag hatte ich andere Gedanken. Harry holte seinen Arm wieder heraus, legte ihn außen auf Lucies Rock, als würde er ausmessen wollen, bis wohin sein Arm reichen würde, wenn der Ellbogen auf dem Knie liegt. Selbstverständlich ergab die Vermessung, daß er bis zu der gewissen Stelle reichen würde. Er stand auf und wandte sich an Lexa.

»Sir, ich verlange eine Safis ... Satis ... wie auch immer; erwarten Sie meinen Sekundanten!«

»Wann?« rief Lexa und tat erschrocken.

»In einem Jahr und einem Tag.«

»Da ist mir aber 'n Stein vom Herzen gefallen«, sagte Lexa. »Dann hab ich noch ein Jahr und einen Tag zu leben.«

Mich fröstelte. Lexa drehte sich zu Alena um und gab vor, ihr unter den Rock fahren zu wollen. Absichtlich langsam, damit sie seine Hand schnappen konnte. Benno nahm ihr das aber ab.

»Bist du etwa auch ein Monopolist?« fragte Lexa überrascht.

»Jeder ist das«, meinte Benno. »Wartet ab, was passiert, wenn Nadjas Monopolist erfährt, was sie während der Arbeitszeit hinter seinem Rücken so treibt, und mit wem!«

»Das gibt Ärger«, kommentierte Harry.

»Da kommen Ohrfeigen geflogen«, sagte Benno.

»Oder eher Faustschläge«, ergänzte Lexa.

Ich stand auf.

»Also tschüs, meine Herren.« Ich drehte mich zu Nosek um. »Und vielen Dank für deine Diskretion.«

Lucie warf schnell ein:

»Er hat uns nichts gesagt. Echt nicht. Marie hat das in der Rhythmik-Stunde erzählt.«

»Und du mußtest das natürlich weitererzählen.«

»Tja, weil mich das beleidigt hat!«

»Natürlich«, sagte Harry. »Es hat ihre weibliche Eitelkeit verletzt.«

»Das wirft ein schlechtes Licht auf deinen Geschmack«, meinte Lexa dazu. »Diese Nadja wiegt angeblich 'n Zentner.«

»Also tschüs«, ich drehte mich um und lief durch das Lokal zu Irena, die immer noch alleine am Tisch saß. Aufgrund meiner Unlust auf irgendwelche Witzchen sehnte ich mich nach ihrer tröstlichen Anwesenheit.

»Du brauchst dich gar nicht zu setzen«, empfing sie mich. »Ich warte nicht auf dich.«

»Nur ganz kurz. Ich muß mit dir reden.«

»Ich aber nicht mit dir.«

»Ich weiß, daß du nicht mit mir reden mußt, Irena. Aber vielleicht könntest du eine gute Tat vollbringen. Ich werde dir ohnehin nicht mehr lange auf die Nerven gehen.«

»Nein? Das ist aber eine erfreuliche Neuigkeit!«

Sie meinte es weder böse noch ernst, doch trotzdem gab es mir einen Stich ins Herz.

»Wenn du Bescheid wüßtest, Irena, würdest du nicht so reden.«

»Was denn? Hast du wieder ein gebrochenes Herz? In der Rhythmik hat man erzählt, daß ...«

»Ich weiß, was man in der Rhythmik erzählt hat. Die haben doch keine Ahnung.«

»Wirklich? Ich hatte den Eindruck, daß die ziemlich gut informiert sind.«

»Irena, im Ernst. Kannst du nicht ein bißchen netter zu mir sein? Vielleicht wirst du mich bald nicht mehr sehen.«

Auf einmal konnte ich mein schreckliches Geheimnis nicht mehr für mich behalten. Ich hatte wie noch nie zuvor im Leben das Bedürfnis, mich ihr anzuvertrauen, diesem braungebrannten Mädchen, das ich seit sechs Jahren aufrichtig liebte, natürlich abgesehen von Marie. Und Nadja. Aber Irena sagte:

»Auf diese Tour hast du es noch nie probiert!«

Plötzlich riß sie ihre großen braunen Augen, die an die Farbe von Milchkaffee erinnerten, mit einem Ausdruck von Glück auf. Mir war klar, daß es nichts werden würde mit dem Herzausschütten.

»Also tschüs, Irena«, und ohne weitere Worte lief ich an Zdeněk vorbei, der gerade den Schnee von seinem Mantel abklopfte.

»Warum gehst du nicht aus, Danny?« fragte mich meine Mutter nach dem Mittagessen. »Draußen ist es so schön! Du mußt doch mal frische Luft schnappen nach der langen Woche in der Fabrik.«

Der Sturm hatte nachgelassen. Über dem Schwarzen Berg hing die helle Wintersonne, und auf den Hängen glänzte frisch gefallener Schnee.

»Ich hab keine Lust. Ich muß mich ausruhen.«

»Willst du nicht mit uns kommen?« Meine Mutter stand unentschlossen in der Tür, bereits im Pelzmantel. »Wir besuchen Herrn Prokurist Kudláček. Seine Nadja soll auch Freunde eingeladen haben.«

»Nein Mama, geht alleine.« Der Name von Kudláčeks Sextanerin veranlaßte mich, wieder zum Schwarzen Berg zu schauen. Auf dem Hang oberhalb der Villen tummelten sich bereits schwarze Punkte – Skifahrer.

»Also tschüs dann, Dannylein,« sagte meine Mama und gab mir einen Kuß. Ich war alleine in der Wohnung. Eine ungeheure Angst bemächtigte sich meiner, meine Kehle schnürte sich zu, als wäre ich bereits in der Schlinge. Was sollte ich tun? Was konnte man da noch tun? Wenn die Deutschen wenigstens Tschechen zum Militär einziehen würden. Ich würde mich melden, und dann könnte ich zu den Amerikanern überlaufen. Ganz ernsthaft begann ich, mich nach der Musterung zu sehnen. Ich träumte vor mich hin, starrte auf die weißen Hänge des Schwarzen Berges und sah amerikanische Offiziere … Und wenn man mich an die Ostfront schicken würde? Das wäre wahrscheinlicher. Zu den Russen überlaufen? Was sollte ich sonst tun? Die Front kam mir im Vergleich zu meiner ausweglosen Situation hier vollkommen sicher vor. Eine absurde Vorstellung. Absurd? Woher kam dieses Gefühl? Weil ich hier wie in einem Käfig steckte. Im Krieg kann man überlaufen, aber aus einem Käfig kann man nicht entkommen. Einen Untergrundkampf zu führen, erfordert mehr Mut, als in der Armee zu kämpfen. Im Käfig ist die Angst stärker als an der Front. Ich ahnte nicht, daß ich gerade eine der Grundwahrheiten unseres Jahrhunderts definierte. Mir kam in den Sinn, daß der Krieg bald vorbei sein würde, doch ich erschrak, und damit ich es nicht verschrie, dachte ich rasch an die Vergangenheit. Doch alles, was ich finden konnte, war Angst. Angst war meine Grundstimmung seit der frühesten Kindheit. Ich hatte mich ungeheuer gefürchtet, nachts alleine zu Hause zu sein. Und ich war alleine gewesen, Samstag für Samstag. Meine Eltern pflegten ins Gasthaus zu gehen. Schon am frühen Morgen hatte mich Angst ergriffen, und je mehr sich acht Uhr abends näherte, um so stärker stieg mir der Druck aus der Magengegend in den Kopf. So wie jetzt. Kurz vor acht hatte mich meine Mutter ins Bett gebracht, mir ein Buch in die Hand gedrückt, mich daran erinnert, das Licht auszumachen, dann bekam ich einen Kuß … wie heute … die Tür fiel ins Schloß, und der Schlüssel rasselte. Sie schlossen mich von außen im Käfig ein, der voller Geister, Gespenster und Mörder war. Noch eine Weile lang hörte ich meine Mutter, wie sie mit dem Vater zusammen die Treppe hinunterging, dann wurde es still. Ich spitzte die Ohren. Im Schlafzimmer am anderen Ende des Flurs knarzte das Parkett. Ich saß in meinem Bett mit dem aufgeschlagenen Buch, und das Parkett knarzte wieder. Bestimmt ein Mörder. Es wird sicherer sein, wenn ich das Licht lösche. Im Dunkeln würde er mich nicht sehen können. Ich knipste das Licht aus. In der Küche klirrte es ganz deutlich. Ich konnte kaum atmen. Dann im Schlafzimmer. Schritte. Knarzen des Holzes. In meiner wahnsinnigen Angst machte ich das Licht wieder an, sprang mit dem Buch aus dem Bett und sah mich in meinem Käfig um. Hinter mir knirschte etwas. Schnell drehte ich mich um. Nichts. Es kam wieder von hinten. Wieder drehte ich mich um. Wieder nichts. Ich lief, das Herz im Hals, auf den Zehenspitzen in den Flur. Es hörte sich an, als würde jemand im Schlafzimmer die Möbel demolieren. Ich sprang zur Klotür, stürmte hinein und schob den Riegel vor. Das Klo war klein, mit einer winzigen Luke hinter der Klomuschel, die zu einem Lichtschacht führte. Ich hockte mich auf den Boden, lehnte mich mit dem Rücken gegen die Wand, so daß ich das Fensterchen wie auch die versperrte Tür im Blickfeld hatte. Und so saß ich da, entschlossen, bis um eins in der Nacht wach zu bleiben, wenn meine Eltern zurückkommen würden. Ich hielt es aus. Samstag für Samstag. Wie lange? Das wußte ich nicht mehr. Vielleicht mehrere Jahre lang. Nicht ein einziges Mal war ich eingeschlafen. So ein Horror war das für mich. Vor der Klotür ein regelrechter Karneval der Geister, der langsam, unendlich langsam durch die Schläge der Wanduhr gemessen wurde, jede halbe Stunde. Mit Anspannung zählte ich die Uhrenschläge: neun, zehn, elf, zwölf … zwischendurch eine Endlosigkeit. Die schlimmste halbe Stunde lag noch vor mir. Ich konnte es nicht zulassen, daß mich meine Eltern in dieser demütigenden Lage auf dem Klo vorfanden. Als dann unerträglich lange nach den zwölf mitternächtlichen Schlägen nur noch einer erklang, der halb eins anzeigte, schloß ich die Tür auf, und von schrecklicher Angst gejagt raste ich in mein Zimmer. Ganz deutlich hörbare Schritte verfolgten mich. Im Schlafzimmer schoß jemand aus einem Maschinengewehr. Ich sprang ins Bett und löschte das Licht. Lange, lange lag ich mit weit aufgerissenen Augen da und starrte auf das Glas der halbgeöffneten Tür. Wenn ein kaum sichtbares Licht in der Tür erschien, wie ein Morgengrauen, bedeutete das, daß meine Eltern unten ins Haus gekommen waren und im Treppenhaus das Licht angeknipst hatten. Man hörte sie dann noch nicht, denn wir wohnten im dritten Stock. Nach einer endlos langen Zeit kam volles Licht, doch manchmal ging es auch wieder aus, ohne daß jemand die Wohnungstür aufgesperrt hätte. Da war wohl ein anderer Mieter aus dem Gasthaus nach Hause gekommen.

Doch meistens waren es meine Eltern. Das Licht verschwand nicht, die schweren Schritte meines Vaters erklangen, der eine Schritt lauter, der andere weniger laut, weil mein Vater auf einem Bein hinkte. Und endlich, endlich rasselte der Schlüssel im Schloß. Sofort verfiel ich in einen seligen Halbschlaf, in die wohlige Umarmung der absoluten Sicherheit, und … ich öffnete weit die Augen. Vor mir sah ich die weißen Hänge des Schwarzen Berges, der Himmel hatte sich schwarz zugezogen, und es fing wieder an zu schneien. Der Wind pfiff.

Ich war überhaupt nicht in Sicherheit. Es war nur ein süßer Traum aus meiner frühen Kindheit, als alles noch gut ausgegangen war. Ich schwebte in furchtbarer Gefahr. Es war kaum möglich, daß auch dies hier glimpflich enden würde.

~

In dem Lokal, das zum Theater gehört, geht es auf altböhmische Art lustig zu. Herr Šesták hat den Schellenbaum zur Seite gelegt und sich zu den Trommeln gesetzt, der demokratische junge Mann, wieder im Sakko, hat die Gitarre gegen eine Ziehharmonika getauscht, und der Banjo-Spieler mißhandelt die Geige. An der Bar singt der bereits total vermenschlichte Ordnungshüter neben einem Glas Brandy und den Resten einer riesigen Wurst lautstark:

»*Die Rothaarige, Rothaarige, die mag ich am liebsten …*«

»Geht mal ein bißchen tanzen, Margit«, fordert Bočár seine Frau auf. Mit dem Plural meint er mich. Mir kommt der unangenehme Gedanke, daß er möglicherweise etwas ahnt. Er läßt sich jedoch nie etwas anmerken. Und Margitka versichert mir, sie sei unheimlich vorsichtig.

Der Ordnungshüter singt:

»*Ich liebe sie, und sie liebt mich,*
und weil sie rot ist, macht sie mein Herz glücklich!«

»Macht dir das nichts aus, Míla?« fragt Margitka heuchlerisch.

»Aber, was sagst du denn da für Dummheiten?«

Wir stehen auf, Bočár grinst mich von seinem Rollstuhl aus an.

»Soll ich dir noch ein Bierchen holen?« Aus Margitka spricht das schlechte Gewissen.

»Daß ich immer hin und her fahren muß?« Bočár schlägt mit den Händen gegen die Räder seines Rollstuhls. »Das ist vielleicht eine Erfindung, Herr Doktor«, spricht er mich an. »Da gewöhnt man sich alle Laster ab.« Ich habe das Gefühl, zu erröten, aber Bočár ... fährt fort ... nach einer kurzen Pause, die mir vielsagend erscheint. »Weißt du, Doktor, was das für ein Problem für mich ist, aufs Klo zu gehen? Deshalb saufe ich nicht mehr. Zum Glück hab ich ja Margitka!« Er versucht, Margitka einen Klaps auf den Hintern zu geben. Ich habe das unangenehme Gefühl, daß er nicht nur etwas ahnt, sondern sogar genau Bescheid weiß.

»Na, was machst du da?« sagt Margitka und wird rot wie eine Tomate. Das ist eine ihrer anmutigsten Eigenschaften, die aufgrund ihrer weißen Haut ermöglicht wird, doch in diesem Zusammenhang ist sie eher peinlich. Bočár verstärkt diese Peinlichkeit noch.

»Hab ich etwa nicht recht? So ein tolles Weibsbild!« Wieder versucht er, sie zu betatschen, doch dabei fällt er fast aus dem Rollstuhl. Schnell nehme ich sie um die Taille und mische mich mit ihr unter die Tanzenden. Über Margitkas Schulter sehe ich, wie Bočár einer Kellnerin zuwinkt. Sie liest meine Gedanken.

»Meinst du, daß er etwas ...«

»Ich habe fast das Gefühl ...«

Wir schweigen. Neben uns erscheint Veronika mit Percy, ich vernehme Fetzen ihrer Konversation: »*I didn't say I hated playboys* ...«

»Aber wer hätte ihm was ...«, meditiert flüsternd Margit. »Weil ich wirklich *unheimlich* vorsichtig bin. Bei uns im Haus wohnen keine Landsleute, und auch bei mir im Krankenhaus arbeiten keine ...«

»Besuche ich *euch* nicht zu oft?«

»In diesem Jahr warst du zweimal bei uns. Manche Freunde besuchen Míla zweimal in der Woche.«

»Aber ich bin kein Knastbruder.«

»Das stimmt«, Margitka wird verlegen. Wir tanzen schweigend. Der Herr im Ledermantel, nun im Tweedsakko, schwirrt elegant an uns vorbei. Er tanzt mit der Verlegerin und hält seine Hand so tief, daß man das, was er umfaßt, nicht mehr Taille nennen kann. Ist die Verlegerin derart versöhnlich? Und warum ist sie überhaupt zurückgekommen, nachdem man sie hinausgeschmissen hat? Ich verscheuche den naiven Gedanken und folgere, daß sie das, wie wohl alles, nur wegen ihres Geschäftes gemacht hat, das heißt zu Gunsten der zeitgenössischen tschechischen Literatur. Letzten Endes also auch zu meinen Gunsten.

»Míla war aber nie mißtrauisch. Erst heute redet er so komisch daher …«

»Sie müssen meine Gattin entschuldigen, gnädige Frau. Sie ist fertig mit den Nerven. Verstehen Sie, sie macht alles allein …« Ich drehe mich um. Der Gatte der Verlegerin dreht sich bedächtig mit der frommen Dame im Kreis. Er hat wohl entsprechende Anweisungen bekommen.

»Jemand muß uns bespitzelt haben«, meint Margitka unglücklich.

»Das glaube ich nicht. Ich würde sagen, daß er auf logische Art und Weise zu diesem Verdacht gekommen ist. Wieviele Leute besuchen euch, die unter den Kommunisten nicht im Knast waren? Zu den Knastbrüdern hat er Vertrauen. Das ist vielleicht naiv …«

»Nicht in meinem Fall«, wirft Margitka ein. »Oder glaubst du mir etwa nicht?«

»Doch. Aber mir glaubt er nicht.«

»Aber mir.«

Wir schweigen. Ich bemerke, daß die Hand des Herrn im Tweedsakko noch tiefer gerutscht ist, falls das überhaupt noch möglich war. Doch vielleicht leidet er an Arthritis. Ich frage:

»Hast du ihm damals alles gestanden, als er aus dem Lager zurückkam?«

»Es gab nichts zu gestehen.«

»Und er hat dir das geglaubt?«

»Natürlich hat er mir geglaubt.«

»Da muß er aber einen starken Glauben gehabt haben. So ein Glaube würde den Montblanc über den Stalinberg nach Venezuela versetzen können. Zehn Jahre … das wäre, milde ausgedrückt, abnormal.«

»Das war auch keine normale Liebe, meinst du nicht? Er hinter Gittern, ich draußen.«

»Und er hat dir geglaubt, daß du zehn Jahre lang mit niemandem …«

»Er mußte es nicht glauben. Er hatte einen Beweis.«

»Was für einen Beweis?«

»Tja, einen natürlichen.«

»Einen natürlichen?«

»Du hast aber eine lange Leitung, Smiřický. Ach ja. Du hast so etwas wohl nie erlebt, oder?«

Jetzt geht mir ein Licht auf. Ich verschlucke mich fast. Margitka ist vielleicht eine Lügnerin. Ich sage:

»Das hast du mir aber damals nicht erzählt.«

»Du hast mich auch nicht gefragt.«

Dazwischen ein klassischer Satz von nebenan, auf englisch:

»*I've known lots of emigrant girls. But you're different …*«

Percy belabert Veronika. Wäre es möglich, daß auch Veronika …? Quatsch. Vollkommener Quatsch. Margitka schwindelt. Doch andererseits … als das damals mit uns angefangen hatte … Ich werfe einen Blick zu Veronika. Die Wangen der traurigen Veronika glühen. Vielleicht zum ersten Mal, seit ich sie kenne, sieht sie nicht mehr traurig aus. Sie sagt fast fröhlich:

»*I'm not an emigrant. I'm exile.*«

Und der balzende Percy:

»Was macht das für einen Unterschied?«

»*Elementary, my dear Watson*«, spricht die belesene Veronika. »Ich darf nicht nach Hause. Die emigrierten Mädchen dürfen. Das ist das einzige, worin ich mich objektiv von ihnen unterscheide.«

»Würdest du Unannehmlichkeiten bekommen, wenn du hinfahren würdest …«, turtelt Percy beduselt.

»Ach!« höre ich Veronika. »Was hast du dir denn alles seit heute früh anhören müssen, Percy? Womit habe ich dich heute schon den ganzen Tag angeödet?«

»Du hast mich nicht angeödet.«

»*Then it must be my English.*«

»Das ist gewissermaßen unglaublich«, sage ich zu Margitka. »Wie lange seid ihr miteinander gegangen, bevor …«

»Etwa ein Dreivierteljahr.«

»Ich bitte dich, Bočárová, und was habt ihr miteinander gemacht?«

»Wir haben uns geliebt.«

»Wie denn?«

»Wahrscheinlich sehr, wenn ich dann bereit war, die ganzen fünfzehn Jahre auf ihn zu warten.«

»Ich meine, wie habt ihr das technisch angestellt? So was gibt's wohl nicht einmal im Kamasutra!«

»Von derart obszönen Büchern wußte ich damals nicht einmal, daß es sie gibt.«

»Was habt ihr also miteinander gemacht?«

»Etwas, wovon du keine Ahnung hast, daß es das gibt.«

»Belehr mich.«

»Ach nichts«, meint Margitka. »Wir sind einfach miteinander gegangen. Im ursprünglichen Sinn des Wortes.«

Mir wird klar, daß ich Margitkas Jugend törichterweise aus der Sicht meiner dekadenten Reifejahre beurteile. Doch als ich jung war …

»Wir waren beide Pfadfinder«, erinnert sich Margitka mit sanfter Miene. »Ich eine katholische, und er bei den Wassersportlern.«

Das bringt mich zum Lachen. Margitka errötet, doch dann prustet auch sie los.

»Und so weit ist das jetzt mit uns gekommen«, sagt sie und unterdrückt das Lachen. »Bist du sicher, daß uns keiner bespitzelt?«

Es war schon fast dunkel. Der Nachmittagssturm blies noch grimmiger als am Vormittag. Der gefrorene Schnee prasselte gegen die Fensterscheiben. Der Schwarze Berg verschwand beinahe in den dunkelweißen Sturmböen. Es war noch nicht einmal vier Uhr, und trotzdem fast dunkel. Wie zu jener Zeit über Golgatha. Ich stellte mir vor, wie man sie angenagelt hatte … ich erzitterte. Es gab kein Entrinnen. Wenn doch nur der Sturm noch stärker werden könnte, bis ganz Kostelec von einem verheerenden Hurrikan in die Luft gewirbelt werden würde. Wenn am Horizont hinter dem Schwarzen Berg doch nur King Kong erscheinen und mit einem einzigen kräftigen Schlag alles zertrümmern könnte, die Stadt, das Leben und mich. Ich meinte, wahnsinnig zu werden. Als ich noch klein war, hatte ich es mir immer so vorgestellt. Wenn ich jetzt auf den Schwarzen Berg blickte, stellte ich mir King Kong vor, wie er am Horizont auftauchen und einen Schritt über die Jirásek-Straße machen würde, mit einem weiteren Schritt wäre er hier unten in der Stadt, und sofort würde er die Häuser zertrampeln … wohin würde ich da überhaupt laufen? Er würde ohnehin sofort nach mir schnappen. Ich würde mich nach hinten ins Schlafzimmer verdrücken, doch er würde mich mit einem Finger hervorholen … und als ich schon vierzehn war und am selben Fenster saß, sah ich hinter dem

Schwarzen Berg statt King Kong Bomber, sie flogen direkt auf mich zu, auf unser Haus, sie warfen Giftgasbomben ab ... das war im Herbst des Jahres achtunddreißig, während der Mobilmachung; auf den Straßen befanden sich Betonsperren, gleich den Sporen Žižkas, und die Menschen standen Schlange vor dem einen Geschäft, in dem Gasmasken verkauft wurden. Sie kauften sie im allerletzten Moment, meine Eltern hatten jedoch schon seit mehreren Jahren welche bereitgehalten. Im Schlafzimmer setzte ich vor dem Spiegel öfter eine Gasmaske auf und stellte mir vor, ich sei ein Taucher oder ein Wesen vom Mars, das war noch einigermaßen lustig, doch dann, im September achtunddreißig ... hatte ich Angst. Alleine zu Hause hatte ich mich damals nicht mehr gefürchtet, doch ansonsten gab es genug Gründe, Angst zu haben. Ich las die Broschüren meines Vaters über Yperit, und es war mir klar, daß eine Gasmaske nicht reichen würde. Sobald Yperit auf Kostelec abgeworfen werden würde, wäre alles vorbei ... Doch andere Menschen sahen nicht unbedingt so aus, als hätten sie Angst. Sie verhielten sich normal. Aber ich verhielt mich ja auch normal.

Mein Vater hatte Angst. Vielleicht nur um mich. Wie auch immer, ich war der einzige in der Klasse, den die Eltern während der Mobilmachung ins Landesinnere schickten. Ich fuhr mit meiner Mutter zur Großmutter nach Kolín. Wir hatten einen großen Koffer dabei, und beide trugen wir die Blechdosen mit den Gasmasken über der Schulter. Der Zug war voll, lauter Gasmasken. Mir ging das Yperit nicht aus dem Sinn. Wir hätten einen Anti-Yperit-Anzug anziehen müssen, doch so etwas hatten wir nicht. In Kolín gingen wir gleich am ersten Tag zu dem Gymnasium, das ich besuchen sollte, solange Kriegsgefahr bestand – ich meinte, ein Krieg sei unausweichlich. »Und warum wollen Sie ihn, gnädige Frau, vorübergehend bei uns anmelden?« fragte der kahlköpfige Direktor mit festem Kragen. »Wenn«, schluckte meine Mutter, »etwas passieren sollte ... Kostelec liegt im Festungsbereich ...« »Meinen Sie nicht, Gnädigste, daß das keine Rolle spielt? Kolín ist eine Industriestadt. Auch hier muß man mit Fliegerangriffen rechnen. Na ja, wie Sie wollen ...« Und wieder saß ich in einem Käfig, diesmal hieß er Kolín. Diesen Käfig schleppte ich immer mit mir herum.

Am ersten Abend gingen wir mit meiner Großmutter zu einem Nachbarn, um Radio zu hören. Hitler sollte eine Rede halten. Alle meinten, es würde eine bedeutende Rede werden. Darin sollte vielleicht die Entscheidung verkündet werden, wie es weitergehen würde … ob es Krieg gäbe … Der Nachbar war Herr Ingenieur Blažek, und um das Radio herum saßen er, seine Frau und noch zwei Bekannte von ihnen mit einem kleinen Jungen. Der Kleine spielte mit einem Blechflugzeug, er brummte ständig vor sich hin, man mußte ihn ermahnen, ruhig zu sein. Aus dem Radio erscholl fürchterliches Gebrüll, dann hörten wir Hitler. Ich konnte schon ganz gut deutsch verstehen, mir flößte seine Stimme mehr Schrecken ein als der Inhalt seiner Rede. Wenn einer schon so eine Stimme hat, dann ist der Krieg wohl unvermeidbar. Mein Blick wanderte von meiner Mutter zum Herrn Ingenieur, zu seinen zwei Bekannten, zu unserer Oma, alle starrten nachdenklich ins Leere, nur der Junge brummte leise und flog mit seinem Flugzeug Loopings. Im Zimmer war es fast dunkel, nur in der Ecke hatte man eine Lampe mit Stoffschirm angelassen, vor den Fenstern hingen Decken. Am hellsten leuchtete die Sendeeinstellung des Radioempfängers. Die Stimme wurde immer erzürnter, sie klang, als würde sie Strophen rezitieren, zwischen den Strophen erklang donnerndes Brüllen … was hatte der Herr Direktor erzählt? Man muß mit Fliegerangriffen rechnen. Deshalb die Decken vor den Fenstern und deshalb die Broschüre meines Vater über Yperit … *Hier stehe ich!* brüllte Hitler. *Und dort steht Herr Benesch!* Lärmen, dann eine einzelne Stimme *Sieg!* Und ein tobendes *Heil! Sieg! – Heil! … Sieg! – Heil! …* Es klingelte, das Geräusch durchfuhr mich von Kopf bis Fuß wie ein Pfeil. Frau Blažková stand auf und sagte: »Das wird wohl unsere Jirka sein. Sie war im Sokol.« Sie ging hinaus. Die Heilrufe gingen in ein unbeschreibliches Gegröle über … Hat denn keiner von diesen Schreihälsen Angst vor dem Krieg? Herr Ingenieur Blažek schaltete schweigend das Radio ab. Von der Tür her ertönte unerwartet eine fröhliche Mädchenstimme: »Guten Abend!« Ich drehte mich um. Ein Mädchen stand in der Tür, etwa so alt wie ich, in der Hand hielt sie eine Netztasche, darin steckten schwarze Sportschuhe und ein weißes Trikot. »Das ist unsere Jiřinka«, stellte sie Frau Blažková vor, und das Mädchen lächelte höflich …

»Mich haben die Kommunisten mit meiner Angst rumgekriegt«, erzählt Bočár. »Ich hab mir in die Hosen gemacht und alles ausgeplappert. War aber nicht so viel. War quasi nur eine Konspirationsprobe. Margit hatte damals an dem Tag Grippe gehabt, und so hatte man sie nicht geschnappt. Und so sehr hat sich keiner der Verhafteten in die Hosen gemacht, daß sie sie verraten hätten.«

Es ist nach Mitternacht, nur der demokratische junge Mann spielt noch ausdauernd Ziehharmonika. Dem Ordnungshüter war der Kopf auf die Bartheke gefallen, er döst. Veronika, nun wieder traurig, hängt mit ihrem Blick an Bočár. Denn – wie absurd die Zeit doch ist – Veronika, die damals noch mit Puppen spielte, spielt nun mit einem Playboy und dolmetscht für ihn Bočárs stark idiomatischen Vortrag in fließendes idiomatisches Kanadisch. Margitkas Hand liegt auf dem Reifen des Fortbewegungsmittels ihres Gatten, so daß zwischen ihr und mir der redende Ehemann sitzt. Herr Pohorský, auf der anderen Seite neben ihr, hat unauffällig seinen Arm auf die Lehne von Margitkas Stuhl gelegt.

»Wie sich der kleine Moritz eben die Konspiration so vorstellt«, fährt Bočár fort. »Die Anführer trommelten fünf Gruppen zusammen, davon zwei Mädchengruppen, dann gingen wir zusammen in den Stromovka-Park in Prag, und dort wurden die Aufgaben verteilt.«

»Habt ihr nicht einmal Wachen aufgestellt?« staunt Herr Pohorský.

»Na, klar doch! Bloß, die Wache sollte verdächtige Personen melden, doch die Genossen schickten damals durch und durch unverdächtige Personen hin, die erst später auffielen. Kurz und gut, plötzlich stürmten von allen Seiten etwa zweihundert unauffällige Herren in Ledermänteln auf uns zu, mit noch unauffälligeren Schäferhunden, die unsere Wache wohl für Blindenhunde gehalten hat. Bald darauf verstauten sie uns mit Sack und Pack in den grünen Antons, samt unserer Anführer. Und gerade die Anführer haben sich als erste in die Hosen geschissen.«

»Tja, Angst«, bemerkt Herr Pohorský nachdenklich. »Das kenne ich.«

Mir fällt ein wichtiges Detail auf: Ähnlich wie Margitkas Mann, der sich zwischen mir und ihr plaziert hat, zwängte sich auch die Dame im Pelzmantel uns gegenüber zwischen die Verlegerin und den Liebhaber der Prosa von Vančura. Doch dadurch kann sie eine Bestellung von anstößigen Büchern auch nicht verhindern; der Herr scheint bis über beide Ohren in die Literatur verliebt zu sein.

»Zuerst hat natürlich jeder geleugnet, was das Zeug hielt. Und dann haben die sich ein Psychodrama ausgedacht«, spricht Bočár.

»Man hat uns zu zwanzigst in den Verhörraum geholt. ›Gestehst du?‹ ›Ich habe nichts getan!‹ ›Abmarsch!‹ Zwei Muskelprotze packten den Pfadfinder am Arm und brachten ihn nach nebenan. Der Beamte schwieg, wir anderen auch. Nach einer Weile hörte man einen Knall von nebenan.

»Eine Ohrfeige?« fragte Herr Pohorský.

»Ich bitte dich, Pohorský! Und du willst Knasterfahrung haben? Natürlich ein Schuß. Wer nicht gestehen wollte, wurde einfach abgeknallt.«

Veronika ist entsetzt:

»Echt?«

»Moment noch, mein Fräulein«, meint Bočár. »Kurz darauf kamen die zwei Gorillas zurück und stellten sich hinter den Beamten hin. Der rief den nächsten auf und wieder: ›Gestehst du?‹ Doch der hat dann seine Meinung nicht mehr so eindeutig verteidigt. Ich habe gesehen, wie seine Knie anfingen zu schlottern. Aber daß er gestehen möchte, sagte er nicht. Er schüttelte nur den Kopf. Er hieß Novák und sah nach fünfzehn Goldmedaillen im Zehnkampf aus. Der Beamte deutete wortlos mit dem Kopf, und die Gorillas machten sich an die Arbeit, Novák stemmte sich unwillkürlich gegen sie, aber in einer Sekunde war er vor der Tür. Eine Minute war es still – und dann Bumms! Ein trockener Schuß, wie man sagt. Danach kamen die zwei Muskelprotze schweigend wieder zurück, der eine steckte gerade noch seine Knarre in das Futteral, das er unter der Achsel trug wie in amerikanischen Filmen. Bevor er sie einsteckte, pustete er den Rauch am Lauf weg.«

»Aber das ...«, fängt Veronika an.

»Was?«

»Das ist ... nicht zu glauben ...«

»Ich habe gesagt: Moment, Fräulein. Jetzt war ich an der Reihe, abgeknallt zu werden. Schon als mich der Beamte so ansah, roch ich Schießpulver. Zu meiner Schande muß ich gestehen, daß ich nicht einmal die Frage nach dem Geständnis abwartete. Ganz von selbst platzte es aus mir heraus: ›Ich gestehe!‹ Kurz und gut, ich habe mich regelrecht vollgemacht.«

»Das wundert mich aber nicht«, meint Veronika erschauernd. Percy verlangt eine Übersetzung: »*What's he saying?*«

»Noch einen Moment, Fräulein! Noch nicht übersetzen! Bisher haben die nur zwei abgeknallt, aber nach mir hat jeder gestanden, bis auf ein Mädchen, das sich Akela nannte. Und sie wurde ohnmächtig, als sie von den Gorillas in die Hinrichtungszelle gezerrt wurde. Aber gestanden hat sie nicht.«

»Und … hat man sie umgebracht?« haucht Veronika.

»Trockener Schuß, wie bei den beiden vor mir.«

»War sie die letzte?« fragt Herr Pohorský.

»Von uns zwanzig. Alle anderen sind mit der Wahrheit rausgerückt, zuerst nur in groben Zügen, dann haben die Untersuchungsbeamten es fürs Gericht aus dem Russischen übersetzt und stilistisch überarbeitet. In dieser Fassung ging es um die ganze Welt. Angeblich wollten wir mit unseren Ansichten die Jugend ideologisch beeinflussen, trotz des Verbotes jeglicher Einflußnahme – mit Ausnahme von wissenschaftlichen Anschauungen; so ist es beispielsweise die Pflicht eines jeden jungen Pioniers, zu melden, wenn jemand nicht an Genosse Gottwald glaubt. Unter den zwanzig Inhaftierten nach uns waren auch tapferere, die erst nach dem dritten Schuß gestanden. In einer der nächsten Gruppen fand sich sogar ein Held, der als fünfzehnter an die Reihe kam, er hat nicht nur ein Geständnis verweigert, sondern sogar noch etwas gerufen. Man konnte ihn zwar nicht verstehen, weil er ja vor Schiß auch fix und fertig war, aber bevor man ihn nach nebenan brachte, schrie er ganz deutlich.«

»Ich muß das für Percy übersetzen«, sagt Veronika. »Aber er wird es nicht glauben. Solche Dinge glaubt er fast nie.«

Herr Pohorský runzelt die Stirn:

»Ist er links?«

»Na ja«, räumt das Mädchen ein, »aber nicht so links. Ich übersetze ihm das.«

»Noch einen Moment, Fräulein!« sagt Bočár. »Sagen Sie ihm, daß zuletzt auch die Abgeknallten gestanden haben.«

Veronika zögert:

»Wollen Sie mich auf den Arm nehmen?« Es klingt beinahe schmerzerfüllt. Diese Mischung aus Spaß und Grausamkeit gefällt ihr nicht.

»*Die* haben Späße mit uns getrieben!« Bočár fängt an zu wiehern. »So eine Art schwarzer Humor in der Realität. Sie haben niemanden abgemurkst, nicht, weil sie dazu nicht in der Lage gewesen wären. Die Muskelprotze sahen aus wie Gorillas, so sagte man später dazu. Na ja, wissen Sie, das hätte keinen guten Eindruck gemacht, wenn so viele Pfadfinder auf einmal in Untersuchungshaft an Lungenentzündung gestorben wären. Es war ganz einfach: Die Kraftprotze haben die Helden in den Keller gebracht und auf dem Rückweg vor der Tür eine Platzpatrone verschossen. Im Keller versuchten inzwischen andere Gorillas, die Helden zu überzeugen, bis sie sich alle haben überzeugen lassen. Bis auf Akela und noch einen, aber dem hat man auch zwölf Jahre aufgebrummt. Sogar ohne Geständnis.«

Veronika schweigt, sieht Bočár an, Percy nimmt sie an der Hand. »*O.K.*«, sagt sie. »*It's just black humor, only …*« Später, ganz zum Schluß – an jenem Tag, als mir nichts aufgefallen war –, erzählte sie mir von ihrem unauffälligen Verschwinden für zehn Minuten, ich hatte es deshalb nicht bemerkt, weil ich auch den jungen Mann nicht bemerkte, der plötzlich im Lokal auftauchte. Veronika wurde blaß. »*'Xcuse me a minute!*« und ging schnurstracks auf den Ankömmling zu. Sie verließen den Raum. Und draußen sagte Veronika:

»Du hast mich also sitzen lassen. Ich hab mich in dieses Ödland schleppen lassen … na ja … wenigstens teilweise … deinetwegen.«

»Nika, versteh das doch …«

»Ich verstehe es nicht. Wie konntest du mich wegen so einer Ziege verlassen?«

»Wenn … das hat so lange gedauert … ich dachte schon, daß das bei dir nicht klappt …«

»Du dachtest, ja? Warum hast du dann die Wirtin angewiesen, daß sie deine Adresse keiner Frau geben soll?«

»Das war nicht wegen dir …« Der junge Mann namens Tom Škvárek stockte, doch viel zu spät.

»Noch besser. Ich war also nicht die einzige, die du hier sitzen hast lassen?«

»Ich … war so einsam … in diesem fremden Land …«

»Also ich sag dir was, Tom«, spricht Veronika wohlüberlegt, »für mich unerfahrenes Ding war das eine ganz neue Erfahrung. Ich habe mich davon noch immer nicht ganz erholt.«

»Nika … du wirst … einen Neuen finden …«

Veronika erstarrte. Sie zitterte. Dann:

»Siehst du das?«

»Was denn?«

»Das ist eine Handfläche. Hier in Kanada nennt man uns Tschechen ethnische Gruppe. Angeblich haben wir interessante alte Bräuche.«

»Ja?«

»Ja. Warum sollte ich nicht den Vorstellungen der Kanadier entsprechen?«

Und sie knallte Škvárek eine, so daß seine Backe sofort anschwoll. Das war keine ethnische, sondern eine transatlantische Ohrfeige.

»Teuflisch, aber gut ausgedacht«, meint Herr Pohorský. »Ich habe nichts dagegen, in dieser Hinsicht könnte man von den Kommunisten etwas lernen. Angst ist eine erstklassige Waffe. Auch unsere erste Aktion besteht darin, daß man ihnen Angst einjagt.«

Und knapp schildert er seinen Plan: Über den Sender in Abessinien werden die Bürger der Tschechoslowakei aufgefordert, daß jeder mindestens zehn Schachteln Streichhölzer kaufen solle. Wenn nur jeder fünfte wirklich die zehn Schachteln kaufen würde, bedeutete dies so etwa an die fünfundzwanzig Millionen Schachteln, die Kommunisten wären gezwungen, schleunigst neue zu produzieren, und dadurch würde man das erste strategische Ziel erreichen: der kommunistischen Wirtschaft würde ein empfindlicher Schlag versetzt werden. Sollte jeder fünfte statt zehn sogar zwanzig Schachteln kaufen ...

»Und was machen die Leute damit?« unterbreche ich die Statistik. »Werden sie einfach so ohne Sinn und Zweck die Streichhölzer an- und wieder ausmachen? Sonst hätte es als Schädigung der Rohstoffbasis keinen Effekt ... Man würde eben ein Jahr lang keine Streichhölzer zu kaufen kriegen.«

»Die Leute sollen die Streichhölzer in Form eines großen V knicken. Diese großen Vs würde man den berüchtigtesten Kommunisten vor die Tür legen.«

»V wie Venerologie?«

Herr Pohorský legt mir das als politische Unkenntnis aus.

»Quatsch! Wie Victory natürlich. Die Kriegsparole von Winston Churchill.«

»Was genau versprechen Sie sich davon?« fragt der Vančura-Liebhaber ernst.

»Einen psychologischen Effekt«, erklärt Herr Pohorský. »Stellen Sie sich vor: der Kommunist kommt morgens zur Tür, und auf der Schwelle prangt ein großes V aus Streichhölzern. Die ersten zwei, drei Tage würde er dem keine Bedeutung beimessen. Doch dann fängt er an zu grübeln. Nach etwa zwei Monaten begehen die schwächeren Selbstmord, die stärkeren landen in der Klapsmühle.«

Er mustert die Runde. Wir haben keinen boshaften Menschen unter uns, der ihm die Freude verderben möchte.

»Und was ist dann mit der Partei?« fragt der vulgäre Bočár, und nach einer Weile antwortet die Verlegerin: »Die ist im Eimer.« Die Dame, die schon bereit war zu erröten, tut es nun doch nicht. Bočár fängt wieder an zu wiehern, sein Gelächter weckt den Ordnungshüter auf, und dieser läßt kraftlos verlauten:

»Lockige, Lockige,
die mag ich am liebsten …«

Das Mädchen lächelte höflich, sie hatte einen blauen Rock an, Turnschuhe und ein gelbes Trikot, unter dem Trikot waren wunderschöne Hügelchen sichtbar. Für einen Moment, für einen kurzen Moment vergaß ich Hitler. Das Mädchen setzte sich auf einen Schemel in der Ecke, streckte mir ihre Knie entgegen, doch da wurde mir wieder bewußt, daß in wenigen Tagen der Krieg ausbrechen würde, doch das Mädchen im Trikot hörte nicht auf, mir wunderschöne Schmerzen zu bereiten. Die ganze Woche, bevor in München das Abkommen unterschrieben wurde und ich mit meiner Mutter zurück nach Kostelec fuhr, begleitete ich sie jeden Tag zur Schule und von der Schule nach Hause, sie blieb für immer in mir. Ein Freudentropfen in dem Medaillon der schwarzen Angst … wie sie in dem gelben Trikot und mit der Netztasche in das verdunkelte Zimmer hereingekommen war, höflich gegrüßt hatte … es klingelte. An der Tür klingelte jemand! Brutal wurde ich aus meinem Tagtraum gerissen, mit einem Schlag steckte ich wieder in meinem Malheur. Der Schwarze Berg schaukelte in den verrückt wallenden Sturmwirbeln, er verdeckte das Zwielicht der Erinnerung. Es wurde dunkler. Mein Instinkt sagte mir, daß es die Gestapo war.

Die Klingel ertönte nochmals. Ich hielt die Luft an. Ich horchte. Vor der Tür donnerten beschlagene Schuhe, der Gestapo-Mann trat von einem Fuß auf den anderen.

Wenn ich nicht aufmache, würde er die Tür eintreten. Also war doch alles aufgeflogen. Uippelt hatte uns verpfiffen. Der Ami! Vielleicht steht er mit denen zusammen vor der Tür.

Weglaufen konnte ich nicht. Wir wohnten im dritten Stock.

Auf einmal wünschte ich mir, endlich alles vom Hals zu haben.

Lieber schon hinter Schloß und Riegel sein, wissen, woran ich war … als diese Unsicherheit …

Ich stand auf und schlich mich in den Flur. Ich wollte mich stellen, lief aber auf Zehenspitzen. Das war unlogisch. In der Tür hatten wir einen altmodischen Spion. Mit angehaltenem Atem schob ich den Deckel zur Seite und sah in die Augen von …

Nadja stand dort, von gefrorenem Schnee bedeckt.

Ich riß die Tür heftig auf.

»Nadja! Was machst du denn hier?«

»Dan! Biste nicht untergetaucht?«

»Ich geh … erst heute Nacht …«, log ich, wie immer zu unüberlegt, denn dadurch versperrte ich mir die Tür zur Rettung, einer ganz konkreten, in der Mühle ihres Onkels, die sie mir schon einmal angeboten hatte. Doch wahrscheinlich hatte ich andere Eigenschaften, die stärker waren als die Angst vor der Gestapo. Keine besonders edlen. Eher Eigenschaften, mit denen Freud seine wahre Freude gehabt hätte.

Sie stand vor mir da mit ihrem gebundenem Kopftuch, in einem fast neuen Wintermantel, der sowohl für Herren als auch für Damen geeignet war (und er war es wohl in der Tat), so eine Art Unisex des Proletariats vom Berge. Alles war so absurd. Es war stärker als die Angst.

»Du, Dan, ich hatte so 'ne furchtbare Angst um dich. Ganz furchtbar!«

»Komm rein!«

»Sind … deine Eltern da?«

»Nö. Ich bin allein.«

Sie kam herein, ich schloß die Tür hinter ihr. Sie blieb auf dem Kokosteppich stehen.

»Ich will euch hier nicht alles dreckig machen«, sagte sie verlegen. »Ich hab mich schon im Treppenhaus abgeklopft, aber der Schnee ist gefroren.«

»Das ist ja nur Wasser. Zieh den Mantel aus.«

Ich half ihr und hing ihren Wintermantel auf den Kleiderständer. Darunter trug sie eine blaue Baumwollbluse mit gelben Punkten, wahrscheinlich ihre Sonntagsbluse. Bisher hatte ich sie noch nie an Nadja gesehen.

»Ich zieh mir auch die Schuhe aus, ja, Dan?«

»Das brauchst du nicht.«

»Doch. Ihr habt überall Teppiche. Ich richt euch hier eine schöne Wirtschaft an.«

Sie bückte sich, und mit ihren blaugefrorenen Fingern fing sie an, mit den Schnürsenkeln zu kämpfen.

»Ich hab gefrorene Finger«, sagte sie.

»Warte, ich mach dir die Schuhe auf.«

Und so machte ich mich daran, meine erste Geliebte von ihren Schuhen zu befreien. Von den schweren, geschnürten Bauernstiefeln mit Beschlag, die einen Ton erzeugten wie die der Gestapo. Ich mußte mich hinknien. Als die Schuhe endlich ausgezogen waren, berührte ich ihre Füße in den tausendmal gewaschenen, gestopften Skisocken.

»Du bist ja ganz durchgefroren, Nadja!«

»Ja. Wie 'n Eiszapfen.«

Erst jetzt bemerkte ich, daß sie ein wenig mit den Zähnen klapperte. Ihre schmalen Schultern unter den Pünktchen zitterten.

»Nadja ... ich habe dich heute früh in der Kirche gesucht ...«

»Wir sind heut nicht hingegangen. Wegen dem Sturm. Aber ich hab keine Ruh gehabt, Dan. Immer hab ich an dich denken müssen, ob du dich versteckt hast.«

»Bist du trotz des Sturmes hierher gekommen?«

»Ich konnte die Unsicherheit nicht mehr aushalten.«

Ich sah sie an, ich war viel zu jung und zu dumm. Sie zitterte wie ein kleines Hündchen, das man aus dem Wasser eines zugefrorenen Teiches herausgeholt hatte.

»Komm ins Wohnzimmer. Ich mache dir einen Tee. Und zieh dir Hausschuhe an.« Ich lief emsig kreuz und quer durch die Wohnung; aus der Abstellkammer brachte ich die Hauslatschen meiner Mutter und den Morgenmantel für den Winter, wickelte Nadja darin ein und setzte sie im Wohnzimmer auf die Couch. Dann lief ich in die Küche, setzte Wasser auf und holte aus dem Küchenschrank die Teevorräte aus der Vorkriegszeit hervor.

Sie erschien in der Tür und ging sofort zu dem Schemel. Riesige, glühende Augen.

»Was ... hättest du denn gemacht ... Es ist ja Zufall, daß ich gerade zu Hause bin ...«

»Ich wollte ganz sicher gehen, daß du untergetaucht bist. Oder wenn's mit deinen Freunden nicht geklappt hätte, dann dacht ich mir, daß ich dich doch noch zu meinem Onkel bringe ...«

»Du bist prima, Nadja ...«

»Verstecken sie dich? Wirklich? Und wo?«

Sie hatte Angst um mich. Das wurde mir durch ihre glühenden Augen klar. Noch nie zuvor hatte ich so etwas erlebt. Ich erinnerte mich an Irena im Café Beran heute vormittag. Meine Freunde kamen mir alle wie kleine Kinder vor …

»Hab keine Angst. Aber wo, das sage ich dir nicht. Je weniger Leute …«

»Das stimmt«, sagte sie schnell. »Aber du gibst mir Bescheid, ja? Daß alles in Ordnung ist.«

»Na klar, mach ich.«

Der Wasserkessel pfiff, ich goß das kochende Wasser in die Teekanne, und aus der Küchenanrichte holte ich ein Tablett mit Powidelgolatschen. Ich füllte eine große Tasse mit Tee, reichte sie Nadja auf dem Schemel, und das Tablett mit den Golatschen stellte ich auf den Kohlenkübel.

»Iß auch was«, sagte sie.

»Mir ist nicht kalt.«

»Ich kann nicht alles alleine austrinken.«

»Aber aufessen tust du alles.«

Ihr gefrorenes Gesicht taute mit einem verlegenen Lächeln ein wenig auf.

»Ich bin ein furchtbarer Nimmersatt, ich weiß. Aber wenn deine Mutter doch so gut backen kann!«

Ich lachte. »Ich kann mich sowieso nirgends hinsetzen. Vielleicht auf den Kohleneimer.«

»Dann setz dich!«

Und so hockte ich mich auf den Kohleneimer. Nadja rückte mitsamt dem Schemel zur Seite, um mir Platz zu machen. Die Teekanne und die Golatschen stellte sie ein Stückchen weiter weg und goß mir auch Tee ein. Wir tranken Tee, und Nadja schob das erste kleine Kuchenstückchen in ihren riesigen Mund.

»Wie schmeckt's?«

»Guuut«, lobte sie. »Wieviel darf ich essen?«

»Soviel du willst.«

»Aber deine Mutter wird das merken, Dan!«

»Ich sage ihr, daß ich Hunger hatte.«

Nadja nahm sich also noch. Sie sah sich in der Küche um. Draußen wurde es dunkel, die Küche leuchtete weiß. Auf der Küchenanrichte funkelte eine Kaffeemühle aus Messing.

»Mir gefällt's hier.«

»Ist dir nicht kalt?«

»Jetzt nicht mehr. Der Tee ist gut.«

»Nadja«, fing ich an. »Was hast du Franta gesagt, wo du hingehst?«

Sie senkte ihre Augen zu den Golatschen und nahm sich noch eine. An einem Finger trug sie einen schmalen Silberring mit einem Vergißmeinnicht.

»Franta ist nach Volesná gefahren, seine Tante besuchen. Sie ist schwer krank. Er kommt erst morgen früh zurück, direkt in die Fabrik«, sie hob ihren glühenden Blick zu mir. »Also mußte ich gar nichts erzählen.«

Ich war dumm und unerfahren. Ich konnte wirklich nur schwafeln, wie Marie unentwegt betonte. Eine vergleichbare Situation hatte ich nur ein einziges Mal erlebt, sie ähnelte diesem Augenblick in der Dämmerung, in der die Kaffeemühle auf der Anrichte wie das Signal einer wunderschönen Erkenntnis leuchtete. Damals war das in einer Bergpension gewesen, doch im Zimmer hatte Alenas Vater auf uns gewartet. Ich war zwar unerfahren und noch grün hinter den Ohren, doch so dumm auch wieder nicht, um nicht zu begreifen, daß es heute nicht bloß bei den Schuhen, Tee und Kuchen und bei ein bißchen Küssen bleiben würde, sobald Nadja auftaute. Die Kaffeemühle leuchtete wie eine Monstranz, meine Angst war verflogen. Aus der Tiefe meines Bewußtseins ahnte ich, daß sie wieder kommen würde, aber nicht sofort. Und daß mir nun so eine Art Glück bevorsteht. Daß jetzt keine Zukunft existiert, daß sie für eine Weile verschwinden würde. Weil ich in Kürze auf wunderschöne Weise sterben würde, ich würde erfahren, was größer ist als der Tod, wenigstens für einen Moment. Es könnte für siebzig Jahre den Tod überlisten und den ungleichen Kampf des Homo sapiens gegen die Natur um ein weiteres Leben verlängern, wobei ich … Das alles schoß mir durch meinen beschränkten Schülerkopf, während Nadja das letzte Stückchen vertilgte.

Ich stand auf, sagte: »Laß uns ins Wohnzimmer gehen, Nadja. Dort ist es wärmer.« Sie stand artig auf und lief in ihren Skisocken hinter mir her wie eine Katze. Die weiße Dämmerung des Wintertages, der lange noch nicht zu Ende war, spiegelte sich in dem Kristallüster wider. Aus diesem Halbdunkel leuchtete ihr Gesicht und die zwei pechrabenschwarzen Pupillen ihrer Augen. Sie lief direkt zu der Couch, setzte sich neben mich, und schon waren ihre großen, weichen, feuchten, rissigen Lippen an den meinen, und wir küßten uns. Dann legte sie sich hin, ich neben sie, auf sie …

Wie ich es bewerkstelligt hatte, wußte ich später gar nicht. Laienhaft. Soviel war sicher. Ich suchte den Weg zwischen der Baumwolle und dem Trikotstoff, mühte mich mit einem Gummi ab, zog ihn über meinen dünnen, heißen Johannes, Nadja half mir, mit Gottes Hilfe brachten wir es zustande. Eigentlich ging es nicht um die Sache selbst. Wichtig war nur, daß sie mir im Angesicht des Todes das einzige gab, was sie hatte, sie hielt es für das beste, was sie mir geben konnte. Sie gab mir sich selbst, da sie ganz von sich aus zu mir gekommen war. Sie hatte Angst um mich. Sie wollte mich bei ihrem Onkel verstecken.

Wir lagen auf der Couch, ein Knäuel aus Trikotstoff und Baumwolle, gelbe Pünktchen auf blauem Untergrund. Nadja hatte immer noch ihre Baumwollstrümpfe und die Skisocken an den Beinen. Sie leuchteten wie zwei graugelbe Hündchen in der Nacht, die inzwischen hereingebrochen war. Der Halbmond schien ins Zimmer. Nadja drückte sich an mich, alles war in bester Ordnung. In der Umarmung der Liebe, einer anderen als der, die ich bisher gekannt hatte, war mir alles andere absolut piepegal …

An der Bushaltestelle tritt eine mir bekannte Person von einem Bein auf das andere. Es herrscht kanadischer Frost, durch die Yonge Street pfeift der Wind Ontarios. Ich halte an.

»Hallo, Frank! Soll ich dich mitnehmen?«

»Das wäre nett. Dank dir.«

Er setzt sich neben mich. Er trägt einen Wintermantel aus einem Stoff, der an eine Decke erinnert, und eine flache Mütze.

»Wilmington Stryt fajf. Das ist bei der Carlton East.«

»Ich muß auch in die Richtung.«

Wir fahren durch den Wind und den feinen Schneefall auf der Yonge in Richtung Süden. Die Scheibenwischer mühen sich ab. Ihre Schatten hüpfen über Franks finsteres Gesicht. Obwohl ich diese idiotische Frage hasse, stelle ich sie:

»Wie geht's dir?«

»Mehr schlecht als recht.«

»Was ist passiert?«

»Man hat mich gefeuert.«

»Warum?«

»Ich hab mein Mundwerk nicht im Zaum halten können.«

Diese typisch tschechoslowakische Antwort überrascht mich. Ich frage in amerikanischer Manier:

»Hast du was mit der Frau vom Boss gehabt?«

Frank schüttelt den Kopf. »Ich hab ihnen direkt ins Gesicht gesagt, was ich von ihren Sendungen denke. Dann bin ich geflogen, und zwar hochkantig. Dort wimmelt es von Kommunisten.«

»Das gibt's doch nicht.«

»Die sind nicht in der Partei, klar. Aber ansonsten ist es eine kommunistische Gang. Salonbolschewiken.«

Wir nähern uns einer stark beleuchteten Kreuzung. Die Neonlichter blinken. Ich bleibe stehen. Frank zündet sich eine Zigarette an. Eine Schaufensterauslage strahlt in die Nacht, sie ist voll von Bestsellern in glänzenden, glatten Umschlägen. Wie in einer Montage von Eisenstein predigen goldene Buchstaben: ANGELA DAVIS: THE LIFE OF A REVOLUTIONARY. Es wird grün, wir fahren los.

»Was hast du mit den Sendungen gemeint?«

»Im Universal Teevee ist alles gleich. Alle sind links orientiert, manche sogar um die Ecke. Frauenrechte, Indianerrechte, die Rechte der Schwarzen oder der Schwulen. Nur das KP-Organ *Rudé právo* fehlt denen noch.«

Ich schalte, wir fahren schnell durch die Yonge. Es ist halb zwei nachts und kaum Verkehr.

»Wenn du dir das ständig angucken mußt«, erzählt Frank weiter, »hast du das Gefühl, daß du gleich nach Prag zurückgehen könntest. Nur Unterdrückung. Unser Chef hat ein Drehbuch für 'nen Hardcore-Porno geschrieben und wollte vom Government Geld, hat aber keines bekommen, weil er es abgelehnt hat, die Hauptrollen mit kanadischen Prostituierten zu besetzen. Er wollte die amerikanische Schlampe von *Deep Throat* dabei haben. Was für 'ne Ungerechtigkeit!«

Ich konnte mich noch gut an sie erinnern. Ein Fernsehinterview mit einer Dame, die aussah, als wäre sie von Zigarettenrauch geräuchert, sie war ganz schön hohl im Kopf. »Machen Sie das vor der Kamera so richtig? Ich meine – echt?« *Sure.* »Wie oft habt ihr es vor der Kamera getrieben?« Sie lachte, es klang, als hätte man mit einem Eisenrohr den Bürgersteig gerieben. *How could I remember? Maybe – five hundred times? Or more? I wouldn't know.*

»Das hab ich auch gesehen«, sage ich. »Wegen dieser Regierung haben wir schon viel verloren. Die Schlampe ist so liberal eingestellt, daß sie sich sogar beim Stuhlgang filmen lassen würde. Mit einer Großaufnahme ihres Afters. Die andere Öffnung hab ich immerhin in *Deep Throat* gesehen. Als Detailaufnahme und rasiert.«

Frank lächelt finster:

»Das hätte ich ihm sagen sollen, Mann! Daß mir das nicht eingefallen ist. Na ja, ich hab ihm nur gesagt, wenn es nach denen gehen soll, haben wir hier Frauenrechte, Lesbenrechte, Nuttenrechte, Gayrechte, Abtreibungsrechte, Fixerrechte, Mörderrechte und was weiß ich noch für Rechte. Das einzige, was wir dann nicht mehr haben, sind Menschenrechte. Und daraufhin hat er mir vorgeworfen, ich sei ein Faschist, und man hat mich sofort entlassen.«

»Pech für dich«, sage ich ihm. »Warum bleibst du nicht bei deiner Kamera, schließlich bist du Kameramann. Warum kritisierst du das Drehbuch? Da ist man überall empfindlich.«

»Ich kann's nicht ertragen«, meint Frank. »Ich bin nach Kanada geflüchtet, damit ich nach Herzenslust den Mund aufmachen kann, und das tue ich nun auch.«

Ich halte vor der nächsten Ampel an. Über die Straße hüpft eine Gruppe von Strichern mit ihren Kunden. Die Knöchel der Jungs wackeln in hohen Schuhen aus silbernem und goldenem Leder, die mit bronzenen Symbolen von weiß Gott was – doch nicht einmal er weiß das – bestickt sind. Die enge Hose spannt sich über den schmalen Hintern, unter der Hose zeichnen sich wie bei Frauen *jockey shorts* ab. Einer von ihnen trägt einen großen Ring im Ohr, alle sind von Marihuana bekifft. Eine Nacht wie bei Eisenstein.

»Die sollten mal den Bolschewismus erleben!«

»Dort sind Schwuchteln erlaubt.«

»Aber diese Schwuchtelmaskerade nicht!«

Wir fahren weiter. Der Wind nimmt zu, er bläst eine vereiste Schneeschicht gegen die schwer schuftenden Scheibenwischer.

»Du wirst schon wieder etwas finden. Ich kenne keinen einzigen Tschechen, der nicht früher oder später einen guten Job gefunden hätte.«

»Die, die nach dem August '68 abgehauen sind, vielleicht«, brummt Frank. »Weil das auch alles Kommunisten sind.«

»Du bist nicht nach dem August gekommen, Frank?«

»Ich bin schon sechsundsechzig verduftet.«

»Warum? Damals fing es doch an, sich endlich zum Besseren zu entwickeln.«

»Ich hatte die Schnauze voll.«

Wovon denn eigentlich? Er hatte einige Jahre als Kameraassistent in den Barrandov-Studios gearbeitet, dann sogar als Kameramann beim Dokumentarfilm. Auch ein Auto hatte er gehabt. Was hatte ihm also gefehlt? Er erklärt:

»Ich hab keine Lust mehr gehabt, das Maul halten zu müssen. Und als ich hergekommen bin, hab ich's nicht mehr zugemacht. Ich hatte Illusionen. Mann, zu Hause hab ich mir gedacht, daß hier Kapitalisten an der Macht sind. Na ja ... und so hab ich die meiste Zeit Geschirr gespült. Hier kannst du gleich abbiegen. Wir sind schon auf der Carlton.«

Ich fahre nach links. Frank sagt:

»Da hab ich einige saftige Überraschungen erlebt! In meinem ersten Job hab ich es eine Woche ausgehalten. Das war ein guter Job, bei einem selbständigen Produzenten. Aber natürlich war er rot. Gleich am zweiten Tag hat er mich belehrt, daß der Film, den wir drehen, ein revolutionärer Film ist. Das war er auch. Ein revolutionärer Scheißdreck war das, so was hat die Welt noch nicht gesehen. In den Kinos lief er gerade mal drei Tage, und der Rote hat Bankrott gemacht. Ich hab ihm gesagt, daß ich so 'ne Revolutionsscheiße nicht drehen würde, und er, daß ich nicht müsse, ich hätte die Freiheit gewählt, die hätte ich jetzt, niemand könne mich zu etwas zwingen, und dann hat er mich in hohem Bogen gefeuert. Wir sind da.«

Ich bremse. Die Willington Street ist eine schäbige Straße mit lauter kleinen Holzhäusern. Ich halte vor einem an, in dem wohl früher ein Laden gewesen war. Das Schaufenster ist mit Brettern vernagelt, und an den Brettern hängen erbärmliche, halb heruntergerissene Zettel. DON WRIGHT IS RIGHT unterhalb eines Bildes von einem Schönling mit niedriger Stirn und Schnauzer. Das nächste der vielen in diesem Land garantierten Rechte. FIGHT FOR WHITE RIGHTS! leuchtet es in Lettersetdruck oberhalb der Stirn des Mannes.

»Also tschüs. Und vielen Dank!«

»Tschüs!«

Frank schließt eine verdreckte Tür neben dem vernagelten Schaufenster auf. Ich starte, biege in die Carlton ab und fahre die Yonge runter zu den großen beleuchteten Hotels.

Hinter der Glasscheibe in der Tür erschien ein schwaches Licht. Im ersten Moment erfaßte ich dessen Bedeutung nicht. Nadja und ich lagen nebeneinander, im Halbschlaf, die heiße Haut ihres Bauchs wärmte meine Hand, ihre heiße Wange mein Gesicht. Doch dann packte mich die uralte Angst, und die Bedeutung des blassen Lichtes hinter der Scheibe wurde mir klar. Ich sprang auf:

»Meine Eltern!«

»Jesusmaria!«

Ich fiel hin, als ich versuchte, meine Hose anzuziehen. Irgendwie schaffte ich es dann doch. Wie lange dauerte es, um in den dritten Stock zu kommen? Als ich noch klein war, war mir das unendlich lange vorgekommen, aber es wird wohl nicht länger als zwei Minuten dauern.

Nadja kämpfte hinter mir mit ihren Kleidungsstücken. Ich stürmte in den Flur, machte das Licht in der Küche an, dann rannte ich wieder in den Gang, knipste auch dort das Licht an, und in diesem Moment rasselte der Schlüssel im Schloß.

»Ihr seid schon da?«

»Es ist doch schon fast sechs Uhr«, sagte meine Mutter und gab mir einen Kuß. Sie sah in die Küche: »Danny! Du hast das Fenster nicht verdunkelt!?«

Ich wollte es nachholen, doch meine Mutter war schneller. Sie sprang zum Fenster und zog das Verdunklungsrollo herunter. Sie wandte sich an mich.

»Was hast du nur im Kopf, Junge! Weißt du denn nicht, was für Probleme wir deshalb kriegen können?«

»Ich habe das vollkommen vergessen«, erklärte ich abwesend. Mamas Blick blieb an dem Kohlenkübel hängen. Die Teekanne, das Tablett mit den Krümeln von den Golatschen drauf und zwei Tassen standen noch dort. Meine Mutter sah mich fragend an. Im gleichen Moment hörten wir vom Gang her die Stimme meines Vaters:

»Was sind das denn hier für Latschen? Ein schöner Saustall ist das hier!«

Wir sahen hin. Nadjas aufgeschnürte Schuhe standen in einer Wasserpfütze.

»Ist ein Freund bei dir?« fragte meine Mutter.

»Hm. Also … eine … Kollegin aus der Fabrik … hat mir etwas …«

Meine Mutter erstarrte. Mein Vater machte eine schweinische Grimasse. Er meinte: »Also dann Pardon!«

»Eine Kollegin?« meine Mutter sah sich steif in der leeren Küche um und bemerkte die geschlossene Tür zum Wohnzimmer. Hinter der Glasscheibe war es dunkel. »Wo ist denn deine Kollegin?«

»Tja … im Wohnzimmer.«

»Dort ist es aber dunkel!« sagte meine Mutter. Sie wurde noch steifer und zog ihre Augenbrauen hoch.

»Im Dunkeln ist gut munkeln«, kommentierte mein Vater und zwinkerte vielsagend.

Peinlich. Angestrengt überlegte ich, ob Nadja schon angezogen war. Sie war ja nicht ganz ausgezogen gewesen und hatte auch keine Strumpfhalter oder ähnliches Zeug angehabt. Nur so eine Art Gummibänder oberhalb der Knie. Hoffentlich ist sie schon fertig. Hinter der Tür war es still.

Meine Mutter sprach mit sehr unnatürlicher Stimme:

»Willst du sie uns nicht vorstellen?«

»Klar … wenn ihr wollt …«, stammelte ich.

»Die guten Sitten erfordern das«, sagte mein Vater und ließ seine Augen kullern.

Ich ging zur Tür und zog sie ein wenig auf.

»Nadja, meine Eltern möchten dich kennenlernen …«

Eine Weile lang passierte nichts, dann tauchte Nadja aus der Dunkelheit auf. So hatte ich sie noch nie gesehen. Sie war krebsrot, als hätte sie sich gerade am Meer einen ordentlichen Sonnenbrand geholt. Ein Baumwollstrumpf bildete eine Spirale, aber ansonsten hatte sie es ziemlich gut geschafft, sich in Ordnung zu bringen. Trotzdem war alles klar.

»Tach«, begrüßte sie meine Eltern.

»Guten Abend«, antwortete meine Mutter, jede Silbe betonend. Als wäre es zwei Uhr nachts und nicht sechs Uhr nachmittags. Ich stellte Nadja vor: »Das ist Nadja Jiroušková.«

»Angenehm«, sagte meine Mutter, gab Nadja jedoch nicht die Hand. »Smirická.«

Wir standen alle herum wie geschnitzte Heilige, Nadja glühte. Sie war ein unheimlich hübsches Mädchen, auch wenn sie so dünn war und so arm aussah. Mein Vater, der alte Lüstling der Theorie, bemerkte das sehr wohl, denn zum Unterschied zu meiner Mutter reichte er ihr die Hand und schüttelte sie heftig.

»Es freut mich sehr, Fräulein Nadjenka«, sagte er und zwinkerte dabei wie der böse Mann aus den Chaplinfilmen, dann setzte er seinen theatralischen Ton auf und fragte:

»Sie bleiben doch zum Abendessen, nicht wahr?«

»Oh, das geht nicht«, sagte Nadja. »Es is' schon so spät.«

Mit ihrem unruhigen Blick wich sie den unverwandt starrenden Augen meiner Mutter und meines Vaters aus, und so entdeckte sie das leergegessene Tablett. »Ich hab Ihnen heute sowieso schon Schaden genug angerichtet …« Sie stockte, ihre langsam blaß gewordenen Wangen wurden wieder rot.

Meine Mutter zog die Augenbrauen hoch, fast bis zu ihrem ondulierten Haar: »Schaden?«

»Ich hab alle Golatschen aufgegessen. Dan hat nur eine gehabt …«

»Wir werden hier schon nicht vor Hunger sterben«, meinte der Vater und blinzelte. »Es würde uns wirklich freuen, wenn Sie noch ein bißchen bleiben könnten.«

Die Mutter warf ihm einen feindseligen Blick zu. Nadja bemerkte das. Sie reagierte rasch:

»Ich hab's ziemlich weit nach Hause. Ich sollte jetzt besser gehen.«

»Wo wohnen Sie denn, Fräulein?« fragte meine Mutter.

»Auf'm Schwarzen Berg.«

»Tja, dann haben Sie es wirklich weit«, bemerkte meine Mutter wie Lady Windermere.

»Und jetzt im Winter …«

»Gehen Sie zu Fuß? Jetzt nachts?« fragte mein Vater mit aufrichtigem Erstaunen.

»Ich bin's gewohnt. Ich lauf jeden Tach um vier Uhr morgens in die Fabrik, und jetzt is' es um vier noch dunkel.«

Meine Mutter schwieg. Die Fabriksarbeiterin vom Schwarzen Berg hatte ihr die Sprache verschlagen. So etwas hatte sie von mir wohl nicht erwartet. Gerne hatte sie mit mir über die Irena des Herrn Rat gesprochen, sie wußte, daß ich nach ihr verrückt war, und das störte sie nicht. Sie hatte auch nichts dagegen, das Gespräch auf

Marie Dreslerová zu lenken, denn sie glaubte nicht, daß ich mich an beiden Fronten anstrengen würde, sondern daß die beiden Mädchen sich um mich streiten würden. Weder Irena noch Marie sprachen Dialekt, und auf den Schwarzen Berg gingen sie nur zum Skifahren.

In meinem törichten Bemühen, die Situation aufzulockern, zumindest verbal, erklärte ich:

»Nadja ist eine Kollegin von der Fabrik. Wir arbeiten miteinander.«

Nadja vervollständigte:

»An der Bohrmaschine.«

»An ...«, wiederholte meine Mutter mit offensichtlichem Mißfallen.

»Ja, an der Bohrmaschine«, sagte ich.

»Sind Sie auch im Totaleinsatz, Fräulein Nadja?« fragte mein Vater.

»Ich? – Das weiß ich nicht«, schwankte Nadja. Sie wurde wieder rot. »Das Arbeitsamt hat mich hingeschickt, von Mautners Weberei.«

»Und dort haben Sie ... an der Bohrmaschine gearbeitet?« fragte meine Mutter mit viel Selbstüberwindung.

»Ach wo! Wo denken Sie hin! Die gab's da nur in der Schlosserei. Ich hab an 'ner Spinnmaschine gearbeitet.«

»Ach so«, meinte meine Mutter.

Es herrschte Stille. Eine peinliche Stille. Nadja fügte noch hinzu:

»Auf denen macht man Garn.«

Und wieder standen wir läppisch da wie Vogelscheuchen.

»Also ... dann werde ich Nadja begleiten«, sagte ich. »Damit sie nicht alleine gehen muß.«

»Jetzt? Auf den Schwarzen Berg?« Die Augenbrauen meiner Mutter schnellten wieder hoch, daß sie fast gegen die Locken auf ihrer Stirn stießen. Sie meinte vielsagend: »Das Abendessen ist um sieben fertig.«

Ich erkannte sie nicht wieder. Meine Mama war keine feine Dame. Na ja, aber bisher hatte sie auch noch nicht erlebt, daß sie ihren einzigen Sohn mit einem Mädchen fast noch im Bett erwischte. Und noch dazu, wie Marie das kürzlich ausgedrückt hatte, mit einer Fabriksarbeiterin.

»Aber Dan muß ja gar nicht mitgehen«, warf Nadja schnell ein. »Ich will Sie nicht länger aufhalten«, blitzschnell kniete sie sich hin, steckte einen Fuß mit der Skisocke in den Schuh und schnürte ihn geschickt zu.

Wir standen neben ihr, wieder wie geschnitzt. Einmal sah sie zu meinem Vater hoch, er blinzelte ihr zu wie Mack Sennet, und Nadja errötete wieder. Ihre Finger verhedderten sich in den Schnürsenkeln.

Endlich stand sie auf, ich half ihr in den hermaphroditischen Mantel und zog mir selbst einen Wintermantel an. Nadja band sich das Kopftuch um. Erst jetzt bemerkte ich, daß ihr Mantel genauso wie der Mantel aussah, den unser Dienstmädchen im Winter getragen hatte. Ganz rot im Gesicht murmelte sie:

»Ich danke Ihnen für das alles, auf Wiedersehen!«

»*Keine* Ursache, Fräulein!« antwortete meine Mutter mit dieser mir unbekannten Stimme, und mein Vater zwinkerte ihr zu, es war schrecklich.

»Gern geschehen! Kommen Sie mal wieder vorbei, Fräulein Na...dja!« Fast hätte er ihren Namen nicht zu Ende gesprochen, denn diesmal blinzelte ihm meine Mutter furchteinflößend zu.

Ich dachte daran, was sie wohl in unserer Abwesenheit reden würden.

»Also dann, bis später«, verabschiedete ich mich.

»Spätestens um sieben!« sagte meine Mutter schriftsprachlich.

Wir gingen los.

Nadja rannte die Treppe hinunter und klapperte dabei mit ihren beschlagenen Schuhen. Sie sprach erst wieder vor dem Haus, wo uns der Schneesturm erfaßte und wir fast nicht von der Stelle kamen.

»Das war vielleicht ’ne Blamage, Dan!«

»Wieso Blamage?«

»Daß die uns erwischt haben!«

»Na und?«

»Du kriegst Ärger, wenn du wieder nach Hause kommst, Dan!«

»Ich bitte dich, Nadja! Ich bin doch kein kleiner Junge mehr!«

»Aber trotzdem kriegst du Ärger. Oder wenigstens geschimpft.«

»Ich bin volljährig.«

»Aber sie ist deine Mutter. Ich hab ihr überhaupt nicht gefallen. Na ja, es wundert mich nicht ...«

Das ärgerte mich.

»Aber ich muß mich wundern!«

»Du bist halt schon ein Mann. Und jung.«

Ich hatte keine Ahnung, was sie damit meinte. Ich sagte:

»Dafür hast du meinem Vater gefallen. Fast hätte er dich angesprungen.«

»Red nicht so abscheulich!«

Das wunderte mich. Abscheulich? Ich war mir sicher, daß ich Nadja liebte.

Und daß ich keine Angst mehr hatte.

»Komm, Nadjenka«, ich nahm sie am Arm. »Du mußt so furchtbar früh aufstehen.«

Wir liefen eine Weile schweigend und kämpften gegen den Wind und das Schneetreiben. Dann fragte Nadja mit belegter Stimme:

»Wann mußt du … um wieviel Uhr sollst du …«

»Wohin?«

»Dort, wo man dich versteckt.«

Ich hatte vollkommen vergessen, daß ich in der Nacht zu den Partisanen gehen wollte. Und immer noch keine Spur von Angst.

»Erst nach Mitternacht. Ich bringe dich noch nach Hause.«

»Nö, Dan. Du mußt um sieben zum Abendessen zu Hause sein. Außerdem mußt du deine Kräfte sparen.«

»Ich habe genug Kraft. Du hast mir soviel Kraft gegeben, daß sie bis … bis zum Ende des Krieges reicht.«

»Ganz bestimmt! Davon wird ein Mann eher erschöpft.«

Erst kurze Zeit später wurde mir klar, was sie damit gemeint hatte. Ich wurde von absurder Eifersucht befallen. Was sie schon für Erfahrungen hatte! Ich platzte vor Eifersucht auf den Holzpflock namens Franta Melichar. Verdammt, ich hatte gar nicht darauf geachtet, ob sie noch Jungfrau war. Wahrscheinlich nicht, sonst hätte ich es gemerkt. Absurderweise überkam mich aber ein starkes Liebesgefühl. Was soll's. Dann war sie's eben nicht. Dann hatte sie eben schon ihre Erfahrungen. Dann hat sie eben ihren Holzklotz Franta schon gehabt. Aber mich hatte sie auch gehabt. Das war nicht so wie mit Irena oder Marie. Ich versuchte, wieder eifersüchtig zu sein, doch ich empfand nur Genugtuung, daß ich so ein Mädchen hatte, so ein hübsches Mädchen in so lustigen Latschen. Ein zärtliches Gefühl erfaßte mich.

»Du solltest mich wirklich nicht begleiten. Wenigstens nicht ganz nach oben!«

»Willst du das nicht?«

»Na ja, du solltest es nicht tun. Ich weiß, daß du stark bist«, sagte sie, und ich blies mich auf, obwohl meine Kräfte eher gering waren. »Aber du bist das nicht gewohnt, ich schon.«

»Ich schaffe das.«

Ich schaffte es auch, doch sie wider Erwarten nicht. Wir kraxelten den steilen und gewundenen Waldweg etwa eine Stunde lang hoch, und auf einmal atmete Nadja schwer, dann sagte sie plötzlich:

»Dan, ich brauch eine Pause.«

Wir blieben stehen. Sie schnappte nach Luft. Ich bekam Angst, weswegen, wußte ich eigentlich nicht. Nadja hatte einen pfeifenden Atem. Ich wollte meine Angst verscheuchen. Ich sagte: »Siehst du! Du hast angegeben, und jetzt werde ich dich wohl tragen müssen.«

»Sei nicht böse, Dan!«

»Ach komm, ich bin doch nicht böse.«

Sie schnaufte immer noch so schwer. Der Halbmond war bereits untergegangen, am Himmel hingen die Wintersterne wie aus Glas, um uns herum rauschte der Wald. Wir waren ganz alleine, in der Kälte, nachts, im Wald, in ihrem blassen Gesicht glühten zwei Scheiben.

»Es war wohl … bei dem Schneesturm …« Nadja rang nach Luft.

»Hör mal, morgen bleibst du zu Hause, ja? Ich kenne den Doktor Labský, er schreibt dich für drei Tage krank, wenn ich ihn anrufe, du mußt gar nicht zu ihm hingehen. In der Fabrik sage ich, daß ich dich heute besucht habe und daß du Fieber hast …«

»Aber …«, keuchte sie, »du wirst doch gar nicht mehr in die Fabrik gehen!«

Ach so. Das hatte ich schon wieder vergessen. Auf einmal kam mir die ganze Geschichte mit den Partisanen wie ein furchtbarer Unfug vor, auch die Angst und daß sie mich schnappen würden. Ich wäre nicht alleine. Ich würde das wohl aushalten, wenn andere noch viel mehr aushalten müssen, auch Mädchen. Ich werde die Angelegenheit als Dummheit hinstellen. Es war auch eine Dummheit gewesen, keineswegs richtige Sabotage. Die einzige Wahrheit, die ich heute von mir gegeben hatte, war, daß mir Nadja Kraft gegeben hat. Und so entschloß ich mich, ihr auch eine zweite Wahrheit zu sagen.

»Nadja, ich habe dich angeschwindelt. Ich werde nicht untertauchen. Es wird wohl nicht so brenzlig werden.«

»Dan! Aber Uippelt weiß Bescheid über die Kreuze!«

Nein. Mit der Wahrheit war ich in meinem Leben nie sehr weit gekommen. Und so dichtete ich wieder weiter:

»Du weißt doch, daß Uippelt amerikanischer Deutscher ist, und die Nazis mag er nicht besonders …«

»Wer weiß …«, meinte sie schwach, doch man sah ihr an, daß mein Vorhaben, nicht in die Wälder zu fliehen, sie nicht gerade mit Freude erfüllte. Noch eine Weile überzeugte ich sie, dann hörte sie auf zu keuchen, und wir konnten weitergehen.

Etwa zweihundert Meter vor dem Dorf, wo der Wald zu Ende war, wurde der steile Weg beinahe zu einer Senkrechten. Nadja verließen dort endgültig ihre Kräfte. Sie hockte sich in den Schnee und fing an zu zittern. So kannte ich sie nicht. Obwohl sie so dünn war, war sie mir immer unheimlich stark vorgekommen.

»Ich weiß nicht … was mit mir los ist …«, keuchte sie. »Die Knie knicken mir weg …«

Ich sah mich um. Über uns ragte die kahle Spitze des Schwarzen Berges empor, darüber leuchteten die Sterne. Das Dorf war nicht zu sehen, doch ich wußte, daß es direkt hinter dem Gipfel lag. Vor den Sternen zeichnete sich dunkel das Steinkreuz auf dem Berggipfel ab. Im Tal, gleich einer schwarzweiß gemusterten Zielscheibe, lag Kostelec. Auf einmal erfaßte mich große Verzweiflung.

»Wir sind fast bei euch zu Hause«, sagte ich. »Möchtest du nicht, daß ich … dich trage?«

»Du würdest mich … nicht tragen können. Ich bin … schwer. Lauter Knochen«, versuchte sie zu lächeln. Sie stand auf, und wir schleppten uns den furchtbaren Hang hinauf, ich stützte sie und fing selbst an, wie eine ausrangierte Dampfmaschine zu keuchen. Aber ihr ging es noch schlimmer. Letztendlich mußte ich sie wirklich tragen. Nicht auf den Armen, sondern Huckepack, wie man Kinder trägt. Sie war überhaupt nicht schwer, aber ich war es nicht gewohnt, Lasten zu tragen. Ich meinte, umzufallen. Mit zusammengebissenen Zähnen erklommen wir den Gipfel des Schwarzen Berges.

Ich trug sie bis zu dem steinernen Kreuz. Dort ließ ich sie vorsichtig zu Boden gleiten. Sie lehnte sich gegen mich. Der eisige Wind schüttelte uns durch. Bis zum Dorf waren es noch gute zweihundert Meter. Wir wankten, uns gegenseitig stützend, und blieben vor dem Bauernhaus stehen. Es war eher eine Berghütte, mit kleinen Fenstern, das Brennholz außen bis zum Strohdach gestapelt.

Als Nadja die Tür aufschloß, lief miauend eine getigerte Katze heraus. Wir gaben uns einen Kuß. Die Katze schmiegte sich an unsere Beine.

»Gute Nacht, Nadja. Ich … liebe dich …«

»Ich hab dich sehr gern, Dan«, sagte sie.

Die Holztür fiel hinter ihr ins Schloß. Ich blieb noch kurz stehen, hinter dem Fenster ging ein Petroleumlämpchen an. Auf dem Schwarzen Berg gab es noch keinen Strom. An den Rändern der symbolischen Verdunkelung drang das Licht nach draußen.

Ich drehte mich um und kehrte langsam über den Gipfel des Schwarzen Berges zurück. Gegen den Sternenhimmel zeichnete sich das steinerne Kreuz ab.

Das waren die Zeichen, unter denen mich das Schicksal ins Leben einführte.

Hallo, D'Aniel!

Ich grüße Dich, das wirst Du kaum glauben, von wo, und zwar aus unserer heimischen Großkleinstadt. Die wichtigste Neuigkeit: Marie Dreslerová schiebt das vor sich her, was man früher, in der bourgeoisen Ersten Tschechoslowakischen Republik, eine Trommel nannte, doch das Wort gibt es nicht mehr oder nur noch im Slang. Genosse Stalin, der Generalisssimusss (jetzt weiß ich nicht mehr, ob man das mit drei s am Ende oder in der Mitte schreibt, ich war immer schwach in Rechtschraibung), führt in seinem Werk an, das, wie der Titel Über den Marxismus in der Sprachwissenschaft *schon sagt, wissenschaftlich ist, daß Slang ein Produkt der Bourgeoisie ist, damit die Arbeiterklasse nicht lernt, richtig zu sprechen, wodurch ihr der Zugang zu den besser bezahlten Stellen verwehrt wird. Unsere Arbeiterklasse ist aber schon gebildet, und man nennt es nicht mehr Trommel, sondern man sagt, Marie Dreslerová ist angebumst.*

Eine weniger, aber doch wichtige Neuigkeit: Rosťa Pitterman sitzt im Knast, nicht aber etwa wegen einer politischen Gesetzwidrigkeit, wie es heutzutage guter Brauch ist, sondern wegen eines Sittlichkeitsdelikts, was in unseren aufgewühlten Zeiten ziemlich selten vorkommt. Ich hatte ihn immer mehr für einen politischen als für einen perversen Menschen gehalten, auf jeden Fall war er schon immer eigenartig gewesen, und daß er eingelocht wurde, hat mich nicht überrascht. Er hat einer Minderjährigen einen dicken Bauch gemacht, was ihm als Lehrer untersagt ist. Es ist eine gewisse Růža Reháčková vom Schwarzen Berg, die ihm Modell gestanden hatte, obwohl sie noch nicht sechzehn war. Und weil er, der Schlaumeier, verheiratet ist, konnten sie ihn für dieses Verbrechen nicht mit lebenslänglicher Ehe bestrafen, sondern nur mit fünf Jahren Besserungsanstalt.

Apropos Ehe: Damit Dich der Kontext nicht irritiert, Marie erwartet nicht ein uneheliches Kind, denn sie heißt bereits Kocandrlová, der Typ hat aber lange gebraucht. Ich weiß, daß Du sie geliebt hast und daß sich Gott und Kočandrle zwischen euch gestellt hatten, aber zum Trost sei Dir gesagt, daß Du nicht alleine warst. Ich hatte sie auch geliebt, aber noch heimlicher als Du, und wenn das überhaupt noch geht, noch platonischer.

Eine weitere wichtige Nachricht: Auch meine Frau Jana ist guter Hoffnung, und angeblich ganz bestimmt von mir. Also ich glaube ihr das, obwohl mich das überrascht, damit will ich nicht sagen, daß Du etwas Schlechtes von meiner Frau Jana denken solltest, doch ich muß zugeben, daß sie nicht viel von mir hat, weil ich meistens auf Sitzungen, bei Brigaden, auf Dienstreisen oder bei der Agitpropgruppe bin. Wenn ich ab und zu doch noch zu Hause auftauche, bereitet Jana zu dieser besonderen Gelegenheit ein Festmahl vor, und weil ich nach den Kneipen ausgehungert bin, schlage ich mir den Bauch voll, bis ich fast platze, und Jana hat erst recht wieder nichts von mir beziehungsweise gar nichts. Und obwohl ich mich nicht erinnern kann, daß in den letzten zwei, drei Monaten zwischen uns was gelaufen wäre, werde ich trotzdem Vater. Wie auch immer. Die Ehe ist ein Bund, der auf gegenseitigem Vertrauen basiert, wie Stalin irgendwo behauptet. Wer sonst.

Doch jetzt zu dem Wichtigsten, warum ich eigentlich dabei bin, ich meine bei der Agitpropgruppe. Wir haben in unserem Nationalbetrieb Kovotex, früher Messerschmitt AG, agitiert, in der Du Deine Jugend mit der Arbeit für das Reich verbracht hast, auch wenn Deine Arbeit dem Reich einen feuchten Dreck genutzt hat. Wir haben der Arbeiterklasse dort eine Kulturveranstaltung geboten, an der neben anderen Genossen auch ich mitgewirkt habe und für die ich meine Inspirationen aus dem Kohlebergwerk Marie Majerová in Kladno beisteuern sollte, doch mich inspirierten vielmehr die Humoristischen Blätter von Vilímek, die bei unserem Wirt auf dem Dachboden liegen. Es war jedoch eine Veranstaltung mit einem eher ernsten Programm, es wurden wunderschöne Lieder gesungen, keine Gassenhauer wie »Gib mir noch fünf Minuten«, sondern Lieder wie »Wo bist du, Sulejka, mein

Stern?«, populär gemacht durch den Genossen Stalin, den Generalisssimus. (Ach so, die drei s sind in der Mitte, nicht am Ende! Es sei denn … schreibt man das etwa Generalisssimusss?) Es wurden auch Gedichte vom Genossen Stanislav Kostka Neumann und vom Genossen Burian, auch E. F. Burian genannt, vorgetragen. Meine satirische Szene hieß einfallsreich: »Beim Wohnungsamt«, sie paßte nicht ganz zu dem sonst eher ernsten und künstlerischen Programm, aber vielleicht gerade deshalb wurde ich mit einem starken Applaus belohnt, damit ich mir nicht so viel daraus machte, daß sie nicht so schön war wie das Poem des Genossen Stanislav Kostka Neumann jun., »Zweihundertsiebenunddreißig und ein halb Prozent Freude«. Vielleicht hat das Publikum aber deshalb so geklatscht, weil unsere Arbeiterklasse nach den vielen Jahren Ausbeutung immer noch einen verdorbenen Geschmack hat. Es wird noch mindestens zwanzig Jahre dauern und noch mindestens drei Genossen Burian benötigen, bis sich der Geschmack der Arbeiterklasse so verbessert, daß sie beispielsweise das Gedicht »Zweihundertsiebenunddreißig und ein halb Prozent Freude« von Stanislav Kostka Neumann jun. mit dem gleichen Applaus belohnt.

Unser Agitprop war jedoch nur die Einleitung zu der eigentlichen Aktion. Mit dieser Aktion wurde eindeutig bewiesen, daß unsere Arbeiterklasse trotz ihres von der Bourgeoisie verdorbenen Geschmacks (weshalb ihr auch »Beim Wohnungsamt« gefällt) politisch aufgeweckt ist. Es ging nämlich um eine Unterschriftenaktion, bei der sich zeigte, daß unsere Werktätigen nicht nur in der Lage sind zu unterschreiben, sondern daß sie sehr wohl wissen, was sie unterschreiben, und auch wenn sie es nicht wüßten, würden sie es ebenfalls unterschreiben, wenn man es ihnen anordnen würde.

Es wurde eine Petition für die härteste, aber gerechte Strafe für den Genossen Slánsky unterzeichnet – das Wort Genosse kannst Du streichen, ersetz es auch durch nichts, auf diese Art kommt die Verachtung am besten zum Ausdruck. Man sagt ja auch nicht zum Beispiel »Genosse« Baťa oder ähnliches. Die Aktion an sich war erhebend, es war alles gut zu sehen. Wir standen in der großen Halle, in der Du einst fürs Reich geschuftet hast, auf der Bühne hinter dem Rednerpult, auf dessen Vorderseite ein Bild von Genosse Stalin in einem hübschen, jugendstilähnlichen Rahmen hing. Der Genosse Fabriksdirektor las den Bericht über die Horde des Genossen Slánsky – streich den »Genossen« noch mal, ich weiß gar nicht, warum mir der immer dazwischenfunkt. Reden konnte der Direktor nicht so gut, es klang ziemlich fad. Aber das war nicht so schlimm, denn Reden ist nicht sein Ressort, dafür hat er den Genossen Leiter der Arbeitermiliz Hetflajš, der, wie es sich für eine derart wichtige Angelegenheit gehört, in einem funkelnagelneuen Blaumann angetanzt kam mit einer besonders großen Pistole. Und er legte los, daß wir alle sehr betroffen seien über die Bande des Genossen Slánsky. Verdammt noch mal, streiche den »Genossen«! Ein wenig störte allerdings, daß die genossenschaftliche Delegation aus der UdSSR anwesend war, und damit sie auch was davon hatten, mußte man ihnen alles in ihr komisches Russisch übersetzen, worum sich der Genosse Leiter der technischen Kontrolle Mozol kümmerte. Auch wenn sich sein Russisch nicht so gut anhörte und das Mikrofon nicht in Ordnung war, so daß man kein Wort des Genossen Hetflajš verstehen konnte, verstand ich die Ansprache seltsamerweise trotzdem, sie hatte irgendwie einen internationalen Anstrich. Auch wenn ich die Worte nicht direkt verstehen konnte, konnte ich der Rede indirekt entnehmen, daß Genosse Hetflajš seine Ansprache sehr schön mit dem Ausruf beendete: »Es lebe Genosse Stalin!«, der sicherlich weiterleben wird, was bei der Bande von Slánsky (jetzt mußt Du nichts mehr streichen) nicht so sicher ist.

Daraufhin trat Genosse Mozol ans Mikrofon, das zu diesem Zeitpunkt überhaupt nicht mehr funktionierte, und sprach mit lauter Stimme: »Und jetzt unterschreiben wir alle die hier vorliegende Petition, daß wir eine harte, aber gerechte Strafe für die verräterische Slánsky-Bande fordern. Treten Sie bitte einer nach dem anderen vor und ...«, der Genosse wollte seine Rede ehrwürdig beenden, aber weil er kein Redner ist, sagte er nur: »... und bewahren Sie Ruhe.«

Die Genossen Arbeiter sahen einander an, doch dann kam wohl Wut in ihnen hoch, harte, aber gerechte oder welche auch immer; ein langer Schnösel mit Eierkopf stand als erster auf, neigte sich zur Tischfläche hinab und unterschrieb, dann traten auch andere heran, sie standen gehorsam da wie in einer Schlange beim Metzger, und einer nach dem anderen unterschrieb mit harter Arbeiterhand (Frauen mit einer leichteren Arbeiterhand, jedoch auch noch hart genug) die gerechte Forderung unseres Volkes, von dessen Willen sich die Regierung immer unbeirrt lenken läßt. Der Feierlichkeit der ganzen Aktion tat auch die Tatsache keinen Abbruch, daß eine junge Genossin in der Schlange ohnmächtig wurde und daß ein Junggenosse sie ins Krankenzimmer tragen mußte, leider noch bevor sie unterschreiben konnten, und so schickte man die Petition an den Herrn Präsidenten ohne die zwei Unter-

schriften ab. Sicher wird das jetzt bereut … verstehe mich nicht falsch, nicht der Herr Präsident bereut es, sondern die junge Genossin. Aber die Verbrechen der Slánsky-Bande waren wohl zu viel für ihre Nerven.

Jetzt fällt mir ein, daß Du alter Schmarotzer vielleicht fragst, ob ich noch darüber froh bin, daß ich mich dieser Clique angeschlossen habe. Wenn Du nach meiner Reportage noch diese Frage stellst, dann bist Du nicht nur dumm, sondern sogar richtig blöd. Aber wenn ich schon beigetreten bin, so muß ich Einfluß nehmen auf die anderen Genossen, damit ihnen so wie mir bewußt wird, wieviel Arbeit noch auf uns wartet, bis wir den Sozialismus so richtig aufgebaut haben, zu dem uns der Genosse Generalissimussss Stalin führt (jetzt scheint mir, daß da doch zu viele s drinnen sind, auch wenn Genosse Stalin immer nur das Beste verdient).

Immer Dein Vratislav

P.S. Marie steht die Trommel, die sie vor sich herrollt, gut, auch wenn sie riesig ist.

IV. CRANE

Der Mensch hat nur ein Herz
Und einen einzigen Weg.
Wenn du dich vor diesem Weg fürchtest,
kommst du nicht zu deinem Ziel, findest nichts.

Die Liebe zeichnet Landkarten,
sie sind ungenau und rosafarben
Wer sein Schicksal genau wissen will,
wird daraus nicht schlau.

Wer die Schwere des Erdklumpens nicht kennt
Wenn eine Glocke in der Dunkelheit klingt
Der lebt nur so vor sich hin
Der ist so trocken wie eine Wüste

Der lebte nie, der schlief nur
Der soll weiter tot bleiben …

Josef Kainar

Ein Wandel hat selten etwas verändert … Wahrscheinlich stimmt es nicht, daß sich die Geschichte wiederholt: vielmehr bleibt der Mensch immer gleich.

Walter Sorrell

Lieber Dan,

sicher hast Du mitverfolgt, wie man mich in den Zeitungen und Zeitschriften auseinandergenommen hat, so daß nicht einmal ein Hund ein Stück trocken Brot von mir genommen hätte. Man wirft mir vor, daß ich Slang und Jargon benutzt hätte, wodurch das Tschechische geschändet und die Poesie entwertet worden sei. Mit so einem Vorwurf werde ich allerdings leicht fertig. Die Sprache hat ihre Wurzeln im gesprochenen Wort. Sobald man sie luftdicht in Büchern verschließt, verliert sie ihre Lebenskraft, sie verdörrt. Man versucht, sie durch eine dicht belaubte Baumkrone, durch Schmuck und eine komplizierte Syntax zu ersetzen. Aber das ist künstlich, und wie alles Künstliche verfällt es mit der Zeit, kommt aus der Mode und stirbt. Nur die Autoren bleiben am Leben, sie bringen die Sprache in ihrer natürlichen Gestalt auf die Buchseiten, in einer stilisierten, doch keineswegs zensierten Gestalt!

Die andere Sache ist schon schlimmer. Du weißt doch, daß meine Entscheidung, in die Fabrik zu gehen, maßgebend von Neumann beeinflußt wurde:

Ich liebe alle Dinge, deren Beziehungen einfach sind,
auch solche Menschen mag ich am meisten.
Sie sind rein und anmutig, auch wenn ich sie zum hundertsten Mal betrachte,
sie bestehen aus dem Urstoff und schmecken
wie reife Bucheckern.

Es ist absurd, daß mir ausgerechnet diese Verse von gewissen Kritikern unter die Nase gerieben wurden. Angeblich sind die Helden meiner Selbstgespräche *als Proletarier verkleidete Bourgeois. In meinen Texten seien ihre Beziehungen und ihre Psychologie ebenso dekadent wie die Beziehungen zwischen den Menschen aus der Klasse der Nichtstuer. Angeblich kommt darin zu viel Sex und fast keine Politik vor. Die*

Personen würden sich sogar politisch verstellen; ein Kritiker zitierte einen Ausschnitt von Neumann als Beweis, wie falsch ich diese sehe:

Sie sind nicht die bunten Scherben im Kaleidoskop,
das nach jeder Umdrehung dem Stern eine Lüge verleiht.

Aber, lieber Dan, ich habe mich tatsächlich unter sie gemischt. Ich freundete mich mit ihnen an, gewann ihr Vertrauen, studierte sie. Diesmal nutzte ich die Gelegenheit, die ich während des Krieges versäumt hatte, und stellte fest, daß sie nur einfach erscheinen, doch in Wirklichkeit sind sie genauso kompliziert wie Du oder ich! Sie unterscheiden sich nur unwesentlich von Dir oder mir. Der Unterschied besteht nur in der Fähigkeit, die eigene Kompliziertheit zu verbalisieren, und diese Fähigkeit haben sie nicht. Aber ist nicht gerade das Verbalisieren dessen, was unausgesprochen bleibt, eine der wichtigsten Pflichten des Schriftstellers? Bei ihnen ist alles festgelegt. *Doch was bedeutet es:* alles? *In vielerlei Hinsicht kommen sie mir eher vorsichtig oder gleichgültig als festgelegt vor. Vielleicht ist dies das Ergebnis einer jahrhundertelangen Erfahrung oder ein Aspekt unserer Zeit. Ich weiß es nicht.*

Ich weiß überhaupt nicht, was das alles bedeutet: für mich, für meine Arbeit, für die Literatur.

Ich weiß nur, daß alles im Leben immer ein bißchen anders kommt, als wir denken, lieber Dan.

Dein Jan.

Mein einziges Glück ist, daß ich diesen Beruf nicht freiwillig gewählt habe, denn die äußeren Umstände haben mich dazu gezwungen. Das Glück besteht auch darin, daß mich die Umstände zu einem so gut bezahlten Job gezwungen haben, der außerdem nur einige Stunden in der Woche meine Anwesenheit am Arbeitsort erfordert und auch das nur acht Monate im Jahr. Das Wichtigste an diesem Glück ist aber die Tatsache, daß dieser Job nicht das Ergebnis einer freien Entscheidung ist und mich daher nicht die Frage nach dem Sinn quälen muß. Meine Kollegen werden davon geplagt. Über ihre Forschungen sprechen sie mit mir nur selten: Sie kommen ihnen im Vergleich zu meinen Romanen unbedeutend vor, die sie zwar nicht gelesen haben (sie wurden in andere Sprachen übersetzt, und meine Kollegen gehören nicht zu jener Spezies, die sich durch die Kenntnis von Fremdsprachen auszeichnen würde), doch das verhängnisvolle Motto *Publish or Perish* hat sie lebenslang mit einer existentiellen Ehrfurcht vor allem Gedruckten gebrandmarkt ... Ich versuche, ihnen zu versichern, daß beispielsweise die Entdeckungen des Kollegen Webster über die kleinen Textabweichungen eines vergessenen Dramatikers aus dem Elisabethanischen Zeitalter, die auf eine bisher fehlerhafte Datierung hinweisen, ein konkreterer Beitrag zu der Summe an menschlichem Wissen ist als all meine Romanimprovisationen. Das meine ich auch so. Sie betrachten es als eine nette Geste. Doch ich meine es wirklich ernst: Die Ameisenarbeit, durch welche die Quellen, die Einflüsse und die Abhängigkeiten belegt werden, das ist etwas äußerst Konkretes, und konkrete Dinge haben dauerhaften Wert. Dessen bin ich mir im Falle meiner Werke nicht so sicher. Diese, so kommt mir vor, versuchen, das Leben zu enträtseln, es zu interpretieren, eine Phantasie entstehen zu lassen. Das Problem liegt darin, daß sich die Studenten offensichtlich weniger für die konkreten Kleinigkeiten als vielmehr für das Phantasieren über das Leben interessieren.

Während meiner Ausführungen zu den Hauptmerkmalen des literarischen Impressionismus wurden die Studenten vom Schlaf übermannt. Nachdem ich die Hauptcharakteristik der naturalistischen Weltanschauung in wenigen konkreten Punkten hervorragend zusammengefaßt hatte, meldete sich am Ende der Stunde Higgins: »Sir, könnten wir vielleicht gleich über den Roman sprechen? *I enjoyed it so much!*«

So ein Schlag hätte mein Professorenselbstbewußtsein bestimmt erschüttert, wenn ich diesen Beruf freiwillig gewählt hätte. Aber die Umstände hatten dies für mich entschieden, und so wurde ich auf Higgins lediglich wütend und brummte ihm ein Referat auf, wenn ihm *Das rote Siegel* so gut gefallen hatte.

Obwohl Higgins von dem Roman so angetan war, hielt er es für seine akademische Pflicht, nicht über das Buch selbst zu reden, sondern es mit Hilfe von Leihzitaten aus berühmteren Interpretationen zu besprechen. Und nun versucht er, den Studenten, die wie üblich gerade geistig abwesend sind, zu beweisen, daß *Das rote Siegel* eigentlich kein Roman über den Krieg sei, sondern über den emotionellen und gedanklichen Reifungsprozeß eines jungen Mannes und über seinen Weg von den idealisierenden Illusionen zur Erkenntnis sowie zu einem vollkommenen Erleben der entidealisierten Realität.

Meine erste Reaktion ist wieder Wut.

»Also, Sie behaupten, dies sei kein Roman über den Krieg?«

»Ist er auch nicht. Er handelt vom Reifungsprozeß des jungen ...«

»Und von Angst.«

»Ja«, gab Higgins zu. »Auch von Angst.«

»Aber nicht vom Krieg?«

Higgins ist verunsichert, doch er entscheidet sich, an den *auctoritates* festzuhalten.

»Nein.«

»Er spielt aber im Krieg.«

»Das ...« Higgins zögert. »Das ist unwesentlich. Wichtig ist, daß er die Entwicklung eines jungen Mannes ab ...«

»Lesen Sie das hier«, und ich zitiere: »*Er sah einen Mann, der auf einen Zaun hochkletterte und dort rittlings sitzend zum Abschied einen letzten Schuß abfeuerte.*«

Diese Stelle erinnert mich immer an das Ableben des armen Hroch; wie er mit der Panzerfaust neben dem zerschossenen Unterstand kniete, nachdem von dem deutschen Panzer ein großer SS-Mann heruntergesprungen war, der sich ruhig – obwohl ihm ringsherum die Geschosse nur so um die Ohren pfiffen – breitbeinig hinstellte und auf ihn zielte; aus dem Gewehrlauf kam eine kleine Flamme, den Schuß hörte man nicht. Hroch sackte in sich zusammen, der SS-Mann sprang wieder auf den Panzer, und das Fahrzeug fuhr weiter. Ein Schuß zum Abschied.

Ich sehe Higgins an. An seinem Gesichtsausdruck kann man nichts anderes als den üblichen Trotz eines Verfechters der sich ihm offenbarten Wahrheit ablesen, er will sein A bekommen.

»*Well, what about this?*« Ich biete ihm etwas anderes an: »*Eine Kugel zerschoß die Wangen des Sergeants aus der Einheit des jungen Mannes. Sie durchtrennte die Sehnen, und sein Unterkiefer hing nun reglos herunter, so daß man den weiten Krater seines Mundes sowie einen pulsierenden Klumpen aus Blut und Zähnen sehen konnte.*«

Wieder nichts. *Elementary, my dear Watson*, denke ich mir. Wenn in Higgins Birne überhaupt etwas vorhanden ist, was mit diesem Text zusammenhängt, dann höchstens meine konkreten Hinweise, daß die Naturalisten eine Vorliebe für Greueltaten hatten und daß die Absicht der impressionistischen Autoren darin bestand, einen starken visuellen Eindruck zu erzeugen, wozu sich Grausamkeiten außerordentlich gut eigneten. Higgins hatte nicht, wie ich damals, an jenem trockenen Mainachmittag einen Menschen in einer deutschen Uniform auf einer Bahre getragen, er hatte nicht mitgeholfen, ihn auf den Operationstisch zu legen, er hatte nicht gesehen, wie Doktor Čapek mit einer Spachtel in dem Klumpen aus Blut und Zähnen herumstocherte, der am Unterkiefer des Mannes hing, er hatte nicht das blubbernde Geräusch gehört, das aus dem breiten Mundkrater kam. Doktor Čapek sah sich eine Weile diesen entsetzlichen Prolaps an, und dann sagte er zu mir: »Dafür bräuchte man einen Kriegschirurgen. Ehrlich gesagt, ich weiß nicht, was ich damit machen soll.« Dann setzten sie den Mann unter Narkose, und DoktorČapek probierte etwas. Der Mann starb auf dem Operationstisch. Vielleicht war er an seinem eigenen Blut erstickt.

Nichts? Alle schlechten Dinge sind drei, Higgins. Die Geschichte mit dem Brief »an die Familie«, den Wilson Henry anvertraut hatte, und den er, als die Gefahr vorbei war, verlegen zurückforderte. Ich dachte an Nadja, als ich sie angelogen hatte, weil die Scham stärker war als die Angst, doch auch die Angst war riesig … Henry, seine rasenden, Purzelbäume schlagenden Gedanken, Selbstüberzeugung, Selbstrettung …

Es war sinnlos. Es ist nicht Higgins' Schuld, daß es in Kanada keine Gestapo gegeben hat. Ich sollte vielmehr Achtung vor seinen Eltern empfinden, daß sie es hier nicht so weit kommen ließen und daß Angehörige ihrer Generation an der Küste der Normandie von Bord gingen, wo es sicherlich auch solche Mundkrater gab …

Also frage ich nur: »Denken Sie immer noch, daß der Roman nicht vom Krieg handelt?«

»*Well* … es geht *auch* um den Krieg. Doch das ist nicht so wesentlich. Das, was Sie zitiert haben, das sind typische naturalistische Details. Doch im Grunde behandelt der Roman den emotionellen und gedanklichen Reifungsprozeß …«

Ginge es nicht um die Geschichte einer Seele, wäre das bloß ein *gewöhnliches* Seemannsabenteuer. Ich gebe es auf. Ich blicke auf meine Armbanduhr. Noch zwanzig Minuten. Ich stelle also noch eine Frage:

»Denken Sie wenigstens, daß man den Roman als Antikriegsroman auffassen kann?«

Higgins überlegt, dann schüttelt er den Kopf.

»Nein. Crane verurteilt den Krieg nicht. Er versteht ihn als einen Bestandteil von Naturkatastrophen. Der Roman handelt vom emotionellen und gedanklichen …«

»Sheila!« Ich unterbreche ihn, denn die Irin hat sich gemeldet.

»Es IST ein Antikriegsroman!« spricht sie mit einer gewissen persönlichen Voreingenommenheit.

»Warum meinen Sie das?«

»Er führt uns eindringlich die Grausamkeiten des Krieges vor Augen. Dadurch erweckt er Abscheu gegenüber dem Krieg.«

»Es geht aber aus dem Text nicht deutlich hervor, ob Henry ein Soldat der Süd- oder der Nordstaatenarmee ist. Sind Sie nicht der Meinung, daß ...«

»Das ist egal«, schüttelt Sheila den Kopf. »Ein Krieg ist für die Soldaten aller Armeen grausam.«

Ich gerate in eine klassische Situation. Mein Standpunkt, durch Erfahrungen und Lektüre vieler Quellen formiert, wird mit einem Geist konfrontiert, der durch die Lebensumstände unserer Zeit und das Fernsehen gebildet wurde.

»Es gibt gerechte Kriege«, sage ich mit den Worten des großen Stalin, »und ungerechte ...«

Unerwarteterweise unterbricht mich die erregte Stimme Wendy McFarlands:

»Sir! Nennen Sie mir einen einzigen gerechten Krieg!«

Das verschlägt mir die Sprache. Das nicht belegte Zitat des Generalissimus hat sie tatsächlich empört. Und durch ihre temperamentvolle Wortmeldung zieht sie die Aufmerksamkeit aller auf sich. Plötzlich gähnt niemand mehr. Vicky hat ihre Tüte mit Chips zur Seite gelegt, und Wendy triumphiert:

»Einen einzigen!«

Ach Gott. Ich senke meine Augen. Rebina schießt mir durch den Kopf, die als einzige der großen Familie Silbernagel ... die jüdischen Mädchen, mein Vater, gerettet auf eine peinliche Art durch seinen stinkenden Fuß, in mir entflammt wieder Wut. Nicht auf Wendy und ihre absurden nackten Knie mitten im kanadischen Winter. Sondern auf den Stumpfsinn dieses Marsches in die Falle. Dann denke ich an Přema und Nadjas: »Ich hasse die so! Mein Vater, der steht bestimmt schon vor dem himmlischen Richter ...«

Ich hebe meinen Blick. Aber die farbige Gwendolyn kämpft bereits für mich ... gegen die Sklavenhalter ... auch wenn die Gründe vorwiegend ökonomischer Natur waren ...

»Aber warum bleibt es offen, auf welcher Seite Henry kämpft?« fragt die ertappte, besiegte, ein wenig verschämte Wendy.

»Weil Crane Rassist war. Das Schicksal der afrikanischen Sklaven interessierte ihn in Wirklichkeit nicht die Bohne. Ich ...«, aus Gwendolyns Gesicht, das die Farbe schwarzen Kaffees hat, fahren weiße Blitze, »ich fühle mich von *Dem roten Siegel* verletzt! ... Ich verstehe nicht, warum wir so einen *trash* lesen!«

Auch über Gwendolyn ärgere ich mich nicht, obwohl ... Ohne es zu wissen, wendet sie ein Richtmaß an, mit dem die Kritiker dem armen Jan einst das Leben vermiest hatten, von mir gar nicht zu sprechen. Aber das war in einem anderen Land gewesen, und außerdem, diese Hurensöhne ...

Trash. Der Krater eines Mundes ... der Schütze sitzt rittlings auf einem Zaun ... Doch die Geschichte ist grausam. Ebenfalls die Literaturgeschichte in den grausamen Händen der grünen Jugend. Noch grausamer ist sie aber in den Händen des Lebensausklangs, der so rot ist wie Ahornblätter im Herbst. Alte Menschen sollten blaß sein ...

»*Class is dismissed.*«

»Guck mal«, sagte Přema. Mit dem Rücken verdeckte er die Sicht von der Straße und holte unter seinem Sakko etwas hervor. Dann zeigte er mir das Ding. Eine *Parabellum.* Einsatzbereit für den Krieg.

»Wenn er nicht wieder abgezogen wäre, hätte ich die hier rausgeholt.«

In diesem Fall wären wir wieder dort gewesen, wo ich vor vier Jahren gewesen war, als ich mit Hilfe des vielen Sliwowitz von Herrn Skočdopole dem einmaligen Schicksal entgangen war, einer der Partisanen von Kostelec zu werden. Vorgestern war Präsident Beneš gestorben, und im Lande herrschte etwas wie stillschweigendes Standrecht. Ich stand mit Přema, Benda und dem Gemüsehändler und Vahař an der Ecke des Cafés Granada, wir steckten die Köpfe zusammen, und die drei erzählten zu meinem Entsetzen von ihrer Untergrundorganisation.

Ich war aus Prag einfach so zu Besuch gekommen. Ich hatte nicht geahnt, daß sie eine Organisation hatten. Ich traf sie zufällig auf der Jirásek-Straße, und Přema weihte mich mit absoluter Selbstverständlichkeit in ihre Verschwörung ein. Es war die gleiche Situation, in der ich schon vor vier Jahren gesteckt hatte, als ich seine

Heldentat fotografiert hatte. Nur der Gegner war jetzt ein anderer. Das Entscheidende war jedoch, daß auch er die Freiheit aufgehoben hatte. Für mich, auf den die marxistischen Ideen von der Fakultät abgefärbt hatten, war es nicht so einleuchtend, warum ein Arbeiter aus dem Tabaklager intellektuelle Freiheit benötigte.

Wir standen da wie richtige Konspiranten, die Köpfe dicht beieinander, und plötzlich ertönte hinter uns eine Stimme:

»Na, worum geht's, die Herren?«

Malina. Derselbe wie damals, heute aber in Polizeiuniform.

»Was geht dich das an?« fragte der Gemüsehändler trotzig.

»Und ob mich das was angeht, du Esel!« entgegnete Malina. »Siehst du die Uniform?«

»Na und?«

»Sagt sie dir gar nichts, du Truthahn?«

»Nö. Die Uniform sagt mir gar nichts, ich sehe nur, daß du herumlaberst.«

»Wovon redet ihr eigentlich?«

»Das geht dich gar nichts an.«

»Doch«, sprach Malina. »Ihr führt hier staatsfeindliche Reden. Man muß nicht besonders schlau sein, um so etwas zu merken.«

»Dein Glück, daß man nicht besonders schlau sein muß«, meinte Vahař.

Přema neben mir steckte seine Hand in das Sakko, wie es Napoleon zu tun pflegte.

»Hör auf, mich zu beleidigen, ja? Paß auf, daß ich dich nicht mitnehme, du Mops!«

»Nur weil du 'ne Uniform trägst, ja?«

»Hör mal! Sieh zu, daß du nicht bald traurig sein wirst!«

»Warum sollte ich traurig sein? Ich bin fröhlich. Wir haben den Sozialismus ...«

»Also paß auf, Vahař! Du kommst mit!«

Unter Přemas Sakko klickte etwas leicht. Ganz nervös entschied ich einzuschreiten.

»Mach keinen Blödsinn, Malina«, sagte ich. »Wir haben uns nur über Weiber unterhalten.«

»Von wegen Weiber, du Pavian! Ihr habt über Politik gequatscht!«

Zwischen dem Klo in der Messerschmitt und seiner Uniform lag ein historischer Graben. Getreu der wunderschönen Tradition sagte ich:

»Scheißdreck. Wir haben über eine verengte Fut geredet.«

»Red keinen Mist!« fauchte Malina drohend, doch sein amtliches Getue ließ merklich nach.

»Echt! Ich hab 'ne prima Mieze in Prag, kann aber nicht reinkommen in sie.«

Er fragte interessiert: »Und wie macht ihr es?«

Přema holte seine Hand aus dem Sakko hervor.

»Gar nicht. Ich sag ihr, sie soll sich operieren lassen.«

»Und das geht, so 'ne Operation?«

»Ja. Dabei kann es aber passieren, daß man sie zu weit macht, und nachher hast du's Jacke wie Hose. Dann bist du zu klein für so'n Weib.«

»Malina wäre nicht zu klein«, warf Benda ein.

Der Genosse Polizist lächelte.

»Das ist ja doof, du Schwachkopf. Du solltest dir 'ne Neue suchen.«

»Das werd ich wohl machen müssen. Wenn die Operation schief läuft, dann hab ich sie am Hals, und was mach ich dann mit der?«

»Kannst sie Malina überlassen«, sagte Benda. »Der hat einen wie King Kong.«

Malina lächelte wieder und verneinte Bendas Behauptung nicht, doch dann wurde ihm bewußt, daß diese Intimität zu weit ging.

»Also, ihr geilen Böcke«, meinte er versöhnlich, »wenn ihr über Weiber reden wollt, geht ins Beran. Es wurde angeordnet, Zusammenrottungen auf öffentlichen Straßen zu verhindern.«

»Wer rottet sich hier zusammen?« meldete sich der Gemüsehändler aufmüpfig.

»Wir gehen ja schon, Malina, keine Sorge«, sagte ich schnell. »Wir machen dir keine Probleme.«

»Es geht nicht um Probleme«, sagte der Genosse Polizist. »Es geht um die öffentliche Ordnung.«

Er entfernte sich würdevoll.

Přema sagte:

»Wenn der nicht abgezogen wäre, hätte ich die hier rausgeholt.«

»Und wir hätten in 'ner schönen Scheiße gesteckt.«

Přema verstaute die Parabellum unter seinem Sakko. Unter der Achsel trug er ein an seinem Hosenträger befestigtes Halfter. So hatte er es wahrscheinlich in einem Film gesehen.

»Der hätte den Schwanz eingezogen. Ich kenn ihn doch.«

»Vielleicht nur kurz«, sagte ich. »Dann wäre er zur Polizeiwache gerannt, und was wäre dann gekommen?«

»Man muß mit allem rechnen«, meinte Přema.

Später dann, in dem Zimmer, wo ihm vor vier Jahren Doktor Labský die Verbrennungen behandelt hatte, erklärte er mir, was er von mir wollte. Für den physischen Kampf hätten sie genug Leute. Nun brauchten sie einen Intellektuellen, der das Programm, die Aufrufe und die Parolen formuliert. Er öffnete eine Schublade, darin lag ein kleines Vervielfältigungsgerät.

»Schreib uns ein Flugblatt.«

»Was für eins?«

»Das ist egal. Zum Beispiel, daß es keine Butter gibt, weil die Russen sie mitnehmen.«

»Aha.«

Ich setzte mich hin und holte einen Bleistift hervor. Wieder steckte ich in einem Dilemma. Wenn ich Přema das ausschlagen würde, käme ich mir vor wie Malina in der Uniform. Zu schreiben hatte ich aber keine Lust. Weder über Butter noch über sonst etwas. Nicht nur, daß ich keinerlei Sehnsucht nach neuen Abenteuern als Widerstandskämpfer hatte, sondern ich war mir nicht sicher, wie die Lage eigentlich war.

Aber Přema war ein alter Freund. Ich erinnerte mich an den Nachmittag, als ich unter Einsatz des eigenen Kragens sein verheerendes Werk fotografiert hatte, das damals für das örtliche Kriegsopferdenkmal sieben Namen beigesteuert hatte. Eine feste Freundschaft verband uns, ich konnte ihn nicht im Stich lassen. Möglicherweise hatte er jetzt nicht so ganz recht, im Gegensatz zu damals. Aber ich konnte die konkrete Freundschaft zwischen uns nicht wegen einer Wahrheit verraten, die vielleicht …

Kurz und gut, ich war wieder in der klassischen Falle des Lebens.

Und so schrieb ich:

Wir fragen Frau Ingenieur Jankovcová: Wo ist die tschechische Butter? Und wir antworten für sie: In den Zügen Richtung Sowjetunion! Statt tschechischer Kinder schmieren sich damit die Genossen im Kreml ihre Brote!

Přema gefiel das. Er meinte: »Kurz und treffend.«

Von einem peinlichen Gefühl und aufkeimender Angst erfaßt, verfolgte ich, wie sich mein Mist durch die Umdrehungen der Kurbel vermehrte und vermehrte:

Wir fragen Frau Ingenieur Jankovcová
Wir fragen Frau Ingenieur Jankovcová
Wir fragen Frau Ingenieur Jankovcová

»Komm heute abend um neun vorbei«, sagte Přema, nachdem er auf diese Art und Weise etwa hundert Stück fabriziert hatte. »Wir werden per Funk senden.«

Es drehte sich mir mein Magen um. Die alte, traditionelle Reaktion des Organismus. Ich werde doch nicht so ein Idiot sein wie damals …

Punkt neun war ich da. Schon immer hatte ich vor gewissen Dingen eine größere Angst als vor der Angst selbst.

Přema öffnete seinen Kleiderschrank. Darin stand ein riesiges Funkgerät. Ich hauchte:

»Mann, wo hast du das her?«

»Ich hab's an der Grenze mitgehen lassen, als ich dort diente. Ich wußte ja, daß man das noch einmal gebrauchen würde können.«

Da fiel mir wieder etwas ein.

»Hast du noch das Maschinengewehr?«

Přema grinste. Über sein mongolisches Gesicht huschte ein verschmitztes Lächeln.

»Keine Angst«, sagte er. »Wir haben 'ne gewisse Wellenlänge und 'ne Zeit ausgemacht. Aber Robert kann nicht Tschechisch. Du mußt auf englisch sagen: Dzis is Lída, koling Sven. So haben wir das mit Robert vereinbart, als er im Frühjahr hier war. Und er sollte sich zurückmelden: Dzis is Sven, koling Lída.«

»Und dann?«

»Dann?« Přema zögerte. »Na ja, du sagst ihm, daß wir in einer Woche wieder auf der gleichen Wellenlänge senden werden.«

Ich atmete auf. In einer Woche würde ich wieder in Prag sein. Přema würde dann einen anderen Funker finden müssen. Wie er in Kostelec einen auftreiben wollte, war seine Sorge. Ich ließ ihn auf jeden Fall nicht im Stich.

Also funkte ich. *Leda calling Swan.* Meine Stimme verlor sich im Wirrwarr vieler anderer Stimmen, die russisch, deutsch, patagonisch und in anderen mir unbekannten Sprachen schrien. Aus diesem babylonischem Sprachengewirr hätte sich der Schwan melden sollen. Doch man hörte nichts von ihm. Robert, der Sohn einer der zehn Schwestern von Frau Skočdopolová, die im Ausland verheiratet waren, hatte die Vereinbarung wohl vergessen. Oder die Funker in England hatten ihn rausgeschmissen, denn als Schneider hatte er bestimmt kein eigenes Funkgerät … Přema und der Gemüsehändler saßen angespannt neben mir, auf dem Tisch lag ein Stapel Butter-Flugblätter. *Leda calling Swan.* Der Schwan schwieg beharrlich.

Um zehn packten wir wieder alles ein.

»Habt ihr wirklich heute ausgemacht?«

»Ganz bestimmt«, versicherte mir Přema. »Ich hab mir das aufgeschrieben.«

»Hast du ihn auch richtig verstanden? Du hast doch gesagt, daß er kein Tschechisch kann.«

»Wir haben deutsch geredet.«

»Und du kannst deutsch?«

»Nicht so gut«, gab Přema zu. »Aber es war bestimmt heute.«

Wir schlossen das Funkgerät wieder im Schrank ein und gingen in die Küche. Dort hatte sich seit dem denkwürdigen Abend von vor vier Jahren nichts verändert. Der aufgeblühte Herr Skočdopole saß da mit einer klebrigen Flasche mit hausgebranntem Sliwowitz.

»Trinkt mal was, Jungs.«

Der Aufforderung folgten nur ich und der Gemüsehändler. Přema trank nicht. Er wahrte die Regeln der Konspiration. Herr Skočdopole trank zu Ehren des soeben verstorbenen Präsidenten, auf daß seine Ehre lange anhalten möge. Er war bereits in Wahrsagerstimmung. Ich hörte ihm zu, und mir kam der Gedanke, daß er als Wahrsager vielleicht mehr Erfolg hätte als der hingerichtete Brych.

»Jetzt werden wir was erleben, Jungs! Zuerst Masaryk und dann die Nazis. Das hamn wir grade noch überlebt. Und jetzt Beneš, und die Bolschewiken sind da. Das ist das Ende!«

»Wir werden uns wehren«, meinte der Gemüsehändler.

»Alleine schaffen wir das nicht. Und der Westen hat uns denen regelrecht ausgeliefert. Wie damals. Aber damals waren wir stark und sie noch nicht so gut organisiert. Damals waren sie im Hinterhalt, doch jetzt sitzen sie fest im Sattel. Das wird furchtbar. Trinkt, Jungs!«

Er folgte seiner eigenen Aufforderung, wir schlossen uns an.

»Jungs, das Grauen überkommt mich. Ihr habt keine Ahnung, was uns erwartet! Aber ich weiß es! Wenn ich mich erinnere …«

Herr Skočdopole füllte sein Glas nach. »So ein junger Bauer. Bei Samara traf ihn eine Granate, und er fiel den Bolschewiken in die Hände.« Herrn Skočdopoles Stimme überschlug sich, und er erzählte uns die Geschichte, die ich mir bereits in jener dunklen Nacht vor vier Jahren angehört hatte. Von dem Legionär, der erstochen und in einem Misthaufen vergraben wurde. Doch heute fügte er ein Detail hinzu, das er das letzte Mal verschwiegen hatte, oder ich war damals so besoffen, daß es mir entfallen war. »Wißt ihr«, er schluchzte fast, »wißt ihr, was die ihm angetan hamn, bevor sie ihn zu Tode geprügelt hamn? Das könnt ihr euch gar nicht vorstellen. Ich hab's auch nicht für möglich gehalten, bis ich es mit eigenen Augen gesehen hab. Trinkt!«

Obwohl ich mir vorgenommen hatte aufzupassen, damit ich nicht so enden würde wie in jener legendären Nacht, gehorchte ich. Mit dem Stumpf in der Socke wischte der Legionär eine Träne von seiner Nase, die noch immer einer roten Gurke ähnelte.

»Sie hamn ihn entmannt! Bei lebendigem Leibe! Tschechen, Jungs! 'nen tschechischen Mann!«

Wir beide nippten mechanisch.

»Jungs! Wenn sie so was fertigbringen, und damals waren sie noch nicht organisiert, könnt ihr euch vorstellen, was sie jetzt machen werden?«

Aus dem Zigarettenrauch starrte er uns mit seinem gelblichen Augenweiß an. Es war fast wieder so wie vor vier Jahren. Es wird Zeit, daß ich aus Kostelec verschwinde.

Veronika scheint in der Familie Svensson aufgenommen worden zu sein. Mit einer hübschen Föhnfrisur steht sie in einem hellblauen Kleid neben Percy und grinst mit ihrem gesunden Gebiß Svenssons Gäste an, denen Percy sie vorstellt. Wieder ein kluges tschechisches Mädchen, das eine gute Partie machen wird, denke ich mir, während ich mich Veronika nähere. Ich bin in Hörweite und fahre zusammen. Das tschechische Mädchen sägt an dem Ast, auf dem es sitzt. Veronika spielt ein gefährliches Spiel mit einem Ritual, ein arglistiges, absurdes Theater.

»*Meet Veronika Prst*«, sagt Percy mit entsprechender Intonation zu einer eleganten Dame im langen Kleid. »*Miss* Prst kommt aus der Tschechoslowakei.«

»Wie interessant!« meint die Dame in der passenden Betonung. »*How long have you been in Canada?*«

Und Veronika, die ein absolutes Gehör hat und sich auf die semantische Bedeutung der entsprechenden Intonation verläßt, antwortet mit einem netten Lächeln:

»*Bout a century.*«

Die Dame wundert sich nicht, sie reagiert mit einer klassischen Frage:

»*How do you like Canada?*«

»*Not at all!*« Veronika sagt es mit einem liebenswürdigen Lachen und einer fröhlichen Intonation.

»*How nice!*« entgegnet die Dame, und gleich darauf: »Entschuldigen Sie. Da ist Molly Smithers. Ich muß ihr Hallo sagen. *See you later!*«

»Ich hoffe nicht!«

Kurz und gut, die liebe Veronika spielt mit dem Feuer.

Ich ärgere mich über sie, weil sie sich über nette Menschen, die ihr nichts getan haben, lustig macht. Sie verläßt sich auch darauf, daß ihr angelsächsischer Traumtänzer Parzifal zu benebelt ist, um ihr Spiel zu durchschauen.

Dieser Tor unterhält sich mit irgendwelchen Herren. Ich versuche, Veronika mit seinen Augen zu sehen. Warum mußte es ausgerechnet dieses traurige Mädchen aus Prag sein, eigentlich ganz hübsch, aber auch nicht hübscher als Percys Schwester oder deren Freundinnen. Freilich, das ist das Geheimnis des Organismus. Vor langer Zeit, zur Zeit der Völkerfreundschaft, hatte es in Prag eine gewisse Mabel gegeben. Eine Dunkelhäutige aus Chicago, sie zupfte auf ihrer Gitarre und sang fortschrittliche Lieder über *Banken aus Marmor.* Eigentlich nichts Besonderes, doch einmal bemerkte ich, daß ihre Handflächen rosa waren. Sofort übersetzte ich ihre *Banken aus Marmor* ins Tschechische. Die schokoladenhäutige Mabel mit ihren rosa Handflächen hatte mich betört. Nicht für lange, das stimmt. Besitzt Veronikas leichter Akzent die Anmut von rosa Handflächen? Ich hoffe, daß es sich bei Percy nicht nur um *skin-deep* handelt.

Und das dumme Mädchen sägt immer noch an ihrem Ast. Sie läßt sich immer neue Variationen einfallen. Zum Beispiel:

»*See you later!*«

»*Don't come back!*« mit einem ultrabritischen Lächeln.

Ab und zu zieht über das Gesicht ihrer Gesprächspartner ein Wölkchen des Verdachtes, doch entweder sind sie zu höflich oder denken, daß das arme Emigrantenmädchen nicht so gut Englisch kann. Die Arme. Und dabei ist sie so hübsch.

»*I'll see you later; Veronika. Perst, is it?*«

»*You bet, honey!*«

»*Are these the games people play in your country?*« höre ich hinter mir.

Ich drehe mich um. Die grauen Augen von Irene Svensson blicken mich an.

»Meinen Sie, daß Percy was merkt?« antworte ich mit einer Gegenfrage.

»*So what?*« sagt Irene. Sie trägt wieder ein neues Modell. »Na und?«

»Ich habe den Eindruck, daß für Veronika Ihr Bruder wichtig ist.«

»Ist Veronika Ihnen wichtig?« fragt Irene ernst und geheimnisvoll.

Ich lächle.

»Ich komme mir so ein bißchen wie ihr Vater vor. Sie hat niemanden in Kanada ...«

»Väter pflegen sich manchmal in ihre Töchter zu verlieben.«

»*You've been reading Freud!*«

»*So what?*«

Sie steht in ihrem farbenschillernden Kleid vor mir, vor einem Hintergrund, von dem ich als junger Mann, betört von all dem Hollywood-Kitsch, nur geträumt hatte. Sie raucht eine Zigarette, vielleicht ist es auch ein Joint. Es ist eine absurde Entfernung zwischen Kostelec und der Familie Svensson, und das alles in einem so kurzen Leben. »Es ist nichts«, sage ich. »Sie ist einfach eine Landsmännin, und sie könnte meine Tochter sein.«

»Das könnte ich auch.«

»*So what?*«

»*Don't you know what?*« fragt sie mich. Dann dreht sie sich um und stolziert davon. Mein lieber Mann! Sie hat schlanke Beine und Pumps mit goldenen Absätzen. Sie spielt die Hauptrolle im Traum eines Professors von einer Liebesaffäre mit der hübschesten Studentin im Kurs.

Aber wir leben im zwanzigsten Jahrhundert. Alles ist möglich. Warum nicht auch mal etwas Angenehmes?

Und sind das nicht die Spielchen, die man sowohl in Kostelec als auch in Kanada spielt?

Es war mir zu Ohren gekommen, daß sich Irena in Kostelec aufhielt. Ich hatte Sehnsucht, sie zu sehen, bevor ich wieder nach Prag fuhr. Es war kurz nach Mittag, einen Tag nach dem Funkversuch, draußen schien die Sonne. Přema ließ sich nicht blicken, er lief wohl irgendwo mit meinen bescheuerten Flugblättern herum und schob sie den Leuten unter der Tür durch. Ein unangenehmer Gedanke. Ich wollte Irena unbedingt sehen.

Sie war bereits verheiratet, doch ihren Auserwählten kannte ich nicht. Ich liebte sie nicht mehr. Die Liebe war mir vergangen, als meine Mutter schwer erkrankte und Irena plötzlich anfing, besonders nett zu mir zu sein. Sie war sogar zu uns gekommen und hatte mir angeboten, den Fußboden in unserer Küche zu wischen. Während sie ihn dann wischte, war es mit meiner Liebe plötzlich vorbei. Auf einmal. Doch ich sagte es ihr nicht, und ihr war das wohl auch nicht wichtig, denn bald darauf verliebte sie sich romantisch in einen Dozenten, angeblich sehr attraktiv. Der Dozent heiratete sie sogar. Sie wohnte jetzt in Prag und sah elegant aus, ein paarmal hatte ich sie dort getroffen. Jedesmal schlenderte sie gerade mit einem Tennisschläger unterm Arm vom oder zum Training. Wir plauderten ganz nett miteinander, und dann ging jeder von uns seiner Wege. Später fuhr ich dann einmal zusammen mit Harry im Zug nach Prag, wir machten uns über die Weiber lustig, und ich erzählte ihm von dem unerklärlichen Ende meiner jahrelangen Liebe und wie sie zerbrach, als ich Irena beim Bodenwischen zusah. Wir lachten. Aber im Abteil nebenan saß Irenas Tante, die alles gehört hatte. Sie erzählte es natürlich Irena weiter, und Irena war stocksauer auf mich. Seitdem hatte ich mit ihr nicht mehr gesprochen. Irena war für mich ein abgeschlossenes Kapitel, doch es war schön, noch manchmal darin zu blättern.

Ich bog ab zu ihrem Haus, stieg in den dritten Stock hoch und klingelte. Alena öffnete die Tür, und ich hatte das Gefühl, ich hätte ihr einen Schrecken eingejagt.

»Oh, grüß dich!« sagte sie leise. »Komm ein anderes Mal, ja?«

»Was ist los?«

»Das kann ich dir jetzt nicht erklären, aber komm ein andermal wieder. Und ruf vorher an!«

»Bist du nicht allein?«

»Du hast es erraten!«

»Guten Tag«, ertönte es hinter Alena. Sie hielt sich auf komische Art und Weise die Hand vor den Mund, ein Zeichen für ein Malheur. Der Herr, der in der Wohnzimmertür erschien, konnte das nicht sehen, denn sie stand mit dem Rücken zu ihm.

»Guten Tag«, grüßte ich zurück.

»Herr …?«

»Smiřický.«

»Treten Sie ein, Herr Smiřický«, forderte er mich auf. Ich begann zu ahnen, warum ich Alena gehorchen und keine Fragen hätte stellen sollen. Doch jetzt mußte ich wohl oder übel hineingehen.

Im Wohnzimmer saß Irena, sie hatte lange Hosen an, was ich noch nie an ihr gesehen hatte, sie standen ihr aber gut. Doch freundlich war sie nicht gerade. Auf mein Hallo kam keine Reaktion.

»Was ist denn los, Renka?« fragte sie der Mann, der, wie ich begriffen hatte, ihr Gatte war. Er war wirklich recht attraktiv. Wie der Sportlehrer, in den Irena in der Tertia verknallt gewesen war. Ein blonder Hüne. Das war wahrscheinlich ihr Typ.

»Der Gast hat gegrüßt!« sprach der blonde Schönling.

»Hallo«, sagte Irena ausnehmend unfreundlich.

»Nehmen Sie Platz«, forderte er mich auf. Ich setzte mich also auf einen Stuhl, der Mann nahm in einem Sessel Platz. Alena setzte sich zu Irena auf das andere Ende des Sofas. Es herrschte betretenes Schweigen. Offensichtlich war ich ungelegen gekommen. Jetzt wollte ich nur noch wissen, warum es so ungelegen war.

»Möchte jemand Tee?« fragte Alena nach einer Weile.

»Wünscht der Gast Tee?« Der Mann richtete die Frage an mich, die Ironie seiner Worte war unüberhörbar.

»Muß nicht sein«, sagte ich.

»Wir werden doch nicht so trocken dasitzen«, meinte er, »wenn wir schon schweigend hier sitzen.«

»Ich setze das Teewasser auf«, sagte Irena und sprang auf.

Der Mann sah nachdenklich aus dem Fenster. Alena in der Sofaecke wurde rot, wahrscheinlich, weil sie ihre Fröhlichkeit unterdrückte. Ich schlug ein Bein über das andere und trat dabei gegen den Kaffeetisch. In der Stille hörte sich das an wie ein Pistolenschuß.

»Pardon.«

Der Mann ließ sich davon nicht stören und schaute weiter aus dem Fenster.

Wir saßen gemeinsam schweigend etwa eine Minute lang da, die mir wie zehn Minuten vorkam, und ich suchte nach einem geeigneten Gesprächsthema. Und so verkündete ich:

»Es freut mich sehr, Sie kennenzulernen.«

Noch eine Zeitlang verweilte der Mann mit seinem Blick in der nahen Ferne vor dem Fenster, bald schweifte sein Blick langsam in meine Richtung.

»Es freut mich«, sagte er, »daß Sie sich freuen.«

Erneutes Schweigen. Alena in der Ecke ähnelte bereits einer Pfingstrose. Aus der Küche hörte man den Kessel pfeifen. Ich würgte die nächste Aussage hervor:

»Irena … hat mir von Ihnen erzählt.«

»Hm«, brummte der Mann. »Viel?«

»Tja … genug …«

Er nickte mit dem Kopf. Irena kam zurück und trug ein Tablett mit der Teekanne und vier Tassen. Sie stellte das Tablett auf den Kaffeetisch und goß uns Tee ein. Meine Tasse schenkte sie randvoll ein. Absichtlich. Jeder von uns nahm seine Tasse, und wir rührten den Tee mit kleinen Löffeln um. Schweigend. Ich machte wieder einen Versuch, ein Gespräch in Gang zu bringen. »Wann … fahren Sie nach Prag zurück?«

Keine Antwort.

»Der Gast hat etwas gefragt«, sprach der Mann.

»Dann antworte ihm doch«, fuhr Irena ihn an.

»Ich bin mir fast sicher«, sagte der Mann gespreizt, »daß es ihm lieber wäre, wenn du antworten würdest, Renka.«

»Alena, sag ihm, daß wir morgen fahren.«

»Sie fahren morgen«, Alena konnte nur mit Schwierigkeiten ihr Prusten unterdrücken. »Mit dem Wagen.«

»Ach so.« Ich nahm einen großen Schluck Tee, es verschlug mir den Atem. Der Tee war furchtbar heiß. Der Gatte schlürfte laut. Jemandem knurrte der Magen. Wir schwiegen weiter. »Du kannst noch ein paar Tage bleiben, Renka, wenn du möchtest«, durchschnitt der Mann das Schweigen. »Sagen wir mal … bis Sonntag. Würde dir das reichen?«

»Ich will aber nicht«, entgegnete Irena.

»Nein? Warum nicht?«

Irena antwortete nicht.

»Ich verstehe«, sagte der Mann. »In einer Kleinstadt ist es schwer … aber es gibt hier wunderschöne Wälder!«

Alena prustete fast los.

»Oder doch nicht. Ich weiß schon. Du fährst nach Prag, Renka, und ich bleibe bis Sonntag hier.«

»In diesem Fall bleibe ich auch«, sagte … tja … Renka.

Irenas Mann zuckte mit den Schultern, als wollte er sich bei mir entschuldigen. Was ist das um Gottes willen für ein komischer Vogel? Ich beschloß, möglichst rasch wieder zu verschwinden.

»Ich muß jetzt leider wieder gehen …«

»Warum sollten Sie denn wieder gehen?« Der Mann stand auf. »*Ich* gehe! Sie bleiben hier! Und Alena kommt mit, nicht wahr? Wir könnten beispielsweise ins Café gehen.« Er wandte sich an Irena. »Reicht euch, sagen wir mal, eine Stunde? Oder besser zwei, Renka? Was meinst du?«

»Ota, mach keinen Quatsch!« flehte ihn Irena an.

»Wollen wir gehen, Alena?«

Alena stand auf.

»Ich komme mit!« sagte Irena.

Ihr Gatte zögerte.

»Und was ist mit unserem Gast? Unser Gast ist doch deinetwegen gekommen. Habe ich recht?« wandte er sich an mich.

»Ja«, antwortete ich. »Ich dachte, wenn Irena zufällig zu Hause sein sollte …«

»Und sie *war* es!« sang der Herr beinahe. »Leider aber nicht alleine. Das werden wir gleich wieder gutmachen!«

Er schnappte Alena am Arm und schleppte sie hinaus. Alena hielt es nicht mehr aus und prustete lauthals los. Irena sagte wütend:

»Ota! Wenn du jetzt gehst …«

Der Mann grinste nur und schob Alena durch die Tür. Im Flur klappte die Wohnungstür zu. Irena auf dem Sofa drehte mir den Rücken zu und schob ein Bein unter das andere.

Wir schwiegen eine Weile.

»Also ich weiß nicht«, meinte ich. »Ich bin wohl ungelegen gekommen.«

»Du bist ganz besonders scharfsinnig!«

»Das war ich schon immer.«

Irena drehte sich um und trank von ihrem Tee. Sie verbrannte sich. Wütend knallte sie die Tasse wieder auf den Unterteller.

»Am liebsten würde ich dich …«

»Was?«

»Ach nichts. Reicht es dir nicht, daß du mir …«

Sie verstummte.

»Was denn?«

»… die ganze Zeit im Gymnasium auf die Nerven gegangen bist? Jetzt mußt du auch noch für Probleme in meiner Ehe sorgen!«

»Ich?« fragte ich tugendhaft. »Ich habe mir doch, seit du verheiratet bist, nicht das Geringste zuschulden kommen lassen!« Ich machte eine kurze Pause und fügte boshaft hinzu: »Renka!«

Sie senkte den Kopf, dann warf sie ihn in den Nacken, so daß ihre hübsch frisierten Haare wundervoll zur Geltung kamen, und sagte: »Weil du kein Interesse mehr an mir hast.«

»Wie kannst du nur so etwas sagen … Renka?«

»Weil ich Bescheid weiß. Und spar dir Renka, ja?«

»Hat dir deine Tante etwas erzählt?«

»Ja.«

»Sie hat mich falsch verstanden. Im Zug ist es immer so laut.«

»Meine Tante hat dich sehr wohl richtig verstanden. Wie du gesagt hast, daß es mit deiner Liebe vorbei war, als ich den Boden wischte.«

»Na ja, die Liebe«, meinte ich. »Wir sind schon älter, erfahrener. Aber das Verlangen … das ist etwas anderes …«

»Ich bitte dich.«

»Irena«, sagte ich mit tiefer Stimme. »Wenn du möchtest …«

»Das würde mir noch fehlen! Er ist auch so schon eifersüchtig.«

»Warum denn? Weiß er etwas? Er kann doch gar nichts wissen. Wir haben doch nie etwas miteinander gehabt.«

»Er hat aber das hier gelesen.« Sie streckte sich zur Seite und fischte aus dem Bücherschrank neben dem Sofa einige Manuskriptseiten heraus. Sie kamen mir bekannt vor. Ich klappte sie auf. Ach so. *Sieben Jahre diente ich bei euch* … Mein Opus für Irena, das ich zwei Monate, bevor sie den Boden bei uns wischte, beendete und ihr zum Geburtstag schenkte. Dieses Opus war wohl mit ein Grund, warum sie damals angefangen hatte, lieb zu mir zu sein.

»Das dürfte ihm doch nur bestätigen, daß wir nichts miteinander gehabt haben. Sonst hätte ich ja darüber geschrieben.«

»Und was ist mit den anderen?« fragte Irena trocken.

»Ach so.«

Mein lieber Mann! *Sieben Jahre* war zum einen die Chronik meiner erfolglosen Annäherungsversuche, zum anderen die Auflistung von Irenas Affären, die erfolgreicher waren, soweit ich darüber informiert war. Und bei aller Bescheidenheit: informiert war ich jedenfalls gut gewesen. Grau, Zdeněk Pivonka, Dr. Čapek, der Marathonläufer aus Prag … In meinem Werk befanden sich aber auch Berichte darüber, wo sich Irena aufhielt, als sie angeblich mit dem Leichtathletikteam der Jugend aus Kostelec oder mit ihren Freundinnen bei einem Ausflug unterwegs war. Nach jeder dieser Berichterstattung folgten ziemlich einfallslose Analysen meines seelischen Zustands. »Ach so«, bemerkte ich und klappte das Manuskript zu.

»Daß du das so ruhig sagst! Deinetwegen geht meine Ehe kaputt!«

»Wieso meinetwegen?« fragte ich beleidigt. »Doch wohl eher wegen Grau, Zdeněk, Franta und dem Wettläufer aus Prag. Ich hab das alles doch nur festgehalten.«

»Eben! Wenn du den Kram nicht geschrieben hättest, hätte Ota nie etwas rausgekriegt.«

Mir schien, daß die Vorstellung einer kaputten Ehe bei ihr kein besonderes Entsetzen auslöste. Gleich danach bestätigte sie dies auch, indem sie mich recht kameradschaftlich fragte:

»Willst du etwas trinken?«

Nun sind wir also endgültig erwachsen, schoß es mir durch den Kopf. Tee, den hatte ich bei Irena schon öfters getrunken. Aber etwas zum Trinken … so alleine, nur wir zwei, weil …

»Was hast du im Haus?«

»Was weiß ich, was es hier gibt.« Sie stand auf und ging zur Anrichte. Neben der Büste von Präsident Masaryk hatte der Herr Rat eine Karaffe aus geschliffenem Glas stehen, und im Halbkreis herum geschliffene Schnapsgläser, die ich kannte. Irena schenkte zwei davon voll und kostete.

»Kümmel«, verzog sie angewidert den Mund. »Aber das ist egal. Geht's mir nicht wohl, trink ich Alkohol.«

Ich nahm einen Schluck. Irena kippte den Inhalt auf Ex, ich nippte zuerst nur, doch als ich sah, wie sie trank, schüttete ich auch alles in mich hinein. Irena füllte die Gläser gleich nach.

»Er soll bekommen, was er wollte!« sagte sie.

»Wie meinst du das?«

»Wenn er zurückkommt, findet er seine Frau entehrt vor. Allerdings nur durch Alkohol.«

»Sonst durch nichts?«

»Wie sonst?«

»Das weißt du nicht?«

Sie sah mich mit ihren braunen Augen an. Die Erinnerungen kamen aus diesen Augen wie sonnengebräunte Engel.

»Klar weiß ich das, Bubi«, sagte sie. Sie war schon erwachsen. Eine wohltuende Traurigkeit überkam mich. »Ich werde doch nicht meinen letzten Charme zerstören, den ich für dich noch besitze.«

Sie war einfach nicht für mich bestimmt.

»Eins verstehe ich aber nicht«, sagte ich. »Warum hat er dann um jeden Preis versucht, uns zusammenzubringen, wenn er aus meinem Werk weiß, was für eine Niete ich bin?«

»Aber eine Niete mit Ausdauer«, entgegnete Irena. »Lies dir noch mal den letzten Absatz durch. Du hast wahrscheinlich schon einiges vergessen.«

Wahrscheinlich ja. Ich schlug die Seiten auf:

Was ist der Gewinn dieser sieben Jahre? Drei Küsse und zweitausend fünfhundert und fünfundzwanzig unvergeßliche Tage. Was für ein herrlicher Gewinn! Wir sind jung! Wenn ich in einem Jahr meine Erfolge zusammenrechne …

Peinlich. Ich sah zu Irena. Sie wartete, was ich zu meinen damaligen Hoffnungen sagen würde. Das leere Gläschen drückte sie gegen ihre Wange unterhalb ihrer braunen Augen.

»Verstehst du das?« fragte sie. »Er wollte von mir unbedingt wissen, wie das mit deinen Erfolgen im letzten Jahr war, die in deinem Werk nicht mehr enthalten sind.«

»Es gab keine. Ich bin bankrott.«

»Aber darüber gibt es keine schriftliche Bestätigung.«

Sie schenkte mir noch einmal ein. In meinem Kopf wogte ein ganzes Meer von Erinnerungen. Irena war ein prima Mädchen. Oder vielmehr: eine prima Frau.

»Der Deinige muß ein schöner Hitzkopf sein«, sagte ich. »Retrospektive Eifersucht, das hab ich noch nie gesehen.«

»Wenn's nur retrospektiv wäre! Er ist eifersüchtig auf … wie heißt das? Im voraus.«

»Projektiv?«

»Projektiv.«

Wir lachten los.

»Du hast eben einen Fehlgriff begangen, Irena. Weil du ihn und nicht mich geheiratet hast.«

»Du hast nie um meine Hand angehalten, mein Lieber. Du wolltest alles nur ohne die Hand.«

»Aufgrund meiner Minderjährigkeit hatte ich keine gesicherte Position. Jetzt auch noch nicht. Und du weißt doch, von zu Hause her bin ich immer zu Verantwortungsbewußtsein erzogen worden.«

»Erzogen schon, aber ohne großen Erfolg«, kommentierte Irena. »Du wirst nie erfahren, was Verantwortung bedeutet. Außerdem wirst du nie eine gesicherte Position haben.«

»Das werde ich sehr wohl«, meinte ich. »Wenn ich das sein werde, was ich sein möchte.«

»Und was möchtest du sein?«

»Nichts. Das ist genau das, was ich werden will. Nichts.«

»Das bist du ja schon.«

Ich wurde nachdenklich.

»Trink was, du Ärmster«, sagte Irena wie seinerzeit Herr Skočdopole. »Du bist mein und wirst immer mein sein.«

»Das schon«, ich schluckte den Schnaps herunter. »Aber für dich immer ein Nichts.«

»Aber mein Nichts«, auch Irena trank ihren Schnaps. »Das ist doch was, oder?«

»Das stimmt!« bestätigte ich begeistert. »Wenn dir ein Nichts gehört, dann ist das ein außerordentliches Nichts! Das ist ein Nichts, das ein paar Groschen wert ist!«

»Und das bist du! Ein paar Groschen wert! Das solltest du zu schätzen wissen!« sagte die fabelhafte junge Frau mit den braunen Augen.

»Das tue ich auch. Trink was!« ermunterte ich sie. Sie gehorchte. Ich war schon fast im siebten Himmel. Von dem Alkohol war mir nun nicht mehr nur wohl, sondern er hatte auch die alte Liebe aus dem Erwachsenenschlaf der Gleichgültigkeit geweckt. Doch es war nun eine andere Liebe. Wir waren erwachsen. Es war traurig und lustig zugleich. Ich wußte, daß ihr Göttergatte vor der Tür wohl mit einem Ohr am Schlüsselloch wartete. Ich sagte:

»Was deinen Charme betrifft, Irena, den verlierst du für mich nie.«

»Das weiß ich«, meinte sie darauf. »Das weiß ich mit absoluter Sicherheit! Trink was!«

Ich trank. »Du bist ganz schön eingebildet, Irena!« sagte ich. »Nicht, daß es nicht wahr wäre, aber ...«

»Ich bin überhaupt nicht eingebildet. Zum Beispiel ...«, sie hickste, »... zum Beispiel weiß ich ganz genau, daß ich O-Beine hab, zum anderen, daß du viel zu sehr auf die Äußerlichkeiten bei 'ner Frau achtest. Aber immer, wenn ich in diesem Buch auftrete ...«, sie zeigte auf mein unangebrachtes Tagebuch, »Oh jeh!« stieß sie aus. »Ich meine in einem dieser zwei Bücher ... oder in beiden ... erscheine ich fast auf jeder Seite, aber nie hab ich dort jene Beine, die ich in Wirklichkeit hab. Das heißt O-Beine!«

»Weil du für mich so 'n Charme hast. Was sind deine O-Beine dagegen!«

Sie kippte das nächste Gläschen hinunter. Ich mußte eigentlich nicht weiter trinken, denn besser konnte es mir nicht mehr gehen. Doch ich blieb loyal.

»Ich möchte nur zu gerne wissen, woran es lag, daß du trotz meines Charmes aufgehört hast, mich zu lieben!«

»Das hab ich nicht, Irena!«

»Aber meine Tante hat's gesagt!«

»Sie hat sich verhört. Ich hab damals etwas durcheinandergebracht, als du den Boden gewischt hast. Ich lieb dich immer noch. Und werd dich immer und immer lieben!«

»Aha«, meinte Irena. »Verdammt, in welches Glas soll ich einschenken? In das rechte oder in das linke?«

»In das in der Mitte.«

Irena traf genau ihren Schoß. Sie wischte den Schnaps mit der Hand weg.

»Verdammt, verdammt«, sagte sie. »Ich bin ... irgendwie ... voll ...« Sie zögerte, die Karaffe in der einen, das Gläschen in der anderen Hand, dann trank sie direkt aus der Karaffe und reichte sie weiter an mich. Ich trank ebenfalls.

»Ich liebe dich, Irena«, sprach ich. »Für mich wirst du immer deinen Charme behalten.«

»Ich weiß. Und weißt du, warum ich das weiß? Warum ich das so sicher weiß?« Sie war ganz schön blau. Ich hatte das Gefühl, daß etwas schief lief in dieser Ehe.

»Weil du mir glaubst«, machte ich einen Vorschlag.

»Quatsch!« antwortete sie. »Weil ich nie mit dir ins Bett gehen werde!«

Sie sprach eine große Wahrheit aus, doch früher, als wir noch nicht erwachsen waren, hätte sie das nie so gesagt. Sie war ein Hitzkopf gewesen. Ach ja. Also waren wir wirklich schon erwachsen, auch wenn es mir gar nicht so vorkam. Ihre fröhlichen und betrunkenen Augen sahen mich an. »Weißt du, Dannylein?« lächelte sie mich mit ihren Augen an. »So hat dich Marie Dreslerová immer genannt, oder? Dannyyylein …«, ahmte sie Maries schmusende Intonation nach. Ich wurde traurig.

Doch gleich kam wieder Fröhlichkeit auf. In der Karaffe war nun nur noch der Boden bedeckt. Ich trank ein wenig, und wie ein Gentleman reichte ich den Rest Irena.

»Bei so romantischen Lieben, wie unsere eine war, Danny«, meinte sie schwankend, »bei der wäre der Charme nach so einer Unvernunft hin. So ist das, so ist das … ist das …«

Ihre Ehe mußte schon ganz schön den Bach runter sein. Sie stellte die Karaffe auf den Kaffeetisch und wurde blaß.

»Danny, weißt du was?«

»Weiß ich nicht.«

»Mir ist schlecht!«

»Trink was!«

»Das ist vielleicht ein Vorschlag«, sagte sie. »Außerdem haben wir nichts mehr. Wir haben schon alles ausgesoffen.«

»Bis auf den letzten Tropfen.«

»Bis auf den letzten Tropfen. Dir ist nicht schlecht?«

»Noch nicht. Aber das kommt noch. Hab keine Angst, Irena.«

Irena faßte sich an den Magen.

»Mit ist jetzt schon schlecht!« sie wurde fahl im Gesicht. »Bei den Augen des Igels!« quiekte sie, wie sie das vor ewigen Zeiten zu tun pflegte. »Bei den schielenden Augen des Igels!«

Sie stürmte aus dem Zimmer.

Jemand sperrte die Tür im Flur auf, und Alena kam ins Zimmer gerannt. Sie stellte sich vor mich hin und stemmte ihre Arme in die Hüften.

»Das ist wieder mal absolut typisch!«

Jemand schubste sie zur Seite.

Der blonde Geck. Er besaß überhaupt keinen Charme.

Er streckte die Arme nach mir aus.

»In Rußland möchte ich nicht leben«, sagt die Regisseurin. »Aber Fidel ist anders als …«

»Er hat einen längeren Bart!«

Veronika hat sich nicht mehr unter Kontrolle. Die Regisseurin setzt ein mitleidiges Lächeln auf.

»Sicher. Ich gebe zu, daß auch dort bei weitem nicht alles ideal ist«, in ihre Stimme schleichen sich Verachtung und Aggressivität, diese grausamen Zwillinge. »Doch dort wird für Werte gekämpft, für die es sich lohnt zu kämpfen.«

»Warum seid ihr dann nicht in der Lage, für die Werte zu kämpfen, die ihr hier habt?« schreit Veronika. Die Regisseurin fragt:

»*Are there ANY values in this society worth fighting for?*«

Und ich flog in hohem Bogen hinaus. Buchstäblich. Er packte mich am Kragen und schmiß mich die Treppe hinunter, ich schaffte es gerade noch, mich am Geländer festzuhalten. Irena hatte einen richtigen Kraftprotz geheiratet. So ein ungebildeter Trottel, auch wenn er ein Dozent aus Prag war!

Etwas ausgenüchtert torkelte ich aus Irenas altem Mietshaus und lief Herrn Skočdopole in die Arme, der gerade in Richtung Wald unterwegs war und eine vollgestopfte Aktentasche trug. Da er in Eile war, wedelte er mit seinem Stumpf und traf mich dabei am Auge.

»Grüß dich«, sagte er, nachdem er mich erkannt hatte. »Hat unser Herr Sohn wieder was ausgefressen, weißt du was?«

Ich fuhr zusammen. Mit einem Schlag war ich vollkommen nüchtern.

»Ich weiß nichts. Was ist denn los?«

»Sie wollten ihn abholen. Zwei Typen sind gekommen.« Der Legionär atmete schwer. »Was für'n Glück, daß die nicht wußten, daß der Zugang zu seinem Zimmer vom Gang her ist. Sie hamn an der Küche geklingelt und dann wie die Verrückten gegen die Tür getrommelt. Er hat sie wahrscheinlich gehört und ist aus dem Fenster gehüpft, denk ich mal.«

»Wo ist er denn hingegangen?«

»Wenn ich das wüßte! Sie hamn bei uns länger als 'ne Stunde gehockt, sie wollten auf ihn warten. Aber dann ist ein Freund von Přema gekommen, der, der den Gemüseladen hat, und fragte nach ihm …«

»Vahař.«

»Ja, der war das. Und so hamn die den mitgenommen und sind weggegangen. Der eine hat erzählt, daß noch mehr Leute in diese Sache verwickelt sind, aber Přema war angeblich der Redelsführer. Du weißt also von nichts?«

Mein lieber Gott, warum strafst du mich so? Wofür?

»Herr Skočdopole … waren Sie in Přemas Zimmer, nachdem sie weggegangen sind?«

»Na klar! Guck mal!« Er sah sich um und öffnete verschwörerisch die Tasche. Auf einem Haufen ovaler Granaten lag Přemas Parabellum und daneben eine Spielzeugschaufel. »Das war in der Schublade in seinem Schreibtisch. Ich vergrabe das jetzt alles im Wald.«

»Flugblätter haben Sie nicht gefunden?«

»Flugblätter? Nö.« Er sah mich argwöhnisch an. Ich schluckte trocken, mir war schlecht.

Herr Skočdopole rannte wieder los. Ich sah ihm nach, die Socke zog ominöse Kreise. Dann drehte ich mich um und eilte mit ähnlichem Tempo nach Hause.

Dort erwartete mich bereits eine Neuigkeit.

»Přema ist hier!« flüsterte mir meine Mutter schon in der Tür zu.

Er war wirklich da. Als ich das Zimmer betrat, stand er mit ernster Miene vom Sofa auf:

»Grüß dich.«

»'s gibt Ärger« grüßte ich zurück.

»Weißt du, ob die was gefunden haben?«

Ich erzählte ihm von der Rettungsaktion seines Vaters. Als ich die Parabellum erwähnte, fluchte er:

»Mist! Die hätte ich mitnehmen sollen. Und ich Trottel hab statt dessen die Flugblätter mitgenommen. Man kriegt da einfach Panik.«

»Und wo hast du sie hingetan?«

»Ich hab Vahař getroffen. Also hab ich sie ihm in die Hand gedrückt, damit er sie verbrennt.«

»Vahař hat man aber geschnappt.«

»Verdammt!«

Es war schlicht und einfach die Wiederholung einer ähnlichen Situation von vor vier Jahren. Přemas mongolisches Gesicht wurde vom Abendrot überflutet.

»Man muß das Funkgerät verstecken«, sagte er. »Wenn sie das finden, werden sie nicht glauben, daß mein Vater nichts gewußt hat.«

Ich verfiel in tiefe Verzweiflung. Ich sah aus dem Fenster. Das Abendrot beleuchtete die Hänge des Schwarzen Berges, auf dem Gipfel sah ich einen hellen Punkt, das steinerne Kreuz. Mit Wut im Bauch wurde mir klar, daß ich letztendlich alles tun würde, worum mich Přema bitten würde. Der Himmel über dem Schwarzen Berg war ganz blau, durchzogen von dem Rosa des Sonnenuntergangs.

»Wir zerlegen es in der Nacht und verstecken es in der Hütte im Wald.«

»Die werden sie auch durchsuchen.«

»Dann vergraben wir es eben im Wald. Aber ich muß das meine Eltern wissen lassen.«

Wie sollten wir das alleine anstellen? Wir grübelten und grübelten, bis wir einen Plan ausheckten. Ich ließ Přema in meinem Zimmer sitzen und rannte nach Hadrnice, wo Benda wohnte. Eine halbe Stunde später lief die kleine Irča mit einem Zettel zu Skočdopoles. Wir hofften, daß ein kleines Kind keine Aufmerksamkeit erregen würde. Und so war es auch.

Doch am Abend wollte mich meine Mutter nicht weggehen lassen.

»In der ganzen Stadt werden Leute verhaftet, Danny! Frau Vavrušková hat erzählt, daß Herr Krocan und Doktor Bohadlo abgeholt wurden! Ich laß dich nicht weg!«

»Das hilft mir auch nicht weiter«, sagte ich zynisch. »Mir hilft nur, wenn wir das tun, was wir tun müssen.«

»Um Gottes willen, Danny! Bist du vielleicht in etwas verwickelt?«

»Ach wo. Aber wir müssen ein paar Sachen erledigen ...«

»Ich laß dich nicht weg!«

Es war schwierig. Dann mischte sich mein Vater ein.

»Laß ihn, Mutti. Er ist erwachsen. Er weiß, was er tut.«

»Das weiß er nicht! Das ist es eben, er weiß es nicht!«

»Doch, ich weiß es, Mama.«

Aber alles, was ich wußte, war, daß ich auf dem besten Wege war, in eine Dummheit hineinzuschlittern. Na ja, aber was sollte ich sonst machen. Přema war mein Kamerad ...

Zum Schluß gab meine Mutter nach. Oder sie hatte begriffen, daß es in unserer großartigen Zeit keine Hilfe war, bei der Mama zu hocken. Wir rannten durch die Seitengassen. Die Nacht war leider ziemlich hell, es war Vollmond. Uns voraus hasteten unsere klar konturierten Schatten. Wir näherten uns dem Haus der Skočdopoles von hinten, vom Fluß her, in dem sich der Mond wie ein großes Fünfkronenstück oder eher wie ein Brotlaib spiegelte. Wir kletterten über den Zaun und gelangten durch das Fenster ins Haus, das Herr Skočdopole nach den Anweisungen, die von der kleinen Irča weitergeleitet worden waren, hatte offenstehen lassen. An der Küchentür erwartete uns bereits Herr Skočdopole, hinter ihm seine gehorsame Frau.

Wir liefen durch den Gang zu Přemas Zimmer. In der Zeit zwischen unserer Nachricht und unserem Kommen war Herr Skočdopole keineswegs untätig geblieben. Das zerlegte Funkgerät lag in drei Säcken aus Zeltstoff auf dem Boden. Der Zeltstoff war aus Přemas altem Zelt, das er sich seinerzeit für Partisanenkämpfe angeschafft hatte. Endlich war es zu etwas zu gebrauchen.

»Es wiegt bestimmt 'n Zentner«, flüsterte Herr Skočdopole. »Ich nehm den leichtesten. Mir einer Hand läßt es sich schlecht tragen. Die Mutter nimmt das Werkzeug.«

Přema trat ans Fenster und schob das Verdunklungsrollo, das noch aus dem Krieg stammte, zur Seite. Sein schmales Gesicht wurde vom Mond bestrahlt.

»Das ist ja saublöd«, meinte er. »Wann geht der Mond unter?«

»Erst gegen Morgen«, sagte Herr Skočdopole. »Aber habt keine Angst, Jungs. Die hamn mit den Verhaftungen schon am Nachmittag angefangen. Sie nehmen die Sokol-Mitglieder mit, vor allem die, aber auch welche von der Volkspartei und den Tschechisch-Nationalen. Gegen uns Legionäre trauen sie sich noch nicht. Das würde böses Blut geben. Das kommt aber noch. Für uns ist diese Situation auf jeden Fall gut: Sie haben alle Hände voll zu tun, denn die Leute hamn sich zu Hause verkrochen. Mit ein bißchen Glück werden wir nicht geschnappt.«

Er wischte mit der Socke den Schweiß von der Stirn, dabei sah er ruhig aus. Dafür zitterte seine brave Frau. Erstaunlicherweise war meine Angst wie weggeblasen. Vielleicht deshalb, weil alles in Bewegung war. Oder weil mir das schon langsam schnuppe war. Oder aber weil ich schon geübt war. Ich kam mir nicht mehr vor wie in einem Käfig, wie damals …

»Mir geht ständig im Kopf herum«, sagte Přema, »wie sie wohl erfahren haben ...«

»Vermutlich hamn die jemanden in die Mangel genommen,« meinte Herr Skočdopole. »und ein paar aufs Maul gegeben, und da fängt jeder an zu singen.«

»Da kommt nur Sagner in Frage ...« Přema dachte nach. »Vahař wurde erst später mitgenommen, Benda war am Nachmittag noch zu Hause ...«

»Jungs«, meldete sich Herr Skočdopole, und seine Stimme ließ Befürchtungen erkennen. »Ich hoffe, ihr habt keine Listen oder so etwas. Das wäre ziemlich unvorsichtig ...«

»Keine Angst, Papa. Die Gruppe gibt es schon seit dem Krieg«, beruhigte ihn Přema.

»Weiß jemand von mir?« fragte ich.

»Nein«, Přema sah mich mit seinem unendlich aufrichtigem Blick an. »Nur Vahař. Aber der ist standhaft. Sonst hätten sie auch dich schon längst hops genommen.« Das klang einleuchtend.

Er zeigte auf die Säcke.

»Mir geht aber nicht in den Kopf, warum Vahař nicht zu uns zurückgekehrt ist?«

»Das weiß ich nicht, mein Junge«, sagte Herr Skočdopole.

Přema schob wieder das Rollo zur Seite. Das Mondlicht fiel auf sein Nomadengesicht. Herr Skočdopole sagte:

»Jetzt sollten wir vielleicht gehen, Jungs. Wir hamn 'ne harte Nacht vor uns. Das ist bestimmt 'ne schöne Plackerei, bis wir das vergraben haben.«

»Also los«, forderte uns Přema auf.

»Wartet mal!« Herr Skočdopole griff mit seiner gesunden Hand nach hinten an seine Hose. Er holte einen Flachmann hervor, die Bezeichnung Taschenflasche war ordentlich untertrieben. »Laßt uns noch einen Schluck nehmen!«

Mit dem Stumpf in der Socke drückte er die Flasche gegen seine Brust und zog den Stöpsel raus.

»Also zum Wohle.«

»Zum Wohle.«

Herr Skočdopole nahm einen tiefen Schluck und reichte die Flasche weiter an mich. Ich probierte. Sliwowitz. Ich nahm auch einen ordentlichen Schluck und reichte die Flasche Přema. Ich wurde von der bekannten Wärme des ewigen Freundes und langsamen Mörders durchflutet. Angst hatte ich nicht. Uns drohte höchstens Knast. Nicht mehr der Strick wie damals. Das dachte ich zumindest. Es lebe das Abenteuer!

Wieder kam mir in den Sinn, daß ich Menschen behilflich war, die eine Verschwörung gegen ein Regime planten, gegen das ich, durchdrungen vom Marxismus meiner Fakultät, eigentlich nichts einzuwenden hatte. Aber was war schon die Abstraktion der Fakultät gegen die Legende … ich sah wieder Nadja in ihren Schnürstiefeln vor mir, wie sie über eine Wiese auf mich zuging, mein Herz raste, und im Dickicht am Rande der Wiese war Přema versteckt, seine Taschen mit der Parabellum und den Handgranaten prall gefüllt, eine Masarykkappe auf dem Kopf, und Nadja überquerte mit langen Schritten die grüne Wiese zwischen den langgezogenen Schatten der hohen Kiefernbäume … was ist schon die Fakultät gegen den herrlichen Tag, als der von Benzin verbrannte Arm …

»Dann mal los, Jungs«, sagte Herr Skočdopole. Wir schulterten die Säcke. Ganz schön schwer waren sie. Durch den Sliwowitz und die Erinnerungen an unsere Vergangenheit gestärkt, marschierte ich hinter Přema und Herrn Skočdopole her in die klare Mondnacht hinein. Hinter uns trug Frau Skočdopolová Hacke und Spaten.

Im Gänsemarsch liefen wir ohne Zwischenfälle durch die Vorstadt. Drei bucklige Schatten, dahinter eine zierliche Frau mit etwas auf dem Rücken, das wie ein Kreuz aussah. Der Mond wurde von einem Nebelschleier überzogen, aus der Vorstadtstraße strömte uns Nebel entgegen. »Alles in Ordnung, Jungs!« flüsterte Herr Skočdopole. Aus dem Nebel tauchte Herr Hornych auf, der Stadtpolizist, er erblickte uns und tat so, als hätte er nichts gesehen. Majestätisch lief er an dem gebückten Herrn Skočdopole vorbei und zischte ihm aus dem Mundwinkel zu: »Sie haben Bruder Kaldoun abgeholt!« und genauso majestätisch verschwand er wieder im Nebel. In der Stadt herrschte offensichtlich die Revolution.

Die letzten Häuser an der Peripherie lösten sich in strahlendem Weiß auf, und wir kraxelten den steilen Hang hoch zum Wald. Am Waldrand blieben wir stehen. Herr Skočdopole wischte sich wieder mit seiner Socke den Schweiß ab und holte seine Feldflasche hervor.

»Kruzifix, ich hab nicht mehr so viel Kraft, Jungs!« Blubbernd kippte er das Zeug in sich rein. Samara, dachte ich, der Kampf um Pemza, der hingerichtete Proletarier, der weit zurückliegende Kampf, und jetzt sein Sohn im eigenen Land … eine eigenartige

Mischung. Plötzlich wurde mir klar, daß Přema im Begriff war, das Land zu verlassen. Das Land, für das Herr Skočdopole seinen Arm geopfert hatte. Dieses Paradies auf Erden. Das war es doch nur auf den ersten Blick. Fast alle Länder haben etwas Schönes an sich. Dieses ist schön, weil es hier bestimmte Menschen gibt. Sie sind da, sie waren da, sie werden da sein, sie werden nicht da sein, sie sind nicht da. Wegen der Orte, die man mit ihnen verbindet, wunderschöne Orte. Der Schwarze Berg, die goldene Sonne, die die Felsengipfel zum Glühen bringt, das V für Victory, Nadjas dünne Beine in den Männerlatschen. Sonst nichts. Wenn es das alles nicht geben würde, wozu brauchte man dann dieses Land? Wozu brauchte man ein Land, das einen zwingt … aus dem man weg muß … Herr Skočdopole reichte mir den Flachmann. Ich trank und ahmte dabei sein Blubbern nach. Dann reichte ich die Flasche an Přema weiter. Er nahm auch einen Schluck und gab sie wieder zurück an Herrn Skočdopole. Die Frau ließen wir aus. Schweigend stand sie mit Spaten und Hacke hinter uns, jeweils ein Gerät über die linke und rechte Schulter geworfen, hinter ihrem Kopf bildeten sie ein Kreuz.

Wir liefen durch den Wald. Im weißen Mondlicht glitzerte der Tau auf den Spinnweben, wir hörten Vogelstimmen. Wir kamen an eine mit Brombeergestrüpp verwachsene Lichtung. Dort machten wir uns an die Arbeit. Přema und ich. Der einarmige Legionär konnte uns dabei nicht behilflich sein. Während wir die Grube aushoben, bereitete er einen Plan vor.

»Přema, du kannst bei meinem Schwager in Karlín übernachten … du gehst an dem Tag, an dem das Begräbnis von Präsident Beneš stattfindet. Da werden, denk ich mal, alle Polizisten nach Prag beordert. Die Grenzen bleiben dann fast unbewacht. Pepek wird vielleicht wissen, wie sich das anstellen läßt. Er wird dir sicher einen Tip geben können.«

Wir schaufelten, bis uns der Schweiß nur so herunterlief. Eine Eule flog über unseren Köpfen hin und her.

»Heute Nacht läufst du nach Staré Město, dort nimmst du den Schnellzug. Du steigst aber nicht vom Bahnsteig her ein, sondern von der anderen Seite, vom Feld her. Die Fahrkarte kauf ich hier. Wir treffen uns dann im Zug«, der Legionär sprach jetzt ganz anders, als ich ihn von den Sitzungen mit seiner klebrigen Flasche her kannte. »Ich steig dann in Hradec aus.«

»Gut«, sagte Přema nur.

Alle drei Säcke waren nun endlich unter der Erde. Obenauf schichteten wir einen Haufen aus Brombeerästen. Sehr gut getarnt war das nicht, aber für mehr reichten unsere Kräfte nicht. Als unser Werk vollendet war, standen wir dort wie bei einer Beerdigung.

»Schade drum«, sagte Přema. »Das Gerät hätte uns noch gute Dienste erweisen können.«

Herr Skočdopole nahm wieder einen Schluck aus seiner Flasche.

»Tja, Jungs, ihr habt es gut gemeint«, seufzte er. »Ihr wart aber zu töricht. Jetzt kommen wir aus dieser Patsche nicht von alleine raus. Jetzt is' es vorbei mit uns. Ich kenn die doch. Trinkt noch was.«

Přema nippte.

Wir standen da, vom Nebel umhüllt und vom silbernen Mond bestrahlt, der wie ein riesiger, mit der weißen Kruste der Erde zugewandter Brotlaib aussah.

Frau Skočdopole versagten die Nerven.

»Mein Junge! Přemalein! Ich werd dich nie mehr wieder sehen!«

»Doch, Mama«, Přema umarmte die zierliche Frau. Sie küßte ihn, das Schluchzen ließ ihren Körper erzittern. Dann ließ sie ihn los.

»Also bis später, Papa«, sagte Přema.

»Geh mit Gott, mein Junge«, Herr Skočdopole reichte Přema die gesunde Hand. Ich wurde vom Gefühl beschlichen, das alles sei nur ein Film. Doch dem war nicht so. Herr Skočdopole wischte mit der Socke seine Tränen weg.

Dann reichte auch ich Přema die Hand.

»Wir sehen uns. Ich fahre morgen auch nach Prag. Ich laß mir deine Adresse geben.«

»Ist gut«, sagte Přema.

Er drehte sich um. Herr Skočdopole hob wieder seine Flasche. Přema ging mutigen Schrittes davon, er lief zwischen den Brombeerbüschen weg und verschwand bald darauf im Nebel.

Ich hob die Hacke und den Spaten vom Boden und trug diese für die Skočdopoles zurück zu ihrem Haus. Die Frau weinte auf dem Rückweg.

Als ich durch die Jirásek-Straße nach Hause lief, drangen die gelben Strahlen der aufgehenden Sonne durch den weißen Nebel. Plötzlich tauchte aus dem Nebel ein Grüppchen von Menschen in Blaumännern und mit Gewehren auf, angeführt von einem Mann im Ledermantel. Pytlík. Zwischen den Männern hinkte eine großgewachsene Person. Es war mein Vater. Seine Hände waren hinter dem Rücken zusammengebunden, er war leichenblaß.

Veronika hat es weit gebracht! Percy wird von seinen Freunden nach nebenan geschleppt, und Veronika lehnt die Hilfe des Kellners ab. Sie hat fünf Gläser vor sich stehen und schenkt selbst nach: Whisky in das erste, in das zweite Gin, dann Wodka, Sherry, in das fünfte Cognac. Herrn Svenssons Gäste betreiben weiter Konversation und beobachten dabei das Unterfangen des Mädchens im blauen Kleid.

Es gibt auch wirklich eine Menge zu sehen. Aus einem hohen Glas nimmt Veronika fünf Trinkhalme und steckt diese in ihre fünf Gläser, die herausragenden Enden nimmt sie in den Mund. Mit diesen Trinkhalmen zwischen den Lippen zwinkert sie mit ihren stark geschminkten Augen den Gästen Herrn Svenssons zu und verwandelt sich in die Heldin des Films »Tausendschönchen« von Věra Chytilová. Dann erfolgt eine Metamorphose, der Übergang zu einem anderen Film, den sie wohl nicht gesehen hat. Durch die fünf Trinkhalme schlürft sie den Inhalt der fünf Gläser gleichzeitig und verdreht dabei die Augen. Die Gäste vergessen für eine Weile ihre Konversation.

Schon ist Percy da. Er wird auch dringend gebraucht. Veronika murmelt:

»Angela, die arme, sie muß eine Brille tragen! Auf ihrer Weltreise mit einer Brille! Das ist genau das gleiche wie hier. Ich hätte keinen Spaß daran, unter einem Diktator zu leben ...«

»*Nica! You're stoned!*«

»... aber unter Che...«

Ich überlasse sie Percys Obhut und schreite durch das Zimmer. Vom Wintergarten her wirft mir Irene Svensson einen grauen Blick zu. In einem Kreis von Herren erörtert Herr Svensson das Business:

»... Geschäft ist Geschäft. Ihre internen Angelegenheiten ...«

»... für den Preis eines Ellington nicht ...«

Der Bogen der Zeit ist zum Zerreißen gespannt. Bin das immer noch ich? Ja. In einem einzelnen Leben hat ungemein viel Platz.

Am nächsten Morgen kam Nadja nicht in die Fabrik. An die verwaiste Bohrmaschine wurde ein alter Mann versetzt, der Varecka hieß und gleich anfing, alle Rekorde zu brechen. Voll Panik überlegte ich, wie ich ihn bremsen könnte, ohne daß es Ballon merken würde. Hetflajš kam zu uns, um die fertigen Kreuze abzuholen, und da lag plötzlich die dreifache Menge wie sonst für ihn bereit.

»Verflucht, ihr habt heute aber einen Zahn drauf!«

Opa Varecka lächelte, er fühlte sich geschmeichelt. Kaum hatte Hetflajš die Ladung Kreuze weggeschleppt, sagte ich:

»Wie Sie rackern!«

»Wa... was denn?«

»Sie rackern zu sehr. Daß Sie sich bloß nicht übernehmen.«

»Ach ja«, Varecka rammte die Bohrmaschine in das Dural, als bereitete ihm das ein besonderes Vergnügen.

»Opa«, sprach ich ihn an. »Sie machen uns die Normen kaputt.«

»Wa... was denn?«

»Normalerweise macht diese Arbeit ein Mädchen. Wenn Sie jetzt wie ein Teufel schuften, heben Sie die Norm, und die Arme verdient dann kaum noch was.«

»Ich bin aber dran g'wöhnt zu arbeiten.« Mit voller Kraft stemmte er sich gegen das Dural, hörte gar nicht mehr auf zu bohren, und das ganze Kreuz war in einer knappen halben Minute fertig. Ich überlegte, ob man auf diesen Leibeigenen mittels Politik einwirken könnte.

»Opa«, sprach ich weiter, »wenn alle so arbeiten würden wie Sie, hätten die Deutschen den Krieg schon längst gewonnen.«

»Sie haben ihn aber noch nicht gewonnen!« jubelte Varecka.

»Das ist aber nicht Ihr Verdienst!« sagte ich wütend. Varecka zog den Bohrer aus dem Kreuz, neigte sich zu mir und bleckte sein braunes Gebiß, das unzählige Zahnlücken aufwies.

»Da hast du recht, Kleiner! Wie sollte ich auch. Ich bin nur 'n Scheißdreck. Aber die Russen geben's den Deutschen ganz schön! London hat gemeldet, daß sie schon nach Preußen vorgerückt sind. Hier können sie jetzt jeden Tag einmarschieren!«

Nach dieser Erklärung machte er sich wieder an das Dural.

Ich gab es auf.

Ich fuhr mit meinem Standardtempo, mit dem mich Nadja angelernt hatte, in meiner Arbeit fort und forschte nach der Angst. Ganz tief in der Magengrube saß immer noch die Kröte, doch sie war kleiner geworden. Der gestrige Tag hatte dem Alptraum das Genick gebrochen. Ich wurde von dem euphorischen Gefühl erfüllt, ich würde alles überstehen, auch wenn ich geschnappt werden sollte. Und auch, wenn man mich hängen sollte ... oh nein, das nicht. Mir lief es kalt über den Rücken. Die Angst kann einen auffressen, sagte ich mir. Ich könnte mich immer noch als Schwachmatiker ausgeben, entsprechend der tschechischen Tradition. Ich warf dem Opa einen verächtlichen Blick zu, schaltete die Bohrmaschine ab und ging aufs Klo.

Von Zigarettenrauch umhüllt stritten dort Malina und Kos über die Existenz von Atlantis. In einer Kabine saß Ponykl und schiß, wobei er einen ungeheuerlichen Gestank erzeugte. In einer anderen saßen zwei Schlosser und maßen sich im Armdrücken. Vor der Pißrinne stand Franta Melichar und pinkelte.

Ich zögerte. Eigentlich hatte ich noch nie mit ihm gesprochen, ich wußte nur, daß er der Verlobte von Nadja war, und von ihr wußte ich, daß er nett war und wahrscheinlich auch ein bißchen dämlich, und ich wurde durchströmt von einem Glücksgefühl über mein Liebesabenteuer. Das Gerede von unseren Kußorgien im Ferroflux war zwar Harrys Freundin Lucie zu Ohren gekommen, doch Franta hatte keinen blassen Schimmer.

Er knöpfte seinen Hosenlatz zu und drehte sich um. Ein kräftiger Kerl mit dem geröteten Gesicht eines Bergbewohners.

»Grüß dich«, sagte ich. »Was ist mit Nadja los, warum ist sie nicht gekommen?«

»Angeblich ist sie heute früh zum Doktor gegangen. Ich bin aus Rounov direkt in die Fabrik gefahren, hab also keine Ahnung.«

»Na ja, ich meine nur, weil mir so ein Nimmermüder zugeteilt wurde, der ihr die Norm kaputt macht, wenn sie nicht bald kommt.«

Franta sah mich mit seinen blauen Augen an, die voller Sorge waren.

Ich Held dachte daran, daß ich gestern mit seiner Braut geschlafen hatte. Ich hatte das Gefühl, jemand zu sein.

»Ich mach mir Sorgen um sie«, erzählte er weiter. »Angeblich hat sie Blut gehustet.«

»Waaas?«

»Blut hat sie gehustet. Deshalb ist sie heute früh zum Doktor gegangen.«

»Werkschutz!« kam vom Eingang her ein Warnruf. Wer konnte, sprang sofort zur Pißrinne und knöpfte sich die Hosen auf. Ich konnte eine Klobrille ergattern und hockte mich mit heruntergelassenen Hosen hin. Das Gefühl, jemand zu sein, war blitzschnell wieder verschwunden.

Eisler marschierte herein. Er stellte sich breitbeinig hin:

»Ist Smiřický hier?«

Und plötzlich war die Angst wieder da, als hätte es kein Gestern gegeben.

»Hier.«

»Du sollst zu Herrn Oberkontrolleur Uippelt kommen!« sagte Eisler. »Und laß bloß das Scheißen, Mann! Der Herr Oberkontrolleur wartet zu Hause auf dich. Angeblich warst du schon mal bei ihm, dann weißt du ja, wo er wohnt.«

Mein Herz raste. Die Position mit der heruntergelassenen Hose bot nun keinen Schutz mehr.

Meine liebste Lída!

Heute nur ein ganz kurzer Brief, ich bin kaum in der Lage zu schreiben. Sobald ich mich hinsetze, um Dir zu schreiben, ergreift mich eine ungeheure Sehnsucht nach Deinem weißen Körper, so daß ich nach unten gehen und im Pool ein paar Längen schwimmen muß. Doch ich möchte Dir wenigstens von einem großen Ereignis berichten, das wir gestern erlebt haben. Genosse Jiří Krupka hat mit dem Philharmonieorchester von Toronto gastiert, sie trugen auf hinreißende Weise das Violoncellokonzert von Dvořák vor. Du weißt ja, geliebte Lída, daß ich selbst ziemlich gut Posaune spiele. Du kannst Dir sicher vorstellen, wie intensiv ich diese wunderschöne Musik erlebt habe, um so intensiver, als sie von einem Künstler jenes Landes gespielt wurde, in dem auch Du zu Hause bist! Dieser Künstler gehört einer zukunftsweisenden Gesellschaft an, die wir auch hier in Kanada – hoffentlich bald – haben werden! Es war, als hätte man in der Musik des Genossen Krupka all das herausgehört, was Eure Gesellschaft Euren Künstlern zur Verfügung stellt.

Ich zitiere, was Genosse Williams, unser Musikkritiker, in einem Rundschreiben geschrieben hat: Genosse Krupka bewies durch seine meisterhafte Interpretation der Komposition von Antonín Dvořák, des progressiven Tonschöpfers des neunzehnten Jahrhunderts, wie sehr die sozialistische Kunst die leere Virtuosität der kapitalistischen Künstler überragt. Diese versuchen zwar im harten Konkurrenzkampf, einan-

der durch formale Brillanz zu übertreffen, doch der humanistische Gehalt kommt dabei zu kurz. Nicht so bei Genosse Krupka, der die Botschaft von Dvořáks Komposition direkt auf den Punkt bringt, er interpretiert diese einfach und verständlich.

Dem stimme ich voll und ganz zu.

Ich denke immer an Dich, mein Schatz, und auch daran, daß Du bald die Meine sein wirst!

Ich küsse Dich auf den ganzen Körper.

Dein Booker

Uippelt wohnte ein Stück hinter der Brauerei in einer Jugendstilvilla, die früher Doktor Strass gehört hatte. Sie stand in einer verwahrlosten englischen Parkanlage und ragte wie eine komische asymmetrische Felsenklippe aus rotem Stein aus dem Schnee und dem Nebel, das Verandadach wurde von einer Säule in Gestalt einer Meerjungfrau gestützt. Auf ihren Brüsten lagen weiße Schneekappen, an ihr stilisiertes Geschlecht hatte jemand mit Kreide einen Strich gemalt.

Der Puls in meinem Kopf pochte wie ein Fallhammer, obwohl ich versuchte, mir einzureden, daß Uippelt mich nicht zu ihm nach Hause bestellt hätte, wenn er mich an die Gestapo hätte ausliefern wollen. Ich klingelte. Lange rührte sich nichts. Ich sah über den schneebedeckten Hang auf die Stadt mit ihren weißen Dächern. Auf dem verschneiten Beet spazierte rund um die Amorstatue aus Sandstein ein stattlicher Rabe. Er blieb stehen, blickte mich mit seinen runden Augen an und krächzte.

Die Tür ging auf. Da stand die Frau des Generals der Waffen-SS von Kater, deren Gatte wohl wieder mal mit Kriegsoperationen vollauf beschäftigt war.

»*Kommen Sie herein.*« Ich trat ein.

In der Halle war alles noch wie zu Zeiten von Doktor Strass. Das große Gemälde von Beneš Knüpfer mit dem grünlichen Meer und der Meerjungfrau auf einem Felsen; ein Bär aus Holz mit ausgestreckten Pfoten, bereit, Regenschirme und Stöcke von Patienten aufzunehmen.

»*Otto ist in seinem Arbeitszimmer im ersten Stock*«, sprach die Frau General, deutete mit ihrer weißen Hand in Richtung Treppe und verschwand. Ich machte mich auf den Weg nach oben. Es fröstelte mich. In der Halle war es dämmrig, fast dunkel. Ich klopfte an die geschnitzte Tür. *Herein!* Mein Herz wand sich wie ein gefangener Fisch, und trotz diverser logischer Überlegungen und Trostworte war ich steif wie eine Mumie. In dieser Verfassung betrat ich Uippelts Arbeitszimmer.

Er saß nicht hinter dem breiten Schreibtisch, der sich durch eine merkwürdige Leere auszeichnete, sondern in einem Sessel aus schwarzem Leder in einer dunklen Ecke, deren Wände von einer lila Tapete mit einem Muster aus goldenen Weintrauben überzogen waren. Die gewichsten Stiefel der SA-Uniform hoben sich von dem kalten schwarzen Glanz des teuren Leders ab, auf dem es sich einst Herr Doktor Strass bequem gemacht hatte. Es war noch nicht einmal zehn Uhr morgens, aber auf dem runden Tischchen vor dem Oberkontrolleur stand bereits eine Flasche. In der Hand hielt Uippelt eine dicke Zigarre, wahrscheinlich auch ein Import aus Paris von dem SS-General.

»*Kommen Sie näher*«, forderte er mich auf deutsch auf. Keine Rede mehr von Englisch.

Ich lief in meinem Blaumann über den dichten Perserteppich und blieb dann stehen. Uippelt rückte seinen Zwicker zurecht und musterte mich von Kopf bis Fuß.

»*So!*« sagte er. »*So sieht also ein Saboteur aus!*«

Das war ein Volltreffer. Meine Knie knickten fast ein, die Beine fingen an zu zittern. Die Äuglein hinter dem Zwicker sahen mich in typischer Gestapo-Manier an.

»*B… bitte?*«

»Es war gut durchdacht. Ein ganz einfacher Trick, und der beste Düsenjäger der Welt wäre aus dem Rennen.«

»Ich …« Meine Stimme überschlug sich, ich hüstelte, ich wurde von einer Ohnmacht beschlichen. »*Ich weiß nicht … wovon Sie sprechen …*«

»Ich rede von der Deutschen Industrienorm. Die *Versenkung* ist einen halben Zentimeter zu tief.«

Er goß sich aus der Flasche ein, es blubberte, und er kippte den Inhalt des Glases zu meinem Erstaunen genauso in sich hinein wie der Held weit zurückliegender Schlachten, Herr Skočdopole. Mein Herz war auf mein Zäpfchen gehüpft. Eigentlich hatte es keinen Sinn, irgend etwas zu sagen. Er wußte ohnehin schon alles.

»*Well, all right*«, sagte er. »*O.K. Sit down somewhere. Have a drink.*«

Hatte ich Halluzinationen? Ich schwankte.

»*That chair – over there!*« Uippelt deutete auf einen Lehnsessel, der ein bißchen abseits stand, unter einem Moses-Bild.

Ich packte den Sessel und schob ihn an das Tischchen heran. Automatisch trank ich. Was es war, konnte ich nicht einordnen. Alkohol.

»Du hast dir das gut ausgedacht, doch die Kontrollvorschriften kennst du nicht«, sagte Uippelt. »Entweder hast du das selbst ausgeklügelt oder das dünne Fräulein. Sie kann es aber kaum gewesen sein. Dafür braucht man eine gewisse technische Vorstellungskraft.«

Die Schweinsaugen hinter dem Zwicker betrachteten mich beinahe belustigt.

»Sie muß es allerdings gewußt haben. Es hat ihr wahrscheinlich imponiert.«

Mein Magen drehte sich um bei dem Gedanken, daß er mich völlig durchschaute. Ich erhob mich im Sessel:

»Herr Ingenieur ... sie ... wenn Sie wollen ...«

Meine Beine versagten ihren Dienst, ich rutschte zurück, und wie ich über das Luxusleder schlitterte, erzeugte ich dabei ein Geräusch, das für meine seelische Verfassung symptomatisch war. Das Glas fiel zu Boden. Ich bückte mich, um es aufzuheben, und als ich es mit zitternden Fingern auf den Tisch stellen wollte, warf ich es noch zweimal um.

Der Herr Oberkontrolleur verfolgte diese Vorführung mit offenkundigem Vergnügen.

»Du bist vielleicht ein Feigling«, sagte er dann.

Der menschliche Organismus ist voller Geheimnisse. Ich wurde wütend und entgegnete, bewußt verächtlich:

»Ich hab das aus bloßer Dummheit gemacht. Und nicht bis zu Ende gedacht, was das für Konsequenzen haben könnte. Und das Mädchen hat von nichts gewußt. All die defekten Versenkungen sind meine Arbeit.«

Der Herr Oberkontrolleur schenkte uns ein.

»Das ist O.K., reg dich ab«, meinte er. »Ich war am Samstag in Hradec und habe sie geprüft. Die Schweißnähte halten. Wie lange und was sie aushalten, das weiß ich nicht, aber den Test auf der Werkbank sicher.«

Er hüllte sich in Rauch und in Schweigen. Ich starrte ihn an, und der Glaube an die Existenz einer objektiven Welt verließ mich. *Deshalb* war er nach Hradec gefahren? Ein Amerikaner ... ach ja. Ich konnte es trotzdem kaum glauben. Der Glanz des Leders und des geätzten Fensters trug mich mitsamt diesem SA-Amerikaner in eine andere Welt.

Doch ich war ich, und wir saßen in der Strass-Villa. In der Villa, wo ein SA-Mann das Moses-Bild nicht gegen das Bild seines Führers ausgetauscht hatte.

»Herr Uippelt ... warum ...«

Er stand auf und ging leicht in die Knie. Ein Biertyp. Die SA-Uniform saß wie angegossen.

»Nehmen wir mal an, daß du nicht der einzige bist, der etwas aus Dummheit gemacht und nicht an die Folgen gedacht hat.« Er marschierte zu dem großen Aussichtsfenster mit den geätzten Rändern. Vor dem Fenster lag das schwarze Kostelec unter einer weißen Schneedecke. Uippelts schwarze Silhouette vor dem Hintergrund des reizenden, aber kalten Städtchens erinnerte mich an den Raben. Er stand mit dem Rücken zu mir.

»O.K. Wenn du wirklich etwas für dein Vaterland oder für wen auch immer machen möchtest, bekommst du nun die Gelegenheit dazu. Es wird nicht so was Spektakuläres sein wie eine blockierte Kanone von der Messerschmitt einhundertneun, doch wer weiß. Du wirst schlicht und einfach nach Prag fahren, um Geräte abzuholen. Bei dieser Gelegenheit gehst du zu einer Adresse und gibst dort einen Umschlag ab. Das ist alles.«

Er wandte sich mir zu. Er war immer noch nur eine schwarze Silhouette vor dem weiß strahlenden Kostelec, von eiskaltem geätzten Glas umrahmt. Seine Gesichtszüge konnte ich nicht erkennen.

Den Weg zurück in die Fabrik rannte ich beinahe. Die rote Villa hinter mir erhob sich aus dem winterlichen Nebel wie auf einem romantischen Gemälde. Die Last der Angst fiel von mir ab, sie zerbrach. Sie war aus Porzellan. Und die bevorstehende Gefahr in Prag jagte mir keinen Schrecken ein. Ich war wieder frei, erlöst, ich freute mich darauf, daß Nadja Opa Varecka an der Bohrmaschine ablösen würde.

Doch dann wurde mir klar, daß ich mich deshalb freute, weil die Sabotage nicht geglückt war.

Dennoch war ich ein Held.

Aus dem Krähwinkel.

Aber trotzdem war ich glücklich.

Es fällt weißer Schnee, die Schneeflocken glitzern. Die blassen Buchstaben MASARYKTHEAT leuchten schwach. Der Rest der Aufschrift ist von einem Plakat mit einem nicht besonders gekonnt gemalten Hanswurst bedeckt, der wie die Matrosenleichen von Edgar Allan grinst. Oberhalb seines erstaunten Gesichts leuchtet eine rote Aufschrift: WE PLAY BINGO EVERY NIGHT! Unterhalb der Buchstaben strömen Menschen zu einer vorweihnachtlichen Festveranstaltung ins Theater.

Alle sind sie dabei: Tussie in einem Minirock, der aus Pfauenfedern zu sein scheint, ihr Verlobter Zawynatsch in einem beigen Anzug mit Fischgrätenmuster, den man wohl sonst nirgends auf der ganzen Welt zu sehen bekommt. Gladys Hlaváčková, eine wohltätige Dame, als wäre sie der humoristischen Zeitschrift *Stachelschwein* entstiegen, sie wirft Jahr für Jahr den Abenteurern, die gerade an diesen harten Ufern gelandet sind, Rettungshalme zu. Margitka ganz in weiß, sie schiebt Bočár in seinem Rollstuhl. Die fromme Dame in Sealskin, ihr Gatte im Kalbsledermantel. Herr Schnürsenkel. Der Ordnungshüter mit der Veranstalterbinde um den Arm. Der Ehemann ohne die Verlegerin. Die Verlegerin mit dem reichen Herrn Seymour. Milan im *dernier cri.* Der demokratische junge Mann in einem karierten Anzug. Aufeinandergeschichtete Generationen von Emigranten, zusammengeführt aufgrund der unterschiedlichen Entwicklung in einem weit entfernten Land. Verarmte, wieder etablierte, fleißige, geldgierige, sentimentale, sich nach Freiheit sehnende, beschränkte oder intellektuelle, böswillige, barmherzige. Verschiedene. Unzerstörbare. Verräterische Emigranten. Oder einfach Menschen. Eine Dame tritt ans Mikrofon. Mit süßer Stimme kündigt sie an, daß wir eine bunte Mischung von tschechischen Volksliedern zu hören bekommen, vorgetragen von unseren Mädchen: Jennifer Brabčáková, Pearl Čerychová, Rosemary Nováková und Heather Šišková. Die jungen Frauen betreten die Bühne.

Es sind hübsche, mollige Mädchen. Sie tragen unterschiedliche Volkstrachten: eine aus der Gegend von Kyjov in Mähren, eine aus Taus und eine aus Chicago bzw. Toronto. Zu dieser Volkstracht tragen sie moderne Schuhe; die hiesigen Frauen waren nicht in der Lage, Stiefel aus dem Chodenland anzufertigen. Eine von den Mädchen, die hübscheste, trägt Schuhe von einem der Läden auf der Yonge Street, golden mit giftgrünen Herzen auf einer ein Viertel

Meter hohen Sohle. Dadurch überragt sie alle anderen. Dann legen sie los und singen mit ihren jungen, frischen Stimmen:

Tchetsche fota tchetsche-e
cches feleski machajir.
Nechal simha necha-al,
stcharo tchavny frachajir...

Sie driften auseinander. Eine von ihnen errötet. Die zweite errötet. Sie sind nicht besonders gut vorbereitet. Eine verstummt, die andere auch, dann schließen sie sich beide der ersten Stimme an. Die dreifach gesungene erste Stimme hallt in dem ungemütlichen Raum unter Girlanden und über einer Landkarte aus Marzipan von der Tschechoslowakei aus einer Zeit, als noch ein Teil der Ukraine dazu gehörte. Über dieser Landkarte flattert unsicher die einsame zweite Stimme der hübschen jungen Frau in den Schuhen vom Schwulenladen in der Yonge Street.

Nechal simha, nee-chal,
tchopsche ty fisch kchomu-u,
ccho tchy retschi nochoschi
tcho naschchecho tchomu-u...

Die bunt gemischten verräterischen Emigranten lauschen verzückt der durch die ozeanische Entfernung und durch *vowel shift* gefilterten Botschaft. Herr Pohorský, der Retter der Nation, schlägt mit seinem ungepflegten Zeigefinger den Takt ...

Vor kurzem hatte er mich angerufen, ich solle ihn besuchen kommen und Levene kennenlernen. Ich hatte angenommen, es würde sich um ein Angebot bezüglich der Zusammenarbeit mit dem abessinischen Rundfunk handeln, doch es ging um mehr. Herr Pohorský wechselte wegen seiner Gläubiger öfters die Adresse. Ich fuhr zuerst zu einer der älteren, falschen Adressen im portugiesischen Viertel, und nach mehreren komplizierten Telefonaten mit verschiedenen Bekannten bekam ich endlich heraus, daß er sich nun im polnischen Viertel versteckt hielt. Als ich sein Zimmer in einem stinkenden Haus endlich betrat, war Levene bereits stockbesoffen, und ich dachte, ich hätte das durch meine Verspätung von fast einer Stunde verursacht. Doch meine späteren Erfahrungen zeigten mir, daß man nie so früh kommen konnte, um ihn noch in nüchternem Zustand anzutreffen. Er war ein großer, ansehnlicher Semite, nicht unähnlich dem seriengefertigten Christus, den man bei der katholischen Caritas bekommen konnte. Ich stellte auch fest, daß er sogar das erste Wunder Christi nachmachte: In seinem Magen verwandelte sich Wasser offensichtlich zu Wein.

»Geben Sie ihm in allem recht«, gab mir Herr Pohorský gleich in der Tür den Tip. »Er ist gut drauf, wir dürfen ihm die Laune nicht verderben. Später machen wir das sowieso alles so, wie wir uns es vorstellen. Er hat aber eine gute Idee ...«

Die Idee war eine Organisation, die vor einer Stunde im Schlaf- und Wohnraum von Herrn Pohorský gegründet worden war, und für die sich Levene den Namen *Nationale Befreiungsarmee des tschechoslowakischen Volkes* ausgedacht hatte. Aufgrund dieser Bezeichnung versprachen sie sich, daß man ihnen den Mitgliedsstatus in der UNO geben würde, wo Herr Pohorský diese Vereinigung vertreten würde. Levene meinte, ihn könne man nicht zum Delegierten wählen, da man damit Anlaß zu Spekulationen geben würde, hinter der Volksbefreiungsarmee stünden Zionisten.

Ich äußerte mich skeptisch über die Möglichkeit, in die UNO aufgenommen zu werden, doch Herr Pohorský wies mich zurecht:

»Wenn man die arabischen Schufte aufgenommen hat, warum dann nicht auch uns?«

»Die Araber haben aber bereits einige Aktionen hinter sich: Entführungen, Bombenanschläge und so weiter. Mit so etwas können wir nicht aufwarten.«

Es stellte sich heraus, daß Levene, der aus taktischen Gründen nicht in der UNO sitzen dürfte, gerade an diesem Punkt tätig werden würde.

»Bei uns zu Hause kann man gar nichts machen, weil die Leute keine Waffen haben«, klärte er mich auf. »Aus diesem Grund wollen wir hier eine Volksbefreiungsarmee gründen. Waffen werden wir noch auftreiben!«

»Soll es eine inkorporierte Bewegung sein?« fragte ich arglistig. Doch der Wein war bereits zu Whisky verwandelt, und die Idee weckte Levenes Interesse.

»*Czechoslovak National Liberation Army Incorporated?*« intonierte er probeweise, um sich zu überzeugen, wie es klang.

»Das hört sich gut an!« versicherte ihm Herr Pohorský.

»Tschechoslowakische Volksbefreiungsarmee und Co.?«

»Was denn für eine Co.?«

»Und Gesellschafter.«

»Das hört sich dämlich an«, meinte Levene.

»Das stimmt«, pflichtete ihm Herr Pohorský rasch bei. »Wir belassen es am besten nur bei der englischen Bezeichnung: Incorporated.«

»Wenn es aber eine tschechische Bewegung sein soll, müssen wir das ab und zu mal übersetzen«, entgegnete Levene mürrisch.

Eine Weile dachten wir über das Problem nach. Dann sagte ich:

»In Kanada ist die Bezeichnung Ltd. üblicher.« Herr Pohorský fragte mißtrauisch nach:

»Was heißt das?«

»*Limited.* Tschechoslowakische Volksbefreiungsarmee mit beschränkter Haftung.«

»Das klingt ja noch dämlicher!« meinte Levene.

»Du hast recht, Egon«, pflichtete ihm Herr Pohorský bei. »Dann werden wir es eben nicht inkorporieren.«

»In Geschäftskreisen kommt es aber besser an, wenn eine Company inkorporiert ist«, fuhr Levene fort.

Das Problem schien schwer lösbar zu sein. Wieder überlegte ich: »Bei der UNO ist das wohl nicht so wichtig wie an der Börse. Dort haben die Aktien größeres Gewicht.«

Herr Pohorský sah Levene unsicher an.

»*Right!*« sagte Levene. »Wir müssen sie nicht inkorporieren, wir werden sie schlicht und einfach bis an die Zähne bewaffnen! Was meint ihr dazu?«

Er griff unter das Bett von Herrn Pohorský, auf dem er als ein wichtiger Gast sitzen durfte, und holte ein Köfferchen aus feinem Leder hervor, in dem die Mitglieder des Staatsrates ihre Unterlagen oder auch Aktien herumzutragen pflegen. Sogar sein Monogramm, »EL« prangte darauf und war, wie mir schien, aus richtigem Gold. Er legte den Koffer auf das Bett und öffnete ihn. Statt Schriftstücken lag dort auf einer Satinunterlage eine wunderschöne glänzende Maschinenpistole, die aussah, als käme sie direkt aus der Auslage eines Schmuckladens. Sie war aber ziemlich klein.

»Ist das ein Spielzeug?« fragte ich.

»*Yeah*«, machte Levene und nahm die Waffe liebevoll aus ihrem mit Seide bespannten Bettchen. »Für reifere Teenager!« Und er legte los: »Shooting velocity einhundertfünfundzwanzig in der Sekunde. Die Geschwindigkeit beim Verlassen des Laufs …« Es folgte ein lückenloser Vortrag über die Waffe. Die Maschinenpistole war das neueste, streng geheime Model, mit dem die Elitetruppen der U.S. Marine gerade ausgestattet wurden. Levene erläuterte nicht näher, wie er dazu gekommen war. Aber seine Fabrik in Vancouver fertigte Ventile an, angeblich für Raketen, und er hatte wahrscheinlich Kontakte zu den Ehefrauen der Senatoren, die Vertrauen genossen.

Herr Pohorský stellte flott eine imposante Rechnung an:

»Mensch ... einhundertfünfundzwanzig in der Sekunde, das sind siebentausendfünfhundert in der Minute! Mann, damit könnte man innerhalb von drei Minuten eine ganze Division umlegen. Wenn Sie zehn von dieser Sorte hätten, wäre diese Division nach achtzehn Sekunden vernichtet worden. Bei hundert Waffen reichen knappe zwei Sekunden ...«

»Allerdings nur, wenn Sie mit jeder Kugel treffen«, warf ich ein.

»*Right!*« sagte Levene und hickste. Ich fuhr fort:

»Und außerdem: Wenn man innerhalb einer Minute siebeneinhalbtausend Patronen abschießen möchte, wo sollte man all die Kugeln in dem Ding unterbringen?«

Wir betrachteten die winzige Waffe. Levene drehte die Pistole wißbegierig um, bis der Lauf direkt auf Herrn Pohorský gerichtet war.

»Die ist ganz schön clever konstruiert«, meldete sich Herr Pohorský nervös.

Levene drückte einen Knopf und holte aus dem Ding das Magazin heraus. Es war mit jeder Menge Kügelchen vollgestopft wie ein Stör.

»Siebentausend werden es nicht sein«, meinte er. »Man müßte es mehrmals laden, wenn man eine ganze Minute lang schießen möchte.«

»Ach so«, sagte Herr Pohorský. »Aber eine Sekunde wird auch reichen. Nach einer Sekunde aus diesem Gerät liegt jeder Feind darnieder.«

Levene schob das Magazin wieder in die Waffe, faßte sie an wie Patty Hearst auf dem berühmten Foto und umschrieb damit einen Halbkreis. »Ratatatata!« schrie er. Dann legte er die Maschinenpistole aufs Bett und erklärte, er habe vor, für den Anfang nur eine Kompanie damit auszurüsten, doch dafür solle diese die Schußkraft eines ganzen Bataillons besitzen. Aus dem Koffer nahm er einen Stapel Broschüren von verschiedenen Firmen in den USA, deren Zustand vom ständigen Durchblättern gezeichnet war. Sie handelten zumeist vom Guerilla-Krieg, eine davon wurde sogar von einem General Fidel Castros verfaßt, der sich auch gleich das Copyright gesichert hatte. Levene teilte mir mit, daß die Kompanie außer der vorgeführten Maschinenpistole über Napalm-Flammenwerfer, Handfeuerwaffen sowie Flachfeuergeschütze verfügen würde. Eines habe er bereits als Muster in seinem Garten stehen. Das Kommando würde er selbst übernehmen, und die ganze Einheit würde er mittels Fallschirmen in die Wälder Mittelböhmens führen.

Herr Pohorský strahlte untertänig:

»Mensch, können Sie sich das vorstellen? Mit einer solchen Truppe sind wir in einer Stunde in Prag! Wir nutzen das Überraschungsmoment, und Prag gehört uns!«

Ich fragte, was sie dann zu unternehmen gedächten, wenn dieses Moment vorbei sein würde. Eine Diskussion darüber kam in Gang. Herr Pohorský ging davon aus, daß die Mehrheit der tschechoslowakischen Armee zu seiner Truppe überlaufen würde, bis auf die Politruks, und die Zivilbevölkerung würde seiner Truppe ebenfalls volle Unterstützung zukommen lassen. Inzwischen würde er diese Aktion ausnutzen, um in New York für sich wenigstens den Posten eines UNO-Beobachters zu erkämpfen. Ich warf ein, daß wohl kaum zu erwarten sei, daß sich auch die sowjetische Okkupationsarmee Levenes Truppe anschließen würde. Doch auch daran war gedacht. Die Truppe würde einen Konflikt zwischen der tschechoslowakischen und der sowjetischen Armee provozieren, das würde Pohorský bei der UNO ausnützen und über eine Intervention der Vereinten Nationen abstimmen lassen, entweder würde wirklich eine erfolgen, oder die Russen würden sich von der Gefahr eines Atomkrieges gegen die USA einschüchtern lassen und sich daraufhin aus der Tschechoslowakei zurückziehen.

Sie hatten alles gut ausgeklügelt. Die Truppe sollte aus Spezialflugzeugen abspringen, die in der Stratosphäre fliegen können und sich daher außerhalb der Reichweite der Fliegerabwehr befinden. Ich fragte, ob die Kämpfer nicht in der Luft abgeschossen werden könnten, wenn ihre Landung von der Stratosphäre etwas länger dauern würde …? Nein. Die Truppe würde im freien Fall herunterkommen, und ihre Fallschirme würden sich erst zweihundert Meter über der Erde öffnen.

Ich war bezaubert von dieser himmlischen Vorstellung. Wie aus einem Holzschnitt von William Blake ... Levene führte eine Militärkarte von der Umgebung Prags mit eingezeichneten strategischen Varianten vor. Er hatte an alles gedacht. Sogar für den Proviantnachschub war gesorgt, und für den Fall, daß die Truppe keine Möglichkeit finden sollte, Kontakt mit den tschechoslowakischen Streitkräften aufzunehmen, stünde in Deutschland eine Flotte von Kampfhubschraubern bereit, die einen sicheren Abzug aus dem Gebiet gewährleisten würde. Und die für die Nachhut ausgewählten Männer sollten mit Zyankalikapseln ausgestattet werden.

Ich fragte:

»Und denken Sie, daß man im tschechoslowakischen Exil genug Freiwillige auftreibt?«

Herr Pohorský lächelte:

»Gemäß vorsichtigen Schätzungen gibt es im Exil zwanzigtausend Männer im wehrpflichtigen Alter, und das nur unter denen, die nach dem August '68 gekommen sind.« Er hatte wie immer alles exakt ausgerechnet. Diejenigen aus der Zeit nach dem Februar '48, aus der Zeit vor den Nazis und noch ältere Exilanten sollten die erste, zweite und dritte Reserve bilden. Herr Pohorský kam zu dem Ergebnis, daß man spielend genügend Material für zehn Kompanien auftreiben könnte, wenn sich nur jeder dreihundertste junge Mann tschechischer Herkunft melden würde. »Und was fehlt, das füllt man mit Söldnern und durch Anheuern von Kämpfern in unserer Heimat auf. Dort sind die Leute noch mehr aufgebracht, weil sie sich jeden Tag mit dem Kommunismus herumschlagen müssen. Die Rekruten bringt man in ein Übungslager in die USA ...«

Die Besprechung endete damit, daß Levine doch vom Whisky besiegt wurde und einschlief. In jenem Zustand war es nicht mehr nötig, ihm zuzustimmen, und so besoff sich auch Herr Pohorský und fing an, mich zu duzen. Ich hielt zwar stand, doch bevor ich mich nach Hause begab, trat ich noch rasch der Nationalen Befreiungsarmee als Freiwilliger bei, und weil ich meinen Grundwehrdienst bei einem Panzerbataillon abgeleistet hatte, wo ich es bis zum Unterfeldwebel gebracht hatte, verpaßte mir Herr Pohorský sofort den Dienstgrad eines Oberleutnants und die Funktion eines Kommandanten für die Kompanie der Amphibienfahrzeuge, die ebenfalls im freien Fall aus der Stratosphäre zur Erde niedergehen sollten.

Die bunt zusammengewürfelten verräterischen Emigranten lauschen verzückt der Botschaft, gefiltert durch die Weite der Ozeane und durch die *vowel shifts*. Der Retter der Nation klopft mit seinem ungepflegten Finger genüßlich im Takt. Die Mädchen, nun in einem klaren, vierstimmigen Unisono, ermuntert von der positiven Reaktion im Saal, singen mit frischen, hohen Stimmen:

Tcho naschchecho tchomu-u,
pchot naschche okcheenkcho,
tschcho som sa napchlakchal,
sifa cholupjeenkcho …

Auch am Dienstag kam Nadja nicht zur Arbeit, und Opa Varecka entwickelte einen derartigen Arbeitseifer, daß sich nun hinter Švestka und Hetflajš die noch nicht bearbeiteten Kreuze nur so türmten. Wie ich befürchtet hatte, bemerkte es Ballon. Er stand fünf Minuten lang mit den Händen auf dem Rücken bei uns und lief dann davon.

»Opa, Sie schuften zu viel!« flüsterte ich ihm wütend zu. »Das gibt Ärger!«

»Was für'n Ärger soll's geben. Bei eurem Arbeitssoll kriege ich 'nen Hunderter Zulage mehr als bei der Stanzmaschine.«

Noch wütender sagte ich: »Das werden wir ja am Samstag sehen!«

Meine Prophezeiung erfüllte sich. Ballon kam mit einer Stoppuhr zurück und stand fünf Minuten lang neben dem Opa, der die Augen aufriß und versuchte, sich durch eine gesteigerte Leistung einzuschmeicheln.

Ballon drückte energisch den Knopf der Uhr und brüllte:

»*Wie gibt's das? Dieser da ist neu, und er arbeitet fünfmal schneller als du und das Mädel, das jetzt irgendwo simuliert!*«

»*Wir sind nicht so geschickt*«, antwortete ich. »*Er ist außerordentlich tauglich.*«

Opa Varecka konnte kein Deutsch, er nahm nur das Gebrüll wahr und duckte sich.

»*Na! Werma sehen!*« schrie Ballon und ging wieder davon.

»W… was ist passiert?« fragte der erschrockene Opa zähneklappernd.

»Ich hab's Ihnen ja gesagt, wir bekommen Ärger. Sie haben sich abgehetzt, und jetzt meint er, daß Sie zu langsam arbeiten.«

»Um Gottes willen! Ich wollte mich ja nicht kaputt schuften!«

Und erst jetzt führte er vor, was er konnte. Doch das sollte nicht unbedingt zu seinen Gunsten sein. Ballon kam mit dem Normbearbeiter, sie überprüften alles noch einmal, woraufhin mir Ballon mitteilte, ich solle mich bei der Hofkolonne melden, weil bei diesem Takt keine zwei Leute erforderlich seien. Am Ende der Woche bekam Opa Varecka sechs fünfzig mehr, weil man wegen ihm die Norm angehoben hatte. Als Prämie bekam er eine Lebensmittelmarke für einen Viertelliter nicht näher definierten Schnapses.

Bei der Hofkolonne kam ich gar nie an, denn Uippelt forderte mich für Sonderaufgaben an. In Prag gab ich den Brief an der mir mündlich mitgeteilten Adresse mit der Frage ab: »*Wohnt hier Herr Seifert?*« Der Herr, der mir die Tür öffnete, sagte, ohne mit der Wimper zu zucken: »*Jawohl.*« Und das war schon alles, was ich für mein Vaterland geleistet hatte. Den Nachmittag verbrachte ich im Café Lloyd in der vergeblichen Hoffnung, die Vlach-Band würde dort ausnahmsweise vor sechs Uhr spielen. Um sieben fuhr ich zurück. Auf dem Bahnhof traf ich Machánĕ. Er war in einem Labor in Prag eingesetzt, aber weil er Angst vor den Luftangriffen hatte, pendelte er jeden Tag insgesamt zehn Stunden mit dem Zug. Er stand um halb vier auf und kam erst nach Mitternacht wieder ins Bett. Er hatte sich daran gewöhnt, im Zug zu schlafen. Das tat er ja auch jetzt, und so hatte ich genug Ruhe zum Nachdenken.

Am nächsten Morgen kam Nadja wieder nicht zur Arbeit. Ich suchte Samec, den Vorarbeiter der Hofkolonne, um mich bei ihm zur Arbeit zu melden. Weder er noch die Hofkolonne waren zu sehen. Nur ein unauffälliges, verdörrtes Männchen rollte ein riesiges Faß über den Hof.

»Wissen Sie, wo der Vorarbeiter Samec ist?«

»Auf dem Klo.« Das Männlein mit dem Faß blieb dabei nicht einmal stehen.

Ich ging also zu den Klosetts und hoffte unter anderem, dort Franta zu finden.

Auf dem Klo rauchte die übliche Gesellschaft das übliche Kraut, und Kos veranstaltete mit Malina ein Seminar zum Thema siamesische Zwillinge. Kos behauptete, sie hätten nur einen Magen, und weil jeder von ihnen etwas anderes essen wolle, würden sie unentwegt streiten. Malina warf ein, das seien alles nur Märchen.

»Von wegen Märchen! Der eine hält was aus, und der andere ist schon nach 'nem Gläschen besoffen.«

Ich fragte: »Was ist, wenn der eine einmal richtig blau ist? Der andere kann dann doch eine Alkoholvergiftung bekommen.«

»Das könnte schon passieren«, stimmte mir Kos zu. »Und der andere krepiert auch, weil er durch das Leichengift getötet wird, da er mit dem Leichnam verbunden ist.«

»Ihr quatscht 'nen Mist, ihr Hornochsen«, meinte Malina.

»Die haben sowieso schon jede Menge Probleme«, sagte ich. »Ich hab von welchen gelesen, das waren Mädchen, da hat die eine geheiratet.«

»Und was war mit der ledigen?« hakte einer der Seminarteilnehmer nach.

»Die haben sie mit 'nem Bettlaken zugedeckt«, erklärte Kos.

»Ich bitt dich!« meinte ein pickeliger Junge aus der Gießerei. »Er hat's beiden besorgt! Er konnte nur eine heiraten, sonst hätte man ihn wegen Vielweiberei eingelocht. Aber besorgt hat er 's sicher beiden.«

»Das hat er nicht«, widersprach ich. »Die ledige ist als Jungfrau gestorben. Das hat die Obduktion bestätigt.«

»Was du nicht erzählst, du Kamel!« Malina wurde wütend. »Das hätte doch keine ausgehalten! Jeden Abend neben den beiden zu liegen, du Idiot, und sonst nichts! Das müßte 'ne Heilige gewesen sein!«

»Er hat recht. Das sind doch alles nur Märchen«, schaltete sich der Lackierer Habr ein.

Von dem Spiel, das mir wie Poesie vorkam, ergriffen, erzählte ich weiter:

»Worüber wundert ihr euch, meine Herren? Das war wie mit dem gemeinsamen Magen. Die Ledige spürte genau das gleiche, aber sie konnte sich die Arbeit ersparen.«

»Du bist vielleicht 'n Nashorn!« sagte Malina.

»Hat die verheiratete Kinder gehabt?« fragte Kos.

»Zwei, glaub ich.«

»Und was war mit den Schmerzen bei der Geburt? Haben die auch beide gespürt?«

»Klar.«

»Erzähl jetzt nur noch, du Pferd, daß die Jungfrau eins von den Kindern gekriegt hat!« regte sich Malina auf. »Das wäre dann eine richtige unbefleckte Empfängnis!«

Ich wollte ihm diesen Gedankengang bestätigen, doch Kos war schneller:

»Dann müßte sie wie die Jungfrau Maria gewesen sein, du Rindvieh!«

Malina sah Kos mit finsterem Gesicht an und spuckte auf den Boden.

»Ihr seid beide jordanische Ochsen.« Jemand warf ein, daß die Jungfrau Maria ihre Jungfräulichkeit nur bis zur Geburt behalten haben konnte. So ein bescheuerter Theologe behauptete, daß sie auch danach noch Jungfrau gewesen sei. Kos meinte, daß die Jungfrau Maria keine Jungfrau war, sie habe nur den Heiligen Josef an der Nase herumgeführt, der ein gutmütiger Idiot gewesen sei, und sie habe sich den kleinen Jesus von Johannes dem Täufer andrehen lassen, der als Engel verkleidet hinter ihr her war. Der Lackierer Habr sagte, er sei nicht bereit, sich weiter solche Lästerungen anzuhören, doch er löste das Problem nicht etwa dadurch, daß er wegging, sondern indem er Kos eins aufs Maul haute. So fingen sie an, sich zu raufen. Durch den Qualm erblickte ich endlich den Vorarbeiter Samec und fragte ihn, was ich nun tun sollte.

Samec überlegte kurz und meinte dann besonnen:

»Geh doch zuerst mal scheißen, wenn du schon hier bist. Nur keine Hektik. Dann kannst du raus in den Hof gehen und dich bei Nejezchleba melden. Das ist der kleine, verschrumpelte, der dort die Fässer rollt. Sag ihm, ich schicke dich, er soll dich anlernen.«

Ich kämpfte mich durch die Qualmwolken bis zur Pißrinne durch. Dort stand Franta und sah niedergeschlagen aus. Ich teilte ihm mit, daß Ballon Nadja und mich von der Bohrmaschine abgezogen hatte, und wenn Nadja wieder käme …

»Nadja kommt nicht wieder. Sie hat TBC.«

Ich kapierte nicht sofort, was das hieß. Beinahe hätte ich mich gefreut. Wenigstens mußte sie nicht bis zum Ende des Krieges schuften … erst dann wurde mir ganz plötzlich klar, was das bedeutete. Ich erinnerte mich an Lojza. Ich wurde gepackt von der Angst um Nadja.

In der Ecke steht Frank mit finsterem Gesicht vor seinem Glas.

»Máslo hat's erwischt. Er liegt im Krankenhaus.«

»Wer hat ihn erwischt?«

»Wahrscheinlich ein gedungener Mörder. Er hat Pohorský angerufen.«

»Der gedungene Mörder?«

»Nein. Máslo. Er röchelte am Telefon. Als Pohorský bei ihm ankam, lag er in einer Blutlache.«

»Warum hat er nicht gleich die Ambulanz angerufen?«

»Zu wem soll man heutzutage Vertrauen haben? Überall lauern die Kommunisten.«

Frank blickt sich um, als wären auch hier welche. Doch hier sitzen höchstens die ehemaligen. Und ein Kanadier, Percy. Frank beruhigt sich wieder.

»Máslo hat angeblich einen Schlag gehört, und dann sah er, daß ihm jemand von außen das Türschloß kaputtschoß. Er rannte zu der Tür, doch bevor er dort ankam, war der Kerl schon drinnen. Auf der Pistole hatte er einen *silencer.* Máslo hat angeblich nur ein plopp gehört und fiel in Ohnmacht. Als er aufwachte, hatte er eine Kugel in seiner Schulter stecken. Ein Stück weiter nach links, und sie hätte ihn ins Herz getroffen.«

»Hat er das Gesicht seines Mörders gesehen?«

»Nein. Der trug eine Strumpfmaske. Wahrscheinlich jemand von der Botschaft oder ein bezahlter Mörder. Der hätte aber keine Maske gebraucht. Man heuert immer solche an, die weit weg vom Tatort leben ...«

Der gefährliche Pfadfinderführer wäre also beinahe kaltgestellt worden.

Tussie betritt den Raum. Heute übertrifft sie die Erwartungen all derer, die sich immer darauf freuen, ihre Collagen zu sehen. Was ihr T-Shirt mit den skizzierten Brüsten, in dem sie auf dem Wenzelsplatz spazieren war, nur andeutete, wurde diesmal wahr. Tussie hat ein Gewand aus vergoldetem Nebel an, von der Taille abwärts trägt sie einen schillernden Unterrock, aber von der Taille aufwärts ist sie *braless* unter dem vergoldeten Nebel. »Das ist, warum ich froh bin, daß ich jetzt citisen of Canada bin«, erzählt sie. »Tschechoslowakei ist, ajm sory to sey, ein rassistisches Land.« Herr Zawynatsch an ihrer Seite, im glänzenden Anzug mit Fischgrätenmuster und einer Weste mit Herzchen tut, als ob nichts wäre und bläht sich voller

Stolz neben Tussies *braless* Brüsten auf. »Das ist, warum ich Brian hier so schätze, weil er dasnt majnd.«

Mit großer Mühe wenden wir den Blick von dem vergoldeten Nebel ab und sehen zu Herrn Zawynatsch. Er lächelt golden und weiß:

»Sogar unter meinen besten Freunden sind Schwarze.«

»Rait«, lobt ihn Tussie. »Ich war mal verlobt, und mein fiancé war so ein najs boy, dann hab ich mir gedacht, warum sollte ich ihm das nicht sagen? Enywej hätte das auffliegen können, und so hab ich ihm gesagt, daß mein ded blek war. Er meinte, das kümmere ihn nicht, weil man das nicht sieht an mir. See? Wie in dem joke, wo man Juden und Friseure lynchen wollte, und der Friseur fragte: Ich bitte euch, warum denn die Friseure?«

»Das war slip of tang«, kläre ich sie auf.

»Oukej. Ich war sogar bereit, ihn zu heiraten. Aber hättet ihr das geahnt? Er hat es zu Hause ausgeplaudert, und seine Familie hat ihm einen Vogel in den Kopf gesetzt.«

»Einen Floh ins Ohr«, verbessert sie Herr Zawynatsch sanft.

»Oder einen Floh, was weiß ich. Bis wir uns getrennt haben! Angeblich hätten wir zusammen ein schwarzes Baby bekommen können! Das soll nach der dschinetik möglich sein.«

»Warum hätte ihn das stören sollen, wenn er kein Rassist war?« frage ich.

»Weil«, Tussie schreit fast, weil sie die Erinnerung so erregt, »seine Freunde nicht geglaubt hätten, daß es sein Baby ist! *'cause they would think I got myself knocked up by one of those African bastards that hang around the nightclubs I used to hang around!*«

Die Brüste mit den wunderschönen Zielscheiben unter dem goldenen Nebel heben und senken sich, wir können den Blick nicht abwenden.

»Na klar«, kriege ich erst nach einer Weile wieder Luft, »das war genau genommen kein Rassismus. Genau genommen, hatte dein fiancé Angst, daß man denken würde, du hättest ihm Hörner aufgesetzt ...«

Tussie hält inne.

»Was? Hm. Enyvej, aber prejudice ist das! Damit seine stupiden Freunde nicht denken, daß er Hörner hat, wenn er mich doch liebte!«

Ich stand an der Ecke neben der Schweißerei und hielt Ausschau nach Nejezchleba, durch meinen Kopf zogen Erinnerungen an Nadja. An ihre roten Bäckchen, an ihre glänzenden und glühenden Augen. Wie sie in der Küche gesessen und in die Tasse geschaut hatte, wie sie die Golatschen verschlungen hatte …

»Haste nix zu tun?« keifte Eisler hinter mir. Ich sah mich um. An der Mauer der Schweißerei stand ein metallenes Faß. Ich bückte mich und fing an, es zu rollen. Eisler sah mir eine Weile nach, dann drehte er sich um und ging wichtigen Schrittes zur Pförtnerloge.

An der Ecke kam mir das unauffällige, verschrumpelte Männlein entgegen, ebenfalls mit einem Faß. Als er mich sah, blieb er stehen und rief mir zu:

»Junger Mann, wohin rollt er das?«

Auch ich blieb stehen.

»Sind Sie Nejezchleba?«

»Ja. Wo willst du hin mit diesem Faß? Das ist mein Faß!«

»Samec schickt mich. Sie sollen es mir beibringen.«

»Wie bitte? Was?«

»Weiß ich nicht. Die Arbeit.«

»Meine Arbeit?«

»Wahrscheinlich, es sieht ganz so aus.«

»Das hat er dir gesagt? Daß ich dir meine Arbeit beibringen soll?«

Das Männlein ging mir langsam auf die Nerven. Ich sah, daß Eisler seine Marschrichtung geändert hatte und nun in Richtung Klo schritt. An dem Winternachmittag hörte man die Fabrik dröhnen, die Kriegstechnik für eine verlorene Armee produzierte. Und der Sensenmann auf dem Schwarzen Berg …

»Ich sag's Ihnen doch!«

»Dann besorg dir ein Faß.«

»Ich hab schon eines, sehen Sie's nicht?«

»Bring es schnell wieder dorthin, wo du es hergeholt hast! Das ist eins von meinen Fässern!«

Also bückte ich mich hinunter zu dem Faß und rollte es zurück. Nejezchleba kullerte seines dicht hinter mir her. Wir gelangten bald zur Schweißerei.

»Was soll ich also tun?« fragte ich.

»Das hab ich dir doch schon gesagt: Such dir ein Faß. Normalerweise gibt es welche am Kran. Aber komm damit nicht hierher, nicht zur Kantine und auch nicht zum Zentrallager. Such dir deinen *eigenen* Platz.«

Nejezchleba stellte das Holzfaß neben das metallene und machte sich daran, das metallene wegzurollen.

»Wo gehen Sie hin?«

»Dieses kommt zum Zentrallager. Dort hab ich ein anderes stehen, ein grünes, das ich dann zur Kantine bringe. Und das gestreifte bringe ich von der Kantine zur Lackierwerkstatt und von der Werkstatt ...«

Schließlich klärte er mich über die Methodik der Arbeit bei der Hofkolonne auf. Es ging darum, sich Fässer zu besorgen: mindestens drei, besser aber mehr. Sie sollten sich deutlich voneinander unterscheiden: ein großes, ein kleines, eins aus Metall, eins aus Holz, ein auffällig buntes oder einfarbiges. Würde jemand immer dasselbe Faß vor sich her rollen, könnte das dem Werkschutz auffallen. Nejezchleba war ein wahrer Meister auf seinem Gebiet. Er arbeitete hier seit drei Jahren. Es sah ganz so aus, als würde auch ich die Zeit bis zum Kriegsende mit dieser interessanten Tätigkeit verbringen.

Doch das Schicksal entschied anders.

Die Mädchen haben das nächste *vowelshift*-Lied zu Ende gesungen, und Frau Růžena Smrk-Forest spielt einen Slawischen Tanz, Priscilla Kouba, die Schottin, sommersprossig wie ihre Mutter, von Wendy McFarland fast nicht zu unterscheiden, führt in ihrem Schottenrock hüpfend einen schottischen Tanz vor, von der Taille aufwärts ist sie steif wie ein Eiszapfen, Bruder Senka trägt ein Referat über T. G. Masaryk vor, im Unterschied zu ähnlichen Vorträgen über andere Helden, die ich in Prag gehört hatte, ganz ohne Zitate, allerdings auch ohne Inhalt. Ans Mikrofon tritt eine wunderschön frisierte (Beauty-Salon Kroupa) süße Dame und teilt uns mit, daß endlich der Moment gekommen sei, auf den wir heute alle ungeduldig gewartet hätten. Dank modernster Technik, die Bruder Pilnáček, Inhaber eines Ladens mit TV und Stereo Praguesonik, zur Verfügung gestellt hatte, würden wir die teure, unvergeßliche Stimme unseres ersten Präsidenten, des Befreiers Tomáš, hören ... alle verstummen. »Bitte, Bruder Pilnáček ...« Der zarte Arm beschreibt einen eleganten Bogen ...

Stille. Nur hinten weint ein Kind, es folgen mahnende Stimmen. Bruder Pilnáček bewegt einen Hebel, und aus den überdimensionalen Stereolautsprechern mit Superqualität ertönt … Mickey Mouse.

Das ist einer der zynischen Scherze des Zufalls oder des Allmächtigen, der dem Kommunismus gewogen zu sein scheint. Die Dame bewahrt ihre professionelle Ruhe, in ihrem lieblichen Gesicht zeigt sich ein entschuldigendes Lächeln. Bruder Pilnáček müht sich mit dem Hebel ab, doch dieser scheint von der anderen Seite wie durch böswillige Gotteskraft festgehalten zu werden. Das Kind hört auf zu weinen, Mickey Mouse hat seine Aufmerksamkeit erregt. Ich versuche, die Botschaft zu enträtseln, die kreischend auf den Saal einströmt. Sie ist noch unverständlicher als die Worte auf Tussies Armreifen.

Die Maus brabbelt, langsam wird es peinlich. Niemand versteht ein Wort. Weiß Gott, was sie in ihrer Flageollet-Sprache erzählen möchte. Bruder Pilnáček steckt einen Schraubenzieher in das Gerät und stemmt sich dagegen.

Endlich macht es klick. Der Saal atmet auf. Nun würde die teure Stimme zu uns sprechen. Die Maus wurde zum Schweigen gebracht. Statt dessen ertönt … King Kong. Das erschrockene Kind fängt wieder an zu heulen. Bruder Pilnáček fällt der Schraubenzieher aus der Hand. Das erneute Seufzen der verräterischen Emigranten wird von einem abermaligen Lächeln der süßen Dame begleitet. Die Stimme King Kongs dröhnt aus den erstklassigen Stereolautsprechern … doch auch seine Botschaft scheint hoffnungslos in einer Frequenz verschlüsselt zu sein, die für das menschliche Gehör nicht wahrnehmbar ist.

Alles ist im Eimer. Oder doch nicht? Bruder Pilnáček, der Freiwillige von Tobruk, gibt nicht auf. Der Schraubenzieher wird wieder angelegt, er biegt sich, der Bruder kommt ins Schwitzen, und … endlich befindet sich der Hebel in der richtigen Position. Eine greise Stimme, leicht näselnd, trägt die abschließenden Worte der Botschaft vor:

»… unsere Demokratie muß eine fortdauernde Reform, eine andauernde Revolution bleiben. Doch … eine Revolution der Köpfe und der Herzen!«

Schluß. Die Stimme aus der Tiefe der endgültig vergangenen Zeit verstummt. Ihre absolutistische Forderung war an anderen Revolutionen zerbrochen, die mit vielen Herzen und nicht wenigen

Köpfen auf außergewöhnliche Weise umgegangen waren. Eine Stimme aus dem entzückenden Reich der Märchen nach dem Motto: Wie der Schelm ist, so denkt er von anderen. Die Dame behält den seligen Ausdruck auf ihrem lieblichen Gesicht, den normalerweise nur Engel haben. Mit der Bewegung eines Hostien tragenden Erzbischofs nimmt Bruder Pilnáček die Schallplatte von dem Gerät ab. Es folgt respektvolle Todesstille.

Diese Stille wird unterbrochen vom hohen Tenor des Bruder Kocman – gleich einem Geist, der aus der Flasche dringt. Er selbst springt ebenfalls in die Höhe, an seinem Revers glänzt das Sokol-Abzeichen vom neunten Sokol-Kongreß, in seiner bewegten Stimme ist ungeheure, nun jedoch inhaltslose Nostalgie herauszuhören ... Wo ist mein Vaterland ... Leider ist die Stimme von Bruder Kocman für einen Tenor zu hoch, zu allem Überfluß hat er auch noch in der höchsten Tonlage angesetzt. Alle stehen auf. Einige unternehmen den Versuch, in der Tonlage des Bruders Kocman zu bleiben, doch sie stürzen aus diesen unerreichbaren Höhen ab und verstummen. Andere singen eine Oktave tiefer ... sie verschwinden im Abgrund. Zum Schluß hallt nur noch der hohe Tenor Unisono mit dem Sopran der greisen Schwester Zdislava Warwick, einer ehemaligen Professorin für Gesang am Royal Conservatory.

Doch plötzlich fühle ich mich glücklich. Auf einmal – hatte ich das überhaupt jemals verspürt? – komme ich mir vor wie der integrale Teil einer kleinen Menge, ich spüre die völlige Absenz jeder Bedrohung, ich spüre die greifbare Menschlichkeit unserer Lächerlichkeit, unserer forschenden, unzulänglichen Sehnsucht, unserer Gleichheit. Das ist nicht das Pompöse des vom Staat bezahlten, bedrohlichen Enthusiasmus, es ist nur ein kleines dialektisches Kabarett aus eigenen Mitteln. In der Euphorie des Moments unternehme ich einen Versuch zu singen, doch scheitere ebenfalls.

»In West Germany gibt es eine company«, erzählt Tussie, »und die macht specialcompartments im car, see? Kastmejd auf die Größe eures Körpers und eurer Formen, it fits laik jur skin. Kein Zöllner der Welt findet das. Netschrly ist das nicht komfertebl, und ihr müßt nackt strippen, damit man da rein squeezt. In die freie Welt kommt man wie ein njuborn bejby. Vor der Grenze steht aber schon ein dres bereit. Sie chargen etwa fünfzigtausend Mark dafür, bat! ... darin ist auch der trip von dem ejdschent in die Tschechoslowakei inkljudet, wo er eure meschurments nimmt, und dann der zweite trip des ejdschent mit dem specialcar. Well, das ist sein Geld wert, und dabei ist das nur ein Stückchen Geld.«

»Das Geld wäre nicht das Problem«, sagt Herr McEachen im Anzug eines New Yorker Schneiders und mit Ringen, die der Verzierung von Herrn Zawynatsch Konkurrenz machen könnten. Er hieß ursprünglich Macecha, doch englisch als Mesescha ausgesprochen, gefiel er ihm nicht.

»Das ist nicht das, was mich woryt.«

Ich merke, daß Tussie in ihm eine verwandte Seele gefunden hatte.

»Sie befürchten«, fragt die Erzählerin, »daß sich Ihre alte Mutter genieren würde? Da brauchen Sie sich nicht worieren. Die sind sehr diskret. Der ejdschent schaut zur Seite, wenn der Kunde strippt.«

»Das ist es nicht, was ich meine«, meint Herr McEachen noch besorgter. »Meine alte Mutter hatte in ihren jungen Jahren öfter Modell gestanden. Für die … wie sagt man pejntrs …«

»Maler«, hilft Herr Zawynatsch aus.

»So ist es. Für die Maler. Das Bild hängt bei mir über dem fajerplejs, *Svoboda führt die Legionäre* von Meister Slabinoha, das ist meine Mutter. Von hier bis nach oben …« Der Herr zeigt von der Taille aufwärts. Wir können nicht anders, als auf den goldenen Nebel zu schielen. Einschließlich des Herrn, der vorhat, seine Mutter aus dem Land zu schmuggeln. »… ist alles sichtbar. Meine alte Mutter hatte nichts, wenn Sie wissen, was ich meine, wofür sie sich hätte schämen müssen.«

»Well, und wo ist der trabel!« fragt Tussie. »Der ejdschent ist auch wiling zu schauen, wenn es der Kunde wünscht.«

»Sie ist viel zu dick geworden«, verrät Herr McEachen mit finsterem Gesicht. »Zweihundertachtzig Pfund. So ein compartment können sie schwerlich in ein car fitten. Ich bezweifle das seriös.«

Niemand kann ihn aufmuntern, denn es handelt sich offensichtlich um ein technisches Problem von besonderem Gewicht.

»Vielleicht ließe sich das machen«, überlegt Herr Zawynatsch, »wenn man einen größeren steischenwagen …«

»Das würde es netschrly teurer machen«, meint Tussie. »Sie operieren normalerweise nur mit Standardkarren.«

»Geld ist die eine Sache«, wiederholt Herr McEachen. »Aber der steischenwegen ist … wotsdeword? … hinten hohl. Leer. Wo soll dann das compartment sein?«

Wir schweigen wieder. Keiner von uns kennt sich in der Technik aus.

»Well, das ist deren Problem«, entscheidet schließlich Herr Zawynatsch. »Wenn Geld kein Problem ist, dann ist auch alles andere kein Problem.«

Herrn Zawynatschs großer Glaube an die Macht des Geldes ist nicht blind. Tussie ist auch für viel Geld immer noch ein *bargain.* Außerdem kommt mir der Verdacht, daß es Tussie mit der Liebe ernst meint.

»Das Problem liegt woanders«, sagt Bruder Pelikán, ein jüngerer Bruder, der nach dem Februar '48 gekommen ist und der vor dem Sieg des Volkes Vorsitzender der Studentischen Volkspartei an der Philosophischen Fakultät gewesen war. »Aber wenn das die company nicht designed hat, sollten Sie einen Preisnachlaß verlangen.«

Bruder Pelikán kam nur zu Besuch nach Toronto. Ansonsten lebt er in New York, wo er nicht als Philosoph tätig ist, sondern als Chef einer Nachtlokalkette.

»Ich spreche aus eigener Erfahrung«, erzählt er weiter, »und ich sage Ihnen, meine Dame und meine Herren, daß Ihre Frau Mutter mit dieser Art von geheimer Beförderung, Herr McEachen, in eine sehr peinliche Situation kommen könnte.«

»Aber Herr Pelikán«, ermahnt ihn Tussie, »als Sie defected sind, war diese company doch noch nicht im business!«

»Richtig!« nickt Herr Pelikán. »Aber es gab ähnliche Wege. Auf einem solchen Weg bin ich rausgekommen, und ich sage Ihnen, beinahe hätte mich das gleiche Schicksal wie Tycho de Brahe ereilt.« Er macht es spannend, dann erzählt er weiter. Damals verkehrte noch der internationale Eilzug Prag – München, das war in den ersten Tagen nach dem Sieg des Volkes, der allerdings kein Sieg der Volkspartei gewesen war, und die Freunde von Herrn Pelikán verstauten ihn im Speisewagen. Sie waren schon vor dem Februar 1948 umsichtig, und für den Fall, der dann im Februar tatsächlich eingetreten war, hatten sie dort einen kleinen Stauraum vorbereitet, gerade groß genug für einen Menschen, und mit dem Koch war alles abgesprochen. Herr Pelikán quetschte sich in den Hohlraum wie in ein Hockergrab, und der Koch verschraubte die Abdeckung von außen so fest, daß er sich kaum noch bewegen konnte. Und wie er in der Aufregung an Tausende von Dingen gedacht hatte, hatte er vergessen, auf die Toilette zu gehen. Kaum war er eingeschlossen, kam Murphys Gesetz zur Geltung.

»Es gab dort ein kleines Loch, direkt gegenüber meinem Auge«, versetzt sich Herr Pelikán in seine damalige Situation zurück. »Man hatte eine Schraube zur Gänze vergessen. Und meine Herren – der Teufel hatte da sicher seine Finger im Spiel –, ich sehe, wie sich an den Tisch unter mir Hubert Stein mit einer Dame setzt. Sie wissen wohl nicht, wer Hubert Stein war, Fräulein?« Tussie schüttelt den Kopf. »Ein Kollege von mir, wenigstens bis zu dem Putsch. Der Vorsitzende der Kommunistischen Partei an der Philosophischen Fakultät. Nebenbei wahrscheinlich auch noch von einem anderen Verein …«, fügt Herr Pelikán hinzu. »Das war einen Tag, nachdem Gottwald seine Rede auf dem Altstädter Ring gehalten hatte, und Herr Stein ist schon nach München gefahren. Nicht ins Exil, das versteht sich wohl von selbst. Na ja, Pech. Ich habe mir gesagt: Pelikán, an einer geplatzten Blase zu sterben, ist nicht menschenunwürdig. Wenn das Tycho de Brahe passieren konnte, verkraftest du das auch. Aber … hast du eine solch starke Willenskraft wie Tycho? Hältst du das aus?«

Herr Pelikán hielt seine Qualen bis zur Grenze aus. Dort blieb der Zug anderthalb Stunden stehen, es fand eine große Grenzkontrolle statt. Unter Herrn Pelikán trank Hubert Stein mit seiner Dame die ganze Zeit Sekt. Herr Pelikán dachte, er würde wie Tycho mit einer geplatzten Harnblase enden. Er nahm all seine Kraft zusammen, der Zug setzte sich wieder in Bewegung, doch nun zeigte sich die Blase stärker als der Wille. Der Blaseninhalt begann zu entweichen. Es bildete sich eine kleine Pfütze, und als er durch das Schraubengewinde nach unten blickte, sah er, wie die Flüssigkeit, ein Tropfen nach dem anderen, direkt in Steins Château Melník tropfte.

»Ich sandte Stoßgebete zum Himmel«, fährt Pelikán fort, »Stein hätte immer noch, wie heißt das, die brake ziehen können. Aber die Dame hat mich gerettet. Sie fragt: ›Huby, regnet es draußen?‹ Beide schauen aus dem Fenster. Es regnet nicht. ›Ich dachte nur, weil es durch das Dach tropft‹, sagt die Dame. Huby streckt die Hand aus, fängt einen Tropfen auf, und dann, wenn mir die Dame bitte verzeihen möchte, es ist ein bißchen disgasting, leckt er seine Handfläche ab. Er stockt und meint: ›Komischer Regen! Wie Meerwasser.‹ Und beide sehen sie zur Decke, durch das kleine Schraubengewinde, mir direkt in die Augen. Sie können mich nicht sehen, doch ich sie. Und plötzlich kommt die Rettung. Von draußen hört man: ›Furt im Wald!‹ Wir waren in Deutschland. Ich war gerettet.«

Dann kam der Koch und schraubte den Deckel ab. Aber der zusammengequetschte Herr Pelikán konnte sich nirgends festhalten, fiel auf den Tisch, direkt zwischen Stein und die Dame vom Innenministerium, und nun ähnelte er nicht mehr Tycho, sondern dem Manneken-Pis. Stein wußte, daß Pelikán nun außerhalb seines Machtkreises war, und so sagte er wengistens giftig: »Sieh mal einer an, unser demokratischer Held! Hat sich vor lauter Angst naßgemacht!«

»Und was haben Sie ihm geantwortet?« ruft Tussie. »Das war doch gar nicht deshalb, weil Sie Angst hatten!«

»Ich?« Herr Pelikán wird ernst und nickt mit dem Kopf. »Wenn ich damals gewußt hätte, was ich später erfahren habe, hätte ich ihm das nicht so gesagt. Aber so sagte ich damals zu ihm: ›Hör mal, Stein, ich habe mich vielleicht vor Angst naßgepißt, als ich von dort abgehauen bin, aber du, Stein, du wirst dir einmal vor Angst in die Hosen scheißen, wirst aber nicht mehr abhauen können.‹ Tja«, Herr Pelikán nickt traurig mit dem Kopf. »Keine vier Jahre später hat man ihn gehängt.«

Dies bringt Herrn McEachen wieder in gedrückte Stimmung. Er äußert Befürchtungen, ob er die alte Dame einem derartigen Martyrium aussetzen dürfe. Ihre Nerven seien nicht mehr ganz in Ordnung. Bereits dreimal habe sie eine Reise beantragt, um ihn zu besuchen, doch sie wurde immer abgelehnt. Warum? Fast jedem wird doch der Besuch gestattet, wenn er senior citisen ist, wundert sich Tussie. »Ich weiß nicht«, sagt Herr McEachen unglücklich. »Es hieß wohl, weil ich aktiv sei. Solange ich in der Politik aktiv sei, dürfe sie das Land nicht verlassen. Es bleibt mir nichts anderes übrig, als sie herauszuschmuggeln.«

»Es gibt noch eine andere Methode, die ist viel sicherer«, meint Tussie. »Das dauert dann aber etwas länger. Manchmal sogar bis zu einem Jahr.«

»Und was ist das für eine Methode?«

»Die alte Dame könnte einen Ausländer heiraten.«

Das entmutigt Herrn McEachen erneut.

»Sie wird doch bald achtzig. Wer sollte sie heiraten?«

»Es gibt solche Leute«, meint Tussie. »Es kostet nur Geld.«

»Geld bedeutet nicht alles. Sie würden einen solchen Menschen organisieren?«

»Sure«, Tussie strahlt vor lauter Hilfsbereitschaft. Dann erklärt sie, daß die Sache ein wenig kompliziert sei. Der angeheuerte Verlobte müsse Prag zuerst als Tourist besuchen und würde dann rein zufällig seine Braut kennenlernen. Dann kehrt er wieder nach Hause zurück und schreibt ihr Briefe … Tussie entwickelt bis ins letzte Detail einen komplizierten und zeitaufwendigen Plan.

»Aber sexy ist sie nicht«, bezweifelt Herr McEachen. »Die alte Dame ist achtzig und wiegt zweihundertachtzig Pfund …«

»No problem«, sagt Tussie. »Man sucht jemanden aus, der fitting ist in Gewicht und Alter. Tschechische Bräute sind sehr begehrt«, meint sie.

Sie weiß gar nicht, wie recht sie hat.

~

Nadja fehlte mir sehr. Das Rollen der Fässer war zwar besser als die Arbeit an der Bohrmaschine, ich hatte nun körperliche Bewegung und konnte so lange auf dem Klo bleiben, wie ich wollte, vorausgesetzt, ich konnte Eisler bei seinen Kontrollgängen aus dem Weg gehen. Aber immer, wenn ich vom Klo zu einem meiner zunächst nur zwei Fässer zurückging und Opa Varecka sah, der sich anstrengte, weil er alle Hände voll zu tun hatte, die durch seine eigene Dummheit angehobene Norm zu erfüllen, dann wurde mir die Abwesenheit des dürren Mädchens schmerzlich bewußt, und ich dachte daran, was sie jetzt, wo sie Tuberkulose hatte, wohl machen würde.

Am Ende der Woche war ich bereits richtig besessen von den Gedanken an Nadja. Am Sonntag früh fiel mir ein, daß sie wegen ihrer TBC die Arbeit in der Fabrik schwänzte, aber daß sie vielleicht trotzdem in die Kirche kommen würde, aber auch dort war sie nicht. Es mußte also doch ernst sein. Ohne sie war die Kirche leer, nur Maries Anwesenheit munterte mich ein bißchen auf, doch sie war mit Kočandrle gekommen; sie standen nebeneinander im Chor, sangen ungemein fromm und sprachen ebenso ernsthaft ihr Glaubensbekenntnis.

Aber Nadja kam nicht. Ich stellte mir ihr Bauernhäuschen vor, das Holz bis zu dem niedrigen Dach gestapelt, mit den kleinen Fenstern zwischen den Balken, der getigerten Katze, ich konnte es kaum aushalten. Gleich nach dem Mittagessen machte ich mich auf den Weg zum Schwarzen Berg. Ich wußte nicht so genau, was ich dort tun sollte; eigentlich wußte ich genau, daß ich dort nichts ausrichten konnte, nur herumlungern und das Haus anstarren, das sich durch Nadja von allen anderen im Dorf unterschied, so wie auch das Haus am Fluß, in dem Irena wohnte, und Maries Luxusvilla am Hang des Schwarzen Berges anders waren. Nur anglotzen konnte ich es, denn drinnen war bestimmt ihr Verlobter, dem es bestimmt seltsam vorkommen würde, wenn ich ein so übertriebenes Interesse an Nadjas Gesundheit hätte, und sie würde bestimmt rot werden. Das ging nicht.

Ihr Verlobter war wirklich da. Ich sah ihn vom Gipfelkreuz aus, wie er vor dem Haus Holz hackte. Es war ein sonniger Tag, und Franta arbeitete in einem karierten Hemd mit hochgekrempelten Ärmeln. Ein Stück weiter weg vom Dorf, am Hang über der Jirásek-Hütte, fuhren Leute aus der Stadt Ski und Schlitten. Ich wollte nicht von Franta entdeckt werden. Ich hatte einen Skianzug an, und so bog ich ab zu den lärmenden schwarzen Gestalten auf der verschneiten Piste, über deren Köpfen ein mit Holz verkleidetes steinernes Restaurant emporragte. Ich blieb hinter den Latschenkiefern stehen und starrte das Bauernhaus an. Die Sonne spiegelte sich in den kleinen Fenstern, so daß ich geblendet wurde. Ich ging ein wenig zur Seite, in einem der Fenster sah ich die Katze, sie starrte hinaus auf die weiße Ebene. Franta kam mit einer Kanne aus dem Haus, überquerte den Weg zu dem benachbarten Gebäude, stellte die Kanne unter die Pumpe, die mit Tannenzweigen umwickelt war, und fing an zu pumpen. Über der weißen Ebene hallte das Knarren des Schlepplifts, vermischt mit den schallenden Stimmen der Skifahrer. Nadja war irgendwo hinter einem der Fenster, vielleicht lag sie im Bett ... was machen sie wohl miteinander, fiel mir ein. Worüber redet sie mit Franta? Ich konnte es mir nicht vorstellen. Auf einmal konnte ich mir Nadja nicht mehr vorstellen, nur ihre Männerstiefel und die unförmigen, abgetragenen Pullover und Röcke; sie sollte für immer mit diesem Kerl in diesem Haus leben, der – immer noch nur im Hemd, obwohl Frost war – nun mit gefüllter Wasserkanne ins Haus zurückkehrte, er trug sie, als wäre nur Luft drin. Jemand mußte doch in diesen Dörfern bleiben. Mir war nie, nicht einmal für einen kurzen Moment, in den Sinn gekommen, daß ich später in Kostelec bleiben würde. Kostelec war nur ein Provisorium. Ich war dort geboren, und weil ich noch nicht volljährig war und vor allem, weil Krieg war, mußte ich hier bleiben. Doch sobald der Krieg zu Ende war … ich wußte nicht genau, was ich dann machen würde. Ich wußte nur eins: daß ich nach Amerika gehen würde. Ich konnte nicht verstehen, daß jemand sein ganzes Leben in Kostelec verbringen konnte und sich nicht einmal dagegen wehrte. Doch es gab auch solche. Den Jungs von der Klo-Universität war es bestimmt noch nie in den Sinn gekommen, woanders hinzugehen, etwas anderes zu tun … Kostelec, die Fabrik, das alles war eine Selbstverständlichkeit für sie. Vielleicht lag es daran, daß sie etwas Ordentliches konnten. Ponykl war Schweißer, Kos Schlosser, Malina auch, andere waren Dreher oder Lackierer. Ich konnte nichts. Ein bißchen Saxophon spielen, doch wahrscheinlich nicht gut genug, um in Prag davon leben zu können. Vielleicht gut genug für Kostelec. Die Schule hatte mir nichts gegeben, weil mir dort fast nichts Spaß gemacht hatte, höchstens mal die Bücher, doch auch nicht unbedingt die, die Pflichtlektüre waren. Vielleicht lag es daran. Und Nadja? Na ja, sie konnte auch nichts. Nur den Haushalt führen, aber sie war ja eine Frau, und für die reichte das. Franta wird sie bestimmt heiraten … ich ertappte mich dabei, daß es mir überhaupt nicht in den Sinn gekommen war, Nadja zu heiraten, obwohl ich in sie verschossen war, hier stand und das Häuschen anstarrte, aus dessen Schornstein Rauch emporstieg. Nadja bereitete wohl gerade das Abendessen auf dem Ofen, sie hatten bestimmt einen typischen Dorfofen … ich mußte daran denken, wie wohl ich mich gefühlt hatte, als ich sie mit den Golatschen meiner Mutter fütterte, als wir das Geschirr spülten …

Hinter mit hörte ich ein Pfeifen, zwei Mädchenstimmen quiekten. Ich drehte mich um. Ein Stück von mir entfernt lag ein umgekippter Schlitten, daneben stand Marie in einer Skihose und einem Norwegerpullover, auf der anderen Seite ein anderes Mädchen. Sie hob gerade ihre Brille vom Schnee auf und untersuchte, ob sie noch ganz war.

»Hilfe!« rief Marie und lächelte mir zu.

»Was hast du denn?« fragte ich. »Du bist doch auf deinen Allerwertesten gefallen und somit auf ein Kissen.«

»Woher willst du das wissen?« fragte Marie und klopfte sich vom besagten Körperteil den Schnee ab.

»Weiber haben mehr Fett unter der Haut als Männer«, erklärte ich ihr. »Das hat schon Starec in der Quinta erzählt. Besonders am Hintern.«

»Da hast du was dazugedichtet. So hat er es nicht gesagt.« Marie kam auf mich zu und drehte mir den Rücken zu. »Faß mal an.«

»Wie bitte?«

»Faß meinen Hintern an!«

Was war denn jetzt los? So ein frommes Mädchen, und nun das? Die andere junge Dame stand langsam vom Boden auf, sie musterte uns kurzsichtig und holte ein Taschentuch hervor.

»Meinst du das im Ernst?«

»Versteh das nicht so, wie du das normalerweise verstehen würdest, sondern betrachte es als reinen anatomischen Anschauungsunterricht. Faß doch endlich an!«

Ich griff nach ihrem Hintern. Fest wie eine Turnmatte in der Sporthalle. Keine dicke Speckschicht unter der Haut. Schön elastisch.

»Du hast 'nen elastischen Hintern.«

»Aber nicht wie ein Kissen.«

»Wie bei einem aufblasbaren Kissen«, sagte ich und faßte ihren Hintern noch einmal an. Marie wich aber aus und drehte mir ihre Vorderseite zu. Ihr Gesicht war ganz rosa von dem Frost, über ihren goldenen Locken trug sie eine blaue Mütze.

»Was machst du hier überhaupt?« fragte sie.

»Nichts. Ich gehe einfach nur so spazieren. Geht nur weiter rodeln.«

Sie sah mich forschend an, dann schweifte ihr Blick über die Latschenkiefern in Richtung Bauernhaus. Aus dem Schornstein stieg nun dichter Rauch, sie hatten wohl Tannenzweige nachgelegt.

»Warum bist du heute so komisch, sonst machst du mich immer gleich an?« fragte mich Marie aus. »Hast du da jemanden?«

»Ich bitte dich! Hier?«

»Das ist doch wohl offenkundig!« Marie musterte mich. Ach ja, ich hatte keine Ski dabei und war alleine. »*Du* wirst doch nicht ganz *allein* nur so aus Spaß auf dem Schwarzen Berg spazierengehen.«

»Warum denn nicht?«

»Das würde den psychologischen Gesetzen widersprechen, Danylein!«

Das andere Mädchen trat zu uns. Sie hatte wieder ihre Brille auf, es war ein Mädchen von der Sorte, das etwa so alt war wie Marie, das man jedoch ruhig auch auf dreißig hätte schätzen können. Marie stellte uns einander vor. Eine gewisse Hana Klégrová aus Hradec. Als sie meinen Namen erfahren hatte, prustete sie los.

»Das ist er?«

Marie kicherte auch.

»Ja, das ist er.«

»Was meint ihr damit, meine Damen?«

»Daß du es bist«, antwortete Marie. Alle beide lachten sich krumm und dämlich. Ich betrachtete sie angeödet. Dann fragte ich:

»Was gibt es an mir derart Interessantes, daß ich so einen Heiterkeitsausbruch auslöse?«

»Du bist witzig«, sagte Marie.

»Sie schreiben sehr amüsante Briefe«, meinte Hana. »Also, ich hab das nur gehört, daß Sie welche schreiben. Mir haben Sie noch keinen geschrieben.«

Werd ich auch nicht tun, du Zicke, dachte ich mir.

»Das wird er wieder ausbügeln«, warf Marie ein. »Er ist ein großer Schriftsteller.«

»Jetzt habe ich aber keine Zeit. Ich arbeite für den Sieg des Reiches«, sagte ich. »Laß sie doch einige von deinen lesen, du hast ihr ohnehin schon welche gegeben.« Es war klar, daß sie das getan hatte. Doch mir war es egal. Es waren eigentlich recht gute Briefe.

»Ich?« stellte sich Marie überrascht. »Wenn das jemand gemacht hat, dann Jarmila Dovolilová. Sie ist die Cousine von Hana.«

»Niemand hat mir was gegeben«, bestritt Hana. »Aber alle Mädchen sagen, was für wunderschöne Briefe Sie schreiben.«

Sie war ganz schön giftig.

»Also tschüs«, sagte ich. »Geht mal wieder spielen, liebe Kinder.«

»Hörst du das?« fragte Marie. »Siehst du, wie abweisend er ist? Und das, obwohl er gerade noch meinen Hintern angefaßt hat! Er muß eine andere haben.«

Beide fingen wieder an zu wiehern. Nadjas Haus näherte sich ein Paar, ein Mann mit Pelzmütze und eine Frau mit Kopftuch, sie klopften an, und in der Tür erschien Franta. Alle verschwanden im Haus. Die Katze lief hinaus und setzte vorsichtig ihre Pfoten in den Schnee. »Er hat hier eine Neue!« vernahm ich Maries fröhliche Stimme. »Bis vor kurzem ging er mit einer aus der Fabrik, jetzt hat er eine aus dem Dorf.«

Wieder platzten sie los. Sie waren überhaupt übertrieben lustig.

»Du bist heute aber ganz schön fröhlich!« meinte ich.

»Du hast es erraten, Dannylein!«

»Weil dich dein Typ heute nicht bewacht?«

Die Mädchen sahen einander an und prusteten wieder los.

»Du hast es wieder erraten, Dannylein!«

»Er tut mir wirklich leid«, sagte ich, »geht nur wieder Schlittenfahren.«

»Schau mal einer an«, versuchte Marie, sich bei mir einzuschmeicheln. »Wenn der Meine heute nicht auf mich aufpaßt, könntest du mir von oben einen Bucheckernkaffee holen? Mir ist so kalt.«

Sie begann, ein Zähneklappern nachzuahmen.

Ich sah zum Haus. Wieder stand ein Mann vor der Tür, Franta ließ ihn hinein. Mir wurde bewußt, daß auch ich fror. Ich betrachtete Marie. Sie sah gut aus. Ihre blauen Augen leuchteten im Widerschein ihrer goldenen Haare.

»Glotz nicht immer zu diesem Haus!« ermahnte sie mich.

»Ich bin verliebt, Marie.«

»Ich weiß, in mich«, sagte sie.

Verdammt! Bin ich es wirklich? Marie war unheimlich hübsch. Ich liebte sie seit mindestens fünf Jahren. Aber wie war das eigentlich? Jetzt in diesem Moment?

»Natürlich liebst du auch Irena«, meinte Marie. »Mich aber noch mehr.«

Ich schwieg immer noch, da ich mit diesem Problem beschäftigt war. Ach ja. Sie hatte recht. Sie war mir nicht gleichgültig. Aber Nadja … an dem Nachmittag bei uns auf dem Sofa … ihr nackter, magerer Bauch … die mitleiderregenden Latschen …

»Dann die aus dem Dorf und so weiter«, zählte Marie auf. »Aber das ist überhaupt kein Grund, warum du mir, deiner alten Liebe, keinen Kaffee holen solltest.«

Sie hatte recht. Es war ohnehin furchtbar kalt. Die Sonne ging langsam unter. Na gut, dann eben Bucheckernkaffee.

Im Wirtshaus ging es lebhaft zu. Man verkaufte Kaffee, Lindenblütentee und grüne Limonade. Auch Kuchen gegen Lebensmittelkarten, doch die hatte niemand von uns dabei. An einem Tisch wurde Karten gespielt. Vráťa Blažej mit zwei Angestellten von Barton, und Jarka Mokrys Clique an einem andern Tisch spielten Rommé. Außerdem saßen dort noch ein paar Familien und Biertrinker aus dem Dorf, die das siebenprozentiges Bier aus der Kriegsproduktion konsumierten.

Die Mädchen kicherten immer noch. Auf dem Weg über den Hang fiel Marie fünfmal hin, viermal davon absichtlich, einmal nicht, als sie über eine Wurzel stolperte, die aus dem Schnee ragte. Sie flog hin und schlug sich beinahe die Nase auf, sie griff danach und gab vor zu weinen.

»Hör auf zu flennen«, sagte ich. »Es ist doch gar nichts passiert. Du bist auf Kissen gefallen, und zwar gleich auf zwei.«

Unter normalen Umständen wäre sie eingeschnappt gewesen, hätte gesagt, ich sei obszön, oder, wenn sie besonders gut gelaunt gewesen wäre, ich solle meine Vorstellungskraft zügeln. Doch jetzt war etwas im Gange. Sie streckte mir wieder ihren Hintern entgegen und fragte:

»Magst du anfassen?«

»Nicht dort«, entgegnete ich.

»Er möchte deine Nase anfassen«, mischte sich Hana ein.

»Hier, bitte«, bot Marie an und hielt mir ihre Nase hin. Beide wieherten, und ließen sich wie auf Kommando in den Schnee fallen. Ach, wie lustig.

Als wir beim Kaffee saßen, holte Marie einen Taschenspiegel hervor – der Teufel weiß, wo sie ihn in ihrer Skikleidung verstaut hatte – und betrachtete ihre Nase. Sie sprach flüsternd mit Hana, und immer noch waren beide ganz ausgelassen.

»Du bist heute aber gut aufgelegt«, sagte ich.

»Weil mir ein Stein vom Herzen gefallen ist«, erklärte sie.

»Was für ein Stein?«

»Ein großer.«

»Aber kein echter«, meinte Hana.

Langsam ging mir ihre Geheimnistuerei auf die Nerven.

»Das würde ich nicht unbedingt sagen«, korrigierte sie Marie.

»Es stimmt«, sah Hana ein. »Zum Teil war er auch greifbar.«

Wovon sprachen sie denn überhaupt? Schulprobleme? Marie ging noch zur Schule. In die Oktava. Eigentlich war sie nicht oft da. Es gab immer noch Kohleferien.

»Im ersten Vierteljahr hast du Mathe gerade noch so geschafft, oder?« fragte ich sie.

»Ja, es war knapp,« bestätigte Marie. »Aber was gibt es Greifbares an Mathe?«

»Oder nur zum Teil Greifbares?« mischte sich Hana ein.

»Den Prügelstock«, erklärte ich. »Dein Vater hätte ihn auf dem greifbaren Körperteil von dir, den ich heute berührt habe, tanzen lassen.«

»Ich hoffe, daß du einen sehr schönen Brief darüber schreibst«, sagte Marie. »Selbstverständlich mir. Nicht Irena oder Jarunka Dovolilová. Denen kannst du erst schreiben, wenn du sie angefaßt hast. Dann kannst du mir darüber schreiben. So etwas wie einen Vergleich.«

»Soll ich die Wahrheit schreiben?« fragte ich boshaft.

»Klar. Ich brauche mich vor der Wahrheit nicht zu fürchten.«

»Jetzt nicht mehr«, meinte Hana. »Jetzt kann dir die Wahrheit nichts Böses mehr anhaben.«

Wovon sprachen die da eigentlich? Ihr Versteckspiel spukte mir im Kopf herum, und ich hatte das Bedürfnis, endlich eingeweiht zu werden.

Etwas mit Kočandrle? Ich erinnerte mich, wie die beiden heute früh im Chor einträchtig gesungen hatten.

»Mit wem warst du ihm untreu?« fragte ich.

»Erlaube mal«, Marie tat beleidigt. »Für wen hältst du mich denn? Immer nur mit dir. Sonst mit niemandem, das ist doch klar.«

Wieder kicherten sie.

»Über mich weiß er aber Bescheid«, sagte ich. »Meinetwegen braucht dir kein Stein vom Herzen fallen. Mich duldet er.«

»Rein zufällig ist mir der Stein auch deinetwegen vom Herzen gefallen, wenn du's genau wissen willst.«

»Das verstehe ich nicht, Marie«, sagte Hana.

»Weil ich nicht möchte, daß er aufhört, mich zu lieben«, erklärte Marie, »wenn er mich schon liebt.«

»Wer? Dein Typ?« fragte ich.

»Nicht er. Du.«

»Das ist kein Grund, mit der Liebe aufzuhören«, schwafelte Hana. »Wenn man liebt, dann liebt man eben.«

»Halleluja!« rief Marie, sie lachten.

»Ihr redet wie die Pythia«, sagte ich.

»Ibis, redibis, non morieris in bellum«, bemerkte Marie.

»Setzen Sie sich, Dreslerová, Sie bekommen ein Ungenügend«, sagte ich. »In bello.«

»Ich werde jetzt alles lernen, bitteschön«, sagte Marie. »Ich war in der letzten Zeit ein bißchen unkonzentriert, bitteschön.«

»Jetzt kannst du wieder besser Latein lernen«, meinte Hana.

Und plötzlich, als würde ein Zeitabschnitt reißen, dachte ich daran, was wohl in zehn Jahren sein würde. Oder in zwanzig. Wo würden die hübschen lachenden Mädchen sein, die anmutige Marie. Wo würde Nadja sein und Irena. Ich wurde traurig. Sie würden wie meine Mutter aussehen. Sie würden eigene achtzehnjährige lachende Mädchen haben, doch sie selbst würden nicht mehr so ausgelassen sein. Diese Fröhlichkeit würde ihnen gründlich vergehen. Ich kannte keine derart lustigen Vierzigjährigen. Ich bekam Angst, daß das alles sehr bald vorbei sein würde. Ich hatte Lust, dieses Spielchen mit ihnen noch länger zu treiben.

»Hana, da kommt dein Freund«, hörte ich Marie sagen.

Ich sah auf. Die Jungs von der Band stürmten mit ihren Mädchen ins Wirtshaus und mit ihnen ein fremder Bursche.

Sie sahen sich um, erblickten uns und liefen zu unserem Tisch.

»Sieh mal einer an, du Schlange!« begrüßte uns Lucie. Alle hatten Skianzüge an, doch auf dem Kopf trugen sie die unterschiedlichsten Hüte, Harry einen flachen Strohhut, Benno eine Melone und Lexa einen Zylinder.

»Läßt du wohl die Finger von der verbotenen Frucht!« mahnte Harry und zeigte auf Marie.

»So 'ne Unverschämtheit!« empörte sich Lexa. »Gleich um die Ecke wohnt sein Liebchen, und hier lädt er eine andere zum Kaffee ein.«

»Zum Bucheckernkaffee«, sagte Benno. »Oder gibt es hier vielleicht Roggenkaffee?«

»Meinst du da in dem Bauernhäuschen?« fragte Lucie.

»In dem mit 'm Strohdach.«

»In dem Häuschen unter den Bergen«, dichtete Lucie.

»In den Bergen«, sagte Benno. »Angeblich ist sie sehr fesch.«

»Wißt ihr auch schon Bescheid?« fragte Marie. »Über das Dorfmädchen?«

»Er versucht doch schon seit mindestens einem Monat, sie zu verderben«, erzählte Harry.

»Wart mal! Vor einem Monat hatte er doch eine aus der Fabrik verführt. Oder sie ihn«, sprach Marie. »Kein Dorfmädchen.«

»Das ist doch richtig«, klärte Harry sie auf. »'ne Fabrikarbeiterin aus dem Dorfe.«

»Unter den Bergen.«

»Aus dem Häuschen unter den Bergen«, fügte Benno hinzu.

»Jetzt kapier ich das«, sagte Marie und wandte sich an mich. »Du mußt mir verzeihen, Dannylein, daß ich Böses von dir gedacht hab. Du bist gar nicht so flatterhaft. Ich dachte, daß die aus dem Dorfe eine andere ist als die von der Fabrik.«

»Es handelt sich um ein und dieselbe Person, Madame«, belehrte sie Lexa.

»Ganz fesch«, ergänzte Benno. »Angeblich.«

»Meine Herren, laßt uns von etwas anderem reden«, meinte Lexa.

»Beispielsweise von Literatur«, schlug Benno vor.

»Das interessiert uns nicht«, schmetterte ihn Harry ab. »Es sei denn, es handelt sich um erotische Literatur.«

»Dann können wir uns über ›Das Großmütterchen‹ von Božena Němcová unterhalten«, sagte Lexa.

»Auch ganz fesch, ich meine die Božena«, wiederholte sich Benno. »Angeblich.«

»Hana, wir müssen los«, sagte der fremde Bursche. »Es ist fast dunkel.«

Und so kam es, daß Marie und ich übrigblieben. Der fremde Kerl kutschierte Hana mit seinem Holzgaswagen Marke Praga nach Hradec. Die Jungs und Lucie hatten Bennos Viererbob dabei. Und Marie hatte den Schlitten und war allein. Trotz der Frömmigkeit von heute früh lief mit Kočandrle offensichtlich nicht viel. Dennoch ging mir ihre Heiterkeit und ihre Geheimniskrämerei nicht aus dem Kopf.

Wir schleppten uns alle bis zu dem Kreuz, dort setzten sich die vier in den Bob und stießen sich mit den Füßen ab. So näherten sie sich der oberen Kante des steilen Hangs am Schwarzen Berg.

Die Sonne war schon rot, sie stand niedrig über dem Horizont. Kostelec lag hinter den feinen Dampfschwaden, die aus dem Wald stiegen, tief unter uns. Die Fensterscheiben des Schlosses glühten, die Sonne spiegelte sich darin. Auf einmal hatte ich das Gefühl, ein wunderbares Leben, eine wunderbare Jugend zu leben. Dann schoß mir die Erinnerung durch den Kopf, als ich hier vor einer Woche in der Nacht Nadja getragen hatte, doch auch das bettete sich ohne große Mühe in dieses Gefühl ein, der Nachmittag auf dem Sofa im Dunkeln, ihr großer, feuchter Mund, die Jugend, ich stemmte mich gegen den Bob, Lexa rief: »Laßt uns beten!« Der Bob schwang sich über den Rand des Abhangs, und schon rasten sie in den bläulichen

Schatten des Weges unten am Wald hinein, Lucie kreischte, sie wurden immer kleiner, sie verwandelten sich in ein schwarzes, längliches Ding, das in einem langen Bogen auf den Weg kam und zügig in den Wald hineinfuhr. Dann waren sie verschwunden.

»Die haben vielleicht 'ne Geschwindigkeit drauf! Die bleiben erst wieder unten in der Stadt stehen!« vernahm ich Maries Stimme hinter mir.

»Wir werden auch ganz schön flitzen«, sagte ich. »Aber ich würde unterwegs gerne anhalten.«

»Ich aber nicht, weißt du, Dannylein«, meinte Marie dazu.

»Klar weiß ich das«, bemerkte ich, gespielt traurig, doch mir war fröhlich zumute. »Doch dein Wille zählt wenig gegen die Gesetze der Gravidität.«

Marie errötete in den rotgoldenen Strahlen der Sonne.

»Ich meine Gravitation«, korrigierte ich mich schnell. »Seit ich Arbeiter bin, schrumpft meine Intelligenz.«

Ich drehte mich zum Schlitten um und setzte mich drauf. Marie setzte sich hinter mich und faßte mich um die Hüfte. Auf dem Rücken spürte ich ihre weiche Vorderseite in dem Norwegerpullover, ich roch ihr Haar, und ihre Oberschenkel drückten sich von außen an meine. Jemand kraxelte gerade den Hang hoch. Wir warteten ab; er lief direkt in unsere Richtung.

Jetzt erkannte ich ihn. Es war Nadjas Verlobter. Er kam bis zum Rand des Abhangs und sah mich an.

»Hallo«, grüßte ich ihn.

Er blieb stehen. Es sah aus, als wollte er mir etwas sagen. Er schien besorgt zu sein. Nadja – schoß es mir durch den Kopf, doch nun hatte ich eine sanfte Last an meinem Rücken, es war nur ein kurzer Gedanke, wie ein Stoßgebet, wie Hochwürden Meloun es zu bezeichnen pflegte.

Franta erwiderte meinen Gruß nicht. Er überlegte es sich anders und schritt weiter.

»Wir starten, Marie«, rief ich. »Laß uns beten!«

»Hör auf zu lästern, sonst fliegen wir auf die Nase.«

Wir stießen uns ab. Und schon fegten wir durch die frostige, klare Bergluft, dem blauen Schatten des Waldes entgegen. Der Wald stieg höher, verdeckte Kostelec, nur das leuchtende Schloß ragte noch über die Kronen der Kiefernbäume hinaus. Dann kratzten wir mit den Fersen des linken Fußes im Schnee, um die Kurve zu kriegen, und zügig machten wir wie der Bob vor uns einen Bogen zum Wald hin, das Schloß tauchte in die Schwärze des Waldes, schon waren wir auf dem Weg, und wie ein Geschoß verschwanden auch wir im Dunkel.

Durch diese Finsternis führte eine weiße Umrandung entlang des Weges; er wand sich nach rechts, dann nach links. Über uns erstreckte sich der helle, blaugraue Himmel mit rosa Streifen und schwarzen Flecken darin. Ab und zu leuchtete ein Stern auf. Marie jauchzte und drückte sich gegen mich, weil ihr nichts anderes übrigblieb, mein intensives Lebensgefühl steigerte sich zu einem unbeschreiblichen Wohlbehagen. Wir rasten durch den wunderschönen Wald. Marie flüsterte mir mit ihrem duftenden Mund direkt ins Ohr:

»Dannylein …«

»Was?« brüllte ich wie ein Stier.

»Schrei nicht so«, sagte Marie sanft. »Du bist ein prima Junge. Und ich bin heute sehr glücklich.«

»Weil dir ein Stein vom Herzen gefallen ist?« rief ich.

»Schrei doch nicht so«, wiederholte Marie.

»Was war das für ein Stein?« brüllte ich schon ein bißchen leiser.

»Das würdest du nicht verstehen«, sprach sie zärtlich. »Auch wenn du noch so intelligent bist.«

»Warum?« schrie ich wieder, und an dieser Stelle löste ich ein sechsfaches Echo aus.

Der Schlitten fuhr nun langsamer, und das Echo rief uns nach: Warum? Warum? Warum? Warum? Warum? Warum?

»Weil du ein Kerl bist«, flüsterte mir Marie ins Ohr. »Das wirst du nie los. Das ist de-fi-ni-tiv!«

Weiß der Teufel, was sie damit gemeint hatte. Der Schlitten fuhr noch langsamer, wir tauchten aus dem Wald auf, jetzt lag er nur rechts von uns, links standen bereits die ersten Villen. Der Schlitten wurde noch langsamer … und langsamer … bis er stehenblieb. Ich verharrte, Marie auch. Sie drückte mich auf einmal fest mit ihren Armen, die immer noch meine Taille umschlungen hielten, und dann stand sie auf.

Es war schon dunkel. Als ich mich ebenfalls erhob, sah ich Marie als eine schlanke, an gewissen Stellen gewölbte Silhouette, ihre rote Nase leuchtete zwischen den weißen Wangen. Die goldenen Haare wurden in der nächtlichen Finsternis zu Platin.

»Du begleitest mich doch, oder?«

»Ich werde dich doch nicht herumstreunenden Strolchen ausliefern.«

Marie lächelte, drehte sich um und schlug die Richtung zu ihrer Villa ein. Ich schloß mich ihr an und zog den Schlitten hinter mir her.

»Und du magst sie wirklich«, fragte sie, »die aus der Fabrik?«

Ich schwieg.

»Sie ist ein prima Mädchen«, sagte ich dann.

»Ich wäre sehr froh, wenn du glücklich wärst, weißt du? Mit mir kannst du es nicht sein, ich habe … schon einen.«

»Ich weiß.«

Sie wandte mir ihre Wangen zu, es schien mir, als wären sie dunkler geworden.

Auf einmal ging mir ein Licht auf: Verdammt! Also deshalb hatte sie so fromm gesungen. Jetzt verstehe ich. Sie muß vor diesem Eingeständnis Angst gehabt haben! So ein frommes Mädchen! Das war also der Stein gewesen, der ihr vom Herzen gefallen war. Ein zum Teil materieller Stein! Ach ja. Also hat Marie doch mit ihm …

Dennoch war ich nicht eifersüchtig; wie hätte mich sonst die Eifersucht gequält, wenn diese Sprüche, ihr Erröten … Aber ich dachte an Nadja.

Ach ja. Auch ich hatte nicht mehr nur diese platonischen Lieben, die schwafelnden Liebschaften. Und Marie war keine Jungfrau mehr. Auch ich war nicht mehr, tja, die männliche Variante dieses Zustandes. Das Wort ekelte mich an. In der weiblichen Form mochte ich es gerne.

Wir stiegen den Hang hinauf, schon waren wir fast bei ihrer Villa angelangt.

»Ich wäre wirklich froh, wenn du so glücklich wärst wie ich«, sagte sie leise. »Und wenn du so glücklich wärst, wäre ich auch gar nicht eifersüchtig. Sonst wäre ich aber schon eifersüchtig, weil du mich doch liebst.«

Ich blieb stehen. In dem Verdunklungsrollo ihrer jungfräulich weißen Villa strahlte ein kleines Loch wie ein Stern.

»Du liebst mich nicht, stimmt's, Marie?«

»Doch, das weißt du ja«, sagte sie nett, und dann machte sie ohne große Umschweife etwas, ich wußte nicht genau, was, mir war nur klar, daß ich sie jetzt umarmen sollte, und das tat ich auch, sie wurde ganz weich in meinen Armen, auf meinem Mund spürte ich ihre kühlen und feuchten Lippen, die Kälte wich der Wärme, ich fand die Spitze ihrer Zunge. Wir küßten uns fünf Minuten lang oder vielleicht auch zehn. Wahnsinnig lange, mit diesen ungeheuer langen Küssen der jungen Jahre. Dann machte sie wieder etwas, wieder wußte ich nicht was, und ich ließ sie zärtlich los, es war definitiv. Sie nahm den Schlitten an der Schnur, schloß mit einem großen Schlüssel auf, den sie ebenso wie den Spiegel an einer Stelle aufbewahrte, die nur der Teufel kannte. Am Tor drehte sie sich noch einmal um und flüsterte:

»Nacht, Dannylein!«

»Nacht, Marie!«

Sie stellte den Schlitten verkehrt herum unter die Treppe und rannte hoch zur Eingangstür der Villa. Dort drehte sie sich ein allerletztes Mal um, fing an zu kichern, wie schon vorher auf dem Schwarzen Berg, jedoch ganz nett, machte einen tiefen Knicks, schickte mir einen Kuß durch die Luft, und die Tür klappte hinter ihr zu.

Noch eine Weile glotzte ich die Villa an, ähnlich wie zuvor das kleine Bauernhaus, wo Rauch aus dem Schornstein gestiegen war. Das intensive Lebensgefühl war wieder da, und plötzlich auch ein Gefühl der Sicherheit, ohne das ein Lebensgefühl eigentlich undenkbar ist; die Affäre mit den Kreuzen war aus der Welt, der Krieg neigte sich dem Ende zu, es gab Mädels wie Nadja und Marie. Ich drehte mich um, über dem Wald strahlten die gar nicht so weit entfernten Wintersterne.

Von diesem Glück erfüllt, lief ich langsam den Weg bergab.

Mir entgegen lief ein Mann bergauf.

Wir waren fast auf gleicher Höhe, da blieb er stehen.

Jetzt erkannte ich ihn. Es war Franta, Nadjas Verlobter.

Absurderweise dachte ich daran, daß Maries Typ auch Franta hieß.

Ich vernahm etwas wie »Du Schuft!«

Zu den Sternen am Himmel gesellten sich die Sterne in meinem Kopf. Etwas knackte.

Ich wachte erst wieder im Krankenhaus auf, mit großen Schmerzen im besagten Körperteil.

Lieber Dan,

am Anfang meinen Briefes möchte ich dir herzliche Grüße und liebe Erinerungen senden. Sie kommen immer zum Agitieren sie agitieren daß wir der LPG beitreten sollen aber der alte Vater sagt nur über seine Leiche es ist bereits beigetreten mehr als die 1/2 des Dorfes. Das sind Schweine die wollen das Vermögen beschlagnammen für das sie keinen Finger gerührt haben wie komm ich denn dazu der sein Vermögen ganz ehrlich durch Heirat bekommen hat und jetzt soll ich das wieder verlieren und dann betteln gehen oder als Handwerker arbeiten. Sie versprechen das Blaue vom Himmel herunter und dann fressen sie alles auf. Aber schon mehr als 1/2 des Dorfes ist beigetreten sie haben Angst vor denen die noch nicht drin sind, angeblich wird man Leute verhaften ich möchte nicht in den Knast was sollte meine Tochter Sulejka ohne mich machen. Das ist ein georgischer Name, wenn du fragen möchtest: Was ist das für ein komischer Name? Was bleibt uns übrig als uns über das wenige zu freuen was wir noch haben. Das Kalb hat schon fast zwei Zentner in einem Monat werden wir es schlachten und dann haben wir Fleisch für ein halbes Jahr auch Würstchen du solltest zu uns kommen wenn du schon nicht zur Hochzeit und auch nicht zur Taufe meiner Tochter Sulejka kommen konntest. Meine Tochter ist das einzige worüber ich mich in dieser Misere freue du hast sie noch nicht gesehen sie ist bald fünf Jahre alt aber sie sieht mir nicht sehr ähnlich nur – wie man sagt – die Stuppsnase hat sie von mir die Haare schwarz wie ein Zigeuner hat sie wahrscheinlich vom Großvater ich habe ja rote Haare. Ins Kino gehen wir jetzt nicht mehr so oft mir ist nicht danach wenn die Kommunisten hier versuchen mir alles wegzunehmen was mir zu Recht gehört. Wir haben den Film »Katka« gesehen über ein Mädchen das aus einem Dorf in die Fabrik gekommen ist das war schön und auch noch eine Komödie. Auch »Mitschurin« der Erdbeeren so groß wie Apfelsinen gezüchtet hat aber das war wahrscheinlich nur im Film das ist in der Wirklichkeit nicht möglich. Das beste aber war »Rom in Stunde elf« da ist ein Balkon mit Mädchen runtergefallen und alle waren sie hübsch. Nur habe ich nicht verstanden als sie den Mantel ausgezogen hat und darunter hatte sie ein Hemd mit irgendeiner Aufschrift das war nicht übersetzt sie sollten bessere Untertitel machen. Am Ende meinen Briefes sende ich dir herzliche Grüße und liebe Erinerungen!

Dein alter Freund Lojza

Praktisch seit dem frühen Morgen hielt ich mich am Klo auf, im Seminar nahm man heute die Frage durch, ob in Australien englisch oder australisch gesprochen wird, wie Malina behauptete. Konfrontiert mit der Situation im benachbarten Österreich, benahm er sich wie ein aufgeblasener Dickschädel und verteidigte die Existenz einer Sprache namens Österreichisch. Kos fragte ihn, ob man im Protektorat etwa Protektoratisch sprechen würde. Malina bezeichnete ihn als Beuteltier, und die ganze Diskussion endete mit einer Prügelei.

Eisler griff nicht einmal ein. Es war Ende Februar. Durch Kostelec zogen Kolonnen deutscher Bauern, die vor vier Jahren gen Osten geströmt waren, um die Ukraine zu kolonisieren. In der Fabrik herrschte ein beinahe idyllischer Zustand. Der letzte Anfall von Bestätigung des Selbstwertgefühls stellte sich bei Eisler um Weihnachten ein, nachdem der SS-Führer Panzermayer mit seiner Division die amerikanische Linie bei Bastogne durchbrochen hatte und nach Belgien einmarschiert war. Eisler brüllte in die Kloräume hinein: »*Das ist der Wendepunkt! Jetzt kommt des Führers Geheimwaffe!*« und scheuchte auch diejenigen von den Klos, die aus rein physiologischen Gründen dort saßen. Doch der SS ging das Benzin aus. Eisler zog sich in sein Wächterhäuschen zurück und blieb dort von morgens bis abends geistesabwesend sitzen. Um vier Uhr machte er immer das Radio an und lauschte den Nachrichten aus dem Führerhauptquartier. Danach schaltete er das Radio wieder ab, goß sich Kaffee mit Rum aus der Thermosflasche ein, und bis Feierabend ließ er sich regelmäßig vollaufen.

Auf dem Klo konnte man sich kaum noch rühren. Sogar der vorsichtige Nejezchleba pfiff nun auf seine Fässer, und ich rollte sie nur noch, um körperliche Bewegung zu haben. Wir warteten auf das Ende des Krieges.

Aus den Rauchwolken tauchte Franta auf und ging direkt auf mich zu. Ich befürchtete, Nadja könne es vielleicht schlechter gehen.

»Hör mal«, flüsterte er, »es gibt Ärger. Gestern abend hat die Gestapo Vachoušek mitgenommen.«

Mit der Idylle war es im Nu vorbei.

»Du meinst, wegen ...?«

»Ich wüßte nicht, weswegen sonst. Nadja ist bei ihrem Onkel Venhoda in der Mühle. Dort kann sie bis Kriegsende bleiben.«

Ich bekam Panik und bemerkte gar nicht, daß Franta innehielt. Erst nach einer Weile redete er weiter:

»Nadja hat Angst um dich, Junge. Wenn du willst, kannst du auch zu Venhoda in die Mühle kommen. Da können sich leicht mehrere verstecken.«

»Ich ... würde sie ungern wieder in irgendein Schlamassel hineinziehen ...«

»Das ist jetzt egal. Ihr steckt nun mal beide drin, und wir müssen euch beiden da raushelfen.«

Mit Nadja in der Mühle. Franta sah mich ernst und ahnungslos an. Doch ich wurde wieder von dieser unbändigen Angst erfaßt, und die positiven Aspekte der angebotenen Hilfe ließen mich kalt. Statt dessen kramte ich wieder die alte Ausrede hervor:

»Das ist nett von euch, aber es wird vielleicht besser sein, wenn jeder woanders wäre. Ich werde bei ... einem Freund untertauchen.«

»Wie du meinst. Aber sei vorsichtig«, sagte er noch. Dann drehte er sich um und verschwand. In dem Qualm und dem Gestank sah er aus wie ein Mensch aus einer anderen Generation, obwohl wir gleich alt waren. Ich schämte mich.

Ich lief schnell über den Hof zu dem Verwaltungsgebäude und klopfte an die Tür von Uippelts Büro. »Herein!« hörte ich von innen Uippelt kläffen. Im Büro fand eine Konferenz statt, oder vielmehr ein Trinkgelage. Auf dem Tisch standen einige Flaschen, um den Tisch herum saßen alle Deutschen aus der Messerschmitt außer Herrn Kleinenherr und Květa Ceehová. Dem dicken Ingenieur Schwarz liefen Tränen aus den Augen, und Doktor Seelich sah aus, als würde er dösen. Der Fabrikant Schilling rauchte eine englische Zigarre. Auch Ingenieur Zavíš, ein Kollaborateur, war dabei.

Mir kam der Gedanke, daß ich vielleicht einen Fehler gemacht hatte und womöglich besser nicht hergekommen wäre, doch Uippelt sagte, als hätte er auf mich gewartet:

»*Da sind Sie ja endlich. Hier ist der Passierschein und hier die Bestellkarte.*« Er kritzelte schnell etwas auf ein Stück Papier und reichte es mir.

Ich ging hinaus. Auf dem Zettel stand:

Go to my place and wait for me there.

Er vergaß allerdings, mir den Haustürschlüssel zu geben, und die Frau General war schon abgereist. Ich wartete also fast zwei Stunden auf der offenen Veranda der Strass-Villa, mir war kalt. Der meiste Schnee war schon getaut, er blieb nur in den Straßengräben und in den Mulden am Hang neben dem Fluß liegen, doch es war noch naßkalt und frostig. Ich beobachtete den Raben, wie er mit dem Schnabel wütend im Laub herumpickte und dann ernst hinter die Villa schritt, etwas im Schnabel haltend. Es sah wie ein Stück wabbeliges Fleisch aus. Durch den Tau war wahrscheinlich ein Tierkadaver freigegeben worden.

Uippelt kam angehetzt und führte mich direkt in das tapezierte Zimmer. Hinter dem Panoramafenster leuchtete optimistisch das vorfrühlingshafte Kostelec. Der Obermeister stürzte sofort zum Schnapsschrank und goß mir und sich selbst reichlich ein.

»Weißt du etwas von Vachoušek?«

»Nein. Nur daß er hinter die Sache mit den Kreuzen gekommen ist …«

»Sonst nichts? Ist er in irgendeiner Gruppe?«

»Das weiß ich nicht. Ich dachte … daß er vielleicht in Ihrer ist …«

»Damit hat er nichts zu tun.«

Er drehte sich zum Fenster um, und ich sah, wie er trank.

»*Sie meinen …?*«

»*Höchstwahrscheinlich*«, er lief zu mir zurück. »*Auf alle Fälle solltest du verschwinden.*«

Er musterte mich. Ich hatte das absurde Gefühl, daß dieser Deutsche genauso wie Nadja um meine Sicherheit besorgt war …

Doch gleich kamen seine wahren Beweggründe zum Vorschein, die eher egoistischer als altruistischer Natur waren.

»Denn wenn sie dich schnappen, bezweifele ich, daß du den Mund halten würdest.«

Er hatte gute Gründe für diese Vermutung. Noch vor kurzem war ich vor ihm fast in Ohnmacht gefallen. Trotzdem ärgerte mich das.

»Ich halt was aus!«

Die Augen hinter dem Zwicker blinzelten, der Mund unter dem Führerbärtchen verzog sich zu einem ironischen Lächeln.

»*Don't kid yourself, baby.*« Er füllte mein Glas nach. Dann sagte er: »Das hat keinen Sinn mehr. Es geht ohnehin nur um einen Monat, höchstens zwei.« Er wandte sich wieder dem Fenster zu und sah auf

Kostelec hinab. Ich sagte nichts mehr. Vor dem Fenster konnte man das leichte Rauschen der Industrie der Kleinstadt am Fuße des Berges vernehmen.

»Das Leben ist ein großer Irrtum«, sprach Uippelt im Ton von Zarathustra.

Irrtum oder nicht, mich interessierte im Moment nichts weiter, als am Leben zu bleiben. Das wäre ein schöner Irrtum, sich jetzt noch abmurksen zu lassen, fünf vor …

»Wie denkst du über den Nationalsozialismus?« fragte er, mehr rhetorisch, denn er beantwortete die Frage gleich selbst. »Ich weiß, was du denkst. Aber ex post ist immer alles klar. In Detroit im Jahr dreiunddreißig war es mir nicht klar.« Er machte eine Pause, dann sagte er:

»*That was at the height of the depression.*«

Er schwieg wieder und sah sich die wunderschöne Stadt an. Aber ich hatte andere Probleme. Ich überlegte, ob Přema ein Versteck wüßte. Uippelt drehte sich um, ging zum Schrank und goß nach. In dem geschliffenen Glas leuchtete die mörderische Flüssigkeit golden auf. Der Zwicker warf einen Funken zurück.

»*So*«, sagte der Herr Oberkontrolleur, »*ich fuhr in ein Paradies.*«

Das waren die letzten Worte, die ich aus seinem Mund hörte.

Ich lief hinaus und rannte zu Skočdopoles.

~

Ich saß im Wochenendhäuschen von Pejskar im Dunkeln und sah auf die Wiese, die zu dem schmalen Feldweg hinabging. Auf der anderen Seite der Wiese verschwand der Weg im Wald. Über dem Wald hing tief der Vollmond, er war blaß und hellgrün. Der Frühling stand vor der Tür. Es war Ende März. Seit einem Monat war ich nun schon hier. Zweimal in der Woche brachte mir Přema Essen von meinen Eltern.

Das Wochenendhäuschen von Pejskar stand im Tal auf der anderen Seite des Schwarzen Berges. Es war das einzige Haus dort, und aus den Fenstern konnte man den einzigen Zufahrtsweg einsehen. Doch die Gestapo hatte bereits ganz andere Sorgen, als durch das Dickicht um irgendeine Hütte herumzuschleichen, um einen Schüler zu schnappen, der vom Totaleinsatz desertiert war.

Ich war in Sicherheit. In der letzten Zeit war ich nur zweimal mit Přema, Vahař und Benda unterwegs gewesen, wir hatten Leitungen durchschneiden wollen, aber das auch nur, damit überhaupt etwas geschah. Einmal war auf dem Trampelpfad eine kleine Truppe müder Soldaten vorbeigelaufen, ich hatte Panik bekommen und war durch das hintere Fenster in den Wald gesprungen. Doch die Soldaten hatten das Haus gar nicht bemerkt. Ansonsten langweilte ich mich. Pejskar hatte jede Menge Schundromane im Schrank, lauter Cowboygeschichten. Nachdem ich die fünfte gelesen hatte, verlor ich die Lust, weiter darin zu schmökern. Dann schrieb ich vor lauter Langeweile selbst eine, *Die Rache des gottlosen Schützen*, und ließ sie über Přema Nadja in die Mühle von Venhoda zukommen. Ich erwartete Lob, doch in ihrem kleinen Brief informierte mich Nadja über die Golatschen, die Tante Venhodová gebacken hatte; ganz unten schrieb sie noch: *Dan, du kritzelst so furchtbar. Ich konnte das über den Gottlosen Schwätzer gar nicht lesen.*

Aus dem Wald tauchte eine Person auf und schritt im Mondlicht schnell auf das Haus zu. Kurz darauf erkannte ich, daß es Přema war.

Wir saßen im Dunkel am Fenster, der Mond war zur Hälfte untergegangen, um das Haus herum flatterte eine Eule.

»Ist das sicher? War das wirklich nicht wegen den Kreuzen?«

»Nein«, versicherte mir Přema. »Sagner und Tichy wurden gestern entlassen, und sie behaupten, daß Vachoušek bei ihnen in der Gruppe war. Sie sind lauter Sozis. Sieht so aus, daß uns die Gestapo nicht mehr interessieren muß. Wir sollten uns vielmehr auf andere konzentrieren.«

In der paradiesischen Stille des Mondtales klang Přemas Stimme irgendwie schicksalhaft.

»Wie meinst du das?«

»Guck mal!«

Er holte einen Zettel aus der Tasche, legte ihn auf den Tisch und strich ihn glatt. Ich zündete ein Streichholz an:

TOD DEN DEUTSCHEN OKKUPANTEN!
GENOSSEN! Die Rote Armee, die Befreiungsarmee, rückt näher!

Das Streichholz erlosch. Ich zündete das nächste an und überflog schnell das Ende des Textes:

... bereit, tatkräftig die bürgerlichen Gruppen des sog. antideutschen Widerstands zu liquidieren, die aus London gesteuert wurden ...

In der Hütte gab es offensichtlich Zugluft. Auch das zweite Streichholz erlosch. Ich bemühte mich gar nicht mehr, ein drittes anzuzünden. Ich sah zu Přema. Sein todernstes Gesicht, vom hellgrünen Mondlicht bestrahlt, trug deutlich mongolische Züge.

»Das sind wir«, sprach er finster. »Die *sogenannten* antideutschen Gruppen.«

In der smaragdfarbenen Nacht erschien vor meinem inneren Auge sein dem Alkohol zugeneigter Vater mit dem Stumpf in der Socke, wie er die längst vergessenen Geschichten erzählte. Ich wechselte das Thema. Zum Kriegsende paßte diese düstere Stimmung nicht.

»Warum hat man nicht auch Vachoušek entlassen?«

Přema zuckte mit den Schultern.

»Angeblich hat er die Gruppe geleitet. Er hatte Kontakte nach Prag.«

Eine sarkastische Bemerkung konnte ich mir nicht verkneifen:

»Und über Prag wurde er von London aus gesteuert.«

»Wie wir«, bestätigte Přema. »Aber wir haben Verbindungen zur tschechoslowakischen Exilregierung von Doktor Beneš.«

Wir schwiegen wieder. Draußen heulte die Eule. Der Mond wurde von Nebelschwaden verdeckt.

»Meinst du, daß sie ihn abknallen?« Ich dachte an den ironischen Meister, der mir allem Anschein nach den Kopf gerettet hatte. Jetzt saß er selbst in der Patsche.

»Schwer zu sagen. Manche Gestapoleute rühren keinen Finger mehr, andere wieder schlagen jeden krumm und lahm.«

»Das wäre ein Pech …«, sagte ich. Um die Gefühle zu beschreiben, die ich gegenüber dem Meister hegte, reichten meine Worte nicht. »… wenn er nach alldem draufgehen würde …«

Wieder schwiegen wir. Dann meinte Přema, er würde jetzt pennen gehen. Wir lagen im Dunkel auf den Pritschen, vor dem Fenster heulte immer noch die Eule.

»Was machst du denn nach dem Krieg, Přema?«

»Zuerst bring ich den Wehrdienst hinter mich«, sagte Přema gähnend. »Dann wird man sehen. Vielleicht sehe ich mich in der Welt ein bißchen um. Das hab ich im Blut. In Südamerika kann man angeblich noch billig an Grundstücke kommen. Zuerst muß man aber den Urwald abholzen, niederbrennen …« Seine Stimme schwand langsam. Přema schlief ein.

In der Nacht entschied ich, daß ich nach Hause zurückkehren würde. Die Gefahr war anscheinend vorbei, es hatte keinen Sinn mehr, noch länger hier herumzuhocken. Am nächsten Tag würde ich die Dämmerung abwarten, denn bei Tageslicht wollte ich nicht unbedingt zurücklaufen. Eigenartige Gedanken schwirrten durch meinen Kopf. Auf einmal freute ich mich überhaupt nicht über das Ende des Krieges. Das Flugblatt von Přema ging mir nicht aus dem Sinn. Konnte es sein, daß sich die Menschen, kaum daß sie das eine Paradies losgeworden waren, sofort in ein anderes stürzen wollten? *Ich fuhr in ein Paradies ...*

Die Menschen. Ich denke an Nadja, an Marie, an Irena, an die Jungs von der Band, an Franta Melichar. Dann auch an Kos und Malina. Danach fiel mir Hetflajš ein, Meister Vachoušek und Opa Varecka.

Ein Hunderter mehr in der Woche.

Was wußte ich schon, was ein Hunderter mehr in der Woche bedeutete.

Nadja wußte das. Trotzdem ...

Ich starrte vor mich hin, die Sonne stand tief über dem Waldrand. Die Wiese wurde langsam grün. Der Wald warf einen breiten Schatten drauf. Am Rande des Schattens tauchte ein anderer, schmaler, zierlicher Schatten auf, er wurde länger und länger. Jemand lief vom Wald her über die Wiese zu dem Wochenendhäuschen.

Ich stellte meine Augen scharf und gab es dann auf, auf das unlösbare Rätsel zu blicken.

Über die Wiese zum Haus kam Nadja gelaufen, in einem Männermantel, der etwa aus dem Jahr stammte, in dem ich zur Welt gekommen war.

2. BUCH

Die Wahrheit liegt in der Nuance.

Anatol France

Das, was du innig liebst, bleibt, alles andere ist nur ein Dreck.
Das, was du innig liebst, nimmt dir niemand weg.
Das, was du innig liebst, das ist dein echtes Erbe.

Ezra Pound

Hören Sie, Sie Tor, das wirkliche Problem liegt darin: Egal, was auch passiert, ich werde Sie immer vor den Gewehren des Erschießungskommandos schützen. Doch Sie werden Ihr Einverständnis dazu geben müssen, daß man mich erschießt.

Albert Camus

V. FITZGERALD

Du, der du mit deiner Hand alles zermürbst,
Du, der du zum Tode verurteilst
Die Jugend und den Geist, nicht aber hinterhältiges Verbrechen,
Du, dessen Auge auf den Qualen der Unschuldigen
Vergnüglich ruht, und auch auf den Erfolgen
Der Schurken und Mörder, der Huren, auf dem Wust
Der kriminellen Politiker, auf den Stätten aller unverwundbaren Gangster
Hör mir jetzt zu, hier ist mein Bekenntnis:
Sei verdammt, Du Al Capone, Du Herrscher des Weltalls!

František Zavřel

Die Grundlage der gesamten Literatur ist der Tagtraum … Die Wirklichkeit ist nicht das, was uns in dem gegebenen Moment rein zufällig als das wirklichste erscheint. Die Wirklichkeit ist das, was wir in den Augenblicken der stärksten Intensität empfinden.

Colin Wilson

Lieber Danny,

mit meiner Farm ist es nun vorbei, jetzt bin ich wieder in Sydney, doch einen Job in einer Fabrik habe ich nicht bekommen, also arbeite ich im Freien. Ich glaube, das letzte Mal, als ich dir geschrieben habe, hatte ich gerade die Farm gekauft. Der Besitzer war ein Witwer und verkaufte sie mir ziemlich billig. Mir kam das schon etwas komisch vor, warum so billig, aber ich dachte, er hat keine Kinder und ist schon zu alt (67 Jahre), um selbst zu arbeiten. Es lag aber nicht an seinem Alter, er wollte nicht alleine sein. Am Anfang hat es mir dort gut gefallen, die Landschaft war schön, wenn auch ganz anders als bei uns. Eukalyptusbäume und bunte Büsche, Känguruhs, sogar ein zahmes. Aber keine Menschen, überall nur Hasen. Ich mußte immer wieder die Zäune wegen der Hasen reparieren, damit sie mir nicht alles auffraßen. Ich hörte ständig Radio, doch das war nicht so interessant. Und so schaffte ich mir Kühe an, ich hatte auch ein wunderschönes Pferd, ein Reitpferd. Ich ritt den ganzen Tag. Es war ein riesiges Stück Land, es kam mir größer vor als die Tschechoslowakei, doch weit und breit keine Menschenseele, nur Känguruhs. Nicht einmal Aborigines, das sind die hiesigen Neger, sie sind ungeheuer häßlich, doch man kommt ganz gut mit ihnen aus. Aber dort, wo ich meine Farm hatte, gab es keine. Langsam machte mich diese Einöde wahnsinnig. Der Alte, der mir die Farm verkauft hatte, war dort wenigstens mit seiner Frau zusammen, aber als sie dann gestorben ist, machte ihn die Einsamkeit wahrscheinlich auch wahnsinnig. Ich hatte keine Lust zu heiraten, die Frauen hier sind dämlich, und keine würde mit mir in die Wildnis gehen, da müßte ich schon eine Italienerin heiraten, aber das sind schreckliche Plappermäuler. Na ja, und so kriegte ich langsam einen Rappel, sogar das zahme Känguruh lief mir weg, und außerdem träumte ich ständig von Kostelec, wie wir durch die Jirášek-Straße schlenderten, kannst du dich noch erinnern? Auch von Vahař, den man damals wegen der Flugblätter in den Knast gesteckt hatte; meine Mutter hat mir geschrieben, daß er längst wieder draußen ist, er arbeitet jetzt angeblich bei Messerschmitt, die heute Kovo Techna oder so ähnlich heißt. Und wie wir die Mädchen im Stadtbad angemacht haben, und wie sich Pitterman wegen der einen, die dir so gefallen hat, schrecklich blamierte, was macht die jetzt wohl? Siehst du sie noch manchmal? Kurz und gut, ich war dann so daneben, daß ich wegen der Träume mehr geschlafen als gearbeitet habe, und mit meiner Farm ging es bergab. Auch von meinem Vater habe ich geträumt, du weißt wahrscheinlich, daß er dieses Jahr gestorben ist. Bei seiner Beerdigung waren auch andere Legionäre, aber sie durften nicht in ihrer Uniform kommen, hat mir meine Mutter geschrieben. Jetzt hat er es hinter sich, es war sowieso ein Wunder, daß er es 64 Jahre ausgehalten hat, mit dem Saufen und als Invalide. Sie hat mir auch von Vachoušek geschrieben, ich bin froh, daß ich hier bin. Zu Hause würde es mir wahrscheinlich ähnlich ergehen.

Ich muß Schluß machen, ich habe Durst und kein Bier zu Hause, hier gibt es sogar in der Kneipe Dosenbier, na ja, du weißt doch, die Australier. Sie sind vorsintflutlich, nicht einmal Krankenversicherungen gibt es hier, geschweige denn Renten. Falls du keine Angst hast, schreib mir auch, was es in Kostelec Neues gibt, was die Jungs, Vahař, Benda und die anderen machen und was mit der Dreslerová und mit der Irena vom Herrn Rat ist, in die du so verknallt warst. Ich denke, jetzt nicht mehr, oder? Tja, mein alter Freund, die Zeiten gehen vorbei, wir werden älter, die Mädchen aber auch.

Dein alter Freund Přema

Über die bleigraue Oberfläche des Ontario-Sees pfeift ein kühler Wind, das schmutzige Wasser schlägt plätschernd gegen die runden Fenster von Svenssons Jacht. Die Jacht schwankt, ich befürchte, ich werde seekrank.

Die winterliche Fahrt auf dem öden See ist ein Abenteuer, zu dem Irene mich und fünf meiner Studenten eingeladen hat. Andere Segelschiffe überwintern in den Docks der Jachtclubs wie Särge mit Leinendeckeln, nur unser Schiff schlägt Richtung Süden ein, zur amerikanischen Küste. Als wir mit Nordwind im Rücken losfuhren, erhob sich von dem Miniaturflughafen an der westlichen Spitze der Toronto-Insel ein giftgrünes Flugzeug, kreiste über der Insel und flog direkt auf uns zu. Es glitt nur wenige Meter über unseren Masten vorbei. Irene winkte ihm zu.

»*Bobby Harkins. He's an aviation buff.*«

Er muß auch *buff* sein, wenn er im Winter fliegt. Genauso wie Irene, die den Steuermann bestochen und überredet hat loszufahren. Auf dem See pfeift der Wind dermaßen eisig, daß uns der Seemann in die Kajüte verjagt. Er schlürft auf Seemannsart aus seinem Flachmann, wir überlassen ihm das Steuer und sitzen jetzt in einer Nobelkajüte auf gepolsterten Bänken. In den Ständern auf dem Tisch stehen Flaschen, hinter den runden Fenstern sieht man den bleigrauen winterlichen Himmel. Wendy ist als erste beschwipst. Ein bißchen. Bellissimmo streift mich mit einem unsicheren Blick und holt Gras hervor, und mit einem noch unsichereren Blick bietet er mir davon an. Wir sind bekifft, an Bord der Jane Guy, oder vielleicht der Pequod … der Nordwind … das Wassergeplätscher vor den Fenstern … ich bin eigentlich nie älter als siebzehn geworden … mein ganzes Leben lang war ich auf dem Trawler der Miskaton-Universität auf der Suche nach der Südritze, ich fuhr zu Tsalal, Kerguelen, Ultima Thule …

Wendy ist blau, zu, mit Whisky voll, sie sprüht vor Geist und Witz und vor literarischen Kenntnissen.

»*Hey, Nicole! I mean Irene! Is it true that trains begin their run at Chicago for your sake?*«

Ihre Arbeit zum Thema *Fitzgerald's Use of Period Objects* war eine gewöhnliche Bildergalerie, der etliche Nummern des *New Yorker* und des *Cosmopolitan* zum Opfer gefallen waren, ich befürchte, aus Samuels Bibliothek ausgeliehen. Sie hatte ihren Fitzgerald dennoch richtig gelesen; eben wie man Romane lesen sollte. Sie wandte das Buch auf die Realität der Welt um sie herum an.

Der richtig angewandte Fitzgerald in Gestalt von Irene Svensson sitzt neben mir, in einem der Situation angepaßten Matrosensakko und in weißen Hosen, und ähnlich wie Nicole unterscheidet sie sich von der Jeans-Uniformität. Die Reichen sind halt anders als wir. Sie haben mehr Geld. Auf dem mit Vidal Sassoon frisierten Haar trägt sie eine Matrosenmütze.

»*Sure. Half-bred Indians toil on Brasilian coffee plantations, also for my sake.*«

Ich sage:

»Das war aber nicht ganz korrekt, Irene.«

»Diesen Abschnitt haben Sie uns dreimal vorgelesen. Ich kenne ihn schon auswendig.«

»Weil er auf dich zutrifft!« bemerkt Wendy.

»*Evergrateful Czech musicians fiddle for peanuts for my sake*«, sage ich. »*Hare-brained Soviet dancers break their legs also for my sake.*«

Irene lacht nicht. Die anderen verstehen es nicht. Bis auf Hakim vielleicht, der jedoch auf seine eigene Art und Weise.

»*Isn't she like Nicole?*« lallt die beschwipste Wendy. »*Isn't she exactly like that loony girl?*«

»Irene ist nicht schizophren«, korrigiere ich sie.

»Aber hübsch!«

»*Stop it!*« greift nun Irene ein. Hier in der Kajüte befindet sie sich in der passenden Kulisse. Sogar der verliebte Bellissimmo registriert das.

»*And rich!*« spricht er achtungsvoll.

»*I'm not beautiful!*« wehrt Irene gereizt ab.

»Was bist du dann?«

»*I'm just ...*«

»*Well dressed?*« steuere ich auch einen Vorschlag bei.

»*And beautiful!*« Wendy besteht tief überzeugt darauf.

Die Jacht schaukelt, Wendy hält sich an der Tischkante fest und sieht sich Irenes rosiges Gesicht an. »Ich glaube, Irene ist die schönste von Edenvale.«

»*Oh, shut up, Wendy!*« sagt Irene und drückt die Fernbedienung des Fernsehers.

»*You talk like a lesbian*«, meint Vicky dazu, die sich von Irenes bezaubernder Ausstrahlung nicht beeindrucken läßt. Bellissimmo scheint heute – wenn auch nur ein ganz klein bißchen – Irenes Zauber zu erliegen.

»*Maybe I am one*«, stimmt Wendy zu.

»*Are you a socialist?*« frage ich einfältig. In Hakims Augen blitzt es auf.

»*I guess so*«, antwortet Wendy. »*I'm a buddhist for sure.*«

Auf dem Fernsehschirm erscheint eine Frau mit einem Gesicht, das an eine ziemlich scheußliche weiße Maske erinnert. Nur ihre Lippen bewegen sich, monotone Laute kommen aus dem Mund. Die Frau setzt sich für die Revolution der Frauen, der Schwarzen, der Huren und des Proletariats ein.

»Denkt ihr, daß sie ein *face-lift* hat machen lassen?« fragt Wendy.

»*Sure*«, meint Irene. »An der hat sich bestimmt ein ganzes Team von plastischen Chirurgen eine goldene Nase verdient.«

... was aus uns eine Ware macht, die käuflich ist ...

Irene wendet sich an mich:

»Würden Sie sie kaufen?«

»Ich würde sie nicht einmal geschenkt haben wollen.«

»Vielleicht wäre das ein Fehler«, meint Irene. »Das ist die Vanderhouten, aus der Familie Vanderhouten aus Philadelphia. Sie ist nicht nur reich. *She is super-rich.*«

Hakim sieht sich die Maske an, ich weiß nicht, was in ihm vorgeht. Ich weiß aber auch nicht, was hinter der Maske vorgeht. Ich sage zu Irene:

»Fräulein Svensson, Sie wissen nicht, was Dick Diver widerfahren ist, weil er Nicole aus der Familie Warren aus Chicago geheiratet hat?«

»Doch«, antwortet Irene und sieht mir mit einem seltsam starren Blick direkt in die Augen. »Aber er hat sie nicht deshalb geheiratet, weil sie zur Familie Warren aus Chicago gehörte. Er hat sie geliebt.«

Ich hatte eine Gehirnerschütterung, zwei angeknackste Rippen, eine gebrochene Nasenscheidewand und einen ausgeschlagenen Zahn. Das alles hatte Franta mit einem einzigen legendären Schlag geschafft, den mir Marie und die Jungs von der Band vor kurzem vorausgesagt hatten. Ich lag in der chirurgischen Abteilung in einem großen Zimmer, außer mir lagen dort noch zwei Skifahrer mit einem gebrochenen Bein, zwei Blinddarm-Patienten und ein Autounfallopfer, bei dem der Holzgastank explodiert war. Ich genoß den Ausblick aus dem Fenster auf den verschneiten Hang des Schwarzen Berges, auf die Skifahrer und rodelnden Kinder, und hatte Gelegenheit zum Meditieren. Das schlechte Gewissen nagte an mir, die wiedererwachte Stimme des Hochwürden Meloun. Was für ein Saukerl ich doch war! Im Bett liegend, versuchte ich, die Ereignisse der letzten Tage vom moralischen Standpunkt aus zu betrachten. Zuerst verführe ich Frantas Verlobte, verknalle mich dermaßen in sie, daß ich ihr bis auf den Schwarzen Berg nachlaufe, dort vergesse ich sie aber gleich wieder und mache mich an Marie heran. Im theologischen Sinne konnte man Frantas Tat nur als Fingerzeig Gottes deuten, der sich in meinem Fall in eine Bergbauernfaust verwandelt hatte.

Ein direkter Schlag auf die Nase hatte gereicht. Für den Rest hatte Mutter Erde gesorgt. Ich war in eine tiefe Ohnmacht gefallen, Franta erschrak und haute ab. Erst nach einer halben Stunde fand mich Herr Dresler, als er vom Café nach Hause ging. Er rief rasch die Ambulanz, so daß Marie gleich von meinem Sturz erfuhr. Selbstverständlich ging ihr das nicht aus dem Kopf, und deshalb war sie – abgesehen von meiner Mutter – die erste, die mich im Krankenhaus besuchen kam. Doch da hatte ich bereits meine Gewissensprüfung hinter mir, und mir war klar, daß ich Franta nicht bloßstellen konnte. Obwohl er in der Rolle des Fingerzeiges aufgetreten war, hatte er vom weltlichen Gesichtspunkt eine Straftat, nämlich Körperverletzung begangen, und so ein Schwein war ich auch wieder nicht, daß ich ihn einer Strafverfolgung ausgesetzt hätte. Also erzählte ich Marie, daß ich auf dem Glatteis ausgerutscht war und daß alle meine Verletzungen Folgen davon waren. Marie hatte aber schon vorher Informationen von Doktor Čapek eingeholt, und reagierte auf meine Version mit ihrer unnachahmlich süßen Standardantwort: »Du schwafelst, Dannylein! Ich hab's dir doch gesagt: Die Mädchen, die in der Fabrik arbeiten, haben Jungs, denen die Faust locker sitzt!« »Was quasselst du denn da, Marie?« wunderte ich mich recht unglaubwürdig. »Ich sag dir doch, daß ich ausgerutscht bin!« »Bleibt deine Nase jetzt für immer so?« fragte Marie und betastete die Spitze meiner Nase, die bereits wie eine Tomate angeschwollen war. »Das kann dir doch egal sein, oder?« fertigte ich sie ab. »Mit so einer Nase solltest du nach dem Krieg nach Afrika auswandern«, schlug Marie vor. »Das sieht ja grausam aus! Also tschüs, Dannylein!« Sie stand auf und lief in der Tür Irena in die Arme. Sie grüßten einander mit einem zweifachen kühlen Hallo!, und schon saß Irena an meinem Bett, die braunen Augen fielen ihr fast aus dem Kopf. »Oh, der hat dich aber ganz schön zugerichtet! Bleibt deine Nase für immer so?« »Erstens weiß ich nicht, von wem du redest. Ich bin einfach ausgerutscht. Und zweitens, man gibt mir ein Stück Metall in die Nase, und dann ist sie wieder normal ...« »Wieso weißt du nicht, von wem ich rede, wenn es jeder weiß?« »Alles nur Getratsche«, sagte ich. »Ich bin auf dem Glatteis ausgerutscht.«

»Ondra sagt«, fuhr Irena fort – mit Ondra war Doktor Čapek gemeint, in den sie verliebt war, er aber nicht in sie –, »daß man sich bei einem einfachen Ausrutschen nicht einmal die Hälfte derartiger

Selbstverstümmelungen zuziehen kann.« »Ondra ist ein einfacher Landarzt …« Ich wurde sauer. »Nach dem Krieg gehe ich damit zu Burian, und der macht mir eine solche Nase, daß du dich in mich noch mehr verknallst als in Ondra.« »Du hast ja eine blühende Phantasie!« sagte Irena. »Allerdings eine etwas doofe Phantasie. Vielleicht solltest du lieber daran denken, wie jetzt deine Liebste wohl aussehen mag, wenn ihr Typ dir so 'ne Nase verpaßt hat. Die tut mir leid. Auch wenn mich Untreue total anwidert«, sprach sie tugendhaft. Mir dieser Pharisäererklärung stand sie auf, und in der Tür stieß sie beinahe mit Lucie und den Jungs von der Band zusammen. Lexa schnappte ihre Hand, schüttelte sie mitleidsvoll und wischte sich die nichtexistierenden Tränen ab, doch Irena riß sich los und ging. »Mann! Seht euch diese Nase an!« rief Lucie. Es war offensichtlich eine wirkliche Sonderanfertigung. Später wollte ich auf die Toilette gehen, um mich im Spiegel zu betrachten. »Wie eine Feige!« sagte Harry. »Eine zertretene«, meinte Benno. »Sir, was werden Sie nun tun?« fragte Lexa. »Mit so 'ner Nase werden Sie wohl kaum den Damen gefallen!« »Das haben mir bereits zwei angedeutet«, sagte ich. »Lucie wird gleich die dritte sein.« »Wieso die dritte?« wunderte sich Lucie. »Mir gefällt so eine Nase. Das ist genau das, was dir gefehlt hat, Danny. Erst jetzt siehst du genauso aus wie … wie …« »Louis Armstrong«, ergänzte Benno. »Das stimmt!« rief Lexa aus. »Wenn du wieder beieinander bist, kauf dir einen goldenen Nasenring.« »Richtig«, pflichtete ihm Lucie bei. »Mit einem Ring wird die Nase noch schöner aussehen.« »Allerdings, wenn du dann Irena nicht mehr gefallen solltest …«, meinte Lexa. »… und Marie auch nicht mehr …«, sagte Harry. »… und so weiter und so fort …«, schloß sich Benno an. »In diesem Fall würde ich dir meine Nase zur Transplantation anbieten«, schlug Lexa vor. »Weil ich dein Freund bin.« »Es ist fraglich, ob er sich darüber freuen würde …«, bemerkte Lucie. »Mit deiner Nase wäre er nicht einmal so hübsch wie Benno.« Und so setzte sich die Unterhaltung noch eine halbe Stunde fort, bis Schwester Udelína kam und sie hinausschmiß. Ich war gespannt, wem sie diesmal in der Tür in die Arme laufen würden, doch es war nur Herr Doktor Čapek, der zur Abendvisite kam. Er interessierte sich ebenfalls für meine Nase und fragte mich, wer mich so zugerichtet hätte. Ich wiederholte meine Version von dem Ausrutscher, und er meinte, ihm persönlich sei es egal, was ich mir ausdenke, doch er könne seinen professionellen

Ruf nicht aufs Spiel setzen, indem er eine mittelschwere Körperverletzung, die zweifellos von einer anderen Person verursacht worden war, als einen selbst verschuldeten Unfall diagnostiziert. Aber wenn ich nichts angeben wolle, würde er schreiben, ich sei im trunkenen Zustand von einem unbekannten Täter angegriffen worden, denn unter anderem müsse er dies der Polizei melden. Doktor Čapek hatte – obwohl er mir wegen Irena unsympathisch war – wenigstens Charakter und war keine Tratschtante. Doch diese idealistische Vorstellung verflüchtigte sich gleich wieder, denn er stand von meinem Bett auf, zwinkerte mir vielsagend zu wie kürzlich mein Vater Nadja und fragte: »War die Sünde wenigstens eine solche Strafe wert?«, drehte sich um und ging hinaus.

Über diese Vorstellung freuten sich natürlich die zwei Skifahrer mit den gebrochenen Haxen, denn sie kannten mich sowie alle Mädchen, die mich heute besucht hatten. Die Tratscherei ging mir auf die Nerven. Ich bekam Angst, daß Franta auch Nadja brutal verprügelt hatte, nachdem ihm gedämmert war, daß sie ihm Hörner aufgesetzt hatte. Erstaunlicherweise war das keine richtige Angst, vielmehr tat mir das gut. Mit Genugtuung wurde mir klar, daß ich ein richtiges Schwein war.

Und so lag ich mit meinen Gedanken da, vom Hang her hörte man die Stimmen der Skifahrer, meistens von Kindern, werktags konnte es sich kaum jemand leisten, skifahren zu gehen. Die Sonne war am Untergehen, am Horizont bildete sich ein rosa Streifen. Von der Tür her vernahm ich ein leichtes Räuspern. Ich sah hin, und im ersten Moment befahl mir mein Instinkt, aus dem Bett zu springen und wegzulaufen. Doch wie ich zuckte, verspürte ich ein Stechen im Kopf und in den Rippen und fiel wieder hilflos in die Kissen zurück.

In der Zimmertür stand Franta und hielt seine Pelzmütze in der Hand. Er ließ seinen finsteren Blick forschend über die Betten schweifen. Er betrachtete die zwei gebrochenen Beine, die an einem Band aufgehängt waren.

Dann erblickte er mich. Erschrocken tastete ich nach der Klingel, um Schwester Udelína zu rufen. Hier konnte mir niemand helfen. Es lagen ja nur lauter Halbtote hier.

»Guten Tag«, grüßte Franta.

Ich machte den Mund auf, es kam aber nur ein fragender Laut heraus.

»Ich werde dich nicht lange aufhalten«, sagte Franta. »Du bist bestimmt müde …«

Er trat näher an mein Bett heran und starrte mich mit weit aufgerissenen Augen an.

»Ich wollte mich bei dir entschuldigen«, erklärte er. »Nadja hat keine Ruhe gegeben.«

Ich verstand gar nichts mehr. Wollte er sich bei mir dafür entschuldigen, daß ich seine Braut verführt hatte? War er ein so überzeugter Christ?

»Es war unbedacht von mir«, sagte er. »Ich kann mich oft nicht beherrschen. Aber ich war wütend auf dich, weil du Nadja in so 'ne Gefahr gebracht hast …«

Plötzlich leuchtete mir der unglaubliche Irrtum in meiner Interpretation ein. Er war doch ein Christ! Dem Reinen das Reine …

»Als mir Vachoušek das am Sonntag erzählt hat, hätte ich dich am liebsten erwürgt«, sprach Nadjas Verlobter. »Sollte man Nadja einsperren, würde sie sterben. Mit ihrer Tuberkulose würde sie das KZ nicht überleben. Der Hunger, die schlechte Behandlung … du mußt verstehen, daß ich den Kopf verloren hab …« Er sah mich mit seinen hündisch ergebenen Augen an.

»Ich verstehe dich«, brachte ich endlich heraus.

»Es hätte auch gereicht, dich zusammenzustauchen oder dir eine aufs Maul zu hauen …«

»Du hast mir doch eine reingehauen!«

»Aber mit der Faust. Ich hätte dich mit der flachen Hand schlagen sollen. Ich hätte wissen müssen, daß ich mit der Faust 'nen Ochsen umlegen kann.«

Ich kam mir vor wie ein winziger Ochse. Wahrscheinlich deshalb, weil Franta wirklich wie ein Bulle aussah. Franta stotterte weiter – wie bei der Beichte:

»Es … tut mir leid …«

»Es braucht dir nicht leid zu tun«, sagte ich. »Das war …«, ich ließ mich von der Volksweisheit anstecken, die anscheinend für alles eine richtige Lösung kennt, »… bei mir schon längst fällig.«

Er lächelte schüchtern. Sein Blick fuhr eines der Bänder hoch, an dem ein gebrochenes Bein hing. Er sah bis zur Decke und dann wieder nach unten. Danach drehte er sich zu mir um und streckte mir seine breite Hand entgegen.

»Also, wenn du nicht zu sauer bist auf mich, dann ... laß uns Frieden schließen!«

Er sah mit seinen Kulleraugen direkt in meine, ich konnte darin kein Zeichen erkennen. Ich reichte ihm die Hand und bereute es sofort, ich akzeptierte es als die Vollendung meiner Strafe. In meiner Hand knackte es, und ich spürte, wie sie anschwoll. »Also dann, mit Gott«, verabschiedete sich Franta, und mit einem letzten achtungsvollen Blick auf die Gipsbeine torkelte er zwischen den Betten aus dem Zimmer.

Plötzlich mochte ich ihn. Bin ich pervers, oder was war mit mir los? Wahrscheinlich liebte ich Nadja doch nicht, wenn ich auf ihn nicht eifersüchtig war. Ich dachte über diese Geheimnisse nach, und irgendwie hatte ich den Eindruck, daß doch alles zusammenpaßte.

Oder war die Wahrscheinlichkeit größer, daß ich ein Schwein war. Was war mit Marie? Und mit Irena? Und mit all den anderen? Ich warf mich im Bett hin und her, dachte an Nadjas Bauch, dann an den verschneiten Hang, an das kleine Haus und an Marie. Ich verlor den Überblick und begann zu leiden. Mein Gott, ich mußte ein schlimmes Schwein sein! Ein ungeheures Schwein!

Schwester Udelína kam ins Zimmer und zog ratternd die Verdunklungsrollos herunter. Dann knipste sie das Licht an, trat an mein Bett, griff unter ihre Schürze und holte einen Brief in einem amtlichen blauen Umschlag hervor.

»Das hat der Briefträger für Sie gebracht!«

Lieber Dan,

ich weiß nicht, ob Du noch Gedichte liest, du hast noch nie gerne welche gelesen. Soweit ich mich erinnern kann, konntest Du nur wenige Zeilen von Seifert und Nezval auswendig, und – sei mir bitte nicht böse – es waren die banalsten von allen. Zweifellos hast Du sie auch für andere Zwecke als für die Poesie benötigt. Aber hast Du schon wenigstens einige der Bände durchgeblättert, die in der letzten Zeit erschienen sind? Das solltest Du tun. Ich wünsche es Dir schon allein aus rein egoistischen Gründen, denn die neuen Bände, zusammen mit der Wiederentdeckung Kafkas und dem, was sich in der Literaturkritik abspielt, sind für mich, wenn nicht die Antwort auf die Fragen, die ich, wie Du weißt, mir seit dem Ende des Krieges stellte, dann wenigstens eine Bestätigung dafür, daß ich den richtigen Weg – vielleicht nur instinktiv und im Zickzack – eingeschlagen habe.

Erinnerst Du Dich noch an den Schaukasten vor der Schokoladenfabrik Rupa in Kostelec? Und daran, wie sich die Kritiker – heute möchte ich dieses Wort am liebsten in Anführungsstriche setzen – auf mich stürzten, nachdem ich meine erste Sammlung veröffentlicht hatte? Das alles lag wie ein schwerer Stein auf meiner Brust. Ich nahm nichts auf die leichte Schulter wie so manche meiner Freunde. Nach vielen schlaflosen Nächten – ich übertreibe nicht, auch wenn Du mir wahrscheinlich nicht glaubst, Dir ist es wohl noch nicht passiert, daß Du wegen eines literarischen Problems nicht schlafen konntest – ist für mich nun hoffentlich alles klar.

Du weißt, daß mir immer sehr viel daran lag, bei uns eine bessere, das heißt gerechtere Gesellschaft entstehen zu lassen, obwohl ich nie Kommunist war und auch nie sein werde. Doch eine bessere Gesellschaft kann nicht in gewissen Punkten besser sein und in anderen wiederum schlechter. Erscheint Dir das zu maximalistisch? Dein geliebter Hemingway hat geschrieben: Die Revolution ist eine hervorragende Sache. Nur eine Zeitlang. Dann kippt sie … ich bin also zu der Ansicht gelangt, daß es genauso wichtig wie die Durchführung der Revolution selbst ist – oder vielleicht noch wichtiger –, darauf zu achten, daß sie nicht umkippt. Beachte, daß ich immer wieder die Worte »wahrscheinlich« und »vielleicht« benutze. Das kommt daher, weil ich versuche, durch meine subjektiven und privaten Neigungen die objektiven und allgemeinen Dinge nicht in den Hintergrund zu drängen.

Doch wirklich: Besser kann man eine Gesellschaft nur dann nennen, wenn sie in allen Belangen besser ist. In der Zeit unmittelbar nach der Revolution – das heißt innerhalb von höchstens fünf Jahren, bis der Revolutionsapparat seine Macht gefestigt hat – könnten einige wichtige Bereiche, objektiv gesehen, eventuell »schlechter« sein. Wie zum Beispiel die Legalität. Eine Revolution ist ein gewaltsamer Eingriff, und sie steht eo ipso *im Widerspruch zu der formalen Gesetzmäßigkeit. In dieser unmittelbaren Revolutionszeit sind vielleicht eher Plakate als Bilder notwendig, eher simplifizierende Fabeln als der komplizierende Kafka. Doch das alles darf nur vorübergehend sein! Es darf nicht so lange dauern, daß es ganze Menschenleben verschluckt! Sonst würde die Revolution sich selbst annullieren.*

Wenn es die bourgeoise und feudale Kunst geschafft hat, tief in die Kompliziertheit des Menschen einzudringen, darf die sozialistische

Kunst vor dieser Kompliziertheit nicht zurückschrecken, darf nicht bloß Oberfläche darstellen oder gar die Oberfläche ändern bzw. »frisieren«, wie man so schön sagt.

Einst habe ich Dir die Verse von S. K. Neumann geschrieben, über die ich mir lange den Kopf zerbrochen habe:

Ich liebe alle Dinge, deren Beziehungen einfach sind,
auch solche Menschen mag ich am meisten.
Sie sind rein und anmutig, auch wenn ich sie zum hundertsten Mal betrachte,
sie bestehen aus dem Urstoff und schmecken wie reife Bucheckern.

Heute möchte ich Dir andere Verse schicken. Sie sprechen ebenfalls von einfachen Menschen:

In der kleinen Metzgerei füllt der Mann
Schweinsdärme und die Frau
Speilt sie. Das Wasser im Kessel kocht.
Die Frau singt. Der Dampf wallt
In den grauen Hof,
Wo Kinder eine tote Katze aufschlitzen, der Mann
Stopft die Schweinsdärme (in seinem Trauring
spiegelt sich die Sonne wider),
Der Abend neigt sich seinem Ende zu.
Kinder pieken mit einem Stock
In die Katze, die voller Würmer ist,
Rosa und lebendig, ungeheuer
Lebendig, der Abend sinkt tiefer
Rosa und lebendig; der Trauring
Wirft manchmal das rosa Licht zurück,
Die Frau singt (Der Ring an ihrem Finger ist
Verwelkt) und das Arbeitsbrett quillt vor
Leberwürsten über, sie sind so rosa
Wie der frühe Abend
In der kleinen Metzgerei …

Verstehst Du mich? Neumann ist abstrakt. Kolár ist konkret. Er vermittelt eine nachprüfbare Wahrheit. Ein Bild, kein Plakat. Was wissen wir überhaupt vom »Urstoff«? Wer weiß, wie kompliziert die Beziehungen zwischen den Menschen sind, deren Beziehungen »einfach«

erscheinen? Darüber habe ich Dir allerdings auch schon geschrieben: Besteht ihre Schlichtheit in unserem Unwissen oder unserer Faulheit, sich auch mit solchen Menschen zu befassen, nicht nur mit den offensichtlich komplizierten Intellektuellen? Waren in dieser Hinsicht nicht etwa die älteren tschechischen Autoren wie Baar, Světlá oder Němcová klüger, die es geschafft haben, unter den Anstrich der Schlichtheit zu schauen und das Labyrinth der Seele zu verbalisieren?

Du hast aber wahrscheinlich keine Geduld für Poesie. Ich erinnere Dich also nochmals an Deine paläontologische Theorie. Wären die Beziehungen zwischen den einfachen Menschen im zwanzigsten Jahrhundert (oder wann auch immer) in der Tat »schlicht«, müßten wir sie rein wissenschaftlich als »primitiv« bezeichnen: im Sinne einer niedrigeren Entwicklungsstufe der Intelligenz. Doch primitive Menschen dürfen nicht das Ziel der sozialistischen Gesellschaft sein, es wäre ja auch nicht möglich, denn es würde den Evolutionsgesetzen widersprechen. In der Literatur (und auch in der Politik) entspricht gerade dieses Zurechtmachen derartigen primitiven Verhältnissen: Die Erkenntnis wird durch Parolen ersetzt, vom Konkreten flüchtet man in die Abstraktion. Das ist im wahrsten Sinne *des Wortes* reaktionäre Kunst. *Die Seele des Menschen in unserem Jahrhundert birgt die gesamte Geschichte der Menschheit in sich, deshalb kann sie nicht in einer Kunst mitschwingen, die alles primitiv macht. Die Frisur verliert ihre Wirkung. Eine Kunst, die unwirksam ist, nutzt nichts.*

Daher muß die Literatur der sozialistischen Gesellschaft, wenn sie besser sein soll, komplizierter sein als die ältere Literatur. Sie muß die menschlichen Komplikationen mit stärkerer Exaktheit widerspiegeln, sanfter, unter mehreren Gesichtspunkten. Und das alles ist nur deshalb machbar, weil diese Gesellschaft die schlimmsten Komplikationen – das heißt Komplikationen, die ihren Ursprung in den Eigentumsverhältnissen, in der Ausbeutung und so weiter haben – beseitigt hat oder beseitigen sollte. Um so mehr kann sie sich also den Beziehungen des Herzens und des Geistes widmen und braucht sich nicht mit den Kontrakten des Großen Bruders beschäftigen.

Bei uns kommt dies langsam in Gang. Gewisse Werke, die jetzt erscheinen, haben die Chance, richtige sozialistische Literatur zu werden, ohne daß sie sich unbedingt als sozialistisch bezeichnen. Es ist aber tatsächlich sozialistische Literatur, denn es ist eine menschliche Literatur.

Entschuldige dieses Pathos, ich pflege immer darin zu schwelgen. Aber diese Dinge sind für mich von großer Bedeutung. Darin besteht der Sinn meines Lebens, und – Du kannst ruhig lachen – falls ich den Sinn meines Lebens nicht finden sollte oder falls ich nach ihm nicht wenigstens frei suchen dürfte, dann kann ich weder dieser noch einer anderen Gesellschaft nützlich sein.

Die Revolution sollte den Menschen befreien, nicht nur von der körperlichen, sondern auch von der geistigen Armut. Wahrscheinlich vor allem von der geistigen, denn im Geist liegt die Essenz des Menschen. Sie sollte eine in jeder Hinsicht bessere Gesellschaft schaffen, die vielleicht nur deshalb schlechter sein dürfte, da es schwieriger ist (und in dem Sinne auch »schlechter«), ein konkreter und somit auch ein komplizierter Mensch zu sein als ein abstrakter, sogenannter schlichter. Kurz und gut, die Revolution muß alles verbessern. Wenn sie nur einiges verbessert, dann war es keine Revolution, sondern eine Machtübernahme. Ist dies eine absolutistische Forderung? Ein Maximalismus? Wer sich Revolutionär nennt, muß Maximalist sein. Ist er das nicht, ist er nur ein gewöhnlicher Bandit ohne jegliche Verantwortung. Er ist ein Gauner, ohne es zu wissen.

Ich grüße Dich von ganzem Herzen, lieber Dan. Verzeihe mir, daß ich – in dieser entpoetisierten Zeit – so poetisch geworden bin.

Dein Jan

Unser Schiff schaukelt im Nordwind des Ontario-Sees, das Marihuana hat die Sinne all meiner Schützlinge durchdrungen, einschließlich Hakim, Genossin Vanderhouten leiert immer noch ihr Thema herunter, und in der besten Art eines Sinclair Lewis bietet sie ihren Zuhörern eine bunte Mischung revolutionären Hasses an: gegen Epiliergeräte, gegen die imperialistische Aggression in Angola, gegen die Diskriminierung der Frauen, die in den Kohlebergwerken Louisianas arbeiten möchten, gegen Puppen ohne realistisch gekennzeichnetes Geschlecht.

Meine Schäfchen aus Edenvale zeigen kein Interesse an der Vanderhouten, weder an ihren Vorlieben noch an ihrem Haß. Mich aber fasziniert die weiße Maske. Sie bringt das Rad der alten Paradoxe in Bewegung. *Dr. Agostino Neto,* sprechen die sich bewegenden Lippen, *and the Popular Movement for the Liberation of Angola, which represents the true aspirations of the Angolan people …* Doch auch ich hatte mit eigenen Augen die T54-Panzer in meinem Land gesehen, wo sie die »Aspiration« eines bestimmten Gebäudes, das sich durch unzählige Gänge auszeichnete, repräsentiert hatten. Es waren flache, gefährlich aussehende Kriegsfahrzeuge.

Vor dem Bullauge sieht man die Schaumkronen der Wellen auf dem alten indianischen See als auch den durch den Sturm zerrissenen Mond, vor dem sich Chingachgook bereits verneigt hat. Fidels schießwütige Jungs in diesen flachen Kriegsfahrzeugen, die durch die Hoffnung auf eine Beförderung auf der Leiter der Militärdienstgrade angetrieben werden, verwandeln mit Hilfe der neuesten Version der mehrfach verbesserten Katjuschas die imperialistische Soldateska von Jonas Savimbi in ein Beef Tatar. Eine komische, lächerliche, blutige Vorstellung. Ich spüre Hakims Blick. Kann er meine Gedanken lesen? Vermag er, in mein Gewissen zu blicken? Aber mein Gewissen ist rein. Ich vertraue keinen Antworten, die es nur in einer Version gibt, ich setze nicht auf die Katjuschas. Bereits vor dreißig Jahren, obwohl sie damals noch nicht verbessert waren, wurden die Männer der Moslemischen SS-Division Handschar unter dem Kommando von SS-Obersturmbannführer Sauberzweig mit Hilfe dieser Waffen in ein menschliches Beef Tatar verwandelt. In einem solchen Beef Tatar hat vielleicht auch ein Onkel von Hakim sein Ende gefunden. Das hat selbstverständlich nichts mit Hakims Glauben zu tun. Lediglich in diesem Gedankenfluß, in unserer inneren Zeit, die durcheinandergeworfen ist wie das Sujet eines modernistischen Romans, der niemals zu einem überschaubaren Handlungsgerüst angeordnet werden kann, in dieser *Zone* gewinnt dieses Faktum bestimmte sonderbare, tiefgründige Kontraste der menschlichen Situation. Als würde ich Hakim und ein hübsches Mädchen, das der Geisha in der Tasse einst einen Namen gegeben hatte, nebeneinander stellen. Das Rad des Lebens, das Rad des Glücks, das teuflische Rad der Existenz.

Die zarte Hand meiner Nicole, Irene Svenssons, schiebt sich auf die meine.

»Interessiert Sie das?«

Ich schüttle den Kopf.

»Ich höre nicht zu.«

»*A penny for your thought!*«

Die klassische Aufforderung eines Mädchens aus einem Roman des viktorianischen Zeitalters. Woran ich denke? Eigentlich denke ich gar nicht.

»Ich bin ein lebender *stream-of-consciousness.*«

»Sind wir das nicht alle?« fragt die Frau, die nicht nur von mir, sondern auch von Professor Steiger in der PSYCHOLOGY 235 über die Natur des menschlichen Bewußtseins umfassend aufgeklärt wurde.

»Aber in der Themse jedes einzelnen von uns schwimmt ein anderes *bric-a-brac ... empty bottles, sandwich papers, silk handkerchiefs, carboard boxes ... cigarette ends ...*«

»Aber das Prinzip ist das gleiche.«

»Ja. Das Prinzip ist das gleiche.«

»Was schwimmt also in Ihrer Themse?«

»Siehst du? Du fragst nicht nach dem Prinzip. Du willst es konkret wissen ...«

»Weil ich das Prinzip kenne. Ich weiß nicht, woran Sie konkret ...«

Woran ich denke ...

»Nicht an Odysseus«, sage ich. »Meine inneren Ströme setzen sich nicht zu einem antiken Mythos zusammen.«

»*Well,* Sie schreiben keinen Roman«, meint Irene. »Joyce hat einen geschrieben. In Ihnen steckt die richtige Themse ...«

Die Themse ... Vielleicht deshalb, weil Vanderhouten jetzt das Recht der Schwulen auf den Militärdienst verteidigt? Der Telefonanruf in einer Februarnacht. Alan hier. *Listen.* Ich rufe vom Flughafen aus an. Ich bin in Prag. Was für eine Überraschung. Wir trafen uns, die ganze Nacht bis zum nächsten Morgen waren wir zusammen, wir erzählten und erzählten. Dichter reden gerne, vielleicht reden sie noch lieber als sie dichten. Er kannte niemanden in Prag, nur mich. Wohl deshalb, weil ich einst sein Poem »Donnerschlag« übersetzt hatte, ein Teil davon war in der Zeitschrift »Weltliteratur« erschienen (er ahnte nicht, daß ich »Trotzkisten« als »Revolutionäre« übersetzte, schon damals hatte ich gewußt, daß es vergeblich gewesen wäre, es ihm zu erklären. Doch zum Glück war der Zensor zu faul, es mit dem Original zu vergleichen, oder er konnte nicht Englisch). Aus den Trotzkisten wurden also Revolutionäre, aus dem Hippie ein fortschrittlicher Dichter. Wir plauderten bis in die frühen Morgenstunden, und er hielt alles in einem naiven amerikanischen Notizblock fest. Im Notizblock eines Dichters, zusammen mit den Ideen für Metaphern und Anmerkungen zu Neologismen. Diesen Notizblock kramte später ein Genosse von der tschechoslowakischen Geheimpolizei StB hervor, blätterte darin und fragte mich: »Wie erklären Sie mir das hier, Genosse? Hier schreibt er: ›Und dann haben wir das *Horst-Wessel-Lied* gesungen.‹« Ganz einfach. Doch schwer zu verstehen für einen Mitarbeiter der Staatssicherheit. Denn dieser bastelt an Alans neuer Metamorphose: aus dem fortschrittlichen Dichter wird ein Hippie, aus einem Revolutionär ein Trotzkist, und dann aus beidem ein Reaktionär. Zwischen diesen beiden Anblicken des besagten Notizblocks, einmal in Alans Hand, nun zum zweiten Mal in der Hand des Genossen Staatspolizisten, hatte der fortschrittliche Dichter nämlich viel Übel angerichtet. Er war sogar Maikönig geworden. Sollte er jetzt Faschist werden? Warum nicht? Er würde sich in der noblen Gesellschaft von Sartre, Orwell, de Gaulle, Oswald Mosley, Bertrand Russell und Präsident Tito, vielleicht sogar von T. G. Masaryk befinden. Rätselhaft bliebe nur, warum die Blöße des Machtaktes mit diesem nuttenhaften G-String der Ideologie verdeckt werden soll.

Tiefsinnige Fragen. Jede menschliche Tat zeigt letztendlich die Tendenz zu l'art pour l'art.

»Wie erklären Sie mir das, Genosse?« hatte mich der StB-Genosse damals geduldig gefragt.

»Wir waren besoffen«, gestand ich wahrheitsgemäß.

Doch leider war ich auf eine seltene Spezies gestoßen, auf ein gebildetes Mitglied der Staatssicherheit:

»*In vino veritas.*«

Ich schaltete also auf sein Niveau um. Ich sprach von durch den Alkohol freigewordene Assoziationen. Wir hatten verschiedene politische Lieder gesungen, wie zum Beispiel *Los Quatros Generales* ... und so weiter ...

Er sah in den Notizblock und dachte nach. Die vier antifaschistischen Generäle waren dort auch vermerkt, der Genosse versuchte es zu bewerten und kam zu einem Urteil, das als einziges seiner Machtposition entsprach.

»Richtig, tatsächlich wird auch dieses revolutionäre Lied hier erwähnt. Aber wie erklären Sie, daß Sie gleich danach die faschistische Hymne gesungen haben und danach ...« Er blickte auf die Blockseiten, überlegte, und es kam ihm der prächtige Zusammenhang zwischen den drei Liedern in den Sinn; ursprünglich wollte er wahrscheinlich zwei davon verschweigen: »... sogar die *Internationale*?«

Sollte ich das mit einer Assoziation erklären? Das wäre Idiotie. Also fuhr ich fort: »Gleich nach der Internationale haben wir, soweit ich mich erinnern kann, *Annie Laurie* gesungen …«

»Und wie erklären Sie DAS? Wird die Hymne der internationalen Arbeiterbewegung dadurch nicht auf empörende Art und Weise entwürdigt, wenn sie zwischen einem faschistischen Schmachtfetzen und einer amerikanischen Schnulze gesungen wird?«

Er kannte *Annie* wahrscheinlich nur in der Swing-Fassung. Ich erwog, ob ich ihm die folkloristische Version erläutern sollte. Ich ließ es lieber bleiben.

»Ist nicht etwa die Tatsache, daß wir eine solche konfuse Mischung gesungen haben, der Beweis dafür, daß wir besoffen waren?«

Alles vergebliche Mühe. Er wandte die gültige Gesetzesvorschrift an:

»Trunkenheit ist kein mildernder Umstand!«

Ich weiß. *In vino veritas.*

»Wie macht man das eigentlich, wenn man einen Roman schreibt?« fragt die bezaubernd bekiffte Wendy.

»Weiß man von Anfang an, was er für eine *message* haben wird, oder schreibt man zuerst einfach drauflos und sieht erst später, was der Roman eigentlich für eine *message* beinhaltet?«

»Beides«, antworte ich. »Man schreibt einfach drauflos, man weiß aber von Anfang an, was für eine Botschaft der Roman beinhalten wird.«

»Das ist unlogisch«, widerspricht Irene. »Wenn Sie schon von Anfang an wissen, was es für eine Botschaft sein wird, beginnen Sie nicht, ›einfach so drauflos zu schreiben‹. Dann schreiben Sie den Roman *à la thèse.*«

Unter meinem Einfluß hat sie viel an Bildung gewonnen. Trotzdem muß ich ihr übertriebenes Vertrauen in die Logik enttäuschen.

»Jeder ernsthafte Roman – ich spreche nicht von *hack-writing* – entsteht *à la thèse.* Aber die These ist immer gleich, mit Ausnahme der Romane *à la thèse.*«

Irene sagt nichts; entweder versteht sie mich nicht, oder ich habe ihr mit meiner Weisheit den Atem verschlagen. Gegen das Fenster spritzt das schmutzige Wasser des stürmischen Sees. Das Schiff schaukelt, der Wind hinter den luxuriösen Schiffswänden hört sich gespenstisch an. Hakim ergreift das Wort. Wie immer spricht er, als würde er mich verachten:

»*That's a nice sounding wisecrack. But it's nothing, except just a wisecrack.*«

Ich halte meinen Unmut im Zaum. Sein Onkel ist wahrscheinlich für immer und ewig ein Bestandteil eines menschlichen Beef Tatars.

»Mein langjähriges Studium der Literatur«, spreche ich, »brachte mich zu der Überzeugung, daß die wahrsten Wahrheiten über jedes Thema, einschließlich des Lebens, die Gestalt von *wisecracks* haben.«

»Zum Beispiel?«

»Ich weiß, daß ich nichts weiß.«

Damit bringe ich Hakim zum Schweigen. Irene wacht wieder aus ihrer Geistesabwesenheit auf:

»Um was für eine These handelt es sich?«

»Um eine unheimlich alte. Dr. Johnson sagte einmal: Schriftsteller, die es darauf abgesehen haben, daß ihnen etwas Neues über den Weg läuft, werden kaum zu großen Schriftstellern, denn die großartigen Dinge sind den früheren Beobachtern nicht entgangen.«

»Ist das die These?«

»Nein. Die These heißt: *Homo sum. Humani nil a me alienum puto.* Terentius. Eine These, die fast zweitausend Jahre alt ist.«

Denken sie nach? Oder lassen sie sich nur auf den Wogen des Marihuana treiben?

Ja, sie lassen sich treiben. In den Jahren ihres jungen Lebens ist alles Alte noch neu. Im Laufe des Lebens würde alles älter werden. Doch vorerst sind sie noch auf Entdeckungsreise durch ihr Amerika. Irene fragt und hat dabei eine tiefe Falte zwischen den Augenbrauen:

»Falls aber Dr. Johnson recht hat … falls die Menschen bereits alles entdeckt und vor unserer Zeit gesagt haben … wozu sollte man dann …?«

Auch das ist Amerika, meine liebe Irene.

»Vielleicht gerade deshalb«, versuche ich ihr zu erklären, »weil das Menschliche noch so vielen Menschen derart fremd ist.«

»*Nothing but wisecracks*«, grinst der Zauberlehrling Larry Hakim. »Manchmal ist es ganz gut, daß manche menschlichen Dinge vielen Menschen fremd sind. Das Reaktionäre ist auch eine menschliche Eigenschaft. Und trotzdem …«

»Sie haben absolut recht, Hakim«, unterbreche ich den Lehrling. »Aber die Wahrheit, wie Sie sehr wohl wissen, ist ein dialektischer Prozeß. Einst hatte man Evelyn Waugh gefragt, ob ein guter Künstler ein Reaktionär sein könne …«

»Another wisecrack?«

»Haben Sie noch nicht gemerkt, daß alle guten *wisecracks* auf der Dialektik gründen?«

In Hakims Augen blitzt moslemische Wut auf. »So ist es«, bekräftige ich. »Und Waugh hat geantwortet: Ein Künstler *muß* reaktionär sein. Er muß sich gegen den Geist der Zeit stellen, er darf sich nicht von der Strömung mitreißen lassen. Er muß zumindest ein wenig in Opposition bleiben«, sage ich, »ein bißchen in Opposition, Hakim …«

Und während man die tschechische Schriftstelleropposition buchstäblich in alle Teile der Welt verjagte, mit Ausnahme des Ostens, von wo man sie ja vertrieben hatte, schuf Alan auf seiner Farm in Pear Valley auf seinem Harmonium mit Hilfe eines Fingers Lieder aus den Gedichten von William Blake. Ich kam dort gegen Abend an, Alan trat ins Freie und küßte mich feucht. Auf einem Strohballen sitzend, erzählte ich, wie das damals alles ausgegangen war. Eine Zigarette machte die Runde, wurde nach und nach zu einem angesabberten Stummel, ich nahm ihn von einem jungen Mann, der dem Mörder Manson ähnlich sah und der unentwegt vor sich hin starrte, oder wie man bei uns in der Metallfabrik zu sagen pflegte, Löcher in die Luft bohrte. Der junge Mann nahm die Zigarette von einem Mädchen, die jene abgedroschene Phrase vom Sich-wie-im-Traum-Bewegen verkörperte; sie übernahm den Stummel von einem blassen Mann mit hochgekrempelten Ärmeln, dessen Unterarme seltsam angeschwollen waren; dieser wiederum von einer jungen Frau in einer harten ländlichen Bluse und mit großen, bis zur Taille herabhängenden Brüsten, der ein fünfjähriges Mädchen unter den Rock spähte und kicherte; an diese Frau gab ein Mann die Zigarette weiter, der nicht daran zog, sondern sie nur von Alan weiterreichte. Die Sonne strahlte warm durch den Dunst, der aus einem Heuhaufen hochstieg, die Landschaft des nördlichen New York bildete eine Kulisse, die an Mittelböhmen erinnerte. Um den Heuhaufen herum tollten zwei Hunde, begleitet von einem Ferkel, das in allem die Hunde nachahmte, es versuchte sogar zu bellen. Am Abend kochte die Frau mit den Brüsten bis zur Taille ein

Gulasch aus Gras und einen Brei aus Heu, neben dem Harmonium stand ein Stereotonbandgerät und spielte Alans Lieder (diese wurden später zu Hits, und die Gelder daraus strömten wieder zurück in diese Phalanx). Die Männer, die Frauen und die Kinder aller vier Geschlechter teilen sich ein Schlafzimmer, erzählte mir Alan, aber ich könne es mir aussuchen: entweder mit ihnen zusammen zu übernachten, oder er würde für mich ein Zelt aufbauen. Ich entschied mich für das Zelt. Bei dem Gulasch aus Gras schwärmten sie von den Vorzügen des einfachen Lebens, von irgendwo her roch es entsetzlich nach Pisse, schlimmer als in der Messerschmitt. Der Reiz der Farmwirtschaft, die Anmut des Viehs, die Herrlichkeit der Selbstversorgung, von dem Gulasch aus Gras war nur das Ketchup von Heinz genießbar, die Frau, die sich wie im Traum bewegte, sprach mit Alan patagonisch, das sei ihre private Sprache, erklärte mir Alan, keiner verstehe sie, außer sie selbst, daher reiche es, irgend etwas zu sagen, willkürliche Worte, und sie verstehe sie, und so sprach er zu ihr: »Es kustá malabhad al nekreysol«, sie verstand es, ein Lächeln erhellte ihr liebliches, blasses Gesicht, sie war fast durchsichtig, kaum zwanzig Jahre alt, sie lief in einem langen Gewand herum, das sie mit einer unverständlichen, häßlichen, anscheinend mißglückten Kabbala bestickt hatte. Ihr Vater sei ein Bankier aus New York, erzählte Alan, aber sie sei weggegangen und lebe nun bei ihnen. *I enjoy this life on my farm so much! So much!* In der Nacht, gegen Morgen, brach ein Gewitter los, das Wasser lief in das Zelt, ich war wütend. Sollte ich in die Küche schlafen gehen? Bei dem furchtbaren Gestank aus dem Klo? Sie hatten dort eine Wassertoilette, doch sie würden nur einmal am Tag ziehen, belehrte mich Alan, hier gebe es wenig Wasser, man müsse damit sparsam umgehen. Wenn du mal mußt, zieh bitte nicht die Spülung. Ich ging in den Wald. Ein Licht erschien vor der durchnäßten Zeltplane, jemand kratzte daran, es war vier Uhr früh. *Are you O.K.?* Alans gütige Stimme. *I'am O.K., except that I'm wet.* Du kannst dich unter dem Vordach unterstellen. Wir gingen unter das ländliche Vordach neben dem Schweinestall, dort lag ein Haufen schimmelnder Stallmist, Alan zündete sich eine Zigarette an, sie pendelte zwischen uns beiden, wir sahen zum Horizont im Osten, wo der erste, hellblaue Lichtstreifen durch den Regen drang, dann sah man einen weißen Strich unter dem Schwarz der Regenwolken, die Sonne ging auf. Ich bin hier so glücklich, sagte Alan. So glücklich, daß ich den Eindruck habe, Egoist zu sein. Während in Vietnam oder in Arbeitslagern Menschen krepieren, genieße ich hier das Leben. Die angesabberte Zigarette war zu Ende, er zündete eine neue an, die Sonnenstrahlen beendeten den Regen, und aus dem Mist, dem Heuhafen und der Wiese begann Morgentau aufzusteigen, der Gestank auf dem Klo explodierte regelrecht, ich träumte, daß ich einen Traum mit voller Blase hatte, ich träumte vom Klo, das vollkommen zugeschissen und verpißt war, so fäkalisiert, daß man nicht mehr reinkacken konnte, plötzlich hatte ich das Gefühl, als würde Alan ohne jeglichen Ekel auf der riesigsten Scheißstätte der ganzen Welt thronen, als würde er meditieren: Siehst du? Amerika! Ist es nicht wunderschön? Ist es nicht wunderschön, dort, wo man die Schale der idiotischen Zivilisation abgelegt hat? Ich denke immer, daß die Idee der Revolution gegen die amerikanische Idiotie richtig ist, daß das, was in Kuba geschieht, gut ist, und selbstverständlich auch die Niederlage in Vietman. Aber was kommt danach ... der Dogmatismus, und was noch später folgt, ist furchtbar. Und jeder sucht nach Entschuldigungen für den Dogmatismus, nun ja, sagt jeder, das sei eben die unabdingbare Konsequenz des Kampfes gegen die amerikanische Unterdrückung. Und vielleicht stimmt das auch, meditierte Alan auf dem riesigen Scheißhaufen des Westens, die Sonne stand schon hoch am Himmel, die Farmer aus Pear Valley träumten immer noch ihren Herointraum, aus dem Stall muhte verzweifelt eine Kuh, eine Ziege meckerte ängstlich, das Ferkel stand ratlos vor der verschlossenen Stalltür und versuchte zuerst zu muhen, dann zu meckern und die Tür aufzumachen, dann grunzte es nur und rannte ausgelassen hinter den beiden Hunden her, die einen Schmetterling verfolgten. Vielleicht stimmt das, mein lieber Alan, bis auf das eine, nämlich daß es in dem kleinen Land Tschechoslowakei keine amerikanische Unterdrückung gegeben hatte, und trotzdem war der Dogmatismus gekommen, und es war furchtbar, du hast recht, es hatte auch Hinrichtungen gegeben, du gütiger, rücksichtsvoller König eines Scheißhaufens im nördlichen Staate New York, ein Schriftsteller muß ein Reaktionär sein ... muß mit etwas Opposition kommen, aus dem Haus torkelte der erste Farmer, seine zum Pferdeschwanz gebundenen Haare reichten ihm bis zum Hintern, er streckte sich, gähnte, aus dem Stall hörte er die muhende Kuh, er hob einen verschissenen Kübel vom Misthaufen auf und verschwand damit im

Stall. Die Kuh brüllte fürchterlich, das Ferkel kam angerannt, grunzte, nach einer Weile kam der Farmer heraus, von Kopf bis Fuß mit Milch bespritzt, aus dem Haus kam ein Mädchen, mit einem Sack bekleidet. O hare maranthula kerguethule kramvluelez …

Mein teurer Dan!

Am Anfang meines Briefes möchte ich dir herzliche Grüße schicken. Ich muß immer an Dich denken daß Du nicht meinst daß ich Franta etwas erzählt habe. Der Meister Vachoušek hat ihm das gesagt und er hat sich sehr geärgert daß Du verantwortungslos bist und er glaubte mir nicht als ich ihm gesagt habe daß ich Dich selbst überredet habe damit ich mich räche weil sie meinen Vater umgebracht haben. Ich habe den ganzen Tag auf Franta eingeredet aber er hat Dich am Nachmittag gesehen wie Du mit einem Fräulein Schlitten fährst und dann ist er ins Zimmer reingekommen und hat gesagt siehst du dich hat er da reingezogen und jetzt fährt er mit irgend so einem Weibsstück als wäre nichts. Und er hat auch keine Ruhe gegeben als ich ihm gesagt habe daß selbst der Meister (Vachoušek) doch gesagt hat daß die Gefahr vorbei ist wenn Uippelt da nichts unternommen hat. Das war ihm aber egal und er lief immer durch das Zimmer hin und her dann ist er nach unten gegangen zu Machåně um Salz zu holen und er hat Dich dann wieder mit dem Fräulein gesehen und das war der letzte Tropfen und ich konnte ihn nicht mehr zurückhalten. Mir gings sehr schlecht ich lag im Bett und hatte Fieber und so hat mir Franta Tee gekocht und hat gesagt daß er an die frische Luft geht damit er sich beruhigt und ist gegangen. Als er dann nach Hause kam war er furchtbar aufgeregt hat gesagt Ich hab ihn bestimmt umgebracht! Ich hab ihn ganz bestimmt umgebracht! Ich habe Angst bekommen war aber so schwach daß ich nicht einmal aus dem Bett aufstehen konnte aber ich habe Franta zu Onkel Venhoda geschickt daß der fragt und Franta sagte Ich werd mich anzeigen! Ich werd mich anzeigen! Und ich habe ihm gesagt er soll zuerst beim Onkel Venhoda nachfragen und daß der aus der Jirášek-Hütte im Krankenhaus anruft wo Du wahrscheinlich drin bist und ich hatte große Angst, ob Dich Franta nicht erschlagen hat. Er hat ja viel Kraft er will nicht weh tun aber es passiert doch. Er war wütend auf Dich aber sonst kann er Dich gut leiden er fragt mich immer worüber wir miteinander reden und ich habe ihm erzählt wie Du mir das Sonnensystem erklärt hast und daß zum nächsten Stern das Licht

300 000 Jahre braucht und er hat gefragt ob Du irgendwann zu uns zum Kaffee kommen willst wenn er Dich einlädt aber das war noch bevor ihm das Meister Vachoušek erzählt hat. Dann hat er Wut auf Dich bekommen. Mir ist ein Stein vom Herzen gefallen weil Onkel Venhoda im Krankenhaus angerufen hat und dort haben sie ihm gesagt daß Du lebst und nur eine leichte Verletzung hast. Und Franta wollte sich immer noch anzeigen gehen aber ich hab gesagt daß er unnötige Probleme auch für Dich macht weil sie dann bestimmt wissen wollen warum er Dich geschlagen hat und was würde er dann sagen? Auch hatte ich Angst wenn er sich anzeigt daß die Leute darüber reden und dann erfährt Franta noch alles und dann bringt er Dich wirklich um auch wenn er das nicht will sondern Dich nur zusammenschlagen will. Und so hab ich zu ihm gesagt: Es ist besser wenn man nicht weiß wer das gemacht hat und du gehst hin und bittest ihn um Entschuldigung er ist intelligent und versteht bestimmt daß du das nicht böse gemeint hast nur daß du Wut hattest auf ihn. Aber er hat immer das gleiche erzählt aber zum Schluß hat er gesagt: Du bist wie eine Heilige und ich rege mich viel zu schnell auf aber ich weiß daß Wut eine Sünde ist dann gehe ich also hin ich kann aber erst übermorgen weil ich morgen die Frühschicht gegen die Nachtschicht tauschen muß damit ich am Nachmittag ins Krankenhaus gehen kann abends lassen die keinen rein. Und jetzt ist er zur Frühschicht gegangen und ich sage Marie Krpatová daß sie den Brief einwerfen soll sie ist meine beste Freundin sie liest zwar bestimmt für wen der Brief ist aber Franta erzählt sie nichts sie hat noch nie etwas von mir erzählt und ich hab ihm auch von ihr nichts gesagt sie weiß genau daß ein Mädchen sich austoben muß solange sie noch jung ist dann heiratet man die Kinder kommen und auch andere Sorgen. Ich weiß daß es Sünde ist aber ich mag Dich so sehr mein lieber Dan und vor der Hochzeit gehe ich zur Beichte und ich bleibe Franta treu er ist so nett und überhaupt kein Raufbold das war nur weil er so wütend war. Wenn ich könnte würde ich alles dafür geben damit ich Dich auch im Krankenhaus besuchen könnte aber ich liege immer noch im Bett und bin schwach und hab Fieber. Aber ich nehme Tabletten und werde mich wieder erholen und dann werden wir uns vielleicht wieder sehen wenn Du das willst so sehr wie ich.

Am Ende meines Briefes sende ich Dir herzliche Grüße
Deine Nadja Jiroušková

Veronika hatte mir folgendes erzählt:

Ihr war nicht klar, daß er über ihr stand. Mit dem Helm auf dem Kopf fuhr sie im Geiste in dem Zug mit, der verunglückte, na und? In Milans Apartment in Toronto versetzte sie sich nach Prag, in das Zuhause mit ihrem Zimmer hinter der Küche mit den Fenstern zum Hof, sie lauschte der Musik, und plötzlich vernahm sie, daß Milan mit ihr sprach. Er sagte: »Du bist ganz schön verrückt nach Musik, Nika!« Doch mit dem Helm auf dem Kopf verstand sie ihn nicht, sie nahm ihn ab, er stand über ihr, schwankte ein wenig, er war betrunken.

»Was hast du gesagt?«

»Daß … daß es schön ist, dich anzugucken … wie du Musik hörst …«

Sie sah sich um, die Wohnung war schon menschenleer, nur unter der Decke hing noch eine Wolke von Zigarettenqualm, die langsam zu Boden sank.

»Mensch! Sind schon alle weggegangen?«

»Tja … ja.«

»Wo ist Barb? Sie bleibt nicht bei dir?«

»Barb?« Milan schaute sich entgeistert um. »Das ist komisch. Ich … ich hab gar nicht gemerkt, daß sie weg… weggegangen ist. Vielleicht ist sie im Schl… Schlafzimmer!«

Sie stand auf und ging zur Schlafzimmertür, Milan torkelte hinter ihr her. Das Schlafzimmer war leer. Sie drehte sich um und bemerkte plötzlich, daß sich im Zimmer etwas ganz wichtiges verändert hatte. In dem Rahmen, wo am Anfang der Party ein riesiges blow-up von Barbs Gesicht war, hing nun ein genauso großes blow-up von Susi Kajetánová. Auf ihren Lippen war ein kleiner Zettel befestigt. Unten am Rahmen ragten Papierfetzen hervor. Wahrscheinlich das ursprüngliche blow-up von Barb, das jemand heruntergerissen hatte.

»Milan! Du bist vielleicht ein Trottel!«

Sie trat an das Bild heran und machte den Zettel ab. Sie überflog ihn, dann las sie laut:

Bye, bye, Bluebeard! Barb.

Sie betrachtete das Portrait von Susi Kajetánová. Was Milan anging, war sie wahrscheinlich nur seine platonische Liebe aus der Rockband-Zeit in Prag gewesen. Über die richtigen Liebhaber der großen Sue wußte Nika Bescheid. Sie hob das heruntergerissene blow-up auf und entdeckte, daß darunter noch eines hing. Sie strich das mittlere im Rahmen glatt, und nun war sie etwas geschockt. Auf dem blow-up war sie selbst, obwohl sie mit Milan nie etwas gehabt hatte, genauso wenig wie Susi. Das Bild stammte von einem Amateurfoto, das Percy auf einer Party gemacht hatte. Auf dem Photo stand ursprünglich Milan neben ihr. Für die Vergrößerung hatte er die Hälfte, auf der er selbst abgebildet war, abgeschnitten, Veronika hatte er vergrößern lassen, und mit ihrem Bild verdeckte er die Vergangenheit namens Kajetánová. Die unwiederbringliche Vergangenheit. Dieser Dummkopf, dieser platonische Tor. Und dann hatte er die Gegenwart, genannt Nika, mit der aktuellen Barbie überklebt. Nika hob das blow-up von Barb auf und brachte es wieder im goldenen Rahmen an.

»Milan! Du bist wirklich ein Blaubart!«

»M... Meinst du? Das stimmt nicht!«

»Du bist der Gipfel des männlichen Chauvinismus!«

Sie riß alle drei Portraits aus dem Rahmen und rollte sie zusammen.

»Warum machst du das?«

»Weil dir wegen dieser Ausstellung deine Liebe weggelaufen ist, du Dussel!«

Milan winkte ab, er schwankte.

»Was soll's! Es war eh nur langweilig mit ihr. Nichts als 'ne unmögliche kanadische La... Langeweile!«

»Man kann auch nicht gerade behaupten, daß du ein toller Unterhalter wärst ...«

»Wie soll man sich mit so 'ner langweiligen Zi... Zicke unterhalten ...?«

Er taumelte, sie mußte ihn auffangen, damit er nicht umfiel.

»Ach Milan, du Ärmster! Du wirst derart mißverstanden von den langweiligen kanadischen Frauen!«

»Es sind abgeschlaffte Zicken! Es ist einfach langweilig mit denen! LANGWEILIG!«

Er blinzelte Nika betrunken zu und sprach gemäß den Regeln:

»Aber du bist ganz a... anders als die, Nika!«

»Das nenne ich 'n Beobachtungstalent. Aber über mein blow-up hast du das von Barb gehängt. *How come?*«

»Ich war sauer ... als du dir den kanadischen Langweiler aufgegabelt hast ...«

»Und Susi unter mir hast du einfach im Rahmen gelassen, für den Fall, daß ich bei dem Langweiler bleibe und ihn nicht zum Teufel jage?«

Es folgte ein trunkener Versuch, Nika zu umarmen.

»N... Nika! Ich liebe dich! Seit dem ersten Moment, nur ... ich hab's dir nie gesagt ...«

»Und was war mit Susi?«

»Das war nur platonisch!«

»Und Barb? Auch nur platonisch?«

»Nö ... das nicht ...«

»Also laß mich in Ruhe und behalte deine Barb!«

Jetzt wurde Milan sauer. Er wollte etwas sagen, doch statt dessen schnaufte er nur:

»F... f... f...«

»Wie bitte?«

»Fuck Barbie!« kam es endlich heraus.

Veronika zog ihre leicht gefärbten Augenbrauen hoch.

»You'd better, buddy!« bemerkte sie nur.

Doch dann fiel Milan auf die Nase. Eine Weile beobachtete ihn Nika, wie er vergeblich versuchte, wieder auf die Beine zu kommen.

»Du bist aber ganz schön besoffen, mein Junge!«

Es folgte ein kurzer, ungleicher Kampf zwischen dem nüchternen Mädchen und dem betrunkenen Mann, deren gemeinsames Ziel es war, einander ins Bett zu verfrachten, allerdings mit unterschiedlichen Absichten. Das Mädchen siegte.

Danach kehrte sie ins Wohnzimmer zurück und sah auf die Uhr. Zwei Uhr vorbei. Sie hatte keine Lust, nachts alleine nach Hause zu fahren. Trotz ihrer Jugend war sie bereits eine erfahrene Veteranin vieler Feten in Prag, nach denen sich beide durch das Feiern entkräftete Geschlechter auf den Boden, auf Sofas, auf Teppiche legten und gemeinsam wie die Murmeltiere schliefen, wobei es weder zu kollektiver noch individueller Liebe kam. Sie gähnte, ging ins Bad, fand dort Milans Morgenmantel. Sie zog sich aus, warf sich den Morgenmantel über, ging wieder ins Wohnzimmer, überzeugte sich, daß aus Milans Schlafzimmer ein Schnarchen kam, warf ihre Sachen über den Stuhl und legte sich im Morgenmantel auf das Sofa. Das Zimmer war auf kanadische Art überheizt, und so brauchte sie keine Decke.

Und weil sie noch so jung und von Nostalgie gequält war, schlief sie sofort ein. Sie hörte nicht, daß jemand zehn Minuten später die Tür aufschloß. Dieser Jemand vernahm Milans Schnarchen und blieb in der Tür stehen. Der Mond schien durch das Fenster ins Zimmer, das Licht fiel auf Nikas eindeutig weibliche Klamotten auf dem Stuhl. Der Jemand rührte sich eine Weile nicht, dann flüsterte er: *Well, you ARE a Bluebeard, bitchyboy!*, drehte sich um und schloß leise die Tür hinter sich.

Nika schlief tief und träumte von Zügen.

Im Gegensatz zu den guten alten Zeiten war mein Ruhm auf etwa ein Zwanzigstel – wenn ich von der Anzahl der verkauften Exemplare ausgehe – geschrumpft, aber weil ich mich durch die große Weisheit der Partei von der kostbaren zur verbotenen Frucht verwandelt hatte, reicht dieses miserable Zwanzigstel, daß in diesem riesigen und verschneiten Land meine Landsleute in ihren Datsuns und Pontiacs von weit und breit zusammenkommen, in den Hörsälen hiesiger Universitäten (in jedem noch so verschneiten Kaff gibt es hier mindestens eine) Platz nehmen und sich meinen neuesten Tratsch aus Prag sowie die aktuellen Interpretationen tschechischer Literaturwerke aus der alten Heimat anhören. Für den Tratsch gibt es genügend Quellen. Dazu gehören auch diplomatische Stellen, anhand dieser Informationen ließe sich ein beachtliches Kabarettprogramm zusammenstellen. In meiner Interpretation sehen alle Werke der zeitgenössischen Prager Prosa aus wie Produkte von Menschen, die an klinischen Störungen der Intelligenz leiden. Dabei bestätigen sich zwei Dinge, die mir zu Hause nicht bewußt waren: zum einen, daß die Literaturkritik ein recht einfaches und unterhaltsames Handwerk ist und wie recht Hemingway doch hatte (*Hör mal, wenn du nicht schreiben darfst, warum lernst du nicht, Kritiken zu verfassen? Dann könntest du immer schreiben. Du bräuchtest dir nicht mehr den Kopf zu zerbrechen, daß du es verlernen könntest, daß du für alle Ewigkeit verstummen müßtest, daß du nichts mehr zu sagen hättest. Die Menschen würden es lesen und dich schätzen …*), zum anderen, daß die starre Literaturzensur in der Lage ist, sogar den allergrößten Meister in die amtliche Norm hineinzuzwängen. In der Ära der Normalisierung nach 1968 sind wir allerdings weit entfernt von den alten Cowboyspielchen der

Aufbauära aus den Fünfzigern, und die zurechtgewiesenen Genies beherrschen die Schreibkunst auch im kleineren Format, sie schmieren nicht nur etwas hin. Ab und zu dürfen sie einen Blick in Richtung Westen tun, sie haben die Technik des Schreibens intus, mit deren Hilfe sie sich erhofft hatten – noch bevor man sie zurechtgewiesen hatte –, *der sichtbaren Welt dadurch gerecht zu werden, indem man die mannigfaltige und einzige Wahrheit, die auf dem Grund jedes ihrer Aspekte liegt, ans Tageslicht bringt.* Zurechtgestutzt mißbrauchen sie diese Technik, um jene Tricks unsichtbar zu machen, die sie mit der sichtbaren Welt treiben, um jene Aspekte der Wahrheit ans Licht zu bringen – eingeschränkt und vereinzelt –, die der waltenden weltlichen Macht schmeicheln. Wir leben im Zeitalter der großen Schandtaten und somit auch im Zeitalter der *wisecracks.* In dieser Situation ernste Literatur zu schreiben, bedeutet, Schund zu produzieren; und Schund zu schreiben, bedeutet, ernste Literatur zu verfassen.

Wenn … die Verhältnisse so sind, daß der Autor am Veröffentlichen gehindert wird, … so sollte er schreiben und nicht publizieren. Sollte er ohne das Publizieren finanziell nicht überleben, kann er mit etwas anderem Geld verdienen. Soweit Hemingway. Unter diesen Umständen bleiben dem Autor nur dreierlei Möglichkeiten: von etwas anderem leben und für die Schublade schreiben, Kinderbücher verfassen oder aber Schund schreiben. Ernste Literatur zu schreiben (in dieser Situation bedeutet das: sogenannte ernste), ist der einzige Vaterlands- und Kunstverrat, den ein Schriftsteller begehen kann.

Auf diese keineswegs marxistisch-leninistische Art predige ich vor dem Publikum im Hörsaal der McMahon-Universität versammelten Publikum. Nicht alle können mich verstehen, das ist mir klar. Viele von ihnen haben das Land zu einer Zeit verlassen, als die Literatur noch keine große Bedeutung hatte, weil sie für den Staat noch nicht gefährlich war, denn es handelte sich noch nicht um einen solchen Staat wie jetzt. Sie hören höflich zu, doch mein Abrakadabra aus der Ära des Aufbaus sowie der endgültigen Zerstörung des Sozialismus ist ihnen zu fremd, vielleicht sogar unverständlich. Unser Kampf für das Recht, auf einer gedruckten Seite eine männliche Hand auf eine nackte weibliche Brust legen zu lassen, berührt sie kaum. Warum sollte es auch? Es ist in der Tat nur ein Kabarettsketch, eine Ausgeburt des Galgens. Ein Wahnsinn, der zu schlichter Debilität degeneriert ist.

Doch ab und zu sitzt unter den lauschenden Landsleuten auch eine Frau (meist sind es sogar Frauen; Frauen lieben die Literatur mehr, und die Ausnahmen bestätigen nur die Regel), die wirklich davon angetan ist, daß ich über Dinge Bescheid weiß, von denen niemand sonst eine Ahnung hat, da solche Informationen eigentlich nutzlos sind. Über die Stadt namens Praga Normalisata. Niemand? Diese Frauen haben das Bedürfnis, es zu erfahren. Ich weiß nämlich Bescheid von der echten Heimat, die sie im Herzen tragen, von dem Licht, das ausschließlich in Diktaturen scheint, denn im Kapitalismus verbirgt es sich im Schatten der strahlenden Hochglanzmagazine. Die echte Religion des Lebens und der wirkliche Götzendienst der Literatur können sich niemals in einer Demokratie entwickeln, in diesen vagen, langweiligen Ländern, in denen sich jeder die Freiheit nimmt, nicht zu lesen, nicht zu leiden, sich nicht zu sehnen, nichts zu wissen und nichts zu verstehen. Die Blicke dieser Frauen haften an mir, die Augen von aus dem Paradies vertriebenen Veronikas, sie verschlingen meine Geschichten über die ephemeren Helden aus der ruhmreichen Ära vor Dubček und aus der Zeit der Prostitution der Normalisierung. Das Paradies ist nicht Angelegenheit objektiver, sondern subjektiver Umstände und Verhältnisse, seine Heiligen sind die Zeit und Epiktet. Es ist das Produkt des grünen Zeitalters, je nach dem, was der eine oder der andere damit verbindet.

Mit Begierde in den Augen lauschen sie, die hübschen, fein frisierten Veronikas, meiner freundlichen (es liegt nicht in meiner Natur, Vorwürfe zu machen, zu hassen, zu verachten – so hatte mich nun mal der Allmächtige erschaffen) Idiotisierung der neuen Werke alter Helden, die diese Frauen bei den klassischen Treffen mit Wein und georgischem Cognac damals gelesen (und sie lesen sie auch heute noch, denn sie lassen sich ihre Bücher auch hierher schicken) und über die sie gestritten hatten, über jene Bücher, für die man ab dem Morgengrauen in Schlangen, die man hierzulande nicht kennt, angestanden hatte, zuerst auf der Straße und dann im Laden, um sich von den Autoren, die umsichtig eine dicke Zigarre rauchten, das Werk signieren und vielleicht sogar auch mit einer Widmung versehen zu lassen: Wenn der Meister so nett wäre, ich heiße Veronika – klar, warum sollte der Meister nicht so nett sein. Alle Meister stehen auf Frauen.

Ach wo, ich werde ihnen nicht erzählen, daß die Literatur zur Hure wird, denn unter den Verhältnissen der Normalisierung nach 1968 wird alles und jeder zur Hure, und so läßt es auch die Literatur zu. Ich erzähle ihnen nicht, wie ich erschrak, als Lída Lewis meine Interpretationen uminterpretiert hat. Ich erzähle auch nichts darüber, wie eine Prostituierte durch historisches Training sanfter wird, und wenn dann die Umstände der Zeit in Vergessenheit geraten, sie wie eine jungfräuliche Braut aussieht. Das Werk bleibt, nur die Umstände sind vergänglich, die schmutzigen Hände zerfallen zu Staub … Nur das Werk bleibt. Das erzähle ich ihnen nicht. Doch bleibt überhaupt noch ein Werk übrig? Das kann ich ihnen auch nicht sagen.

Nach meiner Kabarettvorstellung kommen sie zu mir, wie in vergangenen Zeiten in der Tschechoslowakei, auch jetzt rauche ich eine dicke Zigarre, das phallische Symbol der Besonnenheit. Diese Veronikas, die nun sieben, acht Jahre älter sind, doch immer noch sehr anmutig in ihrer Liebe zur Literatur, zu ihrer Heimat, die wir im Herzen tragen und die man weder schlagen noch stehlen kann. Sie lassen sich nun meine Bücher aus der Werkstatt von Frau Santnerová signieren, einer ehemaligen Sängerin, die sie eigenhändig im Qualm unzähliger Zigaretten setzt. Doch es gibt auch alte Editionen, noch aus dem Paradies, die diese jungen Damen auf die öde Insel mitgebracht haben. Zerfleddert, mit Rotwein bekleckert, immer wieder gewälzte Bändchen, meine einzigen Literaturpreise. Und sie sagen: Ich habe einmal mit Ihnen in Třebíč gesprochen, erinnern Sie sich? Sie werden sich wahrscheinlich nicht mehr erinnern. Ich schäme mich, aber ich kann mich wirklich nicht erinnern. Der Hampelmann vorne auf der Kanzel fällt auf, doch selbst das hübscheste Mädchen verliert sich in der Menge, der Hampelmann verliert es aus den Augen und aus dem Gedächtnis (erst viel später taucht es wie ein Schmuckstück hinter dem Ozean auf, inmitten der bienengebärenden Prärie in Manitoba, am Rande der nordischen Eisberge, in Fisherman's Wharf in San Francisco, auf den Ebenen von Colorado) – Veronikas, die allgegenwärtigen Beschwörerinnen der Alpträume Orwells und des trostlosen allgemeinen Verpfuschens des aufgebauten Kommunismus … die sündigen Heiligen …

Diese sentimentalen Gedanken jagen durch meinen Kopf, sogar noch im Haus von Professor Abraham, eines Agenten, der – laut Enthüllungen von Prager Stellen – für die Gestapo, die CIA und anscheinend auch für den japanischen Nachrichtendienst gleichzeitig arbeitet. In Wirklichkeit ist er Fachmann für Bockkäfer.

»Ich war ziemlich überrascht«, erzählt Dr. Tóth, einer der taufrischen Exilanten, die erst letztes Jahr gekommen sind. »Ich komme einen Tag nach meiner Rückkehr aus England in mein Büro, schlage wie jeden Morgen Rudé právo auf, und gleich sticht mir der Leitartikel ins Auge, und zwar deshalb, weil er eine ungewöhnliche Überschrift trägt. Die Überschrift des Leitartikels in diesem KP-Organ ist, wie Sie wissen, eine ziemlich starre Angelegenheit. Für – etwas. Für die bessere Erfüllung, für eine erfolgreichere Ernte. Oder aber: gegen. Gegen die Einmischung, gegen die Nichteinmischung. Gegen die Aussonderung. Eine versteinerte Formel zeigt die Inhaltsleere, das bedeutet Langeweile. Dieser Leitartikel hieß aber: Die Geschichte eines Verräters. Sie signalisierte etwas Konkretes, das heißt potentielle Unterhaltung. Wer wird denn hier wieder durch den Kakao gezogen? fragte ich mich und hoffte, ihn zu kennen, denn dieses Durch-den-Kakao-Ziehen wird erst dann so richtig interessant, wenn es jemanden aus unserem Bekanntenkreis trifft. Ich setzte mir also meine Brille auf und las: *Dem Doktor hat unsere Gesellschaft das gegeben, was er brauchte, oft auch das, was er nicht brauchte, sondern einfach nur wollte. Trotzdem begab sich der Doktor auf den Weg des Verrats, und letzte Woche in London, wohin er im Auftrag unserer Regierung zu einer Tagung über die Schwachstromtechnik gefahren war, erklärte er vor der kapitalistischen Presse, er würde nicht in die Tschechoslowakei zurückkehren. Für seinen Verrat wartete auf ihn selbstverständlich ein warmes Plätzchen an der Universität von Leeds, wo er bereits seine Vorlesungen aufnahm.* Ich hielt inne. Die Geschichte kam mir bekannt und fremd gleichzeitig vor. Denn, meine Damen und Herren, ich war ebenfalls auf einer Tagung in London gewesen, ich war gerade von dort zurückgekehrt, doch ich konnte mich nicht entsinnen, daß wir zu zweit gewesen wären und daß einer von uns Verrat begangen hätte. Also begann ich nochmals von vorne: *Dem Doktor hat unsere Gesellschaft das gegeben … über Schwachstromtechnik … letzte Woche … in London …* alles stimmte, nur weigerte ich mich zu glauben, den anderen Delegierten übersehen zu haben. Auch technisch wäre das nicht gut möglich gewesen, denn die Delegierten waren verpflichtet, sich jeden Abend beim Leiter der sowjetischen Delegation einzufinden, Bericht zu erstatten und vom sowjetischen Vertreter die Instruktionen für den nächsten Tag in Empfang zu nehmen, und ich hatte mich auch an diese Anweisung gehalten. Doch ich war bei dem

Genossen Delegierten stets alleine, da war kein zweiter dort … Ich fuhr also fort mit meiner Lektüre. Wie Ihnen sicher bekannt ist, setzt sich die Praxis des Durch-den-Kakao-Ziehens aus dem ersten, allgemeinen Absatz und aus dem zweiten, konkreten, zusammen. Ich las auch den zweiten Absatz, aber er war, gegen die allgemeinen Sitten, ebenfalls abstrakt. Er beinhaltete eine Predigt zum Thema, was alles unsere Gesellschaft dem Doktor gegeben habe und was, im Gegensatz dazu, der Doktor für unsere Gesellschaft geleistet habe. Wieder erschien es mir bekannt und fremd zugleich. Zu allem Überfluß auch noch langweilig. Ich übersprang einiges und las dann den letzten Satz des Leitartikels. Mir wurde schwarz vor den Augen … Ich las es ein zweites und drittes Mal, dann machte ich meine Brille sauber, lief durch mein Büro, sah in den Spiegel und las den Satz ein viertes Mal durch. Falls ich des Lesens überhaupt noch mächtig war, hatte der Satz ganz klar folgenden Inhalt: *Und so wurde Doktor Ctibor Tóth aus dem Staatlichen Forschungsinstitut für Schwachstromtechnik in Prag zum Verräter.* Ich überlegte: Im Staatlichen Forschungsinstitut für Schwachstromtechnik gibt es nur einen Doktor Ctibor Tóth. Das bin ich. Dieser Tóth war letzte Woche auf der internationalen Tagung über Schwachstromtechnik in London gewesen. Laut Rudé právo war er dort geblieben und hatte Verrat begangen. Doch ich saß in Prag und las über mich selber, über mich, der in diesem Moment an der Universität von Leeds angeblich Vorlesungen hielt. Das war keine Amnesie, das war Schizophrenie. Eine Spaltung der Persönlichkeit. Doch weil ich ein realer und realistischer Mensch bin, fiel mir noch eine dritte Möglichkeit ein: Jemand hatte dem Redakteur von Rudé právo eine Falschinformation zugespielt.«

»Oder der Redakteur hat sich das ausgedacht!« donnert ein Mann, der einer Kugel ähnelt und der sich am anderen Ende des Tisches mit belegten Schnitten vollstopft.

»Das ist auch eine Möglichkeit. Doch die Frage lautet: Warum?« Doktor Tóth grinst den Kugelmann durchtrieben an. »Ihnen muß klar sein, Meister, daß ich als Fachmann und gleichzeitig durchgekaderter Unparteiischer eine sehr wertvolle Person bin. Ich genauso wie Sie, Meister, *timeo communistes et dona ferrentes,* doch zum Unterschied zu Ihnen habe ich mich nirgends engagiert, ich habe immer brav die roten Fahnen gehißt und Fenster geschmückt. Ich war also für jegliche Parteilinie brauchbar, niemand brauchte Angst haben, wenn er mich für eine Tätigkeit oder Funktion empfahl. Und auf einmal diese öffentliche Hinrichtung! Das ist doch unlogisch.«

»Es ist vergeblich, von den Bolschewiken Logik zu verlangen!« murmelt der Kugelmann.

»Ich fürchte, Sie irren, Meister. Von den Bolschewiken, wie Sie richtig meinen, ist es vergeblich, gewisse Dinge zu verlangen: wie Wahrheit, Moral, Anständigkeit … doch eine gewisse Logik kann man ihnen nicht absprechen. Sie sind sogar sehr logisch bei ihren unlogischen Taten. Auch von diesen machen sie Gebrauch und sind also in diesem Sinne logisch. Nein, nein. In diesem Leitartikel mußte es eine Logik geben. Aber welche?«

Professor Abraham fragt:

»Kann man Sie nicht mit jemandem verwechselt haben?«

Doktor Tóth zuckt mit den Schultern.

»Ich steckte das Rudé právo in die Tasche, und in diesem Moment kam meine Sekretärin ins Büro, auf Zehenspitzen, wie eine Verschwörerin: ›Herr Doktor!‹ flüsterte sie. ›Das war sehr unvernünftig von Ihnen zurückzukehren! Wollen Sie sich bei jemandem verstecken? Gehen Sie besser hinten hinaus, nicht an der Pforte vorbei! Novotny ist bei der Staatssicherheit!‹ Novotny war, damit Sie verstehen, unser Pförtner, nicht etwa der ehemalige tschechoslowakische Präsident. Doch ich winkte nur ab und versicherte ihr, es handle sich um einen Irrtum, der sich bald aufklären würde. Sie reagierte, muß ich schon sagen, sehr skeptisch.«

»Eine vernünftige Frau!« donnert wieder der Kugelmann. Doktor Tóth lächelt.

»In der Redaktion von Rudé právo wurde meine Legitimation von zwei Pistolenheldinnen geprüft, denen mein Name jedoch nicht auffiel. Vielleicht lesen sie das Rudé právo nicht. Ohne Zwischenfälle gelangte ich zum Redakteur, der den Leitartikel verfaßt hatte, und hielt ihm wortlos meinen Personalausweis unter die Nase. Er sah ihn an und meinte: ›Nehmen Sie Platz, Genosse. Was kann ich für Sie tun?‹ Womöglich hatte er seinen Leitartikel selbst noch nicht einmal durchgelesen. Ich holte also das Rudé právo aus meiner Tasche hervor, deutete auf den Artikel und sagte sehr deutlich: ›Ich bin *dieser* Doktor Tóth!‹ Er stockte ein wenig, strich sich mit der Hand übers Gesicht, las einen Teil des Artikels und machte dann den Eindruck, als würde er aufatmen. Er meinte: ›Also damit hab ich nichts zu tun, Genosse. Dieser Artikel kam aus dem Innenministerium. Den habe ich nur übernommen. Da müssen Sie sich schon ins Ministerium bemühen und die Sache dort klären.‹«

Er verstummt, und der Kugelmann schreit:

»Sie hätten ihm eine reinhauen sollen, dieser Bolschewikensau!«

»Vielleicht«, räumte Doktor Tóth ein. »Doch einerseits bin ich ein friedlicher Mensch, andererseits hatte ich an der ganzen Angelegenheit eher intellektuelles als emotionelles Interesse. Auch, das gebe ich zu, hatte mich die Erwähnung des Innenministeriums beunruhigt. Dadurch bestätigte sich nämlich meine Vermutung, daß es sich keineswegs um den Irrtum eines Redakteurs handelte, sondern daß diese Geschichte Teil eines höheren Planes war. Und so war ich äußerst nervös, als ich nach einem kürzeren Dauerlauf durch unzählige Gänge in dem Gebäude auf dem Letná-Plateau zu dem Mitarbeiter gelangte, aus dessen Feder – noch wußte ich nicht, ob auch aus dessen Kopf – jener Leitartikel stammte. Er hieß Sedláček.«

»Ganz bestimmt!« warf der Kugelmann ein.

»Jedenfalls hat er mir diesen Namen genannt. Er hörte mir zu, sein Gesicht verfinsterte sich ein wenig, er dachte nach, und dann klingelte das Telefon auf seinem Tisch. Er hob ab, hörte zu, sagte aber nichts, legte den Hörer auf und wies mich an, alles noch einmal zu wiederholen.

»Das heißt, daß denen das Tonband verreckt ist!«

»Möglich. Ich habe also alles wiederholt, er hörte mir wieder schweigend zu und meinte dann, da ich mich nun in Prag befände und nicht in London, handle es sich wohl um einen Irrtum. Ich korrigierte ihn dahingehend, daß es sich *ganz bestimmt* um einen Irrtum handle, und er sah das auch ein. ›Wie hat es aber zu einem solchen Irrtum kommen können?‹ fragte ich ihn. Er antwortete, zu diesem Irrtum sei es in London gekommen, weil man diese Nachricht von der dortigen Botschaft erhalten habe, und er würde der Sache nachgehen. ›Lassen Sie dann im Rudé právo ein Dementi abdrucken?‹ wollte ich wissen.«

Der Kugelmann prustet los und explodiert beinahe.

»Richtig«, sagte Doktor Tóth. »Eine Weile dachte ich, er würde mich erneut bitten, alles zu wiederholen, weil er sehr lange schwieg. Danach sagte er aber: ›Genosse, Sie müssen das so sehen. Den wenigen Menschen, die Sie persönlich kennen, wird klar sein, daß das nicht stimmen kann, daß Sie ein Verräter sind. Diejenigen, die Sie nicht kennen und die den Artikel gelesen haben, auf die würde es eine angemessene pädagogische Wirkung ausüben. Hören Sie sich zum Beispiel das hier an ...‹, und er fing an, mir Sätze aus dem zweiten Absatz vorzulesen, aus der Predigt: *Zu diesem Doktor, obwohl er bourgeoiser Herkunft ist, hegte unser ganzes Volk sein vollstes Vertrauen, es ermöglichte ihm, an einer Hochschule zu studieren ...*

Ich unterbrach ihn und wagte einzuwenden, daß auch in diesem Punkt die Angaben nicht gerade exakt seien: Meinem Vater hatte ein kleiner Kaufladen ohne Angestellte gehört, so daß er vor lauter Arbeit schon mit sechsundvierzig Jahren an einem Infarkt gestorben war und daß man mich seinetwegen nicht zum Technikstudium zugelassen hatte, weshalb ich Elektromonteur lernte. Ingenieur wurde ich aufgrund eines Fernstudiums, und das Doktorat und ... Da unterbrach er mich noch einmal und erklärte mir, das pädagogische Beispiel sei so deutlicher und der Zweck heilige die Mittel. Das stamme angeblich von Lenin. ›Was werden aber diejenigen denken, die mich kennen und denen klar ist, daß der Artikel falsche Informationen enthält?‹ fragte ich ihn, doch das hätte ich besser nicht tun sollen. Er sah zuerst mich an, dann den Artikel, und plötzlich schwebte die Gefahr eines unangenehmen Rapports in der Luft. Und ich, meine Damen und Herren, spürte geradezu, wie er sich wünschte, ich hätte lieber in Leeds bleiben sollen, und sich dachte, daß es eine Frechheit von mir sei, nicht dort zu sein. Langsam stieg Angst in mir auf, doch ich wußte noch nicht, wovor.«

»Recht hatte er«, meint der Gastgeber. »Denn Sie haben durch Ihre Anwesenheit in Prag die Zuverlässigkeit, wenn nicht gar die Vertrauenswürdigkeit der Informationen in der Parteipresse in Frage gestellt ...«

»Eigentlich war es eine Provokation Ihrerseits, Mann«, brüllt der Kugelmann und bricht in Lachen aus. Es hört sich an wie eine Kettenreaktion in einem Lager für Nuklearraketen.

»Sie haben recht«, lächelt Doktor Tóth. »Und was für eine Schlußfolgerung hätten Sie an Sedláčeks Stelle daraus gezogen, Meister?«

»Ich hätte Sie so lange eingesperrt, bis Sie schwarz geworden wären!« jubelt der Kugelmann.

»Vielleicht. Aber …«, sagt Doktor Tóth, »… auf dem Weg von der Letná zu meinem Büro dachte ich darüber nach, und in meinem Gedächtnis tauchte ein Kriminalroman auf. Er hieß *Mord zwecks Hypothese*. In diesem Krimi wird die Leiche eines Lords aufgefunden, bis zur Unkenntlichkeit verstümmelt, doch identifizierbar aufgrund der Kleidungsstücke und des Tascheninhalts. Der Detektiv überführt einen armen Mieter, der zum Tode verurteilt und gehängt wird. Bald darauf wird allerdings eine zweite Leiche entdeckt, die ebenfalls als Lord Brougham identifiziert wird … diesmal jedoch mit absoluter Sicherheit: mit Hilfe von Fingerabdrücken. Dann bekommt der jüngere Bruder des Lords heraus, daß der Lord aus Gründen, die ich schon wieder vergessen habe, inkognito ins Ausland gereist war. Die erste Leiche war also jemand anderer; und als der Lord zurückkehrte, hatte er das Pech, daß er auf einen Detektiv stieß, der seinen Mord ›erfolgreich gelöst‹ hatte und deshalb befördert worden war. Der Detektiv ermordete also den Lord tatsächlich, um ihn zu beseitigen und sein Gesicht zu wahren. Und auf dem Weg von Letná ins Büro kam mir der Gedanke, ob ich mich nicht gewissermaßen in der Rolle des zweimal ermordeten Lords befände. Bald darauf bestätigte sich meine Vermutung.«

»Man hat Sie verhaftet?«

»Das nicht. Nur hat man mir meinen Dienstpaß abgenommen. Zum Glück sind die Kommunisten in diesen Dingen, milde gesagt, schlampig, und so konnte ich meinen privaten Reisepaß behalten. Dafür haben sie in meiner Wohnung neue Wanzen installiert, ausgeklügelter als die alten. Nachdem ich das rausgekriegt hatte, bekam ich es tatsächlich mit der Angst zu tun.«

Doktor Tóth stärkt sich mit einem Schluck Kaffee und blickt sich im Zimmer von Professor Abraham um, in dessen Mittelpunkt sich Präsident Masaryk auf einem wunderschön gezeichneten Pferd und der mit einem Hut der Marke Diplomat winkende Präsident Beneš befinden. Ich werde mir bewußt, wieviel Sicherheit wir in Kanada genießen. Dieser Hut birgt sicherlich kein Mikrofon, und aus Masaryks Augen kommen keine Laserstrahlen.

»Im Laufe der Zeit«, fährt Doktor Tóth fort, »entwickelte sich aus dieser Angst ein Verfolgungswahn, ein Alptraum. Nachts wachte ich schweißgebadet auf, einmal rief ich im Traum derart laut um Hilfe, daß meine Nachbarin davon aufgeweckt wurde. In den modernen Plattenbauten hört man ja alles durch die Wände. Sie trommelte gegen meine Tür, so daß ich ihr aufmachen und erklären mußte, ich hätte einen Alptraum gehabt.«

»War sie wenigstens eine Sünde wert?« fragt der Kugelmann aus vollem Hals.

Doktor Tóth streicht bedeutungsvoll über seinen Schnauzer und sagt:

»Darauf werde ich, mit Verlaub, nicht näher eingehen. Ich bin nämlich mit einer jungen Dame aus London verlobt. Trotz meiner Kenntnis der Hintergründe ging es aber mit den Alpträumen weiter, und ich kam mir vor wie eine Maus in der Falle, fast hätte ich schon alle Hoffnung auf Rettung aufgegeben. Doch dann bekam ich eine letzte, verzweifelte Idee. Ich folgerte, daß sich mir durch die Schlamperei, die sie in ihren Unterlagen hatten – weil man mir meinen Reisepaß gelassen hatte – vielleicht doch noch eine Hoffnung bot, und so meldete ich mich bei Čedok zu einem Skiurlaub in den österreichischen Alpen an. Und mein Ausreiseantrag wurde, meine Damen und Herren, ohne jede Probleme erledigt!«

»Was für ein Saustall«, schreit der Kugelmann.

»Das ist die eine Möglichkeit«, bestätigt Doktor Tóth. »Die andere wäre, daß es Sedláček erfahren und begriffen hatte, warum ich in die Alpen zum Skifahren verreisen wollte. Ich kann nämlich – und das muß aus meinen Unterlagen hervorgegangen sein – überhaupt nicht skifahren. Außerdem haben ihm seine Leute, die mich beschattet haben, bestimmt gemeldet, daß ich für die Reise alles neu angeschafft hatte, denn ich hatte selbstverständlich keine Skiausrüstung besessen. Und Sedláček kam vielleicht die Idee, daß dies die einfachste Lösung sei. Ich würde quasi den ursprünglichen Tatbestand erfüllen, ohne daß das Ministerium diesen Irrtum in Prag physisch beseitigen müßte, wenn ich schon in Leeds nicht physisch nachweisbar war. Kurz und gut, eines schönen Tages vor zwei Monaten fand ich mich in meiner funkelnagelneuen Skikleidung und Skiausrüstung bei Čedok ein und wartete auf den Bus.«

Ich fand ein freies Abteil und stürzte mich ungeduldig auf die Zeitung. Der Artikel stand auf der zweiten Seite. GERECHTE STRAFE FÜR STAATSFEINDLICHE GRUPPE. Der Zug setzte sich in Bewegung, vor dem Fenster bewegten sich die Lichter des

Wilson-Bahnhofs langsam vorüber, und ich las immer gieriger. Über dem Prager Vorort Kobylisy erschien ein metallfarbener Streifen am Himmel, er spiegelte sich im kugelförmigen Gasbehälter in Liben wider. Ich las von eingefleischten Feinden, von verräterischen Plänen der Diversanten, von der Ergreifung des reaktionären Pöbels. Ich stand erst am Anfang mit meinen Kenntnissen über den Wortschatz der neuen Zeit, es war Herbst, wir schrieben das Jahr Eins nach der kommunistischen Machtergreifung 1948. An oberster Stelle der Namensliste stand *Skočdopole Premysl.* Weitere sieben Namen folgten, ganz am Ende *Benda Josef, für Beihilfe.* Geordnet waren die Namen nach der Länge der verhängten Strafen. Hinter dem Namen Skočdopole stand der Vermerk *in Abwesenheit.* Ich las seinen Lebenslauf, den Nekrolog, den Lexikoneintrag über meinen alten Kumpel vom Korso in Kostelec, den Täter aus dem Tabaklager, jenes Helden, der den Tod von sieben Menschen verschuldet hatte, den Nomaden der romantischen Sehnsucht. In mein Abteil kamen Menschen, sie unterhielten sich, doch ich nahm sie nicht wahr, ich las. Davon, wie der Verräter Skočdopole vor der harten, aber gerechten Strafe ins feindliche Ausland geflüchtet war. Der Terminus *hart, aber gerecht* bedeutete im Jahre Eins vier Jahre Knast; zwei Jahre später kündigte er die Todesstrafe an. Die Männer auf der gegenüberliegenden Sitzbank diskutierten, und ich las den leicht entstellten Lebenslauf. Daß er aus der Familie eines Legionärs stammte, der mit bourgeoisen und imperialistischen Orden für die Ermordung von Bolschewiken ausgezeichnet worden war. Daß er während des Protektorats das Gründungsmitglied einer bourgeoisen Vereinigung, einer sog. (die spezifische Semantik dieser Abkürzung wurde mir immer klarer) Widerstandsgruppe geworden war, die sich jedoch weniger um den Kampf gegen die faschistischen Besatzer gekümmert hatte, sondern vielmehr um das Weiterbestehen der Gruppe bis in die Nachkriegszeit, um beim Versuch einer Wiedereinführung der Herrschaft der Bourgeoisie mitmischen zu können. Dieses Bemühen, las ich weiter, und es kam mir so bekannt und dennoch fremd vor, hatte diese Gruppe letztendlich zu einem ausgesprochen pronationalsozialistischen Auftreten geführt, als sie zum Beispiel in den bewegten Tagen des Nationalaufstandes im Mai 1945 versucht hatte, die Kommunisten am Überfall eines Munitionszuges der Nazis am Bahnhof in Kostelec zu hindern, wobei sie sich nicht scheute, von der Hilfe der abziehenden Nazieinheiten Gebrauch zu machen. Nach dem Krieg, hieß es in dem Dokument weiter, hatte sich die verräterische Gruppe (der Anachronismus dieses Adjektivs wurde mir in der Aufregung nicht bewußt, später gewöhnten wir uns alle daran) weiterhin getroffen, und nach dem Siegreichen Februar 1948 hatte sie ihre staatsfeindlichen Aktivitäten wieder aufgenommen (auch das Unlogische an diesem Verb begriff ich damals noch nicht). In der Wohnung der Skočdopoles hatte sie eine Druckerpresse für die Herstellung von hetzerischen Flugblätter in Betrieb genommen, deren Reste im Ofen des Verurteilten Vahař gefunden worden waren, als er gerade im Begriff war, diese zu vernichten. Statt sich aufgrund seiner verräterischen Aktivitäten wie ein Mann seiner Verantwortung zu stellen, hatte Skočdopole die feige Flucht über die Grenze gewählt. Auch Vahař versuchte zu entkommen, wurde aber von den Organen der Staatssicherheit gefaßt und ins Gefängnis eingeliefert. Bei der Durchsuchung seiner Wohnung fanden die Beamten eine Vielzahl von belastenden Dokumenten, unter anderem auch eine vollständige Liste aller Mitglieder der Terrorgruppe.

Ich hielt inne. Zum Glück war Vahař nicht dazugekommen, meinen Namen zu vermerken. Wäre er sorgfältiger gewesen, hätte dies mein ganzes Leben radikal verändert. Aus dem Fenster betrachtete ich die dahingleitende vorabendliche Landschaft, die mit Bäumen gesäumte Straße und die langsam fahrenden kleinen Autos aus der Vorkriegsproduktion, einen verspäteten Bauern, der zwei erschöpfte, vor einen Leiterwagen gespannte Kühe vom Feld in den Stall trieb. Im Geiste sah ich Přema vor mir, wie er vom Tisch aufgestanden war, sein Gesicht mit den mongolischen Backenknochen war wie immer ernst, auf dem Tisch lag eine Landkarte, im Zimmer war es dunkel, denn sie hatten die schwarzen Verdunklungsrollos, die noch aus der Zeit des Protektorats stammten, heruntergezogen, neben der Karte lag ein Fahrplan. Die Idee war einfach und hoffentlich gut. Die Züge nach Deutschland fuhren noch, und sein Cousin bestätigte die Ansicht Herrn Skočdopoles, daß am Tag der Beerdigung von Präsident Beneš auch sämtliche Grenzeinheiten nach Prag beordert werden würden. Etwa einen Kilometer vor der Grenze sollte eine leichte Steigung sein, der Zug würde dort langsamer fahren. Přema sollte hinausspringen und den restlichen Weg über die unbewachte Grenze zu Fuß gehen. Es war schon fast zwei Uhr nachts. Wir saßen in der Wohnung des Cousins, über den

Fahrplan gebeugt, ein altmodisches Radio auf dem Schrank lief, darauf klebte die pietätvoll aufbewahrte Warnung, ebenfalls aus dem Protektorat, daß das Hören von Feindsendern in schwerwiegenden Fällen sogar mit dem Tode bestraft werden würde. Das Radio war deshalb eingeschaltet, damit die Nachbarn nicht hörten, worüber wir sprachen. Dann gab es auch nichts mehr zu reden. Ich stand auf, Přema auch. Ich reichte ihm die Hand, und all seine Taten schossen mir durch den Kopf. Das brennende Lager, der Panzer, abgeschossen mit dem Maschinengewehr, das er den ganzen Krieg über versteckt gehalten hatte, das Funkgerät, das mit Hilfe des einarmigen Legionärs so erfolgreich liquidiert worden war, so daß die Staatsorgane nie von seiner Existenz erfuhren. Sonst hätte die Zeitung von einem Funkgerät berichtet und nicht nur von dem weniger effektvollen Vervielfältigungsapparat, der in diesem Bericht schon zu einer Druckerpresse mutiert war. Přema bekannte sich weder zu der Sache mit dem Lager noch zu der mit dem Panzer, ich hielt den Mund und Doktor Labský ebenso. Rund um Přema breitete sich großes, historisches Schweigen aus. In die Geschichte der Stadt Kostelec wird er als verbissener Verräter, Erbmörder und Diversant eingehen. Ich blickte in seine schmalen, mongolischen Augen, wahrscheinlich geerbt von einem alten tatarischen Wanderburschen, der Přemas Urururururgroßmutter vergewaltigt hatte. Ich sagte: »Also tschüs. Und viel Glück.« »Tschüs«, verabschiedete sich Přema. Und so trennten wir uns für immer. In der Tür drehte ich mich noch einmal um. Přema stand über die Karte und den Fahrplan gebeugt, im Kegel des gelben Lichts, dürr, muskulös, in einem schmutzigen Hemd. Ein Held, ein Verräter, mein Freund. Ich wandte mich ab und verließ die Wohnung.

Ich hob meine Augen von der Zeitung. Mein Blick traf den des Mannes mir gegenüber. Ach, sieh mal einer an, Uher.

»Hallo«, grüßte ich ihn.

»Hallo«, erwiderte Uher meinen Gruß und sah zu seinen zwei Begleitern. Irgend etwas an ihm kam mir seltsam vor, ich wußte aber nicht was; ich wußte auch nicht, was ich mit ihm reden sollte. Seit unserem Gespräch in der Kirche hatte ich ihn nicht mehr gesehen. Dann wurde mir klar, was anders an ihm war. Er trug kein Theologenkollar mehr.

»Na? Hast du schon ’n Pfarramt?« fragte ich ihn.

Sein Gesicht verfinsterte sich.

»Ich hab den Krempel gleich nach dem Krieg hingeschmissen. Weißt du das nicht?«

Ich war ehrlich überrascht.

»Warum?«

Nun verfinsterte sich sein Gesicht noch mehr. Dann grinste er.

»Ich war aus dem gleichen Grund im Seminar, aus dem auch du eintreten wolltest. Ich hab mich vor dem Totaleinsatz gedrückt.«

Wieder warf er einen Blick zur Seite auf seine zwei Begleiter, die mich äußerst merkwürdig musterten. Auch solche Blicke sollte ich noch kennenlernen. Ich glaubte Uher nicht. Ich konnte mich erinnern, wie er in der eiskalten Kirche unter dem ewigen Licht gekniet hatte und ich hinter ihm, absichtlich auf dem kalten Stein, um es Christus gleichzutun. Ich fragte:

»Aber fromm warst du schon, oder?«

»Ich? Ich bitte dich!«

»Na ja, du bist doch in die Kirche gegangen.«

»Als Seminarschüler mußte ich das.«

Ich wurde wütend auf ihn. Vielleicht wollte ich mich für die peinliche Situation rächen, in die ich mich damals durch meine Feigheit hineinmanövriert hatte.

»Du bist aber auch hingegangen, als du nicht mußtest«, behauptete ich einfach. »Erinnerst du dich noch, wie wir uns einmal abends dort getroffen haben?«

Doch damit hatte ich ihm eine Latte gelegt:

»Klar. Damals wolltest du mir doch weismachen, daß du ins Seminar eintreten wolltest. Bist du jetzt im Seminar?«

»Nein!« Ich wurde von Wut geschüttelt, ich wollte es ihm zeigen und legte los:

»Der Grund, warum ich eintreten wollte, war jedoch viel dringlicher als deiner. Ich hab 'ne Sabotage in der Fabrik ausgeheckt, und die Sache flog auf. Mit 'nem Mädchen, 'ner gewissen Jiroušková.« Und dann, weiß Gott warum, fügte ich noch hinzu: »Auch Skočdopole wußte Bescheid. Als du es abgelehnt hast, mich im Seminar zu verstecken, konnte er mich in der Hütte von Pejskar unterbringen. Den hast du ja auch gekannt, stimmt's?«

Uher wurde rot.

»Das war ...«

»Dieser da!« In meiner Stimme klang neben der Wut auch Verdrossenheit mit. Das war nicht meine Absicht gewesen, doch es ließ sich nichts mehr machen. Ich deutete auf das Urteil in der Zeitung und rezitierte spöttisch: »... *das Gründungsmitglied einer bourgeoisen Vereinigung, einer sogenannten Widerstandsgruppe!* Toll, was?« Ich schrie beinahe, wie besessen von dieser idiotischen Rührung. Im Jahre Eins war ich mir noch nicht aller Gefahren bewußt. »Rein zufällig hab ich die Gruppe gekannt. Der einzige Bourgeois war ich, und eigentlich war ich ja kein Mitglied. Ich wußte nur, daß es sie gegeben hat.«

Uher tauschte mit seinen Kollegen eigenartige Blicke. Uher meinte:

»Es war eine Gruppe, die mit der Regierung in London in Verbindung stand. Und das war eine bourgeoise Regierung.«

»Was geht mich die Regierung an!« fuhr ich ihn an, diese politische Blindheit machte mich rasend. »Die Jungs, das waren doch lauter Arbeiter. Skočdopole war sein Leben lang nichts anderes als Hilfsarbeiter. Aus der Schule hatte man ihn rausgeschmissen, weil er sich weigerte, Deutsch zu lernen. Die Sprache der Besatzer, verstehst du? Und es war eine richtige Widerstandsgruppe, und nicht nur eine sogenannte!«

Ich ließ mich auf die harte Lehne zurückfallen, vor Wut regelrecht geschüttelt. Neben der Wut machte sich langsam auch noch etwas anderes breit. Etwas Bekanntes. Seine Kollegen waren sehr seltsam. Sie sahen mich an wie zwei homosexuelle Sphinxe.

»Wenn du die Gruppe gekannt hast«, meinte Uher trocken, »dann weißt du wohl auch, daß ihr Widerstand nur gespielt war. Alles, was sie getan haben, war, daß sie ein paar private Telefonleitungen durchgeschnitten haben, 'n toller Widerstand! Deshalb ›sogenannt‹.«

Das Neue, das durch die Wut sickerte, wurde durch meine erneute Empörung zum Schweigen gebracht. Ich brüllte ihn an:

»Und Skočdopole hat wohl nur mit Streichhölzern gespielt, als das ganze Benzinlager der Deutschen in die Luft geflogen ist!«

Die drei erstarrten. Das hatte ihnen den Atem verschlagen. Uher fragte mit einem befremdlichen Unterton in seiner Stimme:

»Das war also Skočdopole?«

»Ja.«

»Habt ihr Zeugen dafür?« fragte einer seiner Kollegen scharf.

»Fragt doch Doktor Labský. Er hat ihn damals behandelt, weil Skočdopole Brandwunden von dem brennenden Benzin hatte. Ich hab den Doktor zu ihm gebracht.«

»Warum hat er das nach dem Krieg nicht zugegeben?« fragte Uher.

Warum? Das wußte ich auch nicht so recht. Wahrscheinlich wegen der sieben, die diese Tat mit dem Leben bezahlen mußten. Aber Přema war auch noch mit anderen Dinge nicht rausgerückt.

»Er wollte wahrscheinlich nach dem Krieg nicht den Helden spielen wie so viele andere auch«, sagte ich giftig und stieß hervor: »Er hat auch den Panzer auf Homole zerstört.«

»Das sind aber der Heldentaten zuviel für einen bescheidenen Menschen!« meldete sich ebenso scharf der andere Kollege zu Wort.

»Nur zwei«, meinte ich. »Ansonsten, da hast du recht, hat er nur Telefonleitungen gekappt. Aber wenn es keine Widerstandsaktivität war, das Benzinlager in die Luft zu sprengen, dann weiß ich auch nicht, was Widerstand bedeutet. Vielleicht Verleumdungsflugblätter über eine andere Widerstandsgruppe zu schreiben, aber das hat er nicht gemacht.«

»Damit hat er erst später angefangen!« kläffte der andere Kollege. »Aber schon damals haben sie sich darauf vorbereitet, gegen die Herrschaft des Volkes zu kämpfen!«

Offensichtlich waren sie gut informiert über den Fall des Verräters aus Kostelec. Mir lief es kalt über den Rücken. Dennoch sagte ich:

»Das weiß ich nicht. Davon hat er mir damals nichts erzählt. Ich weiß nur, daß er den Deutschen in Kostelec den größten Schaden zugefügt hat.«

»Weißt du, wie viele Menschenleben das gekostet hat?« fragte Uher.

»Das weiß ich. Aber vielleicht ist dir entgangen: damals war Krieg.«

Ich fühlte mich nicht wohl in meiner Haut. Nun wurde mir klar, was durch die Wut sickerte und sie schließlich erstickte. Es war die Angst. Meine alte Bekannte.

»Das war eine ähnliche Aktion wie die Ermordung von Heydrich«, meinte der eine Kollege. »Typisch für die unverantwortliche bourgeoise Auffassung von Widerstand.«

Klugscheißer, dachte ich. Damals im Jahre Eins kannte ich noch nicht viele Broschüren-Wissenschaftler. »Selbst sitzen sie in Sicherheit, und eine unverhältnismäßig hohe Zahl an Zivilisten bezahlt mit ihrem Leben.«

Die Wut in mir rebellierte ein letztes Mal gegen die Angst.

»Also Skočdopole hat gewiß nicht in Sicherheit gesessen«, wandte ich ein. »Aber es stimmt, daß er feige geflüchtet ist, anstatt sich vor den Deutschen für seine terroristische Tat zu verantworten.«

Sie erkannten das Zitat und holten tief Luft. Uher kniff die Augen zusammen:

»Und du hast dich auch noch nach dem Krieg mit ihm getroffen?«

Schließlich und endlich wurde die Wut von meinem Selbsterhaltungstrieb besiegt. Mir wurde klar, daß ich in meiner Dummheit auf eine gefährliche Situation zusteuerte, jener ähnlich, in der ich damals diesen Extheologen um Hilfe gebeten hatte.

»Nein. Er war gleich nach dem Krieg zwei Jahre beim Militär, und ich wohne seit Kriegsende in Prag.«

Uher sagte nichts mehr. Seine Kollegen glotzten mich noch eine Weile an, dann nahmen sie wieder das Gespräch über ihre Angelegenheiten auf. Ich hörte zu. Sie sprachen über die Gewerkschaften. Was für eine reizvolle Unterhaltung.

Ich ging aufs Klo. Auf dem Rückweg blieb ich am Gang am Fenster stehen und sah hinaus. Es war schon fast dunkel, der Zug fuhr durch einen Laubwald, ein rotes Baumblatt flog gegen das Fenster und blieb direkt vor meinem Gesicht kleben. In der Abteiltür erschien Uher und wollte auch aufs WC gehen. Ich drückte mich gegen das Fenster, um ihn vorbei zu lassen. Er zwängte sich vorbei, dann blieb er stehen. Er zögerte. Offensichtlich war der positive Einfluß des Priesterseminars doch noch nicht ganz verschwunden, denn er raunte mir zu:

»Wenn ich dir einen Rat geben darf, Smiřický, paß besser auf dein Mundwerk auf.«

Ich sah ihm in die Augen. Ich konnte nicht übermäßig viel christliche Nächstenliebe darin finden. Er fügte hinzu:

»Wir leben in keiner idyllischen Zeit.«

»Das hab ich auch schon gemerkt.«

Falls in seinen Augen überhaupt je eine Spur von Nächstenliebe gewesen war, so verschwand sie nun endgültig.

»Die Ironie kannst du dir sparen. Das könnte dich teuer zu stehen kommen.«

Er wandte sich ab und torkelte durch den holpernden Zug zum WC. Von hinten sah seine Gestalt … irgendwie schuldbewußt aus.

Es war aber trotz allem nett von ihm, daß er mich gewarnt hatte. Vor dem Fenster wirbelten die Blätter hoch, der Zug fuhr aus dem Wald hinaus, ein roter Streifen am Himmel spiegelte sich in einem Teich. Der Teich leuchtete, als wäre er voll Blut.

Er war damals sehr wohl fromm gewesen, von wegen, daß das nicht stimmte. Wie er einst in der Nacht unter dem ewigen Licht gekniet und gebetet hatte, werktags, in Kostelec. Das Priesterseminar war in Hradec. Er hatte gelogen, als er sagte, daß er nicht fromm gewesen sei. Er war es.

»Es war ein merkwürdiger Skiurlaub. Äußerst merkwürdig!« erzählt Doktor Tóth. »Bis auf drei Männer waren nur Damen dabei. Und ich war der jüngste. Genauer gesagt, es war ein Skiurlaub für Rentner. Keine der Damen war unter fünfundsiebzig. Aber alle hatten sie Skier dabei, das stimmt, auch wenn sie in Röcken unterwegs waren, so daß man ihre Krampfadern sehen konnte. Einigen von ihnen mußten ihre Enkelkinder die Skier tragen. Eine Frau litt sogar an Parkinson. Ihr mußten wir in den Bus helfen, und die Skier lud ich für sie ein. Alle Teilnehmer des Skiurlaubs hatten zwei Wochen Skikurs in den österreichischen Alpen bezahlt, einschließlich Benutzung der Sprungschanze.«

Der Kugelmann lacht donnernd.

»Es war, genauer gesagt«, fährt Doktor Tóth lächelnd fort, »eine spezifische Form der sozialistischen Emigration. Alle bis auf eine Frau – sogar die zwei Greise, einer war bereits zweiundachtzig – fuhren nach Österreich, um von ihren Kindern dort abgeholt zu werden. In einem Fall waren die Kinder sogar aus Neu Guinea angereist. Sie warteten bereits an der österreichischen Grenze, und die Alten wurden von dort gleich mitgenommen, so daß der Bus bis auf mich und noch eine Dame, die von ihrem Bruder in Linz erwartet wurde, leer weiterfuhr. Sie weinte die ganze Zeit, weil sie nach dem Urlaub wieder zurückfahren mußte. Ursprünglich sollte sie zusammen mit ihrem Mann zu diesem Skiurlaub aufbrechen, doch der Mann war einen Tag vor der Abfahrt schwer erkrankt, und sie heulte jetzt, weil sie ihren Bruder zum letzten Mal sehen würde. Sie war bereits achtundsiebzig, sie hatten alle ihre Ersparnisse verbraucht und sogar die Möbel verkauft, um die Skiausrüstung und den Skikurs bezahlen zu können. Bis sie wieder so viel Geld zusammengespart haben würden, schluchzte sie, wäre sie achtundneunzig und ihr Mann hundertfünf. Aber ich greife den Ereignissen vor«, sagte Doktor Tóth und redet weiter. »Auf dem Weg zur Grenze kam so ein komisches Gefühl in mir hoch, eine Vorahnung würde ich sagen, ich müsse etwas unternehmen. Ich wußte nicht genau was. Als wir dann in Tábor waren, wo wir eine Mittagspause einlegten, schoß es mir ein. Ich ging auf die Toilette und riß aus meinem Notizbuch alle Adressen von Bekannten aus dem Westen heraus. Darunter war auch die Adresse jener jungen Dame, die in dieser Geschichte noch eine entscheidende Rolle spielen sollte und wohl noch spielen wird.«

»Wieso … welche denn …?« fragt verwirrt der Entomologe.

»Ich meine in dem Sinne, daß sie bald meine Gattin wird.«

Der Kugelmann donnert einen Glückwunsch, und wir freuen uns über das Glück des Wissenschaftlers. Und der Wissenschaftler fährt fort: »Es stellte sich heraus, daß meine Vorahnung richtig war. An der Grenze unterzog man uns einer derart gründlichen Kontrolle, daß sie sogar die Skistöcke auseinanderschraubten, und bei gewissen Personen nahmen sie Leibesvisitationen vor. Was das im Einzelnen bedeutet, werde ich angesichts der Anwesenheit von Damen nicht näher erläutern. Einen Herrn und eine Dame, ein Ehepaar, schickten sie nach der Kontrolle zurück nach Prag. Diese hatten versucht, ein Familienfoto in einem antiken vergoldeten Rahmen zu schmuggeln, und sie besaßen keine Unterlagen zu dem Rahmen. Sie können sich vorstellen, was sich da für Szenen abspielten.«

»Die Haut bei lebendigem Leibe abziehen sollte man denen, und das ist noch zu wenig!« schreit der Kugelmann.

»Auch meinen Notizblock untersuchte man gründlich«, erzählt Doktor Tóth weiter, »fand aber nichts Bedenkliches. Und so kam ich gut auf der anderen Seite der Grenze an. Dort warteten bereits die Kinder der Skiurlauber. Sie können sich vorstellen, wie die Kinder des unvorsichtigen Ehepaars reagierten, als sie erfuhren, was passiert war! Sie waren extra aus Ecuador angereist.«

»Man sollte ihnen die Eier abschneiden, sie braten und sie auffressen lassen!« schreit der Kugelmann ohne Rücksicht auf die Anwesenheit von Damen. Die Frau des Entomologen schüttelt traurig den Kopf. Doktor Tóth nippt distinguiert an seinem Kaffee.

»Und Sie sind dann gleich nach England gefahren, nicht wahr?« fragt die Gastgeberin.

»Nicht sofort«, sagt der Doktor. »Ich bin in die Alpen in das gebuchte Skihotel gefahren und habe von dort meine Verlobte angerufen, sie solle kommen. Diesen wunderschönen Urlaub wollte ich nicht verfallen lassen. Vilma kam also, und wir verbrachten dort, wenn ich das so sagen darf, eine Art Vorhochzeitsreise …«

»Sie sind ein ganz Schlauer!« grölt der Kugelmann. »Und sind Sie auch auf ihr gesprungen? Ich meine auf der Sprungschanze!«

»Ich bin nicht gesprungen«, lächelt Doktor Tóth. »Mit Müh und Not schaffte ich die Grundlagen der Skifahrkunst. Dafür kam ich während der Gespräche mit Vilma hinter das Geheimnis.«

»Was für ein Geheimnis?« fragt die Gastgeberin.

»Des Leitartikels in Rudé právo, der das alles verursacht hatte«, erklärt Doktor Tóth. »Diese Lügengeschichte von meiner Flucht hatte der Kulturattaché unserer Botschaft in London nach Prag geschickt, ein gewisser Cehyňa. Sie fragen sich sicherlich, warum das alles. Nun ja, aus einem klassischen Grund. Er war eifersüchtig auf mich. Er selbst hatte sich ebenfalls um Vilma bemüht, allerdings ohne Erfolg. Und so wollte er es mir verderben.«

»Aber wie hat er sich das vorgestellt?« fragt Professor Abraham. »Er hat doch genau gewußt, daß die Nachricht falsch war …«

Doktor Tóth nickt mit dem Kopf. »Er kannte seine Pappenheimer. Er kam zu dem gleichen Resultat wie ich später. Meine Existenz würde in Widerspruch zur Behauptung von Rudé právo geraten, und diesen Widerspruch, so vermutete der gute Cehyňa, würde die Partei nicht dadurch lösen, indem sie eine Gegendarstellung abdrucken, sondern indem sie meine Existenz in Prag vernichten würden. Er dachte sich schlicht und einfach, daß man mich abmurksen oder wenigstens ins Kittchen stecken würde.«

Wir staunen, Frau Abraham erkundigt sich für uns alle: »Und wie haben Sie das alles erfahren? Hat sich Herr Cehyňa vielleicht dem Fräulein Vilma anvertraut … aus seinem schlechten Gewissen heraus …?«

Doktor Tóth schüttelt den Kopf.

»Eine reine Deduktion aus den Fakten, Gnädigste«, erklärt er. »Faktum Nummer eins: Cehyňa war in Vilma verliebt, und sie hatte ihn verschmäht. Faktum Nummer zwei: Gleich nach dem Erscheinen des Artikels in Rudé právo hatte Cehyňa um politisches

Asyl in London angesucht. Faktum Nummer drei: Sedláček vom Innenministerium hatte mir erzählt, daß die Nachricht von meiner Flucht von der Londoner Botschaft gekommen sei. Und die Schlußfolgerung: Die Nachricht hatte ihm Cehyňa zugespielt, um mich aus dem Weg zu räumen und sich dann selbst mit dem Ansuchen um Asyl zu retten.«

Die ganze Gesellschaft sitzt eine Zeitlang schweigend da, erschüttert von diesem radikalen Beispiel leninistischen Denkens. Dann explodiert der Kugelmann erneut, und mit der Lautstärke von mehreren Hundert Dezibel geht er von der allgemeinen Verfluchung des Bolschewismus über zu einer detaillierten Verdammung von allem, was mit dem Bolschewismus zusammenhängt. Er kommt bis zu den Landsleuten, die über Tuzex Geld in die bolschewistische Heimat schicken. Die Gastgeberin verteidigt diese Institution, denn sie hatte vor kurzem über Tuzex Geld für ein Schweizer Medikament für die kranke Tochter ihrer Cousine geschickt. Der Kugelmann erklärt, er würde eher die eigene Mutter krepieren lassen als nur einen einzigen Cent in die bolschewistische Kasse zu stecken. Um das Thema zu wechseln, erzählt der Entomologe vom Neubau der Turnhalle, für die man zwanzig Jahre lang gesammelt hatte und deren Fertigstellung letztendlich erst durch eine fürstliche Spende des Fabrikanten Levene aus Vancouver ermöglicht wurde.

Das hätte er aber besser nicht getan, denn der Kugelmann fängt an zu schreien:

»Auch so ein Saukerl!«

»Erlauben Sie mal!« ruft die Gastgeberin. »Er ist doch ein Patriot! Ein so großzügiger Mäzen!«

Rasch werfe ich einen Blick zu Herrn Pohorský, der zwischen mir und Herrn Doktor Tóth sitzt und der als erster den Heeresoberkommandanten in Schutz nehmen müßte. Er tut es erstaunlicherweise nicht, statt dessen macht er einen nervösen Eindruck. Der Kugelmann verwandelt sich in einen brennenden Kugelblitz und plärrt los, er ist nicht mehr zu stoppen:

»Er produziert doch in seiner Fabrik Bestandteile für die Atom-U-Boote, die in den USA als top secret eingestuft werden, und er liefert sie an die Sowjetunion! So ein Schurke ist das, und mit seinen Turnhallenspenden will er lediglich sein schlechtes Gewissen beruhigen! Diese verräterische Ratte! Auch wenn er so viel Kuttelflecksuppe für die Damenwohltätigkeitsveranstaltung kochen würde, daß man damit den Atlantischen Ozean füllen könnte, ist er für mich erledigt! Für mich ist er nichts als ein Schurke, ein Saukerl und ein Verräter obendrein!«

Ich lausche der übernatürlichen Stimme und wundere mich über die Stärke der Natur, die jene Stimme geschaffen hat. Professor Abraham versucht, Levene in Schutz zu nehmen. Die Teile für die sowjetischen U-Boote würden im Rahmen einer kanadischen Regierungsvereinbarung geliefert, doch der Kugelmann übertönt ihn spielend. Ein älterer Herr will ebenfalls eingreifen und sagt, wenn Levene solche Staatsaufträge ablehne, könnte er seine Fabrik gleich dichtmachen, und weil er dort fast ausschließlich tschechische Emigranten beschäftige, würden auch diese ihre Arbeit verlieren. Doch der Kugelmann ist kein Materialist und übertönt auch diese niedrigen Argumente. Zum Schluß dröhnt nur noch sein Gebrüll durch den Raum, in der Tat ein Schöpfungswunder, er bringt das ganze Haus zum Beben, und wir ducken uns, denn der akustische Effekt dieser Stimme ähnelt den Qualen, die durch ständiges Glockenläuten verursacht werden.

Ich sehe Herrn Pohorský an. Er ist jetzt grau und weiß, er sitzt da mit einem Fuß in der Pfütze seines verschütteten Kaffees, ein Bein zittert. Der arme Pohorský. Der Kugelmann hatte in seiner olympischen Wut wieder einmal einen patriotischen Traum zerstört.

Ehre der Arbeit, Daniel Josefowitsch!

Ich war zum ersten Mal in dem Land, wo morgen gestern bedeutet, und zwar wortwörtlich. Es ist wunderschön dort, die Menschen sind wirklich glücklich, und zwar alle. Überall Ordnung und Begeisterung. Es stimmt zwar, daß sie es mancherorts ein wenig übertreiben, denke nur, zum Beispiel ist es in den öffentlichen Bedürfnisanstalten verboten, das benutzte Papier in die Toiletten zu werfen, damit man sie nicht verstopft (die Toiletten). Für das benutzte Papier gibt es in jeder Kabine einen Eimer, und neben jedem Eimer sind Automaten angebracht, aus denen dich ein frischer Moskauer Duft anbläßt, wenn du eine Kopeke einwirfst, damit du nicht in Ohnmacht fällst. Wie scharfsinnig! Kurz und gut, wie Herr Kleinenherr zu sagen pflegte, hier ist alles derart vollkommen, daß es wohl kaum noch vollkommener geht. Davon abgesehen, ist es aber unheimlich langweilig hier.

Wir wären hier beinahe vor Langeweile umgekommen, wenn es nicht eine tschechische Künstlerin gegeben hätte, die behauptete, sie sei eine ehemalige Freundin von dir, was allerdings jede vom Theater sagen kann, die Schneiderinnen eingeschlossen. Diese Künstlerin erwies sich jedenfalls als ein ausgesprochenes Talent, Ärger zu produzieren, obwohl so etwas in diesem Land eigentlich ein unbekannter Begriff ist. Hier ist man so nett zueinander, daß keinem etwas zustoßen kann. Nach dem letzten Mißgeschick hatte man sie nach Prag zurückgeschickt. Ich hoffe, sie hat uns nicht angeschwindelt und war tatsächlich eine Freundin von dir, es war also eine gewisse Honzlová Jana, damit du sie nicht mit einer anderen verwechselst.

Die Sowjetunion empfing uns mit einem wunderschönen Erlebnis, wie aus den Klassikern entsprungen (ich meine damit Klassiker der russischen Literatur, nicht etwa des Marxismus-Leninismus). Auf dem Weg nach Moskau machte unsere kleine Theatergruppe einen Zwischenstopp für einen Gastauftritt im Städtchen Glogotsk im Moskauer Gubernium, und am Samstag nachmittag setzte sich meine Frau Jana in den Kopf, daß ihr das Shampoo ausgegangen war, und das ausgerechnet zu einem Zeitpunkt, als sie für die Abendvorstellung frisch frisiert sein mußte. Deshalb machte ich mich auf den Weg, um in Glogotsk Shampoo zu kaufen. Aus purer Launenhaftigkeit der urbanen Planung stand unser Hotel sehr abgeschieden, etwa zwei Werst vom äußersten Stadtteil von Glogotsk entfernt. Ich lief also über die weite Ebene, und etwa auf halbem Wege traf ich einen Genossen, von dem ich schon aus größerer Entfernung merkte, daß er keine Kopeke für den Moskauer Duft hatte. Ich fiel aber nicht in Ohnmacht, denn ich hatte noch das mit Kölnisch Wasser getränkte Papier in einer Aluverpackung aus dem Flugzeug dabei, und als ich in Hörweite des Genossen war, machte ich einen großen Bogen um ihn und fragte in meinem perfekten Russisch: »Kuda do Guma?« Der Genosse zeigte nur mit dem Daumen nach rückwärts und sagte: »Folge den Muschiks!«, was ich mir so erklärte, daß die Genossen wohl von allen Himmelsrichtungen in das dortige GUM strömen würden. Und so lief ich weiter und weiter, und etwa zwanzig Meter vor dem ersten Gebäude am äußersten Rande der Stadt sah ich plötzlich einen Mann mit Bastschuhwerk auf dem Boden liegen. Ich ging auf ihn zu und erschrak, denn er sah tot aus. Aber als ich mich über ihn neigte, erkannte ich, daß er nur schlief. Er hatte sich an einer leeren Wodkaflasche festgesaugt. Eine Weile stand ich neben ihm … er sah so hübsch aus, so russisch, wie ein Baby, das mit der

Mutterbrust im Mund einschläft. Er hatte allerdings keine Brust im Mund gehabt. Wenn er dies gehabt hätte, wäre das in der Öffentlichkeit unsittlich. Und so konnte ich nur mutmaßen, daß er ein trauriges Überbleibsel der Vergangenheit war, auch wenn er so hübsch und unschuldig aussah. Ich schätzte ihn auf höchstens achtzehn, er hatte die Vergangenheit nicht erlebt. Er war daher ein untypisches Beispiel, denn hier hat man mit dem Alkoholismus bereits Schluß gemacht. Ich ging weiter. Nach einer Weile bemerkte ich wieder einen Muschik, der ebenfalls tot aussah, und zwar sitzend. Er saß an eine Straßenlaterne angelehnt, neben ihm im Straßengraben lag wieder eine leere Wodkaflasche. Ich blickte mich um. Ein anderer lag auf der Treppe in einem Hauseingang, gerade lief eine Babuschka aus dem Haus über ihn drüber. Sie trat ihm dabei auf die Brust, und dem Muschik entwich ein Furz, die Babuschka erschrak, trat mit dem anderen Fuß auf die leere Wodkaflasche, fiel hin, stieß mit dem Kopf gegen eine Treppenstufe, und schon lag sie neben ihm, und über die beiden trat ein Genosse mit einem Blindenhund aus dem Haus. Und wie ich weiter lief, sah ich überall Muschiks, in Abständen von etwa zwanzig Metern, jeder mit einer leeren Flasche entweder neben sich oder daran festgesaugt, und alle schliefen sie wie ein Mann, was für eine vorbildliche Disziplin! Das interessierte mich nun mehr als das Shampoo für Jana. Was soll's? Mein Mädchen hat so hübsche rote Harre, wozu braucht sie da noch ein Shampoo?, dachte ich mir und ging nicht ins GUM, sondern weiter durch die Allee der Muschiks, ich überlegte, ob es sich nicht etwa um einen Wettbewerb handelte, einen Stafettenlauf mit Wodka oder so ähnlich. Ober ob nicht etwa der Genosse Vorsitzende der Parteiorganisation in Glogotsk gestorben war und jetzt alle aus Trauer tranken. Und weil in der Sowjetunion alles gigantisch und riesig ist, erstreckte sich die Allee der Schlafenden noch gute drei Werst durch die Stadt. Alle lagen auf dem Boden, alle mit den Flaschen neben sich oder noch an den Lippen. Dann sah ich endlich einen, der noch nicht lag, er wollte sich aber gerade hinlegen, an einer Flasche nuckelnd. Auf dem weiteren Weg kamen mir Genossen entgegen, die noch bei Bewußtsein waren, sie torkelten diszipliniert, in regelmäßigen Abständen, jeder mit dem Kopf nach hinten geneigt und an der Flasche saugend. Je weiter ich lief, um so höher war der Pegel in den Flaschen, und so kam ich zu dem logischen Schluß, daß ich mich der Spirituosenquelle nähern mußte. Mich fesselte das Studium dieses besonderen Aspekts des sowjetischen Lebens derart, daß ich in Gedanken vertieft gegen einen

Muschik rannte, der gerade mit den Zähnen aus einer noch nicht angebrochenen Flasche den Korken herauszog. Ich blickte auf die Tür, aus der er herausgekommen war, und darüber las ich die Aufschrift UM. Das G war nicht beleuchtet.

In diesem Moment verstand ich die Empfehlung des Mannes, der weder für den Moskauer Duft noch für den Wodka Geld hatte: »Folge den Muschiks!«

Was für ein weises Volk der Selbsterkenntnis!

Ich ging in das UM hinein, um das Shampoo zu holen, und unten in der Halle sah ich eine runde Theke, hinter der zwei Genossinnen standen. Die Rubelscheine reichten ihnen bis zu den Hüften. Eine lange, disziplinierte Schlange von Muschiks stand bis tief ins UM hinein, jeder hielt drei Rubelscheine in der Hand, und wenn er an der Reihe war, nahm ihm die Genossin die Rubel ab, warf diese auf den Haufen unter ihr, die andere reichte ihm eine Flasche, der Muschik packte den Korken zwischen die Zähne, und gleich trat der nächste an die Theke, die Genossin nahm seine drei Rubel, alles spielte sich in absoluter Ruhe, Ordnung und ohne Zwischenfälle ab.

Was für ein glückliches, diszipliniertes Volk!

Tja, eigentlich wollte ich dir von der Genossin Honzlová erzählen, aber meine Gedanken schweifen ab zu den unvergeßlichen Eindrücken, vor allem vom wundervoll erhaltenen Genossen Lenin. Bei ihm stand auch eine Schlange, doch er ist schwieriger zu finden, denn diejenigen, die von dort weggehen, bleiben meist bei Bewußtsein. Honzlová erzählte von einer anderen, noch interessanteren Schlange, überhaupt habe ich den Eindruck, mein lieber Landsmann, daß Schlangen das charakteristische Merkmal der sozialistischen Gesellschaft sind, genauso wie die entmenschlichten Autobahnen mit unzähligen Autos das charakteristische Merkmal der westlichen Gesellschaft sind. Die Honzlová nahm, um sich etwas dazuzuverdienen, mit zwei anderen Künstlerinnen noch einen Job an, in Riga, das ist irgendwo in Lettanien oder so. Sie fuhren hin, um bei einer Art Walpurgisnacht zu singen. Im Grunde genommen ist das ein obskurantisches Fest, der Tag der Sonnenwende, doch gleichzeitig auch ein Volksfest, was sich gegenseitig aufhebt und vom ideologischen Gesichtspunkt also zulässig ist. Und dort erlebte die Honzlová eine merkwürdige Geschichte. Sie erzählte sie mir später: ›Mann, ganz Riga und vielleicht auch die benachbarten Gubernien kamen da zusammen. An der Ostseeküste gibt es ein Amphitheater, auf der einen Seite war die Bühne, wo wir unsere

Volkslieder vortrugen, und auf den anderen drei Seiten wuchsen Kiefernbäume, die zum einen die Sanddünen an der Meerküste befestigen und andererseits das Amphitheater abgrenzen. Sie wachsen jedoch nicht so dicht, und das hat, wie sich später herausstellte, interessante funktionell ideologische Folgen.‹ Nicht, daß die Honzlová so gebildet gewesen wäre, das Wort funktionell hatte sie bei einem Architekten aufgeschnappt, mit dem sie liiert war, doch er wurde wegen seines formalistischen Funktionalismus liquidiert, weil er im Kopf von Stalin an der Hauptfront des Parteisekretariats (der kommunistischen Partei, nicht der Volkspartei), das man für Hradec Králové geplant hatte, das Archiv für kaderpolitische Dokumente deponieren wollte. Deswegen sollte der Kopf hohl sein, und ein Genosse legte dies zu Recht keineswegs funktionell, sondern symbolisch aus, und so hatte man den Architekten überführt. Er bekam zehn Jahre. Das andere Wort, ideologisch, hatte sie wohl einfach so aus der Luft aufgeschnappt. ›Und in diesem Amphitheater sangen wir unsere Volkslieder, doch der Gesang ging, obwohl verstärkt, zwischen den Stimmen der Letten auf den Zuschauerrängen verloren. Sie sangen, weil sie auf so seltsamen, funktionell angepaßten Wagen lange Fässer mitgebracht hatten, die aussahen, als würde man damit Jauche transportieren, doch es war Bier drin, ein richtiges Gesöff‹, erzählte die Honzlová, ›dafür gab es aber genug davon, dazu aßen sie einen ebenso schmackhaften, aber etwas eigenartigen lettischen Käse. Und so soffen sie unter dem nächtlichen Himmel, der so hell war wie am Polarkreis, diese Tausende oder vielleicht Millionen – ich weiß nicht, ob es so viele Letten und Lettinnen gibt –, dazwischen standen die Wagen mit den Fässern, vor jedem Wagen ein Pferd gespannt, geschmückt mit Schleifen und frischen grünblättrigen Zweigen. Den Pferden schmeckten die Zweige ausgesprochen gut, sie fraßen sie jeweils vom benachbarten ab, aber die Letten, da sie von diesem Trunk träge und weich geworden waren, trugen immer wieder neue Zweige mit frischen Blättern herbei. Auf der Bühne wechselten die Ensembles einander ab, alle waren sie zwar professionell, doch einige waren so alt, daß sie für das Tanzen des Kasatschoks kleine Hocker mit Rädern hatten, darauf saßen die Jungs und schwangen ihre arthritischen Beine‹, erzählte mir das Mädchen, und dieses Wissen stammte wiederum von einem Medizinstudenten, der sich, nachdem sie ihm den Laufpaß gegeben hatte, freiwillig nach Korea gemeldet hatte, wo er sich ansteckte, aber nicht mit irgendwelchen (ideologisch) einwandfreien Parasiten, sondern mit einer sehr schlimmen und noch dazu kosmopolitischen Krankheit, die er wahrscheinlich bekam, als er die Honzlová vergessen wollte. ›Und weißt du was‹, sprach Honzlová weiter, ›auf einmal kam mir das komisch vor. Es war, als würde etwas Wichtiges fehlen. Ich sah mich um, doch es war alles da. Die professionellen Volksmusikensembles, die Teilnahme der Massen, das Volk betrank sich verdient nach ehrlich getaner Arbeit, hübscher Volksschmuck aus grünen Zweigen und Fahnen, mit denen auch die Pferde bedacht wurden, an den Masten wehten die Fahnen im nächtlichen Wind ... aber irgend etwas stimmte nicht, es war, als würde man im Marxismus den Genossen Stalin auslassen‹, sagte das Mädchen, in Moskau begann gerade eine Sitzung, und Genosse Stalin saß noch nicht so fest im Sattel. ›Und dann‹, erzählte die Honzlová, ›na klar! Ich wußte es! Was war mit den Genossen aus dem Parteisekretariat los, wieso haben die nicht drauf geachtet? Das würde Konsequenzen haben! Entsprechende Konsequenzen! Was für eine Provokation!‹ Als hätte es das Mädchen persönlich genommen, sie war ganz außer sich vor Wut. Sie sagte: ›Ikonen! Nirgends gab es die Ikonen der Repräsentanten! Was für ein Mißgeschick! Oder vielleicht böse Absicht? Ich machte mich auf den Weg, um sie zu suchen, weil ich einfach nicht glauben wollte, daß ein solches Volk, lettisch, folkloristisch und mit einem derartigen Nationalbewußtsein, seine russischen Vertreter nicht lieben sollte und ihnen keine Ehrerweisung zuteil werden lassen wollte, wie sie ihnen zustand. Ich lief also um das ganze Amphitheater herum, zwischen den Kiefernbäumchen an der Ostseite fand ich den Weg hinaus, und dort konnte ich erleichtert aufatmen. Hinter den Bäumchen erstreckte sich eine grüne Wiese, weit, überschaubar, in der weißen lettischen Nacht gut kontrollierbar, und am Ende, etwa zweihundert Meter vom Amphitheater entfernt, ragte eine riesige Plakatwand in die Höhe, wie die Augen des gescheiterten Optikers über dem Land der Asche im Großen Gatsby.‹ Das kannte das Mädchen aus der Feder eines Übersetzers amerikanischer Literatur, der dann – dieser Idiot! – statt wie ein Schuster bei seinem Leisten zu bleiben, aus einem unzähmbaren und antisozialistischen Ehrgeiz heraus einen eigenen Roman schrieb und im Interesse seiner privaten Sicherheit nach Borneo emigrieren mußte, weil man hinter ihm her war (um es verständlicher zu beschreiben: man war nach dem Erscheinen des Romans hinter dem Übersetzer her). ›Doch die Gestalt hatte keine Augen. Es war eine Silhouette, schwarz, vor einem grellroten Hintergrund, der Genosse Lenin in de-luxe-Ausfertigung, mit einer Mütze, die, ebenfalls im

Profil, über seinem Kopf schwebte. Es sah aus wie die schwarzen Scherenschnitte, die man früher auf dem Jahrmarkt für die ganze Familie auf weißes Papier geklebt hatte, doch das hier hatte unvergleichlich größere Ausmaße. Ich war dermaßen geblendet, daß ich die Augen schließen mußte, und Genosse Lenin trat als weiße Silhouette auf schwarzem Hintergrund vor meine geschlossenen Augen und wollte nicht verschwinden, weshalb ich die Augen wieder öffnete und sah, wie eine schier endlose Schlange Letten über die breite Wiese zu der linken Ecke der Silhouette hin und von der rechten Ecke wieder weg in Richtung des Festes strömte. Ich nahm an, daß sie ihm dort die Ehre erweisen, wie im Mausoleum in Moskau, und mir wurde ganz weich in den Knien, ich stellte mich an, um ihm ebenfalls zu huldigen, und wir schritten langsam voran. Ich merkte, daß mich die Letten irgendwie merkwürdig ansahen, machte dafür aber das Licht der Polarnacht verantwortlich, das mich anscheinend wie eine Schönheit erscheinen ließ‹, bemerkte das Mädchen bescheiden, denn sie ist wirklich eine super Biene, auch bei der Beleuchtung im T-Club, wo wir uns regelmäßig treffen, damit Jana nichts erfährt. ›Aber dann stellte ich fest, daß ich in beiden Schlangen, so weit das Auge reichte, die einzige Frau war, und das kam mir außergewöhnlich vor, denn die Genossinnen pflegen begeisterter zu sein als die Genossen. Der Lette hinter mir sprach mich an, aber auf Lettisch, und das konnte ich nicht verstehen, und so antwortete ich ihm auf russisch, und das verstand wiederum er nicht, denn er verstummte, und es quatschte mich keiner mehr an. Ich sage dir, Kleger‹, sagte die Honzlová, sie nennt mich immer so, ich weiß nicht warum, ›dann kam ich zur Ecke der Silhouette und erwartete, zu sehen, wie die Letten mit entblößtem Haupt auf die andere Seite schreiten. Doch weit gefehlt!‹ sagte sie. ›Das, was ich auf der Rückseite erblickte, werde ich nur andeuten, weil ich immerhin eine Dame bin, wenn auch eine Sängerin, und außerdem bin ich gut erzogen. Ihren Kopf entblößten die Letten dort nicht, sondern einen anderen Körperteil, den spezifisch männlichen.‹ Das hatte sie von einem Philosophen aufgeschnappt, der sie so lange über die metaphysischen Wahrheiten des Lebens aufklärte, bis ihr das auf die Nerven ging. ›Und warum das so war, das will ich dir auch nicht so direkt sagen, aber du wirst, denke ich, selbst drauf kommen. Die Kiefernbäumchen waren so weit auseinander, daß man sich nicht dahinter verstecken konnte, und gleichzeitig gab es Unmengen von Bier.‹ Du siehst also, die Honzlová ist wirklich eine feine Dame. Die lettischen Architekten hatten sich nach dem Motto gerichtet: Jeder Arbeiter wirtschaftet gut auf seinem Arbeitsplatz! *Deshalb hatten sie keine öffentlichen Toiletten gebaut, weil sie im voraus wußten, daß die Wiese mit Genosse Lenin genauso gut dafür geeignet war, und so nutzten sie diese funktionell und somit auch ideologisch und hatten dem Staat noch dazu Geld gespart. Tja, und sie sahen die Honzlová nicht etwa wegen ihrer Schönheit so komisch an, obwohl vielleicht auch ein bißchen deswegen, sondern weil es dort für die Genossinnen an der Westseite des Amphitheaters eine Silhouette von Stalin gab, auch durch die Kiefernbäumchen hindurch.*

Was für sparsames, funktionelles Volk!

Und wenn ich schon über unser attraktives Mädchen schreibe, muß ich dir auch erzählen, daß sie sich hier verliebt hat! Ein wirklich reizender Kerl (wie es meine Jana formulierte) hat sich in sie verguckt, hübsch war er, eine Mischung aus Jessenin und Gen. Chruschtschow, so daß ihre mädchenhafte Anmut neben ihm direkt verblaßte, obwohl sie so eine Sexbombe ist, daß ich eine Stunde lang Janas Vorwürfe ertragen muß, wenn ich sie ansehe, denn ich kann sie nicht anders ansehen als mit sündhaftem Verlangen in den Augen. Und ein Adliger war er auch noch! Ein Großherzog! Klar, der Titel wird in der Sowjetunion nicht anerkannt, doch nach dem Erbrecht steht er ihm zu, und ich hatte das sichere Gefühl, daß die Honzlová vor allem wegen des Titels auf ihn abgefahren war, denn männliche Schönheit beeindruckt sie nicht. Für mich hat sie nicht einmal einen Blick übrig.

Nun ja, und so lief das Mädchen wie in Trance umher und erzählte überall, daß er ihretwegen die Gleichberechtigung der Geschlechter verwirklichen und ihr aus der Sowjetunion nach Prag folgen wolle! Stell dir das nur vor! Die UdSSR zu verlassen! Wie groß muß diese Liebe gewesen sein!

Absolut unvorstellbar.

Doch das Mädchen hatte ihre liebe Not mit ihm. Zuerst wurde sie von einem Milizionär aufgegriffen, als sie versuchte, ihre Wäsche auf dem Schwarzmarkt zu verscherbeln, damit sie dem Großherzog einen Biberpelz kaufen konnte. Da bekam sie ihre erste Verwarnung. Dann sperrte die aufsichtsführende Dame mit vollem Recht um zwei Uhr nachts Honzlovás Zimmertür auf und fand sie mit dem Großherzog im Bett, obwohl sie ihr (der Aufsicht) das nicht gemeldet hatte. Wie unmoralisch! Also kam die zweite Verwarnung. Nun ja, alle schlechten Dinge sind drei. Als sie sich für ein Rendezvous mit dem Großherzog schminkte, fiel ihr die Wimpernzange in das Klobecken! Sie suchte nach ihr und ertastete etwas Hartes. Sie wollte es herausziehen, doch es war befestigt, und so zerrte sie daran, bis sie es abgerissen hatte. Und du wirst nicht erraten, was das war!

Wirklich nicht?

Ein Mikrofon!

Warum es drin steckte, das weiß ich nicht. Doch wie ich die Vollkommenheit der sowjetischen Technik kenne, steckte es nicht grundlos drin. Jana behauptet, es sei wegen den Gästen, daß das Mikrofon direkt an die Praxis des Hotelarztes angeschlossen sei, damit er sofort erfährt, in welches Zimmer er Aktivkohle und in welches Abführmittel schicken muß.

Natürlich, was zuviel ist, ist zuviel. Die Ordnungshüterin verpetzte sie, und Honzlová wurde statt zu ihrem Rendezvous zum KGB (das ist eine Reisegesellschaft, die vor allem Urlaubsreisen zum Thema Die Schönheiten Sibiriens *veranstaltet) gebracht und von da auf schnellstem Wege nach Prag, und zwar wegen mutwilliger Beschädigung von Hoteleinrichtungen, die dem Volk gehören. Recht geschah ihr! Mußte sie gleich so daran zerren, dieses ungeduldige Frauenzimmer?*

Der Großherzog blieb in Moskau, und kaum war die Honzlová weg, verliebte er sich in die Troníčková, die Perückenmacherin. Das ist die, bei der das linke Bein kürzer und dafür die rechte Schulter höher ist. Und wieder war er bereit, mit der Troníčková nach Prag zu ziehen. Stell dir das vor! Stell dir das nur vor!! Aus der Sowjetunion wegziehen!!!

Ich fürchte, Honzlová würde es das Herz brechen, wenn sie die beiden in Prag treffen sollte. Du solltest eine gute Tat vollbringen und sie trösten. Oder aber, wenn du schon zu viele haben solltest, könntest du sie geschickt an mich weiterleiten, aber so, daß es Jana nicht erfährt. Als Freund würde ich dir diese Aufgabe gerne abnehmen.

Am letzten Abend gab es einen Empfang, bei dem sich der Nationalkünstler Obrazcev derart besoffen hat, daß er mit dem Gesicht in den Kaviar gefallen ist und fast erstickt wäre. Zum Glück blieb noch genug davon übrig, weshalb ich in der Nacht das Gegenteil von einer starken Verstopfung bekam. Und obwohl ich lange auf dem Klo saß, schickte mir der Hotelarzt keine Aktivkohle. Am nächsten Morgen flogen wir nach Prag, und ich verbrachte den ganzen Flug am Örtchen, und so kenne ich von der Tupolew-Maschine nur einen kleinen Teil des Interieurs.

Damit mache ich Schluß und gebe dir den folgenden Rat: Fahr in die Sowjetunion! Ich kenne kein zweites Land dieser Art, und du ebenfalls nicht!

Dein Vratislav Čenkovič

P.S.

In Glogotsk bekam ich dann doch noch das Shampoo. Jana hat davon aber rosa Haare mit blauen Sprenkeln gekriegt.

Und noch ein P.S.

Du fragst dich vielleicht, warum ich nicht aus der Partei austrete. Zum Teil aus Schiß und um meine Aufträge nicht zu verlieren, zum Teil auch aus aufrichtiger Überzeugung, daß man unsere unvollkommene Gesellschaft noch verbessern kann, damit sie wie die sowjetische wird, und zwar mit Hilfe der Partei, und deshalb müssen solche Menschen wie ich in der Partei bleiben, die sich durch nichts täuschen lassen und klar sehen, wie wunderschön es in der Sowjetunion ist, sie deshalb lieben und verehren, und die es sich vor lauter Ehrfurcht nicht erlauben, sie zu Hause nachzuahmen.

Und noch ein P.S.

Jetzt weiß ich nicht mehr was.

Und noch ein P.S.

Ach so, ich soll dir einen schönen Gruß von Marie Dreslerová ausrichten. Es sei nicht nett von dir, daß du nicht einmal vorbeikämst. Wenn du Angst haben solltest, brauchst du dich angeblich nicht zu fürchten, Franta sei (angeblich) schon gesetzt, und er gehe (nicht angeblich, sondern ganz sicher, sagt Marie) immer montags, mittwochs und freitags von acht bis elf in die Kneipe Beran zum Biertrinken und Kartenspielen. Marie sei dann mit der Tochter alleine zu Hause, und die könnte sie bei Bedarf nach Bíloves schicken, um Quellwasser zu holen.

Und noch ein P.S., das definitiv letzte:

Das vorherige P.S. schrieb ich, nachdem Jana diesen Brief, wie es bei uns üblich ist, vom sittlichen Gesichtspunkt zensierte. Sie hätte mir nicht gestattet, eine solche Sittenlosigkeit zu schreiben.

P.P.P.P.P.S. (Angeblich ist es richtig, wenn man das so schreibt, sagt Janka (meine Tochter, nicht meine Frau; sie versteht noch nicht, worum es geht)). Marie sieht immer noch gut aus. Aber es handelt sich bestimmt um eine organische Störung, denn sonst werden sie alle alt.

P.P.P.P.P.P.S.
Oder ist Marie vielleicht unsterblich?

Erklären Sie es uns!

Es ist schon fast dunkel. Am Horizont über dem See leuchtet ein erstaunlich hellgelber und kalter Streif am Himmel, den man nur über diesem wilden und sicheren Kontinent sehen kann. Er trennt das dunkelgraue Wasser von den schwarzgrauen Wolken über uns. Im Süden hat bereits das für uns unsichtbare Rochester in der Art amerikanischer Illuminationen zu blinken angefangen.

»Das ist schwierig«, sage ich. »Der Mensch ist nie zufrieden. Das ist wahrscheinlich seine beste und deshalb auch seine menschlichste Eigenschaft.«

»Warum kämpft er dann nicht? Liegt das nicht etwa daran, daß er doch zufrieden ist?« grinst Hakim.

Das ist schwierig, Hakim. Nicht nur von Brot allein lebt der Mensch, doch vor allem von Brot. Meine Beispiele wären für dich viel zu subtil, du lebst noch in einer schwarzweißen Welt. Nicht nur von Brot, doch vor allem von Brot. Die ungeheuerliche, grausame Darwinsche Ungerechtigkeit der Natur, die wiederhergestellt wurde als Prinzip der Gesellschaft, schmerzt nur diejenigen, die sie trifft. Sie schmerzt nur diejenigen, die Schmerzen empfinden können … und noch einige wenige andere, die nicht nur von Brot leben möchten. Es aber Hakim zu erklären … oder Sugar Schwarz? Ihr Arbeitskreis für das Studium des Marxismus pflegt den Hegelianismus und nicht *storytelling*. Durch das Bullauge betrachte ich den eisig klaren Horizont. Ich denke daran, als damals das Telefon klingelte … jetzt habe ich keine Angst mehr davor. Schon lange nicht mehr. Herr Schriftsteller Smiřický? Ja. Hier spricht Lída Lewis. Ich soll Ihnen Grüße von Herrn Pták ausrichten. Sie stellte sich vor: Als Ehefrau eines Amerikaners dürfe sie nach Lust und Laune hin und her fahren. Eine andere absurde Distinktion, die du nicht begreifst, liebe Sugar. Haust du illegal ab, bist du ein Verräter. Hurst du dich durch, bist du es nicht. Das sagte ich mit voller Wut, in diesem Moment war ich ein Marxist. Damit wollte ich nicht die Einmaligkeit von Lída Lewis zum Ausdruck bringen, sondern die Allgemeingültigkeit der rechtlichen Lage in der kommunistischen Tschechoslowakei. Also: Frau Lída Lewis. Was macht Pták? Alles wieder in Ordnung. Sie haben wieder Geld. Koták auch. Ihre Texte werden nicht mehr so zensiert, es reicht, wenn sie nicht so düster sind. Alles ist wieder gut. Und was ist mit Marta, frage ich. Welche Marta? Ja, Marta. Ach so, Marta! Die ist erledigt, sagt Lída Lewis. Sie hat keine Chance mehr. Dann ist also alles in Ordnung, sage ich mit einer unverzeihlichen (oder verzeihlichen?) Boshaftigkeit und lege auf, und bringe somit die verlockende Prager Stimme, die nun in Santa Monica in Kalifornien weilt, zum Schweigen. Ob auch sie an jenem Tag vor dem Denkmal des verbrannten Heiligen gesessen und geschworen hat: Niemals? Aber es sind schon sieben Jahre her. Die Gleichgültigkeit ist unsere Mutter, unsere Rettung, unser Verderben. Soso, Marta hat also keine Chance mehr.

Na und?

Weiß ich also etwa nicht Bescheid? Doch, Hakim. Es ist nicht so schwierig. Es ist eine einfache sozialistische Formel. Die statistische Mehrheit kämpft nur um mehr Brot. Die statistische Minderheit auch für mehr Nicht-nur-Brot. Das gilt auch für diese Gesellschaft, die anachronistisch auf einem wilden Kontinent ihr Dasein fristet und wo es außer unheilbaren Krankheiten sonst nichts Bedrohliches gibt. Nichts. Wer hätte in so einem Land schon Angst vor dem Präsidenten?

Und in der Gesellschaft dort drüben?

Beispiele?

Die Wunderjahre waren im Kommen. Einmal sprach man in der Redaktion über die langhaarigen Unruhestifter, über die Rowdies, was man gegen sie unternehmen könnte. Sie umerziehen? Ihnen die Musik geben, die ihnen gefiel, und sie dann durch diese Musik für sich gewinnen? (Ich hatte mir schon immer gedacht, daß es noch mehr von ihnen geben sollte, von dieser Sorte Mensch, die so ist wie diese Halbstarken: Sie sind die Bakterien im Dickdarm, die Hechte im Teich. Doch die Wunderjahre kamen erst in zaghaften Andeutungen, und ich behielt meine Meinung für mich.) Hinten in der Ecke saß ein schweigender Gast, der Dramatiker Kách. Er sagte vorerst nichts, doch als die Marxisten bei den Theorien von Doktor

Stříž angelangt waren, der in einer Besserungsanstalt in Dobříš an einer Therapie des Vertrauens arbeitete, ergriff er das Wort:

»Ich höre und staune, Genossen! Was soll das für ein Problem sein? Was für eine Therapie des Vertrauens? Kurz vor dem Krieg hatte man in Moskau ähnliche Probleme. Mit den Halbstarken. Und so hatte Genosse Stalin angeordnet: Alle verhaften! Ab nach Sibirien! Und vorbei war es mit den Rowdies.«

Für eine Weile verschlug es den Marxisten den Atem, dann ging die Diskussion weiter. Die Wunderjahre waren im Kommen. Der Vorschlag des Generalissimus fand bei ihnen keine breite Zustimmung mehr.

Aber das sind die Mittel und Wege der dortigen Gesellschaft.

Weißt du, wer Chruma war, liebe Sugar? Wie solltest du auch. Kürzlich hast du beim Lunch erzählt: Egal, wie man's auch nimmt, eines muß man Fidel lassen: Er hat Kuba von der Mafia befreit. Während wir hier nicht mit ihr fertig werden.

Ein Beispiel:

Chruma, mit stolzgeschwellter Brust, überredete mich, mit ihm nach Hause zu gehen. Er wollte mir ihn zeigen. Wir kletterten die Kellerstufen ins Souterrain hinunter, in der Küche saß sein klein geratener Vater, er hüstelte, er hatte einen gestreiften Pullover an, seine Füße, die er auf dem Tisch hatte wie ein Amerikaner, steckten in Schuhen aus Pantherfell. »Is' grad aus 'm Knast zurück'kommen!« flüsterte mir Chruma stolz zu. »Hat eben seine zwanzigste Strafe abg'sessen!« Herr Chruma Senior war Berufsknacker. Mehr aus Überzeugung, denn das Gewerbe brachte offensichtlich nicht viel ein. Ich sah mich in der feuchten Küche um, sie war voller Wasserdampf, in den Ecken wucherte Schimmelpilz. Chruma in seinem viel zu großen Anzug aus einer Wohltätigkeitseinrichtung Masaryks betrachtete ehrfürchtig den kleinen Panther, dessen weiße Waden unter der hochgerutschten Hose leuchteten. Dieses Bild behielt ich in Erinnerung. Sein Nekrolog? Er starb rasch und unkompliziert wie deine Cousins, liebe Sugar. Doch er wurde nicht von Rabbinern beweint und auch nicht in die Listen der nationalen Märtyrer aufgenommen. Da hätte er bloß die richtigen Patrioten in Verlegenheit gebracht. Die leistungsstarke Bürokratie der dortigen Diktatur hatte sich eine weniger bekannte Endlösung einfallen lassen, und über Nacht gab es keine Knacker mehr. Sie waren in einer Falltür verschwunden. In Bergen-Belsen, in Buchenwald, in

Dachau … diejenigen, die man vor dem Münchner Abkommen nicht hatte loswerden können … und plötzlich gab es keine Kriminalität mehr. Es gab nur noch die Gestapo.

Sie haben es im Blut. In den Nerven. Im Unterbewußtsein, mein lieber Hakim. Deshalb rebellieren sie nicht. Statt Kyrill und Method stehen heute auf dem Dach der Kathedrale die heidnischen Götter Bach und Majzl.

Ich reiße meinen Blick vom Stahlblau über der Landschaft des Chingachgook.

»Die Tschechen sind ein komisches Volk«, sage ich zu Hakim. »Aber naiv sind sie nicht. Sie sind wie ein mit antiallergischen Mitteln behandelter Heuschnupfen. Kaum hört man auf, die Tabletten zu nehmen, bricht der Schnupfen mit voller Vehemenz aus. Das sind die Tschechen. Ihre zweite Revolution …«

»Was meinen Sie mit der zweiten Revolution?« fragt Irene, und zwischen ihren Augenbrauen bildet sich eine hübsche Nachdenkfalte.

»Die im Jahre achtundsechzig«, erkläre ich. Hakim setzt erneut die Miene eines herabblickenden Allwissenden auf. »Die Tschechen sind ein witziges Volk. Ein undankbares Volk. Wenn man sie mit Brot füttert, erntet man keinen Dank. Kaum vergessen sie, die Tabletten zu nehmen …«

Revolution for the fun of it. Aber vielleicht bilden wir uns das nur ein. Möglicherweise war die zweite Revolution nur eine Konterrevolution gewesen, möglicherweise war es richtig, die Freiheit durch die von der Polizei hergestellten Ordnung zu ersetzen, die sich im menschlichen Bewußtsein im Laufe der Zeit von einer bürokratischen Verfügung zu einem Naturgesetz gewandelt hat. »Der Mensch wird frei sein, weil er sich nicht bemühen wird, frei zu sein. Er vollzieht einen dialektischen Sprung von Engels zu Epiktet … *Verlangt nicht, daß alles so geschieht, wie ihr es wollt, ihr Sklaven, doch verlangt, daß alles weiterhin so geschieht, wie es geschieht*, und ihr werdet frei …« Mein Blick schweift wieder über die wilde, freie Landschaft um den See, das Stahlblau des Horizonts wird von den ersten Sternen geschmückt, vielleicht ist das Beharren auf Freiheit wirklich nur ein Atavismus, wie auch das kompromißlose Festhalten an der künstlerischen Freiheit. Vielleicht ist es sogar der Ausdruck eines geringen statt großen Talents … vielleicht ist eine Koryphäe in der Lage, den

Epiktetschen Sprung in das Reich der Freiheit zu wagen ... Ich denke an Shakespeare, der gegenüber dem Schicksal von Essex gleichgültig geblieben war, gleichgültig gegenüber den Grausamkeiten der professionell herrschenden Königin. Ich denke an Nabal, der in einer Bezirksstadt abseits von Prag, denn in Prag hätte man sich viel zu schnell kompromittieren können, seine Sage überarbeitete, aus Schwarz wurde Weiß, aus Moll wurde Dur, und aus der Verneinung wurde Bejahung, und zwar mit derselben technischen Bravour. »Er ist wie eine Maus«, erzählte mir Lída Lewis. Zum Glück hatte sie gedacht, daß wir durch eine Telefonstörung unterbrochen worden waren, rief noch einmal an. Wir trafen uns später im Café Marika. »Er stellte fest, daß er in einer Flasche lebte, aus der jeder Versuch herauszukommen vergeblich war. Und so rennt er statt auf einem Feld in einer Flasche. Doch im Hinblick auf die Tatsache, daß er sich in einer Flasche bewegt, rennt er noch ganz gut! Stellen Sie sich vor, man würde ihn wieder auf ein freies Feld hinauslassen!« ...Tja, ich versuche, es mir vorzustellen. Er könnte noch besser laufen. *Wenn er sie nur einmal belügen sollte, werden sie ihn links liegen lassen.* Das ist auch nur die halbe Wahrheit, wie alle anderen Bonmots. Oder gilt es nur für diesen wilden Kontinent? *Ein Schriftsteller ist derjenige, der schreibt.* Nicht der, der schweigt. Ein Bonmot, gültig für den anderen Kontinent? Gibt es etwa keine solchen Leser, die unter allen Umständen zu jedem Zeitpunkt für etwas plädieren, na und? Etwas in der Art eines Filters aus Porzellan, der aus dem in einer Flasche geschriebenen Buch automatisch das herausfiltert, was nicht hinein gehört? Der ganz zuverlässig den Wein für die Leser vom Wein für die Götter trennt? Im Westen leuchten helle Sterne am Himmel. Die Größe des Talents ist umgekehrt proportional zur Lautstärke des Rufes nach Freiheit. Shakespeare hatte zu den Schweinereien seiner Zeit geschwiegen. Dann gibt es aber noch Kafka und seine Milena, die geschrieben hat: *Er mußte sterben, weil er nicht vermochte, sich auf Kompromisse einzulassen, er flüchtete sich wie viele andere zum intellektuellen Schwindel* ... Doch das ist bloß Milenas Hypothese. Kafka war gestorben, weil er Tuberkulose hatte. Zum intellektuellen Schwindel hatte er sich nie flüchten müssen, weil er nicht in einer Flasche gelebt hatte ... Ich wache auf aus meinem Gedankenfluß. Wo war ich stehengeblieben? »... also wird der Mensch frei sein, weil er sich nicht darum bemüht, frei zu sein. Er wird so frei sein wie ein

Kriechtier, das sich nicht bemüht, zu fliegen; es krabbelt nur, im Staub, im Dreck ...«

»*But Sir!*«

Die beschwipste Stimme von Wendy. Sie meldet sich auf der Jacht zu Wort wie an der Uni.

»*Yes?*«

»*Birds DID develop from LIZARDS!*« ruft Wendy. »*I take Science 203: Introduction to Paleontology*«, sie bringt nur mühsam das lange Wort über die Lippen. »Es hat eine Echse gegeben, *ornitho ... something ...*«

»*Ornithosuchus!*« eilt ihr Bellissimmo überraschenderweise zu Hilfe. Wahrscheinlich belegt er auch die *Naturwissenschaften 203.*

»Genau. *Ornitho ... something.* Die hüpften so lange von einem Ast zum andern, bis ihnen Federn am Hintern wuchsen.« Auf diese Art und Weise war eine der großen wissenschaftlichen Formulierungen in Wendys Bewußtsein getreten. »Und so entwickelte sich der erste Vogel ...« Vertrauensvoll wendet sie sich an Bellissimmo, und er, da er offensichtlich für irgendeinen Test frisch gebüffelt hatte, vervollständigt fließend: »*Archäopteryx!*«

Ach, Wendy!

Wie schon so oft verspüre ich Dankbarkeit gegenüber dem kleinen *Irish girl.* Vielleicht war es in jenem Jahr so, daß uns Federn am Hintern zu wachsen anfingen ...

Es ist spät. Der Wind hat sich gelegt. Die Jacht der Svenssons schaukelt nicht mehr so wild hin und her, sie wiegt sich nur noch leicht und bewegt sich langsam auf die Anlegestelle zu. Es ist dunkel, die riesigen leuchtenden Bienenstöcke der Downtown erscheinen wie Luxusfrachter einer wilden Zivilisation. Der Kapitän legt sicher an, wir verabschieden uns. Bellissimmo und Vicky verschwinden in Richtung des leuchtenden Aquariums, und Wendy verläßt uns an Hakims Seite. *Good night, Miss Svensson,* verabschiedet sich der angeheuerte Matrose und läuft an uns vorbei. Wir gehen langsam zum Parkplatz.

An der Ecke bleibt Irene stehen.

»*Let's wait till he can't see us.*«

Wir warten. Irene trägt einen glänzenden Pelz mit Biberpelzsaum über ihrem Matrosenkostüm.

»Willst du zurückgehen?« frage ich.

»Du nicht?«

Sie duzt mich nun mit einer absoluten Selbstverständlichkeit, obwohl es das im Englischen nicht gibt. Wieder eine Situation wie aus einem Hollywood-Film. Der erfüllte Traum eines älterwerdenden Professors. Na und? Wenn es schon zu spät ist, gehen alle Wünsche in Erfüllung.

Die Jacht bewegt sich ein wenig, verlockend, sie schlägt mit dem Stoßdämpfer hohlklingend gegen die Anlegestelle. Es hört sich an wie ein Tamtam, wie ein akustischer Effekt aus einem gut durchdachten Drehbuch. Der Mast schwingt hin und her wie ein umgedrehtes Pendel, wie ein Zeigestab, der unter den Sternen nur einen auswählen möchte … welchen wohl? Natürlich den schönsten …

»*I do*«, sage ich zu Irene Svensson.

Und sie öffnet die Tür zur Kajüte.

Aus den Lautsprechern, die in jeder Ecke des Tanzschuppens angebracht sind, strömt fürchterliches Getöse. Es dringt sogar in diesen entferntesten Winkel, wohin ich mich zurückgezogen habe, um mich vor den deutschen Dezibel zu schützen, die Hucel und seine tschechische, mit Kunstleder und Tiroler Pulswärmern ausgestattete Kapelle erzeugen. Hucel singt sogar, und wie viele Musiker besitzt er die Gabe, jede Sprache naturgetreu nachzuahmen, ohne je eine richtig gelernt zu haben. Er singt also besser, als all die Bayern zusammen, die hier sitzen und mit ihren Maßkrügen im Takt schwenken:

Vor der Kaserne, vor dem großen Tor …

Die Bayern vergießen fröhliche Tränen ins Bier, ab und zu stimmt einer mit seiner Bullenstimme mit ein, Erinnerungen an vergangene Zeiten kommen hoch …

Stand eine Laterne, und steht sie noch davor.
So woll'n wir uns da wiederseh'n …

Bestimmt. Diese Frau mit dem Maßkrug habe ich schon irgendwo gesehen. Sie wedelt mit den Armen, singt, eine kräftige, nicht etwa dicke, nur kräftige Deutsche in einem grün gesäumten Dirndl, auf dem roten Haar trägt sie einen Tirolerhut. Sie singt:

Bei der Laterne woll'n wir steh'n …

Sie ist vom Lied ergriffen, beleuchtet, es befreit sie von den überflüssigen Pfunden. Auf einmal wird sie zu einer reschen Vollblutdeutschen, einem Mädel in der Uniform des *Bundes Deutscher Mädchen …*

Wie einst …

»*Entschuldigen Sie … Sind Sie nicht Ilse Seliger? Aus Kostelec?*«

Die hellen deutschen Augen fixieren mich, dann dringen sie langsam durch das Urwaldgestrüpp der Zeit zurück, noch weiter zurück …

»Jesusmaria! Jesusmaria, du bist doch der Smiřický! Der Saxophonspieler Smiřický!«

»*Ego sum*«, spreche ich, »*et amavi te, puella …*«

»*Halts Maul, du …*« Die Mittelhandknochen meiner Rechten werden fast verletzt. Vielleicht wegen der Lüge. Vielleicht hatte sie mir die Knochen tatsächlich zerdrückt. Und dabei war es nur eine *pia fraus* gewesen …

»Na ja«, seufzt dann später Ilse Seliger, verheiratete Schröder. »An Uippelt kann ich mich gut erinnern. *Sehr gut.* Eine gewisse *Frau General von Kater* kam immer zu ihm, ihr Mann war an der Front. Eine schöne Schlampe. Wo Uippelt wohl gelandet ist?«

Klar, wir wälzen unsere Erinnerungen an Menschen aus einem vollendeten Kapitel der Weltgeschichte, deren Bestandteilchen wir sind. Wenn wir sie dann alle durch haben, werden wir uns unsere *life stories* erzählen. Mir kommt vor, als hätte ich die korpulente Ilse wirklich geliebt, obwohl sie mir aufrichtig verhaßt war, als sie mir in einem früheren Lebensabschnitt in einem Zugabteil auf dem Weg nach Jaroměř eine Lektion erteilt hatte.

»Ich bin mir nicht sicher, ob sie wirklich so eine Schlampe war«, widerspreche ich. »Sie ist zwischen Paris, Berlin und Wien hin und her gependelt, sie ist überall hingefahren, wie sie gerade Lust und Laune hatte. Ich habe den Eindruck, daß sie für Uippelt als Verbindungsperson gearbeitet hat. Uippelt war nämlich ein Spion.«

Ilse sperrt den Mund in ihrem fleischigen Gesicht auf:

»Uippelt? Der war doch *echt deutsch*!«

»Aus einer gewissen Perspektive betrachtet, war er eigentlich ein Verräter«, sage ich forschend. Ihre Augen sehen mich ebenso forschend an.

»Sag doch gleich, aus meiner Perspektive!«

»Und stimmt das nicht?«

»Aus meiner *damaligen* Perspektive stimmt das schon.«

»Und aus deiner heutiger Sicht?«

»*Schau mal*«, spricht Ilse, sie hält inne, lauscht Hucels Stimme, die aus den überdimensionalen Lautsprechern dringt, und hebt ihren fleischigen Finger hoch, als möchte sie mich auf das Lied aufmerksam machen. Ach so. Ich verstehe. Es ist seltsam, daß schon so oft in meinem Leben Lieder mir Antworten auf die großen Fragen des Lebens gegeben haben. Vielleicht sogar öfter als Bücher oder weise Männer. Crooners Weisheit antwortet also für Ilse:

»*Es geht alles vorüber,*
es geht alles vorbei ...«

Das Umtata von Toronto ist ein Konzentrat der Nostalgie.

»Kannst du dich erinnern, als wir damals zusammen mit dem Zug nach Jaroměř gefahren sind?« frage ich in einem der Nostalgie angemessenen Tonfall.

»Na klar«, meint Ilse. »Du mußt mich damals geliebt haben, was?«

»Und wie ich dich geliebt hab«, entgegne ich. »Ich hatte Angst vor dir.«

»Das brauchtest du nicht.« Ilse legt ihre Hand auf meinen Handrücken. »Ich war damals *ein Ideologe*, das stimmt. Aber kein Zuträger.«

»Das konnte ich doch nicht wissen«, sage ich. »Und deshalb hatte ich Angst vor dir.«

Ilse seufzt, nimmt ihre Hand von meiner und greift nach dem Maßkrug. »*Die Welt ist ein toller Platz*. In meiner Jungmädchendummheit hab ich mir eine richtige Leidenschaft ausgesucht. Aber du kannst mir glauben, *Daniel*«, und wieder legt sie ihre Hand auf meine. »*Wie sagt man das?* Ich bin nach dem Krieg in mich gegangen. Erinnere mich nicht daran. Aber ich hab damals echt keine Ahnung gehabt. Du glaubst mir das nicht, stimmt's?«

Ich sehe ihr in die Augen. Sie beäugt mich, gütig, aufrichtig. Ich entgegne:

»Sagen wir mal, du hast das alles nicht ganz genau und ganz sicher gewußt, aber im Grunde warst du damit einverstanden.«

Sie senkt die Augen.

»*Verzeihung*. Du hast recht.«

»Das macht nichts. Das ist normal«, meine ich. »Solange sich unsere Erfahrung auf der Ebene der Theorie bewegt, verhalten wir uns widersinnig, wie Tiere. Erst wenn wir Blut riechen, wird uns übel wie richtigen Menschen.«

»Ich hab daran gerochen.« Ilse holt tief Luft. »Unsere Gruppe wurde von den Amerikanern geschnappt, und die haben uns auf der Stelle Buchenwald gezeigt.«

»Denk nicht daran. Das ist *long ago.*«

»Wie man's nimmt. Aber laß uns trotzdem nicht mehr darüber reden, *einverstanden?* Was ist also mit Uippelt passiert?«

»*Nach jedem Dezember,*
kommt immer ein Mai ...«

Mit Uippelt. Ich denke an den Tag im Mai zurück, als ich mit Irena unterwegs gewesen war ...

»Man hat ihn umgebracht.«

»Die Gestapo?«

»So etwas ähnliches«, sage ich. Die Sabotage, Uippelt, mein heroischer Spaziergang durch Prag, in der Euphorie der Maitage war alles aus meinem Kopf verschwunden. In der Sicherheit nach dem Krieg dachte ich über solche Dinge nicht mehr nach, und schon gar nicht in diesem Moment, denn ich lief neben Irena her, wir eilten ins Kino und wollten uns *Verschneite Romanze* anschauen, den ersten Gruß aus der Welt meiner Träume. Im Kino sollte sich uns zwar Zdeněk anschließen, doch immerhin. Auf dem Weg dorthin hatte ich Irena nur für mich alleine. Sie trug ein hübsches Sommerkleid, wehrte die ausgeklügelten Angriffe meiner verführerischen Worte leicht ab, und plötzlich sagte sie unvermittelt:

»Guck mal! Da werden Kollaborateure abgeführt!«

Es stimmte. Ich sah die Jungs in der Uniform des Afrikacorps mit Binden an den Ärmeln, mit den großen Buchstaben RG darauf. In der ersten Reihe lief der dicke Velcl, dem das Lager gehörte, das Přema in die Luft gejagt hatte; man hatte ihn damals trotzdem nicht eingesperrt. Velcl hatte Geschäfte mit den Deutschen gemacht. Wahrscheinlich hatte man über ihn etwas gewußt oder aber im Gegenteil nichts gewußt. Neben ihm lief Květa Ceehová und an ihrer Seite der ehemalige Werkschutz Eisler. Alle waren sie kahl geschoren, und Květa, die größte von den dreien, setzte als einzige eine blasierte Miene auf. Velcl heulte. Eisler marschierte mit vorbildlichem Marschschritt, mit einem Gesichtsausdruck, als würde er nur auf die nächste Ohrfeige warten. Hinter ihnen liefen andere Kahlgeschorene in Dreierreihen, Männer und Frauen, in der seltsamen Einheitskluft der Revolution. Ich erkannte Doktor Seelich, der auf einem Bein hinkte, und Ingenieur Záviš, der sogar noch mit kahlem Kopf ein Schönling war. Ballon war nicht dabei, er hatte sich rechtzeitig aus dem Staub gemacht. In der vorletzten Reihe schritt auch Uippelt; ohne seinen Zwicker sah er aus wie ein Schweinchen. Sie hatten ihm nur eine Hälfte seines Hitlerbärtchens abrasiert. Die Garde der Werktätigen hatte sich einen Scherz erlaubt.

»Der gehört nicht dazu!« entfuhr es mir.

»Meinst du Záviš?« fragte Irena mit leichtem Desinteresse in der Stimme.

»Nein. Der mit dem halben Schnauzer, Uippelt.«

»Das ist doch 'n Deutscher!«

»Das stimmt. Aber er ...«

Ich berichtete ihr hastig von meiner Heldentat. Irena war eine sehr überzeugte Patriotin. Das interessierte sie.

»Danny! Du mußt sofort hingehen und denen alles erzählen!«

»Wohin denn?«

»Ja, ins Rathaus. Das ist doch ein Mißverständnis!«

»Das werde ich tun.«

»Dann geh doch hin!«

»Jetzt? Sofort?«

»Na klar sofort! Hier leidet ein Unschuldiger!«

»Ich gehe morgen hin, Irena.«

Sie blieb stehen und musterte mich streng mit ihren kaffeebraunen Augen:

»Von wegen morgen! Jetzt gleich! Du läßt mit ruhigem Gewissen einen Unschuldigen leiden ...«

»Ich würd den Film verpassen!«

Ich hielt dies für ein stichhaltiges Argument, doch Irena sah es anders. Sie wurde wütend:

»Du gehst sofort ins Rathaus! Sonst gehe ich nie mehr mit dir ins Kino!«

»Laß mich doch wenigstens erst nach dem Film hingehen!«

»Ich hab gesagt: sofort!«

Sie drehte sich um, und eingeschnappt lief sie mit schnellen

Schritten zum Kino. Ich trabte hinter ihr her wie ein jammerndes Hündchen. Bald wurde mir aber klar, daß ich in der Rolle eines jammernden Hündchens keine Chance bei ihr hatte. Ich blieb stehen und rief ihr nach:

»Dann geh ich halt hin, Irena …«

Sie drehte sich nicht einmal um, bemerkte bloß:

»Geh nur. Nach dem Kino treffen wir uns im Beran.«

Ach ja.

Ich machte mich also auf den Weg.

Ich erwartete, daß im Rathaus wohl der Herr Bürgermeister oder der Vorsitzende des Nationalausschusses oder wie er sich jetzt auch nennen mochte, sitzen würde, doch dort sah es eher wie in einer Kaserne aus. Die Jungs in den Afrikacorps-Uniformen spielten Krieg, stellten sogar Passierscheine aus und führten mich zum Schluß zu Pytlík. Das war noch bevor mein Vater das Tagebuch des Herrn Dirigenten Zillinger nach Hause gebracht hatte. In vollem Vertrauen teilte ich Herrn Pytlík also mit, daß es sich bei einem der Kollaborateure um ein Mißverständnis handle und daß die Revolutionsgarde einen Widerstandskämpfer verhaftet hätte. Ich schilderte ihm auch meine konspirative Fahrt nach Prag, und er fragte mich aus logischen Überlegungen, wie ich denn mit Uippelt zusammengekommen sei. Es gab jede Menge zu erzählen. Es war mir keineswegs unangenehm, im Gegenteil: begeistert erzählte ich von der Sabotage und davon, wie Uippelt alles herausgekriegt hatte.

»Wer hat noch Verbindung zu ihm gehabt?« fragte Herr Pytlík streng, als wäre ich bei einem Verhör. Ich blickte auf den roten Stern. Die Rotarmisten trugen ihn auf der Mütze, doch bei ihm steckte er am Revers. Mir wurde ganz mulmig zumute.

»Das weiß ich nicht. Über andere hat er mir nichts erzählt, und ich hab auch nicht gefragt. Es ist besser, nicht allzu viel zu wissen.«

Herr Pytlík nickte zustimmend.

»Und du hast nicht die geringste Ahnung, wer sonst noch dabei gewesen sein konnte?«

»Ich dachte mir, vielleicht Meister Vachoušek. Aber Uippelt hatte behauptet, daß es nicht so gewesen wäre und daß man Vachoušek wegen den Kreuzen eingesperrt hätte.«

»Und war es deshalb?«

»Das weiß ich nicht. Er ist noch nicht zurückgekommen. Wissen Sie vielleicht, wo er jetzt ist?«

»Das wissen wir nicht«, sagte Herr Pytlík. »Aber wenn dir Uippelt gesagt hat, daß er damit nichts zu tun hatte, heißt das noch lange nichts. Er könnte auch gelogen haben.«

»Das kann sein«, meinte ich. »Vielleicht könnte Vachoušek es bestätigen, wenn er zurückkommt.«

»Was könnte er bestätigen?« fragte Herr Pytlík scharf.

»Na ja, daß Uippelt im Widerstand war.«

»Ach so, das. Wir werden das prüfen.«

»Lassen Sie ihn nicht frei?«

Herr Pytlík lächelte.

»Das geht nicht so einfach. Wir müssen zuerst nachprüfen, was du uns erzählt hast.«

»Aber wie? Kein Mensch weiß davon, nur er und ich. Oder warten Sie mal. Ich hab das auch noch dem Skočdopole erzählt ...«

»Das ist der ...«

»Sein Vater hat den Tabakladen. Der Legionär. Skočdopole war auch ... im Widerstand aktiv.«

»Aber ihm hast du das nur erzählt? Er hatte selbst keinen direkten Kontakt zu Uippelt?«

Ich räumte ein, dies sei richtig, und Herr Pytlík erklärte, daß das nicht reiche. Mir fiel der Unbekannte in Prag ein, dem ich den Umschlag übergeben hatte, Herr Pytlík notierte sich seine Adresse und stand auf:

»Das ist ein besserer Tip. Sobald wir wieder Verbindung mit Prag haben, werden wir es nachprüfen.«

Ich stand auch auf.

»Und ... jetzt behalten Sie ihn noch hier?«

»Das sind wichtige Dinge, die du mir mitgeteilt hast«, sprach Herr Pytlík. »Wir müssen der Sache sorgfältig nachgehen.«

Diese Formulierung hörte ich zum ersten Mal. Ich fragte:

»Könnte man ihn nicht ... auf ein Ehrenwort freilassen?«

»Eines Deutschen?« wunderte sich Herr Pytlík streng.

»Nein ... ich meine, *ich* würde das Ehrenwort geben. Ich dachte mir, daß ich für ihn bürgen könnte ...«

»Für *einen Deutschen*?« wunderte sich Herr Pytlík noch mehr.

»Ich weiß es doch mit absoluter Sicherheit, daß er das für uns getan hat. Sie müssen mir nicht glauben, aber ich weiß es ganz sicher.«

Herr Pytlík legte mir seinen Arm väterlich um die Schultern und begleitete mich langsam aus seinem Büro.

»Schau mal, ich glaube dir, daß du es ehrlich meinst. Aber du bist noch jung. Du hast keine Ahnung, wie sich die Menschen verstellen können.«

In der Tat, davon hatte ich keine Ahnung. Ich ging ins Beran, und dort erlebte ich eine weitere bittere Enttäuschung, denn Irena ließ sich nicht blicken. Zdeněk hatte sie wohl überredet, mit ihm nach Hause zu gehen, um dort herumzufummeln. Ich saß so lange im Beran herum, bis völlig klar war, daß es wirklich umsonst war, weiter zu warten. Anschließend schlenderte ich noch eine Weile über die Jirášek-Straße und ging dann nach Hause, ins Bett.

Nachts träumte ich von Uippelt und Irena. Irena warf mir vor, ich hätte nichts unternommen, obwohl ich getan hatte, was in meiner Macht stand. Oder hätte ich noch mehr tun können? Gewissensbisse quälten mich. Gleich am frühen Morgen lief ich zu der alten Weberei von Hycman, wo man die Kollaborateure eingesperrt hatte. Dort kam ich kurz vor sechs an. Am Tor stand Ponykl mit einem Maschinengewehr und in Afrikacorps-Uniform.

»Ich muß mit einem Kollaborateur reden«, sagte ich zu ihm, nachdem er mir auf pathetische Weise den Weg versperrt und das Gewehr auf mich gerichtet hatte.

»Das ist verboten.«

»Er sitzt aber irrtümlich drin. Ich will das bezeugen.«

»Red keinen Mist, Mann! Keiner ist hier irrtümlich!«

»Doch, er schon. Er hat mir das Leben gerettet.« Und auf einmal … Ponykl war ja eigentlich auch dabei gewesen! »Und dir auch, du Idiot.«

»Was schwafelst du da?«

»Erinnerst du dich, wie du für mich die falschen Versenkungen gemacht hast?«

»Na und?«

Die Frage des Jahrhunderts.

Ich erklärte ihm die Sache. Ich erinnerte ihn auch an die Rettungsaktion der Schweißer unter der Leitung von Meister Vachoušek. Ponykl wurde unsicher, und als ich Meister Vachoušek erwähnte, verstand er es falsch.

»Biste blöd, Mann? Vachoušek war doch kein Kollaborateur! Außerdem ist er nicht hier. Nur Gott allein weiß, ob er überhaupt noch am Leben ist …«

»Nicht der Vachoušek! Otto Uippelt. Der deutsche Oberkontrolleur.«

Ponykl schien zusammenzuzucken.

»Uippelt?«

»Ja doch. Laß mich jetzt endlich rein!«

»Das ist ja 'ne schöne Scheiße, du Idiot«, sagte Ponykl. Ich wurde von einer Vorahnung beschlichen.

Und sie war auch richtig. Als mich dann irgend so ein Offizier in den Keller brachte, lag Uippelt dort mit dem Kinn nach oben. Auf seinem halbierten Schnauzer klebten Bluttröpfchen.

»Er hat eine Ohrfeige bekommen und ist dabei so unglücklich hingefallen, daß er mit dem Hinterkopf gegen die Treppenstufen gestoßen ist«, erklärte der Offizier. »So ein Pech.«

»Das kannst du aber laut sagen, daß es 'n Pech war«, sagte ich wütend. »Er war einer von uns. Kein Kollaborateur.«

»Wer hätte das ahnen sollen?«

»Ich hab's denen im Rathaus 'ne Stunde lang klarzumachen versucht.«

»Ich hab aber keine Meldung bekommen. Nachts haben ihn noch Genossen verhört ... und dabei hat er eine Ohrfeige bekommen ...«

Mir ging immer noch kein Licht auf. Ich war nur wütend und kam mir so machtlos vor. Ich drehte mich wieder zu Uippelt um. Nicht einmal die Augen hatten sie ihm geschlossen. Sein starrer Blick ohne den Zwicker war gegen die feuchte Decke in Hycmans Keller gerichtet. Seine barfüßigen Beine waren auseinandergestreckt, in der geballten Faust hielt er etwas fest. Ich bog seine steifen Finger auseinander, der Offizier beobachtete mich. Aus seiner Hand fiel ein kleiner roter Stern. So einer, den die Rotarmisten an ihren Mützen trugen. Langsam ging mir seine verzweifelte Botschaft auf. Doch das Tagebuch des Herrn Zillinger war zu diesem Zeitpunkt noch nicht ans Tageslicht gekommen. Ich wandte mich wieder dem Toten zu. Durch meinen Kopf zogen Bilder ... der Nachmittag in Kostelec vom Aussichtsfenster aus, seine schwarze Silhouette ... das fünfbeinige Schwein ... die Frau General von Kater ... die Adresse in Prag ... die Schweißstellen an den Kreuzen ... Einige Taten, die man durchaus als Heldentaten bezeichnen könnte.

Die grauen preußischen Augen starrten krampfhaft zu den feuchten Flecken an der Decke. Ich versuchte, sie zu schließen. Es gelang mir nicht.

»*Na siehst du*«, seufzt Ilse. »*Die Welt ist ein toller Platz.*«
Das stimmt.
Na und?

Lieber Daniel,

gibt es Dich noch? Manchmal scheint mir, als würdest Du in eine andere historische Epoche gehören. Aber das kommt wahrscheinlich daher, daß ich seit über einem Jahr im Kibbuz Herschel lebe. David geht schon in die dritte Klasse, bei uns war das früher die Quarta, doch alles, was es früher gegeben hat, gibt es nicht mehr. Aber denk nicht, daß ich Dich vergessen hätte. Ich sehe Dich immer noch vor mir, als wäre es erst gestern gewesen, als du mit der Medizin für David von Nosek zu uns kamst, damals war das fast schon eine Heldentat. Du weißt gar nicht, daß mich der Kaderbeamte später wegen Dir verhört hat, aber ich weigerte mich, ihm zu erzählen, wer Du bist, und seine Sicherheiten waren in der damaligen Zeit nicht mehr so sicher, und so bekam ich keinen Ärger. Wenigstens was mich betrifft. Jemand hat Dich damals in der Nacht gesehen, als Du zu uns kamst, und Du weißt ja: Eine Zionistin zu denunzieren, wird in allen Zeiten als Beweis für fortschrittliches Denken angesehen.

Da hast Du Dich aber mit einer schönen Zionistin getroffen! Als wir nach Jerusalem kamen, zeigte man uns verschiedene Sehenswürdigkeiten, und man führte uns auch in das Museum des ersten Kibbuz. Dieser war bereits vor dem Ersten Weltkrieg von Zionisten gegründet worden. Auch damals schon hatten sie sich wehren müssen, denn auch damals gab es hier Menschen, bei denen der Anblick eines Juden so etwas wie einen Pawlowschen Reflex und die Lust auslöste, den Juden umzubringen. Doch die ersten Zionisten waren fromme Menschen, sie verabscheuten Waffen, weshalb sie bewaffnete Araber zu ihrem Schutz anheuerten. Es ist klar, daß sich die Araber nicht gerade überarbeitet haben, so daß ein paar zionistische Männer die Reinheit der Religion sein ließen und sich Gewehre besorgten. Einer von ihnen lebt noch, ist über achtzig und macht die Führungen in diesem Museum. Ich fragte ihn etwas auf englisch, und er schnauzte mich auf Hebräisch an. Du weiß ja, Hebräisch hatte ich nur bei Herrn Lehrer Katz gelernt und konnte nicht einmal so viel wie in Latein aus der Tertia und Quarta. In all den Jahren nach dem Tod von Herrn Lehrer Katz (der Arme oder vielleicht auch der Glückliche: Er starb einen Tag nach seiner Ankunft in Theresienstadt, nach Auschwitz kam er erst gar nicht. Er war schwer zuckerkrank, und Insulin gab es in Theresienstadt nicht), nach den langen Jahren waren die Grundlagen vollkommen aus meinem Kopf verschwunden, bis auf einige wenige Buchstaben. Ich gestand dem achtzigjährigen Kämpfer, daß ich das Hebräische nicht beherrsche, und daraufhin wurde er dermaßen zornig, daß ich dachte, er würde gleich eines seiner historischen Gewehre von der Wand nehmen, und falls er mich nicht sofort abknallen würde, so würde er wenigstens meine semitische Anmut merklich beeinträchtigen. (Ich war gerührt, als Du damals mit der Medizin bei uns warst und mir von der japanischen Tasse erzähltest. Falls Du Dir das nicht ausgedacht hast, Du warst schon immer ein Lügenbaron, nichts war Dir heilig, vielleicht nur deine Freunde. Oder vielleicht nicht einmal die … eher die Freundinnen.) Und der Alte brüllte mich an, wo denn der Zionismus wohl hinführen mag, wenn schon so junge Mädchen zu faul sind, Hebräisch zu lernen!

Wie Du sicher weißt, waren wir uns in Kostelec nicht so ganz sicher, was Zionismus eigentlich sein sollte. Aber jetzt habe ich es erfahren, mein lieber Daniel! Es ist Kommunismus par excellence! Zumindest im Kibbuz. Nur mit dem Unterschied, daß wir hier freiwillig weilen. Am Anfang wurde ich im Kibbuz Herschel – lach bitte nicht – zum Füttern der Schweine eingeteilt. Nein, ich habe mich nicht verschrieben. Hier im Kibbuz gibt es auch solche Juden, die aus dem Königreich namens Schweinsbraten-Kraut-und-Knödel stammen, und weil sie nicht besonders fromm sind, haben sie sich Schweine angeschafft. Allerdings leben hier auch strenge Juden, und als die anderen aus jenem Königreich das erste Schlachtfest vorbereiteten, brach beinahe ein Bruderkrieg aus, der mit dem Sieg des wahren Glaubens endete: Die Schweine wurden geschlachtet, jedoch nicht gegessen, sondern unten am Fluß vergraben. Ein Ketzer scharrte dann nachts eines der toten Schweine wieder aus und briet eine Keule unter der Brücke, doch die Hüter der Traditionen rochen es, und der Abtrünnige fand beinahe das gleiche Ende wie der falsche Prophet aus Nazareth, wie hieß er noch mal, die arabischen Brüder verehren ihn auch, ach so, Christosvoskres.

Aber dann kamen immer mehr Menschen aus dem Königreich und dessen benachbarten Ländern, die Pro-Schwein-Partei wurde stärker, bis sie letztendlich das Recht zur Schweineschlachtung erhielt, doch dies durfte nur außerhalb des Kibbuz geschehen. Und so bürgerte sich also eine Prozession ein: Nach der Schlachtung des Schweins, legen es die Genossen auf so eine Art Bahre und tragen es unter Singen des Liedes »Jetzt wird nicht geschuftet, jetzt hauen wir uns die Bäuche voll!« (Das ist angeblich die Hymne des Königreichs) drei Kilometer hinter den Kibbuz Herschel in einen Olivenhain, wo sie sich so richtig vollstopfen. Ich laufe leider nie in der Prozession mit, nicht etwa wegen des Glaubens, sondern aus rein praktischen Gründen (chronische Kolitis, ein Andenken an Auschwitz), und so kann ich Dir nicht genau beschreiben, was sie dort machen. Aber der alte Aschkenasy behauptet, es handle sich um die jüdische Form einer schwarzen Messe. Angeblich sollen sie dort sogar Orgien veranstalten, was mich allerdings in meinem Alter längst nicht mehr interessiert (ich fühle mich wie einhundertsechsundsiebzig), aber Dich würden sie bestimmt interessieren. Es kann aber auch sein, daß es nur Lügengeschichten vom alten Aschkenasy sind, er ist so ein alter Perversling, jeden Abend sitzt er vor seinem Haus, damit ihn alle sehen, wie er die Bibel liest, aber angeblich liest er immer nur das Hohelied Salomos, das wird ihm wohl nie langweilig.

Was soll ich Dir sonst noch schreiben? David lernt sehr brav, aber das ist Dir wahrscheinlich vollkommen schnuppe, andere Neuigkeiten gibt es nicht. Er möchte Arzt werden, und wenn er weiter so gut lernt, schickt ihn der Kibbuz an die Universität.

Es ist schön hier, eigentlich ist es immer wie im Urlaub. Das Klima tut mir gut, und das, was früher passiert ist, ist nun mal passiert, und es wird – hoffentlich – nie mehr wieder geschehen. Von all dem, was früher war, bist du einer der wenigen Menschen, an die ich gerne denke.

Mir geht es so gut hier, daß ich fast Angst bekomme, obwohl ich keinen Grund dazu habe. Aber das ist wahrscheinlich nur so eine Art Neurose. Jeder, der DORT gewesen ist, ist ein bißchen meschugge.

Schreib mir, mein lieber Daniel, von Deinen jungen Freundinnen und Deinen literarischen Werken, wobei beides bei Dir ziemlich eng miteinander verquickt ist. Oder hast Du etwa angefangen, Aufbauromane zu schreiben? Aber das glaube ich kaum, die sind ja schon aus der Mode gekommen.

Schreib mir bitte, ganz bestimmt.

Deine Rebiko Silbernagliko aus der Teetasse

Vor *Maple Leaf Gardens* demonstrierten junge Juden in KZ-Monturen. Am Eingang hielten Limousinen, aus denen die festlich gekleidete *high society* stieg. Die Demonstranten reichten ihnen Flugblätter, doch meist ohne Erfolg. Nur ab und an streckte sich eine vereinzelte Hand danach aus. Zumeist liefen die Gäste mit versteinerten Lächeln an der kostümierten Jugend vorbei, als wären sie lauter Botschafter der Sowjetunion. Percy beobachtete nervös Veronika, die als einzige aus dem Grüppchen der Svensson-Familie ein Flugblatt nahm und die Demonstranten sogar mit gefalteten Händen grüßte. Die Demonstranten trugen ein Transparent mit der Aufschrift LET MY PEOPLE GO. Viel höher, an der Vorderfront der Halle, leuchteten rote Glühbirnen:

RED ARMY ENSEMBLE TONITE AT THE GARDENS

Percy verspürte Angst vor Veronikas Verschlossenheit. Sie setzten sich in die erste Reihe, Veronika reichte ihm das Flugblatt. Er wollte es lesen, doch er konnte sich nicht konzentrieren. Er blickte aus den Augenwinkeln nach dem traurigen Mädchen, sie saß regungslos da in ihrem schwarzen Kleid, das Haar trug sie zu einem wunderschönen Haarknoten zusammengerafft, ihr anmutiges Profil war ernst. Hinter ihr wimmelte es in einer bunten Mischung aus Fracks, *hot pants* und Dekolletés. Die junge Frau hielt ihre Handtasche aus schwarzen Glitzersteinchen auf dem Schoß, die Hände mit den schlanken Fingern lagen gefaltet darauf. An einem Finger trug sie einen Ring mit einer Fahne. Percy erzitterte vor Liebe und Bangigkeit.

Die Lichter gingen aus. Ein Militärmarsch erklang, und auf die Bühne marschierte eine ganze Truppe von Sängern und Sängerinnen in Stiefeln und einem Lächeln auf den Lippen. Veronika nannte diese Erscheinung *Colgate Smiles.* Mit kräftigen Stimmen sangen sie ein Lied, das von der ganzen Familie Svensson einzig und allein Veronika verstand:

Für den Frieden sind wir! Freunde
singt der Welt das Lied vom Frieden
Bis in aller Herzen es erklingt:
Vorwärts, Frieden wollen wir!

In Veronikas Unterbewußtsein tauchte eine seltsame Szene auf. Sie sah ebenfalls Männer in Stiefeln, die jedoch an Harfen saßen. Ihre Hände ließen sie sanft über die Saiten gleiten. Diese Szene tauchte immer nur ganz kurz auf und verschwand wieder. Sie mußte sie irgendwo gesehen haben. Vielleicht während der Filmvorführungen bei Percys Schwester Kästrin. Sie verspürte einen ungeheuren Ekel vor Stiefeln. Sie drehte sich um. Hinter ihr ragten knochige Knie aus *hot pants*, an einer Bluse steckte ein großer, roter, mit Brillanten bestickter Stern. Sie sah wieder zu Percy. Mein kleines Dummchen, dachte sie. Sei nicht böse, aber ich muß es tun.

Stoppt die Kriege, löscht das Feuer,
Rettet unsere schöne Welt!
Fester als Granit ist unser Wille!

Ihr Dummköpfe, sie veräppeln euch doch alle!

Das Ensemble ordnete sich zu mehreren Reihen, die Sänger standen nun da wie reglose Holzpuppen, ein dicklicher Funktionär mit einem Dolmetscher an seiner Seite trat ans Mikrofon.

»Liebe kanadische Freunde!«

Sie hörte der Ansprache nicht zu. Der Inhalt war ihr bekannt. Millionenmal heruntergeleiert, unangenehm. Sie wartete. Die Melodie kam zu dem abschließenden hohen C, die teuren kanadischen Genossen rasselten mit ihren Brasseletten aus Brillanten, als sie zum Applaus ansetzten. Veronika ertastete das Ding in ihrer Handtasche. Der dröhnende Applaus verhallte, der Dirigent in einer enganliegenden Bundhose drehte dem Publikum den Rücken zu, warf die Arme auseinander, und die vollen Stimmen der Zahnpastawerbenden ließen den Garten der Ahornblätter erzittern.

Percy bemerkte, wie Veronika etwas aus ihrer Tasche herausholte und erschrak. Vor einer Woche das Attentat auf Wallace … Aber sie hielt etwas Biegsames in der Hand. Keinen metallenen Gegenstand, vielleicht ein Taschentuch. Er atmete auf. Das Lied erklang, und Percy schaute auf die Bühne. Die Lieder hörten sich für ihn ziemlich gleich an, er verstand die Worte nicht, doch die Melodie fesselte ihn. Er ertappte sich dabei, wie er mit der Fußspitze im Takt wippte. Dann vernahm er ein seltsames, leises Geräusch. Er versuchte festzustellen, woher es kam. Veronika blies einen Luftballon auf. Zuerst verstand er nicht, und die junge Frau pustete so geschwind in den Luftballon, daß dieser nach kurzem zu einer richtigen Montgolfiere geworden war. Nun begriff er. Auf dem weißen Gummi leuchteten rote Buchstaben auf:

RUSSIANS GO HOME!

Veronika hob den Ballon hoch über ihren Kopf. In der Reihe hinter ihr rasselten die Armbänder, doch die Stimmen auf der Bühne sangen weiter, ohne zu erzittern. Percy wurde von Panik und einem peinlichen Gefühl erfaßt. Er wußte nicht, was er tun sollte. Herr Svensson, der auf der anderen Seite neben Veronika saß, zischte ihr zu:

»*Stop it, Veronika! It's embarrassing!*«

Und dann sprach die klare, keineswegs flüsternde Stimme, aus der man Tränen heraushören konnte:

»*I'm glad you say so, sir!*«

Veronika erhob sich, ihre Hand hoch über den Kopf emporgestreckt. Der Luftballon erstrahlte im Widerschein der Lichter auf der Bühne. Die junge Frau drehte sich zum Publikum um, und zum Rasseln der Armbänder gesellten sich entrüstete Flüsterlaute und Rufe wie *Sit down! Put it down!*

Doch Veronika blieb regungslos stehen, in der Manier der Freiheitsstatue, in der Hand hielt sie ihre seltsame Fackel, die Augen erstrahlten smaragdfarben.

Herr Svensson stand auf und streckte sich nach dem Ballon, aber Veronika war größer. Herr Svensson war gezwungen zu hüpfen. Im gleichen Moment war das Lied zu Ende, Applaus ertönte, dauerte allerdings nicht lange an. Der komödiantische Auftritt in der ersten Reihe zog das Interesse aller auf sich. Herr Svensson hopste noch einmal hoch und bekam den Luftballon zu fassen. Jetzt herrschte Stille im Saal. Plötzlich erklang ein kreischendes Geräusch, ein langgezogener Furz. Der Luftballon hatte eine Pfeife in der Öffnung. Herr Svensson stand mit dem quietschenden Ballon in der Hand da und war verlegen. Dann drückte er die Öffnung zusammen, das Geräusch verstummte, doch gleichzeitig hatte dies zur Folge, daß der Ballon nicht weiter schrumpfte. Die immer noch sichtbare rote Aufschrift verkündete ihren Appell. Herr Svensson, rot im Gesicht, drehte sich im Kreis, so daß man von allen Seiten die Aufschrift lesen konnte. Auch von der Bühne aus.

Von der Ausgangstür her schritt ein Mann in der Uniform der RCMP. Mit ausdruckslosem Gesicht kam er zu Herrn Svensson anmarschiert.

»*If you allow me, sir!*«

Er streckte den Arm, und der verdutzte Herr Svensson reichte ihm den Luftballon. Die Schnarrpfeife gab wieder einen Laut von sich, doch sie wurde mit einem dicken Daumen sofort zum Schweigen gebracht. Wie zuvor Veronika hob auch der Mann der RCMP die Hand hoch über seinen Kopf, und mit ernsten, langsamen Schritten trug er den Luftballon durch den langen Gang, gefolgt von den Blicken des ganzen Publikums im Ahorngarten.

Neben Percy ertönte ein Lachen, ein offensichtlich hysterisches Lachen. Der Hintern von Herrn Svensson landete wieder auf seinem Sitz und erzeugte dabei ein beinahe unanständiges Geräusch. »*Sorry, Percy*«, sagte Veronika und hörte auf zu lachen. Der Dirigent auf der Bühne zuckte heftig mit den Armen, und die vollen Stimmen legten mit einem weiteren Lied unter der optischen Begleitung der süßen Harfen in Veronikas Kopf los:

V zastitu mira vstavaite ljudi!
Rjady tesnej, strana k strane!
I pust' na mirom silnej orudij
prizyv nas rejet: Ne byt' vojne!

In die professionelle Entschlossenheit der Stimmen auf der Bühne erklang vom Eingang her ein leichtes Quieken. Der Mann der RCMP nahm in der Tür seinen dicken Daumen von dem hupenden Luftballon.

Nichts hatte sich hier verändert. Hinten im Café, wo den ganzen Tag die Lampen brennen mußten, da das Licht, das durch die großen Fenster vom Marktplatz her einfiel, wenig erfolgreich gegen die Dunkelheit war; immer noch spielten hier die Männer in zerknitterten Anzügen Billard, an den mit grünem Stoff bezogenen Tischen entlang der Wände saßen die Kartenspieler. An einem Tisch sah ich Vráťa mit seiner Mariage-Spielgruppe, in der sich auch Kočandrle befand. Mich bemerkten sie gar nicht, denn sie waren mit ihren Karten beschäftigt. Vráťa wurde im Unterschied zu mir in Kostelec von den Wurzeln der Nostalgie festgehalten. Er kam mindestens zweimal im Monat hierher und verbrachte ganze Wochenenden mit seinen reglosen Mitspielern. Doch ich war, seit Přema abgehauen war, allerhöchstens zweimal hier gewesen. Für mich war Kostelec ein Phänomen der Zeit und nicht des Ortes, und eine Zeitmaschine war noch nicht erfunden worden. So etwas gibt es nur in unseren Köpfen, und da muß man nicht nach Kostelec fahren.

Ich war eigentlich aus einer Art Boshaftigkeit hergekommen: Ich wollte durch meine Anwesenheit die hiesigen Patrioten, die mir mein Musical nicht verzeihen konnten, in Verlegenheit bringen. Obwohl sie verbissene Antikommunisten waren, hatten sie trotzdem der Partei recht gegeben, als meine kleine Operette mit der traditionellen Sammlung von negativen Epitheta bedacht wurde. Die Witwe des Herrn Bürgermeister Prudivy hatte sogar einen Artikel für die hiesige Parteizeitung verfaßt, in dem sie die Attacken aus der zentralen Parteizeitschrift wortwörtlich übernommen hatte, und außerdem hatte sie mich beschuldigt, ich hätte die Ehre der Mädchen aus Kostelec verletzt (sie benutzte das sittliche Neutrum, doch sie ahnte wohl nicht, wie sexuell dieses war). Über diese Ehre war ich besser informiert als die Witwe, und in meiner Operette hatte ich lediglich den Stand der Dinge wiedergegeben. Trotzdem brachte mir die realistische Aufzeichnung meines Geplauders mit Irena, das ich noch nach vielen Jahren dank meines akustischen Gedächtnisses nacherzählen konnte, den Ruf des führenden Pornographen von Kostelec ein, der diesen Landstrich, wo die große Schriftstellerin des 19. Jahrhunderts, Božena Němcová, geboren wurde, in den Schmutz gezogen hatte. Einmal war Herr Moutělík mit Rosťa im Zug nach Hradec unterwegs und hatte Rosťa gefragt: »Wissen Sie, daß der Nationalausschuß in Kostelec Ihrem ausgekochten Freund ein Denkmal setzen will?« »Was Sie nicht sagen!« wunderte sich Rosťa, und Herr Moutělík, zu diesem Zeitpunkt kein Großkaufmann mehr, sondern nur noch einfacher Verkäufer, breitete seine Arme aus und sprach verbissen: »Einen zehn Meter langen und drei Meter dicken Penis aus Sandstein!« Er wußte gar nicht, wie sehr er mich überschätzte. Was hätten die in Kostelec mit mir wohl gemacht, wenn ich wirklich etwas dazugedichtet hätte?

Meine kleine Operette war eigentlich eine einzige Liebeserklärung an dieses von Fliederbüschen umgebene Städtchen, an dessen hübsche Mädchen und an die lebhaften und eigenwilligen Menschen. Doch statt Dankbarkeit erhielt ich Nachrichten, in denen von einem Eins-aufs-Maul-Hauen die Rede war, ostentatives Schweigen, die hübschen Mädchen schwebten hochnäsig an mir vorüber wie an einer Wachspuppe mit einem Hut in der Hand, die infolge eines Krampfes erstarrt war.

Und so begab ich mich absichtlich nach Kostelec, um den Pomp bei der Denkmalenthüllung durch meine Anwesenheit noch zu verstärken. Nicht etwa das erwähnte Denkmal in der Form eines Penis sollte enthüllt werden, sondern ein der Roten Armee gewidmetes Denkmal anläßlich des zwanzigsten Jahrestages der Befreiung 1945.

Auf die Tribüne wurde ich nicht gebeten, und so tummelte ich mich in der Menge. Der Jahrestag wurde äußerst feierlich begangen. Auch ein General war dabei, der Befreier Jablonkovskij, der nach diesen zwanzig Jahren schmächtiger war, doch mit um so mehr Auszeichnungen behängt. Ein trauriger, sowjetischer Greis. Nun saß er an einem der geätzten Fenster mit einer zierlichen sowjetischen Frau und einem ungewöhnlich hübschen Mädchen mit Kulleraugen. Das Mädchen kannte ich nicht.

An einem Billardtisch spielten Kos und Malina, Macháně kiebitzte. Auch nach zwanzig Jahren Übung hatten sie keine Fortschritte gemacht. Kos schaffte viermal die Karambolage, Malina dreimal. Sie sahen immer noch so aus wie früher. Nur dicker und kahlköpfiger waren sie, und Malina spielte in seiner Polizeiuniform.

Ich trat an den Tisch heran.

»Tagchen, die Herren!«

Kos wollte eine Kugel abstoßen, doch jetzt stellte er sich gerade hin. Alle drei sahen mich an.

»Hallo«, sagte Malina. »Was machst du immer?«

»Nichts.«

»Liegst auf der faulen Haut, was?« Kos rieb das Queue mit blauer Kreide ein. Auf dem grünen Stoff lagen die Kugeln in optimaler Stellung. Malina sah mich mit ausdruckslosen Augen an, wie einst auf dem Klo in der Messerschmitt. Diese drei hatten meine Operette mit Sicherheit nicht gesehen.

»Klar«, antwortete ich. »Ich leb wie 'ne Made im Speck.«

»In Kostelec hat man sich erzählt, daß man dich eingelocht hat«, sagte Kos.

»Warum hätte man mich einlochen sollen?«

»Angeblich wegen etwas, was du geschrieben hast. Irgend so 'n staatsfeindliches Theaterstück. Ich hab's nicht gesehen«, meinte Kos. »Aber du warst schon immer 'n Idiot, das würde zu dir passen.«

Diese nette Konversation wärmte mein Herz. Ich wurde von Nostalgie übermannt.

»Die haben mich wohl mit jemandem verwechselt«, entgegnete ich. »Ich war in Australien.«

»Quatsch nicht, du Pferd«, sagte Malina.

»Als Dolmetscher mit dem Tschechischen Quartett. Ich hab mir von dort 'n Känguruhembryo mitgebracht.«

»Du bist 'n Bison!«

Ach, die Nestwärme der Heimat! Die Zeit hat einen Bogen um dich gemacht ...

»Was dagegen? Zu Hause hab ich dafür so 'ne Tasche aus Kaninchenfell. Da drin hat es sich verkrochen, und ich füttere es mit Milch aus 'ner Babyflasche.«

»Ein Embryo, ja?« warf Kos ein. »Und trinkt aus der Flasche, ja?«

»Ein Känguruhembryo schon«, erklärte ich. »Die Känguruhweibchen gebären keine Jungtiere, sondern Embryos.«

»Willst du eins aufs Maul, du Elefant?« fragte mich Malina.

»Nein«, lehnte ich dankend ab. »Känguruhs sind sogenannte unvollkommene Säugetiere. Sie gebären etwa drei Zentimeter große Embryos, die bei der Känguruhmutter durch das Fell in den Beutel krabbeln, und dort saugen sie sich an der Milchzitze fest.«

»Aus der Fotze über das Moos in den Beutel, ja?« sagte Kos verächtlich.

»Ich wollte das nicht so vulgär ausdrücken, damit ich in meiner Geburtsstadt keinen schlechten Ruf bekomme«, sagte ich. »Aber es ist so.«

»Du jordanischer Ochse, soll ich dir eine kleben?« fragte mich Malina.

Sie dachten nach.

»Warum kommen die so klein zur Welt? Nur drei Zentimeter?« fragte Kos.

»Das weiß ich nicht. Vielleicht damit das Weibchen keine Geburtsschmerzen hat.«

Kos grinste.

»Das würde unseren Weibern auch gefallen, wenn sich das einrichten ließe.«

Auch der schweigende Kiebitz Macháně grinste. Man konnte bei ihm nur mehr zwei Zähne sehen.

»Du Blödmann«, quatschte er Kos an. »Stell dir vor, daß du aus deiner Mutter rauskommst, nur drei Zentimeter groß, und ihr den Bauch hochkrabbelst ...«

»Na ja, aber dann müßten die Weiber auch 'nen Beutel haben!«

»Ihr seid doch so was von blöd, ihr Hornochsen!« mischte sich Malina ein.

»Den könnte man aus Plastik machen«, schlug Machánĕ vor.

»Aber unter den Klamotten könnten die Embryos ersticken.«

»Dann müßten die Weiber nackend herumlaufen ...«

»Wollt ihr eins auf die Zähne?« mischte sich Malina ein.

»Vielleicht könnte man die Embryos auch in der Brusttasche herumtragen«, lieferte ich einen neuen Vorschlag.

Kos lachte:

»Und die Tasche hätte innen drin 'n Loch, damit der Embryo direkt an die Zitze ran kann!«

»Halts Maul, du Hammel!« rief Malina.

Der Zauber der Heimat, durch nichts verändert, weder durch den Sozialismus noch durch die Zeit. Ich sah zu Vráťas Tisch hinüber. Kočandrle übertrumpfte gerade Vráťas Pik-Sieben, Vráťa gab einen Klagelaut von sich, genauso wie schon vor vielen Jahren. Ich drehte mich zum Ausgang hin. General Jablonkovskij unterhielt sich eben auf russisch mit dem hübschen Mädchen. Ich vernahm ihr Russisch und konnte heraushören, daß es ein in Kostelec gelerntes Schulrussisch war. Ich ging aus dem Café hinaus auf den Marktplatz.

Der unveränderte Zauber der Heimat. Aus der Kirche drang Orgelspiel, weil Mai war. Die Maimesse. Die Stimmen, die das Marienlied sangen, waren von denen vor zwanzig Jahren kaum zu unterscheiden. Nur vor dem Eingang stand kein Häufchen Zuspätgekommener, die nicht mehr in die Kirche hineinpaßten. Die Angst hatte ihr Werk vollbracht.

Das Schloß thronte immer noch auf dem Felsen, es hatte ein neues rotes Dach. In den Fenstern spiegelte sich wie immer die goldene, untergehende Sonne wider. Um den Marktplatz herum flanierten kleine Gruppen von Mädchen in Frühlingskleidern und in Jeans – das hatte sich geändert – und Cliquen von Jungs, einige von ihnen mit Gitarren.

Auf einmal kamen mir die vielen Postscripti in Vráťas Brief in den Sinn. Es war Freitag Abend, und Kočandrle, wie es in dem Brief geheißen hatte, spielte im Beran Karten. Das bedeutete, daß Marie alleine zu Hause war. Der Maiabend wehte mir die Maihexe in meinen Kopf, nichts hatte sich geändert, auch ich hatte mich nicht verändert, ich verharrte physisch wie psychisch hartnäckig in einer beständigen, wunderschönen Pubertät, genauso wie diese Stadt und wie diese Kirche immer noch unverändert seit dem zwölften Jahrhundert bestehen. Zügig schritt ich über die Jirášek-Straße, wo Grüppchen von Jungs und Mädchen umherschlenderten, ich bog um das Grenada, überquerte die Schienen in der Nähe des Bahnhofs, lief an dem Haus am Fluß vorbei, wo früher Irena gewohnt und wo uns Marie aus der Wohnung ihrer Tante gegenüber bespitzelt hatte, ich ging über die Brücke, an der Brauerei vorbei und dann aufwärts über den Weg bis zu der Stelle, wo wir an jenem Abend vor ewigen Zeiten mit dem Schlitten stehengeblieben waren und von wo aus ich danach den Schlitten bis zu ihrer Villa gezogen hatte. Und jetzt war ich wieder auf dem Weg dorthin.

Der Gipfel des Schwarzen Berges, gesäumt von einem dunklen Wald, leuchtete rosa und gelbgrün. Ganz oben sah ich den weißen Punkt, das steinerne Kreuz. Die Dresler-Villa war neu verputzt, die Fenster im ersten Stock warfen die Sonnenstrahlen zurück. Der verglaste Eingang, immer noch in der gleichen bourgeoisen und geheimnisvollen Art, dahinter das Geheimnis der Privatgemächer Maries, in die ich, im Unterschied zu Irenas Wohnung, nie vorgedrungen war. In diesem Eingang war Marie immer erschienen, in ihrem blauen Mantel, mit den goldenen Locken, mit dem V für Victory …

Ich drückte den Klingelknopf und schaute in das geheimnisvolle Glashaus, aus dem sie immer herausgekommen war.

Die Glasscheiben wurden erleuchtet, drinnen hatte jemand die Tür geöffnet, und Marie erschien auf der Veranda.

Goldene Locken, blaue Augen, ein erdbeerähnlicher großer Mund. Sie hatte ein weißes T-Shirt an, darunter zeichneten sich ihre erstklassigen Brüste ab, die hübschesten von ganz Kostelec. Sie trug Jeans, die mit den schlanken Oberschenkeln ausgefüllt waren und die sich über den mädchenhaften Hintern spannten, zum Verrücktwerden!

Wie hatte es Vráťa formuliert? *Oder ist Marie vielleicht unsterblich?*

»Guten Abend«, sagte Marie. »Möchten Sie …«

Wir sitzen wieder in der Kajüte, ganz allein, hier drinnen riecht es nach Holz und nach Irene. Irene duftet leicht nach Parfüm. Sie sitzt mir gegenüber auf der Lederbank, durch das Bullauge direkt über ihrem Kopf sehe ich das rote Signallicht auf dem Dach des Toronto-Dominions blinken. Der Tisch mit den Resten des Essens vom Nachmittag trennt uns voneinander. Irene hatte nur die Stehlampe mit gedämpftem Licht angeknipst, diese steht neben dem Vorhang mit den goldenen Sternchen, der die Kajüte vom Schlafzimmer trennt. Die Sterne leuchten stark. Irene ist nervös. Die Jacht schaukelt, und der Aufprall des Stoßdämpfers auf die hölzerne Anlegestelle klingt jedesmal wie ein leises Tamtam.

Wird es wirklich passieren? Wird der Professorentraum in Erfüllung gehen? *Sic visum veneri?*

Ich stehe auf.

»*Well …*«

»*No! You wait here!*«

Irene verschwindet hinter den goldenen Sternen. Ich höre das klassische Geräusch des Aufknöpfens.

In dieser Hinsicht sind die Kinder der neuen Welt allerdings auf Tradition bedacht. Zuerst hüllen sie sich schüchtern in den Schutz der Dunkelheit. Ich warte auf die Stimme, in der die Nacktheit zu erkennen ist, ich solle den Vorhang zur Seite ziehen …

… Irene zieht den Vorhang auseinander, und ich bin sprachlos. Um ihren weißen Bauch ist ein roter Streifen vom eingedrückten Gummi sichtbar, aber ansonsten ist sie ganz wie aus Alabaster, strahlend wie die Weiße Göttin aus Trader Horn, um den Kopf trägt sie den goldenen Heiligenschein ihrer naturblonden Haare, in der weiblichen Körpermitte glänzt wunderschönes, golden schimmerndes Moos … fast – ich halte den Atem an – wie ihre Haare; dieses goldene Moos verhüllt den reizenden Spalt …

»Du wirst dich erkälten«, sage ich.

»Ach wo«, meint sie und weiß nicht weiter. Sie hat nicht mit meiner Passivität gerechnet. Ich sollte aufstehen und an die Sache rangehen. Aber es ist wonnevoller, ein wunderschönes Mädchen aus Alabaster zu betrachten.

Wegen einer absurden Erinnerung stockt mein Atem.

»*Well*«, sagt sie offensichtlich verlegen, »*won't you do something?*«

»Wer hat dich eigentlich entjungfert?« frage ich sie.

Auf ihrem weißen Körper vollzieht sich eine unbeschreibliche dermatologische Erscheinung. Ein Abendrot überflutet den ganzen Körper, vom Gesicht bis hin zu den Fingerspitzen, zu den Fingernägeln, auf denen die nackte Irene absurderweise smaragdgrünen Nagellack hat. Ihre Arme, die bis jetzt frei neben dem Körper herabhingen, führen eine unwillkürliche Bewegung aus, um die klassische Pose der Venus einzunehmen. Doch Irene beherrscht sich, hebt die Hände zum Kopf und lockert ihr goldblondes Haar. Dann erklärt sie trotzig:

»Niemand.«

»*Well*«, antworte ich. »Zieh dich bitte wieder an.«

»*You ... don't like me?*« Auch ihre Stimme zittert in der klassischen Art.

»*Sure I like you.*«

»*Then ... why don't you ...*«, die Stimme, furchtbar erregt, wird so leise, daß sie kaum wahrnehmbar ist, »*... strip?*«

»*Because I want you to like me.*«

Durch den Aufprall einer verirrten Woge schaukelt die Kajüte, durch das Bullauge lodern die goldenen Strahlen des beleuchteten Wolkenkratzers empor. Irenes Brüste schaukeln leicht. Sie fragt:

»Schämst du dich?«

»Du nicht?«

Sie nickt, und das dermatologische Phänomen wiederholt sich. »Wenn du dich auch ausziehen würdest, dann würde ich mich nicht mehr schämen.«

»Gerade deshalb mache ich es nicht.«

»*But why?*«

»Ich bin nicht mehr neunzehn wie du.«

Die Jacht bewegt sich wieder. Die goldenen Tröpfchen der Fenster des Dominions überfluten den weißen Körper mit einem Hauch von Beige.

»*But ... I love you ...«,* sagt Irene. »*Please!*«

Ich schüttle den Kopf. Die absurde Erinnerung steckt so fest in mir wie ein Opal in einer grünen Monstranz. Ich schüttle wieder den Kopf. Dann sage ich wie ein Professor:

»Ziehen Sie sich an, Fräulein Svensson!«

Ihre Arme wollen ihr nicht mehr gehorchen. Sie versteht mich nicht. Womit war hier ihre seltsamerweise nur rein theoretische Erfahrung aneinander geraten? Ich denke an Larry MacAlear mit dem roten Bart, »... denn fast allen geht es um einen akademischen Titel. Wissen Sie, um welchen? ...« Eine heroische Entscheidung, und sie ist dermaßen daneben gegangen. Sie stellt mir die rührende, ihrer theoretischen Erfahrung entsprechende exakte Frage:

»Bist du … impotent?«

Ich lache.

»Nein. Aber du wirst dich erkälten!«

Noch eine Weile steht sie im Halbdunkel da, unglaublich schön anzusehen. Sie zittert, jetzt aber vor Wut.

»*Oh, shit!*«

Sie dreht sich um, ihr fester Popo leuchtet weiß wie eine Perle, dann verschwindet sie hinter den Sternen. Die Knöpfe hören sich nun wütend an.

Ich lehne mich gegen die Lederbank, und aus der Kiste ihres Vaters hole ich eine kommunistische Zigarre aus Kuba. Ich zünde sie mir an und lasse den dichten Qualm über das Bild des im runden Fenster fröhlich leuchtenden Dominion hochsteigen. Du sentimentales Leben, denke ich, ich komme mir vor wie ein Glied in einer Kette aus lauter wunderschönen Wiederholungen in diesem herrlichen, traurigen und lustigen Reigen des menschlichen Lebens, der sich über Generationen, Wirtschaftssysteme, Glaubensrichtungen und Dummheiten spannt.

Die Sterne treten auseinander, Irene Svensson, in höchstem Maße erbost, doch viel hübscher als vorher, trägt wieder ihre weiße Hose und das Matrosensakko und wirft den Kopf beleidigt in den Nacken. Als würde ein Komet explodieren. Sie setzt sich und nimmt sich eine Zigarette aus Papas Kiste.

»*Still a virgin*«, sage ich.

Sie zieht die halbe Zigarette in ihre junge Lunge hinein und erklärt:

»*I hate you!*«

»*Please, don't!*«

»Hätten Sie mir das nicht sagen können?«

»Was?«

»Na ja, daß Sie impotent sind.«

Ich lache.

»Vereinfachen Sie es nicht, Fräulein Svensson! So ein Verhalten kann verschiedene Ursachen haben.«

Sie verschlingt die zweite Hälfte ihrer Zigarette und betrachtet mich verlegen. Angezogen fühlt sie sich viel sicherer.

»Liebst du mich nicht mehr?« frage ich.

Sie zündet sich erneut eine Zigarette an und überlegt.

»*Are you some kind of a pervert?*«

»Dich quält das wohl sehr, Irene!« sage ich und empfinde Liebe zu ihr. »Liebst du mich?«

»*I hate you*«, antwortet sie. Es ist ihr aber anzusehen, daß sie eigentlich neugierig ist. »*Are you a pervert? Tell me!*«

»Bin ich nicht. Aber ich bin bald fünfzig, Fräulein Svensson. Mit dir kehre ich in die Zeiten zurück, als auch ich neunzehn war.«

Eine neue Nikotinladung. Sie bemüht sich zwar, versteht mich aber nicht. Dann beweist sie sich als unwiderstehliche Logikerin und als Kind ihrer Generation:

»*Well … didn't you fuck when you were nineteen?*«

»Also, ich bitte Sie, Fräulein Svensson! *Is this how a virgin should talk?*«

»*Well did you … or didn't you?*«

»*Do you?*«

Sie sieht mich scharf an.

Ich erwidere ihren Blick.

Wir schauen einander in die Augen, als wollten wir einander hypnotisieren.

Das hält kein Mensch lange aus. Es sei denn, die Augen sind tatsächlich voll Haß.

Irene prustet los, zeitgleich fange auch ich an zu lachen.

»*Oh, you're just an old lecher!*« sagt sie. »*But really … why didn't you do it to me?*«

»Ich weiß nicht«, antworte ich wahrheitsgemäß. »Ist es nicht herrlich hier? Auf dieser schönen Jacht? Fühle ich mich nicht wohl hier? Mit diesem prächtigen Mädchen, das eine Weile nackt war und jetzt wieder angezogen ist?«

»Soll ich mich wieder ausziehen?«

»Fühlst du dich nicht besser in deiner Haut, wenn du etwas an hast?«

»*Oh, you* are *a pervert!* Oder ein Eiszapfen!«

»Ich taue schon noch auf«, sage ich.

»Aber wann?«

»*Some of these days.*«

Sie zieht ihre Knie ans Kinn. In dieser klassischen Stellung eines amerikanischen Teenagers sagt sie einen Satz der Jugend, die ohne jegliche Hemmungen aufgewachsen ist:

»*It's such a drag to be a virgin!*«

»Was für eine Qual!«

»Du bist brutal!«

»Es ist eine Qual. Ich kenne es aus der Erfahrung. *When you are a virgin you suffer. And then there are all those mysteries …*«

»*Fuck mysteries!* Ich kenne doch alles. Alles steht in den Büchern, und ich hab sie alle gelesen.«

»Alles steht nicht in den Büchern.«

»Doch. Alles!«

»Nicht alles«, wiederhole ich. »Zum Beispiel das, was ich erst heute erfahren habe. Mit meinen fast schon fünfzig Jahren.«

»Was soll das sein?«

»Du trägst es.«

Unwillkürlich sieht sie ihre blauen Schuhe an.

»Jetzt sieht man es nicht mehr«, sage ich. »Das war nur zu sehen, als du hier ohne alles gestanden bist.«

»Hast du etwa mit deinen fünfzig Jahren noch keine Frau nackt gesehen?«

»Zum ersten Mal mit meinen fünfzig Jahren habe ich eine nordische Naturblondine ohne alles gesehen«, erkläre ich ihr. »Ich hatte immer mehr Glück bei Brünetten, und wenn sie blond waren, waren sie nur gefärbt. Doch eine habe ich gekannt. Aber das ist schon unheimlich lange her. *I was still a virgin then …*«

»Und was ist das, was du an mir gesehen hast?«

»Ich werde dir eine Geschichte erzählen. So ist es schöner. Also hör zu. Uns ging nicht aus dem Kopf …«

»Dir und der Blondine?«

»Nein. Sie hat das selbstverständlich gewußt. Mir und meinem Freund. Wir waren beide so verrückt nach ihr, daß wir nicht einmal eifersüchtig aufeinander waren.«

»*Did you have group sex with her?*«

»Das leider nicht. Sie war nämlich nicht verrückt nach uns, sondern nach einem anderen. Der Freund von mir war Maler, und sie hieß Marie. Er hatte sie gemalt. Einmal auch ohne alles, doch nur in seiner Phantasie. Damals waren die Mädchen noch nicht so freizügig wie heute.«

»Bist du aber albern!« wirft Irene ein, genauso wie die Mädchen aus Kostelec. Ach, wie gleich und doch so bunt die Welt ist!

»Ich erwähne es nur deshalb, damit du verstehst, warum uns das nicht aus dem Kopf ging. Willst du mir zuhören? Dann höre.« Und ich erzähle Irene Svensson die uralte Geschichte, die ihre Jungfräulichkeit vielleicht gerettet hat. Die intime Beleuchtung glitzert in ihrem nordischen Haar, der Wind über dem Ontario-See singt wie der Sturm auf dem Schwarzen Berg. Und ich erzähle:

»Rosťa hatte immer verschiedene Bildbände aus der Bibliothek angeschleppt, aber die früheren Maler waren nicht realistisch genug. Wir betrachteten Hunderte Reproduktionen von der Venus, der Najaden und Aphrodite, Hunderte Modiglianis und Renoirs, aber auf keinem Bild konnte man sehen …«

»… mit meinem Vater sprechen? Er ist nicht zu Hause. Er ist im Beran Kartenspielen.«

Goldene Locken, blaue Augen, ein großer erdbeerfarbener Mund. Kein V für Victory, sondern ein weißes T-Shirt. Keine Knie in grobmaschigen Strümpfen, sondern Jeans. Aber ansonsten ganz wie Marie. Absolut. Unsterblich.

»Ich möchte mit …«, das Wort wollte mir nicht über die Lippen, doch es war nichts zu machen, »mit deiner Mutter sprechen.«

»Marie ist auch nicht zu Hause«, sprach Marie. »Aber sie muß jeden Moment kommen. Wenn Sie warten wollen …«

»Du bist …«

»Ich bin Dana«, stellte sich Marie vor.

»Wenn ich darf …«

»Kommen Sie nur herein!«

Marie alias Dana trat zur Seite, ich ging durch das Gartentor, dann die Treppe hinauf und durch die geöffnete Glastür in die mir bis dahin verborgen gebliebenen zauberhaften Gemächer meiner schon ewig vergangenen Jugendzeit.

Im Flur überholte mich Marie und öffnete mir die nächste Glastür.

»Gehen Sie da hinein.«

Ich befand mich nun im Wohnzimmer. Einst war das wahrscheinlich das Zimmer Herrn Dreslers gewesen. Herr Dresler hatte die fixe Idee, er entstamme einem Adelsgeschlecht, weshalb er sich von einem Heraldiker Wappen anfertigen hatte lassen. Diese aus Holz geschnitzten Wappen prangten an den Lehnen zweier riesiger Sessel, die mit Leder, inzwischen geplatzt, bezogen waren. Auf dem ebenso gigantischen Schreibtisch stand ein Foto des Verschiedenen, dem Marie überhaupt nicht ähnlich sah, sowie ein Foto von Frau Dreslerová.

Auch sie war schon gestorben. Von ihr hatte Marie wohl die blauen Augen geerbt, sonst aber rein gar nichts. Marie war entweder der Beginn einer neuen Dynastie, oder sie war das Produkt eines anderen Vaters. Links an der Wand stand eine Büchervitrine, in der die goldenen Rücken diverser gesammelter Schriften prangten. Wahrscheinlich vom großen Alois Jirášek, er hatte ja in dieser Gegend gelebt. An der gegenüberliegenden Wand stand ein Schlafsofa, das in Verbindung mit den aristokratischen Schriftstellern hinter Glas wie ein schäbiger Fußball auf einem Altar wirkte, und ein kleines Bücherregal mit Büchern drauf. Diese sahen ganz nach Schulbüchern aus. Darüber hingen aus Zeitschriften ausgeschnitte Fotos von Suchý und Šlitr, und an der Wand über dem Regal das Ölbild von Rosťa Pitterman, das damals »Ideal« genannt wurde und auf dem Marie verewigt worden war. Nicht Dana.

»Dana?« fragte ich. »Oder Daniela?«

»Ja, eigentlich Daniela«, sagte Marie. »Aber das ist zu lang. Setzen Sie sich.«

Sie stand vor mir in ihren hübschen Jeans, die untergehende Sonne zauberte verführerische Schatten auf ihr schneeweißes T-Shirt. Also Daniela. War Marie ihrer alten Liebe so treu geblieben, obwohl sie mich damals eigentlich nicht so sehr geliebt hatte? Ungeliebten Lieben erweist sich die Zeit als barmherzig. Wir lernen sie erst dann zu schätzen, wenn es zu spät ist. Wie alles im Leben. Denn im Leben ist es immer für alles zu spät.

»Wollen Sie 'nen Kaffee oder etwas anderes?« fragte Marie.

Ich schüttelte den Kopf und nahm Platz in einem der riesigen Sessel des nichtexistierenden Geschlechts der Herren von und zu D'Essler. Ich stellte mich vor:

»Ich heiße auch Daniel. Aber jeder nennt mich Danny.«

Sie riß ihre Augen weit auf, die wie blaue Steinchen aussahen:

»Ach, SIE sind das? Da wird sich Marie aber freuen! Denke ich wenigstens ...«

»Was denkst du denn, wer ich bin?«

»Dannylein doch ... oh mein Gott!«

»Du bist aber über mich sehr gut informiert!«

»Mein Gott, verpetzen Sie mich bloß nicht! Marie weiß es nicht!«

»Warte, warte ... was soll ich nicht verpetzen, und was weiß Marie nicht?«

Marie kratzte sich in den goldenen Haaren.

»Wollen Sie einen Kaffee?«

»Ich will keinen Kaffee. Raus mit der Sprache!«

Sie setzte sich auf die Kante des anderen Throns, das Wappen mit einem Schwan und einem Stern stand direkt über dem Vlies ihrer goldenen Haare, in denen sie sich nun wieder kratzte.

»Na gut«, meinte sie.

»Was also weiß Marie nicht?«

»Daß ich Ihre Briefe gelesen hab.«

Statt wütend zu werden, wurde mir warm ums Herz. Daß Marie sie noch aufbewahrte. Als wären sie heilige Reliquien. Wahrscheinlich hatte ich darin schönen Mist geschwafelt. Das Mädchen, bestrebt, den schlechten Eindruck wegen ihres Vergehens wiedergutzumachen, fügte dann hinzu:

»Es sind sehr schöne Briefe. So ... lustig ...«

Lustig waren sie eigentlich nicht gemeint, aber Marie alias Dana – ich hoffte, nach mir benannt – stammte aus einer weniger sentimentalen Generation.

»Ich habe sie aber ernst gemeint.«

»Das weiß ich«, sagte sie schnell und sah mich mit dem furchtlosen Interesse ihrer Jugend ohne Einschränkungen an. »Sie müssen ganz schön verrückt nach Marie gewesen sein!«

»Das bin ich immer noch«, erklärte ich stolz.

In den Vergißmeinnichtaugen blitzte es auf. Marie sagte frech:

»Da wird sich mein Vater aber freuen!«

Jaja, die unsterbliche Marie. Sie war keine Leuchte gewesen. In Mathe war sie gerade noch durchgerutscht, und in Latein hatte sie die *consecutio temporum* nie begriffen. Aber in *eroticis* war sie immer besonders begabt, das heißt: Sie hatte einen Sinn für die lustigen Seiten der Dinge, ich hingegen nicht.

»Aber komm bloß nicht auf die Idee, ihm das zu erzählen! Er hat nie eine Ahnung davon gehabt.«

Die Vergißmeinnichtaugen glänzten wieder boshaft.

»Wenn Sie mich nicht verraten, daß ich die Briefe gelesen hab ...«

Sie war augenscheinlich meine Tochter, nur geistig selbstverständlich. Von Kočandrle hatte sie nur den Namen.

»Gut. *Gentlemens' agreement?*«

Ich mußte ihr erklären, was das bedeutet. In der Schule lernte sie nämlich nur Französisch. Es stellte sich heraus, daß der dahingeschiedene Großvater sie zu Französisch gezwungen hatte.

Na ja, Graf D'Eussleur oder wie auch immer er geheißen haben mag.

»Was weißt du noch über mich, was du eigentlich nicht wissen solltest?«

»Ich weiß noch, daß Onkel Rosťa erzählt hat, daß eine Szene in eurem Musical, in dem da …«

»Ich weiß, in welchem.«

»… daß sie auf einem tatsächlichen Fall beruht. In der Szene wird das Lied gesungen: ›Wenn ich über die Straße blicke, sehe ich dich im Kerzenlichte, doch du bist nicht allein.‹«

»Da hatte Onkel Rosťa recht.«

»In Kostelec hat es fast jeder gesehen«, erzählte sie beinahe traurig. »Angeblich war alles darin wahr.«

»Du hast es nicht gesehen?«

Sie schüttelte den Kopf, gewiß traurig.

»Ich war damals elf, und später hat man es verboten.«

Natürlich. Mir wurde klar, daß auch Marie mit siebzehn aufgehört hatte, älter zu werden. Ich blickte zu dem Ölbild an der Wand, das diesen Moment festhielt.

»Warum verheimlichst du vor Marie, daß du die Briefe gelesen hast?«

»Weil es so interessanter ist, wenn …«

Sie stockte.

»Also raus damit!« befahl ich streng. Ich war schließlich ihr Vater. »Was wenn?«

»Na ja, wenn sie mit meinem Vater streitet.«

»Streitet sie sich mit deinem Vater? Was haben meine Briefe denn damit zu tun?«

»Tja … sie streiten manchmal darüber, daß Vater zu wenig verdient und zu viel beim Kartenspielen verliert, und Vater sagt dann immer: Dann hättest du halt dein Dannylein heiraten sollen, wenn ich so 'n Idiot bin! Und wenn Marie wirklich richtig sauer ist, dann sagt sie: Wenn ich dich mit ihm vergleiche, dann war er auch in anderer Hinsicht gar nicht so schlecht! Dann rastet mein Vater aber ganz schön aus.«

Traurig überlegte ich, was dieses ›in anderer Hinsicht‹ wohl zu bedeuten hatte. Aber bis auf den einen Fall, wo ich ihren Hintern angefaßt hatte, und das auch nur deshalb, weil sie mich selbst dazu aufgefordert hatte, war diese andere Hinsicht ein reines Hirngespinst.

»Ich verstehe immer noch nicht, was meine Briefe damit zu tun ...«

Sie unterbrach mich:

»In den Briefen sieht das eher nicht danach aus.«

»Wie meinst du das?« fragte ich sie weiter im strengen väterlichen Ton.

»Das wissen Sie doch.«

»Was erlaubst du dir eigentlich, daß du so etwas von deiner Mutter denkst?« sprach ich gespielt unwirsch. »Deine Mutter ist eine Heilige, und dich hat der Storch gebracht.«

Sie prustete los, und auch ich konnte nicht mehr ernst bleiben. Es ging mir blendend.

»Du bist, glaube ich, ganz schön gerissen«, meinte ich. »Was geht dir denn sonst noch so durch den Kopf?«

»Sie können sich doch an Ihre Briefe erinnern, oder? Was ist Ihnen so durch den Kopf gegangen?«

Sie war ganz sicher meine Tochter. Ich tätschelte ihr über den goldenen Schopf, ein richtiger Inzest. Allerdings, wie immer bei mir, ein rein geistiger.

»Hast du einen Freund?«

»Hab ich.«

»Und?«

»Nichts und«, sagte sie. »Er könnte mir ruhig auch mal Briefe schreiben. Tut es aber nicht.«

»Und was macht er dann?«

»Er liebt mich.«

Ich zündete mir eine Zigarre an. In dieses wonnige Gefühl von Glück träufelte ein Tropfen der Erkenntnis, daß dies unsere einzige Unsterblichkeit war. Diese Wiederholungen mit Abwandlungen, nichts anderes. Aber es war schön! *Verbleibe doch, du bist so schön!* Ein Vers aus der Protektoratszeit spukte durch meinen Kopf, er hing allerdings nicht mit dieser Vergänglichkeit zusammen. Vielmehr mit der Ewigkeit. Mit dieser sich wiederholenden und variierenden Ewigkeit. Marie alias Dana brachte mir einen Aschenbecher und setzte sich auf den Thron ihres gestrengen Großvaters, überkreuzte die Beine und sah mich forschend an.

»Sie haben mit Marie wirklich nichts gehabt? Überhaupt nichts? Rein gar nichts?«

»Rein gar nichts«, sagte ich. »Bis auf ...«

»Aha!« In ihrer Stimme erklang schlüpfrige Freude. »Ich hab's doch gewußt!«

»Ich weiß nicht, was du gewußt haben willst, denn das hier weißt du mit Sicherheit nicht.«

»Ihr habt euch geküßt.«

»Wenn es nur das wäre ...«

Ihre Vergißmeinnichtaugen fielen ihr fast aus dem Kopf.

»Noch mehr?«

»Bei der Beichte hat man das Berührungen genannt«, erklärte ich, denn ich entsann mich Maries absolut außergewöhnlicher Aufforderung. »Aber wenn es nur das wäre!«

»Aber noch weiter ... geht es nicht ... als ... das ...«

»Das da?« schlug ich vor.

»Ja.«

»Du irrst dich«, sagte ich. »Es ging um eine Wette.«

»Mit Marie?«

»Nein. Mit Rosťa ... ich meine Onkel Rosťa.«

»Eine Wette worum?«

Ich ließ eine dichte Qualmwolke aus meinem Mund hochsteigen. Sie schimmerte golden in den Strahlen der untergehenden Sonne. Wie Maries Haare.

»Du bist genauso blond wie Marie«, sagte ich.

»Lenken Sie nicht ab!«

»Ich lenke nicht ab. Im Gegenteil.«

»Machen Sie es nicht so spannend!«

Sollte ich ihr das erzählen? Immerhin ... aber in der Umarmung dieses herrlichen Inzests erschien mir der damalige Skandal im Lichte der Ewigkeit, die ohne Schuld ist. Nicht wie eine Sache, über die anständige Menschen nicht sprechen – letztendlich gibt es keine anständigen Menschen –, sondern wie ein sanfter und herrlicher Bubenstreich unserer Jugend, da durch den Lauf der Zeit in Äther verwandelt. Nur ein seltsamer Versuch, das Geheimnis der Ewigkeit zu lüften, das für den Menschen und seine Wissenschaften für immer in dem gewöhnlichen Heiligtum verschlossen ruht.

»Wenn du mich so schön bittest ...« Ich blies nochmals eine dichte Wolke aus. Wieder erstrahlte sie wie das Gold des damaligen Abends und seiner elektrischen Glühbirnen.

»Es ging uns tagelang nicht aus dem Kopf. Rosťa hatte aus der Bibliothek die verschiedensten Monographien angeschleppt, aber die Maler waren damals nicht realistisch genug. Wir betrachteten Hunderte Darstellungen der Venus, von Najaden und der Aphrodite, Hunderte Modiglianis und Renoirs, aber nirgends war zu sehen, wie …«

Ich legte eine Pause ein, ich zog sie in die Länge.

»Was war da nicht zu sehen?«

»Wenn du zuhörst, wirst du es erfahren. Hör auf, mich zu unterbrechen.«

In dem Moment knarrte ein Schlüssel im Türschloß.

Wir erstarrten beide und sahen zur Glastür. Dahinter leuchteten goldene Haare auf, und eine Gestalt in einem blauen Frühlingskleid wurde sichtbar.

»Dana? Bist du hier?« hörten wir die Stimme. Die Tür ging auf, und vor uns stand Marie.

Sie war genauso, wie Vráťa sie beschrieben hatte. Alles, was der Zahn der Zeit bei ihr erreichen konnte, war, daß er entzweibrach.

»*WHAT wasn't there?*« fragt Irene. »*The navel? They did paint the navel, didn't they?*«

»Es geht nicht um den Nabel«, sage ich. »Den konnten wir uns im Schwimmbad angucken. Damals hat man schon zweiteilige Badeanzüge getragen. Nicht so kleine wie heutzutage, aber der Bauchnabel war manchmal schon zu sehen.«

»*Well, WHAT is it?*«

»Ich kann es nicht anders erzählen als in Form einer Geschichte. Anders wäre es auch nicht so schön. Nichts ist schön, wenn man nicht eine Geschichte daraus macht.«

»*Well tell it, TELL IT!*«

»*I'm trying to*«, beruhige ich sie. »Alles fing damit an, daß Rosťa weiß Gott wie herausbekommen hatte, daß Dreslers Wasserleitung kaputt war und daß Marie in der Städtischen Badeanstalt zum Baden erscheinen sollte. Wie alle jungen Mädchen liebte sie es, im Wasser zu plantschen. Rosťa kam zu mir angerannt, als ich mit meiner Band im *Port Arthur* probte, und sagte: Jetzt oder nie! Daran sieht man, was für ein Pessimist er war, was seine gemeinsame Zukunft mit Marie betraf.«

»Warst du optimistisch?«

»Ich war skeptisch. Ich ließ die Probe mitten im Stück sausen und rannte mit Rosťa zur Badeanstalt. Dort versteckten wir uns und hielten Ausschau nach Marie. Sie kam tatsächlich. Es war Winter, sie hatte einen sehr hübschen Mantel mit Kapuze an, die mit weißem Fell umsäumt war. Ich nannte es V für Victory.«

»Was sollte das sein?«

»V wie Victory, Sieg. Die Kapuze bildete auf ihrem Rücken ein großes V.«

»Und hat sie gesiegt?«

Ob sie gesiegt hat? Ja, wahrscheinlich schon. Aber was bedeutet schon ein Sieg im Leben? Wiederholungen mit Abwandlungen, ein schönes Begräbnis mittels Zeit. Die Linie eines Geschlechts, keines aristokratischen, gespannt zwischen zwei Mutationen. Wahrscheinlich hat sie nicht gesiegt. Es gibt keinen Sieg. Auch Gott ist ein Versager, geschlagen von dieser dummen Erfindung, der Freiheit.

»Das weiß ich nicht«, sagte ich. »Wir haben uns dann nie mehr gesehen. Aber hör auf, mich zu unterbrechen. Die Geschichte hatte eigentlich schon viel früher angefangen, noch bevor Rosťa rausbekommen hatte, daß Marie in die Badeanstalt kommen würde. Und zwar mit einem Gespräch auf dem Klo der Fabrik. Es deutete uns die technische Möglichkeit an. Doch zum einen war diese zu riskant, zum anderen hatten die Dreslers ein Badezimmer in ihrem Haus. Und wie wir ununterbrochen davon sprachen, wurde Rosťa von dem Problem wie besessen, es war eigentlich ein künstlerisches Problem. Ein bildnerisches. Ein schöpferisches. Und mit absoluter Sicherheit hätte man es sonst nur durch eine Autopsie lösen können. So beschlossen wir, das Risiko einzugehen, jetzt oder nie. Sobald Marie in die Badeanstalt gegangen war, rannten wir zum Parkplatz und bezahlten ebenfalls je eine Kabine. Als die Bademeisterin gerade nicht hinsah, gingen wir beide in eine hinein.«

»War da ein Loch in der Wand? Aber wie konntet ihr wissen, daß Marie in der Nachbarkabine war?«

»Das konnten wir nicht wissen, du Schlaumeier. Doch darum ging es nicht. Die Decke der Kabine bestand aus großen Quadraten, die wie beschlagene Fensterscheiben aussahen. Man konnte hindurch sehen, aber das, was darunter war, erschien ein wenig verschwommen, wie in einer Wolke oder einem Heiligenschein. Impressionistisch oder wie wenn in alten Filmen der Kameramann bei der Aufnahme eines Gesichtes die Einstellung nicht scharf stellt.

Wie bei Hedy Kiesler im Film Ekstase. Das, was unter der Scheibe war, strahlte schlicht und einfach eine gewisse Aura aus. Und jetzt kommt es: Diese eckigen Platten in jeder Kabine waren an Scharnieren befestigt, damit der Dampf entweichen konnte. Darin bestand unser Plan, und wir begannen gleich damit, ihn in die Tat umzusetzen. Ich stellte mich unter die Platte, die sich anheben ließ, Rosťa kletterte auf meinen Schultern hoch, hob die Platte an und zog sich durch die nun entstandene Lücke nach oben. An der Wand war eine schmale Rampe entlang aller Kabinen angebracht. Wir wußten das von Přema, weil er auf dem Klo in der Fabrik davon erzählt hatte. Rosťa setzte sich also auf diese Rampe und half mir hoch. Und da aus allen Kabinen der Dampf hochstieg, war die Rampe unglaublich rutschig. Und noch dazu ganz schmal.«

»Das hast du dir doch nur ausgedacht«, warf Irene ein. »*It's like a scene from a screwball comedy.*«

»Fräulein Svensson«, sprach ich. »Merken Sie sich endlich die banalste Binsenwahrheit: Die unglaubwürdigsten Komödien schreibt das Leben selbst.«

»Mein Leben sieht mehr wie ein Fahrplan aus.«

»Wart ab, bis deine Zeit kommt«, sage ich. »Ihre Alchemie verwandelt alles in eine Komödie. Alles. Sogar die Kreuzigung. Aber hör jetzt weiter zu, *damned!* Kurz und gut, wir kletterten beide auf die Rampe, und mit dem Rücken an der Wand schoben wir uns an den Kabinen entlang bis zu der, wo Marie drin war. Es war nicht sehr weit, es war die übernächste. In der davor saß ein dicker Kerl mit Glatze in der Badewanne, die durch die Scheibe wie der Mond im Nebel aussah, und er spielte mit einem roten Segelschiffchen für Kinder. Bald befanden wir uns über Maries Kabine. Oder besser gesagt, Rosťa war dort. Ich kroch hinter ihm her und konnte deshalb Marie noch nicht sehen. Über den Rand der Trennwand zwischen den Kabinen konnte ich nur ihre nackten Beine erblicken, bis kurz oberhalb ihrer Knie, sie waren wunderschön unscharf und beige, im grün schimmernden Wasser. Aber ich muß vorausschicken: Das, was wir erfahren wollten, erfuhren wir letztendlich nicht. Denn dann passierte etwas ...«

»*What kind of a story is this?* Warum erzählst du mir das, wenn du es nicht erfahren hast? *This story lacks the final effect!*«

Ich lächle. Irene hat bei meinen literarischen Erörterungen sehr brav aufgepaßt.

»Und wie soll ein Finaleffekt aussehen, Fräulein Svensson, laut der Theorie von Edgar Allan?«

»Stärker als alle vorangehenden.«

»Richtig. Und wenn dem Autor kein Effekt einfällt, der stärker ist als jene, die vorher in der Erzählung vorkommen, wie soll dann das Ende aussehen?«

»Offen.«

»Richtig. Wie bei Pym, wenn er in den Abgrund in die Wasserwirbel stürzt und eine übermenschliche Gestalt sieht, weiß und furchterregend …«

»Um Gottes willen, in welche Abgründe seid ihr denn gestürzt? Und welche weiße Gestalt?«

In welche Abgründe? *Vanitas vanitatum, ubique, semperque vanitas?*

»In dieser Geschichte«, fahre ich fort, »wäre der einzige stärkere Effekt als der erwartete nur ein Goldfund gewesen. Aber dann würde sie zu einem Märchen werden. Das hier ist reiner Realismus. Vielleicht ein nationalsozialistischer, denn die Geschichte ereignete sich während des Krieges. Gold hätte man ohnehin nicht finden können, deshalb beließ es das Leben beim offenen Ende. Wir erfuhren es nicht. Allerdings bekam ich es heraus …«

»Also, hast du es erfahren oder hast du es nicht erf…«

»… es war in einem anderen Land, und außerdem war das Mädchen damals noch nicht auf der Welt. Hör einfach zu, Fräulein Svensson. Auf der Rampe rutschten Rosťa die Beine weg, und mit einem ungeheuren Krach stürzte er vor meinen Augen zu Marie in die Kabine hinunter, als hätte der Boden den Teufel verschluckt. Unten schwappte laut das Wasser, Marie kreischte, und ich sah noch, wie Rosťa mit seinen Händen an dem Rahmen der durchgebrochenen Platte hängenblieb. Ich sah seine Finger, zwischen denen Blut nur so herausspritzte. Aber da schob ich mich schon im Rückwärtsgang die Rampe entlang, ließ mich schnell in unsere Kabine fallen, schnappte mir meine Klamotten, und dann – nur der Herr weiß, wie ich das schaffen konnte – kletterte ich wieder zurück auf die Rampe und sprang von oben in die Nebenkabine, die wir bezahlt hatten, die aber leer war, und legte mich rasch in die Badewanne. Und in meiner Panik behielt ich die Unterhose an. Aus der Kabine, in die Rosťa hineingefallen war, hörte man nur furchtbares Kreischen. Marie konnte hervorragend schreien, das sage ich dir!

Dann hörte ich Schläge gegen die Tür, als die Bademeisterin versuchte, sich Einritt zu verschaffen, ich vernahm auch Stimmengewirr, als die Neugierigen aus dem Warteraum zu den Kabinen gerannt kamen. Mir kam der Gedanke, daß es verdächtig aussehen könnte, wenn ich nicht auch hinrannte, und so lief ich hinaus, mit meiner nassen Unterhose, doch darauf achtete niemand. Alle waren natürlich an Marie interessiert. Sie stand mit einem Badetuch bedeckt vor ihrer Kabine und zitterte. Nicht vor Kälte, sondern weil sie in der Tat erschrocken war. Wie auch nicht, wenn ein halbnackter Kerl von der Decke auf sie fällt! Und sie schrie, Irene, sie schrie so wunderschön! Niemals vorher und auch nie mehr nachher hörte ich eine Frau so kreischen. Währenddessen stürmte die Bademeisterin aus der Kabine und zog Rosťa am Ohr, ja wortwörtlich, sie zog ihn am Ohr hinter sich her, das Blut rann ihm in Strömen herunter. Nicht nur von den Händen. Er hatte schlimme Schnittwunden auf dem Bauch und am Rücken von den Scherben, und er hatte ...« Ich stocke.

»Was hatte er?«

»*Well, he had a hard-on.*«

»*This is not a screwball comedy*«, sagt Irene grantig. »*This is hardcore porno.*«

»Mag sein. Aber so ist das Leben. Es kommt darauf an, warum man etwas erzählt.«

»Warum hast du mir diese Geschichte überhaupt erzählt?«

»Wegen der Freude, dem Gram und der Trauer über das Leben und den Tod, meine liebe Irene.«

»Was für eine Überraschung!« sagte Marie.

»Hättest du nicht ein wenig später kommen können?« jammerte Dana.

Marie schaute ihre Tochter forschend an, dann warf sie einen scharfen Blick auf mich.

»Warum später?«

Dana und ich wurden verlegen.

»Wir haben uns hier so nett unterhalten«, erklärte Dana.

Maries immer noch fröhlichen Augen prüften die nicht greifbare Stimmung, die in der Luft und im blauen Dunst meiner Zigarre schwebte.

»Ihr könnt euch doch auch vor mir weiter unterhalten, mein Schatz.«

»Das ist dann aber etwas anderes.«

»Und worüber habt ihr geredet?«

»Nur so … über das Leben.«

»Und habt ihr nicht etwa auch über Marie gesprochen?«

Dana und ich sahen einander an.

»Aber nur nette Sachen«, sagte Dana.

»Aber ob sie auch für dich geeignet waren …«

Dana meinte raffiniert:

»Ich weiß nicht, ob sie für mich geeignet waren. Er hat gerade erst angefangen …«

»Also fahren Sie fort, Herr Er«, sprach mich Marie an und setzte sich anstelle von Dana in den Sessel. Unter dem kurzen Rock leuchteten ihre weißen Knie, sie sahen immer noch aus wie damals. »Tut so, als wäre ich gar nicht hier.«

»Na ja«, sagte ich. »Aber jetzt bist du doch da.«

Ihre blauen Augen umschrieben einen Halbkreis von mir zu Dana und wieder zurück.

»Also war es doch nicht so ganz geeignet für schulpflichtige Mädchen?«

»Weißt du was, Marie?« mischte sich Dana ein. »Ich lasse euch jetzt alleine, damit er dir den Rest erzählen kann, und du sagst mir dann später Bescheid, ob es für mich geeignet ist.«

Und schon wollte sie verschwinden. Marie rief ihr aber hinterher:

»Bereite doch etwas fürs Abendessen vor. Du hast sicher Hunger, Herr Er, oder?« wandte sie sich an mich und dann wieder an Dana. »Außerdem ist das Onkel Dan.«

»Ich weiß. Wie ich«, entgegnete Dana frech und verschwand hinter der Glastür im Haus.

»Was hast du ihr denn erzählt?« fragte mich Marie, als hätten wir uns erst gestern im Schwimmbad zum letzten Mal gesehen.

»Ach nichts, Marie«, sagte ich. »Ich habe ihr nur erzählt, wie Onkel Rosťa einmal in die Badewanne gefallen war.«

»In der ich gesessen hatte.«

»Eben das habe ich noch nicht geschafft, ihr zu erzählen. Ich meine, eben das wollte ich ihr verschweigen.«

»Sie wird sich das schon zusammenreimen«, meinte Marie. »Auch wenn ich mir gut vorstellen kann, daß man es in deiner Story verschweigen könnte, doch ich kann mir nicht vorstellen, daß man es meiner Tochter verschweigen kann. Unterschätz ihre Intelligenz nicht. Jedenfalls nicht diesen Bereich ihrer Intelligenz. Das hat sie von dir.«

»Wie auch den Namen?«

Marie betrachtete kurz ihren Schoß unter dem blauen Stoff und lächelte geheimnisvoll.

»Dreimal darfst du raten!« forderte sie mich auf.

»Na ja, das ist doch klar«, sagte ich. »Sie heißt weder Rostenka noch Albertine noch Čeňka oder Leopoldine«, zählte ich diejenigen auf, die sich ebenfalls von dem großen V für Victory hatten bezaubern lassen. »Und schon gar nicht Franziska.«

»Du hast noch Rudolfine und Gustava vergessen«, grinste Marie.

»Wer war Gustav?«

Den kannte ich nicht.

»Der Altsaxspieler, der mit Kovařík aus Olomouc gespielt hat.«

»Der? Das hab ich gar nicht gewußt ...«

»Oh je! Und wie!« seufzte Marie. »Aber wir haben uns aus den Augen verloren, und so hab ich ihn vergessen, noch bevor du ihn registrieren konntest. Außerdem hast du damals Irena geliebt, und ich war frei.«

»Irena hab ich nie geliebt, Marie. Ich hab immer nur dich geliebt.«

»Das weiß ich, das hast du mir schon mal erzählt. Mehrmals.«

»Du glaubst mir nicht?«

»Doch. Warum denkst du, daß mein Kind Daniela heißt?«

»Warum hast du nicht mich geheiratet, Marie?« fragte ich eindringlich.

»Damit Dana schizophren geworden wäre?«

»Ich bin aber ...«

»Dannylein, du bist eine so hervorragend zweigeteilte Persönlichkeit. Oder vielleicht eine in fünfzig Teile gespaltene oder wie auch immer man das nennen will. Auch wenn du lügst, sagst du die reine Wahrheit. Sowohl mir als auch Irena. Irena bekommt vielleicht die etwas reinere Wahrheit eingeschenkt.«

»Reiner sicherlich nicht!«

Marie lächelte. Die untergehende Sonne machte aus ihrem großen Mund eine Erdbeere. Mein Gott, dachte ich mir, ist Reden nicht das Wesen jeglicher menschlichen Wonne?

»Das nehme ich dir sogar ab«, sprach Marie. »Die Herren bevorzugen Blondinen.«

»Ich liebe dich aber wirklich, Marie.«

»Ich liebe dich auch wirklich. Was meinst du, warum ich dich nicht geheiratet habe?«

»Ich weiß«, sagte ich traurig. »Wegen der Schizophrenie.«

»Das auch. Aber vor allem deshalb, weil du ein so unwirklicher Liebhaber warst. Ich wollte dich nicht in der dummen Wirklichkeit verlieren.«

Mein Gott, wie kann jemand glauben, daß Frauen ein Spatzenhirn hätten? Sie haben ein regelrechtes Elefantenhirn. Oder eines wie ein Wal. Sie sind viel weiser als wir. Wir Männer sind nur schlauer. Aber wer weiß, ob das überhaupt stimmt.

»Aber vor Dana hättest du so zweifelhafte Episoden aus unserem Leben nicht unbedingt ausplaudern müssen.«

»Wenn es um dich geht, Marie, kann ich mich nicht beherrschen!«

Marie warf ein Bein über das andere. Mir ging es so gut wie früher.

»Nicht, daß Dana nicht Bescheid wüßte«, sagte Marie. »Zum einen hast du in deinem Musical jede Menge an die Öffentlichkeit gebracht, außerdem hast du mir auch Dinge angedichtet, die du mit Irena getrieben hast, zum anderen hat Dana deine Briefe aufgestöbert, so daß es naiv wäre, ihr etwas verheimlichen zu wollen.«

»Hat sie dir das gesagt? Daß sie unsere Briefe gelesen hat?«

»Du bist vielleicht ein Kenner der Psychologie von Mädchen, Dannylein«, spottete Marie. »Glücklicherweise hat sie wie jedes Mädchen so viele Dinge auf einmal im Kopf, daß sie zwischen meinen Briefen eine Postkarte von einem Jungen aus Prag vergessen hat. Wahrscheinlich als Lesezeichen.«

»Das heißt aber, Marie«, sprach ich langsam, »daß du die Briefe auch hin und wieder noch mal liest!«

Marie hielt inne. Entweder kam schon das Abendrot, oder es war etwas anderes. Sie meinte:

»Na gut, ich lese sie noch manchmal. Das gebe ich zu. Wenn ich spüre, daß ich älter werde. Es ist eine aufmunternde Lektüre. Sie beweist, daß wir doch nicht älter werden. In deinen Briefen steht nämlich genau das gleiche Geschwafel, das man vor kurzem in deinem Bühnenwerk hören konnte, Dannylein. Du hast dich überhaupt nicht weiterentwickelt!«

Sie sah mich mit ihren fröhlichen blauen Vergißmeinnichtaugen an, sie war wunderschön.

»Ich habe mich auch nicht weiterentwickelt!« sagte ich stolz. »Das will ich auch nicht! Sich nicht weiterzuentwickeln bedeutet, sich treu zu bleiben. Und die Dinge mit frischen Augen zu sehen. Die einzig mögliche Entwicklung ist die Entwicklung hin zum Schlechteren. Das ist ein Naturgesetz.«

»Mannomann!« sagte Marie. »Ich hab immer gedacht, du seist ein Lügenbaron, doch statt dessen bist du ein richtiger Philosoph!«

»Das Abendessen steht auf dem Tisch!«

In der offenen Tür stand Daniela, benannt nach mir.

Wir aßen in der weißen, kubistisch eingerichteten Küche aus den Zwanzigern zu Abend. Durch das breite Fenster konnte man den Schwarzen Berg und darüber den honigfarbenen Mond sehen. Wir schwafelten über Gott und die Welt. Über Irena und deren jähzornigen Ehemann, über Zdeněk, der sich wegen Irena versucht hatte aufzuhängen, der Strick war jedoch gerissen, und er hatte sich später wegen eines anderen Mädchens aus Prag erhängt, wir plauderten über die Jungs von der Band und deren Ehen, Seitensprünge und Konflikte. Wir redeten auch über Rosťa und dessen Frau, über die sich Marie ganz schön giftig wie ein echtes Tratschweib ausließ, obwohl Marie wirklich ein Wunder von Frau war. Auch über Maries faulen Bruder, der sich der Kommunistischen Partei angeschlossen hatte und nun als Bezirksvorsitzender des Sportverbandes arbeitete, wo es seine Aufgabe war, einmal im Monat die Leistungen der weiblichen Jugend zu melden, erzählte mir Marie, und dafür achtzehnhundert monatlich bekam und eine achtzehnjährige Sekretärin noch dazu. Wenigstens eine hübsche? Das wäre zu viel verlangt für diesen lahmarschigen Job, oder? Und wir tratschten weiter, auch über die zweifelhafte Paternität der Kinder unserer alten Freunde, wobei uns Dana darauf aufmerksam machte, daß sie vorne genauso einen verdoppelten Schneidezahn hätte wie ich, und Marie stritt den in dieser Bemerkung innewohnenden Verdacht mit einer unnötig heftigen Vehemenz ab, auch Kočandrle habe so einen gehabt, doch diesen habe er in der Pubertät beim Eishockeyspielen verloren. Sie hatte zu einer Lüge gegriffen, denn Kočandrle hatte noch nie in seinem Leben einen Eishockeystock angerührt. Daraufhin fragte ich, wann Franta eigentlich nach Hause käme, Dana stand auf und sagte, sie würde das hintere Tor im Garten aufschließen und den dritten Teller schnell in die Spüle legen, sobald sie die Verandatür hören würde. Uns dreien ging es fabelhaft, wir waren eine unwirkliche Familie, ich hatte nicht die geringste Lust, nach Hause zu gehen. Und wo war eigentlich mein Zuhause? Aber langsam nahte Mitternacht, und der Vater der richtigen Familie pflegte um diese Uhrzeit vom Kartenspielen nach Hause zurückzukehren. Ich stand auf, Marie und Dana begleiteten mich auf die Veranda. Sie standen dort wie zwei Maries, eine physische Schizophrenie, zwei Mädchen mit goldenen Kronen auf dem Kopf, vom silbernen Licht der Mainacht überflutet. Ich winkte ihnen zu. Dann verschwand die Villa in der Dunkelheit.

Als ich unten zur Hauptstraße abbog, wo der Schlitten am Fuße des Schwarzen Berges immer stehengeblieben war, hörte ich hinter mir leichte, rennende Schritte. Ich sah mich um. Es war Dana, sie brachte mir meine Zigarrenschachtel, die ich unvorsichtigerweise hatte liegen lassen.

»Onkel Dan«, fragte sie mich. »WAS war es, was nicht auf den Modiglianis und Renoirs war und Marie hatte?«

»Das werde ich dir nicht aufbinden«, sagte ich. »Marie hat gemeint, daß das nicht angebracht wäre. Außerdem hast du es bestimmt auch. Also denk mal nach.«

Ich wandte mich ab und wollte gehen.

»Ich lese das sowieso in den Briefen nach!« hörte ich hinter mir Marie alias Dana.

»Das steht nicht drin«, sagte ich und drehte mich zum letzten Mal zu ihr um. Marie alias Daniela stand da in ihren Jeans und dem weißen T-Shirt, das in der Dunkelheit leuchtete, und im Mondschein schienen ihre Haare noch goldener als der Heiligenschein der Jungfrau Maria in der Aula des Gymnasiums, die Hochwürden Meloun vor ewigen Zeiten dort eigenhändig aufgestellt hatte und die von der Caritas frisch lackiert wurde. Sie stand vor mir, und ihr Kopf strahlte wie pures Gold.

»Das steht nicht drin«, wiederholte ich. »Marie hat nie erfahren, daß auch ich dort war. Sie hat gedacht, ich wüßte die Geschichte nur von Rosťa. Also tschüs, Goldschopf!« sagte ich und machte mich auf den Weg in die Stadt.

Weder Marie noch meine geistige Tochter sollte ich je wiedersehen.

~

Lieber Dan,

am Anfang meinen Briefes möchte ich dir herzliche Grüße und liebe Erinerungen senden. Die Ernte in diesem Jahr ist nun vorbei und jetzt habe ich mehr Zeit für einen Brief an Dich. In diesem Jahr war die Ernte erfolgreich ich schätze anderthalb bis zwei Zentner pro 1 ha. Unsere Landwirtschaftliche Produktionsgenossenschaft wurde die drittbeste im ganzen Kreis. Jeder von uns bekommt zwölf bis dreizehn Kronen pro Einheit, weil wir als die drittbesten im Kreis ausgewertet wurden. Ich schrieb darüber einen Artikel für das »Volksrecht« wo er auch abgedruckt wurde und man bezahlte mir 70 Kronen dafür. Für das Schreiben brauchte ich nicht mehr als zwei Stunden das sind 35 Kronen pro Stunde wieviel Kronen zahlt man Dir pro Stunde? Dabei hatte der Artikel nur 40 Zeilen und als er abgedruckt wurde waren es nur noch 15. Ich glaube daß 35 Kronen pro Stunde ganz gut ist. Im Frühling werde ich wieder einen Artikel schreiben wie wir gesät haben.

Unsere LPG hat 70 Kühe und 3 Paar Pferde und eine angeschlossene Produktion für Ostereier und Hanfseile. Jedes Mitglied hat ein kleines Grundstück und darauf kann man anbauen was man will. Ich baue vor allem Erdäpfel an wir haben die zu Hause Kartoffeln genannt. Und zwar deshalb wenn nämlich unsere Politiker feststellen sollten daß wegen der natürlichen Bedingungen und wegen den Feinden der Genossenschaften nicht genug Erdäpfel oder Kartoffeln geerntet würden, könnte ich meine Erdäpfel mit großem Gewinn abgeben und würde dem Staat dadurch helfen. Die Kuh füttere ich mit den Resten aus dem Wirtshaus in dem der Mann der Cousine von meiner Schwiegermutter als Leiter arbeitet.

Auch von meiner Familie möchte ich Dir schreiben. Wie Du weißt wird meine Tochter Sulejka das ist ein georgischer Mädchenname in diesem Jahr acht Jahre alt sie sieht mir sehr ähnlich sie hat die gleiche Nase wie ich aber bei einem Mädchen ist das nicht so schlimm. Sie hat schwarze Haare wie ein Zigeuner vom Großvater. Sie geht in zweiter Klasse der achtjährigen Grundschule sie kann schon ihre Unterschrift und sie kann bis 20 zählen wenn auch nur mit dem sowjetischen Rechenschieber den man Chozratschot nennt. Wir haben viel Freude mit ihr vor allem meine Frau nur möchten wir noch mehr Kinder aber bisher haben wir noch keine anderen nur unsere Tochter Sulejka. Den Namen hat meine Frau aus dem Lied »Wo bist du Sulejka mein Stern«. In diesem Jahr starb der Großvater weil er war wegen staatsfeindlichem Gerede drei Jahre im Gefängnis. Er wollte nicht der Genossenschaft beitreten er war ein Reaktionär und hat zwei eigene Pferde geschlachtet und so haben die ihn eingesperrt. Er ist im Gefängnis gestorben er war noch nicht so alt. Die Großmutter lebt noch und sie ist genauso rebellisch.

Mein Bruder Olda und seine Frau aus der Ukraine züchten jetzt Perlhühner und liefern das Fleisch an die Fabrik die früher ihnen gehört hat und die jetzt Fleischdosen für den ex port produziert. Sie sind immer noch selbständig nur beuten sie niemanden mehr aus wie früher deshalb hat man ihre Fabrik vor zwei Jahren 1952 verstaatlicht als letzte im Bezirk und meine Schwägerin die Ukrainerin gründete dann die Zucht der Perlhühner auch ohne Ausbeutung der Arbeiter. Gäbe Gott daß man ihnen die Zucht nicht verstaatlicht denn sie beuten ja niemandem mehr aus.

Wir haben uns einen Kühlschrank gekauft und ich habe mich für einen Fernseher vormerken lassen das ist eine große kulturelle Errungenschaft die früher in der Zeit der Privatwirtschaft nicht möglich war. Der Vorsitzende unserer Genossenschaft hat ein Auto Marke »Spartak« und andere Mitglieder haben ein Motorrad »Java« ich möchte mir auch mit der Zeit ein Motorrad mit einem Beiwagen kaufen damit ich meine Frau und meine Tochter Sulejka auf Jahrmärkte und auch sonst überallhin fahren kann was früher nicht möglich war.

Jetzt erleben wir auch mehr Kultur weil immer das Bezirks-theater in unsere Kreisstadt kommt in dem wir das Drama des Dichters und Dramatikers Jan Vrchcoláb gesehen haben. So eine große Liebe es war sehr schön aber traurig die Heldin bringt sich um weil man sie nicht verstanden hat. Auch ins Kino gehen wir zwei oder dreimal im Monat wir haben »Herr Habetin geht« gesehen es war eigentlich ganz gut aber nicht besonders interessant, auch »Mein Freund Fabian« hat mir nicht so gut gefallen weil ich keine Zigeuner mag sie stehlen Hühner bei uns in der Genossenschaft auch wenn ich schon mehr als 3 erwischt und der Polizei übergeben habe sie waren dann dort eingesperrt. Sie sind Diebe und Schmutzfinken sie besaufen sich und schlagen sich und können nichts anderes als nur Geige spielen. Auch haben wir den Film »Herr Engel im Urlaub« mit Marvan gesehen er war sehr schön. Nur die Schauspielerinnen waren früher hübscher so eine Baarová oder Mand-

lová oder auch Heidemarie Hatheyer das waren Prachtstücke. Das sollte ich lieber nicht schreiben wenn das meine Frau lesen würde könnte ich Ärger bekommen. Am Ende meinen Briefes sende ich dir herzliche Grüße und liebe Erinerungen.

Dein Freund Lojza

Sie lief über die Wiese und hatte einen Männermantel an, der aus meinem Geburtsjahr stammen hätte können. Schon aus der Ferne leuchteten ihre Augen in einem Licht, das es angeblich nicht gibt. Sie sah aus wie die Braut des Sensenmannes auf einem Bild aus einem alten Märchenbuch. Der Meister der grausamen Bilder Schwaiger hatte sie lange vorher gemalt, bevor sie geboren wurde. Eine riesige rote Sonne stand über dem schwarzen Wald, am Rande des dunklen Schattens, den der schwarze Wald warf, war das weiße magere Gesicht zu sehen, und aus den Augen strömte das schwarze Leuchten, das die Hütte von Pejskar zum Glühen brachte. Mir schien, als würde sie wanken. Ich betrachtete sie durch das Fenster, sie konnte mich nicht sehen. Auch nicht mit den Laserstrahlen ihrer Augen. Ich war verborgen hinter dem goldenen Feuer der untergehenden Sonne in den Fensterscheiben. Ich rührte mich nicht. Ich schmorte in diesem Brand, der lächerliche Akteur einer unvollendeten Sabotage, der Halbstarke Danny. Ich bewegte mich nicht.

Sie war schon ganz nah, die hölzernen Stufen der Hütte knarrten unter ihren Stiefeln. Ich hörte ihren schweren Atem. Ich öffnete die Tür:

»Nadja!«

»Dan!«

Ich umarmte sie. Unter dem Männermantel aus meinem Geburtsjahr konnte ich kaum etwas fühlen. Als ich sie losließ, sagte sie:

»Ich muß mich zuerst hinsetzen. Ich bin ganz erschöpft.«

Das war sie auch. Sie sah aus wie gemalt. Auf ihren weißen Bäckchen waren rote Flecken wie bei Holzpuppen vom Kirchweihfest. Diese malte man mit weißer Farbe an und machte ihnen rote Pünktchen auf die Wangen.

Sie zitterte heftig.

»Ich werde den Ofen anmachen, ja?«

Sie nickte, sie wurde von einem Hustenanfall geschüttelt. Mir war traurig zumute.

»Und einen Kaffee mach ich. Ich meine Ersatzkaffee. Einen richtigen Kaffee hab ich nicht.«

Ich machte in dem kleinen Eisenofen Feuer an, und kurz darauf strahlte er seine Wärme in die Holzstube.

»Dan, darf ich über Nacht hierbleiben?«

Ich stockte.

»Aber … was ist mit Franta?«

»Franta ist zu seiner Tante nach Rounov gefahren und bleibt dort mindestens bis übermorgen. Der Tante geht's sehr schlecht, und sie hat sonst niemanden. Und in die Fabrik geht Franta nicht mehr … eigentlich geht fast keiner mehr hin …«

»Na klar, Nadja, kannst du hier bleiben.«

Sie zog den furchtbaren Mantel aus. Darunter trug sie wie immer den grauen Rock, der wie ein Sack aussah, und eine Baumwollbluse mit Blümchenmuster. Aus den riesigen Taschen ihres Mantels holte sie Golatschen von der Tante Venhodová heraus. Und so saßen wir da, tranken Ersatzkaffee und aßen Golatschen. Im Ofen prasselte das Feuer, aber Nadja zitterte immer noch, als wäre es eiskalt.

Wir schwiegen, nach einer Weile unterbrach sie die Stille:

»Das Fräulein, mit der du Schlitten gefahren bist … ist das dein Mädchen?«

»Sie ist nur eine … Freundin. Sie geht mit einem anderen.«

Sie senkte den Kopf und blickte in die angeschlagene Kaffeetasse.

»Mein Vater kommt nicht mehr zurück, das weiß ich genau. Aber vielleicht kommt das Fräulein Silbernagel wieder nach Hause. Junge Menschen halten mehr aus, wenn sie gesund sind«, fügte sie hinzu.

Die Tasse, in die sie bei uns in der Küche geguckt hatte, hatte ich vollkommen vergessen. Das war auch schon so lange her, irgendwann im Winter. Ich hatte auch vergessen, was für Lügen ich ihr über Rebina aufgetischt hatte.

»Rebina kommt wieder«, sagte ich. »Sie ist nicht aus Pappe. Sie war früher im Schwimmverein Kostelec.«

»Wirst du sie dann heiraten?«

»Tja …« Diese Frage schlug mich fast K.O., und ich kam mir vor wie ein Betrüger, »… wer weiß, ob sie mich noch will. Weiß Gott, was sie dort alles erlebt hat …«

»Aber ihr seid doch miteinander gegangen, oder?«

»Na ja … so ein bißchen.«

Ein starkes Gefühl von Betrug und Unsittlichkeit verschlug mir fast die Sprache, obwohl das alles absurd war. Sie war doch verlobt. Ich war frei wie ein Vogel, denn die Sache mit Rebina war gelogen. Trotzdem kam ich mir vor wie ein Schurke.

»Franta und ich heiraten gleich, wenn der Krieg vorbei ist«, sagte sie. »Wir waren schon im Katechismus. Das Aufgebot werden wir nicht dreimal, sondern nur einmal haben, der Herr Pfarrer kennt uns ja beide von klein auf ...«

Ich fragte sie schnell, um von diesem Thema abzulenken:

»Und geht's dir schon besser, Nadja? Du hast geschrieben, daß du Tabletten nimmst ...«

»Ja«, antwortete sie knapp. Sie nippte an der Tasse, und dann sprach sie weiter, ihr heißer Blick heftete sich an die abgenutzte Tischplatte aus Holz: »Aber weißt du, Dan, ich werde sowieso bald sterben. Nicht einmal Kinder werde ich kriegen.«

»Was ... was redest du denn da, Nadja!« Ich schrie fast, weil es mir wirklich den Atem verschlug. »Nach dem Krieg wirst du wieder gesund werden!«

»Ich hab keine Angst, Dan«, fuhr sie ruhig fort. Ich starrte sie fassungslos an, denn sie sprach über den Tod wie über Brötchen beim Einkaufen in einer Bäckerei: »Jeder muß doch einmal sterben. Nur ... es tut mir schon leid, weißt du? Daß ich dich nie mehr sehe. Und Franta lasse ich alleine zurück. Nicht einmal Kinder werden wir haben.«

»Nadja!«

Ich verschluckte meine Tränen. Diesmal kamen sie nicht etwa deshalb, weil mich mein eigenes Schicksal so gerührt hätte, wie das bisher fast immer der Fall gewesen war. Und plötzlich wußte ich, daß Nadja recht hatte. Vor dem Fenster nahm der Mond die Stelle der Sonne ein, die Röschen auf Nadjas Wangen verschwanden. Ihr Gesicht war weiß wie ein Totenhemd. Unter ihren Augen hatte sie tiefe, dunkle Schatten. Die Augen strahlten dieses furchtbare, schwarze Leuchten aus. Nadja war wunderschön und gespenstisch zugleich. Sie redete immer noch mit sich selbst:

»Na ja, Franta wird wieder heiraten. Er ist noch jung. Und mein Vater ist ohnehin schon vor Gottes Gericht. Ich werde ihn früher wiedersehen, als ich gedacht hab.«

»Du glaubst ...«, rutschte mir heraus, aber sofort hielt ich inne. Doch dadurch hatte ich sie aus ihrer Welt herausgeholt, in die ich gar nicht reingehörte. In die ich nie im Leben hineinkam, nicht hineinkommen konnte, obwohl ich es später um jeden Preis wollte.

»Was, Dan?«

»Ja ... daß es schön ist, daß du das ... daß du daran so glaubst ... daß du ... deinen Glauben hast ...«

Sie sah mich an, das hübsche, arme Mädchen, doch sie begriff nicht, wie ich es gemeint hatte.

»Ich bin eine gläubige Katholikin. So wie du.«

Ich nickte, jedoch mit dem entsetzlichen Gefühl eines Betrügers. Eines Idioten. Eines Gauners. Mir fehlten die Synonyme.

»Vielleicht muß ich zuerst ins Fegefeuer«, meinte sie. »Aber in die Hölle wohl nicht. Ich gehe zweimal im Jahr zur Beichte, und ich hab niemandem etwas absichtlich angetan ...«, sie ließ den Kopf hängen, »... nur Franta ... aber ... es ging nicht anders.«

Ich wurde von einer ungeheuren Sehnsucht gepackt, ihr zu sagen, sie würde ganz sicher in den Himmel kommen, denn wohin sollten dann die anderen kommen. Für viele andere war sogar die Hölle noch zu wenig, und wenn es nicht so war, dann wäre für sie der Himmel zu wenig. Ganz abgesehen davon, daß es keinen Himmel gab. Und auch keine Hölle. Auch kein ewiges Leben. In diesem Moment wußte ich es mit Sicherheit. Woher sonst würde die Trauer kommen, wenn der Tod nur eine Art Mutation wäre? In diesem entsetzlichen Kosmos kann so etwas Wunderschönes nicht ewig existieren. Er stützt sich auf Grausamkeit und Gleichgültigkeit. Es gibt keine Gerechtigkeit. Er ist leer, allerhöchstens sitzt irgendwo ein Bandit, ein Al Capone des Weltalls, das hatte ich in einem Gedicht eines armen Dichters gelesen, dessen Frau an einem Gehirntumor gestorben war. Ein Al Capone des Weltalls. Und Nadja war im Begriffe zu sterben. Und so lästerte ich, zum ersten Mal in meinem Leben von dieser Trauer zerstört, die das Los aller Lebenden war, denn dieser Gangster hatte den Tod erfunden, und er selbst konnte ihm ausweichen. Doch von all dem erzählte ich Nadja nichts. Ich war auch nicht imstande, ihr zu sagen, daß sie in den Himmel kommen würde. So sehr lügen konnte ich auch wieder nicht.

»Das war alles meine Schuld«, sagte ich statt dessen. »Nicht deine.«

»Ach wo, Dan. Es ist immer die Frau schuld. Wenn die Frau nicht will, dann passiert auch nichts.«

Sie fing an zu zittern.

»Ist dir kalt?«

Sie schüttelte den Kopf.

»Ich bin heiß. Dürfte ich … dürfte ich mich hinlegen, Dan?«

Sie war krank. Ich holte die schon eingepackten Decken wieder hervor und machte das Bett, falls man das Bett nennen konnte. Sie stand auf und sagte:

»Guck nicht hin, Dan.«

Ich drehte mich um. Ich legte Holzscheite in den kleinen Ofen nach. Durch die Ritzen der Metallplatten des Ofens wurde ein grandioser Tanz des Feuers an die hölzerne Wand projiziert. Das Holz im Ofen knisterte. »Jetzt darfst du wieder«, sagte Nadja.

Ich drehte mich um. Sie lag auf der Pritsche, bis zum Kinn zugedeckt. Über die Decke hatte sie noch ihren Mantel aus meinem Geburtsjahr ausgebreitet. Auf dem schmutzigen Kopfkissen säumte ihr Haar ihr hübsches, weißes Gesicht.

»Komm zu mir, Dan. Sei nicht böse!«

Wie hätte ich ihr nur böse sein können. Ich warf die Kleider von mir, kroch zu ihr unter den Mantel und umarmte sie. Sie war so furchtbar dürr, die unschuldige, arme Nadja.

In der Nacht wachte ich auf, der Vollmond stand hoch am Himmel, aber zuerst kam mir vor, als würde ich in eine absolute Dunkelheit starren. Eine schwarze Dunkelheit. Dann merkte ich, daß Nadja auch nicht schlief und daß sie mich anblickte.

»Du magst mich doch, Dan, nicht wahr?« fragte sie, als sie bemerkte, daß ich auch wach war. »Ich mag dich sehr. Aber weißt du, Dan, wenn ich mit dir zusammen bin, hab ich so Gedanken … so lasterhafte …«

»Welche denn, Nadja?«

«Na ja … aber das ist ’ne Sünde. Eine furchtbare Sünde. Auch wegen Franta. Aber ich …«

Sie schluchzte. Zum ersten Mal sah ich sie weinen.

»Nicht weinen, Nadja! Das ist keine Sünde. Und wenn es eine wäre …« Du barmherziger Jesus, fuhr ich fort, aber nur für mich, weil ich ja nicht an ihn glaubte. Jesus des reinen Herzens. Des reinen Herzens!

»Es ist eine Sünde«, schluchzte sie. »Das weißt du doch. Du bist ja auch ein gläubiger Christ!«

Jesus, der Du angeblich der Welt alle Sünden abgenommen hast!

»Aber du hast mir doch selbst geschrieben, daß ein junges Mädchen sich austoben muß …«

»Das sagt man nur so. Aber man darf es nicht so weit kommen lassen … man muß der Versuchung widerstehen. Aber Dan … weißt du, Dan …«

»Was denn, Nadja?«

»Du kommst mir gar nicht wie 'ne Versuchung vor. Du bist mein … du bist … so klug, Dan …«

Ich? Klug? Du ungerechter Jesus! Du dummer, wahnwitziger, böser Jesus, der Du Dich an unserer Blindheit ergötzt …

»Ich bin eher dumm, Nadja.«

»Das bist du nicht. Du bist doch gebildet, und du magst mich, stimmt's?«

»Das stimmt. Ich hab dich sehr sehr gern, Nadja!«

Sie saugte sich mit ihrem großen, heißen Mund an meinem fest, meine Finger berührten die Vertiefungen zwischen ihren zarten, zierlichen Rippen. Ich erinnerte mich an die von den Schnitzern vom Schwarzen Berg schlecht ausgearbeiteten Jesus-Statuen, deren Brustkörbe wie kleine Kisten aus Latten aussahen. Nadja war im Begriff, die Welt zu verlassen. Wen die Götter lieben … Deine unergründlichen Wege, oh Jesus. Wut und Schmerz, erstickender, würgender Schmerz flammten in mir auf. Nadja, verzeih mir, sprach eine Stimme in meinem Kopf, eine bekannte, schon irgendwo gehörte Stimme. Verzeih mir, meine Tochter, daß ich dich geschaffen habe. Verzeiht mir, ihr Märtyrer. Ich, der elende Sünder, beichte dir, Nadja, daß ich sehr gesündigt habe. Du Allmächtiger, wenig Barmherziger, nicht weiser …

Ich schlief ein und träumte, daß ich auf einem Steppenpferd dem heidnischen Mond entgegenritt, ihn aus der Tiefe einer dunklen Höhle heraus betrachtete, ich träumte, daß eine Frage in meinem Kopf aus dem traumlosen Schlaf des Diluviums, Aluviums und Tertiärs nach außen drang, sie bleibt immer die gleiche, unter dem Mond in dieser Prärie, auf der Pritsche in Pejskars Hütte, nicht einmal Gott kann sie beantworten, um so weniger die Götter dieser Welt, sie ist nicht greifbar, aber viel schwerer als Jupiter … ich schlief in der Umarmung des sterbenden Mädchens ein … ich schlief ein, und vielleicht wachte ich nie mehr auf.

Am nächsten Morgen hatte Nadja hohes Fieber. Ich begleitete sie durch den Wald bis zur Jirášek-Hütte am Schwarzen Berg, aber ich blieb am Waldrand stehen, damit mich niemand aus dem Dorf mit ihr so früh am Morgen sah. Unterwegs mußte ich sie stützen, sie war sehr schwach, ein paarmal wurde sie von einem starken Hustenanfall geschüttelt.

Ich sah ihr nach, wie sie in ihren Stiefeln und dem viel zu großen Mantel langsam über den kahlen Gipfel des Schwarzen Berges lief, an dem steinernen Kreuz vorbei, zu den Häusern am Rande des Dorfes.

Dann sah ich sie nur noch einmal.

Dann sah ich nur noch ihren …

VI. CONRAD

Nur das Poetische zerstört die Poesie.

Vladimír Holan

Sollten die Achsenmächte den Krieg verlieren, würde sich die Mehrheit der wahren Faschisten, die überleben, den Kommunisten anschließen. Dadurch wäre der Graben überbrückt, der beide Revolutionen voneinander trennt.

Argento Soffici (Ideologe und Minister in Mussolinis Italienischer Sozialer Republik in den Jahren 1943–1945)

Meine liebste Lída!

Ich bin sehr verärgert, vielleicht sollte ich Dir jetzt gar nicht schreiben. Du verdienst von mir nur Briefe über die Liebe, aber wir wissen doch beide, daß die Welt voller Widersprüche ist, und so wirst Du Dich vielleicht freuen, wenn ich Dir von meiner Empörung und meinem Haß schreibe. Stell Dir das nur vor!

Mein bester Freund Lincoln, von dem ich Dir so viel erzählt habe, mit dem ich aufgewachsen bin, mit dem ich ein Herz und eine Seele war, er hat … Solschenizyn gelesen! Und nicht nur das – er glaubt ihm auch! Er versuchte mich zu überreden, ihn auch zu lesen. Als ich ihm sagte, daß ich keinen Grund sehe, warum ich so einen Schund lesen sollte, antwortete er mir, ich solle die Kehrseite der Medaille über den Sozialismus erfahren! Ich fragte ihn: Warum? Und er verstand es nicht! Ich sagte ihm: Warum sollte ich diese angebliche Kehrseite kennen müssen, von der dieser Faschist schreibt und die kein Mensch außer ihm gesehen hat! Mir reicht die Wahrheit, die ich mit meinen eigenen Augen *gesehen habe! Ich war doch in Prag, ich habe diese wunderschöne Stadt kennengelernt, die glücklichen, fröhlichen Menschen in den Theatern und den Bierkneipen! Und ich kenne Dich … und Du hast auch* nie etwas Derartiges gesehen, *obwohl Du dort geboren wurdest und Dein ganzes Leben dort verbracht hast!*

Lincoln hat mich also sehr enttäuscht, meine teure Lída. Erst gestern konnte ich mich ein wenig beruhigen. Ich habe nämlich ein Restaurant besucht, in dem sich die Genossen von der Stadtorganisation von Toronto treffen, und Genosse Goldstick gab mir einen Artikel von der amerikanischen Parteizeitschrift »The Working Man« zum Lesen, in dem der Genosse Gus Ball mit Solschenizyn abrechnet. In seinem Artikel fand ich derart wahre Worte, daß nicht einmal zehn Archipel Gulags sie widerlegen könnten: »Auf meinen Landkarten suche ich vergeblich ein Gulag«, schreibt Genosse Gus Ball. »Das ist Humbug! Nirgends auf der Welt gibt es eine Inselgruppe namens Gulag. Alles vom

Anfang bis zum Ende erstunken und erlogen! Den Gulag gibt es nur in dem haßerfüllten Kopf von A. Solschenizyn, dem Autor dieses unnützen Buches. Es ist nicht nötig, die Inselgruppe Gulag zu suchen! Es ist nötig, sie zu vergessen!«

Das ist die Wahrheit! Verräter wie Solschenizyn sind von ihrem Groll so erfüllt, daß sie sich einen Archipel Gulag ausgedacht hätten, wenn es ihn nicht gäbe, nur damit sie die Wahrheit über die Welt des Sozialismus in den Dreck ziehen können!

Sei mir nicht böse, meine teuerste Lída, daß ich heute nicht das schreibe, was ich Dir am liebsten schreiben würde. Ich möchte Dich küssen, ich möchte die Feuchtigkeit Deines Körpers schmecken ... und Du sicherlich auch. Wann auch immer ich daran zurückdenke, wie wir in Prag zusammen waren, läßt die Liebe zu Dir meinen Körper erzittern, und meine Lenden werden von einer Kraft durchströmt ...

Ich küsse Dich auf den ganzen Körper, überallhin

Dein Booker

Irene gießt sich dickflüssigen Ketchup auf ihre French Fries und reicht die Flasche weiter an Sheila. Diese benutzt sie zum gleichen Zweck und gibt sie an Bellissimmo weiter, er versieht damit zuerst Vickys Pommes frites, dann seine eigenen und wirft die Flasche über den Tisch zu Ted Higgins. Das Ritual wiederholt sich; auch Higgins begießt die Pommes von Wendy McFarland zuvorkommend. Nur Jenny Razadharamithan lehnt diese Zutat ab, sie verspeist ebenfalls etwas Rituelles, was allerdings an eine gebackene Krawatte erinnert. Auch Hakim winkt ab, er beträufelt seine French Fries mit Senf und einem smaragdfarbenen Gelee.

In der glänzenden, verchromten, automatisierten und absolut sterilen Cafeteria der Uni von Edenvale werden außer den French Fries noch Dreiecke namens *Fish and Chips* (mit French Fries) angeboten sowie eine saure Mischung aus Karotten, Erbsen, Kartoffeln und zerbröckeltem Hamburger unter dem Namen *Beef Stew.* In den Automaten mit der Aufschrift *Canteen Canada* kann man fünf andere Sorten von Dreiecken kaufen, die man als *Ham, Ham and Cheese, Tuna, Cornbeef* und *Chicken Salad Sandwich* bezeichnet, sowie vier Sorten ziemlich künstlicher Backwaren. Der glänzende Percolator liefert eine Flüssigkeit mit der Bezeichnung *coffee,* die Sodbrennen verursacht und in die sich die Studenten ein Pulver namens *Coffee Master* schütten, um ihr die Farbe von Irenes Augen zu verleihen. Und entweder, weil sie nicht so viel Geld haben (sie geben es in den drei Pubs an der Uni von Edenvale für die drei Getränke – nämlich *beer*, *ale* und *lager* aus, die alle gleich schmekken und deren Dosis für den trunkener Zustand identisch ist: drei Fläschchen), oder weil sie auf ihre schlanke Linie achten, besteht ihr Lunch Tag für Tag aus Pommes und Ketchup. Ihre Pickel behandeln sie mit einem *ointment* namens *Propa P.H.* für einen Dollar fünfundsiebzig. Auch Irene ißt diesen Einheitslunch, um sich nicht zu sehr von den anderen zu unterscheiden. Ich wahrscheinlich deshalb, weil ich pervers bin. *French Fries* mit Ketchup schmecken mir.

Beim Edenvale-Schmaus setzen wir unsere Debatte fort, die wir im Hörsaal vor dem Lunch angefangen haben, wo Bellissimmo sein endloses Referat vorgelesen, aber nicht zu Ende gebracht hatte. Und nun beendet er es aus dem Gedächtnis:

»Jede der drei Stationen symbolisiert die Regression des Ego, das sich der Wirklichkeit des Dschungels aussetzt. Der Dschungel ist in einer Terminologie beschrieben, die auch Freud für die Charakterisierung des Es benutzt hat.«

Ich weiß nicht, wer – falls überhaupt jemand – Bellissimmo versteht. Wie auch immer, Hakim besteht auf seiner Meinung, daß *Das Herz der Finsternis* eine Gesellschaftskritik des europäischen Imperialismus ist, und Irene nimmt den Standpunkt der Mitte ein: »Ich bin mit dem Kritiker Guerard einverstanden«, sagt sie, »daß der Roman vor allem eine Reise in das Innere der Seele ist. Kurtz' Erfahrung ließe sich verallgemeinern: Er hat die Freiheit angenommen, somit wurde er zu einem Menschen. Doch es wurde ihm nicht klar, was es alles bedeutet, ein Mensch zu sein ...«

Ob sich Hakim über diesen Erguß von Idealismus ausläßt?

Jawohl, er meldet sich zu Wort.

»Kurtz«, sagt er trocken, »ist ein gewöhnlicher imperialistischer Handlanger. Er bestiehlt die Afrikaner und gibt vor, sie zivilisieren zu wollen. Was aber das wahre Ziel einer derartigen Zivilisierung ist, definiert Kurtz am Ende selbst: *Exterminate all the brutes!*«

Jenny Razadharamithan macht eine Bemerkung. Wahrscheinlich etwas über Kometen und Blinddarm. Dadurch bringt sie für eine Weile die anderen Studenten zum Schweigen, die gelernt haben, die Besonderheiten von nichtkanadischen Nationen zu respektieren. Nach einer Minute des Schweigens meint Wendy:

»Warum ist das aber so komisch?«

»Was ist komisch?«

»Warum hat er das nicht klarer geschrieben? Damit man es versteht.«

»Weil er ein *bourgeoiser* Schriftsteller war.« Richtig, Hakim. Und noch richtiger: »Er hat das gesellschaftliche Übel instinktiv begriffen, doch er war nicht in der Lage, den Weg zu dessen Beseitigung aufzuzeigen.«

»Warum denn nicht? Er war doch angeblich ein genialer Stilist?« staunt Wendy.

»Aber kein genialer Denker. Er erfaßte das Bild des belgischen Kolonialismus in seiner ...«

»Aber warum ist der Russe dabei?«

Wie bitte?

Eine neue Schweigeminute.

Wendy hakt nach:

»Die Russen hatten doch in Afrika keine Kolonien. Oder doch?«

Die Präsenz eines Russen in einer belgischen Kolonie in Afrika des neunzehnten Jahrhunderts ist wirklich seltsam. Bevor ich etwas sagen kann, ergreift Higgins das Wort:

»Hinten in den Anmerkungen steht: *Conrad war sich einer gewissen Obskurität bewußt ... Er schrieb an Garnett: ›Tief hatte mich Ihr heldenhaftes Bemühen erfaßt, sich mit der Nebulosität des Romans* Das Herz der Finsternis *zu befassen und das zu erklären, was ich selbst mit verbundenen Augen zu formen versuchte.‹* Das bedeutet, daß Conrad selbst gar nicht wußte, was er da geschrieben hat!«

Er hebt den Kopf und sieht sich nahezu beleidigt um:

»Aber was macht der RUSSE da?«

»Der? Er ist wahrscheinlich dabei, um das Ganze ... interessanter zu machen.«

»Es handelt sich um eine Untersuchung über die Triebe der menschlichen Seele. Über die Triebe des Ich im Kontrast zu denen des Es.«

Jenny Razadharamithan bemerkt, daß eine Nähmaschine bergauf rollt.

Auch Hakim findet keine Erklärung für den Russen.

Zwei Schweigeminuten.

Dann meldet sich die ratlose Sheila:

»*Well, sir* ... und was denken Sie darüber?«

Was ich darüber denke?

Daß alles ganz anders ist.

»Daß alles ganz anders ist.«

Sie hören auf, ihre Kartoffelstäbchen in den Kaffee zu tunken und warten, was für eine große Wahrheit sie wieder von mir erfahren würden. Oder, im Falle von Hakim, was für eine Lüge.

Und was erfahren sie? Was weiß ich darüber? Was wußte Józef Korzeniowski? Warum prahlte er mit seiner Unkenntnis des Russischen und der russischen Klassiker? Warum gibt es inmitten all dieser Grausamkeiten des Urwaldes einen Russen?

Mit einem Blick überfliege ich die Galerie meiner Studenten. Es ist ein durch keine fremde Hand (vielleicht durch die Purzelbäume der Jahrhunderte?) ausgewähltes soziologisches Abbild dieses Landes und menschlicher Schicksale. Meine Augen springen von einem zu anderen, durch die Beschleunigung der Zeit in meinen Gedanken versuche ich, hinter ihr Geheimnis zu kommen. Sheila, die sich angestrengt bemüht, die vergängliche Weisheit der Kritiker zu verstehen, die obskurer sind als der Nebel um *Das Herz der Finsternis*. Sie würde wohl heiraten, ein *housewife* werden. Etwas von diesen anstrengenden Jahren würde in ihr drin bleiben. Bellissimmo, der Sohn eines Hilfsarbeiters aus Neapel: *Onkel Toms Hütte* würde er nie begreifen, würde aber ein cleverer italienischer Anwalt werden, der seinem abgerackerten Papa genug Grund zum Prahlen liefert und etliche Mafiosi aus den Klauen des Gesetzes herausboxt. Vicky Heatherington, diese glückliche Person: das Geheimnis von *Das Herz der Finsternis* ist ihr schnuppe. Die staunende Wendy, die Werke berühren ihr Herz, nicht jedoch die Essays und Referate. Vielleicht würde sie irgendwann *artwork* für die Kataloge von Simpson und Sears gestalten. Raben im Damenneglig. Ted Higgins, ein stolzer Intellektueller, der schon im voraus alle Erklärungen ablehnt ... er würde vielleicht Schriftsteller werden. Jenny Razadharamithan würde in ihrem gelben Sari in den Düften des indischen Viertels in High Park verschwinden. Und Larry Hakim, der Inhaber des Schlüssels für die leicht verständliche Ideologie, mit dem man alles zugänglich machen kann?

Ich werde in den Armen von Nicole enden. Ist sie als einzige von allen in der Lage, Korzeniowski zu durchschauen? Nein. Eine solche Anstrengung würde für sie nur dann in Frage kommen, wenn sie auch an mir Interesse hätte. Sie hebt ihre hellen Augen zu mir und sagt:

»Sie haben gesagt, daß Conrad Russen haßte, weil sie für den Tod seiner Eltern verantwortlich waren. Vielleicht wollte er Russen in der Rolle des Harlekins lächerlich machen. Der Harlekin ist … denke ich … eine lächerliche Figur.«

»*Very good*«, lobe ich mein Mädchen, und sie erzittert wie ein gekraultes Hündchen. »Der Harlekin ist tatsächlich der Schlüssel zum *Das Herz der Finsternis.* Am Rande ist das Buch natürlich *auch* eine Kritik am Imperialismus, und wenn man will, kann man darin auch ein Gleichnis von der Überwindung des Ich durch das Es entdecken. Doch eigentlich handelt es sich hier nicht um einen Roman. Es ist eine Prophezeiung.«

Hakim!

Hakim grinst:

»Wovon?«

»Von der Sowjetunion.«

Dazu sagt er nichts. Er wartet ab, was für einen leicht widerlegbaren Nonsens ich behaupten würde. Sheila runzelt die Stirn:

»Damals hat es die Sowjetunion doch noch gar nicht gegeben!«

»Deshalb ist es ja auch eine Prophezeiung.«

»*Isn't that too far-fetched?*«

Ich begegne dem strengen Blick der hellen Augen meiner Nicole. Ich lächle:

»Herr Higgins hat einen interessanten Brief zitiert. Conrad habe *Das Herz der Finsternis* mit ›verbundenen Augen‹ geschrieben. Das ist ein beliebter Trick der Hellseher oder Propheten …«

»Das war metaphorisch gemeint!« empört sich Irene.

»Metaphorisch für den Zustand, in dem er den Roman geschrieben hat. Er hat ihn im Zustand des Hellsehens verfaßt.«

»*I'll be damned!*« meint Bellissimmo.

Und ich, der gut bezahlte Professor, begehe damit eine unterhaltsame Scharlatanerie, die vielleicht gar keine richtige Scharlatanerie ist, denn es gibt so viele Dinge zwischen Himmel und Erde.

Ich verschweige ihnen auch, daß Prophezeiungen in der Regel auf ganz banalen historischen Grundlagen beruhen. Denn Gemeinheiten wiederholen sich nämlich in Variationen, deren Schemata einander auf peinliche Art und Weise ähneln. *Ab initio orbis terrarum.*

Der Kerl stellte sich neben mich und knöpfte seinen Hosenladen auf. Während ich pinkelte, spürte ich, daß er mich beobachtete. Er stand mit offener Hose da, doch es kam nichts raus bei ihm. Ich sah ihm verärgert ins Gesicht. Es war der Kerl, den ich schon von der Bühne aus bemerkt hatte. Ein Blonder mit einem hellen Schnauzer, in einem Esterházy-Sakko, so um die fünfunddreißig. Irgend so ein Junggeselle auf nächtlicher Jagd. Vor ihm auf dem Tisch stand ein Weinglas, die Finger mit der Zigarette wippten im Rhythmus des Boogie. Über die Kurvenlinie meines Tenorsax registrierte ich, daß er seine Augen nicht von mir abwandte.

An und für sich war das nichts Besonderes: In den Tanzschuppen *Bulvárka* kamen nicht nur Mädchenfänger, sondern auch *aficionados*, die zwar manchmal arm im Geiste und auch für die Musik auf einem Ohr taub waren, doch sie waren offensichtlich konzentriert und leidenschaftlich bei der Sache. Sie tanzten nicht. Der hier auch nicht. Sie hörten uns nur zu, wie wir wilde Synkopen bliesen. *Bulvárka* war eine der letzten musikalischen Oasen in unserer ungnädigen Welt.

Es war also nichts Außergewöhnliches, daß er mich anstarrte, als wollte er mich auffressen.

Und nun stand er neben mir an der Pißrinne, pinkelte nicht und stierte mich unentwegt an.

»Hallo!« sagte ich herausfordernd.

Seine Anwort verschlug mir den Atem:

»Hallo, Smiřický! Wie geht's Nadja?«

Wer war das? Oh Gott … doch gleich darauf war ich mir wieder nicht mehr sicher … diese amerikanische Frisur … der Schnauzer …

»Herr Meister!«

»Ganz ruhig, Student!«

Vor lauter Überraschung pinkelte ich mir die Hose naß.

Meister Vachoušek!

»Wieso ist Meister Vachoušek so ein Geck geworden? Und noch dazu so spät im Leben?«

Ich erschrak.

Na, servus!

Ein blonder Haarschopf statt der kastanienbraunen Igelfrisur. Ein blonder Schnauzer statt glatt rasierter Oberlippe. Ein Esterházy-Sakko statt … wir schrieben das Jahr neunzehnhundertfünfzig …

Ich senkte die Stimme:

»Ich habe gedacht, man hätte Sie abgeknallt.«

»Bis jetzt noch nicht«, sagte Meister Vachoušek ebenfalls halblaut.

Wir redeten aneinander vorbei.

»Ich meine die Gestapo.«

»Ach so, die Gestapo ...« Er sah sich um. Auf der Toilette war außer uns sonst niemand. Meister Vachoušek beugte sich zum Boden und spähte unter die Lüftungstür der zwei Toilettenkabinen. Auch dort saß niemand. Der Meister richtete sich wieder auf.

»Fast«, sagte er. »Zum Glück hatten sie sich für meine Hinrichtung Dresden ausgesucht, und noch einmal zu meinem Glück haben die Amerikaner Dresden für die berühmte Großbombardierung ausgewählt. Was machst du so, Student?«

»Ich studiere.«

»Hat man dich von der Hochschule nicht rausgeworfen? Ich dachte, wenn du hier spielst ...«

»Das tue ich nur so nebenbei. Die politische Überprüfung hab ich bestanden.«

»Du bist ganz schön gewieft. Und du kannst mich duzen.«

Ein Dandy kam aufs Klo und stürmte zur Pißrinne. Meister Vachoušek knöpfte seine Hose zu und drehte sich wortlos zum Ausgang. Im Gang vor den Toiletten war es proppenvoll, von der Tanzfläche her hörte man Stimmengewirr und Gelächter. An der Ecke lehnte ein verdächtiger Herr an einer Säule, einer von denen, die manchmal einschritten, wenn sich die Dandys aus dem Musikjournal, in dem perverse Tänze zur Abschreckung abgebildet waren, zuviel abgeguckt hatten.

Der Meister bot mir eine Zigarette an. Wir zündeten uns eine an.

»Erinnerst du dich noch an deine Heldentat?«

»Das kann man nur schwer vergessen. Seitdem hab ich mir kein einziges Mal mehr derart in die Hosen geschissen.«

»Auch nicht bei der politischen Überprüfung?«

»Da ging's nicht um Kopf und Kragen.«

»Hm«, machte der Meister. »Damit du es richtig verstehst: Ich hab mich damals nicht etwa deswegen eingeschaltet, weil ich mir in die Hosen gemacht hätte.«

»Das weiß ich doch. Es war von Anfang an 'n Pfusch.«

»Das auch«, bestätigte der Meister. »Aber wir hatten damals größere Dinge geplant als blockierte Maschinengewehre in einem

Kampfflugzeug. In der Messerschmitt wurden auch die Ausgangsdüsen für die V drei produziert.«

»Wie bitte?«

»Kannst du dich noch an die Trichter erinnern, die in der Werkstatt aus den Schwermetallen zusammengeschweißt wurden?«

Dunkel erinnerte ich mich an eine Sitzung des Klo-Seminars, als Ponykl behauptet hatte, daß das, was er schweißt und was wie ein überdimensionierter Mörser aussah, in Wirklichkeit eine Rakete wäre. Malina hatte ihn Ameise genannt und gesagt, daß so ein großes Metallstück sich nie und nimmer in die Luft erheben könne. Klar kann es das, bestand Ponykl darauf, denn es soll die größte Rakete der Welt werden, man würde sie bis nach Amerika schießen können. Daraufhin verpaßte ihm Malina eine Backpfeife und erklärte, er sei ein Ziegenbock und ein Schaf zugleich.

»Vergeltungswaffe Nummer drei«, erklärte mir der Meister jetzt. »Das wäre uns alles andere als gelegen gekommen, wenn uns die Gestapo wegen deinem Unsinn die Bude eingerannt hätte. Zu diesem Zeitpunkt hatte Záviš schon einen Lageplan von fast der gesamten Produktionsanlage angefertigt ...«

»Záviš? Der Kollaborateur?«

Meister Vachoušek zog an seiner Zigarette und verschwand beinahe im Rauch. Ein seltsamer Meister Vachoušek. Er sah vielmehr aus wie Bull Mácha, der König aller Gecken von *Bulvárka.*

»Das war ein Teil der Mimikry, verstehst du? Ein Teil unserer Arbeit. Seine Funktion als leitender Einkäufer verschaffte ihm eine ideale Mobilität. Unsere Gegner waren keine Amateure«, er sah mir durch den dichten Qualm in die Augen. »Und die jetzigen ebenfalls nicht.«

Der verdächtige Herr löste sich von der Säule und machte sich auf den Weg zu den Toiletten. Ich warf ihm einen Blick zu. Weiß Gott, warum er mich an Eisler erinnerte. Meister Vachoušek registrierte meinen Blick, lachte los, klatschte mir mit seiner breiten Meisterhand auf die Schulter und sagte ausnehmend laut:

»Das ist gut gelungen, nicht wahr, Student?«

Der Herr lief mit einem wachsamen Gesichtsausdruck an uns vorbei, doch anscheinend schieden wir als Verdächtige aus. Die WC-Tür ging hinter ihm zu.

»Ich bin nur auf 'nem Sprung in Prag«, sprach Meister Vachoušek wieder leiser. »Könnte ich bei dir übernachten?«

Ich war gerührt von der Erinnerung an den Winternachmittag, bevor Nadja gekommen war. Der Abend in der leeren Kirche, wo unter dem ewigen Licht der später so gottlose Uher gebetet hatte. Dann der eilende Herr Skočdopole und seine Frage: »Hat unser Herr Sohn wieder was ausgefressen, weißt du was? ...« Es drehte sich mir der Magen um.

Doch abschlagen konnte ich ihm die Bitte auch nicht. Der Sozialismus in seinen verschiedenen Erscheinungsformen hatte es während meines ganzen Lebens nicht geschafft, mir diese Fähigkeit beizubringen.

»Warten Sie nach dem Programm auf mich«, sagte ich zu meinem ehemaligen Meister, obwohl ich ihn auf seinen Wunsch hin duzen sollte.

Wir spielten *Ain't Nobody's Business, If I do*, ich blies darin ein großes Solo mit zwei Chorussen, und die angenehme Welt, in der ich im Moment lebte, die Welt mit Lizetka, und wenn sie nicht verfügbar war, dann eben mit Geraldinka, sollte auch sie nicht da sein ... diese Welt löste sich nun auf. In den Slow-fox mischte sich der Invalide, er dirigierte mit seinem in der Socke eingehüllten Stumpf falsch ... die Beerdigung des Funkgerätes ... Hitlers Stimme aus dem Radio, als Jiřina hineinkam ... die Nächte auf dem Klo, die Schritte der Geister, die die Möbel zerhackten ... das organisatorische Prinzip meines Bewußtseinsstromes, der Joyce und auch Virginia Woolf wahrscheinlich unbekannt vorkäme ... *Ain't nobody's business if I do.* Über die Wellenlinie meines Tenorsax verfolgten mich mehrere Augenpaare, auch die Augen von Geraldinka, die mit einem jungen Mann in einem kegelförmigen Mantel hier war, sie hörte plötzlich auf zu tanzen. Vielleicht hörte sie die unangenehm ächzende Melusine aus meinem langen Solo heraus, die Melusine jenes Winternachmittages vor meiner imaginären Hinrichtung, meinen *Mousetrap Blues* ... *Goin' to church on Sunday, then cabaret on Monday* ... *ain't nobody's business* ...

Er wartete vor dem *Bulvárka* auf mich. Damals wohnte ich in einer Villa im Prager Vorort Podbaba, die einem uralten Schriftsteller gehörte und die für ihn alleine zu groß war. Der Schriftsteller gehörte zur Gruppe der Bewunderer von Lizetka, und weil er Verbindungen hatte und als verdienter Nationalkünstler ausgezeichnet worden war, konnte er es bewerkstelligen, daß Lizetkas Gedichtband als Privatdruck erscheinen durfte. Lizetka hatte sich dem alten

Schriftsteller dankbar gezeigt, indem sie ihm für das Zimmer mit separatem Eingang meine Wenigkeit vermittelte. Und durch diesen separaten Eingang brachte ich um ein Uhr in der Nacht unbemerkt meinen alten Meister Vachoušek, der nun ganz offensichtlich Diversant und Agent war. Ich fragte ihn lieber gar nicht, für welchen Geheimdienst.

Ich fragte ihn nach gar nichts. Uippelts Devise zum Thema des unglaublichen Dynamitlegers aus Velcls Lager fiel mir wieder ein. Ich erzählte ihm von Nadja. Dann auch von Uher und wie er mir im Zug von Prag nach Kostelec einen freundschaftlichen Rat gegeben hatte. Von Přema und seinem Fluchtplan, der allem Anschein nach gelungen war. Das interessierte ihn nicht so sehr, dafür erweckte Uher sein Interesse. Ich verriet ihm, daß der ehemalige Priesterseminarist jetzt als Referent in der Gewerkschaftszentrale arbeite. Seinem Lächeln nach zu urteilen, hatte er sich dazu seine eigene Meinung gebildet.

»Du gehörst zu uns«, es klang halb wie eine Frage, halb wie eine Feststellung.

Zu ihnen? Nein. Ich gehörte nicht zu ihnen. Die Serie meiner unvollkommenen Heldentaten hatte mich völlig von dem Wunsch geheilt, zu jemandem zu gehören. Außerdem war ich aus dem Alter heraus, wo ich vor Mädchen angeben mußte. Jetzt gehörte ich nur mir selbst und hatte nicht vor, meine solipsistische Freiheit gegen eine Freiheit von Taten zu tauschen, die von Sartre angehaucht waren.

»Tja …«, sagte ich, « …ich bin nicht gegen euch. Aber ich bin auch nicht gegen die anderen.«

»Ein Neutraler.« Aus des Meisters Stimme hörte ich leichte Verachtung heraus. »Im Protektorat warst du nicht so neutral.«

»Ich bin ein inkonsequenter Neutraler«, erklärte ich. »Sie sehen doch, wie inkonsequent ich bin, oder?«

»Ich hatte das so verstanden, daß du eben gerade sehr konsequent bist.«

Bin ich das? Ober bin ich das nicht? Warum mache ich das alles, verdammt noch mal? Warum schon. Warum hatte ich es damals Přema gegenüber nicht abgelehnt, das idiotische Manifest gegen die Butter für die Sowjetunion zusammenzusudeln? Warum hatte ich wegen Nadjas hübscher Augen einige Einhundertneuner vom Himmel herunterholen wollen und dabei selbst Kopf und Kragen riskiert? Aus purer Dummheit. Deshalb. Aus diesem Grunde würde heute kein Mensch mehr etwas Derartiges tun.

»Einem Mädchen und einem Freund gegenüber kann ich nicht nein sagen«, meinte ich. »Ich bin ein Bourgeois. Aber ich wundere mich, daß Sie …«

Quatsch. Obwohl Bourgeois, war wahrscheinlich auch ich nicht von den Auswirkungen des kategorischen Imperativs in bezug auf die absoluten Gesichtspunkte verschont geblieben. Meister Vachoušek war ein Arbeiter. Er mußte nicht zum Totaleinsatz wie ich damals. Warum ein Arbeiter … und warum nicht? Sollte jeder Saxophonspieler etwa …

»Worüber wunderst du dich?«

»Na ja, daß Sie mit so etwas angefangen haben.«

Er verlangte nicht mehr, von mir geduzt zu werden.

»Ich bin ein alter Sozi, weißt du, Student?«

»Das hier ist aber … eine amerikanische Angelegenheit?«

Er nippte am Wein, den ich ihm immer wieder nicht zu knapp nachschenkte.

»Meinst du? Nur eine amerikanische?«

»Na ja«, räumte ich ein. »Ich schwafle, ohne nachzudenken. Tatsache ist aber, daß die Amerikaner keine Sozis sind.«

»Und die Kommunisten sind keine Demokraten. Du kannst es dir aussuchen. Je nach deinem Geschmack.«

Ich verstummte. So hatte ich es noch nicht gesehen. Darüber hatte ich noch gar nicht nachgedacht. Ich versuchte nur, möglichst glimpflich aus dieser Sache herauszukommen.

»Ach so«, bemerkte ich nur.

»Ach so«, wiederholte der Meister. »Und wenn du zu einem Freund und zu einem Mädchen nicht nein sagen kannst, laß mich heute und morgen hier übernachten, dann werde ich verschwinden. *No questions asked*«, teilte er mir mit der Aussprache eines Schülers aus dem Anfängerkurs mit.

Einem Freund und einem Mädchen konnte ich wirklich nichts abschlagen. Bitter wurde mir bewußt, daß ich wieder in etwas drinnen steckte, doch diesmal würde es keinen Uippelt geben, und auch die Hütte von Pejskar würde nicht reichen. Das Ganze neigte sich nicht wie damals dem Ende zu, vielmehr fing alles erst an. Es sei denn … ich würde ihn hier übernachten lassen und am nächsten Morgen in eine gewisse Straße gehen und … ihn verpetzen! Ich würde ihn am nächsten Abend zum Schlafen kommen lassen, und in der Villa des alten Schriftstellers würde nicht nur ich warten, sondern auch Uher …

Ein Bourgeois ist aber nicht in der Lage, in der Realität jene Grenze zu überschreiten, die er auch in Gedanken nicht zu verletzen vermag. Das hatte ich bei Marx gelesen, als ich mich auf die politische Überprüfung vorbereitete. Und wie fast immer hatte Marx recht. Mit einem Gefühl ohnmächtiger Verzweiflung wurde mir klar, daß ich morgen Abend in der Villa des alten Schriftstellers allein auf Meister Vachoušek warten würde.

Und so war es auch. In der zweiten Nacht führten wir keine philosophischen Gespräche mehr. Wir sprachen von etwas Interessanterem. Von Frauen natürlich. Daß Nadja Franta Melichar geheiratet hatte. Daß Marie Franta Kočandrle geheiratet hatte. Daß Květa Ceehová letztendlich ins Reich abgeschoben worden war, weil man ihr keine Denunziation hatte nachweisen können, sondern nur eine übermäßige Begeisterung für die falsche Diktatur. Daß Ilse Seliger irgendwo im Reich verschwunden, Herr Kleinenherr hingegen geblieben war; ihm hatte man sogar einen Orden für Widerstandsaktivitäten verliehen. Meister Vachoušek sprach dann lange von einer gewissen Heather aus Regensburg, die er Hetser nannte: »Das einzige, was mich an ihr stört, ist, daß ich so lispeln muß, wenn ich mit ihr spreche. Hetser. Erklär mir mal, ob das 'n richtiger Name für so 'ne super Biene ist.«

Ich sah ein, daß es kein richtiger Name war. Hetser ist kein schöner Name für eine super Biene.

Dann unterhielten wir uns über Frauennamen.

Wir stellten fest, daß Marie, Irena und von den fremdsprachigen Heidemarie, Jessica und Sharon hübsch waren. Rosi gefiel uns nicht. Nadja fand nur ich schön, Meister Vachoušek meinte, das wundere ihn nicht. Daraufhin wunderte ich mich, warum ihm Hetser nicht gefiel. Er entgegnete, der Name gefalle ihm schon, es kotze ihn nur an, wenn er dabei lispeln müsse.

Er war vulgär geworden, er hatte sich in einen gealterten Dandy verwandelt. Aber auch die vulgären Worte sprach er sanft aus, zumindest wenn er über Hetser redete.

Lange schlafen konnte er nicht, denn wir quatschten bis tief in die Nacht hinein über Weiber.

Am nächsten Tag verschwand er bei Morgengrauen.

Für immer.

»Diese Prophezeiung ist eine Prophezeiung über die Russen und Rußland. *Das Herz der Finsternis* kann man ohne einen anderen Roman von Conrad nicht verstehen, nämlich *Mit den Augen des Westens*. Hat ihn jemand gelesen?«

Über den sauren, mit Pferdeportionen von Zucker gesüßten Kaffee, über die Reste der bekleckerten Kartoffeln deuten sie es mir stumm mit ihren Augen an: Nein. Niemand. Weder Hakim noch Irene. Bei Nicole bin ich mir sicher, daß sie unmittelbar nach dem Lunch in der Bibliothek verschwinden und im Regal nach *Mit den Augen des Westens* suchen würde. »Niemand?« frage ich enttäuscht. »Warum verfaßt man eigentlich Bücher? *Man möchte der sichtbaren Welt dadurch gerecht werden, indem man die mannigfaltige und einzige Wahrheit, die am Grund jedes ihrer Aspekte liegt, ans Tageslicht bringt.* Dieser sonderbare Lichttransport ist aber eine unheilbare Krankheit, und eines der Symptome ist das Bemühen um eine positive Wandlung der Welt. Den Männern und Frauen der Feder gelingt dies nicht, denn sie sind keine Männer und Frauen der Taten. Sie vermuten aber – äußerst falsch –, daß es ausreichen würde, den Männern der Tat *die mannigfaltige und einzige Wahrheit zu zeigen, die am Grunde jedes Aspektes der Welt liegt*, und diese würden begreifen. Sowie die Tatsache, daß die Menschen der Feder ihre Verbündeten sind. Doch die Männer der Tat müssen diese mannigfaltige Wahrheit ignorieren, um imstande zu sein, ihre Taten zu vollbringen. Sie müssen sie durch ihre eigene, einzige und vereinte Wahrheit zum Schweigen bringen. Durch eine vereinfachte Wahrheit. *Diejenigen, die dazu in der Lage sind, tun es. Diejenigen, die es nicht können und lange genug leiden, weil sie es nicht dürfen, schreiben darüber*. Kennt jemand dieses Zitat?«

Die Augen über dem Kaffee schauen unschuldig, doch sie strahlen einen gewissen Wissensdurst aus. Leider weiß ich, daß das Wissen leichter durch Taten zu ihnen gelangt als mittels Worten.

»Faulkner, *An Odor of Verbena*. Doch laßt uns zu Conrad zurückkommen. In seinem Roman *Mit den Augen des Westens* gibt es einen Schlüsselsatz für die Beantwortung der Frage, warum es im Buch ›Das Herz der Finsternis‹ einen russischen Harlekin gibt. *Wir Russen sind ein versoffenes Pack*«, zitiere ich, »*wir müssen ständig so oder anders betrunken sein.*«

»Der Harlekin trinkt aber nicht«, wirft Ted Higgins ein. »Nicht im *Herz der Finsternis*.«

»*So oder anders.* Schauen Sie mal«, ich schlage das Buch auf, das ich an den Seitenrändern mit unakademischen Marginalien bekritzelt habe. »Marlow lernt gerade den Russen kennen, und der Russe fleht ihn an, Herrn Kurtz so schnell wie möglich aus der noch unbekannten Gefahr zu befreien. Er wird von unnatürlicher Leidenschaft geschüttelt. Gleich war er am Höhepunkt der Erregung, kurz darauf *befand er sich auf dem Grund tiefster Niedergeschlagenheit … ›Sprechen Sie denn nicht mit Herrn Kurtz?‹* fragte ihn Marlow. Und jetzt passen Sie auf, was der Russe antwortete: *›Man spricht nicht mit diesem Mann … man hört ihm zu‹*, ruft der Russe mit einer *starken Begeisterung.* Mit einer starken Begeisterung«, wiederhole ich. »Man spricht nicht mit ihm, man hört ihm zu. Forscht in eurem Gedächtnis, ihr Lieben. Wer hat in unseren Zeiten in den Menschen *eine starke Begeisterung* hervorgerufen? Mit wem hat man nicht gesprochen? Wem hat man zugehört?«

Unschuldige Augen. Allerdings … das war die Zeit meiner Generation gewesen. Ich begehe den Irrtum, meine persönlichen Erfahrungen auch bei anderen vorauszusetzen. Für diese hübschen Kinder hat »unsere Zeit« mit dem Tod von James Dean angefangen. Ach woher, von Janis Joplin.

»*Well*, den modernen Diktatoren«, antworte ich dann selbst. »Und weil der Harlekin ein Russe war, nehmen wir Josef Wissarionowitsch als Exempel.«

»Wen?« fragt Wendy.

Ich erkläre ihr, wen, und fahre fort mit meinem Vortrag: »Doch Marlow ist durch und durch ein Mensch des Westens. Der Harlekin, so viel er auch über ihn nachdenken mag, bleibt ein Rätsel für ihn. Ich zitiere: *Sein Dasein allein schon war unwahrscheinlich, unerklärlich und vollends verwirrend. Es war ein unlösbares Rätsel. Man vermochte sich nicht vorzustellen, wie er sein Leben gefristet hatte, wie es ihm gelungen war, so weit zu kommen … tapfer, sorglos lebendig, allem Anschein nach unzerstörbar …*«

Am Seitenrand steht meine Anmerkung, doch ich zitiere sie nicht. *Sie kamen Welle auf Welle. Wir mähten sie wie reifen Roggen nieder, doch sie liefen weiter, und die hinteren Reihen schritten über die Leichenberge vorwärts. Zum Schluß konnte unser Munitionsnachschub mit ihrem Urra! nicht Schritt halten, und so mußten wir uns zurückziehen. Wir waren besser. Wir hatten bessere Befehlshaber und bessere Soldaten, vorausgesetzt, man hält eine gedankenlose, aber unzerstörbare Überzahl nicht für besser … Heinz. Der Drummer aus Hucils Schrammelmusik vom Umpapa, der einzige aus der Kapelle, der sich in seiner Lederhose wohl fühlt.*

Laut fahre ich fort: »Marlow verstand also den Harlekin nicht. Und der Harlekin *nickte, und sein Nicken war geheimnisvoll und weise. ›Ich sage Ihnen‹, rief er, ›dieser Mann hat den Horizont meines Geistes erweitert!‹* Wer? Nun ja, Herr Kurtz. Der Mann, der *den traditionellen Kannibalismus der einfachen Wilden mit einem derart grausamen Ritual ergänzt hatte, daß man nicht gewillt ist, darüber zu sprechen.* Ein Führer, dessen finales Grundprinzip folgendermaßen lautet: *Rottet all diese Bestien aus!*, womit er seine Untertanen gemeint hatte. Ein Mensch, mit dem man nicht diskutiert, sondern dem man zuhört. Fräulein Haldin sagt in dem anderen, vorhin erwähnten Roman: *Es schadet überhaupt nicht, das eigene Denken in die richtige Bahn lenken zu lassen.* Der Harlekin ist die Verkörperung ihrer Worte. Er ist der perfekte Untertan einer Diktatur, ein vollkommenes Sandkorn. Er sucht nicht nach Wahrheit. Er sucht nach einem Propheten, der ihm diese offenbart.«

Ich halte inne. Ob sie das verstehen? Vicky steht auf, geht zu einem Automaten und wirft einen Quarter ein. Ich verfolge ihre Wanderung zum Brot und sage:

»In das Herz Afrikas, vor die Kulisse des europäischen ausbeuterischen Kolonialismus hat Conrad also das Problem Rußlands und der russischen Revolution versetzt.«

Vicky kommt zurück mit einem Pappteller und einem Stück zermantschter Masse darauf, die man *Apple Pie* nennt. In Hakims Gesicht bemerke ich ein aufkeimendes Grinsen. Ist meine Interpretation so unsinnig? Um wieviel unsinniger ist sie als die, aus der Bellissimmo geschöpft hat? Ich greife nach dem Text und lese:

»*Um seine Ergebenheit für Kurtz beneidete ich ihn allerdings nicht. Er hatte nicht über sie nachgedacht. Sie war in ihm gewachsen, und er hatte sie mit einer Art von eifrigem Fatalismus hingenommen.*«

Endlich weiß ich, was hier das Besondere ist. Zwar wird hier ein gewöhnliches Silvester gefeiert, doch es ist, als hätte jemand die Anwesenden vor der Flucht ins Exil einer speziellen Überprüfung unterzogen. Es gibt hier junge Frauen mit Kindern, die bereits in Kanada geboren sind, altgediente Forscherinnen der geplünderten

Wüsten von Modehäusern, die in ihren Kleidern vielleicht deshalb wie Modelle aus Simpsons Katalog aussehen und nicht wie Simpsons Kundinnen in Simpsons Kleidern. Nicht nur Tussie in ihrem orange- und grüngestreiften *pantsuit*, die an eine grellbunte Tigerin erinnert. Nicht nur Brian Zawynatsch, der im großen Stil der Budapester Cafés tanzt und dessen Anzug bei jeder Drehung seine Farbe von smaragdgrün über rosa bis zu hellblau wechselt. Sondern auch Frau Doktor Cízková, Mutter von drei Kindern und Besitzerin einer einträglichen Praxis für dritte Zähne, tanzt wie eine verliebte Sextanerin. Auch Georgiana Akorátová, *blond, beige and blue* gekleidet; aus einer Medizinstudentin, die bei der politischen Überprüfung versagt hatte, wurde in Kanada eine Fabrikantin, weil ihr Mann, ein ebenfalls bei jener Prüfung gescheiterter Student einer Fachhochschule, später in Kanada ein Patent für etwas ganz Patentes ausgeklügelt hatte. Georgiana stürmt gerade im Foxtrottrhythmus quer durch den Saal, mit einem blonden Kopf wie eine Sonnenblume und gierigen Augen ohne eine Spur von Nostalgie, ebenfalls mit einem Junior *Made in Canada* ausgestattet. Sind das alles nur optische Täuschungen? Ist das die Realität? Auch Bočár in seinem verchromten Rollstuhl wirkt mit seinem karierten Sakko männlich wie *Ironside*. Auch Margitka hopst im schneeweißen, mit grauem Rauchschleier unterlegten Licht mit dem sonnengebräunten Dr. Perelína über die Tanzfläche, einem Tierarzt, der gerade eine Katzenklinik eröffnet und sich mit *Florida Tan* ausstaffiert hat.

Ist das eine natürliche Selektion? Oder haben die Spaßvögel von der Kaderabteilung ihren Anteil daran? Sind diese Beamten etwa ein Werkzeug des Phänomens namens natürliche Selektion? Oder haben sich all diese Rosen vielleicht einfach nach den tief rauschenden, jedoch verbotenen Niagarafällen gesehnt und im Unterschied zur Mehrheit der Tschechen den Mut besessen abzuhauen, nachdem die Spaßvögel ganz kurz das Tor einen Spalt zu weit offen stehen ließen?

Auf der Bühne in einer Ecke poltert Herr Šesták mit dem Schellenbaum auf dem Boden, und Wimpy Sedlák singt ein Solo:

Im dichten Dämmerlicht, am Abend,
bellen die Hunde den Mond an,
mit einem strammen Schritt stürmen
die Pfadfinder von Revnice heran …

Ich gebe mich einem seltsamen Vergnügen hin: Ich forsche in der tanzenden Menge nach einer häßlichen Frau. Auch wenn ich auf Jungs stehen würde, wäre die Suche ein hoffnungsloses Unterfangen. Ich beobachte, wie Percy, gejagt vom Stampfen des Schellenbaumes, vergeblich versucht, sich Veronikas ethnischem Rhythmus anzupassen; Veronika verwandelt sich in – vielleicht in Marie, die einst im Herbst, in einem kleinen Dorf in den Bergen einen so wilden Charleston getanzt hatte, daß man sogar ihre Strumpfhalter hatte sehen können. Selbst die Verlegerin strahlt heute Glamour aus (wie es Tussie zu nennen pflegt), der normalerweise unter ihrem müde herabhängenden Haar und bekleckerten T-Shirt nicht auszumachen ist. Ihren Kopf schmückt eine neue kastanienbraune Perücke, die Augen sind mit schwarzen Linien dekoriert, sie trägt eine goldene Hose und eine aus den Sternen über *Hollywood Bowl* hergestellte Bluse. In Kanada opfert sie ihre Schönheit auf dem Altar der Literatur, doch heute, zu ihrem ungewöhnlichen Vorteil, läßt sie den Altar der Literatur links liegen und schwingt ihre Beine genauso energisch wie die eine Generation jüngere, bereits in Kanada geborene Jarmilka Vokurka, die den Faschisten Frank, der einen lilafarbenen *Formal Wear* aus dem Verleih trägt, an den Händen hält. Der niedergeschmetterte Mann der Verlegerin sitzt neben Bočár, der ihm, angeheitert vom Schnaps, gute Ratschläge erteilt: »Was quasselst du, Mensch, daß sie nichts anderes im Kopf hat als nur ihre Bücher? Du würdest aufschreien, wenn du wüßtest, was sie in ihrem ondulierten Kopf hat! Jede, verstehst du? Jede, ohne Ausnahme, hat nur das eine im Kopf. Warum kümmerst du dich nicht ein bißchen mehr um sie, du Armleuchter? Du nimmst die Bücher nur als Vorwand, stimmt's? Damit du einen Grund hast zu saufen!«

...und dann im Kreis treuer Freunde,
heißt dich dein Tal willkommen ...

Doch der Ehemann braucht nach keinem Vorwand zu suchen. Santnerová hat wirklich nichts anderes als Bücher im Schädel, das weiß ich aus eigener Erfahrung. Meine seinerzeitigen Annäherungsversuche wurden von einem Dienst gekrönt, der ganz anders war als der, den ich ihr ursprünglich hatte anbieten wollen. Nachdem sie mir keineswegs andeutungsweise, sondern wirklich sehr eindeutig und ausführlich zur Kenntnis gebracht hatte, daß ich sie einzig und allein nur als Autor interessiere, hoffte ich trotzdem, daß sie an mir noch andere Qualitäten entdecken würde als nur die Verkaufszahlen meiner Romane. Ich versprach ihr die verschiedensten Hilfeleistungen, einschließlich des Ableckens von Briefmarken und des Schleppens von schweren Säcken zur Post, und so konnte ich es ihr nicht abschlagen, als sie eines Tages zu mir sagte: »Aber wenn du willst, du Don Juan, daß ich dich mag, dann gehst du für mich zu einem ganz wichtigen Treffen mit 'nem Kurier. Ich kann nämlich nicht hin, weil ich 'nen Vortrag halten muß, und zwar im Damenklub zum Thema ›Frauen und andere Tiere in der tschechischen Literatur‹, und der Kurier kommt um sieben mit dem Flugzeug und wird so gegen acht in der Union Station warten, und um neun fährt er mit dem Zug weiter. Ich muß in den Damenklub, weil ich so doof bin und glaube, den Damen das Lesen beibringen zu können, damit sie sich nicht nur mein Gequatsche zu diesem Thema anhören, über das ich zwar so halbwegs im Bilde bin, doch mehr vom nichtliterarischen Aspekt. Das werde ich denen allerdings nicht auf die Nase binden.«

»Wie soll ich ihn erkennen?« fragte ich angeödet, denn an jenem Abend hatte ich mich seelisch auf andere Dinge vorbereitet (von dem Vortrag für die Damen hatte ich keine Ahnung) als darauf, mir in der Halle der Union Station nach einem nicht näher definierten Emissär den Hals auszurenken.

»Mit deinem Instinkt«, sagte die Verlegerin, »und auch daran, daß er ein vollgestopftes Bag bei sich haben wird. Er hat mir nichts Näheres erzählt, als er mich vom Flughafen in Montreal angerufen hat. Aber angeblich hat er ein ungeheuer wichtiges Manuskript aus Prag dabei, das die Eltern seines Freundes nach Dänemark geschmuggelt haben; er hat sie dort getroffen. Mehr weiß ich auch nicht über ihn, in meiner Leserkartei ist er nicht, wahrscheinlich ist er irgend so 'n Idiot. Der Stimme nach dürfte er nicht so alt sein, aber die Stimme kann täuschen. Auf jeden Fall heißt er Procházka. So einen einfachen Namen wirst du dir wohl noch merken können, auch wenn er keine weibliche Endung hat.«

Ich prägte mir den faden Namen ein und machte mich auf den Weg zu dem literarischen Botschafter des Prager Samisdats. Es war miserables Wetter an jenem Abend, es schneite und regnete, vom See her wehte ein scharfer Wind. Das Flugzeug hatte wahrscheinlich Verspätung, denn um acht wartete kein Mann mit einem vollgestopften Bag in der Halle, ich sah dort nur junge Männer ohne Bags und zwei Schwarze. Diese hatten zwar Bags dabei, doch mir war nicht bekannt, daß auch afrikanische Studenten in Prag die Wohltat der sowjetischen Invasion genutzt hätten. Ansonsten strömte eine auf nichts wartende Menge durch die Halle, ein paar Omis mit kleinen Rosengärten auf den Köpfen saßen auf den Bänken, nachdem es ihnen gelungen war, zwischen den langhaarigen Jungs und pickeligen Mädchen auf Klassenfahrt einen Sitzplatz zu ergattern. Die jungen Leute stopften sich mit verdreckten Fingern die fettigen potato chips in den Mund, die Krümel fielen ihnen auf die Brust, sie schrien ihre einfachen Sätze so laut, daß man nicht einmal die Dienstmeldungen aus den Lautsprechern verstehen konnte. Andere Omis, denen es nicht gelungen war, sich bei der Jugend einen Sitzplatz zu erkämpfen, saßen auf ihren Koffern. Ein weißer Mann mit einem dicken Bag, der vielleicht aufgestanden wäre, hätte er eine stehende Oma gesehen, weil er womöglich noch nicht so adjustiert war – weit und breit nicht zu sehen. Doch dann schob sich hinter einem Ansichtskartenständer ein Kopf mit einer amerikanischen Mütze hervor und sah sich um. Diesen Blick konnte man einzig und allein mit dem Zitat des tschechoslowakischen Präsidenten Gottwald von der Wachsamkeit und Vorsicht charakterisieren. Gleich darauf zog sich der Kopf wachsam und vorsichtig wieder hinter die Ansichtskarten zurück.

Ich trat an den Ständer heran und täuschte vor, mir eine besonders effektvoll gestaltete Karte aussuchen zu wollen, auf der Toronto so aussieht, wie wir uns früher New York vorgestellt hatten: wie ein endloses Gebirge von Wolkenkratzern, mit Neonlichtern umsäumt, und nicht wie ein endloses Großdorf. Ich drehte den Ständer, und es gelang mir, den Blick der vorsichtigen und wachsamen Augen aufzufangen. Der Mann mit der amerikanischen Mütze griff rasch nach dem Leporello mit grellen Bildern der Niagarafälle, doch weil seine Hand zitterte, öffnete sich diese Ziehharmonika, und die lange Schlange aus Wasserfällen entfaltete sich in Richtung Boden. Der Mann fing nervös an, die Bilder wieder zusammenzufalten, doch sie flogen erneut auseinander und landeten zu allem Überfluß auf dem Boden. Und als er sich bückte, sah ich, daß hinter ihm in der Ecke ein Bag stand, zum Platzen vollgestopft.

»Herr Procházka?« fragte ich. Er richtete sich schnell auf, und der Niagara fiel zum dritten Mal auseinander.

»Wot?«

Ich fragte also auf kanadisch:

»Mr. Pchrochaska?«

»Nou.«

Er war wieder dabei, die Ziehharmonika in den Umschlag zu stecken. Aber das Bag war voll, und das Wort Wot deutete nicht auf einen WASP hin. Es könnte aber auch russisch gewesen sein, doch ich hatte das Gefühl, daß es im Russischen eine andere Bedeutung hatte. Eine Weile beobachtete ich den Kampf der zitternden Hände mit dem Niagara, und da kam mir eine Boshaftigkeit in den Sinn. Ich schaltete auf meine gute russische Aussprache um und fragte in einer Sprache, von der ich hoffte, sie würde wenigstens ein bißchen der russischen ähneln:

»Gaspadin prijechal iz Denmarku?«

Es war kaum zu glauben, aber die Kaskade der von Neonlichtern bestrahlten Wasserfälle purzelte wieder zu Boden. Der junge Mann sagte:

»Aj dount andrstend.«

Na ja, das war höchstwahrscheinlich mein Mann. Ich fragte weiter:

»Sie sind doch Herr Procházka. Haben Sie Frau Santnerová aus Montreal angerufen?«

»Hab ich nicht!« rutschte dem Mann unfreiwillig heraus, doch dann versteifte er sich wieder auf:

»Aj dont andrstend.«

»Doch, doch. Sie haben gesagt, daß Sie Procházka heißen und daß Frau Santnerová in der Halle der Union Station auf Sie warten soll. Und daß Sie das da bei sich haben werden«, ich deutete auf den Sack. »Ein Bag.«

Der junge Mann fuhr mit einer Hand in die Tasche seiner amerikanischen Jacke und richtete darin etwas aus, was in meine Richtung zeigte. Wahrscheinlich einen Bleistift, denn es machte eine spitze Beule in seiner Jacke.

»Ju muw – aj schut!« sprach er verstört.

»Geht's Ihnen nicht gut?« fragte ich ihn. »Frau Santnerová kann nicht kommen, sie hat ein *previous engagement.* Sie schickt mich. Sie sollen mir das Manuskript überreichen.«

Sogar der Bleistift in der Tasche erzitterte. Doch der junge Mann, selbst wenn er in der Lage gewesen wäre zu schießen, sah offensichtlich ein, daß es keinen Zweck mehr hatte, etwas vorzugaukeln.

»Was für ein Manuskript?«

»Das aus Prag.«

»Und wer sind Sie?«

»Ein Freund von Frau Santnerová.«

»Das kann ja jeder sagen.«

Ich seufzte.

»Ich kann nichts dafür, daß ihr kein Kennwort vereinbart habt. Sonst würde ich es Ihnen sagen. Frau Santnerová hat mich nur informiert, daß Sie ein vollgestopftes Bag dabei haben – das sind ihre Worte – und daß Sie Procházka heißen.«

Das Gesicht des jungen Mannes nahm einen unsicheren Ausdruck an. Doch der Bleistift zielte immer noch auf mich.

»Procházka?« Es klang wie eine Frage. Ich grinste und sagte der Situation angepaßt:

»Vielleicht ist es ein Deckname.«

»Und wie heißen Sie?«

»Smiřický.«

Man sah ihm an, daß er nicht weiter wußte. Zu dem Ständer kam ein Junge in einer zotteligen Jacke, die mit Chips vollgekrümelt war, und drehte einfach so zum Spaß an dem Ständer. Der junge Mann mit dem Bleistift in der Tasche erstarrte.

Eine vollkommene *impasse.*

»Schauen Sie mal, wir könnten die Frau Redakteur Santnerová auch im Damenklub anrufen. Sie soll es Ihnen dann selbst erklären.«

Der Emissär sah sich um. Eine ganze Reihe von Telefonen stand direkt gegenüber des Variety Shop. Man konnte sie von allen Seiten sehen. Er schwankte. Dann sagte er:

»Also rufen Sie an. Dann lassen Sie den Hörer ausgehängt und gehen zu den Kassen dort«, er deutete mit dem Kopf auf eine kleine Gruppe von Menschen, die sich Fahrkarten kaufen wollten.

»O.K.«

Ich ging zu einem Telefon, wählte die Nummer des Instituts und teilte der Dame, die abhob, mit, daß ich in einer wichtigen und dringenden Angelegenheit Frau Santnerová sprechen müsse. Sie sagte, sie würde die Frau Verlegerin holen, und als sie vom Apparat weggegangen war, hörte ich die entfernte Stimme der Fachfrau für literarische Verhältnisse, die sagte: »... also als sie gesehen hat, daß er sie ignoriert, hat sie angefangen, den Affen zu spielen, und er wurde sauer und hat ihr eine geknallt. Damit ist sie zu dem Neuen gerannt, und der hat sie in die Ambulanz gebracht, und dort hat man ihr schriftlich bestätigt, daß ihr Trommelfell verletzt war. Aber das war nicht von dieser Ohrfeige, sondern von der Ohrfeige, die sie einen Tag zuvor von dem Neuen kassiert hatte, weil er herausgekriegt hatte, daß sie ihn betrogen hatte …« Die Verlegerin verstummte, anscheinend war ihr meine Nachricht übermittelt worden. Kurz darauf meldete sie sich am Telefon, ihre Stimme war durch die vielen Zigaretten dermaßen charakteristisch verraucht, daß Procházka es hoffentlich glauben würde, daß er mit Santnerová sprach. Ich erklärte ihr, worum es ging, dann ließ ich nach den Anweisungen des Emissärs den Hörer daneben hängen und stellte mich in der Schlange vor der Kasse an. Der junge Mann schulterte seinen Bag, das ihn decken sollte, musterte mich und dann sprach er endlich in die Telefonmuschel. Sein Gespräch mit Frau Santnerová kam mir endlos vor, doch irgendwann war es zu Ende. Der junge Mann hängte ein und ging mit dem Bag zur Kasse. Er lief an mir vorbei in Richtung Schlangenende, und ohne mich anzusehen, zischte er mir aus dem Mundwinkel leise zu:

»Wo können wir hier sprechen?«

»Überall.«

Ich merkte ihm an, daß er mein Gefühl der Sicherheit nicht teilte. Schnell machte ich den Vorschlag:

»Vielleicht in der Cafeteria.«

»Sind Sie sicher, daß uns niemand beobachtet?«

Wie auch immer, ich mußte wenigstens einsehen, daß das wertvolle Manuskript in zuverlässigen Händen war. Ich legte also meine habituelle Leichtsinnigkeit ab und unterwarf mich den Regeln, die der Ordensgemeinschaft der Konspiranten eigen waren.

»Ich werde vorgehen«, sagte ich. »Beobachten Sie, ob mich jemand beschattet. In der Cafeteria setze ich mich ans Fenster, und dann gehen Sie los. Ich werde dann aufpassen, ob Sie beschattet werden.«

Sollte mich während der acht Meilen zwischen der Wohnung der Verlegerin und der Union Station jemand beschattet haben, dann mußte ich ihn auf dem Weg durch die Halle von meiner Spur abgebracht haben. Ein Agent, der Procházka auf dem Weg von Montreal nach Toronto verfolgt haben sollte, mußte sich ebenfalls auf dem Bahnhof verirrt haben.

Wir saßen uns gegenüber an einem Tisch vor dem breiten Fenster der Cafeteria, von wo aus wir einen strategischen Ausblick sowohl auf die Halle als auch auf den Raum hatten, wo nur zwei Omis mit ihren Rosengärtchen saßen, sowie eine Schwarze, die in die Lektüre des Taschenbuchs *Helter Skelter* über den Mord an Sharon Tate vertieft war.

Procházka sagte, immer noch halblaut:

»Entschuldigen Sie mich. Ich hab's vergessen. Ich hab gedacht, daß ich ihr gesagt hab, ich heiße Novotny. Ich suchte mir einen gewöhnlichen Namen aus, und das hat mich verwirrt. Ich heiße Novák.«

»Sind Sie sicher?«

»Das ist mein richtiger Name. Petr Novák.«

Nun ja, bei der Konspiration passieren manchmal solche Sachen. Mir ging durch den Kopf, wie ich vor etlichen Jahren meine Botschaft: »Leda calling Swan! Leda calling Swan!« in den Äther gerufen hatte. Vielleicht hatte Přema damals auch die Namen verwechselt. Doch das glaube ich kaum. Přema war eine erfahrene Kanone des antinazistischen Untergrunds, kein Amateur. Ich fragte Novák, was das für ein Manuskript sei. Hervorragend, sagte er. Fast achthundert Seiten. In Prag gibt man es nicht heraus, der Autor sei nicht in der Partei. Dort werde nur dann etwas veröffentlicht, wenn der Autor in der Partei sei. Wie heißt der Autor? Kropáček. Kropáček? Ist das ein Pseudonym? Nein. Er wolle das unter eigenem Namen herausgeben. Er habe keine Angst. Hat er schon etwas veröffentlicht? Nein. Es sei so hart, daß man es nicht einmal unter Dubček habe veröffentlichen wollen. Ein Roman? Ja, ein Roman. Ganz ausgezeichnet. Haben Sie ihn gelesen? Nein. Ich hatte keine Zeit dazu. Aber die Eltern von meinem Freund sagen, er sei hervorragend. Unheimlich hart. Fast achthundert Seiten.

Dann weigerte er sich aber, mir den Roman in der Cafeteria zu übergeben. Mißtrauisch schielte er nach dem blutrünstigen schwarzen Mädchen, voller Argwohn betrachtete er die Plastikpfirsiche auf den Köpfen der Omis, diese sahen wohl nach versteckten Mikrofonen aus. Er bat mich, ihn wohin zu bringen, wo uns niemand sehen könnte. Wir gingen also auf die Toilette.

Dort war niemand, doch der Bote bestand darauf, daß wir uns in die Kabinen einschließen sollten, jeder von uns in eine eigene. Doch er hatte kein Kleingeld dabei. Und ich hatte nur zwei Quarter. Er stellte sich also vor ein Pißbecken, gab vor zu pinkeln, mit dem Bag auf dem Rücken, und ich machte mich auf den Weg in die Cafeteria, um den einen Quarter in eine Nickelmünze und zwei Dime zu wechseln. Das schwarze Mädchen hatte nur zwei Dime, und als ich ihr vorschlug, sie solle die Nickelmünze behalten, war sie beleidigt. Die Omis waren gerade am Weggehen, doch sie waren bereit, ihre Handtaschen zu durchsuchen, und so kehrte ich nach etwa fünf Minuten mit einer Nickelmünze und den zwei benötigten Dime zurück auf die Toilette.

Inzwischen hatte jemand die eine Kabine besetzt. Auf Nováks flüsterndes Drängen hin nahm ich ebenfalls die Stellung an einem Pißbecken ein, und wir warteten, bis der Mann in der Kabine fertig war. Mir kam der Gedanke, daß es taktisch unklug war, zu zweit zu warten, bis eine Kabine frei war, und ich teilte dies flüsternd Novák mit. Er konnte es nachvollziehen, nahm einen Dime von mir, knöpfte seine Hose zu und sperrte sich in einer der Kabinen ein. Nach einer Weile dachte ich mir, es wäre besser, wenn ich mich statt an das Pißbecken vor die Kabine, in der sich der unbekannte Eindringling erleichterte, hinstellen und warten würde, bis die Kabine frei würde. Die Idee kam mir zu spät, denn bevor ich es schaffte, Stellung zu beziehen, kam ein Opa in den Washroom und stellte sich ebenfalls hin. Ich kehrte also wieder zum Pißbecken zurück.

Der Unbekannte betätigte die Spülung und knüpfte sich etwa fünf Minuten lang die Hose zu. Dann kam er heraus, und der Opa hielt die Tür auf, bevor sie zugehen konnte und sparte sich somit einen Dime. Wütend fiel mir ein, daß ich aus Versehen Novák meine beiden Dime gegeben hatte, als ich ihn vorgeschickt hatte, um die freie Kabine zu besetzen. Mir blieb also nichts anderes übrig als zu warten, bis der Opa fertig gekackt hatte. Und so wartete ich, er ließ sich Zeit, sein Geschäft verrichtete er in der Begleitung von starken akustischen und olfaktorischen Effekten. Ich überlegte mir, daß ich seinen Trick mit der Tür nachmachen und so eine Unterredung mit dem eingesperrten Novák vermeiden konnte, doch als der Greis endlich herauskam, stellte er sich direkt vor die Tür und kämpfte mit seinem Hosenladen. Sein Reißverschluß klemmte. Die Tür hinter ihm klappte zu, noch bevor ich sie auffangen konnte. Ich versuchte es zwar, doch der Alte musterte meinen Mantel aus *Harris tweed*, brummte verächtlich etwas, riß dann die kleine Halterung am Reißverschluß ab, fluchte, zog seinen schäbigen Mantel zu und haute endlich ab. Ich sagte durch die Tür der Kabine:

»Geben Sie mir den einen Dime, den Sie noch übrig haben. Ich hab Ihnen irrtümlicherweise beide gegeben.«

Hinter der Tür hieß es:

»Ja, Moment.« Dann lange nichts, danach: »Ich hab ihn irgendwohin in die Tasche gesteckt, einen Moment noch.«

Auf die Toilette kam ein neuer Interessent, und der hatte es eilig. Es war ein Herr mit einer feinen Melone und einem Mantel, der eher maßgeschneidert aussah als nach amerikanischer Konfektion. Von Panik gepackt, hüpfte ich vor die Tür der freien Kabine. Der eilige Anwärter lief auf die andere Kabine zu, in der Novák saß, und als er feststellte, daß diese besetzt war, trat er mit leicht angewinkelten Knien von einem Bein auf das andere und sah mich verzweifelt an. Ich kramte in meinen Taschen und holte einen Quarter hervor. Ich bemerkte, daß der Gentleman abgezähltes Kleingeld in der Hand hatte. In der anderen Hand hielt er gelochte Autohandschuhe aus feinem Leder.

»*Would you have change?*« fragte ich ihn, weil ich in diesem Moment nichts anderes machen konnte.

»*I'll see.*« Der Unglückliche öffnete die verschwitzte Hand voller Münzen und suchte nach zwei Dime und einer Nickelmünze. Mir wurde klar, daß Novák jetzt keinen Mut haben würde, die Transaktion mit dem Manuskript durchzuführen, wenn ich die Nachbarkabine besetzte und der Herr mit der Melone draußen stehen bliebe. Die Kabinentüren waren nicht dicht, und es drohte die Gefahr, daß der leidende, zappelnde Zeitgenosse hineinschauen würde, um zu sehen, wie weit wir waren.

Ich nahm also seine Dime an und winkte ihm zu:

»*You go ahead!*«

Aber die Melone täuschte nicht. Er war tatsächlich ein Gentleman. Ein britischer.

»Ou nou nou!« protestierte er. »*First come, first serve!*«

»*Really, you go ahead!*«

»*No, please. I really can wait!*« erklärte er geheuchelt, doch in der Tradition seiner Grundsätze. Eine Weile stritten wir höflich, bis aus der Endstelle seines Verdauungskanals ein gefährliches Geräusch ertönte, ich steckte einen Dime in den Münzschlitz und winkte energisch, er solle endlich in die Kabine gehen. Die Dringlichkeit der Situation war nun stärker als die guten Sitten. Nach einer Weile hörte ich aus der Kabine peinliche, aber nicht unterdrückbare Geräusche.

Ich wartete und überlegte, ob ich es überhaupt schaffen würde, das wertvolle Manuskript an Frau Santnerová weiterzuleiten. Doch im Unterschied zu dem trödelnden Alten erleichterte sich der Gentleman in Rekordzeit, kam heraus, bekundete mir höflich seine Dankbarkeit und ging zum Waschbecken, um sich die Hände zu waschen. Ich benutzte den übriggebliebenen Dime und drückte die Türklinke. Nichts.

Ich rüttelte an der Tür. Nichts. Der Gentleman betätigte den elektrischen Handtrockner, und ich rüttelte erneut. Ich drückte den Hebel *Money Return*, und der Dime fiel in den Auffangbehälter. Ich nahm ihn in die Hand. Ach so, ein Roosevelt. Es handelte sich um ein patriotisches Klo. Es nahm keine amerikanischen Dime an.

Der Gentleman war nun mit dem Händetrocknen fertig und bemerkte mein Problem.

»*Anything wrong?*« fragte er mich mit der Stimme eines dankbaren Menschen, der bereit ist, zu Hilfe zu eilen.

Ich erklärte ihm die patriotischen Allüren des vorbildlichen Gerätes. Er griff in die Tasche und holte eine Menge an Kleingeld hervor, doch Murphys Gesetz schaltete sich wieder einmal ein. Ich ging mit dem Gentleman in die Cafeteria, um amerikanische Dimes gegen kanadische zu tauschen.

Als ich ohne den Gentleman zurückkam, saß bereits wieder jemand in der Kabine. Ich stellte mich resigniert zum Trockner und las die Gebrauchsanweisung, um nicht aufzufallen, falls dieser rege Verkehr weitergehen sollte. Nach längerer Zeit spülte der Kunde und kam heraus. Es war ein Saufbruder, er torkelte ein bißchen. In der Tür drehte er sich um und fing an, an dem Automaten herumzuwerkeln. Ich trat an ihn heran – wie der Gentleman zuvor an mich – und fragte ihn ebenfalls im Ton hilfsbereiten Interesses:

»*Anything wrong?*«

Er wandte seine vom Wein feuchten Augen mir zu und krächzte:

»Dät däm thing gat stak!«

Oh jeh! Ich bückte mich zu dem Automaten. Aus der Münzöffnung hing eine dicke schwarze Schnur heraus, der Penner zog wütend daran. Zum Glück war die Schnur dick genug. Ich sagte ängstlich:

»*Wait a sec! Let me try it!*«

Er erlaubte es mir. Ich versuchte, den Dime herauszuholen, der im Inneren des Automaten an der Schnur befestigt war, doch die kleine Kasse hielt ihn fest und ließ nicht locker.

»*It got stuck*«, sagte ich zu dem Penner, und er meinte jovial:

»*You bet, sir! Sir! Can you spare a dime?*«

»*You just used one.*«

»*Not for shit. For booze. Will you gimme a starter?*«

Ich mußte den Saufbruder loswerden, und so schenkte ich ihm den unbrauchbaren amerikanischen Dime. Im Liqueurstore gab es nicht solche Patrioten, wie der Kloautomat einer war. Er kriegt einen zweiprozentigen Bonus, wenn er mit amerikanischen Münzen zahlt. Der Penner haute ab, und ich faßte vorsichtig die Schnur an, zog sachte daran, nichts tat sich, ich wurde wütend, und die Schnur riß. Macht nichts. Sicherheitshalber hatte ich in der Cafeteria zwei Quarter gewechselt, und nun hatte ich genügend Dime vorrätig. Leichtsinnig schob ich einen in die Öffnung. Beziehungsweise: Ich wollte ihn hineinschieben. Doch da steckte die Schnur drin. Verärgert drückte ich den Dime rein, und natürlich (ich preßte ihn in den Schlitz, so daß er nicht hineinfiel, sondern noch ein kleines Stückchen herausragte): Die Tür blieb zu, wie im Falle von Ali Babas Höhle, wenn man den richtigen Spruch nicht kannte.

Ohne große Hoffnung versuchte ich, den Dime an dem herausragenden Eckchen anzufassen und herauszuholen. Alles, was ich erreichte, war, daß ich mir den Fingernagel abbrach. Ich war nicht mehr bereit, wegen der tschechischen Literatur dermaßen zu leiden. Ich sprach ein vulgäres Wort laut aus.

Ich hörte Nováks finstere Stimme aus der Kabine:

»Was ist denn los?«

»Der Slot ist verstopft.«

»Was ist verstopft?«

»Slot. Der kleine Schlitz, wo man den Dime reinschmeißt.«

Novák reagierte nicht.

»Schauen Sie mal«, sagte ich. »Das ist doch absurd, kommen Sie da raus. Hier ist doch kein Mensch. Sie geben mir das Manuskript, das ist eine Angelegenheit von einer halben Sekunde, und wir verschwinden gleich.«

Ich wartete. Ich der Kabine herrschte Schweigen. Dann sagte Novák endlich:

»Kommen Sie hier rein.«

Ich ging also hinein. Und gerade, als ich die Tür hinter mir zumachen wollte, sah ich, daß zwei Interessenten in Hemden hereinkamen. Die geringe Hoffnung, daß sie nur zum Pinkeln da waren, erlosch bald, denn die beiden stürmten mit ungewöhnlicher Wucht gegen die Tür der freien Kabine und stellten natürlich sofort fest, daß der Schlitz verstopft war. Der eine nahm für einen Reparaturversuch seinen genagelten Schuh zu Hilfe, doch ohne Erfolg. Ich stand mit Novák in der Kabine, wir quetschten uns aneinander, weil die Kabine winzig war, und noch dazu nahm das gefüllte Bag ziemlich viel Platz in Anspruch.

»Wir stecken in der Scheiße«, flüsterte ich ins Ohr des Emissärs, das sich direkt vor meinem Mund befand. In bedrohlichen Situationen kehrt auch ein Mensch mit auserwählter Hochsprache zu den Sprachgewohnheiten des gemeinen Volkes zurück. Ich sah mich in der Kabine um. Ob man irgendwie ... In Augenhöhe des sitzenden Benutzers stand ein philosophisches Gedicht an der Wand:

Some come here to sit and think,
Some come here to shit and stink.
And I come here to scratch my balls.
And write this bullshit on the walls.

Ich wandte meine Augen von dem Sonett ab und sah Novák an. Ich merkte, daß er schwitzte.

»Was machen wir jetzt?« flüsterte er.

Von der volkstümlichen Sprache beeinflußt, meinte ich:

»Jetzt stehen wir da wir der Ochs vorm Berg.«

Und schon trommelte eine Holzfällerfaust gegen die Tür:

»*Hey! Mister! Hurry up!*«

Die Assoziation eines Intellektuellen riß mich aus dem Schoß des Volkes. Ich flüsterte in Nováks glühendes Ohr:

»*Hurry up, please, it's time!*«

»Wie bitte?«

»Feierabend.«

»B... bitte?«

In der Ritze zwischen Tür und Trennwand funkelte etwas. Ihre Gesichter waren etwa zwei Zentimeter von der Ritze entfernt. Ich sah dorthin und blickte direkt in ein menschliches Auge hinein.

Das Aufeinandertreffen der Blicke wurde von einer erfreuten Stimme begleitet.

»*Hey! Mike! It's a couple of gays! They're fucking there inside!*«

»Wa… was sagt er?« Nováks Zähne klapperten.

Oberhalb des ersten Auges erschien noch eines.

»*Hey! Sweetie! What's the taste of his cock?*«

»*Don't make him a baby, Miss!*«

Es erklang ein olympisches Lachen aus der Kehle des gemeinen Volkes.

»Ist schon gut«, sagte ich. »Sie machen sich nur lustig über uns. Nehmen Sie das Bag und los!«

»Wa… warten Sie!«

»Worauf denn?« Die Tür erbebte unter den Schlägen der harten Fäuste. »Bis die hier reinplatzen?«

»*Hey, gays! We wanna shit! Shittin' comes before fuckin'!*«

Wieder Schläge.

»Los!« Ich schnappte mir das Bag und machte die Tür auf. Novák stolperte rückwärts, bekam die Kloschüssel zwischen die Beine und hockte sich drauf. Die beiden Holzfäller fingen wieder an zu wiehern, als sie mich und das Bag sahen. Ich ließ den Emissär dort sitzen und stürmte mit dem Bag zum Ausgang.

»*Fuck off, lady!*« hörte ich noch einen der Holzfäller rufen und sah mit halbem Auge, wie sie jeder von einer Seite Novák packten und ihn, ohne lange zu fackeln, aus dem Klo warfen.

Wir trafen uns wieder in der Cafeteria. Diese drastische Erfahrung hatte Nováks orthodox konspiratives Denken gebrochen, und er willigte ein, mir das unersetzbare Manuskript aus dem besetzen Prag doch in der Cafeteria zu übergeben. Zuerst mußte ich aber zwei Kaffee und Donuts holen, und wir setzten uns an einen Tisch in der hintersten Ecke, obwohl in der Cafeteria außer uns nur die schwarze Frau saß, die aufgrund des Mordes völlig hypnotisiert und deshalb für uns ungefährlich war. Novák täuschte vor, den Gummidonut genüßlich zu verzehren, wobei er gleichzeitig mit einer Hand in seinem Bag unter dem Tisch wühlte. Etwas berührte mein Knie. »Nehmen Sie«, murmelte Novák. Ich griff unter den Tisch und ertastete ein dickes Manuskript.

»Stecken Sie es unter Ihren Mantel!«

Ich gehorchte seinem Befehl und knöpfte meinen Mantel zu. Ich muß wie ein Eishockeytormann ausgesehen haben, aber Novák war nun erleichtert. Er würgte den Rest seines Donuts hinunter und meinte:

»Seit heute früh hab ich nichts gegessen. Im Flugzeug aus Montreal hat man nur Drinks serviert.«

»Wollen Sie noch einen Donut?«

»Dafür müßten Sie mir Geld leihen. Mir ist die kanadische Knete ausgegangen. Ich hab nur noch ein paar dänische Kronen. Von zu Hause schicke ich Ihnen 'nen Scheck.«

»Ist schon O.K.«

Ich stand auf, mit der Linken hielt ich das wertvolle Manuskript unter meinem Mantel fest, und kurz darauf war ich mit drei Donuts zurück bei Novák.

Ich setzte mich hin. Der Emissär stürzte sich mit großem Appetit auf das elastische Gebäck. Ich befühlte den Faszikel.

»Das sind mindestens tausend Seiten. Ich weiß nicht, ob Frau Santnerová das herausgeben kann.«

»Sie veröffentlicht doch tschechische Bücher, oder? In Dänemark hat man mir erzählt, daß man in Toronto tschechische Bücher verlegt.«

»Sie haben keine gelesen?«

Novák wurde steif. Verlegen verschlang er den letzten halben Donut und leckte sich die Finger ab.

»Na ja, wissen Sie, ich lese nicht mehr tschechisch. Ich kann nicht mehr so gut Tschechisch. Das kommt davon, wenn man immer nur Englisch redet. Tschechisch spreche ich kaum noch. Ich lese auch nur noch englische Bücher. Verlegt die Frau auch englische Bücher?«

Ich verneinte. Novák blickte auf die Uhr und sprang auf. Sein Zug gehe in fünf Minuten, teilte er mir erschrocken mit, und er habe noch kein Ticket! Wir rannten zum Schalter, unterwegs lieh ich ihm zwanzig Dollar. Er erreichte den Schalter und sprach den Verkäufer an:

»Tschituka. Won tykyt.«

»*One way or round trip?*«

»Wot?«

»*One way – or return?*«

»Tschituka«, war Nováks Antwort. Der Verkäufer hielt ihn für einen ethnischen Dorfdeppen und händigte ihm irgendeine Fahrkarte aus.

»Wodor?«

»*What's that?*«

»Wodor? Trejn tu Tschituka. Wot dor?«

»*Gate two*«, antwortete der Verkäufer mit regloser Miene, der an die unterschiedlichsten Arten des Englischen gewöhnt war.

Ich rannte mit Novák zum Gate Nummer zwei, wo wir uns eilig verabschiedeten. Den Scheck hat er mir nie geschickt. Ich betrachtete es natürlich als eine Belohnung für seinen Dienst, den er der tschechischen Literatur erwiesen hatte, den Scheck hat mir am Ende Frau Santnerová ausgestellt. Sie wies es als Geschenk an einen Geschäftsfreund aus und ließ es von ihrer Steuer abschreiben. Ich legte noch einen Fünfer drauf und kaufte ihr dafür drei Flaschen Jack Daniels, mit deren Hilfe sie ihr hohes Arbeitspensum aufrechterhielt. Doch sie bot mir keine Gegenleistung dafür an, nur die Gelegenheit, das Prager Manuskript für sie zu lektorieren.

Besser als nichts. Ich habe es auch lektoriert. Es war tatsächlich ein Roman. Er war vor mindestens einem halben Jahrhundert verfaßt – oder wenigstens angefangen – worden, denn manche Seiten waren ganz braun und fast alle stark vergilbt. Er hieß *Das weiße Fleisch*, und dem Inhalt nach zu urteilen war der Autor von jener Kategorie Mensch, deren Glaube an die berühmten tschechischen »Handschriften« auch dann nicht sterben würde, selbst wenn Hanka von den Toten auferstanden wäre und den Schwindel zugegeben hätte. Doch das kann ich ihnen, muß ich gestehen, nach den Erfahrungen aus dem letzten Vierteljahrhundert eigentlich nicht übel nehmen.

Aber leider hatte dieser Autor nicht an Hankas Handschriften geglaubt, sondern an den populären jüdischen Brauch, für die Zubereitung von Mazzes das frische Blut ermordeter christlicher Jungfrauen zu verwenden. Ansonsten war das Manuskript ein wahres Prachtstück, unter anderem erfüllte es mir meinen uralten Wunsch, die legendären *Protokolle der Gelehrten von Zion* lesen zu können. Der Autor hatte diese in einer Szene, nämlich in einer Exhortation der Rabbiner wiedergegeben; fast einhundert Seiten, geschrieben mit der Schreibmaschine und mit dem kleinstmöglichen Zeilenabstand. Die Predigt waren die wörtlich übernommenen Protokolle, von Anfang bis zum Ende, und der Verfasser hatte sich nicht einmal die Mühe gemacht, sie abzuschreiben. Er hatte einfach die herausgerissenen Seiten aus dem Buch, von dem er wahrscheinlich mehrere Exemplare besaß, auf die Schreibmaschinenseiten geklebt, in Übereinstimmung mit dem Manuskript neu numeriert und an den entsprechenden Stellen eingefügt.

Ich stellte fest, daß das Werk auch aus mehreren Schichten bestand, die zu unterschiedlichen Zeiten und auf verschiedenen Schreibmaschinen getippt und dann sporadisch in die Handlung eingegliedert worden waren. Es waren durchwegs dramatisierte Essays, welche die jüdische Herkunft von bedeutenden Persönlichkeiten enthüllten, von denen ich es nie angenommen hätte. Nach dem Grad der Vergilbtheit schätzte ich als älteste die Abhandlung über Edvard Beneš und dessen Frau (geborene Stein, das hatte ich auch nicht gewußt), sein jüdischer Vater hieß Bernstein. Erheblich jünger war die bekannte Story, laut der Adolf Hitler ein unehelicher Sohn eines der Rothschilds, gezeugt mit einem Dienstmädchen der Rothschilds, sein sollte. Noch neueren Datums war die Entarisierung von Ferdinand Peroutka (ursprünglich Perlmutter) sowie ein frischer Beweis über Dubček (Dreifuß). Trotz alledem hatte man den Roman von Kropáček in Prag nicht herausgegeben. Jedes Regime hat schlicht und ergreifend Angst vor der nackten Wahrheit. Ich schrieb eine herzliche Empfehlung an Frau Santnerová, um mich zu rächen, und sie hielt mir vor, ich würde ihr die Zeit stehlen. Sie nahm nämlich mein Gutachten ernst und las ganze sieben Seiten des Manuskriptes, bevor sie feststellte, daß ich sie veräppelt hatte, und das alles kostete sie fast drei wertvolle Minuten. Später bekamen wir von Kropáček einen Brief, der von einem Westtouristen in München eingeworfen worden war. Kropáček hatte uns gebeten, den Vorschuß in Tuzexkronen zu zahlen und die Nachzahlungen jeweils zum ersten Januar und ersten Juli ihm im gleichen Zahlungsmittel zukommen zu lassen. Ich schickte ihm über ein legal verheiratetes Mädchen eine antisemitische Schrift zur jüdischen Frage von Marx mit einem Brief, wir würden sein Buch nur dann herausgeben, wenn er die Galerie der Juden mit Engels vervollständigen würde. Nach etwa zwei Monaten kam tatsächlich noch ein Kapitel, abermals aus München abgeschickt. Darin erfuhr ich, daß Engels eigentlich Ehrlichmann geheißen und daß er die christlichen Arbeiterinnen in seiner Fabrik mißbraucht habe. Santnerová meinte, ich solle ihm den Vorschlag machen, ob er sein Werk nicht noch einmal überarbeiten und sich dabei mehr auf den Mißbrauch der jungen Arbeiterinnen konzentrieren möchte;

Pornographie würde sich gut verkaufen, denn sie betreibe ein *mail order business*, und so würde sich keiner genieren, beim Wühlen in schweinischer Literatur irgendwo bei einem Regal auf der Forty Second Street gesehen zu werden. Aus dem Gewinn, sprach die Verlegerin, könne sie eine schlecht verkäufliche Poesie-Edition finanzieren.

Als dann ein anderes Mädchen nach Prag fuhr, schickte ich Kropáček einen weiteren Brief, in dem ich ihm mit Bedauern mitteilte, daß Frau Santnerová sein Werk nicht veröffentlichen könne, weil ihr Verlag von Geldern der CIA unterstützt wird, und dort haben die Juden Ford und Moynihan sowie der zum Judentum übergetretene Abtrünnige der christlichen Gemeinde Kissinger das entscheidende Wort. Einige Zeit später erhielten wir aus München die letzte Nachricht von Kropáček, wir sollten das Kapitel über Engels aus dem Manuskript entfernen und das Werk an den Verlag Molodaja Gvardija in Moskau schicken. Santnerová tat dies mit Freude.

Sie kommt zu uns, ganz außer Atem vom Tanzen, und bringt eine andere Schönheit mit. Häßliche Frauen sind wohl ausgestorben.

»Das ist Jiřina O'Reilly«, stellt sie vor. Eine italienisch-tschechische Lollobrigida, ohne so extreme Formen, dafür aber mit einer slawischen Trauer in den Augen, angezogen wie ein unzüchtiger Engel. »Und das ist ihr Husband Jim«, fügt die Verlegerin hinzu. Husband Jim ist ein widerwärtiger Kahlkopf in Jeans und ohne Hemmungen. Er starrt unverwandt auf Bočárs lahme Beine und fragt dann:

»*What happened? Multiple sclerosis?*«

»Soll ich dir eine reinhauen, du Lümmel?« fragt Bočár gefühlvoll auf tschechisch zurück.

Das ruft eine ausgesprochen heitere Stimmung hervor.

Lieber Dan,

was sagst Du zu den Ereignissen in der letzten Zeit? Ich sollte mich wahrscheinlich freuen, doch mir ist angst und bange. Das, was jetzt passiert, ist natürlich hervorragend. Endlich redet man nicht mehr in Phrasen, endlich werden die Menschen von der Regierung nach ihrer Meinung gefragt, endlich kann man die Zeitung lesen, und hoffentlich erfahren auch die politischen Gefangenen Gerechtigkeit.

Aber Dan, trotzdem weiß ich nicht so recht …

Erinnerst Du Dich an die Kampagne gegen die Spießer Anfang der sechziger Jahre? Uns beiden war klar, daß es weniger um die Spießer als vielmehr um die Literatur ging. Die Kulturabteilung der Partei hatte einfach Angst vor gewissen Autoren. Ich habe damals einen Artikel in dem Sinne geschrieben, daß ich mich vor den Spießern nicht fürchte, lediglich vor der Zensur.

Das ist immer noch so. Für viele Autoren, vor denen sich die Partei gefürchtet hat, hegte ich keine großen Sympathien, doch wenn ich Freiheit für mich selbst verlange, dann muß ich sie auch für alle anderen dulden.

Aber warum, lieber Dan, sind sie so selbstsicher und einseitig? Warum machen sie Literatur zum Pferderennen, warum verschmähen sie jedes Pferd, das nicht aus ihrem Stall kommt? Hast Du die Rezensionen von Větvička gelesen? Persönlich kenne ich ihn nicht. Angeblich ist er ein junger Kritiker. Man sagt, er sei gescheit. Mag sein. Aber nachdem ich heute seinen Spott über den guten poetischen Frauenroman von Alena Obdržálková gelesen habe, habe ich an Chandler denken müssen, den Du so liebst: Wenn jemand behauptet, er möge keine Krimis, ist er ein Dummkopf. Vielleicht ein kluger Dummkopf, aber doch ein Dummkopf. *Genau das gleiche gilt für Větvička. Ich will ihm nicht Unrecht tun, doch er kommt mir vor, als wäre er ebenso ein Inquisitor wie die Sozialistischen Realisten, nur daß er andere Dogmen vertritt. Unsere Feinde haben in den fünfziger Jahren aus der Literatur verbannt, was die Auffassungsgabe des primitivsten Arbeiters überschritt. Větvička schließt heute wiederum alles aus, was mit dem Geschmack eines hoch avantgardistischen Ästheten nicht Schritt halten kann. Natürlich ist das, was er mit Lob überschüttet, oft gute Literatur, während es damals durchwegs als Schund klassifiziert wurde. Dennoch lehnen beide Lager alles ab, was dazwischen liegt, das heißt den Großteil der Literatur. Und ist Dir der Ton Větvičkas aufgefallen? Auch der ist identisch mit dem Ton von damals, nur das Timbre ist anders. Ignorierende, verächtliche Ironie. Auf den ersten Blick scheint es, daß seine Ironie auf einer soliden Analyse fußt, während die Ironie von seinerzeit ihre Wurzeln in der bekannten Eigenart des Marxschen Charakters hatte. Doch Větvičkas Ironie ist einfach nur eleganter. Auch hinter seiner Ironie stehen Etikettierungen, und jedes Etikett zeugt von Mangel an Menschlichkeit in dem Sinne, daß der Kritiker an das Werk nicht wie an eine Aussage über einen Menschen herantritt, der sich in seinem überaus schweren Beruf bemüht (Beruf im Sinne von F. X.*

Salda, nicht im Sinne von Gehaltstabellen), sondern wie an kaderpolitisches Material, aufgrund dessen er einen Kandidaten für einen führenden Posten auswählen soll. Bei den Sozrealisten war es die »Dekadenz«, die »Unverständlichkeit«, der »Formalismus«. Bei Větvička ist es das »Klischee«, die »Konvention« oder der »unverdaute Robbe-Grillet«.

Unverdauter Robbe-Grillet? Ich kann mir keinen ausgeprägteren typisch tschechischen zeitgenössischen Roman vorstellen wie Alena Obdržálkovás Evokation an das Prag unserer Tage, von einer jungen Friseuse erlebt. Ist denn nur die Ursprünglichkeit der Form von Bedeutung (falls die Ursprünglichkeit allein überhaupt wichtig ist)? Handelt es sich dabei nicht etwa wieder um einen Sozrealismus in grün, der den Inhalt zur Maxime emporhebt? In der Realität gilt in der Kunst eine andere Dialektik. Die Form wird immer mehr oder weniger abgekupfert, und dafür verwenden Kritiker Begriffe wie »Epigonentum« oder »Einfluß«. Was der Form einen Hauch von Neuartigem verleiht, das ist der Inhalt. Die Grundlage des Inhalts beruht allerdings auf der Einzigartigkeit des Menschen, der das erlebt, was alle erleben: die einmalige Variation eines allgemeingültigen Themas. Und genau das bedeutet für mich Alenas Roman.

Doch letztendlich geht es nicht um ästhetische Argumente. Ich zitiere wieder Deinen Chandler: Noch nie in meinem Leben habe ich einen Verfasser von Krimis getroffen, der gedacht hätte, daß das, was er tut, nicht der Mühe wert sei. Jeder von ihnen hat sich gewünscht, es noch besser zu beherrschen. *Damit gehe ich konform: Lies Dir die Autobiographien von Schriftstellern durch, lieber Dan. Von kleinen wie von großen. Wir alle vergießen Blut. Und die Spießer – heute kann ich diesen Terminus ohne weiteres verwenden, weil die Sozrealisten schweigen –, also die Spießer behandeln uns wie Betrüger, wenn nicht sogar wie Verbrecher, wenn uns ein Werk nicht gelingt. Aber ich habe oft den Eindruck, daß es gar nicht wahrgenommen wird.*

Ich glaube, sie haben kein Gehör für die Gemeinsamkeiten zwischen Literatur und Musik, die sie eben zur Kunst machen. Es ist kein Problem, die technischen Schritte zu definieren, zu analysieren und zu loben: den Lauf des Bewußtseins, die Anachronie, den Standpunkt des Erzählers und dessen Konsequenz in den Kategorien der erzählerischen Formen. Was bedeutet das aber alles ohne das uralte Talent zur Mimesis, das man sich nicht aneignen kann? Zu dieser geheimnisvollen und mit dem Verstand unerreichbaren Fähigkeit, im Leser die Freude an der Erkenntnis hervorzurufen, daß genau das gleiche, was ich eben gelesen habe, auch mir selbst passiert ist *(Dein Hemingway), genauso war es, auch wenn es überhaupt nicht so war, aber gerade deshalb ist es (nun) so.* Ecce *die Dialektik der Kunst! Die Wahrheit ist wahrhaftiger als die Wahrheit. Alles andere, wie Henry Miller geschrieben hat, ist* Literatur. *Der* Stream of Consciousness *war schon lange vor Joyce von Dorothy Richardson ins Leben gerufen worden, aber Joyce war es, der nicht in Vergessenheit geraten ist. Warum?*

Letztendlich ist jede Kunst ein Geheimnis. Außerdem: Es gibt nicht nur die große Kunst und die Nichtkunst und dazwischen nichts. Es gibt auch eine kleine, doch keineswegs unehrliche *Kunst. Noch einmal Dein Chandler zu Gardner:* Zu sagen, daß das, was du schreibst, keine Literatur sei, ist das gleiche wie zu behaupten, daß ein Buch, das in einem Menschen Lust erweckt, es zu lesen, nichts wert wäre. Wenn ein Buch, ein beliebiges Buch, eine gewisse Intensität der künstlerischen Wirkung erreicht, wird es zu Literatur. Bei dieser Intensität kann es sich um den Stil handeln, um die Situationen, den emotionalen Ton oder die Gedanken sowie um ein halbes Dutzend anderer Dinge. Es kann auch die Fähigkeit der vollkommenen Kontrolle über die Entwicklung der Geschichte sein, ähnlich wie die Fähigkeit, einen Ball zu führen.

Versteh mich richtig: Ich verlange nicht, daß man über jeden Krimiautor mit ein und derselben Hochachtung und in derselben Länge schreiben muß wie über einen großen Dichter, oder daß Větvička die Schriftstellerin Alena Obdržálková zu einem Genie erklären sollte. Aber ich kann es nicht ertragen, wenn er verächtlich oder sogar spöttisch über Menschen redet, die ihr ganzes Können aufrichtig in ihr Buch eingebracht haben. Mehr kann ein Mensch in einem Buch nicht leisten. Weder Joyce noch Nathalie Sarraute. Faulkner hat einmal gesagt, daß alle Romane gestrandete Schiffe seien. Wracks. Und so ist es auch. In jedem Buch, ohne Ausnahme, findet man etwas Unvollkommenes, was durch die Zeit bedingt ist, etwas Lächerliches, genauso wie jeder Mensch auf seine Art unvollkommen ist, ein Gefangener seiner Zeit und seiner Umwelt, jawohl, auch lächerlich. Aber wenn er ein ehrlicher Mensch ist und wenn es sich um ein ehrliches Buch handelt, hat niemand das Recht, es zu verspotten oder sogar zu verachten. Wer Literatur wirklich mag, dem tut es vielmehr leid, daß dem Autor etwas nicht geglückt ist. Vielmehr ist er bemüht, in dem Wrack am Grunde des kritischen Meeres die Reste eines Goldschatzes zu entdecken. Den

Schatz gibt es dort, mein lieber Dan, und zwar viel häufiger, als die Spießer überhaupt bereit sind zuzugeben.

Doch sie suchen ja meist gar nicht danach. Dan, ich habe Angst, sie könnten zum Schluß alles verderben. Ich denke dabei nicht nur an die Literatur. Ich habe auf Větvičkas Rezension eine Entgegnung geschrieben. Man hat sie mir zurückgeschickt. Angeblich sei das kein Problem, das momentan von Bedeutung wäre. Ein Redakteur hat mir sogar mitgeteilt, daß in der heutigen Situation mein Artikel denen in die Hände spielen würde, die …

Dan! Muß man sich wirklich Sorgen machen – heute, wo man endlich alles aussprechen darf –, wem sollte die Wahrheit in die Hände spielen? Oder besser gesagt: eine Meinung, die ich für die Wahrheit halte?

Wenn ich wenigstens den Eindruck loswerden könnte, daß es neben denen, die alles gut meinen, auch überall jede Menge von schlauen Dummköpfen gibt wie bei Chandler. Doch ich schaffe es leider nicht.

Dan, wie wird das alles enden? Ich habe wirklich Angst. Die schlauen Dummköpfe sind vielleicht in der Lage, über Nacht alles niederzuwalzen, was wir zwanzig Jahre lang versucht haben, auf die Beine zu stellen.

Ach, Dan!

Dein Jan

~

Obwohl der Glatzkopf eine tschechische Ehefrau hat, versteht er zum Glück kein Wort tschechisch. Seine tschechische Ehefrau wird unter ihrem braunen Teint rot. Bočárs Lebenserfahrung hat ihn gelehrt, sogar mit den rücksichtsvollsten Bemerkungen klarzukommen, weshalb er nach dem unverständlichen tschechischen Satz in einem Englisch, das er im Uranbergwerk gelernt hat, dem Glatzkopf erklärt:

»*Not sclerosis. I'm just lazy. I don't like to work. So I sit in wheelchair and beat my wife she work for me.*«

Die Lollobrigida wird noch einen Hauch dunkler, doch der Kahlköpfige hat nicht nur abgestumpfte Fühler, sondern auch noch eine lange Leitung.

»*Really? You mean it?*«

Ich nutze die Spannung, die noch nicht ganz verflogen ist, und fordere die Lollobrigida zum Tanz auf.

Sie tanzt hervorragend.

»Ist Ihr Mann immer so unverblümt?«

Sie senkt die Augen.

»Er … ist gegen die Konventionen. Ich weiß, er übertreibt etwas. Aber er ist einfach aus einer Generation …«

»Das merkt man.«

»Aber er ist so ein … Er studiert. Er ist kein Drop-out.«

»Was studiert er denn?«

»Er belegt Kurse in Arabisch und Psychologie. Er nimmt wahrscheinlich auch noch Kunstgeschichte dazu. Letztes Jahr hat er Genetik und Chinesisch besucht …«

Nach mehr frage ich nicht. Der Glatzkopf sieht aus wie fünfunddreißig. Vielleicht ist er aber auch durch Marihuana so verkommen. Letztes Jahr hat er Genetik und Kunstgeschichte belegt, nächstes Jahr besucht er wahrscheinlich Theologie, Marxismus und Touristik. Nach dem Absolutorium wird er für *welfare* voll qualifiziert sein. Ich frage nicht mehr weiter. Ich bin voreingenommen gegen ihn. Dann stellt sie schuldbewußt selbst noch einmal die Frage:

»Was ist dem Herrn denn passiert?«

»Er ist faul, und deshalb simuliert er, daß er ein Krüppel ist.«

»Nein, ernsthaft!«

»Man hat ihn mit einem Revolver angeschossen. Die Kugel hat ihm das Rückenmark verletzt. Ihm ist das passiert, was dem Gouverneur Wallace zugestoßen ist.«

»War er … ein Politiker?«

»Nein. Ein Knasti.«

Ihre Augen strahlen slawische Trauer aus, aber anders als die grauen Pupillen von Veronika Prstová.

»Hat man ihn … im KZ verletzt?«

»Hm«, mache ich. »Bočár ist eine kleine Ironie des Lebens, unseres Jahrhunderts. Eine winzige, mikroskopische. Haben Sie die Blondine gesehen?«

Ich nicke in Margitkas Richtung. Sie senkt zustimmend die Augen.

»Seine Frau. Sie sind miteinander gegangen, bevor man ihn eingesperrt hat. Da waren sie achtzehn. Und sie hat fünfzehn Jahre lang auf ihn gewartet, und als er endlich draußen war, wurde Hochzeit gefeiert.«

»Das war von ihr … wirklich …«

Ich mache einen Vorschlag:

»Hut ab. Wahre Liebe.«

»Es muß eine wunderschöne Beziehung gewesen sein ... und ihn dann als einen Invaliden zu heiraten ...«

Ich grinse wie ein Zyniker, der ich tatsächlich auch bin. Doch dadurch versuche ich nur, mit der restlichen Welt und den göttlichen Entscheidungen Schritt zu halten.

»Ach wo, aus dem Lager kam Bočár gesund nach Hause. Sie haben geheiratet, und ihre Hochzeitsreise ging in das Tatragebirge. Margitka hatte zwölf Jahre lang dafür gespart. Und im Flugzeug traf sie ein unerwartetes Glück.«

Margitka tanzt mit dem Faschisten Frank im lila Anzug im Rock-'n'-Roll-Rhythmus an uns vorbei. Man würde sagen: eine gut erhaltene housewife.

»Irgend so ein Unternehmungslustiger hat das Flugzeug nach München entführt, und Bočár sah darin einen gütigen Eingriff der göttlichen Vorsehung. Wie viele andere auch war er im Knast gläubig geworden, und Margitka war schon immer fromm gewesen. Sie hatten sich als Pfadfinder kennengelernt. Sie war von den katholischen, er von der Abteilung Wassersport.«

Lollobrigida lacht nicht.

»Aber Sie haben gesagt, man hätte ihn angeschossen ...«

»Ich hab nicht gesagt, wann. Sie nahmen die Entführung also als Geschenk Gottes an, und weil Margitka Verwandte in Kanada hatte, waren sie einen Monat später hier. Der einzige Nachteil war, daß Bočár über keinerlei Qualifikation verfügte, außer daß er als Bergmann in einem Uranbergwerk gearbeitet hatte. Von dieser Berufserfahrung wollte er Gebrauch machen und bewarb sich in einem ähnlichen Bergwerk in Elliot Lake. Ehrlich wie er war, gab er seine zehn Jahre Praxis an, weil er dachte, dies würde seine Chancen erhöhen. Doch von wegen. Dort gibt es eine Vorschrift: Nicht länger als zwei Jahre, und die muß man einhalten, denn die kanadische Regierung achtet besser auf ihre Uranbergwerke als die tschechoslowakische, vielleicht deshalb, weil ihr das Land gehört. Und so wurde Bočár sauer, er bewarb sich auf eine Zeitungsannonce hin und wurde Privatdetektiv. Er wurde von der Hoffnung getrieben, daß er als Aufseher für die Kommunisten im kanadischen Knast arbeiten könnte. Da irrte er sich wieder. Nicht einmal eine Woche lang war er als Privatdetektiv in einem Apartmenthaus beschäftigt, als dort zwei Banditen versuchten, in das Penthouse eines Playboys einzubrechen. Bočár schritt ein, die Schurken zogen ihre Waffen und – um es so zu beschreiben, wie es sich gehört – pumpten Bočár das Rückenmark voll mit Blei.«

»Das ist ja grausam!« Die Lollobrigida meint es bestimmt so, wie sie es sagt. Obwohl sie so hübsch ist, besitzt sie noch die fast schon ausgestorbene Fähigkeit, Mitgefühl mit Menschen empfinden zu können, auch wenn sie nichts mit ihnen zu tun hat.

»Glücklicherweise hatte Bočár nach seiner Ankunft in Kanada eine übertrieben hohe Versicherung abgeschlossen, und weil er Privatdetektiv war, wären seine Beiträge so hoch gewesen, daß der Großteil seines Einkommens draufgegangen wäre, so daß in dieser Hinsicht die Vorsehung wieder positiv war. Aber Bočár liebte seine Margitka sehr und litt unter dem Alptraum der Nachrichten aus dem *Rudé právo*, daß Margitka im Kapitalismus ohne Mittel bliebe und anschaffen gehen müsse, wenn ihm etwas zustoßen sollte«, ich grinse. »Doch Margitka war durch die eigenartige Form des Sozialismus, die sie erlebt hatte, zur Selbständigkeit erzogen worden. Schon in Prag war sie Diplom-Krankenschwester – Fernstudium, jeder Abend ging dafür drauf –, und es war kein Problem für sie, einen Job zu finden. Und weil sich in Kanada die Diplom-Krankenschwestern nicht kaputtschuften wie die in Prag, hat sich Margitka sehr gut gehalten. Hätten Sie gedacht, daß sie schon dreiundvierzig ist?«

»Sie ist sehr hübsch«, meint die Lollobrigida.

»Doch was die Frömmigkeit oder anderen Lug und Trug anbetrifft …«, sage ich und lästere wahrscheinlich. Doch ich rede gleich weiter: »Wenn Bočár die Flugzeugentführung für Gottes gütiges Eingreifen gehalten hat, was könnte dann der Griff des Pistolenhelden gewesen sein?«

»Eine Probe«, sagt die Lollobrigida leise.

»Sind Sie auch gläubig?«

Sie schüttelt den Kopf.

»Bin ich nicht. Aber das Leben … besteht meistens … aus lauter Proben.«

»Aus welchen Proben?«

»Das weiß ich nicht.« Sie senkt die Augen.

Weiter frage ich nicht. Vielleicht werde ich mich bei der Verlegerin danach erkundigen. Oder bei Margitka.

Wenn das Leben wirklich eine Probe ist, dann hat sie Margitka nicht gerade gut bestanden.

Sie war damals zu mir gekommen, nach einer Lesung, und hatte sich meine Übersetzung des Buches *Die Tote im See* von mir signieren lassen. Ich betrachtete sie aufmerksam, und als ich ihr das Buch zurückgab, sagte ich ihr, daß ich solche Bücher am liebsten signiere: Bücher, die den Menschen so viel bedeuten, daß sie sie über den Ozean mitgenommen haben.

»Ich habe es nicht mitgenommen. Meine Eltern haben es mir zufällig geschickt.«

Ich war zwar enttäuscht, aber ich sagte ihr trotzdem, sie sehe aus wie Fräulein Fromsett. Das schmeichelte ihr. Rufen Sie mich doch mal an, ich stehe im Telefonbuch! Nach einer Woche rief sie an. Gleich bei unserem ersten Treffen wurden wir, wie man es romantisch zu umschreiben pflegt, ein Liebespaar.

Es war Frühjahr, Bočár hatte gerade eine dreitägige Untersuchung im Krankenhaus, weshalb sie die ganze Nacht bei mir bleiben konnte. Von ihrer melodramatischen Situation erfuhr ich also im Bett. Nachdem ihr die Ärzte mitgeteilt hatten, daß Bočár den Rest seines Lebens nicht nur im Rollstuhl verbringen, sondern er auch nicht mehr zum Vollzug der physischen Liebe in der Lage sein würde, war das ein bißchen zu viel für sie, und sie brach zusammen. Aber nicht so, wie Frauen normalerweise zusammenbrechen. Eigentlich hatte Margitka nie normal gelebt.

»Wie?« fragte ich sie.

»So. Mein Zusammenbruch heißt Fremdgehen.«

»Ein merkwürdiger Zusammenbruch.«

»Dir kommt das merkwürdig vor?!« schrie sie beinahe.

»Ich kritisiere dich nicht.«

Sie drehte sich um und murmelte ins Kissen:

»Fünfzehn Jahre hab ich auf ihn gewartet. Weißt du, was das für eine junge Frau bedeutet? Fünfzehn Jahre, und Nacht für Nacht nur den Rosenkranz im Bett statt einem Mann?« Sie murmelte es ins Kissen, in meinem Zimmer, aus dem ich einen wunderschönen Ausblick auf den See hatte. Ich glaubte ihr nicht ganz, ließ sie aber trotzdem weiterreden: »Dann kam er zurück, ein paar Tage danach das Wunder mit dem Flugzeug. Und drei Monate später dieses Definitivum. Deshalb bin ich zusammengebrochen.«

»Das kann dir kein Mensch übelnehmen, Margitka.«

»Bočár schon.«

»Weiß er etwas?«

»Ich bin vorsichtig. Und vor dir hatte ich nur einen. Einen Arzt bei uns im Krankenhaus. Das war kein Problem, es geheimzuhalten. Nachtdienste und so.«

»Jetzt hast du ihn nicht mehr?«

»Er hat eine eigene Praxis in Calgary eröffnet.«

In der Wohnung nebenan hatte Cindy damals einen Schwarzen-Ball veranstaltet. Ihr Hifi spielte mit voller Lautstärke *O Happy Day*, die Schwarzen schwangen das Tanzbein, das Getrampel des modischen Schuhwerks auf dem Parkett erinnerte an das *Dschungelbuch … when Jesus washed our sins away* … und Cindy hatte keine Teppiche …

»Das heißt, daß du jetzt keine Rosenkränze mehr betest?«

»Doch. Ich gehe auch noch zur Beichte. Aber das macht der Allmächtige absichtlich. Ich stelle ihn auf die Probe, um zu sehen, ob er wirklich so ein Tyrann ist und mich für das alles noch bestraft.«

»Ein Al Capone des Weltalls?«

»Wie bitte?«

»Einer der vielen Namen Gottes«, erklärte ich ihr. »Ein tschechischer faschistischer Dichter hatte sich diesen Namen ausgedacht, als dessen Liebste an einem Gehirntumor starb, und ich erinnerte mich daran im Zusammenhang mit einem Mädchen …«

… when Jesus washed our sins away …

Das Swing-Spiritual trug mich zurück in die mittelalterliche Kapelle. Eine kleine Landorgel dröhnte, und über dem Holzsarg, der mit Papierspitzen beklebt war, wedelte Hochwürden Meloun mit seinem Weihwasserkessel und sang mit seiner gütigen, aber falschen Dorfstimme:

Aus der Tiefe rufe ich, Herr, zu dir.
Herr, höre meine Stimme!

Ich heulte ohnmächtig und hemmungslos, aber keiner beachtete mich. Alle weinten. Der Witwer in dem viel zu kleinen, schwarzen Sonntagsanzug, Onkel Venhoda mit den grauen Haaren um seine Glatze, Tante Venhodová und Nadjas sieben Nachbarn vom Schwarzen Berg, die durch den winterlichen Schneesturm sieben Kilometer bis zum städtischen Friedhof in Kostelec gelaufen waren, denn Nadja hatte sich gewünscht, in der Nähe ihres Vaters beerdigt zu werden. Ein absurder Wunsch. Ihr Vater lag nicht dort, ihr Vater lag wahrscheinlich nirgendwo. Auf dem städtischen Friedhof stand aber ein provisorisches Gipsdenkmal für die zu Tode Gefolterten, und darauf prangte, neben den Opfern von Přemas Heldentat, auch der Name Antonín Jiroušek vom Schwarzen Berg. Das Blattgold war bereits von den Namen abgefallen. Es waren erst zwei Jahre seit dem Krieg vergangen, und die Namen waren nicht mehr zu lesen.

Wenn du, Herr, Sünden anrechnen willst –
Herr, wer wird bestehen?

Die Todesanzeige hatte mich in Prag erreicht, die Adresse war mit Frantas Schmiedehand geschrieben, in der Ecke in Blockschrift EKSPRESS. Ich schaffte noch den Frühzug und heulte im Zugabteil, obwohl ich das ganze Jahr, in dem ich Nadja nicht gesehen hatte, überhaupt nicht an sie gedacht hatte. Ich tat mir selbst leid, dieser anmutige Atavismus, das verlorene Paradies der schwarzen Berge, wohin ich nur einen Ausflug gemacht hatte und wo ich nicht wirklich hätte leben können. Vor dem Fenster eilte die Landschaft vorbei, trostlos, wie einst an diesem Sonntagnachmittag, im Abteil war es kalt. Ich dachte an damals, als mir Nadja gesagt hatte, daß man bei ihr einen Pneumothorax festgestellt hätte, als sie mich schüchtern einlud, doch einmal zum Kaffee zu kommen – vor dem Fenster hatte die Kutsche gestanden, Franta hatte Nadja mit Fellen zugedeckt, Nadja, die nur noch aus ihren Augen bestand, umrahmt von einem ländlichen Wollpullover. Ich hatte mir aus dieser liebevollen Einladung nichts gemacht und hatte Nadja nie mehr wieder gesehen. Im Abteil schüttelte mich ein verspäteter Weinkrampf. Ich sah Nadja, nun nur noch im Geiste, wie sie hinter dem winzigen Fensterchen ihres Hauses hockte und nach mir Ausschau hielt, über den Hang hin bis zu dem weißen, steinernen Kreuz, aber ich erschien nicht in diesem kahlen Streifen zwischen Himmel und Erde neben dem Kreuz, der aus dem herbstlichen Nebel herausragte und dann aus den hohen, unberührten Schneeverwehungen; später blühten Schneeglöckchen um das Kreuz herum, dann wogte das von der Sonne angesengte Berggras, das Kreuz wurde wieder vom Nebel verhüllt und zum Schluß durch den Schnee kürzer gemacht.

Und ich hatte mich nicht blicken lassen. Nun war sie tot. Zu Hause, in Frantas unbeholfener Umarmung, eine traurige, anmutige Wachskerze, sie brannte und erlosch wieder, nichts war von ihr übriggeblieben, kein Kind, nichts, nur ich und ihr einfältiger Ehemann, die Todesanzeige, meine Erinnerung an ein paar Sätze, die mir heute noch in den Ohren klingen wie die Melusine des Vorwurfs: »Ist das guuut!« Die Melusine eines Klassenvorwurfs, eine korrigierte Simplifizierung. Ich dachte daran, wie sie sich mit ihrer naschhaften Zunge abgeleckt hatte, wie einfach sie gewesen war, wie ein Metronom für eine ländliche Klarinette und doch voller Überraschungen, wie sie zum Schein ohnmächtig geworden war, die Augenblicke im Ferroflux, die Weisheit des hübschen ephemeren Weibchens, das zu Tode getrampelt worden war, noch bevor es seine einzige Lebensaufgabe erfüllen konnte. Doch dem war nicht so. Nadja hatte eine andere Aufgabe gehabt. Nicht nur eine biologische …

»Al Capone des Weltalls!« wiederholte Margitka. »Das ist eine furchtbare Gotteslästerung!«

»Aber sie paßt, oder?«

»Ich weiß nicht. Sind wir nicht alle meistens Gangster?« fragte Margitka. »Vielleicht haben wir nur den Gott, den wir verdienen.«

»Wir haben keinen Gott.«

»Vielleicht verdienen wir nichts Besseres.«

Hochwürden Meloun sang:

Er gibt dir die Erlösung,
Er gibt dir die Vergebung …

Ich heulte. »Aus der Tiefe rufe ich, Herr, zu dir«, wiederholte ich für mich: vergebens, trotzig, unglücklich, verzweifelt, sentimental, zu spät. Nadja hatte ich nie wieder im Leben gesehen. Am Bahnhof nahm ich mir ein Taxi und kam gerade in dem Moment auf dem Friedhof an, als Onkel Venhoda und die kleine Menschentraube vom Schwarzen Berg die Kapelle betraten. Der Sarg war schon zugenagelt, nur die Papierspitzen erinnerten mich an Nadja, an ihre festliche Baumwollbluse mit Blümchenmuster. Am Katafalk lehnten zwei Kränze aus Kunstblumen mit den Schleifen EIN LETZTES LEBEWOHL – FRANTIŠEK. EIN LETZTES LEBEWOHL – FAMILIE VENHODA. Und Hochwürden Meloun sang traurig, gutmütig und falsch:

Quaesumus Domine, pro tua pietate
miserere animae famulae tuae Naděždae
et a contagiis mortalitatis exutam,
in aeternae salvationis partem restitue …
Per Dominum …

»Ich weiß nicht«, sagt die Lollobrigida. »Aber wenn wir das Leben nicht als Probe sehen … könnten wir es gar nicht leben …«

»Entweder sind Sie Christin oder Kommunistin.«

Die mit slawischer Trauer gefüllten Augen waren auf mich gerichtet.

»Weder noch. An Gott glaube ich nicht, und in der Partei war ich nie.«

»Man muß nicht unbedingt Mitglied in einer Partei oder einer Religion sein, um …«

»Ich weiß es … einfach nicht …«

Ich frage nicht weiter.

Sie hievten den Sarg auf ihre Schultern, der Ehemann, Onkel Venhoda und zwei Nachbarn, Hochwürden Meloun stellte sich dahinter, neben ihm lief der kleine Kirchendiener, und ich schloß mich dem Ende des Häufleins an. Wir schritten langsam die leichte Steigung des verschneiten Friedhofsweges hinauf, die Schneeflocken fielen auf den weißen Sarg, auf die Glatze Onkels Venhodas, auf Frantas Igelfrisur, in der man die ersten grauen Haare erkennen konnte. Kostelec wurde zu einer Kulisse wie auf einer Ansichtskarte. Das Schloß, der Schwarze Berg, die Schwärze des Winterhimmels, der trostlose Schnee. Sie stellten den Sarg auf die mit feuchter Erde verschmierten Bretter über dem ausgehobenen Grab, zogen die Bänder unten durch, der kleine Kirchendiener entfernte mit seinen erfahrenen Händen die Bretter, und die vier Männer ließen die leichte Truhe aus Sperrholz langsam ins Erdloch hinab. Die Tante hielt mir auf einem Teller eine verwelkte Winterblume hin. Ich warf sie Nadja hinterher. Ich weinte nicht mehr. Ich drückte Franta die Hand, womöglich sah er mich überhaupt nicht, sein blauer Blick verlor sich in der Röte seiner geschwollener Augen. Einsam machte ich mich auf den Weg zurück in die Stadt.

»Was wundern Sie sich?« fragt Pater Huňák. »Gott sucht sich manchmal auch einen Schurken für seine Absichten aus. Haben Sie denn vergessen, wer rechts von Ihm an der Tafel gesessen hat?«

»Ach so, Sie haben wohl recht. Habe ich Ihnen erzählt, daß er ursprünglich Priesterseminarist war?«

»Ein desertierter Pfarrer?«

»Bis zum Priester hat er es nicht gebracht. Nach dem Krieg ist er aus dem Seminar ausgetreten, und wurde … na ja, Sie wissen das besser als ich.«

Pater Huňák, ein schwarzer Rabe unter den Goldkehlchen auf dem Silvesterfest, begeht die Sünde des unmäßigen Trinkens. Auf seiner schwarzen schmuddeligen Chemisette unter dem fettigen Kollar glitzern kleine Rubine aus Rotwein, sie saugen sich langsam in den Stoff ein, der schon mit allem möglichen vollgekleckert ist. Bočár hält Margitka an der Hand, und der Schellenbaum von Herrn Šesták verleiht der unerwarteten Homilie den musikalischen Hintergrund.

»Sehen Sie, Meister?« Der Pater hebt seinen von Mayonnaise verschmierten Finger hoch. »Das wußte ich nicht. Also deshalb haben sie ihm den Spitznamen ›Pfarrer‹ gegeben. Er verfing sich in Gottes Netz wie ein Fisch. Laßt uns beten, daß er nicht entkommt!«

»Ich wette mit Ihnen, Hochwürden, daß er entkommen wird!« sagt Bočár. »Und wenn der Herr zu solchen Schweinekerlen barmherzig ist, dann werde ich … das tue ich Ihnen an, Hochwürden, aus der Kirche austreten!«

»Gott ist voll unendlicher Güte«, spricht unser eigenwilliger geistiger Vater. »Gegen Ihn kommen wir nicht an. Auch mit all unseren Tugenden nicht. Aber was ich Ihnen hier erzähle, ist die reine Wahrheit, so wahr Er über mir steht. Er kam in letzter Minute, aber er kam! Dzets wot kaunts!«

Er erzählt … wie ihn um drei Uhr früh der Wächter wachgerüttelt hatte und wie ihm schlecht wurde, weil er dachte, daß man ihn wieder zu einem Verhör bringen würde, und er wußte, wie das ausging. Wie immer hätte er danach ein blutiges Gesicht gehabt, weil er in der Tat nichts wußte, und obwohl er sich – »Der Herr möge die Verfehlung gegen das siebte Gebot verzeihen!« – in die Hosen geschissen und sich zu allem schuldig bekannt hatte, war er zusammengeschlagen nicht in der Lage, zu kapieren, was sie von ihm verlangten, wozu er sich konkret bekennen sollte. (Später erfuhr er es: Er habe angeblich Spionagenachrichten, die in den Predigten des Paters Urbanec chiffriert enthalten waren, an eine katholische Pfadfinderin weitergegeben, die sie in die Apostolische Nuntiatur gebracht haben soll.) Sie wollten die Chiffre von ihm erfahren. »Nie in meinem Leben habe ich auch nur ein gewöhnliches Kreuzworträtsel mit dem Lösungswort entwirren können, geschweige denn eine Chiffre!« Und er erzählte, daß im Gang einer vom Geheimdienst gewartet hatte, den man aus unerklärlichen Gründen »Pfarrer« nannte, und dieser sagte dem Wächter, er würde den Gefangenen selbst begleiten. Sie liefen durch die stillen, nächtlichen Gänge des Gefängnisses in Prag-Pankrác, sie liefen lange, rauf und runter, bis sie in einen gewissen Gang kamen. Er erschrak, denn durch diesen Gang gelangte man zur Richtstätte! »Wissen Sie, dort sind damals die verschiedensten Dinge passiert, und so hatte ich mir in die Hosen gemacht, oh Herr, bestrafe mich nicht, und mir kam der Gedanke, daß sie mich ohne Gerichtsverhandlung hängen würden. Einfach so. Was würde auch passieren? Es wäre nur ein Pfaffe verschwunden, der weder Frau noch Kinder, die nach ihm forschen würden, hatte, ich blieb stehen, beziehungsweise die Beine versagten mir ihren Dienst, im Geiste leierte ich immer wieder herunter: ›Mein Gott, hilf mir! Mein Gott, hilf mir!‹ Und der Geheimdienstler blieb auch stehen und fragte: ›Was ist?‹ Ich stieß hervor: ›Ich will einen Priester!‹ ›Wozu einen Priester?‹ wunderte sich der Staatssicherheitsbeamte. ›Ich muß mit Gott ins Reine kommen!‹ stieß ich hervor, und der Geheimdienstler grinste, grausam, merkwürdig, und sprach dann: ›Warum? Ihnen passiert doch nichts. Ich bringe sie in die Todeszelle, damit Sie einem anderen Spezialisten helfen, mit Gott ins Reine zu kommen, der das viel mehr braucht als Sie.‹ Und ich machte mir wieder in die Hosen, aber aus einem anderen Grund.« Pater Huňák nippt an seinem Glas und zittert. »Brrr! Meine Herren, auch wenn ich zum tausendsten Mal daran denke, läuft es mir kalt über den Rücken. Ich hatte mir nämlich gedacht: Eine Provokation! Sie werden doch einem für den Henker Bestimmten nie und nimmer eine Beichte gestatten! Horáková hatte darum gebeten, und obwohl sie eine prominente Gefangene war, hatte man ihr keine Beichte gestattet. Und ich glaubte kaum, daß man das jemandem anderen erlauben würde, wenn man es einer solchen Märtyrerin ausgeschlagen hatte.« Der Pater trinkt wieder. »Sehen Sie, Meister. Erst jetzt ist es mir klar geworden. Erst als Sie mir gesagt haben, daß er ein ehemaliger Priesterseminarist war. Bisher war es ein Rätsel für mich. Aber er hatte sich im Netz verfangen. Damals habe ich aber gedacht, es handle sich um eine Provokation, daß man ein Spielchen mit mir trieb; einer vom Geheimdienst würde den zu Tode Verurteilten mimen, und nachdem ich ihm die Beichte abgenommen haben würde, würde man sich im besten Falle über mich lustig machen und mich schlimmstenfalls verbotener religiöser Handlungen beschuldigen. Und der Geheimdienstler, der Pfarrer, mußte geahnt haben, was in meinem Kopf vor sich ging, weil er mir dann beinahe flüsternd sagte: ›Haben Sie keine Angst. Dafür halte ich meinen Kopf hin. Ich habe ihn gekannt, wir kommen beide aus demselben Dorf. Ich will ihm diesen letzten Dienst erweisen, dem Burschen. Ich mach das auf meine eigene Verantwortung, verstehen Sie? Ich könnte genauso viel Ärger bekommen wie Sie. Oder noch größeren. Ihnen kann nicht mehr viel passieren. Bei Ihnen sind zehn Jahre fix, und wegen so einer Bagatelle wird man Ihr Urteil nicht mehr ändern.‹ Und, meine Herren, ich war erleichtert. Ich hatte fünfundzwanzig erwartet. Ich glaubte ihm. Ich wußte, daß er ein größeres Tier war, er muß Bescheid gewußt haben. Und so nickte ich nur, und wir gingen weiter.«

Dann führte ihn der Pfarrer an den anderen Zellen vorbei zu den Todeszellen, in der die Verurteilten auf ihre Hinrichtung warteten, bis sie zu der letzten kamen, der Pfarrer schloß auf und sagte: »Sie haben zehn Minuten. Machen Sie's kurz.« Er schob ihn in die Zelle und sperrte ihn dort mit dem Verurteilten ein.

»Er saß auf der Pritsche, erschöpft, abgemagert, wissen Sie, die letzte Nacht vor seiner Hinrichtung ist niemand so stark, daß er schlafen könnte. Meine Herren, so etwas hatte ich noch nie erlebt. Ich habe schon mehreren Sterbenden die Letzte Ölung erteilt, aber das hier war etwas ganz anderes. Noch nie zuvor hatte ich einem zum Tode Verurteilten die Beichte abgenommen. Ich weiß auch nicht mehr, was er gebeichtet hat, auch wenn ich ein Scheusal wäre, könnte ich in diesem Fall das Beichtgeheimnis beim besten Willen nicht brechen. Es war eher so, als hätte ich meine Seele aushauchen sollen. Er hat ziemlich ruhig gesprochen, muß ich sagen, während ich zitterte, und als er fertig war, bemerkte ich es erst, weil plötzlich Stille herrschte. Ich murmelte auf lateinisch die Absolution und empfahl ihn Gott. Ich würde sagen, aus theologischer Sicht war ich dort überflüssig. Es war eine Beichte in Form einer Sehnsucht. Diese wird von der Kirche auch anerkannt. Wenn kein Priester vorhanden ist und der Sterbende sich nach einer Absolution sehnt, erteilt der Herr selbst die Absolution. Ich war eigentlich nur körperlich anwesend. Mein Geist weilte unter dem Strick, ich sah sie vor meinen Augen, diese furchtbare Vorrichtung, ich konnte diese Vorstellung nicht aus meinem Kopf verjagen, und so schlug ich nur das Kreuz über seiner Stirn, seinem Mund und seiner Brust, schon knarrte die Tür, und der Geheimdienstler holte mich wieder heraus. ›Hat seine Seele jetzt Ruhe gefunden?‹ fragte er. Ich war nicht in der Lage, ein Wort von mir zu geben. ›Tja, wahrscheinlich noch nicht‹, meinte er und sah auf seine Armbanduhr. ›Erst in etwa drei Stunden.‹ Pfui!« ruft Pater Huňák. »Das waren Zeiten! Dem Herrn im Himmel sei Dank, daß wir das überstanden haben!«

»Hurensöhne!« erleichtert sich Bočár. »Verzeihung, Pater! Wie Sie das erzählt haben, ist mir mein Messer in der Tasche aufgegangen, und ich hab mich geschnitten. Deshalb der Fluch.«

Ich hebe den Blick zu Nica und Percy. Auf der Bühne erklingen der Schellenbaum, das Banjo, die Gitarren und die Stimmen.

Und aus dieser Stimmung
entstand der Swing, ein Tanz ohne Makel.
Als erster spielte ihn
ein betrunkener Matrose …

Unter den Sängern tut sich Milan besonders hervor, verwandelt in ein Konzentrat der Nostalgie. Wie alt mag er gewesen sein, als Hauptmann Uher Pater Huňák in die Zelle von Meister Vachoušek geführt hatte? Womöglich drang er gerade durch den Muttermund in die Welt hinaus. In dem Moment, als der arme Meister als eine von den Sünden befreite Seele diese Welt verlassen hat …

… Swing, ein Tanz ohne Makel …
… O Happy Day! …
… wir kämpfen für Frieden! Und dieses Lied …
… in a yellow submarine …

Veronika übernimmt das Dolmetschen, Percy lauscht ihr verliebt. Margitka betrachtet mich forschend. Jiřina O'Reilly bringt dem Glatzkopf ein Würstchen auf einem Pappteller, er sitzt da, mit den Füßen auf dem Tisch, direkt zwischen zwei nicht leer getrunkenen

Weinflaschen, und bohrt in seinem Ohr. Pater Huňák bekleckert sich wieder, Bočár legt seine behaarte Hand auf Margitkas Oberschenkel. Friedhof, Friedhof, du grüner Garten. Der kleine Samen Nadja. Wo ist denn Nadjas Seele? Beim Herrn? Beim Herrn.

Nadja, Nadja, Nadja.

Der Diskussionskreis von Kos und Malina stand um einen Jungen herum, dessen Gesicht grün wie eine unreife Pflaume war. Er war neu in der Messerschmitt. Er kam aus Dresden; die Fabrik, in der er gearbeitet hatte, lag in Schutt und Asche mitsamt der Arbeiterwohnheime, und er hatte sich als einziger von den acht Jungen, die zurückgekommen waren, beim Arbeitsamt gemeldet. Květa Ceehová mußte überrascht gewesen sein, als er vom Arbeitsamt geschickt wurde. In der Fabrik war nicht mehr viel zu tun, und aus dem Reich hauten zu diesem Zeitpunkt reihenweise Leute vom Totaleinsatz ab, aber aufs Arbeiten waren sie nicht scharf. Meistens versteckten sie sich. Aber Voženil war Vollwaise und hatte kein Geld. Man konnte ihn nicht zurück ins Reich schicken, denn es wurde immer kleiner, und so kam er zu uns in die Messerschmitt. Květa teilte ihn der Hofkolonne zu, die bereits die Stärke eines Infanteriebataillons erreicht hatte. Deshalb verbrachte er die meiste Zeit auf dem Klo, wo er sich groß aufspielte.

Er war ein Veteran mehrerer zerbombter Städte und somit auch Spezialist für Grausamkeiten. Sein Leben in den letzten fünf Jahren war ein einziger Horror gewesen, doch er hatte alles überlebt, ohne daß seine geistige Gesundheit Schaden genommen hätte. Die grüne Farbe war eigentlich eine Art Selbstverstümmelung: die Folge eines von vielen Versuchen, blau zu machen. Auf den Rat eines algerischen Dunkelhäutigen hin, der mit ihm als französischer Kriegsgefangener in einer Flugzeugfabrik gearbeitet hatte, schluckte Voženil eine nicht näher identifizierbare Tablette, die er dem Schwarzen für hundert Mark abgekauft hatte und die die Symptome eines Magengeschwürs hervorrufen sollte. Statt dessen war Voženil lediglich grün geworden. Andere Wirkungen traten nicht ein. Nicht einmal während der gründlichen Untersuchungen im Krankenhaus – die unbekannte dermatologische Erscheinung interessierte die Ärzte – konnte man etwas Pathologisches in Voženils Organen ausfindig machen. Er mußte also alle vierzehn Tage zur Kontrolle kommen, aber von der Arbeit befreit wurde er durch seine Hautfarbe nicht. Der Algerier weigerte sich, das Geld für die wirkungslose Tablette zurückzuzahlen, und Voženil schlug sich mit ihm. Einen Monat später lagen die Fabrik, das Lager und das Krankenhaus in Trümmern, der Farbige kam ums Leben, und Voženil wurde von Hamburg nach Berlin versetzt.

Und nun schwang er große Reden auf dem Klo in der Messerschmitt über seinen Aufenthalt in der Reichshauptstadt. Er war dort vom Hilfsarbeiter zum Feuerwehrmann avanciert und übte eine Funktion aus, die er als Feuermelder bezeichnete. Seine Erzählungen wirkten aber, als wäre seine Geschichte ein Remake des Films King Kong, doch amerikanische Filme liefen schon seit drei Jahren nicht mehr in den Kinos. Eine Woche lang nachts und eine Woche lang tagsüber hatte Voženil während der Bombenangriffe auf dem Dach des Beobachtungsturms gestanden und dem Chef der Feuerabwehr per Telefon die Treffer der Brandbomben gemeldet, und dieser dirigierte dann die Feuerwehrautos dorthin. Das war eine äußerst wichtige Funktion, und einen Hilfsarbeiter der niederen Rasse hatte man nur deshalb dafür eingeteilt, weil es überdies eine sehr gefährliche Funktion war. Die Lebensdauer der menschlichen Feuermelder im Kampf betrug laut Voženil eine Minute und fünfzehn Sekunden, so daß es in diesem Beruf eine hohe Fluktuation gab.

Doch der grüne Feuermelder war unzerstörbar wie eine Volkslegende.

»Auf dem Turm war ich an einer Stange festgebunden«, erzählte er, sein grünes Gesicht war regungslos wie das eines Frosches. Die Tablette des Farbigen hatte vielleicht auch eine Lähmung der Gesichtsmuskeln verursacht. »Aber wenn eine Bombe näher als fünfzig Meter von dir entfernt explodierte, nahm dich das mitsamt der Stange mit, Mann! Am schlimmsten waren die Lufttorpedos, die explodierten schon in der Luft, und haben dich von dem Turm, Mann, wie Schaum vom Bier weggeblasen!«

»Hat man dich auch weggeblasen?« fragte ich ihn skeptisch.

»Zweimal. Aber beide Male hab ich Glück gehabt. Einmal bin ich in einen der Wasserbehälter gefallen, von denen die Feuerwehr in jedem Bezirk mehrere hatte, für Löschwasser halt, und das andere Mal bin ich durch ein Fenster des Hauses gegenüber direkt in ein Ehehimmelbett geflogen.«

Ich blickte zu Malina, ob er nicht langsam protestieren würde. Doch anscheinend war er durch die vielen Diskussionen über die Eigenarten des Lebens derart trainiert, daß ihm rein gar nichts mehr absonderlich vorkam. Letztendlich war Krieg. Deshalb fragte ich nur:

»Da hast du aber echt Schwein gehabt. War das Ehepaar im Bett?«

»Die waren unten im Bunker.«

»Die hatten aber Glück. Du hättest sie umbringen können.«

»Ohne weiteres«, bestätigte Voženil. »Das Lufttorpedo wirbelte mich durch die Luft, ich muß bestimmt zweihundert Kilometer pro Stunde geflogen sein. Aber die Eheleute hatten kein Schwein. Das Haus stürzte dann ein, und sie verhungerten im Bunker, weil kein Mensch sie befreien konnte, erst nach drei Wochen kam man hinunter.«

»Was für'n Quatsch«, meinte Filipec, der Schweißer, der ebenfalls zwei Jahre im Reich verbracht hatte. »Nach drei Wochen hätte man niemanden mehr ausgebuddelt. Als klar war, daß sie hoffnungslos verschüttet waren, war's vorbei mit denen.«

»Laß mich doch ausreden, du Hornochse, sei so nett«, meinte Voženil. »Ich hab nicht gesagt, daß jemand drei Wochen nach ihnen gebuddelt hat. Drei Wochen später, bei einem anderen Luftangriff, hat das Haus 'nen Volltreffer abgekriegt, und der Trichter hat das Drama ans Tageslicht gebracht.«

Endlich wurde Malina durch die zu erwartende Lüftung des Geheimnisses geweckt:

»Was für'n Drama, du Dromedar?«

»Kannibalismus«, erzählte der grüne Veteran. »Zuerst haben sie eine Alte aufgefressen, die bei dem Angriff vor lauter Angst der Schlag getroffen hat. Und dann haben sie sich gegenseitig aufgefressen.«

»Du schwafelst«, sagte Filipec wieder. »Wie viele Leute waren dort?«

»Etwa sieben.«

»Der eine, der alle aufgefressen hat, muß doch am Leben geblieben sein, wenn er so viel Fleisch hatte.«

»Vielleicht war er Vegetarier«, hatte ich eine Idee.

»Quatsch«, meinte Kos. »Wenn jemand am Verhungern ist, läßt er die Grundsätze sausen. Dann frißt er alles.«

»Aber nicht 'nen andern Menschen, du Regenwurm«, widersprach Malina.

»Durchaus«, erklärte Kos. »Unter Piraten war das üblich.«

»Das hier waren aber keine Piraten«, sagte Filipec.

»Es waren Nazis. Das ist schnurz.«

»Irrtum, meine Herren«, meldete sich der Grüne wieder zu Wort. »Der eine hat tatsächlich überlebt, man hat ihn gefunden, von lauter abgeknabberten Skeletten umgeben. Aber bei dem zweiten Angriff hat ihn eben ein Volltreffer erwischt. Man hat ihn nur von der Taille aufwärts gefunden. Die untere Hälfte war Hackfleisch.«

Wir verstummten und qualmten unsere Zigaretten. Ich versuchte, mir Voženils unglaubliche Abenteuer vor dem realistischen Hintergrund der brennenden Städte vorzustellen. Aber das war erst der Anfang. Filipec meinte:

»Du erzählst eh nur Märchen. Du hast doch gesagt, daß das Haus eingestürzt ist. Wieso hast du dir in dem Ehebett nicht das Genick gebrochen?«

Ein naiver Einwand. Voženil verfügte über die Ausdauer eines Buster Keaton:

»Es ist nicht eingestürzt. Es ist nur langsam in sich zusammengesackt. Die Bombe schlug unten das Betongerüst kaputt, und das Haus glitt langsam herunter wie eine Lawine. Ich rutschte mit dem Bett abwärts wie auf einem Schlitten und blieb vor einem Musikgeschäft stehen.«

»Mann, du bist wohl unverwundbar!«

»Ich hab so'n Schwein gehabt, jeder hat sich gewundert. Mann, dort passierten fürchterliche Dinge. 'nen Österreicher, er hieß Oriol, hat das Lufttorpedo gegen die Fassade eines Kaufhauses geknallt, wo's keine Fenster gab, und der Luftdruck quetschte ihn derart zusammen, daß er wie 'n Fladen aussah, und der Fladen war fünfmal so groß wie in Wirklichkeit. Es sah aus wie 'ne Wandmalerei. Er blieb an der Fassade kleben, plattgedrückt wie 'n fünf Meter großer Riese.«

»War er vorher nur einen Meter groß?« hakte ich nach.

»Oder zehn Meter, was weiß ich«, maulte Voženil. »Ich hab's nicht nachgemessen. Man wollte ihn abkratzen, aber er klebte so fest an der Wand, daß man ihn dort gelassen hat. Und so hing er wie ein Schreckbild über der Stadt, Jungs. Ich sag's euch, das war furchtbar.«

»Du bist ja doof, du Pinscher«, wachte Malina wieder auf.

»Oder einmal«, fuhr Voženil ruhig fort, »stand ich auf'm Wachturm, es war tagsüber, die Amis flogen ihre Angriffe. Die nennen sie Fliegende Festung, aber mehr fliegend als Festung. Die Fliegerabwehr und die Fockewulfs schossen eine nach der anderen ab. Das war vielleicht 'n Gemetzel, Jungs! Sie flogen in dreistöckigen Meuten, und die Fockewulfs stürzten kopfüber auf sie herab, Dzzz! Dzzz! Und immer schossen sie eine ab, oder umgekehrt schalteten die Amis eine Fockewulf aus. Normalerweise machten aber die Fockewulfs aus so einer Schar Emmentaler.«

»Soll ich dir eine reinhauen, du Ochse?« fragte Malina. »Biste etwa für die Nazis?«

»Von wegen für die Nazis, du Faultier«, der lernfähige Voženil war gekränkt. »Ich erzähle euch nur objektiv, wie das war. Gegen 'ne Fockewulf haben die Amis keine gleichwertige Maschine. Nur die britischen Spitfires können da mithalten.«

»Die Messerschmitts sind besser als die Fockewulfs«, meinte ein Junge aus der Lackierwerkstatt. »Das hat London gemeldet.«

»Als Düsenjäger schon«, meinte Voženil. »Weil sie sich besser manövrieren lassen. Aber gegen die Fliegenden Festungen waren die Fockewulfs besser, weil sie kleiner sind.«

Ich unterbrach diese technische Debatte, denn mich interessierten mehr die Geschichten:

»Was hast du mit den Fockewulfs erlebt?«

»Das wollte ich gerade erzählen«, sprach der Veteran. Ich hatte ja keine Zweifel, daß er etwas erlebt hatte. »An diesem Tag stand ich auf'm Wachturm, und plötzlich schwebt ein Ami mit 'nem Fallschirm runter. Es war ein Farbiger. Ich winkte ihm zu, aber er hatte den Arsch voll Angst, so daß er mich gar nicht bemerkte. Das ist kein Vergnügen, Jungs, an 'nem Fallschirm zu hängen, wenn unter einem ganz Berlin in Flammen steht. Und nicht nur das. Auf einmal sah ich, wie eine Fockewulf ihren Sturzflug ausrichtete und vorhatte, wieder aufwärts zu fliegen und ...«

»... ein weiteres Loch in den Emmentaler zu schießen«, ergänzte ich.

»Genau. Aber der Flieger entdeckte den am Fallschirm und flog gleich in seine Richtung. Er wollte ihn wegpusten. Und in diesem Moment explodierte ein Lufttorpedo exakt zwischen der Fockewulf und dem Schwarzen. Das schmiß die Fockewulf derart um ...« Voženil deutete mit seiner Hand den unbeabsichtigten Flug des

Düsenjägers an, und seine Hand landete ungewollt in Malinas Magengegend. Malina röchelte: »Du Elefant, hast du keine Augen im Kopf?« Aber Voženil fuhr fließend fort: »... und zerschellte an den Häusern. Aber der Schwarze, Jungs ...« Er richtete sein grünes Gesicht zur Decke. Vor dem Klofenster fiel nasser Schnee. »... die Explosion blies seinen Fallschirm auf, und er wurde bestimmt einen Kilometer hoch in die Luft katapultiert und landete drei Kilometer weiter im Zoo.«

»Und dort wurde er von einem Löwen aufgefressen«, sagte ich.

»Du Seehund!« meinte Malina.

»Hör mal«, warf Kos ein. »Und dich hat das nicht umgeschmissen, wenn das schon den Düsenjäger mitgenommen hat?«

»Ich bin in 'nen Wasserbehälter reingefallen. Und da drin, Jungs, hat das Wasser fast gekocht. Da sind lauter Phosphorbomben drin gelandet.«

»Und da wurde dein Gehirn weichgekocht, du Wal!« sagte Malina.

»Du mußt mir nicht glauben«, meinte Voženil dazu. »Du warst noch nirgends in der Welt, nur hier in diesem Kuhdorf, und hältst dich für schlau.«

»Und du denkst wohl, du Kapaun, daß ich blöd bin, oder was?«

Eine Weile stritten sie um diese Unterscheidung, und dann fragte der Junge aus der Lackierwerkstatt Voženil nach Weibern. Gegen diesen Themenwechsel gab es keine Einwände, denn Weiber waren interessanter als die Greuel des Krieges. Doch es stellte sich heraus, daß das Liebesleben des grünen Veterans ebenfalls im Zeichen der Grausamkeiten stand.

Das Treffen mit Jiří Krupka hatte Jiřina organisiert, denn sie kannten sich noch vom Konservatorium. Doch jetzt ist klar, daß es ein Schuß in den Ofen war. O'Reilly läßt sich von den Schilderungen über die gegenwärtige Diktatur in Prag nicht beeinflussen. Laut Krupkas Erzählung handelt es sich um eine seltsame Diktatur mit einem ziemlich sophistischen Terror. Der Nationalausschuß in Chlumek hatte seinem Kauf eines Rokoko-Jagdschlößchens nicht zugestimmt, aus dem der Cellist ein Wochenendhaus machen wollte. Der dortige Lehrer und der Pfarrer traten in einer unglaubwürdigen Verbindung diesem Plan entgegen und erklärten, das

Schlößchen sei ein Kulturdenkmal, das allen zur Verfügung stehen sollte.

»Der Lehrer ist ein Kommunist, und der Pfarrer ist Mitglied in der Kirchenorganisation *Pacem in terris*, die kollaboriert«, schrie der Virtuose, »und aus dem Schlößchen ist jetzt eine Ruine geworden. In ein paar Jahren fällt es ganz in sich zusammen. Solange nicht eine Privatperson Geld investiert, werden es die Leute für den Schweinestall in ihrer Hofwirtschaft auseinandernehmen. Und so läuft das mit allem! Das hab ich denen auch offen gesagt, und was meint ihr, was die mit mir gemacht haben!«

»Wahrscheinlich nicht viel, wenn Sie nun hier sind«, sagt mit einem feindseligen Unterton Lojza Vrabec, der den Farmern im Mittelwesten einen chemischen Spritzdienst anbietet. Er hat fünf spezielle Flugzeuge dafür und eine Leiterin, und weil er ein fanatischer Pilot ist, fliegt er die Einsätze selbst. Lojza hat die Parteimitglieder auf dem Kieker, und er macht keinen Unterschied zwischen denen, die Kommunisten sind, und denen, die bei den Kommunisten sind.

Doch Krupka ignoriert die Bemerkung:

»Man hatte in der Kreisverwaltung Gelder erwirkt, und das Schlößchen wurde repariert! Jetzt lassen Sie nur sonntags Besucher rein und zwar nur in Begleitung.«

»Sie haben eigentlich einer guten Sache geholfen.«

»Wissen Sie, wie gut man dort hätte komponieren können? Das Schlößchen hatte früher der Graf Sporck oder wer auch immer dem Komponisten Mysliveček zur Verfügung gestellt, und der hatte dort eine seiner besten Symphonien komponiert.«

Bei den Eheleuten O'Reilly liegt ein ähnliches Problem vor wie bei Veronika: Auch Jiřina muß für ihren Mann, der zwar Sprachen studiert, aber nicht beherrscht, alles übersetzen. Sie verfügt aber nicht über Veronikas linguistische Fähigkeiten und übersetzt sehr ungenau. Das Schlößchen hatte sie als castle übersetzt, und der Glatzkopf, der sich auf einem sandfarbenen Sofa gemütlich ausstreckt, hebt seine buschigen Augenbrauen:

»*What would you need a castle for?*«

Der Cellist versteht ein bißchen Englisch und erklärt, das es sich nicht um ein *castle* handelte, sondern um ein *little castle*. Um ein *very tiny castle*. Doch auch das ändert nicht viel an O'Reillys schlechtem Eindruck:

»*Why would anyone in a socialist country live in a castelet?*«

»Wenn die immer so viel von der Unterstützung der Künstler reden!«

»Meine Frau ist auch eine Künstlerin, aber ich bin mir fast sicher, daß sie nicht in einem Schloß wohnen möchte. *Would you*, Jirschina?«

Jirschina wird verlegen. Mit ihren Geigerfingern fährt sie sich über die Haare, die sie heute zu einem Knoten zusammengerafft trägt. Sie antwortet ausweichend:

»Darüber habe ich noch nie nachgedacht.«

»Wieviel verdienst du hier, Jiřina?« Krupka kläfft beinahe.

»Das ist … unterschiedlich«, antwortet die Geigerin. »Etwa acht- bis zehntausend im Jahr.« Jiřina hat keinen festen Job. Erst vor kurzem war es ihr gelungen, in den Musikerverband aufgenommen zu werden, und weil sie dem Dirigenten der Torontoer Symphonie gefällt, darf sie dort für erkrankte Mitglieder einspringen. Privat vertraute ihr der Dirigent an, sie würde besser spielen als die Hälfte seiner ersten Geigen. Aber er könne niemanden ohne Grund hinauswerfen, nur weil er jemand besseren gefunden hätte. Wissen Sie, sagte er, wir leben im Kapitalismus. Ich hätte die Gewerkschaft am Hals, und mit der ist nicht zu spaßen. Solange niemand das Zeitliche segnet, wird es leider nur beim Einspringen bleiben. Ansonsten gibt Jiřina nebenher Privatstunden für die fidelnden Kids aus den noblen Vierteln Rosedale und Forest Hill. In Prag war sie Mitglied des Rundfunkorchesters gewesen, und weil sie den Rhythmus im Blut hatte, spielte sie in einer halbprofessionellen Westernband die Swinggeige. Und dann kam der Glatzkopf angetrampt, um sich den Sozialismus anzuschauen, und sie erlag dem Zauber seiner exotischen Persönlichkeit. Und diesen Glatzkopf ernährt Jiřina nun mit dem Einspringen und kommt für sein Studium auf. Krupka hatte jetzt, nichts ahnend, eine wunde Stelle berührt.

»Zehntausend Dollar!« wiederholt der Virtuose mit einer neiderfüllten Genugtuung. Er rechnet diese Summe in Tuzexkronen um und multipliziert sie mit dem Kurs auf dem Schwarzmarkt. Er kommt zu dem Ergebnis, daß Jiřina eine Viertelmillion Kronen jährlich verdient. Es ist erst seine zweite Reise in den Westen. »Und wieviel hat dein Mann?«

»Er studiert.«

Der Cellist sieht überrascht den Studenten reiferen Alters an. O'Reilly war inzwischen aufgestanden, hatte den Vorhang auseinandergezogen, der den Sittingroom von der Kitchenette trennt, und war zum Fridge gegangen, um sich ein Bier zu holen. Der Vorhang ist sagenhaft, selbstgemacht aus Kronenkorken und Blechbuttons mit dämlichen Aufschriften, welche die hiesige pubertierende Jugend am Revers trägt. Der Hersteller: O'Reilly. Als wir gekommen waren, betonte Jiřina mit Stolz, daß der Vorhang, das Bücherregal und der Tisch von ihrem handwerklich begabten Ehemann angefertigt wurden. Das Bücherregal besteht aus vorfabrizierten Platten, der Tisch hoffentlich nicht. Doch der Fleiß oder das Geschick des Glatzkopfes hatten nicht mehr dafür gereicht, den Tisch noch zu lackieren. Bei der Vorstellung der Fähigkeiten ihres Ehemannes tat mir Jiřina leid. Sie war auf ihren Studiosus so stolz, als hätte er gerade ein dreifaches Doktorat gemacht.

Vorerst hofft aber O'Reilly darauf, sein Bakkalaureat in Kunstgeschichte und Touristik zu bekommen.

Krupka wendet die Augen vom Vorhang ab, wirft einen scharfen Blick zu Jiřina, und sagt unverwandt und in einer Art, daß ich den Verdacht schöpfe, daß diese Lollobrigida näher mit ihm befreundet war, bevor der amerikanische Anhalter für sie zum Verhängnis wurde:

»Ein bißchen zu lange, oder?«

»Er ...«, Jiřina schluckt trocken, »... mußte das Studium abbrechen. Er wurde rekrutiert, mußte nach Vietnam ...«

Sie erwähnt jedoch nicht, daß er sein Studium nach acht Jahren und fünf verschiedenen Universitäten abgebrochen hatte und daß er jetzt, nach einer einjährigen Unterbrechung wegen Vietnam, seit vier Jahren in Kanada studiert. Uninformiert spricht Krupka mitfühlend:

»Ach so. Hauptsache, er hat überlebt.«

»Er war doch gar nicht in Vietnam«, wirft Lojza ein. »Er ist ein draftdodger.«

»Was ist er?«

»Deserteur«, erkläre ich. »Statt hinzugehen und gegen die Kommunisten zu kämpfen«, sage ich böswillig, um den loyalen Bürger der ČSSR in die richtige Stimmung zu bringen, »ist er nach Kanada abgehauen.«

Wie ich vermutete, schaut Krupka mit geringem Verständnis in seinen Augen Jiřina an. Der dermatologische Effekt bewirkt, daß

Jiřina dunkler wird und der Lollobrigida noch mehr ähnelt. Hinter dem Vorhang kommt der Deserteur hervor, mit einer Flasche in der Hand. Die Gläser aller Anwesenden sind bereits ebenfalls leer und trocken, doch O'Reilly beschäftigt sich nicht mit der Beobachtung seiner Gäste. Jiřina fragt schnell:

»Will noch jemand ein Bier?«

Wir brummen zustimmend. Die dunkel gewordene Jiřina springt auf und rennt durch den Vorhang hinaus. Krupka betrachtet den Deserteur mißmutig, wie er sich wieder in seinen sandfarbenen Thron ($ 200 oder zweimal die Neunte als Vertretung) fallen läßt und seinen Schlund befeuchtet.

In die Stille hinein ruft eine Kuckucksuhr. Die hatte Jiřina aus dem Mietshaus in Prag-Vinohrady, wo sie geboren wurde, mitgenommen. Der Kuckuck meldet sich dreimal, obwohl wir schon zehn Uhr abends haben. Das ist ein weiteres Ergebnis von O'Reillys Geschicklichkeit. Die Uhr ging vor, der Glatzkopf nahm sie auseinander, und nun geht sie nach und gibt jede halbe Stunde drei Rufe von sich.

»Wie sieht es aus mit dem Einsperren in der Tschechoslowakei?« fragt Lojza. Seine Antipathie gegenüber dem Deserteur gleicht seiner Abneigung gegenüber dem Cellisten, der den Kommunismus nur ausnutzt statt anständigerweise abzuhauen, wenn er jetzt schon die Gelegenheit dazu hat.

»Ja, es werden schon Leute eingesperrt«, antwortet der Virtuose. »Aber meistens wünscht man es ihnen. Es werden vor allem Parteimitglieder eingelocht.«

Jiřina kommt mit den Bierflaschen zurück, und Lojza fordert sie auf:

»Übersetz ihm das!«

Die Heilige tut, was in ihren Kräften steht. O'Reilly will wissen, weswegen man die Leute verhaftet.

»Normalerweise wegen innerparteilichen Streitigkeiten«, erklärt Krupka, weilt jedoch mit seinen Gedanken woanders, denn die Wand hinter der Kuckucksuhr hat sein Interesse geweckt. Diese hat der Alleskönner O'Reilly mit grellen Aufklebern von Comic-Helden beklebt. Er denkt darüber nach, vermute ich, ob sich seine Liebste in Prag nicht auch mit diesem Import zufriedenstellen lassen könnte anstatt der Tapeten aus Bluejeansstoff; sie hatte ihm aufgetragen, so etwas zu kaufen, weil sie eine solche Tapete auf einem Foto der

Wohnung von Janis Joplin in der Zeitschrift *Die junge Welt* gesehen hatte. Bevor unsere Debatte auf politische Themen kam, hatte er uns von seiner zweitägigen Odyssee auf der Suche nach der Jeanstapete erzählt, die mit dem Ergebnis endete, daß er diese Tapete nur in einem Spezialgeschäft im Dominion Concourse entdecken konnte, und zwar zu einem Preis, der dreimal so hoch war wie bei den teuersten gewöhnlichen Mustern. Und so hatte Krupka im *sale* einen elektronischen Taschenrechner für den Beamten von der Paßabteilung gekauft und beschloß, seiner Freundin zu sagen, daß Jeanstapeten inzwischen nicht mehr modern seien. Was ein *sale* ist, das wußte er bereits, obwohl er erst zum zweiten Mal im Westen weilte.

O'Reilly möchte nun gern eine Erklärung haben über die Natur der innerparteilichen Streitereien.

»Die eine Clique hat die andere vom Freßnapf verjagt, und die, die jetzt nicht mehr an der Macht ist, schreit, man hätte ihr Unrecht angetan. Und weil sie schon immer Gesindel waren und noch sind, sperren sie sich jetzt gegenseitig ein.« Der Cellist wendet sich direkt an den Deserteur: »Das ist nicht wie in Amerika, wo man sogar die Regierung kritisieren kann, ohne daß was passiert.«

Mit Genugtuung registriere ich, daß O'Reilly so reagiert, wie man es erwartet.

»Das hängt davon ab, wer man ist«, erklärt er. »Wenn es zum Beispiel ein Schwarzer ist, braucht er nicht einmal die Regierung zu kritisieren, und es kann schon jede Menge passieren.«

»Ja, darüber schreibt man bei uns auch ständig. Rauf und runter. Über die angebliche Rassendiskriminierung. Ich konnte aber keine sehen. Wo man auch hinkommt in New York, überall wimmelt es von Schwarzen. Ich meine nicht in Harlem. In der Bank, im Rathaus; als mir etwas ins Auge gekommen war, mußte ich ins Krankenhaus, dort war ein schwarzer Arzt, im Hotel laufen sich die weißen Kellner die Füße wund, nur damit sie von einer schwarzen Fresse Trinkgeld bekommen ...«

Jiřina übersetzt: *from blacks.*

»*You should translate: niggers*«, korrigiere ich sie, um eine bessere Reaktion hervorzurufen. »Oder *shines.* Oder vielleicht *darkies.*«

Ihre traurigen Augen sehen mich vorwurfsvoll an. Ich schäme mich.

»... und ein anderer, er war Musikkritiker!« Krupka bildet mit seiner Stimme ein Ausrufezeichen. Ein Musikkritiker stellt für ihn wahrscheinlich den Höhepunkt der Autorität dar. »... er zeigte mir eine Zeitung, die von den schwarzen Fressen ...«

»*Niggers*«, übersetzt Jiřina brav.

»... in Harvard herausgegeben wird! An der Harvard-Universität. Das sind *Rudé právo* und *Tribuna* Dreck dagegen. Also erzählen Sie mir nichts vom Leiden der schwarzen Fressen heute in Amerika! Wo man auch hinguckt, überall schwarze Tunten, aufgetakelt wie Mannequins ...«

»Sie hätten auch ein Gefängnis besuchen sollen. Dort gibt es auch jede Menge davon«, spielt O'Reilly seinen nächsten Trumpf aus. Doch der Cellist hat seine Erfahrungen mit den Negern und überbietet ihn leicht:

»Die Behörden wissen schon ganz genau, warum sie die einsperren. Ich kenne die doch. Prag ist auch voll von denen. Angeblich Studenten. Aber das einzige, was sie interessiert, sind unsere Mädchen und Alkohol. Vor kurzem hat man im Park vor dem Hauptbahnhof einen Dichter überfallen, ausgeraubt und dermaßen zusammengeschlagen, daß er eine Gehirnerschütterung davongetragen hat. Nicht, daß ich Rassist wäre, aber das ist ein Pack.«

Trotz des *disclaimer*, mit dem Krupka seinen westernguardischen Angriff gegen seine farbigen Mitmenschen abgeschlossen hatte, weiß O'Reilly Bescheid, mit wem er es zu tun hat. Er stemmt sich gegen die feste Säule der Ideologie, die ihm seit fünf Jahren in der Kanadischen Vereinigung der amerikanischen Vietnamdeserteure eingetrichtert wird. Er sagt ruhig, als würde er einen nichtsahnenden Simpel belehren:

»*Most American blacks come from socially underprivileged classes. They are poor people who ...*«

Er trifft aber auf einen politisch gut Geschulten:

»Ja, davon hab ich auch schon gehört. Das ist genau das gleiche wie die Klassenherkunft bei uns. Wenn es gerade paßt, kann man jeden anständigen und begabten Menschen damit vernichten, daß er eine bourgeoise Herkunft hat. Und wenn es in den Kram paßt, kann man jeden Schuft damit entschuldigen, daß sein Papa ein Säufer aus der Arbeiterklasse und deshalb arbeitslos war.«

Jiřina rückt Krupkas klare und offene Erklärung durch ihre Übersetzung ein wenig zurecht, und so hört O'Reilly in etwa folgendes:

»Jeden Verbrecher kann man damit entschuldigen, daß er aus der armen Bevölkerung stammt.«

O'Reilly nickt zustimmend.

»*That's right.* Die amerikanische Justiz ist eine Klassenjustiz, und daher kann man alle Insassen in den amerikanischen Gefängnissen als *politische* Gefangene bezeichnen.«

Krupka zieht verwundert seine Augenbrauen hoch, sieht seine Kollegin an, die bereits die dunkle Hautfarbe einer Farbigen angenommen hat.

»Jiřina, ich bitte dich, was hast du da für einen Experten geheiratet?«

»Halt den Mund, bitte!«

»Jetzt verstehe ich, warum du dir einen Mann hinter dem Ozean suchen mußtest! So ein Original hättest du in Prag nicht gefunden. ER MEINT ES WIRKLICH ERNST!«

Aus der Stimme des Virtuosen war unverfälschtes Erstaunen herauszuhören.

»*What's that?*«

»Erzähl ihm nicht, was ich über ihn gesagt hab. Frag ihn, wenn also die amerikanische Justiz eine Klassenjustiz sein soll, was dann die tschechoslowakische ist?«

Krupka ist ein wahrer Freund. Er will Jiřina vor einer Eheexplosion schützen, zu der es wahrscheinlich gekommen wäre, wenn sie übersetzt hätte, was er gerade über den Glatzkopf geäußert hat.

O'Reilly hört sich die Übersetzung an und meint:

»Sie ist zumindest eine offene Klassenjustiz. Die amerikanische verbirgt es.«

Anstelle des Cellisten explodiert Lojza Vrabec:

»Das kannst du aber laut sagen, daß sie offen ist! Sie mißt aber mit zweierlei Maß! Hast du schon mal was von Apolena gehört? Deine Frau kennt ihn!« Lojza spricht fließend Kanadisch mit dem Akzent der Farmer des Mittelwestens, und mit einem zweifellosen Talent für Dramatik erzählt er gleich darauf die wenig bekannte Geschichte aus der Realität der Klassenjustiz, die Apolena das Leben gerettet hatte, einem der wenigen richtigen, nicht bloß bekennenden Agenten der CIA. Bei einer Grenzverletzung war Apolena mit einem Komplizen von Grenzsoldaten erwischt worden, die jungen Soldaten wollten sich mit ihren Maschinengewehren einen Sonderurlaub freischießen oder sogar eine Auszeichnung für die Tötung eines Diversanten einheimsen. Doch Apolena und sein Komplize hatten bei einem Marine namens Crack McCracken ein hartes

Training absolviert, sie schossen aus der Hüfte, ein Soldat mußte dran glauben, und der andere suchte das Weite. Die Soldaten hatten aber zwei zu gut gekreuzte Mischlinge zwischen Wolfshund und Wolf dabei gehabt, diesen war Apolena mit seinem Komplizen dann doch unterlegen, und am Ende fand eine berühmte Gerichtsverhandlung statt. Obwohl man bei der Obduktion festgestellt hatte, daß die Kugel, die das Leben des Hundeführers erheblich verkürzt hatte, aus Apolenas Pistole abgefeuert worden war und daß sein Begleiter nicht getroffen hatte, bekam der Komplize den Strick, Apolena allerdings nur fünfundzwanzig Jahre. Der Richter lieferte in der Urteilsverkündung die Begründung dafür: Bei Apolena bestünde die Aussicht auf eine erzieherische Wirkung der Strafe, doch dies sei bei dem Komplizen nicht der Fall. Warum? Es ging um die Klassenherkunft: Der Komplize stammte aus der Familie eines Buchhändlers, während Apolena in der Familie eines Fabrikmeisters aus dem volkseigenen ČKD-Werk geboren worden war. Die Ohrfeigen würden Apolena an die Erkenntnis heranführen, während sie bei dem Buchhändler nur eine noch stärkere Verbissenheit hervorrufen würden. Der Komplize wurde also gehängt, Apolena wurde im Rahmen der Amnestie Anfang der sechziger Jahre freigelassen, und nach dem Einmarsch der verbrüderten Armeen haute er nach Südafrika ab, wo er bei der Polizei arbeitete.

»Das war nur logisch«, sage ich. »Der Strick kann jeden erziehen, solange er nicht reißt.«

Die Story hatte offensichtlich Krupkas Aufmerksamkeit erregt, er prägt sie sich ein, für eine spätere Verwendung in Prag oder einer anderen Metropole des Fortschritts, er lacht auf. Doch O'Reilly ist gegen Sinn für Humor gut gewappnet. Er sagt, als würde er einen Gedanken zur Paläontologie ausführen:

»Genau das gleiche passiert vor den amerikanischen Gerichten. Wenn einer schwarz ist und politisch unbequem, bekommt er eine höhere Strafe als einer, der weiß ist und Geld hat oder politisch einflußreich ist.«

Jetzt läßt Krupka aber alle Rücksicht auf die geliebte Kollegin fallen.

»Und was war mit Angela Davis?« fragt er schleimig und mit erhobener Stimme. Beide Seiten führen die üblichen Argumente ins Treffen. Die These: In Prag hätte man die Frau schon bei einem Zehntel der Beweise, die der amerikanische Staatsanwalt gegen

Angela gehabt hatte, gehängt, Frau oder nicht Frau. Man hätte sie womöglich noch gevierteilt, weil sie aus der schwarzen Bourgeoisie stammte. Die Antithese: Der amerikanische Staatsanwalt hatte nicht einmal genügend Beweise, um das voreingenommene, aus Weißen bestehende Schwurgericht zu überzeugen, und so mußte Angela fast ein Jahr absitzen. Während des Gefängnisaufenthaltes hat sie sich dann die Augen verdorben.

Bei solchen Debatten fehlt immer die Synthese. Also die nächste These: Die Beweise gegen Slánsky wurden nicht nur widerlegt, sondern von den offiziellen Stellen sogar als Fälschung bestätigt, doch inzwischen hatte man Slánsky und andere bereits gehängt. Die Antithese: Der Unterschied zwischen Angela und Slánskys Bande bestünde ausschließlich in der Quantität, nicht jedoch in der Qualität: in beiden Fällen handle es sich um Unschuldige, die in der Haft festgehalten wurden. Für dieses qualitative Gleichsetzen der Verschlechterung der Sehkraft und des Genickbrechens hat der Cellist aber kein Verständnis, und er fängt an, wild zu brüllen. Er schreit die unschuldige Jiřina an, was sie denn da für ein hohles Tier geheiratet hätte. Die arme Jiřina übersetzt das nicht, sie erzählt es in dem Sinne nach, daß man Angela nicht gehängt hätte, doch Slánsky sehr wohl. Ich füge hinzu, daß man den Unterschied zwischen dem Strick und einer Brille rein theoretisch nicht nur als quantitativ bezeichnen könne, denn beim Erhängen handle es sich um den Übergang aus dem biologischen Zustand eines Lebenden in den biologischen Zustand eines Toten, den man zumindest als ein ähnliches Umkippen von der Quantität zur Qualität bezeichnen könnte wie bei der bekannten Verwandlung von Wasser zu Eis oder vom Ei zum Küken, wie es in einer Schrift von Engels – ich glaube, sie hieß *Die Dialektik der Natur* – formuliert wurde. O'Reilly schöpft endlich Verdacht, daß ich ironisch bin, er verläßt das sichere Terrain der reinen Theorie und bringt ein klassisches Beispiel aus der Geschichte: Sacco und Vanzetti. Daraufhin verliert der Flieger die Nerven und beginnt ebenfalls zu schreien, er brüllt, daß ihm Sacco und Vanzetti zum Halse heraushängen, und daß es in Prag Tausende von diesen Saccos und Vanzettis gab. Der Streit verwandelt sich schnell von einer Diskussion zu einer Schlacht zweier Kriegskohorten mit gut gepanzerten Gehirnen. O'Reilly führt das zweite klassische Exempel an: die Rosenbergs. Der Cellist löst Lojza ab und erklärt mit Überzeugung, daß diese sowjetische Agenten waren und es schade sei, daß man nur diese zwei hatte braten lassen. Jiřina hört auf zu dolmetschen, der Cellist geht also auf sein gebrochenes Englisch über, der Flieger hilft ihm. O'Reilly wühlt sich tiefer in seinen sandfarbenen Sessel, es ist nur mehr seine rote Glatze zu sehen. In Amerika gäbe es jede Menge politischer Morde, über die man nicht schreibe. Die Polizei schieße jeden Black Panther nieder, der unbequem sei ... Und warum sei Eldridge Cleaver zurückgekehrt? Nostalgie, meint O'Reilly. Aber warum, wenn Amerika mit all seinen Grausamkeiten viel besser sei als der Kommunismus mit all seinen Zärtlichkeiten? Weil Cleaver hoffte, es würde eine geringere Strafe über ihn verhängt werden. Aber warum ist er überhaupt zurückgekommen? Ich sage es euch doch: Heimweh. Logisch betrachtet heißt das also, sage ich, es ist überall schön, aber in einem amerikanischen Knast ist es am schönsten? O'Reilly schmeißt eine Bierflasche nach mir, ich weiche aus, Jiřina steht auf, kehrt die Scherben zusammen und wischt den Boden auf. Krupka kreischt: »Er ist zurückgekommen, weil er nicht so doof ist wie du, du Hosenscheißer!« Das schreit er auf tschechisch. Er habe den Sozialismus am eigenen Leib zu spüren bekommen. Der verschmähte Käufer des Rokokoschlößchens erstickt fast an seinen Emotionen. Um den Glatzkopf zu veranlassen, auch die Kuckucksuhr kaputtzuschlagen, bemerke ich: *Entia non sunt multiplicanda praeter necessitatem*, und als ich seinen mörderischen Blick registriere, füge ich noch hinzu: »Die Erklärung des Herrn Krupka ist einfacher und wahrscheinlicher, deshalb ziehe ich diese ihrer vor, Mr. O'Reilly.« »Und ich gebe dir noch eine einfachere Erklärung, du Blödmann«, schreit der Flieger. »In Korea hätte Eldridge wahrscheinlich der Knast gedroht, und in Korea gibt es im Knast nicht etwa einmal pro Woche Beefsteak! Er hat wahrscheinlich im Mausoleum des Kim Ir Sen einen Furz gelassen, und darauf steht in Korea der Strick! Aber weil er schwarz ist, hätte er vielleicht nur lebenslänglich im Uranbergwerk bekommen, wo man in Korea die Unbequemen zum Krepieren hinschickt!«

In die Enge gedrängt, greift O'Reilly zu einem Argument *ad hominem*:

»Sie sind Sozialist, nicht wahr?«

»Wer hat Ihnen das erzählt?« erschrickt Krupka.

»*Well*, das haben Sie selbst gesagt, gestern im *Star*.«

Im *Star* hat Krupka gestern ein Interview gegeben. Kurz vor der Tournee nach Kanada hatte Krupka einen internationalen Cellowettbewerb in Moskau gewonnen, der anläßlich des Geburtstages (oder Todestages) von W. I. Lenin veranstaltet worden war, weshalb er *newsworthy* war. Im Kopf des kanadischen Journalisten war es zu einem gewöhnlichen Kurzschluß gekommen, und er hatte dem Virtuosen die blöde Frage gestellt: »Haben Sie als sozialistischer Künstler das Gefühl der schöpferischen Freiheit?« Krupka konnte sich natürlich nicht gegen die Bezeichnung »sozialistischer Künstler« wehren, und er wollte sich auch nicht zum Gefühl der schöpferischen Freiheit äußern, weil dies nicht gut möglich war. Er hatte also mit einem lakonischen »Yes« geantwortet. Und nun, innerhalb dieser vier Wände, konnte er frei von der Leber weg reden:

»Na klar! Ausgerechnet denen von der Zeitung werd ich meine Meinung auf die Nase binden!«

»Aber Sie waren auch für Dubček, oder?« greift ihn der Kahlkopf an.

»Das stimmt!«

»Und Dubček war Kommunist!«

»Er war aber ein anständiger Mensch!« Dieses Argument scheint dem ideologischen Deserteur nicht nachvollziehbar zu sein. »Schade nur, daß er so einfältig war. Unter ihm durfte man endlich die Wahrheit sagen. Da kamen vielleicht Schweinereien ans Tageslicht ...«

Von seinem sandfarbenen Sessel streckt O'Reilly seine Hand nach der Bierflasche aus, doch dann erinnert er sich, daß er sie in die Ecke geschmissen hat. Jiřina springt auf und rennt zum Kühlschrank. O'Reilly setzt wieder seinen paläontologischen Tonfall auf:

»Das beweist für mich, daß der Einmarsch der Russen unumgänglich war.«

»Das war die Schuld von diesem Trottel Dubček«, meint Krupka, der den Glatzkopf nicht richtig verstanden hatte.

»Das war das Ergebnis einer richtigen politischen Analyse des Kremls«, bemerkt der Student sinnierend.

Jetzt erst versteht ihn Krupka.

Er wird rot im Gesicht:

»Bist du etwa mit der Invasion einverstanden?«

O'Reilly zuckt mit den Schultern:

»Es war schmerzhaft, aber notwendig.«

Man hört zwei Schreilaute.

Lojza brüllt wütend:

»*You shut up, you piece of shit, or I'll do it for you!*«

Und Krupka ruft verzweifelt:

»JIŘINA!«

Alle – auch O'Reilly, der eine neue Bierflasche in der Hand hält – blicken wir zur Gattin und Brötchengeberin des Glatzkopfes. Sie liegt wie ein anmutiges Häufchen Elend in der Ecke des Zimmers auf einem aus bunten Flicken genähten Kissen und schluchzt leise. Wir alle erstarren. O'Reillys Hand mit der Flasche sinkt tiefer, das Bier läuft auf den Boden. Der Glatzkopf erhebt sich mit viel Mühe von seinem sandfarbenen Sessel, tritt jedoch nicht an seine Frau heran, wie ich es in meiner Naivität erwartet habe. Er geht in die Kitchenette, um sich eine neue Flasche zu holen.

Also gehe ich auf sie zu und versuche, sie zu trösten. Mit dem Ergebnis, daß ihr Weinen sich qualitativ verändert. Die Schultern der Lollobrigida zucken durch das krampfartige Schluchzen.

»Ist schon gut, ist schon gut, liebe Frau«, rede ich auf sie ein. Ich rieche ihr glänzendes, duftendes Haar. »Hören Sie gar nicht hin. Das ist alles nur Quatsch.«

»Er …«, sie schluchzt, »Patrick meint das nicht so … aber er ist … so unerfahren … und so empfindlich wegen Angela Davis … wenn man ihn nicht provoziert … dann kann man mit ihm reden …«

»Ich weiß«, sage ich und lüge sie dann an: »Er ist ein prima Kerl … ich verstehe ihn.«

Neue Weinkrämpfe. Man hört ein lautes Rufen, mit dem Lojza den Deserteur mit seinem neuen Bier empfängt:

»Wart nur, wenn die netten Schwarzen in Amerika eine Revolution anzetteln! Solche wie du werden als erste baumeln!«

Er hat vielleicht recht. O'Reillys Vater ist der Hauptaktionär einer Hamburger-Kette. Lojza unterschätzt aber die Konsequenz der Indoktrination des Glatzkopfs.

»Um uns«, entgegnet O'Reilly, »ist es nicht schade.«

»Da hast du aber recht!« sagt Krupka. »Ihr habt Amerika verraten, als es euch am dringendsten gebraucht hat!«

»Wir haben Amerika nicht verraten! Diejenigen haben es verraten, die uns nach Vietnam geschickt haben!«

»Gegen den Kommunismus!« brüllt Krupka. »Wer die Gelegenheit hat, sollte es als seine heilige Pflicht betrachten! Und ihr seid vor dem Kampf davongelaufen!«

O'Reilly wird blaß. Hier bewegt er sich auf dünnem Eis. Ich sehe, daß Lojza, der Flieger, auf seine Chance wartet. Der Glatzkopf gießt sofort Wasser auf seine Mühlen.

»Ich wollte nicht für etwas kämpfen, womit ich nicht einverstanden bin.«

Und Lojza:

»Du bist nicht damit einverstanden, weil du Schiß hast!«

»Das stimmt nicht! Aber ich fahre doch nicht dorthin, um auf unschuldige Menschen Napalm zu werfen!«

»Was für'n Quatsch! Ausgerechnet dir sind andere Menschen so wichtig! Du hast dir in die Hosen geschissen, deshalb bist du desertiert!«

»Hast du die Fotos aus Vietnam gesehen? Hast du die verbrannten Kinder gesehen?«

»Ja, hab ich«, sagt der Flieger. »Und du hast Angst gehabt, daß du auch verbrennen könntest. Und das mit den Kindern kannst du dir sparen.«

Doch der Glatzkopf hält an den Kindern fest:

»Ich werd keine Kinder töten!«

»Und ich sag dir, du Schurke, wenn du in Vietnam nur Kinder als Gegner hättest, würdest du hingehen. Aber du hättest den Vietcong gegen dich gehabt, und vor dem hast du Schiß gehabt ...«

»Ich hab keine Angst gehabt!«

»Du hast die Hosen voll gehabt! Und jetzt machst du aus der Not eine Tugend!«

»Hör auf, mich zu beleidigen!«

Ich kann nicht widerstehen. Ich gebe auch meinen marxistischen Senf zu diesen Mühlsteinen, die die Selbstachtung zermalmen.

»Ich muß gestehen, daß die Argumente von Herrn Vrabec für mich überzeugender klingen«, ich trage es vor, als würde ich über Dinosaurier sprechen. »Auf der Welt und im Leben entscheiden physische Kräfte, physisch-biologische Bewegungen. In der Sphäre des ideologischen Überbaus verhüllen wir sie mit verschiedensten ideologischen Argumenten. Warum sollte man es also nicht zugeben? Todesangst zu haben, ist ja urmenschlich. Ebenso menschlich ist es, sich für diese Angst zu genieren. Man ersetzt also diese Angst durch einen, viel edleren Beweggrund *ex post.* Und davon gibt es genug.«

O'Reilly war aber bereits hinter meine niederen und unehrlichen

Absichten gekommen, und seine Augen glänzen wütend. Für Lojza, den Flieger, ist das zu hoch:

»Doktor, hör auf zu quasseln! Er ist 'n Schlappschwanz!«

»Und Verräter!« ruft Krupka. Jiřina in der Ecke schluchzt laut in das bunte Kissen. O'Reilly wird endlich klar, daß es hier noch andere Menschen gibt und daß er sich zu seiner Selbstverteidigung auch seine Gattin zunutze machen könnte. Er vollführt also einen Schwenk von der Ideologie zur gesellschaftlichen Konvention.

»Das reicht jetzt«, spricht er in einem feinen Ton. »Ich muß euch bitten, meine Wohnung zu verlassen!«

Wir erheben uns. Lojza, der Flieger, als Held aus einem Gangsterfilm tritt an den Glatzkopf heran und packt ihn mit seiner starken Rechten am Tuch, das dieser am Hals trägt.

»Deine Wohnung, sagst du? Was gehört dir hier schon? Nur das tschechische Mädchen, das dir hier alles bezahlt, du Friedenskämpfer!«

»Echt?« fragt Krupka.

»Frag ihn doch!« knurrt Lojza und läßt das Halstüchlein los.

»Ich und Jirschina vertreten die Gleichberechtigung der Geschlechter«, sagt der fast erwürgte Deserteur. »Wenn ich fertig bin mit meinem Studium ...«

»Wenn du fertig bist mit dem Studium, ist Jiřina schon 'ne Urgroßmutter, du Pfeife. Ich hoffe nur, daß sie die Bälger von jemandem bekommt, der sie mehr verdient.«

Das sanfte Mädchen auf dem Kissen scheint dem Tode nahe zu sein. Lojzas verbissenem Ton nach zu urteilen, würde er selbst gerne der verdienstvolle Vater von Jiřinas potentiellen Kindern sein. Ich wünsche es ihm sehr, er solle es auch werden. Aber solche Sachen sind eigenartig. *Sic visum Veneri ...*

Lieber Danny,

schon lange habe ich Dir nicht mehr geschrieben, ich glaube, es sind schon drei Jahre her, die Zeit geht so schnell. Wie in Null Komma nichts sind wir vierundvierzig geworden. Ich arbeite jetzt meistens beim Ausheben von Gräben, du weißt ja, in meinem Alter bekomme ich keine bessere Arbeit, manchmal stehe ich bis zur Hüfte im Wasser. Aber ich verdiene viel, letztes Jahr war ich auf Tahiti, dort gibt's vielleicht hübsche Frauen, fast hätte ich eine geheiratet, aber im letzten Moment hat mein Schutzengel eingegriffen, und ich habe es mir anders überlegt. Mit denen kannst du kaum reden, sie sind zwar gute Dienstmädchen, aber nicht unbedingt gute Ehefrauen. Und so hab ich mir gedacht – was würdest Du mir raten? –, wenn das jetzt bei uns in der Tschechoslowakei besser aussieht, daß ich mich auf den Weg über den Ozean machen könnte, nach meiner Mutter sehen, sie ist ja schon 71, und vielleicht würde ich zu Hause auch Arbeit bekommen. Hier erzählt man, daß Dubček eine Amnestie für politische Straftäter verhängt hat, vielleicht könntest Du für mich bei einem Gericht nachfragen. Ich hab damals, wenn Du Dich erinnerst, vier Jahre in Abwesenheit bekommen, aber ein Tscheche hier behauptet, daß es verjährt sein müßte, da es in diesem Jahr schon zwanzig Jahre her ist. Er ist ein ehemaliger Anwalt, arbeitet hier aber als Insurance-Agent, er hat mein Haus versichert. Wenn ich das Haus verkaufe und meine Ersparnisse zusammenlege, dann hab ich genug Geld für die Reise hin und auch noch zurück nach Australien, falls es mir zu Hause nicht mehr gefallen sollte, aber Du müßtest nachfragen, ob ich nicht in den Knast komme, dann würde ich natürlich nicht fahren. Aber der Tscheche hier meint, daß man denen nicht glauben kann, aber ich werde mich auf Dich verlassen, Du kennst das nach all den Jahren viel besser. Die Arbeiten, die ich hier mache, sind meist Hilfsarbeiten, so etwas würde ich auch zu Hause bekommen, ich kann Trucks und Autos fahren, ich hab Englisch gelernt, das könnte man zu Hause gut gebrauchen. Aber zuerst mußt Du bei einem Gericht fragen, ich hab keine Lust, in dem Alter im Knast zu vergammeln. Meine Mutter schreibt mir einmal im Monat, sie ist schon alt, und ihre Handschrift ist so verwackelt, daß man sie kaum lesen kann. Benda hat angeblich immer noch nicht geheiratet, der ist ja nicht ganz normal, bei euch gibt es doch keine bescheuerten Australierinnen und auch keine Italienerinnen oder Schlitzäugige, ich wundere mich, daß er das Junggesellendasein nicht endlich aufgibt. Vahař soll umgezogen sein, irgendwohin, wo man ihn nicht kennt, wegen dem Knast. Deine Freunde von der Band waren angeblich auch eingesperrt, der große Blonde, er hieß, glaube ich, Lexa, und Harry. Lucie soll in der Klapse gelandet sein, sie hat mit Drogen angefangen, hat meine Mutter geschrieben, er hat sich von ihr scheiden lassen und eine Jüngere geheiratet. Ich kann mich an sie erinnern, sie war eine ganz hübsche Biene, aber als Harry gesessen hat, hat sie angeblich Notenblätter für Orchester abschreiben müssen, und manchmal auch auf die Schnelle eine ganze Nacht lang, dabei mußte sie ein kleines

Kind versorgen, da ist es dann auch kein Wunder, daß sie mit Drogen angefangen hat. Das ist ein Dreck, auch hier kann man sie kaufen, aber ich will davon nichts wissen. Saufen tue ich auch nicht, mein Vater war ein abschreckendes Beispiel für mich, ich trinke nur Bier und rauche wie ein Schlot. Das kommt daher, daß mein Vater einen Tabakladen gehabt hat. Meine Mutter schickt mir auch immer Ansichtskarten mit Kostelec drauf, ich hab sie an die Wand über mein Bett gepinnt. Auf der einen sieht man den Marktplatz und die Sparkasse, da ist auch der ehemalige Tabakladen meines Vaters zu sehen und auch die Rupa und das Hotel Beran, wo wir Billard gespielt haben. Mir kommt dort immer noch alles gleich vor, bis auf die paar Hochhäuser, aber es gibt wie früher immer noch das Schloß, die Kirche, das Pfarrhaus und das alte Gerichtsgebäude mit dem Pranger, an den ihr damals aus Jux den Dicken, der die Trompete gespielt hat, festgebunden habt; auf der anderen Seite die Brauerei und der Schwarze Berg und die Jirášek-Hütte, alles noch so, wie es früher war. Auf dem einen Foto sieht man auch Velcls Lager, ich habe hier auch die Bilder hängen, die Du geknipst hast, als es in die Luft flog, und die Du mir geschickt hast, sie sind Dir gut gelungen. Angeblich ist Doktor Labský gestorben, schade um ihn. Hier sind die Ärzte nur hinter dem Geld her, und die Krankenversicherung ist miserabel. Letztes Jahr hab ich mich finanziell ausgeblutet, weil ich dentures gebraucht hab, ich weiß gar nicht mehr, wie das auf tschechisch heißt. Ich glaube Ersatzzähne. Das hat eine tiefe Kerbe in meine Kasse geschlagen, daß ich nicht einmal nach Tahiti fahren konnte. Aber wenn Du für mich fragst, werde ich mein Haus verkaufen, und für die Reise hin und zurück mit dem Schiff (nicht mit dem Flugzeug) wird das schon reichen. Ich würde einen Freighter nehmen, da kann man einen Teil der Fahrkarte abarbeiten. Ansonsten hab ich hier keinen Kontakt zu den Tschechen, sie reden nur von Politik, und das hab ich schon hinter mir, wie Du weißt. Mein Vater hat seine Hand verloren und mußte früher in die Rente gehen, so daß er nicht einmal genug Geld für Schnaps hatte, er hat 350 monatlich bekommen und meine Mutter gar nichts, weil sie nie gearbeitet hat, der Vater wollte das ja nicht. Zum Glück haben unsere Verwandten aus Mähren ihn nicht im Stich gelassen, sie haben jetzt eine Genossenschaft da, und sie haben auch wie früher, als sie noch eine Privatwirtschaft hatten, dem Vater jeden Herbst ein schönes Vorratspaket geschickt, so daß er im Sliwowitz ein wenig Trost finden konnte. Und wozu war das alles gut? Ein zweites Mal hätte ich mir das besser überlegt. Also frag für mich nach, wenn Du weißt, wo, vielleicht bei einem Gericht, und wenn Du denkst, daß es kein großes Risiko ist, dann würde ich mich irgendwann Ende des Jahres blicken lassen.

Dein alter Freund Přema.

Auf dem Parkplatz vor dem Haus meinte dann Krupka:

»Habt ihr das Halstuch gesehen? Sax Fifth Avenue. Ich habe zu Hause genauso eines. Mein Schwager hat es mir aus Paris mitgebracht.«

Wir standen zwischen den Autos, über uns leuchtete ein endloser Wolkenkratzer wie ein Stock von stinkreichen Bienen in der Nacht. Die goldenen Fenster des Turmes, hinter denen die verwunschene Prinzessin O'Reilly welkt, grüßten ihre schwarzen Schwestern am Ufer des Ontario-Sees. Oberhalb der Turmspitze hing der kanadische Mond in der Stratosphäre.

»Wie konnte so 'n tolles Mädchen so 'nen moralischen Krüppel heiraten?« fragte der Flieger mit Mitgefühl. »So ein hübsches Mädchen. Und auch noch ein tschechisches!«

Mir kam der Gedanke, daß der Flieger baldmöglichst versuchen würde, diesen Zustand zu ändern. In den Jackentaschen umfaßte ich meine Daumen.

»Das ist doch klar«, teilte uns Jiří Krupka scharfsinnig die allgemein bekannte Weisheit mit. »Sie war geblendet von Amerika. *Dolce vita.* Dabei hätte sie in Prag so viele Jungs haben können, soviel sie nur gewollt hätte. Ich habe sie in Prag gekannt. Sie hätte hübschere haben können, auch politisch einflußreicher oder beides in einem. Aber Prag ist halt nicht Amerika.«

»Aber so einen Schmarotzer, meine Herren! Ein tschechisches Mädchen! Ein tschechisches!« jammerte der Flieger weiter. »Und sie heiratet einen amerikanischen Kommunisten!« klagte er, und seine Stimme schwebte zu den reinen kanadischen Sternen. Vom Kommunismus sprach er aufgrund einer sehr sonderbaren persönlichen Erfahrung. Der Schellenbaummeister hatte es mir erzählt. Einst hatte der Flieger nichts gegen den Kommunismus gehabt. Er war ein begeistertes Mitglied im Svazarm, dem Verband für die Zusammenarbeit mit der Armee, gewesen, in der Fliegertruppe, und als er einrücken mußte, wurde er deshalb bei den Fliegern aufgenommen. Er war mit vollem Herzen dabei und hatte das Ziel, Berufspilot eines MIG-Düsenjägers zu werden. Nicht, daß er den ruhigen Schlaf der Frauen und Kinder etc. schützen wollte, er hatte einfach den Wunsch, sich mit Überschallgeschwindigkeit fortzubewegen.

Doch wozu hatten wir die Kaderbeamten, diese Spaßvögel, wie der Kornettspieler David im *Bulvárka* sie zu bezeichnen pflegte. Ein Kaderbeamte der Aufnahmekommission an der Fliegerschule hatte rausbekommen, daß Lojzas Vater Mitglied der Interbrigaden in Spanien gewesen war, in den fünfziger Jahren im Zusammenhang mit dem Prozeß gegen ein Spionagezentrum kurz eingelocht war und dann aus der Partei ausgeschlossen, später freigelassen und rehabilitiert wurde. Weil Lojzas Vater einmal aufgrund einer Entscheidung der Partei für schuldig befunden worden war, bedeutete das aus kaderpolitischer Sicht, daß seine faktische politische Unschuld eigentlich als Irreführung der Partei zu betrachten war und daß man dem Sohn eines solchen Menschen kein Überschallflugzeug anvertrauen durfte. Lojza wurde von der Fliegerschule zu den Infanteristen versetzt, und er konnte für sich auch keine klassenübergreifende Gerechtigkeit erkämpfen. Er diente seine Zeit beim Militär ab, und gleich nach der Entlassung schaute er bei seinem alten Svazarm-Flugplatz vorbei. Man hieß ihn dort als einen frischgebackenen Militärflieger willkommen, man trank auf seine Rückkehr, und der Genosse Instrukteur forderte ihn dann auf:

»Hör mal, Lojza, der Genosse Vorsteher fliegt jetzt nach Brünn. Tank ihm die Maschine voll und roll damit aus dem Hangar hinaus auf die Betonpiste, damit du nicht aus der Übung kommst.«

Der Flugplatz war fünf Kilometer von Bratislava entfernt, Lojza sagte kein Wort, ging in den Hangar, tankte die Maschine auf und rollte sie hinaus. Dort warteten schon die Freunde, angeführt vom Genossen Instrukteur und dem Genossen Vorsteher, der bereits die Flugbrille aufgesetzt hatte. Sie schauten zu, wie Lojza mit der Maschine über die Betonpiste in ihre Richtung rollte. Doch Lojza wurde nicht langsamer, im Gegenteil. Der Motor heulte unerlaubterweise auf, der Genosse Vorsteher sprang auf die Piste, hob seine Arme und signalisierte: Stop! … Doch die Maschine flog über seinen Kopf hinweg, schwebte über die Baumgipfel am Ende des Flugplatzes, bog in Richtung Süden ab, nahm den Kurs über den Pappeln entlang der Straße und verschwand. Zwanzig Minuten später landete der liebe Lojza auf dem Sportflugplatz eines Wiener Aeroclubs.

Und jetzt düngte er die fruchtbaren Felder der Farmer im Mittelwesten, besaß eine eigene Flotte mit fünf Dünger-Cessnas und liebte die verwunschene Prinzessin. Er hob sein vom Wetter zerfurchtes Gesicht zum Präriemond empor und sprach bewegt:

»Was für ein Ausbund des gesamten Kommunismus! Hosenkacker! Deserteur! Er würde einen perfekten Schläger im Gefängnis von Ruzyně abgeben! Ich sehe ihn direkt vor mir! Ich hasse sie so! Ich hasse sie SO!«

Dann senkte er ruckartig seinen Kopf zu uns:

»Und wißt ihr, was ich machen werde? Mir spukt das schon lange im Kopf herum, aber jetzt mach ich es! Damit Jiřina das sieht!«

»Bringst du ihn um?« fragte ich ihn. »Mach das lieber nicht. Du würdest denen doch nur einen Märtyrer liefern. Ein Kriegsgegner, ermordet durch die Hand eines Revisionisten und Flüchtlings ...«

»Das ist mir der nicht wert«, meinte der Flieger. »Und Jiřina wird ihn schon alleine los. Sie ist nicht doof, nur momentan ein wenig verblödet, das kann jedem passieren. Ich mache etwas Besseres! Hört zu!« Er sah wieder auf die brennenden Sterne, sein Gesicht wurde von einem seligen Lächeln erleuchtet. Dann erläuterte er seine Idee: »Von der österreichischen Grenze sind es nur drei Flugminuten bis zu dem Platz, auf dem in Bratislava die Maimilitärparade veranstaltet wird, zu der Tribüne, auf der immer unsere und die russischen Fettbäuche ausgestellt sind. Vom Flieger aus kann man sie gut sehen, weil sie glänzen, wegen dem vielen Metall von den Leninorden. Ein idealer Orientierungspunkt. Und wißt ihr, was ich machen werde? Ich miete mir in Wien den größten Flieger zum Düngen, den ich bekommen kann, fülle ihn voll mit Jauche, zu der auch ich höchstpersönlich meinen Beitrag leisten werde, und wenn die Fettbäuche am Ersten Mai die ausgerichteten Soldatenreihen begrüßen, fliege ich hin und lasse aus fünf Meter Höhe dieses kanadische Napalm auf sie niedergehen. Und noch bevor sie wieder zu sich kommen, werden die Helden der Sowjetunion zu laufenden Aborten!«

Noch eine Weile standen wir dort, wie verzaubert von der Vision der stinkenden Besatzungsgeneräle. Dann verabschiedeten wir uns. Lojza verschwand mit lautem Motorengebrüll seines MGs mit unerlaubter Geschwindigkeit irgendwo auf der Don Mills, und ich brachte Krupka in sein Hotel. Unterwegs fragte er mich noch aus, ob Sax von der Fifth Avenue auch eine Filiale in Toronto habe, dann wollte er wissen, wo man Damenslips mit der Aufschrift YES, NO und MAYBE bekommen könnte, weil noch keine einzige Frau in Prag solche hätte und seine Freundin unbedingt welche haben möchte. Das brachte ihn wieder auf die ungelöste Frage mit den Jeanstapeten. Von den Autoreifen mit weißen Felgen, die sich der Chef der Konzertagentur für seinen SAAB wünschte, hatte er sich bereits verabschiedet, weil er im Flugzeug für das Übergewicht extra zahlen müßte. Er bringt also wenigstens der Tochter seines Chefs eine echte Levi's mit und dessen Frau entweder einen Schirm oder einen mexikanischen Poncho aus Klapperschlangenhaut. Wir fuhren über die wunderschöne mitternächtliche Bloor Street, und vor einem konservativ grinsenden schwarzen Portier im Hyatt-Hilton verabschiedeten wir uns herzlich.

Am nächsten Morgen flog Krupka nach Kuba. Dort gab er ein Konzert in einer Zuchtstation für Ochsen, benannt nach Che Guevara, am nächsten Tag spielte er auf einer staatseigenen Zuckerrohrplantage, benannt nach Wyschinsky, und das Abschlußkonzert fand in Havanna statt, wo *el lider* persönlich anwesend war. Nach dem Konzert verweilte Krupka zu einem kurzen, herzlichen Gespräch bei ihm.

»Die Zukunft Rußlands ist die Zukunft der Welt«, sage ich. Dies weckt Hakims Interesse. Ich meine es aber ganz anders als du denkst, daß ich denke, mein lieber Hakim.

»Sie meinen, daß Rußland die Staaten angreift?« fragt Wendy. Bellissimmo raucht mit finsterem Gesicht eine Zigarette, und Sheila macht sich Notizen.

»*That won't be necessary, I guess.* Ich meine damit die Zukunft bestimmter gesellschaftlicher Erscheinungen, die in der russischen Tradition stehen.«

»Ich dachte, Sie hätten damit die Revolution gemeint«, knurrt Hakim.

Ich weiß, daß du das dachtest, Hakim.

»Oder sagen wir mal so: die Ereignisse, die der Revolution in Rußland gefolgt sind. Schlagen Sie Ihre Bücher auf Seite sechsundfünfzig auf.« Und ich zitiere:

»*Kurtz brachte wohl den Stamm dazu, ihm Gefolgschaft zu leisten, oder?* Das fragte Marlow, und der Harlekin antwortete ihm: *Sie beteten ihn an.* Und nun hören Sie bitte besonders aufmerksam zu!« Ich fordere die Gruppe meiner Lehrlinge auf, doch ich bin mir sicher, daß ihnen hinter den Worten des Zitates nicht das Gesicht mit dem schweren Schnauzer erscheint, einem Schnauzer, der, seit die Menschen die Rasierklinge erfunden haben, immer etwas verbergen soll: das Minderwertigkeitsgefühl, die Eitelkeit, die Sehnsucht, ein anderer oder derselbe zu sein … Ich zitiere: »*Sie beteten ihn an … Der Klang dieser Worte war so ungewöhnlich, daß ich ihn forschend ansah. Das Gemisch aus Bereitwilligkeit und Widerstreben, von Kurtz zu sprechen, war recht merkwürdig an ihm.* Das Gemisch aus Bereitwilligkeit und Widerwillen«, betone ich. »Wessen Portrait malt Conrad hier eigentlich? Vergessen Sie nicht, ich habe Ihnen erzählt, daß es sich bei *Das Herz der Finsternis* um eine Prophezeiung handelt.«

»Meinen Sie Stalin?« fragt die intelligente Irene.

»Urteilen Sie selbst«, entgegne ich und lese weiter: »*… er kam mit Blitz und Donner zu ihnen, wissen Sie – und er war sehr fürchterlich. Sie dürfen Herrn Kurtz nicht wie einen gewöhnlichen Menschen beurteilen.*« Ich lege eine Pause ein. »Im Parteienjargon bezeichnet man diese Erscheinung als Personenkult.«

»Meinen Sie der Kommunistischen Partei?« vergewissert sich Wendy. Ihre Dummheit bringt Bellissimmo auf:

»*Naturally, chickenbrain.*«

»*Well I just want to make sure, gigolo!*«

»Brav sein, Kinder«, ermahne ich sie. »Und hört zu. Hört dem Harlekin zu: ›*Sie dürfen Herrn Kurtz nicht wie einen gewöhnlichen Menschen beurteilen. Nein, nein, nein!*‹ Hören Sie die Leidenschaft? Doch ich greife vor. Also lauschen Sie dem Harlekin: ›*Sehen Sie – um Ihnen nur einen Begriff zu geben –, ich scheue mich nicht, Ihnen zu sagen, daß er auch mich eines Tages niederschießen wollte – aber ich verurteile ihn deshalb nicht.*‹ ›*Sie niederschießen?*‹ Marlow erschrak, und der Harlekin erzählte ihm, daß Herr Kurtz ihn wegen dem Elfenbein, das dem Harlekin gehörte, erschießen wollte. Herr Kurtz erklärte, er *könne sich das erlauben, weil er sich das in den Kopf gesetzt habe* – hören Sie das? Er habe es sich in den Kopf gesetzt! –, und der Harlekin fügte hinzu: *Nichts in der Welt könne ihn hindern zu töten, wen immer er wolle. Und das stimmte auch. Ich gab ihm das Elfenbein.* Mit Herrn Kurtz diskutiere man nicht. Man höre ihm zu. Man folge ihm. Man könne ihn nicht wie einen gewöhnlichen

Menschen beurteilen. Doch Marlow verstand wieder nicht. Er hatte für solch eine Person eine westliche Art der Erklärung: ›*Er ist doch wahnsinnig!*‹ Der Harlekin *verwahrte sich voll Entrüstung dagegen. Herr Kurtz könne nicht wahnsinnig sein. Wenn ich ihn reden gehört hätte … würde ich mich unterstehen, solch eine Andeutung zu machen.*«

Die Cafeteria hatte sich geleert, nur die Sekretärinnen aus der Abteilung für Humanwissenschaften halten gewissenhaft ihre *early afternoon coffeebreak* ein. Hakim ergreift das Wort, seine Stimme enthält die altbekannte Mischung aus Verachtung, Zweifel und Haß … doch zugleich auch etwas, was mich zu ihm hinzieht. Wir beide gehören einer merkwürdigen Elite an. Uns sind bestimmte Dinge wichtig, die weder für Wendy noch für Sheila Bedeutung haben, von denen Vicky keine Ahnung hat und für die sich Nicole nur aus einem urweiblichen Grund interessiert:

»Das alles könnte man aber auf jeden anderen Tyrannen aus der Geschichte applizieren. Zum Beispiel auf Shakespeares Helden. Richard der Zweite …«

»Vergiß nicht, daß der Harlekin ein Russe ist«, sage ich. »Und achte darauf, wodurch Conrad dieses Schlüsselgespräch zwischen dem Mann des Westens, Marlow, und dem Mann des Ostens, dem Harlekin, unterstreicht. Schon die Tatsache, daß Marlow durch das Vorhandensein eines Namens seine Individualität unterstreicht, während der Harlekin ohne einen konkreten Namen generalisiert wird, ist symptomatisch für die ideelle Absicht, vielleicht nur unterbewußt. Hören Sie zu: Marlow betrachtete mit seinem Fernglas das Haus von Kurtz. Um das Haus herum gab es einen Zierzaun. Auf den Spitzen der Pfähle ragten dekorative Kugeln. *Jetzt sah ich sie plötzlich aus größerer Nähe, und ihre erste Wirkung auf mich war derart, daß ich verdutzt zurückfuhr. Dann ließ ich das Fernglas von Pfosten zu Pfosten wandern und erkannte meinen Irrtum. Diese runden Köpfe waren nicht ornamental, sondern symbolisch … Nahrung sowohl den Gedanken als auch den Geiern … diese Schädel dort auf den Pfählen.*«

»*Disgusting!*« erleichtert sich Wendy. Ich sage scheinbar zusammenhanglos, doch einen Zusammenhang gibt es, und er heißt Hakim:

»Im Roman *Mit den Augen des Westens* steht eine andere Schlüsselpassage. Ich lese sie Ihnen vor.« Ich fange an zu lesen:

»In einer wirklichen Revolution kommen nicht die besten Menschen nach oben. Ein blutiger Umsturz wird zunächst von engstirnigen Fanatikern und tyrannischen Heuchlern gemacht. Danach sind sämtliche anspruchsvollen, gescheiterten Intellektuellen der Epoche an der Reihe. Das ist dann die Führergarnitur. Sie werden bemerken, daß ich simple Schurken überhaupt nicht erwähne. Die gewissenhaften und gerechten, die edlen, menschlichen und hingebungsvollen Charaktere, die Selbstlosen und Gescheiten mögen zwar am Anfang einer Bewegung stehen – doch entgleitet sie bald ihren Händen. Das sind nicht die Leute, die eine Revolution machen. Sie sind vielmehr ihre Opfer: Opfer ihrer Abscheu, ihrer Enttäuschung, oft sogar der Reue. Verratene Hoffnungen, in den Staub getretene Ideale – so könnte man eine geglückte Revolution definieren. Doch genug davon. Ich will nichts weiter sagen als: Ich wünsche nicht, daß auch Sie ein Opfer werden.«

Das Englische hat kein grammatisches Genus, und so hoffe ich, daß Hakim weiß, daß ich nicht zu Fräulein Haldin spreche. Seine schwarzen Augen strahlen Wut aus, eine innere Leidenschaft … ich erinnere mich an die glühenden Augen des Mädchens mit einem Namen, der sich zu einem lettristischen Spielchen anbietet … Nadeje … Nadeschda … Nadja … Nadja … Hoffnung …

Eines Tages würde dein Kopf auch einen Pfahl zieren, oder vielleicht nur dein gebrochenes Herz, lieber Hakim … auch eine gewaltsame Revolution wird kultivierter … solche wie du werden als erste hängen … der Flieger Lojza … der Sohn eines Spanienkämpfers … ach, du unschuldiger Hakim, du anmutige arabische Leidenschaft … so ehrlich … so gut brauchbar für die leninistischen Zwecke mit Hilfe mentaler Reservate …

Laut Unterrichtsplan mußte uns die Geschichtslehrerin Trejtnarová in Rassentheorie unterweisen, allerdings nur in der Theorie. Den praktischen Unterricht führte Herr Schwarzkopf durch, der die Maße unserer Köpfe abnahm. Er maß sie mit einem Schiebewinkel, aber wissenschaftlich blamierte er sich vor uns, denn er erkannte nicht, daß Benno mütterlicherseits Jude war, ja im Gegenteil, er sagte ihm, seiner Physiognomie nach sei Benno ein sehr prominentes *nachgedunkeltes nordisches Element*, seine Physiognomie ähnle der des Herrn Reichspropagandaminister Dr. Joseph Goebbels. Wir fragten später Frau Lehrerin Trejtnarová, was ein *nachgedunkeltes nordisches Element* sei, sie notierte es sich, fertigte zu Hause mit Hilfe eines Wörterbuchs eine wortwörtliche Übersetzung an und erklärte uns in der nächsten Geschichtsstunde, übersetzt hieße das etwa *Spätdunkel-Skandinavienelement*. Diese Bezeichnung bürgerte sich für Benno und alle nicht ganz reinen Arier an unserem Gymnasium ein. Das war zu den Zeiten der frühen deutschen Siege gewesen, noch bevor man die Gymnasien total arisierte.

Bei den Mädchen vermaß Herr Doktor Schwarzkopf nicht die Köpfe, sondern die Hüften. Eine nach der anderen gingen sie in sein Kabinett und machten dann ein großes, von Kichern begleitetes Geheimnis daraus, weshalb wir Burschen vermuteten, daß er ihnen auch die Oberweite vermessen hatte. Doch das war ein Irrtum.

Frau Trejtnarová, die Lehrerin, war schon eine alte Dame. Sie konnte nicht so gut Deutsch, aber weil man Geschichte auf deutsch unterrichten mußte, benutzte sie wohl oder übel die Reichssprache. Diese war auch im Mathematikunterricht vorgeschrieben, doch Bivoj löste das Problem, indem er entschied, es solle ausschließlich im Kopf gerechnet werden. Das war der Grund, warum die erste Hälfte der Mathestunden an Yogameditationen erinnerte, die zweite Hälfte an ein Pantomimespiel. Die Stoffvermittlung schränkte Bivoj derart ein, daß er ohne Rücksicht auf unsere hohlen Köpfe die kompliziertesten Gleichungen an die Tafel schrieb. Das Abfragen entfiel: anstelle der üblichen Triade »Können Sie das?« – »Nein.« – »Setzen!« rechneten wir im Kopf und schrieben die Ergebnisse ebenfalls an die Tafel. Doch unsere Köpfe waren leergefegt, und die Ergebnisse waren fehlerhaft. Statt zu fragen, zog Bivoj seine buschigen Augenbrauen in unnatürliche Höhe hoch, der Geprüfte schüttelte den Kopf, Bivoj schickte ihn mit einer Handbewegung zurück auf seinen Platz, und in seinem Notizbuch trug er mit choreographischen Zügen eine deutliche Fünf ein.

In Mathe ging das noch, doch Geschichte konnte man nicht in dieser Taubstummen-Manier unterrichten. In den Ferien wurde Frau Lehrerin zu einem zweimonatigen Lehrgang geschickt (*Ideologische Umschulung*), wo sie zwar nicht besser Deutsch lernte, doch ihr dafür über hundert Seiten Geschichtsstoff in einer absolut neuen Version diktiert wurde. Früher hatte sie immer ein bißchen von den Schlachten erzählt, noch mehr von den königlichen Festmahlen, doch meistens sprach sie über sogenannte historische

Realien, und es handelte sich dabei eigentlich um Vorträge über die mittelalterliche oder barocke Damenmode. Einmal hatte sie sich derart in ihren Ausführungen verloren, daß sie die Damenunterwäsche am Hofe Ludwig des XVI. so detailliert beschrieb, daß alle Mädchen rot wie Krebse da saßen, doch die Frau Lehrerin merkte nichts. Beim Abfragen verlief es ähnlich: Ich wurde durch die Schilderung der Schlacht bei Crécy berühmt, die ich auf die atmosphärischen und akustischen Beobachtungen reduzierte. Ich beschrieb ausführlichst, wie die Brustpanzer glänzten und wie die Verwundeten röchelten, und der Frau Lehrerin war es völlig entgangen, daß ich weder das Datum der Schlacht noch die Information nannte, wer eigentlich gegen wen kämpfte, ich erwähnte nicht einmal den Tod von Johann von Luxemburg, denn ich hatte keinen blassen Schimmer, daß ihn der Tod ausgerechnet in dieser Schlacht bei Crécy ereilt hatte. Ich bekam eine Eins, und die Frau Lehrerin präsentierte mich als musterhaftes Beispiel.

Doch so sah ihr Unterricht später nicht mehr aus. Sie schilderte keine Schlachten mehr, keine Freßorgien, keine Unterröcke. Sehr langsam – etwa drei Worte pro Minute, damit wir genug Zeit hatten, mitzuschreiben – diktierte sie aus den Notizen, die sie selbst bei der Umschulung hatte schreiben müssen. Und so erfuhren wir, daß das kulturell hochstehendste Volk in Europa die germanischen Vandalen waren, weil sie die jüdischen Krämerkolonien in Nordafrika zerstört hatten (der deutsche Terminus dafür war *ausgerottet*). Auch bei den Römern sollen viele germanische Wurzeln gehabt haben; ihre gesunden Kriege gegen die germanischen Stämme im Norden, die auch eine *Rassenmischung* zur Folge gehabt hätten, sollen ihnen zugute gekommen sein. Die Franzosen sollen durch die Vereinigung der Deutschen und der Engländer entstanden sein, und das Tschechische sei eigentlich wortwörtlich übersetztes Deutsch, denn die Slawen seien nicht in der Lage, eine solch reichhaltige Sprache wie Tschechisch aus eigener Kraft zu entwickeln. Ein Beweis dafür sei zum Beispiel das Wort *Schraubenzieher*, tschechisch *šroubovák*. So oder so ähnlich sahen die Geschichtsstunden nun aus, und über unsere Gegenwart erfuhren wir, daß der *Führer und Reichskanzler Adolf Hitler in Braunau geboren wurde* und daß *sich der Reichsmarschall Hermann Göring sich im Ersten Weltkrieg als Jagdflugzeugführer außerordentlich ausgezeichnet hatte.* Die Tschechen kamen in dieser revolutionären Auffassung ganz gut weg, am besten von allen Slawen. Sie hätten die größte *Zumischung von germanischem Blut.* Dafür waren die Juden nur Ausschuß. Für die fand sich kein gutes Wort.

Die Deutschen stellten laut dieser Geschichtsauffassung überhaupt die beste Mischung der allerbesten Rassen dar und zeichneten sich durch großgewachsene Gestalt, einen schmalen Kopf, blaue Augen und blonde Haare aus. Nachdem die Frau Lehrerin dies zu Ende diktiert hatte, meldete sich Lexa und fragte:

»*Bitte, warum ist der Herr Propagandaminister Dr. Joseph Goebbels so klein und hat schwarze Haare?*«

Damit brachte er die Frau Lehrerin in arge Verlegenheit. Alles, was in Geschichte durchgenommen wurde, machte man nur wegen Ilse Seliger, die eine Deutsche war. Während der ersten siegreichen Jahre besuchte sie noch nicht das deutsche Gymnasium, sondern unseres. Die Frau Lehrerin hatte Angst vor ihr. Deshalb begann sie nach Lexas Frage, etwas zu stottern, doch dann erinnerte sie sich an die vor kurzem gestellte Frage zum *nachgedunkelten nordischen Element* und antwortete holprig:

»Herr Doktor Goebbels ist nach … – … gedunkelt – und – und – nach … – … gekleinert. Aber er hat auch germanische Elemente, wie zum Beispiel … er schreibt sehr schön Deutsch.«

Auch das ging in die Schulgeschichte ein. Das war kurz vor Weihnachten. Silvester feierten wir dann bei Harrys Eltern, die immer zu einem Verwandten, einem Großgrundbesitzer, gefahren waren, um sich dort vollaufen zu lassen. Es war uns gelungen, eine ansehnliche Anzahl von Flaschen zusammenzutragen, die meisten waren Sektflaschen Marke Château Peau Blion, dann zwei fragwürdige Likörsorten, einen Eierkognak, von Jarka Pila aus Černčice, aus irgendeiner Essenz hausgemacht und mit Anilinfarben gelb gefärbt, sowie ein kleines Fläschchen Meinl-Rum aus Vorkriegsvorräten, den Lim mit mir gegen drei Nummern der *Erotischen Revue* getauscht hatte. Lucie kam in einem Kleid mit einen großen viereckigen Ausschnitt, und wenn sie sich bückte, waren ihre sonnengebräunten Halbkugeln gut zu sehen. Gleich zu Beginn des Abends fing man deshalb an, von der Wissenschaft und der Ideologie zu sprechen.

»Lucie, wie hat er euch vermessen?« fragte Lexa.

Lucie richtete sich auf, und obwohl sie ganz genau wußte, wovon die Rede war, fragte sie begriffsstutzig:

»Wer und was?«

»Der SS-Rassenforschungsoberführer Herr Doktor Schwarzkopf«, erklärte Lexa, denn er war sehr sprachbegabt, »die Milchdrüsen.«

Lucie machte eine noch begriffsstutzigere Miene:

»Was soll das sein?«

»Das, was man bei dir sieht, wenn du dich bückst.«

Lucie führte eine tiefe Verbeugung vor, bis zum Boden, denn sie ging zur Gymnastik. Sie meinte:

»Ich sehe nichts.«

»Aber ich«, sagte Lexa. »Ich sehe was.«

»Was denn?«

»Brüste«, schaltete sich Benno ein. »Wie hat der Schwarzkopf bei euch die Brüste gemessen?«

»Na ja, mit einem Metermaß halt«, sagte Lucie. »Warum sagt Lexa nicht gleich Busen, wenn er Busen meint, warum mischt er geschmacklose biologische Begriffe hinein?«

»Er kennt das Wort nicht«, erklärte Benno. »Er kennt nur die volkstümliche Bezeichnung.«

»Welche?« fragte Fonda. »Vorbau?«

»Vorbauten«, verbesserte ihn Harry. »Plural, weil es zwei sind.«

»Er kennt noch volkstümlichere«, meinte Benno.

»Benno!« schritt Alena ein.

»Brustkasten?« fragte Fonda. »Davon kann man wohl keinen Plural bilden. Oder Brustkästen?«

»Vielleicht«, sagte Lexa. »Ich wollte aber nicht das Wort sagen, das ich kenne, weil Lucie dann rot geworden wäre.«

»Das hättest du ruhig machen können«, entgegnete Lucie. »Wenn ich hätte rot werden müssen, hätte ich dir eine gescheuert.«

»Und wie hat er euch die Brustkästen gemessen?« wollte Benno wissen. »Der Länge nach oder rundherum, den ganzen Umfang?«

»Benno!«

»Er hat nichts gemessen«, sagte Lucie. »Er hat sie fotografiert.«

Wir verstummten, und uns wurde jetzt klar, warum die Mädchen aus der Rassenuntersuchung ein solches Geheimnis gemacht hatten. Lucie hatte nun schon zwei Eierkognak intus, und wie alle Mädchen damals war sie nicht ans Trinken gewohnt.

Lexa unterbrach das Schweigen:

»Im BH?«

»In natura. Er hat uns nackt fotografiert, wenn ihr's wissen wollt. Und denen, die das nicht wollten, hat er gedroht, daß er sie bei der Gestapo anzeigen würde, wegen Sabotage eines reichsdeutschen wissenschaftlichen Anliegens.«

Wir schwiegen wieder und stellten uns die Mädchen vor, jeder von uns ein anderes, wenn auch gewisse Mädchen sicherlich in mehreren Köpfen gleichzeitig auftauchten, wie Schwarzkopf mit ihrer Hilfe die Rasse erforscht hatte. Ilse Seliger hatte die größten Brüste, wahrscheinlich, weil sie als Deutsche der besten Rasse angehörte.

»Er hat uns erzählt, daß man die Rassenuntersuchungen am besten mit Fotos machen kann, vor allem wenn man sie auf eine Leinwand projiziert«, fuhr Lucie fort. »So wird angeblich die Breite der Hüfte, der Schultern und der Taille gemessen, dann dividiert man das durch die Entfernung von dem da«, sie deutete auf ihre Brüste, »dann multipliziert man das mit der Entfernung vom Bauchnabel bis hier unten. Für diese Ergebnisse gibt es Tabellen, und danach kann man den Rassetypus genau bestimmen.«

»Was für ein Rassetypus sind Sie denn, Fräulein?« fragte Lexa.

»Er hat es mir gesagt, aber ich hab's vergessen. Ein unheimlich langes Wort. So ähnlich wie niederhochböhmischmährischrheinländischeblondinemittelrundbrüstiges Etwas.«

Benno sagte:

»Ich bin ein nachgedunkeltes nordisches Element. Wie Goebbels.«

»Du bist eher wie Göring, Benno«, meinte Harry. »Ein nachgedunkelter Rundgermane.«

»Ich bin kein Germane, ich bin ein tschechischer Jude«, erwiderte Benno.

»Aber ursprünglich warst du das. Ursprünglich waren wir alle Germanen, bis sich die Juden und die Slawen durcheinandergehurt haben.«

»Und was waren ursprünglich die Germanen?«

»Doch wohl Affen«, erläuterte Harry. »Wissenschaftlich erwiesen, sind die Germanen aus den Affen entstanden, alle anderen, weniger gebildeten Rassen hat Gott aus Evas Rippe geschaffen.«

»Quatsch! Die Germanen sind doch das Produkt von Eva und der Schlange«, warf ich ein.

Zu diesem Zeitpunkt hatten wir bereits zwei Flaschen Château Peau Blion geleert, und die Konversation war gut in Gang gekommen. Benno stieg auf die Couch, ließ seine Arme neben den Knien baumeln und öffnete leicht den Mund:

»Ich bin eine Kreuzung aus Schimpanse und Ringelnatter«, dozierte er. Er sah aus wie ein Idiot. »Wissenschaftlich exakt nennt man mich einen ›nachgedunkelten Rundjudgermanen‹.«

»Eher Bauchgermanen«, sagte Lexa.

Benno stellte sich wieder gerade hin und streckte seinen Bauch raus.

»Riesenbauchgermane«, bemerkte Harry.

»Riesenbauchgermane Goeringi«, vervollständigte der sprachbegabte Lexa.

Benno blies sich auf, und Lucie hüpfte zu ihm auf die Couch:

»Und was bin ich?«

Sie nahm eine malerische Pose ein, eine andere Pose war bei ihr gar nicht möglich, aber sie bleckte ihre oberen Zähne, und mit beiden Augen schielte sie auf die eigene Nasenspitze.

»Rundbrüstige Zahngermanin?« machte Lexa einen Vorschlag.

»Wie heißt šilhat auf deutsch?« fragte Harry.

Niemand wußte es.

»Großzahnige Brustgermanin«, meinte Benno.

»Bei Lucie ist das dominante Merkmal nicht der Brustkasten, sondern ihre Haare. Peroxyde Zahngermanin«, sagte Lexa.

»Ich hab sie nicht gefärbt!« protestierte Lucie. »Nur ein ganz kleines bißchen. Dafür hab ich falsche Zähne. Guckt mal!«

»Falschzahnige Blondgermanin, etwas peroxydiert«, erweiterte Lexa die Benennung.

»Wie würde man auf tschechisch Riesenbauchgermane sagen?« fragte Benno.

»Břichatogermán obrovsky«, sagte ich.

»Und ich?« wollte Lucie wissen.

»Poněkud zfalšovaná Blondgermánka s peroxidovym chrupem.«

»Das ist falsch«, widersprach Lucie.

»Wie sagt man Riesenbauchgermane auf Latein?«

Daran scheiterten wir. Unser Latein war im Alkohol verlorengegangen. Lexa stand auf und holte Harrys Lateinwörterbuch, um nachzuschlagen.

»Und was bist du?« fragte mich Lucie.

Ich besaß keine besonderen Merkmale. Ich nippte am Rum.

»Pechgermane«, meinte Lucie. »Keine will ihn haben.«

»Dafür will er alle«, sagte Harry. »Hurenjagender Pechgermane.«

»Erlaub mal! Wofür hältst du uns eigentlich?« ereiferte sich Lucie. »Ich sag's Marie Dreslerová, wie du sie genannt hast!«

»Das war nur wegen meiner Sprachlücken, Lucie«, entschuldigte sich Harry. »Dann eben Mädeljagender Pechgermane.«

»Und auf tschechisch?«

»Děvkohonny Smůlogermán.«

»Das erzähle ich Marie, daß du gesagt hast, daß sie 'ne Nutte ist.«

»Mädchenjagender«, meldete sich Alena zu Wort. Es war die absolute Ausnahme, daß sie sich an unseren Wortblödeleien beteiligte, sonst ermahnte sie immer nur Benno. Aber der Château Peau Blion hatte auch bei ihr seine Wirkung gezeigt.

»Mädchenjagender Malheurgermane«, korrigierte sie Lexa, der mit dem Wörterbuch zurückkam. Dann meinte er: »Und Benno ist Venterogermanus giganteus.«

»Und was bin ich? Was bin ich?« kreischte Alena. Sie schickte sich an, im Paradeschritt und mit erhobenem Arm durch das Zimmer zu marschieren. »Was bin ich?«

»Also Alena!« schritt Benno ein.

»Heil!« brüllte Alena. Der Peau Blion hatte sie ganz schön mitgenommen. »Siegheil! Himmelherrgottheil!«

»Großarschige Heilgermanin«, sagte Lexa leise.

»Also, Lexa!« ermahnte ihn Harry.

»Und auf tschechisch?« schrie Alena.

»Übersetz es doch selber!«

»Was heißt denn Großarsch?«

»Wenn du zu der Entfernung zwischen denen hier«, Lexa zeigte auf die zwei höchsten Punkte der Brüste und berührte sie, wofür er von Lucie einen Klaps kassierte, »Bennos Bauchumfang dazurechnest und mit sechs multiplizierst.«

Alena hörte gar nicht zu, sie marschierte und schrie: »Siegheil! Donnerwetterheil! Scheißheil!«

»Isch bin ein naschgekleinerter Zschwerggermane«, sagte Harry und schloß sich Alena an, rutschte dabei aber auf den Knien herum. Alena ragte neben ihm in die Höhe, sie war mindestens eine halbe Körperlänge größer.

»Die Dame zu hoch!« fing Lexa an, die Melodie von *Die Fahne hoch* zu singen. »Die Liebe ausgeschlossen!«

Ich wurde von einer linguistischen Inspiration ergriffen, wahrscheinlich bedingt durch Pilas Anilin-Eierlikör. Ich stimmte laut mit ein:

»Für so 'nen Zwerg – das ist ganz aussichtslos!«

Auf diese Weise machte ich eine Entdeckung, die sich für meine spätere literarische Laufbahn als wertvoll erweisen sollte. Sie betraf die sicherste Quelle der Inspiration. Ich griff nach dem Rum.

»Mann! Das paßt zu der Melodie!« stellte Fonda fest. Er war der musikalischste von uns. »Laßt uns noch einen Durchgang machen!«

Alena und Harry blieben stehen. Harry kniete immer noch. Lucie sprang von der Couch herunter und setzte sich in ihrem kurzen Rock auf Harrys Schultern, so daß auf jeder Seite seines Kopfes ein Bein herunterbaumelte. Er packte sie bei den Knien. Benno und Lexa griffen einander um die Taille und legten mit einem Tirolertanz los. Ich produzierte schnell die nächsten Verse, und der Rum verwandelte sich auf chemischem Wege in Reime. Fonda gab uns das A, und es ging los.

»Die Dame hoch – die Liebe ausgeschlossen ...«

Harry stellte sich mit großer Mühe hin, so daß Lucie nun noch größer war als Alena, er schwankte, und Lucie schnappte nach seinen Ohren.

»Aua!« schrie er, doch auch das paßte in den Rhythmus.

»So ist das richtig!« jubelte Fonda. »Das machst du gut, Harry!«

Wir fingen von neuem an.

»Die Dame hoch – die Liebe ausgeschlossen!«

»Aua!« plazierte Harry seinen Quiekser genau in den Rhythmus und in die passende Tonlage.

Ich sang vor:

»Für so 'nen Zwerg, das ist ganz aussichtslos!«

»Aua!«

Lucie rutschte auf Harrys Schultern hin und her, der kurze Rock schob sich hoch über die Knie, und ich wurde wieder von der Inspiration berührt. Nicht, daß ich etwas gesehen hätte, es war eine völlig unschuldige Inspiration. Ohne das Tempo zu verlassen, sang ich ein Solo:

»Schaff dir 'ne kleinere – mit lila Unterhosen!«

»Aua!«

»Der triffst du wohl – viel leichter in den Schoß!«

»Aua! Aua!« brüllte Harry.

»Wart mal! Was soll das für 'ne Anspielung sein?« kreischte Lucie, die immer noch ein wenig unsittlich auf Harrys Schultern saß. Harry hielt sie jetzt bereits an den Oberschenkeln fest. »Was für lila Dingsda?«

»Das ist nur wegen dem Reim«, erklärte ich. »Oder eigentlich wegen dem Rhythmus.«

»Ach so! Ich mag lila nämlich nicht!«

»Und was hast du für welche an, Lucie?« fragte Lexa. Lucie grinste und fertigte ihn ab:

»Keine!«

Diese Antwort inspirierte Lexa, und ihm fiel ein neuer Vers ein. Ich merkte, daß die Flaschen mit dem ominösen Likör bereits leer waren und daß bei der letzten Flasche Peau Blion der Boden nur noch ganz leicht bedeckt war.

Fonda setzte sich ans Piano und spielte das *Horst-Wessel-Lied* in Swingfassung. Lucie kletterte von Harrys Schultern herab, doch sie tat es so geschickt, daß wir uns von der Farbe ihres Schlüpfers nicht überzeugen konnten, wir sahen nur, daß sie einen schwarzen Strumpfhalter trug. Eine Weile lang swingte Fonda das *Horst-Wessel-Lied* und schmückte es mit Kansas-Riffen aus.

»Also los, meine Herren!«

»Lucie, komm jetzt auf meine Schulter«, bettelte Lexa. »Ich bin größer als Harry!«

Er kniete sich hin und duckte sich.

»Ich setz mich auf dich!« kreischte Alena, und bevor Lexa etwas einwenden konnte, war sie schon dabei, auf seine Schultern zu steigen. Sie hatte eine hellblaue Unterhose an.

»Also, Alena!« sagte Benno.

»Laß mich in Ruh!«

Lexa machte eine verzweifelte Miene, er fing an, wie Breitbart zu heben und Seufzer auszustoßen. Endlich schaffte er es, sich aufzurichten, er wankte, und Alena packte ihn wie vorhin Lucie an den Ohren.

»Ein arschbelasteter Schweinegermane«, kommentierte Harry und hielt Lucie seine Schultern hin. Sie hüpfte auf seine Schultern, man konnte wieder nichts erblicken, nur den schwarzen Strumpfhalter. Bei Alena schaute der Saum ihrer hellblauen Unterhose mit kurzen Hosenbeinen hervor.

Fonda schlug das A leicht an, swingte einige Takte der Einführung, lauter Kansas-Riffe, und dann legten wir los, es klang wie die

Mills Brothers, gepaart mit den Boswell Sisters. Benno trompetete mit seiner Nase, und ich trommelte gegen das Tamburin mit der Aufschrift SOUVENIR DE GRADO, das ich von der Wand abgenommen hatte. Und wir sangen den wunderschönen Swing mit einem übernatürlichen alkoholischen Impetus:

Dame zu hoch – die Liebe ausgeschlossen,
Auu!
Für so 'nen Zwerg – das ist ganz aussichtslos!
Jah – Auuauu – Au!
Schaff dir 'ne kleinere mit keinen Unterhosen.
Aaauuu!
Der triffst du wohl viel leichter in den Schoß!
Jah – jahjahjah – jahjah – auu!

Wir waren sechzehn, wir waren jung und frei in dieser grausamen Diktatur, und vor ihrem Ruhm empfanden wir keinerlei Achtung. Viel später dachte ich häufig an diese Silvesternacht zurück, vor allem aber, als mich der Mitarbeiter der nächsten Diktatur wegen desselben Liedes zur Schnecke machte. Jetzt kam mir vor, als sei die Freiheit eine bloße Angelegenheit der Jugend und der Diktaturen. Woanders gäbe es keine, vielleicht deshalb, weil sie die Menschen nicht spüren. So wie sie auch die Luft nicht wahrnehmen, solange diese nicht in einer Gaskammer mit geschmacklosen und geruchlosen Kristallen versetzt ist …

Veronika erzählte es mir später, an jenem Nachmittag. Percy hatte zu Hause Ärger. Nach dem Gag während des Konzertes, bei dem Percys Vater zwanzigtausend netto verdient hatte, und nach Veronikas Ausschweifungen auf der Party zu Ehren eines Dichters kriegte Percy Probleme. Und er, der blind vor Liebe war, dachte, Veronika sei geblendet. Geblendet von einem schwarzen Licht. Er unternahm mit ihr einen langen Ausflug in den Norden, an seinem Jaguar zischten die umzäunten Wiesen vorbei, alle mit dem Schild NO TRESPASSING versehen, es war Frühlingsanfang. Es mutete aber an, als würden die Farben des noch weit entfernten Herbstes in das graugrüne kanadische Gras durchsickern. Ab und an tauchte in der einförmigen, wunderschönen Landschaft ein Bauwerk auf, das aussah wie aus einem Traum von Dalí oder wie ein Denkmal zu

Ehren Corbusiers. Wozu mochte es in dieser wehmütigen, anmutigen Landschaft dienen? Eine Kirche, ein Kraftwerk, die Direktion einer Firma, das Gerichtsgebäude der Grafschaft York, weiße, verglaste, verchromte Denkmäler in einem leeren, endlosen Land unter dem graublauen Himmel. Über den kubistischen Grabstätten zogen grüne Gänse gen Norden.

Sie kamen bei einer Anlegestelle an, dort stand eine kleine Gruppe betrunkener Indianer neben einer Ladung Kisten. Ein kleiner Dampfer legte an, sie bestiegen ihn, die Indianer trugen die Kisten an Bord, eine davon machten sie gleich auf und holten Flaschen heraus. Der Vorrat für eine Woche, meinte Percy. Den Dampfer dürfen die Indianer umsonst benutzen, das hatte die Regierung so beschlossen. Auch eine Rente bekommen sie von der Regierung. Wofür? fragte Veronika. Für das gestohlene Land. Die Insel ist ihr Reservat. Dort dürfen sie Grundstücke an Weiße verpachten, aber nicht verkaufen. Die Leute vom Festland bauen sich dort Wochenendhäuser.

Dann sah man ein Holzdorf mit Hunden mit buschigem Fell, Indianerjungen in Sportschuhen spielten Basketball, das Haus eines Malers war zu sehen. Ein großer Künstler, erklärte Percy. Der Maler zeigte die Ausbeute der letzten vierzehn Tage; seine Kunst stand im Zeichen der Ornamente: Elche, Rentiere, Hunde, Squaws mit Kindern in Körben auf dem Rücken, Motive mit Sonne, Feuer und Wasser. Eine überlieferte Welt, vollkommen tot. Percy gab ihm zwei Hunderter und nahm dafür ein Bild mit der Sonne. Der Maler begleitete sie zu der Anlegestelle, sie warteten auf den Nachmittagsdampfer, der die weißen Ausflügler wegbrachte. Sie verabschiedeten sich, der Maler drehte sich um und torkelte zurück zum Horizont. Dort sah man Rauchsäulen wie zwei lange Finger, die sich weit über der Sonne, die von einer Wolke verdeckt war, in nichts auflösten. Der Maler wankte zurück zum Dorf.

»In diesem Zustand befindet er sich ständig«, sagte Percy. »Und es ist unsere Schuld.«

Das Mädchen nahm das Bild und lehnte es gegen die Brüstung des Dampfers.

»Das Bild ist hübsch.«

Und Percy sagte:

»Mit Hilfe dieser zwei Hunderter kann er seinen Zustand, den er für glücklich hält, vielleicht sogar für drei Wochen aufrechterhalten.«

Das Mädchen wandte ihre grauen Augen von dem Bild ab und sah auf das graue Ufer, auf das durch die Rauchsäulen verzierte Dorf, auf die sich entfernende, wankende Gestalt.

Dann fuhren sie durch die anmutige Trauer dieses kanadischen Frühabends zurück in die Stadt, der rote Jaguar sauste mit überhöhter Geschwindigkeit an den weißen Grabstätten vorbei. Die Sonne sah aus wie ein Rubin in einem rosafarbenen Samtband des Westens. Percy erzählte von den Indianern, daß die Sterblichkeitsrate bei den kleinen papoose fünfmal so hoch sei wie bei weißen Kindern, daß die Indianer ohne Ziel lebten, ohne Arbeit, ohne Sinn, von einer wöchentlichen Bierlieferung zur nächsten, die Tuberkulose mähe sie nieder.

»*It's just horrible.*«

Und das Mädchen sagte, zu kühl, wie ihm schien:

»*I'm sure it is.*«

Sie fuhren schweigend weiter, doch Percy gab nicht auf. Er wollte dem Mädchen die Sehkraft wiedergeben, ihr eine Brille auf die hübsche Nase setzen, damit sie auch seine Welt sehen konnte, für die sie blind geworden zu sein schien. Auch er, wurde ihm bewußt, betrachtete diese Welt zum ersten Mal genauer, nachdem das Mädchen in sie getreten war. Also sprach er von den Indianern und dann von den Eskimos:

»Wir haben ihre natürliche Lebensart vollkommen zerstört. Sie vegetieren von den Geldern der *welfare*, statt zu jagen, ernähren sie sich von Essen aus der Dose und von Coca-Cola. Ihre alten Bräuche sind in Vergessenheit geraten …«

Und das Mädchen machte: »Hm.«

Er gab nicht auf. In jenen Tagen gab es irgendwo eine Gefängnismeuterei, die Zeitungen waren voll von Berichten und Interviews. Das Mädchen hatte sie gelesen. Sie hatte das Gefühl, daß die Gefangenen recht hatten. Das eintönige Leben hinter den Gefängnismauern war sicher nicht gerade lustig. Auch die Aufseher würden vom Einfluß dieser Umgebung nicht verschont bleiben, es komme zu Streitereien, die Leute würden sich untereinander schlagen. Das Mädchen hielt nicht jeden Mörder für ein Ungeheuer, doch sie war der Meinung, daß ein Mord immer eine ungeheuerliche Tat darstellte; ermordet zu werden, sei eine ungeheuerliche Todesart. Während der Gespräche mit den an Klaustrophobie leidenden Mördern vergaß man diejenigen, die durch diese grausame Todesart umgekommen waren. Vielleicht zu Recht: Sie hatten bereits Ruhe, sie schliefen den ewigen Schlaf, es gab sie nicht mehr, es betraf sie nichts mehr. Aber das Mädchen konnte die Gedanken an die Toten nicht aus ihrem Kopf verscheuchen …

»… in den Gefängnissen ist die soziale Fürsorge absolut unzureichend. Ab und zu werden auch Fälle bekannt, daß Gefangene geschlagen wurden. Außerdem wurden weibliche Gefangene von männlichen Aufsehern sogar schon vergewaltigt …«

Sie betrachtete das Samtband des Horizonts und sagte müde:

»Man bemüht sich, daß die Bedingungen besser werden.«

»Aber nicht genug. Bei weitem noch nicht genug!«

Sie kamen von der Landstraße auf die Autobahn. Percy gab Gas. Das Mädchen sprach weiter, müde, schien ihm:

»Das alles braucht nur Zeit. Nichts anderes. *Dort* braucht man dazu auch noch den Mut eines Testpiloten.«

Percy war enttäuscht. Er verspürte den Stachel einer leichten Verärgerung.

»*Well*«, er zögerte, doch dann sprach er weiter. »Auch bei uns ist nicht alles ohne Risiko. Kannst du nicht ein bißchen objektiv sein, Nika?«

Das Heulen einer Sirene unterbrach ihn. Ein Wagen der Straßenpolizei überholte sie und wurde langsamer. Sie blieben stehen. Ein junger Polizist mit sorgfältig gepflegtem Schnauzer und frischem Gesicht trat an den Jaguar heran:

»*Do you know you've been doing ninety, sir?*«

Ein Lächeln überflog das Gesicht des Mädchens. Ihr Geliebter krümmte sich vor Verlegenheit.

»*Oh, well … I just didn't … look at the speedometer …*«

»*You realize it's not safe, sir?*«

Er sah es ein. Demütig nahm er die Quittung für das Bußgeld entgegen, der Polizist salutierte. Thank you, sir. Das Mädchen lächelte ihm zu. Als der Polizeiwagen weg war, lachte sie laut los.

Percy war beleidigt, aber nicht sehr. Er wehrte sich eher. Veronika wieherte:

»Ich hatte Angst, er würde dir eine verpassen. Er sah so böse aus, Sir«, fügte sie noch hinzu.

»*All right! He did call me sir.*«

Das Mädchen erhob drei Finger.

»*Three times.*«

»*O.K. Three times.* Na und?« Dann erinnerte er sich an den Satz, den seine Schwester neulich beim Abendessen zitiert hatte und über den er sich den Kopf zerbrochen hatte. Er sagte: »*A cop is a cop is a cop.*«

»Wer hat dir das erzählt, Percy? Hast du das etwa gelesen? Du kannst doch gar nicht lesen.«

Jetzt war er wirklich verärgert.

»O.K., O.K., O.K.!« schrie er fast. »Ich weiß, daß ich nur ein doofer Playboy bin und das Söhnchen eines Reichen. Und nur so nebenbei bin ich auch noch verliebt, in Sie, verehrte Dame, und das tragische Schicksal Ihres Landes rührt mich immer wieder zu Tränen.«

»Mein Land kann dir gestohlen bleiben, mein Lieber«, meinte das Mädchen mit einem Lächeln und trotzdem traurig. Doch Percy war zu wütend, um diese Traurigkeit herauszuhören.

»Und was ist mit deiner neuen Heimat?«

»Die kann mir gestohlen bleiben«, meinte Veronika.

Sie bretterten wieder mit überhöhter Geschwindigkeit dahin. Percys Wut verrauchte langsam. Er sagte, jetzt nicht mehr ganz ernst:

»Das nenne ich Dankbarkeit einer Emigrantin.«

»Einer Exilantin.«

»Dann eben Exilantin.«

Das Mädchen sagte leise:

»Ich liebe ja meine neue Heimat. Noch nie in meinem Leben habe ich mich so sicher gefühlt wie hier und jetzt.«

Über die Autobahn watschelte eine Waschbärenfamilie, Percy wich ihr aus und kam ins Schleudern. Und weil das Mädchen keinen Sicherheitsgurt angelegt hatte, prallte sie mit dem Kopf gegen die Windschutzscheibe und verletzte sich leicht.

Percy war ein erfahrener Fahrer, und die Straße war frei. Gleich hatte er den Wagen wieder fest im Griff. Das Mädchen rieb sich die Beule mit einem Kleenex. Er sah sie aus den Augenwinkeln an, und ein Gefühl, von dem er glaubte, es sei Liebe, überkam ihn.

»Das sollte dir eine Lehre sein, Nika!«

Nika streckte ihm die Zunge heraus.

»*You're an incurable innocent, Percy*«, sagte sie freundlich.

Sie näherten sich der Stadt. Die Stimmung war wieder besser, doch Percy war noch nicht zufrieden. Etwas blieb unausgesprochen, ungelöst. Solange sie sich nicht einigen konnten ... doch ihm war nicht ganz klar, worauf ...

»Hast du mir nicht einmal gesagt, daß Menschen ausschließlich durch die eigene Erfahrung lernen?«

Sie nickte.

»Deshalb habe ich dich auf diese Insel mitgenommen, Nika. Damit sie auch ein Teil deiner persönlichen Erfahrung wird ...«

»*To make you* emotionally *involved*«, entgegnete sie.

»Ich habe natürlich genau gewußt, worauf er hinaus wollte«, erzählte mir Veronika an jenem Nachmittag. »Noch besser als er selbst. Und die tuberkulosekranken Kinder haben mir natürlich leid getan. Aber hat ihm etwas leid getan? Nichts! An den Kindern hat er nur deshalb Interesse, weil er sich in mich verknallt hat und weil ihm seine radikalen Freunde erzählt haben, ich sei reaktionär. Und sein Papa hat ihn gerügt, ich würde sein Business kaputtmachen und sei eine Schande für die Familie. Aber ich nehme es ihm wirklich nicht übel, Danny, daß ihm weder meine Mutter leid tut – er hat sie nicht gekannt –, noch die kleinen Kinder – dafür ist er zu jung –, noch unser Land, weil das für ihn nur ein mehr oder weniger abstrakter Begriff ist. Und das Land leidet eigentlich nicht so arg. Ich weiß selbst nicht, was schlimmeres Leid ist, Wut oder Heimweh ... ich weiß es nicht«, erzählte sie mir an jenem Nachmittag. »Auch weiß ich nicht, was ich brauche. Aber Percy sicher nicht. Denke ich wenigstens. Ich weiß es nicht.«

Und ich hatte keine Argumente parat, an jenem Nachmittag.

Sie musterte Percy und seufzte:

»Ich muß aber eine ganz miserable Lehrerin sein. Du verstehst ja wirklich gar nichts!«

Percy runzelte die Stirn.

»Das tut mir leid. Wahrscheinlich bin ich geistig zurückgeblieben.«

Sie schmiegte sich an ihn, weil sie den leeren Raum zwischen ihnen ausfüllen wollte.

»Laß uns ernst bleiben, Percy, O.K.?«

»Ich bin ja ernst.«

»O.K. Weißt du, was du den ganzen Tag gemacht hast, mein Lieber?«

Sie kamen nun zu den ersten Häusern des Vorortes. Percy zuckte nur mit den Schultern und sagte:

»*Well, I was trying ...*«

»Beleidigt hast du mich, Percy.«

»Nika! Wie kannst du so etwas sagen?«

»Aber du hast das so feinfühlig gemacht, daß du es nicht einmal selbst bemerkt hast.«

»Das würde ich auch sagen. Ich habe nichts anderes gemacht als ...«

»... nur versucht, mir zu beweisen, daß Kanada nicht so eine Utopie ist, wie du denkst, daß ich es mir vorstelle.«

Ein rotes Neonlicht streifte das Gesicht des Mädchens. Auf der Stirn hatte sie einen geschwollenen blauen Fleck.

»*All right*«, sagte Percy wütend. »Aber mal ganz ehrlich, denkst du wirklich nicht so, wenigstens ein bißchen?«

Ein oranges, dann ein grünes Licht. Danach goldene Punkte von den Lichtern in den grauen Augen. Sie sagte:

»Doch, das denke ich. Nach all dem, was ich in meinem kurzen Mädchenleben erlebt habe, denke ich ganz ehrlich, daß Kanada viel zu gut ist, um Realität zu sein. Oder wenn es wirklich die Realität sein sollte, daß es nicht lange dauern würde. Es ist vielleicht eine unvollkommene Utopie ...«

»Eine ziemlich unvollkommene!« Aufgebracht trat Percy auf das Gaspedal. Die Assoziation mit einer Utopie kam ihm wie ein blühender Unsinn vor. Das Mädchen sprach traurig weiter, ohne jegliche Ironie:

»Ja. Wenn du den Ministerpräsidenten erschießen würdest, müßtest du auch in den Knast. Und du bliebest mindestens zehn Jahre hinter Gittern ...«

»Ich bitte dich, hör auf, so demagogisch zu sein!«

Betrübt spürte er, daß sie wieder dort angelangt waren, wo sie schon immer waren. Die Insel, der Maler, der ganze lange Tag, alles umsonst. Er gab Gas. Sie rasten an den niedrigen Häusern am nördlichen Ende der Yonge Street vorbei, die Lichter und die Neonleuchten verwandelten Veronikas Gesicht in ein buntes Kaleidoskop.

»Und das hat mich so verärgert«, sagte sie zu mir an jenem Nachmittag. »Die haben doch keinen blassen Dunst, was die Worte bedeuten. Wenn ein Bulle sie ein bißchen anrempelt, nennen sie das gleich *police brutality.* Und vorher haben sie ihm noch ins Gesicht gespuckt. Aber ich weiß nicht. Ich weiß nicht, was alles im kanadischen Knast abläuft. Aber ich weiß, daß man dich nicht hängt, wenn du den Ministerpräsidenten erschießt. Ist das etwa Demagogie? Sag's mir! Ist das Demagogie?«

Sie war aufgeregt, mehr als solch einem unbedeutenden Streit angemessen war. Mir schien, als würde sie nach Luft ringen.

»Und dabei«, meinte sie, »scheren sie sich einen Dreck darum, wieviel die ungebildeten portugiesischen Mädchen in ihren Fabriken verdienen. Sie kümmern sich nur darum, ob die Indianerkinder genug Milch haben. Ihr soziales Mitgefühl ist nur eine modische Attitüde. Und wie die Mode verändert es sich von Jahr zu Jahr. Miniröcke und Indianer, Maxiröcke und Eskimos, Midi und die armen Mörder mit ihren Klaustrophobien.«

»Reg dich nicht auf, Nika«, sagte ich. »Modeerscheinung oder nicht, um die Indianerkinder steht es wirklich nicht besonders gut, und die portugiesischen Analphabetinnen haben es hier, soweit ich weiß, besser als zu Hause. Und die Heimat der Indianer ist hier.«

Veronika streifte eine Haarsträhne zur Seite.

»Ich weiß, Danny. Aber ich … es ist alles so …«

»Was denn?«

»Ach nichts«, seufzte sie, stand auf und betrachtete den schönen See vor meinem Fenster. Die Flugzeuge der Millionäre jagten dort umher wie Libellen.

»Nun ja«, sagte Nika. »Überlassen wir es dem Pferd. Es hat den größeren Kopf.« Sie wandte sich zu mir. »Aber für so etwas müßte man einen Kopf haben wie ein Brontosaurus.«

»Das wäre nicht so gut, Veronika. So ein Gehirn war noch kleiner als das einer Katze.«

»Wirklich? Na gut, dann bleiben wir bei dem traditionellen Pferd«, meinte sie. »Also *good bye, Mr. Chip*. Ich muß gehen.«

Sie reichte mir ihre schmale Hand und sah mir in die Augen. Und plötzlich sah ich wieder … oder hörte ich …? Vielleicht sah ich sie wirklich vor mir, ihre Stimme im *common room* der Studenten, wie sie das Lied von einem Mädchen, das sterben sollte, kommentierte, von einer schwarzen Limousine erzählte … Warum soll ich bald diejenige sein, die das Schicksal …

»*Ich* soll ein Demagoge sein! *Ich!*« regte sie sich auf.

»*Well*, manchmal bist du das.«

»Und was ist mit deinen Freunden?« tobte das Mädchen. »Es reicht eine kleine Bemerkung, und Angela geht so schnell hoch wie ein kleiner Teufel aus der Kiste!«

Sie rasten auf der Yonge Street in Richtung Süden, ihnen entgegen kam der allabendliche Exodus aus der Stadt. Percy sagte: »Du, gerade du solltest mit Angela sympathisieren. Sie wurde das Opfer einer politischen Verfolgung wie du und deine Landsleute.«

Veronika wurde von einem ohnmächtigen Gefühl erfaßt. Sie versuchte, es durch Wut zu überwinden.

»Angela vertritt das System, das meinen Vater zerstört hat. Und du verlangst von mir, daß ich mit ihr sympathisieren soll!«

Tränen stiegen ihr in die Augen.

Ich sah sie aus dem Fenster meiner Wohnung im dreißigsten Stock, sie wirkte ganz klein aus dieser Höhe, mit einer Jeansjacke und einer Glockenhose mit Blümchen am Saum der Hosenbeine, mir einer roten Schleife im Haar, ich beobachtete, wie sie zur Bushaltestelle lief. Ich wußte gar nichts über sie. Sie war schon eine perfekte Kanadierin, ganz elegant nach kanadischer Art, Englisch sprach sie genauso gut wie Tschechisch, mit langen Schritten lief sie selbstbewußt auf die Bushaltestelle zu …

Sie hatten sich fürchterlich gestritten. Veronika war hysterisch.

»… nicht nur, daß du keine Ahnung von mir hast! Du hast von nichts eine Ahnung! Von nichts, worauf es ankommt! Zwischen uns ist ein Eiserner Vorhang der Idiotie!«

»*All right! That's enough!*«

»… dann laßt doch die Eskimos wieder in ihre Jagdreviere und ladet die Russen in eure Theater ein. Zum Schluß werden in Kanada nur noch die Eskimos glücklich sein, falls sie in ihren Jagdrevieren und ungebildet bleiben! Vielleicht. Ich bin mir da nicht so sicher.«

»Wenn du so hysterisch bist, verstehe ich dich überhaupt nicht mehr!«

»… der größte Schock, den ihr erlebt habt, war, als euch die Hebamme an den Beinen in die Welt hinausgezogen und euch einen Klaps auf den Hintern gegeben hat! Du bist genauso wie alle deine Kumpel. *Ich hasse* euch so!«

»Dann geh doch zu deinen *tschechischen* Kumpeln!«

»Darauf kannst du dich verlassen, daß ich das tue!«

»Dann geh doch! Warum gehst du nicht? Ich halte dich nicht zurück! GO!«

Sie sah ihn kurz an, dann drehte sie sich um, glitt wie eine Schlange aus dem Wagen, und ohne sich umzudrehen schritt sie mit langen, anmutigen Schritten in ihrer Jeansglockenhose mit Blümchen davon. Im Widerschein der Fenster leuchtete die rote Schleife im kanadischen Spätnachmittag.

»Er ist mir so auf die Nerven gegangen«, klagte sie mir. »So furchtbar! Ich weiß, er kann nichts dafür, in gewissen Dingen hat er auch recht gehabt. Ich aber auch. Doch ich bin eine Frau und sollte klüger sein. Das heißt, ich hätte nachgeben sollen, wie es die Frauen seit der Steinzeit machen. ABER ER IST MIR SO AUF DIE NERVEN …«

»Ich weiß«, unterbrach ich sie. »Ich verstehe dich. Und ich denke, daß du klug gehandelt hast. Die Sache hat nur einen Haken: Du hast viel aufgegeben. Könnt ihr euch nicht wieder vertragen? Er könnte dich heiraten, du würdest dich nach kurzer Zeit von ihm scheiden lassen, und dann kriegst du Unterhalt. Das haben kluge Frauen schon immer so gemacht, zwar nicht seit der Steinzeit, aber seit es Unterhaltszahlungen gibt.«

»Na ja«, meinte Veronika. »Dafür ist es schon zu spät. Um seine Nerven zu beruhigen, weilt er jetzt im Club Mediterranee, wo auch heiratswillige Frauen hinfahren. Solche, die mit jener Schlauheit ausgestattet sind, wie du sie gerade beschrieben hast. Na ja. Ich muß jetzt aber gehen.«

Der Bus kam, ein Farbiger ließ das weiße Mädchen vor, die rote Schleife verschwand im Bus. Veronika sollte ich nie mehr wieder sehen.

Ich grüße Dich, mein lieber Landsmann!

Ich kann nicht anders und muß Dir ein paar prahlende Worte über meine Tochter Janka schreiben, die nicht nur so wunderschön ist wie ihre Mutter und so hübsch wie ich und die nicht nur so schöne Grübchen in den Wangen hat wie ihr Onkel (das geht mir manchmal durch den Kopf, denn der Onkel mit den Grübchen hatte ja nur Janas Schwester, d.h. meine Schwägerin, geheiratet), sondern jetzt stellt sich sogar heraus, daß sie auch noch unheimlich intelligent ist, von wem sie das wohl hat, das weiß ich allerdings nicht. In meiner und auch in Janas Familie (d.h. in der Familie meiner Frau) gab es immer nur ehrliche und anständige Menschen, und arm waren sie auch noch. Ich weiß nicht. Vielleicht ist das eine Mutation.

Tatsache ist aber, daß Janka nun im ersten Semester am Konservatorium ist, wo sie sich auf eine schauspielerische Laufbahn vorbereitet, obwohl ich immer sowohl heimlich als auch laut gehofft hatte, sie würde Zahnärztin werden, damit ich auf meine alten Tage nicht von der staatlichen Krankenversicherung abhängig bin, das wäre furchtbar, es wird auch furchtbar, wenn Janka Schauspielerin wird, aber wo war ich stehengeblieben? Ach so: Im ersten Semester hat sie sich einen angelacht, und zwar den berühmten Dichter, Dramatiker, die öffentliche und private Persönlichkeit Jan Vrchcoláb, und zwar hat sie das so clever angestellt, daß er dermaßen übermenschlich in sie verknallt ist, daß er jeden Tag bis in die späten Nachtstunden unter unseren Fenstern steht und sabbert, während sie ihn an der Nase herumführt und mir regelmäßig Bericht erstattet, was mit ihm so läuft.

Das, was zwischen ihnen läuft, sieht so aus, daß er für sie schon ein Filmdrehbuch geschrieben hat, in dem Janka die Hauptrolle spielen soll und das ich kraft meiner väterlichen Gewalt gebilligt habe (Janka ist noch nicht sechzehn), bis auf eine Szene, in der sie nackt über eine Wiese rennen und in einen Teich hüpfen sollte, wie es Vrchcoláb vorgegeben hat. Sie wird nirgendwohin hüpfen, auch nicht im Badeanzug! Damit ich nicht dumm oder hinterwäldlerisch dastehe, habe ich Janka eingeschärft, daß sie ihm sagen soll, an der Szene würde sie stören, daß sie ein Plagiat sei, denn eine ähnliche Szene gibt es schon in dem klassischen Film Ekstase *des Regisseurs Gustav Machaty; er solle die Szene in dem Sinne umarbeiten, daß die Heldin in Astrachanpelz und Filzstiefeln in der Schlange vor dem Lenin-Mausoleum steht, und wenn sie drankommt, ins Mausoleum hüpft. Er erhob laut Janka den Einwand, daß das nicht gehe, da der ganze Film in der Tschechoslowakei spiele und wir hier keinen Lenin hätten, und Gottwald sei schon längst verwest. So ließ ich ihm ausrichten, daß die Wiese bleiben könne, wenn er denke, daß es logisch aussieht, wenn Janka im Hochsommer in Astrachanpelz und Filzstiefeln drüberläuft, obwohl, warum eigentlich nicht: Eisenstein hat ja in den Parteitag der Bolschewiken auch Harfenspieler eingeblendet, obgleich Ziehharmonikaspieler, oder wie man sie nennt, logischer gewesen wären. Und so haben wir uns auf einen Kompromiß geeinigt, mit Hilfe von Jankas Vermittlungsdiensten, daß Janka in einem mittellangen Minirock über die Wiese laufen würde, und er blendet Hedy Kiesler in der berühmten*

Szene ein, das macht man angeblich heutzutage so, wenn man Klassiker zitiert oder wenn dem Helden etwas durch den Kopf geht. Hoffentlich werden es die Leute nicht falsch verstehen, aber grundsätzlich gilt: Meine Tochter wird sich nicht nackend produzieren. Und insbesondere nicht für so ein lächerliches Honorar!

Und zweitens schreibt er ein Theaterstück für sie, das die Hochschule als Jubiläumspremiere aufführen wird, und zwar soll es nach Jankas Wünschen ein Stück sein, in dem es für sie und alle ihre Freundinnen und Freunde aus dem Kurs gleich große Rollen gibt, damit alle zum Zug kommen, aber Janka doch ein kleines bißchen mehr als die anderen. Ich bin gespannt, wie Vrchcoláb diesen Wunsch erfüllt, aber er beherrscht ja die Dialektik.

Drittens hat er eine Sonettsammlung geschrieben, die zum Teil in der Literaturzeitschrift *abgedruckt wurde und ganz in der Wochenzeitschrift der arbeitenden Frau* Vlasta. *Was für Prachtstücke! Alles gereimt! Und die Vergleiche! Unter anderem vergleicht er Janka mit einem von Tau bedeckten Blümchen! Ist das nicht absolut genial und exakt? Nur verstehe ich nicht, warum von Tau bedeckt, doch Janka hat mich belehrt, daß damit bildlich dargestellt werden soll, daß sie ihn nicht an sich heran läßt. Das behauptet sie wenigstens, und ich glaube es ihr eigentlich. Ich würde ihn auch nicht an mich ranlassen.*

Kurzum, ich bin glücklich. Ein bißchen stört mich an ihm, daß er, ja, wie soll ich es sagen, ziemlich bürokratisch ist. Die Sonettsammlung über unsere noch vom Tau bedeckte (das hoffe ich zumindest) Janka hat er in seine private Kartei unter dem Buchstaben B eingeordnet! Stell dir das nur vor! B wie Blažejová, Janka! Damit Du das verstehst: Er hat sein gesamtes Schaffen von Kindesbeinen an in Ordnern archiviert, und jeder Ordner ist mit dem Jahr und mit der Art des Werkes versehen. Das alles weiß ich von Janka, die ihn in seiner Wohnung besucht, aber, wie schon erwähnt, läuft nichts, angeblich verhält er sich zu den Damen so, wie sie es wünschen. Wenn ihn eine Dame feurig haben will, wird er zu einem brennenden Busch. Wenn ihn eine Dame als Gentleman englischer Art haben möchte, raucht er in seiner Pfeife Tabak aus dem Tuzex und schweigt. Wenn er sich nach der französischen Art benehmen soll, küßt er das Händchen und kniet sich auf ein Taschentuch hin. Meine Janka hat ihn angeblich gebeten, er solle für sie der kluge, ältere Freund und nichts anderes sein, und so küßt er sie auf die Stirn (angeblich) und erklärt ihr die Dialektik des tsch. politischen Lebens, was sie gerne hört, denn darüber kann sie sich ihre eigene Meinung bilden.

Die Kartei beginnt mit dem Jahr 1936, als man ihm als Achtjährigen im Der junge Leser *ein Gedicht über Tomáš Garrigue Masaryk abgedruckt hat. Bis zum Jahr 1945 paßt sein Schaffen in einen Ordner, nicht, daß er wenig gedichtet hätte, aber es wurde wenig von ihm veröffentlicht, und er hebt nur Gedrucktes auf. Seit 1945 hat jedes Jahr einen eigenen Ordner, und ab 1948 ist jeder Ordner zusätzlich mit der folgenden Unterteilung versehen:*

GEDICHTE:

Politische

Für den Sozialismus (allgemein)

Gegen den Imperialismus (allgemein)

Für den Sozialismus (konkret):

Industrieaufbau

Aufbau der Genossenschaften

Sonstiger Aufbau

Gegen den Imperialismus (konkret)

Gegen: den Rassismus

den Kosmopolitismus

Sonstiges

B)Private

1)Liebesgedichte:

a) allgemein

b) konkret

(In dieser Sparte befindet sich auch unsere Janka. Unter B. wie Blažejová, Jana Elisabeth – nach der Großmutter)

2)Sonstige

(Hier gibt es Themen wie Mutterliebe, Freundschaft, Natur, Zusammenhalt der Genossen, Kindesgeburt, Haß (mit Ausnahme von Klassenhaß; dieser fällt unter A4) u.a.)

Militärische

Hier ist das System ein bißchen komplizierter, denn die Gedichte sind einmal nach Waffengattungen geordnet, zum Beispiel Panzergedichte, Fallschirmspringergedichte, zum anderen thematisch, zum Beispiel Liebesgedichte, Wachgedichte, Ausgangsgedichte, Küchenaufsichtsgedichte und Haftgedichte; und dann folgt die Einteilung nach den Kombinationen, zum Beispiel Schweres Geschütz-Ausgangsgedichte, Chemische Haftgedichte u.ä. Janka hat aus Neugier hineingeschaut und folgendes Gedicht abgeschrieben, das ich Dir hiermit schicke, damit Du nicht denkst, daß die Militärpoesie, insbesondere aus der Kategorie 7b: Haftgedichte »Mit der Decke« nicht großartig sein kann:

Mit der Decke in meiner Zelle
Leide ich gerecht
Ich war im Dienst eingeschlafen
Der Genosse Kupím soll hochleben!*

**Der Offizier, der mir am 5.7.52 diese harte, aber gerechte Strafe erteilt und mir damit Gelegenheit gegeben hat, über meine Fehler und Mängel nachdenken zu können.*

Ähnlich registriert und katalogisiert ist auch sein restliches Schaffen, wie zum Beispiel Artikel, Essays, Theaterstücke, Nekrologe, Polemiken usw. In jedem Ordner gibt es ein extra Fach mit der Überschrift: Kritiken und Rezensionen meiner Werke. *Die Kritiken und Rezensionen sind wie folgt gegliedert:*

Begeistert
Positiv
Unbestimmt
Eher negativ
Negativ
Vulgär

In dieser letzten Kategorie hat Janka eine geheimnisvolle Notiz gefunden, die als Epigramm in der Zeitschrift Student abgedruckt wurde:

Wenn du, Herr, Sünden anrechnen willst –
Herr, wer wird bestehen?
Jan Vrchcoláb

Das verstehe weder ich noch Janka.

Und wie ich so über die Gedichte nachdenke, mein lieber Landsmann, denke ich auch daran zurück, was für ein Glück im Leben ich eigentlich hatte. Ich bin womöglich einer der wenigen Augenzeugen von Vrchcolábs heute schon legendärem Auftritt vor Seiner Exzellenz Sir John Nichols, als die Britische Gesellschaft für diesen Sir einen Begrüßungsabend veranstaltete. Ich weiß nicht, warum Du damals nicht dort warst, wo Du doch Mitglied der Gesellschaft warst. Ich kam irrtümlich hin, obwohl ich kein Mitglied war. Wir hatten nebenan eine Sitzung unseres Bridge- und Mariageclubs, und als ich vom WC zurückkehrte, hielt mich ein Herr im Smoking an und fragte mich höflich etwas auf englisch. Und weil ich diese Sprache absolut nicht beherrsche (damit meine ich nicht etwa, daß ich ein wenig Englisch kann; da hätte ich eine andere Wortfolge wählen müssen), brachte es mich in Verlegenheit, und in dieser Verlegenheit, damit der Herr auch was davon hätte, sagte ich zu ihm: Yes. Und er verbeugte sich und deutete mir an, daß ich mitkommen sollte, und unterwegs fragte er mich wieder etwas, und ich antwortete zur Abwechslung: Nou. Dann kamen wir in den Saal, und dort gab es jede Menge Herren in Smokingen (Smokings?) und Damen, deren Kleider zumeist erst ab den Brüsten abwärts anfingen, es roch nach Zigarrenrauch, der Herr führte mich auf die Bühne und fragte wieder etwas, und ich sagte, um Eintönigkeit zu vermeiden: Wel. Da standen wir dann auch schon auf der Bühne, ich in meinem Tweedsakko, das ich gewöhnlich zum Kartenspielen anziehe, mit Ellbogenschützern, damit ich beim Spielen nicht den Stoff durchwetze. Unter mir standen die oben halb enthüllten Damen und die Herren in Galakleidung, alle mit einem leicht verlegenen Lächeln, wahrscheinlich wegen meines Sakkos. Dann hielt der Herr eine kurze Rede auf englisch und drehte sich zu mir um und sagte: Welkam tu Prag, sir Dschon! Und die Gesellschaft fing an, höflich zu klatschen. Ich wartete höflich ab, bis sie zu Ende geklatscht hatten, und sagte dann wieder auf tschechisch: »Das wird wohl ein Irrtum sein. Ich bin ein gewisser Blažej.«

Es war auch ein Irrtum. Der Sir Dschon hatte sich wegen seiner Manschettenknöpfe verspätet und war gerade in dem Moment gekommen, als der Herr die Rede hielt, und um nicht zu stören, blieb er höflich hinten stehen. Er hatte wunderschöne Knöpfe, mit Diamanten besetzt, und ich durfte bei dem Programm, das folgte, bleiben.

Und dann kam es. Auf die Bühne trat das Disman-Ensemble, vorne stand so ein großer Junge, und Herr Disman kündigte an, daß sie jetzt ein Gedicht rezitieren würden, das ihr Mitglied Jan Vrchcoláb zu Ehren von Sir John verfaßt hatte. Der Junge verbeugte sich höflich, und sie trugen es vor.

Das Gedicht war eine Art Voiceband, sogar Tschurtschill kam darin vor, und es ging darum, wie im Zweiten Weltkrieg die Briten in Frankreich an Land gehen. Das Ganze bestand aus den sogenannten heroischen Couplets, gereimt, was eigentlich eine reine britische Form ist, und Jan hatte sie mit dem Voiceband à la E. F. Burian verknüpft. Es rezitierte nämlich nur die eine Hälfte des Ensembles, die andere sang mit Brummendo verschiedene Melodien wie zum Beispiel: Itz a long wej tu Typerery *oder* Lok Lomond, *und dann, als die Briten vom*

Schiff gingen, sangen sie Rosamunde, *und zum Schluß, nach der erfolgreichen Ausschiffung,* Gott sejf dz king.

Es war ein Riesenerfolg, die Damen mit den kurzen Kleidern (oben kurz) schnappten sich den jungen Mann, und er fühlte sich ganz in seinem Element.

Du kannst Dir bestimmt meine Überraschung vorstellen, als ich ein Jahr später – im Jahr des Siegreichen Februar – den jungen Mann wieder traf, das war nach dem Mißverständnis mit meinem Theaterstück, das ich Dir in einem anderen Brief geschildert habe. Zur Strafe mußte ich in Cheb in einer Kneipe Leute für das Bergwerk anheuern, und nebenan im Theater gab es an jenem Tag eine feierliche Versammlung zu Ehren einer Person oder auch aus Protest gegen eine Person, aus welchem Anlaß auch immer, ich weiß es nicht mehr. Unser Agittrupp wurde so gegen elf aus der Kneipe rausgeschmissen, es war eine Sommernacht voller Sterne, und wir sahen, wie aus dem Theater eine Menge hellblauer Hemden hinausströmte, wie sich alle auf die Pflastersteine setzten und sehnsüchtig einen Sockel anstarrten, der dort für eine noch nicht aufgestellte Plastik bereitstand. Auf diesen Sockel schwang sich plötzlich ein junger Mann in weißen Hosen und blauem Hemd, alle verstummten, er streckte seine Arme zum Mond empor wie der Große Gatsby, wandte sich aber nicht an den Mond, sondern an den Genossen Stalin. Bis heute erinnere ich mich, daß es etwa so anfing (falls ich es richtig im Gedächtnis habe):

Großer Stalin, siegreicher Stalin,
Stalin, der Du alle unsere Träume erfüllst,
Stalin, Du Stern, Stalin, Du Hoffnung,
Stalin, der Du alles bist, was auf der Welt schön ist.

So ungefähr, ein bißchen wie bei Nezval, wenn darin auch das Echo der heroischen Couplets nachklang. Mein lieber Landsmann, ich wurde von einem geradezu heiligen Gefühl erfüllt, es erinnerte mich an einen italienischen Film während des Krieges, in dem Isa Miranda die weiße Göttin eines afrikanischen Stammes im tiefen Urwald spielte, auch sie hatte solche Rituale bei Vollmond veranstaltet, ihre Arme, die sie zum Mond emporreckte, waren so weiß wie Vrchcolábs Hosen. Ihr Ritual hatte aber aus Anlaß eines Menschenopfers stattgefunden, nicht wie hier, hier war das eher wie eine Arie aus der Oper Rusalka. *Fast hätte ich angefangen zu singen … Stalin im tiefen Himmel … Deine Augen sehen so weit … Durch die weite Welt irrst Du … In die*

Unterkünfte der Menschen schaust Du hinein ... ich konnte mich kaum zurückhalten.

Es war hinreißend! Wie der Junge im blassen Mondlicht mit zum Mond ausgestreckten Armen dastand, und um ihn herum malerisch angeordnet die weiblichen Mitglieder der Sozialistischen Jugend, und ich gebe zu, mein lieber Landsmann, ich hatte eine Erektion wie damals in Lidobio beim Anblick der Isa Miranda, die im ganzen Film fast nackt gespielt hatte.

Leider fand sich ein Grobian, der den ganzen Zauber zerstörte, dafür wurde er gleich von den Jugendfreunden geschnappt und zur Polizei gebracht, und angeblich bekam er dafür fünfzehn Jahre. Vrchcoláb war fast schon fertig, alle befanden sich in Ekstase, er ebenfalls, und gerade als er den letzten Vers rezitierte, an den ich mich noch erinnere:

Stalin, der Du alles weißt, was wir nicht wissen ...
Stalin, Stalin, Stalin, Stalin ...

da kam aus der Kneipe ein Säufer heraus und sang:

Dort schenkt meine Liebste aus,
meine reizende Maus ...

Er hörte den letzten Vers von Vrchcoláb, stockte, sang dann in der Stille, die unter dem Eindruck der großen Gefühle aufkam, mit seiner besoffenen Stimme zur Melodie des nicht beendeten Kneipenliedes:

Stalin, Stalin!

Und was die Blauhemdenfreunde mit ihm machten, das habe ich schon erwähnt.

Ich hatte halt Glück, immer wieder Vrchcoláb über den Weg zu laufen, ein unglaubliches Glück. Wie zum Beispiel: Ich rückte zum Militär ein, und wer kam wohl mit? Jawohl, dieser junge Mann. Ich diente aber in einem fortgeschritteneren Alter, weil ich aus diesem Grunde verschiedene Krankheiten gepflegt hatte, bis ich so viele hatte, daß der Militärarzt zu mir sagte: »Blažej, das ist doch schon egal. Ein derart kranker Mensch wie Sie kann nicht länger mehr als ein halbes Jahr leben, und so werden Sie in Ihren letzten Tagen wenigstens Ihrer Familie nicht zur Last fallen.«

Doch Vrchcoláb versuchte nicht, den Militärdienst zu umgehen, und rückte als ganz junger Bursche ein, aber im Grundwehrdienst blieben wir nur eine Woche beieinander. Er prägte sich in meinem Gedächtnis ein, wie er auf dem Klo vor einer Wand stand, auf die jemand die ungeheuer tragische Aufschrift NOCH 730 TAGE gepinselt hatte! Wie er mit einem so optimistischen Lachen Soldaten für den Rezitationszirkel warb. Eine Woche später wurde er abberufen und kam erst im Frühling wieder zurück, nun im Rang eines Leutnants und mit dem Künstlerensemble der Armee. Er rezitierte, doch vor allem sang er, und den größten Erfolg verzeichnete ein von ihm selbst komponiertes Lied mit dem Titel Lied eines Soldatenmädchens, *und es war, mein lieber Landsmann, alles im Neutrum geschrieben! Damals wurde Sittlichkeit verlangt. Aber die Soldaten störte das nicht, denn Vrchcoláb hatte das Ganze sehr geschickt ausgeklügelt, so daß jeder Soldat auf seine Kosten kam. Er stand in seiner Uniform vor dem Mikrofon, um ihn herum etwa zehn Mädchen, ebenfalls in Uniformen gekleidet, und er sang immer wieder einen Vierzeiler etwa in der Art:*

Ein Mädchen, ein Täubchen,
ging mit einem Gießer
dann rückte der Gießer ein,
und schenkte einen Ring dem Mädchen,
damit es an ihn denke.

Dann trat eins der zehn Mädchen vor und sang den Refrain:

Mein Liebster ist ein Panzerfahrer,
ich lieb ihn so!
Er bewacht den Frieden,
in seinem Panzer, im Drehturm,
er ist ein Prachtkerl!

Die letzten drei Verse wurden jeweils wiederholt, und die zehn Mädchen sangen vierstimmig, im russischen Sopran:

Er bewacht den Frieden,
in seinem Panzer, im Drehturm,
er ist ein Prachtkerl!

Die Genialität dieses Liedes lag darin, daß der Dichter in dem Refrain alle Waffen und Dienste durchnahm, so daß, wie ich bereits erwähnte, jeder Soldat auf seine Rechnung kam. Auch die von den chemischen Waffen und von der berittenen Truppe, die damals wieder eingeführt wurde. Das hatte den raffinierten psychologischen Effekt, daß alle

Soldaten gespannt dasaßen, ob er ihre Waffe nicht etwa vergessen hatte, und er vergaß wirklich keine! Es war interessant zu beobachten, wenn ein Mädchen vortrat und zum Beispiel »Mein Liebster ist ein Kanonier!« sang, dann der Applaus aus einer anderen Ecke des Amphitheaters, in das eine ganze Division paßte, ertönte, als wenn ein anderes Mädchen beispielsweise sang: »Mein Liebster ist bei den Schwarzen Baronen!« Das habe ich mir allerdings ausgedacht. Diese eine Abteilung hatte Vrchcoláb vergessen.

Mir wurde damals bewußt, daß Vrchcoláb eigentlich ein Meister der Form war. Aber jeder Meister greift manchmal daneben, und die Form, wenn auch meisterhaft, zog ab und zu mal unvorhergesehene Folgen nach sich. Einmal, während der Mittagspause, beobachtete ich den Korporal Střevlíček – Du kannst Dich bestimmt an ihn erinnern, das war der notorische Vater –, wie er in der Zeitschrift Der tschechoslowakische Soldat blätterte und in merkwürdig regelmäßigen Intervallen Schreie ausstieß wie: »Du Hurensohn!« oder »Du blöde Kuh!« oder »Du Sau!« Dann schmiß er plötzlich die Zeitschrift hin und brüllte: »Das gibt's doch gar nicht, dieser Penner! Es reimt sich nicht einmal!« Ich wunderte mich, daß er ein derart fachmännisches Interesse an Gedichten hatte, und fragte ihn, was er da lese. Er reichte mir wortlos die Zeitschrift und meinte dann: »Lies dir das durch, dieser Penner! Wenn er so scharf ist aufs Schuften, warum läßt er dann nicht das ständige Reisen? Dieser gottverdammte Hurensohn!« Wie Du weißt, war Střevlíček ein begeisterter Leser, jedoch nur von Groschenromanen und Pornographie, aber sein größter Wunsch war es, wenigstens einmal in seinem Leben in den Westen zu fahren, das Pecos-Gebirge und das Pigalle in Paris zu sehen, um sich mit eigenen Augen davon zu überzeugen, ob es wirklich stimmte, daß sich dort auf der Bühne vor den Zuschauern Weiber für Geld nackt ausziehen. Er hatte es im Rudé právo gelesen, und deshalb glaubte er es nicht. Aber in den ersten Aufbaujahren konnte man nicht ausreisen, das würde den Schurken so passen, statt die Räder der Fünfjahrespläne die Räder der internationalen Expreßzüge ins Rollen zu bringen, wie es Václav Lacina so treffend charakterisierte. Nur die Allerverdientesten durften fahren, diejenigen, die für den Aufbau nicht so unabdingbar waren wie Střevlíček, der, wie Du weißt, nur ein parteiloser Schmied war. Und so nahm ich ihm wortlos das Magazin aus der Hand und sagte: »Wen meinst du damit?« Ich fing an, ein Gedicht zu lesen, das – wie Du sicher erraten hast – von Jan Vrchcoláb stammte, das Gedicht hieß

Neid. *Ich stutzte bei diesem Titel, er kam mir gar nicht sozialistisch vor, doch aus dem Zusammenhang wurde mir dann klar, daß es, ganz im Gegenteil, um ein sehr starkes sozialistisches Gefühl ging. Auf jeden Fall war es das Gefühl eines derjenigen, die für den Aufbau nicht so unabkömmlich waren, und die deshalb diejenigen beneideten, die unentbehrlich waren.*

Eigentlich handelte es sich dabei um einen poetischen Baedeker, und die Struktur (da staunst Du, was ich alles weiß, nicht wahr?) war ähnlich wie bei den Gedichten über die Frauen im Neutrum. Es ging so:

Ich schlenderte durch das neblige (*London*)

(Das Wort in den Klammern änderte sich von Strophe zu Strophe: Paris, Rom, New York, Chicago, San Francisco, Rio de Janeiro, Bangkok, Kairo, Las Vegas, Tokio usw.)

wo an der düsteren Themse der Big Ben traurig schluchzt
wo in den Kneipen unten am Piccadilly
die Menschen einander nicht treffen.

Kurz und gut, in jeder Strophe wurde eines der vielen Schreckensbilder des Kapitalismus festgehalten, in jeder ein anderes und in verschiedenen Städten. (Daß auf dem Piccadilly die Menschen einander nicht treffen, ist eine ausgeklügelte metaphorische Beschreibung dessen, wie ausgeprägt die Entfremdung der Menschen in der kapitalistischen Gesellschaft ist.) Nach jedem Schreckensbild folgte immer ein extrem kontrastvoller Refrain, immer derselbe:

Und doch beneide ich dich,
Genosse am Amboß,
der du mit der schwieligen Faust
den Sozialismus aufbaust.
Du kennst nicht den Duft des Meeres
und die großstädtischen Spleens.
Du schreitest jedoch mit den Genossen
in einer Reihe der Zukunft entgegen!

Jetzt verstehst du das wahrscheinlich besser, mein lieber Landsmann. Immer, wenn Střevlíček eine neue Strophe gelesen und den Namen der nächsten Weltmetropole gesehen hatte, schimpfte er laut über Vrchcoláb, denn während der ersten Aufbaujahre des Sozialismus war es kein Problem gewesen, zu einer Arbeit am Amboß zu kommen, viel schwie-

riger war es aber, nach Frisco zu fahren. Und als er dann zu folgender Strophe kam:

Unter den Neonlichtern und schweren Wolken
lief ich auf dem Piccadilly umher,
ich sah eine nackte Frau, bespuckt durch Blicke,
und stand entsetzt in einem erbärmlichen Zelt …

spuckte er aus und schrie: »Das gibt's doch gar nicht, dieser Penner! Es reimt sich nicht einmal!« Die Tiefe des Gedichtes hat er überhaupt nicht begriffen. Auch nicht das ehrliche Gefühl der weniger Nützlichen. Daraus ergibt sich der Lehrsatz, den die Klassiker des Sozialistischen Realismus zu Recht geprägt haben: Technik ist nicht alles.

Doch die Technik bedeutet viel. Ich freundete mich später mit Vrchcoláb an, als er begann, außer Gedichte auch noch für die Bühne zu schreiben, denn wir waren dann beide vom gleichen Fach. Und ich sagte immer zu ihm: Genosse, wenn ich deine Technik hätte, wäre ich Shakespeare. Guck Dir mal sein berühmtes Theaterstück Die Mutter und ihre Töchter *an. Mensch, was hat sich Dein Hemingway den Kopf zerbrochen, bis er endlich den berühmten kondensierten Stil erreichte, wo in jeder Geschichte ein ganzer Eisberg drin steckt, obwohl man von außen nur das kleine Stückchen über dem Wasser sehen kann. Vrchcoláb war es gelungen, in diesem nicht sehr langen Theaterstück den ganzen Nordpol unterzubringen. Und die Mutter aus dem besagten Stück hat sich in ihrem ganzen Leben nur dreimal hingegeben, für die Zwecke der Dramaturgie an drei sehr ausgeprägte Typen: Der eine war ein Stümper, der andere ein Bourgeois und der dritte ein Partisan. Von jedem hatte sie eine Tochter bekommen, die dann wiederum drei unterschiedliche Männer heirateten: die erste einen Aktivisten, die zweite einen Arzt und die dritte, die jüngste, war noch ledig, ging aber mit einem langhaarigen Rebellen. Wenn Du das alles in einen automatischen Rechner eingibst, dann bekommst Du jede Menge wunderschöne menschliche Schicksale heraus, zum Beispiel Schwiegersohn Arzt – Schwiegervater Stümper oder Tochter Halbstarke – Schwager Aktivist oder Papa Bourgeois – Tochter als Frau des Aktivisten; schlicht und einfach die ganze menschliche Komödie, aber alles sehr ernst. Ungünstig war nur der Umstand, daß, der geometrischen Reihe entsprechend, ein bißchen zu viele Beziehungen entstanden waren, und so hatte man in dem Stück nur drei Minuten Zeit für jede Beziehung, infolge dessen, obwohl es sich um ein ernsthaftes Thema handelte, alles ziemlich beschleunigt war. Aber es kam an Shakespeare heran. Erinnerst Du Dich, wie der Held in dem Theaterstück* Titus Andronikus, *dem man beide Arme und beide Beine abgehackt und dazu noch die Zunge herausgeschnitten hatte, mit der Nase die Namen seiner Mörder in den Sand schrieb? Was für ein geniales* dénuement *(ich bin so gescheit, schon zum zweiten Mal mach ich Dich darauf aufmerksam! Das hier habe ich von Janka, sie hatten das in der Schule durchgenommen), so etwas hat Vrchcoláb jedoch nicht. Nur die jüngste Tochter tanzte am Ende seines Stückes mit dem Vater, dem Partisanen, Rock 'n' Roll, der Vater hüpfte wie Elvis Presley, und dann stellte sich heraus, daß er anstelle beider Beine Prothesen hatte, weil er sie (die Beine) während des Großen Vaterländischen Krieges verloren hatte!*

Kurz und gut, was Vrchcoláb auch nur anfaßte, gelang ihm. Jetzt spekuliert er, laut Meldungen meiner Tochter Janka, über die soziale Frage, und er hat eine wirklich interessante historische Entdeckung gemacht: In keinem einzigen sozialistischen Staat ist es je vorgekommen, daß jemand seine Parteifunktion zurückgelegt hätte, weil seine Wahlperiode abgelaufen ist. Entweder … wie soll ich das denn beschreiben, damit es sozialistisch klingt? Ach so: Entweder hat man gegen ihn unerlaubte Methoden der sozialistischen Justiz angewandt, so daß er körperlich annulliert wurde, oder er wurde aus gesundheitlichen Gründen gestürzt, oder er hat seine Funktion ganz freiwillig aufgegeben, oder aber er starb ohne Anwendung unerlaubter Methoden ganz von alleine. Und damit solche Sachen nicht mehr passieren, verfaßt Vrchcoláb nun eine Denkschrift, in der er fordert, man solle eine loyale sozialistische Opposition zulassen, damit der Kommunismus wieder aufblüht. Was mich angeht, mir ist lieber, wenn der Kommunismus halb kaputt ist. Es lebt sich besser, fröhlicher.

Aber dem Burschen gelingt immer alles, und so rechne ich damit, daß er auch für seine Denkschrift Unterstützung in der Partei gewinnen wird. Dann sollte ich mich bald nach einem Land umsehen, in das ich emigrieren könnte. Wohin würdest Du in diesem Falle auswandern? Ich würde nach Honduras gehen. Ich kenne nämlich den Generalkonsul in Prag, rein gesellschaftlicher Verkehr. Der kann vielleicht Karten spielen, er gewinnt auch dann, wenn er alle vier Asse in der Hand und das fünfte im Ärmel hat!

Vratislav, Dein Landsmann

P.S. Gerade hat mir Janka das Manuskript des Theaterstücks gebracht. Darin gibt es eine Szene, in der alle Mädchen im Wohnheim nur in Unterwäsche herumlaufen. Ich billigte es nur unter der Bedingung, daß dabei ausschließlich Baumwollwäsche in Frage kommt, undurchsichtig, mindestens zur Hälfte der Oberschenkel reichend, und Janka sollte einen Unterrock von der Großmutter tragen, der mehr wie ein Kleid für die Tanzschule aussieht. Meine Tochter wird sich grundsätzlich nicht in Unterwäsche in der Öffentlichkeit zeigen! Und umsonst schon gar nicht!

P.P.S. Es wird nichts daraus. Jana (meine Frau) hat es der Zensur unterzogen, sie werden Morgenmäntel anziehen müssen.

P.P.P.S. Nach reiflicher Überlegung habe ich entschieden, daß, wenn Vrchcoláb schon Unterwäsche auf der Bühne sehen will, er die Szene doch in ein Männerwohnheim verlegen soll.

P.P.P.P.S. Dies lehnte er mit der ästhetischen Begründung ab, er sei nicht schwul.

P.P.P.P.P.S. Es ist ein schönes, fortschrittliches Theaterstück. Wie die jungen Menschen an einem Strang ziehen, damit sie zu aufrechten Menschen mit gutem Charakter werden, so wie es Schauspielern schon traditionell in der Natur liegt.

Wir haben einen nassen, regnerischen kanadischen Frühling. Ich stehe an der Bushaltestelle vor der Uni, weil bei meinem Plymouth das Getriebe ausgetauscht wird. Ein kalter Wind pfeift mir um die Ohren, es regnet. Wie immer fühle ich mich wohl in diesem kalten Wind und mit den Berührungen der Regentropfen auf meinen Wangen. Ich schließe die Augen, am Bug der Jane Guy wirft mir der kalte Meeresschaum des südlichen Pazifik Tröpfchen ins Gesicht … auf einmal ertönt eine Hupe, ich öffne die Augen. Es ist Svenssons Cadillac, mit Irene am Lenkrad. Wie am Anfang des Winters höre ich:

»*Want a lift?*«

»*That's very kind of you!*«

Ich setze mich auf den Sitz vorne neben sie. Es ist ein Sitz von der Größe eines schmaleren Ehebettes; zwischen meiner Studentin und mir ist mindestens noch ein Meter Platz. Irene tritt auf das Gaspedal, der Wagen gleitet leise über die Fahrbahn. Irene trägt einen roten Pullover, einen Schottenrock und schottische Kniestrümpfe. Ihre Knie sind nackt. Ihr Fuß auf dem Gaspedal steckt in einem Schuh mit einer großen Lasche.

Kaum habe ich mich hingesetzt, werde ich das Gefühl nicht los, daß etwas nicht stimmt. Aber Irene schweigt. Wir fahren auf die *speedway* hinaus, und immer noch kein Wort.

»*What is it?*« frage ich endlich.

»*Nothing.*«

Wieder herrscht großes Schweigen. Dicht über dem Boden hängt grauer Nebel. Ich habe das Gefühl, als würde ich die Landschaft nicht wiedererkennen. Das liegt vielleicht am Nebel.

»*Blue mood?*« Sie starrt vor sich hin, ihre Hände mit einem eleganten Ring umklammern das Lenkrad, darin steckt die Sicherheit der Kinder dieses Landes, die womöglich im Auto zur Welt gekommen sind. Ohne mich anzuschauen, fragt sie:

»Wie geht es Veronika?«

»Veronika? Das weiß ich nicht.«

»Sie ist seit einer Woche nicht in den Vorlesungen.«

»Wirklich?«

Tatsächlich wird mir bewußt, daß das traurige Mädchen öfters schwänzt.

»Du hast recht. Ich habe sie auch schon lange nicht mehr gesehen.«

»*Except the day before yesterday.*«

Sieh mal einer an! Ich sehe die junge Frau aus dem Norden scharf an. Sie starrt immer noch vor sich hin, um den Wagen herum wird es dunkel. Ihre weißen Knie leuchten unter dem Armaturenbrett heraus.

»*Who did the legwork for you?*«

»Wendy. Sie war eine Freundin besuchen, die im selben Haus wohnt wie du. Sogar im gleichen Stockwerk.«

»Na und?«

Wieder Schweigen. Dann:

»Du hast doch gerade gesagt, daß du sie schon lange nicht gesehen hast.«

»Ich meine an der Uni. Ja, privat habe ich sie schon gesehen. Vorgestern war sie bei mir.«

»Warum?«

»Spionierst du für deinen Bruder?«

Sie antwortet nicht, sie starrt nur vor sich hin. Noch hatte sie mich keines Blickes gewürdigt.

»Aber er ist, soweit ich informiert bin, auf Guadeloupe, oder?«

Wieder nichts. Es ist wirklich schon zu dunkel. Ich sehe hinaus und stelle fest, daß wir durch einen Wald fahren. Ich wende mich wieder der jungen Frau aus dem Norden zu.

»Wo fährst du mich denn hin?«

Sie schweigt und schweigt. Und dann, ein bißchen stolz, hebt sie ihr Kinn: »Schläfst du mit ihr?«

Oh Mann! Ich rufe es aus wie in uralten Zeiten. Der Cadillac schaukelt weich über einen Waldweg, und ich habe plötzlich das Gefühl, daß er mich in das Reich des Absurden entführt, daß auf seltsame Art mein uralter Traum in Erfüllung geht, der allerdings nicht mehr von großer Bedeutung für mich ist, denn ich weiß, daß das Leben kein Traum ist. *Das Mädchen aus Chicago geht mir nicht aus dem Kopf … ihre grauen Augen schwimmen in den Traumschwaden …* meine eigenen uralten Verse klingen mir in den Ohren *… ich will mich mit ihrem amerikanischen Ruhm berauschen …* der Cadillac bohrt sich immer tiefer und tiefer in die Dunkelheit des unbekannten Waldes.

»Ich schlafe nicht mit ihr«, sage ich.

»Lügst du auch nicht?«

»Wenn dein Vater im *glove compartment* eine Bibel liegen hat, kann ich es dir auch auf die Bibel schwören.«

»Und warum hat sie sich dann von Percy getrennt?«

Findet dieses Verhör doch auf Anweisung ihres älteren Bruders statt? Aber nur deshalb würde sie mich nicht in den Wald des Absurden bringen.

»Dein Bruder hat sie doch aus dem Auto rausgeschmissen. Sie solle gehen, wohin auch immer sie wolle.«

»Woher weißt du das?«

»Sie hat es mir erzählt.«

»Warum ausgerechnet dir?«

»*Well*, wir haben das gleiche Blut, sie und ich. Wir sind Tschechen. Wir halten zusammen. Wenigstens im Ausland.«

Wieder Schweigen, immer noch hat sie mich keines Blickes gewürdigt. *Ich mag sie auch deshalb, weil sie weiße Aufzüge hat … für die Weihnachtsfeiertage fliegt sie nach Paris … sie schwimmt im Bassin und um ein goldenes Gitter …*

»Du lügst doch.«

»Na gut, dann lüge ich eben. *As wish you, Nicole.*«

Sie hebt ein wenig ihr Kinn. Der Weg führt leicht aufwärts. Wie ein Bergbach strömt uns dichter frischer Nebel entgegen.

»Percy hat sich von ihr getrennt, weil sie mit einem anderen im Bett war und es geleugnet hat.«

Ich spüre, daß mein Schicksal besiegelt ist. Wir fahren immer weiter und tiefer in den Wald des Absurden, auch diese abschließende Ironie meines ironischen Lebens bleibt mir nicht erspart.

»Warum sollte ich der andere gewesen sein?«

»Es war ein Tscheche.«

»Ich bin nicht der einzige Tscheche in Toronto.«

»Aber warum ist sie gleich zu dir gegangen, nachdem sie ihn angerufen hat und nachdem er ihr es gesagt hat?«

»Was hat er ihr gesagt?«

»Daß sie mit ihm geschlafen hat, mit dem Tschechen.«

Veronika hatte mir davon erzählt: »Er mußte das von Barb erfahren haben. Sie ist vielleicht noch einmal zurückgekommen, als wir schon geschlafen haben. Im Halbschlaf habe ich etwas gehört, als hätte jemand die Tür aufgeschlossen.«

Ich entgegne: »Und auch wenn es wahr wäre, warum nimmt er es so ernst? Das wäre doch unmodern.«

»Percy liebt sie«, sagt Irene. Sie starrt vor sich hin, es wird immer dunkler. Dann fügt sie hinzu: »Es ist ohnehin nur ein Mythos, daß es einen nicht stören würde. Jedem macht das was aus.«

»Und warum nimmst du das so ernst?«

Wir kommen auf dem höchsten Punkt des Hügels an, Irene biegt auf einen schmalen Feldweg ab. Am Wegrand steht ein Schild mit der ins Kiefernholz eingebrannten Aufschrift: PRIVATE ROAD.

»Weil du deinen Bruder liebst?«

Sie streckt das Kinn wieder nach vor, nimmt den Fuß vom Gas und tritt auf die Bremse. Um uns herum breitet sich ein niedriger Kiefernwald aus, zwischen den Bäumen hängt Nebel, der den bunten Strömen im Mississippidelta ähnelt.

Und plötzlich passiert es. Die Blondine bricht über dem Lenkrad zusammen und plärrt los. Sie schluchzt herzzerreißend. Ich überlege, ob es wirklich wahr ist, aber es ist so. Noch nie vermochte ich anderen Menschen in die Seele zu blicken.

Ich lege ihr meine Hand auf die Schulter:

»Nicht weinen. Du hast doch gar keinen Grund dafür.«

Sie hebt ihr tränenüberströmtes Gesicht hoch, und endlich sieht sie mich an. Sie spricht, als wäre sie aus einem Prager Arbeiterviertel, nun scheint es keine Rolle zu spielen, daß sie aus Wiltshire Boulevard kommt:

»Du beachtest mich gar nicht! ... Du ignorierst mich *so*! ... Du ... Buuuh!«

»Doch, ich beachte dich. Wie hübsch du bist. Und mit Veronika habe ich nicht geschlafen. Ehrenwort.«

Sie wirft sich mit ihrem etwas durcheinandergeratenen Vidal Sassoon an meine Brust, und dabei schlägt sie mir mit ihrer Stirn beinahe einen Zahn aus. Sie ist überhaupt nicht modern und typisch. Oder doch. Ich sage nichts mehr. Ich schiebe meine Hand unter ihren Schottenrock. Durch den blonden Schopf hindurch sehe ich, wie sie nach dem Armaturenbrett tastet und wie sie blind, mit der Sicherheit einer Klaviervirtuosin, einen der vielen Knöpfe drückt. Eine Sekunde lang erwarte ich, daß ein Gag folgen würde – das Stoffdach könnte sich beispielsweise zurückschieben, so daß es auf uns herabregnen würde. Aber sie war doch im Auto zur Welt gekommen. Die breite Lehne des Vordersitzes gibt ganz langsam und leise nach. Unter uns entsteht wahrhaftig ein Ehebett. Der Nebel ist so dicht wie Milch, er bildet einen Musselinvorhang um dieses Hochzeitsbett herum. Irene verliert ihre Jungfräulichkeit stilgerecht, im Auto.

»Uher?« fragte Lída Lewis. »Der ist verschwunden. Man sagt, daß die Geheimdienstler, die sich Pavel angeschlossen haben, liquidiert wurden.«

»Das hätte man nicht geheimhalten können.«

»Ich meine nicht unbedingt physisch. Vielleicht wurden sie nur in die Sowjetunion geschickt, zur Umschulung. Ich weiß nur, daß er nicht mehr bei uns im Haus wohnt. Und daß er nach der Invasion einige Leute gewarnt hat, sie sollten lieber emigrieren.«

Ich dachte an den ehemaligen Priesterseminaristen zurück, an unsere seltenen Begegnungen. So hatte er also geendet, dieser clevere Pater. Weiß Gott, ob er überhaupt noch am Leben war. Was war wohl mit ihm passiert? Was war in ihm vorgegangen? Ich vermochte nie, in einen Menschen hineinzusehen. Die Menschen waren immer anders, als ich mir dachte. Lída schleckte ihr Pekannußeis, das Café Marika war halb leer.

»Warum hat er das wohl gemacht?«

»Wahrscheinlich hatte er schon die Nase voll.«

»Von den Schweinereien? Er sah nicht gerade wie ein feinfühliger Mensch aus.«

»Der Schein kann trügen«, meinte Lída. »Vielleicht hat er über Dinge, von denen wir nur eine leichte Ahnung haben, viel besser Bescheid gewußt, und es ist ihm in den Kopf gestiegen.«

»Das schon eher. Es ist wahrscheinlicher, als daß sich sein Gewissen gerührt hätte. Ich hielt ihn immer für einen absoluten ...«

»Gauner?«

»Nein. Mehr für einen pervertierten Heiligen, der keine Sekunde daran zweifelt, daß der Zweck die Mittel heiligt. Und vielleicht ist es wirklich so. *Who knows?*«

»Sie scheinen mir aber auch schon angesteckt zu sein vom Westen«, meinte Lída.

»Sie sind es nicht?«

»Ich nicht. Sobald Ansteckungsgefahr besteht, fahre ich schnell in die Tschechoslowakei. Die Heimat ist eine hervorragende Kurmöglichkeit für Patienten, die unter Fortschritt leiden.«

Wir lachten. Ich dachte an den Extheologen, wie er sich in jener Winternacht in der Kirche geweigert hatte, mich zu retten, und wie er mich an jenem Herbsttag im Zug nicht verpfiffen hatte. Dann dachte ich an die seltsame nächtliche Wanderung von Pater Huňák.

»Der Arme«, sagte Lída. »Vielleicht hat er es schon hinter sich. Und dabei hat er so eine Karriere gemacht! Wissen Sie, daß er in den sechziger Jahren in der UNO gesessen hat?«

Ja, das wußte ich. Damals war es zu meiner dritten Begegnung mit dieser schwer faßbaren Person gekommen. Im Jahre sechsundsechzig – man hatte mich zu einem Kongreß an die Universität von Long Island eingeladen – stand ich auf der Aussichtsterrasse des Empire State Buildings, wo ich versuchte, meinen alten Traum von Amerika zu träumen, doch es war nicht mehr möglich. Dort traf ich Uher zum dritten Mal.

Wie war er damals?

Neutral. Er stand mit einem Mann am Geländer, sie unterhielten sich auf russisch. Er sah mich und gab vor, mich nicht zu kennen. Dann schickte sich der Russe an wegzugehen, sie reichten einander die Hände, und der Russe verschwand. Uher ging auf mich zu und grüßte mich mit einem christlichen Gruß.

»Grüß Gott.«

»Hallo, Mensch«, grüßte ich zurück, denn ich war kein ehemaliger Theologe. »Falls du getürmt bist, weigere ich mich, mit dir zu reden.«

Er sah mich nicht gerade freundlich an. »Das finde ich überhaupt nicht lustig. Rein zufällig bin ich dienstlich hier.«

»Vertrittst du die Gewerkschaften?«

Er betrachtete mich forschend mit sein nicht unbedingt freundlichen, aber auch nicht unfreundlichen Augen, sie waren neutral. Kühl, als würde er ein Stück Rindvieh ansehen. Mit den Augen der Macht, nahezu göttlicher Macht.

»Erzähl mir nicht, du weißt nicht, daß ich nicht mehr bei der Gewerkschaft arbeite.«

»Du wirst dich wundern, Uher, ich wußte es aber wirklich nicht. Ich habe mich nicht um dich gekümmert. Und du dich um mich hoffentlich auch nicht.«

»Nur dienstlich«, meinte er. Es lief mir ein kalter Schauer über den Rücken. »Du scheinst in Ordnung zu sein. Du hast meinen Rat damals ernst genommen. Im Zug, weißt du noch?«

Daß ich mich daran erinnerte, war verständlich. Aber daß auch er … war das auch verständlich? Wahrscheinlich schon; ein guter Spitzel mußte ein gutes Gedächtnis haben.

»Das hab ich auch.«

»Bis auf ein paar schwache Momente ab und zu, nicht wahr? Wie zum Beispiel mit Alan.«

»Das war nicht so einfach. Da bin ich so reingerutscht, ich wußte gar nicht …«

»Ich meine nicht in Prag. Ich meine hier.«

Jetzt erschrak ich wirklich. Verfügte der Geheimdienst wirklich über ein derart vollkommenes Netz, daß sie jeden meiner Schritte sogar hier in New York verfolgen können? Und wenn ich ihnen das schon wert bin, was ist dann mit … Während des Gesprächs vor der Abreise hatten sie mir ans Herz gelegt, mich bloß nicht mit Alan zu treffen. Und ich wollte ihn ja auch gar nicht treffen. Warum auch?

Er war vollkommen anders als ich, wir hatten uns nichts zu sagen. Und falls ich je den Ehrgeiz besessen haben sollte, ein Freund eines Erben von Whitman zu sein, hatte mich dieser nach dem Malheur bei der Maifeier verlassen. Aber durch die klassische Ironie des Lebens lief ich ihm gleich am ersten Tag in New York in der U-Bahnstation Grand Central in die Arme. Er befeuchtete mich mit seinen begeisterten Küssen und lud mich zu sich ein. Selbstverständlich konnte ich nicht nein sagen.

»Das war ein Zufall«, erklärte ich. »Woher weißt du das eigentlich?«

»Jede Stadt …« Er sprach den Satz nicht zu Ende. Ich stand an der Schwelle zur Erkenntnis über eine der bewährten Polizeimethoden. Er wich mit seinen Augen zur Seite aus, und ich blickte auch in diese Richtung. Mir wurde bewußt, daß das Gespräch, das man von dort hören konnte, auf tschechisch geführt wurde. Am Geländer stand eine Frau so um die fünfzig, ausstaffiert wie für einen Empfang, zusammen mit einem Greis in einem grellbunten Sakko und mit einem Stetson.

»Das gibt's doch gar nicht! Daß sie es so schnell gebaut haben? So ein Haus?« wunderte sich die Dame. »Bei uns hätte das zehnmal länger gedauert, und zum Schuß würde es sowieso einstürzen! Oder es würden die Ziegelsteine den Leuten auf den Kopf fallen. Weißt du, daß in Prag im letzten Jahr auf diese Art und Weise drei Menschen ums Leben gekommen sind?«

»Oh!« machte der ältere Herr und fragte mit einem Akzent: »Deshalb stehen in der ganzen Stadt die Gerüste?«

»Na klar. Es gibt überall nur Durcheinander. Du weißt doch, die Kommunisten kümmern sich nur um ihren Platz an der Futterkrippe …«

Es war mir peinlich. Ich dachte daran, etwas lautes auf tschechisch zu sagen, zum Beispiel Hatschi!, um die arme Genossin zu warnen. Uher sah mich kühl an und legte seinen Finger auf den Mund. Eine typische Geste der Geheimdienstler. Es war ohnehin schon zu spät, sie war bereits im Netz hängengeblieben. Und so standen wir schweigend am Geländer, betrachteten scheinbar nachdenklich die Canyons von Manhattan, ein Hubschrauber flog an uns vorbei und landete auf dem Dach des PAN-AM Buildings, und die nichtsahnende Untergebene kompromittierte sich auf die schwerwiegendste Art überhaupt. Die Arme war zu einem Besuch hier, für den sie sich wahrscheinlich die Füße hatte plattlaufen müssen. Sie versprach dem alten Herrn, daß sie ihn durch Prag führen würde, wenn er ihr einen Gegenbesuch machen würde. Eine politisch durchgekaderte Genossin. Und nun, auf der Terrasse des Empire State, ging ihre kaderpolitische Akte flöten.

Endlich gingen sie.

»Jede große Stadt«, sprach Uher mit einem kalten Lachen weiter, »ist eigentlich nur ein Dorf. Jede Stadt hat einige Dorfmarktplätze, wo alle Touristen auf jeden Fall hingehen. Diese Dame hat uns das sehr anschaulich demonstriert, was meinst du?«

»Wirst du ihr Ärger machen?« Uher überlegte. Dann fragte er:

»Und wenn ich dich darum ersuchen würde?«

Meine alte Bekannte, die Angst, berührte mich wieder. Schon wieder steckte ich in einer Falle, wieder in einer anderen.

»Ich werde auskundschaften, wie sie heißt, und dir gebe ich eine Telefonnummer, die du in Prag anrufen wirst. Haben dich die Genossen in Prag informiert, daß du solche Dinge melden sollst?«

Was sollte ich denn dazu sagen? Also sagte ich laut:

»Du kannst das bestimmt viel besser erledigen.«

»Nein, nein!« sprach er lächelnd. Mit diesem vertrauten, schwer definierbaren Lachen. »Diese Gegenleistung kannst du für mich tun.«

»Gegenleistung?«

»Tja«, sagte er langsam. »Du warst doch ein guter Freund von … und in Kostelec warst du auch zu jener Zeit …« Er verstummte. »Oder nennen wir es lieber Gefälligkeit. Ich werde erst nächstes Jahr wieder nach Prag fahren.«

Ich konnte Amerika nicht mehr genießen. Auf der Terrasse des Empire State fühlte ich mich wie an dem winterlichen Sonntag im meinem Zimmer mit dem Ausblick auf den Schwarzen Berg.

»Es passiert nichts. Die Dame wird lediglich eine Zeitlang nicht mehr ins Ausland fahren dürfen. Du dafür schon.«

Ich wurde von dem Gefühl erfaßt, ich hätte diese Szene schon einmal erlebt. Oder darüber gelesen. Das Empire State kam mir vor wie ein großer Berg …

»Ich werde es mir überlegen«, sagte ich.

»Wie du willst. Ich werde dir jedenfalls den Namen der Frau geben.«

Im Hotel ging ich nicht ans Telefon. Doch an der Rezeption nahm man die Nachrichten entgegen. Am nächsten Tag gab mir der

Empfangschef zusammen mit meinem Schlüssel einen Zettel, auf dem in Uhers Handschrift geschrieben stand:

Mary Squarilik.

Und eine Telefonnummer. Eine fünfstellige. In Prag.

Ich fürchte, Hakim, du wirst einer der ersten sein. Mir ist es allerdings egal. Es ist dein Leben. Oder vielleicht deine Entscheidung, dein Schicksal. Das weiß niemand. Möglich ist aber auch, daß die Revolution dem schon entwachsen ist. Vielleicht war es nur wissenschaftlicher Terror, der aus Menschen verängstigte Mäuschen gemacht hat, nun kann er wieder locker lassen, so daß die Mäuschen zu Menschen werden, und dann …

Die zyklischen Permutationen.

»In den Symbolen der Köpfe, abgeschlagen und aufgespießt auf den Pfählen um Kurtz' Palast herum, steckt eine der exaktesten Prophezeiungen von Conrad«, trage ich leise vor. Sheila schreibt wie besessen mit, ich hoffe nur, daß sie es später nicht mehr entziffern kann. Fast erschrecke ich bei dem Gedanken, in welcher Form dies in ihren Arbeiten erscheinen könnte, die Sheila bei meinen Kollegen in den Kursen über Conrad schreiben würde. »Herr Kurtz ist – so wie ihn der Harlekin sieht – ein unglaublich schöner Archetyp …«, erzähle ich weiter. *›Ah‹*, schluchzte der Harlekin, *›ich werde nie, nie wieder solch einem Mann begegnen. Sie hätten ihn hören sollen, wenn er Gedichte vortrug – noch dazu seine eigenen, wie er mir sagte. Gedichte!‹* Diese Passage erinnert an die berühmte Szene aus Chaplins *Der große Diktator*, in der der Diktator Hinkel unmittelbar nach dem Tode des Erfinders auf dem Klavier Beethoven spielte. Oder denken Sie an das dichtende Staatsoberhaupt und wie er Tausende von Blumen samt den Wurzeln aus dem Boden herausriß …«

Ich lege eine Pause ein, mein Blick trifft die Augen meines Kurses. Einige starren ins Leere und täuschen rasch Interesse vor. Sage ich überhaupt etwas? Oder führe ich nur Selbstgespräche?

»Marlow erwähnt außerdem die *großartigen Monologe* des Herrn Kurtz, denen der Harlekin mit Bewunderung gelauscht hat«, fahre ich fort. »Darin ging es um *Liebe, Gerechtigkeit und Lebensführung.* Stellen Sie sich diese edlen Lektionen vor, die in einem Haus stattgefunden haben, das umzäunt war mit menschlichen Köpfen auf Pfählen. Der Harlekin schildert weiter, wie die schwarzen Häuptlinge zu Herrn Kurtz kamen und auf dem Bauch daherkrochen. Doch am emsigsten kroch er selbst, der Harlekin. Viel eifriger als all die wildesten der Wilden.« Ruft das bei meinen Schäfchen eine Reaktion hervor? Oder etwa bei niemandem von ihnen? Wohl nur in mir, der darin etwas Bestimmtes sehen will ...? »Aber hören Sie jetzt gut zu!« Und ich lese vor: »›*Diese Köpfe sind die Köpfe von Rebellen.*‹ *Ich verblüffte ihn gewaltig durch mein Gelächter. Rebellen! Was mochte die nächste Definition sein, die ich zu hören bekam? Es gab schon Feinde, Verbrecher, Arbeiter – und diese da sollten Rebellen sein.*«

Bellissimmo steht mit einem entschuldigenden Lächeln auf. Er und Vicky verlassen mich.

»*Sorry, I have a class. It's been terrific, sir!*« Auch Hakim sammelt seine Bücher auf dem Tisch zusammen, er bleibt aber noch, obwohl ich weiß, daß auch er PSYCHOLOGY 218 besucht, diesen interessanten Kurs über die Gesetzmäßigkeiten menschlicher Attitüden. Professor Medley gehört der Marxistischen Studiengruppe an ...

»In den mittleren Passagen aus dem *Herz der Finsternis* wimmelt es regelrecht von evokativen Bildern. An manchen Stellen gehen sie in eine beinahe surrealistische Karikatur von Bosch über, sie sind nicht weit entfernt von der viel späteren Evokation von Solschenizyn in seinem Roman *Der erste Kreis*: *Ich sah ihn, wie er seinen Mund aufriß – er gewann einen grausam gierigen Ausdruck, als wollte er die ganze Luft, die ganze Welt samt ihrer Menschheit verschlingen* ... Und dann natürlich den berühmten Schluß, vorgetragen im Todeslager. Er besteht aus einem einzigen Wort: *The Horror!* Ganze Generationen meiner Kollegen haben mit diesem Wort wunderschön gespielt. Was wollte der Dichter damit sagen? Das Grauen des menschlichen Unterbewußtseins? Des imperialistischen Kolonialismus? Der Wahn? Oder ein anderes interessantes Grauen? Ein anderes. Interessant, solange ihnen das Schicksal das erlaubt, was es Marlow, jedoch nicht Kurtz erlaubt hat: *Er hatte jenen letzten Schritt getan, war über die Schwelle getreten, während mir gestattet war, meinen zaudernden Fuß zurückziehen.* Es ist das Grauen der Marxschen Entdeckung, die von Lenin wortwörtlich übernommen und vom Willen des Generalissimus zur Gänze konkretisiert wurde: daß nämlich der einzige Weg in die Zukunft durch ein Tor führt, das aus Kurtz' Zaunpfählen besteht.«

Hakim zögert immer noch, doch etwas hält ihn auf seinem Stuhl fest wie ein Magnet einen Zinnsoldaten.

»Dieses Tor in die Zukunft wird in den folgenden Sätzen der Meditation Marlows definiert: *Er hatte alles zusammengefaßt – er hatte das Urteil gefällt. ›Das Grauen!‹ Er war ein bemerkenswerter Mensch. Schließlich war dies der Ausdruck einer Art von Glauben, der aufrichtig war, Überzeugungskraft besaß, dessen Geflüster von Empörung durchdrungen war, der das abstoßende Antlitz einer flüchtig erblickten Wahrheit trug – ein seltsames Gemisch aus Gier und Haß.*«

Ich sehe mich um. Sheila schreibt immer noch, Wendy starrt mich mit aufgerissenen Augen an.

»*Do you really think, sir, that this may happen here?*«

Vielleicht verstehen sie mich doch. Irene atmet tief aus, Hakim überwindet einen schwachen Moment und grinst. Er sagt mit dem Ton einer übergeordneten Instanz:

»Conrads Roman ist so vage, daß er allen möglichen Interpretationen offensteht. Das ist die Eigenschaft vieler Werke der bourgeoisen Literatur. Eine idealistische dekadente Unbestimmtheit.«

»ABER WAS MACHT DER RUSSE DA?«

Hakim zuckt mit den Schultern und bleckt sein wunderschönes, hamitisches Gebiß.

»Eine Karikatur. Conrad mochte die Russen nicht. Der Harlekin ist einfach nur ein Clown. Eine komische Figur.«

Wirklich? Aber sicher. Mit Meister Ballon war es auch lustig gewesen. Solange er einen nicht verpfiffen hatte …

Und was ist mit der im Grauen erblickten Wahrheit?

Ich denke an Lída Lewis, die gleich alt wie Hakim ist. Aus einer anderen Welt. Aus der Welt der Zukunft.

Daniel,

wann habe ich Dir zum letzten Mal geschrieben? Das muß im letzten Jahrhundert gewesen sein. Ich weiß nur noch, daß Du mir damals mit einem langen Brief geantwortet hast, und darin hast Du mir detailliert Deine Scherereien mit einer gewissen Líza Neumannová-Hartlová geschildert, die scheinbar – wenigstens damals – weder Deinem männlichen Charme noch Deinem weltlichen Ruhm erlag. Seitdem ist viel Zeit vergangen, so daß Frau Neumannová-Hartlová vielleicht schon Großmutter geworden ist, und Dein wertvolles Interesse konzentriert sich auf jüngeres Fleisch, nicht wahr?

Du wirst Dich sicher wundern, warum ich Dir nach so vielen Jahren schreibe, und zwar bin ich jetzt diejenige, die alle Chancen hat, Großmutter zu werden. Mein Sohn David hat nämlich geheiratet.

Ich muß allerdings hinzufügen, daß alles sehr schnell gegangen ist. Nicht, daß eine vorzeitige Geburt gedroht hätte, das nicht, im Gegenteil: es drohte ein vorzeitiger Tod. Sicher hast Du die Ereignisse hier bei uns mitverfolgt. David mußte einrücken, weil hier in Israel eine Mobilisierung auch Krieg bedeuten kann – nicht wie in Prag, wo die Militärbonzen sich ab und zu in den Kopf setzen, dem Volk zu zeigen, daß sie jeden nach ihrer Pfeife tanzen lassen können, auch wenn sie ansonsten zu nichts zu gebrauchen sind –, und gewöhnlich bedeutet sie auch Krieg. David beschloß, das Mädchen zu heiraten, mit dem er seit etwa einem Jahr gegangen war. Zehn Minuten nach der Hochzeit fuhr David in seinem häßlichen metallenen Fahrzeug davon, in die Wüste Sinai. Er dient nämlich bei der Panzertruppe, wie auch Du einst, Du großer Papierheld!

Das Mädchen, also meine Schwiegertochter, ist von einem historischen Stamm. Sie gehört den Juden an, die das Gelobte Land noch nie verlassen haben, auch nicht, als die Römer Jerusalem zerstörten. Zum Glück bist Du nicht hier, sie ist nämlich ein sehr hübsches Mädchen. Braun, mit schwarzen, mandelförmigen Augen, wunderschöne weiße Zähne, und das, was bei Salomo als Zwillingspaar junger Gazellen beschrieben wurde, sieht bei ihr genauso anmutig aus. Sie ist schlank, selbständig und stolz; einfach rassig, wie es mein seliger Großvater (Theresienstadt 1942) genannt hätte, der das von meiner armen Mutter (Auschwitz 1943) behauptete, obwohl sie rothaarig (ist das richtig so?) und mit Sommersprossen gesprenkelt (sommersprossig?) war. Noemi ist aber auf alle Fälle rassig, was auch immer das bedeuten mag: hübsch, gesund, sonnengebräunt, eine Tochter aus dem Geschlecht Davids. Sie werden ganz bestimmt ein hübsches Kind zusammen haben, oder noch besser: Kinder.

Mein Sohn David ist also in den Krieg gezogen. Sicher brauche ich Dir nicht näher zu schildern, was für eine Angst ich hatte. Die Vorstellung, daß nach Alldem (Du weißt, was in meinem Vokabular das Wort Alldas bedeutet) eine einzige von einem ägyptischen Bauern, der von Alldem und auch anderen Dingen keine Ahnung hat, abgefeuerte Panzerabwehrrakete reichen würde, um aus Alldem ein einziges Großes Nichts zu machen – aber Dir muß ich das wohl nicht beschreiben.

Aber David kehrte zurück. Als ein Held etc. Er hat mit seinem altmodischen Panzer ungefähr sechs T56 unschädlich gemacht, ich kann mir gar nicht vorstellen, wie er das geschafft hat. Vielleicht hielt der unzuverlässige Jahwe seine schützende Hand ausnahmsweise über uns.

David kam also zurück, jetzt studiert er wieder an der Universität, zwar nicht Medizin, wie ich gehofft habe, sondern Geschichte. Meine Freude über den Wandel seiner Interessen hält sich in Grenzen, aber er ist am Leben, hat seine Noemi, und alles ist wieder in Ordnung.

Bei euch passiert auch einiges, wie ich in der Zeitung lese. Aber paßt nur auf. Du weißt doch, Daniel, ich bin eine Optimistin. Das habe ich im Blut, weil ich spüre, daß die Juden letztendlich alles überleben werden. Aber mein Gott, was bedeutet das, dieses nackte Überleben! Zum Schluß geht alles gut aus, aber vorher geht fast alles schief. Wenn ich daran denke, was das alles bedeutet, dieses »Schiefgehen«, werde ich von Grauen erfaßt. Es ist ein Auschwitzgrauen, wenn Du Dir das vorstellen kannst. Vielleicht doch, Du hast mir einmal etwas von einer verpatzten Sabotage erzählt, falls Du vor mir damit nicht nur angegeben hast. Damals war ich erst zwanzig, und ich glaube, auch ein bißchen begehrenswert, wenn auch nicht so hübsch wie die in der Tasse …

Daniel, ich hoffe nur, daß der Friede mindestens zehn Jahre hält. Aber die slawischen Brüder werden alles daran setzen, damit er nicht so lange hält. Also wenigstens fünf Jahre. Wenigstens fünf.

Und ihr zu Hause, paßt gut auf euch auf. Licht gibt es erst am Ende des furchtbar langen, pechschwarzen Tunnels.

Auf Leben und Tod Deine Rebekka geborene Silbernagel

~

»Das war dämlich von mir, ich weiß«, sagt Lída Lewis. »Gewisse Dinge sollte man im Gedächtnis behalten. Doch viele tun es nicht. Fest steht, daß für Mädchen, die ein paar Jahre jünger sind als ich, der Name Marta nichts mehr bedeutet. Vergessen Sie nicht, daß ich erst dreizehn war, als sie dem Herrn namens Dubček, wie hieß er doch gleich mit Vornamen Alex – oder vielleicht Alfred? – einen Kuß gegeben hat.«

»Manchmal versagt das Gedächtnis, manchmal etwas anderes«, entgegne ich. »Kennen Sie einen gewissen Liberda? Vor kurzem habe ich in der Zeitschrift *Die junge Welt* eine Reportage von ihm gelesen, über den heldenhaften Kampf der Minderheit eines Volkes gegen die Mehrheit, die nicht so heldenhaft und offensichtlich irregeleitet war.«

»Klar kenne ich ihn. Liberda. Fast in jeder Nummer steht etwas von ihm. Vor nicht allzu langer Zeit hat er eine ältere Dame geheiratet. Angeblich ist sie eine entfernte Verwandte eines verbotenen Schriftstellers. Aber ich weiß nicht, von welchem.«

Sieh mal einer an, Liberda. Ich betrachte Mrs. Lewis mit ihrer Perücke für fünf Hunderter, die absolut überflüssig ist, denn darunter verbirgt sich ihr echtes, hübsches, rotes tschechisches Haar. Auf die Gesundheit dieser zwanzigjährigen Millionärin trinke ich einen Drink namens Rusty Nail. Ein gutes Getränk. Nicht so sehr für die Leber, aber für die Seele. Und die ist wichtiger, sofern unsere Hochwürden recht haben. Liberda …

»Er hat auch für den Sammelband *Ich klage an!* einen Beitrag geschrieben, der im September 1968 im Hanser Verlag erschienen ist. Darin waren Aufsätze, in denen man die sowjetische Invasion, ich weiß nicht, wie man sie jetzt nennt, verurteilt hat. Er hat eine gewisse Entwicklung durchgemacht. Liberda hat es unter dem Pseudonym Tomáš von Dadrüben veröffentlicht.«

»Was Sie nicht sagen!«

»Ein Pseudonym hat den Vorteil, daß es in beiden Fällen nützlich sein kann. Liberda hatte damals noch nicht genau gewußt, ob er sich dem Teufel verschreiben oder bei seinem gesunden Kern bleiben sollte. Wäre er ein Verräter geworden, könnte er diesen Artikel in seine Bibliographie aufnehmen. Würde er seinen gesunden Kern behalten, könnte dieser Aufsatz nicht gegen ihn verwendet werden. Dann rechnete er sich aus, daß der gesunde Kern sicherer, weniger arbeitsaufwendig und ertragreicher war. Und jetzt schreibt er Reportagen über Heldenkämpfe und bärtige Helden, über ausländische Themen. Seine Reisen werden bezahlt, mit dem Paß hat er keine Probleme.«

Ich nippe an meinem Rusty Nail und füge hinzu:

»Daß er wenigstens diese entfernte Verwandte geheiratet hat. Wahrscheinlich als Alibi für alle Fälle. Oder aus seinem schlechten Gewissen heraus.«

»Meinen Sie?« Fragt Lída. »Ich bin mir nicht sicher, ob die Mitglieder des Kommunistischen Jugendverbandes überhaupt ein Gewissen haben.«

»Weiß Gott. Genosse Král hat einst behauptet, das sei ein bourgeoises Überbleibsel …«

»Diese Leute können nichts dafür«, meint Lída. »Sie sind doch Professor für englische Literatur. Das ist wie Ende des achtzehnten und Anfang des neunzehnten Jahrhunderts …«

Wie bitte, Lída? Ich weiß es ja. Da entstanden die Kolonialreiche. *White Man's Burden.* Das Christentum den Heiden! Die Zivilisation den Barbaren! Der Sozialismus den Angolanern! Es bedeutet zugleich auch interessante Karrieren in Übersee. Junge britische Männer prägen das interessante Motto *Right or Wrong – my Country.* Sie sehen einiges. Einiges sehen sie auch nicht. Einige Dinge glauben sie nicht, ihnen kommt vor, daß es im Ganzen jedoch … sie nehmen alles in der Gesamtheit. Sie denken nicht genau das gleiche, was ihnen über die Lippen kommt. Aber eine weite Welt liegt vor ihnen. Whisky mit Eis unter dem heißen Mond des interessanten Luanda …

Im Osten in Mandalay … Schwärme von fliegenden Fischen … ich kenne dort ein kleines braunes Mädchen … das nur an mich denkt … Also im Namen des Christentums, im Namen der Zivilisation, im Namen des Proletariats …

Irgend so ein eitler Jonas Savimbi.

Irgend so ein dummer Hans Alfred Dubček.

»Und was ist mit uns, Lída?«

»Mit uns?« fragt das schlaue tschechische Mädchen zurück. Schon längst hatte sie ihr Eis gegen einen Rusty Nail ausgetauscht. »Wir haben nur ein Leben. Gehören Sie etwa nicht wieder der gesellschaftlichen Spitze an, Herr Professor? Was stört Sie hier? Sie sind fünfzig. Mindestens – ich sage: mindestens – zehn Jahre wird es den Kapitalismus hier noch geben, mit all seinen schönen Vorzügen …«

»Und was ist mit Ihnen, Lída?«

»Ich hasse sie«, meint Lída. »Ich hasse alles, was stumpf und raffiniert ist. Was eine historische Wahrheit zu besitzen glaubt und daher lügt. Aber ich bin nur die kleine Lída Lewis. Ich habe nur ein Leben. Und das habe ich nach meinem Geschmack eingerichtet. Jeder richtet sich das Leben nach seinem eigenen Geschmack ein.«

Jenseits von Gut und Böse. Der Rusty Nail durchflutet angenehm mein Gehirn, Lídas Augen glänzen rostbraun. »Lída, erzählen Sie mir, wie Sie es sich eingerichtet haben!«

»Ganz prima«, antwortet sie, wie das schon die unsterblichen Mädchen aus Kostelec zu formulieren pflegten. »So haben wir zum Beispiel eine kleine Sommervilla auf Malta, wissen Sie? Seaview Lodge. Wie bei Chandler. Sie haben ihn doch übersetzt, oder? Das Haus steht auf einem Felsen, links davon eine ehemalige Festung der Malteser Ritter, ringsherum ein wunderschönes Hafenstädtchen, eine Kirche neben der anderen, eine Bar neben der anderen, ein schönes, unverfälschtes mittelalterliches Theater, wo Pinter gespielt wird, alles aus orangefarbenem Stein. Rechts eine Meeresbucht mit türkisblauem Wasser, morgens um vier, wenn die Sonne aufgeht, fährt eine malerische Flotte der Fischer von Malta hinaus, kehrt gegen acht zurück und fährt mit ihrem Fang zur Markthalle. Der Sonnenaufgang und der Untergang sind wie von Technicolor. Zum Schwimmen haben wir ein beheiztes Schwimmbecken ohne Haie. Für die schlanke Linie haben wir einen Tennisplatz. Für die Freude haben wir die bestbestückte Bar der Welt. Auch den Teufel von Dobříš haben wir da. Für die Bildung haben wir die ganze Kollektion der Penguin-Taschenbücher, mein Mann hat sie abonniert. Für die Fortbewegung haben wir ein kleines Flugzeug der Marke Cessna. Sehen Sie, was einem kleinen tschechischen Mädchen passieren kann?«

»Alles«, sage ich. »Wissen Sie was?«

»Weiß ich«, antwortet die gnädige Frau Lewis und schluckt ihren Rusty Nail mit dem Nagelköpfchen voran. »Es fehlt nur noch, daß sich ein kleines tschechisches Mädchen mit Hilfe von horizontalen Übungen Zutritt in den Kreml verschafft.«

Zwischen uns herrscht ein nicht greifbares Einvernehmen, langsam beginne ich an den Begriff »Nationalcharakter« zu glauben.

»Könnte Ihr überaus vermögender Gatte dafür vielleicht ein Stipendium ins Leben rufen?«

»Das könnte er«, meint Lída. Man bringt uns die nächsten Nägel. »Aber auch ohne Stipendium wird sich schon eine bis in den Kreml durchvögeln.«

Gemeinsam mit Lída träume ich von der glücklichen Zukunft der Menschheit. Diese liegt allerdings noch in weiter Ferne. Wir träumen vom Zerfall des Imperiums, von einer schönen Zeit: Genosse Neuer Zar besucht die Vorstellung eines neuen Theaterstückes vom Genossen Neuer Gogol … und nach der Aufführung … Genosse Neuer Gogol kneift vor Angst seinen Hintern zusammen … und Genosse Neuer Zar sagt: Ihr habt uns aber ganz schön drangenommen, Genosse … Genosse Gogol erwartet: Ab nach Sibirien! … aber der Genosse Zar würde sagen: Nun ja, dein Mundwerk ist ganz schön frech … aber was soll's. Weiter so, Genosse Gogol … weiter … so …

Rusty Nail! Oh, got the Rusty Nail Blues …

Lída Lewis begibt sich in ihrem Kleid für achthundert Dollar zu den »Ladies«.

Das Leben scheint mir wunderschön …

»Wollt ihr es hören? Na klar wollt ihr das hören!« feixt Bočár. »Ein Genosse, ein gewisser Slávek, hat darüber ein Fernsehdrehbuch geschrieben, aber man hat ihn damit rausgeschmissen. Kein Wunder. Er wußte das von mir. Ich hatte es von einem Gestapo-Mann aus Rovnost. Eigentlich ist es eine Legende. Ein Tratsch. Ein Stück ungeschriebener Geschichte unseres Zeitalters. Also wollt ihr es hören, verdammt noch mal?«

Wir nicken, so eifrig, daß Tussies Kinkerlitzchen anfangen zu rasseln. Nur Margitka nickt nicht, sie spitzt den Mund und wirft mir nur einen bösen Blick zu. Das soll bedeuten: Komm mir nicht unter die Augen. Sie weiß Bescheid über Irene. *C'est la vie.*

»Also einer hat es überlebt«, erzählt Bočár. »Ich meine ein Mann. Alle anderen wurden in Lidice vor der Mauer der Mühle von der Sicherheitspolizei und einem SS-Kommando erschossen, einschließlich des dort beauftragten Gestapo-Agenten, der bis zum letzten Augenblick laut schrie, wer er ist. Das wußten die aber ganz genau, und gerade deshalb wurde er auch erschossen. Der Mohr darf nicht nur gehen. In unserer aufgeklärten Zeit muß man ihm manchmal auch den Mund stopfen. Zum Glück überlebt aber immer einer, dem man das Maul dann nicht mehr verbieten kann.«

Ich sehe, daß Bočárs Hand Margitkas Oberschenkel unter dem weißen Satinabendkleid fest umklammert. Die Countrysänger wurden von der Jazzband des Herrn Mrkvička abgelöst, die jetzt *Sweet Susi* spielt. Herr Mrkvička läßt seine Geige herrlich swingen.

»Der Mann hatte nämlich zu jener Zeit im Knast in Prag-Pankrác gesessen, und zwar schon zwanzig Jahre. Für einen Mord zweiten Grades, da er seine Frau Jarmila – absolut gerechtfertigt – aus Eifersucht ermordet hatte. Und nun, erzählte diese Laus, dieser Gestapo-Mann Rössler, stand in der Anweisung, daß alle Männer aus Lidice verhaftet und erschossen werden sollten, egal, wo sie sich momentan aufhielten und wo sie als wohnhaft gemeldet waren. Die deutsche Gründlichkeit. Nun ja, wir brachten es aber nicht übers Herz, erzählte Rössler. Er war immer so ein vorbildlicher Häftling, ein Veteran, still, sanft, gehorsam, fromm. Wir haben ihn also nicht verpetzt. Andererseits erzählten wir ihm sicherheitshalber auch nichts davon. Und Tagespresse bekamen die Häftlinge selbstverständlich nicht zu lesen. Und so hatte er keine Ahnung, was passiert war. Und als wir ihn am Heiligen Abend entließen, weil es auf den Tag genau zwanzig Jahre waren, die er abgesessen hatte, wußte er immer noch nichts und ging …«

Er fuhr mit dem Nachmittagszug nach Kladno und machte sich von Kladno zu Fuß auf den Weg nach Lidice. Seit zwanzig Jahren war er nicht dort gewesen, aber den Weg nach Hause vergißt man nie. Er lief die Landstraße entlang, es war schon dämmrig und bald ganz dunkel. Er schritt dann durch die Dunkelheit, unter den winterlichen Sternbildern, es war nur noch der letzte Hügel zu bewältigen. Er ging bergauf bis auf den Gipfel und sah …

Ein kahles Tal. Er erschrak. Dann dachte er: Nun ja, es sind zwanzig Jahre her, das Dorf liegt wahrscheinlich hinter dem nächsten Hügel. Er lief durch das leere Tal und stieg den gegenüberliegenden Abhang hoch. Eine weiße, verschneite Landschaft kam zum Vorschein, die winterlichen Sterne leuchteten wie Kristalle, eine freie Ebene erstreckte sich in Richtung Prag. Und dahinter das Tal. Das Tal von Lidice. Aber das Dorf war verschwunden.

Da hatte er die Idee, daß er im Gefängnis verrückt geworden sei. Er durchschritt nochmals das Tal und lief zurück nach Kladno. Kladno stand noch an seinem Platz. Eine winterliche, verdunkelte Stadt, in den Straßen gähnende Leere, jeder war zu Hause, bei seinem Weihnachtsbaum. Nur am Rande der Stadt konnte er eine Kneipe finden, in der einige einsame Junggesellen tranken. Er sagte: »Ich bin wahnsinnig geworden!« »Was laberst du denn da?« entgegnete der Wirt. »Hier! Trink auf die Gesundheit!« Er schenkte ihm einen kostbaren Kriegsschnaps aus. Auch die Gestapo war am Heiligen Abend zu Hause geblieben, bei ihrem Tannenbaum. »Ich rede keinen Quatsch. Das Dorf ist verschwunden.« »Was für ein Dorf? Hör auf zu quasseln!« »Ich quassle nicht!«

»Und so hat er es ihnen erzählt«, fährt Bočár fort. »Die Junggesellen sahen einander an, der Wirt tippte sich an die Stirn. ›Bist du grade eben auferstanden?‹ fragte er, und der Mann sagte darauf: ›Ich bin Josef, der Mörder von Jarmila, es ist schon zwanzig Jahre her.‹ Zum Schluß haben sie es kapiert.«

Langsam und vorsichtig erklärten sie dem letzten lebenden Mann von Lidice, was geschehen war. Er stand auf. »Wo gehst du hin?« Er antwortete nicht. Er ging aus der Kneipe in die Dunkelheit hinaus, er fragte niemanden nach dem Weg, wie er hinkam, war ein Rätsel. Und bei der Gestapo angekommen, sagte er: »*Ich melde gehorsam, ein Mann zum Erschießen!*« »Was erzählst du denn da?« fragte ihn der diensthabende Gestapo-Mann, gelangweilt und sauer, weil er am Heiligen Abend Dienst hatte. »*Ein Mann meldet sich, um erschossen zu werden*«, sagte er. »*Auf Befehl des Herrn Staatsministers Karl Hermann Frank!*« »Was redest du da für einen Quatsch?« fragte ihn der Gestapo-Mann unfreundlich. Er erklärte es ihm.

»Und der Gestapo-Mann rief einen Kollegen herbei, und sie machten sich über den guten Mann lustig«, erzählt Bočár. Ich merke, daß die Augenbrauen des Herrn Zawynatsch merkwürdig zusammengezogen sind, während er dieser nicht niedergeschriebenen Legende aus einer unwirklichen Zeit lauscht. Die Mrkvička-Boys legen jetzt so richtig los, die Frau Verlegerin mit dem Faschisten Frank auf der Tanzfläche ebenfalls. *Tiger Rag.* »Sie weigerten sich, ihn zu erschießen«, erzählt Bočár weiter, »doch sie ordneten an, daß er sich jeden Samstag bei ihnen melden mußte. Und er kam auch. Immer samstags: ›*Ich melde gehorsam, ein Mann zum Erschießen!*‹ Die Gestapo-Männern lachten sich jedesmal kaputt, es kam ihnen außerordentlich komisch vor. Das hat uns der Gestapo-Mann aus Rovnost erzählt.«

»Und wie ist das mit ihm ausgegangen?« fragt Tussie.

»Zuerst hat er die Todesstrafe bekommen«, sagt Bočár.

»Der Mörder aus Lidice?«

»Nein. Die Gestapo-Laus. Er hat erzählt: ›Als der Richter mein Urteil verlesen hatte, wurde ich so steif, daß man mich aus dem Gerichtssaal hinaustragen mußte, und ich stellte mir vor, daß ich so steif bleiben würde, so daß sie mich bis zum Galgen tragen müßten. Das würde furchtbar werden. Der Henker würde mir das Genick brechen! Furchtbar!! Das würde furchtbar werden!!!‹ Wie jede Laus störten ihn solche Dinge, wenn sie ihn selbst betrafen.«

»Ist er begnadigt worden?«

»Ja. Läuse werden immer begnadigt. Sie wandelten seine Strafe zu Lebenslänglich um. In derselben Woche wurde auch Tiso gehängt. Und der Mörder aus Lidice? Ihn haben sie nicht erschossen. Bald darauf hatten sie ganz andere Sorgen. Er fing an zu saufen, und nach dem Krieg kehrte er in seinen alten Beruf zurück. Kellner. Er soff und schwieg. Dann aber kamen die Lidice-Frauen aus dem KZ zurück, und die Regierung und ausländische Spender bauten Neu-Lidice auf. Die Frauen in Lidice wurden zu guten Partien. Eine Frau mit Wohnung in einem hübschen Dorf in der Nähe von Prag, das war nach dem Krieg das große Los. Ist es noch bis heute. Und so heirateten viele Filous nach Neu-Lidice. Der Mörder war schon kurz vor dem Delirium tremens, und es fiel ihm nichts besseres ein, als sich eines Tages auf den Weg nach Neu-Lidice zu machen und sein Recht auf ein Häuschen mit Begonien zu claimen. Letzten Endes war er ja auch ein Bürger von Lidice. Doch es ist nicht gut gegangen!«

»Warum denn nicht?« fragt Herr Zawynatsch mit seinen merkwürdig hochgezogenen Augenbrauen.

»Er paßte nicht in die Legende«, erklärt Bočár. »Sie hätten ihn fast fertig gemacht. Die Märtyrer-Frauen aus Lidice und noch mehr deren ausgekochte Ehemänner. Und so ging er zurück in die Kneipe, wo er früher gearbeitet hatte, eine Zeitlang soff er weiter wie ein Loch, dann begann er, weiße Mäuse zu sehen, man brachte ihn in die Klapse, wo er seine irdische Wanderung schließlich beendete.« Bočár bekreuzigt sich breit.

»Gott hab ihn selig«, sagt Pater Huňák ernst.

»Er hat da wahrhaftig nicht hingepaßt«, bemerkte Herr Zawynatsch. »Einiges paßte nicht. Könnt ihr euch erinnern, meine Herren, daß während des Krieges die tschechischen Arbeiter ihr Möglichstes getan haben? Die beste Arbeitsleistung in ganz Europa. So habe ich das zur Verteidigung des mittleren Standes, der am Ausbluten war, dem Doktor Husák erzählt, als wir zusammen inhaftiert waren. Und wißt ihr, was er darauf gesagt hat? Das sei in Ordnung so. Ihr Bourgeois habt während der Ersten Republik von Väterchen Masaryk die ganze Arbeiterklasse in Unwissenheit und Armut gehalten. Warum sollte die Arbeiterklasse Interesse an eurem Krieg haben? Nein, nein, mein lieber Freund. In den Reihen der Arbeiterschaft gab es nur Helden, aber keine Kollaborateure. Unkenntnis schützt nicht vor Strafe, hat mir Doktor Husák gesagt, meine Herren.«

»Vielleicht hatte er sogar recht«, werfe ich ein. Zum Glück sind die meisten Anwesenden schon ziemlich daneben.

»Während Eliáš und die anderen Helden ihr Leben für die Heimat geopfert haben …«

»Für die bourgeoise Heimat«, provoziere ich. Bočár mustert mich seltsam.

»So ist es«, sagt er. »Für ein Ideal. Für die Dummheit. Die Schlaumeier siegen immer, und noch öfter siegen die Hohlköpfe. Die Helden nie. Das ist ein Gesetz. Ein historisches. Ein dialektisches.«

Danach ist alles nur eine *Zone*. Irgendwo in dieser Vernebelung teilt mir der Faschist Frank mit, daß ein kanadisches Gericht Magister Máslo in eine psychiatrische Anstalt eingewiesen hätte.

Das hatte mir Veronika erzählt, auch an jenem Nachmittag. Die Reise des berühmten sowjetischen Dichters Vokurovskij war ebenfalls von Herrn Svensson organisiert. Das nahm sie ihm allerdings nicht übel, denn Vokurovskij ist unser Mann, sagte sie.

Und sie hatte sich ein kleines, zum Teil – in bezug auf Percy – pädagogisches Experiment einfallen lassen: Auf den Sims des offenen Kamins stellte sie augenfällig einige russische Bücher, die jedoch nicht in Rußland erschienen waren, und sagte: Du wirst schon sehen, was passiert.

Mir hatte sie noch eine andere Geschichte erzählt, von einem gewissen Franta Novosad, einem Buchhalter und Autor von Kriminalromanen. Sie hing mit diesem Experiment zusammen. Vor ewigen Zeiten hatte Novosad seine Romane unter dem Pseudonym Sheila Siddons geschrieben, in den fünfziger Jahren mußte er das Schreiben aufgeben und wurde Buchhalter. Er streckte seine Fühler erst in den Sechzigern wieder aus und erlangte eine gewisse Popularität mit Kriminalromanen in Fortsetzungen, die er unter dem Pseudonym Josefa Nováková herausgab. Der Held dieser Romane war der Polizeileutnant Honza Fialka, der eine ganz unglaubwürdige Figur abgab, sowohl durch seine Sprechweise als auch durch sein Verhalten und die Art seiner Abenteuer. Er benutzte genau die gleiche Sprache wie Novosads ursprünglicher Detektiv, Inspektor Woolstonecraft vom Londoner Scotland Yard, dessen Ausdrucksweise wiederum die genaue, in vulgäres Tschechisch übertragene Kopie der Sprache von Phil Marlowe war. Fialkas Prag sah Las Vegas zum Verwechseln ähnlich, es war mit Drogendealern überschwemmt, überall wurde Roulette gespielt. Ähnlich wie Woolstonecraft und Marlowe arbeitete Fialka mehr mit seiner Faust als mit dem Kopf, und obwohl er in jeder Geschichte mindestens dreimal durch Kolbenstöße auf den Kopf bewußtlos wurde, verblödete er nicht, aber befördert wurde er auch nicht. Er blieb immer nur Leutnant. Novosads Saat ging vor allem in den ersten zwei Jahren nach dem Einmarsch der Russen auf, in dieser Zeit wurden seine Plagiate als eine Art Protestliteratur gelesen. Doch dann endete seine Karriere vorübergehend aufgrund eines Artikels in der *Tvorba* mit dem Titel *Geistiges Gift unter dem Deckmantel der Unterhaltung*. Der Verfasser Dohnal war zwar ein zu allem fähiger Untergebener, leider aber auch intelligent genug, um Novosads Quellen zu identifizieren, und so schrieb er, daß der vermeintliche Polizist Fialka vielmehr ein Bruder des dekadenten Phil Marlowe sei, mit dessen »Philosophie« die richtigen Polizisten nichts zu tun hätten und dies auch nicht wollten. Novosad, schon ganz verblödet durch die amerikanische Moral, die er durch die ständige Lektüre der blutrünstigen Groschenromane aufgesaugt hatte, versuchte zwar, sich zu verteidigen und schickte einen Brief an die Redaktion von *Tvorba*, der überwiegend aus Zitaten der klassischen Charakteristik Marlowes von Chandler bestand: *Durch diese gemeinen Straßen muß ein Mann schreiten, der selbst nicht gemein ist, auch hat er keine schmutzigen Hände und keine Angst* … aber zu der Zeit druckten die Redaktionen nur Leserbriefe ab, die sie selbst geschrieben hatten. Der Redakteur der *Tvorba* verstand Novosads Brief als eine Provokation und teilte dem Leiter des Restaurants, in dem Novosad beschäftigt war, mit, Novosad halte seine sozialistische Heimat für gemein und die Werktätigen für verängstigte Menschen mit schmutzigen Händen. Novosad wurde aus dem volkseigenen Betrieb *Restaurants und Kantinen* rausgeworfen, und seine Bücher wurden aus allen Bibliotheken aussortiert und verbrannt. Das gleiche Schicksal ereilte auch das Fachbuch des mehr als unbescholtenen Kandidaten der Wissenschaften Sláva Vypšouk *Die Geschichte des Kriminalromans: eine marxistische Sichtweise*, das ebenfalls mehr als unbescholten war, aber auf Seite 477 stand die folgende Anmerkung: In der Tschechoslowakei versuchten J. Nováková und F. Novosad mit wenig Erfolg, den Stil der amerikanischen »harten« Schule nachzuahmen, wobei F. Novosad bereits in den vierziger Jahren unter dem Pseudonym Sheila Siddons mehrere Romane veröffentlichte, die in ihrer Art und ihrer Sprache völlig von Ngaio Marsh beeinflußt wurden, vor allem aber von dessen antikomunistischem Pamphlet *Fünf rote Heringe*. Und dieses Lehrwerk wurde nicht etwa wegen kleinerer faktischer Unstimmigkeiten eingestampft, sondern weil die Namen Nováková, Novosad und Siddons dazu bestimmt waren, aus der tschechischen Literatur vollkommen ausradiert zu werden.

Während der mageren Jahre zwischen der Ära von Siddons und der Zeit von Nováková wurde Novosad zu einem hoch spezialisierten Dieb, und Veronikas Geschichte bezog sich auf eben diesen Lebensabschnitt des jetzigen Arbeiters beim Metrobau in Prag. Er stahl englische und amerikanische Kriminalromane, die er dann gegen Entgelt an einen breiten Kundenstock verlieh, vor allem in den Kreisen des Gesundheitswesens. Seine Karriere als Dieb hatte er fast im Stile von Inspektor Woolstonecraft begonnen. Nachdem die Ämter den Amerikanischen Informationsdienst geschlossen hatten, entwendete er dem dortigen Angestellten Horák den Schlüssel, und in der Nacht nach der Schließung und der Versiegelung brach er in die Agentur ein und nahm jedes Druckwerk mit, das einen Zusammenhang mit Verbrechen aufwies. Zwei frischgebackenen Polizisten hatte das damals die Stellung gekostet. Man legte ihnen zur Last, daß sie aufgrund einer schlampigen Kontrolle des Inventars bedeutende Dokumente nicht entdeckt hatten, so bedeutend, daß der CIA nicht das Risiko gescheut hatte, diese in der Nacht zu stehlen. Niemandem kam es in den Sinn, diesen Diebstahl mit Woolstonecraft in Verbindung zu bringen.

Ende der fünfziger Jahre knüpfte Novosad, damals bereits als Buchhalter bei dem volkseigenen Betrieb *Restaurants und Kantinen* beschäftigt, Kontakte zu einer Abteilung des Innenministeriums, welche die Bedienung für die von den westlichen Botschaften organisierten Parties arrangierte, und mittels Bestechungsgelder gelang es ihm, auf diese politisch sorgfältig geprüfte Liste zu gelangen. Von Zeit zu Zeit zog er also einen Frack an, servierte Drinks in den Räumlichkeiten westlicher Auslandsvertretungen und gab dann Meldungen über das Verhalten der tschechischen Gäste weiter. Zum Glück waren die Meldungen immer einwandfrei, denn die tschechischen Gäste wußten Bescheid, daß man Bericht über sie erstattete, und so war Novosad für die Befriedigung seiner Leidenschaft nicht gezwungen, etwas zu begehen, was im Widerspruch zu seinem amerikanischen Bewußtsein gestanden hätte. Das massenhafte Verschwinden von Kriminalromanen aus den Botschaftsbibliotheken schrieben die Diplomaten den geladenen Gästen zu und schwiegen taktvoll.

Doch seine Verbindung zum Innenministerium nutzte Novosad auf eine noch gewagtere Art aus. Auch in diesem Ministerium gab es von Zeit zu Zeit jede Menge angloamerikanische Kriminal- sowie pornographische Literatur. Sie stammte überwiegend aus den beschlagnahmten Buchsendungen, die tschechoslowakische Privatpersonen von der Verwandtschaft aus dem Westen erhielten. Novosad besuchte unter den unterschiedlichsten Vorwänden systematisch die Beschäftigten des Innenministeriums in ihrem Palast aus Kacheln, und mit Hilfe von Tuzexkronen (die er in der Gaststätte erworben hatte) knüpfte er immer mehr Bekanntschaften mit Mitarbeitern des Innenministeriums. Zum Schluß gab es in diesem Ministerium keinen Menschen mehr, zu dem er nicht Zutritt gehabt hätte, den Minister eingeschlossen. Auch er wurde Kunde in Novosads Buchverleih, wobei er nicht ahnte, daß ein hoher Prozentsatz der Bände eigentlich seiner Verwaltung unterlag. Wenn die Spionagezentralen zu jener Zeit Novosad kontaktiert hätten, wäre er zu einem Pendant von Kim Philby geworden. Doch Novosad hielt sein Doppelleben streng geheim.

Der Höhepunkt seiner Langfingerlaufbahn war der Coup in Moskau. Irgendwann Ende der fünfziger Jahre, während der ersten Annäherungsversuche zwischen den USA und der UdSSR, hatte der Oberste Sowjet den Amerikanern die Erlaubnis für eine Ausstellung gewährt. Damals machte sich Novosad zum ersten (und letzten) Mal auf den Weg in das Vaterland des Sozialismus, und zwar mit einem ehrgeizigen Ziel: Er hatte vor, auf dieser amerikanischen Ausstellung die kompletten Schriften von Mickey Spillane, dem damals berühmtesten Kriminalautor, mitgehen zu lassen. Er wußte genau, daß es auf dieser Ausstellung nicht gerade vor Besuchern wimmeln würde, denn die Eintrittskarten würden im ganzen Land ausschließlich an ausgewählte Kader verteilt werden. Er wußte aber genauso gut, daß sich unter diesen Kadern auch etliche finden ließen, die zu einem Tauschgeschäft bereit wären. Also füllte er sein Gepäck mit Damenunterwäsche, italienischen Pumps und Pullovern, so daß er bei der Zollkontrolle auf dem Moskauer Flughafen verdächtigt wurde, er wäre ein Fetischist. Eine clevere Mitreisende half ihm aus der Patsche, indem sie behauptete, daß die Damenutensilien ihr gehören würden und diese nicht mehr in ihren Koffer gepaßt hätten. Für diesen Gefallen behielt sie allerdings die Hälfte der Tauschartikel. Doch auch der Rest reichte Novosad, um im Hotel Kiew zwei Eintrittskarten für die amerikanische Ausstellung zu ergattern. Bei seinem ersten Besuch gelang es ihm, direkt unter der Nase eines absichtlich unaufmerksamen amerikanischen Mitarbeiters und sogar in Anwesenheit eines sehr aufmerksamen sowjetischen Geheimdienstlers den kompletten Spillane sowie drei Bücher von J. D. Carry einzustecken. Bei seinem zweiten Besuch räumte er beim Bücherstand die restlichen Krimis ab. Die Tage bis zum Abflug verbrachte er mit Streifzügen durch die Moskauer Antiquariate, wobei es ihm gelang, die praktisch nicht zugänglichen russischen Krimiautoren aus der Zeit vor der Großen Oktoberrevolution sowie drei ukrainische Übersetzungen von Gaboriau aus dem neunzehnten Jahrhundert und eine Agatha Christie in usbekischer Sprache mitgehen zu lassen.

Novosads Geschichte kam mir atypisch und einzigartig vor. Geist abnorm. Aber Veronika war da anderer Meinung. Es sei eine nationale Krankheit der russischen Intelligenz, die dank der russischen Besatzung ebenfalls bei uns ausgebrochen sei. Novosad sei nur die erste Schwalbe gewesen.

Vokurovskij kam von der Zollkontrolle auf dem Flughafen in Toronto in Begleitung eines schmächtigen, blassen Mannes, über dessen Funktion Veronika keine Sekunde zweifelte, es interessierte sie nur, als was er sich ausgeben würde. Er stellte sich als Vokurovskijs Dolmetscher vor. Er sagte:

»*My name is Ramses. I translate Vokurovskij.*«

»*Oh, it's you who did those marvellous translations!*« freute sich Rosemary Svensson, doch gleich darauf stockte sie: »*But – I thought – it was W.H. Auden, who …?*«

»*I mean*«, sprach Ramses weiter. »*I translate what he say, that what you say. He talk, you talk. I translate.*«

»*What he's trying to say is*«, sagte Vokurovskij, fast ohne Akzent, »*that he's my interpreter.*«

»*Yes*«, bestätigte Ramses.

Im Auto gelang es Vokurovskij, sich nach hinten zwischen die zwei Damen zu setzen, während sich Ramses nach vorne zwischen

Percy am Steuer und Herrn Svensson quetschen mußte. Er protestierte nicht, denn auch von vorne konnte er alles hören, was hinten gesprochen wurde.

Vokurovskij erwies sich sofort als routinierter Taktiker. Er fragte, der Konvention entsprechend, nach den Filmen, die im Moment in Toronto gezeigt wurden, und Veronika begriff auch gleich, warum. Rosemary fing an, die aktuellen Romanzen, Westernfilme und Komödien aufzuzählen, und Veronika erwähnte ganz beiläufig auch das *Geständnis* von Costa Gavras. Dabei trafen ihre Augen Vokurovskijs Blick, und darin entdeckte sie Sehnsucht, doch keineswegs nach Romanzen.

»Sie müssen mich unbedingt dort hinbringen«, flüsterte er ihr dann auf der Party zu. »Ich kenne mich in Toronto nicht aus. Aber zuallererst müssen wir den Pharao abschütteln. Wenigstens für drei Stunden.«

»Und wie? Soll ich mich an ihn heranmachen?«

»Eher ihn besoffen machen. Mit Frauen kann er nichts anfangen.«

Veronika blickte sich um. Die schwarzen Augen des kleinen Pharaos starrten über Rosemarys Schulter in ihre Richtung.

Gemeinsam mit Percy bugsierte sie Vokurovskij zum Kamin und nahm dort eine malerische Position ein, indem sie ihren entblößten Arm auf den Kaminsims legte. Veronikas Arme sahen sehr anmutig aus, und Vokurovskij war in dieser Hinsicht ganz anders als Ramses. Er bemerkte sofort die Bücher.

Er sah sich erschrocken um und flüsterte:

»Oh, Gott! Meinen Sie, daß ich mir die ausleihen könnte?«

Veronika tauschte einen Blick mit Percy.

»Sie können sie sogar mitnehmen«, sagte Percy. »Veronika hat sie hier für Sie bereitgelegt.«

Vokurovskij sah das Mädchen verkrampft an. Dann verzog er sein Gesicht zu einem strahlenden Lachen und fragte unter dieser Maske leise:

»Guckt der Pharao?«

»Ich glaube ja«, meinte Veronika. »Warten Sie einen Moment. Ich mach das schon. Komm mit, Percy!«

Zusammen mit Percy ging sie auf das Grüppchen zu, in dessen Mitte Ramses stand. Rosemary sonnte sich gerade ekstatisch in Erinnerungen an Pharaos Vaterland:

»Ich war schon zweimal in Rußland. Das letzte Mal haben wir mehrere arktische Städte besucht. Wunderschön! Hervorragend! Einfach überwältigend!«

»Ja«, entgegnete Ramses. »Ich weiß.«

»Ich frage mich oft, warum wir nicht auch so wunderschöne Städte in unserem kanadischen Norden bauen können.«

»Sie haben nicht so viele Einwohner wie wir«, sagte Ramses höflich.

»Das ist richtig, aber ...«

Veronika mischte sich ins Gespräch. Obwohl sie so zart anmutete, griff sie ein wie ein Elefant:

»Diese Städte wurden von Millionen von Strafgefangenen erbaut, Frau Svensson.«

»*Oh, really?*«

»Die junge Dame übertreibt ein bißchen«, sprach Ramses eisig.

»Vielleicht ein bißchen«, räumte Veronika ein.

»*Well*«, Rosemary stand verlegen da, »*well* – wir in Kanada ... haben nicht so viele ... Straftäter ...«

Inzwischen sah Vokurovskij, daß die Konversation seinen Aufpasser derart fesselte, daß er nun zur Tat schreiten konnte. Er drehte sich zum Kamin um und streckte seine Hand nach den Büchern aus. Plötzlich trat ein nicht eingeweihter Gast auf ihn zu, Professor Tomkins. Vokurovskij erschrak, und weil er trotz Percys Beteuerungen sein geplantes Vorhaben als Diebstahl auffaßte, machte er eine tiefe Verbeugung und täuschte mit dieser Position vor, er würde sich den leeren Kamin anschauen.

»Haben Sie etwas verloren, Herr Vokurovskij?«

Vokurovskij richtete sich wieder auf.

»Nein ... ich sehe mir nur den Kamin an. Sonderbar, nicht wahr?«

Professor Tomkins betrachtete den Kamin.

»Mir kommt er wie ein ganz gewöhnlicher Kamin vor.«

»So einen habe ich noch nie gesehen«, sagte der in die Sackgasse getriebene Vokurovskij.

»Wirklich nicht? Was ist denn so besonderes daran?«

»Also ... bei uns in Rußland haben wir keine Kamine ... und ... ich war noch nie ... im Westen ...«, log der verwirrte Dichter.

»*Well* ... das ist dann ... logisch ...«, sagte der ebenfalls etwas verwirrte Tomkins. »Entschuldigen Sie ...« Er entfernte sich.

Vokurovskij sah sich wieder um. Veronika hielt den Spitzel fest in ihren Klauen. Sie fragte ihn gerade:

»Sie sind angeblich Schriftsteller?«

»Nur Übersetzer, Fräulein. Mitglied der Übersetzersektion im Verband der sowjetischen Schriftsteller.«

Das erweckte Rosemarys Interesse. Sie vermutete, daß Übersetzen ein sichereres Thema wäre als die arktischen Städte. Sie sang genau nach dem vorgeschriebenen Kanon:

»*Is that so? How interesting!*« Dann stellte sie die unumgängliche Frage: »Was für eine Art von Literatur übersetzen Sie?«

»Ich bin spezialisiert auf afrikanische Literatur.«

»*Is that so? How interesting!* Sprechen Sie wirklich diese ganzen Sprachen … Suaheli … Xhosa …?«

»Ich übersetze aus den englischen Übersetzungen. Ins Russische.«

»Natürlich«, versicherte Rosemary dem Übersetzer. »Wieviel Bücher haben Sie schon übersetzt?«

»De facto … ich arbeite gerade an meiner ersten Übersetzung …«

»*Oh, I see …*« Auf Rosemarys Stirn bildeten sich, trotz aller Deodorants, kleine Schweißperlen. »*How …*« Und Veronika unterbrach sie:

»Sie müssen aber ein verdammt guter Übersetzer sein, wenn man Sie in den Verband aufgenommen hat, obwohl Sie noch nichts übersetzt haben!«

Pharaos Augen sandten einen sehr bösen Blick aus. Das Mädchen hielt ihm stand. Rosemary kam in den Sinn, wie interessant es war, daß es gestern geregnet hatte.

Am Kamin versuchte sich Vokurovskij wieder mit dem Diebstahl und wurde erneut gestört.

Er reagierte wie schon vorhin, diesmal war der Störenfried der Gastgeber.

»Haben Sie etwas verloren?«

»Nein. Ich sehe mir nur Ihren Kamin an.«

»Soll ich Feuer anmachen? Eigentlich ist es hier ziemlich frisch …«

»Nein, ich bitte Sie! Machen Sie sich bitte keine Mühe!«

»Das ist doch kein Problem. Ich mache den Kamin gerne an. Aber zuerst muß ich …« Herr Svensson nahm die kostbaren Bände vom Kamin und sah sie an.

»Hören Sie mal … das könnte Sie interessieren. Das sind, glaube ich, russische Autoren.«

Er reichte Vokurovskij die Bücher von Mandelstam, Solschenizyn und Zamjatin.

Vokurovskij spielte amateurhaft gelangweiltes Interesse. Mit zitternden Händen griff er nach den Schätzen und nahm sie Herrn Svensson ab, und ohne diese anzusehen, sagte er:

»Sie haben recht, das sind russische Autoren«, er überwand die Aufregung und war sogar zu einem Anflug von Ironie imstande, die bei Herrn Svensson jedoch nicht ankommen konnte: »Aber in Rußland werden sie nicht so oft gelesen.«

»Wahrscheinlich hat sie meine Tochter gekauft. Sie können sie behalten, wenn Sie Interesse haben. Es wird mir eine Ehre sein ...«

Das, was jetzt folgte, verschlug Herrn Svensson die Sprache. Der Dichter steckte alle drei Bände flink unter sein Hemd.

»Ist das nicht ... ein bißchen unbequem?« fragte der staunende Gastgeber. Vokurovskij wurde klar, daß er überstürzt reagiert hatte. Er wurde rot und stotterte:

»Das ist ... so eine russische Tradition. Noch ... aus der Zarenzeit ... so eine ... zweite Natur ...«

»*Is ... that so?*«

Rosemary hörte nun unvorsichtigerweise auf, die klimatischen Phänomene zu kommentieren und begab sich wieder auf risikoreichere Gebiete.

»Aber eines verstehe ich wirklich nicht, Herr Ramses. Warum braucht Herr Vokurovskij überhaupt einen Dolmetscher? Sein Englisch ist doch ...«, sie zögerte, und dann erlaubte sie sich eine konventionelle Lüge: »... fast genauso gut wie Ihres.«

Mit ihren gutgläubigen amerikanischen Augen weilte sie auf dem erbosten Gesicht des Spitzels. Noch bevor der Pharao eine Erklärung liefern konnte, warf Veronika ein:

»Gerade deshalb!«

Daraus wurde Rosemary allerdings auch nicht schlauer.

Die folgenden vierzehn Tage verbrachte Vokurovskij damit, Ramses besoffen zu machen, um sich das *Geständnis* angucken zu können. Der Spitzel schränkte sich mit dem Trinken jedoch ein. Erst am Vorabend seines Abfluges läutete das Telefon. Der aufgeregte Dichter bat flehentlich, Veronika möge ihn an der angegebenen Adresse abholen und ins Kino bringen, weil er sich in Toronto nicht auskenne und außerdem sein ganzes Geld für Mitbringsel für seine Moskauer Freundin ausgegeben habe. Aus den zusammenhanglosen Äußerungen des aufgeregten Vokurovskij erfuhr Veronika im Auto, daß die Wachsamkeit des Spitzels durch ein tschechisches Mädchen, das ihn bei der vom Chairman der Slawischen Abteilung veranstalten Party in Beschlag genommen hatte, eher bezwungen als gebrochen worden war. Sie soll sehr exzentrisch angezogen gewesen sein und auf den Spitzel mit einem seltsamen Russisch eingeredet haben, das wie eine miserable Übersetzung aus dem Englischen geklungen haben muß, doch sie sprach mit einer derartigen Ausdauer, daß er anfing, sich mit Alkohol zu stärken, um diese verbalen Attacken auszuhalten. Und er hat nicht standgehalten! jubelte Vokurovskij, verabschiedete sich von Veronika mit einem vierfachen Chruschtschow-Kuß und stürzte ins Kino.

Tussie ahnte nicht, was für einen großen Dienst sie der russischen Kultur erwiesen hatte.

Uhers böswillige Falle hatte mir meinen Aufenthalt in New York völlig versaut. Zumindest bis zu dem Zeitpunkt, als mir eine verzweifelte Idee kam, wie ich das Malheur wieder einigermaßen ausbügeln konnte. Ich mußte mich mit Mary Squarilik in Verbindung setzen, ihr erklären, in was für einer Patsche ich saß und sie ebenfalls. Vielleicht würden wir gemeinsam etwas ausklügeln. Wenn nichts dabei rauskommen sollte, erfährt sie wenigstens, was sie zu Hause erwartet, und könnte sich eine Ausrede vorbereiten. Das dürfte allerdings schwierig werden.

Im Telefonbuch von New York gab es mehrere Skvarils, aber nur einen einzigen Squarilik. Ich wählte die Nummer. Eine männliche Stimme meldete sich, und ich fragte auf englisch, ob ich Frau Squarilik sprechen könnte.

»*Just a sec*«, sagte er und rief in die Wohnung hinein: »Mariechen! Telefon!«

Nach einer Weile meldete sich eine Stimme, die neugierig und ängstlich zugleich war.

»Skvarilíková.«

»Ich muß mit Ihnen sprechen«, sagte ich. »Dürfte ich Sie an dieser Adresse aufsuchen?«

»Wo… worum geht es?«

»Darüber möchte ich nicht am Telefon reden.«

»Und … wer sind Sie?«

Jetzt konnte ich aus der Stimme die mir bekannte Panik heraushören.

»Ein Freund.« Frau Skvarilíková war klar, daß es sich um einen Spitzel handelte. Und das in New York.

»Um Gottes willen! Was wollen Sie denn von mir?«

»Es ist in Ihrem eigenen Interesse. In einer halben Stunde bin ich bei Ihnen.«

Dann fiel mir ein, daß sicher auch Frau Skvarilíková vor ihrer Reise bei einem Gespräch gewesen sein mußte, wo man sie über ihre Pflichten aufgeklärt hatte. Was wäre, wenn sie später in Prag meine Meldung durch ihre eigene neutralisieren würde? Daß ich sie gewarnt hätte, eine Meldung über sie erstatten zu müssen?

Noch war Zeit, einen Rückzieher zu machen. Dann müßte ich aber genau das tun, was Uher von mir verlangt hatte. Ein Bourgeois ist aber nicht in der Lage, in der Realität jene Grenze zu überschreiten, die er …

Eine halbe Stunde später meldete mich in einem eleganten Haus auf der Riverside ein farbiger Portier über das Haustelefon in einer Wohnung an. Weitere zwei Minuten später stand ich im dritten Stock, und durch die einen Spalt geöffnete Tür sah mich der ältere Herr von der Empire State-Terrasse an, diesmal ohne seinen Cowboyhut:

»Was wollen Sie von Marie? Sie hat davon einen *nervous breakdown* bekommen. Können Sie darüber nicht zu mir sprechen, können Sie?«

Ich überlegte. Warum eigentlich nicht?

»Wenn Sie sie blackmeilen wollen, dann sind Sie an der falschen Adresse. Ich werde Sie von der Polizei mitnehmen lassen, werd ich nicht.«

Das brachte mir die notwendige Inspiration.

»Ich möchte Frau Skvarilíková vielmehr vor einer eventuellen Erpressung bewahren.«

»Ist das so?«

»Aber ich kann es auch mit Ihnen besprechen.«

»Kommen Sie rein.«

Er führte mich in ein riesiges Zimmer mit Ausblick auf den Fluß. Das Zimmer ähnelte einem Museum, an den Wänden hingen Hunderte von gerahmten Fotografien unterschiedlichen Alters. Menschen und Städte, vor allem Prag. Auch Frau Skvarilíkovás Bild war darunter. Ich erklärte ihm knapp, was passiert war. Er begriff es nicht ganz. Was hat sie gesagt, womit hat sie sich kompromittiert? wollte er wissen. Ich erinnerte ihn an die mordenden Ziegelsteine.

»*Well*, und stimmt das etwa nicht?«

»Doch, das stimmt schon. Aber es ist Verunglimpfung der Republik.«

»Aber wenn es doch stimmt?«

Er schüttelte den Kopf. Politisch war er nicht gerade auf der Höhe. Ich zählte ihm einige weitere indiskrete Äußerungen von Marie auf, doch in allen Fällen mußte ich einräumen, daß sie recht hatte. Er betrachtete mich mit wiedererwachendem Verdacht. Dann erwähnte ich noch die Bemerkung von den Kommunisten an der Futterkrippe.

»Das ist wie überall bei den Politikern, ist es nicht«, meinte er. »Bei den Republikanern, bei den Demokraten. Warum nicht bei den Kommunisten?«

»Wenn sie das über die Republikaner gesagt hätte …«

»Haben Sie auch Republikaner in Prag?«

»Das nicht …«

»*Well*, wie sollte sie das über die Republikaner behaupten, wenn es dort keine gibt. Sie haben Kommunisten dort. Also mußte es Marie über die Kommunisten sagen.«

Ich kratzte mich am Kopf und gab auf. Er musterte mich mit seinen hellen Augen, finster, mit Verdacht.

»Das mag ich nicht«, sagte er.

Ich verstand nicht sofort, was er damit meinte.

»Ich mag das überhaupt nicht«, wiederholte er. »Ich hole Marie.«

Er ging hinaus, nach einer ganzen Weile kam er mit der Dame von gestern zurück. Sie sah aus, als hätte sie eben eine schwere Herzattacke erlitten.

»Dieser Gentleman hier«, sprach der Greis langsam, »er behauptet, daß du in Troubles bist, weil du gestern gesagt hast, daß sich die Kommunisten um den Platz an der Futterkrippe streiten, und daß neben uns irgendein *police informer* gestanden hat.«

»Jesus Maria!« schrie Marie so laut, daß der Alte erschrak. Dann sank sie auf die Knie, nicht etwa aus Pathos, sondern aus ehrlicher sozialistischer Angst heraus. Die Knie waren ihr einfach weggeknickt: »Genosse, ich flehe Sie an! Zeigen Sie mich nicht an! Ich habe das nicht so gemeint! Ich ... Sie haben das nicht richtig gehört! Sie haben das falsch verstanden!«

Sie wurde ohnmächtig. Zusammen mit dem Greis bettete ich sie auf ein Sofa, der Alte knurrte mich verärgert an:

»Ich werde für Sie Polizei haben! Ich trete Ihnen die Zähne in den Mund!«

Er setzte diese grausame Drohung jedoch nicht in die Tat um, sondern ging hinaus und kam mit einem Fläschchen zurück, aus dem er der Dame eine Flüssigkeit in den Mund goß. Sie verschluckte sich, die Ohnmacht war verflogen. Sie öffnete die Augen, erblickte mich und schloß wieder fest die Augen. Schnell erklärte ich ihr, wie die Dinge stehen. Sie machte leicht die Augen auf:

»Sie, Genosse ... sind wirklich kein Genosse ... vom Innenministerium?«

Ich versicherte ihr, daß ich kein Genosse sei, und schon gar nicht vom Innenministerium.

»Dann zeigen Sie mich bitte nicht an! Ich werde mich revanchieren! Jerry hier gibt mir Dollars ... nicht wahr, Jerry? ... Er ist reich ... nur ... ich bitte Sie, bei Gott ...«

Geduldig erklärte ich noch einmal, daß wir beide in der Patsche sitzen würden, wenn ich sie nicht anzeigen würde. Sie war aber sehr aufgeregt, und so fiel ihr nur ein:

»Dann fahren Sie nicht zurück!«

Ich versuchte ihr zu erklären, daß ich als tschechisch schreibender Autor nicht vorhabe, im Exil zu bleiben. Sie wurde von einem Weinkrampf geschüttelt.

»Verstehen Sie das jetzt?« wandte ich mich an den älteren Herrn.

»Sie nehmen mir meinen Arbeitsplatz weg!« heulte Marie auf. »Sie SPERREN mich ein! Genosse, Jerry wird sich bei Ihnen revanchieren!!! Können Sie das nicht auf sich nehmen?«

Und wieder, sehr geduldig, erklärte ich ihr, daß ich ihre beleidigenden Äußerungen nicht auf mich nehmen könnte, auch wenn ich für die Dollars dazu bereit wäre, doch leider hatte ich sie nicht alleine gehört. Was mich anging, sollte die ganze Angelegenheit die Prüfung meiner Loyalität sein, während man über sie im Innenministerium alles erfahren würde, egal ob ich sie melden würde oder nicht. Ich könne nicht mehr tun, als nur das, worum ich mich gerade bemühe: sie zu warnen, damit sie sich eine Rechtfertigung zurechtlegte.

»Ich werde alles leugnen!« jammerte sie. »Aber sie haben ihre Methoden! Jesus, was soll ich denn nur tun?«

Das wußte ich wahrhaftig nicht. Mir war allerdings klar, daß ich mit dieser Dame in einem schönen Schlamassel steckte, ich wußte nur, daß ich damit mein bourgeoises Gewissen beruhigt hatte. Der Alte ließ seinen finsteren Blick von mir zu ihr schweifen und trank aus dem Fläschchen, mit deren Inhalt er vorhin die Dame aus der Ohnmacht geholt hatte. Ich bereute mein christliches Rittertum. Marie auf dem Sofa heulte jetzt wirklich vor Angst, und ich befand mich genau dort, wo ich eigentlich überhaupt nicht sein wollte.

»Und wie sind Sie da herausgekommen?« fragte mich Lída Lewis.

»Der alte Cowboy hat mich gerettet, Jerry Squarilik.«

»Wie?«

»Ganz einfach. Indem er uns zuhörte, absolvierte er einen Schnellkurs für sozialistische Politologie. Als wir dann in einer absoluten *impasse* waren, erklärte er mit einer Betonung, der man nicht widersprechen konnte, wenn dem so sei, würde Marie nicht nach Prag zurückkehren. Und nach einer Woche, noch bevor ich nach Prag fuhr, hatte Marie den gleichen Status wie Sie heute.«

»Er hat sie geheiratet!« rief Lída Lewis in einem Ton, der sich immer in die Stimmen von Mädchen schleicht, wenn sie hören, daß wieder eine Frau ihr Glück gemacht hat. Und Marie hat ihr Glück gemacht.

»Ja. Ich hatte den Eindruck, daß er sie mit diesem Hintergedanken nach Amerika eingeladen hatte. Er war schon seit langem Witwer, und daher sehr schüchtern. Marie war seine Schwägerin, Witwe seines Bruders in Prag. Und so hat Uher wieder einem tschechischen Mädchen zu seinem Glück verholfen.«

»Sehen Sie, was einem tschechischen Mädchen so alles zustoßen kann«, meinte Lída. »Und was war mit Uher? Hat er Sie später noch erpreßt?«

»Konnte er nicht. Nach meiner Rückkehr habe ich mit allergrößtem Vergnügen über Frau Skvarilíková Meldung erstattet. Aber Uher hat sich nicht mehr gemeldet. Seitdem habe ich ihn nicht mehr gesehen. Nur von ihm gehört.«

»Wahrscheinlich schöne Sachen.«

»Ich weiß nicht. Diese Sachen sind, denke ich, ziemlich relativ«, erkläre ich. »Das ist wie bei Ihnen, als Sie damals am Telefon gesagt haben, daß zu Hause alles in Ordnung sei. Wissen Sie, daß ich über Sie so verärgert war, daß ich den Hörer hingeknallt habe?«

Auf dem Klo gab es in den letzten Tagen einen richtigen Londoner Nebel vor lauter Zigarettenqualm und ein Gedränge wie bei einem Fußballspiel der 1. Liga. Der demütig gewordene Eisler suchte das Klo nur noch auf, wenn er sich erleichtern mußte, zur Pißrinne kam er kaum durch, und dabei entschuldigte er sich immer wieder. Der Krieg ging dem Ende zu, der Schrecken ließ nach.

Nur in den Geschichten von Voženil wurde er wieder lebendig. An diesem Tag war das Liebesleben im Reich dran.

»Deutsche Weiber zu vögeln, war uns verboten«, erzählte er, und in dem Halbdunkel des Londoner Nebels sah er wie ein großer Laubfrosch aus. »Rassenschande. Aber die Männer von diesen Weibern waren an der Front, und die Frauen waren ganz schön geil. Jungs, könnt ihr euch vorstellen, wie so eine Brunhilde im Bett tobt? Na ja, es ging aber um Kopf und Kragen dabei. Und so haben wir nur gegen Fressen gevögelt.«

»Und wie hoch war die Taxe?« fragte der Junge aus der Lackierwerkstatt.

»In meinem Fall ziemlich hoch. Für eine Nummer hab ich Fleischmarken für eine Woche kassiert«, erzählte der Zwerg. »Und man hat sich um mich gerissen! Aber ich hab gut aufgepaßt.«

»Wurde man deshalb erschossen, du Dromedar?«

»Wenn es nur das wäre. Man hat Schlimmeres gemacht.«

»Gefoltert?« fragte Kos.

»Das hing davon ab, ob das ein Weib war, deren Mann an der Front war, oder ob sie ledig war. Bei einer ledigen haben sie dich kastriert.«

»Was für'n Quatsch, du Seehund! Zeig mal!«

»Hab ich gesagt, daß man mich kastriert hat? Mich nicht. Ich hab mich bei jedem Bumsbesuch gut abgesichert und einem Burschen ein Drittel meiner Fleischkarten abgegeben, damit er Schmiere stand. Aber etliche Kumpel wurden erwischt. Auch manche, die verheiratet waren, die Ärmsten. Aber das war alles halb so schlimm. Wenn man dich mit einer Verheirateten erwischt hat, haben sie dir den Schwanz abgehackt.«

»Da ist es schlimmer, kastriert zu werden«, sagte der Junge aus der Lackierwerkstatt.

»Das stimmt nicht!« rief Kos. »Wenn du kastriert bist, hast du Ruhe. Aber mit abgehacktem Schwanz, Mann ...«

»Schlimm«, sagte Voženil finster. »Ich hab die Jungs leiden sehen, Leute! Sie konnten sich nicht einmal einen runterholen, weil sie keinen mehr hatten.«

Es herrschte entsetztes Schweigen.

Jemand fragte mit zitternder Stimme:

»Haben die das wenigstens unter Narkose gemacht?«

»Du bist witzig«, sagte der Grüne. »Bei vollem Bewußtsein. Aber steril, damit niemand krepiert. Sonst hätte die Amputation ihre Wirkung verfehlt.«

»Angeblich kann man einen künstlichen dranoperieren«, warf der Schweißer Filipec ein. »Angeblich hat man ihn einer gewissen Koupková drangenäht, als man aus ihr einen Koupek gemacht hat.«

»Sie hatte schon einen gehabt, aber einen eingeschrumpften«, belehrte ihn der allwissende Voženil. »Sie hat nur Spritzen gekriegt, damit er wieder wächst.«

»Das stimmt nicht. Angeblich hat er einen künstlichen. Er hat hier 'nen Vortrag gehalten.«

»Aus was denn, du Elefant?« knurrte Malina.

»Ich denke aus Gummi.«

»Kann man dann 'nen Ständer bekommen?«

»Er ist schon als Ständer gemacht.«

»Und wie läuft er damit rum, du Ochse, mit 'nem Steifen?«

»Vielleicht kann man ihn abnehmen, wie 'ne Prothese.«

»Aber das nutzt ihm sowieso 'nen Scheißdreck«, sagte der grüne Bursche. »Im Schwanz sind die wichtigsten Nerven, damit du was spüren kannst. Und die kann man nicht künstlich herstellen.«

Erneut grübelten wir über das grausame Schicksal der zu potenten Arbeiter beim Totaleinsatz im Reich.

»Ach wo, Jungs«, seufzte Voženil. »Diese armen Schweine erleichtern sich nur dann, wenn sie schon so geil sind, daß es von selbst rausspritzt.«

»Du bist 'n Esel«, sagte Malina.

Doch Voženil war noch nicht fertig mit den Grausamkeiten. »In Hamburg«, erzählte er weiter, »hat man eine noch schlimmere Methode gehabt. Dort haben sie sich eine angesteckte Nutte gehalten, und jeder, der erwischt wurde, mußte sich von ihr anstecken lassen. Dann hat man ihm ein S für Syphilis auf die Stirn tätowiert, und den Ärzten im ganzen Reich war untersagt, solche zu behandeln.«

»Du Ameise!« sagte Malina. »Soll ich dir in die Eier treten, wenn du noch welche hast?«

»Die haben's noch gut. Die können sich jetzt nach dem Krieg kurieren. Schlimmer sind die mit dem abgehackten dran …«

»Ja, und was ist mit dem S auf der Stirn?« fragte Voženil. »Welches Mädchen will nach dem Krieg mit so 'nem Gezeichneten schon ins Bett?«

»Die Tätowierung kann man entfernen lassen«, meinte Kos.

»Nicht ganz«, widersprach Voženil. »Außerdem ist Syphilis nicht heilbar. Am Ende zersetzt sich der Körper. Der Pimmel fällt dir ab, dann die Ohren …«

»Scheiß dir nicht in die Hosen, du Schnake«, schaltete sich Malina wieder ein. »Du bist ein Urvieh!«

»Es wird auch vererbt«, fuhr der grüne Bursche ohne jegliche Rührung fort. »In der Besserungsanstalt kannte ich einen gewissen Olda Máslo, der hatte keine Nase. Sein Vater war an Syphilis krepiert.«

»Und was hatte er dann, wenn er keine Nase hatte?«

»Nur Luftlöcher hatte er«, sagte Voženil. »Beziehungsweise nur ein Loch. Zwischen den Augen. Daran ist er auch abgekratzt, der Arme, als man ihn ins Wasserzimmer schickte.«

»In was?«

»Das war so 'ne Art Bestrafung. Eine ziemlich milde«, meinte Voženil und schickte sich an, die Zeit seines Lebens vor dem Krieg zu schildern. Es stellte sich heraus, daß Voženils Welt auch vor dem Krieg voller Grausamkeiten gewesen war.

»Das ist absolut sicher«, meint Herr Pohorský. Er sieht irgendwie angeschlagen aus, nervös. »Man schreibt eine gewöhnliche Nachricht auf eine Ansichtskarte, die zum einen ein bißchen verdächtig und zum anderen geheimnisvoll klingen sollte. Wie zum Beispiel: ›Die Nachricht wurde an Flieder übergeben. M. erledigt es. Warte auf Antwort.‹ Oder so etwas ähnliches. Und diese Karte schickt man dann an einen wichtigen Kommunisten. Wenn sich das etwa viermal wiederholt, erweckt das Verdacht bei der Staatspolizei, und sie werden diesen Mann näher unter die Lupe nehmen. Und rechnen Sie mal mit. Jeder Exilant kennt mindestens zwei solcher Kommunisten-Früchtchen. Wenn nur die Hälfte von ihnen schreiben würde …« Herr Pohorský demonstriert die uns bekannte geometrische Reihe, und dabei kommt heraus, daß in unserem Heimatland am Ende dieses Kalenderjahres an die fünfzigtausend Strolche zusammenbrechen würden, außerdem würde der Polizeiapparat derart überlastet sein, daß sogar die Mitarbeiter kollabieren würden. Doch Tussie ist skeptisch.

»Das wird nicht arbeiten«, meint sie. »Wenn nichts hinter den Karten steckt, auch keine Sabotage take place, werden sie merken, daß es ein houx ist.«

»Im Gegenteil, mein Fräulein«, aus der Stimme des ehemaligen Vertreters bei der UNO höre ich eine bange, jämmerliche Hoffnung heraus. Aber er hält daran fest. »Das würde sie ganz irre machen! Sie würden wahnsinnige Angst vor der Post bekommen! Nach zwei Jahren würde sich die Partei kurz vor ihrem Zusammenbruch befinden!«

»Das wird nicht arbeiten«, besteht Tussie unerschütterlich auf ihre Behauptung. »Man sollte eher Letterbomben mailen.«

»Was soll das denn sein?«

»Letterbomben. So kleine flache Bomben, die in einen envelope hineinpassen. Ich habe keine Idee, wie man sie macht, aber in der Zeitung wird darüber geschrieben.«

Lieber Dan,

am Anfang meinen Briefes möchte ich dir herzliche Grüße und liebe Erinerungen senden. Diesen Brief schreibe ich von einem Kulturaufenthalt in Deutsche Demokratische Republik. Unsere Genossenschaft bekam diese Fahrt als Belohnung weil wir als die besten im ganzen Bezirk ausgezeichnet wurden. Diese Fahrt ist umsonst für uns und ich werde einen Artikel darüber schreiben wenn wir wieder zu Hause sind ich bekomme mindestens 80 Kronen dafür. Das wird schon mein siebenunddreißigster Artikel sein! Ich habe bereits sechsunddreißig Artikel geschrieben und alle wurden veröffentlicht und für jeden habe ich zwischen 70 und 100 Kronen bezahlt bekommen je nach Länge. Sie streichen mir auch nichts weg nur die slowakische Rechtschreibung kor-

rigieren sie weil ich ja in tschechische Schule gegangen bin und im Tschechischen gibt es auch eine Rechtschreibung, doch die ist anders.

In Deutsche Demokratische Republik gefällt es mir sehr es gibt andere Waren als bei uns sogar Privatgeschäfte haben sie hier die Inhaber sind höflich. Wir waren auch in Karl-Marx-Stadt die früher Jena hieß und dort überwältigten mich die Erinerungen. In Jena die jetzt Karl-Marx-Stadt heißt habe ich bei Herrn Meister Radac gearbeitet nachdem der Herr Meister Akerman in Oberscharau von einer Bombe getötet worden war er war ein ganz netter Meister zu essen gab es genug bei ihm und er hatte nur einen Arm deshalb mußte er nicht einrücken. Den Arm hatte er verloren während Kämpfe gegen die Reaktion das hat er uns oft erzählt und zwar am Anfang der Bewegung in dem er Mitglied war. Auch hat er so eine Uniform getragen aber ich habe schon vergessen was das für eine Bewegung war aber Nazis waren es nicht. Herr Meister Radac war kein Nazi aber er war in der Organisation an deren Namen ich mich jetzt nicht mehr erinnern kann sie trugen braune Hemden und Kniebundhosen aber es war nicht die NSDAP auch nicht die SS. Den Arm hatte er in dem Kampf am Anfang der Bewegung verloren ich glaube daß der Meister Radac ein Antinazi war er war ja eigentlich ein guter Mensch.

In Dresden waren wir in der Pinakotek wo die Werke alter Meister ausgestellt sind auch die Ausstellung »Terrorangriff auf Dresden« gab es dort über den Bombenangriff der amerikanischen Imperialisten auf Dresden in dem mehr als 200 000 unschuldige Menschen ums Leben kamen. Ein deutscher Genosse machte für uns die Führung er schilderte genau den Angriff weil er damals als Soldat bei der Luftabwehr in Dresden war und seine Rede übersetzte für uns ein Genosse aus der Jugendorganisation. Aber für mich brauchte er das nicht zu übersetzen weil ich noch bis heute gut deutsch verstehe. Der Genosse erzählte wie sich die Anwohner von Dresden nach dem Frieden sehnten aber die amerikanischen Kriegshetzer schickten riesige Flugzeugeinheiten und eine Menge Fliegender Festungen die auf Dresden mehr als 500 000 Tonnen Brand- und Sprengbomben geworfen haben. Es war ein unmenschliches Verbrechen gegen die friedliche Bevölkerung der Deutsche Demokratische Republik von den Kriegshetzern die den Zweiten Weltkrieg angezettelt haben und seitdem auch noch andere Kriege wie zum Beispiel in Korea und in Vietnam und in Israel gegen Ägypten. Sie begehen Verbrechen gegen die Menschen wie die Ausstellung »Terrorangriff auf Dresden« eindeutig beweist.

Und trotzdem finden sich Menschen die sie in Schutz nehmen. Als der deutsche Genosse von dem Leiden der Bevölkerung sprach die sich nur nach Frieden sehnte den aber die amerikanischen Imperialisten überhaupt nicht gebrauchen konnten schlug ihn plötzlich einer zusammen ohne daß ihn der deutsche Genosse provoziert hatte. Dieser war nicht von unserer Genossenschaft es war ein Tourist aus Österreich der mit der Reisegesellschaft Wesely-Ohrenstein aus Wien kam. Ich glaube er war ein Jude er hatte eine solche Nase und buschige Augenbrauen und schrie daß es den Leuten aus Dresden recht geschah man mußte ihn festhalten und wegführen weil er einen hysterischen Anfall hatte. Unser Genosse Leiter sagte daß ihn eine offensichtliche geistige Krankheit entschuldige denn nur Geisteskranke können die amerikanischen Imperialisten in Schutz nehmen die gegen das unschuldige Volk der DDR solche Verbrechen verübt haben.

Mein Bruder Olda arbeitet jetzt im Sekretariat der Kleintierzucht-Genossenschaft und seine Frau die Ingenieurin aus der Ukraine arbeitet ebenfalls dort als Leiterin. Ihnen geht es gut auch wenn sie keine Privatzucht mit Perlhühnern mehr haben sondern nur die aus der Genossenschaft. Ihre Tochter Yvone studiert an der Hochschule sowie auch ihr Sohn Tom der außerdem noch das Schachturnier der Jugend von der ganzen Republik gewonnen hat. Meine Tochter Sulejka die einen georgischen Namen hat nach dem beliebten Lied meiner Frau als sie schwanger war hat nach der Lehre als Friseuse eine gute Stelle in einem Friseurbetrieb in Košice bekommen wo sie mehr als 3 000 im Monat verdient das meiste davon sind Trinkgelder. Sie ist sehr beliebt unter den Damen aus Košice sie beherrscht ja die ganzen neuen Anwendungen wie Wasserwelle und sogar Dauerwelle alle bedeutenden Kundinnen lassen sich von ihr ondulieren darunter ist auch die Frau des ersten Staatsanwaltes und auch die Tochter des ersten Vorsitzende der slowakischen Kommunistischen Partei. Ich bin sehr stolz auf sie es tut mir nur leid daß ich und meine Frau keine Kinder mehr haben konnten auch wenn wir das gewollt haben. Aber man kann ja nicht alles haben.

Auch haben wir in der Deutschen Demokratischen Republik das ehemalige Konzentrationslager Buchenwald besucht das war auch sehr interessant vor allem die Folterkammer wo man die Gefangenen an Haken aufgehängt hat. Auch gibt es dort eine Stehmeßvorrichtung sie haben dem Häftling befohlen daß er sich mit dem Rücken dagegen stellen sollte als möchten sie ihn messen wie groß er sei. Aber es war nur ein Trick weil in der Meßlatte eine kleine Öffnung war durch die man eine Pistole geschoben und dem Häftling ins Genick geschossen hat was man damals Genickschuß genannt hat erklärte uns der deutsche Genosse. In der Deutschen Demokratischen Republik ist heutzutage dieses Lager außer Betrieb weil wie der Genosse erzählte es in der Deutschen Demokratischen Republik kaum Kriminalität mehr gibt.

Weil ich ein alter Filmfan bin war ich auch hier im Kino und ich habe den Film »Die Traktoristin« gesehen der mich aber enttäuscht hat er war nicht gut gelungen. Früher hatte man in Deutsche Demokratische Republik bessere Filme gemacht wie zum Beispiel »Der Große Fritz« oder »Pandur Trek« mit Hans Albers es waren aufwändige Filme da hatte man etwas zu sehen gehabt. Aber der Film »Die Traktoristin« war nicht so aufwendig weil die Schauspielerin … ehm … die ganze Zeit nicht so schön angezogen war.

Zu Hause gehe ich mit meiner Frau regelmäßig zweimal in der Woche ins Kino. Wir haben »Teresa« gesehen das war ein gut gelungener Krimi auch den »Schwarzen Peter« aber der war langweilig und die Hauptdarstellerin war noch nicht so gut entwickelt man sollte solche nicht fürs Drehen nehmen. Der Film »Tausendschönchen« war noch schlimmer in dem eine Schauspielerin ganz hübsch war doch dafür die andere ungeheuer häßlich ich weiß wirklich nicht warum man solche Vogelschäuchen auf der Leinwand zeigt. Auch war der Film nicht zu verstehen es war ein Unsinn. Man sollte solche Filme verbieten weil die Werktätigen sie nicht verstehen. Sehr schön war der amerikanische Film »Das weite Land« mit G. Peck. Auch hat mir ganz gut der Film »Die Liebe einer Blondine« gefallen auch wenn man wieder keine hübsche Schauspielerin ausgewählt hatte, nun ja, man hat sie immerhin nackt gezeigt, wenn auch nicht ganz. Ihr Körper war schön aber das Gesicht war irgendwie zerknittert. Ich schätze daß sich keine hübsche im Film nackt ausgezogen hätte. Sehr schön war der Film »Das Apartment« in dem sie fertiges Mittagessen hatten das man im Laden kaufen kann und sie nur warm macht aber das war in Amerika.

Am Ende meinen Briefes sende ich dir herzliche Grüße und liebe Erinerungen!

Dein Freund Lojza

Meine Zuhörerschaft ist auf die treue Irene, die emsig schreibende Sheila und Hakim zusammengeschrumpft, der sich ständig anschickt zu gehen, doch heute würde er wahrscheinlich den Vortrag über die Geheimnisse der menschlichen Seele unter dem behavioristisch-marxistischen Gesichtspunkt versäumen. Die dunklen Mächte, die mit meinem Leben ihr Spiel getrieben haben, berührten seine Seele, daher ist er wohl der einzige hier, den meine abwegige Psychoanalyse vom *Herzen der Finsternis* wirklich interessiert. Sheila ist eine Streberin, und Irene ist einfach Irene. Hakim wird meine Phantasien sicher als leicht widerlegbaren Unsinn abschmettern, doch weiß Gott, vielleicht ist das alles, wozu wir auf dieser Welt in der Lage sind: Gifttröpfchen zu streuen. Tröpfchen für Tröpfchen eingenommen, haben sie vielleicht eine heilende Wirkung.

»Am Ende des Romans«, erzähle ich, »nimmt die Gestalt des Herrn Kurtz die abschließenden und unbestreitbaren Züge der konkreten Zukunft ein. Ich mache es kurz. Ich möchte Sie nicht von den wissenschaftlich besser fundierten Beschäftigungen, mit denen man die Zeit in der Edenvale-Uni verbringen sollte, abhalten. Betrachten Sie aber Marlows Gespräch mit dem Repräsentanten der Gesellschaft nach der Rückkehr des Kapitäns vom Kongo nach Belgien. Der Vertreter bittet Marlow, er solle ihm alle Schriftstücke von Kurtz übergeben, denn die Gesellschaft habe *ein Recht auf alle Informationen über ihr ›Territorium‹*. Und Marlow? *Ich versicherte ihm, die Kenntnisse des Herrn Kurtz, wie umfassend sie auch gewesen sein mochten, hätten nichts zu tun mit den Problemen des Handels und der Verwaltung. Sodann führte er den Anspruch der Wissenschaft ins Feld … Ich bot ihm den Bericht über die ›Unterdrückung primitiver Bräuche‹ an, von dem ich das Postskript abgerissen hatte.* Aber was stand wohl auf dem abgerissenen Postskript? Denken Sie nach? Nun ja, was sonst als Kurtz' Aufruf in bezug auf die Wilden: »*Rottet all diese Bestien aus!*«, diese überaus merkwürdige Schlußfolgerung der Kurtzschen ›Wissenschaft‹.«

Sheila schreibt weiter, ohne etwas zu fragen, die Sekretärinnen der Humanwissenschaften haben ihre *coffeebreak* beendet und begeben sich träge wieder zurück an ihre Schreibmaschinen. In Irenes Augen lese ich Unverständnis. Ihr geht es allerdings nicht darum, Kurtz zu verstehen. Hakim runzelt die Stirn, bleibt jedoch sitzen, wenn auch mit einer Hand auf dem Psychologieskriptum. Ich fahre fort:

»Zwei Seiten weiter betont der Journalist, der ebenfalls Marlow aufgesucht hatte, um zu schnüffeln, daß Herr Kurtz *von einem*

Glauben erfüllt war – verstehen Sie? – erfüllt von Glauben. Kommt Ihnen das nicht interessant vor? Der Vertreter der Gesellschaft beruft sich auf die *Wissenschaft*, auf die wissenschaftliche Bedeutung der Kurtzschen Schrift. Der Journalist betont seinen *Glauben.* Kurtz hatte an einem *wissenschaftlichen Werk über die Unterdrückung primitiver Bräuche* gearbeitet und beendete es mit dem *Glaubensbekenntnis: Rottet all diese Bestien aus!* Der Titel der Schrift suggeriert die Wissenschaft des neunzehnten Jahrhunderts – der Aufruf im Postskript ist die Stimme des barbarischen Demagogen aus den Zeiten der Bibel und des Altertums … *schlagt alle nieder, Frauen, Kinder, Greise … ceterum autem censeo …*«

Nehme ich mein eigenes Delirium ernst? Conrads Delirium? Denn eine solche Kunst ist ein Delirium. Solch ein Autor ist nur eine mit Ton versehene Platte, auf der die dunklen Mächte der blutigen Erfahrungen die Trommeln schlagen. Die Mächte der Visionen, der Vorahnungen, der überrationellen Kraft der Kunst …

»Übersetzt in die nüchterne Sprache der Geschichte: Marx hat das gesellschaftliche Problem einer wissenschaftlichen Überprüfung unterzogen: Seine Wissenschaft ist keineswegs in allen Details fehlerfrei, wobei allerdings kaum eine Wissenschaft fehlerfrei ist. Im Gegensatz zu den alten Sozialisten, die von einem sozialen Bewußtsein ausgegangen waren und die von der Reform der Gesellschaft sprachen, und zwar einer Gesellschaft, die sich unwissenschaftlich nach den Gesetzen des Dschungels richtete, nahm Marx die Gesetzte des Dschungels an und baute darauf die Idee des Sozialismus auf. Nach ihm verwandelten Lenin und Stalin seine Wissenschaft in eine Ideologie, also in ein falsches Bewußtsein und somit in einen Glauben, und sie kamen zum Kurtzschen Ergebnis: ›Rottet all diese Bestien aus!‹ Das heißt alle, die man nicht aufklären kann. Laßt deshalb die Evokation von Kurtz auf uns wirken, laßt uns eine Schweigeminute zu seinen Ehren abhalten. Kurtz, der Wissenschaftler, ausgestattet mit seinem Glauben. Kurtz, der Reformator, der als Anhänger der absoluten Reform endete, die hieß: Ausrottung der Nicht-Formbaren. Kurtz, der wie Lenin in seinem Testament in den letzten Minuten seines Lebens eine Vision hatte, deren Name Grauen war. *The Terror! The Terror!* Ein Grauen, dessen Name Terror ist.«

Ich verstumme, ich hatte mich selbst überzeugt. An dem verschlafenen Nachmittag in der Uni-Cafeteria scheint alles so entfernt zu sein. Sheila schreibt nicht mehr, sie stiert vor sich hin, ich glaube kaum, daß sie zuhört. Irene denkt sich ihren Teil. Hakim durchbohrt mich mit seinen Augen, sie erinnern mich an den Blick von Nadja Jiroušková.

»Diese Vision«, rede ich weiter, »wiederholt sich am Ende des Buches über den grausamen Herrn des Waldes, den Herrn Kurtz, als Marlow an der Tür der Verlobten von Kurtz klingelt … *er kam mir wieder in den Sinn, wie er damals auf der Bahre lag und seinen Mund gierig aufriß, als wollte er die ganze Welt samt ihrer Menschheit verschlingen … er schien mir aus dem Glas der Tür entgegenzustarren – mir entgegenzustarren mit jenem weiten und ungeheuren Blick, der das ganze Universum umfaßte, verdammte und verschmähte. Mir war, als hörte ich den geflüsterten Schrei: ›The Terror! The Terror!*«

Ich schweige.

»Ist das alles?« fragt Hakim. Sheila schraubt mit einem tiefen Seufzer ihren Kugelschreiber zu.

»Ja. Vielleicht wäre noch zu sagen, daß der Journalist – damit es nicht zu einem Irrtum über den wirklichen Sinn der Kurtzschen Prophezeiung kommt – sagte, *Kurtz' angemessener Wirkungsbereich sei die Politik gewesen, ›ihre volkstümliche Seite‹! Er zog die Menschen mit dem, was ihr Bestes war, an sich*, wie es die Verlobte von Kurtz formulierte. Und der Journalist sagte: *›Er hätte einen glänzenden Führer einer extremistischen Partei abgegeben.‹ ›Welcher Partei‹* fragte – überlegen Sie mal, warum – Marlow. *›Jeder beliebigen Partei‹*, antwortete der Journalist. *›Er war ein – ein – Extremist.*«

Hakim schweigt.

»Ich denke, es korrespondiert mit Conrads Charakteristik der richtigen Revolutionäre. Idealisten. Menschen, die von Gewalt mit dem angezogen werden, was ihr Bestes ist …«

»Weil man die primitiven Bräuche der alten Gesellschaft nicht anders ausrotten kann als nur mit Gewalt!« schreit Hakim. »Das ist eine *wissenschaftliche* Erkenntnis! *Glaube* bedeutet, es würde auch *anders* vonstatten gehen!«

Jetzt schweige ich. Lange. Sheila möchte etwas bemerken, doch sie weiß nicht, was.

Hakim tötet mich mit seinem Blick.

»Bräuche kann man überhaupt nicht ausrotten«, spreche ich leise. »Diese gibt es nicht unabhängig von den Menschen. Ausrotten kann man ausschließlich Menschen.«

Doch Hakim verliert die Beherrschung:

»Wenn es sich dabei um Ungeheuer aus dem Dschungel handelt, dann sage ich: Ja!«

Falls es sich allerdings um Ungeheuer aus dem Dschungel handelt …

Ich sehe meine Nicole an. Weiß Gott, woran sie jetzt denkt, sie ist so anders als wir. Fitzgerald mußte darüber Bescheid wissen. Sie ist so, wie sie der nichtexistierende Al Capone geschaffen hat. Ich sehe mich um, erinnere mich an das Lied im Raum nebenan, an die zweifelhafte Interpretation eines kleinen Mordes, einer unbedeutenden Ausrottung … *warum ausgerechnet ich …*

Hinter den breiten Fenstern erstreckt sich die überaus traurige Prärie. Durch den Frühlingsnebel stolziert der große Rabe von Edenvale in Richtung Ontario-See. *Voron. Raven.* Manitu war hier einst gestolpert und hatte einen Abdruck seiner Hand in der Landschaft hinterlassen. Aus der Handfläche wurde eine riesige Wasserfläche, aus Manitus fünf Fingern wurden langgezogene Seen mit den wunderschönen Namen Canadaigua, Keuka, Seneca, Cayuga, Owasco …

VII. LOVECRAFT

These were days when my heart was volcanic
As the scoriac rivers that roll –
As the lavas that restlessly roll
Their sulphurous currents down Yaanek
In the ultimate climes of the pole –

Well I know, now, this dim lake of Auber –
This misty mid region of Weir –
Well I know, now, this dank tar of Auber ..

Ah, what demon has tempted me here?

Edgar Allan Poe

Aus dem Stoff wie die Träume sind wir
Und unser kleines Leben
Ist vom Schlaf umgeben …

William Shakespeare

Lída, mein Schatz, meine süße Muschi!

Warum meldest Du Dich nicht? Ist etwas passiert? Ich kann nicht mehr schlafen, nicht mehr essen, nicht mehr arbeiten. Was ist denn los? Ich denke an das Mondlicht, an die weißen, zarten Erhebungen am Horizont der Kissen … Ach, Lída, ich kann nicht mehr länger warten! Melde Dich!

Ich kann an nichts mehr anderes denken als an Dich! Nur manchmal reißt mich so eine politische Ungeheuerlichkeit aus meinen Träumen, wie zum Beispiel dieser Herr Sacharov. Ein amerikanischer Arbeiter lebt angeblich besser als ein sowjetischer. Der amerikanische Arbeiter hat vielleicht ein höheres Gehalt und die Freiheit, unentwegt darum kämpfen zu müssen – aber ich weiß ganz genau, wie die Arbeiter bei euch in Sicherheit und in Ruhe leben können, wie man sich um sie kümmert. Wann kapieren das solche Herren wie Sacharov endlich, daß das die wahre Freiheit des Geistes ist?

Laß was von Dir hören, schreib mir, Lída, sonst werde ich noch verrückt!

Dein Booker

»Darf ich?«

»Du darfst.« Nosek ließ mich hinein. Bald darauf kam auch Nadja ins Ferroflux. Nosek begrüßte sie mit einem »Küßdiehand!«, und Nadja errötete. Dann verschwand er und schloß uns von außen ein. Ich schnappte mir Nadja gleich, und wir küßten uns. Dann fragte sie:

»Wo ist er hingegangen?«

»Aufs Klo. Eben haben sie dort eine Kontrolle gemacht. Jetzt haben wir wieder Ruhe, mindestens für eine Stunde.«

Sie kicherte.

»Was macht ihr denn dort immer? Ihr seid immer so lange drinnen.«

»Wir reden.«

»Ich weiß. Unanständiges Zeug, nicht wahr?«

»Woher weißt du das?«

»Weil ich es weiß. Und ansonsten redet ihr höchstens über Fußball.«

»Das weniger. Mehr übers Leben.«

»Was denn übers Leben?«

»So … philosophische Überlegungen halt.«

Nadja grübelte. Nosek hatte das kleine Fenster im Ferroflux mit mathematischen Formeln vollgekritzelt, damit man nicht hereinsehen konnte. Vor dem Fenster sah man die Schatten der Menschen, die mit dicken Trainingshosen angezogen waren und darüber noch Blaumänner trugen. Die Heizung funktionierte nicht, in der Halle hatte es so um die null Grad. Allmählich bürgerte sich die Bezeichnung Sibirien ein. Auch Nadja war an diesem Morgen in warmen Trainingshosen gekommen, und darüber trug sie ihren grauen Rock. Ich lachte.

»Hör auf, dich über mich lustig zu machen«, meinte sie beleidigt. »Ich könnte mir 'ne Eierstockentzündung holen.«

Ich stockte. Über solch delikaten Dinge hatte sie nie gesprochen, und mir kam das mit den Eierstöcken ziemlich heikel vor. Ihr wohl nicht. Ich entgegnete:

»Da könntest du wenigstens blau machen. Als Frau könntest du kranke Eierstöcke gut simulieren.«

»Aber ich möchte einmal Kinder haben. Wenn man eine Eierstockentzündung hat, dann kann man manchmal keine Kinder mehr kriegen.«

»Kinder? Warum?«

Sie sah mich verständnislos an.

»Na ja – jede Frau – will doch Kinder haben. Das hat unser Herrgott so eingerichtet. Willst du etwa keine?«

»Ich mag Kinder nicht«, meinte ich mit dem Grinsen eines Mannes, dessen Zuhause die Kneipe war. »Solange sie klein sind, kacken sie sich in die Hosen, später stellen sie dumme Fragen, dann nerven sie und zuletzt …«

»Das stimmt nicht!« rief sie beinahe schreiend aus. »Sie sind niedlich … und … überhaupt«, sprach sie energisch. »Ohne Kinder kein Leben.«

Sie betrachtete mich mit einem finsteren Blick. Noch nie hatten wir uns gestritten. Die Silhouette von Ballon schritt am Ferroflux vorbei, wir duckten uns hinter einer Wanne, Ballon rüttelte an der Türklinke und ging wieder. Der Teufel der Versuchung packte mich:

»Ballon war auch mal so ein Kind«, flüsterte ich.

Sie runzelte immer noch die Stirn. Dann wandte sie mir ihre vorwurfsvollen Augen zu:

»Warum sagst du so etwas? Du warst ja auch mal ein Kind!«

»Das stimmt. Ich hab mir auch in die Hosen gemacht, dumme Fragen gestellt und genervt.«

»Solange du klein warst, hast du nicht genervt. Dafür jetzt.«

Mir schien, als wären ihre Augen feucht geworden. Sie war ganz anders. Anders als ich. Sie war wie alle Mädchen. Auch Irena schwärmte von Kindern. Und Marie?

»Es ist schön, Leben zu schenken«, hatte sie einmal zu mir gesagt.

»Tja, das Dumme daran ist nur, daß jeder einmal sterben muß.«

»Aber bevor er stirbt, bekommt er meistens Kinder.«

»Und so weiter«, warf ich ein.

»Und so weiter«, wiederholte Marie, aber in einem anderen Ton.

»Was hat das dann für einen Sinn?«

»Und was hat es für einen Sinn, keine Kinder zu haben?«

»Dadurch wird der peinliche kausale Nexus der Geburten unterbrochen.« Kurz zuvor hatte ich versucht, sie zu überreden, mit mir ins Theater zu gehen. Sie hatte mir einen Korb gegeben und war dann mit Kočandrle hingegangen. Ich war jetzt wütend auf sie. Die nihilistische Philosophie war meiner Wut entsprungen. »Das ist egoistisch. Du willst Kinder bekommen, weil du sie magst. Einfach nur für deine eigene Freude. Daß sie einmal sterben müssen, das ist dir piepegal.«

Marie schnitt eine Grimasse. Wir standen am Fenster im Gang, unten auf dem Volleyballplatz spielten irgendwelche Idioten Ball, und gerade klingelte es Pausenende.

»Mein Gott, du bist vielleicht ein Philosoph, Dannylein. Was hast du in Propädeutik? 'ne Sechs?«

»Propädeutik haben wir schon lange nicht mehr. Ich verstehe nicht, warum ich ...«

»Spielst du nicht gerne Saxophon?«

»Was hat das damit ...«

»Na ja, ich meine nur, daß vielleicht meine Kinder auch gerne Saxophon spielen würden. Oder ständig jemanden anbetteln um eine Verabredung ...«

»Wenn sie das bei einer versuchen, die so ist wie du …«

»Oder bei jemandem, der so wäre wie du. Ist das nicht egoistisch von dir, daß du ihnen das vorenthalten willst?«

»Wart mal, Marie! Wer will wem was vorenthalten …«

»Ich muß mich beeilen! Ich bin in Chemie dran!«

Sie drehte sich um und rannte zu ihren Klassenkameraden, die von der offenen Tür des Chemieraumes aufgesaugt wurden.

Ich war ein Philosoph!

»Dan«, sagte Nadja, nachdem sie mit finsterer Miene eine Weile nachgedacht hatte. »Was ist das … Philosophie?«

»Das ist … es geht um den Sinn des Lebens und so.« Mir fiel keine schlauere Definition ein, denn ich war ja, hm, sozusagen ein Gelehrter.

»So wie … Religion?«

»So etwas Ähnliches.«

»Und *darüber* redet ihr auf dem Klo?«

»Tja – wo denn sonst? In der Fabrik kann man sonst nirgendwo reden.«

»Aber *auf dem Klo*?«

»Und worüber redet ihr auf dem Klo?«

Nadja wurde rot.

»Nicht über Philosophie. Auch nicht über Religion.«

»Über Kerle, stimmt's?«

Sie senkte ihre heißen Augen.

»Manchmal … auch. Aber auch vom … Einkaufen und … von Kindern …«

»Ihr redet bestimmt unanständiges Zeug!«

»Ich nicht«, wehrte Nadja ab. »Du machst so etwas!«

»Ich auch nicht. Nicht so oft. Ich höre meistens zu.«

»Du bist doch so gebildet. Und anständig.«

»Anständig bin ich. Aber gebildet …«

»Du warst doch im Gymnasium!«

Vor dem Fenster ging das Rattern der Preßlufthämmer los. Dampfwolken stiegen hoch, die aussahen wie gefrorene Atemluft im Winter. Wie von riesigen Mäulern. Von den Preßlufthämmern.

»Ich höre aus rein wissenschaftlichem Interesse zu«, erklärte ich. »Und ich schreibe mir die obszönen Kritzeleien ab.«

»Das ist nicht wahr!« entgegnete Nadja. Die teuflische Versuchung flüsterte mir wieder etwas zu:

»Gibt es auf dem Frauenklo auch obszöne Kritzeleien?«

»Das weiß ich nicht.«

»Du lügst, Nadja«, sagte ich. »Und das ist eine Sünde!«

Sie wurde rot.

»Laß uns nicht darüber reden, Dan!«

»Und du liest sie doch, stimmt's?«

»Hör auf, mich zu quälen!«

»Du liest sie und tust so, als würdest du sie nicht lesen!«

»Ich rede nicht mehr mit dir«, sie stand auf und ging zur Tür. Doch sie war natürlich von außen abgesperrt. Mit dem Rücken zu mir blieb sie stehen. In den dunkelblauen Trainingshosen, die ihren grauen Rock ausfüllten, sah sie fast mollig aus. Ach nein, sie war nicht so wie die anderen Mädchen. Wie die, die ich kannte. Sie war anders. Ich verstand sie nicht. Ich hatte nur begriffen, daß es Dinge gab, über die man mit ihr nicht reden konnte. Mit Mädchen konnte man meist über alles reden, wenn man die Worte geschickt wählte. Bei Nadja kam es auf die Worte nicht an. In dem vollgestopften Rock sah sie fast pummelig aus.

»Bist du eingeschnappt, Nadja?«

»Das bin ich.«

Sie knutschte hier mit mir herum und hatte dabei ihren Franta. Was war das für eine Logik? Ich war jung und dumm. Und so sagte ich mir: das hat keine Logik.

»Aber nicht so sehr«, meinte ich.

»Doch.«

»Warum?«

»Weil du böse zu mir bist!«

»Ich? Böse?«

»Du denkst häßliche Dinge über mich. Und wer weiß, ob du nicht auch auf dem Klo schlecht über mich redest.«

»Nadja! Das tue ich nicht! Ich schwöre es!«

Ich trat an sie heran, packte ihre Schultern, die unter dem dicken Pullover sehr schmal waren.

»Wirklich nicht?«

»Wirklich nicht. Ich schwöre es!«

Sie wischte sich die Tränen ab. Ich streichelte ihre heiße Wange. Dann küßte ich sie auf ihren großen Mund.

»Über diese Dinge rede ich mit niemandem. Nur zu Hause mit Květa. Sie ist meine beste Freundin, aber sie tratscht nicht.«

»Redest du mit ihr auch über mich?«

Ihr Blick schweifte über den Boden.

»Ich muß, Dan. Weil ich dich gerne hab. Aber nur schöne Sachen. Ich könnte nichts Schlechtes über dich erzählen, Dan.«

»Ich auch nicht über dich, Nadja. Und ich rede nicht über dich, selbst mit meinen besten Freunden nicht.«

Ich sagte die Wahrheit, und ich log.

Draußen rasselte Nosek mit dem Schlüssel. Nadjas heiße Wangen wurden noch röter. Wir lösten uns voneinander und sprangen zur Seite. Nosek kam herein.

»Pardon«, sagte er. »Eisler ist gekommen und hat uns in die Kälte hinausgetrieben. Tut mir leid, Fräulein ...«

Die errötete Nadja lief aus dem Ferroflux hinaus. Ich saß noch kurz mit Nosek da.

»Dünn ist sie, aber sonst ganz hübsch, Mensch«, meinte er. »Sie hat 'nen sensationellen Mund.«

»Eigentlich ist sie ein prima Mädchen.«

»Ein Mädchen aus dem Volke«, bemerkte er ironisch. »Macht sie's gut?«

Ich grinste ihn an.

»Nadja macht alles gut«, sagte ich. »Neben ihr bin ich nur ein Stümper.«

Ich war doch ein Philosoph. Selten. Aber mit Nadja ...

»Yes, yes, Aj see«, sagte Milan ins Telefon. Sie saß in seinem komplett eingerichteten *bachelor apartment*, der Farbfernseher starrte sie mit seinem nach außen gebuchteten Bildschirm an, der wirkte, als hätte er den grauen Starr, unter der Stereoanlage lagen Schallplatten in schlecht geklebten Hüllen wie Opferhaufen, in einem goldenen Rahmen hing ein blow up von Susi Kajetánová. Veronika erzählte mir an jenem Nachmittag, wie das war, als Milan den Hörer aufgelegt hatte.

»Er ist nach Guadeloupe gefahren und bleibt angeblich mindestens einen Monat.«

Sie grinste, nickte mit dem Kopf, ihre blonden Haare fielen ihr ins Gesicht. Sie saß auf dem Sofa, mit einem Bein in einer glänzenden *pantyhose* spielte sie mit ihrem Schuh, aus dem sie herausgeschlüpft war.

»Nach Guadeloupe also«, wiederholte sie. »Nun ja, damit wäre wieder ein Kapitel im Leben der gescheiterten Abenteurerin Veronika Prstová abgeschlossen.«

Milan griff nach seinem Glas und schwenkte es tröstend. Er trank. Er war am Boden zerstört, erzählte mir später Veronika. Ich wußte es. Ich lag auch darnieder. Und ich hasse das, wenn zwei nur deshalb zueinander finden, weil sie beide auf die Nase geflogen sind.

»Liebst du ihn?« fragte ich sie.

»Tja«, gab sie zur Antwort. Dann sagte sie: »Manchmal habe ich so einen Sängertraum. Die Band setzt mit einem Ton an, ich auch, bin aber daneben. Die Jungs passen sich an, und ich bin wieder daneben. Ich kann den Ton nicht treffen. Ich wache auf, naß vor Schweiß.«

Sie senkte den Kopf, die Haare fielen ihr ins Gesicht. Sie streifte sie hinter die Ohren.

»Und genauso ist es auch mit ihm. Wir treffen keinen gemeinsamen Ton. Ich kann nicht mit ihm zusammenbleiben. Ich würde verrückt werden«, sie sah mich an und fügte noch hinzu: »Er ist wie dieses Land. Wunderschön, aber letztendlich würde es mich verrückt machen.«

Ich nahm es nicht ernst. Der Konditional sagte mir nichts.

»Aus den Augen, aus dem Sinn«, entgegnete ich. »Du bist noch jung.«

»Das denke ich mir auch«, meinte Veronika. »Whisky, bitte, Whisky, sonst werde ich hier noch wahnsinnig ...«

»... im Leben der gescheiterten Abenteurerin Veronika Prstová«, hatte sie gesagt.

»Gäbe es da nicht noch andere Möglichkeiten?« fragte Milan, »beispielsweise, daß du ein neues Kapitel anfängst? Zum Beispiel mit mir?«

Veronika blickte zu dem Freiwilligen von Čedok. Sie zog ihre Mundwinkel hoch und richtete ihre grauen Augen bedeutungsvoll auf den goldenen Rahmen.

»Das kann ich ja abhängen«, sagte der Freiwillige. »Nou problem.«

»Bin ich darunter?«

»Sure. Willst du sehen?«

Sie nickte, ihre Mundwinkel waren immer noch ironisch hochgezogen. Milan trat flink an den Rahmen und riß das Bild von Susi

Kajetánová herunter. Veronikas traurige Augen kamen zum Vorschein, auf drei Inches vergrößert. Veronika stand auf, stellte sich vor ihr eigenes Megaportrait und betrachtete es. Der Freiwillige, bereits stark unter dem Einfluß des Feuerwassers, verschlang mit seinem Blick ihre schlanken Beine in der glänzenden *pantyhose.* Sie schlüpfte aus ihren Schuhen, unter dem durchsichtigen Nylon sah er die rührend zierlichen Zehen. Sie hatte die Fußnägel mit der silbergrauen Farbe ihrer Trauer lackiert. Sie trug einen seidenen Midirock und eine weiße Bluse mit einem Muster aus schwarzen Orchideen. Noch nie hatte er sie so hübsch gesehen. Sie erinnerte ihn an etwas. Er wurde von Traurigkeit ergriffen.

Sie kreuzte ihre Arme in den langen Ärmeln hinter dem Rücken und sah sich lange das eigene Großportrait an.

»Weißt du was, Milan«, sagte sie, »jemand hat mal gesagt, es sei besser, die erste in Krähwinkel zu sein als die zweite in Prag.«

»Das hört sich nach dem Luder Kajetánová an.« Er verschüttete Whisky auf sein Hemd. Das Mädchen drehte sich zu ihm um und schüttelte tadelnd den Kopf.

»Außerdem hast du wieder ganz schön einen in der Krone, Milan. Wann habe ich dich zum letzten Mal nüchtern gesehen?«

»Wahrscheinlich zu Hause … denke ich«, brummte er. »In Prag.« Er lief mit dem leeren Glas in die Kitchenette. Sie folgte ihm. Dort hatte er ein neues, riesengroßes Ding stehen: *deep freezer* mit einer speziellen Vorrichtung in der Tür. Es war nicht mehr notwendig, den Kühlschrank zu öffnen, wenn man Eis wollte. Der Durstige mußte sein Glas nur unter den verchromten Schnabel stellen, einen Hebel drücken, und das Gefrierfach spuckte von selbst zwei Eiswürfel ins Gefäß, sie waren schön ebenmäßig, wie aus Glas.

»Wie denn auch«, meinte der Freiwillige, »wie soll man nüchtern bleiben, wenn man zu Hause einen Eisscheißer hat?«

»Wie? Gieß einfach keinen Whisky dazu«, belehrte ihn Nika. »Lutsch einfach nur die Würfel. Das erfrischt dich und bringt dich auf andere Gedanken. Und vor einer Dame solltest du dich anständig ausdrücken. Oder wenigstens auf englisch.«

Er gehorchte sofort. Mit der Aussprache aus dem Hause Masaryk sagte er:

»*How can I stay sober with this damned iceshitter in the kitchen.*«

»*Don't add any scotch*«, meinte das Mädchen. »*Just chew, chew your ice cubes.*«

Sie ging zurück zum Sofa und setzte sich. Der Freiwillige schnappte sich die Flasche und ließ die Eiswürfel in den gelblichen Niagarafällen ertrinken. Vom Sofa her hörte er Veronikas teure und leicht verzweifelte Stimme:

»*One second I thought – I could use some of that stuff, too. You've never seen me drunk anyway.*«

Er nahm die Galonenflasche Johnnie Walker und torkelte zum Sofa. Das Mädchen hielt ihr Glas hin, der gelbe Niagarafall schwappte aus dem Flaschenhals und benetzte ihr Nylonknie.

»*Watch out!*« rief sie aus. »Ich werde stinken wie ein Saufbold!«

Milan drehte sich schwerfällig um und stellte die Flasche an den Rand der Kommode. Das Mädchen streckte die Hand aus und schob die Flasche ein Stückchen weiter weg vom Rand. Er sah sich das an. Dann redete er eindringlich auf sie ein:

»Nika – du wirst mich verachten, aber ich hab mich entschieden. Ich mach es. Ich bin kein Politiker. Auch kein Schriftsteller. Ich will nur leben! Und damit ich das kann, dazu brauch ich Prag! Mir ist das klar geworden, Nika. Gebt mir Prag und …«

»Einmal … da warst du auch sternhagelvoll, kannst du dich noch erinnern? Damals hast du auch herumgebrüllt, daß sie dir etwas geben sollen, aber nicht Prag. Etwas mit der Freiheit …«

»Right!« sagte er mit Überraschung in seinen betrunkenen Augen. »Aber woran liegt das, Nika? Jetzt hab ich die Freiheit, und es kommt mir vor, als … als sei sie für mich nichts mehr wert … Ich … wahrscheinlich denkst du jetzt, daß ich ein Idiot bin, oder …«

Veronika nahm einen tiefen Schluck und drückte die Fernbedienung des Fernsehers. Eine mehrfarbige Dame auf dem Bildschirm vertraute sich gerade einer anderen mehrfarbigen Dame an, daß sie an Verstopfung litt. Ihrem Gesichtsausdruck nach litt sie sehr. Veronika sagte:

»Wir brauchen wahrscheinlich beides: sowohl Prag als auch die Freiheit. Aber wie es so aussieht, können wir beides zusammen nicht haben. Wie es so aussieht, geht nur entweder – oder.«

Der Freiwillige ließ die Eiswürfel in seinem Glas klirren und verschüttete dabei etwas von seinem Drink. Er setzte sich neben das Mädchen, sie stemmte ihre Hand gegen seine Brust, doch es war unnötig. Er hatte nichts derartiges mehr im Sinn. Er legte seine Hand neben ihre und röchelte:

»Aber denkst du nicht – oder ... steckt Prag ... irgendwie nicht tiefer ... hier ...«

In ihrer charakteristischen Art zog Nika ihre Mundwinkel hoch.

»Wenn du das Herz meinst, mein Lieber, das ist ein bißchen höher und links. Hier hast du die Galle.«

Sie piekste ihm mit dem Finger in den Bauch und stand auf. Beleidigt griff er nach der Flasche und verschüttete etwas auf das Sofa.

»In Kanada ist aus dir eine richtige Zy... Zynikerin geworden, Nika ... glk ... Ich meine das ... glk ... ernst!«

»Ich, glk, auch, Milan«, sagte das Mädchen.

»Ich meine nur ... daß das alles so ein furchtbares ... Malheur ist ...«, erzählte sie mir viel später.

Lieber Danny,

ich habe den Eindruck, es ist uns eine ganz ordentliche Rochade gelungen. Ich bin nun seit fast zwei Monaten in Kostelec, und du bist in Kanada. Darauf wären wir nie und nimmer gekommen, auch wenn wir uns noch so viel Mühe gegeben hätten. Ich habe lange nachgedacht, ob ich fahren soll oder nicht, aber da waren wir schon auf dem Atlantischen Ozean, sind an Afrika vorbeigefahren, und zu Hause hatte ich schon alles verkauft, das Haus samt der Einrichtung, und so habe ich mir gesagt, daß ich alles sausen lasse, egal, was auch passieren mag. Außerdem habe ich darauf vertraut, daß ich nun ein british subject bin, und Du hast ja geschrieben, daß Dir die Anwältin gesagt hat, daß die Unterlagen nicht mehr auffindbar seien und daß nach zwanzig Jahren sowieso alles verjährt sei, deshalb bin ich also weitergefahren. Du kannst Dir wohl denken, wie sich meine alte Mutter gefreut hat, sie hat mich ja zwanzig Jahre nicht gesehen. Die Arme ist schon alt und ganz gebeugt, sie weinte und bedauerte, daß das mein Vater nicht mehr erleben konnte. Ich wohne jetzt mit ihr zusammen, ein Zimmer und die Küche hat man ihr gelassen, in dem anderen Zimmer wohnt eine Untermieterin. Mein altes Zimmer mußten sie auch hergeben, und sie haben einen Untermieter genommen, nachdem ich abgehauen war. Er wohnt immer noch in dem Zimmer, ist jetzt verheiratet und hat ein Kind. Die Wohnungen sind immer noch knapp, es hat sich also nicht so viel verändert. Ich habe sofort Arbeit in der Gießerei bekommen, aber nicht in Kostelec, so daß ich täglich nach Rounov pendeln muß.

Am Anfang hat mich das frühe Aufstehen gestört, Du weißt ja, in Australien arbeiten um sechs Uhr morgens nur die Farmer, aber jetzt habe ich mich schon dran gewöhnt. Für hiesige Verhältnisse verdiene ich ganz gut, und der Arzt ist hier gratis. Ich dachte mir nur, daß ich mir bessere dentures machen lasse, wenn es gratis ist, aber dentures sind auch hier nicht kostenlos, ich werde wohl die alten aus Australien behalten.

Aber ich kann Dir sagen, nach zwanzig Jahren wieder echtes Pilsner Bier vom Faß zu trinken, das ist eine feine Sache. Oder Fernsehen zu gucken und wieder die tschechische Sprache zu hören. Aber als ich das Benda erzählt habe, sagte er mir, ich solle mal zuhören, was da eigentlich geredet werden würde. Jetzt weiß ich auch warum. Benda sieht immer noch so aus wie früher, nur daß er zugenommen hat. Er ist auch noch Junggeselle wie ich, aber er stellt das mir den Frauen nicht richtig an, bei mir war es was anderes, ich hatte in Australien nur Teetrinkerinnen, Italienerinnen oder ähnliches Pack zur Auswahl. Ich habe auch mit Vahař gesprochen, er hat mich besucht; er ist ein richtiger Bourgeois geworden, wiegt an die 100 Kilo und hat eine Wampe wie der Freund von Dir, dessen Eltern die Apotheke hatten. Er ist jetzt angeblich Offizier bei einer Militärkapelle. Von Deinen Freunden aus der Band ist keiner mehr in Kostelec, nur der Maler Rosťa. Er ist verheiratet, war auch im Knast, aber er hat die Strafe abgesessen, und jetzt hat er eine nette Frau, die im Kurzwarengeschäft Verkäuferin ist, und einen Sohn, der ihm wie aus dem Gesicht geschnitten ist. Rosťa mußte in einem Bergwerk arbeiten, aber dann wurde er in die Partei aufgenommen, und jetzt darf er wieder unterrichten. Er rennt noch immer jedem Rock hinterher, er hat wieder Probleme in der Schule, wo er Kunst unterrichtet, er soll Akte gemalt haben, und die Schülerinnen sollen ihm nackt Modell gestanden haben, worüber sich die Eltern beschwert haben. Aber man konnte es vertuschen, weil er in der Partei ist. Auch von den Mädchen, hinter denen Du her warst, leben die meisten nicht mehr hier, nur Marie Dreslerová, die Kočandrle vom Gemeindeamt geheiratet hat, sie haben eine Tochter, die in diesem Jahr neunzehn wird, na ja, ich muß Dir sagen, mein Freund, sie wäre, wie man so schön sagt, eine Sünde wert. Sie heißt Dana. Mit ihrer Mutter habe ich auch gesprochen, ich habe sie ja nicht näher gekannt, als wir jung waren, Du weißt ja, sie war eine Gymnasiastin. Jetzt habe ich mir aber gedacht, was soll's, nun bin ich ein alter Kerl, und habe sie angesprochen, sie war eigentlich ganz nett, vorwiegend haben wir von Dir geredet. Ich habe den Eindruck, alte Liebe rostet nicht ... Du hast einen Fehler gemacht, daß Du sie nicht geheiratet hast. So eine findet man nicht so leicht, und schon gar nicht in so einem Teetrinkerland. Was hat sie denn nur von dem Kočandrle? Er sitzt ständig in der Kneipe und trinkt Bier, spielt Karten und hat schon fast eine Wampe wie Vahař. Doch sie ist immer noch ganz fesch, in Hradec habe ich ihr ein Tuch mit Afrikanern drauf gekauft, Import aus Italien. Später habe ich dann gesehen, daß sie es Dana gegeben hat, aber das ist egal, der steht es auch gut.

Ansonsten bin ich überall herumgelaufen, wo wir als Jungs immer unterwegs waren, ich habe mir auch die Fabrik von Hycman angeguckt, jetzt ist da eine Spielzeugfabrik drin. In Bíloves war ich auch, ich habe dort für meine Mutter Quellwasser geholt, und zum Schwarzem Berg bin ich auch hoch, zu unserer alten Hütte, wo Du Dich versteckt hast. Am Grab meines Vaters war ich, und da ich schon auf dem Friedhof war, habe ich geguckt, wer inzwischen gestorben ist. Ponykl ist tot, falls Du das nicht weißt, angeblich hatte er Krebs. Auch Nejezchleba, mit dem Du in der Messerschmitt die Fässer gerollt hast, er war danach lange eingesperrt, und im Knast hatte er es mit dem Herzen zu tun bekommen. Auch das Grab des Mädchens vom Schwarzen Berg habe ich gefunden, nach der Du so verrückt warst. Nadja Melicharová, sie ist direkt neben dem Denkmal für die Opfer des Nationalsozialismus beerdigt. Angeblich hat sie sich das gewünscht, weil ihr Vater von den Deutschen umgebracht wurde. Und so kam ich mir langsam wie ein Methusalem vor, weil schon so viele gestorben sind, und bin dann ins Beran gegangen, dort saß Leneček, der Haarschneider, und wir haben uns ganz schön einen hinter die Binde gegossen, so daß ich am nächsten Tag in der Früh fast den Zug verpaßt hätte.

Tja, mein Freund, schade, daß Du nicht hier bist. Mit Dir wäre alles lustiger. Aber ich bin nicht auf den Kopf gefallen und halte die Augen offen. Die Arbeiter haben es ziemlich gut hier, aber mit Deinem Beruf würdest Du hier nicht viel anfangen können. Und wie ist es in Kanada? Gäbe es dort Arbeit für mich? Es ist nicht ausgeschlossen, daß ich Dich irgendwann mal besuche, ich bin ein british subject *und habe einen britischen Paß und damit auch Vorteile gegenüber den anderen.*

Ich habe auch mit Zdena Pašťálková gesprochen, jetzt heißt sie Rykrová, sie hat den jungen Rykr geheiratet, seine Eltern hatten das Bekleidungsgeschäft. Sie arbeiten jetzt beide in der Mautner-Fabrik an den Webmaschinen. Sie ist meine Cousine, und sie hat mir erzählt, wie

General Jablonkovskij in Kostelec war, als der zwanzigste Jahrestag der Befreiung gefeiert wurde. An ihn kannst Du Dich bestimmt erinnern, das war der kleine, rothaarige, auf den der Kurt Schnobel geschossen hat, als er am 10. Mai auf der Tribüne eine Rede gehalten hat. Und Du erinnerst Dich bestimmt noch daran, wie so ein kleines Mädchen in Volkstracht ein Gedicht vorgetragen hat. Du hast sie dann das Hebe-Mädchen genannt, weil der General sie samt dem Blumenstrauß in die Luft gehoben hat. Später hat man meinen Onkel, ihren Vater, eingelocht, weil er Sekretär bei der Volkspartei gewesen war, und meine Tante auch, weil sie Bescheid wußte, mein Onkel ist im Gefängnis gestorben, und meine Tante saß noch 15 Jahre, und als der zwanzigste Jahrestag der Befreiung gefeiert wurde, war sie immer noch im Knast. Und der General, als er jetzt wieder nach Kostelec kam, kannte niemanden mehr – wo sind sie alle geendet, ich denke, viele waren eingesperrt, der ehemalige Bürgermeister Prudivy auch, er ist auch im Knast gestorben, und von den Bonzen hat man nur noch Pytlík gesehen, jetzt aber auch nicht mehr, angeblich ist er nach achtundsechzig irgendwo Botschafter geworden. Der General konnte sich nur noch an das Hebe-Mädchen erinnern und wollte es um jeden Preis sehen, Du kannst Dir das nicht vorstellen, wie es den hiesigen Stadtvätern peinlich war, denn Zdena hatte wegen ihres Vaters keine weiterführende Schule besuchen dürfen, und so arbeitete sie in der Färberei. Aber der General hat keine Ruhe gegeben, bis man sie ihm gebracht hat, er war richtiggehend vernarrt in sie, der alte Bock, und die ganzen vierzehn Tage, die er in Kostelec war, ist er nicht von ihrer Seite gewichen. In der Fabrik mußte man ihr frei geben, und sie begleitete ihn zu all den Freßorgien, sogar ins Parteisekretariat. Aber auch die Frau General hatte sich in die Kleine verliebt, und nachdem man ihnen gesagt hatte, daß sie ein Waisenkind wäre, fragten sie Zdena, ob sie nicht von ihnen adoptiert werden und nach Moskau mitkommen wollte. In der Parteizentrale hatte man ihr befohlen, sie solle erzählen, sie sei eine Waise, weil es ihnen peinlich gewesen wäre, wenn das mit ihren Eltern aufgeflogen wäre. Die Frau General meinte, daß Zdena ihrer kleinen Tochter Marusja, die im Krieg an der Front umgekommen war, wie aus dem Gesicht geschnitten sei, und statt eifersüchtig zu sein, hat sie die Frau General derart liebgewonnen, daß die beiden es sich nicht ausreden ließen, zum Schluß haben sie sie wenigstens vor dem Nationalausschuß adoptiert, und so hat Zdena nun de facto drei lebende Elternteile. Sie haben sie nach Moskau eingeladen, aber als sie hinfahren wollte, weil sie noch nie im Ausland war, hat man es in der Parteizentrale so gedreht, daß sie kein Ausreisevisum bekam, weshalb sie letzten Endes zu Hause geblieben ist. Dann hat sie geheiratet, sie ist sehr hübsch, hat große Augen, der General ist sowieso schon gestorben, und meine Tante wurde entlassen, aber sie ist auch schon tot, weil sie im Knast einen Hirnschlag erlitten hat, die Arme. Zdena hat schon zwei Kinder, zwei Jungs, und ist glücklich.

Ich habe schon zu viel geschrieben, Du weißt doch, hier ist ständig etwas los, nicht wie in Australien, dort ist immer tote Hose. Schreib mir mal, wie es in Kanada ist. Vielleicht fahre ich irgendwann los, um Dich zu besuchen, es ist eine Schande, daß wir die Rochade über die ganze Weltkugel gemacht haben.

Am Ende sende ich Dir herzliche Grüße

Dein alter Freund Přema

Langsam verliere ich die Nerven. Ich sollte es nicht, aber es ist nun mal so. Ich sehe rot. Ich sehe Blut. Nicht meines.

»*Sugar!*« schreie ich. »*Sugar, darling!* Damit bist du einverstanden? Damit?«, und ich lese das Bulletin der kanadischen Oxfam, einer Organisation, die laut *blurb* »den Hunger, die Armut, die Ungerechtigkeit und die Ungleichheit auf der Welt« bekämpft. Ich lese vor: »Angola konfrontierte Oxfam aus nächster Nähe mit einem neuen Problem, denn dort gab es etliche rivalisierende Befreiungsbewegungen, die sowohl untereinander als auch gegen die Portugiesen kämpften. Nach einer umfassenden Untersuchung beschloß die Direktion von Oxfam, daß es notwendig wäre, die MPLA zu unterstützen, eine Bewegung, die zwar zahlenmäßig die kleinste war, die jedoch als einzige über eine ausgeprägte Basis innerhalb des gesamten Volkes verfügte und die an keine der Stammgruppierungen gebunden war. Die Ereignisse während der Kämpfe nach der Unabhängigkeitserklärung bestätigten diese Hypothese.«

»Und war es etwa nicht so?« fragt Sugar trotzig. »Savimbi repräsentiert ja nur seinen eigenen Stamm. Genauso wie Holden Roberto.«

»Und diese zwei Stämme zusammen repräsentieren wieviel Prozent der angolanischen Bevölkerung, Sugar?«

Obwohl Sugar die Begründerin dieses marxistischen Zirkels ist, findet sie nun keine Antwort darauf. Sie ist zu einfach gestrickt für den Marxismus. Ich wende mich an den Vorsitzenden, denn er als *primus inter pares* wird sicherlich eine Antwort parat haben. Er lächelt mit einem Grinsen, das sich die alten Briten für *dirty foreigners* vorbehalten:

»Sie werden sicher noch auf die Anwesenheit der kubanischen Soldaten hinweisen«, eröffnet er seine Ansprache, die ich bereits im voraus kenne. Sie beinhaltet ein und dieselbe unveränderliche Weisheit, die nun, dank der guten Ausrüstung der kubanischen Einheiten auch unfehlbar geworden ist. »Aber in der gesellschaftlichen Entwicklung gibt es Situationen, in denen sogar eine zahlenmäßig belanglose Minderheit recht haben kann. In solchen Fällen haben die ideell verbundenen Mächte nicht nur das Recht, sondern vielmehr die Pflicht, einzugreifen und der Minderheit zu helfen, denn sonst würde die gesellschaftliche Wahrheit besiegt werden. Die alten Imperialisten haben dies ständig gemacht ...«

»Der gesellschaftlichen Wahrheit geholfen?«

Sein haßerfüllter Blick eines Inselbewohners trifft mich.

»Drehen Sie mir meine Worte nicht im Mund um. Natürlich nicht. Aber diejenigen, die heute recht haben, gebrauchen die Methoden nun gegen sie.«

»Soweit ich weiß, gibt es in Angola nur Einheimische. Die Imperialisten haben die Finger davon gelassen.«

Freddy Cohen, dessen Pfeife im *common room* eine Atmosphäre von Ruhe und Gemütlichkeit erzeugt, spricht nervös:

»Es scheint so, daß die MPLA tatsächlich eine sehr kleine Minderheit darstellt, Bill. Ich will damit nicht sagen, daß man die Forderungen von Minderheiten ignorieren sollte. Doch sie der Mehrheit aufzuzwingen und dazu noch fremdes Militär ins Land zu holen ... gerade das haben wir doch vor kurzem im Falle von Vietnam verurteilt ...«

Der arme Freddy, der unverbesserliche Amerikaner. Der kanadische Brite ist schon eine Revolution weiter. Ich zwei. Der Brite sagt überheblich, denn das ist die angemessene Tonlage derjenigen, die nur eine Revolution weiter sind, und auch das nur theoretisch:

»Die MPLA ist die einzige Gruppe, deren Ideologie anders ist als die der Stämme. Savimbi und Roberto gehören einfach der Vergangenheit an. Subjektiv gesehen sind sie möglicherweise ehrlich. Objektiv aber bemühen sie sich um die Aufrechterhaltung der Stammesbräuche, welche die Angolaner objektiv daran hindern, ein vereintes Angola entstehen zu lassen.«

Ich sehe mir den Herrn an. Vielleicht hat er recht. Doch nein. Auch wenn er recht hätte, riecht seine Wahrheit für mich nach einer seltsamen Lüge. Ich kenne sie von irgendwoher. Ich weiß natürlich woher. Sollte es wirklich eine supranationale, den Klassen übergeordnete Internationale geben, fällt mir ein, dann ist es die Internationale dieser Herren. Möglicherweise sprechen sie eine gewisse objektive Wahrheit aus. Aber bevor ich unter ihrer Wahrheit leben und mich von ihren *menmashers* und Umerziehern bearbeiten lasse, tue ich mich lieber mit dem Stammeskannibalen Savimbi zusammen, der eine eingedellte Nase, Froschaugen und Lippen wie eine Preßwurst hat.

Der Vorsitzende des Zirkels streichelt seinen altbritischen Schnauzer glatt und schaut siegesbewußt den armen Cohen an.

»Darf ich Ihnen noch etwas vorlesen?« frage ich giftig, und ohne die Einwilligung abzuwarten, lese ich aus der gleichen Ausgabe von Oxfam eine Petition vor, die den Gönnern zur Unterschrift vorgelegt wurde: »An Seine Exzellenz, den sehr geehrten Herrn Jules Léger, Generalgouverneur des kanadischen Dominiums. Im Bewußtsein, daß die Bemühungen der kanadischen Regierung, die traditionelle Kultur des eingeboren Volkes Kanadas durch die dominante Kultur der weißen kanadischen Gesellschaft zu ersetzen, gescheitert sind, bitten wir die kanadische Regierung, das Volk der Dene (indianische und metische Volksgruppe) als den einzigen Besitzer des traditionelles Landes Dene samt seiner Bodenschätze anzuerkennen; außerdem möge die kanadische Regierung das Vorhaben der Projekte, die eine Verwendung des traditionellen Landes Dene beabsichtigen – die Pipeline im McKenzie Valley inbegriffen –, verschieben, solange diese traditionellen Rechte nicht für gültig erklärt werden.«

Der Brite sitzt regungslos da.

»Die traditionellen Rechte des Volkes der Dene sollen also anerkannt werden. Ich bin einverstanden, dagegen kann man auch nichts einwenden«, fahre ich fort. »Der Stamm von Jonas Savimbi – Sie nennen es Stamm, nicht wahr? Er ist allerdings etwa hundertmal größer als das Volk der Dene – also dieser Stamm sollte zugunsten der Aufklärungsideen aus Übersee auf seine Rechte verzichten.«

Doch das beeindruckt Bill Hogarth nicht. Er weiß alles, wie alle, die noch zu wenig wissen.

»Das ist qualitativ natürlich etwas ganz anderes«, meint er mit der Gelassenheit eines richtigen Engländers. »Die kanadische Gesellschaft hat die traditionelle Kultur des Volkes der Dene aus Habgier zerstört. Ein Sieg der MPLA würde auch den Stämmen von Savimbi und Roberto die Aufrechterhaltung der nationalen oder, wenn Sie wollen, stammeseigenen Besonderheiten sichern. Nur das chauvinistische Ringen würde beseitigt werden ... es entsteht eine Kultur mit einer nationalen Form und einem internationalen Inh...«

»Hat Amerika etwa nicht die traditionelle Rivalität der indianischen Stämme zerstört?«

Wäre er nicht Brite, hätte er vielleicht schon losgebrüllt. Aber er ist einer.

»Ja. Durch blutige Kriege.«

»Ich weiß nicht. Ich habe nicht den Eindruck, daß die Katjuschas und die T34 sich qualitativ von den Mauserpistolen der texanischen Reiter unterscheiden. Nur sind sie unvergleichlich leistungsstärker, und außerdem ist es auch schon hundert Jahre her.«

»Der Einsatz der Kubaner und ihrer Waffen ist ein Beweis dafür ...«

»Solange sich die Kubaner und ihre Waffen nicht eingemischt hatten, sah es so aus, als würde General Neto und seine supranationalen Aposteln eins aufs Dach kriegen!«

Ich sehe rot. Auch den Briten verläßt die Ruhe:

»Und gerade deshalb mußte die internationale Hilfe eingreifen. Die kubanischen Soldaten sind Idealisten ...«

Ich schreie: »Geehrter Kollege! Die kubanischen Soldaten sind, genau gesehen, die Ratenzahlungen der Schulden an die Sowjets. Herr Castro zahlt mit etwas, was man üblicherweise als Kanonenfutter bezeichnet!«

Der Brite wird rot. Das freut mich.

»Beleidigen Sie nicht die Soldaten des *territoria libre*!« schreit er.

»Und Sie sollen nicht Savimbis Soldaten des freien Angola beleidigen!« schreie ich zurück.

Wir brüllen uns an wie zwei Idioten.

»*Gentlemen! Gentlemen!*« ruft Freddy Cohen. »Beruhigen Sie sich. Ich persönlich denke, daß Kuba nicht hätte intervenieren sollen. Das macht nur böses Blut ...«

»Das macht es auch. Und zwar wortwörtlich. Und zwar viel Blut«, bemerke ich.

»Danny …«, sagt Sugar unglücklich. »Aber wenn die Kubaner nicht eingegriffen hätten … man hat doch der Minderheit gedroht, sie alle umzubringen …«

»Kann sein, Sugar«, sage ich. »Es sind nur arme, schwarze Barbaren. Fünfhundert Jahre unter Kolonialherrschaft. Doktor Neto ist viel zivilisierter. Er kann Harfe spielen. In russischen Handschuhen, verstehst du?«

Sie versteht es nicht. Wie sollte sie auch. Sie hat keine Kurse über den russischen Film besucht, über den klassischen Irrtum des Sergej Eisenstein hatte sie niemand aufgeklärt.

Ich werde müde. Was weiß ich über Angola? Aber was weiß Sugar und ihr Vorsitzender? Ich weiß ein wenig über mein Heimatland. Über die internationale Hilfe, die supranationale Gerechtigkeit, über die klassenorientierten Mittel und Wege. Was ist anders in Angola? Warum? Soll ich etwa zu einem Rassisten werden? Soll ich mir denken, daß die armen, farbigen Barbaren bestimmte Dinge nicht zum Leben brauchen?

Ich betrachte das gerötete Gesicht des Briten. Auch er hat sich eine Pfeife angezündet. Ich habe das Gefühl, als würde ich unter dem Rad der Geschichte liegen, auf dem er mit seiner Pfeife sitzt und aus der Höhe seines bequemen Sitzes meine Glieder bricht – und so eine schwarze Fresse zermalmt –, ebenfalls für eine Ewigkeit. Wo hatte ich das gelesen? Das ist die Wahrheit.

Nichts ist ewig auf dieser Welt.

Auch nicht die Liebe zu … »*O.K. Sugar*«, sage ich. »Überlassen wir es dem Pferd.«

»*What's that?*« staunt Freddy Cohen. »Warum dem Pferd?«

»Das ist ein wörtlich übersetztes Idiom«, erkläre ich. »Dahinter steckt der Gedanke, daß man um so schlauer ist, je größer der Kopf ist. Die größeren sind immer schlauer, was allerdings im Deutschen mit einem anderen Idiom wiedergeben wird. *Macht geht vor Recht.* Aber laßt uns über Frauen reden. Sugar, wann wirst du heiraten? Würdest du auch einen Farbigen nehmen?«

~

Teurer Dan,

Du bist auch traurig, nicht wahr, so weit weg, in Kanada? Mir geht es so schlecht, wie noch nie, Dan. Ich lese Holan: Und sagt nicht, daß ein Dichter alles übertreibt … *Er übertreibt nicht. Ich sehe in den*

Spiegel ... es ist das zerfurchte Gesicht eines Mannes, der weiß,/ daß auch Gott es sehr bald bereute, den Menschen erschaffen zu haben. *Mit den Menschen ist etwas geschehen. Sie treffen sich nicht mehr, sie haben kein Vertrauen, sie hegen nur Neid ... Sicher hast Du die Selbstkritiken gelesen. Aber sie täuschen sich, die Ärmsten. Sie können dadurch nichts mehr retten. Ihre Freunde hassen sie, und ihre Feinde verachten sie. Und ihr Kurzzeitgedächtnis, mein Gott, dieses Kurzzeitgedächtnis! Gestern hatten sie dieses beschworen, heute jenes ... Nach alldem kann man gar nichts schreiben, ohne daß das enthalten wäre, was wirklich passiert ist, denn es ist schon passiert, Dan. Was auch immer kommen sollte, wir wurden mit eiserner Faust zum Gehorsam gezwungen, und das ist nie gerecht. Kann es auch nicht sein. Durch einen eisernen Handschuh spürst Du nichts. Ja, nach dem Siegreichen Februar hatten sie recht, als sie sagten, überall müsse der Monat Februar vorkommen. Und heute? Nirgends darf die gewisse Jahreszahl auftauchen. Man darf zwar dichten – ich gebrauche dieses Wort absichtlich –, auch über Dinge, die sie nach dem besagten Februar verboten hatten: über die Liebe, über Blumen, über die Natur. Über alles andere, wenn darin nur nicht das* annus mirabilis *vorkam. So, wie es wirklich passiert ist. Wie es fast alle erlebt haben. Nur eine kaum wahrnehmbare Minderheit nicht, der von der eisernen Faust Beistand gewährt wurde.*

Ich kann nicht mehr. Das bekannte Karussell fängt wieder an, sich zu drehen: der graphomanische Nachwuchs ist da, er ist bereit, einiges wegzulassen, für ihn ist nur eines wichtig: gedruckt zu werden. Jeder Nachwuchs ist wahrscheinlich so. Auch wir haben bestimmte Sachen weggelassen, ich habe also kein Recht, ihnen etwas vorzuwerfen. Ich kann bloß nicht mehr. Und ich werfe den Machthabern vor, daß sie die Gier dieser Graphomanen zynisch ausnutzen. Denn, mein lieber Dan, ich bin zu der Überzeugung gelangt, daß man alle möglichen Risiken der Freiheit auf sich nehmen kann – aber das Risiko der Unfreiheit ist für einen Menschen unerträglich.

Ich kann es nicht mehr ertragen. Ich schreibe nicht mehr. Und was das Schlimmste ist: Ich schreibe nicht einmal mehr für die Schublade. Nur manchmal lese ich, was sie schreiben, die Frischlinge und die ewigen, alten Säue. Wie einfach wäre es, gegen ihre Kotzprodukte satiram scribere. *Aber ich habe keine Kraft mehr.*

Mein Alptraum kehrt immer wieder zurück: der Schaukasten an der Rupa. Wer hat eigentlich den Großen Krieg gewonnen, Dan? Wer hatte eigentlich den idiotischen und grausamen Krieg gewonnen?

Heute verspüren wir nur die Vergeblichkeit
Das Grab versinkt in der bloßen Erde
Alle durchweht ein vorchristlicher Luftzug
Begleitet vom Fatalen in der Ritze neben der Latte …
Er sehnt sich vergeblich nach dem Leben,
Er poliert das Messing seiner Genüsse
Er tänzelt mit seinen Buckeln
Und die Hunde heulen, winden, verkünden …

Weißt Du, wann er das geschrieben hat?
In den Jahren 1939–40!
Der Kasten an der Rupa! Ach, der Schaukasten!

Schreib mir, Dan! Hoffentlich findest wenigstens Du ein Lichtlein – ein Wetterleuchten …
Dein Jan

»Im Keller gab es so ein Zimmer aus Zement«, erzählte der grüne Voženil mit einer ausdruckslosen Stimme, »wo man die Delinquenten einsperrte und in das man Wasser laufen ließ. Es gab keine Fenster dort, und wenn das Wasser fast bis zur Decke reichte, ließen sie gerade einen Zentimeter Luft drin. Der Übeltäter mußte sich auf die Zehenspitzen stellen und die Nase quer nach oben über die Wasseroberfläche halten, damit er überhaupt noch atmen konnte. In vollkommener Dunkelheit, und man hat ihn manchmal bis zu zwölf Stunden drinnen gelassen. Und eben in diesem Zimmer ist Olda Máslo ums Leben gekommen. Er ertrank, weil er keine Nase hatte, sondern nur ein Nasenloch, da floß Wasser rein, und er ist ersoffen.«

»Du Esel!« bemerkte Malina.

»Und wenn jemand so klein war, daß er nicht einmal auf Zehenspitzen die Luft erreichen konnte?« fragte Kos.

»Dann mußte er Wassertreten, oder?« warf ich ein.

Voženil schüttelte den Kopf.

»Das hätte er nicht lange ausgehalten. Der Boden war aber verstellbar. Man konnte ihn immer der Größe des Delinquenten anpassen.«

»Warst du auch drin?« fragte Nejezchleba.

»Klar. Ich war mindestens zehnmal drin.«

»Du Tausendfüßler!« meinte Malina. »Daß hätte ich mir angeschaut, wie du da geatmet hast, du Pottwal!«

»Das war noch gar nichts«, fuhr der Meister des Grauens fort. »Am schlimmsten war in der Besserungsanstalt ein Zimmer, in dem das Licht an war. Es war länglich, auch aus Zement, und der Delinquent wurde dort nackt eingesperrt. Die zwei schmaleren Wände waren beweglich, aus Eisen, und darin waren an verschiedenen Stellen so eine Art von Eisenspitzen mit scharfen Kanten eingelassen. So etwas ähnliches wie Bajonette in den Wänden, etwa einen halben Meter lang.«

»Du blödes Nilpferd!« erleichterte sich Malina.

»Diese Wände wurden mit Hilfe einer Drehkurbel bewegt, und sie kamen dann langsam aufeinander zu. Zwischen den Messern war gerade noch soviel Platz, daß, wenn man ein bißchen geschickt war, sich zusammenrollen konnte, und wenn die Bajonettspitzen die gegenüberliegende Wand berührt hatten und stehenblieben, passierte einem nicht viel, bis auf ein paar Schnittwunden. Aber so geschickt war kaum jemand. Normalerweise wurden die Jungs fürchterlich zerschnitten, bis auf die Knochen.«

»Du schwafelst, du blöder ...«, meinte Malina. Ich sah ihn überrascht an. »... Hund«, fügte er hinzu.

Der Grünling knöpfte wortlos seinen Blaumann auf, krempelte sein Hemd hoch, machte sein dreckiges Unterhemd bis zur Taille auf, und sein grüner Bauch kam zum Vorschein. Über den ganzen Bauch erstreckte sich eine rote Narbe. Die Jungs kamen näher, der grüne Mann blies seinen Bauch auf und erzählte weiter:

»Jungs, ich sag's euch, man mußte zwischen den Messern bis zu vier Stunden so gekrümmt stehen, und zwar auf einem Bein. Das hielt keiner aus. Ein wenig hat sich jeder geschnitten.«

»Und in die Hosen geschissen«, sagte Kos.

»Und reingepißt«, ergänzte Malina. »Du Mammut!«

Ein Strahl der Frühlingssonne, gefiltert durch die Fliegenkacke auf der Fensterscheibe, fiel auf den Bauch des Grünlings. Es mußte eine furchtbare Appendix-Operation gewesen sein. Der grüne Mann verhüllte wieder seinen Körper, der Zigarettenqualm schuf im Strahl der hoffnungsfrohen Sonne phantastische Muster.

»Es gab verschiedene Wände«, fuhr Voženil fort, »und an jeder waren die Messer in einer anderen Anordnung, und wenn man die

Prozedur zum zweiten oder zum dritten Mal durchmachte, Jungs, dann konnte man sich nicht auf die vorherige Erfahrung verlassen. Es wurde notiert, wer welches Muster schon kannte, und keiner bekam zweimal das gleiche. Jedesmal mußte man sich anders zusammenkauern ...«

»Du Bison!« meldete sich Malina wieder. »Willst du uns das nicht vorführen? Wir können um dich herum pinkeln, und du versuchst auszuweichen!«

»Einmal«, sprach der Chlorophyllmann weiter, »mußte ich vier Stunden lang so gekrümmt stehen!«

Er stellte sich auf ein Bein und ging leicht in die Hocke. Das zweite streckte er wie beim Kasatschok aus. Er verneigte sich tief, einen Arm, im Ellbogen abgeknickt, streckte er über den Kopf aus, den anderen streckte er krampfhaft vor sich hin, als hätte er Rheuma. Kos schickte sich an, neben ihn zu pinkeln, aber als er diese Pose sah, verstaute er sein Ding wieder im Blaumann.

»Überall um mich herum waren Messer von beiden Seiten«, erzählte Voženil und verharrte in seiner Stellung wie eine Yogistatue. »Das eine zielte hierher«, er deutete auf seinen Bauch. »Damals hielt ich es die vier Stunden nicht aus und lehnte mich mit dem Bauch auf die Klinge. Ich hatte schon genug davon und wollte Harakiri machen. Davon habe ich die Narbe. Meine Gedärme quollen heraus. Aber sie haben den Delinquenten immer durch einen Spion beobachtet, und als sie die Gedärme sahen, stoppten sie die Drehkurbel, wickelten meinen Darm von dem Messer ab, stopften ihn zurück und brachten mich ins Krankenhaus.«

Malina war nicht mehr in der Lage, einen seiner Sprüche aus dem Reich der Tiere an den Mann zu bringen. Wir standen voller Erstaunen über diesem Yogi, der in seiner unnatürlichen Position ausharrte, und weil seine grüne Farbe dunkler wurde, deutete dies auf leichte Schwierigkeiten hin.

»Du kannst aber gute Lügengeschichten erzählen«, sagte Nejezchleba. »Hat man euch auch an den Eiern aufgehängt?«

»Das nicht«, antwortete Voženil. »Aber an den großen Zehen, das schon.«

Er stellte sich wieder normal hin und drehte sich eine Zigarette aus Zeitungspapier.

»Davon hab ich auch schon mal gehört«, mischte ich mich ein. »Hör mal, war da auch so ein Pendel, unten scharf wie ein Rasiermesser, das sich über der Bank, wo der Delinquent festgebunden war, hin und her bewegte? Und das Pendel wurde langsam heruntergelassen, bis das Opfer durchgeschnitten war, entweder längs oder quer?«

Der grüne Mann ließ seinen ausdruckslosen Blick auf mir ruhen. Das Sonnenlicht ließ in seinem roten fettigen Haar kleine Funken entstehen.

»Da hast du richtig gehört«, bestätigte er. »Nur daß das Pendel nicht heruntergelassen wurde. Es war fest, und der Übeltäter mußte den Bauch einziehen, damit er nicht aufgeschlitzt wurde. So ließ man ihn mit eingezogenem Bauch bis zu acht Stunden liegen. Wenn er locker gelassen hat, zerschnitt ihm das Pendel die Haut auf dem Bauch.«

»Und sind die Gedärme ausgetreten?« fragte der Junge aus der Lackierwerkstatt.

»Nein. Es wurde auf den Körperumfang des Bestraften eingestellt, damit das Pendel nur äußere Verletzungen verursachte. Am schlimmsten waren diejenigen dran, deren Nabel nach außen gestülpt war und nicht nach innen.«

Kos schloß die Augen und ächzte.

»Du Dinosaurier!« meinte Malina.

Der Junge aus der Lackierwerkstatt drehte sich um, sprang in eine Klokabine und übergab sich.

»Du bist nur was für starke Nerven, Mann«, sagte Nejezchleba. »Deine Geschichten gehören ja mit Jugendverbot belegt.«

Der Grünling lächelte nicht einmal. Er sagte nur:

»Mich bringt nichts mehr aus der Fassung, Jungs. Bevor ich ins Reich einrücken mußte, hab ich als Totengräber gearbeitet; ich hab Dinge erlebt, Jungs! Da würdet ihr erst staunen!«

»Du Anakonda!« sprach Malina. »Daß man dich nicht lebend begraben hat!«

»Mich nicht«, entgegnete Voženil. »Aber es gab Fälle …«

Percy erkannte die Stimme. Barbara mußte sich nicht einmal vorstellen.

»Hör mal«, sagte sie ins Telefon, ganz ruhig, aber unter der Oberfläche der Gelassenheit verbarg sich keineswegs Gleichgültigkeit. »Hör mal, ich hätte dich auch anonym anrufen können, aber ich will ein offenes Spiel mit dir spielen. Vielleicht ist dir das alles egal. Heutzutage ist es vielen Menschen egal. Ich sage es dir nur, damit du einfach Bescheid weiß, für alle Fälle.«

»Bist du etwa nicht eifersüchtig?«

»Natürlich bin ich eifersüchtig«, sagte sie. »Ich bin ja diejenige, die an der Nase herumgeführt wird. Denkst du, daß das lustig ist? Also servus, Percy.«

Sie legte auf, und bevor er sich Klarheit verschaffen konnte, klingelte das Telefon noch einmal.

»Ich bin's, Percy.«

»*Hi*«, grüßte er kühl zurück.

Die Stimme klang so fern, verloren in der zu geringen Spannung im Telefonnetz. Diese Stimme rief Percy eine Botschaft zu, doch sie drang nicht bis zu ihm durch.

»Percy, es tut mir leid, wie ich gestern … aber ich, wenn ich wütend bin …«

Er unterbrach sie:

»Ich weiß, was du machst, wenn du wütend bist.«

Das Mädchen hörte die Kälte heraus. Trotz der miserablen Verbindung. Er vernahm ihre schwache, sich entfernende Stimme:

»Bist du sehr böse?«

»Nein. Warum?«

»Na ja, weil ich so böse zu dir war …«

»Dafür warst du um so netter zu deinem Landsmann, Veronika.«

Die Stimme sprach in ernstem Ton:

»Aber Percy … das hat dir Barb … aber das war ein Irrtum …«

»Du hast recht, Nika. Es *war* ein Irrtum.«

Er wollte nicht so mit ihr reden. Wie in einem Film. Er wunderte sich selbst, was er ihr da erzählte. Trotzdem hatte er es gesagt. Sie schwieg lange.

»Können wir uns heute abend sehen, Percy?«

Gegen seinen Willen sagte er: »Ich glaube nicht, Veronika.«

»Ach so«, meinte sie. »Du gibst mir einen Korb?«

Jetzt war es Percy, der schwieg. Nika seufzte:

»*Well* … es ist nicht unbedingt eine neue Erfahrung für mich …«

»*I'm sure it isn't. Goodbye.*«

Er legte auf.

Das Mädchen im Telefonhäuschen hielt noch eine Weile den Hörer in der Hand. Dann zog sie charakteristisch die Winkel ihres großen Mundes hoch und stieß einen tiefen Seufzer aus.

»Na ja. Also *good bye. Bye, bye, Percy.* Es hat halt nicht geklappt.«
Sie legte auf, schaute aus der Zelle auf die Hochhäuser von St. James Town im Regen. Sie bekam eine ungeheure Sehnsucht. Diese Sehnsucht konnte sie nicht überwinden. Tränen stiegen ihr in die Augen. Weniger wegen des Kanadiers.

Sie haben das ganze Mourek Inn gemietet, und alle Mitglieder der Familie Mourek, in Smokings und schwarzen Seidenkleidern, arbeiten emsig. Ihr Lächeln ist heute nicht nur professionell. Die ausstaffierte, betrunkene Gesellschaft der Tschechen feuert die Frischvermählten kräftig an, die mit vereinten Kräften eine gigantische Torte in Form der Burg Karlstein anschneiden. Mit seinem maßgeschneiderten Anzug übertrifft der Bräutigam alle bisherigen Rekorde. Der Hochzeitsanzug ist schwarz, doch wenn der Bräutigam die Braut umarmt, wird der Stoff stufenweise rosa und dann allmählich rot. Zum ersten Mal hatten sie es beim Heiligen Wenzel vorgeführt, bei dem Kuß nach der Zeremonie, und Pater Huňák stöhnte auf, weil er dachte, er hätte einen Hirnschlag erlitten. Hier bei Moureks wechselt Herr Zawynatsch ständig die Farben, einmal wird er rosa, dann rot, dann wieder schwarz, soweit es ihm die Gäste erlauben. Die Braut geht nämlich von Arm zu Arm, wahrscheinlich viel öfter als jede andere Braut in der kanadisch-tschechischen Geschichte. Der Frischvermählte beobachtet das Interesse an seinem mit Tau bedeckten Blümchen jedoch mit Wohlgefallen. Sein Kopf mit Ziegenbart und Dauerlächeln thront über der Chemisette mit einer Goldstickerei. Der einzige Nachteil bei diesem Anzug ist, daß er nicht gleichmäßig schwarz wird. Herr Zawynatsch steht nun mit Hosen da, bei denen das eine Hosenbein schon schwarz ist, das andere dagegen noch rosa, und wenn er sich umdreht, zeichnet sich hinten auf dem Sakko ein roter Fleck in Form einer unanständigen Zeichnung ab.

Dafür aber war Tussie, zur allgemeinen Überraschung, in der Kirche in klassischem Weiß erschienen, der züchtigen Kleidung von gut erzogenen Bräuten, verhüllt hinter einem dichten Schleier und mit einem Myrtenkranz auf dem Kopf, der beinahe so groß war wie die Dornenkrone Christi. Die Aufmachung bestätigte meine Vermutung, daß all die abwechslungsreichen Kreationen, in denen sie als noch nicht verheiratete Jungfrau herumstolziert war, nur einen einzigen Zweck hatten, nämlich den klassischen, wenigstens in der Welt gewisser Tierchen. Und die Sache war gelungen. Tussie hatte sich also anständig angezogen. Nun aber legt sie ihren Schleier ab, und in ihrem netten Gesicht, angemalt wie ein Osterei, strahlt schlichtes Glück, Max Factor und Zähne wie aus Perlmutt.

Alle sind sie dabei. Der Kugelmann verschlingt gerade seine fünfte Portion Lendenbraten und schreit dem tortenschneidenden Paar mit seiner Ochsenstimme zu: »Also auf, ihr jung Verheirateten! Feste! Und weiter schneiden!« Der dürre Faschist Frank lauscht einer neuen Botschaft des Herrn Pohorský. Herr Pohorský hat sich beim Rasieren geschnitten, er sieht alt aus; der kleine Dr. Tóth ist mit seiner endlich aus England importierten Verlobten hier, die sich als chilenische Schönheit entpuppt hat, die versehentlich auf den Kerguelen-Inseln geboren wurde. Sie paßt gut in die Kollektion hübscher tschechischer Frauen. Auch Jiřina O'Reilly sieht glücklich aus. Sie ist alleine hier, denn das reaktionäre Volk der Tschechen ist bei ihrem Herrn und Gebieter in Ungnade gefallen, und außerdem überschnitt sich der Hochzeitstermin mit einer Protestveranstaltung gegen die Diskriminierung der Warmen in der Arktis. Während der Zeremonie hatte sie das »Poem« gespielt, und zwar so richtig von Herzen. Herr Senka wurde bei dem »Poem« von einem leichten Krampf der Augenlider befallen, jetzt nippt er am Champagner. Statt eines Myrtenzweiges hat er sich eine große tschechoslowakische Fahne (umgekehrt) ans Revers gesteckt. Auch Margitka ist da, in einem neuen Kleid, das natürlich weiß ist und ein unchristliches Dekolleté hat, das hier sonst nur die *blond, blue and beige* glänzende Georgina Akorátová trägt. Margitka ist wieder besänftigt und hat eine neue Platintönung im Haar. Auch ihr Gesicht strahlt ein Glück aus, daß bei Frauen und Jägern zu beobachten ist, nachdem es ihnen endlich gelungen ist, ihr Wild zur Strecke zu bringen. Bočár hat in die Räder seines verchromten Rollstuhls aus Jux weiße Schleifen mit Myrtenschmuck eingeflochten. Die Verlegerin Santnerová verschlingt eine Zigarette nach der anderen, aber sie trägt eine neue Perücke, eine rote, ein wenig im Afro-Look, und ihr Hals wird von einem wunderschönen Silberschmuck geziert, angeblich Volkskunst, zweifellos unter Umgehung des Zolls ins Exil geschmuggelt. Ihr von der Literatur zerrütteter Ehemann war bereits betrunken in die Kirche gekommen, und diesen Zustand hält er nun aufrecht. Herr Šesták steht mit einer Gruppe von

Tramps und Herrn Mrkvička schon um den aus einem Krückstock hergestellten Schellenbaum bereit. Alle sind sie dabei, alle. Nur Veronika fehlt …

Veronika. Ich kann mich dem allgemeinen Glücksgefühl nicht anschließen. Euphorie will sich bei mir nicht einstellen. Ich bin müde. Jubel und Applaus erschallen. »Und kleckert nichts daneben!« dröhnt wieder die Stimme des Kugelmannes. Aber nicht einmal Herr Senka ereifert sich.

»Also zurück zu Vachoušek«, sagt Bočár. »Man hatte ihm eine Falle gestellt. Uher war der *mastermind.* Der Doppelagent Pankurek hatte mit ihm ein Treffen in seiner Wohnung ausgemacht, und als Vachoušek dort ankam, stürzten sich aus dem Nebenzimmer die Bullen auf ihn. Vachoušek holte eine Knarre hervor, und es kam zu einer chaotischen Schießerei, bei der es Pankurek am Kopf erwischte. Ob Vachoušek ihn erschoß, ist umstritten. Er behauptete zumindest, daß er auf die anderen gezielt hatte. Aber wahrscheinlich paßte denen so ein Shoot-out in den Kram. Pankurek hätte man nach alldem sowieso nicht mehr gebrauchen können. Vachoušek erwischte es am Bein, so daß sie ihn leicht überwältigen konnten. Uher hatte nur einen Kratzer am Arsch abgekriegt. Aber du weiß ja – Vachoušek hat nun einmal geschossen, und dafür hat man ihn gehängt. Ob er getroffen hat oder nicht.«

In meinen Gedanken taucht mein alter Meister wieder auf, der zu einem unwahrscheinlichen Dandy geworden war. Sein Bild kehrt zurück, und ich sehe ihn so, wie ich ihn noch nie zu sehen vermochte. »Er saß länger als vier Monate in der Todeszelle. Fast fünf«, erzählt Bočár weiter. »Er hatte Pech. Es war gerade in der Zeit, wo man den Strick en gros austeilte, und der Henker konnte das nicht mehr bewältigen. Angeblich hat er davon Alpträume bekommen, er fing an, verrückt zu spielen. Ein komischer Henker«, meint Bočár. »Diese Sunnyboys sind meist nicht so feinfühlig. Dafür ein anderer, ich sage euch, den nannte man treffend Jarda Monster …«

Ich sehe meinen Meister in dieser Zelle, wie er dort auf den Tod wartet. Das eisige Grauen des Krieges erfaßt mich wieder, ich spüre kalten Schweiß auf meinem Rücken. Ich denke an den frostigen Sonntagnachmittag im Winter. Und dabei hatte ich gar nicht in der Falle gesessen, das hatte ich mir nur eingebildet. Der Meister war es, der drin gesessen hatte. In einer definitiven, luftdichten, grausamen Falle. Ich sehe ihn vor mir, auf dem Hintergrund des Bildes dieses

Märtyrers tanzt Mrs. Tussie Zawynatsch in seinem rosa und rot leuchtenden Anzug. Hatte er Angst gehabt? Sicher. Jeder hätte Angst in einem solchen Moment. Ich habe jetzt keine Angst vor dem Tod, aber nur deshalb, weil ich nicht weiß, wann er kommt. Aber auch er hatte es nicht genau gewußt. Doch, er hatte gewußt, daß der Tod bald kommen würde, daß er entwürdigend und grausam sein würde, bei vollem Bewußtsein. Daß sich Jarda Monster an dieser einzigartigen Hinrichtung ergötzen würde. Daß sich Jarda Monster bis zu seinem Tod an die schönen Zeiten, als der Henker einen Alptraum hatte, erinnern würde. »... er hatte einen abgedroschenen Witz auf Lager, der für die Verurteilten jedoch nicht so abgenutzt war. Die Hinrichtungen wurden zweimal in der Woche vollstreckt, und die Verurteilten mußten sich vor der Hinrichtung selbst rasieren. Sie wurden nicht so gehätschelt, wie es früher der Fall gewesen war. Kein letzter Wunsch. Von wegen, daß sie sich vor der Hinrichtung den Bauch so richtig vollhauen durften. Ach wo. Rasieren! Und zwar ganz glatt! Keine Stoppel durfte übrigbleiben, meine Herren!« Bočár erzählt, wie besessen von seinen grausamen Erinnerungen, ich höre die Geschichte schon zum dritten Mal, wie sie durch das kleine Fenster beobachtet wurden, während sie sich einseiften, rasierten, wie ihre Hände zitterten, jeder schnitt sich, wie sie das Blut mit dem Alaunstift stillten. »Und als sie fertig rasiert waren, kam Jarda Monster, strich ihnen mit der Hand über das Kinn und brüllte: ›Das nennen Sie glattrasiert? Zurück! Und noch einmal!‹ Und sie rasierten sich noch einmal, wie kleine Jungs, das Blut floß ... Und dann kam Jarda Monster wieder und meinte: ›Zurück, die Herren! Die Hinrichtung wird auf Freitag verschoben!‹ Das war sein abgedroschener Witz gewesen. Und den Armen merkte man richtig an, wie sie aufatmeten. Eigentlich bedeutete es gar nichts. Ein Aufschub von zwei Tagen. Nur zwei zusätzliche Tage voller Angst. Und trotzdem waren sie erleichtert gewesen.«

Das alles war passiert, während wir die Gesellschaft aufgebaut hatten, während Vrchcoláb als Isa Miranda den Welpen den Stalinismus beibrachte. Das alles hatte mein alter Meister durchgemacht. Mir kommt es vor, als hätte er es auch für mich auf sich nehmen müssen. Ich schäme mich, bin traurig und verzweifelt. Wo ist er jetzt, der Meister? Nicht einmal ein Grab hat er. Man hatte sie den Medizinstudenten zum Sezieren zur Verfügung gestellt. Er wurde unprofessionell zerschnippelt, in Stücke zerlegt, eine Scheibe von ihm hatten sie zwischen zwei Brote gelegt und der hübschesten Medizinstudentin statt ihrem Pausenbrot untergejubelt. Solche Späßchen gibt es überall. Oder aber er wurde in einem Massengrab bestattet, diese wurden vertikal angelegt, acht übereinander, erzählte Bočár. »Einmal«, fährt er fort, »wurde einer rehabilitiert, ein gewisser Pech. Ein klarer Justizirrtum, er hatte einen einflußreichen Onkel gehabt, einen alten Kommunisten. Seine Mutter wollte ihn umbetten lassen. Ich war damals gerade dabei, den Boden bei den Bullen zu wischen, und deshalb habe ich gehört, was Jarda Monster zu ihr gesagt hat. Er hatte das auch in seiner schweinischen Redeweise ausgedrückt: ›Das wird nicht gehen, Genossin‹, sagte er zu der Mutter, die in schwarzer Kleidung gekommen war. ›Er ist der sechste von oben, es sind jetzt drei Jahre her, wer soll sich durch diesen Brei wühlen bis zu dem vorletzten von unten. Die sind schon miteinander so vermanscht, daß man sie nicht mehr auseinanderhalten kann.‹ Die Frau in Schwarz war ihm damals ohnmächtig geworden, Mann. Wen wundert's?«

Ich weiß nicht, warum, aber meine Gedanken kreisen nun um Kostelec, um die wunderschöne Landschaft. Der Schwarze Berg, es ist Herbst, die Stadt im Tal läßt Rauchwolken hochsteigen. Meister Vachoušek. Warum? Wozu? Millionen Menschen liegen in den Etagengräbern der Geschichte. Einige davon verewigt auf den Gemälden aus einer barbarischen Zeit, als die Menschen noch keine Hemmungen hatten, mit ihrer Barbarei zu prahlen. Die in Räder eingeflochtene Gestalten auf den gotischen Leinwänden. Die grausam gefolterten Gehängten auf den Kreuzen. Männer, die mit einer Säge zerteilt wurden, an den Beinen hängend, vom Schritt bis zum Kopf zersägt, ein Hund knabbert daneben an einer abgehackten Hand. Wir aber haben in der Epoche des nationalistischen und sozialistischen Realismus gelebt. Man durfte wunderschöne Bilder malen. Anmutige Bilder. Man durfte in lieblichem Tschechisch schreiben …

»Was ist denn los?« höre ich Bočár fragen. »Nimm dir das nicht so zu Herzen. Er hat es hinter sich. Schon lange. Er war ein anständiger Kerl. Er ließ sich von ihnen nicht das Rückgrad brechen.«

Und was hat es ihm genutzt, dem Meister? Wenn das einzige, was wir haben, das Leben ist? Nur dieses einzige?

Applaus, der Hochzeitstanz ist zu Ende, Herr Zawynatsch wird grau, dann schwarz. »Gnädigste!« hallt eine donnernde Stimme.

»Jetzt lassen Sie uns ein Tänzchen wagen!« Tussie strahlt lächelnd, der Kugelmann drückt sie an seine Brust und wird ebenfalls rot, jedoch nur in seinem Mondgesicht. Tussie stößt sich von ihm ab wie von einem aufgedunsenen Trampolin, der Kugelmann schnappt sich ihre Hand und hüpft wie ein Gummielefant über die Tanzfläche ... Auch Jiřina O'Reilly schwingt glücklich das Tanzbein ... Herr Senka versucht es auch ... Herr Zawynatsch tanzt mit der Verlegerin, und sein Anzug fängt an, peinlich rot zu werden ...

Bosch ... Breughel ... alles, was wir haben ... sonst nichts ...

»Das Problem bei dir, Hakim, ist ähnlich wie das von Sutpen.«

Es ist das erste Mal, daß er mich in meinem Büro aufsucht. Wir sind zum ersten Mal alleine, und ich versuche herauszufinden, was Hakims Augen mir sagen wollen. Am Revers trägt er einen großen grünen Button mit der afrikanischen Variante von Hammer und Sichel, mit einem Stern und der Aufschrift MPLA, er unterstützt also die Hilfe des Kanonenfutters in Afrika, das nicht seine Heimat ist. Aber Hakim hat keine Heimat. Er ist ein Verbannter. Genauer gesagt, er ist ein Deserteur.

Er war von sich aus zu mir gekommen. Wenn die Stimme seiner Augen nur eine orthodoxe Verachtung verkörpern würde, dann wäre er wahrscheinlich gekommen, um mich zu beschimpfen. Er hätte sich nicht hingesetzt, mich nicht angesehen und hätte mit seiner höhnischen Stimme keine Fragen gestellt.

»Das verstehe ich nicht«, meint er. »*Sutpen's trouble was innocence.* Falls ich Sie bei dem Seminar richtig verstanden habe, beruhte Sutpens Unschuld auf dem Unwissen über das Klassenwesen der Gesellschaft. Wo gibt es hier Gemeinsamkeiten zwischen Sutpen und mir?«

»Haben dich deine Lehrmeister auch über die Entwicklung der Gesellschaft in Form einer Spirale aufgeklärt?«

Ja, das haben sie. Der Kommunismus als die Rückkehr zur glücklichen Urgemeinschaft, jedoch eine Stufe höher auf der Entwicklungsspirale. Dieser Katechismus ist wohl international. Über den Seelenzustand der Menschen im Kommunismus weiß man genauso wenig wie über den Seelenzustand der Menschen in der Urgesellschaft. Soweit mir bekannt ist, hatten die letzteren Angst vor Geistern. Ich sage:

»Ja, Faulkners Beschreibung im siebten Kapitel des Romans *Absalom, Absalom!* ist eine ziemlich gute Analyse über die Entstehung des Klassenhasses. Sogar eine hervorragende Analyse über die Entstehung des Rassismus aus den Klassenantagonismen. Kannst du dich erinnern?« Ich zitiere: »... *denn sie (die Nigger) waren nicht von der Art, die man gern schlug; man wußte, man hätte ebensogut einen Kinderballon mit einem aufgemalten Gesicht schlagen können.*«

Und dann eine andere Szene, die absolut archetypisch ist, als der junge Sutpen von einem Schwarzen zum Hintereingang zurückgeschickt wird und dort seine Unschuld verliert. Das vermag nur ein wirklicher Künstler: ein Problem in Form einer Geschichte auf den Punkt zu bringen – daß nämlich der Klassenantagonismus viel tiefer verwurzelt ist als der Rassenantagonismus. Daß eine der Funktionen des Rassenhasses darin liegt, die Aufmerksamkeit von der sozialen Ungerechtigkeit abzulenken. Bis hierher handelt es sich, würde ich sagen, um echten Marxismus. Und doch hat Faulkner letztendlich Lenin und Hitler in eine Reihe gestellt – lange vor Solschenizyn. Und in seinem am stärksten antirassistischen Roman *Griff in den Staub* hat er sich zum einen sehr unschön über die Sowjetunion geäußert, zum anderen hat er jegliche Intervention der Yankees zugunsten der Schwarzen in den Südstaaten abgelehnt – dies jedoch nur vage, wie die Kritiker behaupten.

»Faulkner durfte ideologisch die Grenzen nicht überschreiten, die ...«, fängt Hakim an, »... einerseits als Humanist ... andererseits als Südstaatler ... er konnte den Gedanken nicht ertragen ... seine Vorurteile ... die anderen sind nicht ...«

Immer wieder überrascht mich die Perfektion der Schubladisierung. Das menschliche Individuum ist in Elemente zerlegbar, die einander vervollständigen oder sich genauso präzise einschränken. Was der Präzision der Schubladen widerspricht, ist ein Vorurteil ...

»Hakim«, sage ich, »nicht nur für einen Südstaaten-Aristokraten kann es schwierig sein, Grenzen in der Philosophie zu überschreiten. Sein Vorurteil war vielleicht seine Weisheit. Die Weisheit der Schriftsteller ist eine andere als die deiner Lehrmeister. Ein tschechischer Dichter, den du nicht kennst – und den auch sonst niemand kennt –, der von einer Minderheit der Schreiberlinge zur Obskurität verurteilt ist, also dieser Dichter hat einmal geschrieben: ... *das hitzige Herz des Dichters schlägt vor allem für kleine*

Geschichten ... das Wissen über die Ereignisse bedeutet ihm nichts, auch die Wissenschaft nicht, diese Kuh auf Stelzen ...«

»Das ist doch irrational ...«

»Damit muß man rechnen. Was wir empfinden, ist offensichtlich wichtiger als das, was wir wissen. Dafür leben wir. Solange wir das Gefühl haben, für die Weisheit zu leben, leben wir eigentlich nur für die Freude an der Weisheit. Unsere Gefühle verweisen uns vielleicht doch auf die vernünftigsten Lösungen. Kannst du dich an Hawthorne erinnern? Wir sind epikureische Wesen. In unserer Irrationalität verbirgt sich womöglich unsere Größe. Wer weiß. Ich weiß es nicht. Unsere Größe besteht auch darin, wie irrational wir uns manchmal gegen den Verstand wehren, um den Verstand zu befriedigen.«

»Sie reden wie ein Prediger«, verzieht Hakim sein Gesicht. »In Scharaden.«

»Ich werde es also trocken und klar ausdrücken. Wenn Faulkner die Yankees, also die importierte Lösung der Rassenfrage, ablehnt, so tut er es deshalb, weil er es als Beleidigung der Intelligenz seiner Landsleute sieht. Jeder gewaltsame Import – ich betone: gewaltsame – ist eine Beleidigung. Ohne zu beleidigen, kann man Gedanken in Form von Gedanken importieren, aber nicht in Form von Waffen. Jeder gewalttätige Konquistador hält die Bewohner des von ihm zu erobernden Gebietes für minderwertig. Und dieser Konquistador zeigt es ihnen deutlich. Wenn dabei etwas minderwertig ist, dann sind es die Gedanken, die man nur mit Hilfe von Waffen durchsetzen kann.«

»Aber dann wäre jede Revolution ...«

»Ja«, ich nicke zustimmend. »Jede gewaltsame Revolution endet mit einer Flucht zu den brutal unterdrückten Idealen.«

»Beispiele! Nennen Sie mir Beispiele!« ruft Hakim, wie einst Sheila nach einem Beispiel für einen gerechten Krieg gerufen hatte. Wieder versuche ich, den dunklen hamitischen Blick zu erforschen. Mir scheint, als verberge sich dort ein verzweifelter und daher hoffnungsvoller Funke des Zweifels. Die alten hochwürdigen Herren hatten behauptet, damit würde der Glaube beginnen. Ich denke, sie hatten nicht recht. Der Glaube geht mit Zweifeln zu Ende. Doch vielleicht beginnt damit die Weisheit, jene, die uns unter dem Einfluß der Geistlichen letztendlich zu Jesus Christus führt. Nicht deshalb, weil er angeblich für uns am Kreuz gestorben war, denn das war höchstens seine Illusion gewesen, sondern weil er so ein netter Mensch war. Er hat immer zu den Demütigen gehalten. Immer und zu allen. Nicht wie Angela nur zu einigen. Ein naiver Sozialist, dieser Jesus Christus, nicht wie die Marxisten, die an der Macht sind, sie herrschen mit ihren Panzern im Hintergrund, in meinem Land, dem Angola Europas …

»Lieber Hakim«, sage ich. »Ich werde dir keine Beispiele nennen, denn du bist unschuldig. Wie Sutpen in den Bergen von West-Virginia, als er *niemals etwas von einem Ort, von einem Land zu hören bekam, das sauber aufgeteilt und wirkliches Eigentum von Menschen war, deren einzige Beschäftigung darin bestand, auf schönen Pferden umherzureiten oder gut gekleidet auf den Terrassen großer Landhäuser zu sitzen, während andere Leute für sie arbeiteten.*«

»Das ist ein Bild des Kapitalismus, nicht des Sozialismus«, unterbricht er mich. »Ich kenne so ein Land, ich lebe dort. Ich bin nicht deshalb naiv, weil ich ein Sozialist bin.«

»Du bist ein unschuldiger Sozialist, Hakim.« Langsam gelingt es mir, die Zeichen in Hakims schwarzen Augen zu entziffern. Ein innerer Kampf spiegelt sich darin wider. Hakim befindet sich auf dem Weg zur Weisheit.

Ist er aber auch auf dem Weg zur Tat? Aber eine Tat ist nicht nur die Bewegung eines Fingers, der den Abzug drückt.

»Es wäre gut, wenn du deine Unschuld verlieren würdest, noch bevor du den ausstaffierten Farbigen triffst, bevor man dich zum Hintereingang schickt. Wenn du sie vorher verlierst, widerfährt dir nicht das, was Sutpen erleben mußte.«

»Wieder Predigten«, spottet er, »wieder Scharaden.«

»Dir widerfährt nicht, daß du wie Sutpen den Dreck annehmen mußt, denn du wirst wie er glauben, daß du nicht anders als durch Dreck zum Ziel gelangst.« Und wie ein Prediger die Bibel hebe ich Faulkner hoch und lese: »*Ganz plötzlich entdeckte er, nicht, was er gern tun wollte, sondern einfach, das, was er zu tun hatte, tun mußte, ob er wollte oder nicht … Und im selben Augenblick, als er diese Entdeckung machte, erkannte er auch, daß er für nichts in der Welt schlechter gerüstet war als gerade für dieses Unternehmen, denn er hatte nicht nur nicht gewußt, daß er es machen müsse, sondern er hatte nicht einmal gewußt, daß es so etwas gab und daß es zu wünschen war, getan zu werden …*«

Hakim verzieht sein Gesicht:

»Faulkner in seiner bürgerlich-mystischen Haltung.«

»Faulkner in seiner Hemingwayschen Haltung«, bemerke ich und fahre fort: »Er ist bemüht, das zu erfahren, was er tatsächlich empfindet, und nicht das, was erwartet wird, was er empfinden sollte … nur das zu fühlen, was er tatsächlich fühlt, nicht das, worüber er denkt, er müßte es fühlen. Er kämpft gegen die Komplexität, die die Grundlage unserer menschlichen Welt ist. Der antiästhetische Faulkner. Faulkner, dem es um die Analyse geht, nicht um die Darlegung der alten Wahrheiten des Herzens, die genauso kompliziert sind wie ein Atom. Der postdemokritische Faulkner …«

»Ein Prediger. Kein Wissenschaftler.«

»Ich hoffe nur, Hakim, daß du erkennst, was *die letzte Sache auf der Welt ist, für die zu kämpfen du mit der Fähigkeit ausgestattet bist.* Und daß du nicht dem Fatalismus erliegst. Daß du zu der Meinung gelangst, daß man es nicht ausführen muß. Daß du nach einem anderen Weg suchst …«

»Aber es *muß* gemacht werden!« ruft Hakim, der schwarze Engel. »Ich *werde* es tun! Ich werde *kämpfen*! Weil es ein *gerechter* Kampf ist!«

Trotzdem hoffe ich aufrichtig, daß ich mit diesem Südstaaten-Aristokraten Hakims Propagandabroschüren gut ergänzt habe.

»Kämpf nur, Hakim, sei aber nicht grausam. Nimm deren Spielregeln nicht an. Das ist die Unschuld im nächsten Spiralenabschnitt. Eine gerechte Sache kann man ganz fürchterlich mit Ungerechtigkeit beschmutzen …«

»Das Leben ist ein Kampf! Der unvereinbare Antagonismus, solange …«, die Weisheit der Propagandabroschüren spricht aus Hakim. Oder die halbe Wahrheit. Die halbe Weisheit.

»Der einzige unvereinbare Antagonismus ist die Absenz des Antagonismus, Hakim«, sage ich. »Denn diese gibt es nicht. Es gibt nur einen eisernen Deckel, und darunter …«

Habe ich recht? Hoffentlich. Ich spreche in Paradoxa. In Bonmots. Es sind nur Teilchen der Wahrheit, ich weiß. Aber sie wecken den Intellekt aus dem Winterschlaf der Anpassung. Es sind extreme, übertriebene Äußerungen, aber für das Wachrütteln des Gehirns sind sie manchmal wichtiger, als wenn man auf etwas stoßen würde, was einfach nur interessanter und schockierender ist als das, was zweifellos wahr ist.

Das hatte ich irgendwo gelesen. In einem der deutsch-jüdischen Chirurgen des Unterbewußten. Gilt das aber auch nicht für die Broschüren? Diese schockierenden Halbwahrheiten? Diese halbgebildeten Vereinfachungen, welche die Gleichgültigkeit der verbissenen Gelehrten aufrütteln, so daß sich einige von ihnen den großen simplifizierenden Bewegungen anschließen, die radikal die ganze Welt erschüttern? Anstelle ihres Verstandes verleihen sie der Bewegung den eigenen Namen, und dann rüttelt dieser Name die Nachkommen der Bewegung manchmal wach, sie kehren in jene Zeit zurück, als die Gelehrten noch gebildet waren, wissenschaftlich, die gleichgültige *sub specie* der Wüste, die äußerst aktive *sub specie* der Suche. Als sie noch mit ihren Biberzähnen *de omnibus dubitare* unterstützt hatten – der einzige Antagonismus eines Menschen mit dem Nichtvorhandensein der Antagonismen –, Widersprüche, die vielleicht nicht antagonistisch waren, doch immerhin Widersprüche …

Ich weiß nicht warum, aber es fällt mir Veronika ein. Wie es ihr in Kanada gefällt, wie sie aber sehnsüchtig der Schallplatte lauschte, ihr nostalgischer Widerspruch: die Sehnsucht, alles zu haben, die Unbescheidenheit – wahrscheinlich die allermenschlichste Eigenschaft der Menschen …

Unter dem Fenster meines Arbeitszimmers, auf der Ebene in Richtung See, wo einst Manitu … der große Rabe. Voron. Raven …

Hallo, Du feiner Pinkel hinter dem weiten Ozean,

herzliche Grüße von einem alten Sozialisten, der nun sein Leben im Kapitalismus fristet. Endlich ist es ihnen gelungen, mich zur Arbeit zu zwingen! Mich, der immer gefaulenzt hat und dem das Geld immer nur zugeflogen kam, nur ab und zu mal mußte ich ein Theaterstück hinschmieren. Jetzt soll ich schreiben und schreiben und schreiben, ein Drehbuch nach dem anderen, nicht, daß es ihnen nicht gefällt, aber du weißt ja, sie stecken ihr eigenes kapitalistisches Geld hinein. Sie denken nach und überlegen, betreiben Marktforschung, die jedoch meist schlecht für mich ausgeht, weil in meinen Drehbüchern keine Pornographie vorkommt. Deshalb verlangen sie von mir, daß ich Beischlafszenen einfüge, in Technicolor, mit riesigen Nahaufnahmen von jenen Körperteilen, die für die Liebe unerläßlich sind. Nicht, daß ich nicht bereit wäre, mich mit Sex zu prostituieren. Ich habe mich früher öfters mit Politik prostituiert, und in diesen beiden Kunstgattungen hat man es nun einmal mit Huren und Hurensöhnen zu tun. Auch wenn, wie du weißt, die frühere Prostitution so eine Art Draufgabe dafür war, daß man manchmal den Nagel auf den Kopf getroffen hat. Das ging allerdings nur soweit, daß man mich nicht auch an der empfindsamsten Stelle traf, damit das Geld weiterhin floß. Aber jetzt versuche ich immer wieder vergeblich, ihnen zu erklären, daß ich monogam in einer anständigen Ehe gelebt habe, in der das Licht vorher ausgeknipst wurde, und daß ich auch nichts Theoretisches darüber gelesen habe. Ich kann ihnen nicht mit etwas dienen, was ich überhaupt nicht kenne, denn ich habe immer alles entweder aus Erfahrung oder höchstens aus Angst gemacht. Sie sagen, ich solle mir es im Kino angucken. Aber für meine Jahre sehe ich zu alt aus, und ich könnte es nicht ertragen, wenn die hübschen Platzanweiserinnen in den Schweinekinos denken würden, ich sei irgend so ein geiler Tattergreis. Noch habe ich mich nicht dazu durchgerungen, in so ein Kino zu gehen, und infolge dessen kann ich dem Kapitalismus nicht mit Beischlafszenen dienen, statt dessen vielleicht mit moralischen Parabeln, die bei uns so modern waren, weil es bei uns in der Tschechoslowakei keine Kinos für solche Schweinereien gab. Hier sind Parabeln aber keine Kassenschlager, und es ist praktisch ausgeschlossen, einen Wahnsinnigen zu finden, der sein Geld in ein gesittetes Projekt stecken würde. Ich lebe also von den Vorschüssen für meine Werke, die ich zwar immer fertigstelle, doch bisher hat man sie alle auf Eis gelegt, und ich weiß nicht, quo usque tandem es den Vorschuß überhaupt noch gibt. Hätte ich in Kanada Chancen als Falschspieler? Hast du vielleicht Kontakte in Las Vegas? Poker kann ich noch von früher, ein kleines Training würde reichen. Und hör mal! Auch du würdest nicht zu kurz kommen, damit ich dem gegenwärtigen tschechoslowakischen Grundsatz der genossenschaftlichen Hilfe treu bleibe. Würden dir 65% der Gewinne reichen, wobei du für die Verluste nicht haften müßtest?

Daß ich Idiot nicht in unserer besetzten Heimat geblieben bin! Sieh dir den Kopidlno an! So ein Lamm, wahrhaftig ein Lamm Gottes, so ein netter Graphomane, ein ganz Frommer der Kategorie ›Zehn schmerzhafte Rosenkränze am Tag‹, und dazu noch schwul. Und bei ihm geht jetzt die Post ab! Aus den Schubladen holt er ein Manuskript nach dem anderen hervor, Manuskripte, welche die Revisionisten ihm früher an den Kopf geschmissen haben, es geht dabei immer um die zarten Probleme der Seele, die im Grunde genommen homosexuell ist, aber das alles ist so verfaßt, daß, wenn der Schwejk so geschrieben worden wäre, es die Leute überhaupt nicht mitgekriegt hätten, daß er gar nicht für kleine Sextanerinnen geeignet ist. In Wirklichkeit dreht sich alles in diesen Manuskripten um Sex. Und das alles – wie Nadja, Gott hab sie selig, zu sagen pflegte – wird auch noch gedruckt! Und so schreibt er fröhlich seine Rezensionen, Glossen und Feuilletons, alles mit der schönen Prämisse: Sollen die Kommunisten verrecken, mein Blut fließt dabei nicht. Ich will meine Werke gedruckt sehen und stehe jedem zur Verfügung, der mich druckt. Und so hält er jedem seinen Hintern hin, er wird gedruckt und noch mal gedruckt. Ihm geht es aber nur um das Veröffentlichen, nicht darum, daß man ihn auch noch liest. Das ist nebensächlich.

Daß ich nicht dort geblieben bin! Mir ist es immer darum gegangen, daß die Menschen über meine Sachen lachen, und dazu müßte man meine Werke lesen, aber so etwas wird lieber – und das war auch richtig so – nicht gedruckt. Es sei denn, ich hätte mich dem rein kriminalistischen Genre gewidmet, doch dieses beherrsche ich leider nicht. Bis heute weiß ich nicht, warum der Strauß nicht fliegen kann, wo er doch ein Vogel ist.

Und außerdem: Ich war Kommunist, und die hat nun ihre gerechte Strafe ereilt, jetzt hat sich das Blatt gewendet, und zwar mit der Scheiße nach oben. Darin muß eine historische Gerechtigkeit stecken, ich habe schon immer versucht, vor der Gerechtigkeit zu fliehen. Zuerst vor der Klassengerechtigkeit, in jener Zeit bin ich der Partei beigetreten, heute ist es die historische Gerechtigkeit, und so bin ich nach Deutschland geflohen. Nun ja, man mußte zuerst mehrere Leute hängen, bis ich mir meiner Dummheit bewußt wurde, aber auch nicht ganz, weil ich weiterhin dachte, es sei am besten, in der Partei zu bleiben und die Genossen aufzuklären. Denn ich hatte einen unerschütterlichen Glauben an die Aufklärung des Menschen, auch der Genossen, bis ich mich selbst überzeugen mußte, daß gewisse von ihnen unbelehrbar sind, weil sie schon so sehr belehrt wurden, daß man sie nicht noch mehr belehren kann.

Und so habe ich Verrat verübt, bin vor der historischen Gerechtigkeit weggelaufen, und da ich immer noch blöd im Kopf war – wenn auch schon etwas weniger –, ging ich nach Deutschland statt auf die Kerguelen-Inseln, wo nie Panzer hinkommen werden, weil sie nicht draufpassen. Und nun unterzieht die Partei die Genossen, die noch nicht gut genug belehrt wurden, jener historischen Gerechtigkeit. Ich hoffe, daß sie wenigstens jetzt etwas lernen und voll mitziehen, denn, wie schon Engels sagte: Weisheit bedeutet das Begreifen der eigenen Dummheit. Mir hat diese historische Gerechtigkeit ein Schicksal als Drehbuchautor von pornographischen Filmen beschert, das ist, als würde man Šlitr zwingen, die sowjetische Nationalhymne zu schreiben. Wenn ich darüber nachdenke, warum ich eigentlich hier bin, dann komme ich zu einer merkwürdigen Erklärung: Nachdem die Fahrzeuge, die Kampffahrzeuge, zu uns gekommen waren, machte ich mir vor Angst in die Hosen, daß ich mir später noch mehr in die Hosen machen und mich noch weiter belehren lassen müßte, bis nichts mehr ginge. Ich bin eigentlich deshalb geflüchtet, um wie Magister Jan Hus aus Husinec zu handeln, um die Wahrheit zu wahren und sie zu verteidigen, nur habe ich ihn übertrumpft und bin als glanzvolles Vorbild der Nation erhalten geblieben, und statt nach Konstanz bin ich zu Wyclif gefahren, und von hier aus verurteile ich nun mutig die Kardinäle zu Hause, die mit einer kalten und für den Körper ungefährlichen Flamme die Gutgläubigen verbrennen, die in Konstanz geblieben waren, weil sie dachten, daß man den Kardinal beschwatzen könnte. Doch den kann man nicht beschwatzen.

Einer von ihnen, mein teurer kanadischer Bourgeois, war vor kurzem hier. Niemand geringerer als der junge Vrchcoláb, unser gemeinsamer Freund. Er heißt Jan wie Jan Hus. Er ist vielleicht ein Hus, oh Mann! Und ich habe ihm gesagt, als er mich noch besuchen durfte, daß sie ihm nicht die Freude machen würden, ihn zu verhaften. Und es stimmte. Wie du weißt, stellte er verschiedene verleumderische Erklärungen der westlichen Presse zur Verfügung, nachdem er nicht mehr ausreisen durfte, aber man ließ ihn laufen, obwohl er es wahrhaftig nicht verdient hatte, der Arme. Und jetzt stell dir vor: Ich sitze in der Halle des Hotels Graf Etlü, wo ich mit einem Verrückten manchmal Tarock spiele, der bei mir ein realistisches Drehbuch nach der Vorlage des Nackten Königs von Andersen bestellt hat (er ist eine alte Schwuchtel, und sein Freund, eine junge Schwuchtel, soll darin die Hauptrolle spielen), und plötzlich, wen sehe ich denn da? Den jungen Vrchcoláb, wie er in einem schäbigen Carnaby-Street-Mantel durch die Halle schleicht. Du alter Zyniker, ich sage Dir, ich habe mich so gefreut, ihn nach so vielen Jahren wiederzusehen, und ich stürmte direkt auf ihn zu und verpaßte ihm einen doppelten Chruschtschow-Kuß, und zwar noch bevor er sich von der Überraschung erholen konnte, die anscheinend unangenehm sein mußte, denn hinter ihm liefen zwei komische Typen vom internationalen Hilfstrupp her, als wären sie hier im Etlü zu Hause. Ich bemerkte sie erst, als sie stehenblieben und angestrengt versuchten, sich die Fotos der Verräter ins Gedächtnis zu rufen und mich zu identifizieren. Doch ich habe mich verändert. Ich habe mir einen Schnurrbart wachsen lassen, als Ausgleich dafür, daß ich vor lauter Arbeit meine Haare auf dem Kopf verliere, außerdem trage ich jetzt eine Brille aus Schildpatt, während ich zu Hause eine randlose vom Optiker hatte, von der man auf den Backen ein Ekzem bekam. Und da sagt der arme Junge schon: »Hallo! Wie geht's? Gut? Ich bitte dich, kannst du mich vielleicht loslassen, die beiden begleiten mich sogar bis aufs Klo.« Ich begriff, daß ich ins Fettnäpfchen getreten war, aber unmittelbar darauf riß ich mich zusammen und spielte eine Etüde zum Thema Irrtum. Ich sagte in meinem besten Bayrisch, fast wie bei einer Maß: »Ich bitte Sie um Entschuldigung, mein Herr – aber Sie erinnern mich an meine verstorbene Frau!« *In der Hoffnung, daß die Fratzen der internationalen Hilfe Deutsch verstehen, artikulierte ich alles ganz klar und deutlich. Der junge Vrchcoláb verstand sofort und entgegnete, ebenfalls brav artikulierend, doch mehr preußisch, denn dorthin war er früher, als unser Staat sich noch in der Aufbauphase befand, öfters gefahren:* »Das macht nichts, gnädige Frau! Das kommt in den besten Familien vor!« *Dann sah er mich mit einem unglaublich traurigen Blick an, mit so einem Hundeblick, wie wenn du einem Hund den Knochen wegnimmst, ihm eine Blechdose an den Schwanz bindest, ihn in die frostige Kälte hinausjagst und rufst: »Husch! Ab mit dir! Husch!«*

Seinen Blick vergesse ich nie, solange ich lebe. Durch diese Augen blickte mich unsere Heimat an. Sie blinzelte mir aus der tiefsten Dunkelheit der orthodoxen Aufklärung zu, mit dem Licht, das seinerzeit der alte Hurensohn Václav Voňavka, genannt Řezáč, während der besseren Zeiten in seinem Roman besungen hat.

Am nächsten Tag erreichte die Tragödie ihren Höhepunkt. Ein großer Artikel im Süddeutschen Kurieranzeiger, *das ist, damit Du uninformierter Kanadier es verstehst, eine* unabhängige Zeitung, *was bedeuten soll, Du anglomanischer Troglodyt, daß das eine Zeitung ist, die nicht von den Fakten, sondern von der brüderlichen Hilfe aus der DDR abhängig ist. In diesem Artikel hieß es, was es doch immer für einen Aufstand gäbe, wenn die oppositionellen Autoren in der ČSSR angeblich zu Hausarrest oder sogar zu einer Umerziehung verdonnert werden, und wenn sie angeblich unter polizeilicher Aufsicht stehen.*

Trotzdem habe gestern eine der führenden Persönlichkeiten der sogenannten Opposition, Hans Vrchtsolapp, an der Premiere seines neuen Theaterstückes nach den Motiven des reaktionären zaristischen Dramatikers Nurejev teilgenommen. Ist das etwa kein Beweis dafür, fragte diese unabhängige Zeitung, daß all die Märchen von einem Kulturfriedhof in der ČSSR nur ein abstruses Hirngespinst der internationalen Reaktion sind? Herr Vrchtsolapp habe sich drei Tage lang vollkommen frei *(das haben sie hervorgehoben, nicht ich; aber sie waren offensichtlich nicht informiert) in München bewegen können, und Bitten, ein Interview zu geben, habe er abgelehnt. Wahrscheinlich, so das Blatt, hätte er ganz genau gewußt, daß er nur schwer erklären hätte können, daß er frei nach Westdeutschland ausreisen kann, wenn die Menschen in Prag ohne polizeiliche Aufsicht angeblich nicht einmal einen Furz lassen können. Das ist eine freie Übersetzung des Satzes:* sich nicht einmal zur Toilette begeben zu können vermögen dürfen müssen können *oder so ähnlich.*

Das wäre für den jungen Mann aber schwer gewesen zu erklären. Noch schwerer in Prag als in München. Ich bin extra aufs WC gegangen, sperrte mich in eine der Kabinen ein und bohrte mit einem Taschenkorkenzieher ein Loch in die Trennwand. Ich blieb zwei Stunden drin sitzen, bis der Junge endlich kam, um sich zu erleichtern. Und tatsächlich, die Internationalisten waren mitgegangen. Sie erleichterten sich nicht, sie standen nur da, drei Schritte von ihm entfernt, und sie beobachteten ihn mit Adleraugen, ob er nicht etwa mit Hilfe eines Kaugummis eine geheime Botschaft aus Prag unter die Klomuschel festklebte.

Ich habe ihm verziehen, obwohl ich mir eigentlich nicht allzu viel vorzuwerfen habe. Er hat es gut gemeint, er hat es schon immer gut gemeint. Das bringt mich auf die furchtbare Idee, ob diejenigen, die es gut meinen, nicht vielleicht auch manchmal Schweine sein sollten, denn in dieser Sauwelt setzt sich wahrscheinlich die Anständigkeit nicht anders als in Form von Sauereien durch.

Nach alldem wird dir wohl klar sein, daß ich immer noch Leninist bin, wie ich mit Grauen feststelle.

Verzeih mir, wenn du kannst. Du hast ja immer als Christ gegolten. Zwar ein cleverer, aber verzeihen solltest du mir. Außerdem mache ich dich darauf aufmerksam, daß es als Christ deine Pflicht ist .

Ansonsten haben wir hier eine Fernsehreportage aus der ČSSSSSSSSSSSSSSSSSSSSSSSSSSSSSSSSSSSSSSSSSSSSR gesehen, in der eine jüdi-

sche Malerin aus Prag und ein katholischer Schriftsteller, unser guter alter Freund Jan Kopidlno, aufgetreten sind. Die beiden haben sich auf dem Bildschirm positiv darüber geäußert, wie sie, obwohl sie beide keine Kommunisten sind, frei schaffen können. Macht nichts *sagt ein altes russisches Sprichwort, das George Wachsmann mit »Na und?« übersetzt hat. Es ist eigentlich nicht so schlimm. Sie sind beide noch jung, und sie wollen etwas machen, unter Umständen auch sich selbst auf den Kopf. Uns alten Knackern will es nicht mehr so gut gelingen, wenn wir uns prostituieren wollen. Wir kriegen auch nicht mehr so leicht einen hoch. (Diesen letzten Satz habe ich erst nach der Zensur seitens meiner Frau Jana hinzugefügt.)*

Um zum Schluß eine fröhlichere Stimmung zu schaffen: Meine Tochter Janka hat so perfekt deutsch gelernt, daß sie jetzt wie die Ilse Seliger spricht, wenn du dich an die noch erinnerst. Diese hübsche, pummelige Blondine mit dem Dirndl. Meine Tochter Janka trägt allerdings kein Dirndl, auch der Vrchtsolapp liebt sie schon lange nicht mehr, er hat jetzt andere Sorgen, was Janka aber egal ist. Sie geht jetzt mit einem Paläontologen (das ist angeblich eine deutsche Wissenschaft, die nichts bringt: etwas ähnliches wie DIAMAT) aus Bayern, aber sie beschimpft ihn ununterbrochen, sogar ziemlich vulgär – von wem hat das Kind das bloß? Hör mal, hast du vielleicht etwas mit meiner Frau Jana gehabt? – als einen blöden deutschen Deppen. Und das nur deshalb, weil dieser naive Junge manchmal schüchtern andeutet, daß er, wenn Janka es erlaube, nicht die Christdemokraten wählen möchte, sondern lieber die Sozialdemokraten. Oder wenn er noch schüchterner flüstert, daß er, wenn Janka es ihm – mit Verlaub – verzeihen würde, die unverbindliche Meinung äußern möchte, daß den kulturellen Interessen der Gastarbeiter mehr Gewicht zugeschrieben werden sollte und sie nicht nur mit pornographischen Filmen abserviert. Dann geht aber die Post ab! Es macht wirklich Spaß zuzuhören, wie perfekt sie das Deutsche beherrscht! Ich wundere mich nur, daß der Paläontologe der lieben Janka noch keinen Tritt gegeben hat, wie soll ich das anständig beschreiben, ach so: in den H…n, denn das mildeste, was ich aus ihrem Mund gehört habe, war: »Halt's Maul, du Trottel! Du bist aber ein Idiot, Harry! Das ist ja ganz unglaublich, daß es im zwanzigsten Jahrhundert noch solche Dinosaurier gibt!« Er ist dann ganz glücklich, daß sie ihn Harry nennt und nicht Horst, wie er wirklich heißt, denn er ist Jahrgang 1942, aber ideologisch kann er nichts dafür, doch er schämt sich trotzdem. Ich bin allerdings nicht dabei, wenn sie zu-

sammen wegfahren, um irgendwelche Drachenzähne auszubuddeln oder was auch immer, dann sind sie alleine, und was DORT geschieht, das weiß ich nicht und will es auch nicht wissen! Ich bin ein altmodischer Vater und hoffe, daß er sich anständig benimmt. Eigentlich sollte er Janka einen Tritt in den H...n verpassen, um seine Ehre zu bewahren.

Aber sonst bin ich mit dem Paläontologen ziemlich zufrieden, er ist Beamter, arbeitet als Dozent an der hiesigen Universität, und gerade hat er ein Werk von achthundert Seiten veröffentlicht, das den folgenden Titel trägt: Kurze Einführung in die Theorie der Stoßzähne von Dinotheria aus der Süddeutschen Ebene um München. *Darin geht es um irgendwelches Viehzeug, von dem ich noch nie etwas gehört habe. Wahrscheinlich hat er sie sich für seine Karriere ausgedacht. Aber er bekommt für diesen Quatsch angeblich eine ordentliche Professur, und er behauptet, daß er nur auf diese Professur wartet, damit er unserer Janka seine ehrenhaften Absichten beweisen kann, dieser Hurenbock!*

Ich muß Schluß machen. Jana (mein angetrautes Weib) ist hinter mir her, ich solle endlich was schaffen. Ich werde mit meinem Vorschuß den Nackten König *schaffen. Der Produzent verlangt keinen Beischlaf von mir, dann kann ich ihm auch entgegenkommen. Nackte Kerle habe ich schon gesehen, beim Militär nämlich, so daß ich der künstlerischen Authentizität treu bleiben kann.*

Das nächste Mal, mein lieber Kanadier, schreibe ich dir etwas Ernsthafteres und Kompromißloseres, nicht wieder solche oberflächlichen Späßchen, für die ich von einem visuell-progressiven Regisseur getadelt wurde.

Dein Zurückheil Glücker

(So habe ich meinen Namen übersetzt, wenn ich nun schon Bürger des Deutschen Reiches bin.)

Jana (Ehefrau) fragt, was H...n sei. Nun ja, es ist ein volkstümliches und somit vulgäres Wort, das ich grundsätzlich nicht gebrauche. Oder habe ich etwa mein Sprachgefühl verloren? Na gut, für Dich schreibe ich es ganz aus: es ist einfach ...intern.

Nicole ergreift mit dem gierigen Enthusiasmus ihrer Jugend ihr neues Spielzeug. Nachdem wir in Yvett's Hotel auf dem Place Convention angekommen waren und als wir in dem hübschen Liebeszimmer mit dem breiten Bett und einem Bidet hinter der spanischen

Wand allein waren, holte sie ein Päckchen hervor, das sie aus dem Laden Lovecraft in Toronto ins Land der Liebe geschmuggelt hatte. Es enthielt zwölf Kondome. Mir stockte der Atem angesichts dieser Apostel der natürlichen Sünde, die auf dem Nichtehebett verstreut lagen, und mir wurde übel beim Anblick dieser ekelhaften Gummiwarzen der Kondome.

»Pfui, Irene!« sage ich zu dem Mädchen, das in ihrem supereleganten Kostüm aus Paris bescheiden neben dieser Schau steht und die sich vollkommen sicher ist, sie hätte mir damit eine unkonventionelle Freude gemacht. »Was ist das?«

»Das sind Kondome.«

»Ich dachte, es seien Anschauungsobjekte für die Erforschung bösartiger Geschwulste.«

»*Are you kidding?*«

»*Well, what do you think?*«

Sie ist unsicher, meint aber:

»*You must be kidding.*«

Ich sehe mir noch eine Weile diese Abscheulichkeiten an und frage dann:

»Nimmst du nicht die Pille?«

»*Of course I do!*« Sie wird unerwarteterweise rot.

»Und wozu soll das da dann gut sein? Wir könnten uns damit verletzen.«

»*You know very well what they are for!*«

»*Well*«, bejahe ich. »Zum einen nimmt man es zur Verhütung, zum anderen wegen der Ansteckungsgefahr. Du nimmst aber die Pille, und in Paris hast du ja vor, nur mit mir zu schlafen. Oder ist das etwa nicht so?«

»*It's supposed to be better with them on.*«

»Aber Fräulein Svensson«, sage ich. »Das hier ist für Körper gedacht, die gegen Wollust schon resistent sind. Reitest du etwa nicht?«

»Doch«, wundert sie sich über meine Frage. »Warum?«

Ich sehe sie wortlos an. Sie versteht nun und errötet wieder.

»Kindchen«, sage ich. »Ich komme mir vor wie einer, der die Jugend verdirbt. Laß uns lieber ins Kino gehen. Hier werden wunderschöne europäische Filme gezeigt. Resnais, Bresson, Visconti ...«

Bis über beide Ohren rot, sammelt sie diese Scheußlichkeiten ein und stopft sie in ihr Köfferchen für dreihundert Dollar.

»Oder wir werden lesen. Wir sind eigentlich zu einer *reading week* gekommen.«

Das ist die Wahrheit. Zu Hause – nicht, daß es dort jemanden besonders interessiert hätte – hatte sie angekündigt, sie würde in den Wochenendsitz in den Rocky Mountains zu einer *reading week* fahren. Statt dessen hatten wir uns am Flughafen getroffen und waren mit einem Jumbo über den Ozean geflogen. Ich erforsche die Möglichkeiten der westlichen Welt und des letzten Viertels des Jahrhunderts. Yvett's Hotel erinnert mich an Rosťas Hütte, Schauplatz erfolgloser Bemühungen und Lagerraum nicht benutzter Kondome.

»*O.K.*«, meint Nicole. »Mach dich nur über mich lustig. Ich liebe dich trotzdem.«

»*How nice*«, entgegne ich. »Geh dich waschen, umziehen, pudern, und laß uns loslaufen ins nächtliche Paris.«

Wo man dem Himmel näher ist.

Artig geht sie hinter die spanische Wand, das Kostüm, die rauchfarbene *pantyhose* und sonstige Miniaturteilchen ihrer liebesabenteuerlichen Garderobe fliegen über die Wand. Es plätschert Wasser. Ich warte, ob das Bidet zu hören ist, Irene ist auf dieses Ding, das sogar in den besseren Häusern von Toronto unbekannt sein dürfte, bestimmt neugierig. Sie traut sich aber nicht. Vielleicht weiß sie gar nicht, wozu es überhaupt gut ist. Weiß Gott, ob sie *Wendekreis des Krebses* gelesen hat. Sowohl ihr Wissen als auch ihr Unwissen sind oft überraschend.

Sie kommt nackt raus, errötet wieder, doch sie schreitet selbstbewußt, sich ihrer Elastizität und ihrer Befreiung bewußt. Aus dem Köfferchen für drei Hunderter holt sie zwei andere Kleinigkeiten, bekleidet damit ihren Körper zu einem kleinen Teil und schlüpft danach in ein Parademodell von Altmann aus New York. Hinter ihrem Ohr (das die Röte bereits verloren hat) betupft sie sich mit Düften von der Fifth Avenue und ist bereit, die Laster Europas in vollen Zügen zu genießen.

Wir sitzen bei den *Zwei Magots.* Ich erzähle ihr, daß sich auch Hemingway oft hier aufgehalten hatte. Irene meint:

»*I wish Wendy could see us here. Or Sheila.*«

Wie ein kleines Mädchen aus Kostelec bei einem heimlichen Ausflug nach Zbecník. Das Leben ist international.

»Oder Rosemary«, sage ich.

»*Oh, well* …«, meint sie unsicher.

An den Tischen um uns herum sitzen amerikanische Touristen und Menschen, die vielleicht Künstler sind. Wir trinken Pernod. In Paris herrscht der unnachahmliche Frühling, er zieht Irene in seinen Bann, mich ebenfalls. Es ist reizend, hier mit dieser hübschen jungen Frau aus dem Norden zu sitzen, die sich trotz ihrer ostentativen Schamlosigkeit noch über das Leben wundert. Es riecht hier nach dem Pariser Benzin. Nicole war noch nie in Paris. In Europa war sie nur einmal, in Kiruna. Und Kiruna ist nicht Paris.

»Wir fahren noch einmal hierher, ja?« fragt sie.

»Wir sind doch gerade erst angekommen.«

»Irgendwann mal. Wenn …«

»Wenn?«

»Wenn wir verheiratet sind.«

»Sind Sie sich ganz sicher, daß ich Sie heiraten werde, Fräulein Svensson?«

»Natürlich«, meint Nicole. »Weil ich Sie heiraten werde.«

Sie siezt mich in ihrem Tonfall. Sie hat noch zu lernen. Bevor sie mich verläßt, kann ich sie vielleicht noch in die altertümliche Kunst der Konversation einweihen.

»Dagegen kann man allerdings nichts tun.«

Sie sieht mich an, ich erlebe das Gefühl eines Wunders. Pernod auf nüchternen Magen? Oder betrachtet mich durch ihre grauen Augen in Wirklichkeit Marie Dreslerová, Irena, Lucie … Man sagt, daß die Rückkehr in die idealisierte Jugend in Form von Tagträumen erste Anzeichen für das Älterwerden sind. Dann müßte ich bereits ein Methusalem sein. Ich idealisiere sogar diese schwedische Kanadierin. Sie sieht mich belustigt an:

»Ich habe aber nicht den Eindruck, Sir, daß Sie von einem Glücksgefühl übermannt wären.«

»Oh doch«, sage ich. »*But it's too good to be true.*«

»Wir werden ein interessantes Paar abgeben. Jeder wird denken, daß ich Ihre Tochter sei.«

»Oder auch Enkelin.«

»Kann sein. Es wird dann heißen: Sie haben aber eine reizende Tochter, Herr Professor.«

»Eine hübsche Lolita.«

Ihre weißen Zähne, von Kindheit an fleißig mit Fluorid gepflegt, leuchten im Pariser Abend auf.

»Für eine Lolita bin ich schon zu alt.«

»Du armes altes Fräulein Svensson!«

»Warum bist du nicht jünger?«

»Warum bist *du* nicht jünger?«

»Dann könntest du mich nicht heiraten.«

Die Nacht ist warm, die bunte kapitalistische Menge schlendert langsam über den Boulevard. Es riecht nach Pernod. Ein Herr mit Zylinder wie aus einem Buch von Evelyn Waugh sowie ein besoffenes amerikanisches Pärchen laufen an uns vorbei.

»Wir fahren noch einmal hierher, auf Hochzeitsreise«, plant Nicole.

»Nein, nein. Die Hochzeitsreise wird uns woanders hinführen.«

»Wohin?«

»*Do you know Lovecraft?*«

Sie wird rot.

»*Well*«, antwortet sie zögernd. »*I bought those at Lovecraft.*«

Ich fange an zu lachen. Auf ihrer nordischen Stirn erscheint eine Falte. Die Lolita ist wieder ein bißchen beleidigt, aber nicht sehr.

Ich lache.

»*What's so funny, wise guy?*« fragt sie eingeschnappt. »*Well, I give that to you. They are stupid. I'll throw them away ...*«

»Nicole«, unterbreche ich sie. »Auf unserer Hochzeitsreise fahren wir in die Berge des Wahnsinns.«

»*To the Mountains of Madness? Oh, I see!*« Jetzt ist wieder alles gut, sie spielt mit mir das Spiel der Phantasie. In der amerikanischen Literatur ist sie doch noch nicht so belesen. »*O.K. Where are the Mountains of Madness?*«

»Viel weiter als Paris.«

»Wo denn?«

»In der Antarktis.«

Das enttäuscht sie.

»Aber da gibt es doch gar nichts«, meint sie. »Kathleen Young war dort mit ihren Eltern. Dort gibt's nur Schnee und meteorologische Stationen. Und Pinguine. *They are funny*«, räumt sie ein. »Aber sonst nichts. Dorthin fahren nur Leute, die schon überall waren, damit sie erzählen können, daß sie auch dort waren.«

»Kathleen Young ist aber nicht bis zu den Bergen des Wahnsinns gekommen.«

»Und *wo* sind die Berge des Wahnsinns?«

»Südlich vom Südpol.«

Die Enttäuschung verfliegt. Nicole erinnert sich plötzlich, was ich sie gelehrt habe.

»Du meinst Symzonien? Den Tunnel, durch den die Erdachse führt? Durch den der Atlantische Ozean in die Nordsee fließt?«

»Sie bekommen eine Eins, Fräulein Svensson. Aber da gibt es keinen Tunnel.«

»Herr Pym hat ihn doch mit eigenen Augen gesehen!«

»Aber als Herr Verne Pyms Spur folgte, sah er den Tunnel nicht.«

»Vielleicht hat er genauso aufgepaßt wie Kathleen Young und sah nur die Pinguine.«

Nicole ist jung, hübsch und – frei. Unlogischerweise kommt mir die arme Nadja in den Sinn. Und auch die Mädchen aus Kostelec, die dort geblieben waren. Die nie in Symzonien waren.

»Und die Berge des Wahnsinns hat Kathleen auch nicht gesehen«, wirft Nicole ein.

»Sie ist mit einer Reisegesellschaft gefahren.«

Die *Zwei Magots* sind zum Platzen voll. Ich bestelle den nächsten Pernod. Alkohol und Literatur, das sind die besten Freunde. Zerstörerische Freunde. Geister schwirren um uns herum. Der arme Scott, der verletzbare Hem, Bill war nur auf einen Sprung hier, zu fremd für die Poesie dieser Stadt, der wahnsinnige Ezra, der egoistische Joyce, die lesbische Gertrude. Alle trinken sie, die Geister aus Paris, sie waren auferstanden. Sie sitzen hier mit uns, und auch die arme Nadja … sie blickt mit den glühenden Augen der Ligeia um sich … »Jeh! Es ist so schööön hier!«

»Hawthorne wollte hinfahren. Schade, daß er es nicht gemacht hat. Hawthorne wäre bestimmt bis zu den Bergen des Wahnsinns gekommen.«

»Fahren wir mit Hawthorne?« fragt Irene begierig. «Im Geiste mit Hawthorne?«

Ich schüttle den Kopf.

»*No. With Lovecraft.*«

»*Stop it!*« ärgert sie sich. »Wir unterhalten uns so nett! Ich werde nie mehr ins Lovecraft gehen, wenn du das nicht willst. *And that's a promise.*«

»Fräulein Svensson, ach, Fräulein Svensson«, nicke ich traurig mit dem Kopf. »Sie haben eine Eins bekommen und wissen nicht einmal, daß Lovecraft ein amerikanischer Schriftsteller war.«

»*Really?*« Sie reißt ihre unschuldigen Augen auf.

»Sie bekommen eine Ungenügend.«

»Ich werde sofort ins Hotel gehen und zu lesen anfangen, ich werde dort bleiben und die ganze Zeit lesen. *After all, this is the reading week*«, verspricht sie mir. »Bitte, Herr Professor, *wer* war Lovecraft?«

»So ein Schreiberling«, erkläre ich. »Er hat Poe imitiert. Ein Autor makabrer Geschichten. In seinem Leben hat er eigentlich nur einige wenige geniale Seiten geschrieben. Nur eine Szene ...«

»Worüber denn?«

Ich bemerke, daß die Künstler (oder was auch immer sie sein mögen) an den anderen Tischen meine Frau aus dem Norden ansehen. Die Künstlerinnen bemerken ihr New Yorker Modellkleid. Ich beobachte ständig ihre Schönheit, die so traurig ist wie jede Anmut, weil sie nicht ewig ist. Es sei denn, Irene würde sich in Literatur verwandeln. Das wird sie sicherlich tun. Auch in der öden kanadischen Literaturlandschaft dürfte es einen Schriftsteller geben, der erkennen wird, daß Irene das Wichtigste in Kanada ist. In jedem Land. Auf der ganzen Welt.

»Worüber denn?« bestürmt sie mich erwartungsvoll.

Ich sehe die lilafarbenen Berge, die viel weiter weg liegen, weit hinter den Bergen des Wahnsinns.

»Lovecraft war der einzige Mensch, der das Land südlich des Südpols besucht hat und auch zurückgekehrt ist. Er ist mit einem Flugzeug über die Berge des Wahnsinns geflogen. Wir werden ihm folgen. Dort ist das Land, das der arme Poe gesucht hat, wo der arme Pym gelandet ist, wohin Kapitän Guy vorgedrungen ist. Weit weg, südlich von den Kerguelen-Inseln. Wir fahren auch hin, meine liebe Irene ...«

»Mit dem Flugzeug?«

»Vielleicht mit dem Flugzeug ... über das Austernmeer ...«

Die drei Pernods auf nüchternen Magen zeigen bei mir ihre Wirkung.

»*Shall we go?*«

Shall we?

We shall ...

~

Frank sitzt in der Ecke zwischen dem Garderobenständer und der Treppe zur Toilette, auch er trägt einen Zweig von der Hochzeitsmyrte. Der geknickte Ehemann der Verlegerin sitzt mit ihm da.

»Hallo, Frank. Wie geht's?«

»Besch... du weißt schon.«

»Bist du noch in ...«

Als hätte er es noch nie in seinem Leben gehört. Es ist doch nicht so lange her, daß ich ihn nach Hause gefahren habe. Drei Monate? Das Leben im Kapitalismus ist komprimierter als anderswo. Hier ist immer was los.

»Du hast doch erzählt, daß du einen Job hast ...«

»Ach so, den meinst du. Da bin ich schon lange nicht mehr.«

»Und wo arbeitest du jetzt?«

»Momentan nirgends.«

Ich will nicht weiter fragen.

»Die Genossen wollen ihn liquidieren«, bemerkt der Ehemann. »Wie mich. Aber auf mich haben es die hiesigen Genossen abgesehen. Das ist dasselbe in Grün.«

»Hast du wieder den liberalen Lenin beleidigt, Frank?«

»Er hat die Frau Vorsitzende beleidigt«, antwortet der Ehemann für ihn. »Er hat sie, mit Verlaub, Kuh genannt.«

»Und ist sie das etwa nicht?« regt sich Frank auf. »In Florida hat sie einen Anruf bekommen, daß sie eins aufs Maul kriegen würde. Von irgend so einem kubanischen Exilanten. Und sie? Angeblich versteht sie die Leute nicht! So hat sie es in einem Interview gesagt. Die Leute werden von dem Bolschewiken Castro, von dem sie sich eine Woche zuvor hat befummeln lassen, rausgeekelt, und sie versteht sie nicht! Was ist sie denn dann, wenn nicht eine Kuh? Und mit einem Spatzenhirn noch dazu?«

Frank ähnelt einem traurigen *basset hound*. Der Mann der Verlegerin schenkt Champagner nach, von dem überall unzählige Flaschen herumstehen, als würde Herr Zawynatsch einen Champagnergroßhandel besitzen.

»Hinter mir sind sie deshalb her, weil ich angeblich ein Genosse war«, erzählt der Ehemann. »Sagen Sie mir, wie soll ich es denn beweisen, daß ich keiner war? Meinen Sie, daß man mir das auf der Botschaft bescheinigen würde?«

»Wer ist denn hinter Ihnen her? Die Liberalen?«

»Ach wo. Irgendwelche Leute von hier.«

»Die Botschaft würde alles verderben, Berti«, meint Frank.

»Und wie soll man beweisen, daß man etwas nicht war?« meditiert der Ehemann. Plötzlich zuckt er zusammen: »Seht ihr ihn?«, und er nickt mit dem Kopf in Richtung Bar, wo ein etwa fünfunddreißigjähriger Kerl mit einer auffälligen Perücke steht und sehr selbstsicher etwas auf englisch erzählt. »Seymour«, brummt der Ehemann.

»Seymour?«

»Nun ja, Pomajzl. Honza Pomajzl. Er hat seinen Namen geändert. Er hat einen Brief an den Vorstand geschrieben, aber der Vorsitzende ist zum Glück ein sehr anständiger Mensch, ein ehemaliger Knasti, und so hat er mich den Brief lesen lassen. Herr Professor, ich dachte, ich wäre wieder in Prag!«

»Was haben Sie denn angestellt?«

»Ich nichts, aber meine Frau. Sie hatte zu Pomajzl gesagt, daß sie sich mit einem anständigen Kommunisten besser verstehen würde als mit so einem demokratischen Gauner, wie er einer ist. Und das hat er so zitiert: Ein anständiger Kommunist sei ein *eiaculatio in adiecto* – er wollte zeigen, daß er ein B.A. hat –, und dies werfe ein klares Licht auf die dunkle Vergangenheit der Frau Verlegerin.«

»Wie ist denn ihre politische Vergangenheit?«

»Ach, es gibt keine. Sie hat in einem Nachtklub gesungen. Aber die hiesigen Genossen beziehungsweise manche der hiesigen Herren können ihr nicht verzeihen, daß sie ein erfolgreiches Unternehmen führt, obwohl sie ihrer Meinung nach vom Kommunismus angesteckt wurde. Und ich war zu Hause Regisseur. Seymour hat geschrieben, wenn jemand in der Tschechoslowakei als Regisseur arbeiten durfte, er auch in der Partei gewesen sein mußte. Er muß es ja wissen. Er fährt immer noch hin.«

Ich sehe mich um nach Pomajzl-Seymour. Man hat ihn gut hergerichtet. Eine maßgeschneiderte Perücke an die Kopfhaut genäht, ein perfektes Gebiß, ein Anzug, der bestimmt nicht von Simpson stammt. Solche Genossen habe ich oft gesehen. In Anzügen aus dem Salon Kníže, wie sie im Schriftstellerklub bei Gratiswürstchen über den Klassenkampf diskutieren.

»Und dabei ist er dem Anderle in den Arsch gekrochen«, murmelt Frank. »Und Anderle war nicht nur Kommunist, sondern auch noch Jude.«

»Aber er war ein weltberühmter Klaviervirtuose«, wirft der Ehemann ein. »Das ist meine Frau allerdings nicht, und ich, wie ihr wißt, bin Fahrer bei Eaton.«

»Die Partei differenziert sehr exakt«, sage ich.

»Dabei war Anderle immer eine Art von Kommunist, die meine Frau mag«, erzählt der Ehemann weiter. »Er war ein prima Kerl. Es war immer lustig mit ihm. Dafür ist es mit dem Herrn Seymour ungefähr so lustig wie mit dem Genossen Král von der Kulturabteilung.«

Er blickt haßerfüllt auf die Perücke, die sich in fließendem Englisch mit Herrn Mourek unterhält, während dieser im Stile von Hyman Kaplan spricht.

»Schreiben Sie es so. Als Ihre Frau diese Äußerung machte, meinte sie damit Herrn Anderle, dem der Kanadische Orden verliehen wurde.«

Der Ehemann winkt ab.

»Ich werde mich nicht zu irgendwelchen Briefen erniedrigen lassen. Zum Glück gibt es im Vorstand mehr Demokraten als Genossen. Aber es geht mir um meine Frau.«

»Sie wird doch von den Lesern unterstützt, oder? Und unter den Lesern gibt es nicht so viele Kommunisten. Die Genossen lesen nicht, sie vergiften nur die Brunnen. Hat Ihre Frau den Seymour in der Kartei?«

»Natürlich nicht. Aber die Božka läßt sich so leicht auf die Palme bringen. Sie nimmt alles so ernst. Nun ja, der Verlag hält das aus. Fraglich ist nur, ob es auch die Verlegerin aushält«, meint der Ehemann finster und taucht seine Nase in das Champagnerglas. Dann hebt er seinen traurigen Blick zu mir:

»Sie denken also, daß man mit der Botschaft nicht rechnen kann?«

»Gibt es hier im Westen jemanden, der in Ihrem ehemaligen Theater in der Parteiorganisation war? Der Ihnen bestätigen könnte, daß Sie nicht bei den Kommunisten waren?«

»Ja, doch. Ein Beleuchtungstechniker. Er macht jetzt den *location manager* in Hollywood. Aber er«, er nickt mit dem Kopf in Seymours Richtung, »hat erklärt, daß Kommunisten keine glaubwürdigen Zeugen sind. Daß selbst eine eidesstattliche Erklärung für die nur einen Fetzen Papier ist.«

Howard Seymour. Sein Gebiß ist wirklich ausgezeichnete Arbeit. Eigentlich ist er noch viel zu jung dafür. Er war mit acht Jahren nach Kanada gekommen. Wenn der alte Pomajzl zu Hause geblieben wäre … »Tja, das ist ganz schön verzwickt«, sage ich zu dem

Ehemann. »Zu beweisen, daß man etwas nicht war, ist erfahrungsgemäß schwieriger als den Nachweis für das Gegenteil zu erbringen. Und Tatsache ist, daß Sie dort gearbeitet, das heißt auch kollaboriert haben, während der Genosse Seymour-Pamajzl nur hinfährt, um seine harte Währung auszugeben. *C'est la vie.*«

Aus der Menge taucht der blasse Magister Máslo mit seiner riesigen Kokarde auf. Frank winkt ihm zu. Auch er wird weiterhin verfolgt. Vor kurzem wurde er aus dem Krankenhaus entlassen, aber bald darauf hatten ihn zwei Männer von der Königlichen Berittenen Polizei in einem Auto gefunden, gefesselt. Gerade seien tschechoslowakische Agenten drauf und dran gewesen, ihn umzubringen, als diese von den *mounties* gestört wurden, und so sei er, Gott sei Dank, wieder einmal entkommen. Wir leben in einer gefährlichen Welt.

~

Agentur Reuter: *Zur Liste der Schriftsteller, die nach dem Einmarsch der sowjetischen Truppen in der Tschechoslowakei Selbstmord begangen haben, ist ein neuer Name hinzugekommen. Am 28.8.1972 wurde der Dichter Jan Prouza in seiner Wohnung erhängt aufgefunden. Die literarische Laufbahn dieses der Öffentlichkeit wenig bekannten Schriftstellers zeichnete sich durch etliche Konflikte mit den offiziellen Kulturvertretern aus, die bereits im Jahre 1955 begonnen hatten, als er seinen Gedichtband* Die Eigenarten der Liebe *veröffentlicht hatte, sie gipfelten im Jahre 1970, als er verhaftet und kurze Zeit in Gewahrsam genommen wurde, weil er eine Petition unterschrieben hatte, in der die Freilassung gewisser inhaftierter Anhänger von A. Dubček gefordert wurde. Der unmittelbare Grund für den Selbstmord ist nicht bekannt. Es hat den Anschein, daß J. Prouza keinen Abschiedsbrief hinterlassen hat, möglicherweise hat die Polizei jedoch ein derartiges Dokument rechtzeitig beschlagnahmt.*

~

Sie betrat das Zugabteil, in einem weißen Dirndl und mit einem grünen Tirolerhut, pummelig, hübsch, blond, mit Augen wie Vergißmeinnicht, die in ihrem geröteten Gesicht leuchteten.

»Hallo, Ilse«, empfing ich sie fröhlich. Ihr Gesicht verzog sich nicht zu einem Lächeln, das früher immer ihre gesunden Zähne, die beinahe wie ein Pferdegebiß wirkten, zum Vorschein kommen ließ.

»Ach, du bist's …«

»Ja, ich bin's«, bestätigte ich.

»Ist hier frei?« fragte sie überflüssigerweise, denn im Abteil herrschte gähnende Leere, und es roch nach der Zigarre, die mir Přema gestern aus den geheimen Vorräten seines Vaters geschenkt hatte. Sie blickte sich trotzdem forschend um.

»Du bist ja eine richtige Deutsche geworden, Ilse«, meinte ich. »Ich sage dir Hallo, und du …«

»Ich bin eine Deutsche«, antwortete sie. Sie setzte sich hin, warf ein dickes Bein über das andere und holte aus ihrer Handtasche ostentativ eine Broschüre heraus. Der Titel der Broschüre war in einer derart verschnörkelten Frakturschrift gedruckt, daß ich ihn kaum lesen konnte.

»Was liest du denn da?«

Wortlos hielt sie mir das Buch vor die Nase. Langsam, wie ein Bilderrätsel, entschlüsselte ich den Titel:

»Vom – Kaiser – hof – bis – zur – Reichs … Ist das die Pflichtlektüre bei euch im deutschen Gymnasium?«

»Ich lese es, weil ich es wissen will«, sprach sie tugendhaft. »Es ist eines der grundsätzlichen Werke des Nationalsozialismus.«

»Es ist also – interessant.«

»Sehr.« Sie vertiefte sich in ihre Lektüre. Ich bemerkte aber, daß sich ihre Vergißmeinnicht nicht bewegten.

»Hör doch auf zu lesen«, redete ich auf sie ein. »Du verdirbst dir nur die Augen. Hier drin ist es so verraucht. Erzähl doch lieber etwas. Es ist schon so lange her, daß wir uns das letzte Mal gesehen haben.«

Offensichtlich wollte sie sich auch lieber unterhalten, doch sie starrte noch eine Weile auf die Frakturbuchstaben. Dann wandte sie ihre Vergißmeinnicht zu mir:

»Gehst du immer noch in die b?«

»Nö. Jetzt gehe ich in die a. Ich habe wegen Englisch gewechselt. In der b haben sie ab der Quinta mit Französisch angefangen.«

Sie lächelte mißbilligend.

»Ein Anglophiler bist du also.«

»Ich mach das nur wegen dem Jazz.«

»Das ist Jacke wie Hose!«

Ihr schöner Spruch erfreute mich. Ilse war in der Tat eine Brunhilde und fast eine Sudetendeutsche, aber das Tschechische beherrschte sie perfekt.

»Dir gefällt Jazz nicht?«

Sie schüttelte den Kopf.

»Er hat dir aber früher gefallen!«

»Früher habe ich einen schlechten Geschmack gehabt. Jetzt klingt er ganz furchtbar für meine Ohren. Es läßt sich nicht verbergen, daß es Negermusik ist.«

»Na ja, ist sie auch. Aber die Neger sind hervorragende Musiker.«

Sie zuckte mit den Schultern.

»Spielt der Jude noch bei euch?«

»Meinst du Benno?«

»Ja, den.«

»Klar. Er ist der beste Trompetenspieler im ganzen Bezirk Hradec.«

»Und geht er immer noch ins Gymnasium?«

»Immer noch. Aber es war knapp. Letztes Jahr hat man ihm drei Nachprüfungen verpaßt ...«

»Ich meine, ob er immer noch ins Gymnasium gehen *darf*?«

Aus ihren Vergißmeinnichten strömte eisige Kälte. Mich fröstelte. Was war mit Ilse passiert? Sie war doch ein ganz prima Mädchen gewesen. Sie hatte mich immer die Matheaufgaben abschreiben lassen. Was war nur mit ihr geschehen?

Das war allerdings nur eine rhetorische Frage. Ich wußte genau, was mit ihr passiert war, doch ich hatte nicht damit gerechnet, daß sie derart überzeugt war.

»Ilse, hör auf mit dem Quatsch!« sagte ich.

»Was denn?«

»Du sollst aufhören mit diesem Blödsinn. Du kommst doch selbst aus Kostelec!«

»Ich verstehe dich nicht!« Sie nahm wieder ihren Goebbels in die Hand und fixierte mit ihren blauen Augen ein spitzes scharfes S.

»Hör mal, du hast doch selbst zu unserem Swing getanzt. Und der Jude Benno hat dabei in der Band gespielt.«

Sie klappte das Buch zu.

»Laß uns nicht darüber reden«, entgegnete sie. »Schau mal, Smiřický. Ich bin eine Nationalsozialistin. Das verändert den Menschen. Ich habe Sachen begriffen, die mir früher nicht klar waren. Ich bin ideologisch gewachsen.«

»Ich auch«, warf ich ein.

Sie stockte.

»Wie meinst du das?«

»Mindestens um einen Meter.«

»Kannst du vielleicht mal ernst bleiben?«

Die Vergißmeinnichte waren wie zwei Eisberge.

Es mußte wirklich etwas mit ihr geschehen sein.

Der Zug blieb stehen. Opočno.

»Hör mal, Ilse, kannst du dich erinnern?«

Darauf sagte sie nichts. Aber ich konnte mich gut daran erinnern. Wie sie damals in Jarka Pila aus Opočno verknallt war. Wie sie sich wegen ihm die Haare hatte bleichen lassen, weil Jarka erzählt hatte, daß er Blondinen lieber mag. Blond war sie jetzt immer noch. Ich deutete auf ihren Kopf:

»Ist das immer noch wegen Jarka, oder paßt das besser zu deiner Rasse?«

Sie wurde rot.

»Du bist geschmacklos. Und wenn du weiter provozieren willst, dann ...«

»Was dann?«

Der Bahnhofsvorsteher pfiff, der Zug setzte sich in Bewegung.

»Paß auf«, sagte Ilse. »Das Reich ist im Kriegszustand, und da macht man keine Späße über solche Dinge.«

»Über Jarka Pila?«

Sie errötete noch mehr.

»Ich weiß, daß du nicht mehr mit ihm gehst, weil er Tscheche ist«, log ich und bekam es mit der Angst zu tun. In Wirklichkeit hatte Jarka sie sitzen lassen, weil ihm mindestens drei andere, viel hübschere zu Verfügung gestanden hatten. »Mir hat es leid getan. Ihr ward so ein hübsches Paar. Du so eine rassige Deutsche, und er mit seiner Stupsnase ...«

»Er hatte keine Stupsnase!« entfuhr es ihr.

Das wußte ich auch. Ich blickte ihr direkt in ihre blauen Augen.

»Ilse, wir sind doch alte Freunde, oder?«

Ein Schatten verdunkelte die Glastür. Ich drehte mich um. Ein SS-Mann wie ein Riese, daß einem die Augen fast übergingen.

»Fräulein Ilse!« rief er erfreut aus und trat ein.

»Herr Scharführer!«

Ilse stand auf und streckte ihren Arm zum deutschen Gruß empor. Oh Gott! Der SS-Mann setzte sich hin, und es kam eine lebhafte Unterhaltung in Gang. Ich erfuhr viel über das Leben in Paris, ausgenommen die sexuellen Angelegenheiten. Ich hörte zu und dachte über Ilse nach, wie sie verheult vor den Mädchentoiletten gestanden hatte, Dadka Habrmanová hatte sie getröstet, und wie Jarka Pila mit seinem von den Zigaretten schon etwas vergilbten Gebiß, obwohl er erst in der Quinta war, eine gewisse Ička aus der Tertia angegrinst hatte. Wie Ilses funkelnagelneu gebleichtes Haar in der Mittagssonne geglänzt und ihr doch nichts mehr genutzt hatte. Ich überlegte, ob ich mich auf tschechisch in ihr Gespräch einmischen sollte, um Ilse in Verlegenheit zu bringen. Doch letztendlich machte ich es nicht. Irgendwie war es nicht mehr die Ilse von früher. Sie war eine künstliche Frau – und noch dazu mit diesem SS-Mann dabei –, ein bißchen Schiß hatte ich schon. Der Zug hielt in Jaroměř, und ich stieg aus. Aber ich sagte wenigstens: »Grüß Gott, Ilse!« Der SS-Mann drehte sich überrascht nach mir um, Ilse antwortete nicht. Aus den Vergißmeinnichten hauchte mich nur eine so ungeheure Ferne an, daß ich sie in meinem Leben nie erreichen würde.

~

Lieber Danny,

ich dachte, daß ich dich in Kanada besuche, aber mein Geld hat nicht gereicht, und so bin ich direkt nach Hause gefahren, nicht nach Sydney, dort würde ich bestimmt keinen guten Job finden, sondern nach Darwin, vielleicht kennst du das, es ist eine neue Stadt in den North West Territories, hier wird viel gebaut, und ich arbeite auf dem Bau. Ich verdiene viel, aber versaufe auch viel, hier ist es so heiß wie in einer Waschküche. Während ich weg war, sind die Preise hier gestiegen, so daß man sich Fleisch langsam nur noch am Sonntag als Appetithäppchen leisten kann. Ich habe das in der Taverne kritisiert und bin jetzt den anderen Tschechen verdächtig, weil ich so lange zu Hause war, aber wundere dich nicht, die Kommunisten haben die Dummheit nicht für sich alleine gepachtet. Wie du vielleicht gelesen hast, hat die Labour gewonnen, und ich bin eigentlich ganz froh darüber, weil sie auch eine Sozialversicherung festgelegt haben. Das, was bei uns schon vor 50 Jahren eine Selbstverständlichkeit war, wird hier jetzt erst neu eingeführt. Nur sollten sie noch die Inflation stoppen. Während der Zeit, als ich weg war, ging das Bier von 25 auf 35 Cent hoch, und für ein Zimmer, so groß wie das, was ihr für euer Dienstmädchen hattet, zahle ich 15 $ pro Woche, und Fleisch werde ich bald nur so für den

Geschmack essen wie in Europa. Fast hätte ich vergessen, Dir etwas Wichtiges zu schreiben: Von zu Hause hat man mich ausgewiesen. Ich sollte mir aussuchen: entweder britischer Untertan oder tschechoslowakischer Bürger. Jemand hat mich angezeigt, daß ich in der Fabrik herumkritisieren würde, und bei der Polizei sagten sie mir dann, ich sei eine unerwünschte Person, es sei denn, ich würde die britische Staatsbürgerschaft aufgeben, doch da habe ich nicht mitgemacht. Dann hätten sie mich gleich einsperren können, weil ich sie kritisiere. Und dann haben sie mir 48 Stunden gegeben, nicht einmal verabschieden konnte ich mich, nur am Grab meiner Mutter und meines Vaters war ich. Meine Mutter ist ja auch schon gestorben, ich glaube, ich habe dir die Todesanzeige geschickt. Sie hatte einen Hirnschlag und somit einen schnellen Tod, damals hat es so ausgesehen, als ob ich zu Hause bleiben würde. Ich bin fast froh, sie war ja schon 82 Jahre alt, und wenn sie erlebt hätte, daß man mich ausweist, das hätte sie bestimmt nicht überlebt. Ich habe es nur noch geschafft, Marie zu besuchen, sie läßt dich grüßen. Und dann habe ich den D-Zug nach Choceň genommen und bin über Brünn nach Österreich und weiter nach Triest gefahren.

Das Wetter hier ist schön, nur sehr heiß ist es, aber nach der Arbeit setze ich mich immer auf mein Rad und fahre zum Strand, abends dann in die Taverne. Viele Tschechen gibt es hier nicht, und die wenigen, die hier leben, verdächtigen mich, daß ich Kommunist bin, aber ich treffe mich nicht so oft mit anderen Leuten, was das beste ist. In Kostelec war ich am engsten mit Leneček befreundet, er ist verheiratet, aber seine Ehe ist nicht so glücklich, so daß ich froh bin, ledig zu sein. Ich schätze, daß ich so bis Januar arbeiten werde, dann nehme ich Urlaub und fahre kurz nach Hawaii. Bei uns ist es nichts mehr für uns, mein Freund, wir haben uns das abgewöhnt, die Klappe zu halten, und wenn man nicht voran kommt, dann ist das auch nichts. Aber es wäre schön, wenn du mich einmal besuchen kommen würdest, finanziell geht das bestimmt bei dir, wenn du Professor bist. Wir könnten ein bißchen über die alten Zeiten plaudern. Es kommt mir vor, als wäre das alles schon 1 000 Jahre her, aber es sind kaum 30. Das kann ich fast gar nicht glauben. Und wenn du nicht kommen kannst, dann schreib mir wenigstens.

Ich sende dir herzliche Grüße
Dein alter Freund Přema

In der Colonial Tavern herrscht das bekannte amerikanische Dämmerlicht. Ich weiß nicht, warum es so beliebt ist. Vielleicht deshalb, damit die Kunden das Kleingeld verwechseln. Am Piano sitzt Erroll Garner und vollbringt mit seinem Instrument wahre Wunder. Das Piano klingt wie ein Kraftwerk, Garners riesige Hände erzeugen große rhythmische Blöcke wie aus einem Guß, die Baßtöne kommen genau im gepunkteten Rhythmus zwischen den Zweigen der Schnörkel, der Harmonie und den *blue notes.* Ich betrinke mich langsam an der Bar, und es ist vollkommen selbstverständlich, daß ich hier sitze und dort drüben eine Legende spielt. Eigentlich bin ich ein glücklicher Mensch.

Dann erblicke ich ihn aus den Augenwinkeln, und eine Erinnerung durchfährt mich wie ein Blitz. Es ist dieselbe Überraschung wie schon etliche Male zuvor. Ein Dandy in *Harris tweed*, die Haare zu einem plastischen Schnitt modelliert und mit *dry look* besprüht. Wenn Garner nur wüßte, für wen er da spielt. Doch das weiß er nicht. *Ain't Misbehavin'.* Ich neige mich auf meinem Barhocker rüber zu Uher:

»Kuckuck!«

Er zuckt ganz ordentlich zusammen. So wie ich damals im *Bulvárka*, als ich mir die Hose naß pinkelte. Ein Dandy. Der Dandy Uher.

»Grüß dich«, sagt er.

»Du sollst doch tot sein, du Blödmann.«

Er lächelt säuerlich.

»Warum weiß ich nichts davon?«

»Es gibt Fälle, daß jemand tot ist und nichts davon weiß.«

»Ach ja? Dann bin ich wahrscheinlich so ein Fall.«

Ich sehe ihn an. Sein Gesicht hat eine Florida-Bräune. Eine echte, und nicht etwa aus dem Sonnenstudio.

»Die jungen Mitarbeiter des Innenministeriums für Pavel«, meditiere ich. »Bist du in Sibirien so braun geworden?«

Er schätzt meinen Zustand ab.

»Du hast ja einen in der Krone.«

»Jawohl. Und unter der Krone hab ich auch was. Mein Hirn.«

»Und im Hirn Alkohol.«

»Und im Alkohol Erinnerungen. So seltsame. Was machst du eigentlich hier, und wieso hat man dich nicht liquidiert?«

»Ich würde mich nicht auf die stille Post des Exils verlassen.«

»Ach so«, bemerke ich. »Daß du in der Clique von Pavel warst, ist also nur ein Gerücht, das durch die stille Post entstanden ist, oder du warst dabei als …«

Er unterbricht mich:

»Hör doch lieber zu. Das war doch schon immer deine Welt, oder?« Er starrt den Schwarzen am Piano an, der auf einem Telefonbuch sitzt und wie ein schwarz angepinselter Jude aus einer antisemitischen Karikatur aussieht. Wenn in Kanada Genosse Jodas die Macht hätte …

»Alles zu seiner Zeit«, sage ich. »Oder du warst als Schnüffler da.«

Und wieder einmal, wie schon öfters in meinem Leben, mustert er mich mit seinem besonderen Blick. Die Bar ist mit saufenden Kanadiern vollbesetzt, ein Schwarzer mit einem sommersprossigen Pummelchen sitzt dort, ein angetrunkener Babbitt in einem Fes der *Shriners*, mir wird ganz intensiv die Simultanität der Welt bewußt. Irene in Paris, wie sie die Austern verschlang, Uher in *Harris tweed*, diese Krebszelle, die jetzt hier in der Colonial Tavern ihre Metastasen treibt, neben dem feschen Schwarzen und der weißen Frau von der *Women's Lib* … das ist die Welt von uns, die wir mit allen Wassern gewaschen sind, nicht die Welt von Unschuldslämmern.

»Du bist ja besoffen«, sagt Uher. »Ich würde es nicht so nennen, wenn du schon unbedingt darüber reden willst, statt diesem großartigen Jazz zuzuhören. Pavel wollte sich einfach nur rächen. Die Leute, denen es wirklich um die Sache ging, mußten eingreifen.«

»An wem wollte er sich denn rächen? An dir?«

»Er hatte noch eine alte Rechnung zu begleichen.«

»Die aus Spanien, oder?«

Dazu schweigt er und sagt nach einer Weile:

»Was rede ich denn da mit dir. Du hast dich fürs Exil entschieden, wir haben uns nichts mehr zu sagen.«

»Da irrst du dich, du Spitzel.«

In seinem Gesicht zuckt es ein bißchen. Er mag diese Anrede wohl nicht so gerne. Aber er kommentiert sie nicht. Ich fahre fort:

»Alte Rechnungen … Soviele Hinrichtungen! Das sind Rechnungen, die man nicht so schnell aus dem Gedächtnis auslöschen kann. Das ist doch menschlich, oder nicht?«

»Menschlich ist, wenn man die Perspektive nicht verliert.«

»Das ist unmenschlich. *Errare humanum est*, Hochwürden. Aber du hast dich ja nie geirrt.«

Er zuckt mit den Schultern.

»Du auch nicht«, entgegnet er. »Jeder hat seine eigene Wahrheit, und der sind wir beide, wie ich sehe, treu geblieben.«

»Was weißt du schon über meine Wahrheit?«

»Du bist jetzt hier. Das sagt alles.«

»Und weißt du, warum ich hier bin?«

»Du bist deiner Wahrheit gefolgt.«

»Du weißt aber eine Menge«, meine ich, und Garner geht zum Beale Street Blues über. »Ich bin vor eurer Wahrheit geflohen, weil ihr auf eurem eigenen Misthaufen keine andere ertragt.«

»Es kann nur eine Wahrheit geben.«

»Jetzt hast du aber eine große Wahrheit ausgesprochen. Bloß sollte sie ein bißchen dickhäutiger sein als die von dir.«

Er verzieht sein Gesicht:

»Die Wahrheit ohne Taten ist tot.«

Jetzt ziehe ich eine Grimasse:

»Das Seminar hast du schon vergessen, sehe ich. Nicht die Wahrheit, der Glaube stirbt ohne Taten. Die Wahrheit wird durch die Taten vielmehr zum Sterben verurteilt.«

Er rutscht von seinem Barhocker und streckt sich.

»Ich werde jetzt gehen. Also mach's gut.«

»Geh noch nicht«, sage ich zu ihm. »Ich verrate dir, was ich über dich weiß und was deine kanadischen Kollegen vielleicht interessieren könnte.«

Er stockt, doch er läßt sich nichts anmerken. Dann rutscht er mit seinem Hintern auf den Hocker zurück. Der Barkeeper fragt: »*More of the same?*«

Uher nickt.

»Mir ist rätselhaft, was du hier suchst«, fahre ich fort. »Aber ich will dich nicht hier haben. Es gibt hier auch Leute, die dich besser kennen als ich. Kannst du dich an Meister Vachoušek erinnern?«

Er hatte ihn in eine Falle gelockt. Seine Sprüche über die Perspektiven und über Wahrheiten und Bewegungen. Er hatte den Meister Vachoušek in eine geplante Todesfalle gelockt und genau gewußt, der einzige Ausweg würde auf den Hof mit dem Strick führen. Und er wußte auch ganz genau, daß der Doppelagent dabei draufgehen würde, egal, ob ihm Meister Vachoušek was anhaben konnte oder nicht.

Und in der Nacht hatte er Pater Huňák zu ihm gebracht.

Und mich hatte er im Zug gewarnt.

Und auf dem Dach des Empire State hatte er mich in der Hand gehabt. Ohne den alten Skvarilik wäre …

»Vergiß ihn«, sage ich.

»Was … meinst du damit?«

»Vergiß Vachoušek und geh. Geh, ich bitte dich. Mir wird schlecht von deiner Visage.«

Er zögert, weiß nicht, was er tun soll. Hier falle ich nicht in seinen Machtbereich. Jetzt nicht mehr. Er kennt mich gut genug, um zu wissen, daß er mich nicht kaufen kann. Nicht für Geld. Nicht für dieses ganze Gerede. Für den Sozialismus und so weiter. Er weiß, daß ich ihn nicht diesem Begriff zuordne. Ich bin wahrscheinlich ein Bourgeois. Auch in meinen Gefühlen kann ich die Grenze nicht überschreiten, die …

»Geh. Und schreib über mich eine Meldung nach Prag, daß ich mich in der Colonial Tavern bei Jazzmusik besaufe. Aus purer Verzweiflung. Nicht über mein Schicksal. Sondern über das von Leuten wie du.«

Er steht auf.

»Willst du dich mit mir treffen?«

»Treffen?«

»Wenn du wieder nüchtern bist. Damit wir vielleicht noch mal darüber reden.«

»Hau ab, du Spitzel!«

Er zuckt mit den Schultern und geht. Die bunten Lichter bestrahlen seinen *dry look.* Erroll Garner stößt rhythmische Keile zwischen die Akkorde.

Ich weiß genau, daß ich ihn nicht verpfeifen werde. Ich bin nicht in der Lage dazu. Damit kann ich dem armen Meister auch nicht mehr helfen. Und wenn Uher es nicht getan hätte, hätte es ein anderer erledigt. Ich habe Lust, ihm hinterher zu rufen: Uher, du Idiot! Was bist du nur für ein komischer Spitzel! Mich zu warnen! In der Nacht den Priester zu holen! Warum bist du nicht so, wie du zu sein hast? Damit ich mir sicher bin …

Doch ist das wirklich so wichtig?

Na und?

»Es gab auch Fälle«, erzählte der grüne Mann, »daß die lebend Begrabenen sich sogar ein halbes Jahr lang von Würmern ernährten. Wasser sickerte durch die Erde zu ihnen durch, der Durst war also kein Problem. Es ging um die Nahrung, und das waren, Jungs, vor allem Würmer. Manchmal auch ein Maulwurf ...«

»Wo haben sie denn hingeschissen, du Blödian?« fragte Kos provokant.

»Das war das grausamste«, sagte Voženil. »Manchmal, wenn wir so einen ausgegraben haben, lag er da in den eigenen Ausscheidungen von den Würmern.«

»Du Bison!« bemerkte Malina.

»Manchen ist es gelungen, sich zu anderen Särgen durchzubuddeln. Das waren dann Fälle von Kannibalismus an Leichen. Einen haben wir ausgegraben, der war richtig fett. Er hatte seine eigene Frau und den Großvater aufgefressen, die waren alle auf einmal an einer Pilzvergiftung gestorben, aber er war immun gegen das Gift und nur scheintot gewesen.«

»Du Rhododendron!«

Für Voženils Horrorgeschichten reichte Malinas Zoologie nicht mehr aus. Wahrscheinlich merkte dieser es auch, denn er musterte den aufgeregten Malina ausdruckslos.

»Du mußt mir ja nicht glauben, wenn du nicht willst.«

Er zündete sich eine neue Zigarette aus Zeitungspapier an, ein ekliger Gestank kam uns entgegen. Vielleicht war jemand hinten in einer Klokabine dabei, sich zu erleichtern. Oder aber war ihm der Tabak ausgegangen, und Voženil rauchte nun Pferdeäpfel? Ihm war alles zuzutrauen.

»Und was passierte mit dem Kannibalen?« fragte der Junge aus der Lackierwerkstatt.

»Man hat ihn gehängt«, antwortete der Junge aus Chlorophyll. »Kannibalismus wird mit dem Tod bestraft.«

»Du Schwachkopf«, hauchte der nun schon vollkommen erschöpfte Malina. »Wenn er sich bis zu den anderen Leichen durchbuddeln konnte, warum krabbelte er nicht gleich raus?«

»Unter der Erde verliert man die Orientierung. Es gab auch Fälle, wo wir lebend Begrabene gefunden haben, die sich bis zu zwanzig Meter tief in die Erde gebuddelt hatten, bevor sie krepierten. Unter der Erde kann man nicht auseinanderhalten, wo oben und unten ist, weil man die Erdanziehungskraft nicht spürt.«

»Du Dutt!« wütete Malina. »Du bist so doof, daß du nach Meerrettich stinkst!«

»Du mußt mir nicht glauben«, wiederholte das grüne Männlein. »Wenn man dich lebend begräbt, wirst du sehen, wie du an den Wurzeln knabbern wirst.«

»Wenn ich Wurzeln fresse, du Schwanz«, warf Malina ein, »dann merke ich doch, wo oben ist, ich wühle mich dann bis nach draußen durch und schlage dir das Maul ein!«

»Einige haben sich bis nach oben durchgewühlt«, erzählte Voženil unerschütterlich weiter. »Normalerweise sind sie aber gleich gestorben. Wegen dem Horror, den die durchgemacht haben. Wenn du einmal beerdigt bist, ist Schluß mit dir. Das Beste, was du dir dann noch wünschen kannst, ist, tot zu sein.«

~

»Hör mal, junger Mann, das wird dich interessieren!« Bočár liest das *Rudé právo*. »Ein netter Gruß aus deiner Heimatstadt.« Er liest vor:

»BEDEUTENDER SCHLAG GEGEN DIVERSANTEN. Den Hundertern von Betrieben, die bereits ihre eindeutige Ablehnung des antikommunistischen Pamphlets Charta 77 bekundet haben, schloß sich jetzt auch der Nationalbetrieb KOVOTECHNA in Kostelec an. Bei einer Versammlung in der großen Klement-Gottwald-Montagehalle hat die Belegschaft einstimmig eine Resolution unterzeichnet, in der es unter anderem heißt: ›Wir verurteilen diejenigen, die unsere Republik zerrütten wollen, aufs Schärfste! Wir fordern die strenge Einhaltung der Vereinbarungen von Helsinki!‹«

Bočár stockt. »Verdammt«, sagt er. »Ist das nicht ein bißchen pythisch, diese Forderung? Eine strenge Einhaltung – geht es etwa um eine Sabotage in deiner Geburtsstadt?«

Ibis redibis non morieris …

»Ist dort jemand in Ohnmacht gefallen?« frage ich.

»Wie bitte?«

»Ob dort jemand in Ohnmacht gefallen ist?«

»Davon steht nichts da«, meint Bočár. »Und wenn, dann ist es nicht so wichtig. Wichtig ist, daß sie unterschrieben haben. Nicht, daß dort irgendein Schlappschwanz ohnmächtig wurde.«

Ibis redibis.

Eine wiederholte Tragödie ist eine Posse.
Eine wiederholte Posse ist …

For he was a jolly good fellow,
For he was a jolly good fellow,
For he was a jolly good fellow,
And let him rest in peace!

Der Gesangsverein der Trampkolonien aus Ontario ist fertig mit den Liedern und hebt die Gläser. Auf Milans Wohl. Im Unterschied zu den anderen hatte Milan seine Entscheidung in aller Öffentlichkeit getroffen. Er hatte sein kostspieliges Mobiliar samt seinem Eisscheißer verkauft und für seine Freunde ein Fest gegeben. Ich war auch eingeladen. Schließlich und endlich war ich Zeuge seines urplötzlichen Auftauchens im Land der Freiheit gewesen und sollte jetzt auch Zeuge seiner Rückkehr in das Land der Hradschin-Burg und des Pilsner Bieres sein. Auch nach Veronika hatte er gesucht, aber das Mädchen war nicht ans Telefon gegangen.

Das Mahl bei Moureks war opulent und absolut atypisch: Diejenigen, die zurückkehren, nehmen in der Regel ihre Ersparnisse mit, ihre Stereoanlagen und anderes wertvolles Hab und Gut. Doch dem Rückkehrer Milan waren seine verräterischen Freunde wichtiger als irgendwelche Geräte. Er hatte wahrscheinlich das Gefühl, sie zu verraten, während sie von ihm dachten, er sei ein Idiot.

Das Festmahl näherte sich seinem furchtbaren Ende, in zwei Stunden sollte die Chartermaschine starten, und Milan meditierte:

»Was kann mir schon passieren?«

»Nichts. Einsperren werden sie dich allerdings schon.«

»Das stimmt nicht«, widersprach Marylin Postřihovská. »Sie schicken dich für ein paar Monate in ein Lager zur Umerziehung.«

»Das werd ich schon überleben.«

»Wenn's dir nur ums Überleben geht, kannst du das ja fast überall haben.«

Es ging ihm natürlich um sein Leben. Ich sah ihn schon im Flugzeug vor mir, das Flugzeug schwebte über dem Atlantik, und es war zu spät, um noch etwas tun zu können. Die Falle war zugeschnappt. Die Rückkehr, der verwirklichte Traum eines jeden Exilanten. Genosse Sedláček oder Procházka oder so ähnlich teilt Fragebögen aus … mit welchen Emigranten hatten Sie Kontakt … wer von ihnen ist aktiv tätig in den antitschechoslowakischen Organisationen … welche Funktionen üben sie aus … wer von ihnen, Ihrer Ansicht nach, möchte wieder zurückkehren … mit wem wäre es günstig, ein Gespräch zu führen … ein kleiner Instant Informer Course. Dann ein Herr, der über das Pilsner Bier Witze reißt, es muß gezapft sein, sonst schmeckt es nicht … ach wo, in den Flaschen im Mourek Inn. Gezapft muß es sein! Und ein Schwätzer, der wieder ganz laut Genossenreden führt … Eine Frau mit verheulten Augen … Ein Angsthase, der im Kopf eine Apologie für die *stupiditate sua* verfaßt … er habe Angst gehabt, in Europa könnte ein Krieg ausbrechen … er sei der feindlichen Propaganda aufgesessen … und dem Gefühl …

Ich riß mich von diesen Gedanken los. Sie waren unerträglich. Ich hörte Šesták:

»Ach nein, sie werden sich nicht lustig machen über dich. Sie werden sagen: Wissen Sie, er ist so ein Trottel pompilius, solche haben im Kapitalismus keine Chance. Dort geht es knallhart zu, das ist nur was für starke Jungs. Es war eine gute Entscheidung zurückzukehren. Für solche Stümper eignet sich nur die Tschechoslowakei, nur die Tschechoslowakei …«

Sie hatten auch schon einiges getrunken und nahmen jetzt keine Rücksicht mehr. Es kam eine Debatte in Gang: über die Vorzüge der von oben festgelegten Verteilung der Jobs und der Wohnheime, über die Schönheit des kollektiven Lebens mit Kindern, Eltern und Großeltern in zwei Zimmern, mit dem Klo auf der Pawlatsche und der Sitzbadewanne in der Küche, über das Sich-Melden und Melden anderer, über Anträge, über das Schlangestehen für Gurken. Milan hatte sich vollaufen lassen, man mußte ihm ein Taxi rufen. Sie gaben dem Taxifahrer einen Zwanziger, zum Flughafen brachte er praktisch eine Alkoholleiche. Hoffentlich kommt er erst in Prag zu sich. An der Hinrichtung ist der lange Weg zum Galgen das schlimmste …

Er ließ uns noch hundert Dollar da. Der Whisky floß in Strömen, man sang aus vollem Halse, unzählige Sandwiches wurden verputzt. Herr Šesták machte Stimmung mit seinem Schellenbaum, Marylin sang die erste Stimme:

Und aus dieser Stimmung
entstand der Swing, ein Tanz ohne Makel.
Als erster spielte ihn …

Ich jedoch trinke nicht, ich singe auch nicht. Ich denke darüber nach, ob ich auch einmal zurückkehren werde, doch ich tue es nur aus dem Grunde, um über etwas nachdenken zu können. Ich weiß ganz genau, daß ich es nicht könnte. Jede Rückkehr ist nur eine Illusion. Man kann nicht zweimal in denselben Fluß steigen. *You Can't Go Home Again. Never So Young Again.* Weil ich es weiß, leide ich nicht unter Nostalgie. Mir ist nur manchmal traurig zumute, doch ist es ganz angenehm. Angenehm? Doch, es ist so. Ich erinnere mich an Paris im Jahre achtundsechzig; wir hatten dort wie arme Verwandte gestanden, denen das Dach über dem Kopf abgebrannt war, es war vor den *Zwei Magots*, und Karel meinte: »Ich hoffe nur, daß ich bald sterben werde. Ich habe es satt. Wie lange können wir das noch aushalten?« Auch ich verspürte eine Sehnsucht nach dem Tod. *Deathwish.* Aus dem theoretischen Freudschen Konzept hatten die Panzer plötzlich ein konkretes Gefühl gemacht. Dieses Gefühl beruhigte mich.

Mir ist auf angenehme Art traurig zumute, weil ich schon müde bin. Phrasen. Viel zu viele für eine Generation. Auch eine Phrase. Letztendlich war mir persönlich nie so viel … Auch eine Phrase. Doch trotzdem: Alles hatte irgendwie seinen Sinn verloren. Es liegt nicht daran, daß ich weggegangen war. Es liegt daran, daß sich jetzt nach zwanzig Jahren alles wiederholt. Aber mein Leben kann ich nicht zurückdrehen. Die Biologie ist im Unterschied zur Geschichte kein umkehrbarer Prozeß. Eine sich wiederholende Geschichte ist eine Posse. Eine böse Posse nach Feydeau. Dem Herrn sei Dank, daß sich die Biologie nicht wiederholt.

Ich kehre allerdings immer wieder zurück. Nach Kostelec. Doch auf eine Art, in der ich von Kanada genauso gut wie von Prag zurückkehren kann. In Kanada bin ich umgeben von allerlei Komfort, in der Sicherheit einer dekadenten, nicht polizeistaatlichen Demokratie. Beim Einschlafen wird mir die Gültigkeit einer anderen Phrase bewußt. Wie wunderschön ist das Leben, wenn alles seinen Sinn verliert, und wenn man anfängt, nur für das Leben zu leben.

Vielleicht hatte mir der große Zusammenbruch einer winzigen historischen Episode geholfen, zu dieser Weisheit zu gelangen. Ich hatte nicht den Sinn des Lebens verloren, sondern nur die Illusion vom Sinn des Lebens. Wäre dies nicht geschehen, hätte sich die Biologie fortgesetzt, im Banne der verschiedensten zwingenden Illusionen und Alpträume gefangen gehalten, in jenem kleinen Gewächshaus eines unglücklichen und gleichgültig gewordenen Volkes …

Dieses Volk interessiert mich jetzt nur noch als Objekt der Forschung, ich benutze seine Sprache zu Spielereien. Ich bin nicht mehr sein Bestandteil. Die Heimat trage ich in meinem Herzen, sie wurde zu einer nationalen Form, zu einem internationalen Gefühl. Ich bin jetzt Bestandteil eines Nicht-Volkes, das zerstreut in den Prärien lebt, auf Inseln und Kontinenten, ihnen kann nichts zustoßen, die Tage vergehen, ich lebe vor mich hin und genieße das Leben, ich verfolge das unaufhaltsame Fortschreiten der Biologie, und der Tod erscheint mir wie der wohltuende Abschluß wunderschöner, aber unwichtiger Tage … Immer, wenn der Körper etwas ausscheidet, wird es zum Genuß für den Menschen, hatte Miloš damals in Neuilly philosophiert, und Sylva ermahnte ihn, er solle seine geschmacklose Metaphysik für sich behalten, sie kenne sie schon. Er achtete nicht auf ihre Proteste … Wenn deine Blase voll ist, und du gehst dann pinkeln, folgt Erleichterung. Wenn du groß mußt und nicht kannst, weil du dich irgendwo überfressen hast, und wenn du dann endlich fertig bist mit dem Scheißen, folgt Erleichterung. Wenn du beim Militär bist und keine Frau weit und breit zu sehen kriegst, und du gehst dann in die Gemeinschaftstoilette onanieren … Ein Vaterunser unterbrach ihn, und Sylva warf ein: »Pfui! Na ja, Vaterunser, bekannt auf der ganzen Welt durch seine Größe!« – Und dann hast du Urlaub, treibst ein Mädchen auf, der Samen kommt aus dir heraus, fuhr Miloš fort, das ist der Genuß aller Genüsse. Und wenn du dann deine Seele aushauchst, muß das der größte Genuß im menschlichen Leben überhaupt sein. Viel intensiver, als wenn nur Scheiße oder Samen aus dir herauskommt …

»Du Zuchtbulle!« sagte Sylva, obwohl sie zu Malinas Zeit noch nicht einmal auf der Welt war. Aber das war nicht nur eine geistreiche Überlegung von Miloš. Er gehörte, so wie ich, zu den Suchenden nach dem Sinn des Lebens, und er fand heraus, daß das Leben nur eine vergoldete Figur ist, *Seven Days Wonder*, eine ziemlich geschmacklose Figur. Vor dem Antlitz des Herrn herrscht tiefe Demokratie. Die Suche nach dem Sinn des Lebens ist eine Zwangsneurose. Erst wenn sich dieser Sinn in Luft auflöst, wenn wir geheilt sind, erst dann können wir weiterleben.

Und alles weiterbetreiben. Nur zu unserem Vergnügen, zu unserem Spaß.

Mir ist auf angenehme Art traurig, aber nicht allzu traurig zumute. Der aus einer Krücke hergestellte Schellenbaum schlägt auf den Boden, Marilyn singt über irgendein Tal, ein absurdes Lied über einen Sturz in die Niagarafälle. Ich stehe auf und gehe zum Telefon:

»Nicole?«

»*Hi, buddy!*«

»Wie geht es dir?«

»Hervorragend.«

»Mir auch.«

»Liebst du mich?«

»Ich gönne mir den Genuß der Eitelkeit.«

»*What's that?*«

»Ich denke an ein Auto Marke Cadillac. Es hat eine Menge Knöpfe auf dem Armaturenbrett. Wenn ich einen betätigt hätte, wäre wahrscheinlich die Alarmsirene losgegangen, und von allen Seiten hätten sich Polizisten auf uns gestürzt. Aber zum Glück hat ihn die junge, geübte Dame gedrückt ...«

Ich höre ihr Lachen.

»Haben Sie die Arbeit über Faulkner geschrieben, Fräulein Svensson?«

»Ich habe sie gekauft.«

»Für wieviel?«

»Für fünfzig Dollar.«

»Haben Sie eine solche Angst vor mir, Fräulein Svensson?«

»Ja.«

»Ihnen hätte eine Arbeit für einen Zehner gereicht.«

»*And you would fail me.*«

»*I'll fail you anyway.*«

»*I don't mind, as long as you don't fail me in my daddy's cadillac ...*«

»*If you push the right buttons ...*«

Wieder Lachen, darin klingt ... wie sagte es Fitz ... es ist wunderschön. Diese Nicole ist aus einer ganz anderen Zeit ...

»Süße Träume, Fräulein Svensson!«

»Ihnen auch. Über mich.«

»*About your daddy's golden buggie …*«

Ein leises Lachen, der Hörer wird sanft aufgelegt.

Ich lege ebenfalls auf.

»Doktor, stoßen Sie mit uns an!«

Die Sänger stehen stramm, mit erhobenen Gläsern. Ich hebe ebenfalls mein Glas. Herr Šesták sieht auf seine große, wasserdichte Taucherarmbanduhr.

»Jetzt ist er schon näher an den Ufern der Alten Welt und weiter entfernt von der Neuen Welt.«

»Auf die ewige Erinnerung an Milan Fikejz, den gutmütigen Idioten!«

Wir heben unsere Gläser und trinken schweigend. Die Tür fliegt auf. Milan steht da, weiß wie der Tod.

»Hilfe, ein Geist!« schreit Marilyn. »Sie sind abgestürzt!«

»Kommen Sie mit! Schauen Sie sich das an!« Herr Senka zittert vor Aufregung, als hätte er in Zawynatschs Keller eine Leiche gefunden. Er zupft mich am Ärmel. Ich stehe also von der Hausbar auf, um die herum sich an einem Plastikgerüst Weinreben, ebenfalls aus Plastik, ranken und hinter der ein farbiger Barkeeper die Cocktails mixt. Hinter dem schwarzen Barkeeper hängt in einem Schmuckrahmen ein Ölbild im Stil der volkstümlichen Galerien, darauf ist ein Mädchen in der Volkstracht mit roten Stiefeln verewigt. Oberhalb der Taille ist sie *topless*, ihr goldenes Haar schmückt ein Kranz, der einer anderen Volkskunst zugehörig erscheint. Vielleicht der aus Tansania.

Ich folge dem aufgeregten Herrn Senka durch das geräumige Zimmer, das gleichzeitig als Hausbar, Billardraum und Galerie dient. Die Bilder hängen dicht gedrängt an den drei restlichen Wänden, vertreten sind alle tschechischen und slowakischen abstrakten Künstler, die sich vor der europäischen Realpolitik nach Kanada zurückgezogen haben. »*Well*, als sie gekommen sind, *you know how it is*«, erklärte uns vorhin Herr Zawynatsch, schon ganz unter Tussies sprachlichem Einfluß. »Sie hatten kein *cash*, auch nichts zu tun. Und so habe ich ihnen abgekauft, was sie gemalt haben, *to give them a start in the new homeland*. Ein bißchen konnte ich ihnen helfen.« Ich sah mir seine private Eremitage an, vom

Boden bis zur Decke waren die Leinwände aneinandergequetscht, ohne Rahmen, eine wunderbarerer und bunter als die andere. Man konnte sehen, daß Herr Zawynatsch bei dieser Hilfe nicht zu kurz kam. Ich erinnerte mich an einen abstrakten Maler mit dem surrealistischen Namen Arzén Schweins, der sich bei einem Bier im Mourek Inn über seine eigene Dummheit geärgert hatte. Zu Beginn der sechziger Jahre hatte man ihm in Prag eine ganze Ausstellung beschlagnahmt, und in Kanada stellte er viel zu spät fest, daß ein Hunderter für ein Ölbild von ein mal zwei Meter, an dem er drei Monate pinselte, gar nicht so überwältigend war. Das Ölgemälde hängt jetzt an der Wand direkt gegenüber der Topless-Frau in Stiefeln. Herr Senka zerrte mich an dem Bild vorbei in einen Nebenraum, in dem Herr Zawynatsch Bilder verstaut hat, die nicht in seinem häuslichen *night club* hängen durften, damit er sich nicht der Kritik seiner christlich und patriotisch orientierten Landsleute aussetzen mußte.

Und dort bleibt Herr Senka vor einem Bild mit aufgerissen Augen stehen.

»Sehen Sie sich das mal an! Das ist ein Ding, was?«

Herr Senka starrt mit seinen blauen Augen auf einen teuflisch schwarzen Schoß, der den ansonsten außerordentlich gut stilisierten Akt der jungen Gattin von Schweins schmückt. Man kann sie anhand ihrer abstehenden Ohren erkennen. Sie springt bei ihm öfter als Modell ein, denn bei Honoraren von einhundert Dollar pro Bild bleibt kein Geld für professionell unzüchtige Modelle.

»Haben Sie so etwas schon gesehen?«

»Ja«, antworte ich. »Ich bin zwar nicht verheiratet, aber das hier habe ich schon gesehen.«

Herr Senka hebt den Zeigefinger.

»Sie sind mir einer! Aber so habe ich das nicht gemeint. Haben Sie das schon mal auf einem Bild gesehen? Oder an einer Plastik?«

Ich betrachte die geheimnisvolle schwarze Stelle. Ich entgegne:

»Bei einer Statue ist es schwierig, so etwas darzustellen.«

»Da haben Sie recht.« Herr Senka denkt nach. »Aber es zu malen ist nicht so schwer, würde ich sagen. Und trotzdem – denken Sie an all die Abbildungen der Venus und der Aphrodite – jede von ihnen ist da unten kahl. Aber diese …«, er sieht sich um. Alle vier Wände des Nebenraumes sind mit ähnlichen Unsittlichkeiten bedeckt. »Schauen Sie sich das nur an! Mein Gott! Die hat ja eine hübsche!« Sein Zeigefinger deutet auf den Akt eines Malers, der sonst nur Landschaften zu Kugeln und Vierecken vereinfacht. Ich gehe näher. Sie hat eine rote Behaarung. Die Lieblingsfarbe von Herrn Senka. Ich sehe mir das Bild genauer an, und trotz der Vereinfachung kommen mir die Körperformen und Gesichtszüge, die sich nur auf die Elementarformen reduzieren, bekannt vor. Na klar. Tussie. Das hat Herrn Zawynatsch bestimmt mehr als einen Hunderter gekostet. Auftragsarbeit. Tussie ist unten wunderschön rot, und das bedeutet, daß rot vielleicht auch die ursprüngliche Farbe ihrer Haare ist, die sie im Moment kastanienbraun mit grünen Strähnen trägt.

»Das gibt es nicht!« seufzt Herr Senka. »Das gibt es nicht!«

»Was wollen Sie? Wir leben in der Zeit des Realismus«, sage ich. »Früher hat man alles idealisiert. Ich glaube kaum, daß sich die Venus da unten rasiert hat.« Herr Senka kichert und zwinkert mir zu.

»Haben Sie den Film *Deep Throat* gesehen?«

Ich schüttle den Kopf. Ich hatte ihn zwar gesehen, aber mich interessiert jetzt, was Herrn Senka daran beeindruckt hat.

»Sie rasiert sich in diesem Film! Auf der Leinwand! Sie rasiert sich da unten mit einer *Rasierklinge*! Es läuft einem kalt über den Rücken, man hat Angst, daß sie sich schneidet. Allerdings ist sie eine Prostituierte. Im letzten *Penthouse* gab es ein Foto von ihr ...«, wieder kichert er entsetzlich, »... das werden Sie nicht glauben, darauf treibt sie es mit einem *Hund*! Mit einem deutschen Schäferhund!« Er schaut sich um. »Dort gibt es eine ohne das da«, er zeigt auf ein rosa Portrait, das die Handschrift des Künstlers trägt, der die Bar des Herrn Zawynatsch ausgestattet hat. »Sie ist nicht realistisch«, stellt er beinahe traurig fest.

»Das stimmt. Wenn es die realistische Darstellung einer Prostituierten sein sollte, dann müßte sie unten einen Schlitz haben.«

Ich sage es absichtlich so. Und wie ich gehofft habe, hat das in Herrn Senka die Erinnerung daran geweckt, daß er aus dem gemeinen Volke stammt.

»Sie sind gut!« prustet er los. »Das hat mein seliger Vater auch so gesagt. Das war sein Lieblingswitz. Er hat sich über meinen Onkel lustig gemacht – über seinen Bruder –, weil er es nicht geschafft hat, keine anderen Kinder zu zeugen als nur welche mit ... dem Dings unten, wie Sie das eben gesagt haben. Er hatte sieben von der Art.«

Und wieder sieht er sich mit einem strahlenden Blick die Gemälde an. Jemand betätigt die Klospülung direkt über dem Nebenraum. Herr Senka hat einen neuerlichen Anfall von Fröhlichkeit.

»Und hören Sie mal – die Statuen auch. Die Venus und so ähnlich … keine von ihnen hat da unten …«, er senkt die Stimme und flüstert, »… einen Schlitz!«

Giggeln, Kichern, Wiehern.

»Sehen Sie, das ist eine interessante Beobachtung«, entgegne ich. »So weit sind die antiken Realisten nicht gegangen. Allerdings«, ich tue so, als würde ich nachdenken, »bei den männlichen Statuen mußten sie mit einem anderen schwierigen Problem klarkommen, das man nicht so leicht vereinfachen kann.«

Herr Senka stiert mich mit großen Augen an, macht den Mund auf und zu und schluckt schließlich:

»Sie meinen …«

»Kennen Sie zum Beispiel Doryphoros? Den Speerträger? Der Speer ist aber vorne abgebrochen«, ich ahme ihn nach und fahre flüsternd fort, »aber … das da vorne bei ihm …«, ich ahme auch seine Art der Umschreibung nach, »… das ist nicht abgebrochen!«

Herr Senka schreit fast:

»Ich erinnere mich! Das stimmt!« Dann geht er wieder zum Theaterflüstern über: »Und wissen Sie, was mir nicht in den Kopf geht? Daß er … tja, wie soll ich das sagen …«

Wir flüchten uns in die Fremdsprache, die immer einen sicheren Schutz davor bietet, der Unsittlichkeit bezichtigt zu werden.

»*He's poorly hung.*«

Aber der anständige Herr Senka kennt sich im Hippie-Slang nicht so gut aus.

»Wie bitte? Hang?«

Ich flüstere kaum vernehmbar:

»Daß er so einen kleinen hat.«

Dafür belohnt er mich mit einem brüderlichen Schulterschlag. Über uns benutzt wieder jemand das Klosett, und aus Herrn Senkas Mund umweht mich der Duft seines Mundwassers.

»Genau das habe ich gemeint!« Er hält inne. »Aber hören Sie mal … bei der Statue … dort gibt es auch …«, er traut sich immer noch nicht, die konkrete Bezeichnung auszusprechen, »das, was bei der Venus fehlt, nur hier bei dieser gibt es das!« Er deutet mit dem Finger auf den Busch von Tussies Garten.

»Sie merken aber auch alles!« bewundere ich ihn und tue so, als würde ich den Akt unserer Gastgeberin näher betrachten. »Das stimmt. Der Doryphoros hat die pubische Behaarung.«

»Das ist gut!« Dann flüstert er ganz leise: »Pupische!«

Ich lasse meinen Blick auf Tussies Portrait ruhen.

»Herr Senka, fällt Ihnen bei diesem Akt nichts auf?«

Bruder Senka sieht sich das Bild scharf an. Er stiert aus nächster Nähe zuerst auf das rote Dreieck, dann auf den Bauchnabel und dann auf die rechte Brust.

»Was sollte mir denn daran auffallen?«

»Sehen Sie sich das Gesicht an!«

Er tut es. Er starrt es lange an. Dann hüpft er beinahe in die Höhe.

»Sie meinen ...«

Wortlos deute ich auf das Datum unterhalb der Signatur des Meisters. Das Bild ist erst vor kurzem datiert worden.

»Na so was ...!«

»Die Frau des Hauses«, füge ich erklärend hinzu.

Herr Senka legt seine Hand auf den Mund. Oberhalb der Finger strahlen mich seine aufgeregten Augen an.

»Ich werde ... ich werde verrückt! Haben Sie das schon mal gesehen?«

»Was denken Sie denn von mir? Ich habe die Gnädigste nicht einmal im Badeanzug gesehen!«

»So habe ich das nicht gemeint!« Kichern. »Aber daß jemand seine *eigene Frau* so – ohne alles – malen läßt und es dann auch noch ausstellt ...«

»Er liebt sie wahrscheinlich so sehr, daß er seine Freude mit den anderen teilen möchte.«

Er droht mir wieder schelmisch mit dem Finger.

»Sie sind mir einer!« Er unterzieht den Akt noch einmal einer intensiven Betrachtung. Und er stupst mich tatsächlich mit seinem Ellbogen an. »Ob auch der Maler mit ihm die Freude geteilt hat?«

»Der Herr des Hauses war sicherlich dabei, für alle Fälle.«

Herr Senka macht eine tiefe Verbeugung. Er droht mir abermals mit dem Finger.

»Lassen Sie uns gehen! Ich glaube, ich werde verrückt!«

Wir kehren in die größere und mehr für die Öffentlichkeit bestimmte Eremitage zurück. An der Bar sitzt Bočár in seinem Rollstuhl, er stößt mit Tussie an. Der Farbige schüttelt bravourös den silbernen Shaker. Herr Zawynatsch führt Margitka wohlwollend die Sammlung seiner Ringe vor. Er trägt ein Gewand, das aus grünen und blauen zusammengenähten Vierecken besteht, dazu goldenes Schuhwerk. Tussies Zuneigung zur schlichten Schneiderkunst war über die klassische Angelegenheit der Hochzeit hinaus nicht von langer Dauer. Sie widmet sich den Gästen in einem langen Rock, der sich aus ganz schmalen Streifen von verschiedenfarbigen Brokatstoffen zusammensetzt, so daß bei jedem Schritt ihre langen Beine, die in einem schwarzen Schlüpfer enden, zum Vorschein kommen. Dieser Schlüpfer ist selbstverständlich Teil ihres Kostüms. Er ist schwarz, mit Sternenstaub besetzt und undurchsichtig. Herr Senka fixiert ihn trotzdem mit einem Blick, der wie ein Röntgenstrahl wirkt.

MANN DURCH EIGENE BRIEFBOMBE GETÖTET

TORONTO: *Die Bewohner des Hauses 476 West Rozwicki Street wurden heute gegen Mitternacht durch eine Detonation aus dem Schlaf gerissen. Diese hatte ihren Ursprung in dem Zimmer, das die Wirtin Martha Tena Eelefteriadu an den arbeitslosen Jerry Pohorský vermietet hatte. Nachdem die Wirtin gewaltsam die Tür geöffnet hatte, fand sie in dem Raum, der mit Qualm gefüllt war, ihren schwerverletzten Mieter. Bei der Durchsuchung des Zimmers konnte man unter anderem eine Broschüre über die Herstellung von Briefbomben, herausgegeben von der Firma Urban Guerilla Press, Inc. in Millburn, N.J., sicherstellen. Die Polizei vermutet, daß der arbeitslose J. Pohorský versucht hatte, zu Hause eine Briefbombe herzustellen, wobei es zu der Explosion kam. Es wird ein Zusammenhang mit einer Gruppe von Anhängern der Militärjunta untersucht, die kürzlich in Griechenland gestürzt worden war. Der durch die Explosion verursachte Schaden wird auf $ 700 geschätzt. J. Pohorský starb kurz nach seiner Einlieferung ins Toronto General Hospital.*

»Das wird einmal von großer historischer Bedeutung sein«, sagte Irena. Ich saß wie ein Schoßhündchen zwischen den beiden Schwestern auf dem Sofa, musterte Irenas abgeschürftes Knie, und Alena sah sich die gelungenen Fotos ihrer Schwester an, die ich kurz vor der Explosion des Lagers geschossen hatte.

»Gib nicht so an, teure Schwester«, bemerkte sie.

»Sei nicht so geistreich, teure Schwester«, entgegnete Irena. »Danny, mach doch auch mal ein Foto hier von unserem kleinen Kind, sonst fängt es an zu weinen.«

»Ja!« Alena sprang auf, zog ihren sowieso schon ziemlich kurzen Rock hoch, und ihre wunderschön geraden, braungebrannten Beine, vom Basketballspielen durchtrainiert, kamen zum Vorschein. »Mich kannst du ganz fotografieren. Nicht nur von der Taille aufwärts wie meine teure Schwester.«

»Nimm meine teure Schwester von der Taille abwärts auf«, warf Irena ein. »Das wird viel hübscher aussehen. Und du sei nicht so unverschämt!« sagte sie wütend zu ihr, denn sie konnte Anspielungen auf ihre Beine nicht ertragen. Sie hatte nämlich Säbelbeine.

»Vor dem teuren Daniel darf ich das«, meinte Alena und zog ihren Rock so hoch, daß ich die Augen aufriß. Doch sie wußte, wo die Grenze war. »Als ein Freund des Hauses gehört er fast zur Familie.«

»Teure Schwester«, mischte ich mich ein. »Mir gefällt es, wenn Sie so unverschämt sind.«

Ganz auffällig starrte ich auf Irenas Knie. Damals trugen die Mädchen kurze Röcke, und wenn sie sich auf ein Sofa setzten, wurde der Stoff knapp. Auch Irenas Rock war auf eine interessante Art hochgerutscht. Sie wollte ihn hinunterziehen, doch im Sitzen ging das einfach nicht.

»Hör auf so zu stieren!« wies sie mich zurecht. »Und sei wenigstens ein bißchen ernst, wenn schon meine teure Schwester nur Blödsinn im Kopf hat.«

»Entschuldige, teure Schwester!« Alena zog den Rock nach unten, so daß er nun bis unterhalb der Knie reichte. Dafür rutschte in der Taille die Bluse heraus, es kam ein weißer Unterrock zum Vorschein. »Oj!« machte Alena und behob diesen Ausrutscher. Allerdings mit der Folge, daß der Rock wieder ihre Knie entblößte.

»Das wird wirklich von großer historischer Bedeutung sein. Guck mal, teure Schwester«, Irena reichte Alena die Handvoll Fotos, welche die größte Sabotage in Kostelec festhielten.

»Riesig! Einfach toll!« Alena blätterte die Fotos durch. »Angeblich hast du dich so erschrocken, daß du in den Fluß gefallen bist.«

»Das war so eine physiologische Reaktion. Ich bin auf dem Rasen ausgerutscht.«

»Er war so geistesgegenwärtig, daß er den Fotoapparat über den Kopf gehalten hat, damit er nicht naß wird«, lobte mich Irena.

Wäre ich wirklich ein Hund gewesen, hätte ich jetzt mit dem Schwänzchen gewedelt. Die Fotos erfüllten meine Erwartungen, und zwar jene Fotos, die eigentlich gar nicht vorgesehen waren. Der Rest war eine Serie von Bildern, auf denen Irena für mich verschiedene Positionen eingenommen hatte, aber immer nur im Dreiviertel-Profil, so war sie am fotogensten. Und auch nur von der Taille aufwärts, in diesem Punkte hatte Alena recht. Ganz hatte ich sie nur letztes Jahr im Winter in einer Skihose fotografieren dürfen.

»Eine physiologische Reaktion?« wunderte sich Alena. »Damit willst du nicht etwa sagen, daß du dir ...«

Ich spürte, wie ich rot wurde.

»Sei nicht peinlich, teure Schwester!« verteidigte mich Irena.

»Eine physiologische Reaktion ist doch ...«

»Ich meinte die Nerven«, erklärte ich. »Es hat einen ganz schönen Knall gegeben. Und eine Flamme schoß heraus, mehrere Fässer flogen in die Luft, und eines landete fast auf meinem Kopf.«

»Ach, teurer Held«, meinte Alena. »Ich entschuldige mich für die unpassende Asso...«, sie stolperte über das wenig vertraute Wort, das sie einmal im Tschechisch-Unterricht gehört hatte, denn Herr Professor Voldrichovsky war früher Surrealist gewesen.

»Assonanz«, grinste Irena.

Der Herr Rat kam herein. Alena präsentierte ihm sofort meine Fotos. Der Herr Rat setzte seinen Zwicker auf und musterte mein Werk mit dem entsprechenden Ernst.

»Das wird einmal von großer historischer Bedeutung sein, Herr Smiřický«, war sein Kommentar.

»Er ist dabei in den Fluß gefallen«, erwähnte Alena. Noch hatte sie eine ernste Miene, doch dann konnte sie sich nicht länger beherrschen und prustete los.

»Da gibt es nichts zu lachen, Alena«, tadelte sie der Herr Rat und betrachtete weiter die Bilder. »Ich weiß nur nicht«, fuhr er fort, »ob es das wirklich wert war.« Er reichte mir die Bilder zurück. »Man hat schon mehr als dreißig Menschen verhaftet, und die Sache ist noch lange nicht erledigt. Sie sollten die Bilder niemandem zeigen, Herr Smiřický. Erst nach dem Krieg.«

»Das meine ich auch«, warf Alena ein. »Er soll lieber die anderen herzeigen!« Sie deutete mit dem Finger auf die Fotos, die ich vom Sofa aufgehoben hatte und die ich jetzt in der Hand hielt.

»Darf ich sehen?« fragte der Herr Rat.

»Das sind nur so … Portraits …«

Herr Rat streckte mir die Hand entgegen. Ich reichte ihm die Aufnahmen seiner Tochter, die mit Liebe geknipst worden waren. Er betrachtete sie genauso aufmerksam wie die historischen Schnappschüsse. Die Sonne schien in das Zimmer herein, die grünen Kronen der Eichenbäume am gegenüberliegenden Flußufer warfen die Strahlen zurück. Aus der Brauerei drang durch das offene Fenster der süße Duft des Hopfens. Alena setzte sich wieder hin. Dem Herrn Rat taten die Bilder seiner hübschen Tochter genauso gut wie mir.

»Was haben Sie denn für einen Fotoapparat?« fragte er mich, um nicht das eigene fotogene Produkt laut loben zu müssen. »Das sind sehr gut gelungene Bilder.«

»Eine Voigtländer.« Ich reichte dem Herrn Rat zuvorkommend meinen Apparat. Er musterte ihn ebenso gründlich wie vorhin die Fotos. Dann sah er uns an. Wir saßen wie aufgefädelt in einer Reihe auf dem Sofa, ich zwischen seinen beiden Töchtern.

»Hätten Sie etwas dagegen, wenn ich Sie fotografieren würde?« fragte er. »So wie Sie hier sitzen; das wäre ein schönes *Souvenir.*«

»Ich verdufte, damit ich es nicht verderbe«, meinte Alena und stand auf.

»Bleib nur sitzen, Alena!« forderte sie der Herr Rat auf.

»Selbstverständlich, Herr Rat!« sagte ich schnell. Ich hatte noch kein Bild mit mir und Irena zusammen. Mein Fotoapparat hatte keinen Selbstauslöser. Jetzt ergab sich die Gelegenheit, an eine solche Rarität heranzukommen, und das sogar mit der Einwilligung des erziehungsberechtigten Vaters.

»Also setz dich doch hin, Alena!« sagte Herr Rat.

»Aber meine Nase glänzt«, entgegnete Alena.

»Dann legst du die Hand drauf, so, als würdest du nachdenken, teure Schwester«, schlug Irena vor. »Mit der glänzenden Nase siehst du nicht besonders – wie soll ich das sagen – intelligent aus.«

»Eine gute Idee, teure Schwester«, Alena verdeckte ihre Nase mit der Hand.

»Also, Mädchen, Mädchen!« Der Herr Rat blickte durch den Sucher. »Rückt ein bißchen zusammen, damit ihr alle draufpaßt.«

Bereitwillig rückte ich näher an Irena. Durch meine Leinenhose spürte ich ihre heiße Hüfte unter dem dünnen Rock.

»Er hat gesagt, zusammenrücken«, protestierte Alena. »Warum setzt du dich dann weg von mir, teurer Freund des Hauses?«

»Ich kann nicht nach beiden Seiten gleichzeitig rücken«, erläuterte ich.

»Dann werde ich also näher zu dir rücken, wenn meine teure Schwester es erlaubt«, meinte Alena.

»Alena!« schüttelte der Herr Rat hinter dem Apparat den Kopf.

Alena setzte sich auf meinen Schoß. Ihr Hintern war fest, ebenfalls vom Basketballspiel durchtrainiert.

»Also, Alena!« rügte sie der Herr Rat.

»Na gut«, meinte Alena in einem Ton, als wäre sie traurig. »Das ist Irenas Platz, nicht meiner, teurer Hausfreund.«

Sie rutschte von meinem Schoß herunter, aber sie drückte sich mit ihrer Hüfte an mich. Irena schnappte hinter meinem Rücken nach ihren Haaren.

»Auaaa!«

»Mädchen!« ermahnte sie der Herr Rat. »Jetzt ist es aber genug!«

Irena ließ die Haare los und drückte sich leicht, kaum spürbar, an mich. Ich hockte zwischen ihnen wie eine Weißbrotscheibe im Toaster. Bei mir stellte sich eine Reaktion ein, die man auch physiologisch nennen könnte. Ich legte meine Hände in den Schoß, um diese zu verbergen.

»Ich stelle die Blende auf fünf komma sechs und ein Sechzigstel ein, ist das in Ordnung?« fragte der Herr Rat.

»Stellen Sie die Blende auf vier«, schlug ich vor.

Der Herr Rat machte es so.

»Nicht bewegen!«

»Ich muß niesen!« sagte Alena.

Aber der Herr Rat hatte schon abgedrückt.

Dann fotografierte ich den Herrn Rat zwischen den beiden teuren Schwestern und auch noch den Herrn Rat mit jeder von ihnen einzeln. Der Herr Rat meinte danach, wir sollen kurz warten, und ging davon. Kaum war er weg, sprang Alena vom Sofa auf und krempelte ihren Rock so hoch wie schon vorhin.

»Fotografier meine Beine, Danny! Daß ich ein Souvenir habe, wenn meine Beine später voller Krampfadern sind vom vergeblichen Warten bei Verabredungen.«

Noch bevor Irena etwas sagen konnte, betätigte ich blitzschnell den Auslöser. Als Fotograf war ich schon immer sehr schnell. Als Fotograf, wohlgemerkt.

»Und jetzt fotografierst du Irenas Beine, damit sie nicht so eingebildet ist!«

»Möchtest du, daß er dich nackt fotografiert, teure Schwester?« fragte Irena schon sehr wütend.

»Wenn er will …«, meinte Alena. »Aber vielleicht willst du das, teure Schwester? Oder er möchte es. Stimmt das, Danny, du möchtest doch lieber Irena fotografieren?«

»Mädchen, Mädchen!« ermahnte ich sie.

»Ich bin schon still!« sagte Alena.

»Das ist auch gut so«, warf Irena ein.

»Oder vielleicht kannst du uns beide ohne alles fotografieren«, schlug Alena vor. »Damit das in aller Anständigkeit geschieht und damit wir ein Souvenir haben, wenn jede von uns zehn Kinder hat.«

»Ich bin dafür, wenn ihr wollt!«

»Wollen wir, teure Schwester?« fragte Alena Irena.

»Du kannst Alena fotografieren, wie du willst«, sagte Irena eingeschnappt. »Mich kannst du mit deiner fotografischen Kunst verschonen.«

»Willst du, Danny?« fragte Alena.

»Nicht ohne Irena«, meinte ich.

»Ach so. Meine Nase glänzt ja«, seufzte Alena traurig.

Der Herr Rat kehrte mit einer Karaffe, gefüllt mit Heidelbeerwein, und vier Gläsern aus geschliffenem Glas auf einem Tablett zurück. Das war mir bei dem Herrn Rat noch nie passiert. Und dabei war mir dort schon eine Menge passiert.

»Ich denke, wir sollten das feiern, was meint ihr?«

»Haben sie sich jetzt verlobt? Wieso weiß ich nichts davon? Ich dachte, Danny ist nur ein Hausfreund!« sprudelte es aus Alena heraus.

»Möchtest du nicht gefälligst deinen Mund halten, teure Schwester?« mischte sich Irena ein, jetzt schon wirklich eingeschnappt.

Der Herr Rat sah verlegen aus.

»Also Mädchen!« sagte er. »Ich meine, weil die Sabotage gelungen ist. Ich fürchte zwar, daß wir das teuer bezahlen müssen, aber … *c'est la guerre.*«

Alena war endlich still, der Herr Rat schenkte uns allen ein, jedoch nur halbvoll, und wir stießen an. Der Geruch von Hopfen kam beim Fenster herein, hier drinnen duftete der Wein nach Heidelbeeren, und der Fluß rauschte. Über die Brücke donnerten Panzerfahrzeuge. Es ging mir blendend.

»Ich war auch ein leidenschaftlicher Fotograf«, fing der Herr Rat an. »Als ich noch jung war. Damals hat man aber auf Trockenplatten fotografiert. Man mußte sich ein schwarzes Tuch über den Kopf werfen und dann scharf einstellen. Der Apparat stand auf einem Stativ. Dafür war die Qualität der Aufnahmen ausgezeichnet.«

»Zeig uns etwas, Papa«, bettelte Irena ihren Vater an. »Danny hat es noch nicht gesehen.«

»Wir werden doch Herrn Smiřický nicht mit unserem Familienalbum langweilen.«

Ich hegte keine Befürchtungen, daß mich etwas anöden könnte, das, in welcher Form auch immer, mit Irena und ihrer Familie zu tun hatte. Das versicherte ich rasch dem Herrn Rat. Man mußte es ihm nicht zweimal versichern, und wieder machte er sich davon. Alena sagte:

»Teure Schwester, ist dir klar, was er jetzt zu sehen bekommt?«

»Unsere Mama in allen Jahreszeiten«, bemerkte Irena.

»Das auch. Aber noch ...«

Bevor sie zu Ende sprechen konnte, kam der Herr Rat schon fast angerannt, vor sich her trug er ein Missal in einem rosa Samteinband. Er setzte sich neben mich, zwischen mich und Irena, ich vermutete, daß er es absichtlich getan hatte, denn er war nicht so dumm, wie er aussah. Es war nur sein ganz bestimmtes Benehmen, das ein bißchen komisch wirkte. Und dann ging es los. Die Frau Rat, die er »meine teure verblichene Gattin« nannte, war tatsächlich in den verschiedenen Jahreszeiten zu sehen, mit komischen Hüten, mit Röcken, die bis zu den Knöcheln reichten, in einem Skigewand mit Skiern, die ganz gefährlich anmutende gebogene Spitzen hatten. In einem Ballkleid aus Atlas. Dann in einem Faschingskostüm als Kolumbine, und auf diesem Bild konnte ich feststellen, daß die teure Verblichene Beine gehabt hatte wie Alena. Sie war eine sehr hübsche Frau gewesen, und die Fotos waren alle sehr scharf. Auf allen Aufnahmen sah sie etwa wie vierzig aus, aber sie dürfte nicht älter als zwanzig gewesen sein. Das lag wahrscheinlich an den Kleidern. Es folgte ein Foto, auf dem sie sogar im Badeanzug zu sehen war. Der Badeanzug hatte ein Röckchen bis zu den Knien und war schräg gestreift. Ich konnte mich noch einmal von meiner Erkenntnis über ihre Beine überzeugen, und auch davon, daß sie bestimmt nicht älter als zwanzig gewesen war. Sie war sehr schlank. Hinter ihr waren irgendwelche Palmen zu sehen.

»Das ist in Ostende«, erzählte der Herr Rat, und seine Stimme überschlug sich fast. »Dort waren wir auf unserer Hochzeitsreise.«

»Ja?« fragte Alena. »Und wieso kommen die Hochzeitsfotos erst später?«

»Sie haben ein anderes Format, liebe Alena«, erklärte der Herr Rat streng und blätterte rasch um. Ich konnte noch ein Foto mit ihm in einem Badeanzug mit Trägern erblicken, mit denselben Palmen im Hintergrund. Er hatte Säbelbeine. »Ich habe das Album zum Teil chronologisch und zum Teil nach dem Format geordnet.« Auf der nächsten Seite prangte ein großes Hochzeitsfoto, eine Ansammlung vieler Herren in Schwarz und vieler Damen in Hell, die Brautjungfern, der Größe nach aufgestellt, von einer etwa dreijährigen bis zu der, die genauso groß war wie die Braut, und in der Mitte standen der junge Herr Rat in einem Jackett und die nun schon verstorbene Braut ganz in Weiß. Der Herr Rat nahm seinen Zwicker ab und fing an, die Gläser sauber zu machen.

»Das sind wirklich wunderschöne Bilder!« beeilte ich mich zu sagen. »Ich meine, die von Ihnen. Dieses auch, aber das hat ein Profi geknipst. Ihre sind besser.«

»Und das hier ist eine hübsche Brautjungfer, nicht wahr?« Alena deutete mit dem Finger auf die größte Brautjungfer. Sie war wirklich sehr hübsch. Genauer gesagt, noch hübscher als die Braut.

»Das ist Tante Sofie«, erwähnte Irena. »Die Schwester von Mama.«

Ich blickte zu Irena. Sie sah angespannt aus. Schnell warf ich Alena einen Blick zu. Sie hatte einen schelmischen Gesichtsausdruck. Ihre Nase glänzte, aber sonst war sie ein ganz hübsches Mädchen. Doch Irena war noch hübscher. Wer weiß, was da alles dahinter steckte und was noch alles kommen würde. Auf der nächsten Seite war ein Salonportrait der Frischvermählten vor einem gezeichneten Hintergrund, auf dem eine alte Burg abgebildet war.

»Das war damals so Mode«, erklärte der Herr Rat. »Heute kommt Ihnen das bestimmt lächerlich vor.«

»Ach wo. Das ist so … eine Mode …«

Herr Rat klappte das Missal zu.

»Nun, jetzt haben Sie alles gesehen. Wir trinken noch aus und …«, er holte aus seiner Westentasche eine Uhr. »Es ist bald sechs Uhr …«

Verständnisvoll warf ich ein:

»Ich muß langsam gehen.«

»Wart noch«, sagte Alena und schnappte sich das Buch. »Guck dir das noch zu Ende an.«

»Aber Alena! Herr Smiřický langweilt sich bestimmt zu Tode«, meinte der Herr Rat und versuchte, Alena das Missal abzunehmen. Sie hatte es aber bereits aufgeschlagen und hielt es mir unter die Nase.

»Das ist unsere Irena!« sagte sie siegreich.

Auf dem Bild sah man ein Baby auf dem Bauch liegend. Auf einem zotteligen weißen Vorleger ragte ein nackter Hintern in die Höhe, das Kind starrte dümmlich ins Objektiv und hatte ein etwas verschwommenes Gesicht. Alena blätterte schnell weiter.

»Und das bin ich!«

Ein weiteres, genauso dumm glotzendes nacktes Baby.

»Das ist schön«, bemerkte ich.

»Nun ja … das war auch so eine Mode«, wiederholte sich der Herr Rat. »Also dann … zum Wohl!«

Wir tranken. Ich nahm das Album und betrachte die Nackedeis.

»Welche von uns ist verführerischer?« fragte Alena.

»Alena!« ermahnte sie der Herr Rat. Er wurde ein bißchen rot. Ich hatte nicht den Eindruck, daß er sich schämen würde, eher hatte er Mühe, ein Lachen zu unterdrücken. Dann nahm er das Missal definitiv an sich, vielleicht dachte er, mich damit bestrafen zu können: Er führte mir nämlich eine lange Serie der Mädchen vor, die langsam zu der jetzigen Gestalt von Irena und Alena herangewachsen waren. Doch leider gab es keine Bilder mehr von ihnen, auf denen sie nackt auf dem Bauch gelegen hätten.

Klirrend schloß der Herr Rat die Karaffe aus geschliffenem Glas mit einem gläsernen Stöpsel, obwohl noch genug Wein darin war, und stand auf. Ich verstand den Wink und verabschiedete mich. Irena sah sehr hübsch aus, aber immer noch ziemlich angespannt. Alena war lustig, ihre Nase glänzte.

Ich lief an diesem frühen Abend nach Hause, am Bahnhof vorbei, und ich war derart von der Liebe ergriffen, daß ich Marie Dreslerová fast nicht bemerkt hätte, die vor dem Hotel Granada an mir vorbeilief. Sie war mit ihrer Tante unterwegs, so daß ich kein längeres Geplauder mit ihr anfangen konnte, sondern ihr nur im letzten Moment zurief: »Küßdiehand!«, und Marie antwortete sehr neutral: »Hallo.«

»Lebst du oder bist du tot?« fragt Herr Šesták.

»Mann!« spricht der Geist. »Ich bin hingefahren. Ich bin dort auch angekommen. Ich bin durch den Tunnel gelaufen, wo man ins Flugzeug einsteigt. Und dort stand in der Tür so ein … so ein …«

»Genosse«, helfe ich ihm.

»Ja. Das ist das richtige Wort. Genosse. Als ich den Genossen gesehen hab, wurden meine Beine ganz steif. Der Genosse lächelte mich an, daß es mir kalt über den Rücken lief. Da war etwas, das mich an den Schultern gepackt und mich umgedreht hat …«

»Dein Schutzengel«, meint Marilyn.

»Und so bin ich wieder hier!« sagt der erstaunte Milan.

Herr Šesták schlägt mit seinem Schellenbaum auf den Boden und stimmt mit seiner wunderschön krächzenden Stimme an:

»*For he is a jolly good fellow!*«

Wir stimmen in das Lied ein. Milan lächelt idiotisch, greift nach einer Flasche, setzt sie an. Er wird von allen umringt. Marilyn gibt ihm einen Kuß, Herr Šesták und der demokratische junge Mann werfen ihn in die Luft. Wir fangen ihn wieder auf und reichen ihn eine Weile hin und her. Mrkvička läßt dazu seine Geige im Swingrhythmus spielen.

Dann läßt sich Milan auf einen Stuhl fallen.

»Aber Leute … was für ein Mist!«

»Was? Was denn?«

»Veronika«, schluchzt er. »Sie hat aus dem Fenster geguckt. Ich hab sie von draußen gesehen. Sie hat im Flugzeug gesessen. Sie ist … verrückt geworden …«

Mein liebes Brüderchen,

heute fasse ich mich kurz, nicht daß ich Dir nicht gerne schreibe, das wäre gegen meine Natur, denn ich bin ja Schriftsteller, wenn auch nicht mehr Mitglied des Tschechoslowakischen Schriftstellerverbandes, sondern des Verbandes der deutschen Schriftsteller. Heute schreibe ich auf dem Rücken liegend, den Füller halte ich im Mund und schreibe auf ein Blatt, das eine dicke Ordensschwester hält, die ich nicht verstehe, weil sie Plattdeutsch redet. Und weil es ein Füllfederhalter ist und weil die Tinte nicht von selbst nach oben fließt, habe ich von unten (was allerdings relativ ist: unter normalen Umständen ist es von oben) ein Loch gemacht, und während des Schreibens puste ich durch dieses Loch, damit die Tinte auf der nach unten gewendeten Papierseite landet, anders als es normal der Fall ist, wenn Du verstehst, was ich meine. Kapiert?

Mich hat nämlich der Schlag getroffen, oder wie man heutzutage umgangssprachlich sagt, ein Infarkt, was man früher auch als Herztod bezeichnete, aber tot bin ich noch nicht, wie Du siehst. (Aber wenn Du das liest, bin ich vielleicht schon tot, man weiß ja nie, wie Frau Skočdopolová zu sagen pflegte, als ich mit Franta Kočandrle zum Kartenspielen und Sliwowitztrinken zu ihnen kam, rein aus caritativen Gründen, denn der Herr Skočdopole war ja durch und durch ein Amateur – was das Kartenspielen anbetraf, nicht das Sliwowitztrinken –, aber zum Schluß konnte er nicht mehr laufen, er war von seinen Saufkumpanen aus dem Beran vollkommen abgeschnitten, seine Beine waren angeschwollen, angeblich von den anstrengenden Fußmärschen im Ersten Weltkrieg, und weil er nur einen Arm hatte, mußte Frau Skočdopolová für ihn physisch die Karten ausspielen).

Während der langen Nächte hier im Krankenhaus der Heiligen Theresa vom Jesuskind geht mir das alles durch den Kopf, mein ganzes bisheriges Leben, und ich überlege, warum mich eigentlich der Schlag getroffen hat, ich habe ja nie so viel gearbeitet, nur geschrieben, ansonsten war mein Leben ganz ruhig, es hatte einen Rhythmus fast zum Einschlafen, von einem Malheur zum nächsten, aber bisher habe ich alle überlebt. Nur daß sie die Tendenz hatten, immer schlimmer zu werden, angefangen von der Zigarette beim Herrn Helebrant auf dem Benzinfaß, dann verpetzte mich der Herr Helebrant bei meinem Vater, ich hätte Alena vom Herrn Rat nackt gemalt, und mein Vater sagte ihm dann: »Wenn er nur gezeichnet hätte …«, mit den drei bedeutungsvollen Pünktchen dahinter, aber Herr Helebrant verstand ihn nicht, beziehungsweise er verstand ihn vollkommen falsch, denn im Unterschied zu meinem Vater hatte er nicht heimlich den Brief seiner Tochter Jana gelesen, den sie mir schickte, nachdem ich die Tat vollbracht hatte, als sie bei der Verkauften Braut *in Prag war, woraufhin mich mein*

Vater väterlich tadelte und mich gleichzeitig aufklärte, was das Schild mit der Aufschrift OLLA GUM!!?? an der Tür des Drogeriegeschäfts von Herrn Helebrant bedeutete. Und als Herr Helebrant mit dem künstlerischen Problem zu ihm kam, stockte er und wußte nicht, ob er Herrn Helebrant darüber aufklären sollte, was ich mit seiner Tochter in Prag veranstaltet hatte, als sie dort (angeblich) die Verkaufte Braut gesehen haben wollte, und wie (ich meine: wie er ihm das sagen sollte, nicht etwa, wie und was ich gemacht hatte, denn darüber hatte sich Jana in ihrem Brief nicht ausgelassen, weil sie das selbst nicht wußte, ich selbst wunderte mich wahrhaftig, wie mir das gelungen war), und so sagte mein Vater nur: »Wenn er nur gezeichnet hätte …«, mit den drei Pünktchen, beließ das ganze in der allgemeinen Bedeutung und nicht in der konkreten, ich meine nicht bei Jana Helebrantová, wo war ich eigentlich stehengeblieben? Ach so, die Kette der Probleme, die sich durch mein Leben zieht, vom Rauchen auf dem Faß über meine Theaterstücke bis zu jenem Tag, wo ich mir in die Hosen gemacht habe, damit ich mir nicht später in die Hose machen müßte, als ich die Partei und die Regierung verraten habe (in diesem Fall geht es nicht um das Volk oder die tschechische Literatur, die konnte ich nicht verraten, denn sie hatten keine Exekutivgewalt über mich), indem ich nach Deutschland flüchtete, bis zu einem späteren Tag – es ist nicht so lange her –, als ich im Spiegel las, daß unser Junge Jan Vrchcoláb von einem Schlaganfall niedergestreckt wurde, obwohl er die Partei nicht verraten hat und die Regierung schon gar nicht, um das Volk geht es hier nicht. Als ich die Schilderung las, wie die Exekutivmacht der Partei und der Regierung seine jetzige hübsche Frau an den Haaren über die Pflastersteine geschleift haben soll und wie grob sie mit ihm umgesprungen seien, ist mir plötzlich schlecht geworden, und ich spürte den klinisch beschriebenen Schmerz mitten in der Brust, und vor meinem inneren Auge – wie man das in Büchern schreibt, aber nicht in denen, die ich verfaßt habe – huschte Jan Vrchcoláb in einem Affentempo vorbei, und auf einmal wußte ich, daß er eigentlich so eine Art von phylogenetischem Leben hatte, wie es mein belesener Fast-Schwiegersohn Horst nennt, so ein gewisses Paradigma, das wiederum meint ein Universitätsprofessor, auch ein Tscheche, mit dem ich manchmal Karten spiele und der von der kommunistischen Ideologie zur strukturalistischen übergewechselt ist, denn er hat die Ideologie im Blut, und alles muß bei ihm in den richtigen Schubladen seinen Platz haben. Ich denke daran, wie der Junge Vrchcoláb in seiner Kindheit und auch noch in seinen

Jugendjahren so dumm war, jedem ist er auf den Leim gegangen, für alles hat er sich so leicht begeistern lassen, für eine Zigarre oder für den georgischen Schnurrbart, und das ganze während eines einzigen Kalenderjahres, dann wurde er nach und nach weise, allein aufgrund seiner persönlichen Erfahrungen, nicht etwa aus Büchern, die er schon vorher hätte lesen können, er hat sie aber erst später gelesen und wurde daraufhin noch schlauer, nachdem er schon aufgrund seiner persönlichen Erfahrung weise genug war. Ist er nicht ein Vorbild für uns alle? Wenn ich an Dich denke, wie Du gequasselt hast, nur des Quasselns wegen, und das alles nur zur Kurzweil dieser Gänse, hübsch waren sie ja, das muß man Dir lassen, die Irena des Herrn Rat und die Marie D'Eussleur (an die anderen kann ich mich namentlich nicht mehr erinnern, aber es waren so viele, daß Du wahrscheinlich soviel zusammengequasselt hast wie die komplett gesammelten Werke – die verlorenen eingeschlossen – der Dramatiker aus dem elisabethanischen Zeitalter, ergänzt um die Schriften von Zahradník-Brodsky und dessen Epigonen), und wie Du so geredet hast, vielleicht ist Dir überhaupt nicht in den Sinn gekommen, daß ein Kerl, vor allem ein junger Kerl, auch ein anderes Organ für die Weiber hat, nicht nur den Mund, so doof warst Du damals.

Das waren wir allerdings alle, nur einige standen politisch auf der richtigen Seite, sie wurden eingesperrt, und heute tun sie so, als wären sie schon immer ganz schlau gewesen. Vrchcoláb, der stand damals in seiner Idiotie auf der politisch falschen Seite, und heute sieht es so aus, als sei er von Geburt an doof gewesen. Aber in materieller Hinsicht war er gar nicht so dumm, das ist er vielleicht erst heute. Andererseits ist er heute auch schlau, wenn auch nicht in materieller Hinsicht und auch nicht, was die Karriere betrifft, für so etwas gibt es andere Spezialisten, wie zum Beispiel diesen Los, auch ein Dramatiker, oder die Unmenge derer, die von belebten Bildern leben. Ich kann mir nicht helfen, aber so wie der Vrchcoláb die meiste Zeit seines Lebens lächerlich war, wenn auch später immer weniger, heute kommt er mir nicht mehr lächerlich vor, vielleicht liegt es auch daran, daß ich ihm gegenüber so einen tschechischen phylogenetischen Minderwertigkeitskomplex empfinde, weil er sich nicht in die Hosen gemacht hat, ich dagegen schon, und zwar ganz objektiv gesehen. Was hätte er davon gehabt, außer der sogenannten Unsterblichkeit und dem sogenannten reinen Gewissen; für diese zwei Dinge lohnt es sich ganz bestimmt nicht, wie man am Beispiel des tschechischen Volkes auch sehen kann, dessen sogenannte überwältigen-

de Mehrheit auf beides ganz klar scheißt, die Fenster schmückt, Bier trinkt und starke Sprüche klopft, aber letzteres auch nur dann, wenn niemand in der Nähe ist, der sie hören kann.

Nun ja, zu leben ist das schlimmste, wie jenes tschechische Volk sagt, und recht hat es. Ein Apostel der heiligen Kirche, dessen Pflicht es ist, Kranke zu besuchen, kommt auch zu mir ins Krankenhaus, ein gewisser Josef Beran, der damals vor etwa fünfundzwanzig Jahren als ein Doofer auf der richtigen Seite stand, dann zwölf Jahre im Knast verbrachte, aber weil er Christ ist, und zwar ein demütiger, stellt er sich nicht so an, als wäre er von Geburt an der Schlauste gewesen, sondern bemüht sich um die Erlösung meiner Seele, falls ich eine habe, was gar nicht so sicher ist. Ich wollte ihm eine Freude machen und ließ mich noch am Sterbebett taufen, und jetzt bin ich auch ein Christ, so wie Du, mein lieber Landsmann, und gleichzeitig bin ich noch ein alter Sozialist, angeblich paßt das nicht so gut zusammen, behaupten die Brüder meines Apostels Josef Beran, die von der Rosenkranzfraktion der Heiligen Theresa vom Jesuskind, aber ich habe den Eindruck, daß es sehr wohl zusammenpaßt, aber vielleicht bin ich noch zu doof. Und stell Dir nur vor, der Josef Beran hatte wegen mir Unannehmlichkeiten mit der Rosenkranzfraktion, er hatte mich nämlich wegen meiner früheren Tätigkeit in Schutz genommen (wegen meiner dramatischen Werke, wobei er auch anführte, daß ich bei einem Rehabilitationsgericht einmal zugunsten von irgendwelchen katholischen Literaten aussagte, daß sie anständig und unschuldig seien, das waren sie auch, beides, doch vor allem das erstere). Nach dieser Apologie herrschten ihn die orthodoxen Rosenkranzbrüder erbost an, daß ich aber in der Partei gewesen sei, und wer dabei gewesen war, sei für immer und ewig ein Verbrecher, das bestritt er allerdings nicht, erwähnte aber einen anderen Verbrecher, der zur Rechten eines anderen Rosenkranzbruders gesessen hatte, aber da weiß ich noch nicht so genau Bescheid, so weit bin ich noch nicht gekommen, ich muß mich erst langsam voranarbeiten, denn ich bin ja todkrank. Aber die Brüder bezogen diesen Fall nicht auf mich, weshalb sich Josef Beran echauffierte, oder er wurde vielmehr von der Wut gepackt, einer gerechten Wut, und er sagte ihnen, sie seien aus dem gleichen Holz geschnitzt wie die Kommunisten, und jetzt ist er allem Anschein nach bei der ganzen Rosenkranzfraktion unten durch. Neulich erzählte er mir, daß es nicht nur eine heilige Kirche gibt, sondern drei: die leidende, die kämpfende und die siegreiche, aber auf welche sich was bezieht, das vergaß er, mir zu erklären. Ich nehme an, daß er den leidenden Teil darstellt, die Rosenkranzbrüder den kämpfenden, dann bliebe für mich der siegreiche Teil übrig, also ich bin mir da nicht so sicher; ich habe für die Kirche weder gekämpft noch gelitten, daß ich jetzt von ihr die geistige Belohnung einheimsen würde, ich weiß nicht so recht. In der Tat könnte man das aber so interpretieren, daß ich gewonnen hätte.

Mir geht es zur Zeit nicht so gut, ich meine körperlich, mein lieber Landsmann. Das kommt wahrscheinlich von dem Pusten in den Füller, ich habe ein bißchen Tinte geschluckt, und jetzt hat mein Mund die Farbe eines Aquamarins. Als vorhin Jana (Frau) und Janka (Tochter) zu Besuch kamen, erschraken sie beide, daß ich schon blau und somit eine Leiche bin, doch das bin ich noch nicht, und wenn der Allmächtige es so will, werde ich noch einige Zeit leben (falls Er nicht so wie die Rosenkranzbrüder ist, doch das hoffe ich nicht, denn dann wäre Er ähnlich wie Stalin, so sollte Er um Gottes willen nicht sein, und außerdem, Seine Wege sind unerforschlich, wie Josef Beran sagt, und es steht uns nicht zu, nach seiner Imputation zu forschen – ich weiß nicht, was Imputation ist, es ist bestimmt etwas Intimes, und so frage ich nicht danach, ich war schon immer sehr diskret).

Die Frauen erholen sich jetzt langsam von dem Schrecken und tun so, als wäre alles ganz normal, bis auf die Tatsache, daß mich die Nonnen wegen eines leichten Schnupfens noch hier behalten müssen. Horst kann sich nicht so gut verstellen, er ist ja keine Frau und hat auch keine Schauspielschule besucht, er macht ein Gesicht wie ein Diplodokus, also ein idiotisches Gesicht. Auch wenn er keineswegs doof ist. Hätten wir uns, mein lieber Landsmann, lieber mit den Ausgrabungen von prähistorischen Tieren beschäftigt! Die stören kein Regime, denn sie sind safely dead, wenigstens so lange, bis man nicht anfängt, irgendwelche philosophischen Schlüsse aus ihnen zu ziehen wie Darwin und nach ihm Marx, das würde dann stören, vor allem heute; ich habe den Eindruck, daß Marx seinen eigenen Rosenkranzbrüdern langsam im Wege steht, beziehungsweise machen sie einen Katechismus aus ihm, statt sich ein Beispiel an ihm zu nehmen und der Partei und der Regierung Folgsamkeit zu leisten.

Und so verabschiede ich mich für heute von Dir, mein lieber Landsmann, vielleicht nicht für immer, und wenn doch, was soll's? Wir treffen uns doch alle in den Karteikästen, die werden nicht vernichtet, weil sich die Zeiten ständig ändern, und man nie weiß, was man alles noch mal gebrauchen kann.

Jetzt puste ich noch einmal in den Füller:
Bleib gesund und bewahre mich in ehrendem Andenken!

Dein Vratislav
der bekehrte Sünder, wie mich die selige Nadja bezeichnet hätte.

Das Paperback von *Die Berge des Wahnsinns* bekam ich in einem amerikanischen Drugstore auf dem Weg in das Restaurant Savoy zu kaufen, wo ich für uns ein Austern-Festmahl veranstaltete. Auf dem Umschlag des Buches war ein behaarter Schädel mit zwei vergilbten Nagezähnen abgebildet, aus der Schwärze der leeren Augenhöhlen leuchteten die Augen zweier kafkaesker Tierchen. Aus den Augenhöhlen kam ein haariger Wurm herausgekrochen.

»Und du willst wirklich, daß wir dorthin fahren?« schüttelt sich Nicole. »Das ist doch grauenhaft!«

»Auch das Grauen hat seine schönen Seiten, Fräulein Svensson«, bemerkte ich. »Was ist eigentlich die Schönheit in der Kunst? Es ist die Erkenntnis, daß etwas in der Wirklichkeit oder im Alptraum genauso existiert. Wirklichkeit und Alptraum stimmen allerdings manchmal überein, und in der Wirklichkeit ist alles weniger vollkommen, egal, ob es um positive oder negative Dinge geht. Die Kunst kann eine Essenz erfassen, die von der Wirklichkeit mal mehr mal weniger zermalmt wird. In der Kunst erscheint diese Essenz als unverdünnte potentielle Möglichkeit. Und weil die Kunst eine Möglichkeit festhält, kann sie alles Mögliche auf der Welt bedeuten.«

Irene runzelt die Stirn.

»Ich bin nur eine *undergraduate*, und die Ästhetikkurse habe ich noch nicht belegt.«

»Ihr Pech. Ich notiere bei Ihnen ein weiteres F *for fail.*«

Wir sitzen im Restaurant Savoy, über uns ein Himmel wie von Van Gogh, von Notre Dame her hört man Glockengeläute, und an der Uferpromenade tummeln sich verdächtigte Schönheiten. Ich bestelle eine dreifache Portion Austern. »Uns wird schlecht werden«, meint Fräulein Svensson. »Wir werden nicht in der Lage sein, uns zu lieben.« Ich versichere ihr, daß Austern als Aphrodisiakum wirken, vorausgesetzt, der Magen verträgt sie.

Dann schlage ich Lovecraft auf, und über der Seine, neben Nicole, die nicht ahnt, daß die Berge des Wahnsinns nur wenige Meilen von hier entfernt liegen und auf ihren Pässen die grausamen Schoggoten mit Landminen und einer kybernetischen Kartei existieren, und unter dem sicheren Himmel von Paris beginne ich meinen Vortrag:

»*Der junge Danforth war es, der unsere Aufmerksamkeit auf die kurios regelmäßigen Umrisse der höheren Gipfel lenkte – Umrisse wie von vollkommenen Kuben, die Lake schon in seinen Berichten erwähnt hatte und die in der Tat seinen Vergleich mit den traumhaft verschwommenen Ansichten urzeitlicher Tempelruinen hoch auf umwölkten asiatischen Berggipfeln rechtfertigen, wie Roerich sie so faszinierend und vieldeutig gemalt hat. Es lag tatsächlich etwas beklemmend Roerichartiges über diesem unirdischen Kontinent einer geheimnisvollen Bergwelt. Ich hatte es schon im Oktober gespürt, als ich zum ersten Mal das Victoria-Land erblickt hatte, und ich spürte es jetzt wieder. Auch fühlte ich mich abermals auf beklemmende Weise an Ähnlichkeiten mit urzeitlichen Mythen erinnert; in welch verwirrendem Maße entsprach dieses Todesreich dem berühmten Plateau von Leng in den uralten Schriften! Die Mythologen haben Leng in Zentralasien angesiedelt; aber die Erinnerung der menschlichen Rasse – und ihrer Vorgänger – reicht weit zurück, und es mag wohl sein, daß manche Sagen aus Ländern und Bergen und Tempeln des Schreckens stammen, die älter als Asien und älter als jegliche bekannte menschliche Welt sind. Es gab kühne Mystiker, die auf den möglichen Ursprung des fragmentarischen Pnakotischen Manuskripts noch vor dem Pleistozän hinwiesen und die Vermutung äußerten, daß die Verehrer Tsathogguas der Menschheit ebenso fremd waren wie Tsathoggua selbst. Leng, wo immer in Raum und Zeit man seine dämmrige Existenz suchen mußte, war kein Ort, an dem oder in dessen Nähe ich mich gerne aufgehalten hätte ...*«

»Uff!« macht Fräulein Svensson. »Und dorthin soll unsere Hochzeitsreise gehen?«

Ich fordere sie zum Schweigen auf, indem ich abwinke, in dieser magischen Naivität von weisen Visionen möchte ich nicht gestört werden:

»*In diesem Augenblick bereute ich, jemals das gefürchtete Necronomicon gelesen und mich so oft mit dem so unheimlich gelehrten Volkskundler Wilmarth an der Universität unterhalten ...*«

»Was war das? Necro...«

»...nomicon. Ein Buch, das von Toten geschrieben wurde.«

Nicole erzittert. Es ist ein lauer Frühlingsabend im warmen Paris.

»Dort fahre ich nicht hin mit dir«, schüttelt sie den Kopf. »Wenn du schon eine literarische Hochzeitsreise haben möchtest, dann laß uns über den Mississippi fahren. Eine Reisegesellschaft hat die Schaufelraddampfer wieder in Betrieb genommen ...«

»*You don't like dead folks?*«

»Was ist das für eine Frage?«

Sie sieht mich verständnislos an, sie hat wunderschöne, graue Augen. Sie tut mir leid. Wer weiß, was sie noch erwartet. Ich habe mehrere von dieser Art Frauen gekannt. *Necronomicon.* So ein Scherz für verrückte Freunde.

»*Nigger Jim*«, sage ich ihr leise vor. »Kannst du dich erinnern? Wie ihn Huck, der tot sein sollte, auf der Insel im Mississippi erschreckt?«

Sie schlägt sich belustigt an den Kopf.

»Ich habe doch selbst eine Arbeit darüber geschrieben!«

»Sie haben sie wahrscheinlich gar nicht gelesen, Fräulein Svensson. Es war eine gute Arbeit. Sie muß mindestens dreißig Dollar gekostet haben.«

»Einige Arbeiten habe ich auch selbst geschrieben, Sir.«

»Die wären für fünf Dollar noch zu teuer.«

»Sie reiten auf mir herum, Sir.«

»Manchmal reiten Sie auch auf mir«, sage ich zynisch, und die mutige Frauen-Freidenkerin wird rot. »Und wir fahren auf unserer Hochzeitsreise auf das Plateau Leng. Ob Sie wollen oder nicht. Früher oder später fahren alle dorthin.«

»Zur Hochzeitsreise?«

»Ja. So wie die Hexen ihre Hochzeitsreise gemacht haben. Auf einem Besen. Sie haben den Teufel auf den nackten Hintern geküßt und es mit einem Ziegenbock getrieben.«

»*Don't talk like that!*«

»Ich besitze keinen solchen absoluten Glauben an das Wort, um zu denken, daß etwas nicht existiert, wenn man es nicht in Worte faßt. Dies gab es und wird es auch dann noch geben, wenn wir nicht darüber sprechen. Sie haben den Teufel auf den nackten Hintern geküßt. Und wenn er es befahl, haben sie wahrscheinlich sogar Kasatschok getanzt. Die dicken und die dünnen, die in hohen Positionen, die gut Informierten, sie hätten es sogar mit einer Ziege getrieben, wenn er es angeordnet hätte.

Und sie werden es tun, wenn er den entsprechenden Befehl gibt. Ich sehe sie überall um mich herum. Auch in den Staaten, auch in Kanada ...«

»Sie haben doch gar nicht so viel getrunken!«

»Aus mir spricht nicht der Alkohol. Aber hören Sie zu, Fräulein Svensson, damit Sie sich da ein bißchen auskennen. Eines Tages werden Sie diese Landschaft mit eigenen Augen zu sehen bekommen.«

Und ich lese weiter:

»*Als wir den abweisenden Gipfeln näherkamen, dunkel und unheimlich oberhalb der rissigen Schneefelder mit den eingelagerten Gletschern, fielen uns immer mehr die merkwürdig regelmäßigen Formationen auf, die an den Felswänden hingen; und wieder mußten wir an Nicholas Roerichs eigentümliche Bilder aus Asien denken. Die uralten, verwitterten Felsschichten bestätigten Lakes Meldungen in allen Punkten und bewiesen, daß diese Gipfel schon seit einer unvorstellbar frühen Epoche der Erdgeschichte – vielleicht schon seit über fünfzig Millionen Jahren – unverändert aufragten.*«

Der Kellner bringt zwei kleine Austernberge.

»Das wiederholt sich aber irgendwie«, wirft Irene ein. »Von diesem Roerich hast du schon mal was vorgelesen. Und auch von Lake.«

»Lovecraft hatte keine übermäßige Phantasie, doch das, was er schrieb, war dafür sehr intensiv. Er hatte eher eine fixe Idee als Phantasie. Wie alle Propheten.«

»Was hat er denn prophezeit?« fragt Nicole fast ohne Interesse. Ihre Aufmerksamkeit wird nun ganz von den kleinen lebenden Tierchen in den häßlichen Schalen in Anspruch genommen. Mit ihrer zarten Hand greift sie nach dem Austernmesser.

»Wie alle Propheten«, antworte ich. »*Doom.*«

»Hmmm!« macht Nicole und schlürft mit ihrem hübschen Mund das Tierchen hinunter. »Ist das guuut!«

Ich verstumme. Die Vergangenheit geht mir wieder viel zu sehr durch den Kopf. Das Bewußtsein von den ungerecht aufgeteilten Schicksalen in der Welt taucht plötzlich in meinen Gedanken auf. Ich mustere dieses Kindchen des Westens, das hier, in Reichweite des Ostens, die Muskeln des nächsten sterbenden Tierchens durchtrennt und ihm Zitronensaft auf die Innereien träufelt. »Hmmmmm!« Und wieder glänzt das Messer, ich denke daran, wie ich mit Sylva, nicht sehr weit von hier entfernt, in Neuilly, damals gestanden hatte, ich, ein toter Mann, doch Sylva kaum fünfundzwanzigjährig, und wie Sylva fragte:

»Wieviele soll ich nehmen?«

»Ich weiß nicht. Ein Dutzend?«

»Für jeden?«

»Vielleicht.«

»Ich nehme lieber zwei.«

Schließlich hatte sie acht Dutzend Austern gekauft. Der Verkäufer bediente uns, ohne mit der Wimper zu zucken. Das riesige Paket mit den Schalen wog bestimmt zehn Kilo. Dazu tranken wir Champagner, Pavelka war schnell voll, Miloš mußte zu einem Geschäftstermin, so daß die Austern für Sylva und mich blieben. In der zweistöckigen Wohnung in Neuilly. Martin und Martina schliefen oben im Kinderzimmer. Nach Mitternacht ließ sich Sylva in einen Sessel fallen und sagte:

»Ich komme mir vor, als wäre ich guter Hoffnung.«

»Vielleicht bist du es.«

»Mal den Teufel nicht an die Wand. In einem Monat habe ich Premiere.«

»Du gehst zurück?«

»Klar. Ich kann sie nicht im Stich lassen. Uff!« seufzte sie, »hier tut's weh, hier sticht's, hier zwickt's!« Sie legte ihre Hand auf den Bauch. »Wir hätten weniger kaufen sollen.«

»Oder wir hätten weniger essen sollen.«

»Oder sie mehr begießen«, meinte sie und trank ausgiebig von dem Champagner.

»Oder nicht so viel Zitrone drauftäufeln sollen«, bemerkte ich. »Ich werde nicht zurückgehen.«

»Und was machst du?«

»Sterben werde ich. Und dann werde ich wiedergeboren werden.«

»Bei den Augen des Igels!« quiekte sie wie in der längst verflossenen Zeit. »Kann man von Austern Junge bekommen?«

»Junge Austern?«

»Junge Menschen, du Dussel. Geh zurück. Was solltest du sonst machen?«

»Was sollte ich schon machen?«

»Das, was du schon immer gemacht hast«, schnitt sie mir eine Grimasse.

»Hast du Bauchweh?«

»So kann man das auch nennen«, sagte sie, stand auf, torkelte und rannte dann schnell zur Tür.

Und weg war sie. Ich beäugte die restlichen Austern. Wir hatten alle im voraus geöffnet, noch etwa fünfzehn Stück lagen auf dem Teller, sie zitterten im Todeskampf. Mir war schon alles egal, ich verkürzte ihr Leiden. Am nächsten Morgen saß Sylva am Tisch und sah wie die Frau des Sensenmannes aus, trank Alka-Selter und kaute dazu Aktivkohle aus Prag.

»Hast du auch Dünnschiß davon bekommen?« fragte mich ihr Mann.

Ich schüttelte den Kopf.

»Ich habe danach Hunger bekommen. In der Nacht bin ich aufgestanden und hab euren Kühlschrank leer gegessen.« Pavelka saß nicht mehr bei uns. In der Nacht hatte er wohl über das alles nachgedacht und war mit dem frühen Schnellzug nach Prag gefahren.

Ich sehe Nicole an.

»Du haust aber rein«, bemerke ich. »Erst hast du gesagt, daß ich zu viel bestellt habe, und jetzt läßt du für mich keine übrig.«

Sie schüttelt nur den Kopf, ihr Mund ist voll von der letzten Auster. Ihre ausgebleichten Augen strahlen lachend die unschuldige Böswilligkeit der Jugend aus.

»So gute kriegt man in Toronto nicht«, sagt sie mit vollem Mund. »Nicht so frische.«

Wir trinken Champagner, ich nehme wieder Lovecraft in die Hand.

»Willst du noch lesen?« fragt sie sichtlich angeödet.

»Nur ganz kurz«, antworte ich. »Gönne einem Greis seine Freude.«

»Aber dann gehen wir zurück ins Hotel?«

»Dann gehen wir zurück ins Hotel.«

»Oder wollen wir zuerst noch ins Crazy Horse gehen?«

»Das haben Sie doch nicht nötig, Fräulein Svensson. Und jetzt hören Sie zu. Die Lesung aus dem Werk von H. P. Lovecraft, Kapitel zwölf, Vers was weiß ich was: *Jetzt ließ sich am äußersten weißen Horizont jenseits der grotesken Stadt eine dünne, elfenhafte Linie violetter Zacken erkennen, deren nadelfeine Spitzen sich traumhaft vor dem lockenden Rosa des westlichen Himmels abzeichneten. Bis an den schimmernden Rand erstreckte sich ansteigend das uralte Tafelland, durchschnitten von dem vertieften, unregelmäßigen Schattenband des einstigen Flußlaufes. Eine Sekunde lang standen wir in sprachloser Bewunderung der unirdischen, kosmischen Schönheit dieser Szenerie, und dann beschlich unsere Seelen ein vages Grauen. Denn diese fernen violetten Umrisse konnten nichts anderes sein als die schrecklichen Berge des verbotenen Landes – die höchsten Gipfel der Erde, Brennpunkt allen irdischen Unheils; der Ort namenloser Schrecken und archaischer Geheimnisse, gemieden und angebetet von jenen, die sich scheuten, die Bedeutung dieser Dinge in Reliefs darzustellen; von keines Menschen Fuß betreten, doch heimgesucht von unheimlichen Blitzen, seltsame Strahlungen aussendend über die Ebenen in polarer Nacht – zweifellos der unbekannte Archetyp des gefürchteten Kadath in der Kalten Wüste jenseits des verabscheuungswürdigen Leng, über den uralte Legenden dunkle Andeutungen machen – die Berge des Wahnsinns.*«

»Brrr!« macht Nicole. »Dorthin fahren wir ganz bestimmt nicht! *We couldn't make love there.*«

»Wir fahren hin«, sage ich finster. »Ich war schon dort. Auch dort lieben sich Menschen ...«

»*How come you are alive?*« fragt Nicole. »Wenn dort jeder gestorben ist?«

»Auch ich bin dort gestorben«, erkläre ich. »Aber dann bin ich wiedergeboren worden.«

»Du bist aber schnell alt geworden.«

»Ich bin spät zur Welt gekommen.«

Und plötzlich entscheidet Nicole:

»Laß uns ins Hotel gehen!«

»Und im Bett weiter lesen. Wir haben eine *reading week.*«

Sie springt auf und hält sich den Bauch.

»*Oh, my God!*«

Sie reißt ihre bleichen Augen auf.

»*You're pregnant*«, sage ich. »*You'll have young oysters.*«

»*Where's the ladies room?*« fragt das Kindchen des Westens verwirrt.

Ein Kellner eilt herbei.

»*Où – où –*«, fragt das Kindchen in seinem Torontoer Französisch, auf ihrer Stirn sprießen kleine Schweißperlen, »*la – la toilette?*«

Der Kellner flüstert ihr diskret etwas ins Ohr. Nicole verschwindet in ihrem wunderschönen Kleid für acht Hunderter hinter einem Vorhang.

Ach Kindchen! Du Kindchen des Westens! *Dominus tecum* – in den Bergen des Wahnsinns …

»*Booker!*« herrscht Tussie den farbigen Barkeeper an. »*How many drinks did Mr. Senka have?*«

»*Just one*«, antwortet der Dunkelhäutige ergeben.

»*Booker*«, befiehlt Tussie mit eisiger Stimme, »*make Mr. Senka another screwdriver.*«

Der Farbige beginnt gehorsam, den Shaker zu schütteln, und hinter den Plastikweinreben leuchtet ängstlich sein Augenweiß. Nur mit viel Mühe kann Herr Senka seine Augen von Tussies mit Sternenstaub bedecktem Schritt losreißen. Er kichert:

»Jawohl, Gnädigste. Screwdriver! Das mag ich gern!«

»Die Guidin in Moskau«, erzählt Tussie, »wurde ganz weiß, als ich ihr erzählt habe, daß wir Tschechen sind. Weil wir angeblich die besten ihrer jungen Männer umgebracht haben. Und da habe ich zu ihr gesagt, daß sie nuts ist, wenn jemand getötet hat, dann war es eher andersrum. Aber sie hat während der ganzen Hochzeitsreise gefrowned und war convinced, daß es in Prag wie in einem Schlachthof zuging.«

»Das sowjetische Volk ist ein gläubiges Volk. Ein orthodoxes Volk«, bemerkt Bočár und streckt seine Hand mit dem leeren Glas aus.

»*Booker!*« gellt Tussie, als wäre sie auf einer Plantage vor hundert Jahren. »Siehst du nicht, daß der Gast ein leeres Glas hat?«

»*Yes, ma'm!*« versichert ihr der Farbige demütig. Auch wie auf einer Plantage. Eifrig schwenkt er den Mixbecher. Bočár hält noch ein leeres Glas hin:

»Und meine Frau bekommt eine Pink Lady.«

»Hast du gehört, Booker?« keift Tussie mit unangenehmer Stimme. Daß gleich so eine Dame aus ihr geworden ist? Na ja, klar. Sie sind doch gerade von ihrer Hochzeitsreise durch die Sowjetunion zurückgekehrt.

Booker nimmt den zweiten Mixbecher in die linke Hand und tut sein Bestes.

»Sie sehen wunderschön aus, Gnädigste!« haucht Herr Senka und starrt wieder auf ihr glitzerndes Höschen. Tussie schlägt die Beine übereinander, bemerkt den Blick Herrn Senkas und beäugt sich mit flüchtigen Blicken, ob sie nicht etwa irgendwo einen offenen Reißverschluß hat.

Margitka begibt sich ins Bad. Ich sehe ihr nach, damit nicht auch ich noch Tussie anstarren muß. Tussie steht jedoch ebenfalls auf und geht in die gleiche Richtung. Sie will anscheinend Margitka bitten, mal zu gucken, ob bei ihr alles in Ordnung ist.

»Hey, junger Mann«, höre ich Bočárs halblaute Stimme. Ich habe keine Ahnung, warum er mich immer auf diese absurde Art und Weise anspricht. Herr Senka wendet sich der Bar zu und bechert, Herr Zawynatsch hat sich hinter die Theke begeben, von unten ein Blechkistchen hervorgeholt und stopft sich jetzt seine Pfeife.

»Junger Mann«, flüstert Bočár.

»Ja?« Ich drehe mich zu ihm um. Der Whisky läßt seine Augen leuchten.

»Ich danke dir.«

»Wofür denn?«

Ich fahre zusammen. In seinen whiskyunterlaufenen Augen spiegelt sich ein Anflug von Spott und leichte Verzweiflung wider, aber immerhin freundschaftlich. Trotzdem stockt mir der Atem.

»Tu nicht, als wüßtest du nicht, worum es geht!«

Mir wird ganz heiß. Wahrscheinlich bin ich rot geworden wie ein kleiner Knirps, den man beim Äpfelklauen erwischt hat.

»Nimm es dir nicht so zu Herzen«, brummt Bočár. »Ich bin kein Ungeheuer. Sie verdient es.«

Ich versuche, stotternd etwas von mir zu geben, doch ich weiß nicht, was ich von mir geben soll.

»Sie ist eine Heilige«, fährt Bočár fort. »Jede andere hätte mich als Krüppel schon längst zum Teufel gejagt. Nachdem sie die ganzen Jahre … auf mich …«

Wieder versuche ich, etwas zu stottern. Ich suche krampfhaft nach einem Inhalt.

Bočár fängt sich wieder, erwacht aus seinen sentimentalen Erinnerungen und sieht mich dreist an:

»Was bist du so rot wie ein Gymnasiast? Die Welt ist komisch, und das hier ist normal. Komm! Laß uns darauf anstoßen!«

Zum letzten Mal schicke ich mich an, etwas Undefinierbares von mir zu geben, und stoße schließlich hervor:

»Zum Wohl!«

»Zum Wohl!« wiederholt Bočár laut. »Auf unser Wohl!«

Wir stoßen an, und mit dem erstklassigen Chivas Regal von Herrn Zawynatsch trinken wir auf die Untreue von Bočárs geliebter Frau.

Herr Senka mustert an der Bar gerade den Gastgeber und schüttelt sich vor Lachen, das er nicht unterdrücken kann. Booker arbeitet um so eifriger. Herr Zawynatsch enthüllt seine kostspieligen *dentures*:

»*What is it?* Sagen Sie es mir!«

»Ich müßte es Ihnen ins Ohr flüstern!«

»Dann machen Sie das!«

Herr Zawynatsch nähert sich mit seinem Ohr voran Herrn Senka, sein Anzug glitzert bunt. Booker mixt übereifrig. Vor dem Hintergrund der folkloristischen Topless-Frau mit einer rosa Haut strahlt aus dem schwarzen Antlitz ein bewundernswertes Gebiß.

Darwin, 7. Mai 1977

Sehr geehrter Herr Smiřický,

zu meinem tiefsten Bedauern muß ich Ihnen mitteilen, daß Ihr an Herrn P. Skočdopole adressierter Brief nicht zugestellt werden konnte. Der Empfänger kam bei einer Katastrophe, die sich kürzlich in unserer Stadt ereignet hat, auf tragische Weise ums Leben.

Hochachtungsvoll

Kevin W. McIntyre

Hauptpostmeister der Stadt Darwin

Ich schaute in der Fabrik vorbei, weil ich sonst nichts zu tun hatte. Am Tor saß der Werkschutz Blühme und grinste mich freundlich an. Ich teilte ihm mit, daß ich krank sei, aber Blühme winkte nur ab.

»Das ist schon in Ordnung. Fast alle sind krank.«

Er war wieder umgänglicher geworden, hatte angefangen, tschechisch zu reden, auch wenn er seinen Namen vorerst noch nicht auf das ursprüngliche Bluma umwandeln konnte. Seine Autorität ließ zu wünschen übrig, und gleichzeitig mit dieser Veränderung hatte er sogar seinen Sinn für Humor wiedergefunden. Fürs erste nur Galgenhumor, doch vielleicht gibt es ja gar keine andere Art des Humors. Ich lief über den Hof zu der Halle, wo Nadja und ich im letzten Winter die Messerschmitt-Kreuze gebohrt hatten. Vor der Schweißerwerkstatt saß Nejezchleba auf einem grünen Faß und rauchte schamlos ein Ding, das wie eine dicke, in Zeitungspapier gewickelte Zigarre aussah. Noch bevor ich bei ihm war, kam aus dem Verwaltungsgebäude Květa Ceehová in einem grauen Rock, einem braunem Hemd und mit blonden Haaren, die sorgfältig zu einem Knoten zusammengebunden waren, sie trug Akten in der Hand und lief an dem qualmenden Nejezchleba vorbei, als hätte sie ihn nicht gesehen. Nejezchleba sprang von seinem Thron herunter und schloß sich mir an.

»Holst du dein Geld ab?«

Es war Samstag.

»Zahlen sie überhaupt noch was aus?«

»Ja. Der Kleinenherr verwaltet das. All die Nazis sind schon abgehauen, bis auf die Ceehová«, er drehte sich nach der steifen Nationalsozialistin um, die gerade in der Tür der Finanzabteilung verschwand.

Wir gingen in die Halle, der wir mal den Namen Sibirien verpaßt hatten. Sie war gerammelt voll, aber nur deshalb, weil alle gekommen waren, um ihr Gehalt abzuholen. Es war auch ungewöhnlich still. Statt des Ratterns der Preßlufthämmer, das mich immer an Maschinengewehrsalven erinnert hatte, hörte man heute vom ersten Takt nur Feilgeräusche und dann ein Zischen, da jemand Luft in eine Bohrmaschine einließ. Hetflajš und Švestka arbeiteten noch, Opa Varecka stand neben ihnen. Doch als ich näher kam, sah ich, daß sie aus den Dural-Deckeln, die als Basis für die Bordkanone in der Messerschmitt 109 F bestimmt waren, eine verzierte Hundehütte bastelten.

Wir gingen aufs Klo. Im alten, wohlvertrauten Londoner Nebel tagte der Debattierklub wie früher. Heute hatten sie einen Gastredner. Es war der Werkschutz Eisler. Er brüllte wie in alten Zeiten, doch heute lallte er auch noch. Vielleicht war er wegen seines Rausches nicht so einsichtig wie Blühme an der Pforte. Doch er schrie auf tschechisch. Oder wenigstens zum Teil. Im Gegensatz zu früher bemühte sich der Seminarzirkel nicht einmal, mit heruntergelassenen Hosen auf den Klobecken zu sitzen, sondern man machte sich über ihn lustig.

»Und er hat doch eine *Geheimwaffe*! Der *Führer* hat sie!« brüllte Eisler. »Eine solche Geheimwaffe, daß eine einzige ausreicht, um eine ganze Armee zu schlagen!«

»Trainierte Bandwürmer, du Schlagstock!« meinte Malina.

»Die Geheimwaffe ist fertig, und euch wird das Lachen schon noch vergehen! Wenn die Lage am hoffnungslosesten erscheint, wird die Geheimwaffe brechend ... bahnbrechend ...!«

»Das werden wohl Pfauenfedern aus Plastik sein«, kommentierte Nosek. »Aber wie stopft man sie der Armee in den Hals?«

»Er meint die Ritter von Blaník«, erklärte der Junge aus der Lackierwerkstatt. Er war in seinem Sonntagsanzug mit roten Streifen und mit gepolsterten Schultern gekommen, um sein Gehalt abzuholen. »Er hat doch gesagt: Wenn die Lage am hoffnungslosesten erscheint ...«

»Die Ritter aus dem Blaník werden doch nicht den Nazis helfen, du Pavian!« warf Malina ein.

»Warum nicht? Der heilige Wenzel ist doch jetzt ein Kollaborateur.«

»Soll ich dir eine reinhauen?« fragte der fromme Junge aus der Lackierwerkstatt.

»Die Geheimwaffe zerreißt die Atome!« schrie Eisler und nippte an seinem Flachmann.

»Laß mich auch mal trinken, Eisler«, sagte Kos.

Eisler schwankte leicht, wippte in seinen Stiefeln vor und zurück, sie waren nicht mehr so gut gewichst wie früher. Er versuchte, seinen beschwipsten Blick auf Kos scharf zu stellen und meinte:

»Geb ich dir, aber nur, wenn du auf die Geheimwaffe trinkst!«

»Klar«, versprach Kos. »Ich kann auch auf die japanischen Todespiloten trinken.«

»Auf die auch. Richtig. Aber vor allem auf die Geheimwaffe.«

Er reichte Kos den Flachmann, Kos nahm einen Schluck, doch statt die Flasche zurückzugeben, gab Kos sie an Malina weiter.

»Auf die Geheimwaffe«, sprach Malina, »du Maus!« Er trank ebenfalls, und die Flasche ging in der Runde herum.

»Wartet! Halt!« rief Eisler. »Her mit meinem Schnaps!«

»Eisler!« meldete sich Voženil. »Du hast doch nichts dagegen, wenn wir auf die Geheimwaffe trinken!«

»Das nicht!« brüllte der Werkschutz wieder, und aus der anderen Tasche holte er eine zweite Flasche heraus. Sie war noch voll. Auf das Ende des Krieges war er gut vorbereitet. »Die Atome zerreißen alles! Es wird eine große Explosion geben!«

»Bestimmt«, pflichtete ihm Kos bei.

»Was für Atome?« fragte Malina. »Was quasselt die Schnecke denn da?«

»Atome«, Eisler nahm einen ordentlichen Schluck, so daß die Flasche danach zur Hälfte leer war. »Aus denen setzt sich die Masse zusammen. Und die Atome sind voll von der ... der Energie. BUMM!« grölte er, daß das kleine Klofenster aufsprang. Er lehnte sich gegen die Wand und sah aus, als wäre er eingeschlafen.

»Was soll das für eine Masse sein?« fragte Kos.

»Die Masse setzt sich aus Atomen zusammen, in denen Elektronen um den Kern herumkreisen.«

»Masse?« fragte Malina nach. »Du meinst Erde, du Gorilla? Machen sie denn ihre Geheimwaffe aus Erde?«

»Masse überhaupt«, erklärte Nosek. »Wie zum Beispiel hier bei deiner Feile.«

Aus der Tasche von Malinas Blaumann guckte eine massive Feile heraus. Er baute wahrscheinlich auch eine Hundehütte.

»Diese Feile? Und darin soll was kreisen, du Schimpanse?«

»Elektronen«, fuhr Nosek fort. »Die Feile ist aus Eisen, das Eisen besteht aus Atomen, und in jedem Eisenatom kreisen die Elektronen um den Kern herum, ich weiß jetzt nicht genau wie viele. Das ist ähnlich wie beim Sonnensystem, wo die Planeten um die Sonne kreisen.«

»Kreist nicht zufällig etwas in deinem Kopf?« fragte Kos. »Soll ich dir eine kleben, damit das ganze noch besser kreist?«

»Dann lies dir doch Bücher darüber durch, du Idiot«, wehrte Nosek ab. »Lesen kannst du doch hoffentlich, oder?«

»Soll ich dir eine verpassen?«

Malina starrte die Feile an. Dann hielt er sie vor Noseks Gesicht.

»Hier drin kreist ein Scheißdreck herum. Es müßten irgendwelche Luftblasen drin sein, und dann würde sie doch brechen, du Dromedar!«

»Atome kann man nicht mit dem bloßen Auge sehen«, versuchte es Nosek noch einmal. »Aber wenn du dir das mit einem Elektronenmikroskop angucken würdest, dann würdest du sehen, wie sie da herumkreisen. Da ist was los, du würdest dich wundern.«

Malina hob die Feile drohend.

»Also deiner Meinung nach ist diese Feile wie ein wurmverseuchter Käse, du Pottwal?«

»Das könnte die Geheimwaffe sein, Jungs«, mischte sich der grüne Veteran aus dem Reich ein. »Die Deutschen haben die Lager voll von verdorbenem Käse, und den werden sie vom Flugzeug aus abwerfen, so daß die Rote Armee von dem Gestank fast krepiert.«

Eisler entwich aus dem Rachen ein schlimmes Geräusch, begleitet von einem ekligen, grünen Brei, der Malinas Blaumann besudelte. Diesem entfuhren vulgäre Flüche. Kos und Voženil packten den Werkschutz bei den Armen und zerrten ihn zu einem Klobecken. Eisler erbrach sich dort und ließ dabei laut einen fahren.

»Es lebe die Geheimwaffe!« bemerkte der Junge aus der Lackierwerkstatt. Malina in seinem vollgekotzten Blaumann stand am verdreckten Waschbecken, und mit einem schmutzigen Lappen wischte er sich die Geheimwaffe von der Hose ab.

Wer an mich glaubt, der wird leben,
auch wenn er stirbt.
Johannes, 11;25

Der Allmächtige hat die Seele meiner teuren Gattin
NADĚŽDA MELICHAROVÁ, geb. JIROUŠKOVÁ
zu sich gerufen

Sie starb nach einem langen Leiden am 23. Januar 1946, am Tage der Verlobung der Heiligen Jungfrau Maria, im Alter von 21 Jahren. Der Leib unserer teuren Verstorbenen wird am 27. Januar auf dem Städtischen Friedhof von Kostelec beigesetzt, wo er auf die heilige Auferstehung warten wird.

Die Totenmesse findet am Sonntag, dem 28. Januar, in der Kirche zum heiligen Adalbert um 10 Uhr vormittags statt.

Im Namen aller Verwandten
František Melichar
Ehemann

Ich reichte Vráťa Blažej den Abholschein über die Verkaufstheke, und in diesem Moment betraten Irena und Alena die Drogerie. Fröhlich teilte ich ihnen mit, daß die Bilder fertig seien. Dann warteten wir, bis Vráťa aus dem Kontor zurückkam, wo Herr Helebrant die entwickelten und zum Abholen bereitliegenden Bilder in Papiertüten mit den Namen der Kunden aufbewahrte. Alena äußerte die Befürchtung, sie würde auf den Fotos bestimmt ganz schlimm aussehen.

Als Vráťa zurückkehrte, riß ihm Alena die Tüte aus der Hand, und gemeinsam mit Irena stürzte sie sich auf die Bilder. Ich blickte ihnen über die Schultern.

Auf dem ersten Bild war der Herr Rat mit Alena verewigt. Alena sah dort besser aus als in Wirklichkeit.

»Deine Nase glänzt doch nicht«, bemerkte ich.

»Hör mal, Vráťa«, fragte Alena. »Würde das gehen, daß du meinen Vater abschneidest und mich allein vergrößerst?«

Das meinte sie ernst. Sie war auf dem Bild wirklich sehr hübsch. Inzwischen legte Irena die nächsten Bilder auf die Theke, sie hatte sie noch kaum angesehen, da griff schon Vráťa nach ihnen.

»Von wem sind die denn?« fragte er.

»Zeig mal!« Alena nahm ihm die Fotos aus der Hand. »Bist du blind, Vratislav? Das sind doch meine Beine!«

Sie waren es auch. Ich hatte sie sehr gut abgelichtet. Den unteren Rand des Rockes sah man gar nicht. Nur die nackten, braungebrannten, hübschen, vom Basketballspielen durchtrainierten Beine der Centerspielerin, man sah sie bis zu der Stelle, wo sie ihren Rock hochgezogen hatte.

»Warum hast du sie nicht weiter oben fotografiert, du Künstler?« erkundigte sich Vráťa. »So erweckt es nur vergebliche Hoffnungen.«

»Weiter oben war der Rock«, erklärte ich. »So regt es wenigstens dein Vorstellungsvermögen an.«

Während Irena und Alena sich die anderen Bilder anguckten, untersuchte Vráťa das Bild noch näher. Ich sah ihnen wieder über die Schultern. Der Herr Rat und Irena, mit einem Lachen wie Deana Durbin. Auf dem Foto hatte sie ein etwas pummeliges Gesicht. Komisch. In Wirklichkeit sah sie hübscher aus als auf dem Bild. Ich blickte zu Alena, ihre Nase glänzte wieder. Irena deckte das nächstes Bild auf, auf dem der Herr Rat als glücklicher Vater zwischen den teuren Schwestern saß, Irena war im Halbprofil zu sehen, sie war auf diesem Bild fast so hübsch wie in Wirklichkeit, Alena hielt sich auf dem Bild ihre Hand vor den Mund, und ihre Nase glänzte ähnlich wie der Ring an ihrem Zeigefinger.

»Das hier ist dir gut gelungen, Danny«, kommentierte Irena.

»Könntest du mich nicht herausschneiden?« fragte Alena. »Und statt dessen das erste Foto von mir hineinkleben?«

»Das ist ein Kinderspiel«, meinte ich. »Eine einfache Fotomontage.«

»Kleb ihre Beine hin«, schlug Irena vor. »Die gefallen dir doch am besten an ihr!«

»Du bist vielleicht ein schlaues Köpfchen, Schwesterlein! Wo sind eigentlich meine Beine?«

Alena schaute sich um.

»Vráťa!« kreischte sie. »Was machst du denn da?«

Sie hatte so durchdringend geschrien, daß Herr Helebrant in den Laden gestürmt kam und von hinten an Vráťa herantrat.

»Ich konkretisiere meine Vorstellungskraft«, erläuterte Vráťa. Er hatte das Foto von Alenas Beinen auf weißes Packpapier gelegt, und mit einem weichen Bleistift vervollständigte er nun den Rest des Körpers, selbstverständlich ohne Kleider. Und Vráťa konnte sehr gut zeichnen. Der nackte Körper war fast genauso realistisch wie die abgelichteten Beine. »Und für oben schneide ich dein Gesicht aus dem guten Bild raus, auf dem deine Nase nicht glänzt«, plante er.

Plötzlich knallte eine Ohrfeige, daß sich Vráťa einmal um seine Achse drehte.

»Blažej! Was machst du da?«

»Ich mache eine Skizze, Chef! Drüber male ich noch die Kleider!«

»Ich werde dir die Kleider zeigen!« regte sich Herr Helebrant auf. »Verdrück dich ins Lager und pack das Ammonium aus.« Und mit Wucht riß er den wunderschönen Körper auf dem Packpapier heraus, reichte das Foto Alena und schickte sich an, das Papier zusammenzuknüllen.

»Geben Sie es mir, Herr Helebrant!« bettelte Alena. Herr Helebrant stockte.

»Was willst du damit machen, Alena?«

»Ich gebe es meinem Vater. Sonst glaubt er mir nicht, wie unanständig Vráťa ist. Ich werde ihm sagen, er soll es seinen Eltern erzählen.«

Ich wußte ganz genau, daß sie log. Alena war keine Petze, und die Zeichnung war Vráťa sehr gut gelungen. Sie wollte wahrscheinlich die Beine und den Kopf selbst dazu kleben. Damit ihre Kinder ein Souvenir hätten.

»Das kann ich auch selbst machen. Ich überlege es mir noch«, entgegnete Herr Helebrant und knüllte den wunderschönen Akt zu einer unförmigen Kugel zusammen. »Vratislav wird zur Strafe nach Feierabend die Waren auspacken.«

Alena machte eine traurige Miene und beobachtete, wo Herr Helebrant die Kugel hinschmeißen würde. Doch er steckte sie in seine Jackentasche. Ich nahm mir vor, heute abend in die Weinstube »Zum Slawen« zu gehen; dort trifft sich nämlich Herr Helebrant in einem Hinterzimmer mit Herrn Skočdopole, um heimlich Wein zu bechern. Also war die Kugel noch nicht ganz verloren.

»Also los, laß uns gehen, Schwesterchen!« sagte Irena plötzlich. »Einen Alaunstein bitte, Herr Helebrant.« Sie reichte mir die Bilder. »Sie sind dir wirklich sehr gut gelungen, Dannylein«, flötete sie süß. Aber wenn Irena etwas in dieser süßen Art sagte und mich auch noch Dannylein nannte, hieß es, daß sie gehässig war. Sie bekam ihren Alaunstein, bezahlte und schnappte Alena an der Hand.

»Wir haben noch nicht alle gesehen!« protestierte Alena.

»Dich hast du gesehen, und deine Beine auch. Los, teure Schwester!«

Und energisch schob sie Alena vor sich her aus der Drogerie hinaus.

Das verstand ich jetzt nicht. Ich betrachtete weiter meine Elaborate, und zur Abwechslung sah mir diesmal Herr Helebrant über die Schultern. Alena mit dem Herrn Rat. Irena mit dem Herrn Rat. Der Herr Rat zwischen Irena und Alena. Beim nächsten Bild bemerkte Herr Helebrant fachmännisch:

»Doppelbelichtung.«

Ich Idiot! Ich hatte vergessen, denn Film vorzuspulen. Auf dem Bild saß ich im Zimmer beim Herrn Rat auf dem Sofa, links drückte sich Alena an mich, die hier hübscher war als in Wirklichkeit, ihre Nase glänzte nicht, rechts von mir sah es nach einem Geist aus. Doch die Ähnlichkeit war unbestritten. Es war Marie Dreslerová, sie streckte dem Fotoapparat ihre Zunge heraus, und sah ungeheuer hübsch aus. Ach so. Ich hatte sie einen Tag zuvor getroffen, mit einem frisch eingelegten Film, als ich zum Herrn Rat gegangen war, um dort mit den historisch wertvollen Bildern vor den teuren Schwestern zu prahlen. Doch dieses hier hatte den größten historischen Wert.

Lieber Danny,

wundere Dich nicht, daß ich mich erst nach so vielen Jahren wieder bei Dir melde, und sei nicht böse, daß ich nicht einmal Deinen Brief beantwortet habe, in dem Du mir Deine Adresse in Kanada mitgeteilt hast. Ich konnte Dir nicht antworten, lieber Danny, weil ich eigentlich tot bin. Ich schreibe Dir jetzt, weil mir klar geworden ist, daß Du der einzige Mensch bist, den ich auf der Welt noch habe. Dir kommt das lächerlich vor, nicht wahr? Aber Du bist tatsächlich der einzige, der mir geblieben ist.

Ich muß es Dir also schreiben. David lebt nicht mehr. Auch seine Frau Noemi nicht. Einen Monat nach dem Krieg wurden sie beide in einem Café auf dem Boulevard Rabbi Loev von einer Bombe getötet.

Ach Danny, mein letzter Freund! Als die Soldaten zu mir kamen, um es mir mitzuteilen, habe ich nicht einmal geweint. Ich konnte es nicht, weil ich in diesem Moment tot war. Bereits kurz zuvor war ich schon einmal vor Angst fast gestorben. David mußte damals nämlich wieder einmal einrücken. Das Wort »mußte« ist aber nicht ganz richtig. Als er im Radio gehört hatte, daß die arabischen Verwandten den Yom Kippur entweiht hatten, sprang er von seinen Büchern auf und fuhr zur Kommandantur. Drei Wochen lang hörte ich nichts von ihm, und es war wirklich ein blutiger Krieg. Ich brauche Dir diese drei Wochen nicht schildern, ich wäre sowieso nicht dazu in der Lage. Ich arbeitete damals mit Noemi in einem Krankenhaus, obwohl sie bereits im siebten Monat war, so daß wir aus unmittelbarer Nähe zu sehen bekamen, was uns dieser Krieg kostete. Doch David kam zurück. Er hatte ein paar neue Orden, er war in der Truppe, die den Suez-Kanal überschritt und eine ganze Armee der arabischen Verwandten belagerte.

Ich kann nicht mehr weinen, Danny, aber vielleicht empfinde ich jetzt zum ersten Mal seit dem Krieg, den ich in Auschwitz erlebt habe, Haß. Ich schwöre Dir, früher habe ich unsere arabischen Verwandten nicht gehaßt. Ich weiß nicht warum. Wahrscheinlich hatte ich wegen der Deutschen keinen Platz mehr für Haß übrig, außerdem kamen sie mir vor wie kleine Kinder, die mit dem Feuer spielen, aber doch wie Kinder. Doch jetzt hasse ich sie. Gott möge mir vergeben. Seit dem Moment, als die Soldaten zu mir kamen, um mir mitzuteilen, daß David und Noemi nicht mehr lebten, lese ich. Ich wälze Bücher über Araber, darüber, was sie während des Krieges gemacht haben, als ich in Auschwitz war. Hast Du gewußt, daß sie sogar eine SS-Division namens Muslimische SS Handschar hatten, angeführt von einem gewissen Oberst Sauberzweig, und diese Division war so tüchtig, daß Himmler sie sogar anderen nichtdeutschen SS-Einheiten als Beispiel hinstellte? Hast Du gewußt, daß es in der britischen Armee keine arabischen Einheiten gab, weil die Briten sie für unzuverlässig hielten. Und hast Du gewußt, daß während des ganzen Krieges der Großmufti von Jerusalem von Berlin aus gesendet hat?

Ich weiß. Dies könntest Du ihren Anhängern in Kanada nicht erzählen. Sie würden Dir entgegnen, daß die Araber unter dem englischen Joch lebten, und somit jeder Feind Großbritanniens automatisch ihr Freund war, und daß Du sie verstehen solltest. Aber wenn man das verstehen muß, warum kann man dann nicht auch für uns Verständnis haben? Daß uns die ganze Welt jahrhundertelang unterjochte, daß wir den Davidstern seit jener Zeit tragen mußten, als die Araber Spanien eingenommen hatten? Daß wir endlich eine Heimat haben möchten, und daß jeder, der uns dieses Recht abspricht, unser Feind ist. Nein, hier werde ich mich niemals zu Hause fühlen. Danny, mein Zuhause bleibt für immer Kostelec. Aber unsere Kinder … Nun ja, meine nicht mehr. Jetzt weine ich endlich wieder, lieber Danny. Zum ersten Mal in meinem Leben denke ich das, was die Frauen, deren Männer, Kinder, Eltern, einfach alle Verwandte umgebracht wurden, auch dachten: Warum bin ich bloß nicht auch durch den Schornstein geflogen?

Ich bin deshalb so zynisch, damit ich aufhöre zu heulen.

Schreib mir, Danny, damit ich etwas zu lesen habe. Etwas, was in mir keinen Haß erzeugt. Zum Beispiel, wie wir als Kinder mit Benno in Kostelec ins Jericho schwimmen gegangen sind. Oder lieber nicht. Schreib mir, wie Du so lebst. Falls Du noch lebst. Schreib mir einfach, was Du willst.

Danny, mein teurer Freund, schreib mir, was das eigentlich ist: das Leben.

Deine Rebekka

Tussie behandelt den farbigen Barkeeper sehr unfein. Die Art und Weise, wie sie ihn behandelt, erinnert nicht mehr an den tiefsten Süden, sondern schon an das alte Rom zu Zeiten Neros. Und der Farbige kriecht beinahe auf dem Boden, er verhält sich wie der typische Bimbo aus rassistischen Witzen.

»Gnädigste«, spreche ich sie an. »Was ist denn nur los? Sie hätten nicht nach Moskau fahren sollen. Aus Ihnen ist dort eine Rassistin geworden.«

»Ich bin keine Rassistin geworden«, entgegnet Tussie tugendhaft. »Aber ich kann keine Idioten ausstehen! *Do you hear me, Booker? I can't stand idiots!*«

»Frau Zawynatsch!« fleht sie der Farbige an. »Ich habe mich so bemüht! Ich habe Quellen studiert! Ich habe gelesen …«

»*Oh, shut up!*«

»Was hat er denn angestellt?« frage ich auf tschechisch.

»Er hat alles gebungelt!« fertigt sie mich ab. »Er hat die Briefe so blöd geschrieben, daß es nicht einmal die Bullen gefressen haben!«

»Was denn für Briefe?«

»An Lída doch. Ich hab's dir doch erzählt, daß sie meine bosmfriend in Prag ist. Ich wollte sie ja – wie heißt das noch mal, demnd! – *marry off!* Im Westen verheiraten!«

Dann bestellt sie herrisch eine White Lady, und nicht allein der Shaker schüttelt sich, doch Tussie schmeißt Booker sein Produkt an den Kopf, weil er vergessen hat, einen Tropfen Cointreau beizumischen. Und als sie endlich damit zufrieden ist, durchbohrt sie ihn mit einem Blick, daß der arme Booker fast hinter der Weinrebe aus Plastik verschwindet.

»Ich hab ihm gesagt: Es muß sexy sein! Passion! Leidenschaftlich!« ärgert sie sich und klärt mich über die ganze Tragödie auf. »Und er hat es wie *hard-core pornography* geschrieben! Es sollte auch *politically conscious* sein! Aber der schwarze Idiot hat es so *through and through* politisch geschrieben, daß man es nicht einmal als *leading article* in der *Tribuna* hätte drucken können, sondern sie haben es als eine reine Provokation aufgefaßt!«

Der Farbige wagt nun, hinter der Rebe hervorzulugen.

»Frau Zawynatsch! Ich habe wegen der Briefe sogar den amerikanischen *Worker* gelesen. Die Leitartikel von Gus Ball. Ich habe mir sowjetische Romane aus der Bibliothek der Kanadisch-

Sowjetischen Freundschaftsgesellschaft auf der Avenue Road ausgeliehen! Ich habe mich bemüht, den Stil nachzuahmen …«

»*Idiot! You chickenbrained monster!*« schreit Tussie. »Denkst du etwa, daß die denken, daß jemand wirklich so denkt?«

»Ich habe angenommen, wenn es so in der Zeitung steht …«

»Du solltest aber private Briefe schreiben, you *nincompoop!* Verdrück dich!« kreischt Tussie. »Mach dich aus dem Staub!«

Der Barkeeper verkriecht sich wieder.

»Ich weiß nicht genau, was für eine Art von Bockmist er ihr geschrieben hat. Aber man hat sie auf das precinct der Staatspolizei gesummoned, und dort haben die zu ihr gesagt, sie soll sie nicht kidden, daß das ein durchsichtiger Trick sei, und stell dir vor, Danny!« Sie ergreift meine Hand. »Sie haben sich erlaubt, ihr zu sagen, daß sie Prostitution auch in Prag betreiben kann und deshalb nicht nach Kanada heiraten muß! Meiner besten Freundin! Sie ist doch eine Interpretin! Das hat sie mir ja selbst gesagt!«

Tussie runzelt die Stirn und ist zu Recht erzürnt. Ich werfe einen Blick auf Booker. Er duckt sich hinter der Weinrebe, unter der linken Brust der folkloristischen Stripperin in sich zusammengesunken.

»Booker weint«, flüstere ich Tussie zu. Sie wirft einen bösen Blick in seine Richtung.

»*Well*, das sollte er auch oder auch nicht«, spricht sie in Rätseln. »Und er … stell dir das nur vor, damit das alles – wie heißt das noch mal – perfekt ist, dann ist er für sie gefallen, oder wie sagt man das. *Fell for her.*«

»Hat sich verliebt?«

»So ist es«, bestätigt Tussie. »Er mußte sich selbst in Prag zeigen, damit es credible aussah. Und jetzt ist er ihretwegen ganz aus dem Häuschen.«

Mitfühlend sehe ich Booker an. Die White Lady, die ihm Tussie an den Kopf geschmissen hatte und die nun als Lache auf der Theke liegt, vermischt sich mit seinen Tränen.

»Und sie ist für ihn gefallen. *Oh shit!*« Die gnädige Frau des Hauses läßt ihren Emotionen freien Lauf. Der Herr des Hauses redet tröstend auf sie ein:

»*Take it easy, honey, take it easy!*«

»*Oh shit!*« wiederholt Frau Zawynatsch fast verzweifelt. »Ich werde einen neuen hiren müssen, damit er das ganze noch einmal startet. Ich nehme einen Italiener. Die haben experience mit dem Kommunismus.«

»Und wenn er auch für Lída fällt?«

»*Well*, dann müssen sie das untereinander klären!« beschließt Tussie. Plötzlich strahlen ihre Augen auf. »Hör mal, Danny, man könnte es doch so arrangieren, sobald Lída da rauskommt, daß es zwischen den beiden Männern zu einem Duell kommt, der eine tötet den anderen, der zweite behält sein Leben und muß zehn Jahre im jail hocken, oder er muß untertauchen, und ich werde Lída mit dir verheiraten! Du bist doch Single, nicht wahr? Und sie ist meine bosmfriend! Sie ist so sexy, daß nach der Hochzeitsnacht nur noch Haut von dir im Bett übrigbleiben würde!«

Wir bedanken uns von ganzem Herzen für die aufrichtige Anteilnahme, die uns in unserer Trauer über den plötzlichen Heimgang unseres geliebten Gatten, Vaters und Schwiegervaters
Vratislav Blažej
zuteil wurde.

Jana Blažejová
Ehefrau
Jana von Kleinenschütz
Tochter
Prof. Dr. Harry von Kleinenschütz
Schwiegersohn

München, den 21.8.1974

Lieber Herr Smiřický,

Sie kennen mich nicht, Sie haben nur meine Mutter gekannt, Venuše Paroubková. Ich bin jetzt mit dem Ensemble Jazz 75 zu einem Gastauftritt in London und besuche gerade Herrn Fonda Čemelík, der mir Ihr Buch Die vier Jahreszeiten *ausgeliehen hat. Wir haben auch über Benno Mánes gesprochen. Ich war nämlich dabei, als Benno in einer russischen Kaserne in Bratislava gestorben ist, und Herr Čemelík hat mich nun an einen Tisch setzen lassen und gemeint, ich solle Ihnen einen Brief schreiben.*

Bestimmt wissen Sie, daß Benno Mánes der Leiter des Tanz- und Jazzorchesters AUS war, das ist eine Organisation, die sich um Musiker aus der Provinz kümmert, damit sie nach Prag kommen, zwar in einer grünen Uniform, aber immerhin. Benno Mánes gab meinem Leben die entscheidende Wendung, als er in meinen vierten Chorus What Is this Thing Called Love *von Porter hineinschrie: »Genug! Den nehmen wir!« Ich hatte nämlich keine Lust, nach meinem Studium (Geschichte und Tschechisch an der Universität Pilsen) den normalen Militärdienst ableisten zu müssen, und deshalb habe ich mich auf eine Ausschreibung hin um eine Stelle beim Militärensemble AUS beworben und bin so beim Musizieren geblieben.*

Mit dem Orchester AUS waren wir immer auf Tournee, haben in den Kasernen für die Soldaten Lieder unserer und anderer volksdemokratischer Künstler gespielt, oft haben wir natürlich auch andere Sachen ins Programm geschmuggelt, jedoch unter falschem Titel, wie zum Beispiel den Tiger Rag *als* Stiertuch. *Benno hat erzählt, daß Sie es schon während des Krieges so gemacht haben, doch damals war ich noch gar nicht auf der Welt, weshalb ich das nicht selbst erleben konnte. Leider mußten wir manchmal auch in russischen Kasernen auftreten. Unsere letzte Reise führte uns in die Slowakei, ich weiß nicht genau, wann sie angefangen hat, doch an die letzten zwei Tage kann ich mich sehr gut erinnern. Am vorletzten Tag vor Bennos Ableben waren wir in einem Dorf namens Vihorek. Es war ein außerplanmäßiger Auftritt, dort gab es eine große Hochzeit, die Tochter des Vorstehers der dortigen Genossenschaft hatte geheiratet. Der Herr war angeblich ein früherer Mitschüler von Ihnen, und weil er jetzt offensichtlich sehr einflußreich ist, konnte er es so einrichten, daß wir bei der Hochzeit seiner Tochter spielen durften. Und weil seine Genossenschaft eine Auszeichnung, eine rote glaube ich, bekommen hatte, konnten sie die Hochzeit und das Fest zu einer großen Feierlichkeit verbinden. Es war vielleicht auch von Vorteil, daß seine Tochter einen sowjetischen Offizier heiratete, was nicht so oft vorkommt. Ich schreibe bewußt sowjetischen und nicht russischen, denn der Russe war ein Georgier. Die Braut war bereits in einem Zustand, der diplomatische Verwicklungen hätte auslösen können.*

Die Hochzeit war eigentlich eine einzige Völlerei, der Wein floß in Strömen und der Wodka sogar in Sturzbächen. Benno gönnte sich leider sehr viel davon. An diesem Abend fingen wir an, Benno und ich, uns zu duzen. Er schenkte mir ein Schnapsglas voll, sich selbst ebenfalls, und er ernannte mich zum Leiter der Jazzband, wie wir das kleine Quartett (p, b, drm, pos) innerhalb des Orchesters nannten, das ausschließlich Jazz spielte. Benno ließ sich vollaufen, und sein Rausch war von trauriger Natur. Es quälte ihn sehr, daß er einer der ersten Musiker war, die nach dem Einmarsch der verbrüderten Armeen für die Russen spielen mußten. Ich versuchte ihn zu trösten, daß uns klar sei, daß man dagegen nichts tun könne und daß er der militärischen Subordination unterliege, außerdem müsse er noch Frau und Kind ernähren, und bis auf das Musizieren beherrsche er nichts anderes. Wenn man ihn rausschmeißen würde, müßte er manuell arbeiten, doch dafür sei er zu dick und zu krank. Aber das war für ihn nur ein schwacher Trost.

Am nächsten Tag kamen wir in Bratislava an, Pepi Syrovátko, der jetzt im Orchester des Slowakischen Fernsehens Waldhorn spielt und der angeblich auch mit Ihnen in der Band in Kostelec musizierte, lud Benno zum Mittagessen zu sich nach Hause ein, Benno erzählte dann, daß es ein sehr gutes Essen gegeben habe und daß sie lange über Kostelec und über die alten Zeiten gesprochen hätten. Am Abend spielten wir am Stadtrand von Bratislava, wo die Autobusendhaltestelle war, in einer Kaserne, in der jetzt nur Russen sind, in einem langen Saal, der komischerweise nicht rot ausstaffiert war. Vielleicht gab es dort eine kleine Lenin-Büste, aber wirklich nur eine ganz kleine, denn ich kann mich nicht an sie erinnern. Die erste Hälfte des Abends verlief ganz normal, nur Benno schwitzte übermäßig, mehr als sonst, er knöpfte sein Hemd am Bauch auf und atmete ganz tief. Es gab dort eine kleine Garderobe, und vor dem Ende der Pause rief er mich dorthin und erklärte mir lange, daß unser Programm zu kurz sei, und weil der Soldat Hemele, den uns die Einheit aus Bratislava für unseren ständigen, nun aber erkrankten Ansager ausgeliehen hatte, es ablehnte, das Programm auf russisch anzusagen, sollten wir ein bißchen Jazz spielen.

Ich sagte, ja klar, können wir machen. Und Benno bestand darauf, daß es mindestens fünfzehn Minuten dauern sollte. Nach der Pause fingen wir mit einem Instrumentalstück an, die ganze Band, dann zwinkerte mir Benno zu und setzte sich vor ein gelbes Portal. Er öffnete wieder sein Hemd, streckte mir seinen riesigen Bauch entgegen, atmete tief durch und wischte sich den Schweiß von der Stirn. Ich war ganz nah bei ihm, denn die Tastatur des Pianos reichte fast bis zu dem Portal. Es war ein schönes Instrument, anscheinend wurde in dieser Kaserne auch klassische Musik gespielt, und dazu brauchte man ein Piano der Marke Petrof. Ich warf einen Blick zu Benno rüber, und wir legten mit Horn

Sound *von M. Shoof los, das ist ein 32-Takt-Thema in Gmi mit einer einfachen harmonischen Struktur. Die Melodie läßt dabei die Posaune ganz deutlich in den Vordergrund rücken. Honza Stichl legte mit dem Thema los, wir schlossen uns mit unseren Chorussen an. Ich kann mich erinnern, daß ich im letzten Chorus einen Teil free gespielt habe, das hatten wir nicht so oft gemacht, aber in russischen Kasernen immer, um den Jungs einen kleinen Schrecken einzujagen. Danach spielten wir ein Lied von Benno* Erinnerung an eine kleine Stadt, *nach der Einleitung begleitete uns Miluška Patejzlová mit ihrem Gesang, eine Blondine mit wunderschönen, großen Brüsten. Benno hatte sie unheimlich bewundert, schlecht sang sie zwar nicht, aber ... Wir bezeichneten sie als Barockengel, sie hatte blaue Augen, lockiges blondes Haar, ein naives Benehmen, nun ja, sie war erst 19 Jahre alt. Soweit ich weiß, konnte nur der Gitarrenspieler Karel Kozel Erfolge bei ihr verzeichnen, ein hübscher, junger Mann mit einer grünen Gitarre, wir nannten ihn auch Gorgonzola, wegen seiner Liebe zu jener Käsesorte ... Aber das Markanteste an dem Mädchen waren ihre Brüste, bis heute erscheinen sie mir vor meinem inneren Auge. Und als sie sein Lied sang, begann Benno zu taumeln, die Jungs mit den Saxophonen sagten ihm: Geh dich nur ausruhen, wir spielen es ohne dich zu Ende! Bennos Dirigiererei nahmen wir nämlich nicht so ganz ernst, er war ja ein guter Trompetenspieler, aber seit mehreren Jahren reichte seine Lunge nicht mehr aus, und so dirigierte er nur noch. Vorne saßen fünf Saxophone, dahinter vier Posaunen und oben drei Trompeten. Benno dirigierte noch eine Weile, Miluška sang, dann machte Benno einen Schritt nach links, in Richtung zu meinem Piano, und stürzte zu Boden. Als erster kam der Trompetenspieler Pavel Zámečník zu ihm angerannt und zog die rechte Seite des Vorhangs vor, ich schloß vom Piano auch die andere Seite, und Miluška fing an zu kreischen. Bennos Gesicht war ganz rot, wie eine Erdbeere. Und dann trat Hemele, der sich sonst weigerte, auf russisch anzusagen, vor den Vorhang, und fragte auf russisch, ob ein Arzt anwesend sei. Es kam ein russischer Arzt und hielt Benno noch etwa eine halbe Stunde im Zustand des klinischen Todes. Nach einer Stunde traf endlich ein tschechischer Arzt aus einem Krankenhaus ein, das nur einige Schritte entfernt lag, er konnte jedoch nur noch den Tod feststellen. Benno lag auf dem Rücken, nackt bis zur Taille. Alle waren weggegangen. Dieses Bild werde ich nie vergessen, den lilafarbenen, riesigen Bauch und die dunkelgraue Hose, auf der leeren Bühne schräg liegend, in dem menschenleeren Saal, seinen Kopf konnte man wegen des Bauchs gar nicht sehen, und im Hintergrund leuchtete grell das gelbe Portal. Gelb und lila, dahinter vielleicht die Büste eines Staatsmannes, aber von hinten, als ich zum letzten Mal über den Saal schaute, sah ich nur den furchtbaren lila Bauch und das gelbe Portal. Wir fuhren dann zurück nach Prag.*

Ich dachte, daß es Sie vielleicht interessieren würde, wie Ihr Freund gestorben ist.

Ihr

Demosthenes Paroubek-Kubiska

CANADIAN TRANSATLANTIC CABLE
MR. D. SVIRICYI
217 ST. JAMES TOWN
TORONTO, ONT. M4X 2W5
ICH IDIOT STOP VERONIKA

Agentur Reuter: *VERHAFTUNGEN IN PRAG. Die tschechoslowakische Agentur ČTK gab bekannt, daß in den letzten Tagen mehrere Personen aus Literaturkreisen verhaftet worden sind. Mitgeteilt wurden nur die Initialen ihrer Namen. In der Pressemeldung wird ausdrücklich betont, daß diese Polizeiaktion in keinem Zusammenhang mit der momentan laufenden Kampagne gegen die Unterzeichner der sog. Charta 77 steht. Unter den Verhafteten ist auch der Schriftsteller J.V., der in einer Prager Parkanlage bei der Übergabe »von Nachrichten mit nachrichtendienstlichen Charakter« an ein Mitglied der kanadischen diplomatischen Mission gefilmt worden war. Es handelte sich offensichtlich um den Kulturattaché der kanadischen Botschaft Benjamin Harkins, um dessen Abberufung die tschsl. Regierung am folgenden Tage ersuchte. Auf einer Pressekonferenz in Ottawa erklärte Harkins, daß es sich bei diesem Schriftstück, das ihm Herr J.V. tatsächlich übergeben hatte, um ein Manuskript handelte. Dieses enthielt Gedichte des verstorbenen Jan Prouza, der vor wenigen Jahren Selbstmord verübt hatte. Harkins sollte dieses Manuskript an eine gewisse Frau Santnerová übergeben, eine kanadische Staatsbürgerin, die einen kleinen ethnischen Verlag in Toronto, Ontario, leitet.*

Lieber Dan,

am Anfang meinen Briefes möchte ich dir herzliche Grüße und liebe Erinerungen senden. Ich bin seit einer Woche in Kurort Karlsbad und es geht mir gut. Ich mache eine Kur weil ich eine starke Gallenkolik hatte also nicht etwa deshalb wie damals vor dreißig Jahren als ich Schatten auf der Lunge hatte. Die Gallenkolik bekam ich an dem Tag als meine Tochter Sulejka geheiratet hat, zu der Hochzeit hatte ich auch Dir eine Einladung geschickt und mich würde interessieren ob Du sie bekommen hast. Auch habe ich Dir die Bilder der Braut und des Bräutigams und anderer Hochzeitsgäste geschickt.

Es war der glücklichste Tag meinen Lebens nur daß ich die Gallenkolik bekommen habe. Du weißt doch, mein lieber Freund, daß es sich ein Vater gutgehen läßt, wenn seine einzige Tochter heiratet. Wir haben zwei Rinder geschlachtet und es waren mehr als 150 Gäste dabei. Unserer Genossenschaft wurde als der besten im ganzen Bezirk eine rote Auszeichnung verliehen, und so haben wir die Hochzeit gleichzeitig mit der Ehrung gefeiert. Auf der Hochzeit hat sich unsere ganze Familie getroffen auch mein Bruder Olda war da, er ist jetzt der Leiter der Produktionsgenossenschaft. Bei meinem Bruder Olda hat es eine große Familientragödie gegeben seine Frau die Ingenieurin aus der Ukraine ist ihm gleich nach der Ankunft der Brüderarmeen weggelaufen. Für meinen Bruder war es ein schwerer Schlag weil seine Frau die Ingenieurin auch ihre beiden Kinder mitgenommen hat den Jungen und auch das Mädchen und sie ist mit ihnen zusammen in die Vereinigten Staaten abgehauen, wo irgendwelche Verwandten von ihr leben. Mein Bruder Olda hat beim Internationalen Roten Kreuz um Hilfe ersucht daß man ihm die Kinder zurückgibt wenn seine Frau aus der Ukraine illegal und ohne Erlaubnis die Republik verlassen hat aber das Rote Kreuz hat ihm geantwortet daß seine Kinder schon volljährig sind und daß sie sich entschieden haben mit der Mutter zusammen in den Vereinigten Staaten zu bleiben. Ich war froh daß mein Bruder bei der Hochzeit meiner Tochter Sulejka fröhlicher wurde er war mit seiner zweiten Frau hier sie ist 30 Jahre alt und ist eine Deutsche aus Deutsche Demokratische Republik.

Meine Tochter Sulejka hat den sowjetischen Oberleutnant Suliman Akibidze geheiratet er ist ein Georgier. Meine Tochter Sulejka hat ebenfalls einen georgischen Namen weil ihrer Mutter das georgische Lied Wo bist du Sulejka? sehr gefallen hat, als sie schwanger war. Und weil es keine Vorurteile mehr gibt wie damals kann ich Dir auch schreiben daß meine Tochter Sulejka guter Hoffnung ist und daß wir uns mit der Hochzeit beeilen mußten auch wenn es keine Vorurteile mehr gibt. Mein Schwiegersohn wurde gleich nach der Hochzeit in Deutsche Demokratische Republik versetzt denn es gibt immer unvernünftige Menschen die sich über Frauen lustig machen die einen russischen Soldaten geheiratet haben. Auch im Sozialismus gibt es noch dumme Menschen. Ich freue mich darüber daß ich bald Großvater werde und mein Blut nicht ausstirbt.

Ich glaube daß es Dich interessieren wird daß bei der Hochzeit Musiker aus Prag gespielt haben und rate mal unter wessen Leitung? Es war das Militärorchester unter der Leitung von Benno Mánes aus Kostelec. Und so haben wir über die alten Zeiten geplaudert als Du in Kostelec in irgend so ein Musikinstrument geblasen hast. Benno hat es gut geschmeckt auch der Wein ging ihm gut runter außerdem hat er einen ganzen Berg Bratwürste verputzt. Und in dem Moment wo ich die viel zu fette Bratwurst gegessen habe bekam ich die Gallenkolik so daß man mich direkt von der Tafel mit einem Militärfahrzeug Marke GAZ ins Kreiskrankenhaus bringen mußte. Und jetzt bin ich in Kur es ist eine große Errungenschaft für die Arbeiter nicht wie im Kapitalismus da waren hier nur die Reichen und jetzt können auch Arbeiter in Kur fahren. Ich denke daß in Kanada nur die Reichen in Kur fahren dürfen denn Kanada ist ein kapitalistischer Staat.

Jetzt kehren ja auch viele Leute zurück die aus lauter Unvernunft nach der Ankunft der Brüderarmeen weggelaufen sind. Ihnen passiert nichts nur müssen sie sich in den Arbeitsprozeß eingliedern. Ich wollte Dir schreiben daß auch Du zurückkommen könntest. Wir brauchen hier Schriftsteller sie verdienen gut. Auch die Schriftsteller beteiligen sich jetzt und schreiben gut über die Arbeiter nicht wie früher in diesen dekadenten kafkaesken Werken. Das könntest Du ja auch Du hast doch während des Krieges in einer Fabrik gearbeitet Du kennst doch die Arbeiter aus eigener Erfahrung und so könntest Du wahrheitsgemäß über sie schreiben vielleicht würdest Du auch einen Staatspreis bekommen. Ich muß Dir ja schreiben daß die Leute hier immer noch Deine Bücher lesen auch wenn sie aus den öffentlichen Bibliotheken entfernt wurden weil Du illegal ins Ausland gegangen bist. Man wird sie schon wieder in die Bibliotheken stellen wenn Du zurückkommst und wenn Du Dich in die Gesellschaft eingliederst wie andere Schriftsteller.

Vor kurzem ist gerade ein Artikel von mir erschienen und zwar in der Parteizeitschrift unseres Bezirkes Die Faust des Volkes *ich habe über unsere Genossenschaft geschrieben die als die beste im ganzen Bezirk ausgezeichnet wurde. Durch zufälliges Zusammentreffen der Umstände war dies mein 150ster Artikel! Und alle wurden nur wenig verändert abgedruckt! Wer hätte vor dreißig Jahren gedacht mein Freund daß Du und auch ich Schriftsteller werden!*

Wir leben jetzt besser auch mit mehr Kultur. Bevor ich in Kur gefahren bin waren wir bei einer Vorstellung des Sowjetischen Zirkus es war sehr schön vor allem aber die Dompteuse der sibirischen Tiger. Auch ins Kino gehen wir regelmäßig zweimal die Woche. Wir haben einen schönen sowjetischen Film über die Befreiung der Ukraine gesehen den Titel habe ich schon vergessen und dann einen ähnlichen tschechischen Film von O. Vávra »Sokolovo« dort gab es schöne Szenen mit Panzern und auch sehr aufregende Kämpfe. Weniger haben mich die Staatsmänner interessiert sie waren nicht gut ausgewählt zum Beispiel der Genosse Gottwald (ich meine den Schauspieler der den Genossen Gottwald dargestellt hat) er sah dem Genossen Gottwald nicht sehr ähnlich. Aber gespielt hat er gut. Wir haben auch den Film von J. Wenzel gesehen der auch für Dich diesen Film über die Mädchen gedreht hat. Dieser Film hieß »Mit den Füßen im Schlamm«, und er war interessant, über die Arbeiterklasse, und sehr optimistisch. Nur die Schauspielerinnen waren früher hübscher. Diese Baarová oder Heidemarie Hatheyer, das waren vielleicht Prachtstücke!

Am Ende meines Briefes sende ich dir herzliche Grüße und liebe Erinerungen!

Dein alter Freund Lojza

The Canada Council for the Arts since 1957 | Le Conseil des Arts du Canada depuis 1957

Die Übersetzung dieses Werks wurde unterstützt durch The Canada Council for the Arts und das Department of Foreign Affairs and International Trade Canada

Die tschechische Originalausgabe erschien unter dem Titel
Příběh inženýra lidských duší
bei Sixty-Eight Publishers, Toronto

Umschlaggestaltung: Costanza Puglisi und Klaus Meyer, München
Umschlagfoto: »Prague« von Marc Riboud, Magnum
Druck: Wiener Verlag, Himberg bei Wien

Printed in Austria
ISBN 3-216-30397-7